Diogenes Taschenbuch 24779

AF130592

CHARLES LEWINSKY, 1946 in Zürich geboren, ist seit 1980 freier Schriftsteller. International berühmt wurde er mit seinem Roman *Melnitz*. Er gewann zahlreiche Preise, darunter den französischen Prix du meilleur livre étranger. *Der Halbbart* war nominiert für den Schweizer und den Deutschen Buchpreis. Sein Werk erscheint in 16 Sprachen. Charles Lewinsky lebt im Sommer in Vereux, Frankreich, und im Winter in Zürich.

Charles Lewinsky
Melnitz

ROMAN

Diogenes

Copyright © 2021 Charles Lewinsky
Die Originalausgabe erschien 2006
im Nagel & Kimche Verlag, Zürich
Im Diogenes Verlag erschien der Roman 2021
Das Nachwort wurde vom Autor eigens
für diese Ausgabe verfasst
Covermotiv: Gemälde von Balthus, ›La Rue‹, 1933
Oil on canvas, 195 x 240 cm
Copyright © Balthus, The Museum of Modern Art,
New York, Legacy James Thrall Soby
Foto: Bridgeman Images

Veröffentlicht als Diogenes Taschenbuch, 2025
Alle Rechte vorbehalten
Copyright © 2021
Diogenes Verlag AG Zürich
info@diogenes.ch · www.diogenes.ch
50/25/36/1
ISBN 978 3 257 24779 4

Für meine Frau,
ohne die ich nicht wäre

Inhalt

1871

I

Immer, wenn er gestorben war, kam er wieder zurück.

Am letzten Tag der Trauerwoche, wenn der Verlust sich im Alltag verlaufen hatte, wenn man den Schmerz schon suchen musste, ein Mückenstich, der gestern noch gejuckt hat und heute kaum mehr zu ertasten ist, wenn der Rücken wehtat vom Sitzen auf den niedrigen Hockern, die der alte Brauch den Hinterbliebenen für die sieben Tage zuweist, dann war er ganz selbstverständlich wieder da, trat unauffällig mit den anderen Besuchern ins Zimmer, durch keine Äußerlichkeit von ihnen unterschieden. Nur Essen brachte er keines mit, auch wenn das der Brauch gewesen wäre. In der Küche warteten die Töpfe und die zugedeckten Schüsseln in Reih und Glied, eine Ehrenwache für den Verstorbenen; er kam mit leeren Händen, nahm sich einen Stuhl, wie man es tut, sagte kein Wort, wenn er von den Trauernden nicht angesprochen wurde, stand auf, wenn sie beteten, setzte sich, wenn sie sich hinsetzten. Und wenn dann die andern, ihren Trostspruch murmelnd, sich verabschiedeten, blieb er einfach sitzen, war wieder da, wie er immer da gewesen war. Seine Ausdünstung von feuchtem Staub mischte sich mit den anderen Gerüchen des Trauerhauses, Schweiß, Talgkerzen, Ungeduld; er gehörte wieder dazu, trauerte mit, nahm Abschied von sich selber, seufzte sein vertrautes Seufzen, das halb ein Stöhnen war und halb ein Schnarchen, schlief ein mit hängendem Kopf und offenem Mund und war wieder da.

Salomon Meijer stand von seinem Hocker auf, stemmte den Körper in die Höhe, wie ein schweres Gewicht, wie ein Kuhviertel oder einen Mühlensack Mehl, reckte sich, dass die Gelenke in den Schultern knackten, und sagte: »Nu. Lasst uns etwas essen.« Er war ein großer, breit gebauter Mann, der nur deshalb nicht kräftig wirkte, weil sein Kopf zu klein war für seine Statur, der Kopf eines Gelehrten auf dem Körper eines Bauern. Er hatte sich einen Backenbart wachsen lassen, der stellenweise – viel zu früh, meinte Salomon – schon weiß wurde. Darunter, vom Bart eingerahmt, bildete ein Geflecht aus geplatzten Äderchen zwei rote Flecken, die ihn immer wie angeschickert aussehen ließen, obwohl er nur zum feierlichen Kiddusch Wein trank, sonst höchstens mal, an ganz heißen Tagen, ein Bier oder zwei. Alles andere vernebelt den Kopf, und der Kopf ist der wichtigste Körperteil eines Viehhändlers.

Er war ganz schwarz gekleidet, nicht aus Trauer, sondern weil er sich eine andere Farbe nicht vorstellen konnte, trug einen altmodischen Gehrock aus schwerem Tuch, den er jetzt, wo keine Besucher mehr zu erwarten waren, aufknöpfte und hinter sich fallen ließ ohne sich umzusehen. Er ging davon aus, dass seine Golde den Gehrock schon auffangen und, wie es sich gehört, über eine Stuhllehne legen wurde, und darin lag nichts Tyrannisches, nur die Selbstverständlichkeit klar aufgeteilter Bereiche. Er rückte sein seidenes Käppchen zurecht, eine überflüssige Geste, da es doch seit Jahren nicht verrutscht war, denn auf Salomon Meijers Schädel wuchsen keine widerspenstigen Haare. Schon als jungen Mann hatten ihn seine Freunde den Galech genannt, den Mönch, weil die kahle Stelle auf seinem Kopf sie an eine Tonsur erinnerte.

Auf dem Weg in die Küche rieb er sich die Hände, wie er es immer tat, wenn es ans Essen ging; als wasche er sich schon, noch bevor er beim Wasser angekommen war.

Golde, Frau Salomon Meijer, musste die Arme bis über den Kopf heben, um den Gehrock auszuschütteln. Sie war klein gewachsen, war früher einmal zart gewesen, so zart, dass im ersten

Jahr ihrer Ehe eine scherzhafte Gewohnheit entstanden war, die kein Außenstehender verstand oder auch nur bemerkte. Wenn Salomon beim Eingang des Sabbats den Bibelvers »Esches chajil mi jimzoh« zum Lob der Hausfrau sprach, dann machte er nach den ersten Worten eine Pause und sah sich suchend um, als habe er nicht »Wer eine tüchtige Frau findet« gesagt, sondern »Wer findet die tüchtige Frau?«. Früher, jung verheiratet und jung verliebt, hatte er an jedem Freitagabend eine Pantomime dazu aufgeführt, hatte in übertriebener Tölpelhaftigkeit nach seinem kleinen, feinen Frauchen gesucht, und hatte sie dann, endlich gefunden, an sich gezogen und sogar geküsst. Jetzt war davon nichts übrig geblieben als eine Pause und ein Blick, und wenn ihn jemand nach dem Grund dafür gefragt hätte, Salomon Meijer wäre selber ins Grübeln gekommen.

Golde war mit den Jahren dick geworden, sie hastete breitbeinig durchs Leben, ein eiliger Bauer beim Säen, trug ihr Kleid mit den schwarzseidenen Bändern wie ein Krug die Wärmehaube, und der rötliche Scheitel, obwohl bei der besten Perückenmacherin von Schwäbisch Hall gearbeitet, saß auf ihrem Kopf wie ein Vogelnest. Sie hatte die Gewohnheit angenommen, die Unterlippe tief in den Mund hineinzuziehen und darauf herumzukauen, was sie zahnlos aussehen ließ. Es kam Salomon manchmal vor, als ob irgendwann – nein, nicht irgendwann, musste er sich dann korrigieren: als ob nach jener langwierigen, schmerzhaften Geburt, nach jenen sinnlos durchschrienen Nächten, eine junge Frau ihn verlassen und eine Matrone deren Platz eingenommen hätte. Aber Golde war deshalb kein Vorwurf zu machen, und wer eine tüchtige Frau findet, heißt es, hat damit Wertvolleres gewonnen als die köstlichsten Perlen. Er sagte es jede Woche, machte eine Pause und sah sich suchend um.

Der Gehrock hing jetzt über der Lehne des lederbezogenen Sessels, in dem sich Salomon nach einem langen Tag auf der Landstraße gerne ausruhte, den er aber heute dem Rebbe, Raw

Bodenheimer, angeboten hatte. Nun mussten die Stühle zurück in Reih und Glied gebracht werden, es musste wieder Ordnung gemacht werden rund um Onkel Melnitz, dem das Kinn auf die Brust hing wie einem Toten.

»Nu? Ich habe Hunger!«, rief Salomon aus der Küche.

Für gewöhnlich, oder doch immer dann, wenn der Hausherr nicht in Geschäften unterwegs war, aß man bei Meijers im Vorderzimmer, das Mimi als Salon zu bezeichnen liebte, während es bei ihren Eltern einfach und poschet Stube hieß. Heute war dort der große Tisch gegen die Wand geschoben, so dass die Schabbeslampe ins Leere hing, man hatte Platz für die Besucher schaffen müssen, viel Platz, denn Salomon Meijer war ein geachteter Mann in Endingen, ein Vorsteher der Gemeinde und Verwalter der Armenkasse. Wer an seinen Simches ein Glas Kirschwasser »auf das Leben« getrunken hatte, der kam zu ihm auch bei einer Schiwe, um ihm die Ehre anzutun und weil man nie wissen konnte, wann man ihn brauchte. Salomon konstatierte es ohne Vorwurf.

Man aß also für einmal in der Küche, wo Chanele schon alles vorbereitet hatte. Sie war eine arme Verwandte, meinten die Leute in der Gemeinde, wenn auch die in Mischpochologie erfahrensten alten Weiber nicht zu sagen wussten, welchem Zweig des meijerschen Stammbaums sie entsprossen sein sollte. Salomon hatte sie damals, vor nun schon bald zwanzig Jahren, von einer Geschäftsreise ins Elsass mitgebracht, ein schreiendes, zappelndes Bündel, in Tücher gewickelt wie eine Straßburger Stopfgans. »Warum hätte er sie bei sich aufgenommen, wenn sie nicht mit ihm verwandt wäre?«, fragten die alten Weiber, und manche von ihnen, denen die Zähne ausgefallen waren, und die deshalb von allen Menschen das Schlechteste dachten, wiesen mit bedeutsamem Kopfnicken darauf hin, dass Chanele genau das gleiche Kinn habe wie Salomon, und dass man sich ja denken könne, warum er damals so oft ins Elsass gefahren sei.

In Wirklichkeit war die Sache ganz anders gewesen. Der goijische Doktor hatte Salomon erklärt, der Sohn, den sie hatten zerstückeln müssen, um ihn aus seiner Mutter herauszuholen, habe Golde so zerrissen, dass sie eine weitere schwere Geburt nicht überleben würde; er solle dankbar dafür sein, dass er wenigstens *ein* Kind habe, wenn auch nur ein Mädchen. »Danken Sie *Ihrem* Gott«, hatte er gesagt, ganz als gäbe es mehrere davon, und sie hätten ihre Zuständigkeiten so klar untereinander aufgeteilt wie der Amtsarzt und der Viehdoktor.

Nun weiß jeder, der praktisch zu denken versteht, dass ein Kind allein viel mehr Arbeit macht als zwei, und als sich auf einer Reise die Gelegenheit ergab – eine Mutter war im Kindbett gestorben und ihr Mann hatte darüber den Verstand verloren –, da griff Salomon zu, eine Investition, so praktisch und unsentimental, wie man ein Kalb billig kauft und durchfüttert, bis es sich als Milchkuh mehrfach bezahlt macht.

So war Chanele keine Tochter des Hauses, aber auch kein Dienstmädchen, wurde mal als das eine behandelt und mal als das andere, war niemandem im Herzen und niemandem im Weg. Sie trug Kleider, die sie sich selber nähte oder die Mimi nicht mehr gefielen, und ihre Haare waren in ein Netz gepackt, wie bei einer verheirateten Frau; wer keine Mitgift hat, muss auch nicht aussehen. Wenn sie lachte, war sie sogar hübsch, nur ihre Augenbrauen waren zu breit, sie strichen ihr Gesicht durch, wie man eine Rechnung durchstreicht, die falsch ist oder erledigt.

Chanele hatte die Mahlzeit auf dem Küchentisch angerichtet. Zu kochen hatte es nichts gegeben, denn um den Trauernden genau diese Arbeit zu ersparen, bringt man zu einer Schiwe ja Essen mit. Trotzdem brannte im Herd ein kräftiges Feuer, knackende Tannenscheite, die ihre Hitze schnell abgaben. Nachts gefror es draußen immer noch, obwohl man in zwei Wochen schon den Seder feiern würde; Pessach fiel früh in diesem Jahr 1871.

»Nu?«

Wenn Salomon Meijer Hunger hatte, wurde er ungeduldig. Er saß am Tisch, die Hände links und rechts auf das Holz gelegt, wie der Mohel seine Instrumente bereitlegt vor der Beschneidung. Er hatte schon Mauzi gemacht, hatte ein Stückchen Brot mit Salz bestreut, den Segensspruch darüber gesprochen und es in den Mund gesteckt. Dann hatte er aber nicht weiter zugegriffen, denn er legte Wert darauf, dass alle zusammen mit ihm am Tisch saßen, wenn er schon zu Hause war. Allein essen konnte er die ganze Woche. Jetzt trommelte er mit der rechten Hand auf die Tischplatte und hob dabei immer wieder im Takt das Handgelenk, wie Musikanten es tun, wenn sie Zuhörern ihre Kunstfertigkeit zeigen wollen. Seine Finger tanzten, aber es war kein fröhlicher Tanz, es konnte, wie im Wirtshaus, leicht eine Rauferei daraus werden.

Endlich kam Mimi herein, mit einem theatralischen Trippelschritt, der deutlich machen sollte, wie sehr sie sich doch beeilte. Sie hatte sich unnötigerweise noch einmal umgezogen und trug jetzt einen mausgrauen Hausmantel, eine Spur zu lang, dass der Saum über den Steinboden schleifte. »Die Leute«, sagte sie. »All diese Leute! Ist es nicht ennuyant?«

Mimi liebte kostbare Worte, wie sie alles Elegante liebte, pickte sie in goijischen Büchern auf, die sie sich heimlich bei Anne-Kathrin, der Tochter des Schulmeisters, auslieh, und streute sie als Goldstaub ins Alltagsgespräch. Wegen ihrer Neigung zur Vornehmheit mochte sie es auch nicht, dass man sie immer noch Mimi nannte, ein Kindername, dem sie längst – »Also wirklich, Mamme, längst!« – entwachsen war. Mit fünfzehn, man durfte sie bei Gefahr eines Tränengewitters nicht daran erinnern, hatte sie sich einmal auf Mimolette kapriziert, und Salomon, einem Spaß nie abgeneigt, hatte sie ein paar Tage lang tatsächlich so genannt, bevor er ihr lachend gestand, dass in Frankreich eine Käsesorte so hieß. Seither bemühte sie sich, als

Namen zumindest Miriam, wie sie ja auch tatsächlich hieß, durchzusetzen, hatte aber gegen die alte Familiengewohnheit nichts ausrichten können.

Mimi besaß alles, was zu einer Schönheit gehört, eine makellose weiße Haut, volle Lippen, große braune Augen, die immer ein bisschen feucht schimmerten, langes, sanft gewelltes schwarzes Haar. Aber aus irgendeinem Grund – sie hatte schon Stunden vor dem Spiegel verbracht und keine Erklärung dafür gefunden – passten die perfekten Einzelteile bei ihr nicht wirklich zusammen, wie manchmal eine Suppe trotz bester Zutaten einfach nicht schmecken will. Sie ließ sich diese Selbstzweifel nicht anmerken, gab sich im Gegenteil lieber hochmütig und sogar herablassend, dass ihre Mutter sie schon mehr als einmal gefragt hatte, ob sie sich eigentlich für die biblische Esther halte und darauf warte, dass Boten, auf der Suche nach den schönsten Jungfrauen, nach Endingen kämen, um sie ihrem König zuzuführen.

Jetzt saßen die vier um den Tisch. Es gab größere Familien in der Gemeinde, aber wenn Salomon Meijer die Seinen so betrachtete, dann war er ganz zufrieden mit dem, was Gott ihm gegeben hatte, eine sehr praktische Zufriedenheit, die darauf beruhte – wer weiß das besser als ein Viehhändler, der überall herumkommt? –, dass es ihm auch viel schlechter hätte ergehen können.

Es stand, wie das nach Schiwes immer ist, viel zu viel Essen auf dem Tisch. Allein drei Schüsseln mit gehackten Eiern, ein halber gesulzter Karpfen, ein Teller mit Heringen, wenigen und dünnen Heringen, denn der rote Moische war ein kleinlicher Mann, auch wenn er sich für sein Gewölbe ein Schild hatte malen lassen, das breiter war als der ganze Laden. Es war Brauch, die mitgebrachten Speisen einfach hinzustellen, ohne einen Namen und ohne ein Dankeschön, aber man kannte die Muster der Teller, wusste, wem welches Geschirr gehörte – wie hätte man es sonst am nächsten Tag zurückgeben können? Der Topf mit dem Sauerkraut, um das zu wissen hätte es noch nicht einmal des abgebrochenen Henkels bedurft, kam von Feigele Dreifuss, die alle nur Mutter Feigele nannten, weil sie die Älteste im Dorf war. Sie machte jeden Herbst zwei große Fässer Sauerkraut mit Wacholderbeeren ein, obwohl in ihrem Haushalt schon lang niemand mehr da war, um sie aufzuessen, und verschenkte es dann zu allen Gelegenheiten, brachte Kindbetterinnen davon mit, um sie zu stärken, und Hinterbliebenen, um sie zu trösten.

Auf der Anrichte, in eine Zeitung gewickelt und in die hinterste Ecke geschoben wie Diebesgut, lag ein geflochtenes Brot, ein wunderschöner, mit Mohnsamen bestreuter Berches, den sie morgen unauffällig aus dem Haus schaffen und den Enten und Hühnern verfüttern würden. Christian Hauenstein, der Dorfbäcker, in dessen Ofen sie alle ihre Schabbes-Brote buken und ihren Schabbes-Kugel wärmten, hatte ihn geschickt, natürlich ohne selber vorbeizukommen. Er war ein moderner Mensch, ein Freisinniger, wie er gerne betonte, und wollte seinen jüdischen Kunden beweisen, dass er sie schätzte und keine Vorurteile gegen sie hegte. Niemand hatte es je übers Herz gebracht, ihm zu sagen, dass man seine gutgemeinten Brote nicht essen konnte, weil sie nicht koscher waren.

Aber wer braucht Brot, wenn Käsekuchen auf dem Tisch steht? Vor allem, wenn es der legendäre Käsekuchen ist, den nur Sarah Pomeranz so zu backen verstand. Naftali Pomeranz, am Namen unschwer als Zugereister zu erkennen, war zwar ein wichtiger Mann, Schlächter *und* Synagogendiener, Schochet *und* Schammes, er schien in diesen Ämtern sogar eine Dynastie begründen zu wollen, und sein Sohn Pinchas, den er zu seinem Nachfolger ausbildete, wusste den Halsschnitt schon so sauber anzusetzen wie der Vater, aber für den wahren Ruf des Hauses sorgte trotzdem Sarah mit ihrem Kuchen, ein Meisterwerk, war man sich einig, »wie Rothschild es nicht besser essen kann«, und das war die höchste Anerkennung, die das Dorf in kulinarischen Dingen zu vergeben hatte.

Salomon hatte sich ein zweites Stück auf den Teller legen lassen und kaute genüsslich, während Golde, die fürs Stillsitzen nicht gemacht war, mit eingesogener Unterlippe schon ganz unruhig überlegte, was man in welche Schüssel umfüllen müsse, um am nächsten Morgen alles fremde Geschirr sauber gewaschen zurückgeben zu können. Mimi werkelte an einem kleinen Stück Kuchen herum, das sie mit ihrer Gabel in immer winzigere Hälften zerteilte, und machte dazu das diskret angeekelte Gesicht eines Arztes, den sein Beruf zu einem unangenehmen Eingriff zwingt.

»Morgen muss ich um vier aus dem Haus«, sagte Salomon. »Du kannst mir den ganzen Rest vom Kuchen als Proviant einpacken.«

»*Fast* den ganzen Rest. Ein Stück muss für mich übrig bleiben.« Chanele, deren unsichere Position im Haushalt sie zu einer guten Beobachterin gemacht hatte, wusste genau, wann sie sich solche kleinen Vorwitzigkeiten erlauben konnte. Jetzt hatte Salomon gut gegessen; er war also mild gestimmt.

»Nu, soll sein, ein Teil vom Rest.«

Mimi schob ihren zerkrümelten Kuchen von sich weg. »Ich weiß nicht, was ihr alle daran findet. Er schmeckt ordinaire.« Sie sprach das Wort mit so spitzen Lippen aus, dass alle wussten: sie meinte es französisch.

Golde nahm den Teller, sah ihn vorwurfsvoll an – »Verschwendung!«, sagte ihr Blick – und stellte ihn zu dem andern Geschirr, das Chanele später abwaschen würde. »Wo willst du morgen hin?«, fragte sie ihren Gatten, nicht aus wirklichem Interesse, sondern weil eine Esches Chajil die richtigen Fragen stellt.

»Nach Degermoos. Der junge Stalder-Bauer hat mir ausrichten lassen, dass er mit mir reden will. Ich kann mir schon denken, worüber. Ihm geht das Heu aus. Er hat mir nicht glauben wollen, dass er sich zu viele Kühe hinstellt, mit seinem schlechten Land. Jetzt will er, ich soll sie zurückkaufen. Ich kauf aber nicht. Wer braucht Kühe, wenn das Gras noch nicht wächst?«

»Und deshalb gehst du hin? Um kein Geschäft zu machen?«

»Nicht dieses Geschäft. In Vogelsang hat einer die Seuche im Stall. Der hat zu viel Heu. Das werd ich dem Stalder sagen, und er kann sich eindecken.«

»Was hast du davon?«

»Heute nichts. Morgen vielleicht auch nichts. Aber übermorgen …« Salomon kraulte sich den Backenbart, wegen der Kuchenkrümel und weil er mit sich zufrieden war. »Irgendwann wird er eine Beheijme zu verkaufen haben, und es wird ein Tier sein, das ich brauchen kann. Ich werd ihm ein Angebot machen, und er wird es annehmen, weil er bei sich denken wird: ›Der Jud mit dem Schirm ist ein anständiger Mensch.‹ Und *dann* werd ich mein Geschäft machen.«

Die Sache mit dem Schirm war so: Wann immer Salomon Meijer über Land ging, hatte er einen dicken schwarzen Regenschirm bei sich, oben zusammengebunden, dass sich der Stoff bauschte wie eine Tasche. Er gebrauchte den Schirm als Spazierstock, stieß ihn bei jedem Schritt fest auf den Boden und hinterließ auf schlammigen Wegen oder im Schnee eine unverkennbare Spur: die Abdrücke von zwei schweren genagelten Sohlen und rechts davon eine Reihe von Löchern, so regelmäßig wie eine ordentliche Bäuerin sie macht, wenn sie Bohnen setzt. Das Besondere an dem Schirm und das, worüber die Leute redeten, war, dass Salomon ihn nie aufspannte, egal bei welchem Wetter. Selbst wenn es in Strömen goss, als sei die Zeit für einen neuen Noah und eine neue Arche gekommen, zog Salomon nur den Hut tiefer in die Stirne, schlug, wenn es ganz schlimm wurde, die Schöße seines langen Mantels über den Kopf und ging weiter, sich auf den Schirm lehnend und die Spitze bei jedem zweiten

Schritt in den Boden bohrend, dass sich der Regen hinter ihm in einer Reihe von kleinen Seen sammelte. Man kannte ihn deswegen rund um Endingen, lachte ihn auch deswegen aus, und wenn er sich, wie der rote Moische, ein Ladenschild hätte malen lassen, dann hätte, um Käufer an den richtigen Ort zu führen, nicht ›Viehhandlung Sal. Meijer‹ darauf stehen müssen, sondern ›Der Jud mit dem Schirm‹.

Salomon rülpste genüsslich, wie nach der großen Schabbes-Suude, wo es geradezu eine Mizwe ist, eine gottgefällige Tat, zu viel zu essen. Mimi verzog das Gesicht und murmelte etwas vor sich hin, das wahrscheinlich Französisch war, aber auf jeden Fall missbilligend. Salomon nahm eine Prise aus seiner Tabakdose, verzog mit gerümpfter Nase das Gesicht zur Grimasse und nieste schließlich laut und erlöst. »Jetzt fehlt mir nur noch eins«, sagte er und sah sich erwartungsvoll um. Chanele war, da man wohl noch länger in der Küche sitzen würde, in die Stube gegangen, um die zweite Petrollampe zu holen, und zog jetzt aus der einen Schürzentasche eine Steingutflasche, aus der anderen einen Zinnbecher und stellte beides vor ihn hin. »Sie kann zaubern wie die Hexe von Endor«, sagte Salomon zufrieden und schenkte sich ein.

Dann war das Gespräch in der Küche eingeschlafen, wie ein Kind mitten im Spiel plötzlich einschläft. Chanele wusch in dem großen braunen Holzeimer das Geschirr; es klapperte wie von ferne. Golde stellte die abgetrockneten Teller ins Regal zurück, ging die paar Schritte für jeden Teller einzeln, immer hin und her, ein Tanz ohne Partner, zu dem Salomon mit geschlossenen Augen eine Melodie brummte, mehr aus Sattheit als aus Musikalität. Mimi wischte vorwurfsvoll unsichtbare Krümel von ihrem Morgenmantel und überlegte, ob sie nicht doch einen anderen Stoff hätte auswählen sollen; sie hatte den nur genommen, weil der Händler ihn »taubengrau« genannt hatte, ein so schönes, weiches, schimmerndes Wort. Taubengrau.

Beim Haus nebenan, das eigentlich dasselbe Haus war, durch keine Brandmauer abgetrennt, und doch ein anderes, weil das Gesetz es so verlangte, beim anderen Eingang des Hauses also, wurde plötzlich an die Tür gehämmert, ungeduldig und heftig, wie man bei der Hebamme klopft, wenn jemand auf die Welt kommt, oder bei der Chewre, der Beerdigungsbruderschaft, wenn jemand sie verlässt. Es war keine Zeit, zu der man in Endingen noch Besuch bekam, weder bei Juden noch bei Goijim. In der anderen Haushälfte, mit eigener Eingangstür und eigener Treppe, um der Form des Gesetzes Genüge zu tun, wonach Christen und Juden nicht im selben Gebäude wohnen durften, lebte ihr Vermieter, der Schneider Oggenfuss mit Frau und drei Kindern, friedliche Leute, wenn man sie zu nehmen wusste. Sie pflegten eine gute Nachbarschaft, was bedeutete, das man sich gegenseitig wohlwollend übersah. Den Tod von Onkel Melnitz und all die Trauergäste, die sieben Tage lang ins Haus gekommen waren, hatte man bei Oggenfuss geflissentlich nicht bemerkt, in der eingeübten Blindheit von Menschen, die näher aufeinander wohnen, als sie eigentlich möchten. Und auch jetzt, wo etwas Ungewöhnliches, für Endinger Verhältnisse geradezu Sensatio nelles im Gang war, sah man sich in der meijerschen Küche nur fragend an, und schon hob Salomon die Schultern und sagte: »Nu!« – was in diesem Fall etwa bedeutete: »Sollen sie sich die Türen einschlagen, wenn sie wollen, uns geht das nichts an.«

Man hörte nebenan Schritte, ein unruhiges Hin und Her, aus dem man sich, wenn man neugierig gewesen wäre, hätte ausrechnen können, dass dort jemand, der schon zu Bett gegangen war, nach einer Kerze suchte, nach einem Fidibus, um sie an der Glut des Herdfeuers anzuzünden, nach einem Umschlagtuch, um das Nachthemd zu verdecken, dann klapperte der Fensterladen gegen die Mauer, ein Geräusch, das eigentlich zum frühen Morgen gehörte, und Oggenfuss, unfreundlich, wie es ängstliche Leute in unvertrauten Situationen sind, fragte, was es so Dringendes gäbe und was das für eine Art sei, einen mitten in der Nacht aus dem Bett zu sprengen.

Eine fremde, heisere Stimme, durch einen bösen Husten unterbrochen, antwortete etwas Unverständliches. Oggenfuss, vom Aargauer Dialekt ins Hochdeutsche wechselnd, replizierte. Der Unbekannte wiederholte seinen Satz, aus dem man jetzt die Worte »bitte« und »besuchen« heraushören konnte, aber mit einem so ungewöhnlichen Akzent, dass Mimi ganz beglückt sagte: »Es ist ein Franzose.«

»Scha!«, machte Golde. Sie stand, eine leere Schüssel in der Hand, unter der offenen Küchentür, dort wo der Hausflur als Schallrohr wirkte, so dass man, auch wenn man nicht neugierig war, alles hören konnte, was auf der Straße vor sich ging. Aber von draußen drang jetzt nur noch das Husten des nächtlichen Besuchers herein, Oggenfuss sagte etwas Abschließendes, und oben wurde ein Fensterladen zugeschlagen. Dann vernahm man Frau Oggenfuss, ihre Worte nicht zu verstehen, aber der Tonfall drängend. Nach einer Pause knarrte nebenan die Treppe, ohne dass man einzelne Schritte hören konnte, wie es eben klingt, wenn jemand Pantoffeln trägt, die Haustür wurde geöffnet, und Oggenfuss sagte mit der leidenden Stimme eines Menschen, der zu einer Höflichkeit gezwungen wird, die er nicht empfindet: »Also? Wer sind Sie? Und was wollen Sie?«

Der fremde Mann hatte aufgehört zu husten, sagte aber noch nichts. In der Küche der Meijers bewegte sich niemand mehr. Wenn Salomon später davon erzählte, sagte er, es sei gewesen, als hätte Josua den Mond stillstehen lassen über dem Tal Ajalon. Chanele hatte einen Teller aus der Schüssel genommen; das Geschirrtuch war auf halbem Weg hängen geblieben, und Wasser tropfte auf die Steinfliesen. Mimi starrte eine Haarsträhne an, die sie sich um den Zeigfinger gewickelt hatte, und Golde stand nur einfach still, was das Ungewöhnlichste von allem war, denn Golde war sonst immer in Bewegung.

Und dann hatte der Unbekannte seine Stimme wiedergefunden und sagte etwas, das in der Küche alle verstanden.

Einen Namen sagte er.

Salomon Meijer.

Chanele, der so etwas nie passierte, ließ den Teller fallen.

Salomon sprang auf, lief zur Haustür, öffnete sie, so dass jetzt zwei Männer auf demselben kleinen Podest, drei Stufen über der frostglitzernden Straße standen, der eine in Nachthemd und Nachtmütze, eine Wolldecke über den Schultern, eine Kerze in der Hand, der andere, wenn auch ohne Rock, ganz korrekt gekleidet. Sie standen fast nebeneinander, denn die beiden Türen des Hauses waren nur eine Armlänge voneinander entfernt. Oggenfuss machte eine übertrieben höfliche Geste, bei der ihm die Decke von den Schultern rutschte, und sagte in einem förmlichen Ton, der mit seinem halbnackten Zustand seltsam kontrastierte: »Der Herr will wohl zu Ihnen, Herr Meijer.« Dann verschwand er in seiner Haushälfte und knallte die Tür hinter sich zu.

Der Mann auf der Straße begann zu lachen, hustete, krümmte sich schmerzhaft zusammen. In dem wenigen Licht, das aus dem Haus drang, war er nur undeutlich zu erkennen, eine schlanke Figur, die scheinbar eine weiße Pelzmütze trug.

»Salomon Meijer?«, fragte der Fremde. »Ich bin Janki.«

Jetzt erst sah Salomon, dass es keine Pelzmütze war, sondern ein Verband.

2

Es war ein dicker, schmutzig-weißer Mullverband, unfachmännisch um den Kopf gewickelt, mit einem losen Ende, das dem Fremden über die Schulter hing wie ein orientalisches Ordensband. Nebukadnezar aus den illustrierten biblischen Geschichten trug einen Turban in genau derselben Form, in dem Bild, wo ihm Daniel seinen Traum deutet. Nur dass der Turban des Perserkönigs mit Diamanten geschmückt war und nicht mit Blut. Etwa eine Zeigfingerlänge über dem rechten Auge hatte sich ein hellroter Fleck auf dem Verband ausgebreitet, aber wenn darunter eine frische Wunde war, schien sie den Fremden nicht mehr zu schmerzen. Unter dem Rand des weißen Stoffes ringelten sich ein paar schwarze Locken hervor. ›Ein Pirat‹, dachte Mimi, denn in den Büchern, die sie sich heimlich auslieh, waren auch Seeräuber vorgekommen.

Das Gesicht des Fremden war schmal, die Augen groß und die Wimpern auffällig lang. Seine Haut war gebräunt, wie bei jemandem, der viel im Freien arbeitet, was Salomon irritierte; der Winter war so lang gewesen, dass jetzt, wo der Frühling immer noch nicht kommen wollte, selbst die Bauern blass waren. In dem dunkeln Gesicht wirkten die Zähne auffallend weiß.

Sie hatten viel Zeit ihn anzusehen, konnten in aller Ruhe seine rotschwarze Uniformjacke studieren, deren Abzeichen keiner Truppe, die man hierzulande kannte, zuzuordnen waren, konnten sich über das bohemienhaft doppelt geknotete gelbseidene Halstuch wundern, das so herausfordernd mit dem rauen Stoff der Jacke kontrastierte; konnten seine schmalen Hände betrachten, die beweglichen, geschickten Finger, die unsoldatisch sauber gepflegten Nägel, und sie konnten versuchen, sich das, was sie da sahen, zu deuten wie einen unklaren Bibelvers. Dabei schien jeder einen anderen Kommentar zu benutzen: Salomon sah in dem Fremden einen Schnorrer, vor dem man sich in Acht nehmen musste, weil er etwas von einem wollte; Golde fühlte sich an den Sohn erinnert, der, wenn Gott gewollt hätte, jetzt gerade so alt gewesen wäre wie dieser unverhoffte junge Gast; Mimi war vom Piraten abgekommen und hatte sich für einen Entdecker entschieden, einen Weltreisenden, der schon alles gesehen hatte und noch viel mehr sehen würde. Chanele war am

Herd beschäftigt und schien an der Lösung dieses hereingeschneiten Rätsels nicht interessiert; nur die Linie ihrer Augenbrauen stand höher als sonst.

Der Besucher hatte nicht gewartet, bis man ihm einen Stuhl anbot, hatte sich selbst seinen Platz am Tisch gewählt, den Rücken so nahe am Herd, dass Golde Angst bekam, er würde sich verbrennen. Aber nein, hatte er geantwortet, wenn einer einmal so gefroren habe wie er, dann könne ihm nie wieder etwas zu heiß sein.

Und dann hatte er gegessen. Und wie er aß!

Noch bevor auch nur das Wasser für seinen Tee aufgesetzt war, griff er sich, ohne lang zu fragen, den goijischen Berches, riss mit ungewaschenen Händen und ohne Segensspruch faustgroße Stücke davon ab und stopfte sie in sich hinein. Er schlang weiter daran, auch als Salomon ihm erklärte, warum das Brot nicht koscher war, verschluckte sich in seiner Gier, hustete und spuckte halbzerkaute Brocken auf den Tisch. Sogar Mimis taubengrauer Hausmantel bekam einen Spritzer davon ab, sie rieb ihn mit dem Finger weg und steckte den dann, als alle andern auf den seltsamen Gast schauten, ganz schnell in den Mund.

Von den gehackten Eiern war nichts mehr übrig, der Karpfen war verschwunden, ebenso die Heringe, und selbst der Topf mit Mutter Feigeles Sauerkraut, an dem eine kinderreiche Familie eine Woche lang hätte satt werden können, war mehr als zur Hälfte geleert. Irgendwann sah Golde ihren Mann fragend an, und der nickte resigniert und sagte: »Nu ja.« Golde ging in die kleine Kammer, in der das Fenster hinter dem Gitter immer ein bisschen offen stand, holte das Paket herein, das sie dort frischgestellt hatte, legte es vor dem fremden Mann auf den Tisch und schlug das Tuch auseinander. Und er, obwohl er schon mehr gegessen hatte als ein ganzes Minjan von Frommen nach einem Fasttag, starrte Sarahs Käsekuchen so verzückt an wie die Kinder Israel das erste Manna in der Wüste.

Dann war auch der Kuchen bis zum letzten Krümel aufgeputzt. Der Mann hatte das Besteck weggelegt und hielt dafür ein dampfendes Glas so fest umklammert, dass man merkte: ihm war immer noch nicht warm geworden. Chanele hatte die spezielle Mischung zubereitet, die man in dieser Familie Techías-Hameijsim-Tee nannte, weil man, wie man sagte, mit diesem Getränk Tote erwecken konnte; in Kamillensud aufgelöster Kandiszucker mit Honig und Nelken und einem großen Schuss Schnaps aus Salomons privater Flasche. Der Fremde trank in großen Schlucken. Erst als er auch ein zweites Glas geleert hatte, begann er zu erzählen.

Er sprach Jiddisch, so wie sie alle Jiddisch sprachen, nicht die gelenkige, musikalische Sprache des Ostens, sondern die behäbige, bäuerliche Form, wie sie im Elsass üblich war, im Großherzogtum Baden und natürlich auch hier in der Schweiz. Die Melodie war ein wenig anders – viel eleganter, dachte Mimi –, aber sie hatten keine Mühe, einander zu verstehen.

»Ich bin also Janki«, sagte der Mann, dessen Husten sich beruhigt zu haben schien. »Ihr werdet von mir gehört haben.«

»Vielleicht.« Ein Viehhändler sagt nie zu früh »ja« und nie zu früh »nein«. Salomon kannte viele Jankis, aber keinen besonderen.

»Ich komme aus Paris. Das heißt: eigentlich komme ich aus Guebwiller.«

Salomon schob seinen Stuhl zurück, was er, ohne es selber zu bemerken, immer dann tat, wenn ihn ein Geschäft zu interessieren begann. Paris war weit weg, aber Guebwiller war eine bekannte Größe.

»Hat nicht der Sohn von deinem Onkel Jossel nach Guebwiller geheiratet?«, fragte Golde. »Wie hieß er doch schon wieder?«

Zu ihrer Überraschung war es der fremde Mann, der ihre Frage beantwortete. »Schmul«, sagte er. »Mein Vater hieß Schmul.«

»Hieß«, hatte er gesagt, nicht »heißt«, und so murmelten sie alle ihren Segen für den Richter der Wahrheit, bevor sie durcheinander zu reden begannen.

»Ihr seid …?«

»Er ist …?«

»Was für ein Onkel Jossel?«

Ein Onkel, so war das der gute alte jüdische Brauch, ist nicht einfach der Bruder des Vaters oder der Mutter. Auch ein sehr viel weiter entfernter Verwandter kann ein Onkel sein; der Baum ist wichtig, nicht der einzelne Zweig. Salomon hatte diesen Onkel Jossel nicht wirklich gekannt, meinte sich nur an einen kleinen, gelenkigen Mann zu erinnern, der bei einer Chassene so lange getanzt hatte, bis dem Trompeter die Lippen wehtaten. Aber damals war Salomon fünfzehn oder sechzehn gewesen, ein Alter, in dem man sich für alles Mögliche interessiert, nur nicht für unbekannte Verwandte, die zu einer Hochzeit angereist kommen und dann wieder verschwinden.

»Was für ein Onkel Jossel?«, fragte Mimi noch einmal.

»Er war ein Sohn von Onkel Chajim, den du auch nicht kennst«, versuchte Salomon zu erklären, »und dessen Vater und mein Urgroßvater waren Geschwister.« Und setzte nach einer Pause hinzu: »Glaube ich. Aber bin ich Mutter Feigele?« Was heißen sollte: »Wenn du es genauer wissen willst, frag jemanden, der nichts Gescheiteres zu tun hat, als sich den ganzen Tag mit Familienstammbäumen zu befassen.«

»Mischpoche also.« Mimi klang seltsam enttäuscht.

»Aber sehr entfernte Mischpoche«, sagte Janki und lächelte sie an.

›Er hat schöne weiße Zähne‹, dachte sie.

»Mein Vater, Schmul Meijer«, erklärte Janki, »kam eigentlich aus Blotzheim …«

»Genau!«, sagte Salomon.

»… und zog dann nach Guebwiller, weil meine Mutter dort

28

eine Kneipe besaß, wo vor allem die Bauern gern einkehrten. In Guebwiller ist ja jede Woche Markt. Das heißt: die Kneipe gehörte natürlich meinem Großvater, aber der wollte lieber ein Gelehrter sein, und als sich seine Tochter verheiratete, übergab er alles an das junge Paar. Ich hab ihn nur immer in der Wirtsstube vor einem großen Folianten sitzen sehen, an seinem Tisch beim Fenster. Er murmelte beim Studieren vor sich hin, und als kleiner Junge glaubte ich, er könne zaubern.«

Seine Stimme wurde schon wieder heiser, und Chanele schenkte ihm schnell das Glas voll.

»Er konnte aber nicht zaubern«, sagte Janki, als er getrunken hatte. »Bei der Choleraepidemie von 1866 schrieb er Amulette und hängte sie über allen Türen auf. Nur konnte die Krankheit wohl seine Schrift nicht lesen.«

»Er ist gestorben«, sagte Golde, und es war keine Frage.

»Sie sind alle gestorben.« Janki rührte mit dem Finger in seinem Glas und starrte hinein, als könne es auf der Welt nichts Interessanteres geben als einen Strudel aus verkochten Kamillenblüten. »In drei Tagen. Vater. Mutter. Großvater. Der alte Mann hat sich am längsten gewehrt. Lag auf seinem Bett, mit weit aufgerissenen Augen. Ohne zu blinzeln. Er meinte wohl, der Todesengel könne einem nichts anhaben, wenn man ihm nur ins Gesicht sieht. Aber schließlich hat er doch geblinzelt.« Er machte eine Pause und fügte dann, immer noch ohne von seinem Glas aufzusehen, hinzu: »Ich kann ihre Betten noch riechen. Cholera duftet nicht nach Rosen.« Er schüttelte einen Tropfen vom Finger, wie man es beim Seder tut, wenn man zehn Tropfen von seinem Festwein hergibt, um sich nicht allzu sehr zu freuen über die zehn Plagen der Ägypter.

›Ich könnte einen Sohn in seinem Alter haben‹, dachte Golde. ›Und er könnte schon eine Waise sein. Gelobt sei der Richter der Wahrheit.‹

»Du hast keine Geschwister?«, fragte sie, und es war das erste

Mal, dass jemand in diesem Hause »du« zu ihm sagte und nicht »Ihr«, wie zu einem fremden Gast.

»Es ist nicht leicht, der Einzige zu sein«, antwortete Janki, und Mimi nickte, ohne es zu merken. »Das heißt: es ist auch nicht schwer. Man ist nur für sich selber verantwortlich, und das ist gut so.«

Mimi nickte immer noch.

»Alle haben erwartet, dass ich die Kneipe weiterführe. Ich war noch nicht mal zwanzig und sollte ein Leben lang Schnaps einschenken, Gläser waschen, Tische sauber wischen und über die Geschichten der besoffenen Bauern lachen. Ich wollte das nicht. Aber andererseits: das war es, was meine Eltern mir hinterlassen hatten. Wenn es für sie gut genug gewesen war – wer war ich, dass ich etwas anderes haben wollte?«

»Aber du hast dich entschieden?«

Janki schüttelte den Kopf. »Es wurde mir abgenommen. Es kam keiner mehr in die Kneipe. Es waren zu viele Leute in dem Haus gestorben, und für die abergläubischen Bauern war es dort nicht mehr bejuschew. Ich habe einen vernünftigen Preis dafür bekommen, nicht sehr gut, nicht sehr schlecht, und damit bin ich nach Paris gegangen.«

»Warum Paris?«, fragte Chanele, die bisher nur geschwiegen und zugehört hatte.

»Kennst du eine bessere Stadt?«, fragte er zurück, verschränkte die Hände hinter dem Kopf und lehnte sich weit zurück. »Kennt irgendjemand eine bessere Stadt?«

Das war eine Frage, auf die in dieser Küche niemand eine Antwort wusste.

»Ich wollte weg von Guebwiller. Ich wollte etwas werden, das mich davor bewahren würde, jemals dorthin zurückzumüssen. Etwas Besonderes, Seltenes.«

›Entdecker‹, dachte Mimi. ›Seeräuber.‹

»Ich wollte dorthin gehen, wo die Meister sind. So wie manche Leute nach Litauen fahren oder nach Polen, weil dort ein Rabbi lehrt, dem sie nacheifern wollen. Nur habe ich keinen Rabbi gesucht.«

»Sondern?«

»Einen Schneider.«

Wenn Janki »Abdecker« gesagt hätte oder »Totengräber«, die Enttäuschung rund um den Tisch hätte nicht größer sein können. Ein Schneider war so ziemlich das Alltäglichste, was sie kannten, Schneider gab es an jeder Ecke, ein Schneider, das war ihr Nachbar Oggenfuss, ein schmächtiger, kurzsichtiger Mann, der den ganzen Tag auf seinem Tisch saß und sich von seiner Frau herumkommandieren ließ. Ein Schneider? Und dafür war er nach Paris gegangen?

Janki lachte, als er ihre verdutzten Gesichter sah, lachte so heftig, dass sein Husten wieder losging und sein Gesicht sich verzerrte. Er hielt sich das Ende seines Kopfverbandes wie ein Schnupftuch vor den Mund und gestikulierte mit der andern Hand nach mehr Tee. Als sich der Anfall gelegt hatte, sprach er mit ganz leiser, vorsichtiger Stimme weiter, wie man einen verrenkten Fuß nur zögernd auf den Boden setzt.

»Ich bitte um Entschuldigung. Das kommt von der Kälte. Und vom Hunger. Aber ich lebe wenigstens noch. Das heißt: ich lebe sogar sehr gut, seit ich hier bin. Was wollte ich erzählen?«

»Schneider«, sagte Mimi, das Wort mit spitzen Fingern anfassend.

»Natürlich. Ein Schneider in Paris, müsst ihr wissen, das ist nicht einfach einer, der nach dem immer gleichen Schnitt eine Hose zusammennäht, oder bei einem Rock überlegt, wie viel Stoff er dabei für sich auf die Seite bringen kann. Natürlich, solche gibt es auch, und viele. Aber die ich meine, die richtigen, das ist etwas ganz anderes. Das ist wie … wie …« Auf der Suche nach einem passenden Vergleich sah er sich in der Küche um. »Wie ein Sonnenaufgang verglichen mit dieser Ölfunzel. Das sind berühmte Künstler, versteht ihr. Große Herren. Die machen keine Bücklinge vor ihren Kunden. Nehmen selber keine Nadel in die Hand. Dafür haben sie andere.«

»Ein Schneider ist ein Schneider«, sagte Salomon.

»Im Dorf vielleicht. Aber nicht in einer richtigen Stadt. Nicht in Paris. Nicht«, er ließ seine Stimme höher werden, wie man es beim Minjan tut, wenn nach der Nennung des göttlichen Namens alle mit einer Segnung antworten sollen, »nicht, wenn einer François Delormes heißt.«

Niemand in diesem Hause hatte je von François Delormes gehört.

»Ich habe für ihn gearbeitet. Er war der Beste, ein Fürst unter den Schneidern. Einer, der sich erlauben konnte, selbst dem Kaiser nein zu sagen.«

»Nu«, sagte Salomon, der es gewohnt war, misstrauisch zu werden, wenn man ihm einen Handel zu sehr anpries, »es wird nicht gerade ein Kaiser gewesen sein.«

»Es war sein Kammerdiener. Der persönliche Kammerdiener von Napoleon dem Dritten. Er kam zu Monsieur Delormes und bestellte einen Frack. Für den Kaiser. Einen mitternachtsblauen Frack mit silbernen Stickereien. Sagt Delormes: ›Nein.‹ ›Warum nicht?‹, fragt der Kammerdiener. Und Delormes antwortet: ›Blau steht ihm nicht.‹ Ist das nicht wunderbar?«

»Es wird nicht so passiert sein.«

»Ich war dabei! Ich hab das Stoffmuster in der Hand gehabt, das der Kammerdiener ausgesucht hatte.«

»Mitternachtsblau«, sagte Mimi leise. Es klang noch vornehmer als »taubengrau«.

»Ihr seid also ein Schneider?« Chanele, die die ganze Zeit gestanden hatte, setzte sich jetzt auch an den Tisch. »Was für ein Schneider?«

»Gar keiner«, sagte Janki. »Ich habe bald gemerkt, dass ich dafür nicht gemacht bin. Ich hab vielleicht die Geschicklichkeit, aber nicht die Geduld. Ich bin ein ungeduldiger Mensch. Den ganzen Tag ein Stich und noch ein Stich und noch ein Stich, und alle genau gleich lang – das ist nichts für mich. Nein, ich habe im Stofflager gearbeitet. War dabei, wenn die Kunden kamen. Hab ihnen die Muster gezeigt. Die Stoffballen. Wir hatten eine Auswahl … Nur schon Shantungseide gab es in mehr als dreißig verschiedenen Farben.«

›Shantungseide‹, dachte Mimi und wusste, dass ihr im Leben nie mehr ein anderer Stoff gefallen würde.

»Ich habe viel gelernt dabei«, sagte Janki. »Über Materialien. Über Mode. Vor allem: über die Menschen, die sich beides leisten können. Und sie haben angefangen, auch mich zu kennen. Ich fing an, jemand zu werden. Einer hat mir zugeredet, mich selbständig zu machen. Wollte mir Geld dazu leihen. Schließlich hab ich einen kleinen Laden gemietet mit einer kleinen Wohnung. Und dann hab ich meinen Fehler gemacht.«

»Fehler?«, fragte Golde und war ganz erschrocken.

»Ich bin nach Guebwiller zurückgefahren, um meine paar Möbel zu holen, die ich bei einem Fuhrkutscher eingestellt hatte. Sie haben sich gefreut, als ich angekommen bin. Haben mich herzlich empfangen. Haben mich in die Arme genommen und gar nicht mehr losgelassen, diese Schweine!« Die ganze Zeit hatte er gedämpft gesprochen, aber diese letzten Worte schrie er so laut und wütend, dass Golde ängstlich auf die Wand schaute, hinter der die Familie Oggenfuss sicher schon lange schlief.

»›Wie schön, dass du da bist‹, haben sie gesagt.« Jankis Stimme war wieder ganz leise geworden, aber es war etwas darin, das Mimi, mit einem angenehm gruselnden Schauder, denken ließ: ›Wenn er jemanden umbringen müsste, würde er ihn vergiften.‹

»›Wir haben auf dich gewartet‹, haben sie gesagt. ›Du stehst auf der Liste‹, haben sie gesagt. Sie hatten genügend Zeit gehabt, sie zu manipulieren. Es war ja keiner da gewesen, der sich für mich eingesetzt hätte, der den richtigen Mann bestochen hätte zur richtigen Zeit. Ich stand auf der Liste, und gegen die Liste war nichts zu machen. Und so bin ich, statt in Paris einen Laden aufzumachen, mit zwei Dutzend anderen nach Colmar marschiert und wurde Soldat. Zwanzigstes Corps. Zweite Division. Viertes Bataillon des Régiment du Haut-Rhin.«

Es gibt Weine, die muss man, wenn das Fass angestochen ist, schnell trinken, sonst werden sie sauer. Solange das Spundloch fest verschlossen ist, halten sie sich jahrelang, aber einmal geöffnet … Jankis Geschichte sprudelte aus ihm heraus, und wie bei einem unsauber gekelterten Wein schwamm manches darin herum, das einem den Durst oder die Neugier vergällen konnte.

Er erzählte von der Ausbildung, »tausendmal dasselbe, als ob man ein Tepp wäre, ein Idiot, oder zum Teppen gemacht werden sollte«, vom Marschieren, das seine feinen städtischen Stiefel nicht lange durchgehalten hatten, »wenn man sich Lappen um die Füße wickelt, muss man sie vorher in Urin tränken, das ist gut für die Blasen«, von den Pferden der Offiziere, die besser behandelt wurden als die jungen Rekruten, »weil die Pferde nämlich ausschlagen«. Er erzählte, wie es sich anfühlt, wenn man mit Leuten zusammengepfercht ist, mit denen man nichts gemein hat, wie man sie riechen und schmecken und ertragen muss, wie man sich ihre Witze anhören muss, in denen man als Karikatur immer selber vorkommt, »ihr zweitliebstes Thema war das Essen und ihr drittliebstes die Juden.«

Aber selbst, wenn er von Dingen erzählte, die so ekelhaft waren, dass Mimi sich schütteln musste wie jemand, dem ein grober Schnaps die Kehle verbrennt und der doch schon weiß, dass ihm der nächste Schluck besser schmecken wird und der übernächste noch besser, selbst wenn er Erlebnisse beschrieb, bei deren Schilderung Golde unwillkürlich die Hand ausstreckte, als müsse sie ihn davon wegziehen und in Sicherheit bringen, ja, sogar als er Erfahrungen andeutete, wie sie wohl nicht zu vermeiden sind, wenn junge Männer so eng aufeinander leben – Chanele hob die Augenbrauen, und Salomon sagte warnend »Nu!« –, selbst dann noch hatte sein Bericht einen Unterton von Sehnsucht, die Erinnerung an Zeiten, die zwar nicht gut waren, aber doch besser als die, die ihnen folgten. Und sie wussten ja alle, was gefolgt war. Selbst in Endingen, wo die Wellen der Weltgeschichte nur müde ans Ufer schlugen, wusste man über den Krieg Bescheid, hatte von der Gefangennahme und Absetzung des Kaisers gehört, von der großen Schlacht am 1. September, bei der hunderttausend Franzosen gefallen waren – und Janki war vielleicht dabei gewesen, hatte die Schrecken dieses Tages miterlebt und war nur durch ein Wunder, ein wahres Nes min Haschomajim davongekommen.

»Nein«, sagte Janki und gab einen Ton von sich, bei dem man nicht wusste, war es ein Lachen, ein Husten oder ein Schluchzen, »in Sedan war ich nicht. Uns frisch Eingezogenen hat es nicht mehr gereicht. Sie haben uns zwar noch schwören lassen. Auf den Kaiser. Oder aufs Vaterland. Auf irgendwas. Ich weiß es nicht. Ein uralter Oberst hat den Eid für uns gesprochen. Einer von denen, die den Rücken hohl machen müssen, damit sie vor lauter Orden nicht nach vorne umfallen. Mit einer ganz hohen, quäkenden Stimme. Da, wo wir in Reih und Glied standen, hat man die Worte nicht verstanden. Ich hab also etwas geschworen und hab keine Ahnung was.« Diesmal war es eindeutig ein Lachen, aber kein angenehmes. ›Wenn wir in einem Kuhhandel wären‹, dachte Salomon, ›würde ich jetzt nicht kaufen.‹

»Ich weiß nicht, was ich in einer Schlacht getan hätte«, sagte Janki. »Wahrscheinlich hätte ich versucht, davonzulaufen.«

›Nein‹, dachte Mimi. ›Das hättest du nicht getan.‹

»Aber es kam nicht so weit. Wir sind nur immer marschiert. Ich habe nie erfahren, ob von den Deutschen weg oder auf sie los. Marschiert, marschiert, marschiert. Einmal fünfzehn Stunden hintereinander, und am Schluss waren wir wieder im selben

Dorf, wo wir losgegangen waren. Sechs Stunden hin und neun Stunden zurück. Ohne Verpflegung. Wir sind nicht mehr marschiert, wir sind auf zwei Beinen gekrochen. Aber einen feindlichen Soldaten hab ich nie gesehen. Sie hatten keine Zeit für uns. Sie waren zu sehr damit beschäftigt, den Krieg zu gewinnen. – Als der alte Oberst mit der Vogelstimme, der Oberbalmeragges von der Vereidigung, uns erzählte, dass alles vorbei war, lagen wir auf dem Boden wie tote Fliegen und waren zu erschöpft, um zum Zuhören aufzustehen. Und dabei hat er so schöne patriotische Worte gebraucht. Wenn man ihm geglaubt hat, war die Kapitulation ein Triumph. Warum nicht? Wozu war man im Krieg, wenn man hinterher kein Held sein kann? Ich werd meinen Kindern auch einmal erzählen, dass ich gekämpft habe wie ein Löwe.«

Sie waren alle höflich und stellten die Frage nicht. Aber auch Blicke, die ausweichen, können stechen wie Nadeln. Chanele rieb einen trockenen Teller noch trockener, Golde sog an ihrer Unterlippe, und Salomon war angelegentlich mit einer widerspenstigen Strähne in seinem Backenbart beschäftigt. Nur Mimi begann ein »Woher …?«, brach aber mitten im Wort ab und fuhr sich mit der Hand über die Stirn, genau dort, wo auf Jankis schmutzig weißem Turban der Blutfleck saß.

»Der Verband?«, fragte der. »Ach so, der Verband.« Er streckte den Arm in einer elegant auffordernden Geste aus, ein junger Prinz, der in einem von Mimis Romanen eine schöne Küchenmagd zum Tanz aufforderte. »Wenn ihr mir behilflich sein würdet, Mademoiselle?«, sagte er zu Chanele.

Den Knoten nestelte er noch selber auf, aber dann war sie es, die den Verband abrollte, langsam und sorgfältig, wie man vor der Vorlesung die Heilige Schrift aus ihren Windelstreifen wickelt. Es war so still in der Küche, dass alle aufschreckten, als die erste Münze zu Boden fiel.

Nur Janki rührte sich nicht. »Es wird viel gestohlen bei den lieben Kameraden«, sagte er. »Da muss man sich ein gutes Versteck einfallen lassen für sein kleines Vermögen.«

›Er ist ein Seeräuber‹, dachte Mimi.

›Er ist ein Ganew‹, dachte Salomon.

Noch einmal klirrte es auf den Steinplatten, dann war Chanele bereit und klaubte die Münzen, sobald sie sichtbar wurden, aus dem Verband. Was am Schluss ordentlich in einer Reihe auf dem Tisch lag, in Silber und zweimal sogar in Gold, war ein geprägtes Bilderbuch der französischen Geschichte, Louis xv. ein fettes Baby, Louis xvi. ein fetter Erwachsener, der geflügelte Genius der Revolution, Napoleon als griechische Büste, Ludwig xviii. mit Zöpfchen, Louis-Philippe mit Lorbeerkranz und Napoleon iii. mit Knebelbart.

»Das Blut am Verband war echt«, sagte Janki. »Aber es war zum Glück nicht meines.«

Und dann, er schien jetzt so hellwach, wie er bei seiner Ankunft erschöpft gewesen war, erzählte er, wie sie nach dem Waffenstillstand wieder losmarschiert waren, marschiert, marschiert, marschiert, wie zuerst keiner gewusst hatte, wo es hinging, weil ihnen kein Vorgesetzter irgendetwas erklärt hatte – »Sie halten dich dumm, sonst würde ja keiner Soldat bleiben« –, wie sich dann allmählich das Gerücht verbreitet hatte, dass ihr General, der den Krieg nicht hatte gewinnen können, jetzt wenigstens die Niederlage gewinnen wollte, dass es nicht mehr darum gehe, die Deutschen zu schlagen, sondern nur noch, ihnen nicht in die Hände zu fallen, wie sie schließlich, völlig erschöpft, die Grenze überschritten und in lächerlichem Stolz auf der schneebedeckten Straße noch einmal Tritt gefasst hatten vor den eidgenössischen Soldaten – »Das war im Grunde ein jämmerliches Häufchen, und wir waren doch eine ganze Armee« –, wie sie ihre Gewehre zu sauberen Pyramiden gebündelt hatten, immer acht Stück und wieder acht, wie die Offiziere ihre Degen hatten behalten dürfen, natürlich, wie die hohen Herren überhaupt korrekt und geradezu freundschaftlich miteinander umgegangen waren, egal ob Internierer oder Internierte – »Wenn sie nicht gerade aufeinander schießen, sind sie eine große Mischpoche«. Er schilderte, und bekam ganz glänzende Augen dabei, wie die erste Suppe geschmeckt hatte, wie sie kochend heiß aus dem großen Kessel geschöpft worden war, wie aber keiner warten wollte, auch nicht eine Minute, wie sie sich den Mund verbrannt hatten und dabei glücklich gewesen waren, wie sich ein schweizerischer Soldat – »Er trug eine Uniform, aber geredet hat er wie ein Zivilist« –, sich bei ihnen entschuldigt hatte, tatsächlich entschuldigt, dass man ihnen nichts Besseres anzubieten hatte als einen Strohhaufen auf dem Boden einer Scheune – »Als hätten wir sonst in Daunenbetten geschlafen, mit seidenen Nachtmützen« –, wie sie in dem Lager endlich Zeit gehabt hatten, sich auszuruhen, wie sie geschlafen hatten, einfach nur geschlafen, eine Nacht und einen Tag und noch mal eine Nacht. Er redete immer schneller, wie man am Versöhnungstag beim letzten Gebet immer schneller wird, weil die Zeit des Fastens schon zu Ende ist und das Essen wartet, er beschrieb, wie das Lager gar kein Lager gewesen war, sondern einfach ein Dorf, ein verschneites Bauernnest im Jura, wo die Wächter sich genauso langweilten wie die Bewachten, wie sie anfingen miteinander zu reden, wie ihm sein Jiddisch dabei nützlich wurde, wie er sich mit einem Soldaten aus Muri angefreundet hatte, der sein holpriges Französisch an ihm ausprobieren wollte, er ahmte den Mann nach, hampelnd wie ein Badchen, der an einer Hochzeit die Gäste unterhält, führte vor, wie der ihm Wort für Wort nachgesprochen hatte, ohne etwas von der Melodie zu spüren – »Ein Menuett in Holzschuhen getanzt« –, brachte sie zum Lachen und fühlte sich dadurch doch gestört, wollte sich nicht unterbrechen lassen, wie er davor beim Essen keine Unterbrechung geduldet hatte, sagte seine Geschichte auf wie ein Gebet, von dem man jeden Abschnitt schon tausendmal wiederholt hat: wie der Soldat drei

Louis d'Or von ihm verlangte, sich dann aber doch auf einen einzigen herunterhandeln ließ, wie er ihm sogar den Weg aufschrieb, von größerem Ort zu größerem Ort, wie einfach es gewesen war, zwischen den Patrouillen hinauszuspazieren, weil sie mit Fluchtversuchen nicht rechneten oder weil es ihnen egal war – »Einer mehr, einer weniger, was machte das schon aus?« –, wie er dann marschiert war, marschiert, marschiert, marschiert, zuerst nur nachts, aber bald auch am Tag, wie er in Heuschobern geschlafen hatte und einmal in einer Hundehütte, eng an den Hofhund geschmiegt, der genauso fror wie er selber, wie er gebettelt hatte, erfolglos, bei misstrauischen Bauern, die ihm noch nicht einmal einen Gruß gönnten, wie er einmal, auf dem Markt in Solothurn, auch gestohlen hatte, einen braunen Kuchen, mit Mandelpaste gefüllt, das Beste, Beste, Beste, das er je in seinem Leben gekostet hatte, wie »Endingen« ein Zauberwort für ihn gewesen war, die ganzen endlosen Tage, wie er sich damit Mut gemacht hatte, wie er geweint hatte, einfach so vor Glück, als ihm jemand sagte, nur noch bis zum nächsten Ort, dann wäre er da, wie er das Gefühl gehabt hatte, die Tränen gefrören in seinem Gesicht, wie er endlich angekommen war, kalt bis auf die Knochen und beinahe verhungert, und dann hatte ein Goi die Tür geöffnet und hatte ihn beschimpft, und wie er jetzt da war und dableiben wollte, bei seinen Verwandten, für immer.

›Für immer?‹ dachte Salomon.

›Für immer‹, dachte Mimi.

3

Am nächsten Morgen hatte Janki hohes Fieber.

Seine Erkältung, von den Aufregungen des gestrigen Abends nur vorübergehend verdeckt, war mit doppelter Stärke zurückgekehrt, wenn es denn nur eine Erkältung war und nicht, Gott behüte, eine Brustfellentzündung oder Schlimmeres. Salomon hatte sich, ohne den Gast noch einmal zu sehen, schon frühmorgens auf den Weg nach Degermoos gemacht, und so blieb es den drei Frauen überlassen, den Kranken zu pflegen.

Sie hatten ihm sein Bett in der Kammer unterm Dach aufgeschlagen, und da lag er jetzt, am ganzen Körper glühend heiß und trotzdem vor Kälte schlotternd. Die blicklosen Augen waren weit geöffnet, aber wenn man mit der Hand an ihnen vorbeifuhr, folgten die Pupillen der Bewegung nicht. Ab und zu schüttelte ein trockener Husten Jankis Körper, als hämmere ein fremder Mensch von innen gegen seine Brust. Seine Lippen zitterten, ein zu früh geborenes Kind, das weinen möchte, aber noch nicht die Kraft dazu hat, oder ein alter Mann, der alle Tränen, die ihm vom Leben zugeteilt sind, schon verbraucht hat.

Die Kammer war dunkel und stickig. Es gab hier oben, wo sonst höchstens mal ein Schnorrer übernachtete, kein eigentliches Fenster, nur eine Luke, die man hätte öffnen können, um ein bisschen Licht und Luft hereinzulassen. Aber draußen war es eisig kalt, einer von diesen klirrenden Spätwintertagen, an denen einem jeder Atemzug in den Hals schneidet, und gefroren, sagte Golde, hatte Janki – me Neschume! – genug. Die Luke war also zugeblieben, und sie hatten, um den Kranken nicht ganz im Dunkeln zu lassen, flackernde Kerzen anzünden müssen, die jedes Mal beinahe erloschen, wenn sich in dem engen Raum ein Rock bewegte. Die praktische Chanele schlug vor, sie in Gläser zu stellen, aber dagegen wehrte sich Mimi lautstark, und als Chanele nach einem vernünftigen Grund fragte, wischte sich Mimi Tränen aus den Augen und verweigerte jede Antwort. Der unaussprechliche Grund, Golde empfand das genauso wie ihre Tochter, war natürlich, dass solche Kerzen wie Jahrzeitlichter ausgesehen hätten, die man am Todestag eines Verwandten zur Erinnerung aufstellt.

Zwischen den Kerzen auf dem alten Nachtkasten – ein Bein

fehlte, und sie hatten ein Holzscheit unterlegen müssen –, von den flackernden Dochten eingerahmt, lag Jankis gelbes Halstuch, in das Golde seine Geldstücke eingeknotet hatte, die ganzen Könige, Kaiser und revolutionären Geister. Sie vermied es, dort hinzusehen, denn als sie das schwere Häufchen in der Hand gehalten hatte, war ihr ein Gedanke durch den Kopf gegangen, für den sie sich immer noch schämte. ›Genug für eine Lewaje‹, hatte sie gedacht, ›genug Geld für eine Beerdigung.‹

Im Bemühen, Janki etwas Gutes zu tun, drängten sich die drei Frauen vor seinem Bett, Ellbogen an Ellbogen. Chanele tupfte ihm mit einem feuchten Tuch die weißliche Kruste ab, die sich immer wieder auf seinen Lippen bildete, wie bei einem Säugling, der saure Milch aufstößt. Golde versuchte, ihm einen Schluck lauwarmen Tee einzuflößen, der ihm aber nur das Kinn hinunter in den Hemdkragen lief. Die Spur der Flüssigkeit schimmerte einen Moment auf seiner heißen Haut und war dann schon wieder verschwunden. Mimi hatte einen Kamm geholt, ihren eigenen Kamm, und strich ihm schon zum dritten Mal die Haare aus der feuchten Stirn.

Da begann Janki plötzlich zu sprechen.

Es war mehr ein Murmeln, nach innen gerichtet, nicht nach außen, er sagte sich selber etwas vor, um sich daran zu erinnern oder um es zu vergessen. Die Worte konnten sie nicht verstehen, obwohl es immer dieselben wenigen Silben waren, wieder und wieder und wieder.

»Er betet«, sagte Golde und verbot sich daran zu denken, welches Gebet ein Schwerkranker wohl sprechen könnte.

»Vielleicht hat er Hunger«, meinte Chanele.

»Scha!«, machte Mimi und beugte sich so tief über den Kranken, dass sein Geruch, irritierend sauber und leicht säuerlich wie Brotteig, sie so umgab, dass sie davon ganz umarmt wurde. Ihr Ohr war nahe an seinem Mund, aber sie spürte keinen Atem, hörte nur die Worte, die französisch waren, aber unverständlich, und die sie sinnlos eifersüchtig machten, ein fremdes Gespräch, in das sie nicht einbezogen war. »Es heißt nichts«, sagte sie lauter als nötig. »Es ergibt keinen Sinn. Er ist krank, und er braucht Ruhe, und überhaupt: es hilft ihm nicht, wenn wir uns hier gegenseitig auf die Füße treten.« Damit lief sie hinaus, sie hörten ihre Schritte auf der Treppe, und die beiden andern Frauen, die Mimi ein Leben lang kannten, brauchten nur einen Blick, um sich zu bestätigen, dass sie sich jetzt in ihrem Zimmer einschließen und die nächsten Stunden nicht mehr sehen lassen würde.

»Ich werd dann mal zu Pomeranz gehen«, sagte Golde nach einer Pause. Da, wo der Techías-Hameijsim-Tee nicht half, setzte sie im Kampf gegen Krankheiten aller Art gern ihre stärkste Waffe ein: eine Fleischbrühe, so kräftig gekocht, dass ein ganzes Pfund Fleisch nur eine einzige Tasse davon ergab. Für gewöhnlich hätte sie Chanele zum Schochet Pomeranz geschickt, um das Stück abgedeckte Flanke holen zu lassen, aber der kurze Gang durch die kalte Luft würde ihr gut tun, dachte sie, würde ihr den Kopf klären, der ganz vernebelt war von der stickigen Luft. »Du kümmerst dich so lange«, sagte sie zu Chanele und stand schon unter der Tür.

Von Goldes gluckenhafter Besorgnis ebenso befreit wie von Mimis unpraktischem Übereifer, öffnete Chanele zunächst einmal die Dachluke – auch mit Fieber, sagte sie sich, kann man unter einem dicken Federbett nicht erfrieren –, blies die Kerzen aus, setzte sich dann mit einer Schüssel Essigwasser ans Bett und wechselte methodisch die kalten Umschläge, die das Fieber in die Füße und von dort aus dem Körper ziehen sollten. Einmal, im Kampf mit dem Fremden in seiner Brust, wälzte sich Janki so heftig, dass er das Federbett zu Boden warf. Die Haut seiner Beine war blasser als die seines Gesichts, und sein Geschlechtsteil war lang und dünn.

Die französischen Worte, die er so oft wiederholte, ohne sich später daran erinnern zu können, waren zwei Zeilen aus einem

Lied; von einem Trommler, der zum Marschieren trommelt, und von Raben, die auf Bäumen sitzen und warten.

In einem Dorf hat die Nacht viele Augen und noch mehr Ohren. Der nächtliche Besuch hatte sich in der Gemeinde bestimmt schon herumgesprochen, und Golde wusste, dass jeder, dem sie begegnete, Fragen stellen würde, manche ausgesprochen, die meisten, noch viel drängender, ohne Worte. Sie ging also nicht direkt zur Marktgasse, sondern machte den Umweg über den Mühleweg, der Surb entlang und an der Mikwe, dem Badhaus, vorbei, wo sie um diese Zeit kaum eine Bekannte antreffen würde. Auch die kleine Wiese, wo der Fluss seinen sanften Bogen macht und man auf den flachen Steinen die Wäsche so gut sauber reiben kann, würde bei der eisigen Kälte verlassen sein.

Sie ging schnell, mit ihren kurzen, immer etwas watschelnden Schritten, eine Ente, die man mit dem Stecken antreibt, und die sich doch nicht zum Fliegen entschließen kann. Der Wind fegte Eispartikel von den Bäumen; sie trafen Goldes Gesicht wie feine Nadeln, und der stechende Schmerz war ihr angenehm, weil er den Einkauf von einem Pfund Suppenfleisch zu einer Mission voller Opferbereitschaft adelte. Dort, wo die Gassen wieder enger wurden und links und rechts die Häuser mit ihren neugierigen Fenstern auf sie warteten, zog sie das schwarze Umschlagtuch fester um den Kopf, und schaffte es tatsächlich, den Laden von Naftali Pomeranz zu erreichen, ohne ein einziges Mal angesprochen zu werden.

Naftali war nicht da. Nur Pinchas, der Sohn, auf den Pomeranz so stolz war, hütete das Geschäft, ein schlaksiger Bursche, lang und dürr wie sein Vater, mit schütterem Bartwuchs und einer großen Zahnlücke, in der er, wenn er verlegen war, mit der Zunge spielte. Er stand mit einem Lappen in der einen und einem Buch in der anderen Hand beim Fenster, hatte wohl angefangen zu putzen und war dann wieder in seine Lektüre versunken. Als Golde ihn ansprach, erschrak er übermäßig, ließ sein Buch fallen, bekam es gerade noch zu fassen, musste sich nach dem Lappen bücken und sagte schließlich, der Vater sei nach Schul gegangen, in die Synagoge, um schon einmal die Torahrollen für den Gottesdienst an Pessach vorzubereiten, ob sie nicht später noch einmal wiederkommen wolle, allzu lange könne es nicht dauern.

›Kein Wunder, dass er mit seinen fünfundzwanzig Jahren immer noch nicht verheiratet ist‹, dachte Golde. Nein, sagte sie streng, sie könne nicht später wiederkommen, sie habe einen kranken Gast zu Hause, der seine stärkende Suppe brauche und das so schnell wie möglich.

»Ich würde den Vater ja gerne, wirklich gerne holen«, sagte Pinchas und fing fast an zu stottern, »aber er hat mir ausdrücklich befohlen, dass ich im Laden …«

»Lauf!«

Sarah Pomeranz war hereingekommen, die Frau, die mit ihrem Käsekuchen Rothschilds Koch beschämte. Sie war, obwohl sie ihr Leben in der Küche verbrachte, genau so hager wie ihr Mann und ihr Sohn. Es gehörte bei ihr fast zur Alltagstracht, dass ihre Hände bis über die Knöchel hinaus voller Mehl waren, und sie musste sie erst an der Schürze abwischen, bevor sie Golde gehörig begrüßen konnte. Sie schloss die Ladentür hinter Pinchas ab – »Wer kauft schon Fleisch, mitten in der Woche?« – und sagte in ihrer bestimmenden Art: »Ihr werdet ein Tässchen Kaffee mit mir trinken, ganz ohne Umstände, man gibt's, wie man's hat.« Golde, der von all den Aufregungen ein wenig übel war, nahm die Einladung gerne an, auch wenn sie wohl wusste, dass hier ebensoviel Neugier wie Gastfreundschaft im Spiel war. Wer Geheimnisse für sich behält, schafft sich keine Freunde.

Während Sarah eine Hand voll Bohnen in die Kaffeemühle rinnen ließ und, um zu zeigen, wie sehr sie diesen Besuch schätzte, noch eine halbe Hand voll dazu, begann Golde zu berichten. »Er ist so alt wie mein Sohn«, sagte sie, denn manchmal, vor allem bei Geschehnissen, die ihr Gemüt heftig bewegten, sah sie das Kind, das nicht hatte leben dürfen, als erwachsenen Mann vor sich.

»Ein Fremder soll er sein, sagt man.«

»Franzose, ja.«

»Und wie kommt er zu euch?«

»Er ist Mischpoche von meinem Mann.«

»Ah, Mischpoche«, wiederholte Sarah, als wäre damit alles erklärt, und es war ja auch alles erklärt. »Und er heißt?«

»Janki. Janki Meijer.«

Sarah stellte die große Teigschüssel auf den Boden, um Platz auf dem Tisch zu schaffen, und rückte einen Stuhl für Golde zurecht. »Er soll eine Uniform tragen, sagt man.«

»Er war Soldat.«

»Verwundet?«

»Nein, es ist ihm – boruch Haschem! – nichts passiert.«

»Aber er hat einen Verband. Sagt man.«

»Den hat er nur … nur zur Sicherheit.« Es gibt nichts, merkte Golde, das einen mehr mit einem Menschen verbindet als ein gemeinsames Geheimnis.

Während ihre Gastgeberin die Kurbel der Kaffeemühle bediente, nur mit den Fingerspitzen, als könne sie dadurch das Geräusch leiser machen, erzählte Golde, was sie von Janki wusste. Sie musste dabei – wann hat man schon so ein Abenteuer zu erzählen? – ein bisschen übertrieben haben, denn als der Kaffee aufgegossen war, viel Kaffee, wenig Wasser, wie man es bei geehrten Gästen tut, setzte sich Sarah mit den Worten vor ihre Tasse: »Wenn man bedenkt … Nicht älter als mein Pinchas und hat schon Sedan überlebt!« Sie machte das Geräusch des jüdischen Staunens, ein langgezogenes Sssss, bei dem man den Kopf hin- und herbewegt, dass der Ton auf und abzuschwellen scheint.

»Er hat nicht einen einzigen Schuss gehört«, versuchte Golde zu korrigieren.

»Nicht einmal gehört? In einer so großen Schlacht? Ja, wunderbar kann Gott einen schützen!« Und weil sie die Schammes-Pflichten ihres Mannes immer auch als die eigenen betrachtete, fügte Sarah hinzu: »Man wird ihn zur Tauroh aufrufen und er wird Gaumel bentschen.«

Golde widersprach nicht weiter. Es gibt nun mal Geschichten, die sind stärker als die Wirklichkeit. Außerdem tat ihr der Gedanke wohl, dass Janki, den sie in Gedanken schon ihren Janki nannte, ein Held sein sollte, und schließlich: sich die Füße blutig marschieren und mit einem Hofhund die Hundehütte teilen – ist das weniger heldenhaft, als in einer Schlacht zu kämpfen? Sie freute sich schon auf den Moment, wo er, wieder genesen, bei der Torah-Vorlesung mitten in der Synagoge auf dem Almemor stehen und Gaumel bentschen würde. Wer hatte mehr Grund als er, das Dankgebet für überstandene Gefahren zu sprechen? Von der Frauenschul herab würde sie ihm dabei zusehen, und die anderen Frauen würden sagen: »Ohne Goldes Fleischbrühe hätte er, Gott behüte, nicht uberlebt.«

Sie tranken ihren Kaffee, schwarz und mit viel Zucker, und Sarah errötete vor Stolz, als Golde ihr berichtete, wie gut dem von Gott beschützten Janki ihr Käsekuchen geschmeckt habe, wie kein Stückchen davon übriggeblieben sei, ja, die Krümel hatte er noch zusammengeschoben und aus der Handfläche aufgeleckt. »Er passt zu uns ins Dorf«, sagte Sarah aus tiefster Überzeugung, und Golde hörte sich zur eigenen Überraschung aussprechen, was sie bisher noch nicht einmal richtig gedacht hatte: »Ja, er wird hier bleiben. Wir nehmen ihn bei uns auf. Er hat ja sonst niemanden mehr.«

Dann kam Naftali Pomeranz herein und hätte die ganzen Neuigkeiten auch gerne gehört, wurde aber in den Laden geschickt, um das Fleisch abzuschneiden. Sarah bestand darauf –

»Das ist das mindeste, das wir tun können!« –, dass Golde das kleine Paket nicht etwa selber nach Hause trug, sondern dass Pinchas sie begleitete. Etwas für einen Kranken zu tun, sei schließlich eine gottgefällige Tat, eine Mizwe, und außerdem werde es ihrem Sohn ein Vergnügen sein, »nicht wahr, Pinchasle?«.

Pinchas machte so lange Schritte, dass Golde mit ihren kurzen Beinen fast rennen musste, um auf gleicher Höhe zu bleiben. Aus reiner Höflichkeit versuchte sie ein-, zweimal, sich mit dem jungen Mann zu unterhalten, lobte ihn dafür, dass er, wie man höre, einmal als Schochet ein tüchtiger Nachfolger seines Vaters zu werden verspreche, konnte ihm aber keinen vernünftigen Satz entlocken. Erst als sie vor der Tür des Doppelhauses standen und er ihr das Paket übergab, stieß er plötzlich hervor: »Abraham Singer kommt sicher oft zu euch, nicht wahr?« Drehte sich um und rannte davon, ohne eine Antwort abzuwarten.

›Seltsam‹, dachte Golde. ›Was interessiert es ihn, ob sich bei Mimi schon der Heiratsvermittler gemeldet hat?‹

Noch während die Fleischbrühe kochte – vielleicht tat ja der Duft allein, durchs ganze Haus ziehend, seine Wirkung –, schlief Janki ein. Sein Atem, wenn auch immer noch mit einem leisen, papierenen Rascheln, ging so ruhig, und seine Stirne war um so vieles kühler, dass Chanele seine Füße abtrocknete, sie zudeckte und auf Zehenspitzen aus der Kammer schlich.

Janki war jetzt ganz allein. Onkel Melnitz saß auf dem leeren Stuhl vor seinem Bett und redete auf ihn ein.

»Du schläfst«, sagte Melnitz. »Du denkst, es kann dir nichts mehr passieren, weil du jetzt bei uns bist. Aber das stimmt nicht. Es ist hier nicht anders als anderswo. Es ist nirgendwo anders.

Vor zehn Jahren war es zum letzten Mal soweit. Hier in Endingen, ja. Wir sollten ein paar Rechte mehr bekommen. Nicht Rechte wie die Christen, aber doch fast schon wie Menschen. Dafür haben sie uns die Fenster eingeworfen. Nicht nur die

Fenster. Es kann schon mal vorkommen, dass so ein Stein an einem Kopf landet. Die kleine Pnina war selber schuld. Sie hätte schneller wegrennen sollen. Oder sich unsichtbar machen. Sie würden uns sehr viel mehr lieben, wenn wir unsichtbar wären, ja.

Es gab keine Schuldigen, weil keiner dabei gewesen war. Keiner, den man kannte. So hatten sie das besprochen. Es war auch abgesprochen, dass alles unvorbereitet passieren würde. Aus dem Volk heraus. Aus dem Moment.«

Onkel Melnitz hatte die Augen geschlossen, wie jemand, der eine lang gelernte Lektion nur aufsagt, um sicher zu sein, dass er sie nicht vergessen hat.

»Und am Anfang des Jahrhunderts hatten wir hier in Endingen den Zwetschgenkrieg, ja. Ein kleiner Krieg. Wir leben in einem kleinen Land. Die Franzosen hatten damals die Schweiz besetzt. Napoleon. Aber nicht gegen ihn haben sie Krieg geführt. Er hätte sich vor ihren Stöcken kaum gefürchtet. Gegen uns haben sie gekämpft. Das ist einfacher. Sie haben uns schon lange beigebracht, uns nicht zu wehren.

Man nannte es Zwetschgenkrieg, weil damals die reifen Zwetschgen an den Bäumen hingen. Sie warten gerne, bis die Ernte vorbei ist. Vorher hat man so viel anderes zu tun. Nachher braucht man einen Ort, wo man hin kann mit seiner Kraft.

Es gab noch einen anderen Namen dafür. Bändelikrieg. Weil sie den Händlern, die sie zusammenschlugen, die bunten Bänder stahlen. Sie nahmen auch anderes, aber die Bänder hat man hinterher gesehen. An die Jacken geheftet. An die Ärmel. An die Hüte. Als Orden, ja. Um zu zeigen, dass sie dabei gewesen waren. Stolz. Hinterher haben sie immer nur zwei Möglichkeiten. Stolz sein oder sich schämen. Da sind sie lieber stolz.

Einer aus dem Dorf, ein Gemeindevorsteher – er hieß Guggenheim, wie das Wirtshaus – hat versucht, mit ihnen zu reden. Das war falsch. Wer redet, ist ein Mensch, und sie wollen nicht, dass wir Menschen sind. Weil man einem Menschen nicht die Mistgabel ins Gesicht sticht, dass ein Zinken durch die eine Backe hineingeht und durch die andere wieder heraus. Weil man bei einem Menschen nicht lacht, wenn er dann zu reden versucht und es nicht kann, weil seine Zunge eingerissen ist. Weil man einem Menschen nicht einen Dreschflegel an den Hinterkopf haut, nur damit er aufhört zu schreien.

Zwetschgenkrieg, ja. Sie haben es Krieg genannt, weil sie das Wort zu Helden gemacht hat. Sie sind immer Helden, wenn sie auf uns losgehen.«

Janki hatte die Augen geschlossen. Über seiner Brust hob und senkte sich die Decke nur noch leicht, ein Schiff, das in den Hafen eingelaufen ist und sich noch von fern an die Wellen erinnert. Eine Hand lag neben seinem Kopf, die Handfläche nach oben, als warte er auf ein Geschenk.

»Du denkst, du bist jetzt in Sicherheit«, sagte Melnitz. »Aber es gibt keine Sicherheit. Als er auf dem Boden lag und sich nicht mehr rührte, hat ihm einer den Stiefel auf den Kopf gestellt. Einer, den die Mädchen mochten, weil er sie auch nach einer Flasche Wein nicht gegen ihren Willen anfasste. Einer, der Melodien zu spielen verstand, auf einem Kamm mit einem darüber gefalteten Blatt. Einer, der schnell noch Löwenzahn pflückte für das Kaninchen, dem er das Genick zu brechen hatte. Ein netter Mensch.

Er hat ihm den Stiefel auf den Kopf gestellt und ihm das Gesicht in den Dreck gedrückt, weil er anders die Mistgabel nicht herausziehen konnte. Werkzeug ist teuer, und die Gabel gehörte nicht ihm. Wenn er allein gewesen wäre, hätte er sich entschuldigt, während er es tat. Er war ein anständiger Mensch, ja. Aber er war nicht allein. Sie sind nie allein.

Es gibt keine Sicherheit«, sagte Melnitz und erzählte noch eine Geschichte und noch eine. Er sprach ohne Eile, einer, der viel Zeit zu füllen hat. Wie man die Schmonesre spricht an den hohen Feiertagen, immer noch eine Einschaltung und noch eine. »Manchmal schreien sie«, sagte er, »und manchmal flüstern sie. Manchmal schweigen sie lange, und man denkt, sie hätten uns vergessen. Aber sie vergessen uns nicht. Glaub mir, Janki. Sie vergessen uns nicht.«

Der Duft der Fleischbrühe erfüllte jetzt das ganze Haus, so wie Weihrauch, hört man erzählen, eine Kirche erfüllt.

4

»Pferde?«

Salomon hatte Janki nicht gerne mitgenommen. Erstens gehören Leute, die gerade noch krank gewesen sind, ins Haus, und zweitens … Das Zweite hatte er Golde nicht sagen können. Seine Frau hatte diesen hereingeschneiten Verwandten so rückhaltlos ins Herz geschlossen, wie Mimi vor Jahren einmal das Kätzchen, das ein Bauernknecht hatte ertränken wollen und das sie unter Gefahren, die bei jeder Wiederholung der Geschichte größer wurden, aus der Surb gerettet hatte. Genau wie damals hätten auch hier keine Argumente gefruchtet, und schon gar nicht hätte Golde den eigentlichen Grund für seine Ablehnung akzeptiert: Salomon traute Janki nicht. Es war nur ein Gefühl, ein Grummeln im Bauch, aber Salomon hatte schon manches schlechte Geschäft vermieden, weil er seinem Bauch mehr geglaubt hatte als seinem Kopf. Erklär du das einer Frau!

So hatte er also nachgegeben, nicht wegen Jankis bittenden Augen, auch wenn die in dessen eingefallenem Gesicht so groß erschienen wie bei einer trächtigen Kuh, sondern um seine Ruhe zu haben. Er hatte ihm sogar einen Mantel geliehen, seinen eigenen alten Mantel, den er immer anzog, wenn er wusste, dass er den ganzen Tag in Ställen verbringen würde, hatte sich darüber geärgert – »Nu, nach Veilchen wird er duften!« –, dass Janki die

Nase rümpfte und den schweren Stoff so verächtlich zwischen den Fingern prüfte, wie ein Getreidehändler eine taube Ähre zerreißt. Auch Stiefel hatte er ihm geliehen, nein, geschenkt; was soll man Großzügigkeiten aufschieben, um die man doch nicht herumkommt? »Es ist doch schön«, hatte Golde gesagt, »dass er sich so für dein Geschäft interessiert. Wer weiß, vielleicht ist das später auch einmal etwas für ihn.« Und Salomon, getreu dem Sprichwort, dass Schlucken besser ist als Spucken, hatte nicht geantwortet: »Ein Schneider als Beheijmeshändler? Soll er den Kühen Reithosen anmessen?«

Jetzt gingen sie also nebeneinander her, Salomons Regenschirm legte seine Lochspur, und Jankis Stiefel, immer ein paar Schritte zurück, trampelten sie wieder zu. Es war der erste warme Tag dieses Jahres; der Frühling tropfte frisch getaut von den Bäumen, auf denen die Vögel das Zwitschern so eifrig übten, als seien ihre Schnäbel all die Monate zugefroren gewesen. In Salomon Meijer war keine Spur von Romantik, er kannte nicht einmal das Wort, und doch wäre es ihm gerade heute richtiger erschienen, wenn sie schweigend durch den plätschernden Morgen gegangen wären.

Aber Janki redete. Hielt, vom Fieber immer noch geschwächt, nur mühsam Schritt und redete. Blieb stehen, um Atem zu schöpfen, rannte ein paar Schritte hinterher, was ihn noch kurzatmiger machte, und redete. Salomon ging nicht schneller als sonst, aber auch nicht langsamer. Er war unterwegs, um in dem Stall, den er beim Matten-Bauern gemietet hatte, den Metzgermeister Gubser zu treffen, und er würde mit gewohnter Pünktlichkeit bei seiner Verabredung sein. Janki wollte unbedingt mitkommen? Nu, sollte er. Wenn er seine mageren Kräfte mit Schwatzen vergeuden wollte, statt sie fürs Gehen zu sparen, seine Sache.

Am Abend seiner Ankunft hatte Janki geredet wie ein kleiner Junge, der nach seinem ersten Tag im Cheder nach Hause kommt und sich alle Ängste, die er bei dem fremden Lehrer durchgestanden hat, von der Seele erzählen muss. Jetzt hatte sein kurzatmiger Redefluss etwas von einem Quacksalber, der auf dem Markt selbstgebraute Medizin anpreist, gut gegen Kopfweh, Zahnweh und Weiberbeschwerden, der garantierte Heilung verspricht, wenn der Patient nur drei Wochen lang, pünktlich jeden Tag zur selben Zeit, das Gebräu schlucken wolle – wohl wissend, dass er selber in drei Wochen weit weg auf einem anderen Markt stehen und dass in einem Jahr oder auch nur in einem halben jedes Versprechen vergessen wird.

»Pferde? Was soll ich mit Pferden? Kühe sind mein Geschäft.«

»Ja«, sagte Janki, »das hab ich verstanden, aber man muss doch auch Neues ausprobieren.«

»Wieso?«

»Um weiterzukommen. Monsieur Delormes hat immer wieder neue Schnitte entworfen. Breite Rockaufschläge. Schmale Rockaufschläge. Gar keine Rockaufschläge.«

»›Gar keine‹ gefällt mir. Weil Kühe nämlich keine Gehröcke tragen.« Bei Golde hatte er sich die Witze noch verkneifen müssen. Aber es war nicht Salomon Meijers Art, etwas zu verschwenden.

»Es wäre eine gute Zeit für Pferde.«

»Weißt du das als Soldat oder als Schneider?«

»Ich weiß es von dem Mann aus Muri. Mit dem ich im Lager Französisch gesprochen habe.«

»Ein Pferdehändler?«

»Er war Lehrer.«

»In einer Schule für Pferde?«

Bei seinen Bauern durfte sich Salomon keine Ironie erlauben. Umso mehr Spaß machte ihm jetzt die Auseinandersetzung. Er schlenkerte sogar vergnügt seinen Regenschirm einmal rund um die Hand, wie es verliebte Knechte am Sonntag mit ihren Spazierstöcken taten.

»Er hat mir etwas erzählt«, sagte Janki. »Es war geheim, aber er hat es mir verraten, weil er stolz darauf war, dass er alle Wörter dafür wusste. Das heißt: fast alle Wörter.«

»Nu?«

Janki, scheinbar nur an der Sauberkeit seiner neuen alten Stiefel interessiert, machte einen sorgfältigen Bogen um eine Pfütze. Ein anderer hätte nicht einmal gemerkt, dass er damit nur das letzte Zögern vor einer Entscheidung kaschieren wollte, aber wer viele Kuhhändel mitgemacht hat, lernt solche Zeichen lesen.

»Nu?«, fragte Salomon noch einmal.

Janki hustete, obwohl gar kein Husten mehr in ihm drin war. Dann blieb er stehen. »Wir können das Geschäft gemeinsam machen.«

›Ich hätte weitergehen sollen‹, sagte sich Salomon später. ›Einfach weitergehen und ihm nicht zuhören. Dann wäre vieles anders gekommen.‹

Aber er ging nicht weiter. Er blieb ebenfalls stehen und fragte: »Was für ein Geschäft?«

»Pferde«, sagte Janki und hatte jetzt ein Lächeln im Gesicht, das Salomon so sehr missfiel, wie es Mimi gefallen haben würde. »Wir werden Pferde verkaufen, die wir nicht haben.«

Das Geschäft, das Janki vorschlug, als sich die beiden zwischen den tropfenden Obstbäumen gegenüberstanden, das er ihm übereifrig erläuterte, während sie wieder, langsamer als vorher, nebeneinander hergingen, das er mit quacksalberischer Beredsamkeit anpries, als sie, viel zu schnell an ihrem Ziel angekommen, noch einmal gestikulierend stehen blieben, dieses Geschäft ging so:

Die französischen Offiziere – »denen wir auch noch die Stiefel putzen mussten, obwohl sie kaum mal einen Fuß auf den Boden setzten« –, all die Lieutenants, Capitaines und Colonels, waren den Weg in die Internierung nicht etwa marschiert, sondern stolz über die Grenze geritten, mit frisch eingefettetem Zaumzeug, hatten ihren Pferden, die bedeutend besser genährt waren als die mühsam dahinschlurfenden Infanteristen, im Spalier der Schweizer Soldaten noch einmal die Zügel schießen lassen, dass die tänzelten und traversierten, um zu zeigen: »Wir sind nicht etwa als Besiegte hierhergekommen; wir haben noch überschüssige Kraft, und wenn wir es anders gewollt hätten, hätten wir es anders gemacht.«

Sie hatten dann – »Und wir Teppen haben es uns gefallen lassen, zumindest am ersten Tag« –, all die duftenden Heuballen, die die übermüdeten Soldaten schon für ein bequemes Lager auseinandergerissen hatten, für sich requiriert, Stroh für die Truppen, Heu für die Pferde, waren in der ersten Woche sogar noch ausgeritten, die Rücken durchgedrückt und die Zügel locker zwischen zwei behandschuhten Fingern, aber dann war das Heu knapp geworden, von Hafer gar nicht zu reden, und schließlich hatten die Pferde nur noch dagestanden, in Ställen, soweit das möglich war, aber auch ganz einfach unter freiem Himmel, in langen Reihen angebunden; man hatte versucht, große Feuer anzuzünden, um sie ein bisschen zu wärmen, aber der Rauch hatte sie nur unruhig und bissig gemacht.

»Es sind ein paar schöne Tiere darunter«, sagte Janki, »vor allem die Privatpferde der Offiziere, aber die meisten sind natürlich vom Tross, Brauerei- und Kutscherpferde, mit denen sich kein Jagdspringen gewinnen lässt, aber dafür eine Kanone aus dem Dreck ziehen. Hunderte von Pferden. Metzgerfutter.«

»Nu?«, machte Salomon, und in diese einzige Silbe war eine ganze Droosche gepackt, eine Predigt, die den Schriftvers auslegte: »Du sollst einem Behejmeshändler, der sich nur für Kühe interessiert, nichts von Pferden erzählen.«

»Jetzt kommt das, was noch keiner weiß«, sagte Janki und fasste Salomon am Ärmel, eine Vertraulichkeit, die sich nicht einmal Golde erlaubte. »Es soll möglichst lange ein Geheimnis bleiben, damit keiner sein Privatgeschäft damit macht. Aber dieser als Soldat verkleidete Schulmeister hat es mir verraten. Man hat beschlossen, alle französischen Pferde zu verkaufen, um damit einen Teil der Kosten für die Internierung zu bezahlen. Eine große Auktion wird es geben, in Saignelégier.«

»Und?«

Janki starrte Salomon an, verwundert und mitleidig, wie man jemanden ansieht, dem man ein Rätsel gestellt hat, und der immer noch nach der Lösung sucht, obwohl sie doch klar vor ihm liegt. »›Und?‹, fragst du? Es werden so viele Pferde auf dem Markt sein, dass die Preise in der Schweiz zusammenbrechen müssen. Hinterhertragen wird man uns die Viecher, wenn wir nur kaufen.«

»Wir werden nicht kaufen.«

»Doch. Nachdem wir vorher verkauft haben.«

Und dann schilderte er Salomon noch einmal seinen Plan, den Plan, den er im Internierungslager ausgeheckt hatte, er, Janki Meijer, ganz allein, der einzig denkende Mensch unter lauter willenlosen, apathischen Abwartern, den Plan, der ihm auf seinem langen Fußmarsch durch die Schweiz Kraft gegeben hatte, an dem er sich in einer stinkenden Hundehütte gewärmt, an dem er sich aus seinem Fieber herausgezogen hatte wie an einem Seil, weil keine Zeit zu verlieren war, nicht ein Tag, weil jetzt die Gelegenheit da war und nicht wiederkommen würde.

Sie würden einem Metzger, am besten gleich dem Metzgermeister Gubser, mit dem Salomon verabredet war, Pferdefleisch verkaufen, auf Kontrakt, fällig in einem Monat, hundert Kilo, zweihundert, fünfhundert, was wusste Janki, so viel Gubser ihnen nur abnehmen würde, sie würden ihm einen Preis anbieten, so günstig, dass er glauben müsste, sie seien meschugge geworden, eine Mezije, der niemand widerstehen konnte, schon gar nicht ein goijischer Metzger, denn die, das wusste Janki noch aus der Kneipe in Guebwiller, waren immer bereit, jemanden über den Tisch zu ziehen. Aber dann, wenn der Kontrakt fällig war und das Fleisch zu liefern, würden die Preise für Pferde gefallen sein, auf einen Stand, so tief wie noch nie, der Metzger würde sich krank ärgern – »Aber ist das unser Problem?« –, und sie würden einen Reijwech machen, genug um sich damit als Schneider zu etablieren oder als Tuchhändler oder als was immer man wollte. So sicher war sich Janki seiner Sache, dass er es wagte, den Viehhändler, auf dessen Unterstützung er doch angewiesen war, in komischer Verzerrung zu parodieren.

»Nu?«, fragte Janki.

Salomon Meijer kraulte seinen Backenbart. ›Ein gutes Zeichen‹, dachte Janki, der ihn nicht kannte. Salomon schaute nachdenklich den Hügel hinunter, wo keine zweihundert Meter weiter der Stall stand, wo er schon erwartet wurde, dann rammte er seinen Regenschirm in den weichen Boden, dass der aus eigener Kraft zu stehen schien, Moses' Stab vor dem Pharao, lehnte sich an einen Baum, wie sich Raw Bodenheimer manchmal an das Bücherregal lehnte, wenn er beim Lehrvortrag zu einer Erklärung ansetzte, und sagte: »Schau dir diesen Schirm an!«

»Den Schirm?«

»Ich hab ihn immer bei mir, und ich spann ihn nie auf. Warum?«

Janki breitete hilflos die Arme aus. Er hatte keine Ahnung, worauf Salomon hinauswollte.

»Er ist ein Zeichen. Etwas, das auffällt. Das mich von allen andern Juden, die mit Beheijmes handeln, unterscheidet. Wie sich der Topf, in dem ich mir im Gasthaus etwas koche, wenn ich über Nacht dort bleiben muss, von allen andern Töpfen unterscheidet. Weil ich ein Zeichen daran mache. Drei Buchstaben, ein Chaw, ein Schiin und ein Reijsch, mit Kreide innen auf den Boden geschrieben. Das Wort ›koscher‹. Wenn die Buchstaben beim nächsten Mal noch da sind, weiß ich: den Topf darf ich verwenden. Verstehst du?«

Janki verstand gar nichts. Wie waren sie von den Pferden zu einem Schirm gekommen und vom Schirm zu einem Topf?

Salomon ließ sich nicht hetzen. Er brachte seine Gedanken so langsam und sorgfältig zu Ende, wie der Raw es tat, wenn er zwei weit auseinanderliegende Zitate zusammenführte, um eine strittige Stelle zu klären. »Ich hab mir den Schirm angewöhnt, damit die Leute wissen, wer ich bin. Der Jud mit dem Schirm. Wie man Pferden, wenn du von Pferden reden willst, ein Zeichen in den Hintern brennt. Man hat ihn mir schon zweimal gestohlen, weil bei den Bauernbuben ein Gerücht herumgeht, ich würde darin«, er wies auf den Bauch des Schirms, wo sich der schwarze Stoff im sanften Frühlingswind blähte, »mein Geld aufbewahren. Nu, sollen sie ihn stehlen. Was kostet so ein Schirm? Ich hab noch drei gleiche zu Hause.« Wenn Salomon lachte, hielt er die Lippen geschlossen, und seine Backen mit den roten Äderchen wurden rund wie zwei Apfelhälften.

»Ich bin der Jud mit dem Schirm. Und die Leute wissen: dieser Jud ist ehrlich. Dieser Jud betrügt nicht. Auf den Jud können wir uns verlassen. Nicht, dass ich ihnen Geschenke mache. Da würden sie sagen: Der Jud ist dumm. Wenn sie eine Kuh, die ich kaufen soll, zwei Tage ungemolken im Stall stehen lassen, damit das Euter praller aussieht, dann lach ich sie aus. Aber umgekehrt muss es genauso sein. Wenn sie beim Jud mit dem Schirm eine Milchkuh aussuchen und an den Hornringen sehen wollen, wie oft sie schon gekalbt hat, dann sind die Hörner nicht abgeraspelt. Ein Schlachtrind, das man bei mir kauft, hat nicht vor der Salzlecke gedurstet und sich dann vor Gier mit Wasser vollgesoffen, damit es ein paar Kilo mehr auf die Waage bringt. Das wissen die Leute, und darum machen sie ihr Geschäft mit mir und nicht mit einem andern. Davon lebe ich, das ist meine Parnoosse. Und weil das so ist, und weil das auch so bleiben soll …«

»Aber es ist eine einmalige Gelegenheit«, sagte Janki flehend und wusste doch, dass er verloren hatte.

»Weil das auch so bleiben soll«, fuhr Salomon fort, »werde ich dem Metzger Gubser kein Pferdefleisch auf Kontrakt verkaufen, an dem er nur Geld verlieren kann. Gerade dem Metzger Gubser nicht, weil ich ihn nämlich nicht mag. Hab ich mir all die Jahre einen Namen gemacht, nur um ihn mir selber für ein paar Goldstücke abzukaufen und dann wegzuschmeißen?« Er zog die Schirmspitze schnalzend aus dem schlammigen Boden, und dann ging er den Hügel hinunter auf den Stall zu, den Schirm bei jedem zweiten Schritt in den Boden stechend, als müsse er eine Grenzlinie markieren.

Der Metzgermeister Gubser hatte etwas Pfarrerhaftes an sich, einen salbungsvollen Ton, der ihn bei den Hausfrauen, die bei ihm einkauften, beliebt machte. Er hatte die Eigenschaft, Worte, die er nicht meinte, zwei- oder dreimal zu wiederholen, wobei er seine fleischige rote Hand aufs Herz legte, als habe er vor Gericht einen Eid zu leisten.

»Ah, der neue Verwandte«, sagte er und machte vor Janki einen halben Bückling. »Ich habe schon von ihm gehört. Willkommen, willkommen, willkommen. Auch Viehhändler?«

»Auch Geschäftsmann«, antwortete Janki, und Salomon blies mit geschlossenen Lippen die Backen auf.

»Aus Frankreich, habe ich gehört. Bei Sedan dabei gewesen. Das muss schrecklich gewesen sein. Schrecklich.«

»Es gibt angenehmere Aufenthaltsorte als Schlachtfelder«, sagte Janki, und Gubser lachte so laut und herzlich, als habe er noch nie ein geschliffeneres Bonmot gehört.

»Brillant«, sagte er, »brillant, brillant. Aber ihr Juden könnt eben mit Worten umgehen, das weiß man. Drum muss man sich ja auch so in Acht nehmen, wenn man mit euch Geschäfte macht. Aber der Herr Meijer weiß, dass ich euch deshalb keinen Vorwurf mache. Es ist nun mal jeder so, wie ihn unser Herrgott geschaffen hat. Ein Kalb ist kein Schaf, und eine Sau ist keine Geiß.«

Salomon, die Hände auf den Griff seines Schirms gestützt, schien die leeren Schwalbennester zu zählen, die am Dachgebälk des Stalles klebten.

»Heute brauche ich eine Kuh«, sagte Gubser. »Eine billige Kuh mit viel Fleisch am Knochen. Von mir aus auch alt und zäh. Die Wurst heißt Wurst, weil es wurst ist, was man hineinstopft.« Er lachte laut und lange, und als Janki in sein Gelächter nicht einstimmte, fragte er: »Hat er das jetzt nicht verstanden, euer Franzose?«

»Versteht er mich nicht, oder will er mich nicht verstehen?«, sagte Salomon eine Woche später auch zu Golde. »Ich frage ihn, wie er sich seine Zukunft vorstellt, und er sieht mich nur an und zuckt die Schultern und geht spazieren.«

»Er soll sich erholen. Er ist krank gewesen und muss etwas für seine Gesundheit tun.« Goldes Stimme klang dumpf, denn ihr Kopf steckte in dem großen Schaft in der Stube wie in einer Höhle. Auf dem Boden kauernd fischte sie aus der hintersten Ecke all die Dinge, die man nie wegwirft und doch nur beim großen Saubermachen zu Pessach in die Hand nimmt. Sie hielt ihrem Mann eine bemalte Porzellanscherbe hin, ein Stück jenes Tellers, den man vor bald fünfundzwanzig Jahren am Tag ihrer Verlobung zerbrochen und verteilt hatte, und die beiden tauschten ein Lächeln, wie man es nur nach langen Ehejahren lächeln kann, zusammengesetzt aus gleichen Teilen zufriedener Erinnerung und fast ebenso zufriedener Resignation.

»Trotzdem«, sagte Salomon. Er half Golde auf die Füße und versuchte, sich nicht daran zu erinnern, wie viel leichter an Körper und Seele sie einmal gewesen war. »Er rennt durch die Landschaft, man weiß nicht wohin, und wenn man ein Wort mit ihm reden will, hört er nicht zu.«

»Er ist jung«, sagte Golde. »Und er ist enttäuscht, scheint mir. Was war das für ein Geschäft, das er dir vorgeschlagen hat?«

»Kein sauberes.« Geschäfte waren Männersache. Salomon

fragte Golde auch nicht danach, warum all die henkellosen Tassen und angeschlagenen Gläser einmal im Jahr so gründlich gereinigt werden mussten, nur um dann wieder zwölf Monate lang im untersten Fach zu verstauben. »Ich konnte da nicht mitmachen. Aber das ist kein Grund, den ganzen Tag mutterseelenallein durch die Welt zu laufen. Die Leute reden schon.«

Golde füllte die Schürze mit Geschirr, eine Bauersfrau, die im Herbst Birnen aufliest. Sie kaute auf ihrer Unterlippe herum, fest entschlossen, ihrem Mann, der immer alles zu wissen glaubte und doch überhaupt nichts begriff, kein Wort von dem zu verraten, was die Leute wirklich redeten. Aber dann, schon halb aus dem Zimmer, war es stärker als sie. Sie drehte sich noch einmal um und sagte: »Er ist nicht immer allein.«

»Ich heiße eigentlich Miriam«, hatte Mimi gesagt. »Sie nennen mich Mimi, weil sie mich behandeln wie ein Kind. Aber ich bin kein Kind mehr.«

»Nein«, hatte Janki geantwortet, »du bist kein Kind mehr.« Und er hatte sie angesehen mit einem Blick, »mit einem Blick«, hatte Mimi noch am selben Tag der Tochter des Schulmeisters erzählt, »dass man rot werden müsste, wenn es kein Verwandter wäre.«

Die Freundschaft zwischen den beiden jungen Frauen ging auf Kinderzeiten zurück. Sie hatten miteinander im flachen Wasser geplanscht, als sie noch zu klein waren, um zu verstehen, dass sie zwar zum selben Dorf gehörten, aber in verschiedene Welten. Auch in der Episode mit dem geretteten Kätzchen hatte Anne-Kathrin eine wichtige Rolle gespielt; sie hatte das langstielige Netz angeschleppt, das ihr Vater immer zum Fischen mitnahm, in der nie erfüllten Hoffnung, dass ihm einmal der große, der wirklich ganz große Hecht an die Angel gehen würde. Unterdessen trafen sich die beiden nur noch heimlich, nicht weil jemand ihren Umgang getadelt oder gar verboten hätte, sondern weil diese Heimlichkeit ihren eigenen Reiz hatte. Ein Schloss am

Tagebuch macht auch noch das unwichtigste Geständnis wertvoll.

»Er hat Augen …«, sagte Mimi. »Ganz lange Wimpern, die seine Wangen streicheln. Und wenn er sie dann aufschlägt …« Sie dehnte ihren Körper, wie damals das Kätzchen, wenn man es hinter den Ohren kraulte, und auch der Ton, den sie dabei von sich gab, erinnerte an ein Miauen.

»Du bist verliebt«, sagte Anne-Kathrin und war ganz neidisch.

Mimi widersprach so heftig, wie ein schuldiger Angeklagter. »Und überhaupt ist er mein Cousin.«

»Weit entfernt.«

»Ja«, sagte Mimi und dehnte ihren Körper schon wieder. »Sehr weit entfernt.«

»Eigentlich heiße ich Miriam«, hatte sie zu ihm gesagt, und er hatte, nicht auf Jiddisch, sondern für einmal auf Französisch, geantwortet: »C'est dommage.«

Miriams, hatte er ihr erklärt, gab es so viele wie Pailletten auf einem Tanzkleid, eine mehr, eine weniger, was kam es drauf an? Aber Mimi, ah, eine Mimi war ihm bisher nur ein einziges Mal begegnet, das heißt: nicht wirklich begegnet, er hatte nur von ihr gelesen, in einem Roman, aber schon damals gedacht: das ist ein ganz besonderer Name, und wer ihn trägt, muss ein ganz besonderer Mensch sein.

»Und *er* ist in *dich* verliebt!« Wenn Anne-Kathrin aufgeregt war, überschlug sich ihre Stimme kieksend. Eine Taube flog erschrocken auf, und die beiden Mädchen lachten über den dummen Vogel, wie sie wohl in diesem Moment über den winzigsten Anlass gelacht oder geweint haben würden.

Sie saßen in der runden Laube, die Anne-Kathrins Vater, der viel vom Aufenthalt in freier Luft hielt, am Ende des Schulmeistergartens hatte errichten lassen. Um dorthin zu gelangen, musste man den ganzen langgestreckten Garten durchqueren, an allen Beeten vorbei, die zu dieser Jahreszeit noch kahl und ungenutzt vor sich hindämmerten. Nur ein paar Zwiebeln hatte der Schulmeister schon gesetzt; die Kartoffeln erhielt er, auch wenn manche dieses Deputat als altmodisch abschaffen wollten, von der Gemeinde. Die Beete waren durch eine Reihe von Rosenstöcken abgetrennt, und ein großer Holunderstrauch versperrte zusätzlich den Einblick. Gerade weil die Laube so scheinbar offen dalag, war sie ein ideales Versteck.

»Er will das Buch besorgen. Bis nach Baden will er laufen, hat er gesagt, nur um es für mich zu finden. Obwohl er solche Wege hasst, seit er als Soldat so viel hat marschieren müssen.«

Anne-Kathrin führte die Enden ihrer langen blonden Zöpfe vor der Nase zusammen und schielte dabei ein bisschen. »Wie ein Ritter«, sagte sie leise, »wenn er auszieht, um einen Schatz zu finden.« Eigentlich hatte sie »den heiligen Gral« sagen sollen, aber das war ihr gegenüber Mimi nicht passend erschienen.

»Und er will es mir vorlesen. Wir müssen nur einen geeigneten Ort dafür finden. Bei uns zu Hause steht im Moment alles Kopf, aber selbst, wenn nicht bald Pessach wäre ... Meine Eltern, du weißt.«

Natürlich bot Anne-Kathrin ihrer Freundin für deren Rendezvous die Laube an. Fremde Abenteuer, an denen man mitgewirkt hat, sind fast wie eigene.

5

Mimi war une fille charmante«, las Janki vor, Wort für Wort ins Jiddische übersetzend und manchmal, wenn ihm der passende Ausdruck nicht gleich einfallen wollte, auch einfach auf Französisch. »Sie war neunzehn Jahre alt« – »zweiundzwanzig« stand im Buch, aber da seine Zuhörerin neunzehn war, schien ihm die kleine Änderung angebracht –, »klein, fein und selbstsicher. Ihr Gesicht war wie eine erste Skizze zum Porträt einer Aristokratin, aber ihre Züge, zart in den Umrissen und, wie es schien, vom Strahlen ihrer klaren blauen Augen sanft beleuchtet …«

›Anne-Kathrin hat blaue Augen‹, dachte Mimi, ›aber sie ist keine Aristokratin. Ganz bestimmt keine Aristokratin.‹

»… aber ihre Züge«, wiederholte Janki, der sich in den Nebensätzen des Romans verirrt hatte, »zeigten manchmal, wenn sie müde oder schlecht gelaunt war, einen Ausdruck von fast wilder Brutalität.«

›Brutalität?‹, dachte Mimi, und merkte erst an Jankis Reaktion, dass sie es laut gesagt hatte.

»Ich habe nicht gut übersetzt. Bei ihr ist das etwas Positives. Es meint ›Stärke‹ oder ›Kraft‹.«

›Das passt besser‹, dachte Mimi.

»… einen Ausdruck von fast wilder Kraft, in der ein Physiognom wohl die Anzeichen eines tiefen Egoismus oder einer großen Gefühllosigkeit erkannt hätte. – Es ist schwer, die richtigen Worte zu finden«, setzte er schnell hinzu, »auf Jiddisch klingt es viel zu plump.«

»Weiter!«, sagte Mimi gebieterisch und spürte, als sich Janki gehorsam wieder über das Buch beugte, fast so etwas wie wilde Brutalität in sich.

»Ihr Gesicht war von ungewöhnlichem Reiz, ihr Lächeln jung und frisch, und ihre Blicke voll Zärtlichkeit und Koketterie. Das Blut der Jugend floss warm und schnell in ihren Adern und schenkte ihrem Teint, der so weiß war wie Kamelienblüten, ein zartes Rosa.«

›Kamelienblüten‹, dachte Mimi und atmete tief ein. In der Luft von Endingen hing der Gestank der Frühjahrsgülle, die ein Bauer auf seinem Feld ausbrachte. Die Bank in der Laube war aus ungehobelten Brettern gezimmert, der Boden noch vom Herbst mit verrottetem Laub bedeckt, aber Mimi lag hingestreckt auf dem Sofa einer Mansarde, und neben ihr saß ein begnadeter junger Poet und las ihr Gedichte vor, die er in langen Nächten nur für sie verfasst hatte.

»Ihre Hände waren so schwach, so winzig, so weich an seinen Lippen; diese Kinderhände, in die Rodolphe sein neu zum Leben erwachtes Herz gelegt hatte; diese schneeweißen Hände von Mademoiselle Mimi, die mit ihren rosigen Fingernägeln bald sein Herz in Stücke reißen sollte.« Janki markierte mit seinem eigenen Fingernagel die Stelle und klappte das Buch zu.

»Weiterlesen! Bitte!«

Janki schüttelte den Kopf, eine Geste, die Mimi mehr ahnte als wahrnahm. Sie hatte die Augen geschlossen, und die warme Frühlingssonne streichelte ihre Lider.

»Es tut mir leid«, sagte Janki. »Das ist kein Buch für junge Mädchen.«

»Ich bin kein Kind mehr!«, sagte Mimi, aber nicht heftig und herausfordernd wie in den Auseinandersetzungen mit ihren Eltern, sondern leise und mit einer Spur von Überraschung.

»Es war nur, weil mich der Name erinnert hat … Mimi.« Es war ihr, als habe sie noch nie jemand so genannt. »Aber du bist ja eine Miriam.«

»Weißt du das so genau?« Das Kätzchen dehnte schon wieder die Glieder. »Wenn man tief einatmet«, hatte Anne-Kathrin ihr geraten, »dann schauen sie einem auf die Brüste.« Mimi atmete tief ein. Es klang wie ein Stöhnen.

»Tut dir etwas weh?«, fragte Janki.

»Nur, dass du mich wie ein kleines Mädchen behandelst.« Sie hatte für diese Antwort nicht einen Moment überlegen müssen und war sehr stolz auf sich. »Wie geht die Geschichte weiter?«

»Sie verlässt ihn.«

»Oh.«

»Und dann kommt sie zu ihm zurück. Aber es ist zu spät.«

»Weil sie mit einem andern verheiratet ist?«

Janki lächelte. »Heiraten … Das Buch heißt *Scènes de la vie de bohème*.«

»Natürlich«, sagte Mimi schnell, denn es leuchtete ihr ein, dass ein Buch mit Fantasie zu tun hat, während eine Hochzeit, vor allem in Endingen … Der Schadchen Abraham Singer war schon mehr als einmal da gewesen, aber sie hatte Golde jedes Mal gebeten ihn wegzuschicken. Was sollte sie mit Schuhmachersöhnen und Talmudstudenten? Pinchas mit der Zahnlücke, der Sohn vom Schochet Pomeranz, machte auch jedes Mal Kuhaugen, wenn er ihr begegnete, und brachte kein Wort heraus. Darum brauchte man ja Bücher, weil in denen alles anders war. Weil in denen der Richtige plötzlich vor der Tür stand, man musste ihn nur hereinlassen. »Natürlich«, wiederholte sie und kam sich sehr verrucht vor. »Warum sollte sie heiraten?«

»Sie lässt sich mit Männern ein«, sagte Janki und schaute ihr fest ins Gesicht. »Weil sie ihr Geschenke machen.«

»In dem Buch?«

»In dem Buch. Aber das gibt es auch wirklich. Ich habe solche Mädchen gekannt. Die Näherinnen bei Monsieur Delormes … Deine Eltern würden nicht wollen, dass ich dir davon erzähle.«

»Meine Eltern sind nicht hier«, sagte Mimi.

»Nein«, antwortete Janki, »deine Eltern sind nicht hier.«

Salomon Meijer war wieder einmal wegen einer Kuh unterwegs. Und Golde – wer kann aufzählen, wo eine jüdische Hausfrau überall zu tun hat, wenige Tage vor Pessach? Meerrettich für die Sederplatte musste sie besorgen und mit Erde zudecken, damit er frisch blieb und scharf, um die Mazzen musste sie sich kümmern, und sie wollte ja auch, nur lekowed Jontew, versteht sich, nicht mit den selben Bändern am selben Kleid in der Synagoge erscheinen wie beim letzten Mal.

Chanele war allein zu Hause, als der Metzgermeister Gubser vor der Tür ankam, und sie hörte sein Klopfen zuerst gar nicht. Sie war auf den Dachboden gestiegen, um schon mal die erste

Kiste mit Pessachgeschirr herunterzutragen, und im Vorbeigehen – wenn sie sich nicht kümmerte, wer kümmerte sich dann? – war ihr eingefallen, dass die kleine Kammer mal wieder sauber gemacht und gelüftet werden sollte. Es war auch dringend nötig. Wenn man die Wange ganz fest aufs Kopfkissen drückte, konnte man Jankis männliche Ausdünstung schon deutlich riechen, nach Rauch, nach Schweiß und ein ganz klein wenig nach Zimt.

Die Kammer war ordentlich aufgeräumt, nur das gelbe Halstuch mit den eingeknoteten Münzen war nirgends zu sehen. ›Er wird sich ein Versteck dafür gesucht haben‹, dachte Chanele und fühlte sich, nur einen Augenblick lang, von solchem Misstrauen verletzt. Die fremde Uniform hing kerzengerade, als müsse sie immer noch habachtstehen, über einem Bügel. Obwohl Chanele sie ausgebürstet und mehrere Nächte lang draußen gelüftet hatte, haftete auch ihr immer noch ein Geruch an, der wohl der Geruch des Krieges war: Heu, Schießpulver und Tabak. Wenn man die Augen schloss …

Aber unten hämmerte Gubser jetzt heftiger gegen die Tür, mit dem schweren Stock, den er immer bei sich trug, um widerspenstiges Vieh anzutreiben, und den er, wenn er auf der Straße einer guten Kundin begegnete, wie ein Gewehr zu präsentieren pflegte.

Vor Chanele präsentierte er nicht, machte nur seinen halben Bückling, bei dem man nicht wusste, ob er höflich oder ironisch beleidigend gemeint war, und fragte: »Der Herr Meijer nicht zu Hause?«

»Es sind alle unterwegs.«

»Ich hätte es mir denken können. Fleißige Leute. Immer fleißig. Wie die Ameisen.«

»Kann ich ihm etwas bestellen?«

»Das wäre reizend von Ihnen, schönes Fräulein, reizend. Ich bin Ihnen ausgesprochen zu Dank verpflichtet.« Gubser legte die Hand auf die Brust, dort, wo sich über dem Herzen etwas wölbte, das wohl seine Geldbörse war. »Sagen Sie ihm, er ist ein kluger Mann. Es ist schon richtig, was man sagt: Wenn ein Christ klug ist, ist er gescheit, wenn ein Jud klug ist, ist er schlau. Sagen Sie ihm, es hat funktioniert.«

»Soll ich ihm auch sagen, was funktioniert hat?«

»Das wird er wohl selber wissen, nicht? Vielleicht will er ja nicht, dass es jeder erfährt. Diskretion nennt man das. Diskretion. Er ist ein kluger Mann. Sagen Sie ihm, er soll bei mir vorbeikommen. Ich hätte da etwas für ihn.«

»Was?«

Aber Gubser schüttelte nur den Kopf, duckte sich noch einmal zu einem halben Bückling und ging schon wieder die Straße hinunter. Bevor er beim Badweg um die Ecke bog, machte er einen kleinen Hüpfer, wie auf dem Tanzboden.

Sein Weg führte ihn am Schulhaus vorbei, wo er Anne-Kathrin, den Blondschopf mit den schweren Zöpfen, über einen Stickrahmen gebeugt im Erker der Schulmeisterwohnung sitzen sah. Es war ein malerisches, gut eidgenössisches Bild, und Gubser konnte nicht wissen, dass Anne-Kathrin weder die Geduld noch die geschickten Finger für so eine feine Arbeit besaß und ihr ganzes Leben noch keine Stickerei zu Ende gebracht hatte. Sie hatte nur einen Vorwand gesucht, um unauffällig nach ihrem Vater Ausschau halten zu können, der wieder einmal zu einem seiner gesunden Ausflüge in die freie Natur aufgebrochen war, im Marschtempo und mit geschultertem Spazierstock. Sollte er früher als erwartet zurückkommen, so war es mit Mimi verabredet, würde Anne-Kathrin sofort in ihr eigenes Zimmer laufen, das auf den Garten hinausging, und dort am offenen Fenster die schweren Wintersachen ausklopfen, die jetzt, wo es wärmer wurde, verpackt und mottensicher weggesperrt werden mussten. Der Teppichklopfer, sie hatten es ausprobiert, machte ein befriedigend lautes Geräusch, das in der Laube gut zu hören war.

Direkt hinter der Laube verlief eine Hecke, in der Anne-Kathrin schon als Schulmädchen eine Lücke entdeckt und aus wechselnden Gründen bis heute immer wieder erweitert hatte. Man konnte sich dort hindurchzwängen, zu einem schmalen Weg, der zum Fluss führte, und wenn man nicht vergaß, sich verräterische Kletten vom Rock zu zupfen, ahnte nachher niemand, wie man dorthin gelangt war.

Janki hatte in dem Buch weitergeblättert und übersetzte jetzt eine Stelle, in der Rodolphes enthusiastische Beredsamkeit, »abwechselnd zärtlich, mitreißend und melancholisch«, seine Mimi immer mehr für ihn einnahm. »Sie fühlte«, las Janki, »wie das Eis der Gleichgültigkeit, das ihr Herz so lange empfindungslos gemacht hatte, vor seiner Liebe zu schmelzen begann. Dann warf sie sich an seine Brust und sagte ihm mit Küssen, was sie mit Worten nicht sagen konnte.« Er verstummte, und Mimi, deren Kopf sich, sie wusste nicht wie, an seine Schulter gelegt hatte, machte ein ungeduldig maunzendes Geräusch.

»L'aurore – wie sagt man aurore?«, fragte Janki.

»Morgenröte«, antwortete Mimi und musste das Wort gleich noch einmal wiederholen. »Die Morgenröte.«

»Die Morgenröte überraschte sie in enger Umarmung, Auge in Auge, Hand in Hand, und ihre feuchten, brennenden Lippen ...«

Es war, sagte Mimi später zu Anne-Kathrin, wirklich nur eine Fliege gewesen, eine für die Jahreszeit viel zu frühe Fliege, die sich auf ihre Nase gesetzt und sie aufgeschreckt hatte, nur ein Weghabenwollen und Abschütteln, und wenn ihre Lippen für einen Augenblick Jankis Mund berührt hatten, nur für den Bruchteil einer Sekunde darüber weggewischt waren, dann war das keine Absicht gewesen, certainement pas, und er hatte auch, anders als es ein junger Mann aus dem Dorf getan haben würde, reagiert wie ein Kavalier, nämlich überhaupt nicht, hatte so getan, als habe er nichts bemerkt, als sei überhaupt nichts passiert, und es war ja auch nichts vorgefallen, sagte Mimi zu Anne-Kathrin, gar nichts, sie hatten ein Buch zusammen gelesen, das werde wohl erlaubt sein, auch wenn ihre Mutter ihr immer Vorwürfe machte wegen ihrer Liebe zur Literatur; wenn es nach ihr ginge, müsste man glatt versauern als junges Mädchen.

Anne-Kathrin gab ihr recht und ließ sich das, was nicht passiert war, ganz genau erzählen, wie Mimi »Pardon!« gesagt hatte, ganz ruhig und kühl, wie wenn man im Gedränge auf dem Markt jemandem aus Versehen zu nahe gekommen ist, wie Janki nur genickt hatte, wie aber seine Augen, diese großen, ausdrucksvollen Augen, Mimi angeschaut hatten – »wie wenn einer durstig ist, verstehst du?« –, und Anne-Kathrin verstand sehr gut und wollte die ganze Geschichte noch einmal hören, nur um Mimi bestätigen zu können, dass es kein Kuss gewesen war, ganz bestimmt kein Kuss.

Janki las den angefangenen Satz nie zu Ende. Er ließ sogar das Buch in der Laube liegen, und Anne-Kathrin musste es später in ihrem Zimmer unter dem Kopfkissen verstecken. Auf dem Nachhauseweg ging er neben Mimi her wie ein Fremder, ein Cousin neben einer Cousine, die er nicht näher kennt. Golde hatte einen Augenblick lang den Eindruck, sie hätten sich gestritten, aber sie vergaß den Gedanken gleich wieder, weil eine andere Sache sie viel mehr beschäftigte: Der Metzgermeister Gubser wollte ganz dringend mit Salomon sprechen, und der hatte keine Ahnung, worum es sich handeln könnte.

Als Salomon bei Gubser ankam, saß der schon beim Essen. Seine Frau, eine eckige Person, die sich beim Wurst-Abschneiden und Aufschnitt-Zuwiegen eine mechanische Präzision der Bewegungen angewöhnt hatte, öffnete ihm die Tür zum Esszimmer, wo sich Gubser und drei rotgesichtige Söhne über ihre Teller beugten. Alle vier sahen nur kurz auf, wie sie wohl in der Kirche nur kurz vom Gesangbuch aufgesehen haben würden, wenn sich nach Beginn des Gottesdienstes noch jemand hätte durch die Reihe zwängen wollen. Gubser war als Erster mit dem Essen fertig, wischte mit einem Stück Brot die Soße zusammen und sagte dann, immer noch kauend: »Ah, der Herr Meijer! Welch freudige Überraschung! Darf ich Ihnen etwas anbieten? Eine Scheibe Schinken vielleicht?«

»Sie wollten mich sprechen, sagt man mir.«

»Wollte ich das? Ich kann mich gar nicht erinnern. Aber nehmen Sie doch Platz, lieber, lieber Herr Meijer! Sind Sie sicher, dass Sie uns nicht mit irgendetwas die Ehre antun wollen? Nein? Aber einen Schluck Wein werden Sie doch trinken. Erika, ein Glas für unseren Gast!«

Sie spielten das Spiel nicht zum ersten Mal. Metzgermeister Gubser wusste sehr wohl, dass Salomon Meijer bei ihm weder etwas essen noch Wein trinken durfte, und seine Sticheleien hatten nicht mehr zu bedeuten als die Komplimente, die er seinen Kundinnen als kostenlose Suppenknochen zu ihren Einkäufen packte.

»Ich will Sie nicht lange aufhalten«, sagte Salomon. »Ich bin nur gleich gekommen, weil man mir sagte, die Angelegenheit sei dringlich.«

»Angelegenheit?«, wiederholte Gubser. Er sprach das Wort so gedehnt und fragend aus, als höre er es zum ersten Mal. »Was sollten wir zwei denn für eine Angelegenheit ...?«

»Chanele sagt ...«

»Chanele?« Gubser ahmte Salomons singenden Tonfall so überzeugend nach, dass seine drei Söhne in ihre Teller kicherten. »Ah, die junge Dame, die so freundlich war, mir dann doch noch die Tür zu öffnen. Ganz hübsch, wenn sie nicht diese Augenbrauen hätte.«

»Sie sagt, Sie hätten mir etwas zu geben.«

»Das muss sie wohl falsch verstanden haben. Ihre Leute sollen ja schon immer besser im Reden als im Zuhören gewesen sein.« Der älteste Gubser-Sohn, eigentlich schon erwachsen, lachte laut, was seine Mutter, ohne aufzublicken, mit einer präzisen Ohrfeige quittierte.

»Dann bitte ich, die Störung zu entschuldigen.« Salomon setzte den Hut wieder auf.

»Nicht so schnell, nicht so schnell, lieber Herr Meijer!« Gubser wischte sich mit dem Rockärmel über den Mund und stand auf. »Gehen wir ins Kontor. Die Buben müssen nicht alles hören.«

Das Zimmer, das Gubser Kontor nannte, war ein enger Raum mit kleinen Fenstern, die kaum Licht durchließen, weil sie mit zinngefassten Wappenscheiben vollgehängt waren. Auf dem Tisch beleuchtete eine Petroleumlampe ein Durcheinander von Rechnungen und Briefen, die einzelnen Stapel mit Schlachtmessern und anderen Metzgerutensilien beschwert. Auf einem der Stapel stand ein schwerer Aschenbecher aus Messing. Gubser – er musste sich dazu zwischen dem Tisch und einem Stehpult mit vielen Schubfächern hindurchquetschen – setzte sich in einen hochlehnigen Stuhl mit gedrechselten Beinen, der besser in eine alte Burg als in eine Metzgerswohnung gepasst hätte, und wies auf einen dazu passenden Hocker. »Bitte!«

»Ich stehe lieber, wenn Sie nichts dagegen haben.«

»Ich habe etwas dagegen, mein lieber Herr Meijer. Ihr müsst auch mal lernen, es euch gemütlich zu machen.«

Salomon setzte sich. Da nirgendwo Platz war, um seinen Hut abzulegen, hängte er ihn über den Griff seines Schirms.

»Jaaa …« Gubser lehnte sich in seinen Stuhl zurück, und hakte beide Daumen in die Armlöcher seiner Weste. ›Ein Bauer‹, dachte Salomon, ›der Vieh anzubieten hat, wenn alle andern kaufen müssen. Einer, der sich aufs Feilschen freut, weil er dabei nur gewinnen kann. Gleich wird er sich einen Stumpen anzünden.‹

»Nehmen Sie auch einen!«, sagte Gubser und streckte ihm das Holzkistchen hin. »Oder ist euch das auch verboten?«

»Es ist erlaubt. Aber ich rauche nicht. Ich bin ein Schnupfer.«

Das Anzünden der plumpen Zigarre war ein umständlicher Prozess. Gubser blätterte einen Packen Briefe durch, wählte einen aus, rollte ihn fest zusammen, hielt ihn über die Lampe und drehte dann den Stumpen paffend über dem brennenden Papier. »Jaaa …«, sagte er noch einmal, als die Operation endlich zu seiner Zufriedenheit abgeschlossen war, »dann wollen wir doch mal herausfinden, wie es zu diesem Missverständnis kommen konnte.«

»Sie waren heute Nachmittag bei uns …«

»Natürlich, natürlich. Aber bei aller Höflichkeit, für die eure Leute ja zu Recht berühmt sind, hätte ich nicht erwartet, dass Sie mir noch am selben Tag einen Gegenbesuch abstatten.«

»Sie haben mir ausrichten lassen …«

»Ihnen?« Der Metzger grinste, wie einer, der sich beim Witze-Erzählen am Stammtisch der Pointe nähert. »Dem Herrn Meijer!«

Salomon starrte ihn verständnislos an.

»Oder müsste ich sagen: dem Monsieur Meijer? Was ist er? Ein Neffe, ein Vetter? Bei euch weiß man das nie so genau.«

»Janki?« Ein Viehhändler macht nur gute Geschäfte, wenn man ihm nicht ansieht, was er denkt. Salomon war in diesem Moment ein sehr schlechter Viehhändler.

Gubser lachte laut und selbstgefällig.

»Was wollen Sie von Janki?«

Der Metzgermeister kniff die Augen zusammen, spitzte die Lippen, produzierte eine Reihe von fetten Rauchringen und sah zu, wie sie im Halbdunkel langsam zerflatterten. Dann erst antwortete er. »Ich weiß nicht, ob ich Ihnen das verraten darf. Sie würden es auch nicht schätzen, wenn andere Leute über *Ihre* Geschäfte Bescheid wüssten.«

Ein zweites Mal ließ sich Salomon seine Verwirrung nicht anmerken. Wenn einer etwas erzählen will und sich noch ziert, bringt man ihn mit Schweigen schneller zum Reden als mit Fragen.

»Aber andererseits«, sagte Gubser nach einer Pause, »seid ihr ja Familie. Oder – wie nennt man das bei euch? – Mischpoche. Alles eine Mischpoche.«

Salomon schwieg immer noch.

»Dieser Janki ist ein guter Mann. Noch sehr jung, natürlich, aber nicht dumm. Gar nicht dumm. Der wird es weit bringen. Vor allem hat er eine gute Nase … Das soll jetzt keine Anspielung sein, mein lieber Herr Meijer, keine Anspielung, um Himmels willen. Sie wissen, dass ich über körperliche Eigenheiten anderer Menschen nie spotten würde. Nie. Eine sehr gute Nase für die richtigen Leute hat er. Eine bessere als Sie, wenn ich Ihnen das so direkt sagen darf.«

Salomon betrachtete angelegentlich eine Wappenscheibe, die links eine halbe rote Lilie und rechts ein gelbes Feld zeigte.

»Er ist zu mir gekommen und hat mir einen Vorschlag gemacht. Einen etwas überraschenden Vorschlag, aber einleuchtend. Ja, einleuchtend. Es ging um Pferde. Um Pferdefleisch, um genau zu sein.«

Salomon versteckte seine Überraschung hinter einem Hüsteln und wedelte übertrieben irritiert den Stumpenrauch weg.

»Er hat Ihnen …?«

»*Sie* wollten mich in dem Geschäft ja nicht drin haben, hat er mir erzählt. Ich weiß nicht warum, wo wir doch schon so lange und so gut, nicht wahr, lieber Herr Meijer, so gut miteinander arbeiten. Sie hätten mir die Sache mit den Kontrakten ruhig anbieten können.«

Die Versteigerung in Saignelégier, Salomon wusste es seit zwei Tagen, hatte stattgefunden. Die Preise, genau wie Janki es vorausgesagt hatte, waren zusammengebrochen. Warum war Gubser also so gut gelaunt?

»Wie viel«, fragte Salomon, und sein Versuch, nichts als harmlos höfliches Interesse zu zeigen, war nicht sehr erfolgreich, »wie viel haben Sie ihm abgekauft?«

Der Metzger lachte so heftig, dass ihm der Stumpen aus dem Mund fiel, von der Wölbung seiner Weste abprallte und, einen kleinen Vulkan von Asche und Glut versprühend, auf einem der Papierstapel landete. »Gekauft?«, keuchte er. Die Worte blubberten aus dem Gelächter heraus, Gasblasen aus einem Sumpf. »Ich habe doch nicht gekauft!«

Janki, so stellte sich heraus, hatte Gubser, nachdem er ihn im Stall kennen gelernt hatte, noch am selben Tag in dessen Laden aufgesucht und ihm denselben Vorschlag gemacht, den Salomon so vehement abgelehnt hatte: Pferdefleisch auf Kontrakt verkaufen und sich dann, nach dem zu erwartenden Preissturz, viel billiger wieder eindecken. Er habe hier noch keine Kontakte, hatte er erklärt, und brauche deshalb einen Partner, der sich in dieser Branche auskenne. Er sei bereit, sich mit eigenem Geld am Risiko zu beteiligen, und habe sein Kapital auch gleich mitgebracht – »in ein Halstuch eingeknotet wie bei einem Zigeuner«. Halb und halb hatte er machen wollen, aber Gubser – »Das Juden hat man ja bei euch gelernt« – hatte ihn auf siebzig zu dreißig heruntergehandelt; schließlich hatte ja auch er, der Metzger, die ganze Arbeit machen müssen. »*Und* mir den Zorn meiner Kollegen eingehandelt.« Es war nicht schwer gewesen, Abnehmer zu finden, für Gubser sogar noch leichter, als es für Salomon gewesen wäre. Er hatte behauptet, sich mit Einkäufen verspekuliert zu haben, und jetzt, wo die Temperaturen plötzlich so lau geworden seien, koste ihn das zur Kühlung notwendige Eis ein Vermögen. Er hatte viel verkauft und jedem Käufer eingeschärft, mit niemandem darüber zu reden. »Das werden sie auch schön bleiben lassen, jetzt, wo sie auf den Sack gefallen sind. Es will ja keiner blöd dastehen vor den andern.«

Seinen Anteil am Gewinn, sauber oder, wie Gubser das nannte, christlich-korrekt abgerechnet, hatte er Janki heute vorbeibringen wollen, und es war ihm leid, furchtbar leid, dass er dieses dumme Missverständnis verursacht und Salomon damit so aufgesprengt hatte. »Wahrscheinlich sind Sie noch nicht einmal zum Essen gekommen. Darf ich Ihnen nicht doch etwas anbieten? Wirklich nicht?«

Aber vielleicht, sagte Gubser und suchte nach dem nächsten Brief, um seinen ausgegangenen Stumpen damit wieder anzuzünden, vielleicht würde der liebe Herr Meijer ja so freundlich sein und seinem Neffen, oder wie immer die beiden schlussendlich miteinander verwandt waren, das Geld mitbringen, es liege hier im Kontor bereit, und ein anständiger Geschäftsmann, dem Herrn Meijer möge das ruhig seltsam vorkommen, schlafe nicht gut, solange er seine Schulden nicht bezahlt habe.

Gubser stand auf und zwängte sich an der Tischkante vorbei. Er zog ein Schubfach des Stehpultes nach dem anderen auf und wedelte dabei mit der andern Hand entschuldigend hinter dem Rücken, was wohl bedeuten sollte: »Einem Menschen, der an so vielen Unternehmungen beteiligt ist wie ich, müssen Sie schon verzeihen, wenn er sich nicht auf Anhieb an jede Kleinigkeit erinnern kann.« Sich immer tiefer bückend streckte er Salomon seinen Hintern entgegen. Unter dem Rand der Weste wurde der Ansatz eines breiten, rotweiß gestreiften Hosenträgers sichtbar.

»Ah, da ist es ja!«, sagte er schließlich, in einem Ton, der Salomon in seiner Überzeugung bestärkte, dass die ganze Sucherei ein aus unerfindlichem Grund für ihn inszeniertes Theater war. Gubser richtete sich ächzend auf – auch das Ächzen klang nicht überzeugend – und hielt Salomon ein in Wachspapier eingeschlagenes Paket hin, mit beiden Händen, als sei es zu schwer, um es anders zu tragen. Das Paket war fest verschnürt und der Knoten mit einem Klumpen Siegellack gesichert, so dick, dass er für zehn Briefe gereicht hätte.

»Hier!«, sagte er. »Ein gutes Geschäft für Ihren Verwandten. Wir hätten es auch unter uns machen können, Sie und ich. Wir hätten ihn gar nicht dazu gebraucht. Ihnen hätte ich vielleicht sogar vierzig Prozent gegeben statt nur dreißig. Aber Sie hatten ja nicht genügend Vertrauen zu mir. Schlechte Menschenkenntnis, Herr Meijer. Sehr schlechte Menschenkenntnis.«

Als Salomon Janki das Paket übergab, zeigte der keine Regung. Er ging in seine Dachkammer hinauf, um den Inhalt zu überprüfen, kam wieder herunter, als sei nichts Besonderes vorgefallen, und wollte die neugierigen Blicke der anderen gar nicht bemerken. Er setzte sich mit ihnen an den Tisch, aß Hering und Kartoffeln, trank Tee, reichte das Brot weiter, wenn er darum gebeten wurde, und nur manchmal – aber vielleicht bildete sich Mimi das auch ein – merkte er nicht gleich, dass ihn jemand etwas gefragt hatte und musste sich, um antworten zu können, erst von irgendwo zurückholen. ›Es wird an dem Buch liegen, aus dem er mir vorgelesen hat‹, dachte sie.

Golde hielt ihr Besteck in den Händen, zwei fremdartige Gerätschaften, deren Zweck sie sich nicht erklären konnte, hatte die Unterlippe tief in den Mund gesogen und kaute darauf herum. ›Etwas ist anders an ihm‹, dachte sie. ›Würde ich bei einem eigenen Sohn verstehen, was es ist?‹

›Er ist doch ein Mann und kein Junge‹, dachte Chanele und erinnerte sich an den Geruch der Uniform.

›Ich hätte ihn nicht mitnehmen sollen‹, dachte Salomon.

Janki schob seinen Teller von sich fort und lächelte plötzlich. »Ist unser Nachbar Oggenfuss eigentlich ein guter Schneider?«, fragte er. »Ich glaube, ich werde mir auf Pessach ein Paar neue Hosen machen lassen.«

6

Drei Monate später hatte Janki einen Laden.

Er richtete ihn nicht im bäuerlichen Endingen ein, wo die Juden, genau wie in Lengnau, ja nicht lebten, weil dort die Luft so gesund war, sondern weil man ihnen fast hundert Jahre lang keine anderen Wohnsitze in der Eidgenossenschaft zugestanden hatte, nein, Janki gründete sein Geschäft in Baden, das zwar auch kein Paris war, noch nicht einmal ein Colmar, aber doch immerhin kein Dorf, sondern eine Kleinstadt, mit Menschen, die sich auch noch für anderes interessierten als die Milchleistung ihrer Kühe und den Ertrag ihrer Felder.

Das Gewölbe, das er nach Meinung aller, die davon hörten, viel zu teuer gemietet hatte – »Fünf Ställe kann ich kriegen fürs selbe Geld!«, sagte Salomon – war nicht sehr geräumig. Was Janki »gerade richtig für eine exklusive Kundschaft« nannte, war in Salomons Worten so eng wie die Schul an Jom Kippur, wenn sich jeder hineindrängt, um reinen Tisch mit dem lieben Gott zu machen. Zwei oder drei Kunden konnte man dort vielleicht noch in nobler Intimität bedienen, für einen vierten wurde es schon eng, und ein fünfter, wenn es denn je einen gab, würde an die Wand gedrückt warten müssen, bis am Ladentisch Platz frei wurde. Natürlich hätte Janki an weniger prominenter Lage mehr Fläche für sein Geld bekommen, aber die Vordere Metzggasse, direkt zwischen der Weiten und der Mittleren Gasse gelegen, war genau der Ort, wo er hinwollte. »Wer den Leuten imponieren will«, sagte er, »muss an der Rue de Rivoli sein und nicht in irgendeinem Faubourg«; eine Meinung, die Mimi temperamentvoll unterstützte, obwohl sie weder die Rue de Rivoli kannte noch wusste, was ein Faubourg war. Salomon ließ sich nicht überzeugen und blieb dabei, dass er, was ihn anging, keinen höheren Preis für eine Kuh bezahlen würde, »bloß weil sie auf vergoldetes Stroh scheißt«. Trotzdem, wenn er das auch nie zugegeben hätte, fing ihm Janki an zu gefallen. Es gab nicht viele Leute, die wussten, was sie wollten.

Ein weiterer Nachteil von Jankis neuem Laden war die Tatsache, dass die beiden Räume einem Viktualienhändler viele Jahre als Lager, insbesondere für seine Gewürze, gedient hatten. Janki bestellte zwar einen Maler und ließ ihn sogar für teures Geld noch ein zweites Mal kommen, aber das schwerblütige Aroma von Ingwer, Kardamom und Muskat widerstand der Vertreibung, vergrub sich in Ritzen und Löcher, aus denen es, besonders an heißen Tagen, unvermutet wieder hervorkroch, und setzte sich vor allem in den Portieren fest, die Janki vor den Stoffregalen anbringen ließ, um seine Waren durch ein Öffnen des Vorhangs dramatisch präsentieren zu können. Viele Badener erinnerten sich noch nach Jahrzehnten beim Duft von Lebkuchen und Pfeffernüssen daran, wie sie als Kinder an der Hand ihrer Mutter zum Franzosen-Meijer gegangen waren.

Vom selben Maler, der die Wände gestrichen hatte, ließ sich Janki, nach ausführlicher Beratung mit dem roten Moische, auch ein Ladenschild herstellen, *Französisches Stofflager Jean Meijer*. Die Buchstaben konnten, da ihm an seinem schmalen Fassadenanteil wenig Platz zur Verfügung stand, nicht so groß werden, wie sich Janki das gewünscht hätte, und aus demselben Grund ließ sich auch Moisches Rat, rechts noch ein bisschen Platz frei zu lassen, um dort später einmal ein *& Söhne* anfügen zu können, nicht befolgen. Nur auf etwas wollte Janki auf gar keinen Fall verzichten: ein mit einem Krönchen verziertes Wappen, wie es in Paris die Hoflieferanten auf ihren Schildern führten. Als Wappenzeichen bestellte er einen Reichsapfel, das Ergebnis allerdings, vom Maler ohne Liebe hingepinselt, sah eher wie ein Essrog aus, die Zitrusfrucht, die man zu den Ritualen des Laubhüttenfests benötigt.

Obwohl ihm der Viktualienhändler den seinen gerne günstig

überlassen hätte, ließ sich Janki einen neuen Ladentisch zimmern, breit genug, um eine Stoffbahn darauf auszurollen. Als der Tisch geliefert war, schloss er sich einen ganzen Tag lang ein und übte immer wieder eine Geste, die er an Monsieur Delormes bewundert hatte. Der hatte es nämlich verstanden, den massiven Holzkern, auf den der Ballen aufgerollt war, scheinbar ganz ohne Anstrengung durch die Luft wirbeln zu lassen, bis der Stoff sein eigenes, schwereloses Leben bekam und dem Kunden in großstädtischer Eleganz entgegenschwebte. »Man muss das Kleid schon spüren, wenn man den Stoff nur ansieht«, hatte Monsieur Delormes immer gesagt.

Die ersten Stoffe ließ sich Janki aus Paris kommen. Da der Umbau des Ladens mehr gekostet hatte als budgetiert und er als unbekannter Geschäftsmann Vorkasse leisten musste, waren es so wenige, dass die Portieren vor den Regalen mehr zum Kaschieren der Lücken als zum Präsentieren des Angebots dienten. Die Auswahl hätte viel größer sein können, wenn Janki nicht darauf bestanden hätte, nur ausgesuchteste Materialien im Angebot zu haben, aber, erklärte Mimi ihrem hoffnungslos altmodischen Vater, »wer die besten Kunden haben will, muss auch die beste Ware führen«. Der Bestellung hatte Janki einen Brief zur Weiterleitung an Monsieur Delormes beigelegt, in der Hoffnung, von diesem berühmten Mann ein Empfehlungsschreiben zu erhalten, das, im *Badener Tagblatt* abgedruckt, sicher großen Eindruck auf das Publikum machen würde. Bisher war noch keine Antwort eingetroffen, so dass Janki sich auf Anzeigen und Anschläge beschränken musste, die er als »Jean Meijer, früherer Mitarbeiter der bedeutendsten Modehäuser von Paris« unterzeichnete.

Trotz seiner neuen Würde als Patron einer eigenen Firma hauste Janki nach wie vor in seiner Dachkammer in Endingen. Golde hätte es anders nicht zugelassen, und bei all den Ausgaben, die der Laden mit sich brachte, wäre eine eigene Wohnung wirklich nur unsinnige Verschwendung gewesen. An jedem Morgen noch vor sechs Uhr, nahm Janki ohne Frühstück, nur mit einem Stück Brot in der Tasche, den knapp zweistündigen Weg nach Baden unter die Füße; das Marschieren hatte er ja gelernt, und es fiel einem auch, erklärte er, viel leichter, »wenn man weiß, dass einen am Ziel keine Schlacht erwartet, sondern höchstens ein Scharmützel mit einem Maler oder einem Schreiner«.

Am ungeduldig erwarteten Tag der Eröffnung wollte er so früh aufbrechen wie immer, wurde aber von Mimi aufgehalten, die sonst um diese Zeit höchst ungern ihr warmes Bett verließ. Lange konnte sie auch heute nicht aufgestanden sein, denn ihre Haare fielen noch ungekämmt über die Schultern des taubengrauen Morgenmantels. Die unordentliche Umrahmung verlieh ihrem Gesicht etwas zigeunerhaft Wildes, ein Ausdruck, der ihr sehr gut stand, wie sie vor dem Spiegel festgestellt hatte. Sie streckte Janki, nicht ohne Verlegenheit, ein Geschenk hin, eine Geldbörse aus ganz weichem rotem Saffianleder, die sie selber mit den Buchstaben JM bestickt hatte. Ein kleines Krönchen, wie auf den Firmenschildern der Hoflieferanten, schwebte über dem Monogramm. Bei der Übergabe berührten sich ihre Hände, und im Innern der Börse – zitterte Janki oder war es doch Mimi? – bewegte sich ein Geldstück. »Es ist nur ein Glücksrappen«, sagte Mimi schnell, »damit du gute Geschäfte machst und sie nie leer wird.«

»Danke. Merci. Aber jetzt sollte ich wirklich …« Der Satz blieb einfach stehen, eine Uhr, die man vergessen hat aufzuziehen.

»Ja«, sagte Mimi. »Du solltest.« Ihre Lippen waren plötzlich trocken, und sie musste mit der Zunge darüberfahren.

»Gerade heute sollte ich pünktlich sein«, sagte Janki und bewegte sich immer noch nicht.

»Gerade heute«, sagte Mimi.

»Die Geldbörse ist sehr schön.«

»Ja«, sagte Mimi, »das ist sie wohl.«

»Wofür steht JM?«

Mimi verstand ihn nicht. »Janki Meijer, natürlich.«

»Schade«, sagte Janki.

Erst Anne-Kathrin, der Mimi das Gespräch noch am selben Morgen Wort für Wort rapportierte, fand eine Erklärung für diese seltsame Reaktion, eine Erklärung, die so einleuchtend war, dass Mimi Tränen vergießen und mehrmals selbstanklägerisch wiederholen musste, dass sie eine Kuh sei, eine ganz dumme Kuh, und wenn Janki sie jetzt für gefühllos halte, für ein Rindvieh, dem man einen Ring durch die Nase ziehen müsse, bevor es merke, wo es hingeht, wenn er sie jetzt für alle Zeiten als Dorftrampel verachte, dann habe sie niemand anderem einen Vorwurf zu machen als sich selber. Nicht dass sie etwas von Janki wolle, certainement pas, da dächte sie nicht einmal daran, aber dass sie nicht vorher überlegt habe, auf wie viele Arten man so ein Monogramm lesen könne, das werde sie sich nie verzeihen, und wenn sie leben sollte bis hundertzwanzig.

JM: Janki und Mimi.

»Schade«, sagte Janki also, ohne zu ahnen, welchen Wirbelsturm wahrhaft talmudistischer Deutungen diese zwei Silben auslösen sollten. Dass Mimi ihn nicht gleich verstand, hatte sicher auch damit zu tun, dass exakt in diesem Augenblick Chanele dazukam, die zur Feier von Jankis Geschäftseröffnung ebenfalls ein Geschenk vorbereitet hatte: ein formlos in ein Tuch gewickeltes kleines Bündel, das sie ihm mit einem fast vorwurfsvollen »Da, für dich!« in die Hand drückte, wie man einem Kind, das lange gebettelt hat, irgendwann widerwillig seinen Wunsch erfüllt. Sie wartete auch gar nicht ab, ob er es noch an Ort und Stelle auspacken würde, sondern verschwand in der Küche, wo man sie mit Pfannen und Töpfen so laut hantieren hörte, als hätten die ihr etwas angetan.

Janki zuckte die Schultern, steckte das kleine Bündel in die Tasche seines Rocks und ging los. Obwohl Mimi noch lange unter der Tür stand, scheinbar ganz fasziniert von einem Spatz, der im Staub der Straße sein Morgenbad nahm, drehte er sich nicht mehr um.

»Wieso musstest du dich einmischen?«

»In was einmischen?«

»Du weißt genau, was ich meine.«

Zwischen Mimi und Chanele war nie eine richtige Freundschaft oder gar ein schwesterliches Gefühl entstanden, ganz anders als Salomon sich das erhofft hatte, als er damals so überraschend einen zweiten Säugling ins Haus brachte. Wenn Chanele Mimi den bei der Geburt gestorbenen Bruder ersetzen sollte, dann war dieser Plan misslungen; Mimi hatte sich gegen die Konkurrentin von Anfang an lautstark, sich krank und heiser brüllend, zur Wehr gesetzt, hatte sie wegzupicken versucht wie ein alter Hahn einen jungen, hatte sich stundenlang weinend an Golde geklammert und sich später, als sie älter wurde, wohl auch Zwiebeln in die Augen gerieben, um die Tränen, auf die sie einen Anspruch zu haben glaubte, für alle Welt sichtbar zu machen. Da Chanele – aus ihrer Natur heraus, oder weil ihr keine andere Rolle übrig blieb – sich als stilles, anspruchsloses Kind erwies, das sich eher kommandieren ließ, als selbst zu kommandieren, war bald wie selbstverständlich klar gewesen, wer von den beiden nach der alten Redensart der Hund war und wer der Floh.

Statt mit Chanele zu spielen, hatte sich Mimi lieber Anne-Kathrin angeschlossen, mit der sie am Ufer der Surb Perlen und Diamanten sammeln konnte, während Chanele in frühreifer Sachlichkeit darauf bestand, dass das alles nur Kieselsteine seien. Als Mimi und Anne-Kathrin damals das Kätzchen retteten, hatte Chanele das klitschnasse Tier, das Mimi so fest an sich drückte, nur unbewegt und mit vor Konzentration ganz kleinen

Augen angesehen und dann gesagt: »Ihr wisst aber, dass das ein Kater ist? Den müssen wir kastrieren lassen.« Allerdings stellte sich dann, sehr zu Goldes Erleichterung, heraus, dass sie den Ausdruck nur irgendwo aufgeschnappt hatte und keine konkrete Vorstellung damit verband.

Mit den Jahren war zwischen den jungen Frauen eine Tradition des gegenseitigen Nichtbeachtens entstanden, ein Waffenstillstand, der auf beiden Seiten von einer unausgesprochenen Verachtung geprägt wurde. Nur manchmal, meist von Mimi ausgehend, kam es noch zu heftigen Auseinandersetzungen, die aber nicht wie Sommergewitter die Atmosphäre reinigten, sondern sich nur grollend verzogen und noch lange mit Donner und Blitz am Horizont stehen blieben.

»Was willst du von Janki?«

»Was soll ich von ihm wollen?«

»Du machst ihm Geschenke.«

»Wo steht im Schulchan Orech, das man das nicht darf?«

»Du hast gewusst, dass ich eine Geldbörse für ihn sticke! Was hast *du* ihm geschenkt?«

»Geht's jemanden etwas an, außer ihn?«

»Ich will dir etwas sagen.« Mimi wurde so freundlich, dass Chanele unwillkürlich den Steingutteller, den sie gerade in der Hand hielt, wie einen Schild vor die Brust hob. »Ein Mann wie Janki interessiert sich nicht für Mädchen mit zusammengewachsenen Augenbrauen.«

Chanele stellte den Teller heftiger als nötig auf den Tisch. Auch das Besteck, das sie aus der Schublade nahm, klapperte lauter als sonst. »Was interessiert mich, was ihn interessiert?«

»Du hast ihm etwas geschenkt!«

»Mach dir keine Sorgen! Es ist keine Börse aus rotem Samt.«

»Saffian. Es ist Saffian!«

»Mach Schabbes damit!« Für den Sabbat braucht man ganz praktische Dinge: Brot, Wein, ein Stück Fleisch in die Suppe.

Alles, was man ironisch damit vergleicht, hat keinen vernünftigen Wert.

»Was hast du ihm gegeben?« In ihrer Ungeduld hielt Mimi Chaneles Hände fest. Chanele riss sich los und deckte weiter den Frühstückstisch.

»Eine Bürste.«

»Eine Bürste?«

»Und einen Lappen.«

»Was ist das für ein Geschenk? Ein Lappen?«

»Damit er sich die Stiefel putzen kann. Bis er in Baden ankommt, werden sie aussehen wie aus dem Schweinestall. Soll er sich mit dreckigen Schuhen vor seine Kundinnen stellen?«

Ob Mimi aus Erleichterung zu lachen begann oder weil sie Chaneles Geschenk so pitoyabel unromantisch fand, hätte sie hinterher selber nicht sagen können. Genauso wenig wie Chanele eine einleuchtende Erklärung dafür gewusst hätte, warum sie Mimi den feuchten Lappen, mit dem sie gerade die Pfanne für die Frühstückseier noch einmal ausgewischt hatte, ins Gesicht schlug. Mimi packte Chanele am Hals. Chanele krallte sich in Mimis ungekämmten Locken fest.

Als er die Schreie hörte, kam Salomon Meijer, die Gebetsriemen noch an Stirn und Arm, aus der Stube gerannt, stand hilflos unter der Tür und sagte, weil man doch, wenn man die Tefillin angelegt hat, keine anderen Gespräche führen darf als das mit Gott, immer nur: »Nu! Nu! Nu!« Golde war gerade dabei gewesen sich zu kämmen, bevor sie die eigenen Haare wieder für den Tag unter dem Scheitel verschwinden ließ, und mit den dünnen grauen Strähnen über dem weißen Nachthemd wirkte sie noch kleiner als sonst. Sie trieb die beiden jungen Frauen auseinander, ein Hirtenhund, der zwei viel größere Rinder trennt, kläffte sie auch regelrecht an und wollte von ihnen wissen – »und zwar auf der Stelle!« –, was für ein böser Geist sie besessen und am heiterhellen Tag so meschugge gemacht habe.

In ihrer Verlegenheit, und weil sie das eigene Verhalten selbst nicht recht verstanden, redeten sich Mimi und Chanele auf eine harmlose Balgerei unter Freundinnen heraus, was Golde zwar nicht glaubte, des lieben Friedens willen aber akzeptierte. Beim Frühstück plauderten die beiden sogar miteinander, allerdings so überhöflich und inhaltsleer, wie wohl die preußischen und die französischen Unterhändler miteinander geplaudert hatten, wenn sie die Kapitulationsverhandlungen für einen Imbiss unterbrachen. Wie bei Diplomaten üblich, wurde auch im Hause Meijer das eigentliche Thema mit keinem Wort erwähnt.

Das Thema nahm heute nicht den direkten Pfad über Ehrendingen, sondern wählte, durch den Wald aufsteigend, den Bogen über das Nussbaumener Hörnli. Die Strecke war zwar länger, aber dafür lief man auf dem schmalen Pfad keine Gefahr, von einem gelangweilten Marktfahrer in ein lästiges Gespräch verwickelt zu werden. Heute wollte Janki ganz allein sein, wollte die Vorfreude auf seinen ersten Tag als Geschäftsmann auskosten, wollte, was er sich nur selten erlaubte, ganz einfach träumen. Im Kopf ging er noch einmal all die dienstfertigen und doch nicht unterwürfigen Sätze durch, mit denen er seine Kundinnen von Anfang an für sich einnehmen würde. Eine erste, mit viel Geschmack und noch mehr Geld ausgestattet, betrat in seiner Fantasie gerade den Laden und wurde, wie das Monsieur Delormes bei allen Damen, die nicht allzu matronenhaft aussahen, zu tun pflegte, mit »Bonjour, Mademoiselle« begrüßt, als ihn eine laute Stimme aus seinen Träumereien riss. »Morgenstund hat Gold im Mund!«, schmetterte die Stimme.

Es war der Schulmeister, Anne-Kathrins Vater, ein wohlgenährter, kugelbäuchiger Mann mit buschigem Bart, der als Einziger im Dorf Bewegung um der Bewegung willen betrieb und schon zu dieser frühen Stunde zu einem erfrischenden Rundgang durch den Wald aufgebrochen war. Mit seinen karierten Hosen und dem über die Schulter pendelnden Jackett – der Spazierstock, in dessen Armloch eingehängt, diente als Gegengewicht – hätte man ihn für einen englischen Sommerfrischler halten können, wenn nicht der unverkennbar schweizerische Akzent diese Illusion sofort wieder zerstört hätte.

»Ah, mon cher Monsieur!«, sagte der Schulmeister. »Sie sind doch der Franzose, der beim Viehhändler Meijer eingezogen ist? Eben. Suchet, so werdet ihr finden! Ich wusste gar nicht, dass ihr Franzmänner« – er sagte tatsächlich »Franzmänner«, ein Wort, das Janki noch nie gehört hatte – »auch etwas von unserem Turnvater Jahn gelernt habt. Im Frühtau zu Berge! Ich mache diesen Weg jeden Tag, natürlich nur bei schönem Wetter. Wenn es regnet, stelle ich mich mit meinen Keulen ans offene Fenster. Jeden Tag! Ich habe einen Turnverein gründen wollen im Dorf, aber man ist hier nicht aufgeschlossen für neue Ideen. Sei's drum! Der Starke ist am mächtigsten allein.«

»Ich will Sie nicht aufhalten«, sagte Janki und drückte sich gegen einen Baum, um den andern vorbeizulassen.

»Aber nein, aber nein! Gehen wir doch zusammen! Wer immer die Bewegung in freier Natur liebt, ist mein guter Kamerad!«

»Ich bin nicht wie Sie zum Vergnügen unterwegs …«, setzte Janki an, aber sein Einwand wurde vom nächsten Wortschwall des Schulmeisters gleich wieder weggespült.

»Vergnügen? Nun ja, vielleicht auch das. Aber vor allem ist es eine Pflicht. Den Körper hegen und pflegen wie einen heiligen Tempel. Auf dass es euch wohl ergehe auf Erden. Frisch, fromm, fröhlich, frei! Ihr Franzmänner wart wohl zu wenig frisch und wohl auch zu wenig fromm, sonst hätten euch die Preußen bei Sedan nicht so einfach … Sie sollen dabei gewesen sein, sagt man.«

»Nein, ich …«

»Sie müssen davon berichten! Keine Widerrede! Ich denke daran, einen Volksbildungsverein zu gründen, für alle Schichten und Klassen. Nicht nur die Lungen brauchen frische Luft, auch die Köpfe. Mens sana in corpore sano! Ich werde Sie einladen, und Sie werden uns von dem großen Tag erzählen. Ein Schlachten war's, nicht eine Schlacht zu nennen. Aber Sie müssen mich entschuldigen. Der Worte sind genug gewechselt, lasst mich nun endlich Taten sehn!« Mit angewinkelten Ellenbogen setzte sich der Schulmeister wieder in Bewegung und marschierte schnaufend den Berg hinauf.

So sehr sich Janki auch bemühte, das schöne Traumbild von den Heerscharen zufriedener Kundinnen wollte sich nicht mehr einstellen, und so nickte er dem Schulmeister recht missmutig zu, als der, noch bevor Janki die Kuppe erreicht hatte, ihm schon wieder im vom Turnvater Jahn empfohlenen Schlängellauf entgegenkam. »Ich lade Sie ein«, schnaubte der Schulmeister. »Sobald der Verein gegründet ist.«

Obwohl die anderen Badener Geschäftsleute nicht so lange warteten, öffnete Janki seinen Laden nach Pariser Brauch erst pünktlich um neun. Mit dem Glockenschlag der Stadtkirche drehte er den Schlüssel im Schloss, ließ die Tür offen stehen, so dass das Sonnenlicht einen einladenden Teppich auf den Holzboden legte, und nahm seinen Platz hinter dem Ladentisch ein. Von dieser Position aus sah man, da der Verkaufsraum einige Stufen tiefer lag als die Straße, lauter kopflose Passanten den Bilderrahmen der Tür durchqueren: schwarze Röcke, die würdig über das Pflaster schwebten, Uniformbeine, die stampfend vorbeimarschierten, einmal eine ganze Kolonne von Schnürstiefelchen unter lauter gleichen dunkelbraunen Mänteln. Die Einzigen, die stehen blieben, waren die Hunde. Sie schnupperten nach dem neuen Geruch, wollten wohl auch das Bein heben, um ihren Anspruch auf das Revier zu erneuern, wurden dann aber von unsichtbaren Händen an ihren Leinen weggezogen.

Der Sonnenbalken auf dem Boden wanderte langsam von links nach rechts, wer Zeit hatte, sich darauf zu konzentrieren, konnte beobachten, wie er seine Form allmählich veränderte, wie er sich, je höher die Sonne stieg, immer mehr verkürzte, wie Staubpartikel darüber schwebten und einen gemächlichen, höfischen Tanz aufführten, von keinem Luftzug gestört.

Man konnte beide Hände auf den Ladentisch stützen oder auch nur eine, man konnte die andere Hand in die Tasche stecken oder sie wie Napoleon unter das Jackett schieben, man konnte einen Unterarm auf dem frisch lackierten Holz platzieren, was einen verbindlichen und doch aristokratischen Eindruck vermittelte, man konnte die Hände vor der Brust verschränken oder hinter dem Rücken die Finger ineinanderhaken und sich unauffällig recken, man konnte auf und ab gehen, in den Knien wippen oder auf einem Bein balancieren, man konnte die Portieren vor den Regalen aufziehen und die Stoffballen noch perfekter und verlockender anordnen, man konnte eine unsaubere Stelle an der Wand entdecken und mit dem Ärmel daran herumreiben, man konnte die Stiefel noch einmal polieren und sich beim Benutzen der Bürste über Chaneles kluge Voraussicht freuen, man konnte die rote Geldbörse, die als einziger Gegenstand im Fach unter dem Ladentisch lag, von rechts nach links und wieder zurück nach rechts schieben, man konnte sich räuspern und ausprobieren, ob die eigene Stimme durch das lange Schweigen nicht alle Kraft verloren und sich, wie der Duft der Nelken und Pfefferkörner, in einen dunklen Winkel verkrochen hatte, man konnte ganz laut »Warum?« sagen oder schreien oder mit der Faust auf den Tisch schlagen, man konnte alles tun, was man wollte, man war ja sein eigener Herr im eigenen Geschäft, und es war niemand da, den man mit irgendetwas hätte stören können.

Die Glockenschläge, die die Viertel- oder die ganzen Stunden markierten, schienen immer schneller aufeinander zu folgen, obwohl sich die Zeit zwischen ihnen doch endlos dehnte. Der Raum, der am Morgen so hell und einladend erschienen war, wurde jetzt, wo die Sonne direkt über dem Haus stand und ihre Strahlen nicht mehr durch die offene Tür schickte, immer enger und drückender. Es war schon fast Mittag, und der einzige Besucher in Jean Meijers Französischem Stofflager war ein kleiner Junge gewesen, dessen Reifen die Stufen hinunterhüpfte, an den Ladentisch stieß und wie tot liegen blieb. Der Junge entschuldigte sich höflich und rannte dann auf den schrillen Ruf einer weiblichen Stimme ganz schnell wieder hinaus. Janki hätte ihn am liebsten zurückgehalten, weil so doch irgendwer – lieber Gott, irgendwer! – etwas von ihm wollte.

Kurz vor zwölf, als Janki im Kopf schon all die Franken und Louis d'Ors addierte, die er für den Traum vom eigenen Geschäft sinn- und zwecklos verpulvert hatte, als er sich schon die Argumente für Onkel Salomon zurechtlegte, der seinen Misserfolg zwar nicht begrüßen, aber doch rechthaberisch kommentieren würde, als er schon überlegte, ob nicht vielleicht der Schneider Oggenfuss jemanden, der sich mit Stoffen auskannte, gebrauchen könnte, als er also – wer sich selber belügt, betrügt doppelt – schon fast bereit war, seine Niederlage einzugestehen, passierte etwas Unerwartetes. Ein Mann betrat den Laden, kam die Stufen herunter wie jemand, der ein Haus, das er gerade gekauft hat, zum ersten Mal betritt, sah sich in aller Ruhe prüfend um, schien erst dann Janki zu bemerken und sagte mit einem Lächeln, das mehr ein Zähnezeigen war: »Jean Meijer – sind Sie das?«

Janki neigte knapp den Kopf, wie es Monsieur Delormes bei zweifelhaften Kunden getan hatte. »Mit wem habe ich das Vergnügen?«

»Ob es ein Vergnügen ist, wird sich herausstellen«, sagte der Mann. »Wie viele Kunden hatten Sie heute?«

»Ich wüsste nicht …«

»Wie viele es waren oder was mich das angeht? Die erste Frage kann ich Ihnen beantworten: kein einziger.«

Der Mann hatte nichts Besonderes an sich. Er war etwa vierzig Jahre alt, nicht groß und nicht klein, nicht dick und nicht dünn. Er trug einen grauen Anzug aus schwerem schottischem Tuch, das Jackett nach deutscher Art mit einem Gürtel im Rücken. An seinem Rockaufschlag war ein aus Stoff genähtes Edelweiß befestigt.

»Wollten Sie etwas kaufen?«, fragte Janki.

Der Mann lachte bellend. »Sie haben Humor«, sagte er. »Galgenhumor. Was, wenn ich Sie mir so ansehe, ein sehr passender Ausdruck sein dürfte.« Er ging um den Ladentisch herum und hob, ohne erst um Erlaubnis zu fragen, eine der Portieren an. Mit zwei Fingern strich er über einen dunkelbraunen Jacquardstoff mit eingewobenen rotgelben Blüten, roch an seinen Fingern, als ließe sich daran die Qualität des Befühlten ablesen, und sagte dann anerkennend: »Sehr hübsch. Gute Qualität. Man könnte direkt bedauern, dass sich niemand dafür interessieren wird. Bis zum Ausverkauf wegen Geschäftsaufgabe.«

Janki spürte überdeutlich, wie in seinem Hals ein Blutgefäß pulsierte und fragte sich einen Moment lang, ob das wohl die Ader sei, die der Schochet bei seinem Schnitt vollständig durchtrennen muss, wenn das geschlachtete Tier nicht unrein sein soll. »Ich habe nicht die Absicht, mein Geschäft aufzugeben«, sagte er und hatte zum ersten Mal das Gefühl, dass sein Deutsch durch die jiddische Melodie etwas Minderwertiges bekäme.

»Schön gesagt. Aber man tut im Leben manches, was man nicht im Sinn hat. Haben Sie heute schon das *Tagblatt* gelesen?«

Die Frage kam so unerwartet, dass Janki nichts zu antworten wusste.

»Da steht ein sehr interessanter Artikel drin«, sagte der Mann. »Seite vier.« Er zog eine zusammengefaltete Zeitung aus der Innentasche seines Jacketts und hielt sie Janki hin. »Hier. Eine kleine Aufmerksamkeit unter Kollegen. Mit den Komplimenten der hiesigen Ladenbesitzer.«

Unter der Tür blieb er noch einmal stehen, sah sich um und schnupperte. »Hm. Da fragt man sich doch: Sind das noch die alten Gewürze, oder ist das schon der neue Gestank?«

7

Der Artikel, »von unserem Korrespondenten in Paris«, schilderte in mitfühlenden Worten die bedrückenden Zustände in der französischen Hauptstadt, die nicht nur die Hungerzeit der preußischen Belagerung hatte ertragen müssen, sondern auch die Gesetzlosigkeit der so genannten Commune und die Gräuel ihrer blutigen Niederschlagung. »Lutetia«, so schrieb der Korrespondent in blumiger Sprache, »gleicht einer vom Schicksal schwer geprüften Jungfrau. Gestern noch hüpfte sie mit rosigen Wangen leichtfüßig von Tanzvergnügen zu Tanzvergnügen, und heute schleppt sie sich mit eingefallenen Zügen mühsamen Schrittes durch die Straßen, von Scham über den eigenen Leichtsinn stärker gebeugt als von Sehnsucht nach der verlorenen Pracht.« Von Castor und Pollux, den beiden Elefanten aus dem Jardin des Plantes berichtete der Artikel, deren Rüssel auf dem Höhepunkt der Hungersnot in der englischen Metzgerei auf dem Boulevard Haussmann aufgetaucht waren, »um ein paar reichen Wucherern eine letzte Prasserei zu ermöglichen, während rings umher wimmernde Säuglinge vergeblich nach den verdorrten Brüsten ihrer Mütter tappten«. Mit Abscheu, aber auch mit einem gewissen Wohlwollen wurde das Blutbad auf dem Friedhof Père Lachaise geschildert, mit dem die französischen Truppen den Aufstand der Kommunarden endgültig niedergeworfen hatten, »ihr Blut ein bitter notwendiger Dünger, um anstelle der von verblendeten Fanatikern errichteten Barrikaden wieder die zarten Pflänzlein der Ordnung und des Rechts sprießen zu lassen«.

Am ausführlichsten befasste sich der Korrespondent mit den bedauerlichen hygienischen Zuständen in Paris. Er beschrieb das Überhandnehmen von Ratten und anderen Schädlingen, das er nicht nur mit dem Zusammenbruch der Müllabfuhr erklärte, sondern auch damit, dass deren natürliche Feinde, Hunde und Katzen, in den Pfannen und Töpfen der darbenden Hauptstädter verschwunden waren, »ja selbst in den angesehensten Lokalen, bei Brébant und bei Tortoni, unter fantastischen Namen auf den Speisekarten gestanden hatten«. Da die Wissenschaft sich darüber einig war, dass Ratten durch ihren Kot verheerende Seuchen auslösen konnten – »man denke nur an die Cholera, deren Vandalenstürme auch unser friedliches Land immer wieder überrannt haben« –, hatten die Verantwortlichen strenge Verordnungen beschlossen, um den beiden Katastrophen des Krieges und des Volksaufstands nicht noch eine dritte folgen zu lassen. Alle durch Rattenkot verunreinigten Vorräte an Waren und Produkten – Lebensmittelvorräte gab es ja nach dem Hungerwinter nicht mehr – waren nach einem Dekret der neuen Regierung abzuliefern und unter behördlicher Aufsicht durch Feuer zu vernichten. Diese drakonische Maßnahme hatte zwar bei vielen Händlern und Fabrikanten zu großen Einbußen geführt, wohl auch einige von ihnen in den Ruin getrieben, war aber im Interesse der Volksgesundheit trotzdem allgemein akzeptiert und befolgt worden.

Nur, und diese Stelle war am Rande der Zeitung mit roter Tinte markiert, nur einige rücksichtslose Geschäftemacher, denen der eigene schmutzige Profit wichtiger war als das Leben ihrer Mitbürger, hatten auch diesmal wieder Mittel und Wege gefunden, um das Gesetz zu umgehen. Diese Leute – der Korrespondent, der bisher von tiefstem Herzen an die natürliche Gleichheit aller Völker und Nationen geglaubt hatte, schrieb es nur widerwillig nieder – waren fast ausschließlich Söhne Abrahams. Sie schmuggelten verunreinigte Waren, Kleiderstoffe beispielsweise, außer Landes, wo sie dann, nur oberflächlich gereinigt, von ihren Stammesgenossen an gutgläubige Menschen verhökert wurden. Welch grausiges Erwachen wartete auf diese harmlosen Käufer, die nicht ahnen konnten, dass in den Waren, die sie vermeintlich so günstig erwarben, Tod und Pestilenz lauerten! Der Korrespondent hatte mit Schrecken erfahren, dass auch im idyllischen Baden, wo man sich so fern von Krieg und Revolution glaubte, ein neues Geschäft eröffnet werden sollte, das Stoffe aus keiner anderen Stadt als Paris anbot. Ohne im genannten Fall Anschuldigungen erheben zu wollen, die durchaus – die tief verwurzelte Menschenliebe des Korrespondenten ließ ihn das sogar aus tiefstem Herzen hoffen – unbegründet sein mochten, hielt er es nach Abwägung von Pro und Contra doch für seine Pflicht, im öffentlichen Interesse seine warnende Stimme zu erheben. »Caveat emptor!«, schloss er seinen Artikel und setzte für Leute, die des Lateinischen nicht mächtig waren, die Übersetzung dazu: »Möge sich der Käufer in Acht nehmen!«

Janki zerknüllte die Zeitung, besann sich dann aber anders und strich sie auf dem Ladentisch sorgfältig wieder glatt.

Pinchas Pomeranz erlaubte sich die Lektüre des *Badener Tagblatts* immer erst dann, wenn er nach der Arbeit in der Metzgerei den vorgegebenen Talmudabschnitt, sein tägliches Blatt Gemóre, durchstudiert und verstanden hatte. An diesem Montag war es schon nach acht Uhr abends, als er sich endlich durch einen besonders vertrackten Abschnitt im Traktat *Baba Basra* durchgekämpft hatte. Es war eine spitzfindige und etwas langweilige Diskussion über die korrekten Maße von Abschrankungen rund um Ziehbrunnen gewesen, aber mittendrin hatte der weise Rabba bar bar Chana ganz unvermittelt angefangen, fantastische Geschichten zu erzählen. Von einem Krokodil war da die Rede, groß wie eine Stadt von sechzig Häusern, und von einem Fisch, so riesig, dass ihn die Seefahrer mit einer Insel verwechselten.

Pinchas war durch das Studierte seltsam aufgewühlt und griff mit einer gewissen Erleichterung zur Zeitung. Dabei hatte er kein wirkliches Interesse an den Berichten über die Debatten im Großen Rat oder den Viehauftrieb am Zurzacher Markt, sondern genoss nur die Einfachheit und Gradlinigkeit der Themen. Er hatte sich einen steilen Berg hinaufgequält und tat jetzt gern ein paar Schritte auf ebenem Gelände. Für gewöhnlich entspannte und beruhigte ihn diese Lektüre, aber an diesem Montag war alles anders. Mittendrin sprang er auf und rannte, in Pantoffeln und die Zeitung immer noch in der Hand, aus dem Haus, »wie ein Meschuggener«, kommentierte seine Mutter, die ihm gerade ein Stück ganz frischen Honigkuchen an den Studiertisch hatte bringen wollen.

Nach einigen Umwegen fand er Mimi an dem kleinen Abhang über der Straßenbiegung, wo man sich auf einen umgestürzten Baumstamm setzen und bequem wie auf einer Gartenbank den Weg von Baden her überschauen konnte. Nicht dass Mimi mit besonderer Ungeduld auf Janki gewartet hätte, certainement pas, aber es war ein Brief für ihn angekommen, ein Brief aus Paris, und vielleicht enthielt er ja etwas Eiliges, etwas, das keinen Aufschub duldete. Außerdem, und das würde ja wohl noch erlaubt sein, hatte sie das Bedürfnis gehabt, ein paar Schritte in der frischen Luft zu tun; es wurde im Haus immer so furchtbar stickig, jetzt, wo die Tage wieder wärmer waren.

Pinchas kam hinkend angelaufen. Er hatte unterwegs einen Pantoffel verloren und war mit dem fast nackten Fuß auf einen spitzen Stein getreten. Das Rennen nicht gewohnt, bleckte er schwer atmend die Zähne, was seine Zahnlücke noch größer als sonst erscheinen ließ. »Miriam«, stieß er mühsam hervor, »du musst … du musst unbedingt …«

Anne-Kathrin hatte es immer gesagt. Schüchterne Männer sparten über Jahre ihr kleines bisschen Mut zusammen und wollten das Ersparte dann in einem Schwung ausgeben. Mimi richtete sich sehr gerade auf und hielt den Kopf ein wenig zur Seite geneigt, eine Geste, hoffte sie, die sie gleichzeitig unwiderstehlich und unnahbar erscheinen lassen würde.

»Du musst unbedingt … mit Janki reden«, keuchte Pinchas.

›Meschugge‹, dachte Mimi nicht ahnend, dass Pinchas' Mutter vor einer Viertelstunde dasselbe gedacht hatte. ›Meint er, dass ich mir bei Janki eine Erlaubnis für irgendetwas holen muss? Steht da mit seinem Pantoffel, wedelt mir mit seiner Zeitung vor dem Gesicht herum und redet dummes Zeug.‹

»Er darf auf gar keinen Fall …«

»Was?«

»Seinen Laden aufmachen. Hier!« Pinchas wedelte noch heftiger. »Lies!«

Mimi verstand zunächst überhaupt nicht, was geschlachtete Elefanten und ekelhafte Ratten mit Jankis Stoffhandlung zu tun haben sollten. Pinchas musste es ihr erklären, was er in talmudischem Singsang mit viel »wenn – dann« und Schlüssen vom Allgemeinen aufs Besondere tat. »Und darum sollte Janki seinen Laden nicht eröffnen!«, schloss er, wieder zu Atem gekommen, seine Abhandlung.

»Er hat ihn schon eröffnet. Heute.«

»Oh«, sagte Pinchas.

»Seine Waren sind sauber, das weiß ich ganz bestimmt. Sie kommen zwar aus Paris, aber er hat sie beim besten Händler bestellt, obwohl es bestimmt billigere gegeben hätte, und …«

»Alle Waren aus Paris sind sauber«, sagte Pinchas. »Das nehme ich zumindest an.«

»Aber hier steht …«

»Wenn ich auf ein Blatt Papier schreiben würde ›Miriam ist hässlich‹ – würde es dann wahr?«

›Natürlich nicht‹, dachte Mimi.

»Ich könnte …« Pinchas holte tief Atem und sagte dann ganz schnell, wie jemand, der eine allerletzte Chance nicht vergeben

95

will: »Ich könnte einen ganzen See von Tinte verbrauchen, und es wäre immer noch eine Lüge.«

Mimi verstand jetzt gar nichts mehr.

»Weil du wunderschön bist«, sagte Pinchas. So falsch war Anne-Kathrins Theorie von den sparsamen Schüchternen nicht. »Wie eine Herde Ziegen am Berge Gilead.«

»Was für Ziegen?«

»Dein Haar. Und deine Zähne … wie Schafe, die ausnahmslos Zwillinge haben. Übrigens, ich hab mich erkundigt. Meine Zahnlücke kann man wegmachen. Es gibt in Baden einen Arzt, der setzt einem etwas ein, Stiftzahn heißt das, und dann sieht man nichts mehr davon. Es ist zwar teuer, aber mein Vater würde mir das Geld leihen, wenn du …«

»Wenn ich was?«

»Wenn du …« Aber Pinchas hatte sein kleines Kapital ausgegeben, und seine Stimme wurde wieder leiser. »Am schönsten finde ich die Rehzwillinge, die unter den Rosen weiden.«

»Was für Rehe?«

»Entschuldige«, flüsterte Pinchas und lief rot an.

»Du wolltest mir erklären …«

»Natürlich. Entschuldige. Was die hier schreiben …«

»Nu setz dich schon! Du machst mich ganz nerveuse.«

Pinchas hockte sich ganz an den Rand des Baumstamms, wo keine Gefahr bestand, Mimi aus Versehen zu berühren. Aber ihren Geruch konnte er einatmen, nach Jugend und nach Schweiß und nach etwas, das er nicht benennen konnte. So mussten wohl Pomeranzen duften, eine Frucht, die er zwar nicht kannte, aber seines Familiennamens wegen im Lexikon nachgeschlagen hatte.

»Nu?« Wenn Mimi ungeduldig wurde, glich sie ihrem Vater mehr, als ihr lieb gewesen wäre.

»Dieser Artikel in der Zeitung … Den hat jemand hineingesetzt, um Janki zu schaden. Damit keiner bei ihm einkauft.«

»Aber wenn doch die Ratten …?«

»Ausgerechnet in Kleiderstoffen werden sie sich verkriechen.« Sobald Pinchas logisch argumentieren konnte, wurde er merklich selbstsicherer. »Die so fest zusammengerollt sind, dass sie sich hineinfressen müssten. Dass man es dem Stoff ansehen würde. Nein, nein, die ganze Geschichte ist eine große Lüge. Nur: die Leute werden sie glauben.«

»Warum?« In Mimis Stimme war etwas Flehendes, das Pinchas berührte, als habe sie seine Hand genommen.

»Sie glauben gerne Schlechtes von uns. Und: Es ist eine gute Geschichte.«

»Gut findest du das?«

»Entschuldige. Ich meine: gut erfunden. Liebst du ihn?« Er hatte das nicht sagen wollen. Es war ihm entwischt wie ein Vogel, den man schon lange zahm glaubt, aus einem Käfig.

»Wen?«

»Janki.«

»Certainement pas!«, sagte Mimi und machte ihr spitzes Gesicht. ›Er ist wirklich meschugge‹, dachte sie.

»Weil: wenn es so wäre, würde ich versuchen, ihm zu helfen.«

»Du?«

»Ja«, sagte Pinchas und musste sich ganz tief hinunterbeugen, um seine Socken auf Löcher zu untersuchen. »Weil ich dann nämlich auch dir helfen würde. Und für dich …«

»Nu?«

Pinchas wusste genau, wie der Satz hätte weitergehen müssen. Aber der letzte Rest seines kleinen Mutes war aufgebraucht, und alles, was er über die Lippen brachte, war: »Meine Mutter stopft nicht gerne Socken. Sie backt lieber Kuchen.« Was, wie er sich später eine schlaflose Nacht lang immer wieder vorwarf, Salomon in seinem Hohelied bestimmt weggelassen haben würde.

Nach so einem Satz kann man nur noch aufstehen, weggehen und niemals wieder zurückkommen. Die Zeitung ließ er auf dem Boden liegen und sah sich kein einziges Mal um, als er, auf dem einen Pantoffel schlurfend, den endlos langen Nachhause-weg antrat. Honigkuchen hatte seine Mutter gebacken? Er wür-de sein ganzes Leben lang nie mehr Honigkuchen essen.

Als Janki endlich kam, war es schon fast dunkel. Er bewegte sich, wie er es wohl als Soldat oft getan hatte, wie ein Automat, ohne eigenen Willen, nur noch von der Gewohnheit angetrie-ben. Den Kopf hielt er gesenkt und ging geradeaus. Nur manch-mal, wenn mitten auf der Straße ein Löwenzahn wuchs, machte er einen Bogen, um ihn mit einem Fußtritt zu köpfen. Mimi rief ihn an, und er blieb stehen, wie eine erschöpfte Kompanie ste-hen bleibt und auf das nächste Kommando wartet: wenn es kommt, wird man es ausführen, wenn nicht, kann man auch so bleiben bis ans Ende der Zeit.

»Wie war es?«, fragte Mimi, obwohl sein gebeugter Nacken ihr schon die Antwort gab.

»Wenn morgen gar kein Kunde kommt, werden es doppelt so viele sein wie heute.« Er hatte sich den Satz als tapferen Scherz ausgedacht, aber auf dem Weg von Baden nach Endingen war der Humor im Straßenstaub erstickt.

»Dieser Zeitungsartikel …«

»Ja«, sagte Janki. »Dieser Zeitungsartikel. Im ganzen Krieg habe ich keinen Schuss gehört, und jetzt bringt man mich mit Druckerschwärze um.«

»Was wirst du tun?«

Janki breitete die Arme aus, immer weiter, als wolle er abhe-ben und davonfliegen. »Es gibt genügend Ställe auf der Welt«, sagte er schließlich. »Da ist immer Platz für jemanden, der eine Mistgabel halten kann.« Auf ein Kommando, das nur er selber gehört hatte, setzte er sich wieder in Bewegung, links, rechts, links, rechts. Als er an Mimi vorbeiging, waren seine Schultern niedergedrückt wie von einem Tornister.

Mimi rannte ihm nach. »Hier! Ein Brief ist für dich gekom-men. Aus Paris!«

Janki schlitzte das Siegel auf und entfaltete das Papier ganz langsam, ein Verurteilter ohne Hoffnung auf die Erhörung seines Gnadengesuchs. Er las den Brief, nickte, nickte noch einmal, und auf seinem Gesicht lag derselbe Ausdruck, den Tote manchmal haben, wenn ihre Sehnen sich zusammenziehen und sie deshalb zu lachen scheinen.

»Das passt«, sagte Janki. »Monsieur Delormes ist tot.«

Während der Belagerung von Paris hatte sich François Delormes zu Tode gefressen. Er kannte viele Diplomaten und Offiziere, und vor seinem Schneider hat ein Mann ebenso wenig Geheimnisse wie vor seinem Kammerdiener. François Delormes hatte genauer als viele andere gewusst, was auf Paris zukam, und er hatte sich vorbereitet. In dem privaten Ankleideraum, der den besten Kunden vorbehalten war, hatte er ein Regal aufstellen lassen und es über Wochen gefüllt, mit Weinflaschen natürlich, Champagner, der das Herz schneller schlagen lässt, und Burgunder, der es erwärmt, aber vor allem mit all den Köstlichkeiten, die es bald nicht mehr geben würde, Gänseleber aus dem Périgord, in gelben Büchsen, die schimmerten wie pures Gold, ovale Terrinen, in denen Fasanen und Hasen unter schützenden Fettschichten ihrer Auferstehung entgegendämmerten, Körbe mit Orangen und Zitronen, Zuckerhüte in Reih und Glied, mit blauen Bauchbinden, Hofbeamte, die vor einem Staatsbankett auf das Eintreffen der Gäste warten. An den Ständern, wo sich in friedlichen Zeiten die Bügel mit den halbfertigen Kleidern gedrängt hatten, hingen jetzt ganze Schinken und Speckseiten, fette Würste aus den Ardennen und magere von der belgischen Grenze. Als sich der Belagerungsring um die Stadt schloss und das Gebelfer der Kanonen immer lauter wurde, entließ François Delormes alle seine Angestellten, die Zuschneider und die Näherinnen, die alten Büglerinnen und die jungen Mädchen, die mit ihren schmalen Fingern die Pailletten für die Abendkleider aufgefädelt hatten. Er schloss sich in seinem Atelier ein, und während Paris hungerte, hockte er ganz allein in seinem Stadtpalais an der Rue de Rivoli und fraß. Als man ihn fand, steckte noch das Bein eines eingemachten Perlhuhns in seinem Hals; in seiner Gier hatte er es mitsamt den Knochen verschlingen wollen.

Von all dem stand nichts in dem Brief, nur dass man bedaure, Herrn Jean Meijer mitteilen zu müssen, dass Maître François Delormes die Belagerung seiner Heimatstadt nicht überlebt habe und dass Monsieur Meijer deshalb sein neues Geschäft, zu dem man ihm viel Glück wünsche, leider ohne Empfehlungsschreiben werde beginnen müssen. Unterzeichnet war das Schreiben von einem gewissen Paul-Marc Lemercier, den Janki als trockenen Buchhalter in Erinnerung hatte und dem jetzt anscheinend der Betrieb gehörte.

»Das passt«, sagte Janki bitter. »Das passt genau.«

Die Zeit für das Abendessen war lange vorbei, aber auf dem Tisch stand immer noch ein Teller für Janki bereit. Chanele hatte eine Suppe warm gehalten, was, wenn es Stunden dauert und die Suppe schmackhaft bleiben soll, eine große Mühe bedeutet, aber als Janki nur dasaß und noch nicht einmal den Löffel anfasste, drängte sie ihn nicht und stellte auch keine Fragen. Es war Mimi, die schließlich erzählte, was vorgefallen war, wobei sie Pinchas gar nicht erwähnte und ganz empört reagierte, als Salomon wissen wollte, seit wann sie denn die Zeitung läse.

»Ich bin kein Kind mehr!«, sagte sie und dachte dabei: ›Ihr habt keine Ahnung, wie sehr ich kein Kind mehr bin.‹

»Die Leute werden es auch wieder vergessen«, tröstete Golde und glaubte sich die schönen Worte selber nicht.

Salomon kraulte seinen Backenbart, schüttelte den Kopf und sagte nachdenklich: »Wenn es von einem Bauern einmal heißt, dass er die Seuche im Stall hat …«

»Es geht jetzt nicht um Bauern!«, schnitt ihm Chanele, die sich sonst nie in Familiendiskussionen einmischte, das Wort ab. »Es geht um Janki.«

»Um mich braucht ihr euch nicht zu sorgen. Ich werde meinen Weg schon machen. Das heißt: irgendeinen Weg werd ich machen. Irgendwohin.« Wie er so niedergeschlagen dasaß, ahnte man hinter Jankis schmalem Gesicht den mageren Vogelkopf, den er als alter Mann einmal haben würde.

»Sie werden es vergessen«, wiederholte Golde. »Ganz bestimmt werden sie es vergessen.«

»Wieso?«

Onkel Melnitz, an den sie bei all den Veränderungen und Plänen der letzten Wochen lange nicht gedacht hatten, schob seinen Stuhl näher an den Tisch. Er war, wie immer, ganz in Schwarz gekleidet, und er genoss, wie immer, den eigenen Pessimismus.

»Wieso sollten sie es vergessen? Sie vergessen nie etwas. Je unsinniger es ist, desto besser erinnern sie sich daran. Wie sie sich daran erinnern, dass wir kleine Kinder schächten, immer vor Pessach, und ihr Blut in die Mazzen backen. Es ist nie passiert, aber sie können euch noch fünfhundert Jahre später ganz genau erzählen, wie wir es gemacht haben, ja. Wie wir den kleinen Jungen weggelockt haben von seinen Eltern, wie wir ihm Geschenke versprochen haben oder Schokolade, lange bevor es Schokolade gab. Sie wissen es ganz genau.

Sie können euch das Messer beschreiben, mit dem wir es getan haben, so exakt, als hätten sie es in der Hand gehabt. Sie wissen, wo wir den Schnitt angesetzt haben, am Hals oder über dem Herzen, sie wissen, wie die Schale aussieht, mit der wir das Blut auffangen, jedes Jahr, überall, weil Mazzen nicht koscher sind ohne Christenblut. Sie wissen das alles. Sie können euch den Namen sagen von dem Kind, ganz genau. Er steht im Heiligenkalender. Es ist nie passiert, aber sie erinnern sich, sie haben ein Grab, das sie besuchen, einen Altar, und an den Jahrestagen schlagen sie zur Erinnerung ein paar Juden die Köpfe ein.

Vergessen? Sie vergessen nichts. Die Wahrheiten vielleicht, aber nicht die Lügen. Was die Babylonier und die Römer an Geschichten erfunden haben gegen uns, das kennen sie alles noch und erzählen es weiter und glauben daran. Manchmal sagen sie: ›Wir sind moderne Menschen und wissen deshalb, dass das alles nicht stimmt‹, aber deshalb hören sie nicht auf, es zu glauben. Es hängt in ihren Köpfen fest. Die Lüge hat viele Widerhaken, ja.

Manchmal hört man die Lüge ein paar Jahre nicht, aber dann schläft sie nur und sammelt neue Kräfte. Bis irgendwo ein Kind verschwindet, oder sich einer ein verschwundenes Kind ausdenkt. Dann ist sie wieder wach. Dann haben wir wieder das Messer in der Hand, das lange spitze Messer, dann versammeln wir uns wieder im Kreis mit unseren Bärten und den krummen Nasen, dann stechen wir wieder zu, und das Kind schreit wieder, das arme, unschuldige, blonde Kind, und wir lachen wieder, wie wir immer dabei lachen, und das Blut fließt wieder in die Schale, und wir backen es wieder in unsere Mazzen, und alles ist wie früher. Sie vergessen es nicht.

Sie können die Stellen im Talmud nennen, die dort nicht stehen, und die sie doch alle gelesen haben. Sie kennen unsere Gebote, die es nicht gibt, ganz genau, kennen sie besser als ihre eigenen. Vergessen? Meint ihr wirklich, sie würden etwas vergessen?«

Jankis Suppe war lange kalt geworden, aber sie saßen alle immer noch um den Tisch herum, saßen ganz gerade da auf ihren Stühlen und sahen sich nicht an. Nur Onkel Melnitz hatte es sich bequem gemacht, hatte sich ausgebreitet und angelehnt, einer, der sich vorgenommen hat, lange zu bleiben. Er redete und redete.

Niemand hörte ihm zu.

Alle versuchten sie, ihm nicht zuzuhören.

8

Janki ging dann doch wieder nach Baden, ohne Hoffnung, wie man ein verlorenes Spiel zu Ende spielt, nur damit man die Punkte zählen kann, die man wird bezahlen müssen. Zur allgemeinen Überraschung begleitete ihn Chanele. Sie habe etwas zu besorgen, erklärte sie, außerdem sei sie schon ewig nicht mehr in Baden gewesen und habe auch mal Anspruch auf einen freien Tag. Salomon konnte ihr in diesem Punkt nicht widersprechen, denn, wenn man es so ansehen wollte, hatte Chanele überhaupt noch nie einen freien Tag gehabt; man betrachtete sie als Mitglied der Familie und bezahlte ihr deshalb auch keinen Lohn.

Die beiden gingen wortlos nebeneinander her, so zügig, dass sie immer wieder andere, langsamere Passanten überholten, eine Bauersfrau mit einem Korb voller Hühner, oder einen Korbmacher, der seinen ganzen Warenvorrat hoch aufgetürmt auf dem Rücken balancierte. Beim Marschieren hielt Janki, wie man es ihm beim Militär eingebläut hatte, die Augen immer stramm nach vorne gerichtet, und doch hätte er ganz genau zu beschreiben gewusst, was Chanele anhatte: ein braunes Kleid aus einem Stoff, den man in Paris »Paysanne« nannte, und den Monsieur Delormes nur einkaufte, um ab und zu einer Wäscherin oder Näherin ein paar Meter davon schenken zu können. Das Gewebe war zu schwer, um wirklich locker zu fallen, aber der Schneider – wenn es nicht Chanele selber gewesen war – hatte so geschickt die Taille betont, dass sich der Rock über den Hüften glockenförmig bauschte und bei jedem Schritt mitschwang. Der runde Ausschnitt und die Manschetten waren mit etwas besetzt, das auf den ersten Blick wie Spitze aussah, aber doch nur gefältelter weißer Batist war, ein Material, das man eigentlich für Unterröcke und Nachthemden verwendet, für alles, so hatte es Janki gelernt, das direkt die Haut berührte.

Chaneles Unterrock, da war er sich sicher, war bestimmt aus einem weniger feinen Stoff, und ihr Hemd …

»Du hättest dich nicht bemühen müssen«, sagte er. »Ich hätte dir auch gerne mitgebracht, was du brauchst.«

»Danke«, antwortete Chanele. Und dann, zehn oder zwanzig Schritte später: »Es ist etwas, von dem Männer nichts verstehen.«

Ihr Haar war wie immer zu einem Knoten zusammengerollt und in einem Netz verstaut. Für den Weg hatte sie sich ein Kopftuch umgebunden, und manchmal, weil sie Kühlung brauchte oder in Gedanken war, hob den Haarbeutel ein bisschen an, als müsse sie sein Gewicht prüfen. Jankis Vater hatte das immer mit seinem Geldbeutel getan, wenn der letzte Bauer gegangen war und er die Einnahmen schätzen wollte.

Janki versuchte sich auszumalen, wie lang Chaneles Haare wohl sein könnten, ob sie ihr beim Kämmen bis zum Gürtel reichten oder sogar darüber hinaus, und ob sie nachts im Bett …

»Es könnte ein heißer Tag werden«, sagte er.

»Wenn man Wäsche bügeln muss, ist es heißer«, sagte sie.

Chanele ging im gleichen Rhythmus wie er, links, rechts, links, rechts, ohne, wie es die meisten Frauen getan haben würden, seinem langen Soldatenschritt hinterherzutrippeln. Sie musste kräftige Beine haben, und doch waren sie, aus der Schlankheit ihrer Arme zu schließen, bestimmt nicht dick. Man konnte sich vorstellen, dass Chanele …

»Was wirst du jetzt machen?«, fragte sie.

Janki musste einen Moment überlegen, bevor ihm wieder einfiel, wozu er nach Baden unterwegs war.

»Er hätte genauso gut hier bleiben und etwas von mir lernen können«, sagte Salomon Meijer. Er saß am Tisch in der Stube und hatte sich ein dickes Buch und einen Stapel von Zetteln und Notizen bereitgelegt. »Diese Sache mit den Blutlinien ist eine hochinteressante Angelegenheit.«

Golde, die tüchtige Frau, hielt Salomons großes Projekt, den definitiven Stammbaum aller im Bezirk gehaltenen Simmentaler Rinder zu erstellen, zwar für eine unpraktische Spielerei, aber sie widersprach ihrem Mann nicht. Da sie schon lange verheiratet waren, reagierte Salomon trotzdem auf ihren Einwand.

»Wenn ich erst einmal damit fertig bin …«

›Wenn‹, dachte Golde.

»… wird man voraussagen können, ob eine Kuh etwas taugt, noch bevor sie geboren ist. Auch wenn einer von Beheijmes keine Ahnung hat. Wie zum Beispiel Janki.«

»Er interessiert sich nun mal nicht dafür.«

»Er wird sich schon interessieren. Sein Stoffgeschäft, diese Meschugas, kann er vergessen. Aber einen Kopf hat er, und wenn er sich mit dem Viehhandel befassen würde …«

»Meinst du, dass Mimi ihm wirklich gefällt?« Golde hatte eine ganze Kette von »Wenns« und »Danns« übersprungen, aber sie war nur dort angekommen, wo Salomon auch schon war.

»Wenn er kein Tepp ist …«, sagte Salomon Meijer.

»Nein«, sagte Golde, »ein Tepp ist er nicht.«

Sie konnten so offen reden, weil Mimi wieder mal auf einem Spaziergang war. »Du machst viel Spaziergänge in der letzten Zeit«, hatte Salomon geraunzt, aber dann lieber doch nicht weiter nachgefragt. Er hätte auch keine Antwort bekommen, zumindest keine ehrliche. Denn Mimis Weg führte sie nicht in die Natur, sondern mitten ins Dorf, an eine Tür, die sie sonst tunlichst vermied, zu einer sehr erstaunten Sarah Pomeranz.

Mimi hatte sich die Geschichte, die sie erzählen wollte, ganz genau zurechtgelegt: wie ihr Vater behauptet habe, sie könne noch nicht einmal einen Eierfladen zubereiten, ohne ihn anbrennen zu lassen – so etwas Ähnliches hatte er tatsächlich einmal gesagt –, und wie sie sich daraufhin vorgenommen habe, ihn zum Beweis ihrer Küchenkünste mit einem selbstgebackenen Kuchen zu überraschen. »Es muss ein ganz besonderer Kuchen sein«, wollte sie sagen, »ein Kuchen wie für den König Salomon persönlich. Ich kenne nur einen Menschen in Endingen, der mir das Rezept für einen solchen Kuchen geben kann, und deshalb …« Aber als Sarah die Tür öffnete, eingehüllt in eine Aura von Rosenwasser und siedendem Öl, da waren ihre Sorgen um Janki stärker als alle Vorsätze, und Mimi sagte nur ganz ungeduldig: »Wo ist Pinchas?«

»Wo soll er sein? Im Laden.«

Es gibt wohl kaum einen ungünstigeren Moment, der Frau, von der man jede Nacht träumt, zu begegnen, als wenn man dabei ist, Kuhdärme auszukochen. Man hat Hände, die nicht nur schmutzig, sondern abstoßend glitschig sind, man sieht aus wie ein altes Weib, weil man sich ein Tuch um die Haare gebunden hat, damit der Geruch nicht darin hängen bleibt, und, was das Schlimmste ist, man kann die Arbeit nicht unterbrechen. Zu lang vorgekochte Därme werden brüchig und sind für Würste nicht mehr geeignet.

»Du musst entschuldigen«, sagte Pinchas, »aber …«

»Mach nur weiter!«

Gehorsam beugte er sich wieder über den dampfenden Kessel und rührte mit einem großen durchlöcherten Paddel, wie man es auch in der Waschküche verwendet, darin herum. Der Wasserdampf hatte alle Oberflächen mit einem Muster aus winzigen Tropfen überzogen.

»Sollen wir nicht lieber später …?«, fragte Pinchas.

Aber Mimi spürte eine Mission in sich, und eine Mission kann nicht warten. Auch nicht, wenn süßlich-fauliger Gestank in der Luft liegt und man gerade in gelbgrünen Matsch getreten ist. »Zuallererst«, sagte sie, genau, wie sie es sich auf dem Weg formuliert hatte, »zuallererst« – sie hatte endlich eine einigermaßen saubere Stelle gefunden, wo man sich hinstellen konnte, ohne etwas zu berühren –, »zuallererst muss eines klar sein: Aus uns beiden kann nichts werden. Nie.«

»Aber …«, sagte Pinchas.

»Jamais.« Mimi fühlte sich wie eine Figur aus einem Roman.

»Und wenn mein Vater mir das Geld für den Stiftzahn leiht?«

»Damit hat es nichts zu tun.«

»Ich bin hingefallen, weil ich im Gehen gelesen habe und gestolpert bin. So habe ich mir den Zahn ausgeschlagen. Aber mit einem Stiftzahn …«

»Jetzt lass mich mit deinem Stiftzahn zufrieden!« Das Gespräch verlief nicht so, wie Mimi sich das vorgestellt hatte.

»Ich weiß, dass es hässlich aussieht.«

»Du bist nicht hässlich.«

»Findest du das wirklich, Miriam?«

Durch die Dampfschwaden war es nicht klar zu erkennen, aber Mimi hatte tatsächlich den Eindruck, dass Pinchas errötete.

»Ich meine …«, sagte sie.

»Du hast mich gerade sehr glücklich gemacht.«

Er schien einfach nicht zu verstehen, was sie ihm sagen wollte. Zum Glück fiel ihr ein Satz ein, der ihr einmal in einem Buch sehr gefallen hatte, und der genau zur Situation passte. »Unsere Herzen singen nicht dieselbe Melodie«, sagte sie.

»Was für eine Melodie?«, fragte Pinchas.

»Gar keine Melodie. Vergiss die Melodie!«

»Du hast gesagt …«

»Ich wollte sagen: Du und ich, wir sind einfach zu verschieden.«

»Natürlich sind wir verschieden«, sagte Pinchas und beugte sich tief über seinen Kessel. »Ich bin ein Mann und du bist eine Frau. Und deshalb …«

»Hörst du mir überhaupt zu?«, fragte Mimi.

Aber Pinchas hörte nicht mehr. An irgendeiner Veränderung im Brühkessel hatte er erkannt, dass der richtige Zeitpunkt gekommen war, hob mit Anstrengung das Paddel heraus, um das sich blassweißer Darm schlang, legte es über die Ränder des

Kessels und dann – Mimi fühlte, wie etwas Bitteres in ihrem Hals hochstieg und konnte doch nicht wegsehen –, dann fasste er das ekelhafte schwabblige Zeug mit bloßen Händen an, zog es Faust über Faust aus dem Sud und hängte es in triefenden Girlanden über ein Gestell.

»So«, sagte Pinchas schließlich und trat zu ihr, »jetzt können wir reden.«

Mimi begann zu würgen.

In Baden ließ sich Chanele den Laden zeigen, von dem sie schon so viel gehört hatte, und sagte, weil Janki das zu erwarten schien, ein paar lobende Worte über die Einrichtung. Es war ihr, als würde sie an einer Beerdigung aufgefordert, sich zur Schreinerkunst des Sargtischlers zu äußern. In der ganzen Zeit, in der sie im Laden war, zeigte sich keine einzige Kundin, und als sie sich verabschiedete, um ihre Einkäufe zu machen, stand Janki ganz verloren hinter seinem neuen Ladentisch, ein kleiner Junge, mit dessen Geburtstagsgeschenk die anderen Kinder nicht spielen wollen.

Beim roten Moische und auch bei den Hausierern, von denen Endingen manchmal überrannt wurde wie von Ameisen im Frühling, war Chanele als fachmännische Kundin gefürchtet. Sie wusste, wie man die Festigkeit einer Nähseide mit den Zähnen prüft, und welche Farbe die Kiemen eines Karpfens haben müssen, wenn er wirklich frisch sein soll. Golde überließ ihr sogar den Einkauf des Huhns auf Schabbes, und Chanele musste so einen Vogel nur ansehen, um auf eine halbe Tasse genau vorauszusagen, wie viel Fett er ausgeben würde. Hier in der Stadt war alles anders. Die Läden waren fremd, die Händler nicht bekannt, und Chanele wusste nicht einmal genau, in was für einer Art Geschäft sie ihren Einkauf tätigen sollte. Eine ganze Weile blieb sie vor einem Schaufenster mit Werkzeug aller Art stehen und ging dann doch wieder weiter. Beim Laden mit den Haushaltswaren hatte sie schon die Klinke in der Hand, aber der Besitzer, der sie durch die Glasscheibe so erwartungsvoll anlächelte, gefiel ihr nicht. Schließlich entschied sie sich für einen Barbier.

Auf das Klingeln der Ladenglocke drehten drei Männer im Takt die Köpfe zu ihr: der Barbier, sein Kunde und ein grau gekleideter Mann, der, das *Tagblatt* in der Hand, auf Bedienung wartete. Nur die Frau des Friseurs, die auf einem hohen Stuhl hinter der Kasse thronte, schien sie überhaupt nicht zu bemerken. Die drei musterten Chanele einen Moment lang, sahen nichts Betrachtenswertes und nahmen das Gespräch, das sie bei ihrem Eintreten unterbrochen hatten, wieder auf.

»Nun erzählen Sie Ihre Geschichte schon zu Ende, Bruppbacher«, sagte der Kunde. Wenn er redete, schien sich nur die frisch rasierte Hälfte seines Gesichts zu bewegen, die andere, dick mit Seifenschaum überzogen, lag daneben wie tot.

Der Barbier war als Künstler gekleidet, mit einer schmalen, zum Schmetterling geknoteten Halsbinde. Auf seiner Oberlippe saß ein spitz zulaufender gewichster Schnurrbart, das Meisterstück, das ein Handwerker stolz in seinem Schaufenster präsentiert. »Gerne, Herr Doktor«, sagte er. »Der Mann wartet also und wartet. Schließlich schlägt der Wirt das Buch zu und sagt: ›Tut mir leid. Es ist nur noch ein ganz kleines Zimmer frei. Und darin, fürchte ich, wird Ihre Nase keinen Platz haben.‹«

Der Mann mit dem Schaum im Gesicht lachte.

Der wartende Kunde ließ seine Zeitung sinken. »Plump«, sagte er missbilligend. »Mit Witzen löst man keine Probleme.«

»Entschuldigen Sie.« Chanele machte einen Schritt in den Laden hinein. »Haben Sie Messer?«

»Nein«, antwortete der Friseur, »ich rasiere meine Kunden mit dem Löffel.«

Der Mann im Stuhl lachte so heftig, dass er Schaumflocken in die Luft prustete.

»Ich meine«, sagte Chanele, »ich wollte sagen: Haben Sie Messer zu verkaufen?«

»Natürlich«, sagte der Friseur. »Ich verkaufe Messer und Tabak und seidene Strümpfe. Willkommen in der Badener Kaufhalle!«

Die sichtbare Gesichtshälfte seines Kunden lief dunkelrot an. Er hatte sich aus lauter Vergnügen am Rasierschaum verschluckt.

»Seid doch ein bisschen höflicher«, sagte der Mann im grauen Anzug vorwurfsvoll und wandte sich an Chanele. »Was für eine Art Messer soll's denn sein?«

»Ich bin hier wohl nicht am richtigen Ort.« Chanele wollte sich zum Gehen wenden, aber der Mann packte ihren Arm und ließ sie nicht los.

»Nein, nein, sagen Sie's uns! Was für ein Messer brauchen Sie denn?«

Chanele blickte verlegen zu Boden. Sie versuchte, sich zu befreien, aber die Hand des Mannes war fest wie Eisen. Dann flüsterte sie beinahe lautlos: »Ich habe gedacht, dass ein Barbier … Wenn man Haare im Gesicht entfernen will …«

»Haare im Gesicht?« Die Finger des Mannes strichen fast zärtlich über die Blume an seinem Rockaufschlag. »Damit können wir leider nicht dienen. Wenn Sie eins gebraucht hätten, um sich den Hals abzuschneiden – da hätten wir Ihnen gern ausgeholfen.« Er sagte es so höflich und ohne die Stimme zu erheben, dass Chanele ihn erst nach ein paar Sekunden verstand.

Auch der Mann im Rasierstuhl begann dann erst zu lachen.

Die Frau des Barbiers, die dem ganzen Gespräch mit ausdruckslosem Gesicht gefolgt war, kletterte von ihrem hohen Stuhl herunter und schob Chanele zur Tür. »Du gehst jetzt besser. Merkst du nicht, dass du hier unerwünscht bist?«, sagte sie.

Mimi hätte nie gedacht, dass sie eines Tages mit Pinchas in Anne-Kathrins Laube sitzen würde. Aber sie musste mit ihm reden, sie brauchte frische Luft, und es gibt in einem Dorf nicht viele Orte, an denen man nicht beobachtet wird. Die beiden saßen so weit voneinander entfernt, wie es das Sechseck der Bank überhaupt zuließ. Pinchas starrte in den Garten hinaus, als interessiere ihn nichts mehr als Rosenstöcke und Holundersträucher. Ohne es zu merken streckte er immer wieder die Zungenspitze durch seine Zahnlücke; es sah aus, als wohne etwas Lebendiges in seinem Mund.

»Gestern hast du gesagt, dass du versuchen würdest, ihm zu helfen. Uns zu helfen. Mir zu helfen.«

»Für dich würde ich alles tun.« Der Satz hatte eine ganze Nacht lang darauf gewartet, endlich ausgesprochen zu werden, und drängte jetzt aus Pinchas heraus wie ein Gefangener aus seiner dunkeln Zelle.

»Auch wenn du weißt …?«

»Nicht dieselbe Melodie. Ich habe verstanden.« Pinchas senkte den Kopf. Er hätte ein ganz attraktives Profil gehabt, wenn nicht dieser schüttere Bart gewesen wäre. Und die Zahnlücke natürlich.

»Janki und ich hingegen …« Sie spürte, wie sie Pinchas damit wehtat, und es war kein unangenehmes Gefühl, das zu spüren. Wie hatte es in diesem Mimi-Roman geheißen? Wilde Brutalität.

»Siehst du überhaupt eine Möglichkeit, ihm zu helfen?«, fragte sie. »Dieser Artikel …«

»Ich habe darüber nachgedacht.«

»Und du wüsstest …?« Ihre Stimme klang jetzt plötzlich einschmeichelnd, ein Kind, das etwas haben will, das es eigentlich nicht verdient hat. Er wusste, dass diese Stimme eine Lüge war, aber er ließ sich gerne anlügen.

»Weißt du, was ich gestern in der Gemóre gelernt habe?«, fragte er und fügte ganz schnell hinzu: »Es hat damit zu tun. Ich glaube, es hat damit zu tun.«

Und so kam es, dass Pinchas in der Laube des goijischen Schulmeisters die Geschichte von Rabba bar bar Chana erzählte, der auf einer Schiffsfahrt einem Fisch begegnet sein wollte, ganz mit Sand und Gras bedeckt und so groß, dass die Seeleute ihn für eine Insel hielten, dass sie ausstiegen und auf dem Fisch ein Feuer entzündeten, um darauf ihr Essen zuzubereiten. Mimi unterbrach ihn nicht, bis er auch erzählt hatte, wie sich der Fisch, als er spürte, wie sein Rücken immer heißer wurde, ins Wasser wälzte, und wie die Seeleute alle ertrunken wären, wenn ihr Schiff nicht so nahe geankert hätte. Erst dann fragte sie: »Und was willst du damit sagen?«

»Nun ja«, sagte Pinchas, »die Geschichte ist natürlich nicht wahr. Genauso wenig wie die Geschichte in der Zeitung. Und trotzdem haben sie unsere Weisen damals in Babylon aufgeschrieben und in den Talmud aufgenommen. Da stellt sich die Frage: Warum?« Pinchas verfiel in die Melodie einer talmudischen Disputation. »Was kann das für einen Grund haben? Sollen wir aus der Geschichte etwas lernen? Sollen wir glauben, dass es Fische gibt, die man mit Inseln verwechseln kann? Wohl kaum. Die Amoräer, die den Talmud verfassten, waren praktische Leute. Sie befassten sich mit Absperrungen für Sodbrunnen und solchen Sachen. Sie wussten, dass die Geschichte ein Märchen war, und trotzdem bewahrten sie sie für spätere Generationen auf. Welchen Grund können sie dafür gehabt haben?«

›Nu?‹, dachte Mimi.

»Könnte es nicht sein, dass die Geschichte ihnen einfach gefallen hat? Weil es eine gute Geschichte war? Weil man gute Geschichten gerne glaubt? Auch wenn man weiß, dass sie nicht wahr sein können? Was meinst du?«

»Ich verstehe dich nicht.«

»Ich habe mir überlegt: Sie haben eine Geschichte in die Zeitung gesetzt, damit niemand bei Janki einkauft. Also müssen wir eine bessere Geschichte erfinden, damit sie ihre Meinung ändern. Sie lügen? Soll sein. Werden wir eben besser lügen!«

Chanele hatte lange am Rand des Brunnens gesessen und ihren Arm ins Wasser getaucht. Es war ihr, als müsse sie die Berührung des Mannes abwaschen, als habe seine Hand auf ihrem Ärmel einen Fleck hinterlassen, den ihr jetzt jeder ansehen konnte. Sie verstand sich selber nicht, konnte sich nicht erklären, warum sie sich nicht einfach losgerissen und ihn weggestoßen hatte, warum sie ihm geantwortet hatte, vor diesen Männern geantwortet hatte, warum sie von einer Sache gesprochen hatte, die nicht einmal Golde etwas anging, warum sie zugelassen hatte, dass er …

»Da bist du ja«, sagte eine fremde Stimme. Chanele fuhr herum und hob die Arme, wie um einen Schlag abzuwehren.

Es war die Frau des Barbiers, eine grobknochige, sachliche Person, die man sich hinter einem Marktstand hätte vorstellen können, wenn nicht ein Duft von Talkum und Gesichtswasser an ihr gewesen wäre. »Ich habe dich überall gesucht«, sagte sie.

»Lassen Sie mich in Ruhe!« Chanele hörte sich mit einer fremden Stimme reden, ängstlich und unsicher.

Die Frau setzte sich neben ihr auf den Brunnenrand. »Pass auf«, sagte sie nach einer Pause, »du machst dein Kleid ganz nass.«

Trotzig stieß Chanele ihren Arm noch tiefer ins Wasser.

»Es sind Männer«, sagte die Frau. »Männer brauchen Feinde. Ich weiß nicht warum. Es scheint einfach in ihnen drin zu sein.«

»Was wollen Sie von mir?«

»Wenn sie reden«, sagte die Frau, »dann muss man sie reden lassen. Da kann man nichts dagegen machen. Aber wie sie mit dir umgegangen sind, das passt mir nicht. – Wieso bist du ausgerechnet in unser Geschäft gekommen?«

»Ich dachte, ein Barbier …«

»Es gibt sechs Barbiere in Baden. Fünf andere Barbiere. Es weiß doch jeder, dass mein Mann die Juden nicht mag.«

»Ich wusste es nicht«, sagte Chanele und fühlte sich schuldig dabei. »Ich wollte nur …«

»Ich habe gehört, was du wolltest.« Es klang wie ein Vorwurf.

»Völlig verkehrt. So etwas macht man nicht mit dem Messer. Das musst du zupfen. Haar für Haar. Es tut zwar weh, aber das wirst du aushalten. Hier.« Sie streckte Chanele eine Blechdose hin.

Chanele verschränkte die Arme.

»Wie du willst«, sagte die Frau. »Mir ist es egal.« Sie ließ die Dose in den Brunnen fallen und stand auf. »Aber du würdest wirklich viel hübscher aussehen ohne diese Augenbrauen.«

Wieder allein, sah Chanele lange der Büchse zu, die nicht untergegangen war, sondern auf der Wasseroberfläche sanft schwankend Kreise drehte. Auf dem Deckel starrten zwei Köpfe ins Leere: ein englischer Offizier mit buschigem Schnurrbart und ein dunkelhäutiger Mann mit Turban. Darüber stand in verschnörkelter Schrift: *Original indische Macassar-Haarpomade*. Die Dose schien immer aufs Neue auf sie zuzustreben und wurde jedes Mal, bevor sie den Rand erreichte, vom Wasserstrahl aus der Brunnenröhre wieder weggetrieben.

Schließlich fasste Chanele ins Wasser, holte die Dose heraus und öffnete den Deckel. Das Blech schien bis zum Rand mit zusammengeknülltem Papier gefüllt zu sein, dem festen, hellbraunen Papier, mit dem man die Kopfstützen von Barbierstühlen überzieht. Es knisterte beim Auseinanderfalten.

Als sie sah, was die fremde Frau ihr mitgebracht hatte, stiegen Chanele Tränen in die Augen.

Es war eine Pinzette.

»Er hat die Schlacht bei Sedan mitgemacht«, sagte Pinchas.

»Er hat nicht einen Schuss gehört, sagt er.«

»Mag sein. Aber das macht keine gute Geschichte. Und er ist natürlich verwundet worden. Eine Kugel hat seinen Arm durchschlagen.«

»Gott behüte!«, rief Mimi erschrocken.

»Du hast recht, Miriam«, sagte Pinchas, »seinen Arm lassen wir in Ruhe.«

Mimi nickte erleichtert.

»Den Arm braucht er bei der Arbeit. Ins Bein haben sie ihm geschossen.«

»Was?«

»Du kannst dir aussuchen, in welches.« Pinchas lachte. Er war völlig verwandelt, redete ohne Hemmungen, gestikulierte und fiel Mimi immer wieder ins Wort.

»Dieser Schneider aus Paris, bei dem er war. Wie heißt der?«

»Delormes. Aber er ist tot.«

»Tot?«, sagte Pinchas und nickte zufrieden. »Das ist gut. Dann wird er uns nicht widersprechen. Und deine Freundin hier … Wie heißt sie?«

»Anne-Kathrin. Soll die etwa auch in der Geschichte vorkommen?«

»Sie soll uns Papier und Tinte leihen«, sagte Pinchas. »Wir müssen das alles aufschreiben.«

9

»Eine interessante Anekdote aus dem preußisch-französischen Krieg.

Während der Belagerung von Paris – unser Korrespondent hat in diesen Spalten ausführlich darüber berichtet – nahm auch eine Reihe von Ereignissen ihren Anfang, die geeignet ist, im Herzen jedes wohlmeinenden und empfindsamen Menschen Erschütterung und Mitgefühl hervorzurufen. Wir wollen den Bericht darüber, der erst in diesen Tagen zu unserer Kenntnis gelangte, unserer geneigten Leserschaft nicht vorenthalten, auch deshalb, weil die Kette der Geschehnisse in ihrem äußersten Gliede auch unsere schöne Stadt Baden berührt, den Ausspruch des griechischen Philosophen Heraklit bestätigend, wonach der Krieg der Vater aller Dinge ist.«

Auf dem verschlungenen Satzbau hatte Pinchas bestanden, der das *Tagblatt* jeden Tag las. Das klassische Zitat steuerte Anne-Kathrin bei, die dank ihres Vaters über einen großen Vorrat davon verfügte.

»Unseren Leserinnen, insbesondere wenn sie auch regelmäßig *Die Dame* oder den *Jardin des Modes*« (ein Beitrag von Mimi) »studieren, wird der Name François Delormes geläufig sein. Dieser Meister der Nadel, wie ihn überschwängliche Bewunderer schon einmal apostrophieren, weigerte sich trotz der Bitten seiner zahlreichen Freunde und Bewunderer strikte, die geliebte Vaterstadt noch rechtzeitig vor Ausbruch der Feindseligkeiten zu verlassen. ›Ubi patria, ibi bene‹, antwortete er, in Umkehrung des zynischen Sprichworts, auf alle Warnungen.«

Wenn es nach Anne-Kathrin gegangen wäre, hätte Monsieur Delormes auch noch »Dulce et decorum pro patria mori« gesagt. Aber Mimi und Pinchas hatten das abgelehnt.

»Der stählerne Würgegriff der Belagerung schloss sich immer enger um die französische Kapitale, und schon bald versank die Stadt der Lichter in bleierner Finsternis. Die ängstliche Stille eines Hospitals herrschte dort, wo ehedem so sorglos gesungen und getanzt wurde. Wo die Erinnyen herrschen, schweigen die Musen.«

Pinchas musste den andern erklären, was Erinnyen sind, und Mimi, die ihn immer für einen reinen Talmudstudenten gehalten hatte, war von seinen Kenntnissen überrascht.

»Mit jedem Tag wurden die Nahrungsmittel knapper. Nur noch gerade hundert Gramm schlechtes Brot waren jedem Einwohner von Paris täglich zugemessen, und es schätzte sich jeder glücklich, wenn es ihm gelang, diese geringe Menge für sich und seine Lieben auch tatsächlich zu beschaffen.

Für François Delormes, durch die Beliebtheit seiner modischen Kreationen längst zu einem reichen Mann geworden, wäre es ein Leichtes gewesen, den Einschränkungen dieser Hungertage zu entgehen und bei den Wucherhändlern, die sich in Notzeiten bekanntlich vermehren wie Schmeißfliegen auf einem Aas, die erlesensten Köstlichkeiten zu besorgen. Aber nichts hätte diesem wackeren Mann ferner gelegen. Die Vorräte seines Kellers ließ er unter die Bedürftigen verteilen, und er selber begnügte sich mit Wasser und trockenem Brot.«

Im Schwung seiner neuentdeckten journalistischen Begabung hatte Pinchas auch noch eine Passage entworfen, in der Monsieur Delormes jede Woche einen Fasttag einlegte, aber sie war ihm als zu jüdisch wieder gestrichen worden.

»Doch damit nicht genug! Auf dem Höhepunkt der Belagerung versammelte François Delormes seine engsten Mitarbeiter um sich …«

»Mitarbeiter?«, fragte Anne-Kathrin. »Hat er keine Familie?«

»Das wäre nicht gut für die Geschichte«, sagte Pinchas.

»… und teilte ihnen etwas mit, das sie im tiefsten Herzen erschüttern sollte. Trotz seiner siebzig Jahre …«

»Sechzig«, schlug Anne-Kathrin vor.

»Fünfzig«, meinte Mimi.

»Trotz seines reifen Alters hatte er sich freiwillig zur Nationalgarde gemeldet, um an vorderster Front den Feinden entgegenzutreten, die seine geliebte Vaterstadt solche Entbehrungen erleiden ließen. Man versuchte, ihm seinen Entschluss auszureden, von dem jeder wusste, dass er in der gegebenen Situation den sicheren Tod bedeuten musste …«

»Dulce et decorum …«, sagte Anne-Kathrin.

»Scha!«

»… aber François Delormes ließ sich weder durch Bitten noch durch Tränen umstimmen. Mit bewundernswerter Ruhe und Umsicht regelte er seine Angelegenheiten, bestimmte einen Nachfolger, der die Geschäfte des Hauses so gut wie möglich weiterführen sollte, und erteilte diesem Nachfolger, einem gewissen Paul-Marc Lemercier, auch gleich einen ersten und zugleich letzten Auftrag. ›Der beste Mitarbeiter, den ich in den letzten Jahren hatte‹, sagte er, ›der Einzige, den ich wirklich für würdig befunden hätte, dereinst meinen Mantel zu tragen, kämpft heute irgendwo in Frankreich gegen den übermächtigen Gegner. Ich weiß nicht einmal, ob dieser mein Meisterschüler überhaupt noch lebt, oder ob ihn nicht längst eine feindliche Kugel dahingerafft hat. Aber wie dem auch sei: die besten Stoffe, die kunstvollsten Gewebe aus meinem Atelier, vermache ich keinem anderen als ihm. Wenn er nicht mehr leben sollte, so mögen sie besser zu Staub zerfallen, als einem anderen, weniger Berufenen zu gehören. Ich bestimme deshalb, dass noch heute ein Lastkarren mit dieser kostbaren Fracht auf den Weg nach seiner Heimatstadt …‹«

»Wo kommt Janki her?«

»Aus Guebwiller.«

»Das kennt kein Mensch.«

»›… auf den Weg nach Colmar gebracht wird, um ihn dort zu erwarten, bis er oder sein Sarg vom Schlachtfeld zurückkehrt.‹«

»Mit dem Schild oder auf dem Schild!«, sagte Anne-Kathrin.

Dann tauchte ein Problem auf, an dem sie beinahe gescheitert wären: Wie schafft man eine Ladung edler Stoffe aus einer Stadt, die vom Feind hermetisch abgeriegelt ist? Aber Pinchas, inspiriert von Rabba bar bar Chana, bei dem eine Schlange ein Krokodil, so groß wie eine ganze Stadt, verschlungen hatte, fand auch hier die Lösung.

»In dieser Nacht erlebte Paris ein Schauspiel, das in den Annalen der Kriege und Belagerungen nicht seinesgleichen haben dürfte. Ein Parlamentär mit weißer Fahne erschien auf der vordersten Schanze und überreichte einem deutschen Offizier einen Brief, adressiert an dessen obersten Kriegsherrn. Niemand wird wohl jemals erfahren, was der König der Schneider an den König der Preußen schrieb, aber es ist bekannt, dass François

Delormes viele Majestäten zu beliefern pflegte, und dass in seinem Atelier jahrelang eine Kleiderbüste mit den exakten Maßen des preußischen Monarchen stand.

Wie immer dem auch gewesen sein mag, es ist eine von vielen Zeugen verbürgte Tatsache, dass noch in jener Nacht ein schwer beladener Lastkarren, bespannt mit vier Pferden, aus Paris hinausrollte und durch ein Spalier hessischer Husaren den Weg nach Colmar einschlug.

Am frühen Morgen des nächsten Tages wurde François Delormes bei einem tollkühnen Ausfall aus nächster Nähe von einer Granate niedergemäht. Nichts blieb von ihm übrig als die Hand, mit der er die Nadel so meisterhaft geführt hatte wie kein Zweiter.«

Anne-Kathrin wischte sich mit dem rosa Seidenband, dass ihren Zopf zusammenhielt, die Augen ab, und auch Mimi ertappte sich bei einem Gefühl der Rührung.

»Aber mit des Schicksals Mächten ist kein ew'ger Bund zu flechten.« (Anne-Kathrin) »Der Empfänger dieses ungewöhnlichen Transports, der einzige Mensch, den François Delormes seiner Nachfolge für würdig erachtet hatte, ahnte nicht das Geringste von all diesen Ereignissen, denn er lag ohne Bewusstsein in einem deutschen Feldlazarett, sein schmales und doch so männliches Gesicht« (Mimi) »vor Fieber glühend. Die Karmeliterinnen, die sich aufopfernd um ihn kümmerten, hatten längst jede Hoffnung für ihn aufgegeben.

Wie kommt ein französischer Soldat in ein deutsches Lazarett? So mag mancher unserer Leser zu Recht fragen. Nun, auch hier ist von einer ganzen Kette schicksalhaft verknüpfter Ereignisse zu berichten, hinter denen manch einer, und sei er der Sachlichkeit moderner Wissenschaft noch so sehr verpflichtet, die Hand der Vorsehung erahnen mag.

François Delormes' Erbe war in der großen Schlacht zu Sedan von einer Kugel ins Bein getroffen worden, schleppte aber trotzdem noch, mit einer Anstrengung, die man nur als übermenschlich bezeichnen kann, einen anderen Soldaten, der ihm schwerer verwundet schien als er selber, aus dem tödlichen Hagel der Kugeln.«

»Wunderbar«, sagte Mimi.

»Es kommt noch besser«, sagte Pinchas, glücklich über ihr Lob.

»Dieser andere, dem er mit seiner heroischen Tat das Leben rettete, war aber kein französischer, sondern ein preußischer Soldat. Selten sah man so schön bestätigt, dass die Stimme der Menschlichkeit weder Staaten noch Grenzen kennt. Und so kam es, dass sie beide, Retter und Geretteter, am selben Tage operiert wurden und nebeneinander, Bett an Bett, im selben Lazarett lagen. Der eine genas. Der andere, dessen Wunde sich entzündete, wandelte lange auf jenem schmalen Grat, der diese Welt von einer anderen trennt.«

»Media in vita in morte sumus«, schlug Anne-Kathrin vor, und Pinchas schrieb es hin.

Von da an wurde die Aufgabe immer leichter. Pinchas, der seine Fantasie, diese nutzlosen Träumereien, wie seine Mutter das vorwurfsvoll zu nennen pflegte, zum ersten Mal nützlich einsetzen konnte, schrieb immer schneller. Schon im nächsten Absatz schlug Janki die großen traurigen Augen auf, wehrte die Dankesbezeugungen des deutschen Soldaten, dessen Leben er gerettet hatte, bescheiden ab und kehrte schließlich ins heimatliche Colmar – »Nein, Miriam, wirklich nicht Guebwiller!« – zurück. Dort fand er zu seiner unaussprechlichen Überraschung die Stoffe vor …

»… Stoffe, die nicht nur wegen ihrer Herkunft aus dem berühmten Atelier des so tragisch verstorbenen François Delormes einen besonderen Wert besitzen, sondern vielleicht noch mehr durch die Tatsache, dass sie Paris noch vor der großen Rattenplage, über die unser Korrespondent so anschaulich berichtet hat, verlassen haben und deshalb in hygienischer Hinsicht völlig unbedenklich sind.«

»Ja!«, sagte Mimi und ballte die Faust.

»Ihr Besitzer, der nach all den dramatischen Ereignissen, die er in so jungen Jahren durchmachen musste, nichts so sehr ersehnt wie Ruhe, beschloss, ins friedliche Land der Eidgenossen auszuwandern und seinen unverhofften Schatz dort einer ausgewählten Kundschaft zum Kaufe anzubieten. Jeden öffentlichen Rummel meidend hat er uns gebeten, seinen Namen nicht zu nennen, eine Bitte, der wir selbstverständlich nachkommen wollen. Wir müssen uns also damit begnügen, unserer verehrten Leserschaft zu verraten, dass Jean M. sein bescheidenes Geschäft in einer der ältesten und sicher schönsten Städte unseres Kantons eingerichtet hat, und dass der Laden jeden Tag außer Samstag und Sonntag von neun Uhr bis sieben Uhr abends geöffnet ist.«

»Ihr seid meschugge!«, sagte Janki. »Was mach ich, wenn mich jemand fragt, ob das alles stimmt?«

Mimi lächelte ein Verschwörerlächeln. »Du streitest alles ab, natürlich. An der Sache ist kein wahres Wort, sagst du. Oder sie handelt von einem ganz anderen Jean M. Pinchas meint, wenn du sagst, dass es gelogen ist, dann glauben es alle.«

Es war nicht einmal schwierig gewesen, die Geschichte in die Zeitung zu bringen. Anne-Kathrin, die als Tochter eines Schulmeisters die schönste Handschrift hatte, schrieb den Text noch einmal ab, und ein Marktfahrer, der sowieso nach Baden unterwegs war, gab ihn im Redaktionsbüro ab. Der Redakteur war ein Sonderling, der sich für einen Privatgelehrten hielt und dem Inhalt seiner Zeitung bedeutend weniger Aufmerksamkeit widmete als der vielbändigen *Geschichte der Grafschaft Baden*, an der er seit Jahren werkelte. Er überflog den Artikel kurz und schickte dann den Büroboten damit in die Setzerei.

»»Meisterschüler!‹«, sagte Janki wütend. »Ein Schlattenschammes war ich! Im Stofflager habe ich gearbeitet!«

»Du willst ja auch Stoffe verkaufen«, antwortete Mimi und dachte: ›Er müsste mir doch dankbar sein. Warum regt er sich so auf?‹

Mit dem Glockenschlag neun stand an der Vorderen Metzggasse die erste Kundin vor der Ladentür. Als diese trotz ihres Klopfens verschlossen blieb, ging sie wieder nach Hause und sagte zu ihrer Köchin: »Er ist heute nicht gekommen. Wahrscheinlich schmerzt ihn seine Verwundung zu sehr.«

»Sedan!«, sagte Janki. »Ich weiß von dieser Schlacht nicht mehr, als man überall erzählt!«

»Die anderen Leute auch nicht«, sagte Mimi.

In einem Barbiergeschäft in Baden erschrak ein zeitungslesender Kunde über etwas, das er gerade gelesen hatte, und bewegte dabei seinen Kopf so ruckartig, dass ihm das Rasiermesser tief in die Wange schnitt. »Passen Sie doch auf, Bruppbacher!«, schrie er wütend. Die Frau des Barbiers ließ sich von ihrem hohen Stuhl gleiten und brachte Alaun und einen Lappen, um das Blut von dem grauen Anzug zu tupfen.

»Und ich gehe nicht nach Baden!«, sagte Janki schon zum dritten Mal. »Nie mehr.« Er hakte seine Finger hinter der Rückenlehne des Stuhls ineinander, als versuche jemand, ihn von dort wegzureißen.

»Dann hat der andere also recht gehabt? Ausverkauf wegen Geschäftsaufgabe?«

»Nein, natürlich nicht!«, sagte Janki. »Aber …«

»Besuch für dich.«

Noch bevor Chanele ihn hereinbitten konnte, drängte hinter ihr der Schulmeister ins Zimmer, kam aus dem Flur geschossen, ein Korken aus der Flasche, und redete schon. »Mon cher Monsieur! Und, o ja, das Fräulein Meijer. Mein Kompliment. – Ich habe es geahnt! Ist es nicht so? Gefühlt habe ich es. Wenn ihr's nicht fühlt, ihr werdet's nicht erjagen. Wenn sich jetzt alles an Sie herandrängt, denken Sie daran, dass *ich* Sie als Erster eingeladen habe. Mein Volksbildungsverein! Sie müssen unser Erster Gast sein. Sie müssen. Sobald er gegründet ist. Oh, es wird Furore machen! Furore, sage ich Ihnen. Schont mir Prospekte nicht und nicht Maschinen.« Er schwenkte einen Spazierstock mit geschnitztem Knauf, als habe er ein Orchester zu dirigieren.

»Ich weiß nicht recht, was Sie …«

Der Schulmeister nickte, als wolle er gar nicht mehr damit aufhören. »Diskretion, ich verstehe. ›Jean M.‹ und kein Buchstabe mehr. Meine Lippen sind versiegelt. Ob Meili oder Müller oder – ich sag das nur als Beispiel, rein theoretisch – ob Meijer, ist ja auch überhaupt nicht von Bedeutung. Name ist Schall und Rauch, umnebelnd Himmelsglut. Aber als ich heute das *Tagblatt* aufschlug, war mir sofort klar … O meine ahnungsvolle Seele!«

»Der Artikel, auf den Sie wahrscheinlich anspielen, hat nichts mit mir zu tun!«

Pinchas hatte sich nicht getäuscht: Jetzt glaubte der Schulmeister die Geschichte erst recht.

»Vorbildlich, diese Bescheidenheit!«, jubilierte er. »Daran erkenn ich meine Pappenheimer. Aber eine Bitte möchte ich trotzdem äußern. Wenn Sie zufällig einen Stoff am Lager hätten, der zu einem jungen Mädchen passt … Kennen Sie meine Tochter? Natürlich nicht. Wie sollten Sie auch? Sie geht ja kaum jemals auf die Straße. Zu Hause muss beginnen, was leuchten soll im Vaterland. Ein Stück Stoff, wie gesagt, zu einem Kleid. Nicht zu teuer, versteht sich. Man isst ein karges Brot als Schulmeister. Obwohl doch: Non scholae sed vitae … Aber ich will Sie nicht aufhalten. Sie entschuldigen die Störung, Fräulein Meijer.«

Unter der Tür blieb er stehen, kam wieder zurück und legte den Spazierstock auf den Tisch. »Hier. Das hätte ich nun fast vergessen. Für Sie. Nach so einer Verwundung geht es sich sicher leichter mit einer Stütze. Der Knauf zeigt einen Löwen. Das Heldentier für den Helden. Aber vergessen Sie nie, junger

Freund: Mut zeigt auch der Mameluck. Der bessre Teil der Tapferkeit ist Vorsicht. Es war mir ein Vergnügen, Herr Meijer. Es war mir ein großes Vergnügen.«

Jankis Laden wurde nicht gleich überlaufen, aber es kam auch nicht mehr vor, dass er einen halben Tag lang auf Kundschaft warten musste. Es waren die alten und die ganz jungen Frauen, die das Französische Stofflager vor allen anderen für sich entdeckten. Zuerst besuchten sie das Gewölbe aus Neugier, tuschelten wohl auch, wenn der elegante junge Franzose einen schweren Stoffballen aus einem Regal holte – mit *einer* Hand! – und dabei sein Hinken so tapfer unterdrückte. Janki hatte den Spazierstock anfangs nur widerwillig und weil ihn Mimi dazu drängte ins Geschäft mitgenommen, aber schon bald ertappte er sich dabei, dass er ganz ohne nachzudenken danach griff, ja, dass ihm sogar etwas fehlte, wenn er ihn nicht in der Hand hatte. Und was war so schlimm daran? Wenn Salomon einen Schirm hatte, warum sollte Janki keinen Stock haben?

Ganz allmählich gewöhnte er sich an, beim Gehen ein Bein – zuerst nicht immer dasselbe, bis er sich schließlich für das rechte entschied – ein ganz klein wenig nachzuschleppen und manchmal, vor allem wenn er lange hinter seinem Ladentisch gestanden hatte, kam es ihm vor, als spüre er tatsächlich einen dumpfen Schmerz darin.

Wenn seine Kundinnen ihm Fragen stellten, was sie, ein angenehmer Nebeneffekt für seinen Umsatz, immer erst beim dritten oder vierten Besuch für angebracht hielten, schüttelte er nur den Kopf und lächelte wehmütig, was man ebenso als Bedauern über den lästigen Fortbestand einer unsinnigen Geschichte wie als schmerzhaftes Erinnern auslegen konnte. Bei den besseren Damen der Stadt wurde es üblich, dass sie ihr in nachmittäglichen Konversationszirkeln angelerntes Französisch an ihm ausprobierten, und Jean Meijer verstand sie nicht nur, sondern lobte auch ihre Aussprache.

Die Enge des Gewölbes erwies sich immer mehr als Vorteil. Im Französischen Stofflager fühlte man sich nicht wie in einem Laden, sondern wie in einem Salon, man war nicht Kunde, sondern Gast, und wenn Janki, wie es manchmal vorkam, eine Kundin wegschicken musste, weil im Moment, leider, leider, einfach kein Platz mehr war, dann machte er damit alle anderen stolz.

Dazu kam, dass Janki von Stoffen wirklich etwas verstand, und seine Waren, ob man nun an ihre mythologische Herkunft glaubte oder nicht, von guter Qualität waren. Es dauerte nicht lange, bis er zum ersten Mal in Paris nachbestellen konnte, und schon bald wurden die Portieren vor den Regalen nur noch zum Ladenschluss zugezogen; es gab keine Lücken mehr zu verstecken, und beim wachsenden Andrang der Kundinnen war auch keine Zeit mehr mit überflüssigen Äußerlichkeiten zu verschwenden.

Der Mann im grauen Anzug ließ sich nie mehr blicken, aber Janki ahnte sein nicht nachlassendes Interesse hinter der übersteigerten Aufmerksamkeit, die die Marktpolizei ihm und seinem Laden fast täglich angedeihen ließ. Als er den kontrollierenden Beamten einmal einen Sonderrabatt für Einkäufe ihrer Gattinnen anbot, etwas, das in Paris gang und gäbe gewesen war, drohten sie ihm sogar mit einer Anzeige beim Statthalter wegen versuchter Bestechung.

»Ich werde mir einen Kommis einstellen müssen«, sagte er eines Abends in der Küche.

Sehr zu Salomons Ärger hatte sich der geordnete Lebensrhythmus im Hause Meijer immer mehr verschoben. Man wartete mit dem Essen, bis Janki aus Baden zurück war, und das konnte spät werden, obwohl er in letzter Zeit immer häufiger erkannt und deshalb von Lastkarren und sogar von Kutschen mitgenommen wurde. Salomon konnte noch so vorwurfsvoll auf die Tischplatte trommeln, sein ungeduldiges »Nu?« wurde einfach überhört. Einmal fragte ihn Golde sogar: »Ist es zu viel

verlangt, wenn du ein paar Minuten auf den Jungen wartest?«
»Auf den Jungen«, sagte sie, wäre dieser Janki nicht einfach ein
hergelaufener Schnorrer gewesen, ein verwandter Schnorrer, na
schön, aber eben doch nur ein Schnorrer.

Und wenn er dann endlich anzukommen geruhte, in Stiefeln,
die Salomon ihm geschenkt hatte und mit diesem lächerlichen
Spazierstock, dann entschuldigte er sich nicht etwa dafür, dass er
den Hausherrn mit knurrendem Magen hatte warten lassen,
sondern ließ sich von den drei Frauen des Hauses umglucken,
ließ sich umtanzen wie das goldene Kalb, führte am Tisch das
große Wort, berichtete von seinen immer wachsenden Umsät-
zen und von der neuen, noch größeren Bestellung, die er in den
nächsten Tagen abschicken wollte, und wenn er sich auch einmal
nach Salomons Geschäften erkundigte, dann hatte die Frage in
dessen Ohren etwas unerträglich Herablassendes, wie wenn einer, der zwanzig Kühe im Stall hat, sich bei seinem Nachbarn
gnädigst nach dessen Kaninchen erkundigt. Nein, Salomon war
nicht glücklich in diesen ersten Wochen von Jankis Erfolg. Er
sah sich aus dem Mittelpunkt der Familie verdrängt, ahnte hinter jeder Höflichkeit eine versteckte Ironie, ein alternder Lan-
desfürst, der überall Verschwörungen wittert, und durfte seinen
Ärger doch nicht zeigen, weil man ihn ihm als Neid ausgelegt
hätte. Aber was Janki jetzt gerade gesagt hatte, das ging denn
doch zu weit. Einen Kommis einstellen! Vielleicht auch noch
einen Kutscher in Livree und einen Kammerdiener?

»Ich habe mein Geschäft ein Leben lang allein geführt und bin
gut damit gefahren«, sagte Salomon. Er streckte die Hand nach
der Schüssel mit dem Krautsalat aus und stellte befriedigt fest,
dass Golde, Mimi und Chanele gleichzeitig aufsprangen, um sie
ihm zu reichen. »Angestellte kosten mehr, als sie wert sind.«

»Ein Stoffhandel und ein Beheijmeshandel sind nicht dasselbe«, wandte Janki ein.

»Sehr richtig«, sagte Salomon. »Kühe muss man füttern und

tränken und melken. Auch am Schabbes. Auch am Jontew. Muss man das mit deinen Stoffballen auch? Eben! Aber stell ich mir deswegen einen Stallknecht ein? Nein. Man bezahlt einem Bauern ein paar Franken. Man organisiert sich. Man findet einen Weg. Und du willst dir einen Kommis einstellen für deinen kleinen Laden?«

»Ich könnte mich besser um meine Kundinnen kümmern, wenn ich jemanden für die kleinen Dinge hätte. Wenn zum Beispiel jemand die Kasse …«

»Die Kasse?« Salomon regte sich so auf, dass er sich beinahe am Krautsalat verschluckte. »Häng dir doch gleich ein Schild an die Tür: ›Ganew gesucht‹! Oder setz es in die Zeitung. Vielleicht schreibt dir ja Pinchas Pomeranz einen schönen Artikel. ›Seit ihn auf dem Schlachtfeld von Sedan eine Kugel mitten in seine schöne Geldbörse aus rotem Saffian traf …‹« – Salomon hatte schon immer über mehr Dinge Bescheid gewusst, als es Mimi lieb war –, »›… seither kann Jean M. kein Geld mehr ertragen und sucht deshalb jemanden, der es ihm abnimmt.‹ Wenn ich etwas in meinem Leben gelernt habe, dann ist es dieses: Einen anderen, ob Jud oder Goi, lässt man nicht an seine Kasse!« Gottes Stimme aus dem brennenden Dornbusch konnte nicht dräuender geklungen haben.

»Und wenn er sich einen Verwandten einstellt?«, fragte Golde.

»Was für einen Verwandten? Onkel Eisik aus Lengnau, dem die Leute nur Arbeit geben, weil sie Rachmones mit ihm haben? Oder willst *du* dich vielleicht in Jankis Laden stellen? Oder Mimi?«

Chanele räusperte sich. Sie sah verändert aus in der letzten Zeit, und niemand konnte sich richtig erklären, woran das lag.

»Ich würde gerne mal etwas anderes machen«, sagte Chanele.

10

Sie zupfte jeden Tag ein paar Haare aus, immer nur ein paar wenige. Jedes einzelne fasste sie mit der Pinzette, hielt es fest, wie man den Hals eines Feindes festhält, den man endlich, endlich zu fassen gekriegt hat, drückte die Enden der winzigen Zange zusammen, so fest sie nur konnte, tat es so heftig, dass ihr ganzer Arm zitterte, und riss dann das Haar mit einem Ruck aus sich heraus. Sie genoss den kurzen, stechenden Schmerz, der jedes Mal damit verbunden war, konnte ihn nicht erwarten und zögerte ihn doch hinaus, wie Salomon nach einer Prise Schnupftabak das erlösende Niesen hinauszuzögern pflegte. Manchmal ließ sie ein schon gefasstes Haar wieder los, gab ihm, ohne das Todesurteil aufzuheben, eine Gnadenfrist, suchte ein anderes und ein drittes, ließ die Pinzette minutenlang in kalter Zärtlichkeit über die Stelle streichen, wo der Nasenrücken in die Stirn übergeht. An anderen Tagen war sie so voller Ungeduld, einer wütenden, schmerzhaften Ungeduld, dass sie statt eines Haares die Haut zu fassen bekam und sich ganze Fetzen davon ausriss und dann die blutende Wunde mit einem Stück Gaze bedecken und Golde erzählen musste, sie habe Krümel zusammengekehrt und sich beim Aufrichten an der Tischkante gestoßen.

Das alles geschah ohne Licht, nur nach dem Gefühl ihrer Finger, wie ein Blinder, sagt man, wenn er nur genügend Hunger hat, eine Hand voll hingestreuter Körner auf einem Kiesweg findet. Sie schob in ihrer Kammer den Riegel vor, schloss mitten am Tag den Fensterladen, hängte, wenn zu viel Licht durch die Ritzen drang, ein Bettlaken davor und setzte sich dann vor den kleinen mit Muscheln gerahmten Spiegel, den Salomon ihr zum zwölften Geburtstag vom Zurzacher Markt mitgebracht hatte. Mit zwölf war man eine Frau, und Frauen, hatte er damals lachend gesagt, machen sich gerne schön. Wie schlecht er sie kannte! Sie saß vor dem Spiegel, in dem sich nichts spiegelte, tastete nach der Pinzette, die sie – wenn man nur genügend Hunger hat! – immer auf den ersten Griff fand, und ließ die Enden ein paarmal aufeinander klicken, dass es klang wie jene Insekten, die man in stillen Sommernächten auf den Blättern hört. Dann begann sie, immer ein bisschen atemlos, mit ihrem Ritual.

Sie schaute auch hinterher in keinen Spiegel, prinzipiell nicht, suchte die Veränderung ihres Bildes nur in den Blicken der anderen, freute sich, wenn die länger an ihr hängen blieben als sonst und nach einer Antwort suchten, ohne noch die Frage bemerkt zu haben. Sie wurde nicht eitel, das hätte ihrem Charakter zu fern gelegen, aber sie zögerte am Morgen doch länger als sonst, wenn sie die Auswahl zwischen ihren wenigen Kleidern zu treffen hatte. Einmal, nur einmal, war sie mit offenen Haaren, die ihr frisch gekämmt weit über die Schultern fielen, schon fast die ganze Treppe hinuntergegangen, bevor sie dann doch in ihre Kammer zurückeilte und sie wieder in ihrem Netz einfing.

Bei der Arbeit in Baden trug sie immer das braune Kleid mit dem Batistbesatz. Es war eine Art unauffälliger Uniform, in die sie jeden Tag im Hinterzimmer des Ladens schlüpfte. Sie veränderte damit nicht nur ihr Aussehen, sondern auch ihren Namen, denn vor den Kunden bestand Janki darauf, sie mit Mademoiselle Hanna anzureden. Mademoiselle Hanna nahm den Damen die Mäntel und die Sonnenschirme ab, brachte, wenn die Wahl zwischen dem einen und dem andern Stoff länger dauerte, einen Stuhl aus dem Hinterzimmer oder begleitete einen Schoßhund zur nächsten Ecke. Und sie reichte Tee, nicht richtigen, dunkelbraunen, zuckersüßen Tee, wie man ihn zu Hause in Endingen trank, sondern einen schwächlichen dünnen Aufguss, für den sie das heiße Wasser in der Garküche nebenan holen musste, um ihn dann in winzigen Tässchen zu servieren. Was in Paris ganz selbstverständlich war, bedeutete für Baden eine unerhörte Neuerung, und bald galt es in den paar Familien, die die besseren

Kreise des Städtchens bildeten, als Gipfel der Vornehmheit, auf ein Tässchen beim Franzosen-Meijer vorbeizuschauen, ein Viertelstündchen zu plaudern und sich, mehr zur Unterhaltung, als weil man wirklich etwas brauchte, ein paar Stoffe vorlegen zu lassen. Natürlich kaufte man dann doch; man konnte dem braven Mann, der so viel durchgemacht hatte, ja nicht seine Zeit stehlen.

Nur die Kasse, für die Janki ja eigentlich einen Kommis gesucht hatte, fiel nicht in Mademoiselle Hannas Bereich. Um das Finanzielle kümmerte er sich selber und tat seit Salomons heftigen Worten sogar sehr geheimnisvoll damit, obwohl ihm Chanele, die ja bei allen Verkäufen anwesend war, am Abend auf den Franken genau hätte sagen können, was er an diesem Tag eingenommen hatte. Es waren keine schlechten Umsätze.

Chanele war schon immer schweigsam gewesen, aber Mademoiselle Hanna war geradezu stumm. Sie sagte »ja« und »nein«, lächelte höflich, wenn es von ihr erwartet wurde, und tat alles, um sich ebenso unsichtbar wie nützlich zu machen. Sie kümmerte sich, ob geheißen oder nicht, um alle Kleinigkeiten und hatte die Dinge meistens schon erledigt, wenn sie Janki gerade erst einfielen. Nur einmal, als er, mit seinem ständigen Argument, das sei bei Monsieur Delormes auch so gewesen, von ihr verlangte, die Kundinnen mit einem Knicks zu begrüßen, weigerte sie sich standhaft. Es kam darüber sogar zu einer Auseinandersetzung, und erst Chaneles Drohung, da schrubbe sie lieber zu Hause die Böden, ließ Janki nachgeben.

Aber vor allem hörte Mademoiselle Hanna zu. Schon als Kind, mit ihrer sehr unklaren Stellung in der Familie Meijer, hatte Chanele sich angewöhnt, aus fremden Gesprächen Informationen zu sammeln, aus Tonfällen Schlüsse zu ziehen und Machtverhältnisse einzuschätzen, lebenswichtig für jemanden, dem kein fester Platz in der Welt zugeteilt ist. Sie lernte schnell, dass es bei den oberen zweihundert von Baden nicht anders zuging als in der Judengemeinde von Endingen, dass um kleine Rangunterschiede – wen musste man zum Essen einladen und von wem sich einladen lassen? – genauso verbissen gefeilscht und gekämpft wurde wie um die begehrtesten Mizwes an den hohen Feiertagen, und dass Köpfe unter federbesetzten Hüten keine klügeren Gedanken hervorbringen als solche unter Kopftüchern und Scheiteln. Sie beobachtete vor allem, manchmal bewundernd und manchmal erschrocken, wie geschickt Jean Meijer es verstand, seine Kundinnen zu manipulieren und ihren Eitelkeiten zu schmeicheln, wie er sie nur mit einem scheinbar resignierenden Achselzucken oder einem bedenklichen Kopfschütteln dazu brachte, den teureren Crêpe de Chine zu wählen, obwohl der billigere Voile ihnen viel besser gestanden hätte.

Nein, musste sie sich eingestehen, Janki war kein wirklich ehrlicher Mensch, und das nicht nur wegen des Spazierstocks und des künstlichen Hinkens. Aber dieselbe Eigenschaft machte ihn auch wieder sympathisch, denn er ging in allen seinen Rollen voll auf; er log zwar, aber er glaubte sich seine Lügen auch. Er spielte den Geschäftsmann wie ein Schauspieler, und er spielte ihn gut.

Über solche Beobachtungen unterhielt sich Chanele mit niemandem, schon gar nicht mit Janki selber. Überhaupt redeten die beiden, über das rein Geschäftliche hinaus, sehr wenig miteinander. In Endingen hatte Janki auch einmal ungefragt etwas erzählt, von der Kneipe in Guebwiller oder den Wundern der Stadt Paris. Jetzt ging er auf dem Weg nach Baden oft eine halbe Stunde lang ohne ein Wort neben Chanele her, und wenn ein Milchwagen für sie anhielt und sie sich auf dem Bock aneinanderdrängen mussten, um neben dem Kutscher Platz zu haben, schien ihm diese Berührung unangenehm zu sein.

Mimi bekam Janki fast überhaupt nicht mehr zu sehen, zumindest nicht unter vier Augen. Unter der Woche ging er früh aus dem Haus und kam spät zurück. Am Schabbes, wenn man endlich die nötige Menuuche zu einer vernünftigen Unterhaltung gehabt hätte, brachte Salomon aus der Synagoge fast immer einen Gast mit, hatte irgendeinen Geschäftsfreund oder auch einen völlig fremden Menschen im Schlepptau, mit dem er dann beim Essen endlose Debatten über Gott und die Welt führte – mehr über die Welt als über Gott, wie es im Hause eines Viehhändlers nicht anders sein konnte. An diesen Tischgesprächen zwischen Zibeles und Bundel beteiligte sich Janki jedes Mal mit einem Interesse, das Mimi ihm nicht recht glauben konnte. Er wich ihr aus, das meinte Anne-Kathrin auch. Und das, wo er doch die Rettung seines Geschäfts und dessen offenbare Blüte nur ihrer Initiative verdankte. Wenn sie damals nicht zu Pinchas gegangen wäre – und der Gang war ihr, weiß Gott, nicht leicht gefallen –, wer weiß, ob es ein Französisches Stofflager überhaupt noch gäbe?

Am Sonntag, ohne Synagoge, ohne Gäste und ohne eine viel zu reichhaltige Mahlzeit, die einen noch den ganzen Nachmittag lang schläfrig machte, war es nicht besser. Unter dem Vorwand, seine Geschäftsbücher nachführen zu müssen, sperrte sich Janki stundenlang in seiner Dachkammer ein, obwohl dort noch nicht einmal ein Tisch stand. »Er kann dir nicht in die Augen sehen«, deutete Anne-Kathrin dieses Verhalten, »und dafür kann es nur einen Grund geben.«

Nicht dass Mimi auf Chanele eifersüchtig gewesen wäre, certainement pas, aber wer sonst war die ganze Woche mit Janki zusammen? Wer hatte angefangen, sich die Augenbrauen zu zupfen, ungeschickt natürlich, dass ihr Gesicht statt verschönert nur gerupft aussah, mit einzelnen hässlichen Haarbüscheln, Sträucher, die einen Waldbrand überlebt haben? Eigentlich musste man mit Chanele ja Mitleid haben, meinte Anne-Kathrin, denn sie träumte einen Traum, aus dem es nur ein böses Erwachen geben konnte, dafür ließen sich aus vielen Romanen Beispiele anführen.

Aber Mimi spürte kein Mitleid in sich. Natürlich auch keinen Hass, so tief hätte sie sich nie herabgelassen, aber doch eine gewisse Irritation, und wenn man das französisch aussprach, »elle m'irrite«, dann hatte das Wort genau den unangenehm kratzenden Klang, der ihren Gefühlen entsprach.

Ohne diese Irritation hätte sie wohl kaum »Warum nicht?« gesagt, als Abraham Singer wieder vor der Tür stand, hätte sich nicht, wie zufällig, in der Küche dazugesetzt und angehört, was er zu sagen hatte.

Abraham Singer war ein Händler ohne Waren, zumindest ohne solche, die man in einem Korb mit sich tragen oder einem Zöllner an der Grenze vorweisen konnte. Sein Geschäftsgebiet umfasste das Elsass, Süddeutschland und die Schweiz, aber es kam auch durchaus einmal vor, dass er bis nach Frankfurt hinauf und in einem allerdings sehr ungewöhnlichen Fall sogar bis Budapest einen Abschluss tätigte. Wenn ihn jemand danach fragte – aber wer fragen musste, war sowieso kein möglicher Kunde –, bestritt er heftig, überhaupt in der Branche tätig zu sein, in der er das Monopol hatte, und von der er ganz gut lebte, nicht wie ein König, aber auch nicht wie ein Bettler. »Heiratsvermittler?«, pflegte er zu sagen. »Ich bin doch kein Schadchen! Nur ein neugieriger Mensch, der sich gerne einmischt, möge es mir nicht als Sünde angerechnet werden.«

Er war ein klein gewachsenes, kurzbeiniges Männchen, mit einem verkrümmten Rückgrat, das ihn in eine ständige Verbeugung zwang. Er schaute deshalb die Menschen von unten her an, was ihm, wie er behauptete, in dem Beruf, den er gar nicht hatte, von großem Nutzen war. »Nach oben hat jeder zu lügen gelernt, aber nach unten vergessen sie's alle.« Und dann lachte er, dass ihm die Augen tränten, und musste ein kariertes Schnupftuch, groß wie ein Segel, aus der Tasche ziehen und sich das Gesicht abwischen. Sein Kichern, das er manchmal minutenlang nicht wieder unter Kontrolle brachte, war in jüdischen Familien so bekannt, dass man zu einer Mutter, die ihre Tochter allzu lang nicht unter die Haube brachte, schon einmal sagte: »Höchste Zeit, dass der Singer bei euch lachen kommt.«

Ein Doktor geht in kein Haus, wo niemand krank ist, und so kam auch Singer nie ungeplant, bestand aber jedes Mal darauf, seinen Besuch ganz zufällig erscheinen zu lassen. Er saß dann in der Küche – »Nein, die Stube wäre viel zu vornehm für mich, ich bin ja nur auf einen Sprung vorbeigekommen, nur für eine Minute«, redete von diesem und jenem, erzählte den Klatsch aus vielen Gemeinden, berichtete von Krankheiten und Todesfällen, aber natürlich immer auch von Verlobungen und Hochzeiten, von einem Schidduch, der sich da oder dort ergeben hatte, »mit einer Mitgift, ich darf euch nicht sagen wie hoch, aber allen jüdischen Kindern gewünscht!«. Er erkundigte sich nach dem Wohlergehen der Familie, wusste in den Verästelungen der Stammbäume besser Bescheid als Mutter Feigele, trank ein Glas Tee und noch eines, erzählte die Geschichte vom dummen Kutscher, der sich von dem Zigeuner sein Pferd stehlen lässt, lachte, wischte sich das Gesicht ab, stand auf, um zu gehen, setzte sich wieder hin und fragte dann ganz beiläufig: »Und eure Tochter, Frau Meijer? Schon bald zwanzig, wenn ich mich nicht falsch erinnere, und schön wie eine Blume. Ganz die Mamme, soll mir die Zunge aus dem Mund fallen, wenn ich lüge.« Dass er Mimi, die mit in der Küche saß, gar nicht wahrzunehmen schien, gehörte mit zum Spiel.

Golde, mit den Regeln vertraut, beteuerte, wie froh sie sei, dass Mimi überhaupt noch nicht ans Heiraten denke, sie danke Gott jeden Tag dafür. »Ich wüsste nicht, wie ich ohne sie zurechtkommen sollte, eine so große Hilfe ist sie mir und so begabt in allem, was mit Haushalt zu tun hat.« Dann erging sie sich in einer Lobeshymne auf Mimis Koch- und Nähkünste, eine Hymne, die sich von dem, was Mimi in diesem Punkt sonst von ihr zu hören bekam, in mancherlei Hinsicht unterschied. Aber wie sagt doch das Sprichwort? Wer auf dem Markt nicht schreit, nimmt die Gans wieder mit nach Hause.

Abraham Singer saß auf seinem Stuhl wie eine Puppe, die Füße weit über dem Boden, und hörte sich das Ganze von unten her an. Er bestätigte Golde, dass sie großes Glück habe, ja vom Himmel gebentscht sei, so eine vernünftige Tochter zu haben, es gäbe viel zu viele Mädchen, die es nicht erwarten könnten, unter die Chuppe zu kommen, er könne Beispiele nennen, mehr als eines, wo das gar nicht gut gekommen sei.

Dann trank er noch ein Glas Tee, erzählte die Geschichte von den drei Hausierern, die in den Bach fallen, lachte, wischte sich das Gesicht ab, erhob sich zum Gehen, sagte: »Andererseits ...«, und setzte sich wieder hin.

»Andererseits«, sagte er, »habe ich da ganz zufällig etwas läuten hören, ich bin ein neugieriger Mensch, was soll ich dagegen machen, nicht angerechnet möge es mir werden. Es soll da eine Familie geben, sehr, sehr bekowedike Leute, mit einem Sohn, was soll ich sagen, ein einziger Sohn, eine Perle von einem Menschen.«

»Wer?«, fragte Golde, aber Abraham Singer wäre in seinem Gewerbe nicht so erfolgreich gewesen, wenn er nicht über zwei besondere Fähigkeiten verfügt hätte: alles zu hören, was ihm nützlich sein konnte, und alles zu überhören, was nicht in seine Pläne passte.

»Auch klug soll er sein, habe ich sagen hören«, fuhr er fort, »ein richtiger Talmud-Chochem. Und dabei ein ganz praktischer Mensch. Nicht wie viele von diesen Talmudstudenten, die sich nicht die Hosen zuknöpfen können, ohne vorher in einem Seijfer nachzusehen.«

Er begann zu lachen, bekam sich aber, sehr zur Erleichterung seiner Zuhörerinnen, schnell wieder in den Griff und sprach weiter.

»Auch eine Parnoosse hat er, einen sehr guten Beruf, allen

jüdischen Kindern gewünscht. Er wird einmal das Geschäft seines Vaters übernehmen und arbeitet dort schon fleißig mit, obwohl er noch so jung ist.«

»Wie alt?«, fragte Mimi, wo die Tradition doch eigentlich von ihr verlangte, alles Reden ihrer Mutter zu überlassen.

»Ja«, sagte Abraham Singer, »man hört so manches, wenn man viel unterwegs ist. Aber ich will euch damit nicht langweilen. Wo eure Tochter vernünftigerweise noch gar nicht ans Heiraten denkt – was kann es euch interessieren, wo jemand einen Schidduch sucht?«

»Wo?«, fragte Golde. Sie fürchtete sich schon lange vor dem Gedanken, Mimi einmal ins Ausland verheiraten zu müssen, ihr einziges Kind bei fremden Leuten zu wissen, womöglich so weit weg, dass man nicht einmal einen neugeborenen Enkelsohn in den Arm …

»Gar nicht so weit«, sagte Abraham Singer, und Golde atmete auf.

»Wo?«, fragte Mimi.

Auch wenn einer kein Schadchen ist, nur ein neugieriger Mensch, der hier mal etwas hört und dort mal etwas vernimmt, er muss doch leben, und wer seine Geheimnisse auf der Straße ausruft, das war Golde klar, findet viele Käufer, aber keine Zahler. Sie stand schon auf, um das kleine gehäkelte Täschchen, in dem sie ihr Haushaltsgeld aufbewahrte, aus dem Schrank zu holen, aber zu ihrer Überraschung wehrte Abraham Singer entschieden ab, ja, er sagte sogar: »Soll mir die Hand aus dem Grab wachsen, wenn ich von euch etwas annehme!« Und dann, während Golde auf ihrer Unterlippe herumkaute und Mimi ihre plötzlich feuchten Handflächen unauffällig am Rock abwischte, gestand Singer, wenn möglich noch tiefer gebeugt als sonst, eine kleine Lüge ein, »möge sie mir nicht angerechnet werden«. Nicht zufällig war er heute hergekommen, sondern beauftragt und bezahlt. »Wie sagen doch unsere Weisen? Die Frau ist aus der Rippe des Mannes gemacht, und wenn dir deine Rippe fehlt, dann zieh aus, um sie zu suchen.« Man hatte ihn gebeten, hier im Hause vorzusprechen, weil dieser junge Mann nicht irgendeine Braut wollte, sondern – wusste der Himmel, woher er sie kannte – nur eine ganz bestimmte, die Miriam heißen musste und Meijer und seine Frau werden, weil er sonst in seinem ganzen Leben nicht glücklich werden konnte.

»Wie alt?«, fragte Mimi.

»Sechsundzwanzig.«

»Woher?«, fragte Golde.

»Hier aus Endingen.«

»Wer?«

»Pinchas Pomeranz«, sagte Singer.

Es war, obwohl der Herbst doch schon zu Ende ging, noch einmal ein heißer Tag gewesen. Als Chanele den Putzeimer geleert und den Schrubber weggestellt hatte, zog sie das braune Kleid aus und stand, in Hemd und Unterrock, ein paar Augenblicke ganz still da. Das Hinterzimmer, in das nur ein kleines, hoch in der Mauer angebrachtes Fenster vom Hof her ganz wenig Licht eindringen ließ, war angenehm kühl. Es roch nach Gewürzen, deren Namen sie nicht kannte, nach fremden Ländern, die sie nie bereisen würde. Sie strich, wie sie es sich seit kurzem angewöhnt hatte, mit den Fingerspitzen ganz zart über ihr Gesicht, vom Haaransatz über die Stirne bis zur Nase, und es war, als spüre sie die Berührung nicht nur auf der Haut, sondern im ganzen Körper. Sie hob die Arme über den Kopf, die Hände ineinander gehakt, und schmiegte den Kopf an den Arm, erst auf der einen Seite, dann auf der anderen. Der Geruch ihres Körpers vermischte sich mit dem der Gewürze, ein fremdes Land unter vielen fremden Ländern. Sie bewegte die Hüften und reckte die Arme noch höher, es war noch kein Tanz, aber sie spürte schon von ferne seinen Rhythmus, und sie dachte: »Mademoiselle Hanna …«

»Entschuldige. Ich glaubte, du wärst schon fertig.«

Sie hatte das Öffnen der Tür nicht gehört. Janki stand da, ein Bein zögernd vorgestreckt, ein Schwimmer, der mit der Zehenspitze die Temperatur eines Gewässers prüft. In jeder Hand hielt er einen Stuhl.

Chanele drehte sich weg, die Arme vor der Brust, aber Janki lachte nur, ein Lachen, das sie auf der Haut spüren konnte wie vorher ihre Finger, und sagte: »Bei Monsieur Delormes war ich für die Kundinnen nie mehr als ein Kleiderständer. Vor einem Kleiderständer muss man sich nicht verstecken.«

Er stellte die beiden Stühle hin, nicht an die Wand, wo sie ihren Platz hatten, sondern mitten in den Raum, und fasste Chanele an der Schulter.

Sie riss sich nicht los. Sie ließ sich umdrehen und zu den Stühlen führen, die sich gegenüberstanden wie zwei Männer, die nach dem Gottesdienst auf dem Platz vor der Synagoge noch für ein Schwätzchen stehen bleiben. Dann saßen die beiden da, Janki mit der geblümten Weste, die er sich vom Schneider Oggenfuss aus dem Rest eines sehr teuren Stoffes hatte anfertigen lassen, Chanele mit ihrem Unterrock, der zwar wie ein Kleid war, aber nicht für Männerblicke bestimmt.

»Es trifft sich gut«, sagte Janki, als wäre gar nichts Besonderes an der Situation. »Ich wollte dich schon lange etwas fragen.«

Aber dann schien er seine Frage zu vergessen und sah Chanele nur an.

»Es steht dir gut«, sagte er. »Nur hier …« – er streckte die Hand aus und berührte Chanele genau an der empfindlichen Stelle über ihrem Nasenrücken –, »hier musst du es noch gründlicher machen.«

Chanele antwortete nichts.

»Es ist seltsam«, sagte Janki nach einer Pause, »ich bin gerade erst hier angekommen, das heißt: es ist schon mehr als ein halbes Jahr her, aber es kommt mir vor, als wäre es gestern gewesen. Es

ist so viel passiert, und es hat sich so vieles verändert und trotzdem – kannst du das verstehen? – trotzdem habe ich das Gefühl …«

Seine Stimme verlor sich, als habe sie sich verlaufen.

Chanele sah an Janki vorbei. Im Regal an der Wand waren die
Schachteln ganz ungeordnet aufeinander gestapelt. Sie enthielten die Musterknöpfe, die Janki zwar nicht verkaufte, sich aber
bei einem Kurzwarenhändler besorgt hatte, um seinen Kundinnen Beispiele zeigen zu können. Man musste sie endlich einmal
ordnen, dachte Chanele, nach dem Material vielleicht, endlich
mal System hineinbringen.

»Ich werde dir ein neues Hemd machen lassen«, sagte Janki.
»Aus Batist. Alles, was man direkt auf dem Körper trägt, sollte
Batist sein.«

›Mademoiselle Hanna‹, dachte Chanele.

»Ich habe dieses Gefühl«, sagte Janki, »ich muss immer öfter
daran denken … Das heißt: ein Denken ist es eigentlich gar
nicht. Es ist mehr … Ein Gefühl eben.«

Oder nach der Farbe. Das war besser. Wenn man die Knöpfe
nach der Farbe ordnete, dann hatte man immer gleich alle zusammen, die zu einem Stoff passten.

»Kannst du das verstehen?« sagte Janki. »Ich hätte sicher
noch Jahre Zeit und trotzdem … Ich weiß nicht warum, aber ich
muss immer alles ganz schnell machen.«

›Ich weiß nicht einmal, an welchem Tag sein Geburtstag ist‹,
dachte Chanele.

»Es ist meschugge«, sagte Janki, »aber ich habe beschlossen,
mich zu verheiraten.«

Es roch nach Kardamom, nach Nelken und nach einem neuen
Leben.

»Ja«, sagte Janki, stand auf und rückte seinen Stuhl an die
Wand. Er wollte auch den zweiten Stuhl wegräumen, aber Chanele blieb einfach sitzen. Sie fasste seine ausgestreckte Hand,

nahm seine beiden Hände, hob den Kopf mit ihrem neuen Gesicht und sah Janki zum ersten Mal in die Augen.

»Du wolltest mich etwas fragen?«

»Natürlich«, sagte Janki verlegen. »Ich wollte dich fragen … Was meinst du, wie viel Mitgift kriegt Mimi?«

II

Salomon feilschte nur aus Viehhändlergewohnheit, ohne jedes Feuer. Mit diesem zukünftigen Schwiegersohn machte das Handeln keinen Spaß. Janki war förmlich, ja geradezu feierlich zu dem Gespräch erschienen, kam in jontewdik neuer Hose und frisch gebürsteter Uniformjacke aus seiner Kammer und marschierte die Treppe so steifbeinig herunter wie ein General zur Übergabe einer eroberten Festung. Er streckte Salomon die Hand hin wie einem Fremden, lehnte seinen Spazierstock mit dem Löwenknauf sorgfältig an den Tisch und saß dann mit geradem Rücken, ohne die Lehne zu berühren, auf seinem Stuhl.

Zwanzigtausend, sagte er, das wäre die ideale Zahl. Der Tuchladen werde zwar erfreulicherweise in der besseren Gesellschaft sehr gut angenommen, aber die einfachen Menschen des Städtchens schienen durch die Exklusivität der Kundschaft abgeschreckt, wohl weil sie Angst hätten, im Französischen Stofflager nichts ihrem Geldbeutel Entsprechendes zu finden. Nun sei aber die Schweiz nicht Frankreich und Baden ganz sicher nicht Paris, vornehme Leute seien rar, und darum erscheine es ihm, Janki, angebracht, in diesem speziellen Punkt für einmal nicht dem Vorbild von Monsieur Delormes zu folgen, sondern sein Angebot auch an breiteres, ja sogar bäuerliches Publikum zu richten. Das würde allerdings die Eröffnung zusätzlicher Geschäftslokalitäten notwendig machen; durch einen günstigen Zufall bestünde die Möglichkeit, im ideal gelegenen Haus zum

Roten Schild, das der reichen Familie Schnegg gehörte, die ganzen Parterreräumlichkeiten zu übernehmen, verbunden mit einem Vorkaufsrecht auf das Gebäude selber. Er wolle aber deswegen, obwohl er das durchaus in Betracht gezogen habe, das Geschäft an der Vorderen Metzggasse nicht aufgeben, sondern versuchen, beide Läden, jeweils auf einen anderen Kundenkreis ausgerichtet, nebeneinander zu betreiben. Mit dem richtigen Personal – auch dies ein zu bedenkender Kostenfaktor – sollte das durchaus zu bewerkstelligen sein. Er müsse sich in diesem Punkt sowieso neu organisieren, nachdem Chanele den täglichen Weg nach Baden zu anstrengend gefunden und beschlossen habe, in Zukunft wieder in Endingen zu bleiben. Neben Miete, Einrichtung und Personal würden vor allem die Kosten für eine größere Bestellung in Paris ins Gewicht fallen, gewissermaßen die Aussteuer für den neuen Laden. Natürlich ließe sich das alles auch mit sechzehn-, das heißt: ganz knapp gerechnet, sogar mit fünfzehneinhalbtausend Franken realisieren, aber Mimi – es war das erste Mal, dass ihr Name im Rahmen dieser Brautwerbung fiel – habe den Wunsch geäußert, sich in Baden einzurichten, und die Möblierung einer einigermaßen angemessenen Wohnung sei nun mal nicht gratis zu haben. Alles in allem: zwanzigtausend.

Salomon bot zehn.

»Eure einzige Tochter!«, sagte Janki.

»Wenn ich zwei hätte«, sagte Salomon, »müssten sie sich die Summe teilen.«

Janki räumte ein, dass er eventuell versuchen könne, die für den neuen Laden notwendige größere Grundausstattung an Waren nicht mehr gegen Vorkasse, sondern, als unterdessen nicht mehr ganz unbekannter Kunde, zumindest teilweise auf Kredit zu bekommen, was den Bedarf an baren Mitteln senken würde, so dass man durchaus auch mit, sagen wir sechzehntausend …

Salomon bot elf.

»Man wird euch für einen Geizkragen halten«, sagte Janki.

»In meinem Geschäft«, sagte Salomon, »ist so ein Ruf nur nützlich.«

Man könne natürlich, überlegte Janki, die Einrichtung der Wohnung so einfach wie möglich halten, auch wenn es ihm widerstrebe, Mimi in einem Punkt, der ihr so wichtig sei, zu enttäuschen. Andererseits seien manche ihrer Wünsche doch sehr extravagant, das müsse er bei aller Liebe zugeben, wie zum Beispiel diese fixe Idee, die Vorhänge im Salon müssten aus Shantungseide sein, ein Material, das sich dafür überhaupt nicht eigne. Wenn man sich in diesem Punkte sehr einschränke, könne man eventuell auch mit vierzehntausend …

Salomon bot zwölf, und Janki schlug ein.

Um manche Kuh, an der zwanzig oder, wenn's hoch kam, dreißig Franken zu verdienen waren, hatte Salomon länger gefeilscht als um die Mitgift seiner Tochter, und der leichte Sieg enttäuschte ihn. Er hätte Mimi einen Mann gewünscht, der die Realitäten in geschäftlichen Verhandlungen exakter einzuschätzen wusste. Er hatte für die Nedinje seiner Tochter von Anfang an den Betrag von achtzehntausend Franken festgelegt, nicht weil achtzehn der Zahlenwert des glückverheißenden Chaj ist, sondern ganz einfach weil ihm diese Summe im Rahmen seiner Möglichkeiten angemessen schien. Alles, was sich ein Schwiegersohn davon abhandeln ließ, das hatte er sich vorgenommen, ohne mit Golde darüber zu reden und schon lange vor Jankis überraschendem Auftauchen in Endingen, alles, was den Unterschied zu achtzehntausend ausmachte, würde Chanele zugute kommen, für deren Wohlergehen er sich, ohne viel Emotionen, durchaus verantwortlich fühlte. Dass es sechstausend Franken werden würden, genug um Chanele zu einer respektablen Partie zu machen, hatte er allerdings nicht erwartet.

Man rief also die Familie herein. Golde kam aus der Küche gesegelt, wollte Janki gleich umarmen, zögerte dann aber, weil in diesem Punkt doch Mimi das Vorrecht haben musste, und stand schließlich, von einem Fuß auf den anderen trippelnd, nur da und saugte an ihrer Unterlippe. Chanele folgte langsamer, die Hände an der Schürze abwischend. Ihr »Masel tow!« hatte, zu Salomons Verwunderung, nicht mehr Herzlichkeit als ein »Guten Tag« für einen zufälligen Bekannten.

Mimi war in ihrem Zimmer, schien das Rufen nicht gehört zu haben und musste geholt werden. Als sie im Schlepptau ihrer Mutter endlich erschien, wirkte sie ob der Störung fast beleidigt, zeigte, als sie ihrem Verlobten die Wange zum traditionellen ersten Kuss hinhielt, weder Verlegenheit noch überschwängliches Glück, und erst als Golde sie in einer nicht enden wollenden Umarmung umklammert hielt, erlaubte sie sich über deren Kopf hinweg einen triumphierenden Blick auf Chanele.

»Jetzt, wo du eine Kalle bist, eine Braut, werde ich mir wohl doch noch angewöhnen müssen, dich Miriam zu nennen«, meinte Salomon schmunzelnd.

Seine Tochter strich sich die Locken in einer neuen, überaus erwachsenen Geste aus der Stirn. »Ich bleibe lieber bei Mimi. Das ist weniger gewöhnlich als Miriam. N'est-ce pas, Jean?«

›Jean?‹, dachte Salomon. ›Nu, soll sein: Jean.‹

Die Hochzeit wurde auf den 17. Dezember festgesetzt, ein Termin, an dem die Bauern mit den Vorbereitungen für Weihnachten und Neujahr zu beschäftigt sein würden, um die Dienste eines Viehhändlers in Anspruch zu nehmen. Janki, dem nie etwas schnell genug gehen konnte, hätte gerne einen früheren Zeitpunkt gewählt, hoffte aber – ewig würde das Haus zum Roten Schild nicht leer stehen –, Salomon zu einem Vorschuss auf die Mitgift bewegen zu können. Golde erstellte im Kopf schon Listen all der Dinge, die bis dahin noch für Mimi zu organisieren sein würden – Kleider! Scheitel! All die Monogramme, die in die Aussteuerwäsche gestickt werden mussten! –, und hatte sich vor lauter Aufregung die Unterlippe schon ganz blutig gebissen.

Nur Mimi selber schien so kühl und ruhig, als verlobe sie sich alle Tage. Tatsächlich hatte sie sich dieses Ereignis zusammen mit Anne-Kathrin schon so oft und in so vielen Einzelheiten ausgemalt, dass der tatsächliche Vorgang beinahe eine Enttäuschung war. Jetzt stand sie endlich neben Janki, die beiden waren, was man ein schönes Paar nennt, sie flüsterte ihm sogar etwas ins Ohr, aber so richtig glücklich, dachte Salomon, sahen sie beide nicht aus. Wenn er dagegen an seine eigene Verlobung damals mit Golde dachte, mit der jungen, zierlichen, unwiderstehlichen Golde ... »Nu!«, sagte er laut, und das bedeutete in diesem Fall: »Es wird schon werden; man darf nicht zu viel erwarten im Leben.«

»Etwas muss dir klar sein«, flüsterte Mimi Janki ins Ohr. »Deine Kunden bedienen werde ich nicht. Ich bin keine Angestellte.«

Seit Chanele, ohne einen vernünftigen Grund dafür anzugeben, nicht mehr in seinem Laden arbeiten wollte und sogar das Angebot abgelehnt hatte, ihr das zugegeben geringe Gehalt zu erhöhen, war der Alltag für Janki schwierig geworden. Wenn er in der Stadt etwas zu erledigen hatte, und das kam wegen der geplanten Erweiterung immer öfter vor, musste er sein Geschäft schließen und hatte dann keine ruhige Minute. Mitten im Gespräch mit einem Schreiner oder Glaser – große Schaufenster wollte er einbauen lassen, wie man sie jetzt in Paris hatte – stellte er sich plötzlich eine Kundin vor, die genau in diesem Augenblick angesichts der verschlossenen Ladentür beschloss, ihre Stoffe künftig woanders zu kaufen. Dann beendete er seine Besprechung immer ganz abrupt und eilte an die Metzggasse zurück, wo natürlich niemand vor der Tür wartete. Schließlich war dann nichts richtig erledigt und doch der halbe Tag verloren.

Es war nicht schwierig gewesen, ein Mädchen vom Lande zu finden, das abends nach Geschäftsschluss den Laden sauber machte, aber da er es nicht wagte, eine Fremde mit all den kostbaren Stoffen allein zu lassen, stand er immer ungeduldig dabei, während sie arbeitete, war im Weg und spürte gleichzeitig einen täglich wachsenden Ärger in sich aufsteigen. Monsieur Delormes hatte sich um solche Kleinigkeiten nie kümmern müssen.

Jankis Suche nach einem Kommis verlief schwieriger als erwartet. Auf die Anzeige im *Tagblatt* meldeten sich nur junge Schnösel, zudringlich nach Patschuli riechend, oder was sie sich sonst auf die Taschentücher geschüttet hatten, um den Geruch ihrer ungewaschenen Hälse zu überdecken, die Haare mit zu viel Pomade an den Schädel geklatscht und die Kleidung von einer so eitlen Geschmacklosigkeit, dass man sie einer anspruchsvollen Kundschaft unmöglich zumuten konnte. Von Stoffen verstanden sie gar nichts, konnten französisches Musselin nicht von englischem Tweed unterscheiden und zeigten auch so wenig Interesse an der Materie, dass man merkte: es war ihnen egal, ob sie Stoffe oder Zigarren, Seide oder Seife verkauften. Ein einziger Bewerber, ein gewisser Oskar Ziltener, unterschied sich von den andern, er war ein bisschen älter, konservativ gekleidet und stellte Fragen, die eine überraschende Sachkenntnis bewiesen. Aber Janki meinte, ihn im Vorbeigehen einmal im Textilgeschäft von Schmucki & Söhne gesehen zu haben, und stellte ihn, aus Angst, einem Konkurrenten Informationen zu liefern, deshalb nicht ein.

Wenn er spät am Abend endlich nach Endingen zurückkam, war er erschöpft und schlecht gelaunt; der Fußmarsch, den er all die Monate ohne Anstrengung hinter sich gebracht hatte, kam ihm jetzt endlos lang vor, wahrscheinlich, so versuchte er sich die Veränderung selber zu erklären, weil unterdessen Herbst war und er den Großteil des Wegs im Dunkeln suchen musste. In der Küche wartete auch kein Essen mehr auf ihn, und er ging mehr als einmal hungrig zu Bett. Als er Chanele darauf ansprach, erklärte sie überaus freundlich, sie wolle ihrer Freundin Mimi nicht die Gelegenheit wegnehmen, ihren Verlobten selber zu verwöhnen.

Aber Mimi schlief dann meistens schon oder hatte sich doch in ihrem Zimmer eingeschlossen. Sie verbrachte anstrengende Tage mit Schneiderinnen, die man überwachen musste, damit sie die Vorlagen aus dem *Journal des Modes* auch richtig kopierten, und mit der Perückenmacherin, nicht der ganz guten aus Schwäbisch Hall – dafür hatte Salomon das Geld nicht bewilligt –, sondern mit der aus Lengnau, die einem, wenn man ihr nicht sehr genau auf die Finger sah, einen Scheitel machte, mit dem man so alt aussah wie Mutter Feigele.

Aber vor allem hatte Mimi gesellschaftliche Verpflichtungen, soweit in einer Gemeinde wie Endingen überhaupt von Gesellschaft die Rede sein konnte. Es war weder üblich noch notwendig, eine Verlobung förmlich bekannt zu geben; keine offizielle Ankündigung hätte mit der Geschwindigkeit der Gerüchte mithalten können. Wenn Mimi durchs Dorf ging, und in den ersten Tagen fanden sich viele Anlässe für so einen Spaziergang, wurde sie von allen Seiten angesprochen und beglückwünscht. Dabei, ein alter Aberglaube aus der Zeit, als man noch an den bösen Blick glaubte, wurde der Name ihres zukünftigen Ehemanns nie erwähnt, ihn vor der Hochzeit zusammen mit dem ihren auszusprechen hätte Unglück gebracht. Man redete nur von »dem Zukünftigen« oder »dem Glücklichen«, und Mimi, jede Sekunde, die sie im Mittelpunkt stand, genießend, bekam immer mehr Übung darin, als schüchterne junge Braut verlegen den Kopf abzuwenden und sogar zu erröten.

Endlich, sie hätte nicht sagen können, ob sie sich auf den Moment gefreut oder sich davor gefürchtet hatte, traf sie auch Pinchas. Sie sah ihn von weitem kommen, lang und hager, mit einem schweren Packen auf der Schulter, unter dessen Last er bei jedem Schritt einknickte. Als er näher kam, erwies sich der Packen als ein in Sackleinen eingewickeltes Rinderviertel. Ein Ende ragte aus dem Tuch heraus, die obszöne Wunde eines frisch amputierten Soldaten.

Beide blieben stehen. Mimi ordnete die Locken in ihrem Nacken, eine Geste, die ihr erlaubte, den Oberkörper nach hinten zu biegen und damit ihre Figur zur Geltung zu bringen. Pinchas schwankte hin und her, als wisse er nicht recht, ob er auf Mimi zugehen oder von ihr weglaufen sollte. Vielleicht lag es aber auch nur an dem Gewicht, das er trug. An seinem Gesicht ließ sich ablesen, wie er einen Satz nach dem andern formulierte, ihn wieder verwarf und verschluckte, und gleich wieder den nächsten zusammensetzte, der auch nicht der richtige war. In seinen Wangen, unter dem schütteren Bart, zuckten Muskeln, als müsse sein Kiefer die Worte erst kleinmahlen, und sein Adamsapfel hob und senkte sich, als käme er mit Schlucken nicht nach.

Schließlich war es Mimi, die das Gespräch eröffnete. »Was ist dir nur eingefallen«, sagte sie vorwurfsvoll, »mir den Singer ins Haus zu schicken?«

»Ich wollte …« Wieder schluckte Pinchas. »Ich wollte, dass du weißt …«

»Ich weiß es schon lange, Pinchas.« Sie lächelte ihn an und kam sich dabei vor wie jene andere Mimi, die aus dem Buch, die mit fremden Männern ging, ohne sie zu heiraten. »Aber wie ich dir gesagt habe …«

»Unsere Herzen singen nicht dieselbe Melodie.«

Er hatte sich den Satz gemerkt und sagte ihn auf, ein Schüler, der eine Lektion zwar nicht verstanden, aber doch brav auswendig gelernt hat.

»Genau so ist es, Pinchas.« Schade, dass Anne-Kathrin sie jetzt nicht sehen konnte, ganz grande dame, zugleich freundlich und unnahbar.

»Aber …« Pinchas schwankte immer stärker unter seiner Last. »Aber … Man kann doch singen lernen.«

»Es ist zu spät.« Der Satz war schon in vielen Romanen vorgekommen, und seine Endgültigkeit hatte Mimi immer berührt.

»Ich möchte …«, sagte Pinchas. An einer Stelle war Rinderblut durch das Sackleinen gedrungen und breitete sich langsam aus. Mimi fühlte sich an den Verband erinnert, den Janki am allerersten Abend getragen hatte. »Es ist zum Glück nicht mein Blut«, hatte er gesagt.

»Ich möchte …«, wiederholte Pinchas. Seine Zunge spielte in der Zahnlücke, als habe sie ein eigenes Leben. »Ich muss noch einmal mit dir reden. Können wir uns nicht treffen? In der Laube, bei deiner Freundin? Bitte.«

»Das ist unmöglich!« Aber dann sah Mimi, dass der Blutfleck sich schon auf Pinchas' Schulter ausgebreitet hatte, und aus irgendeinem Grund rührte sie dieser Anblick so sehr, dass sie ihm etwas zuflüsterte, das sie gar nicht hatte sagen wollen.

Pinchas hätte die Arme nach ihr ausgestreckt, aber er musste das Rinderviertel festhalten.

Erst am Wochenende fanden Mimi und Janki Zeit füreinander. Am Schabbes-Morgen gingen sie nebeneinander in die Synagoge, Mimi mit hoch aufgesteckter Frisur, man musste es ausnutzen, solange man die eigenen Haare noch zeigen durfte. Sie kamen als Paar und hoben, als sie den Platz betraten, im Gleichtakt die Köpfe, um auf die Dorfuhr zu sehen, die in Endingen am Turm der Synagoge prangt. Von der Frauenschul herab konnte Mimi dann zusehen, wie Janki an herausgehobener Stelle zur Torahvorlesung aufgerufen wurde, als Erster nach dem Kauhen und dem Levi. Als er den Segensspruch sang, beugte sich eine Frau zu ihr vor und sagte: »Er hat eine wunderschöne Stimme.«

Von ihrem Platz in der ersten Reihe, direkt neben Golde, konnte sie durch das Gitter auch Pinchas und seinen Vater sehen, zwei lange, schmale Gestalten, die in ihren weißen Gebetsmänteln noch hagerer aussahen als im Alltag. Pinchas stand oft allein an seinem Pult, denn Naftali, der Schammes, war dauernd beschäftigt und wieselte durch die Synagoge, um hier jemanden an eine Mizwe zu erinnern und dort mit einem heftigen »Scha!« ein allzu lautes Privatgespräch zu unterbrechen. Trotzdem wandte Pinchas, der doch genau wissen musste, wo sie ihren angestammten Platz hatte, den Kopf nie nach oben, wie viele Männer scheinbar zufällig den Hals recken, bevor sie im Gebetbuch nach der nächsten Stelle blättern. Er hatte den Tallis über den Kopf gezogen und schockelte konzentriert vor und zurück, einer, der vom lieben Gott etwas ganz Besonderes zu erbitten hat.

Den Nachhauseweg machten Mimi und Janki nicht gemeinsam. Es war der Brauch, dass die Frauen die Synagoge immer schon vor Ende des Gottesdienstes verließen, damit die Männer, wenn sie hungrig nach Hause kamen, nicht auf ihr Essen, die traditionelle Schabbes-Suude, warten mussten.

Bei der Suude saßen sie jetzt nebeneinander am Tisch. Den Platz ganz am Ende, der dem Neuankömmling Janki damals von selber zugefallen war, hatte Chanele übernommen. Es schien ihr recht zu sein. Es war von dort näher zur Tür, und sie hatte oft und lange in der Küche zu tun.

Golde, die doch immer eine ungeduldige Esserin gewesen war, ließ jetzt ihren Teller oft unberührt stehen, so sehr war ihr Kopf damit beschäftigt, alle Details der Hochzeitsfeierlichkeiten vorauszuplanen. Und nicht nur das. Sie stellte auch schon Speisefolgen für Beschneidungen zusammen und verfasste Einladungslisten für Bar Mizwes. Dabei musste sie sich eingestehen und schämte sich nicht einmal dafür, dass sie sich noch mehr für Janki als für Mimi freute. Er füllte eine Lücke in ihrem Leben, eine Lücke, die sie erst jetzt, wo sie fast nicht mehr vorhanden war, richtig bemerkte.

Salomon hatte seine Frau lange nicht mehr so ganz in sich verloren glücklich gesehen, und das tat ihm auch selber wohl.

Er war noch gesprächiger als sonst und erzählte die Geschichten, die er immer erzählte, wenn er gut gelaunt war: die von dem Bauern, dem er den Bären aufgebunden hatte, in jüdischen Ställen müssten die Kühe am Pessach mit Mazzen gefüttert werden, und der sich allen Ernstes erkundigt hatte, ob denn das der Milch nicht schade, und die von dem goijischen Viehhändler, der ihm nicht glauben wollte, dass die Kuh, um die sie handelten, erst ein einziges Mal gekalbt habe, und den er schließlich mit dem Satz überzeugte: »Soll mein Toches blind werden, wenn ich lüge!« – der andere hatte das Wort nicht gekannt und doch tatsächlich geglaubt, der Toches sei ein Verwandter und nicht nur einfach der Hintern.

Janki lachte lange und laut über jede der Geschichten, was ihn Salomon immer sympathischer machte.

Dass sich die beiden Brautleute sehr wenig miteinander unterhielten, fiel niemandem auf – außer vielleicht Chanele. Aber die musste schon wieder aufspringen und in der Küche etwas ganz Dringendes erledigen.

Salomon ließ Janki – »Jetzt, wo du selber ein Balebós wirst, musst du das üben!« – das Tischgebet vorsprechen und versuchte sogar die richtigen Töne zu finden, wenn Janki bei den gemeinsamen Gesängen ganz andere Melodien anstimmte, als man sie in Endingen gewohnt war. Hinterher streckte und reckte sich Salomon überdeutlich und erklärte, die alten Leute – »Nicht wahr, Golde?« – müssten sich jetzt erst mal ein Weilchen hinlegen, das schwere Essen und so, die jungen, da habe er keine Bedenken, würden sich – »Nicht wahr, Janki?« – die Zeit auch ohne sie zu vertreiben wissen. Als Golde nicht schnell genug mit ihm zur Treppe kam, mahnte er sie mit einem »Nu!« zur Eile.

Chanele hatte die Küchentür geschlossen, ob aus Diskretion oder aus anderen Gründen; Janki und Mimi waren im Salon allein. Sie saßen immer noch am Tisch, auf dem jetzt zwar kein

Geschirr mehr stand, dessen weißes Tischtuch aber, eine Speisekarte post festum, all die Köstlichkeiten, die Golde für heute zubereitet hatte, in Hieroglyphen aus Soßenflecken und Krümeln aufzählte.

Mimi rückte ihren Stuhl näher, bis Janki seinen Arm ohne Verrenkung hätte um ihre Taille legen können. Er schien die Gelegenheit nicht zu bemerken, oder vielleicht war er, wenn das auch nicht recht zu ihm passen wollte, einfach schüchtern. Sie ließ ihren Kopf auf seine Schulter sinken und schloss die Augen. Janki machte eine Bewegung, die sie hoffen ließ, aber er hatte sich nur bequemer hingesetzt. Anne-Kathrin hatte schon recht: Männer waren wie kleine Jungen, immer musste man ihnen den Weg zeigen.

Ohne die Augen zu öffnen, nur den Kopf noch enger in die Kuhle schmiegend, die seine Schulter und sein Hals bildeten, begann sie zu sprechen, die Lippen auf seiner Haut, so dass er ihre Stimme mehr spüren als hören konnte. »Ach, Rodolphe,« sagte sie, »Rodolphe, Rodolphe, Rodolphe.«

»Wie bitte?«, fragte Janki.

Sie räkelte sich und ließ ihre Locken seine Wange streicheln. »Hast du deine Mimi ein ganz kleines bisschen lieb?«

»Natürlich«, sagte Janki. In seiner Stimme lag etwas, das Mimi für Erregung hielt. Chanele, die Janki ein paar Wochen lang sehr genau hatte beobachten können, würde es als Ungeduld beschrieben haben.

»Ich dich auch«, sagte Mimi und spitzte die Lippen.

»Gut«, sagte Janki, wie man in einer geschäftlichen Besprechung einen nicht allzu wichtigen Punkt abhakt. »Ich muss dir nämlich etwas sagen.«

›Endlich!‹, dachte Mimi. Die Kleider waren bestellt und der Scheitel auf gutem Weg. Jetzt war es an der Zeit für das andere, dem sie in Anne-Kathrins Büchern immer so eilig entgegenblätterte.

»Es ist so …« sagte Janki. »Ich habe mir alles ganz genau überlegt und immer wieder darüber nachgedacht.«

»Ja?«, sagte Mimi.

»Es kann nicht funktionieren«, sagte Janki.

»Was?«

»Es kann überhaupt nicht funktionieren, wenn du nicht doch im Laden mitarbeitest.«

12

Nicht dass Chanele gelauscht hätte. Wie Mimi gesagt haben würde: certainement pas. Aber sie hatte nun mal in der Küche zu tun, die Küche war der Ort, wo sie hingehörte, wo sie jetzt immer hingehören würde, ihr ganzes Leben lang; sie war ein vernünftiger Mensch und träumte nicht von unmöglichen Dingen. Sie war auf die Welt gekommen, um Geschirr abzuwaschen, sie hatte sich damit abgefunden, ein für alle Mal, alles andere war nutzloses Wunschdenken, Chalaumes mit Backfisch. Sie war nicht zu ihrem Vergnügen in der Küche, ganz bestimmt nicht, und wenn die beiden ihre Auseinandersetzung nicht leiser führen konnten, dann war das deren Problem. Mimi und Janki schrien sich nicht an, so konnte man das nicht sagen, aber wenn man sich nicht gerade die Ohren verstopfte – und warum sollte Chanele das tun? War es ihr Fehler, dass die Wand zwischen Stube und Küche nicht dicker war? –, wenn man nicht taub war wie der alte Schmarje Braunschweig, dann war man geradezu gezwungen anzuhören, wie sich die beiden anfauchten. Wenn das der Ton war, in dem jungverliebte Paare miteinander umgingen, dann war Chanele froh, o ja, richtig froh, dass sie beschlossen hatte, ein für alle Mal, mit Männern nichts mehr zu tun zu haben, man brauchte sie wie ein Brot zu Pessach.

Die beiden stritten sich darum, ob Mimi nach der Hochzeit

nur Hausfrau oder auch Mitarbeiterin im Laden sein sollte. Janki versuchte es zuerst mit seiner bewährten Verkäufermethode und schilderte die Annehmlichkeiten einer solchen gemeinsamen Tätigkeit so verlockend, wie er seinen Kundinnen ein noch gar nicht geschneidertes Kleid zu beschreiben wusste. Mimi ihrerseits reagierte in dem kindlich bittenden Tonfall, mit dem sie ihre Eltern, insbesondere Salomon, seit jeher um den Finger zu wickeln verstand, war ganz hilfloses kleines Mädchen, das nicht verstehen konnte, was die böse Welt da von ihr verlangte. Als das nichts nützte, ging sie in ein verletztes Beleidigtsein über, ein plötzlicher Tonwechsel, der Chanele wohlvertraut war. Da hätte sie doch tatsächlich gemeint, Jean habe aus Liebe um ihre Hand angehalten – sie sagte immer noch Jean zu ihm, aber sie sprach den Namen jetzt mit sarkastischem Unterton aus –, und nun müsse sie feststellen, dass er gar keine Frau gesucht habe, sondern nur ein billiges Dienstmädchen, eine jüdische Bischge, aber dafür sei sie sich zu gut, viel zu gut, und sie wolle von dem Thema nie wieder etwas hören. Janki antwortete mit Zahlen, sprach von Einnahmen und laufenden Kosten und ging dazu auf und ab. Man musste nicht an der Wand lauschen, um das zu bemerken; seine Schritte waren auch in der Küche deutlich zu hören, fest und regelmäßig, ohne das wochentägliche Hinken, das er sich für seine Kundschaft angewöhnt hatte. ›Gleich wird sie weinen‹, dachte Chanele, und tatsächlich, schon hörte sie Mimi schniefen, wie die das schon als kleines Mädchen getan hatte, wenn sie im Kampf um eine Puppe oder das letzte Stück Sabbat-Kuchen zu unterliegen drohte. Seine Forderung tue ihr weh, jammerte Mimi, sie habe von ihrem Rodolphe – ›Was für ein Rudolf?‹, dachte Chanele – wirklich Besseres erwartet, sie habe gedacht, er sei nicht so eine Krämerseele wie all die anderen, die Enttäuschung drücke ihr jetzt das Herz ab, und er könne doch nicht wollen, dass seine kleine Mimi unglücklich würde, nicht wahr, das könne er doch nicht wollen.

Das war der Punkt, an dem er zu fauchen begann, an dem die Worte »verwöhntes kleines Mädchen« und »auf dem Toches macht man keine Geschäfte« fielen, und Chanele war, wahrscheinlich im Gegensatz zu Janki, überhaupt nicht überrascht, als Mimi abrupt mit Weinen aufhörte und zurückfauchte, dass eine Frau keine Ware sei, die man sich einmal kaufe und mit der man dann für alle Zeiten machen könne, was man wolle, und dass Leute, die mit nichts auf dem Rücken, mit gar nichts, hier angekommen seien, keine neuen Gesetze im Land zu machen hätten.

Wenn man schon ein für alle Mal in die Küche gehört, wenn einem das vom Leben so zugeteilt ist, dann soll man seine Arbeit auch gründlich machen, und so stellte Chanele fest, dass die Teller, die sie gerade abgewaschen hatte, noch nicht sauber genug waren und fing noch einmal von vorne damit an, aus reinem Pflichtbewusstsein, nicht etwa, damit jemand, der etwa wütend aus der Stube in die Küche stürzen sollte, sie bei ihrer Arbeit fände und gar nicht auf den Gedanken käme, sie könne sich für das, was da nebenan verhandelt wurde, auch nur im Geringsten interessiert haben. Certainement pas, nicht wahr, Mimi?

Das gute Schabbes-Geschirr musste sorgfältig behandelt werden, und so hob sie nicht einmal den Kopf, als draußen die Tür knallte. Das konnte nur Mimi sein, die Auseinandersetzungen, in denen sie sich nicht hatte durchsetzen können, schon immer gerne mit einem dramatischen Schlusspunkt beendete. Chanele bemerkte zunächst auch gar nicht, dass Janki in die Küche kam, dass er eins von den frisch abgewaschenen Gläsern nahm und sich vom Kiddusch-Wein einschenkte, der eigentlich – aber man ist ja diskret und will zwei Jungverlobte nicht stören – schon lang wieder auf der Anrichte in der Stube hätte stehen müssen.

»Kann irgendjemand eine Frau verstehen?«, fragte Janki.

»Du nicht.« Chanele biss sich auf die Lippen, denn sie hatte überhaupt nicht antworten wollen.

»Was soll das heißen?«

»Nichts«, sagte Chanele und rieb an einem Fleck herum, von dem sie genau wusste, dass er ein Fehler im Steingut war.

»Warum verstehe ich nichts von Frauen?«

»Darum.«

»Und überhaupt, woher willst du das wissen?«

»Oh, entschuldige«, sagte Chanele. »Ich habe ganz vergessen, dass ich ja keine Augen habe. Und keine Ohren. Und ein Herz sowieso nicht.«

»Jetzt fang du nicht auch noch an!«

»Womit?« Wenn man es richtig machen will, ist Abwaschen keine einfache Sache und braucht viel Konzentration.

»Mimi ist heute so seltsam. Ist es so schlimm, bei mir im Laden zu arbeiten? Sag!«

»Kommt darauf an«, sagte Chanele und untersuchte einen Teller so aufmerksam, als habe der plötzlich ein ganz neues Muster bekommen, »kommt darauf an, womit man es vergleicht. Steine klopfen ist wohl härter.«

»Warum hast du aufgehört?«

»Ich passe besser in eine Küche. Man muss wissen, wo sein Platz ist.«

»Du hast gesagt, der weite Weg …«

»Such es dir aus!«

Jankis rechte Hand öffnete und schloss sich wieder. Um die Geste zu deuten, musste man ihn so nahe beobachtet haben wie Chanele. Seine Finger suchten nach dem Spazierstock mit dem Löwenknauf, den er wegen des Sabbats nicht bei sich hatte.

»Ich habe gedacht, du verstehst immer alles«, sagte Chanele. »Ein so kluger Mann. Der so viel erlebt hat. Der sogar bei der Schlacht von Sedan dabei war.«

»Du weißt genau …«

»Ich weiß gar nichts. Ich bin dumm. Genau richtig für die Küche.«

»Du bist nicht dumm!«

»Doch!«, sagte Chanele aus tiefster Überzeugung. »Dümmer als ich kann man überhaupt nicht sein.«

Janki trank das Glas mit dem teuren Kiddusch-Wein auf einen Zug leer. »Jetzt erklär mir bitte ...«

Das Schabbes-Geschirr gehörte in den Schaft in der Stube. Wenn man es abgewaschen und abgetrocknet hatte, musste man es auch wieder wegräumen. Für jemanden, den das Schicksal nun mal für die Hausarbeit bestimmt hat, ist so etwas wichtiger als eine Plauderei mit einem Mann, der mit einer anderen verlobt ist.

Janki eilte hinter ihr her. »Was machst du eigentlich?«

»Meine Arbeit. Steht irgendwo geschrieben, dass man alles stehen und liegen lassen muss, weil ein hoher Herr plötzlich Lust zu einer Unterhaltung hat?«

»Ich bin kein hoher Herr!«

»Ach, Monsieur Jean, woher denn diese plötzliche Bescheidenheit?«

Sie wollte nur die Teller ins zweitunterste Regal stapeln, und er wollte nur, dass sie ihm endlich zuhörte. Dass es aussah, als kniete sie vor ihm und er zöge sie zu sich hoch, war nur Zufall. Auch dass er ihre Hände weiter festhielt, als sie schon vor ihm stand, hatte keinerlei Bedeutung.

»Chanele, was ist los?«

»Nichts«, wollte sie sagen, schnippisch und aus großer Distanz. Ihre Stimme sollte kalt und fest sein, nicht brüchig und voller Tränen. Und ganz bestimmt wollte sie nicht »Ich hasse dich« sagen. Nicht in diesem Ton.

»Ich verstehe nicht ...«, sagte Janki schon zum zweiten Mal.

»Das ist allerdings wahr.« Chanele wusste, dass sie es bereuen würde, aber es tat gut, es tat ja so gut, sich für einmal nicht zu kontrollieren und nicht vernünftig zu sein. »Du verstehst überhaupt nichts. Du siehst einen an, und man denkt, dass dir etwas an einem gefällt, und dabei ... Du siehst immer nur, was dir nützlich sein kann. Du knetest an einem herum und schiebst einen zurecht, bis man so ist, wie du es brauchst. Du nennst einen Mademoiselle Hanna, wenn du die feinen Damen beeindrucken willst, und Chanele, wenn du jemanden brauchst, der dir das Essen auf den Tisch stellt. Aber es sind nicht alle wie du, dass sie nur einen Spazierstock in die Hand nehmen müssen, und schon fangen sie an zu hinken und sind Helden. Es sind nicht alle so, dass sie an einem Tag Soldaten sein können und am nächsten mit Pferden handeln und sich immer wieder anpassen und verändern und immer genau das sind, was gerade nützlich ist. Es gibt Menschen, die meinen, dass man sie wirklich liebt, wenn man sie behandelt, als sei es so.«

»Du meinst Mimi?«

»Ja«, sagte Chanele. »Ich meine auch Mimi.«

»Auch?«

»Ja, denkst du denn, ich habe mir die Augenbrauen gezupft, um deinen Kundinnen zu gefallen?«

Pinchas Pomeranz hätte Janki erklären können, was in diesem Moment in ihm vorging. Manchmal sitzt man stundenlang vor einem Blatt Gemóre, und nichts von dem, was da steht, will irgendeinen Sinn ergeben. Immer wieder ist man den Text durchgegangen, hat sich mühsam durch die Kommentare von Raschi gequält, und immer noch ist alles unverständlich, ein stürmisches Meer voll zufällig angetriebener Worte, aus dem nur die Namen der weisen Rabbinen herausragen wie Inseln. Und dann, ganz plötzlich, verschiebt sich im Kopf ein Satzanfang, teilen sich Fragen und Antworten neu auf – denn der Talmud, genau wie der Mensch, hat keine Satzzeichen, die einem das Verstehen leichter machen –, und alles ist einleuchtend und klar, so einfach, dass man sich gar nicht erklären kann, warum man es nicht von Anfang an so gesehen hat. Solche Momente sind schön, aber auch erschreckend, weil sie einem deutlich machen, wie leicht es ist, mit offenen Augen blind zu sein.

»Ich hatte ja keine Ahnung«, sagte Janki.

»Nein«, sagte Chanele, »du hast keine Ahnung.«

»Ich hätte nie gedacht …«

»Nein«, sagte Chanele, »gedacht hast du nicht.«

»Ich habe aber auch nie etwas gesagt, nach dem du hättest denken müssen …«

»Nein«, sagte Chanele, »du hast nie etwas gesagt. Und mit Denken, auch wenn du das nicht verstehen wirst, Janki Meijer, hat es überhaupt nichts zu tun.«

Die Teller standen immer noch auf dem Boden. Aber auch wenn Chanele sich sehr tief bücken musste, um sie an ihren Platz zu stellen, wäre jetzt niemand mehr auf den Gedanken gekommen, dass sie vor Janki kniete.

Als sie fertig war, wollte sie hinausgehen, aber er stellte sich ihr in den Weg. »Es tut mir leid«, sagte er.

Chanele hob ganz langsam die Schultern und ließ sie ebenso langsam wieder sinken. Sie sah ihn an, mit einem Lächeln, das jetzt, wo ihre Augenbrauen sich nicht mehr in der Mitte trafen, auf ihrem Gesicht zu schweben schien. »Mach Schabbes damit«, sagte sie.

Draußen wurde die Haustür geöffnet und wieder geschlossen. »Deine Kalle geht weg«, sagte Chanele. »Du solltest ihr nachlaufen. Nicht, dass dir noch etwas leid tun muss.«

Mimi hatte gar nicht hingehen wollen, nicht wirklich. Sie hatte das alles nur so dahingesagt, weil ihr Pinchas einen Moment lang leid getan hatte, weil sie ihn nicht einfach so auf der Straße stehen lassen wollte. Man legt ein Buch, das man einmal angefangen hat, nicht mitten im Kapitel weg. Und wenn man es richtig überlegte, war sie Pinchas sogar etwas schuldig, Janki war ihm etwas schuldig, und sie war Jankis Braut, also hatte sie doch eine Verpflichtung. Ja, eine richtiggehende Verpflichtung war das. Wenn Pinchas nicht diesen Artikel geschrieben hätte, viel wortgewandter und einfallsreicher, als man es ihm zugetraut hätte, wenn er nicht den Einfall zu diesem Artikel gehabt hätte, dann wäre Janki jetzt vielleicht Gehilfe beim Schneider Oggenfuss und könnte ans Heiraten nicht mal denken. Natürlich, es würde Janki nicht passen, was sie da machte, aber er musste es auch nicht erfahren, und wenn schon, er sollte nur von Anfang an lernen, dass sich eine Mimi Meijer von ihm nicht herumkommandieren ließ, dass sie ihren eigenen Kopf hatte, selber denken konnte, schließlich war sie die Tochter des angesehenen Salomon Meijer und brachte eine Nedinje mit, für die man sich nicht zu schämen brauchte.

Es war sonst niemand unterwegs in Endingen, zumindest nicht im jüdischen Teil des Dorfes. Um diese Zeit schliefen die meisten Leute, erschlagen von der Wucht des schweren Sabbat-Essens. Erst später, wenn die Männer zu Minchah wieder in die Synagoge gingen, würden sich die Frauen gegenseitig besuchen, um ein bisschen zu ruddeln, die neusten Gerüchte und den neusten Klatsch auszutauschen. Nun, über Mimi würden sie nichts zu ruddeln haben. Was war denn dabei, wenn man sich mit einer Freundin traf, einer goijischen Freundin, na schön, aber ist Freundin nicht Freundin? Was war so Schlimmes daran, wenn man in einer Laube ein halbes Stündchen mit ihr zusammensitzen wollte, wo es doch so viel zu erzählen und zu bereden gab vor einer Hochzeit? Wen hatte es zu stören, wenn man den Weg dem Fluss entlang nahm und sich dann – nur weil es näher war, warum sonst? – im feinen Kleid durch eine Hecke zwängte?

Pinchas saß schon da. Er sprang auf, als er Mimi kommen sah, wollte ihr entgegeneilen und stolperte dabei über die eine Stufe, die in die Laube hineinführte. Sein schwarzer Schabbeshut kullerte vor ihre Füße, und da sie sich beide gleichzeitig danach bückten, waren sich ihre Köpfe einen Augenblick lang sehr nahe.

»Hier«, sagte Mimi und reichte ihm den Hut.

»Danke«, sagte er.

Mimi war fast zwei Köpfe kleiner als Pinchas, und wenn sie

jetzt zu ihm aufblickte, schien er das niedrige Dach der Laube zu überragen. »Setzen wir uns doch«, sagte sie.

»Ja«, sagte Pinchas, »setzen wir uns.«

Der Eingang der Laube war mehr als breit genug für zwei Personen, aber Pinchas trat trotzdem einen Schritt zurück, es war nicht klar, ob er ihr höflich den Vortritt lassen wollte oder Angst vor einer Berührung hatte.

Noch von irgendeiner italienischen Nacht her waren unter dem Dach der Laube Schnüre mit farbig bedruckten, schon ein wenig verblassten Papierfähnchen gespannt, auch ein paar vom Wetter schon recht ramponierte Lampions hingen da. Mimi fühlte sich an die bunt geschmückte Laubhütte erinnert, in der man vor zwei Wochen noch gesessen hatte.

Pinchas rieb mit dem Ärmel an seinem Hut herum, obwohl der überhaupt nicht staubig war. Gleichzeitig züngelte er in seiner Zahnlücke, wie ein Trompeter, der ein schwieriges Stück noch einmal im Kopf durchgeht, bevor er das Instrument ansetzt.

»Nu also«, sagte Mimi, als Pinchas keine Anstalten machte, das Gespräch zu eröffnen. »Ich bin gekommen.«

»Ich habe es nicht erwartet«, sagte Pinchas.

»Hast du kein Vertrauen zu mir?« Mimi warf in gespieltem Groll die Locken aus der Stirn, eine Geste, die ihr, sie hatte es vor dem Spiegel mehr als einmal ausprobiert, sehr gut stand.

»Doch«, sagte Pinchas schnell, »natürlich. Aber ...« Die Zunge in seiner Zahnlücke spielte jetzt prestissimo. »Ich habe gedacht, vielleicht willst du nicht hören, was ich dir ... Ich meine: es gehört sich nicht.«

»Was gehört sich nicht?«

»Dass ich dir ... Wo du jetzt doch mit Janki ...«

»Darf ich deshalb mit niemandem mehr reden?«

»Reden schon. Aber ...« Wenn er schluckte, bewegte sich sein Adamsapfel mindestens zwei Finger breit auf und ab. Anne-Kathrin, die solche Sachen wusste oder zu wissen vorgab, hatte einmal behauptet, dass Männer mit auffallendem Adamsapfel besonders zärtlich seien. Reiner Unsinn natürlich. Es war einfach, etwas zu behaupten, das man nie ausprobieren oder unter Beweis stellen konnte. Ausgerechnet Pinchas.

»Du lachst mich aus«, sagte Pinchas.

»Überhaupt nicht.«

»Du hast gelächelt.«

»Gefällt dir das nicht?«

Es war wie ein Spiel. Pinchas warf ihr die Bälle zu, und sie fing sie auf oder schlug sie zurück, ganz wie sie wollte. Es gab kleine Jungen im Dorf, die konnten ihre Kreisel auf der Straße tanzen lassen, geradeaus oder im Kreis, und mussten sie dazu mit der Peitsche kaum berühren. Genau so kam sich Mimi jetzt vor.

»Gefällt dir das nicht?«, wiederholte sie.

»Doch. Alles an dir gefällt mir. Du bist …«

»Ja?«

»Ich habe schon einmal versucht, es dir zu sagen. Du bist wunderschön. Wie eine Herde …«

»Ochsen, ich weiß.«

»Ziegen.«

»Auch nicht besser.«

»Raschi sagt dazu, dass König Salomon …«

»Wird das ein Lernvortrag?«

»Ich wollte nur …«

»Ja?«

»Ich wollte es dir nur einmal gesagt haben.«

»Was?«

Pinchas starrte die Papierfähnchen mit den verblassten Kantonswappen an, als könne es nichts Faszinierenderes geben als den Bären von Bern oder den Steinbock von Graubünden. Dabei murmelte er etwas, so leise, dass Mimi die Worte nicht verstehen konnte.

»Nu?«

»Ich liebe dich, Miriam«, sagte Pinchas.

»Was?«

»Ich wollte es einmal gesagt haben. Nur einmal. Ich habe dich geliebt. Wirklich. Du wirst deinen Janki heiraten und ich irgendeine Frau, die Abraham Singer für mich finden wird, aber ich habe es dir doch einmal gesagt. Ich hätte dich geliebt.«

Es gab ein Lachen, das man in solchen Momenten zu lachen hatte, »perlend« hieß es in den Büchern, und das Wort hatte Mimi immer gefallen. Aber jetzt, wo es angebracht gewesen wäre, wollte es ihr nicht gelingen.

»Weinst du?«, fragte Pinchas.

»Natürlich nicht«, sagte Mimi.

Ein Windstoß ließ die Fähnchen rascheln, als hätten sie sich etwas Wichtiges zuzuflüstern.

»Und jetzt?«, fragte Mimi.

»Es ist bald Zeit für Minchah«, sagte Pinchas. »Ich sollte …« Aber er machte keine Anstalten aufzustehen.

»Es tut mir leid«, sagte Mimi.

»Wirklich?«

»Wirklich.«

Und dann, weil es das letzte Mal war, weil Pinchas so unglücklich aussah, weil sie so viele Romane gelesen hatte, aus einem Grund und aus allen und aus keinem, weil Janki so unmögliche Dinge von ihr verlangte, weil es Herbst war, weil sie bald eine verheiratete Frau sein würde, mit einer eigenen Wohnung und einem Scheitel und einem Schlüsselbund, weil sie wütend war und überrascht und gerührt, egal warum, streckte sie ihren Arm aus und zog Pinchas' Kopf zu sich heran und spitzte die Lippen und …

»So ist das also«, sagte Janki.

Er war ihr nachgelaufen, weil Chanele es gewollt hatte. Er war so durcheinander gewesen, dass er alles getan hätte, was Chanele von ihm verlangte, das heißt: fast alles; man muss vernünftig bleiben und darf die praktischen Belange nicht aus den Augen verlieren. Er hatte Mimi den Kopf zurechtsetzen wollen, vielleicht gerade mit dem Beispiel von Chanele, die verstand, dass manche Dinge möglich waren und manche eben nicht. Er hatte sich mit Mimi versöhnen wollen, man war ja verlobt, und er hatte Monsieur Delormes oft genug sagen hören: »So wie eine Geschäftsbeziehung anfängt, bleibt sie meistens auch.«

Er war ihr nicht nachgeschlichen, hatte sich nicht versteckt. Das war auch nicht notwendig gewesen, denn Mimi drehte sich kein einziges Mal um, ging mit schnellen, trotzigen Schritten durch die engen Gassen. Zuerst hatte er ja gedacht, sie wolle einfach nur allein sein, wie er selber damals am Tag der Geschäftseröffnung – noch kein halbes Jahr war seither vergangen, und es schien so lange her. Er hatte gedacht, sie suche einfach nur Ruhe, so wie er damals den Weg über das Nussbaumener Hörnli genommen hatte, um noch einmal alles durchzudenken, und es schien ihm ein gutes Zeichen zu sein, dass sie sich die Sache noch einmal überlegen wollte. Aber dann war schnell deutlich geworden, dass sie ein vorbedachtes Ziel hatte. Sie eilte nicht von etwas fort, sondern zu etwas hin.

Zu jemandem hin.

Er hatte nicht gehört, was die beiden miteinander geredet hatten. Sie sprachen zu leise, und er stand auch zu weit weg. Der Durchlass in der Hecke war direkt hinter der Laube, und man hatte wegen der Bretter, die die Rückenlehne der sechseckig umlaufenden Bank bildeten, keinen vollständigen Einblick. Aber den Kuss hatte er gesehen, unübersehbar war der gewesen, er hatte den überraschten Ausdruck auf Pinchas' Gesicht gesehen und dann den glücklichen, und wie sein schwarzer Hut nach hinten kippte, und wie Mimi ihn gar nicht mehr losließ.

»So ist das also«, hatte er gesagt, und jetzt, hinterher, schien ihm, dass man das besser hätte formulieren können.

Mimi weinte; vielleicht weinte sie. Sie hatte die Hände vors Gesicht geschlagen und saß so zusammengekrümmt an ihrem Ende der Bank, ein Kind, das Prügel erwartet. Pinchas war sofort aufgesprungen und hatte sich vor Mimi gestellt, aber sie hatte ihn von sich weggeschoben, und jetzt stand er verloren im Zentrum der Laube, genau dort, wo einmal der kleine Tisch gewesen war, an dem sie damals ihren Artikel geschrieben hatten. Er stand da, die Zunge in der Zahnlücke, und sah aus, als würde er gleich eine Rede halten. Aber er sagte nur: »*Ich* bin schuld, Janki, ich ganz allein«, und Mimi ließ für einen Moment die Hände sinken, sagte: »Ach, halt den Mund, Pinchas!«, und verschwand wieder hinter ihrer Deckung.

Und dann kam der Schulmeister zwischen den Rosenstöcken und dem Holunderstrauch hervor, in Hemdsärmeln und mit einer großen grünen Schürze, strahlte über das ganze verschwitzte Gesicht und sagte: »Ah, der Monsieur Meijer! Lieber junger Freund! Ich war mir Sie in dem Vorzimmer nicht vermutend. *Emilia Galotti.* Und das Fräulein Meijer! Und der Herr … Jaja, je später der Abend, desto schöner die Gäste. Willkommen in meinem Tusculum! Wenn Sie auch, ich befürchte es, hier gar nicht auf mich warten, sondern auf meine Tochter. Ich werde sie sofort holen. Nur eine Sekunde, schon ist sie da. Ich eil, ich eil, sieh, wie ich eil; so fliegt vom Bogen des Tataren Pfeil.«

13

Es war ein kleines Ereignis, das Jankis Entschluss endgültig machte, an sich eigentlich ohne jede Bedeutung.

An jenem Sabbat-Nachmittag war er, nach einer sehr peinlichen Begegnung mit Anne-Kathrin, zusammen mit Mimi nach Hause gekommen. Salomon hatte Golde wissend zugenickt, als die beiden hereinkamen, und auffällig-zufällig das Lied von

Braut und Bräutigam, »Chossen, Kalle Masel tow«, vor sich hin gepfiffen. Dass Chossen und Kalle kaum ein Wort miteinander wechselten, führte Salomon auf eine natürliche Verlegenheit zurück, man konnte sich ja ausmalen, dass die beiden auf ihrem gemeinsamen Spaziergang nicht nur geplaudert und sich über das Wetter unterhalten hatten. Von da an waren Mimi und Janki so auffallend höflich zueinander, mit »Noch ein bisschen Kaffee?« und »Stört es dich, wenn ich das Fenster öffne?«, dass Golde Salomon zuflüsterte, es gäbe doch nichts Schöneres als junges Glück und sie könnte den beiden stundenlang zusehen.

Ein Postpferd trabt auch ohne Kutscher zur nächsten Station, und so war Janki am Montag wieder in Baden, öffnete pünktlich den Laden und bediente höflich lächelnd seine Kundschaft. Er ging sogar um zwei Uhr zur vereinbarten Besichtigung einer Wohnung, schräg gegenüber vom Haus zum Roten Schild, wo man vom Salon aus direkt auf die neuen Schaufenster würde sehen können. Der Besitzer des Hauses, ein gewisser Herr Bäschli, war ein alter Mann in großväterlichem Bratenrock und hatte die Eigenschaft, ständig seine Hände aneinander zu reiben, nicht rund und einseifend, sondern mit durchgestreckten Fingern, als sei Winter und er könne einfach nicht warm werden. Er hatte im Parterregeschoss desselben Hauses einen Laden für Haushaltswaren, wie er das nannte, eher ein Kuriositätenkabinett, mit Regalen voller Vasen und Gemälden, aber auch alten Butterfässern und zerbrochenen Spinnrädern. Nach der Wohnungsbesichtigung – »Überlegen Sie es sich in Ruhe, lassen Sie sich Zeit, es eilt ja nicht« – bestand er darauf, dass Janki sich noch im Laden umsähe, wer einen neuen Hausstand gründe, brauche vielerlei Sachen, und es habe bei ihm schon mancher ganz unverhofft etwas gefunden, nach dem er, ohne es zu wissen, schon die ganze Zeit gesucht habe.

Janki zog es zwar an die Vordere Metzggasse zurück, wo, wenn der frühe Nachmittag auch meistens eine sehr ruhige Zeit war, vielleicht schon eine Kundin wartete, aber aus Höflichkeit machte er Herrn Bäschli den Gefallen. Der alte Mann bot ihm zuerst ein Paar Messingleuchter an, gestaltet wie ionische Säulen, in deren Kanelluren noch das Wachs längst erloschener Kerzen klebte. »Ein jüdischer Haushalt braucht Kerzenleuchter«, sagte Herr Bäschli mit dem Stolz eines Gelehrten, der ein obskures Stück Buchwissen endlich einmal im Alltag anwenden kann. Auch das schon fast zur Unkenntlichkeit nachgedunkelte Gemälde eines bärtigen Mannes – »Es könnte durchaus ein Rabbiner sein!« – fand nicht Jankis Interesse. Er wollte sich schon verabschieden, aber Herr Bäschli versicherte ihm händereibend, er habe noch etwas ganz Spezielles, etwas, das er nicht jedem Kunden zeige, es stamme aus sehr vornehmem Haus und Janki müsse es sich unbedingt ansehen. Aus einem rustikal bemalten Schrank – »Auch zu verkaufen, aber ich glaube nicht, dass das etwas für Sie wäre« – holte er ein seltsames silbernes Gerät, in das eine Kristallflasche eingeschlossen war. »Ein Tantalus«, sagte Herr Bäschli stolz. »Ich weiß nicht, ob Sie sich jemals mit griechischen Sagen befasst haben. Tantalus war der Mann, der im Wasser stehend Durst leiden musste.« Er bewegte die eingesperrte Flasche vor dem Fenster hin und her. Sie war fast ganz mit einer golden schimmernden Flüssigkeit gefüllt, die im Sonnenlicht zu leuchten begann. »Ein ganz edler Tropfen wahrscheinlich«, sagte Herr Bäschli. »Viel zu edel, als dass man einfach jeden dranlässt. Darum hier oben der Verschluss, hier, sehen Sie? Da kann das Dienstmädchen noch so viel Durst haben, hier wird nichts weggetrunken. Die Flasche kann nur rausholen, wer den Schlüssel hat.« Er stellte den Tantalus vor Janki hin und rieb die Hände noch heftiger aneinander. »Das ist der kleine Haken an der Sache. Der Schlüssel ist nicht dabei. Aber es sieht doch auch so sehr dekorativ aus, auf einer Anrichte oder in einer Vitrine. Ich mache Ihnen auch einen günstigen Preis. Einen besonders günstigen Preis, denn, um ehrlich zu sein, ich stelle es mir schrecklich vor, ein Leben lang etwas ansehen zu müssen, das man doch nie bekommt.«

Das war der Moment, genau der, in dem Janki seinen Entschluss fasste. Vielleicht bestand ein logischer Zusammenhang zwischen dem Tantalus, den er Herrn Bäschli ohne zu handeln abkaufte, und dem, was weiter geschah, aber Janki dachte nicht darüber nach. Er war ein Mensch, der nur richtig lebte, wenn er es eilig hatte, und er konnte sich nicht erinnern, jemals solche Eile gehabt zu haben.

Er öffnete seinen Laden gar nicht mehr, ging nur ganz kurz hin, um den Tantalus mitten auf den Ladentisch zu stellen, hinterließ nicht einmal eine Nachricht für den Dorftrampel, der dann eben vor der versperrten Tür stehen und vergeblich auf seine Putzaufsicht warten würde. »Ich bezahle ihr den Tag trotzdem«, nahm er sich vor. Darauf kam es nun auch nicht mehr an.

Auf der Landstraße war ihm sein Spazierstock lästig. Man konnte damit gar nicht richtig ausschreiten, wenn man keine Zeit zum Hinken hatte. Obwohl er schneller ging als sonst, sah er am Weg lauter Dinge, die ihm bisher noch nie aufgefallen waren. Ein alter Grenzstein zwischen zwei Gemeinden, von dem nur ein moosbewachsenes Ende aus dem Boden ragte; man konnte sich vorstellen, hier wüchse, wie ein Spargel, eine Säule heran. Ein Gartenzaun, wo auf jedem Pfahl eine Schwalbe saß, würdig gekleidete Gesuchsteller im Vorzimmer eines Beamten. Ein Nussbaum, breit und mächtig, der ihn an seinen Großvater erinnerte, wie der vor seinen Folianten am Fenstertisch gesessen und immer alles gewusst hatte.

Unordentliche Wolken trieben mit ihm mit und schienen es genau so eilig zu haben wie er selber, und dazwischen versuchte die schwach gewordene Herbstsonne mit letzter Anstrengung, die Welt noch einmal zu wärmen, ein alter Mann, der viel zu spät bemerkt, was er im Leben versäumt hat. In der Luft lag ein Geruch nach verbranntem Holz; die Kamine schienen schon für den Winter zu üben, der nicht mehr lange auf sich warten lassen würde.

Der Weg war noch nie so kurz gewesen. Er musste, ohne es selber zu bemerken, beinahe gerannt sein, denn als er die Dächer des Dorfes vor sich sah, war er außer Atem. Er versuchte sich zu sammeln, eine Haltung zu finden, die seinem Entschluss entsprach, er benutzte wieder seinen Spazierstock und hinkte sogar ein wenig. Als er vor dem Haus mit den zwei Türen ankam, war er wieder ganz Jean Meijer, ein sachlicher Geschäftsmann, der Entscheidungen zu treffen und, wenn nötig, Fehler zu korrigieren wusste.

Die Haustür war verschlossen und niemand reagierte auf sein Klopfen.

Salomon war wahrscheinlich in Geschäften unterwegs, Golde würde irgendwo, bei Picards oder Wylers, Kaffee trinken und voller Vorfreude über die Umtriebe der bevorstehenden Hochzeit klagen, und Mimi saß entweder bei Anne-Kathrin oder hatte im neusten *Journal des Modes* eine Abbildung entdeckt, die sie ganz dringend der Schneiderin zeigen musste. Aber Chanele, Chanele musste doch zu Hause sein!

Janki hämmerte so lange gegen die Tür, bis Frau Oggenfuss missbilligend den Kopf aus einem Fenster ihrer Haushälfte streckte. Als sie Janki erkannte, lächelte sie höflich, denn seit er nicht nur Kunde, sondern auch Tuchhändler geworden war, hatte sie große Hochachtung für ihn. »Alle ausgeflogen«, rief sie. »Kann ich etwas für Sie tun?«

Nein, Frau Oggenfuss konnte nichts für ihn tun.

Er fand Chanele beim roten Moische. Durch das Türfenster konnte er sie neben dem Fass mit den Salzgurken stehen sehen. Die Gurken wurden nach Stück und nicht nach Gewicht verkauft, und Chanele überprüfte mit strenger Miene, ob Moische nicht etwa allzu kleine Exemplare für sie aus der Tonne fischte.

Sie trug das braune Kleid, das so lange auf seinem Bügel gehangen hatte. Der weiße Batistbesatz war nur an den Manschetten zu sehen, denn das Wetter war jetzt schon kühler, und Chanele hatte ein dunkelblaues Fransentuch um den Hals gelegt. ›Die beiden Farben passen nicht zusammen‹, dachte Janki und merkte ohne Überraschung, dass das der Gedanke eines Besitzers und nicht eines Betrachters war.

Er ging vor dem Laden auf und ab, blieb hin und wieder stehen und legte den Kopf in den Nacken, als wolle er sich das überlange Firmenschild Wort für Wort einprägen. *Colonialwaren- und Spezereienhandlung Moses Bollag* prangte da und daneben, auf einem vorausschauend freigehaltenen Platz, aber in anderer Schrift: *& Söhne*.

Chanele stand jetzt am Verkaufstisch und schien um etwas zu feilschen. Der rote Moische, für seine Kleinlichkeit bekannt, schüttelte den Kopf und benützte, sparsam, wie er war, dieselbe Bewegung, um sich in den Haaren zu kratzen. Sie waren nicht mehr ganz so rot, wie sie es in seiner Jugend wohl gewesen waren.

Es gab in der engen Gasse nicht viel zu betrachten, aber Janki studierte jeden Torbogen, jeden Mauervorsprung, jeden Blumentopf auf einem Fenstersims. Was machte Chanele nur so lang? Man hatte jetzt, er hatte es bei seinen Kundinnen gesehen, auch Taschenuhren für Frauen. Vielleicht müsste man … »Eins nach dem andern, Janki«, unterbrach er sich. »Eins nach dem andern.«

Der rote Moische, man konnte es auch durch das schmutzige Fenster deutlich an seinen hängenden Schultern erkennen, hatte nachgeben müssen. Er warf eine Hand voll – was war das? Flaschenkorken? – in Chaneles Einkaufskorb und wandte sich sehr ungnädig von ihr ab. Chanele hängte sich den Korb über den Arm. Janki ging schnell drei Schritte von der Tür weg. Und dann standen sie sich gegenüber.

»Wozu brauchst du Korken?«, fragte Janki. Es war ganz und gar nicht das, was er hatte sagen wollen, aber es rutschte ihm einfach heraus.

»Um damit das Besteck gegen Rost einzureiben«, sagte Chanele.

»Das wusste ich nicht«, sagte Janki.

»Du weißt vieles nicht.«

Sie schien nicht überrascht, ihn zu sehen, zumindest stellte sie keine Fragen. Sie machte sich auf den Weg nach Hause und ließ es zu, dass er neben ihr herging.

»Soll ich deinen Korb tragen?«, fragte Janki.

»Das würde ich von einem Kriegsinvaliden nie verlangen.«

»Ich muss mit dir reden«, sagte Janki.

»Wenn du musst, dann musst du wohl.«

»Können wir nicht irgendwo …?«

»Du willst reden, ich nicht.«

Chanele ging keinen Schritt langsamer. Und so musste er neben ihr her hetzend von seinem großen Entschluss erzählen, von dem Fehler, den er erst jetzt eingesehen hatte – »Aber es ist noch nicht zu spät, um es richtig zu machen!« –, musste mitten auf der Gasse seine Überlegungen darlegen, dass es letzten Endes nicht auf die Mitgift ankäme, sondern darauf, dass jemand anzupacken wisse, musste über eine noch nicht ganz ausgetrocknete Regenpfütze springen, während er ihr erklärte, dass Mimi sowieso einen anderen liebe – »Vor meinen eigenen Augen hat sie ihn geküsst!« –, und dass es deshalb wohl richtiger wäre, wenn man jetzt, wo noch nichts offiziell war, die Konsequenzen ziehe und …

Er war mit seinem Satz noch nicht zu Ende, als sie vor der Haustür ankamen und Chanele zum ersten Mal stehen blieb.

»Was willst du mir sagen?«, fragte sie, als habe er nicht die ganze Zeit auf sie eingeredet.

»Willst du mich heiraten?«

Chaneles einzige Reaktion bestand darin, dass sie den schweren Korb vom einen Arm auf den anderen wechselte. »Certainement pas, Monsieur Jean«, sagte sie und verschwand im Haus.

Wenn Janki tatsächlich in Sedan dabei gewesen wäre, im Kanonendonner und Kugelhagel, er hätte nicht so viel Mut gebraucht wie für sein Gespräch mit Salomon. Das war die Angst vor Salomons Reaktion, natürlich, aber er brauchte den Mut vor allem wegen sich selber. Er hatte von einem Schiff auf ein anderes wechseln wollen, immer noch im sicheren Hafen, und jetzt war kein zweites Schiff mehr da, und er musste trotzdem aussteigen, das war ihm nun klar geworden, musste ins Wasser springen und schwimmen und wusste nicht einmal, wo das Ufer war.

Salomon, der Viehhändler, ließ sich keine Regung anmerken, nahm eine Prise Tabak, nieste, trommelte nur mit den Fingern auf den Tisch und versuchte in Jankis Gesicht zu lesen.

»Wir hatten uns auf zwölftausend geeinigt«, sagte er.

»Es geht nicht um Geld.«

Salomon trommelte weiter. Nach seiner Erfahrung ging es immer um Geld.

»Gibt es einen Grund?«, fragte er.

Janki nickte.

»Nu?«

»Ich möchte nicht darüber reden.«

»Mimi!« Auf vielen Viehmärkten hatte Salomon gelernt, ohne Anstrengung sehr laut zu werden. Sein massiger Körper bewegte sich nicht, die Augen blieben auf Janki gerichtet, und seine Finger trommelten weiter, ohne aus dem Takt zu fallen. Aber in der anderen Haushälfte sah Frau Oggenfuss ihren Mann an und sagte: »Da ist Feuer im Dach.«

Mimi erlaubte sich keine der Verzögerungen, mit denen sie sonst gern die eigene Wichtigkeit ein wenig aufblies, sondern stand schon einen Moment später im Zimmer.

»Dein Chossen will die Chuppe absagen. Weißt du warum?«

»Ich weiß warum«, sagte Mimi.

›Du weißt es nicht‹, dachte Janki.

»Wirst du es mir sagen?«

Mimi schüttelte den Kopf.

Salomon fuhr mit den Fingern seinen Backenbart ab, schien ihn nach etwas abzusuchen, das er verloren hatte und ganz dringend wiederfinden musste. Mimi und Janki standen da und sahen sich nicht an.

»Nu«, sagte Salomon schließlich. Und das hieß: »Nun ist das Pech zum Schlamassel gekommen, aber es ist wenigstens niemand gestorben.«

»Ich werde mir eine Wohnung in Baden suchen«, sagte Janki. »Das wird besser sein.«

»Ja«, sagte Salomon. »Das wird besser sein.«

»Es tut mir leid«, sagte Janki.

Niemand nahm die Hand, die er ausstreckte, und so ging er wortlos zur Tür.

»Du hast deinen Stock vergessen«, sagte Salomon. »Und dein Hinken.«

Erst jetzt begann Mimi zu weinen.

Abraham Singer kicherte.

Er saß in der Küche von Sarah Pomeranz, hatte drei Stück von ihrem berühmten Marmorkuchen gegessen – »Der beste, der mir je in den Mund gekommen ist, sollen mir alle Zähne ausfallen, wenn ich lüge!« –, hatte von einer Geburt in Neu-Breisach und von einer Beerdigung in Straßburg berichtet, hatte seine Geschichten erzählt, vom Kutscher, der sich sein Pferd stehlen lässt, und von den drei Hausierern, die in den Bach fallen, war dann, nach all den üblichen Umwegen, endlich zum eigentlichen Grund seines Besuchs gekommen und hatte genau in dem Moment völlig grundlos zu lachen begonnen. Er kicherte jetzt schon seit Minuten so hilflos, dass es seinen kleinen Körper nur so schüttelte, und hustete Krümel von Marmorkuchen in sein kariertes Taschentuch.

Singers Lachanfälle waren so bekannt, dass man sogar Witze darüber machen konnte, wie den, der ihn mit dem berühmten Frankfurter Kantor Lachmann verglich. »Was ist der Unterschied zwischen dem Lachmann und dem Singer? Der Lachmann singt, und der Singer lacht.« Trotzdem, so, wie er jetzt dasaß und vor unbeherrschbarem Vergnügen mit den kurzen Beinchen zappelte, hatten ihn Sarah und Naftali noch nie gesehen. Und dabei schien er etwas Wichtiges von ihnen zu wollen; er hatte darauf bestanden, nicht direkt natürlich, das war nicht seine Art, aber doch mit unmissverständlichen Andeutungen, dass Naftali aus der Metzgerei geholt wurde, um auch dabei zu sein. Und jetzt, wo Naftali da war, lachte er nur.

Endlich beruhigte sich Singer, nur noch ab und zu stiegen kurze Kiekser in ihm auf, Luftblasen aus einem untergegangenen Schiff, er wischte sich mit seinem riesigen Taschentuch über die Stirn, dass Kuchenkrümel daran hängen blieben, und sagte schließlich mit ganz schwacher Stimme: »Entschuldigt, ich bitte euch. Seid mir moijchel. Aber die Geschichte ist … Ihr werdet lachen mit mir. Oder weinen. Es ist dasselbe Lied, nur mit anderer Melodie.«

»Welche Geschichte?« Sarah Pomeranz war eine höfliche und gastfreundliche Frau, aber wenn sie einmal ungeduldig wurde, war es nicht empfehlenswert, sie warten zu lassen.

Abraham Singer nickte von unten herauf und sagte: »Ihr werdet euch erinnern« – als ob sie sich nicht erinnern würden! –, »dass ihr mich geschickt habt, nicht direkt geschickt, dass ich nicht lüge, aber ihr habt mir auch nicht verboten, darüber zu reden, dass ihr mir von einem Schidduch erzählt habt, der euch vielleicht interessieren könnte …«

»Es ist nichts daraus geworden«, sagte Sarah, »und ihr habt das Honorar behalten.«

»Honorar?« Singer richtete sich zu seiner ganzen bescheidenen Größe auf. »Bin ich ein Schadchen? Ein Geschenk habt ihr mir gemacht, in jener Welt soll es euch vergolten werden, und ich hab vielleicht von der Sache erzählt, hier oder dort, wie man es tut, wenn man viel herumkommt.«

»Ich war von Anfang an dagegen! Wer Augen im Kopf hat, musste sehen, dass Miriam und Pinchas nicht zusammenpassen.«

Sarah sah ihren Mann überrascht an. Es war nicht üblich, dass er im Hause Pomeranz viel zu sagen hatte. »Wieso?«, fragte sie.

»Ist unser Pinchas vielleicht nicht gut genug für sie? Nur weil sie sich aufputzt wie Schippe Malke? Oder ist ein Beheijmeshändler etwas Besseres als ein Schochet?«

Abraham Singer kicherte schon wieder. Er musste sogar in sein Taschentuch beißen, um sich zu beherrschen.

»Vergesst diesen Schidduch. Ich habe einen besseren für euch. Einen viel besseren.« Und lachte schon wieder.

»Wird etwas sein!« Der wegwerfende Ton wollte Sarah Pomeranz nicht ganz gelingen. Eine Mutter, der man eine Braut für ihren Sohn anbietet, hat große Mühe, Desinteresse vorzutäuschen.

»Eine gute Familie«, sagte Singer. »Und eine Nedinje – allen jüdischen Kindern gewünscht. Zwölftausend Franken.«

Wenn Naftali eine Tochter gehabt hätte, er hätte ihr nicht die Hälfte mitgeben können. »Und die Eltern schicken euch zu uns?«

Aus irgendeinem Grund schien Abraham Singer diese Frage unwiderstehlich komisch zu finden. »Nein«, kicherte er. »Die Eltern schicken mich nicht. Die Eltern haben keine Ahnung.«

»Wer dann? Der Prophet Elija?«

»Die Kalle! Die Kalle spricht mich auf der Straße an, bietet mir Geld an – bin ich ein Schadchen? – und sagt zu mir, so und so, ›Geht zu den Pomeranz und teilt ihnen mit …‹ – bin ich ein

Ausrufer mit einer Trommel? –, ›teilt ihnen mit‹, sagt sie, und ich denke noch: Was redet sie so vornehm? ›Teilt ihnen mit!‹«

»Wer?« fragte Sarah.

»Ich bin ein höflicher Mensch«, sagte Singer, »soll es mir nicht als Hochmut angerechnet werden. Wenn man mich bittet – warum soll ich nein sagen? Also!« Seine Hände waren, im Gegensatz zum Rest seines Körpers, von normaler Größe, und wirkten deshalb riesig. Er schlug mit ihnen einen Ausruferwirbel auf der Tischplatte, und wäre wohl am liebsten auf den Stuhl geklettert, um seine Rolle noch perfekter zu spielen.

»Hört, hört!«, krähte er. »Ich teile euch mit!«

»Er ist betrunken«, sagte Sarah.

»Es ist nur gut, dass ich ein verschwiegener Mensch bin«, sagte Singer. »In der ganzen Welt möchte man die Geschichte erzählen.«

»Erzählt Sie *ein*mal!« Sarah Pomeranz rang vor Ungeduld die Hände.

»Nun also. Ein Schidduch für euren Pinchas. Ein sehr guter Schidduch. Mit zwei Bedingungen.«

»Bedingungen?«

»Erstens«, sagte Singer und schlug den nächsten Wirbel, »erstens muss er einen Stiftzahn bekommen.«

»Was hat sein Zahn …?«

»Ich teile mit. Und zweitens …« – Wirbel –, »zweitens soll er von Endingen wegziehen.«

»Die Frau muss meschugge sein.«

»Nein«, sagte Singer und lachte jetzt überhaupt nicht mehr, »meschugge ist sie nicht. In Zürich, wie ihr wisst, leben jedes Jahr mehr Juden, und sie haben keine eigene Metzgerei. Ein Schochet könnte dort nicht nur eine Parnoosse finden, sondern sogar … Man würde Angestellte haben müssen.«

»Zürich?« Sarah wiederholte den Namen so klagend, als läge die Stadt in Amerika, unerreichbar am andern Ende der Welt.

»Man nimmt jetzt von Baden die Bahn«, sagte Naftali. »In einer Dreiviertelstunde ist man da.«

»Er ist zu jung für eine eigene Metzgerei.«

»Was soll ich ihm noch beibringen?«

»Viel zu unselbständig!«

»Er schächtet dir eine Kuh schon besser als ich.«

»Ein Träumer ist er.«

»Wollt ihr mich nicht etwas fragen?«, unterbrach Singer den Disput.

»Was?«

»Wer die Kalle ist.«

»Ja«, sagte Naftali, »natürlich. Wer …?«

»Lass ihn!«, sagte Sarah und stand auf. »Er ist ein verschwiegener Mensch, er wird es uns nicht verraten. Außerdem ist mir gerade eingefallen …« Sie gab ihrem Mann eine Kopfnuss, wie es der Lehrer im Cheder tut, wenn ein Schüler die einfachste Antwort nicht weiß. »Mir ist eingefallen: ich muss dringend einen Besuch machen. Bei Golde Meijer. Ich könnte mir vorstellen, dass wir eine Menge miteinander zu besprechen haben.«

<h2 style="text-align:center">14</h2>

Wer die Näherin plötzlich ganz andere Monogramme in die Aussteuerwäsche sticken lässt, kann gleich den Trommler bestellen und seine Neuigkeiten im Dorf ausschreien lassen. In Endingen, wo man sich das trockene Brot des Alltags immer gern mit den Aufregungen anderer Leute würzte, wusste man Bescheid. Aber man tat Mimi den Gefallen und spielte mit, wenn sie mit perlendem Lachen ihre Locken schüttelte und sagte, sie könne es immer noch nicht begreifen, da hätten die Leute doch tatsächlich geglaubt, sie und Janki – dabei seien sie doch Cousins, ja, wie ein Bruder sei er für sie, während Pinchas, na schön, jetzt wo die Chassene angesetzt sei, könne sie es ja gestehen, schon als kleines Mädchen habe sie für ihn geschwärmt. Und das Meschuggene sei, sagte Mimi und lachte noch perlender, dass sie selber von dem ganzen Missverständnis ganz lange überhaupt nichts mitbekommen habe, überall habe man ihr zu ihrem Zukünftigen gratuliert, zu dem Glücklichen, und sie sei gar nicht auf den Gedanken gekommen – nicht auf den Gedanken! –, dass jemand damit Janki meinen könne, ausgerechnet Janki, der bestimmt noch lange nicht ans Heiraten dachte, wo ihn doch nur sein Laden interessierte und sonst gar nichts. Aber das komme eben von diesen altmodischen Sitten, sie habe ihren Vater angefleht, geradezu angefleht, die Verlobung doch bitte so bekannt zu machen, wie das heutzutage unter zivilisierten Menschen üblich sei, mit gedruckten Karten, aber davon habe er nichts wissen wollen, und so sei halt dieses verrückte Missverständnis entstanden, dass ausgerechnet sie und Janki – man müsse schon entschuldigen, wenn sie laut lache.

Die Leute waren höflich und sagten »Me Neschume!« und »Ist es denn möglich?«, und Mimi hielt den Kopf auch immer sehr hoch, wenn sie durchs Dorf ging. Zu Hause war sie so unausstehlich wie damals als Fünfzehnjährige, als sie erfahren hatte, dass Mimolette der Name für einen Käse ist. Sie hatte sich lächerlich gemacht, und weil sie wusste, dass sie selber daran schuld war, konnte sie es den anderen nicht verzeihen. Stundenlang schloss sie sich in ihrem Zimmer ein, und wenn Pinchas, wie es der Brauch durchaus erlaubte, zu einem Besuch vorbeikam, ließ sie ihm ausrichten, er habe ja dann, wenn sie erst verheiratet seien, noch genügend Gelegenheit, ihr den Kopf vollzuschwatzen.

Pinchas saß dann, oft bis spät in den Abend, mit Salomon in der Stube, und die beiden besprachen miteinander, was es alles für die Eröffnung einer koscheren Metzgerei in Zürich brauchte, denn diesen Plan, den Mimi eigentlich nur ausgeheckt hatte, um von Endingen und den Blicken der Leute wegzukommen, fanden jetzt alle sehr bedenkenswert. Salomon verstand sich gut mit dem so überraschend ausgewechselten Schwiegersohn, brachte ihm sogar das Tabakschnupfen bei, eine Angewohnheit, gegen die sich Janki immer heftig gewehrt hatte, und konnte herzlich lachen, wenn sich Pinchas, im Bemühen, es allzu gut zu machen, eine übergroße Menge Alpenbrise in die Nase zog und dann so heftig niesen musste, dass ihm das Käppchen vom Kopf fiel. Als er sich auch noch für das Zuchtbuch der Simmentaler Kühe zu interessieren begann und sogar einen sehr vernünftigen Vorschlag machte, wie sich die komplizierten Listen übersichtlicher gestalten ließen, war Salomon endgültig von ihm eingenommen.

»Er hat einen richtigen Kopf auf den Schultern«, sagte er nachts im Bett zu Golde, »auch wenn man es ihm auf den ersten Blick nicht ansieht. Aber wenn sie ihm erst einmal diesen Stiftzahn eingesetzt haben werden, dann wird er auch nicht mehr daherkommen wie Schippe Siebele. Du könntest ruhig ein bisschen netter zu ihm sein.«

Golde antwortete nichts. Als Salomon schon lange schnarchte, starrte sie immer noch in die Unendlichkeit der dunkeln Zimmerdecke und kaute an ihrer Unterlippe herum. Pinchas, sie konnte es nun mal nicht ändern, war für sie ein Wechselbalg, ein Eindringling, der ihren Janki vertrieben hatte, *ihren* Janki, jawohl, ein Mensch kann nun mal an seinen Gefühlen nichts ändern. Und wenn nun das Schippe Siebele, die niedrigste Karte im Spiel, den Stich gemacht hatte, na schön, sie würde sich irgendwann daran gewöhnen, wie sie sich im Leben an vieles gewöhnt hatte, aber sich darüber zu freuen, nein, das konnte keiner von ihr verlangen, das nicht. Im Einschlafen versuchte sie ihre Laune zu verbessern, indem sie sich die ganzen Festlichkeiten der bevorstehenden Hochzeit vor Augen führte, aber sie sah nur leere Tische, eine Chuppe ohne Gäste und einen Musikanten, der aus seiner Geige keinen einzigen Ton herauszukratzen wusste.

Auch Chanele war zu Bett gegangen, in ihrem Hemd, das nicht aus Batist war. Neben ihr lag Onkel Melnitz, roch nach feuchtem Staub und kalter Erde, schmiegte sich eng an ihren Rücken, wie sich eine Nacktschnecke an ein grünes Blatt schmiegt, und redete mit seiner tonlosen Altmännerstimme auf sie ein.

»Brav«, sagte Onkel Melnitz, »sehr brav. Du hast also beschlossen, eine Märtyrerin zu werden. Wie schön. Wie erfreulich. Man muss dich loben dafür, ja. Wir Juden lieben Märtyrer. Wir müssen sie lieben. Wir haben so viele davon. Lieder wird man singen für dich. ›Wollte diesen Mann nicht haben, ließ lebendig sich begraben.‹ Ei, ei, ei. Du kannst stolz auf dich sein. Alle werden stolz auf dich sein. Man wird deine Geschichte den jungen Mädchen erzählen, wenn sie sich falsch verlieben. Die Geschichte von Chanele aus Endingen, die den Janki nicht nahm, weil sie die große Liebe wollte und er nur die kleine für sie hatte. Ein schlechtes Geschäft, was er dir da angeboten hat, Chanele. Du hast recht, dass du es abgelehnt hast.«

Er umfasste sie mit dünnen kalten Armen und presste sie an sich. »Du hast das Richtige getan«, flüsterte er in ihren Rücken. »Du hast keine Kompromisse gemacht. Deine Ehre ist gerettet, darauf kommt es an, auf nichts anderes. Eine Märtyrerin, wie wir sie so lieben. Wie die Frauen von Massada, die sich den Tod gaben, bevor die Festung fiel. Wie die Frauen von Worms, die von den Dächern sprangen, als die Kreuzzügler die Stadt überrannten. Wie die Frauen von Lublin, die sich in ihren brennenden Häusern verbarrikadierten, um nicht den Kosaken in die Hände zu fallen. Du bist eine Heldin, Chanele. Eine von ihnen. Nein, eine noch größere Märtyrerin bist du, denn du musst ja weiterleben mit deiner Heldenhaftigkeit, ja. Eine alte Jungfer wirst du werden, wirst zusehen, wie andere Frauen Kinder bekommen, wirst weiter deine Teller abwaschen und deine Pfannen schrubben und dir immer sagen: ›Ich habe ihn nicht genommen, weil er mir nicht das Paradies zu Füßen gelegt hat, und mit weniger wollte ich mich nicht zufrieden geben.‹ Brav, Chanele. Sehr brav. Wenn man den Himmel nicht bekommen kann, muss man auch die Erde nicht haben.«

Seine Hände, staubiges Pergament, schlichen sich unter ihr Nachthemd, das nicht aus Batist war, und seine Stimme flüsterte immer weiter. »Wir sind zum Märtyrertum begabt, wir Juden. Wir tragen es in uns drin wie eine Krankheit. Und weißt du warum, Chanele? Weißt du warum? Weil wir zu feige sind, um keine Helden zu sein. Weil wir nicht den Mut haben, schmutziges Wasser zu trinken, und lieber verdursten. Wir sind nun mal auserwählt, und wer auserwählt ist, darf nicht weniger wollen als alles. Du verstehst mich doch, Chanele? Du bist doch stolz auf deinen Verzicht? Ist es nicht ein schönes Gefühl, so zu leiden?«

Er kroch in sie hinein, rieb seinen vertrockneten Körper an ihrem jungen, befingerte ihre Brüste und ihren nutzlosen Bauch und hörte nicht auf zu reden. »Stolz bin ich auf dich, Chanele. Alle sind sie stolz auf dich. Wären stolz auf dich, wenn sie wüssten, was du getan hast. Keiner wird sagen: ›Sie war dumm, dass sie ihn hat gehen lassen.‹ Kein Einziger. Ganz bestimmt nicht. Bewundern werden sie dich. Bewundern. Kinder wird man nach dir benennen. Fremde Kinder, denn eigene wirst du ja jetzt nicht haben. Bist du stolz auf dich, Chanele? Bist du stolz? Ja?«

Als sie aufwachte, fühlte sie die muffigen Hände noch auf sich, riss sich das Nachthemd, das nicht aus Batist war, vom Leib und konnte gar nicht aufhören sich zu waschen.

Janki hatte packen gelernt, in Monsieur Delormes' Stofflager und in der Armee. Einen Korb hatte er sich besorgt, einen großen Korb mit Stoffträgern, den man auf den Rücken laden konnte wie einen Militärtornister, hatte ihn nicht bei Golde geliehen, sondern auf dem Markt in Baden gekauft und mitgebracht. Niemand stellte eine Frage, als sie ihn damit sahen; man schaut weg, wenn ein Sarg ins Haus getragen wird. Als er erzählte, dass er jetzt eine Wohnung gemietet habe, nicht die große bei Herrn Bäschli, nur eine Garçonnière mit zwei engen Zimmern, nickten sie und wechselten schnell das Thema. Nur Golde sagte: »Du musst dann unbedingt …«, und ließ den Satz im Leeren hängen, ein Papierdrachen, der sich in einem Baum verfängt.

Janki faltete seine Uniformhose zusammen, jeder Knick dort, wo er hingehörte. Auch die rotschwarze Jacke, mit den Abzeichen, die sie selber hatten aufnähen müssen; das einzige Mal, dass er beim Militär etwas besser gekonnt hatte als seine Kameraden. Den alten Verband hatte Chanele gewaschen und wieder sauber aufgerollt, und er packte ihn dazu, eine Erinnerung an Zeiten, von denen er erst dann gern erzählen würde, wenn ihre Wirklichkeit vergessen war. Das gelbe Halstuch, das nicht mehr zu ihm passte; nur picklige Burschen, die er als Kommis nicht anstellte, banden sich so etwas um den Hals, nicht ein Geschäftsmann mit eigenem Laden. Hemden hatte er mehr, als er brauchte. Drei Westen mit Taschen, groß genug für eine silberne Uhr – irgendwann würde er sich eine kaufen, wie Monsieur Delormes eine gehabt hatte, mit einer Berlocke an der schweren Kette. Sein Rasierzeug. Er würde sich als Erstes eine Schale für die Seife kaufen müssen. Und Handtücher natürlich. Bettzeug. Er hatte noch gar nicht daran gedacht, dass man Bettzeug brauchte, hatte nur bei Herrn Bäschli ein Gestell besorgt und eine Matratze, und der hatte sich die Hände gerieben und gesagt: »Nur *ein* Bett? Nicht sehr viel für einen neuen Hausstand.« Auch Geschirr würde er brauchen, aber das war nicht dringend, zuerst musste er …

»Lass mich das machen.« Chanele war hereingekommen ohne anzuklopfen, wie in ein Zimmer, in dem niemand wohnt. Sie betrachtete prüfend die Kleidungsstücke, die er ordentlich in Reih und Glied auf dem Bett zurechtgelegt hatte, nahm die Uniformjacke, schüttelte sie aus und legte sie sorgfältig anders zusammen; in ihrer Konzentration sah sie aus, als beuge sie sich über einen Kranken.

»Ich komme allein zurecht«, sagte Janki.

»Natürlich«, sagte Chanele. »Wer würde es wagen, das zu bezweifeln?«

»Du weißt, dass ich deinetwegen ausziehe«, sagte Janki.

»Nicht wegen Mimi? Immerhin warst du mit ihr verlobt.«

»Weil ich nicht begriffen hatte …«

»Ach«, sagte Chanele, und war sehr mit einem Hemd beschäftigt. »Und jetzt hast du begriffen?«

»Nur, du willst ja nicht«, sagte Janki.

Chanele machte eine seltsam unfertige Kopfbewegung; man hätte nicht bestimmen können, ob es ein Nicken oder ein Schütteln war. »Nein«, sagte sie schließlich, »ich will nicht. Aber …«

»Aber?«

»Steht im Schulchan Orech, dass man immer machen soll, was man will?«

Janki fasste nach ihren Händen, die gerade ein Hemd zusammenlegten. Jetzt hing es an den Ärmeln zwischen ihnen, ein Kind, das sich in das Gespräch seiner Eltern drängt.

»Soll das heißen …?«

Chanele sah ihn lange an, zwei skeptische Augen unter Brauen, die sich nicht mehr in der Mitte trafen. Dann befreite sie ihre Hände, drehte sich weg und strich auf dem Bett das Hemd glatt, immer wieder, auch noch, als es gar nicht mehr nötig war.

»Ein zweites Mal fragen hättest du mich schon können«, sagte sie.

»Dann hättest du ja gesagt?«

»Weißt du«, sagte Chanele und faltete das Hemd, das sie schon zusammengelegt hatte, wieder auseinander. »Ich habe keine Nedinje. Ich habe keine Familie. Ich habe keinen Ort, wo ich wirklich hingehöre. Kann ich mir erlauben, eine Stelle, die man mir anbietet, einfach so abzulehnen?«

»Ich habe dir keine Stelle angeboten«, sagte Janki empört.

»Es schien mir so.«

»Nur weil ich gesagt habe, dass ich jemanden brauche, der anpacken kann?«

»Gegen Arbeit habe ich nichts.«

»Was erwartest du von mir? Dass ich dir eine Liebeserklärung mache?«

»Jetzt nicht mehr.«

»Was soll ich denn …?«

»Gar nichts.«

Janki setzte sich auf das Bett, mitten auf ein frisch zusammengefaltetes Hemd, und schlug sich mit beiden Handballen gegen die Stirne. »Ich verstehe dich nicht.«

»Ich weiß.« Chanele nickte mehrmals. »Du bist dumm.« Dann setzte sie sich neben ihn, zog die Schultern zusammen, als müsse sie in ein zu enges Kleid schlüpfen, und sagte ganz leise: »Aber man wird auch damit leben können.« Und legte eine Hand auf die seine.

»Darf ich dich küssen?«, fragte Janki nach einer langen Minute.

»Nein«, sagte Chanele. »Später vielleicht. Wir werden sehen.«

Als Janki bekannt gab, dass er Chanele heiraten würde, sagte Salomon nur: »Nu!«, und das hieß in diesem Fall: »Mich überrascht in diesem Haus gar nichts mehr.«

Golde vergaß beinahe, die beiden zu umarmen, denn noch während Janki, weniger wortgewandt, als man das sonst von ihm gewohnt war, seine gewundene Erklärung vorbrachte, wurde ihr klar, dass sie jetzt eine doppelte Chassene vorzubereiten hatte, eine Aufgabe, die in den Annalen von Endingen nicht ihresgleichen kannte.

Mimi, und das war denn doch nicht so zu erwarten gewesen, reagierte freundlich, geradezu erleichtert auf die Nachricht. »Nun weiß ich doch endlich«, sagte sie später zu Anne-Kathrin, »dass es nicht an mir liegt, dass Janki … Ich habe, ohne es zu wissen, all diese Jahre eine Schlange …«

»… an deinem Busen genährt!«, ergänzte Anne-Kathrin, die dieselben Bücher gelesen hatte.

Die beiden Chassenes sollten am selben Tag stattfinden, das erschien Salomon nur vernünftig. Als die Hochzeit geplant wurde, bestand Mimi darauf, dass Janki und Chanele – »Anders kommt es überhaupt nicht in Frage!« – unter der Chuppe den Vortritt vor ihr haben sollten, und vertraute nur Anne-Kathrin den Grund dafür an: »Alle Leute werden doch dableiben, um auf mich und Pinchas zu warten, und die beiden werden draußen stehen nach ihrer Hochzeit, und kein Mensch wird da sein, um ihnen zu gratulieren!«

Janki hatte sich schon darauf eingestellt, auf den zweiten Laden im Haus zum Roten Schild zu verzichten, und war sehr angenehm überrascht, als er erfuhr, dass Chanele nun doch eine Nedinje haben sollte – und was für eine! Chanele weinte sogar, als Salomon es ihr sagte, was dem Viehhändler, der so etwas an ihr nicht kannte, äußerst unangenehm war. Um die Sache nicht noch mehr zu komplizieren, verriet er ihnen nicht, dass die Summe nur deshalb so hoch war, weil Janki beim ersten Mal schlecht verhandelt hatte.

Eine zweite Aussteuer war in der kurzen Zeit nicht mehr zu besorgen, aber man behalf sich. »Wegen uns«, sagte Golde, »sollen sie in Baden nicht auf dem nackten Toches liegen müssen.« Die Garçonnière wurde gekündigt, noch bevor Janki sie bezogen hatte; man mietete die Wohnung über Herrn Bäschlis Haushaltswarenladen, und Janki schrieb nach Guebwiller wegen der Möbel, die immer noch bei dem Fuhrkutscher eingelagert waren. Als sie geliefert wurden, waren sie schäbiger, als er sie in Erinnerung hatte, aber bis auf weiteres – sechstausend Franken sind nun mal keine zwölf – würden sie genügen müssen. Chanele nähte Vorhänge, und schließlich war es eine Wohnung, mit der man zwar keine vornehmen Gäste beeindrucken konnte, in der sich aber durchaus leben ließ.

Chanele hatte sehr deutlich gemacht, dass sie eine Stube haben wollte und keinen Salon, und dort stand jetzt auf dem alten Tisch aus Guebwiller der Tantalus. Wenn die Vorhänge – nicht aus Shantungseide, aber auch nicht gerade aus Rupfen – aufgezogen waren und die Sonne im richtigen Winkel hereinschien, leuchtete die gelbe Flüssigkeit wie Gold.

»Eines Tages wird bei uns alles so vornehm sein«, sagte Janki.

»Mach Schabbes damit«, sagte Chanele.

Am 17. Dezember, zwei Tage nach Chanukah, war in der Synagoge von Endingen die Chuppe aufgestellt.

Es war ein kalter Tag, der kälteste des Jahres. Wer dabei sein wollte – und wer hätte sich das doppelte Ereignis entgehen lassen? –, musste sich auf dem Weg nach Schul durch dichtes Schneetreiben kämpfen. Die Musikanten, die die Bräute von zu Hause abholen sollten, waren zwar pünktlich erschienen, aber aus Angst um sein Instrument weigerte sich der Geiger, auf der Straße zu spielen, und der Trompeter und der Pauker brachten nicht mehr als einen düsteren Rhythmus zustande, zu dem man unter den dicken Mänteln nur schlurfen und nicht beschwingt und stolz ausschreiten konnte.

Mimi und Chanele gingen nebeneinander her, und wenn jemand am Straßenrand gestanden und ihnen zugesehen hätte – es stand aber keiner, dafür war es viel zu kalt –, dann hätte er sie für die besten Freundinnen halten müssen. Sie hatten sich in den letzten Wochen mit ausgesuchter Höflichkeit behandelt, und nur einmal, als sie beide am Tag vor der Hochzeit zum rituell reinigenden Tauchbad in die Mikwe gingen und sich dort gewissermaßen auf neutralem Boden begegneten, war zwischen ihnen zur Sprache gekommen, was sie wirklich bewegte. Dieses Gespräch hatte aber niemand mitbekommen, außer Mutter Feigele, die sich, weil dort immer gut geheizt war, gern in der Mikwe nützlich machte, und Mutter Feigele war taub.

Mimi setzte in ihren teuren neuen Stiefelchen vorsichtig einen

Fuß vor den andern und dachte dabei an einen historischen Roman, den Anne-Kathrin ihr geliehen hatte, die Geschichte von den beiden Königinnen Elisabeth und Maria Stuart. Sie waren auch so nebeneinander hergegangen und hatten dem Volk huldvoll zugenickt, nur dass die eine zum Schafott ging und es noch nicht wusste. ›Ich bin froh, dass ich Pinchas bekomme und nicht diesen hergelaufenen Janki‹, dachte Mimi und redete sich fast so etwas wie Mitleid für Chanele ein.

Während der ersten Hochzeit musste sie in einem Nebenraum warten, neben einer Kiste zerlesener Heiliger Schriften, die darauf warteten, bei der nächsten Lewaje zusammen mit dem Toten begraben zu werden. Man hatte ihr einen Stuhl gebracht, aber der schien ihr staubig und so blieb sie lieber stehen und schlotterte in ihrem weißen Kleid.

Die Geräusche aus der Synagogenhalle waren nur als fernes Murmeln zu vernehmen, ohne dass man die Stimmen oder gar einzelne Worte hätte erkennen können, und doch folgte Mimi dem Ablauf des Rituals in allen Einzelheiten.

Zuerst wurde die Braut unter die Chuppe geführt. Da Chanele ohne einen einzigen Verwandten im Dorf war, hatten zwei Frauen aus der Gemeinde diese Ehrenpflicht übernommen, Hulda Moos, die sich bei Mizwes immer gern vordrängte, und die Frau vom roten Moische. Die Gebete und Gesänge waren nicht voneinander zu unterscheiden, aber Mimi hätte sie trotzdem mitsprechen und mitsingen können. Es war sowieso nur eine Art Probe, bis sie dann, mit den selben Worten und den selben Melodien, für sie erklingen würden.

Jetzt führten Salomon Meijer und Naftali Pomeranz Janki zu seiner Kalle. Ein ganz frommes Gesicht machte er bestimmt dabei, stützte sich schwer auf seinen Spazierstock und zog das rechte Bein nach, der Heuchler.

Man sang und betete, und dann verebbte das unklare Rauschen und Mimi hörte – sie hörte es nicht wirklich, aber sie hörte es doch –, wie Raw Bodenheimer dem Chossen das Hochzeitsgelübde vorsprach und wie der jedes Wort einzeln wiederholte. »Hiermit«, sagte Janki. »Bist du mir angeheiligt«, sagte Janki. »Mit diesem Ring«, sagte Janki. »Nach dem Gesetz«, sagte Janki. »Von Moses und Israel.«

Es war damals genauso kalt gewesen, so eiskalt wie in diesem kahlen Zimmer, damals, als er vor dem Haus gestanden hatte in seiner Uniform, ein Seeräuber oder ein Entdecker, mit seinem falschen Verband und seinen falschen Augen. Sie gönnte ihn Chanele, und wie sie ihn ihr gönnte, und deshalb lächelte sie die toten Gebetbücher an, mit einem majestätischen Lächeln, und machte eine wegwerfende Handbewegung, genau wie Elisabeth in dem Buch, als sie sagte: »Schlagt ihr den Kopf ab, aber tut es mit Respekt, sie ist eine Königin wie ich.«

Und dann – der plötzliche Lärm überraschte sie, denn sie hatte gar nicht mehr an die fremde Hochzeit gedacht, warum sollte sie auch? –, schrien die Leute in der Synagoge durcheinander, »Masel tow!«, riefen sie, und das hieß, dass Janki das Glas zertreten hatte, das man zur Erinnerung an den zerstörten Tempel bei jeder Hochzeit zertritt, dass die Zeremonie zu Ende war oder fast zu Ende, dass Janki und Chanele ein Paar waren, ein Paar fürs ganze Leben, nach dem Gesetz von Moses und Israel.

Es war wirklich sehr kalt.

»Hast du geweint?«, fragte Golde, als sie Mimi abholen kam.

»Warum sollte ich weinen?«, fragte Mimi.

Zwischen Golde und Sarah Pomeranz ließ sie sich zum Trauhimmel führen. ›Wir müssen lächerlich aussehen‹, dachte sie noch, ›Sarah so lang und dünn und meine Mutter so klein.‹

Die Leute lächelten ihr zu, und sie hielt den Kopf ganz gerade, wie eine Königin.

Als sie unter die Chuppe trat, knirschte etwas unter ihrem Schuh. Es war ein Splitter von dem Glas, das Janki zerbrochen hatte.

1893

15

Onkel Salomon sagte nie vorher Bescheid, wenn er nach Baden kam. Janki hatte oft genug angeboten, ihm jederzeit einen Kutscher zu schicken; ein Wagen ließ sich, wenn man nur rechtzeitig informiert war, leicht organisieren, man lieferte schließlich weit in den Kanton hinein. Aber Salomon wollte sich nicht festlegen lassen. »Mein Leben lang bin ich meine eigenen Wege gegangen«, sagte er in seiner störrischen Art, »und jetzt soll ich eine Woche im Voraus wissen, wann ich wo bin?«

Die Wahrheit war, dass Salomon nach Goldes Tod wunderlich geworden war. Selbst Chanele musste das zugeben. Manchmal schloss er sich tagelang im Haus ein, kein Mensch wusste, ob er wenigstens etwas aß, und wenn man vorbeikam, um nach ihm zu sehen, wollte er nicht öffnen. Dabei war es ein rechter Weg von Baden nach Endingen, selbst wenn man fuhr, verbrauchte man leicht einen halben Tag, der dann im Geschäft wieder fehlte. Und er? Ließ einen auf der Straße stehen, man musste klopfen und rufen, und wenn er sich endlich bequemte und die Tür aufsperrte, verbat er sich die Störung, er habe zu arbeiten, sei bedeutenden Entdeckungen auf der Spur und dürfe auf keinen Fall seine Berechnungen unterbrechen. Es war nicht mehr das Verzeichnis der Simmentaler Rinder, das ihn so intensiv beschäftigte; den Beheijmes-Handel hatte er ganz aufgegeben. Salomons neue Passion – »Es ist schon mehr eine Krankheit«, meinte Janki – war die Gematriah, eine kabbalistische Methode, mit dem Zahlenwert hebräischer Buchstaben komplizierte Berechnungen anzustellen, um aus Übereinstimmungen und Differenzen verborgene Zusammenhänge abzulesen. Salomon blieb auch hier ganz Viehhändler: Er hatte das Jonglieren mit Zahlen in tausend Kuhhändeln geübt, und wenn es ihm gelang, einem Wort mit viel rechnerischer Geschicklichkeit eine neue Bedeutung abzulisten, konnte er sich darüber freuen wie über ein günstig erstandenes Rind.

»Mein eigener Name«, dozierte er beispielsweise, »Salomon, Schlomo, hat den Zahlenwert von dreihundertfünfundsiebzig. Golde hatte den Zahlenwert von achtundvierzig. Wenn man achtundvierzig von dreihundertfünfundsiebzig wegnimmt – was bleibt dann übrig? Dreihundertsiebenundzwanzig. Und welches Wort in der Torah hat den Zahlenwert von dreihundertsiebenundzwanzig? Ho-arbojim, die Abenddämmerung. Was will uns das sagen? Seit mir der liebe Gott meine Golde weggenommen hat, ist in meinem Leben der Abend gekommen. Mir bleibt nur noch das Warten auf die Nacht, auf den Tod.« Wenn er solche Dinge sagte, war er nicht etwa traurig, sondern lächelte ganz fröhlich dabei, als seien die Erklärung und das Rechtbehalten Trost genug für ihn.

Golde war ganz plötzlich gestorben, gewissermaßen aus der Bewegung heraus. Sie war nach Zürich gefahren, zu Mimi, die – me Neschume! – schwere Zeiten durchgemacht hatte, und der alles über den Kopf wuchs, hatte zwei Tage damit verbracht, dem Trampel von Dienstmädchen Angst und Schrecken einzujagen, hatte sich dann wieder in den Zug gesetzt, um rechtzeitig für die Schabbesvorbereitungen zu Hause zu sein, und war einfach sitzen geblieben, war in Baden nicht ausgestiegen, in Turgi nicht und nicht in Brugg, und als der Mann, der dort die Waggons reinigte, sie mit dem Finger anstieß, um sie aufzuwecken, da war sie einfach zur Seite gekippt, »wie ein Sack Mehl«, sagte der Mann. Als die Chewre kam, um die Leiche zu holen, lag die im Gepäckaufbewahrungsraum. Die rechte Hand, die schon nicht mehr leicht zu öffnen war, hielt noch immer eine Tasche fest. Darin war ein großes Stück Rauchfleisch, die Spezialität von Pinchas' Zürcher Metzgerei.

Noch auf dem Friedhof, auf halbem Weg zwischen Endingen und Lengnau, war Salomon ganz gefasst gewesen, und auch bei der Schiwe hatte man ihm über die normale Trauer eines Witwers hinaus nichts angemerkt. Nur als Janki ihn am letzten Tag der Trauerwoche ganz ruhig und vernünftig fragte, ob er nicht den Hausstand in Endingen auflösen und zu ihnen nach Baden ziehen wolle, Platz genug sei ja da in der großen Wohnung, man habe ein Nähzimmer, das nie gebraucht würde, da hatte Salomon zu schreien begonnen, ganz unvermittelt und gegen seine Art. Sie sollten ihn in Ruhe lassen, hatte er geschrien, er wolle bei Golde bleiben, und darüber hinaus brauche er nichts und niemanden.

Jetzt saß er tagelang über seinen Berechnungen, von niemandem besucht als von den Schnorrern, die das Doppelhaus in Endingen umschwärmten wie Bienen einen besonders üppig blühenden Strauch. Von Byalistok bis Mir hatte sich die Adresse herumgesprochen, als ein Ort, an dem man nicht erst umständlich seine Jammergeschichten von kranken Eltern und hungernden Kindern abspulen musste, wo es genügte, sich eine Stunde oder zwei die kabbalistischen Fantastereien des Hausherrn anzuhören, sich dabei den Bart zu streichen und zu nicken, um dann reich beschenkt und bewirtet weiterzuziehen. Janki klagte immer wieder neu über diese sinnlose Geldverschwendung, auch wenn sie ihn, wie er betonte, nicht persönlich betraf, denn seine Frau Chanele war zwar in Salomons Haus aufgewachsen, hatte aber nach dessen Tod nichts zu erwarten.

Manchmal kam es auch vor, dass Salomon schon in der Morgendämmerung seinen Schirm nahm und dann stundenlang die alten Wege abschritt, nach Zurzach etwa, an einem Tag, wo dort gar kein Markt war, oder in die Bauerndörfer, wo er früher gehandelt hatte. Er betrat dort, man erzählte es zu Jankis Ärger und Chaneles Besorgnis schon überall herum, ohne ein Wort der Erklärung irgendwelche Ställe, verließ sie ebenso wortlos wieder, erschreckte die Mägde und ließ sich von den Knechten auslachen, blieb auch über Nacht fort und war dann, wenn man ihm deswegen Vorwürfe machte, plötzlich wieder der alte Salomon, überlegen und humorvoll.

»Natürlich komme ich am liebsten unangemeldet zu euch«, sagte er einmal, »und am allerliebsten am Nachmittag, wenn ich sicher sein kann, dass Janki in seinem Stofflager ist und Chanele im andern Geschäft. Dann kann ich mich in die Küche setzen, die dicke Christine kocht mir einen Kaffee, es findet sich ein Stück Brot oder Kuchen, und ich kann mich in aller Ruhe mit meinem Freund Arthur unterhalten.«

Arthur, der Nachzügler, liebte seinen Onkel Salomon, weil der ihn wie einen Erwachsenen behandelte. »Du bist bald Bar Mizwe«, hatte Salomon erklärt, »dreizehn Jahre alt, und dreizehn, das ist der Zahlenwert des Wortes Echod. Was bedeutet Echod? Echod mi jaudea? Nu? Hast du nicht aufgepasst im Cheder?«

»Echod heißt eins.«

»Richtig! Und was hat dreizehn mit eins zu tun? Ganz einfach: wenn du dreizehn Jahre alt bist, bist du nicht mehr einfach ein Teil deiner Familie, sondern ein Mensch für dich. Ein Einzelner. Ein Mann. Und da soll ich nicht ernsthaft reden mit dir?«

Wenn man immer der Jüngste gewesen ist, immer derjenige, der am wenigsten versteht, dann gibt es nichts Wertvolleres als einen Menschen, der einem das Gefühl von gleicher Augenhöhe gibt. Nicht, dass Arthur auf seine älteren Geschwister eifersüchtig gewesen wäre, das lag nicht in seinem Charakter. Er hatte eine geringe Meinung von sich selber, wusste, dass er nie so elegant lächeln würde wie Schmul oder so von innen heraus leuchten wie Hinda. Er war nicht einmal niedlich, was doch die natürliche Rolle eines Nesthäkchens gewesen wäre. Arthur war ein kantiges Kind, saß nicht bequem im eigenen Körper und verlor sich immer wieder in Gedanken, die zu kompliziert für seinen unfertigen Verstand waren. Altklug nannte man ihn oft, aber das stimmte gar nicht. Arthur war jungklug, und das kann sehr schmerzhaft sein.

Schmul dagegen, oder eigentlich François ... Nur schon, dass sein Bruder zwei verschiedene Namen hatte, beeindruckte Arthur zutiefst. Er hätte auch gerne eine zweite Persönlichkeit zum Hineinschlüpfen gehabt und dachte sich manchmal nachts, wenn die Blätter der Platane bedrohliche Mondschatten auf die Zimmerwand warfen, einen Siegfried oder Hektor für sich aus, einen breitschultrigen blonden Jungen, der nie Angst hatte, der schneller rennen konnte als alle andern und einen Ball werfen, ohne dass die Mitschüler »Meitliwurf! Meitliwurf!« brüllten.

Dass ihr Ältester zwei Namen hatte, lag daran, dass Janki und Chanele in dessen erster Lebenswoche, den acht Tagen bis zum Bris, wie so oft nicht gleicher Meinung gewesen waren. Janki plädierte für François, nach seinem verehrten Maître Delormes, während Chanele, die ihre eigenen Eltern nie gekannt hatte, darauf bestand, dass das Kind nach Jankis verstorbenem Vater genannt werden müsse, Schmul also, denn nur, wenn jemand ihren Namen weiter trägt, bleiben die Toten lebendig. Und überhaupt, wer hatte schon davon gehört, dass ein jüdischer Junge nach einem goijischen Schneider hieß?

Sie wurden sich nie einig, wie der Bub gerufen werden sollte, aber sie stritten auch nicht darüber, wie sie sich überhaupt selten stritten, sondern setzten einfach, jeder für sich, ihren Willen durch, als hätten sie zwei verschiedene erstgeborene Söhne, Janki einen François und Chanele einen Schmul.

Schmul-François oder François-Schmul lernte früh, dem einen dies und dem anderen jenes zu sein, und dabei für sich herauszuholen, was immer er wollte. Als er, recht spät, zu sprechen begann, redete er von sich in einer namenlosen dritten Person, sagte »Er hat Hunger« oder »Er will nicht schlafen« und lavierte so zielsicher zwischen seinen Eltern hin und her, als wäre sein Kindsein nur eine Rolle und der wuschelige Lockenkopf nicht mehr als eine Theaterperücke. Als seine Haare, wie es der Brauch war, am dritten Geburtstag zum ersten Mal geschnitten wurden, schien es Chanele, als komme da ein ganz fremder Mensch zum Vorschein, jemand, den sie nicht kannte, und vor dem sie eine seltsame Angst hatte.

Unterdessen war François schon einundzwanzig, rauchte in einer fast echten Bernsteinspitze russische Zigaretten und hatte einen Schnurrbart, den er jeden Tag mit Wachs einrieb. Auch seine Haare disziplinierte er streng, mit Hilfe einer Pomade, die er in bunten Blechdosen beim Barbier kaufte. Auf dem Deckel war ein indischer Maharadscha neben einem englischen Offizier abgebildet, und wenn die Dosen leer waren, bekam sie Arthur für all die Dinge, die er sammelte: Briefmarken natürlich, das tut jeder Schuljunge, aber auch die Porträts fremder Völker, die manchen Zigarettenpackungen beilagen, und Trugbilder, die sich zu verwandeln schienen, wenn man sie länger betrachtete.

Auch Hinda unterstützte Arthurs Sammelwut. Sie war es auch gewesen, die ihm seinen allerwertvollsten Besitz geschenkt hatte: ein Ticket d'Entrée mit dem Bild eines griechischen Gottes, der interessiert, aber gelassen einer Muse zuhört. Janki hatte es ihr, natürlich ihr, als Andenken von einer seiner Einkaufsreisen nach Paris mitgebracht, es war seine Eintrittskarte zur Weltausstellung, wo er lebendige Wilde gesehen hatte und alle vierhundertdreiundneunzig Erfindungen von Thomas Edison. Arthur wünschte sich zu seiner Bar Mizwe nichts sehnlicher als ein Mikroskop, denn auch er wäre gerne ein Erfinder gewesen und war seiner Schwester dankbar, weil sie ihn nicht auslachte, wenn er davon sprach.

Hinda war damals aus Chanele geschlüpft fast ohne ihr Schmerzen zu bereiten. So etwas gäbe es eigentlich gar nicht, sagte die Hebamme, aber sie könne schwören, das Kind habe, erst halb geboren, schon mit offenen Augen ins Licht gelächelt, und lächeln täten sie sonst nie so früh. Beim Holekraasch, der Namensgebung für Mädchen, ließ sich Hinda in ihrem Körbchen hochheben und herumtragen, ohne ein einziges Mal zu weinen. Golde, Salomon erzählte es oft, hatte sich deshalb vor Rührung während der ganzen Suude die Augen trocknen und ständig wiederholen müssen: »Wie eine Prinzessin!« Mimi, neben ihr, hatte sich mit den Fingerspitzen Kreise auf die Schläfen gezeichnet, denn das Glück anderer Mütter machte ihr immer Migräne.

Später, als Hinda größer wurde, hatte sie vor nichts Angst, noch nicht einmal vor Spinnen. Sie ging, wenn ihr Vater Lust auf eine besondere Flasche Wein hatte, ganz allein in den Keller, nur mit einer Kerze, und sah nichts von den Gespenstern, die an den Wänden tanzten. Arthur bewunderte sie sehr dafür. Und selbst Janki, der sonst die großen Worte für besonders gute Kunden aufbewahrte, gab es zu: Hinda war ein Sonnenschein.

Für Arthur hatte Janki nicht viel Zeit; das Geschäft fraß ihn auf. Als Arthur diesen Satz zum ersten Mal hörte, er war damals noch ein ganz kleiner Bub, hatte er Angst bekommen und sich weinend an seinen Vater geklammert, bis Janki ihn abschüttelte und zu Chanele sagte: »Du verweichlichst ihn.«

»Manchmal«, sagte Arthur zu Onkel Salomon, und es war etwas, das er noch keinem Menschen anvertraut hatte, »manchmal möchte ich lieber ein Mädchen sein.«

»Interessant«, sagte Salomon. Er hatte ein Stück Kuchen in seinen Kaffee gebrockt und rührte die Mischung langsam und konzentriert um. Bei jeder Umdrehung stieß der Löffel mit einem melodischen Klirren an den Tassenrand. Im Hintergrund spielte Christine, die Köchin, auf einem Hackbrett voller Zwiebeln den Generalbass dazu. »Sehr interessant. Ein Mädchen. Warum?«

»Ich weiß, es ist dumm.«

»Nichts, was man denkt, ist dumm. Nur gar nicht Denken ist dumm.« Seit sich Salomon mit Gematriah befasste, hatte er sich angewöhnt, in Sentenzen zu sprechen.

»Aber es ist ja nicht wirklich möglich.«

»Und?« Salomon machte eine wegwerfende Handbewegung, so heftig, dass sein Kaffeelöffel über die Tischplatte schlitterte. »Was hat Möglichkeit damit zu tun? Ich träume jeden Tag davon, dass Golde wieder lebt.« Der Löffel hatte eine Kaffeespur hinterlassen, und Salomon zeichnete mit dem Finger eine Schlangenlinie hinein. »Warum möchtest du ein Mädchen sein? Nu?«

»Ich weiß es nicht. Es ist … Ich denke, man hat es leichter.«

»Christine!«

Der Generalbass brach ab. »Ja, Herr Meijer?«

»Haben es Frauen leichter als Männer?«

Wenn Christine lachte, und sie hatte ein dröhnendes, männliches Lachen, hielt sie sich immer eine Hand vor den Mund, in der Geste eines Boxers, der nach einem ausgeschlagenen Zahn tastet. Christine war stark. Dem Spiegelkarpfen, den sie auf Schabbes zu töten hatte, schlug sie nicht mit dem Fleischhammer auf den Kopf, sondern steckte ihm den breiten Daumen ins Maul und brach ihm mit einem Ruck das Genick.

»Sie sind ein Witzbold, Herr Meijer«, würgte sie hervor. »Wir Frauen machen die ganze Arbeit.«

»Das dürfte ein Argument gegen deine These sein«, sagte Onkel Salomon. Es schmeichelte Arthur, dass er so erwachsene Worte verwendete.

»Aber Mädchen müssen nicht Bar Mizwe haben!«

An der Bar Mizwe, dem Tag, an dem man mitten in der Kindheit erwachsen wird, muss man im Gottesdienst die Sidre vortragen, den Torah-Abschnitt der Woche, muss ihn dazu auswendig lernen, Wort für Wort und Note für Note, muss sich vor der ganzen Gemeinde als Sänger produzieren, was eine Qual ist für jemanden, der schon fast vor Verlegenheit stirbt, wenn er sich in der Schule vor die Klasse stellen und strafweise das ›Verschleierte Bild zu Sais‹ aufsagen muss, mit zitternder Stimme, quer durch alle Verse. Und wenn sich dann diese Stimme auch noch selbständig macht, wenn sie plötzlich, ohne jede Vorwarnung, anfängt zu kieksen oder zu brummen …

»Den Stimmbruch haben wir alle gehabt«, sagte Onkel Salomon. »Und haben trotzdem unsere Bar Mizwe überlebt.«

»Ja, schon«, sagte Arthur, »aber Schmul …« Schmul, an dessen großen Tag er sich noch gut erinnern konnte – einen ganzen Tisch voller Kuchen hatte es gegeben und einen Schluck Wein, ganz süß und warm –, Schmul hatte in der Betstube tiriliert wie ein Vögelchen, und Janki war sehr stolz auf ihn gewesen, aber eben, Schmul war Schmul, und Arthur war Arthur, und bei ihm, da war er sich sicher, würde die ganz große Katastrophe passieren, von der man im Cheder hinter vorgehaltenem Chumasch munkelte, seine Stimme würde endgültig brechen, genau an dem Tag, in der Minute, keinen Ton würde er herausbringen, noch nicht mal einen falschen, würde nur dastehen und krächzen, und alle würden ihn anstarren und die Köpfe schütteln. Nur der Kantor Würzburger, bei dem er seit Monaten zweimal in der Woche seinen Abschnitt studierte, würde nicken und mit seiner hohen deutschen Stimme sagen: »Ich hab es immer gewusst, dass der Junge mich blamieren wird.«

Und dann war da auch noch die Ansprache, die Droosche, die man beim großen Festessen zu halten hatte, der Lernvortrag, den die Zuhörer besser kannten als die Vortragenden, denn der Kantor Würzburger, der auch diesen Teil des Rituals einstudierte, hatte nur drei Ansprachen in seinem Repertoire, die er den Bar-Mizwe-Jungen reihum eintrichterte. Arthur hatte die von den Geboten erwischt, deren Ausübung an eine bestimmte Zeit gebunden ist, und von denen Frauen deshalb befreit sind, und er war sich sicher – es konnte gar nicht anders kommen! –, dass er sich dabei verheddern würde oder stecken bleiben, einfach nicht weiterwissen, so dass Chanele den Kopf senken müsste, ganz langsam, wie sie es tat, wenn sie wirklich ärgerlich war. Und Janki würde …

»Während der Droosche in die Hose scheißen, das hast du noch vergessen«, sagte Onkel Salomon. »Das wäre noch schlimmer, und es wird auch nicht passieren. Wenn Bar Mizwe haben wirklich so schwierig wäre, wie du meinst – das jüdische Volk wäre schon längst ausgestorben.«

»Aber …«, sagte Arthur.

»Du redest zu viel«, sagte Onkel Salomon. »Wenn mir früher einer eine Kuh angeboten hätte und hätte so viel Worte dabei gemacht – ich hätte sie ihm nicht abgekauft.« Er leckte aufmerksam und gründlich seinen Löffel ab und fragte dann mit viel leiserer Stimme als vorher: »Sag mir lieber, was du wirklich sagen willst. Warum möchtest du ein Mädchen sein?«

Arthur errötete. Das passierte ihm oft, die Hitze stieg einfach in ihm auf, und er konnte nichts dagegen machen. Er warf einen ängstlichen Blick auf Christine, aber die war hinter einem Schleier aus Wasserdampf verschwunden und rührte mit der Konzentration eines Alchemisten in ihrem Suppentopf.

»Mein Kopf ist so hässlich«, flüsterte Arthur und spürte, wie seine Augen feucht wurden. »Wenn ich lange Haare hätte, würde man es weniger sehen.«

Onkel Salomon lachte ihn nicht aus. Er sagte auch nicht »Du bist doch nicht hässlich, mon Joujou«, wie es Tante Mimi getan haben würde. Er sagte überhaupt nichts, legte nur seine großen schweren Viehhändlerhände auf Arthurs Kopf und tastete ganz langsam und prüfend dessen Konturen ab, fuhr mit der einen Hand über den Hinterkopf und mit der anderen über die Nase, kniff in die Wangen, und klopfte mit dem Fingernagel prüfend gegen die Zähne. Seine Finger mit den rauen Kuppen rochen beruhigend nach Schnupftabak. Schließlich wischte er sich die Hände an seinem Gehrock ab, eine Geste, die er sich in vielen Ställen angewöhnt hatte. Arthur wartete auf sein Urteil, ein Schwerkranker, der nach gründlicher Untersuchung auf die Diagnose des Spezialisten wartet.

»Nu«, sagte Onkel Salomon.

Arthur senkte den Kopf. Aber zwei starke Finger fassten unter sein Kinn und zwangen ihn hochzublicken. Onkel Salomon blies mit geschlossenen Lippen die Backen auf. Dort, wo der weiße Backenbart sie nicht verdeckte, sahen die vielen geplatzten Äderchen aus wie bunte Zuckerstreusel auf einem Kuchen.

»Es gibt nur eine Lösung für dein Problem«, sagte Onkel Salomon. »Du wirst dir einen Bart stehen lassen müssen.«

Arthur starrte ihn an.

»Nicht gleich, natürlich. Das Leben hat seine Regeln. Erst kommen die Pickel, und dann kommt der Bart. Soll ich dir ein Geheimnis verraten?« Er zupfte an seinem eigenen Bart herum, bis die gelblich-weißen Strähnen in alle Richtungen abstanden. »Ich habe mir als Junge auch nicht gefallen. Bei mir waren es die Haare, die viel zu früh ausgingen. Den Galech haben sie mich deswegen genannt. Aber ob Haare oder Kopf – es gefällt sich keiner. Außer den Dummen. Die gefallen sich dafür sehr. So.« Er rieb die Hände ineinander, als wasche er sie ohne Wasser. »Jetzt können deine Eltern nach Hause kommen. Ich habe Hunger.«

»Aber du sagst ihnen nichts davon. Bitte.«

»Wovon?«

»Was ich dir erzählt habe.«

»Weißt du«, sagte Onkel Salomon und hatte ganz viele Fältchen um die Augen, »ich bin manchmal so in Gedanken, dass ich gar nicht höre, was man mir erzählt. Ich habe die ganze Zeit etwas ausgerechnet. Den Unterschied zwischen Jungen und Mädchen. Interessiert es dich?« Er nahm den Löffel in die Hand wie einen Zeigestock und begann zu dozieren. »Sohn heißt Ben und hat den Zahlenwert von zweiundfünfzig. Tochter heißt Bat – vierhundertzwei. Ein Unterschied von dreihundertfünfzig. Soll das heißen, dass Töchter so viel mehr wert sind als Söhne?«

»Vielleicht«, sagte Arthur leise.

»Falsch. Dreihundertfünfzig ist nämlich der Zahlenwert des Wortes Perá. Und was heißt Perá?«

»Ich weiß es nicht.«

»Lange Haare heißt Perá! Wie sie sich einer wachsen lässt, der ein Gelübde getan hat.« Salomon streckte Arthur die Handfläche hin und ließ ihn einschlagen wie bei einem Rinderkauf. »Ein Mädchen, so sehen wir aus der Gematriah, ist also nichts weiter als ein Junge, der sich vorgenommen hat, seine Haare nicht mehr zu schneiden. Wenn man aber zweiundfünfzig und vierhundertzwei zusammenzählt …«

»Was erzählst du dem Jungen für Maasses?« Eine Maasse ist einfach eine Geschichte, aber so wie Janki das Wort aussprach, bedeutete es mehr: eine dumme Geschichte, eine überflüssige Geschichte, eine Geschichte, die kostbare Zeit vergeudet, Zeit, die ein kleiner Junge besser dafür verwenden sollte, Schulaufgaben zu machen oder seine Bar-Mizwe-Ansprache einzuüben, damit man sich mit ihm nicht blamiert.

Janki war nicht ganz in die Küche eingetreten. Er blieb unter der Tür stehen, mit dem Gesicht eines Sonntagsspaziergängers, dessen Wanderpfad ihn an den Rand eines Sumpfes geführt hat, und der für seine sauberen Schuhe fürchtet. Sein hellgrauer Mantel war ganz weit geschnitten, wie die Künstler in Paris es jetzt liebten. Den Hut hielt er in der Hand, zusammen mit dem Spazierstock mit dem Löwenkopf.

»Warum sagst du nicht Bescheid, wenn du kommst? Dass man dir wenigstens einen Wagen schicken kann. Wie sieht das aus, wenn du zu Fuß über die Landstraße marschierst, wie ein … wie ein …«

»Wie ein Beheijmes-Händler, meinst du? Nu, es wird Schlimmeres geben.« Salomon stemmte sich aus seinem Stuhl hoch und bückte sich nach dem Schirm, der die ganze Zeit zu seinen Füßen gelegen hatte wie ein treuer Hund. Sein Körper schien kleiner als früher, massiger, und weniger kräftig. Der Tod Goldes hatte den ganzen Mann durchgerüttelt und in sich zusammensacken lassen.

»Und warum sitzt du in der Küche und nicht im Salon?«

»Wegen Christine natürlich«, sagte Salomon und zwinkerte Arthur zu, wie man es unter Männern tut. »Ich habe schönen Frauen noch nie widerstehen können.«

Die dicke Köchin lachte ihr gurgelndes Boxerlachen.

»Du solltest sie nicht von der Arbeit abhalten. Ausgerechnet heute, wo wir Gäste haben.«

»Ich kann wieder gehen«, sagte Salomon. »So weit ist der Weg nach Endingen nicht.«

»Du weißt, dass ich das nie zulassen würde.«

Arthur, der ein feines Gefühl für das Unausgesprochene hatte, blickte ängstlich zwischen seinem Vater und Onkel Salomon hin und her.

»Du musst natürlich bleiben«, sagte Janki. »Obwohl gerade heute …«

»Wichtiger Besuch?«

»Ein paar Geschäftsfreunde. Nichts Außergewöhnliches. Nur auf ein Butterbrot.«

»Für das ich seit drei Tagen am Herd stehe«, grummelte Christine in ihren Suppentopf hinein.

»›Gast‹ ist übrigens ein interessantes Wort«, sagte Salomon. »Auf Hebräisch hat es den Zahlenwert von zweihundertfünfzehn, genau gleich viel wie …«

»Nicht jetzt. Bitte.« Janki hatte große Mühe, das höfliche Lächeln auf seinem Gesicht festzuhalten. »Ich habe noch eine Menge vorzubereiten. Und du musst …«

»Was?«

»Du willst dich doch nicht so zu uns an den Tisch setzen?«

Salomon fasste die Schöße seines altmodischen Gehrocks und drehte sich mit trippelnden Schritten einmal im Kreis. »Schöner werde ich nicht mehr«, sagte er.

»Ich lasse dir ein neues Hemd aus dem Laden holen.« Janki war nun doch in die Küche gekommen. »Was verschafft uns eigentlich die Ehre deines Besuches?«

»Das hätte ich fast vergessen«, sagte Salomon. »Ich habe einen Brief mitgebracht. Für Chanele.«

16

Sie war im Laufe des Tages sicher fünf- oder zehnmal nach Hause gelaufen, um Christine eine letzte Anweisung für die Küche zu geben und dann noch eine allerletzte; um sicherzugehen, dass Louisli, das noch unerfahrene junge Dienstmädchen, die wertvollen silbernen Messer nicht etwa mit Scheuerpulver auf Hochglanz zu bringen suchte, wie das in Mimis Zürcher Haushalt tatsächlich einmal vorgekommen war; um den beiden Lohndienern, die bei allen großen Diners in Baden aushalfen, das gute Damasttischtuch herauszugeben und ihnen den Schlüssel zum Schrank mit dem Porzellan anzuvertrauen; um dieses zu überprüfen und jenes zu korrigieren, denn die formellen Einladungen, die Janki zweimal im Jahr für seine goijischen Geschäftsfreunde veranstaltete, waren Schlachten, die man nur erfolgreich schlagen konnte, wenn man jede Eventualität und jedes mögliche Missgeschick zum vornherein in Betracht gezogen und die richtige Strategie dafür vorbereitet hatte. Während der Schlacht selber, wenn die Gäste erst einmal eingetroffen waren, musste man seine Truppen vom Feldherrnhügel am Ende des Tisches aus nur mit einer Fingerbewegung und einem Kopfnicken dirigieren können, und im Übrigen lächeln, ohne es zu meinen, plaudern, ohne etwas zu sagen, und immer wieder betonen, man habe wirklich keine Umstände gehabt, sehr viel mehr als ein Butterbrot sei es ja nicht, was man da anbiete.

Wenn es möglich gewesen wäre, hätte Chanele diese Abende ein für alle Mal aus dem Kalender gestrichen, nicht weil sie ihr zu viel Mühe machten, sondern weil sie sie für sinnlos hielt, das nachgeäffte Ritual einer Gesellschaft, zu der man doch nie ganz gehören würde. Es war eine Verkleidung, eine Maskerade, die sogar ihre Küche mit einschloss, denn Chaneles Haushalt wurde natürlich koscher geführt, und beim Verbot, Fleischiges mit Milchigem zu mischen, musste man eine Menge Fantasie aufbringen, um für die bei solchen Anlässen üblichen Buttersoßen eine adäquate Entsprechung zu finden.

Zehnmal mindestens war sie nach Hause gelaufen – zum Glück wohnte man gleich gegenüber und musste vom Laden nur den kleinen Platz zwischen Weiter und Mittlerer Gasse überqueren –, und zehnmal war sie wieder ins Geschäft zurückgeeilt. In *ihr* Geschäft, auch wenn über der Tür in goldenen Buchstaben Jankis Name stand, *Propriétaire Jean Meijer,* und auch wenn Herr Ziltener, der Buchhalter, bei jeder Entscheidung, die sie traf, immer nur sagte: »Ich werde das dem Chef unterbreiten.« Aber Ziltener war auch in allen anderen Dingen ängstlich korrekt und buchstabengläubig; man erzählte sich spöttisch von ihm, dass er sogar sein pünktliches »Guten Morgen« von den Papiermanschetten ablese, mit denen er seine Ärmel schützte. Für alle anderen Mitarbeiter gab es keinen Zweifel, wer in der Modernen Warenhalle das Sagen hatte: Madame Meijer und niemand sonst.

Madame Meijer blieb abends gern als Letzte im Laden zurück. Sie brauchte diese ungestörten Augenblicke, gerade heute brauchte sie sie. Chanele liebte es, in den menschenleeren Verkaufsräumen ungestört zwischen den Regalen mit säuberlich übereinander geschichteten Blusen und den Etageren voller Bänder und Kurzwaren zu promenieren, hier einen Damenhut auf seinem hölzernen Ständer in den exakt richtigen Winkel zu rücken und dort ein vergessenes Maßband an den korrekten Platz hinter dem Verkaufstisch zurückzulegen. Sie genoss diese heimlichen Minuten, die einzigen am Tag, die ihr ganz allein gehörten, ein junges Mädchen, das hinter verriegelter Tür zum hundertsten Mal den Kasten mit der Aussteuer öffnet, die Betttücher zählt und mit der Hand über die batistenen Unterhemden streicht. Sie hatte sogar angeordnet, oder doch durch Ziltener dem Chef unterbreiten lassen, dass die Gaslampen immer erst zwei Stunden nach Geschäftsschluss gelöscht wurden, eine Werbemaßnahme, so hatte sie ihren Vorschlag begründet, um den Kunden zu signalisieren, dass man hier bis spät in die Nacht für sie tätig sei. Man musste Janki zu nehmen wissen.

Natürlich wusste jeder in der Firma über diese kleine Privatgewohnheit der Chefin Bescheid, und wer abends länger zu tun hatte, weil etwa ein auf den nächsten Tag bestellter Vorhang noch eilig fertig genäht oder eine zu spät eingetroffene Lieferung ausgepackt werden musste, der blieb im Atelier oder im Lager, hielt die Tür geschlossen und hätte es nicht gewagt, Madame Meijer bei ihrem Rundgang zu stören.

Madame Meijer …

Chanele war nicht gleich am Tag ihrer Hochzeit in die neue Rolle geschlüpft. Wenn einer zum Militär eingezogen wird, kann man ihn zwar auf der Stelle einkleiden, aber unter der Uniform bleibt er doch zunächst einmal Zivilist. Das innere Gefühl läuft den äußeren Umständen hinterher, und man hat schon gesehen, dass sich die beiden nie einholen. In der ersten Zeit ihrer Ehe hatte sich Chanele verhalten, als habe sie nur die Dienstbarkeit gewechselt, von einem Haus Meijer in ein anderes. Sie führte ihren Haushalt geräuschlos und ohne Aufsehen, und selbst ganz am Anfang, als an Dienstboten noch gar nicht zu denken war, blieb bei ihr nie eine Pfanne ungescheuert oder eine Ofentür voller Ruß. Chanele kochte, sie buk, und wenn sie dann zu ihrem Mann an den Tisch kam – den alten Tisch damals noch, den Janki aus Guebwiller hatte kommen lassen, nicht den langen, neuen, an dem sie heute seine Gäste bewirten würde –, wenn sie sich endlich hinsetzte, dann war dort, wo sie saß, unten. Janki gewöhnte sich schnell das stumme Kommandieren an, das er bei Salomon in Endingen beobachtet hatte, streckte ohne ein Wort die Hand aus, wenn er eine Platte gereicht haben wollte, oder ließ, wenn er ins Haus kam, den Mantel einfach fallen. Aber was bei den alten Meijers ein wortloses Zusammenspiel gewesen war, mehr ein Ineinandergreifen als ein Befehlen und Gehorchen, das erzeugte bei dem jungen Paar einen Misston, wie ein Rad, das nicht exakt auf der Nabe sitzt. Allerdings schien sich Chanele an Jankis herrischem Verhalten nie zu stören; zumindest wehrte sie sich nicht dagegen.

Auch im Französischen Stofflager half sie damals wieder mit; es war, als sei sie nie weg gewesen. Sie lächelte höflich und kochte Tee, nahm den Kundinnen beim Hereinkommen die Mäntel ab und reichte ihnen vor dem Weggehen die Hutnadeln, trug das braune Kleid mit dem Batistbesatz und widersprach nicht, wenn ihr Mann sie vor den Kundinnen weiterhin Mademoiselle Hanna nannte. Er gebrauchte diesen Namen übrigens auch, wenn sie ganz allein waren, flüsterte ihn im Bett in ihren Körper hinein, und obwohl sie seine Zärtlichkeiten im Allgemeinen nur so pflichtschuldig erwiderte, wie sie für einen Schreiner die Werkstatt gefegt oder für einen Fuhrmann die Pferde gestriegelt haben würde, spürte sie in diesen Momenten doch so etwas wie die Erinnerung an ein Gefühl, ein Gedankenton, der nach dem Erwachen noch nachschwingt, obwohl man den Traum, zu dem er gehört, schon vergessen hat.

Alles in allem war die junge Chanele, vom Bewusstsein ihrer Abhängigkeit noch strenger geschult als von Goldes Vorbild, eine Ehefrau, an der es nichts zu tadeln gab. Beim »Eijsches chajil mi jimzoh« hätte Janki ihr zulächeln können, wie Salomon immer Golde zulächelte, aber er leierte die alten Texte – und auch das nur in den ersten Jahren – herunter, ohne sie zu meinen. Nur in einem einzigen Punkt verweigerte Chanele ihrem Mann von Anfang an den Gehorsam. Egal, wie viel er auf sie einredete, ob er es mit Schmeicheleien versuchte oder mit den Repräsentationspflichten argumentierte, die sie jetzt an seiner Seite zu übernehmen hätte: ihre Augenbrauen zupfte sie nie mehr aus. Der dunkle Strich blieb in ihrem Gesicht, und je mehr sie zu Madame Meijer wurde, desto weniger war sie ohne ihn denkbar.

Chaneles Verwandlung, wenn man diesem langsamen Prozess einen Anfangspunkt geben wollte, begann mit der Eröffnung der Modernen Warenhalle im Haus zum Roten Schild, oder eigentlich schon mit einem Gespräch, das sie mit Golde kurz vor dieser Eröffnung führte. Die alte Frau Meijer – sie nannte sich selber so und war stolz auf diesen schwiegermütterlichen Titel – war damals nicht wegen Janki und Chanele nach Baden gekommen, sondern um dort den Zug zu Mimi nach Zürich zu nehmen. Sie hatte aber doch die Zeit gefunden, sich von Chanele durch die noch unfertigen Verkaufsräume führen zu lassen. Vor einem großen, gerade erst angebrachten Spiegel war sie stehen geblieben, hatte die Unterlippe tief in den Mund gesogen und sich und Chanele nachdenklich betrachtet.

»Du brauchst andere Kleider«, sagte Golde schließlich.

»Was meint Ihr?«

»Du ziehst dich an wie eine Angestellte. Dabei bist du die Besitzerin.«

»Ich?«

»Mit deiner Nedinje wird der Laden eingerichtet.«

»Aber deswegen bin ich doch nicht die Chefin«, sagte Chanele, und Golde lachte.

»Natürlich nicht. Die Dinge müssen nach dem Kopf des Mannes gehen. Aber wer ist dieser Kopf?« Sie winkte Chanele mit gekrümmtem Zeigfinger zu sich, als wolle sie ihr ein Geheimnis ins Ohr flüstern, sah sie aber nur an und breitete dann die Arme aus, wie man die unwiderlegbare Schlussfolgerung eines langen Arguments unterstreicht. »Nu?«, sagte sie, und die Imitation war so perfekt, dass Chanele laut herauslachen musste.

»Bei uns ist immer alles nach Salomons Kopf gegangen«, sagte Golde. »Bei euch wird es nicht anders sein. Und darum brauchst du andere Kleider.«

Das war der Anfang gewesen. Ohne den neuen Laden wäre aus Chanele wohl nie Madame Meijer geworden.

Janki, der sich auch in geschäftlichen Dingen als Künstler sah, hatte nur ganz allgemein die Entwicklungsmöglichkeiten vermutet, die ein breiteres Publikum mit sich bringen würde, er fantasierte Zahlen, und die Zahlen gefielen ihm, aber es war Chanele, die den Alltag und die Bedürfnisse der Leute, die in dem neuen Geschäft einkaufen sollten, aus eigener Erfahrung kannte. Oft genug hatte sie unter dem Zwang gelitten, wortreich um fünf Rappen Preisnachlass oder eine Hand voll kostenloser Flaschenkorken kämpfen zu müssen, und setzte deshalb als Erstes durch – später konnte man es sich gar nicht mehr anders vorstellen, aber damals in den siebziger Jahren bedeutete es eine unerhörte Neuerung –, dass alle Waren, ohne Ausnahme, zu einem festen, schriftlich fixierten Preis verkauft wurden, dass in dem neuen Laden also von Anfang an nicht gehandelt wurde, nicht gejudet, wie man es allgemein nannte. »Auf jeden Kunden, der sich über einen guten Schick freut, kommen drei, die sich übervorteilt fühlen«, sagte sie zu Janki. »Außerdem: wir können es nicht jedem einzelnen Angestellten überlassen, von Fall zu Fall einen Preis zu machen.« Das Argument, mit dem sie ihn am meisten überzeugte, war allerdings ein ganz anderes: »Ich habe gehört, dass man es jetzt in London in den eleganten Läden auch so hält.«

Im Weiteren, auch das eine damals unerhörte Neuerung, war die Warenhalle das erste Etablissement am Platz, das nicht nur Verkäufer, sondern auch Verkäuferinnen beschäftigte. Zwar waren weibliche Angestellte schon vorher nichts Außergewöhnliches, aber sie hatten ihren Platz, als Näherinnen oder Büglerinnen, immer nur in den hinteren Räumlichkeiten gehabt. Jetzt standen da junge Frauen leibhaftig hinter den Verkaufstischen, in einer einheitlichen Uniform, die Chanele für sie entworfen hatte: ein schwarzes Kleid mit einem schmalen weißen Krägelchen, dazu eine hellgraue Schürze. Wenn sie selber zur Arbeit ging – und mehr und mehr empfand sie nur das, was sie außer Haus tat, als richtige Arbeit –, war Chanele ganz ähnlich gekleidet, nur ohne Schürze natürlich. Ihr Kleid hatte statt des Kragens einen weißen Einsatz, nicht mehr Batist, sondern beste Brüsseler Spitze, auf dem, als eine Art Offiziersabzeichen, eine Brosche mit Kamee steckte, die ihr Golde zur Hochzeit geschenkt hatte.

Dass Chanele gerne Frauen beschäftigte, hatte nichts mit Emanzipation zu tun, ein Wort, das man vielleicht in Zürich kannte, aber ganz sicher nicht in Baden. Frauen kosteten weniger Lohn, das war der eine ganz praktische Grund, und der andere: es gibt nun mal eine Menge Dinge, die Frauen niemals bei Männern einkaufen würden. Was man früher nur bei einer vertrauten Hausiererin besorgt hatte, war nun plötzlich mit der gleichen Diskretion, aber in viel breiterer Auswahl im Haus zum Roten Schild zu haben, und die Moderne Warenhalle setzte schon im ersten Jahr ihres Betriebs größere Partien bestickter Damen-Beinkleider und vor allem Korsetts um, die in der einfachsten Ausführung schon für einen Franken zu haben waren. Janki freute sich zwar über die guten Umsätze in so alltäglichen Artikeln wie Kinderschürzen oder gestrickten Damen-Ringelstrümpfen, aber das waren denn doch alles nicht die Dinge, die ihn wirklich interessierten. Es wäre ihm sogar ausgesprochen peinlich gewesen, durch den Laden zu gehen und von einer Kundin nach Schweißblättern oder Taillenband gefragt zu werden.

So kam es, dass aus Französischem Stofflager und Moderner Warenhalle allmählich zwei ganz verschiedene Geschäfte wurden, seines und ihres, jedes mit einem ganz eigenen Charakter. An der Vorderen Metzggasse war alles französisch und elegant; Monsieur Jean Meijer hielt zwischen erlesenen Stoffen Hof, betrieb das Verkaufen als einen Gnadenakt und nahm das Geld seiner Kundinnen als selbstverständlich geschuldeten Tribut entgegen. Manchmal, und das waren oft die lukrativsten Nachmittage, zog er die Vorhänge vor den Regalen überhaupt nicht auf, plauderte nur ein Stündchen oder zwei mit den Damen der Stadt und gab, wenn man ihn sehr drängte, das eine oder andere Erlebnis aus der Schlacht bei Sedan zum Besten.

Im Haus zum Roten Schild hingegen kam man bodenständig schnell zur Sache, redete nicht von Heldentaten, sondern von Indienne oder Mousseline, verkaufte die Stoffe zügig per Meter oder, für die älteren Damen, auch per Elle, und behandelte Stadtfrauen und Dorfweiber mit derselben routinierten Höflichkeit. Chanele, nein: Madame Meijer führte ein strenges Regiment, und wehe dem Angestellten, der es gewagt hätte, eine Kundin vom Land schnippisch zu behandeln, bloß weil die nicht mehr als einen Sofaschoner oder ein Stück russische Borte zu kaufen wünschte. »Man muss wieder einmal alle zusammenrufen«, machte sich Madame Meijer eine Gedankennotiz, »und sie daran erinnern, dass der kleinste Einkauf für uns so wichtig ist wie der größte.«

Chanele beendete ihren Rundgang und kehrte in ihr Büro zurück, ein bescheidener Raum, kleiner als der des Buchhalters Ziltener. Es war spartanisch eingerichtet, wie die Kapitänskajüte auf einem Kriegsschiff; nur ein Aktenregal stand darin und ein plumpes, mit uralten Tintenflecken übersätes Schreibpult, das letzte der Möbelstücke, die damals aus Guebwiller gekommen waren. Auch hier hatte sie sich ein kleines Ritual angewöhnt: jeden Abend steckte sie, als letzte Arbeit, bevor sie nach Hause ging, die kleinen Kartonscheiben auf ihrem Kalender schon für den nächsten Tag um. Während sie aus dem neunten Mai 1893 einen zehnten und aus dem Dienstag einen Mittwoch machte, schlug die Glocke der Stadtkirche ein Viertel, und Chanele dachte: »Ich muss mich beeilen. Janki wird vor Warten schon ganz meschugge sein.« Gleichzeitig, vom selben Glockenschlag angeregt, überlegte Madame Meijer: »Kommunionskränze. Mit Stoffblumen und Stickereien. Das wäre bestimmt gut gelaufen in dieser Jahreszeit.«

»Entschuldigung.« Das Klopfen war so leise gewesen, dass Chanele es zunächst überhört hatte. Eine Frau in der strengen Uniform der Warenhalle stand unter der Tür.

Mathilde Lutz, ursprünglich Mathilde Vogelsang, war vor mehr als zwanzig Jahren die allererste Verkäuferin gewesen, die Chanele eingestellt hatte. Heute, mit vorzeitig ergrauten Haaren und einer streng geknoteten Frisur, wirkte sie streng und abweisend, besonders, wenn sie das Pincenez aufsetzte, das mit einem schwarzen Samtband an ihrem Kleid befestigt war. Damals – konnte es tatsächlich schon mehr als zwanzig Jahre her sein? – war sie ein lebhaftes und vor allem sehr hübsches junges Mädchen gewesen, mit einem neckischen kleinen Schönheitsfleck auf der Wange, und mancher männliche Kunde war, unter dem Vorwand, für seine Frau etwas besorgen zu müssen, nur ihretwegen in den Laden gekommen. Sie hatte die Firma denn auch bald verlassen, um zu heiraten, war aber nach dem frühen Tod ihres Manns zurückgekehrt, nicht mehr an den Ladentisch, da standen jetzt jüngere, sondern als eine Art Gouvernante, die für Disziplin und Benehmen bei der weiblichen Belegschaft zu sorgen hatte.

Madame Meijer und Frau Lutz waren nicht Freundinnen; ein

General hat Kameraden unter seinen Offizieren, keine Freunde. Aber sie waren etwa gleich alt, hatten den Aufstieg der Warenhalle gemeinsam erlebt und teilten, ohne das je ausgesprochen zu haben, die Überzeugung, dass sich die unangenehmen Seiten des Lebens durch Jammern nicht verbessern lassen.

»Entschuldigung«, wiederholte Frau Lutz. »Ich weiß, Sie sind um diese Zeit lieber allein. Aber ...«

»Was gibt's?«

Mathilde Lutz neigte sonst nicht zur Schüchternheit, im Gegenteil. Wenn sie im Lagerkeller ein junges Paar beim Küssen oder in noch verfänglicherer Situation überraschte, war sie nicht um Worte verlegen; ihre scharfe Zunge war bei den Angestellten ausgesprochen gefürchtet. Aber jetzt trat sie unsicher und beinahe ängstlich von einem Fuß auf den andern, wie es sonst nur die jungen Verkäuferinnen taten, die von ihr bei einem kleinen Diebstahl ertappt und unter Androhung der sofortigen Entlassung dazu vergattert worden waren, bei Madame Meijer persönlich ein Geständnis abzulegen.

»Ich wollte ... Es ist ...«

»Nu?« Manchmal, ohne es zu merken, war Madame Meijer dem alten Salomon sehr ähnlich.

»Wir kennen uns nun schon sehr lange, und darum dachte ich, es ist besser, wenn ich selber ...«

»Was?«

»Sie werden es ja doch erfahren, früher oder später.«

Chanele setzte sich hin, ganz vorsichtig, als traue sie dem Stuhl nicht. Die Tintenspuren auf dem Schreibpult sahen im Gaslicht aus wie totes Ungeziefer.

»Mathilde«, sagte sie, und Frau Lutz, die von ihrer Chefin schon zwei Jahrzehnte nicht mehr mit dem Vornamen angesprochen worden war, neigte verlegen den Kopf zur Seite. Es sah aus, als wolle sie gestreichelt werden. Der Schönheitsfleck auf ihrer Wange, Chanele hatte es noch nie so deutlich bemerkt, war mit den Jahren zu einer Warze herangewachsen. »Mathilde, was werde ich erfahren?«

»Die Männer …« In ihrer Verlegenheit hatte Frau Lutz das Samtband ihres Zwickers so fest um einen Finger gewickelt, als sei dort eine Blutung abzubinden. »Sie können nichts dafür. Der Herrgott hat sie einfach so gemacht. Und Marie-Theres ist wirklich sehr hübsch. Die aus der Blusenabteilung, wissen Sie.«

»Ich kenne meine Angestellten«, sagte Chanele und nahm den schroffen Ton gleich wieder zurück. »Marie-Theres Furrer, nicht wahr, Mathilde? Was ist mit ihr?«

Es war kaum zu glauben, aber die gestrenge Frau Lutz errötete.

»Schwanger?«, fragte Chanele.

»Schwanger«, flüsterte Frau Lutz, und das Wort kam direkt aus Sodom und Gomorrha.

Chanele – in diesem Moment war es ganz eindeutig Chanele und nicht Madame Meijer – lachte erleichtert. »Es sollen schon größere Wunder vorgekommen sein auf dieser Welt.«

Frau Lutz stimmte in das Gelächter nicht ein. »Es ist aber noch viel schlimmer«, sagte sie.

»Zwillinge?« Chanele lachte immer noch.

»Der Vater. Ich habe mit der Furrer gesprochen, und sie hat mir gesagt, dass der Vater …«

»Ja?«

»Es tut mir so leid, dass ausgerechnet *ich* Ihnen …«

»Janki«, sagte Chanele ganz leise und merkte erschrocken, dass sie überhaupt nicht überrascht war. Ihr Mann hatte schon lange nicht mehr Mademoiselle Hanna zu ihr gesagt, und dass er auf seinen Einkaufsreisen nicht immer allein schlief, hatte sie für unvermeidlich angenommen, eine Sache, die man nicht wissen musste, und die einen deshalb auch nicht zu schmerzen brauchte. Aber dass er jetzt hier in Baden, im eigenen Geschäft … »Ist es Janki?«, fragte sie lauter.

Frau Lutz sah sie verständnislos an. Für sie, die immer nur Monsieur Jean Meijer gekannt hatte, war der Name ohne Bedeutung.

»Ist es mein Mann?«

Frau Lutz schüttelte den Kopf. »Nein, Madame Meijer. Natürlich nicht. Monsieur Meijer würde nie …«

Chanele wartete auf eine Erleichterung und konnte sie in sich nicht finden. »Wer denn sonst?«

Das Samtband riss. Mit einem leisen Klirren fiel das Pincenez zu Boden und zerbrach. Frau Lutz kniete nieder, um die Splitter zusammenzulesen und flüsterte in die Dielenbretter hinein: »Der junge Herr François.«

»Schmul?«, sagte Chanele.

17

»Schmul!«, würde sie sagen. »François!«, würde sie sagen. »Hast du überhaupt nicht daran gedacht, was das für die Firma …?«

Nein, das wäre falsch. Da würde er sie nur ansehen, verächtlich und müde zugleich, mit hochgezogenen Augenbrauen, mit diesem höflichen Lächeln, hinter dem er sich so gut zu verstecken wusste, diesem Lächeln, das sie nicht verstand und das ihr Angst machte, obwohl er doch ihr eigener Sohn war, dem Lächeln eines Mannes, der schon viel gelebt hatte, und er war doch erst …

Alt genug, um einem dummen Mädchen ein Kind zu machen.

Man würde Marie-Theres Furrer entlassen müssen.

Nein. Das würde die Sache noch schlimmer machen. Man musste sich um sie kümmern, musste ihr vielleicht Geld …

»Die Juden machen immer alles mit ihrem Geld«, würden die Leute sagen. Und wenn man ihr keins anbot: »Die Juden sind geizig.«

»Schmul«, würde sie sagen. »Wir werden die Sache irgendwie aus der Welt schaffen. Aber wir werden es nicht dulden ...«

Wir?

Janki würde stolz sein auf seinen Sohn. Er würde das nicht zugeben, natürlich nicht, er würde ihn tadeln und ihm Vorwürfe machen, aber er würde den Stolz nicht verstecken können. »Mein Sohn! Er hat meine Haare und mein Gesicht, und er ist unwiderstehlich.«

»François«, würde sie sagen. »Du musst mir ein für alle Mal versprechen ...«

Nein. Schmul fielen Versprechungen zu leicht.

Sie würde ihm ihre Meinung sagen, ihm eine Mussar-Predigt halten, dass ihm Hören und Sehen verging, sie würde ...

Sie kam den ganzen Abend nicht dazu.

Zuerst wartete Janki auf sie, schon im Flur, stürzte auf sie zu, kaum hatte sie die Wohnungstür geöffnet, so voller Aufregung, als säßen die Gäste, die natürlich noch gar nicht eingetroffen waren, schon seit Stunden hungernd und mit den Füßen scharrend im Salon. So außer sich war er, dass Chanele einen Moment lang dachte, es sei in der Wohnung ein Unglück geschehen. Aber der schwache Geruch nach verkohltem Haar stammte nicht von einem Feuer, sondern von der Brennschere, mit der sich Janki die Locken aufgekräuselt hatte. Im langen Hemd kam er aus der Wäschekammer gerannt, mit nackten Beinen, denn aus seiner Schneiderzeit hatte er die Gewohnheit beibehalten, vor wichtigen Anlässen seine Hosen selber zu bügeln, weil ja sonst doch niemand seinen Ansprüchen zu genügen verstand. Hatte noch keine Hosen an, aber trotzdem schon die Krawatte umgebunden, ein schwarzes Seidentuch, zur flatternden Lavallière geknotet.

»Es ist eine Katastrophe«, sagte Janki und war ganz atemlos. »Du bist viel zu spät, und Salomon ist unangemeldet aus Endingen gekommen. Ich habe ihn natürlich zum Essen eingeladen, das heißt: es blieb mir nichts anderes übrig. Aber das bedeutet, dass wir jetzt ...«

»Der Tisch ist lang genug.« Chanele sah sich nach Schmul um, aber der war nirgends zu sehen. »Ein Gedeck mehr oder weniger ...«

»Dass wir ...« Janki setzte den Satz im Flüsterton fort. »... dass wir dreizehn am Tisch sein werden.«

»Steht irgendwo geschrieben, dass das verboten ist?«

»Dreizehn! Verstehst du nicht? Das ist eine Unglückszahl.«

»Für Juden nicht«, sagte Chanele.

»Aber alle, die kommen, sind Goijim!«

»Dann lad deine treijfenen Freunde nicht ein.« Chanele hatte jetzt andere Sorgen.

»Hörst du mir überhaupt zu?« Janki hob dramatisch die Hände zum Himmel. Es sah aus, als wolle er sich die Haare raufen. »Dreizehn! Das bedeutet ...«

»Das hab ich gerade Arthur erklärt.« Aus einem der vielen Zimmer kam jetzt auch Salomon in den Flur. »Die Gematriah von dreizehn ...«

»Lass mich mit deiner Gematriah in Ruhe!«, schrie Janki.

Salomon machte eine beruhigende Geste, die sich schon bei manchem übereifrigen Wachhund bewährt hatte. »Nuuu!«, sagte er, und das bedeutete in diesem Fall: »Reg dich nicht auf!«

»Ich freu mich, dass Ihr uns besucht, Onkel«, sagte Chanele. Gegenüber Salomon hatte sie sich nie von der alten, förmlichen Anrede trennen können. »Habt Ihr alles, was Ihr braucht?«

»Das Hemd ist zu eng. Keinem Kalb würde man den Strick so fest um den Hals binden.«

»Es ist deine Größe«, sagte Janki. »Ich habe das Auge dafür.«

»Aber ich nicht den Hals.«

»Wo ist Schmul?«, fragte Chanele.

»François ist in seinem Zimmer, nehme ich an. Er wird sich bereit machen.« Dadurch erinnert fasste Janki an seine Lavallière und zog den kunstvollen Knoten in einer Geste der Verzweiflung wieder ganz auseinander. »Dreizehn Gäste!«, jammerte er, seine Stimme so klagend wie die des Kantors am Jom Kippur.

»Lass Arthur mit uns essen. Dann sind es vierzehn.«

»Dreizehneinhalb«, sagte Salomon und lachte.

Janki sah ihn böse an. »Arthur weiß sich in Gesellschaft noch nicht zu benehmen.«

»Es wird schon gehen. Er ist bald Bar Mizwe.«

»Warum muss Hinda ausgerechnet heute bei Mimi in Zürich sein?«

In diesem Augenblick kam Louisli in den Flur, schon mit dem weißen Häubchen und der gestärkten Schürze, die sie zum Servieren tragen sollte, sah den Hausherrn mit nackten Beinen vor sich stehen, schrie auf, presste die Hand vor den Mund und floh in die Küche.

Nein, Chanele hatte wirklich keine Gelegenheit, mit Schmul zu reden.

Als er hörte, was man von ihm verlangte, versuchte sich Arthur zu verkriechen. Bis jetzt hatte er, wenn wichtige Gäste kamen, immer bei Christine in der Küche essen dürfen, wo es nicht auf jeden Gesichtsausdruck und jede Bewegung ankam, hatte sich nur, wenn die Familie unter sich blieb, all die tausend Ermahnungen anhören müssen, den Rücken gerade zu halten, den Löffel nur mit zwei Fingern zu fassen, sich den Mund abzuwischen, bevor man aus seinem Glas trank. Ein offizielles Essen erschien ihm so mit Hindernissen gespickt wie der Anzug mit den vielen Glöckchen, an dem Oliver Twist das Stehlen lernen sollte. Damals, als er das Buch gelesen hatte, war ihm Fagin jede Nacht im Traum erschienen, und Fagin hatte Jankis Gesicht gehabt, das strenge Gesicht, das Papa machte, wenn er an Arthur etwas auszusetzen hatte. Er war überzeugt, und in solchen Dingen kannte seine Fantasie keine Grenzen, dass er sich blamieren würde, den Suppenteller umstoßen oder ein Glas zerbrechen, dass sie ihn vorwurfsvoll ansehen würden, all die fremden Leute, und dann nicken, wie der Kantor Würzburger, wenn sich Arthur beim Üben in seiner Droosche verhedderte. »Wir haben es ja immer gewusst«, würden sie sagen.

Chanele musste ihren Sohn überreden, musste ihm eine Buckelfeder mit extra breiter Spitze für seine Sammlung versprechen, denn Arthur sammelte auch Schreibfedern, die er nach wechselnden Systemen ordnete, ein Naturforscher, der in einem Haufen verschiedener Muscheln oder Schnecken nach versteckten Verwandtschaften sucht. Als sie ihm dann die guten Hosen anziehen wollte, die noch an Pessach ohne Probleme gepasst hatten, da waren die zu klein geworden, mit Hosenstößen, die lächerlich auf halber Wade saßen, und Chanele musste sich entschließen, den Bar-Mizwe-Anzug, der schon vorbereitet, aber natürlich noch nicht getragen war, aus dem Schrank zu holen und dadurch Arthurs Ängstlichkeit noch mehr zu steigern. Jeder Fleck auf diesem Anzug, das wusste er, würde ein Unheil bedeuten, das er den Rest seines Lebens nicht wieder gutmachen konnte.

Dann musste auch noch Louisli beruhigt werden, die von der Aufregung im Haus ganz flatterig war. Das Esszimmer musste man überprüfen und Anweisungen für eine veränderte Sitzordnung geben. Der große Tisch war wuchtig und repräsentativ, versehen mit einem modernen Mechanismus, der es gestattete, ihn auf das Doppelte zu verlängern, »mit nur einer Hand«, wie Janki gerne stolz betonte. Die Tischplatte – tropisches Holz! – war unter dem weißen Damasttischtuch nicht zu sehen, aber man konnte ganz schwach das Walnussöl riechen, mit dem sie regelmäßig eingerieben wurde. Als Arthur noch kleiner war, hatte ihn Chanele einmal dabei ertappt, wie er die Platte mit der Zunge ableckte. »Es ist ein Experiment«, hatte er gesagt.

Der Tisch prunkte so üppig und neureich, wie es an diesem Abend seine Aufgabe war. Das Geschirr aus Sarguemine – man hatte genug für zwanzig Personen – paradierte in doppelter Kolonne, das Silberbesteck glänzte, und die Kristallgläser, deren Zerbrechlichkeit Arthur so fürchtete, warteten auf das Entzünden der Kerzen, um, wie Debütantinnen in Paillettenkleidern, erst dann ihre volle Schönheit zu entfalten. Auf dem Sideboard standen die Weinflaschen in Reih und Glied, eine Ehrenwache für den silbernen Tantalus, zu dem immer noch der Schlüssel fehlte.

In der Küche hatte Christine alles im Griff. Sie sagte es mit dem angestrengten Lachen eines Boxers, der sich kurz vor dem siegreichen Ende eines Kampfes keine Schwäche anmerken lassen will. Auf dem Tisch warteten die zugedeckten Schüsseln und Platten wie schweres Geschütz auf ihren Einsatz in der Schlacht. Nur eine schmale Lücke war nicht überstellt, gerade groß genug, dass die beiden Lohndiener vor gehäuften Tellern Vorkoster für die Gesellschaft spielen konnten. Ihre fadenscheinigen Fräcke hatten sie über die Stuhllehnen gehängt, die Ärmel hochgekrempelt, und als Madame Meijer hereinkam, lupften sie nur andeutungsweise die Hintern und begrüßten sie mit vollem Mund.

Und immer noch konnte Chanele nicht mit Schmul reden. Sie war schon auf dem Weg zu seinem Zimmer, aber da kam ihr Janki entgegen und schrie ganz verzweifelt: »Du bist ja noch gar nicht angezogen.«

So verkleidete sie sich halt, dekorierte sich, wie sie den Tisch im Esszimmer dekoriert hatte. Arthur durfte ihr das Kleid zuknöpfen; dieses Privileg war ein Teil von Chaneles Versprechungen gewesen, denn Arthur liebte nichts mehr, als im sonst verbotenen Elternschlafzimmer stehen zu dürfen, Marco Polo in einem exotischen Palast, und die vielen kleinen Haken sorgfältig in ihre Ösen zu fingern. Da er kurzsichtig war, berührte sein Kopf dabei fast den Rücken seiner Mutter, er konnte ihr ganz nahe sein und ihren ganz besonderen Duft nach Sauberkeit, Talkpuder und Verlässlichkeit einatmen, bevor er losgeschickt wurde, um sich von Louisli noch einmal die Haare kämmen zu lassen.

Der Rest der Vorbereitungen ging bei Chanele, die Eitelkeit schon immer für Zeitverschwendung gehalten hatte, schnell vor sich: den Schmuck hängte sie um, wie man einen Schlüsselbund an den Haken hängt, und was die Haare anbelangte – nun, da hat es seinen Vorteil, wenn man nach jüdischer Tradition einen Scheitel trägt: man kann die fertige neue Frisur aufsetzen wie einen Hut.

Als sie in den Salon kam, stand dort schon die ganze Familie bereit. Janki sah in der vollen Pracht seines Abendanzugs richtig vornehm aus. Die Lavallière über der Weste aus Silberbrokat hatte er mit einer kunstvollen Nachlässigkeit geknüpft, die sicher ein Dutzend Anläufe gebraucht hatte. Schmul, den sie nun einen Abend lang François nennen musste, trug ein Samtjackett, das seine schmalen Hüften betonte. Seine frisch gewachsten Schnurrbartspitzen stachen in die Luft wie kleine Messer, und er sah auf gelangweilte Weise so elegant aus, dass man verstehen konnte, was junge Verkäuferinnen an ihm unwiderstehlich fanden. Arthur, mit sehr unglücklichem Gesicht, wartete neben seinem Bruder. Onkel Salomon hatte ihm beruhigend die Hand auf die Schulter gelegt.

»Schmul«, sagte Chanele, »ich muss mit dir reden.«

»Keine Angst, Mama. Ich werde überzeugend so tun, als ob ich den Abend genieße.«

»Frau Lutz war heute bei mir, Mathilde Lutz, und sie hat mir gesagt …«

Aber da wurden schon die ersten Gäste hereingeführt und Chanele musste schweigen und ihr Mademoiselle-Hanna-Lächeln aufsetzen.

Die ersten, wie jedes Mal, waren natürlich der Buchhalter Ziltener und seine Frau. Der buchstaben- und zahlengläubige Ziltener hatte trotz aller diskreten Hinweise nie begreifen können, dass die Etikette von ihm verlangte, zu Einladungen erst zehn Minuten nach der angegebenen Zeit zu erscheinen, »um der Hausfrau Gelegenheit zu letzten Vorbereitungen zu geben«, wie es in den Anstandsbüchern hieß. In seinem abgetragenen dunkeln Anzug und dem steifen Kragen fühlte er sich sichtlich unwohl, und als er sich wie ein zusammenklappendes Metermaß über die Hand seiner Chefin beugte, konnte sie sehen, wie sorgfältig er die dünnen Haare über seine kahle Stelle gekämmt hatte. Ein süßlicher Geruch nach Kernseife und Mottenkugeln stieg von seinem Nacken auf.

Ungeübt im Umgang mit Kindern wollte er Arthur den Kopf tätscheln, schreckte dann aber im letzten Moment vor der Berührung zurück. Seine ausgestreckte Hand blieb in der Luft hängen, als wolle er den Jungen segnen.

Seine Frau, größer und knochiger als er, stammte aus einem Bauerndorf im Luzernischen, und trug den ganzen Abend kein Wort zur Konversation bei. Ziltener hatte ihr wohl untersagt, über »Guten Abend« und »Danke für die Einladung« hinaus irgendetwas zu sagen. Die beiden waren auch nur gnadenhalber eingeladen und wurden von Janki mitten in der Begrüßung stehen gelassen, als einer der beiden Lohndiener die nächsten Gäste hereinführte.

Direktor Strähle, Besitzer des Verenahofs, hatte die verbindlichen, wortgewandten Umgangsformen eines Hoteliers, der gewohnt ist, jedem Gast genau das zu sagen, was der hören will. Seine Stimme, voll demonstrativer Herzlichkeit, strömte wie frisch mit Öl angerührt aus ihm heraus und schien für viel größere Räume gemacht als den Salon der Meijers. An seiner Hemdbrust, die sich vorwölbte wie der Bug eines Schiffs, glänzten silberne Knöpfe mit dem Wappen, das er für sein Hotel eigens hatte entwerfen lassen.

Frau Strähle war eine Deutsche, und man erzählte sich in Baden, sie habe damals, als sie sich während einer Badekur in den attraktiven Direktor ihres Hotels verliebte, für die neue Verbindung eine äußerst vorteilhafte Verlobung platzen lassen. Ein weiteres Gerücht besagte, sie besitze für jeden Tag der Saison ein anderes Kleid, alle aus der Geschäftskasse des Verenahofs bezahlt. Heute trug sie ein Modell aus lindgrünem Taft, das sich hinten in der Andeutung einer Schleppe bei jedem Schritt bauschte.

Direktor Strähle küsste Chanele die Hand, plauderte mit François, scherzte mit Arthur, und konnte sich über die angenehme Überraschung, auch den sehr verehrten Herrn Meijer senior hier vorzufinden, gar nicht beruhigen. Er hatte – auch das gehörte zum Ritual dieser Einladungen – eine übergroße Flasche Champagner mitgebracht, die spezielle Cuvée des Verenahofs, wie er mehrfach betonte, bei seinen Gästen sehr beliebt. Das Leben, fügte er hinzu, sei ja schließlich zu kurz, hahaha, um immer nur Wasser zu trinken.

»Ich habe gar nicht gewusst, dass man Wasser auch trinken kann.« Herr Rauhut, Redakteur beim *Badener Tagblatt*, machte gerne kleine Späße über die eigene Vorliebe für einen guten Tropfen und versuchte damit die Tatsache zu überspielen, dass er tatsächlich meistens betrunken oder doch zumindest angesäuselt war. Er war allein eingetreten, und Chanele fürchtete schon, er sei ohne seine Frau gekommen und die Sitzordnung müsse noch einmal umgestellt werden. Aber Frau Rauhut war dann doch da, eine kränkliche, vorwurfsvoll hüstelnde Person mit bläulichem Teint. Wenn ihr Mann, was er nach ein paar Gläsern unaufhaltsam zu tun pflegte, eine Gesellschaft mit Schubertliedern beglückte – er hatte eine kräftige, wenn auch nicht sehr tonsichere Stimme – musste ihn seine Frau auf dem Piano begleiten, und man fragte sich jedes Mal, ob sie auch wirklich genug Kraft haben würde, um die Tasten zu drücken.

Der Redakteur zog den Hoteldirektor in eine Ecke und begann im Flüsterton auf ihn einzureden. Chanele beobachtete scharf, ob die beiden etwa heimliche Blicke auf Schmul warfen, aber es schien von etwas anderem die Rede zu sein. Das Gespräch verstummte auch gleich wieder, weil das Ehepaar Schnegg angekündigt wurde. Die Schneggs waren, wenn es denn in der demokratischen Schweiz so etwas geben konnte, fast eine Art Aristokraten, ohne Titel zwar, aber von der mindestens so vornehmen Aura alten Geldes umgeben. Herr Laurenz Schnegg war der größte Grundstücksbesitzer der Stadt; auch das Haus zum Roten Schild, in dem die Moderne Warenhalle eingemietet war, gehörte ihm. Er und seine Frau waren bewusst altmodisch gekleidet, wie um zu beweisen, dass sie es nicht nötig hätten, sich irgendwelchen Moden oder Tagesströmungen anzupassen. Bei der Begrüßung reichte er Chanele so huldvoll die Hand, als erwarte er, dass sie in Umkehrung der Geschlechterrolle die seine küssen würde; seine Frau, mit verkniffenen Lippen und spitzem Kinn, sah an ihrer Gastgeberin vorbei und ließ alle Anwesenden merken, dass es eigentlich unter ihrer Würde war, in solcher Gesellschaft zu verkehren. Den alten Salomon Meijer beachtete sie überhaupt nicht.

Als Letzter, voller Entschuldigungen und Erklärungen, erschien Kantonsrat Bugmann mit Gattin. Rauhut umwedelte ihn sofort wie ein treuer Hund seinen Herrn, denn der Kantonsrat hatte neben seinen vielen anderen Ämtern auch einen Sitz im Direktorium des *Tagblatts* inne. Eine Kommissionssitzung hatte ihn so lange aufgehalten und dann noch ein Fall in seiner Anwaltskanzlei, eine ganz dumme Geschichte, ein junger Mann, armengenössig, für den er als Amtsvormund zuständig war, hatte sich plötzlich in den Kopf gesetzt, heiraten zu wollen, ohne einen Rappen in der Tasche, und als er, Bugmann, seine Zustimmung verweigert hatte, aus seiner Verantwortung heraus hatte verweigern müssen, da hatte der junge Mann eine Szene gemacht, unbeschreiblich, und dabei Worte gebraucht, die man wirklich nicht in der Gegenwart von Damen wiederholen konnte – item, es hatte viel Zeit gekostet. Es tat ihm leid, wirklich sehr leid, in so angenehmer Runde zu spät zu erscheinen, aber er war sicher, Monsieur Meijer, als ebenfalls vielbeschäftigter Mann von Welt, werde Verständnis dafür aufbringen, dass der Tag manchmal fünfundzwanzig Stunden haben müsste oder sogar mehr. »Du musst halt auch nicht jedes Amt annehmen, das man dir anträgt«, meinte seine Frau immer. Bugmann zuckte die Achseln. Es war eine Debatte, die die beiden jeden Tag führten.

Der Kantonsrat war ein rotgesichtiger Mann von apoplektischem Typus. Er trug zu seinem Gehrock ein Plastron aus einem silbergrauen, mit metallischen Fäden durchwirkten Material. Nicht wirklich gute Qualität, dachte Janki, während er seinem Gast versicherte, wie geehrt er sich fühle, dass ein so gefragter Mann in seinem übervollen Kalender überhaupt die Zeit gefunden habe, seine Einladung zu einem bescheidenen Butterbrot anzunehmen.

Das war das Stichwort für Louisli, die nach einem diskreten Kopfnicken Chaneles mit schüchterner Stimme meldete, das Essen sei nun angerichtet.

Die Mahlzeit verlief ohne Zwischenfälle. Arthur ließ kein Besteck fallen und stieß auch kein Glas um, und da er aus lauter Angst, etwas falsch zu machen, nur ganz winzige Portionen aß, wurde er wegen dieser wohlerzogenen Zurückhaltung allgemein gelobt. Salomon entdeckte bei Kantonsrat Bugmann, dessen Wähler größtenteils aus den ländlichen Gemeinden stammten, ein gemeinsames Interesse an der Viehzucht. François war charmant, unterhielt sich mit Frau Strähle über Schmuck und mit Frau Rauhut über Musik und brachte sogar Frau Schnegg dazu, ein- oder zweimal beinahe zu lächeln. Janki beugte sich weit über den Tisch vor und besprach mit Herrn Schnegg Geschäftliches. Ziltener schwieg unterwürfig. Die Lohndiener walteten ihres Amtes. Herr Rauhhut trank.

Auch das Essen war gut gelungen. Christine hatte sich schon

mit der Salmmayonaise selber übertroffen, bei der Hühnersuppe mit den Knödeln schwor Direktor Strähle, er müsse unbedingt seinen Koch vorbeischicken, um sich das Rezept geben zu lassen, und der Kalbsbraten war mit so viel Gänsefett angemacht, dass niemand die Buttersoße vermisste. Dazu trank man exzellente Weine, zum Fisch einen Gewürztraminer aus dem Elsass und dann einen schweren Burgunder, den Janki eigens von der Kellerei Lévy in Metz hatte kommen lassen.

»Eine Frage hätte ich«, sagte der Redakteur und artikulierte jedes Wort mit betrunkener Sorgfalt. »Nur eine Frage, Herr Meijer. Was ist denn nun das Koschere an diesem Wein?«

»Dass er Ihnen besonders gut schmeckt, hoffe ich doch«, wich Janki aus und gab einem Lohndiener den Wink, Herrn Rauhuts Glas neu zu füllen.

Aber der Redakteur ließ sich nicht ablenken. »Nein«, beharrte er, »das will ich jetzt wissen. So eine Traube wird ja nicht geschächtet, zumindest nicht bei uns …«

»Hahaha, geschächtet, sehr gut!« Als Hoteldirektor hatte es sich Herr Strähle angewöhnt, über jeden Scherz, der in seiner Hörweite gemacht wurde, herzlich zu lachen.

»… und wenn sie nicht geschächtet ist, was kann dann daran koscher sein? Oder nicht koscher?«

»Unsere Gesetze sind manchmal recht kompliziert.«

»Welche Gesetze sind das nicht?« Kantonsrat Bugmann nickte wissend. »Gerade letzte Woche hatte ich in meiner Kanzlei einen Fall …«

»Augenblick!«, unterbrach ihn der Redakteur. Seine Frau hüstelte ängstlich. »Ich bin noch nicht fertig! Wir von der Presse, von der dritten Gewalt sozusagen, wollen unsere Fragen beantwortet haben. Was ist jetzt an diesem Wein koscher?«

Es gibt Dinge, die lassen sich nicht leicht ohne Unhöflichkeit erklären. Ein Wein ist dann koscher, wenn er von einem Juden produziert wurde, und treife, wenn das nicht der Fall ist. Aber wie soll man das einem betrunkenen Goi beibringen, ohne ihn zu verletzen?

Es war Salomon, der die Situation rettete, und zwar ausgerechnet mit seiner Gematriah. Und dabei hatte ihn Janki doch ausdrücklich gebeten, heute einmal niemanden mit seinen Chochmes zu belästigen.

»Passen Sie auf, Herr Rauhut«, sagte er. »Ich will Ihnen etwas zu dieser Sache erklären. Wein, das hebräische Wort für Wein natürlich, hat einen Zahlenwert von sechzig.«

»Zahlenwert?«

»Nach unserer Tradition entspricht jeder Buchstabe einer Zahl. Also ›der Wein‹ hat den Wert von fünfundsiebzig. Und wissen Sie, welches Wort genau den selben Wert hat? Ganawcha, dein Dieb.«

Rauhut sah ihn verständnislos an.

»Und was will uns das lehren? Dass der Wein dein Dieb ist. Und was stiehlt er dir? Den Verstand und die Manieren.«

»Hahaha«, lachte Herr Strähle. »Sehr gut. Das muss ich mir merken.«

Als selbst Herr Schnegg anerkennend nickte, stimmten auch die anderen in das Gelächter ein. Niemand mag betrunkene Gäste, die die höfliche Belanglosigkeit von Tischgesprächen stören.

Herr Rauhut war so damit beschäftigt, über das Problem von Zahlenwerten und Dieben nachzudenken, dass er seine ursprüngliche Frage völlig vergaß. Er trank sein Glas in einem Zug leer und streckte es dem Lohndiener zum Nachfüllen hin. »Aber gut ist er, euer koscherer Wein«, sagte er überlaut. Seine Frau hüstelte.

Abgesehen von diesem kleinen Zwischenfall verlief das Abendessen so perfekt, wie Janki sich das gewünscht hatte. Dass Chanele wenig sprach und immer wieder besorgt zu ihrem ältesten Sohn hinschaute, fiel niemandem auf.

Der Abend wäre wohl auch perfekt zu Ende gegangen. Aber dann zogen sich die Damen in den Salon zurück, Arthur sagte ringsum gute Nacht und verschwand sehr erleichtert in seinem Zimmer, die Lohndiener räumten den Tisch ab und kassierten ihre Trinkgelder. Dann füllten die Herren ihre Cognacschwenker und entzündeten nach ausführlichem rituellem Beschnuppern und Zwischen-den-Fingern-Drehen die Zigarren, die Janki herumreichte. Nur François rauchte eine russische Zigarette in seiner fast echten Bernsteinspitze, und Salomon spielte in der Tasche mit seiner Tabaksdose, denn Janki hatte ihm das Schnupfen als bäuerisch verboten.

Dann kam man, es war wohl unvermeidlich, auf Politik zu sprechen.

18

»Was mich interessieren würde«, sagte Kantonsrat Bugmann und öffnete mit genüsslichem Ächzen die beiden untersten Knöpfe seiner Weste, »was mich sogar sehr interessieren würde, Monsieur Meijer: Was halten Sie in puncto puncti eigentlich von dieser Volksinitiative, über die wir ja nun wohl alle in diesem Sommer abstimmen werden?«

»Eine völlig überflüssige Neuerung.« Herr Schnegg verzog das Gesicht, als habe ihm jemand Essig in seinen Cognac gekippt. »Volksinitiative! Nur schon das Wort! Gesetze machen, indem man beim Pöbel Unterschriften für irgendwelche Ideen sammelt! Wozu haben wir eine Regierung?«

»Das ist der Fort… der Fortsch… der Fortschritt.« Redakteur Rauhut brauchte drei Anläufe, bis er all die konsonantischen Hürden überklettert hatte, was ihn aber nicht daran hinderte, gleich noch ein weiteres Wortgebirge in Angriff zu nehmen. »Die Ausgestaltung der demokratischen Volks…rechte.«

»Pöbel«, wiederholte Herr Schnegg. Direktor Strähle rieb angelegentlich an einem nicht vorhandenen Fleck auf seiner Hemdbrust herum. Es gehörte zu seinen Prinzipien, sich niemals in politische Debatten einzumischen.

»Ich meine ja auch nicht die Volksinitiative per se. Dieses Instrument der Willensbildung ist nun mal eingeführt worden, und wir werden nolens volens damit zu leben haben.« Wenn seine Frau dabei gewesen wäre, hätte sie spätestens nach diesen Sätzen gewusst, dass auch Bugmann recht viel getrunken hatte. Bei ihm äußerte sich das immer dadurch, dass die Lateinbrocken seiner Studentenzeit an die Oberfläche geschwemmt wurden. »Ich meine den konkreten Casus, über den der Souverän im August zu entscheiden haben wird. Artikel 25bis.«

Salomon Meijer beugte sich vor und legte die Handflächen auf die Tischplatte, als wolle er gleich aufstehen. Mit den Fingern begann er ganz leise zu trommeln, ein Musikant, der noch nicht recht weiß, welche Tonart für einen Anlass angebracht ist.

»25bis«, wiederholte Bugmann mit so ausdrucksvoller Gestik, als wolle er den Paragraphen mit dem glühenden Ende seiner Zigarre in die Luft schreiben. »Eine Ergänzung der Staatsverfassung, die unseren Gastgeber, der uns heute hier so köstlich bewirtet hat, ganz besonders interessieren dürfte. Ich bitte Sie, Monsieur Meijer, sagen Sie uns Ihre Meinung dazu!«

Janki war die Aufforderung sehr unangenehm. Er veranstaltete diese »goijischen Abende« ja gerade, um sich in der Selbstverständlichkeit des gesellschaftlichen Umgangs selber zu demonstrieren, dass man ihn hier in der Stadt als Gleichen unter Gleichen akzeptiert hatte, dass so wichtige Leute wie Herr Schnegg oder Herr Bugmann in ihm ganz einfach den erfolgreichen Kaufmann sahen, einen der ihren, oder doch zumindest nicht mehr primär den Juden. Zu diesem Zweck war er bereit, sich Direktor Strähles verbindliche Protzereien anzuhören, den Redakteur Rauhut teuren Cognac wie Wasser trinken zu lassen und über jedes Thema zu plaudern, das gewünscht wurde. Über fast jedes Thema. Warum musste Bugmann bloß von dieser unseligen Volksinitiative anfangen, die unter dem Deckmantel des Tierschutzes einen antisemitischen Artikel in die Bundesverfassung einfügen und das Schächten von Tieren nach jüdischem Ritus verbieten wollte?

»Mir steht in diesem Punkt keine Meinung zu«, versuchte er auszuweichen. »Ich bin schließlich nach wie vor Gast in diesem schönen Land. Als Bürger Frankreichs …«

»Quo usque tandem?«, unterbrach ihn Bugmann. »Wie lange wollen Sie noch damit warten, auch Ihren Papieren gemäß zu uns zu gehören? Ich habe es Ihnen schon oft genug gesagt, Monsieur Meijer: Leute wie Sie, Leute, die unsere Wirtschaft fördern, sind im Bürgerregister höchst willkommen. Ich persönlich würde jederzeit …«

»Bürgerregister«, sagte Rauhut, wobei er alle Silben zu einer einzigen zusammenzog, »so ein Wort gibt es überhaupt nicht.« Er nickte mehrmals befriedigt, als habe er soeben ein großes Problem gelöst.

»Wir sind gerne Franzosen, Herr Kantonsrat.« François lächelte so höflich, dass sein Widerspruch wie ein Kompliment wirkte. »In Frankreich ist egalité nicht nur ein Wort. Gerade erst ist ein Hauptmann Dreyfus in den Generalstab berufen worden. Dieselbe Familie Dreyfus gibt es auch in Endingen. Meinen Sie, dass einer von ihnen eine gleiche Karriere machen könnte?«

»Im Prinzip ja.«

»Im Prinzip vielleicht, Herr Kantonsrat«, sagte François und lächelte überaus freundlich. »Aber nicht im Aargau.«

»Noch ein Schlückchen Cognac?«, warf Janki schnell dazwischen. Aber nur Rauhut streckte ihm sein Glas hin.

»Ob Schweizer oder Franzose«, insistierte Bugmann, »eine Meinung müssen Sie doch haben. Sie als Jude …«

Eine alte Stimme begann zu kichern. Onkel Melnitz hockte plötzlich mit am Tisch, direkt neben Janki. Mit seinen knochigen Fingern, an denen die Haut wie ein zu weiter Handschuh ganz lose saß, hatte er eine Zigarre gefasst und führte sie zum faltigen Mund. »Los, Janki!«, sagte er, und bei jedem Wort stieg Rauch zwischen seinen Zähnen auf, als ob tief in ihm drin ein Feuer schwelte. »Los! Sag ihnen deine Meinung. Du als Jude. Ja. Oder hast du gedacht, die lächerliche Krawatte macht dich zum Goi ehrenhalber?«

»Nun«, wand sich Janki, »man kann das Problem natürlich von zwei Seiten betrachten. Einerseits …«

»Einerseits …«, äffte ihn Melnitz nach.

»Einerseits verstehe ich natürlich das Anliegen, einem Tier so wenig Schmerzen wie möglich zu bereiten. Aber andererseits …«

»Andererseits …«, machte Melnitz.

»… verlangen unsere religiösen Gesetze …«

»Ich habe auch unterschrieben«, sagte Herr Ziltener plötzlich. Er war den ganzen Abend fast stumm an seinem Platz gesessen, hatte nur auf direkte Fragen ganz knappe Antworten gegeben, und deshalb wirkte seine plötzliche Einmischung jetzt sehr laut. »Sie können mich entlassen, wenn Sie wollen, aber ich habe ein Recht auf meine Überzeugung.« Er hielt den Cognacschwenker zwischen den Handflächen wie ein Bauer an kalten Tagen die wärmende Kaffeetasse. Was er sagen wollte, schien er gesagt zu haben, fügte aber nach einer Pause doch noch hinzu: »Meine Frau liebt Tiere auch.« Es war das erste Mal in seinem Leben, dass Ziltener eine Ansicht seiner Frau erwähnenswert gefunden hatte.

Hätte ein Haustier plötzlich zu sprechen begonnen, die allgemeine Überraschung hätte nicht größer sein können. Redakteur Rauhut hob in so schwungvoller Anerkennung sein Glas, dass die allzu großzügig eingeschenkte Flüssigkeit über den Rand schwappte und er sich die Finger ablecken musste. Kantonsrat Bugmann murmelte etwas von »Parturiunt montes«, und Direktor Strähle, der sein Schullatein schon lange vergessen hatte, produzierte für den Fall, dass das ein Scherz gewesen sein sollte, ein kurzes bellendes Lachen. Herr Laurenz Schnegg holte ein Monokel aus der Tasche, hielt es sich vors rechte Auge und betrachtete den Buchhalter mit so angewiderter Überraschung wie ein Badegast einen vom Meer an den Strand gespülten unerfreulichen Gegenstand. François blickte zur Decke und drehte in demonstrativem Desinteresse an seinen Schnurrbartspitzen.

Melnitz lachte, bis er sich am Rauch seiner Zigarre verschluckte.

»Warum sollte ich Sie denn entlassen wollen, mein lieber Herr Ziltener?«, fragte Janki. »Ich wüsste gar nicht, wie ich meine Betriebe ohne sie führen sollte.« Er liebte die Formulierung »meine Betriebe«, diesen wunderbaren Plural des geschäftlichen Erfolgs.

»Das können Sie halten, wie Sie wollen.« Wie viele Menschen, die das Widersprechen nicht gewohnt sind, nahm Ziltener eine übertrieben kämpferische Haltung ein. Mit dem zwischen die Schultern geduckten Kinn erinnerte er an einen gereizten Schoßhund.

»Wuff!«, machte Rauhut. »Wuff! Wuff! Wuff!«

»Ihr Cognac ist wirklich ausgezeichnet«, versuchte Direktor Strähle das Gesprächsschiff in weniger stürmische Gewässer zu steuern. »Sie müssen mir unbedingt verraten, woher Sie ihn …«

»Tierquälerei bleibt Tierquälerei, und wir Christen haben die Pflicht …« Der Mut verließ Ziltener so plötzlich, wie er ihn überfallen hatte. Er war in seiner Erregung halb aufgesprungen und trat jetzt mit gelüftetem Hinterteil von einem Fuß auf den andern, ein schuldbewusster Hund, der mit eingezogenem Schwanz um Verzeihung bettelt.

»Nun setzen Sie sich schon hin«, sagte Kantonsrat Bugmann und Herr Schnegg zischte: »Pöbel.« Ziltener ließ den Kopf sinken, ein durchgefallener Schüler.

Es entstand eine peinliche Pause, die Direktor Strähle vergeblich zuzuschmunzeln suchte.

Schließlich zupfte Kantonsrat Bugmann sein Plastron zurecht und räusperte sich. »Eine Sache sine ira et studio besprechen zu können«, sagte er, »Pro und Contra gelassen gegeneinander abzuwägen, das ist das wahre Kennzeichen der Demokratie.«

»Kennzeichen«, wiederholte Rauhut. »Demokratie.« Er lächelte stolz, als ihm die Worte ohne Stolpern über die Zunge gingen.

»Und die Meinung unseres charmanten Gastgebers hat in dieser Sache besonderes Gewicht. Sua res agitur. Wenn Sie also so freundlich sein wollten, lieber Monsieur Meijer … Sie haben das Wort.«

»Erklär's ihnen, Janki«, kicherte Onkel Melnitz und pustete mit jeder Silbe seines Gelächters einen perfekten Rauchring in die Luft. »Das musst du doch können. Du als Goi ehrenhalber.«

»Nun ja.« Janki spielte nervös mit der Krücke seines Spazierstocks. »Es gibt da gewisse Traditionen …«

»Gewisse Traditionen …«, meckerte Melnitz das Echo.

»… die vielleicht nach den Maßstäben unseres aufgeklärten Zeitalters …«

»Hihihi«, machte Melnitz.

»… und unter dem Aspekt einer modernen Humanität …«

»Hehehe.«

»Das heißt: Man muss natürlich auch bedenken …«

»Hehehehehe.«

»Wenn das Schächten verboten wird«, sagte François und hatte wieder das Lächeln aufgesetzt, vor dem sich seine eigene Mutter fürchtete, »dann werden Sie alle bei unserer nächsten Soiree mit Mohrrüben vorlieb nehmen müssen.«

»Was wirklich schade wäre«, benutzte Direktor Strähle die Gelegenheit, um schnell ein Kompliment auf den Tisch zu streuen, wie Salz auf einen Rotweinfleck. »Gerade der Kalbsbraten …«

Rauhut nickte. »Und der Burgunder«, sagte er. »Mit den geschächteten Trauben.«

»Es gibt da einen einzigen Punkt«, insistierte Kantonsrat Bugmann, »in dem mir vox populi bedenkenswert erscheint. Die Befürworter der Initiative …«

»Pöbel«, sagte Herr Schnegg.

»Die Befürworter der Initiative argumentieren mit ihrer Liebe zur gequälten Kreatur …«

»Auch meine Frau …«

»… und das ist ja wohl ein Argument, dem man sich nicht ganz …«

Salomon hatte die ganze Zeit auf den Tisch getrommelt und schlug jetzt einen so heftigen Wirbel, dass alle zu ihm hinsahen. »Ich werde Ihnen das gerne erklären, Herr Kantonsrat.«

»Fang bitte nicht wieder mit deiner Gematriah an!«

»Gematri… Was?«, fragte Rauhut.

Salomon stützte die Handflächen auf den Tisch. »Ich bin, wie Sie wissen, Viehhändler und habe gelernt, keine Kuh zu kaufen, nur weil man sie mir mit schönen Worten anbietet. Man sollte das, wenn ich Ihnen einen Rat geben darf, Herr Kantonsrat, auch in politischen Dingen so halten.«

Janki bemerkte mit Schrecken, dass Bugmanns Gesicht dunkelrot angelaufen war. Aber vielleicht lag das auch nur am apoplektischen Naturell.

»Die Sache mit der gequälten Kreatur, verehrter Herr Kantonsrat, ist die: Niemand ist so tierlieb wie ein Metzger, der nichts zu schlachten hat.«

»Das habe ich nicht verstanden«, sagte Herr Schnegg.

»Es kommt immer mal wieder vor, dass ein Tier, obwohl es

allen gesundheitspolizeilichen Vorschriften entspricht, sich nach dem Schächten als rituell unrein herausstellt und deshalb von Juden nicht gegessen werden darf. Also muss es an einen christlichen Metzger verkauft werden. Daher die Volksinitiative.«

»Aha!«, sagte Direktor Strähle und versuchte ein Gesicht zu machen, als habe er etwas verstanden.

»Da das Tier ja bereits geschlachtet ist, muss der Verkauf schnell erfolgen. Also zu einem sehr niedrigen Preis. Der Metzger, der das Geschäft macht, freut sich natürlich; alle anderen sind neidisch. Sie haben Angst, dass ihr glücklicherer Konkurrent ihnen die Preise verderben könnte. Und aus dieser Angst heraus entdecken sie plötzlich ihre Tierliebe und möchten das Schächten ganz verbieten. So einfach ist das.«

»Wollen Sie etwa behaupten, dass die Sorge um das Wohlergehen der gequälten Kreatur nur ein Vorwand …?«

»Reine Heuchelei«, sagte Salomon. »Davon müssten Sie als Politiker doch etwas verstehen, Herr Kantonsrat.«

»Omeijn!«, sagte Onkel Melnitz.

Herr Bugmann stand auf, und es war nicht nur einfach ein Sich-Erheben, sondern eine Demonstration. »Ich werde jetzt nach Hause gehen«, sagte er.

Direktor Strähle folgte sofort seinem Beispiel. »Es war ein äußerst angenehmer Abend. Wirklich, sehr, sehr angenehm.«

»Ich bedanke mich ergebenst für die mir erwiesene Gastfreundschaft«, sagte Herr Ziltener.

Beim Hinausgehen blieb Herr Schnegg vor Salomon stehen und betrachtete ihn durch sein Monokel. »Sie wären ein Mann nach meinem Sinne«, sagte er. »Wirklich schade, dass Sie …« Er sprach den Satz nicht zu Ende, aber Janki meinte, Onkel Melnitz lachen zu hören.

Schließlich erhob sich auch Redakteur Rauhut schwankend. »Ich werde jetzt ein paar Schubertlieder singen«, sagte er. Aber es war kein Publikum mehr da.

Als allen Gästen in ihre Mäntel geholfen war – »wenn Sie gestatten, Frau Strähle, es war uns eine Ehre, Frau Schnegg« –, als die letzten Komplimente abgegeben waren, wie Jetons, die man nach einem Spielabend wieder in ihrer Schatulle verstaut, um sie beim nächsten Anlass neu zu verteilen, als auch die abgekämpfte Christine das ihr traditionell zustehende Dankeschön-Geschenk bekommen hatte – ein Paar feiner bestickter Handschuhe, die sie sich gewünscht hatte, aber nie anziehen würde –, ging Chanele auf der Suche nach Schmul ins Esszimmer zurück. Sie hatte immer noch nicht mit ihrem Sohn sprechen können.

Am langen Tisch saß Janki ganz allein. Nein, er saß nicht, sondern war in seinem gepolsterten Stuhl zusammengesunken, ein Feldherr nach verlorener Schlacht. Das schwarze Seidentuch hing ihm als Trauerflor aus dem Hemdkragen. Den Mund hatte er gespitzt, wie zum Pfeifen oder zum Singen, die linke Hand lag flach auf dem Bauch, und mit der rechten klopfte er ungeduldig und wütend dagegen, wie man an eine Tür hämmert, die einem schon lange hätte geöffnet werden müssen. Chanele, der diese Pantomime wohlvertraut war, füllte aus einer Karaffe ein Glas mit Wasser, holte aus der Schublade im Sideboard die Dose mit dem Natron, das Dr. Bolliger verschrieben hatte, und stellte beides vor Janki hin. Er kippte zu viel von dem weißen Pulver ins Glas und schaute Chanele vorwurfsvoll an, als das Gemisch über den Rand schäumte. Nachdem er getrunken hatte, stieß er auf, ohne die Hand vor den Mund zu halten. Darauf kam es nun auch nicht mehr an.

»Es war eine Katastrophe«, sagte er.

»Obwohl wir nicht dreizehn am Tisch waren?«

»Eine gesellschaftliche Katastrophe.«

»Da ist noch etwas, das du wissen musst«, begann Chanele.

Aber Janki hörte nicht zu. »Eine Katastrophe«, sagte er immer wieder. Es klang wie eins der Gebete mit den vielen Wiederholungen, die man an manchen Feiertagen vor sich hin brummelt, bis den Worten der letzte Sinn abgeschliffen ist. »Eine nie wiedergutzumachende Katastrophe.«

»Mathilde Lutz hat mir heute erzählt ...«

Wäre Napoleon III. nach der Niederlage bei Sedan gefragt worden, welches Hemd er am nächsten Tag anzuziehen wünsche, er hätte sein Gegenüber nicht mit größerer Verachtung ansehen können. »Das interessiert mich nicht«, sagte Janki und betonte jede Silbe einzeln. »Verstehst du? Ich will es nicht wissen! Deine kleinen Problemchen aus dem Geschäft sind mir in diesem Moment so unwichtig wie ... wie ... wie ...« Auf der Suche nach einem passenden Vergleich blieb sein Blick an einem Aschenbecher hängen. Er kippte das Gemisch aus grauer Asche und nassgekauten Zigarrenenden auf das gute Damasttischtuch, wo es ein schmutziges Häufchen bildete, wie es Straßenfeger am frühen Morgen zusammenkehren. »Da!«, sagte er. »So unwichtig ist mir das in diesem Moment.«

»Es geht nicht ums Geschäft«, sagte Chanele.

»Es ist mir egal, um was es geht.« Die dramatische Geste – oder das Magenpulver – schien ihm neue Kraft gegeben zu haben, und die apathische Verzweiflung, die er eben noch an den Tag gelegt hatte, wandelte sich in wortreichen Zorn. »Du warst nicht dabei! Du weißt nicht, was passiert ist! Während du friedlich mit den Damen geplaudert hast, über Handarbeiten oder Küchenrezepte oder was immer sonst, während du dir einen schönen Abend gemacht hast ...«

»Nebbich!«, sagte Chanele.

»... während du dein Leben genossen hast, sind sie alle auf mich losgegangen. Sogar Ziltener! Und es war kein Zufall, so etwas passiert nicht einfach von selber. Sie müssen sich abgesprochen haben! Hast du gesehen, wie Rauhut, dieser Säufer, dieser Schassgener, mit Bugmann geflüstert hat? Du hast es natürlich nicht gesehen. So etwas fällt dir ja nicht auf. Sie kommen zu mir, essen mein Essen, trinken meinen Wein, und dann ...«

»Was ist denn passiert?«

Jankis Wut war so schnell heruntergebrannt, wie sie aufgeflammt war. »Es hat keinen Sinn«, sagte er und drückte die Hand an den Leib, als plage ihn dort nicht Sodbrennen, sondern eine tödliche Verwundung. »Man kann machen, was man will, man gehört nicht dazu.«

»Was für eine lächerliche Gesellschaft.« François trat ins Zimmer, mit der demonstrativ federnden Eleganz eines Balletttänzers, der sich auch nach dem Fallen des Vorhangs immer noch von Pose zu Pose fortbewegt.

»Schmul, ich muss sofort mit dir …«

»Einen Augenblick«, sagte François und sah sich suchend um. »So viel Höflichkeit macht einen trockenen Mund.«

»Jetzt auf der Stelle!«

»Ich werde sofort ganz zu deiner Verfügung stehen.«

Und war schon wieder hinausgegangen.

»Salomon ist an allem schuld«, klagte Janki. »Wenn er sich nicht eingemischt hätte! Warum musste er überhaupt heute …?«

»Frag ihn!«

Salomon war hereingekommen, das neue Hemd so weit aufgeknöpft, dass ihm die Schaufäden seines Arba Kanfes über die Hose hingen. »Schade, dass es das Wort ›Krawatte‹ nicht in der Bibel gibt«, sagte er. »Ich bin sicher, es hätte den selben Zahlenwert wie ›Goijim Naches‹.« Goijim Naches sind all die Dinge, die Nichtjuden aus unerfindlichen Gründen für vergnüglich halten.

»Du bist schuld«, sagte Janki.

»Ich weiß zwar nicht woran«, antwortete Salomon, »aber wenn es dir gut tut, will ich gern daran schuld sein.«

»Warum musstest du ihn so attackieren? Ausgerechnet Kantonsrat Bugmann.«

»Er hat eine Frage gestellt, und ich habe sie ihm beantwortet. Sollte ich lieber unhöflich sein?«

»Du hättest gar nicht da sein sollen!«

»Glaub mir«, sagte Salomon Meijer und lächelte friedlich, »wenn ich gewusst hätte, wen du eingeladen hast, wäre ich in Endingen geblieben. Da sind mir meine Schnorrer lieber.«

»Du hast sie Heuchler genannt!«

Salomon breitete die Arme aus. »Nu«, sagte er. Und das hieß in diesem Falle: »Bin ich so alt geworden und soll nicht die Wahrheit sagen dürfen?«

»Was wolltest du überhaupt bei uns?«

»Chanele diesen Brief bringen.« Salomon zog ein mehrfach zusammengefaltetes und nicht mehr ganz sauberes Blatt Papier aus der Hosentasche. »Ich trag ihn schon bald zwei Monate mit mir herum.«

»Es wird ein anonymes Schreiben sein«, war Chaneles erster Gedanke. »Wegen der schwangeren Verkäuferin.«

Aber es war etwas ganz anderes.

»Seit Golde, sie möge in Frieden ruhen, nicht mehr da ist«, sagte Salomon, »habe ich jeden Tag das Gefühl, ich muss Ordnung machen. Ordnung in meinem Leben. Habt ihr euch schon einmal überlegt, dass das Wort ›Widuj‹, Sündenbekenntnis, genau den doppelten Zahlenwert des Wortes ›Liebe‹ hat? Das will uns sagen: Nur wenn wir unsere Fehler eingestehen …«

»Lass mich mit deiner Gematriah in Frieden!«, schrie Janki.

Salomon legte den Brief auf den Tisch und fasste Chanele an beiden Händen. »Ich bin dir dein Leben lang etwas schuldig geblieben«, sagte er.

»Ihr seid immer gut zu mir gewesen.«

»Vielleicht wirst du deine Meinung ändern«, sagte Salomon. »Hier …« Er schob ihr das Schreiben hin. Das Papier knisterte, als sie es auseinanderfaltete.

Es war ganz still im Zimmer.

Bis Schmul hereinkam. Er hatte die übergroße Champagnerflasche, die Strähle mitgebracht hatte, geöffnet und trank ohne

Glas. »Ich weiß«, sagte er und war gar nicht mehr elegant, »ich weiß, das Zeug ist nicht koscher. Aber ich brauche das jetzt.« Breitbeinig pflanzte er sich vor Chanele auf. »Also. Was wolltest du mir sagen?«

»Nichts«, antwortete Chanele. »Das ist jetzt alles nicht mehr wichtig.«

19

Mimi liebte es, Hinda zu verwöhnen.

Das Mädchen war zwar nicht wirklich ihre Nichte, gehörte, wenn man es genau nahm, noch nicht einmal zur Verwandtschaft, aber zu wem sollte man sonst »ma fillette« sagen, wenn man keine eigenen Kinder hatte?

Wenn es hätte sein dürfen, wäre es damals ein Junge gewesen. »Es war ein Junge«, hatten sie zu ihr gesagt, »es war«, und mit diesem einzigen Satz hatte sich lebendige Zukunft in tote Vergangenheit verwandelt. Golde versuchte sie zu trösten, indem sie ihr von ihrem eigenen Unglück erzählte, aber Mimi hörte nicht hin. In jenen Tagen hasste sie ihre Mutter, die von all den Eigenschaften, die sie ihr hätte vererben können, ausgerechnet diese eine an sie weitergegeben hatte: die Unfähigkeit, einen Sohn zu gebären. »Es hat nichts zu bedeuten«, sagten die Ärzte und nickten aufmunternd. »Beim nächsten Mal kann alles gut gehen.« Mimi glaubte ihnen nicht. Sie wollten sie nur trösten, wollten ihr das düstere Bild ihres Lebens schön malen, aber sie war keiner von diesen schwachen Menschen, die man anlügen muss, pas elle, sie konnte den Tatsachen ins Gesicht sehen, und wenn es so sein sollte, dann sollte es eben so sein.

Und sie hatte Recht behalten.

Pinchas, der ein Träumer war, ein tüchtiger Schochet, aber ein Träumer, erzählte ihr Geschichten von Frauen, die erst nach zehn oder zwanzig Jahren Ehe Mutter geworden waren, und sie ließ ihn sich abmühen und dachte: ›Red du nur!‹ Sie fragte ihn nicht einmal, ob er seine Chochmes aus dem Talmud habe oder aus einer der vielen Zeitungen, die er jeden Tag las. Er liebte es, zu argumentieren, nur an den Tatsachen änderte das nichts. Es war, wie es war.

Sie hatte ihr Leben danach eingerichtet. Die Kinderlosigkeit füllte ihre Tage so vollständig aus, wie die Mutterschaft es getan haben würde. Sie zog ihren Kummer groß, ließ ihn heranwachsen und sich entwickeln, wurde immer vertrauter mit seinen Ansprüchen, kämpfte auch manchmal mit ihm, wie mit einem Kind, das einen mit seinem ständigen Verlangen nach Aufmerksamkeit zu ersticken droht, drückte ihn dann wieder an sich und hätte ohne ihn nicht sein können, keine Minute lang. Wenn andere Frauen von ihren Kindern erzählten oder sie gar zu Visiten mitbrachten – oft taten sie es nicht –, dann zeichneten Mimis Fingerspitzen Kreise auf ihre Schläfen und sie redete sich auf ihre Migräne hinaus.

Die Kinderlosigkeit gab ihrem Leben einen Inhalt und ihr selbst eine Rolle. Sie war nicht wie alle anderen, sie hatte etwas zu ertragen und tat es tapfer, und ihr Unglück, wenn sie auch jedem widersprochen hätte, der gewagt haben würde, ihr das zu sagen, machte sie glücklich. Sie war – man ging ins neue Stadttheater und kannte die Fachausdrücke – eine Charakterspielerin geworden, nicht mehr die jugendliche Naive, an die sich nach der Vorstellung niemand erinnert. Sie hatte ihr Thema gefunden und lebte es in immer neuen Variationen.

Wenn Hinda zu Besuch da war, und es war nur recht, dass sie oft kam, ihre Tante war eine einsame Frau mit einem Kummer und brauchte Gesellschaft und Ablenkung, dann lebte Mimi all die Mütterlichkeit aus, die sie in sich vermutete, war beste Freundin und verschwiegene Vertraute. Sie hätte Hinda auch gerne in Liebesdingen gute Ratschläge gegeben und war immer wieder enttäuscht, dass ihre Nichte in diesem Punkt noch ohne jedes Interesse schien. ›Das muss an Chanele liegen‹, dachte Mimi oft. ›So ein trockener Fisch – woher soll die Tochter es haben?‹

Mimis größter Traum war es, für Hinda einen Schidduch zu finden, nicht irgendeinen, sondern den perfekten Schidduch, einen wohlhabenden, gebildeten, ganz besonderen Ehemann. Chanele würde sich bei ihr bedanken müssen, und sie würde sagen: »Mais de rien, ma chère. Ihr lebt in eurem Baden so weit ab von jeder feinen Gesellschaft – da musste sich einfach jemand darum kümmern.« Janki würde sie nebeneinander stehen sehen, seine Chanele, farblos wie die Leiterin eines Mädchenpensionats, und Mimi, eine Dame von Welt, die sich zu benehmen und zu kleiden wusste. Sie würde ihn anlächeln, schwesterlich anlächeln, und sagen: »Ich hoffe, du bist glücklich geworden.« Sie wusste auch schon genau, welchen Hut sie an jener Chassene tragen würde, nichts Auffälliges, certainement pas, eine kinderlose Frau, deren Leben voller Kummer ist, putzt sich nicht heraus, aber sie hatte bei ihrer Putzmacherin Federn von schwarzen Schwänen gesehen, weiche, traurige Federn.

›Ich bin ein schwarzer Schwan‹, dachte Mimi.

Bei einer Teegesellschaft hatte sie Hinda neben Siegfried Kahn gesetzt, der Jura studierte und bei der Wichtigkeit, die seine Familie im Seidenimport hatte, bald ein erfolgreicher Rechtsanwalt sein würde. Darüber hinaus war er, abgesehen von einer kränklichen Schwester, ein Einzelkind und würde einmal alles erben. Aber Hinda hatte nach der Begegnung nur gelacht und Mimi vorgespielt, wie der Herr Student seinen Kopf in dem hohen Stehkragen wie eine Eule hin- und herzuwenden pflegte, »als ob er gar keinen Hals hätte«. Mit Mendel Weisz aus der Mazzenbäckerdynastie war es Mimi nicht besser ergangen; Hinda hatte seine umständlichen Komplimente über sich ergehen lassen und dann gesagt: »Zu Pessach mag eine Mazzenfabrik ja ganz nützlich sein, aber was mach ich den Rest des Jahres mit ihm?«

Chanele hatte ihre Tochter wirklich nicht gut auf das Leben vorbereitet.

Heute standen keine jungen Männer auf dem Programm, aber wusste man, wem man in der Stadt begegnen würde? Hindas Kleider waren zwar alle von guter Qualität, schließlich war sie die Tochter der größten Stoffhandlung von Baden, aber doch alle très simples, für ein Provinznest besser geeignet als für eine richtige Stadt. Zum Glück hatte Mimi Geschmack, und mit einem netten Cape und einem Sonnenschirm lässt sich eine Menge machen.

Sie selber trug ein ganz schlichtes zweiteiliges Tageskleid aus dunkelblauem Seidensatin, der Jupon gerade geschnitten, mit breitem Faltenvolant und aufgenähtem Atlasband, und auch die lange Jacke ganz einfach, nur am Rand mit einer kleinen Plisseerüsche besetzt und mit einem wirklich ganz unauffälligen dreieckigen Einsatz aus Seidenatlas. Das Haar trug man sowieso sehr streng in diesem Jahr, mit einem Nichts von Hütchen. Nur gerade ihr Schirm war ein kleines bisschen extravaganter.

»Wo gehen wir hin?«, fragte Hinda.

»Wir werden später im Palmengarten eine Schokolade trinken. Aber vorher … Du wirst schon sehen.«

Die Wohnung war an der Sankt-Anna-Gasse, direkt über der Metzgerei. Mimi wohnte nicht wirklich gerne dort. Ein Ladengeschäft im Hause war ihrer Meinung nach très ordinaire, aber natürlich war es auch praktisch. Seit Pinchas einen Kompagnon aufgenommen hatte, den jungen Elias Guttermann, einen sehr tüchtigen und zum Glück auch selbständigen Schochet, konnte er sich öfter mal für eine Stunde oder zwei aus dem Geschäft absentieren und musste dann nur eine Treppe hochsteigen und saß schon an seinem Schreibtisch. Er verfasste in den letzten Jahren immer häufiger kleine Artikel, die unter dem Kürzel -pp- in ein paar deutschen Zeitungen und jetzt sogar im neu gegründeten Zürcher *Tages-Anzeiger* erschienen waren. Eine brotlose

Kunst, natürlich, aber die Metzgerei lief gut, und Mimi, sie betonte es oft, mischte sich da nicht ein.

Sie gingen nicht in Richtung Löwenstraße, wo, nur ein paar Schritte von der Metzgerei entfernt, die Synagoge war, sondern zuerst zur Bahnhofstraße und dann durch eine der kleinen Gassen in die Altstadt hinauf. Mimi wollte immer noch nicht erzählen, was sie vorhatte. »Du brauchst keine Angst zu haben, Hinda«, sagte sie, »es kann überhaupt nichts passieren.«

Hinda lachte. Es war schwer vorstellbar, dass einem in der Gesellschaft von Tante Mimi irgendetwas Ernsthaftes, geschweige denn Furchteinflößendes zustoßen sollte.

Sie kamen zu einem Haus in der Wohllebgasse, ein so schmales Gebäude, als wären seine Nachbarn nur widerwillig ein bisschen zur Seite gerückt, um ihm Platz zu machen. Zu ebener Erde hatte ein Polsterer seine Werkstatt. Eine Gruppe zerschlissener Sessel mit herausquellender Füllung stand im Halbkreis auf der Straße, wie in Erwartung ungeliebter Gäste.

Um ins Haus zu gelangen, musste man zuerst die Werkstatt betreten und sie dann durch eine ungehobelte seitliche Holztür gleich wieder verlassen. Der stechende Duft von kochendem Leim wurde in dem engen, dunklen Treppenhaus von einem intensiven Geruch nach Kohlsuppe abgelöst, ein Arme-Leute-Geruch, den Mimi bei anderer Gelegenheit als dégoûtant oder affreux bezeichnet haben würde. Jetzt raffte sie nur ihren Rock und stieg vor Hinda her die knarrende Treppe hinauf, vorbei an einer Tür, hinter der sich Säuglingsgeschrei und eine schimpfende Frauenstimme ablösten, und einer zweiten, hinter der ein Hund wütend kläffte und sich mit dumpfem Aufprall immer wieder gegen das Holz warf.

Im obersten Stockwerk, wo die Wände schon schräg wurden, blieb Mimi vor einer Tür stehen, an der ein Löwenkopf aus Messing befestigt war. Er war wohl als Türklopfer gedacht, aber in seinem Maul fehlte der dazugehörige Ring.

»Was …?«, begann Hinda zu fragen.

Mimi legte ihr einen Finger auf die Lippen. »Zieh schon mal deine Handschuhe aus«, flüsterte sie.

Auch ohne Anklopfen bemerkte man ihre Ankunft. Eine hagere Frau, vielleicht fünfzig Jahre alt, vielleicht auch viel älter, öffnete die Tür einen Spalt weit. Sie trug einen hellgrauen Rock und eine hochgeknöpfte Bluse in derselben Farbe, am Hals von einer silbernen Brosche verschlossen. Ein Tuch aus gestärktem, ebenfalls grauem Stoff bedeckte ihre Haare. Die Augen hatte sie zusammengekniffen, als sei selbst das düstere Licht des Treppenhauses zu hell für sie. Ohne ein Wort der Begrüßung nickte sie Mimi zu, so sachlich, wie man ein Laken auf einer Wäscheliste abhakt, und richtete dann ihren misstrauischen Blick auf Hinda.

»Wer ist das?«, fragte sie tonlos.

»Meine Nichte«, antwortete Mimi. »Madame Rosa weiß Bescheid.«

»Sie hat mir nichts davon gesagt.« Die hagere Frau schien den Durchgang zuerst nicht freigeben zu wollen, trat dann aber doch einen Schritt zur Seite. »Sie sind zu spät«, zischte sie vorwurfsvoll.

Auch in dem engen Gang hing ein Geruch nach Kohlsuppe, vermischt mit einem penetranten süßlichen Duft, den Hinda nicht einordnen konnte. In großen Tellern, ganz gewöhnlichen Suppentellern, die den Wänden entlang auf dem Boden standen, blakten Kerzen, von deren Dochten rußiger Rauch aufstieg.

Hinda musste husten. Die grau gekleidete Frau, die vor ihr herging, drehte sich zu ihr um und warf ihr einen vorwurfsvollen Blick zu. Dann öffnete sie die Tür zu einem Zimmer, dessen Fenster, mitten am Nachmittag, mit schweren Samtvorhängen abgedeckt waren.

Fünf oder sechs Leute, so genau konnte das Hinda im Halbdunkel nicht gleich erkennen, saßen um einen runden Tisch. Der

Raum war winzig, noch kleiner als in Baden die Dienstmädchenzimmer unter dem Dach. Damit Mimi einen freien Platz einnehmen konnte, mussten vier Leute aufstehen und sich in eine Ecke des Zimmers und in die Fensternische zwängen. Der schwere Vorhang wurde dabei einen Moment lang zur Seite geschoben, helles Sonnenlicht drang wie ein Blitz herein und beleuchtete, an einer Wand ohne Tapete, ein ungerahmtes Ölgemälde, das eine nebelverhangene Schlucht darstellte.

Hinda, trotz ihrer Irritation für ein Abenteuer immer zu haben, wollte Mimi folgen, aber jemand hielt sie fest. Die hagere Frau hatte ihren Sonnenschirm ergriffen und schien ihn nicht mehr loslassen zu wollen. Erst als sie sah, dass die Frau auch Mimis Schirm über dem Arm hängen hatte, begriff Hinda, dass sie ihn ihr abnehmen wollte. Sie drückte sich der Tischkante entlang zu ihrem Platz, und auch alle anderen setzten sich mit viel Stühlerücken wieder hin. All das geschah ohne ein Wort.

Hinda spürte erschrocken eine Berührung an ihren Beinen; es war aber nur die verschossene dunkelbraune Tischdecke, die bis zum Boden reichte. Links von ihr saß Mimi, rechts eine asthmatisch schwer atmende Frau, die ungesund nach Schweiß roch. Beide hatten ihre Hände mit gespreizten Fingern auf die Tischdecke gelegt. Hinda sah sich um und stellte fest, dass alle anderen Anwesenden dieselbe Haltung eingenommen hatten, so dass sich ihre kleinen Finger berührten und das Ganze eine Art Kette bildete. Hinda schloss sich ihnen an; es schien von ihr erwartet zu werden. Der Finger der fremden Frau war kalt und feucht.

Fast eine Minute lang passierte gar nichts. Dann sagte die hagere Frau, die als Einzige stehen geblieben war: »Wir schließen die Augen.« Obwohl sie immer noch flüsterte, fühlte sich Hinda durch den Klang ihrer Stimme an eine strenge Gouvernante erinnert.

Gehorsam senkte sie die Lider, aber nur halb. Wenn die Kauhanim im Betsaal zum Priestersegen vor die Gemeinde traten, dann war Hinsehen ebenfalls verboten, es ging unter den jüngeren Kindern sogar das Gerücht, dass man von einem gestohlenen Blick blind werden könne. Arthur, ängstlich, wie er war, hatte sich immer an das Verbot gehalten, aber Hinda hatte der Versuchung einmal nicht widerstehen können. Es war ihr nichts Schlimmes passiert, aber sie hatte auch nichts Aufregendes gesehen. Nur den Kaufmann Mosbacher mit seinem Sohn und den alten Herrn Katz, alle drei mit ausgestreckten Armen, den Tallis über den Kopf gezogen.

Was sie jetzt unter ihren gesenkten Wimpern hervor rund um den Tisch erblickte, war noch viel weniger aufregend.

Es waren, mit einer Ausnahme, lauter Frauen, die sich hier versammelt hatten. Der einzige Mann saß direkt neben Mimi, ein älterer Herr mit einem schmalen weißen Bärtchen, den man sich als Gelehrten vorstellen konnte oder doch als einen Spezereienhändler, der in freien Stunden gern mal ein Buch zur Hand nimmt. Die Frau neben ihm trug eine Brille mit ganz kleinen Gläsern, die in den Speckfalten ihres runden Gesichts versanken wie Rosinen in einem frischen Teig. Ihre Augen hatte sie so fest zugedrückt, dass sie einem greinenden Säugling glich. Dann kam eine jüngere Dame mit hochmütigem Gesichtsausdruck; man hatte den Eindruck, dass sie die Augen nur geschlossen hatte, um die unwürdige Gesellschaft, in die sie gegen ihren Willen geraten war, wenigstens nicht sehen zu müssen.

Als Nächste, schräg gegenüber von Hinda, saß eine kleine, gemütliche Frau, die ein bisschen aussah wie die Gattin des Bäckers Pfister am Kirchplatz, bei der man nicht nur die besten Spanischen Brötchen bekam, sondern auch immer den neuesten Klatsch erfuhr. Sie trug als einzige der Damen keinen Hut, sondern hatte ihre Haare unter einem farbigen Turban versteckt, auf dem vorne ein emailliertes Medaillon prangte. Das war wahrscheinlich Madame Rosa.

Als Nächste war da eine Frau ganz in Schwarz, mit einem am

Hut befestigten halblangen Witwenschleier, der ihre Augen verdeckte, und dann kam schon die schwitzende Frau mit dem schweren Atem. Um sie näher zu betrachten, hätte sich Hinda unhöflich zu ihr hinwenden müssen.

»Ist ein guter Geist da, der zu uns sprechen will?«, fragte die Frau mit dem Turban. Sie sagte es im groben Dialekt einer Vorstadtgemeinde, und so völlig unfeierlich, wie man sich erkundigt, ob die Post schon eingetroffen ist. Hinda, mit ihrem Talent, in allen Dingen das Lächerliche zu sehen, musste sich große Mühe geben, nicht herauszuplatzen.

»Ich frage noch einmal: Ist ein guter Geist da, der zu uns sprechen will?«

Hinda konnte sich auch später nicht erklären, was dann geschah. Der Tisch unter ihren Händen schien sich zu bewegen, schien in die Höhe zu steigen und sich wieder zu senken, wie jemand, der sich im Schlaf umwälzt und gleich wieder zur Ruhe kommt. Ein deutlich hörbares Klopfen erklang, als das Tischbein wieder den Boden berührte.

»Wir begrüßen dich«, sagte Madame Rosa, und alle Anwesenden wiederholten: »Wir begrüßen dich.«

»Wie ist dein Name?«, fragte Madame Rosa.

Wie in Schul, wenn der Moment dafür gekommen ist, begannen die Leute um den Tisch gleichzeitig vor sich hin zu murmeln. Hinda dachte einen Moment lang an ein Gebet, aber dann verstand sie die seltsamen Laute.

A. B. CDEFG.

Sie sagten in halblautem Chor das Alphabet auf.

HIJKLM.

Wie kleine Kinder in der Schule.

NOPQR.

Klopfen.

»R«, sagte Madame Rosa.

Der Sprechchor begann von vorne.

ABCDEFG.

Diesmal kam das Klopfen nach dem O.

Und dann nach dem D.

Und wieder nach dem O.

R. O. D. O. L. P. H. E.

»Rodolphe«, sagte Madame Rosa. Ein besonders kräftiges Klopfen bestätigte den Namen.

Neben Hinda begann Tante Mimi zu schniefen.

»Er ist es«, stieß sie unter Tränen hervor. »Ich hätte ihn Rodolphe genannt, wenn er ... wenn er ...«

Ein ungeduldiges Klopfen unterbrach sie. Unter Hindas Händen bockte der Tisch wie ein störrisches Pferd.

»Willst du uns etwas sagen?«, fragte Madame Rosa.

Klopfen.

Und das Gemurmel begann von vorne. ABCDE.

M. buchstabierte der Tisch diesmal. M. A. M. A.

»Er spricht mit mir«, schluchzte Mimi.

Es roch immer noch nach Kohlsuppe.

Hinterher, als sie im Palmengarten saßen, beteuerte Mimi, dass sie an die Sache natürlich nicht glaube, nicht wirklich, es sei bestimmt eine Menge Hokuspokus dabei und sie komme sich schon ein bisschen ridicule vor, aber andererseits ... Woher hätte der Tisch, oder irgendjemand, wenn Betrug dabei wäre, woher hätten sie den Namen Rodolphe kennen können, nicht einfach Rudolf, wie das hierzulande geschrieben und gesagt wurde, sondern Rodolphe, französisch, so ein ungewöhnlicher Name, woher hätte das jemand wissen sollen? Und selbst wenn – sie konnte wohl sehen, dass Hinda schon wieder lachte, sie brauchte es gar nicht zu verstecken und vielleicht hatte sie ja recht –, und selbst wenn das alles nur Theater gewesen sein sollte, eine Inszenierung für die Leichtgläubigen, ihr habe es doch wohlgetan, so wohlgetan, wie sich das Hinda überhaupt nicht vorstellen könne. Wer noch nie einen richtigen Kummer erlebt habe, sagte

Mimi, wer richtige Zores gar nicht kenne, der könne das nicht begreifen, aber wenn man so viel durchgemacht habe wie sie, da greife man nach jedem Strohhalm. Und was die Stimme gesagt habe – für sie sei es eine Stimme, auch wenn man natürlich nur die Klopfzeichen höre, die Madame Rosa dann deuten müsse –, was die Stimme gesagt habe, sei so richtig gewesen, so klar und eindeutig nur für sie bestimmt, dass es ihm gut gehe, dass er glücklich sei und dass er sie liebe, ach, Hinda hatte ja keine Ahnung, was das für eine Mutter bedeutete, die ihr Kind nie hatte in den Arm nehmen oder es am Freitagabend hatte bentschen dürfen. Rodolphe hatte sie ihn nennen wollen, nach einem Buch, das ihr einmal jemand vorgelesen hatte, es war schon so lange her, dass sie manchmal glaubte, sie hätte auch das nur geträumt.

Dann schenkte Mimi Schokolade ein, ganz damenhaft, mit behandschuhten Fingern, und bestellte zwei Crèmeschnitten, denn seelische Aufregungen machten ihr immer Appetit.

Als die Sitzung vorbei gewesen war – »Es geht hier um ein naturwissenschaftliches Experiment, deshalb sprechen wir von einer Sitzung«, wurde Hinda von dem älteren Herrn belehrt, der, wie sich herausstellte, sein ganzes Leben Pädagoge gewesen war, Professor für Physik und Chemie an der höheren Töchterschule –, als die hagere Frau die Vorhänge aufgezogen und das kleine Zimmer in seiner ganzen kleinbürgerlichen Schäbigkeit enthüllt hatte, da war man noch ein bisschen herumgestanden, sehr unbequem, denn selbst nachdem die Stühle hinausgetragen waren, drückte man den Rücken immer noch an die schräge Wand, und hatte Konversation gemacht. Das allgemeine Interesse galt Hinda, als der neuen Adeptin, wie die schwer atmende Frau das nannte, die sich als Oberrichtersgattin Hermine Mettler vorstellte. Sie selber, vertraute sie Hinda an, sei schwer krank und von den Ärzten schon lange aufgegeben worden, aber in der Verbindung mit dem Jenseitigen finde sie immer wieder neue Kraft, und ihr Seelenführer habe ihr sogar versprochen, sie müsse nur einmal ein richtiges ektoplasmisches Phänomen erleben, um wieder ganz gesund zu werden.

Die Frau mit der kleinen Brille und ihre hochmütige Sitznachbarin waren Mutter und Tochter und kamen zu jeder Sitzung, weil Madame Rosa bei ihnen ganz besondere mediale Kräfte entdeckt hatte, die es im Kreis der Hände einfach brauchte, um den Kontakt zur anderen Welt herzustellen. Die verschleierte Frau nahm am Gespräch nicht teil, tupfte sich nur mit einem Tüchlein aus schwarzen Spitzen die Augen und sagte manchmal in eine Pause hinein »Ja, ja«.

Madame Rosa war als Einzige sitzen geblieben. Sie sah, um ein Wort aus Mimis Vokabular zu verwenden, trotz ihres exotischen Kostüms très ordinaire aus, wie eine Waschfrau nach einem langen Tag im heißen Dampf oder wie Christine nach dem letzten Gang eines großen Diners. Das Emaille-Medaillon an ihrem Turban stellte übrigens ein offenes Auge dar. Sie war, wie Mimi auf dem Weg zum Alpenquai erklärte, eine entfernte Verwandte des Polsterers und Hausbesitzers, hatte ihre besonderen Fähigkeiten erst sehr spät und nur durch Zufall entdeckt und nahm für die Leitung der Sitzungen prinzipiell kein Geld; man steckte nur der hageren grauen Frau etwas für die Unkosten zu, ganz ohne Zwang, man konnte geben, was man wollte.

Als sie sich von ihr verabschiedeten, hatte Madame Rosa eine nach Kohlsuppe riechende Hand an Hindas Wange gelegt, hatte sie angesehen und dann mit einem Kopfschütteln gesagt: »Heute ist ja ein besonderer Tag für dich, mein Kind.«

Sie waren die Treppe hinuntergestiegen – der Säugling hatte aufgehört zu schreien, und der Hund bellte nur noch ganz heiser –, und als sie aus der Tür der Werkstatt traten und wieder frische Luft atmeten, da hatte Hinda so heftig lachen müssen, dass sie sich in einen der kaputten Sessel geworfen und mit den Beinen gestrampelt hatte.

Auf dem Weg durch die Stadt war das Lachen immer wieder

in ihr aufgestiegen, und schließlich hatte sie auch Mimi damit angesteckt. Die beiden kicherten wie Schulmädchen, die ein Geheimnis teilen, und mussten sogar – »Aber du darfst das zu Hause nicht erzählen, es gilt nicht als fein!« – die neu eröffnete Bedürfnisanstalt für Damen am Bürkliplatz aufsuchen, denn Mimi waren vor Lachen die Tränen gekommen, und ohne das Gesicht frisch gepudert zu haben, konnte sie sich in der vornehmen Gesellschaft des Palmengartens nicht zeigen.

20

Der Palmengarten in der Tonhalle war in Zürich der fashionabelste Ort, um eine Tasse Schokolade zu trinken. Nun ja, die Halle des Hotels Baur en Ville beim Paradeplatz war vielleicht noch ein kleines bisschen exklusiver, aber dort verkehrte ein ganz anderes Publikum, vorwiegend ausländische Reisende, und Mimi hatte nie eingesehen, warum man seine guten Toiletten Menschen vorführen sollte, die man überhaupt nicht kannte. Im Palmengarten traf man immer vertraute Gesichter, vor allem am Nachmittag, wenn auf der Estrade das Orchester spielte, »unter der Leitung des Herrn Kapellmeisters Fleur-Vallée«, wie es in den Annoncen stand. Herr Fleur-Vallée war ein guter Kunde der Metzgerei und hieß Blumental.

Die vier riesigen Palmen, die dem Café den Namen gaben, wuchsen aus metallbeschlagenen Kübeln, die alle Vierteljahre vom ganzen Personal mit vereinten Kräften und viel Hauruck gedreht werden mussten, damit sie nicht einseitig dem Licht der Fensterfront entgegenwucherten. Mimi wusste das von Herrn Fleur-Vallée, der sich darüber beschwert hatte, dass man doch tatsächlich von ihm, einem feinsinnigen Künstler, erwartete, sich an dieser grobschlächtigen Aktion zu beteiligen.

Für jemanden, der sich nicht auskannte, mochte der Palmengarten wie ein gleichmäßiges Meer von kleinen runden Tischen erscheinen, da und dort für größere Gesellschaften zu zufälligen Inselgruppen zusammengespült. Aber genau wie man bei der Auswahl seines Wohnquartiers nicht einfach aufs Geratewohl irgendwo hinzog, sondern die Nähe von seinesgleichen suchte – kleine Handwerker in der Altstadt, Arbeiter im gerade erst eingemeindeten Wiedikon, Juden rund um die Synagoge an der Löwenstraße –, so gab es auch hier eine klare soziale Abstufung zu beachten, die zwar nirgendwo festgehalten, den Habitués aber trotzdem wohlvertraut war.

Die gesuchtesten Plätze waren die an der hellen Südfront – »aber nicht direkt am Fenster«, hatte Mimi Hinda erklärt, »das ist billig. Es soll ja nicht aussehen, als habe man es nötig, sich auszustellen wie in einem Schaufenster.« Man suchte sich seinen Platz in der zweiten Reihe, nicht zu weit weg vom breiten Durchgang; man wollte ja sehen können, wer da kam und ging. Es gab im Palmengarten ein Quartier der älteren Ehepaare, ein Arrondissement der Zeitungsleser und so fort. Direkt vor der Orchester-Estrade saßen mit Vorliebe Studenten im Wichs und junge Damen, die deren Nähe suchten. Auswärtige Gäste mussten sich mit einem Platz im Niemandsland irgendwo dazwischen zufrieden geben.

Heute waren sehr viele untypische Gäste im Palmengarten, lautstarke, teilweise abenteuerliche Gestalten, »keine wirklich vornehmen Leute«, wie Mimi nach einem Blick auf die ausgefransten Kragen und lange nicht gebürsteten Hüte feststellte. Um ihre Tische, auf denen sich Broschüren stapelten, standen die Stühle so dicht gedrängt, dass sich die schwer beladenen Kellner kaum ihre Wege bahnen konnten. Manche der Männer hatten sich nicht einmal hingesetzt, sondern versperrten, ein Glas oder eine Flasche in der Hand, die Durchgänge, und alle waren sie in eine endlose Debatte verwickelt, gestikulierten und redeten aufeinander ein.

»Das sind die Sozialisten«, sagte Herr Fleur-Vallée. Er war nach den von ihm selbst arrangierten Variationen über beliebte Volksweisen und dem abschließenden ›Tscherkessischen Zapfenstreich‹ zu Frau Pomeranz und ihrem Gast an den Tisch gekommen und hatte beide mit einem Handkuss begrüßt, was bei Hinda gleich wieder neues Gelächter auslöste. Wenn man ihn auf der Estrade dirigieren sah, erinnerte der Kapellmeister an eine Spieldosenfigur, alles winzig, ebenmäßig und aufs Feinste herausgeputzt. Aus der Nähe betrachtet war er einfach ein kleiner Mann mit einer großen Nase, nicht levantinisch gekrümmt, wie man es den Juden gern nachsagt, sondern durch eine Krankheit angeschwollen und violett verfärbt, ein Schönheitsfehler, den Herr Fleur-Vallée mit viel Puder zu kaschieren suchte. Die Aufschläge seines als Dienstkleidung getragenen Fracks waren deshalb immer weiß bestäubt.

»Die Sozialisten«, wiederholte er und machte dazu ein Gesicht, als habe ihm ein Trompeter mitten in die feinste Pianissimo-Stelle hineingetrötet. »Sie halten hier in der Tonhalle ihren Weltkongress ab. Schon seit drei Tagen. Menschen ohne jedes Gefühl für Musik. Sogar bei ›Åses Tod‹ reden sie einfach weiter, und das ist nun doch wirklich fast wie Kol Nidre.«

Wie um ihn zu bestätigen, schwoll die Diskussion an den zusammengerückten Tischen in diesem Moment zu einem dissonanten Crescendo an. »Sie werden sich noch prügeln«, sagte Herr Fleur-Vallée. »Es wäre nicht das erste Mal.«

»Wo kommen diese Leute her?«, fragte Mimi.

»Aus Deutschland«, sagte Herr Fleur-Vallée und zeichnete bei jedem Land, das er aufzählte, mit zusammengepresstem Zeig- und Mittelfinger einen Schlenker in die Luft, dirigierte quasi eine Landkarte. »Aus Österreich-Ungarn. Aus Frankreich. Aus England. Aus Italien. Aus Russland. Aus Polen. Und aus Amerika, vermute ich.«

»Sie scheinen sich mit diesen Sozialisten aber gut auszukennen«, sagte Mimi und drohte ihm mit dem Finger, eine Gebärde, die sie der Soubrette des Stadttheaters abgeschaut hatte.

»Ich habe das musikalisch festgestellt«, sagte der kleine Kapellmeister und hob sich auf die Zehenspitzen, als lasse ihn der Stolz über die eigene Schlauheit größer werden. »Vermittels einer Fingerübung, die noch aus der Zeit stammt, als ich in Bad Kissingen Primgeiger des Kurorchesters war. Ein Potpourri aus Landeshymnen, im Stil Rossinis gesetzt, ganz leicht und scherzando, aber mit sehr gewagten Übergängen. Spielen Sie ein bisschen Klavier?«, fragte er Hinda übergangslos.

»Leider nein.«

»Das ist ein Glück, glauben Sie mir. Ein großes Glück! Lassen Sie es dabei! Es ist besser, gar kein Instrument zu spielen, als es dilettantisch zu tun. Wie oft musste ich schon bei Gesellschaften so genannte Musikliebhaber begleiten. Liebhaber, du gütiger Himmel!« Er schlug sich in dramatischer Verzweiflung die Hand vors Gesicht. Es sah aus, als wolle er seine geschwollene Nase verbergen. »Aber was wollte ich gerade …? Die Landeshymnen, natürlich. Passen Sie auf.« Immer noch neben dem Tisch stehend, beugte er sich zu den beiden Frauen herunter, wie ein dienstfertiger Kellner beim Aufnehmen einer Bestellung und begann leise die österreichische Kaiserhymne zu singen. »›Gott erhalte, Gott beschütze unsern Kaiser, unser Land, mächtig durch des Glaubens Stütze führt er uns mit weiser Hand! Allons enfants de la patrie, le jour de gloire est arrivé.‹ Ein gewagter Übergang, nicht?«

»Und was hat das mit den Sozialisten zu tun?«, fragte Hinda.

»Ein kleines Spielchen, mit dem wir uns in Bad Kissingen die Zeit vertrieben haben. Man ist ja künstlerisch nicht wirklich gefordert in so einem Kurorchester. Bevor wir das Potpourri gespielt haben, haben wir immer auf die einzelnen Länder gewettet. Haben uns die Menschen im Publikum angesehen und versucht zu erraten, wo sie wohl herkommen.«

»Und dann …?«

»Es ist nämlich so, dass die Leute applaudieren, wenn die Hymne ihres Landes gespielt wird. Ich weiß nicht warum; sie tun es einfach. Zumindest in diesem Punkt scheinen die Herren Sozialisten genauso patriotisch zu sein wie alle andern.«

Weil sie daraufhin alle die Köpfe wendeten – sinnloserweise, denn man sieht Menschen, wenn sie nicht gerade Fahnen schwingen, ihren Patriotismus ja nicht an –, weil sie also alle gerade in diesem Moment zu den Tischen der Kongressteilnehmer hinschauten, konnten sie genau beobachten, was dort passierte und was am nächsten Tag unter dem Titel ›Krawall im Palmengarten‹ sogar in der Zeitung stehen sollte.

Die Worte der Diskussion verstanden sie nicht, hatten keine Ahnung, worum es ging, aber einer der beteiligten Männer musste etwas gesagt haben, das seine Zuhörer so sehr empörte, dass sie nicht mehr mit Argumenten, sondern nur noch mit geschwungenen Biergläsern zu antworten wussten. Das Ergebnis war, dass mitten im Archipel der zusammengerückten Tische ein Vulkan auszubrechen schien. Eine Flutwelle von Stühlen, Geschirr, flatternden Flugblättern und heruntergeschlagenen Hüten ergoss sich in alle Richtungen, und darin, vom Sturm ans Ufer gespülte Fische, zappelten kämpfende Männer und prügelten noch im Hinfallen aufeinander ein.

Das Ganze geschah so schnell, dass Mimi und Hinda nicht einmal die Zeit hatten, richtig zu erschrecken. Sie hatten sich die plötzliche Aufregung noch gar nicht richtig erklären können, als auch schon ein junger Mann, von einem anderen gestoßen, rücklings gegen ihren Tisch prallte und ihn umwarf. Die Tassen mit der Schokolade und die Teller mit den Crèmeschnitten flogen durch die Luft, wie von einem Katapult geschleudert. Der Mann selber landete im Straucheln halb auf Hindas Schoß und brachte auch sie beinahe zu Fall.

Hinda hörte neben sich Mimi schreien, einen langgezogenen,

hohen Ton, wie wenn man auf dem Schofar ein Tekijoh bläst, nur dass es gar nicht Mimi war, die da schrie, sondern Herr Fleur-Vallée.

Der fremde Mann rutschte von ihren Knien ganz langsam zu Boden, versuchte sich, blindlings ins Leere greifend, an irgendetwas festzuhalten, bekam den Ärmel von Hindas Kleid zu fassen, zog sich daran hoch und riss dabei den Ärmel aus der Naht, mit einem Geräusch, das für Mimi, die der Schreck unterdessen eingeholt hatte, wie ein Kanonenschuss klang.

Der Mann rappelte sich auf, lachte Hinda mit großen weißen Zähnen an, als sei die ganze Sache nur ein harmlos amüsanter Zwischenfall gewesen, sagte etwas Unverständliches in einer fremden Sprache und stürzte sich wieder ins Getümmel. Hinda versuchte ihm mit den Blicken zu folgen, aber die aufgewühlten Menschenfluten hatten ihn gleich wieder verschlungen.

Das Ganze dauerte nur wenige Minuten. So schnell, wie sich die Gemüter erhitzt hatten, kühlten sie auch wieder ab. Man klopfte sich gegenseitig den Staub von den Anzügen, verlorene Hüte wurden aufgelesen, ausgebeult und wieder aufgesetzt, umgeworfene Pflanzenkübel aufgestellt. Auf Tischplatten – die Beine hatten wohl als Schlagstöcke ihren Dienst getan – wurden Verletzte hinausgetragen. Als endlich zwei uniformierte Polizisten so eilig, wie es ihre amtliche Würde zuließ, den Palmengarten betraten, waren die vorher so zerstrittenen Tagungsteilnehmer schon ganz friedlich dabei, den Kellnern beim Aufräumen zu helfen.

Herr Fleur-Vallée brauchte bedeutend länger, um sich zu beruhigen. Er war nun mal ein sensibler Künstler, Frau Pomeranz würde das bestätigen können, und für Aufregungen dieser Art nicht gemacht. Aber weniger als die Angst um das eigene Wohlergehen war es die Sorge um Hinda gewesen, die ihn so hatte den Komment verlieren lassen, und er hoffte doch sehr, dass das gnädige Fräulein keinen Schaden genommen und sich von dem unangenehmen Erlebnis schon wieder ein wenig erholt habe.

Er musste seine besorgte Frage zweimal stellen, bevor Hinda ihn hörte. Ganz gedankenversunken beobachtete sie zwei Delegierte, die auf der Kampfstätte verstreute Flugblätter einsammelten. Keiner von beiden war der Mann, der so unsanft mit ihr zusammengestoßen war. Vielleicht war er unter den Verletzten gewesen.

»Leg dir wenigstens das Cape um!«, sagte Tante Mimi. »Was sollen die Leute denken, wenn sie dich in einem zerrissenen Kleid sehen wie eine Zigeunerin?«

Sie wollte ja eigentlich sofort nach Hause gehen, aber der Wirt des Palmengartens, der von Tisch zu Tisch eilte, um sich bei seinen Stammgästen persönlich für die Unannehmlichkeiten zu entschuldigen, bestand darauf, dass ihnen zuerst noch einmal Schokolade serviert wurde, samt Crèmeschnitten, selbstverständlich auf Kosten des Hauses.

»Nun ja«, meinte Mimi, »die Stärkung wird uns vielleicht gut tun, nach all den Aufregungen.«

»Wie du meinst«, sagte Hinda und hatte gar nicht zugehört.

Herr Fleur-Vallée war immer noch ganz blass, und Mimi bestand darauf, dass er sich zu ihnen setzen und ebenfalls Schokolade trinken musste, auf Kosten des Hauses.

Auch die Sozialisten, als sei nichts gewesen, saßen schon wieder an ihren Tischen und diskutierten. Mimi sah es mit gutbürgerlicher Missbilligung.

»Solche Leute sollte man überhaupt nicht ins Land lassen«, meinte sie. »Alle Knochen hätte er dir brechen können, Hinda.«

»Wie bitte?«

»Zum Krüppel hätte er dich machen können.«

»Er hat es nicht absichtlich getan. Und es ist ja nicht wirklich etwas passiert.«

»Dein Kleid hat er dir zerrissen. Ist das nichts? Na schön,

wenn du mich fragst, es ist nicht wirklich schade drum, die neueste Mode ist es ja nun nicht, aber trotzdem … Wo kommen wir denn hin?«

»Immerhin hat er sich entschuldigt«, sagte Herr Fleur-Vallée.

»Haben Sie etwa verstanden, was er gesagt hat?«

»Sie nicht, Frau Pomeranz?«

»Kann ich Russisch oder Polnisch oder was immer es war?«

»Es war nicht Russisch«, sagte der Kapellmeister und rieb sich in einer besserwisserischen Geste die Nase, dass der Puder sprühte. »Es war auch nicht Polnisch.«

»Was denn sonst?«

»Jiddisch«, sagte Herr Fleur-Vallée.

»Seid mir moijchel«, hatte der Mann gesagt, »entschuldigen Sie.« Er hatte nicht das Jiddisch gesprochen, das hierzulande üblich war, sondern die osteuropäische Variante, die den Juden vom Baltikum bis hinunter nach Bessarabien als Lingua franca diente. Es gab eine ganze Reihe von Juden aus verschiedenen Ländern unter den Delegierten des Sozialistenkongresses, erklärte Herr Fleur-Vallée, was auch kein Wunder war, schließlich war Karl Marx, der das Ganze, wenn man so wollte, erfunden hatte, ja auch kein Goi gewesen.

»Die Tochter von Karl Marx«, breitete Mimi später beim Abendessen ihr neu erworbenes Wissen aus, »die hat der Herr Blumental sogar persönlich kennengelernt. Sie ist als Dolmetscherin am Kongress. Und der August Bebel, der Obersozialist, hat einen Schwiegersohn in Zürich. Einen Arzt. Und du, Pinchas? Hast du überhaupt gewusst, dass es hier so einen Kongress gibt?«

»Nun ja«, sagte Pinchas, »ich habe fast ein bisschen so etwas vermutet. Wegen der vielen Artikel, die seit Wochen in allen Zeitungen erscheinen.«

»Als Hausfrau hat man nicht die Zeit, den halben Tag herumzusitzen und Zeitungen zu lesen«, verteidigte sich Mimi.

»Natürlich nicht, mein Lieb«, sagte Pinchas, und es war nicht die kleinste Spur von Ironie in seiner Stimme. Er liebte seine Frau, so wie sie war, und gestand ihr ihre Oberflächlichkeit und ihre kleinen Eitelkeiten gerne zu, ohne sie deshalb zu übersehen. Nach mehr als zwei Jahrzehnten empfand es Pinchas immer noch als sein größtes Glück, dass Mimi damals ihn und nicht Janki geheiratet hatte; manchmal, wenn er an sie dachte, musste er mitten am Tag für ein paar Sekunden die Arbeit unterbrechen und nur ganz still dastehen und sich freuen.

Pinchas hatte sich seit der Zeit in Endingen sehr verändert, nicht nur, weil er damals diesen Stiftzahn bekommen hatte. Er war in sich hineingewachsen, auch körperlich, seine schlaksige Figur war runder geworden und die Bewegungen weniger fahrig. Nur der Bart war immer noch schütter, aber das fiel nicht mehr so auf, seit er jeden Monat einmal in Form geschnitten und gestutzt wurde. Er trug zum Essen eine weiche braune Hausjacke, in deren Taschen – wie oft hatte ihm Mimi das schon vorgehalten, aber der Mann hörte ja nicht! – er immer viel zu viel Krimskrams mit sich herumschleppte. Den Kopf hatte er mit einem kleinen schwarzen Seidenkäppchen bedeckt.

»Da habt ihr beide ja heute ein richtiges Abenteuer erlebt«, sagte er. Mimi zuckte erschrocken zusammen, weil sie an Madame Rosa dachte, aber ihr Mann hatte den Kopf so konzentriert über eine Scheibe Aufschnitt gebeugt, dass er nichts davon bemerkte.

»Zumindest werde ich zu Hause in Baden etwas zu erzählen haben«, lachte Hinda.

»Aber übertreib nicht zu sehr!« Für Mimi war es nicht vorstellbar, dass jemand ein Erlebnis ohne Ausschmückungen weitergeben könnte. »Sonst verbieten sie dir noch, zu mir zu Besuch zu kommen.«

»Ich glaube kaum, dass Hinda sich viel verbieten lässt«, sagte Pinchas.

»Es sah wirklich sehr gefährlich aus. Stell dir vor: unsere kleine Hinda, und dieser riesige Mann …«

»So groß war er gar nicht«, sagte Hinda.

»… stürzt sich auf sie wie bei einem Überfall, mit ganz zerzausten Haaren und schwarzen Augen …«

»Grüne Augen«, sagte Hinda.

»Woher willst du das so genau wissen?«

»Ich weiß es«, sagte Hinda.

»Vielleicht müsste ich auch mal zu diesem Kongress hingehen«, überlegte Pinchas. »Mit ein paar Leuten reden und einen Artikel darüber schreiben.«

»Bist du Schochet oder Journalist?«

»Beides.«

»Darf ich mitkommen?«, fragte Hinda.

»Zum Kongress?«

»Es ist doch vielleicht ganz interessant.«

»Certainement pas!«, sagte Mimi. »Das kommt überhaupt nicht in Frage! Mein Leben lang würde ich mir Vorwürfe machen, wenn dir …«

Im Flur läutete die Haustürglocke. Nicht zweimal, was nach lokalem Minhag einen Kunden bedeutet hätte, dem erst nach Ladenschluss eingefallen war, was er unbedingt noch aus der Metzgerei brauchte, sondern nur einmal.

»Um diese Zeit?«, sagte Mimi.

»Vielleicht muss Guttermann noch etwas wissen. Oder es ist einer von der Gemeinde.« Pinchas, der sich, da konnte man reden, was man wollte, viel zu leicht in die Pflicht nehmen ließ, war in verschiedene Kommissionen gewählt worden, und es wäre nicht das erste Mal gewesen, dass jemand unangemeldet vorbeikam, um zur ungünstigsten Zeit ein Problem mit ihm zu besprechen.

Von draußen konnte man hören, wie das Mädchen die Treppe hinunterpolterte, um die Haustür aufzuschließen. Im Hause Pomeranz wechselten die Dienstboten häufig. Mimi hatte keine glückliche Hand im Umgang mit ihrem Personal, behandelte die jungen Dinger an einem Tag wie beste Freundinnen und war am nächsten unnötig streng mit ihnen. Die »Spezialität des Monats«, wie Pinchas die jeweilige Amtsinhaberin nannte, hieß Regula und war von etwas beschränktem Verstand.

»Frau Pomeranz«, sagte sie, als sie ohne anzuklopfen – und dabei hatte ihr Mimi das schon tausend Mal eingeschärft! – ins Esszimmer trat. »Da ist ein Mann.«

»Was für ein Mann?«

»Ich kenne ihn nicht«, sagte Regula, als sei damit alles erledigt.

»Dann frag ihn, bitte, nach seinem Namen.«

»Wie Sie meinen, Frau Pomeranz.« Pinchas musste nur einen Blick auf seine Frau werfen, um zu wissen: auch Regula würde nicht lange in ihren Diensten bleiben.

»Es ist so schwer, gutes Personal zu finden«, sagte Mimi. »Du machst dir keine Vorstellung, Hinda.«

»Ich habe ihn jetzt gefragt«, sagte Regula, als sie wieder ins Zimmer trat.

»Und?«

»Ich kann mir den Namen nicht merken«, sagte Regula. »Es ist etwas Ausländisches.«

»Dann bitte den Herrn um seine Visitenkarte.«

»Vielleicht ist es besser, wenn ich einfach …«, sagte Pinchas und wollte aufstehen. Aber Mimi ließ das nicht zu.

»Wie soll sie es denn lernen, wenn wir ihr immer alles abnehmen?«

»Er sagt, er hat keine Visitenkarte«, sagte Regula ein paar Augenblicke später.

»Dann gib ihm ein Blatt Papier, und er soll seinen Namen aufschreiben.« In den Gesellschaftsromanen, die Mimi immer noch gerne las, waren solche Sachen nie so kompliziert.

Nach einem weiteren kleinen Zwischenspiel – Regula fragte allen Ernstes, wo sie denn Papier finden sollte, dabei wischte sie doch jeden Tag im Arbeitszimmer Staub! – lag endlich die improvisierte Visitenkarte vor Pinchas auf dem Tisch. »So schwierig ist der Name ja nun auch nicht«, meinte er.

»Aber ausländisch«, beharrte Regula. »Da bin ich ganz sicher.«

»Zalman Kamionker«, las Pinchas. »Weißt du, wer das ist?«

»Ein Schnorrer wahrscheinlich. Regula, sieht er aus wie ein Schnorrer?«

Regula wusste nicht, was ein Schnorrer war.

»Wir können das den ganzen Abend lang so weiterspielen«, sagte Pinchas und stand auf. »Aber vielleicht geht es doch einfacher. Regula, führ den Herrn herein.«

»Ich glaube nicht, dass es ein Herr ist«, sagte Regula. »Er sieht mehr aus wie ein Mann.« Und ging hinaus, um den Herrn oder Mann zu holen.

»Kamionker«, wiederholte Pinchas nachdenklich. »Wo kann ich den Namen schon gehört haben?«

»In Galizien.«

Es war definitiv kein Herr, der da ins Zimmer getreten war. Nicht einmal einen Hut hatte er in der Hand, sondern nur eine Mütze aus speckigem Leder.

»Das ist er!«, sagte Mimi und streckte anklagend die Hand aus. »Der Mann aus dem Palmengarten.«

»Ja«, sagte Hinda. »Das ist er.«

21

»Der Musikant hat mir die Adresse gegeben«, erklärte Zalman Kamionker und war überhaupt nicht verlegen. Er sprach Deutsch mit einem seltsamen schwäbischen Akzent, untermischt mit jiddischen Brocken. »Der Klesmer, Sie wissen schon. Der bei Ihnen am Tisch gestanden hat. Er wollte sie erst nicht herausrücken, aber ich hab ihn geschüttelt. Nicht richtig geschüttelt, keine Angst, ich hab ihm nur gesagt, dass ich ihn schütteln werde. Ich bin ein friedlicher Mensch.«

»So kam mir das heute Nachmittag aber nicht vor«, sagte Mimi streng.

»Es gibt Momente, da kommt man mit Worten nicht weiter. Was soll man machen?«

Er hatte grobe Schuhe an und eine geflickte Hose, aber er stand ganz selbstverständlich im Zimmer, breitbeinig wie ein Seemann, fest auf beiden Beinen und für jeden Sturm gerüstet. Die Mütze hatte er wieder aufgesetzt und die Hände in den Hosentaschen vergraben, nicht aus Verlegenheit, sondern wie ein Handwerker, der sein Werkzeug auch erst auspackt, wenn es gebraucht wird. Es schien ihn nicht zu stören, dass sie ihn alle anstarrten, er schaute einfach mit freundlichem Interesse zurück, von Hinda zu Mimi, von Mimi zu Pinchas und wieder zurück zu Hinda, und sagte dann: »Schön haben Sie's hier.« Es war eine Feststellung, kein Kompliment.

»Sie sind also …?«, setzte Pinchas an.

»Ich bekenne mich schuldig«, sagte Zalman Kamionker und sah ganz und gar nicht schuldbewusst aus. »Angefangen hab ich die Prügelei nicht, aber ich bin auch nicht weggelaufen. Solche Sachen kommen vor. Was soll man machen? So ist es in der Politik.«

»Ich glaube nicht, dass ich diese Art, politische Debatten zu führen, sehr richtig finde«, sagte Pinchas.

»Ich auch nicht. Ich bin, wie gesagt, ein friedlicher Mensch. Darum bin ich gekommen, um mich noch einmal zu entschuldigen. Bei der Frau Pomeranz und beim Fräulein Tochter.«

»Das ist nicht meine Tochter.«

»Natürlich nicht«, sagte Zalman Kamionker und holte eine

Hand aus der Tasche, um sich damit gegen die Stirne zu schlagen. »Wo hab ich meinen Seijchel? Sie sind noch viel zu jung, um schon eine so große Tochter zu haben.«

»Il fait des compliments«, sagte Mimi, war aber doch geschmeichelt.

»Das ist unsere Nichte«, erklärte Pinchas, obwohl ja auch das genau genommen gar nicht stimmte. »Fräulein Hinda Meijer aus Baden.«

»Fräulein Hinda«, sagte Zalman Kamionker. Er legte in einer altmodischen Geste eine Hand aufs Herz und verneigte sich. »Nehmen Sie meine Entschuldigung an?«

»Es ist ja nichts passiert«, sagte Hinda abweisend und fühlte, wie ihr Gesicht plötzlich ganz heiß wurde. ›Ich werde doch nicht erröten‹, dachte sie. ›Ich bin doch nicht Arthur.‹

Kamionker schien nichts bemerkt zu haben. Er wandte sich mit derselben förmlichen Geste an Mimi – er hatte die Eigenschaft, immer einem Menschen seine volle Aufmerksamkeit zuzuwenden, als sei der in diesem Augenblick der einzige auf der Welt – und fragte: »Und Sie, Frau Pomeranz? Sind Sie mir auch moijchel?«

»Sie haben ihr das Kleid zerrissen«, sagte Tante Mimi und versuchte streng auszusehen.

»Eine wirklich gute Naht kann es nicht gewesen sein.« Der junge Mann lachte mit großen Zähnen. »Aber egal. Geben Sie mir das Kleid mit, und ich mach Ihnen eine doppelte Kappnaht, da kann ein Elefant daran ziehen, und sie wird nicht reißen.«

»Sie sind Schneider?«, fragte Mimi überrascht.

»Was sonst?«, sagte Zalman Kamionker. »Straßenfeger werd ich sein.«

Er war nicht wirklich gut erzogen, das war Mimi schnell klar. Wenn man zu einer unmöglichen Zeit in eine fremde Wohnung hereinplatzt, wo gerade gegessen wird, und wenn man dann von der Dame des Hauses aus reiner Höflichkeit gefragt wird, ob man vielleicht Hunger habe, dann hat man das zu verneinen, und wenn einem der Magen noch so knurrt. Ganz sicher bedankt man sich nicht einfach, schiebt die Kappe ins Genick und setzt sich mir nichts, dir nichts an den Tisch. Und wenn, dann wartet man höflich ab, bis einem etwas angeboten wird, man fasst nicht einfach in den Brotkorb und grabscht nach dem Aufschnitt, noch bevor die Hausfrau Zeit gehabt hat, das Mädchen zu rufen und ein viertes Gedeck bringen zu lassen.

Aber andererseits, wenn ein junger Mann Hunger hat ... Er lobte auch alles, den Aufschnitt und das Brot und sogar den Tee, den er auf russische Weise durch ein Stück Zucker schlürfte. Er wusste selber, dass er gierig aß, und entschuldigte sich dafür. »Die Leute aus meiner Gewerkschaft haben das Geld für die Reise zusammengelegt. Für den Schlafsaal in der *Eintracht* hat es gerade noch gereicht. Aber für das Essen ... Ich bin der Ochse, der da drischt, und dem man das Maul doch verbunden hat.« Und dann sagte er ein Weilchen gar nichts mehr, obwohl Schweigsamkeit, das war schon allen klar geworden, ganz und gar nicht seine Art war.

›Er sieht nicht aus wie ein Schneider‹, dachte Pinchas. ›Herr Oggenfuss, der in Endingen neben den Meijers gewohnt hat, das war ein richtiger Schneider, schmalbrüstig und dünn wie Schilf. Dieser Kamionker ist viel zu kräftig für diesen Beruf, der Anzug sitzt ihm so knapp über den Muskeln, man könnte ihn sich als Maurer oder Möbelpacker vorstellen, wenn das nicht so goijische Berufe wären. Und auch sein Hemd ist ein Arbeiterhemd, aus diesem dicken, nicht ganz weißen Stoff – wie heißt er doch schon wieder? –, den die Bauernknechte tragen. Aber man kann sich täuschen. Vielleicht sind die Gebräuche ja ganz anders, wo er herkommt, dort im Osten.‹

›Er hat nicht wirklich grüne Augen‹, dachte Hinda. ›Nicht in diesem Licht. Wie bin ich nur darauf gekommen? Braune Augen hat er. Braun mit kleinen hellen Flecken. Oder doch grün? Man müsste sie sich aus der Nähe ansehen. An der Stirne hat er eine kleine Narbe. Vielleicht prügelt er sich häufig, dieser friedliche Mensch. Nein, dazu hat er ein zu freundliches Gesicht. Ein liebes Gesicht. Man könnte sich vorstellen ...‹ Und dann gab sie sich einen Ruck, setzte sich ganz gerade hin, und war fest entschlossen, sich gar nichts vorzustellen.

Mimi sah, wie Hinda schaute und wegschaute und wieder hinschaute, und fühlte sich an einen anderen jungen Mann erinnert, der auch einmal einfach vor einer Tür gestanden hatte, sich auch nur einfach an einen Tisch gesetzt hatte, der auch hungrig gewesen war und auch zu reden verstand, einem sogar aus Romanen vorlas, und am Schluss waren es alles nur leere Worte gewesen. Nein, sie mochte diesen Zalman Kamionker wohl doch nicht. Nahm der doch einfach das Messer und schnitt sich Brot ab! »Es freut mich, dass es Ihnen schmeckt«, sagte sie spitz.

Pinchas hörte den Unterton und lächelte in sich hinein.

»Das Rauchfleisch«, sagte Zalman Kamionker und hatte den letzten Bissen noch gar nicht hinuntergeschluckt, »das Rauchfleisch ist ausgezeichnet. Bei uns bekommt man so etwas nicht mehr. Wenn die Leute vom Schiff kommen, schneiden sie sich als Erstes die Peijes ab und als Zweites vergessen sie, wie man anständig isst. Aber so ist das nun mal in Amerika.«

»Amerika?«, wunderte sich Pinchas. »Sie sagten doch ...«

»Ich bin ein Amerikaner aus Kolomea, der Deutsch spricht wie ein Schwabe. Ein Durcheinander, wie es zu einem Juden passt. Ein galizischer Yankee mit einem österreichischen Pass. Nach New York bin ich erst vor zwei Jahren gekommen. Manche sagen, ich bin immer noch ein Grüner.«

»Wie – grün?«

›Er hat *doch* grüne Augen‹, dachte Hinda.

»Ein Grüner ist einer, der gerade erst in Amerika angekommen ist. Der sich noch nicht auskennt. Der denkt, in der goldenen Medine liegt das Geld auf der Straße und man braucht sich nur danach zu bücken. Aber sich bücken ist das Falscheste, das man tun kann. Man muss sich wehren. Darum die Gewerkschaft. Darum der Kongress.«

»Dieser Kongress interessiert mich«, sagte Pinchas. »Davon müssen Sie unbedingt mehr erzählen. Wie sind Sie dazu gekommen?« Und Zalman Kamionker, der jetzt satt war und zufrieden, war nicht der Mann, der sich bei so einer Aufforderung lange bitten ließ.

So erzählte er also von Kolomea, diesem Städtchen im k. u. k.-Kronland Galizien, wo jeder zweite Einwohner ein Jude war, wo es sogar einen jüdischen Bürgermeister gegeben hatte – auf der Straße hatte man getanzt, als der Dr. Trachtenberg gewählt wurde –, wo sich im Übrigen die Nationalitäten mischten wie in einem großen Topf, die Österreicher und die Ukrainer, die Huzulen und die Zigeuner, sogar Tataren gab es und in Mariahilf die Schwaben, von denen er sein Deutsch gelernt hatte. Er schilderte das Durcheinander von Kirchen und Synagogen, wo die verschiedenen Religionen im großen Ganzen friedlich zusammenlebten – »Nun ja, manchmal musste man sich prügeln, was soll man machen?« –, wo es nicht einmal nach dem Pogrom in Kiew, das ja gar nicht so weit entfernt lag, wirkliche Spannungen gegeben hatte, wo es nur schwer war, eine Parnoosse zu finden, außer in der Tallisweberei von Simon Heller, wo er dann auch gearbeitet hatte, aber nicht lange – doch, sagte er, das gehörte alles dazu, wenn man verstehen wollte, warum er jetzt an diesem Kongress teilnahm.

Weil der Simon Heller zwar ein Jude war, ein sehr frommer sogar, mit einem Platz direkt an der Ostwand der Synagoge, aber eben auch ein Kapitalist, und darum Löhne zahlte, die keine Löhne waren, sondern eine Frechheit. Sie mussten schließlich eine Gewerkschaft gründen – »keine richtige Gewerkschaft, wir wussten ja gar nicht, was das ist« –, und weil kein anderer es machen wollte, hatten sie ihn, den jungen Zalman Kamionker, zu ihrem Sprecher bestimmt. Er hatte zuerst versucht zu verhandeln, ganz friedlich, aber der alte Heller hatte ihn aus seinem Büro schmeißen lassen, zweimal und dreimal, und so hatten sie schließlich ihren Streik ausgerufen, den berühmten Streik von Kolomea, davon würde man doch auch hier etwas gehört haben?

Nein, davon hatten sie hier noch nie etwas gehört.

»So ist es wohl«, sagte Zalman Kamionker und lachte mit großen Zähnen, »man denkt, man erschüttert die Welt, aber die Welt ist nicht so leicht zu erschüttern.« Er war es gewöhnt, vor anderen Menschen zu reden, das merkte man ihm an. Er hatte die Ruhe, die man nur hat, wenn man sich sicher ist: Es wird mich keiner unterbrechen.

Sie gewannen tatsächlich ihren Streik – »Um die Wahrheit zu sagen: wir hatten alle nicht daran geglaubt« –, und der alte Heller musste jedem Weber und jedem Schneider zähneknirschend ein paar Kreuzer mehr für den Arbeitstag bezahlen, aber sie waren eben doch keine richtige Gewerkschaft, keine Union, wie das in Amerika hieß, jeder dachte nur an sich selber, an seinen kleinen Vorteil, und als wenig später die Streikführer entlassen wurden und nirgendwo anders eine Arbeit finden konnten, da wehrte sich keiner für sie. Immerhin – »Wer ein schlechtes Gewissen hat, gibt Zdoke« –, es kam genügend Geld für eine Schiffspassage nach New York zusammen, und irgendwann war er dann in Castle Gardens an Land gegangen, ein ganz Grüner, und hatte Arbeit gesucht und gefunden – »Man nimmt, was man kriegt, was soll man machen?«.

Er hatte also – »Beggars can't be choosers« – Mäntel nähen gelernt, von Hand und mit der Maschine, war sogar begabt dafür gewesen, nur reich war er damit nicht geworden, dafür war er einfach zu spät gekommen. »Die Mantelfabriken gehören alle den deutschen Juden, die schon zwanzig Jahre im Lande sind; die Russen und die Galizianer dürfen nur an den Maschinen sitzen.«

Er war ein guter Erzähler, und als es draußen schon dunkel wurde und man Regula hereinrufen musste, damit sie die Gasleuchten im Zimmer anzündete, hörten sie ihm immer noch zu. Er berichtete von den beiden Jahreszeiten, die es im Mantelgewerbe gibt, zwei Monate Winter im Sommer und ein Monat Sommer im Winter, und lachte über ihre verständnislosen Gesichter. »Im Sommer näht man die Mäntel für die Wintersaison, zwei Monate Arbeit, dann sind die Bestellungen ausgeführt, und der Fabrikant braucht keine Zuschneider mehr und keine Näher und keine Finisher. Wenn es heiß ist, werden weniger Mäntel verkauft, also gibt es im Winter nur halb so viel Arbeit, und in diesen drei Monaten, wenn es hochkommt, zwei im Sommer und einer im Winter, muss man genügend Geld verdienen, um das ganze Jahr davon zu leben. Aber ich langweile Sie mit meinen Geschichten.«

»Sie langweilen uns überhaupt nicht«, sagte Pinchas.

›Überhaupt nicht‹, dachte Hinda.

Sie hatten also auch in New York eine Gewerkschaft gegründet, aber diesmal eine richtige, die Jewish Cloak Workers Union, und weil alle Näher dabei waren, ob sie wollten oder nicht – »Mit Scabs waren wir nicht sehr freundlich!« –, weil alle am selben Strick zogen, hatten sie nicht einmal streiken müssen, sondern nur mit Streik drohen – »was mir auch lieber war, ich bin ein friedlicher Mensch«. Wegen seiner Erfahrungen in Kolomea wurde er ins Komitee gewählt, und als dann der Internationale Sozialistische Arbeiterkongress in Zürich ausgeschrieben wurde, hatten ihn die jüdischen Mantelnäher dorthin delegiert. Sie waren stolz geworden durch ihren Sieg und wollten mitreden. »Ich habe mich nicht danach gedrängt«, sagte Zalman Kamionker, »aber was soll man machen?«

Pinchas nickte. Genau so erging es ihm in der Gemeinde auch immer wieder.

Der Kongress selber, sagte Kamionker und kam jetzt immer

mehr in Fahrt, die ganze Veranstaltung war bisher eine große Enttäuschung. Schon der Saal, in dem man sich traf, war viel zu vornehm. Feierlich wie eine Kirche. Sogar eine Orgel gab es auf der Empore – »Was brauchen wir eine Orgel? Sind wir zum Beten gekommen?«. Und an den Wänden hing zwar in sechzehn verschiedenen Sprachen – »Sogar in Jiddisch!« – der Spruch von den Proletariern aller Länder, die sich vereinigen sollten, »aber sie wollen sich alle gar nicht vereinigen, sie wollen nur recht behalten, jeder für sich, wie in einem kleinen Schtedtl, wo es drei verschiedene Betstuben gibt und jede hat einen anderen Minhag und jede ist mit allen anderen broijges, und selbst wenn der Chmjelnizki persönlich mit seinen Kosaken heranritte, sie würden sich immer noch weiter streiten, statt sich endlich einmal zusammenzutun und sich zu wehren.«

Vor allem die deutschen Delegierten, erzählte Kamionker voller Verachtung, hatten nichts in ihren Köpfen als Grundsatzdebatten und Geschäftsordnungsanträge. Einen ganzen Tag lang, und das war nur ein Beispiel unter vielen, einen ganzen geschlagenen Tag lang hatte man nur um die Zulassung von Delegierten gestritten, wen sie dabeihaben wollten und wen nicht, und schließlich hatten natürlich nur die Mehrheitssozialisten dableiben dürfen, die braven, ordentlichen, und die Unabhängigen, die alle ein bisschen meschugge waren, zugegeben, aber die doch wenigstens etwas unternehmen wollten – »Es müssen ja nicht gleich Barrikaden in allen Straßen sein« –, die hatte man nach Hause geschickt, und die Anarchisten sowieso. Die hatten sich aber nicht schicken lassen, und so war es zur ersten Prügelei des Kongresses gekommen, die nicht die letzte geblieben war. »Aus dem großen Saal konnten sie sie verbannen, aber der Palmengarten ist ein öffentliches Lokal, da sitzen sie immer noch jeden Tag.«

Unterdessen lief beim Kongress alles in geordneten Bahnen, aber es war eine Suppe ohne Pfeffer, sie hielten ihre wohlformulierten Reden und applaudierten sich hin und her, sie hatten sogar dem Vorsitzenden – »Das ist typisch!« – die große Kuhglocke weggenommen, die er am Anfang gehabt hatte, mit der man auch mal einen Aufruhr übertönen konnte, und ihm dafür ein kleines feines Glöckchen gegeben, das so zart bimmelte, dass es kein Mensch hörte, und so war der ganze Kongress! Jetzt hatten nur noch die das Sagen, die sowieso immer der gleichen Meinung waren und sich gegenseitig bewunderten; wenn der Friedrich Engels an ihnen vorbeiging – ja, der war auch da –, dann fehlte nicht viel, und sie fielen alle auf die Knie und bekreuzigten sich, wie die Goijim, wenn sie den Jossel Pendrik an seinem Kreuz durch die Straßen tragen. Ausgerechnet der Engels, der ein Fabrikant war und gar kein Arbeiter! Das waren sowieso alles keine Sozialisten, wenn man ihn fragte, das waren verkleidete Bourgeois, die in New York keine Saison durchhalten würden, zwölf oder vierzehn Stunden an der Nähmaschine und dann eine Matratze, die man sich schichtweise mit zwei anderen teilen musste! Der August Bebel hatte sogar eine Villa am Zürichsee – musste man mehr sagen? Mit Gasheizung!

Es würde nichts herauskommen bei diesem Kongress, sagte Zalman Kamionker, gar nichts, außer einem Haufen von Resolutionen und Beschlüssen. Alles Papier. »Sie sind doch Schochet, Herr Pomeranz, nicht? Wenn Sie sich im Schlachthaus vor eine Kuh hinstellen und zu ihr sagen: ›Liebe Kuh, wir haben demokratisch beschlossen, dass du uns dein Fleisch zum Schabbesbraten hergeben sollst‹ –, haben Sie dann zu essen? Einen Dreck haben Sie! Das Messer müssen Sie nehmen und die Kuh schlachten, anders geht es nicht. Ich bin ein friedlicher Mensch, aber dieses Gerede treibt mir die Galle!«

›Wenn er sich erregt, hat er etwas von einem Helden‹, dachte Hinda. Und hatte sich doch vorher nie überlegt, wie ein Held aussehen müsste.

»Am liebsten würde ich den Kongress Kongress sein lassen.

Aber das wäre nicht anständig. Man hat mich geschickt für teures Geld, und so sitz ich jeden Tag an meinem Platz. Ich hör mir die Reden an, und sie gehen mir hier rein und hier wieder raus. Wenn einer Geld hat, lass ich mich im Palmengarten auf ein Bier einladen ...«

»... und prügeln sich dann dort?« Es war kein Vorwurf, nur eine Sache, die Pinchas interessierte.

»Was soll man machen? Zum Beispiel heute ...«

Aber er kam nicht mehr dazu, zu erzählen, was heute gewesen war, denn die Neuenburger Pendule, die direkt neben dem Misrach-Täfelchen an der Wand hing, schlug schon halb zehn. Zalman Kamionker warf einen Blick auf das gute Stück, nicht etwa erschrocken wegen der späten Stunde, sondern ganz sachlich, als wolle er die Uhr kaufen – ›Oder stehlen‹, dachte Hinda –, schob sich schnell noch eine Scheibe Rauchfleisch in den Mund, er war wirklich nicht gut erzogen, wischte sich den Schnurrbart ab, einfach so mit dem Handrücken, obwohl er doch eine Serviette neben seinem Teller liegen hatte, und erklärte, schon im Aufstehen, dass die Tür der *Eintracht* leider nur bis zehn Uhr geöffnet sei; wer später in den Schlafsaal wollte, hatte fürs Aufsperren fünf Rappen Schlüsselgeld zu bezahlen. Er bedankte sich fürs Essen, nicht überschwänglich, sondern mit einer gewissen Förmlichkeit, ein Staatsgast, der die Formen zu wahren weiß, obwohl ihm auch die großzügigste Gastfreundschaft von Rechts wegen zusteht, und sagte dann zu Pinchas: »Wenn der Kongress Sie wirklich interessiert, kann ich Sie gerne herumführen. Übermorgen beginnt die Sitzung erst um zwei. Am Vormittag treffen sich die Ausschüsse und beschließen, was wir am Nachmittag beschließen sollen. Die meisten Delegierten werden schon gegen zwölf da sein. Wir könnten uns im Palmengarten treffen, wenn Sie wollen, und ich würde Sie dann mit ein paar Leuten bekannt machen.«

»Das wäre sehr freundlich von Ihnen.«

»Ich weiß sogar schon, welchen Delegierten ich Ihnen ganz bestimmt vorstellen muss. Mit dem werden Sie einen Haufen zu reden haben, wo Sie doch Schochet sind. Den Dr. Stern aus Stuttgart.«

»Auch ein Jude?«

Kamionker breitete die Arme aus und bewegte den Oberkörper hin und her, als suche er auf einem schmalen Brett die Balance. »Fragen Sie ihn selber«, sagte er. »Er wird Ihnen das so ausführlich beantworten, dass Sie eine Stunde lang nicht mehr zu Wort kommen. Er hört sich gerne reden.«

Er wandte sich zu den beiden Frauen und streckte ihnen die Hand hin. »Also, Fräulein Hinda Meijer, sind Sie mir moijchel?«

»Wenn Ihnen viel daran liegt.«

»Es liegt mir sehr viel daran.«

»Na schön, von mir aus.«

»Sehr gut, dann ist diese Sache erledigt.« Er nahm Hindas Hand und drückte sie kräftig und lange. Und dann, bevor er sie wieder losließ, sagte er ganz überraschend: »Jis'chadesch!«, den Segenswunsch zu einem neuen Kleid oder zu einer neuen Wohnung, der hier nun wirklich nichts zu suchen hatte.

»Und Sie, Frau Pomeranz?«

»Alors, je vous pardonne.«

Kamionker lachte Mimi an – eigentlich ein unverschämtes Lachen – und sagte: »Reden Sie nicht französisch mit mir. Sonst red ich mit Ihnen englisch, und das verstehen *Sie* dann nicht.«

Mimi drohte ihm erst mit dem Finger, aber dann sagte sie doch: »Ich verzeihe Ihnen.« Sie reichte ihm ihre Hand so, dass er gar nicht anders konnte, als sich zu bücken und seinen Schnurrbart darauf zu drücken.

›Mir hat er die Hand nicht geküsst‹, dachte Hinda.

»Das Mädchen hat schon Feierabend«, überlegte Mimi laut, »und die Haustür wird abgeschlossen sein. Pinchas, würdest du …?«

»Natürlich. Gerne.«

»Bemüh dich nicht, Onkel Pinchas«, sagte Hinda schnell, und wenn jemand dahinter mehr vermutete als ganz selbstverständliche Hilfsbereitschaft, dann war das nicht ihr Problem.

Unter der offenen Haustür blieb Zalman Kamionker einfach stehen und sah sie erwartungsvoll an.

Blieb einfach stehen.

»Ist noch etwas?«, musste Hinda schließlich fragen.

»Ich warte auf das Kleid. Dass ich den Ärmel wieder annähen kann.«

»Kommt überhaupt nicht in Frage.«

»Ich bin ein sehr guter Näher.«

»Das mag sein, wie es will.«

»Die beste doppelte Kappnaht von New York.«

»Nein, habe ich gesagt.«

»Ich bin ein friedlicher Mensch und werde mich nicht mit Ihnen streiten. Aber wenn Sie mir das Kleid jetzt mitgeben, kann ich morgen vorbeikommen und es Ihnen wiederbringen.«

»Nein!«

»Wie Sie wollen«, sagte Zalman Kamionker. »Ich komme morgen trotzdem vorbei.« Und lachte mit großen weißen Zähnen und ging in die Nacht hinein, die Hände in den Taschen.

22

Links und rechts wuchsen Pappeln, hochmütige, in sich verschlossene Bäume, die keinen Schatten spendeten. Es war ein Tag ohne Wolken, und obwohl doch erst Mai war, glühte die Sonne, als wolle sie ein Loch in den Himmel brennen.

Chanele war viel zu warm angezogen. Dabei hatte sie, ganz gegen ihre Art, lang überlegt, wie sie sich an diesem Tag kleiden sollte, war vor dem eigenen Kleiderschrank gestanden wie vor dem einer Unbekannten, hatte versucht sich selber mit fremden Augen zu sehen, nein, nicht mit fremden, mit anderen Augen, mit Augen, die vielleicht dieselbe Farbe hatten wie die ihren, wer weiß, es war doch möglich.

Es war doch möglich.

Als man Hinda damals die Mandeln herausnehmen musste, hatte sie zum Trost einen Ausschneidebogen geschenkt bekommen, die Pappfigur eines engelhaft blonden Mädchens in einem weißen Hemdchen, umgeben von einem ganzen Kranz verschiedener Kleider. Ihre Farben waren ein wenig verblasst, denn der Bogen hatte lange im Schaufenster der Papierwarenhandlung gelegen, aber das machte die Kleider nur vornehmer. Man konnte sie ausschneiden und zusammenklappen und sie dem papierenen Mädchen aufstecken, das dann jedes Mal anders aussah und etwas anderes vorhatte, einmal in die Stadt zum Einkaufen ging, ein andermal an einen Ball oder an die eigene Hochzeit.

Chanele war sich vor ihrem Kleiderschrank vorgekommen wie diese Pappfigur. Ein Spielzeug.

Sie hatte sich schließlich für ein graues Reisekostüm entschieden, ein praktisches Kleid für jedes Wetter, das man allein anziehen konnte, und auf dem auch kleine Rußflecken von der Lokomotive nicht auffallen würden. Das Kleid hatte links und rechts große, braun eingefasste Taschen, die aber nur zur Verzierung angebracht waren und in die man nichts hineinstecken konnte. Sie hatte keinen Koffer mitgenommen; nur eine kleine Tasche mit dem Notwendigsten hatte sie gepackt. »Du reist wie eine Bedienstete«, hatte Janki gesagt. »Soll ich dich nicht doch begleiten?«

»Nein, ich muss das allein durchstehen«, hatte sie geantwortet, und vielleicht war das ein Fehler gewesen.

Die Pappeln standen links und rechts wie Schildwachen.

In dem kleinen Hotel, dessen Adresse ihr Janki aufgeschrieben hatte, war sie zuerst nicht sehr freundlich empfangen worden. Hoteliers sind es gewohnt, die Wichtigkeit eines Gastes an der Menge seines Gepäcks abzumessen. Aber dann hatte sie ihren Namen genannt, und der Portier, eine billige Volksausgabe von Direktor Strähle, hatte sie mit »Bienvenue, Madame Meijer« und »Quel honneur, Madame Meijer« persönlich in ihr Zimmer geführt. Janki schien hier ein geschätzter Gast zu sein, obwohl ihn seine Geschäfte doch gar nicht so oft nach Straßburg führten.

Aber was wusste sie schon von Jankis Geschäften?

In dem Zimmer roch es nach verblühten Blumen, wie bei einer goijischen Lewaje. Eine schlaflose Nacht lang hing das Kleid vor ihren Augen am Bügel, ein fremder Körper, in den sie am nächsten Morgen nur hineinschlüpfen musste, um jemand anderer zu werden.

Sie wusste nur nicht wer.

Der Stoff war viel zu schwer. Alles war viel zu schwer. Das Hemd klebte ihr am Leib wie früher das nasse Leintuch, in das einen Golde einwickelte, wenn man Fieber hatte, so eng, dass man die Arme nicht bewegen konnte, dass man Angst bekam und sich befreien wollte, um sich schlagen und alles zerreißen. Bis Golde ein Spiel daraus machte, eine Mutprobe. Mimi, auch wenn sie ganz gesund war, wurde ebenfalls eingewickelt, und dann lagen die beiden Mädchen nebeneinander, und Chanele hielt es jedes Mal länger aus als Mimi, jedes Mal, und war so stolz darauf, dass sie die Angst vergaß und sogar die Krankheit.

Sie solle unbedingt einen Wagen nehmen, hatten sie ihr im Hotel geraten, es wäre zu weit, um zu Fuß hinzugehen, aber sie hatte sich nur den Weg erklären lassen, durch die Stadt und aus der Stadt hinaus. Hatte nichts mitgenommen als ihre Tasche, einen einfachen Leinenbeutel, mit dem Mimi nie unter Leute gegangen wäre.

Die Häuser hier hatten Erker, die sich neugierig auf die Straße hinauslehnten. An einem Marktstand kaufte Chanele einen Apfel, warf ihn aber nach dem ersten Bissen in die Gosse. Vor dem Münster blieb sie lange stehen und hätte nachher doch nichts davon beschreiben können.

Als sie den Rand der Stadt erreicht hatte, wo die Häuser kleiner wurden und die Gemüsegärten größer, blieb sie auch an Orten stehen, an denen es gar nichts zu sehen gab. Sie wollte Zeit gewinnen, wollte die Begegnung hinausschieben, die sie doch so ungeduldig erwartete.

Als Kind, natürlich, als Kind hatte sie davon geträumt, hatte sich in all die Märchen hineingedacht, war die Verschwundene gewesen und die Wiedergefundene, hatte ihren Fuß in den gläsernen Schuh gesteckt und er hatte ihr gepasst, ihr und keiner anderen, hatte hundert Jahre hinter einer Dornenhecke geschlafen, bis der Prinz kam und sie als Prinzessin erkannte.

Als Kind kann man Dinge, die man nicht weiß, einfach erträumen.

Aber sie war einundvierzig Jahre alt.

Ohne es selber zu merken, hatte Chanele angefangen ihre Schritte zu zählen – sechsundneunzig, siebenundneunzig, achtundneunzig –, und als sie sich dessen bewusst wurde, konnte sie die Stimme im Kopf nicht mehr zum Schweigen bringen.

Neunundneunzig, hundert.

Im Militär, das wusste sie von Janki, zählte man so, um unerträglich lange Märsche beherrschbar zu machen. »Noch tausend Schritte werde ich durchhalten. Noch hundert.«

Als sie damals neben Janki von Endingen nach Baden marschiert war und von Baden nach Endingen, da war ihr der Weg nie so lang vorgekommen.

Die Allee war nicht für Leute gemacht, die zu Fuß kamen. Es war eine Straße für Kutschen und Pferde, für edle Menschen und große Gesten, ein Weg aus der Vergangenheit.

Vergangenheit.

Sie hatte Golde einmal danach gefragt, nur ein einziges Mal, und Golde hatte die Unterlippe in den Mund gesogen und ihr über die Haare gestrichen und gesagt: »Es war der liebe Gott.«

Wenn man keine Antwort weiß, ist es immer der liebe Gott.

Vielleicht sollte sie beten.

Aber ein Gebet, nur weil man Angst hat, ist auch nichts anderes als Schritte zählen, damit man einen schweren Gang besser erträgt.

Schemá. Jisroel. Adaunoij. Elauheijnu.

Hundertvierunddreißig. Hundertfünfunddreißig. Hundertsechsunddreißig.

Wenn Salomon jetzt hier wäre, würde er zu jeder Zahl eine Bedeutung erfinden.

Was ist der Zahlenwert von Angst?

Die Allee zwischen den Bäumen, die keinen Schatten spendeten, stieg ganz langsam an, zu einer Kuppe, hinter der die Reihe der Pappeln im Boden zu versinken schien, von der ersten nur der Stamm, von der nächsten auch die hochmütigen Äste.

Von der Kuppe aus konnte man die Anstalt sehen.

Es war nicht viel übrig geblieben von der früheren Eleganz des Schlosses. Vor der alten Fassade aus weißem Stein machte sich ein plumpes Gebäude aus gelben und roten Backsteinen breit, der neureiche Kompagnon einer eingesessenen Firma. Die roten Backsteine waren in der Form von Giebelfenstern und Türmchen angeordnet, so dass auch der Neubau, bei aller modernen Nützlichkeit, etwas vage Burgähnliches hatte, als mache er sich über seinen Nachbarn und dessen altmodisches Gehabe lustig.

Die meisten Fenster waren vergittert.

Der stopplige Rasen, weitläufig und verlassen, wies kränklich kahle, scheinbar vertrocknete Stellen auf, obwohl es doch in diesem Jahr noch nicht viele wirklich heiße Tage gegeben hatte. Die Umfassungen längst nicht mehr gepflegter Blumenbeete, bemoost und überwuchert, zeichneten auf dem Boden verschwundene Formen nach, versunkene Gräber auf einem lang nicht mehr genutzten Friedhof.

Weit und breit war niemand zu sehen. Nur ein alter, hagerer Mann rechte Laub, mit gleichförmigen, konzentrierten Bewegungen. Als Chanele näher kam, sah sie, dass dort gar kein Laub lag.

»Entschuldigen Sie …«

Der Mann beachtete sie nicht.

»Können Sie mir sagen …?«

Er kratzte weiter auf dem Boden herum.

»Ich suche …«

Immer wieder über die gleiche Stelle.

Vielleicht war der alte Gärtner schwerhörig. Chanele berührte ihn an der Schulter, und er begann zu schreien, das atemlose, verängstigte Schreien eines kleinen Kindes. Arthur hatte früher oft so geschrien, wenn er aus einem bösen Traum aufgeschreckt war.

Chanele versuchte den alten Mann auf die gleiche Art zu beruhigen, die sich bei ihrem Jüngsten bewährt hatte. Sie legte den Arm um ihn und wiederholte mehrmals: »Ist ja gut. Ist ja gut. Ich bin da.«

Der Mann schrie nur heftiger. Bis auf zwei bräunliche Stummel war sein weit aufgerissener Mund völlig zahnlos.

»Unser Néné mag es nicht, wenn man ihn anfasst.«

Die Frau in der Uniform aus gestärktem hellgrauem Leinen musste das Geschehen aus einem Fenster beobachtet haben. Mit zwei spitzen Fingern entfernte sie Chaneles Hand von der Schulter des schreienden Mannes. Dann bückte sie sich nach dem Rechen, den er hatte fallen lassen, und hielt ihn ihm hin. »Da liegen noch viele Blätter, Néné. Brav weiterarbeiten!«

Und wirklich: der Mann beruhigte sich. Er schnappte noch ein paarmal nach Luft, sammelte den Atem zu einem allerletzten Schrei, und schien dann seine Panik ganz plötzlich zu vergessen.

Er begann wieder zu rechen. Sorgfältig und regelmäßig und immer an der gleichen Stelle.

»Ich bin Oberschwester Viktoria«, sagte die uniformierte Frau. Sie rollte beim Sprechen das R, wie es die Menschen aus dem Baltikum tun. Ihr Gesicht war freundlich, aber es war eine professionelle Freundlichkeit, die sie zusammen mit ihrer Uniform angelegt hatte.

»Mein Name ist Meijer. Ich bin aus Baden gekommen …«

»Ich weiß«, sagte die Oberschwester, und ihr Ton ließ keinen Zweifel daran, dass sie hier alles wusste. »Wir haben Sie schon früher erwartet.«

»Ich bin vom Hotel zu Fuß gegangen.«

Aber das war es nicht, was die Oberschwester meinte. »Wir haben den Brief schon vor Wochen geschrieben.«

»Ich habe ihn gerade erst bekommen.«

»Es war viel Arbeit, die Angaben herauszusuchen. Sehr viel Arbeit.«

»Ich bin Ihnen dankbar.«

»Zu Recht, Frau Meijer. Sehr zu Recht. Die Akten aus der französischen Zeit sind äußerst unordentlich. Brav weiterarbeiten, Néné!« Sie drehte sich weg, ging ein paar Schritte auf das Backsteingebäude zu, und blieb dann noch einmal stehen. »Kommen Sie«, sagte sie, und ihre Freundlichkeit saß schon nicht mehr passgenau. »Ich habe noch anderes zu tun.«

Nach dem langen Fußmarsch war der Flur, in dem Chanele wartete, angenehm kühl. Das Licht kam aus einer Reihe von schmalen Öffnungen, die sehr hoch angebracht waren. Die Helligkeit drang in klar definierten Bahnen in den Raum ein, wie auf der Frauengalerie in der Endinger Synagoge, wenn man die bunten Glasfenster öffnete.

Nur dass die Fenster in der Synagoge nicht vergittert waren.

Und die Wände nicht frisch geweißelt und kahl wie in einem Gefängnis.

Die Bank, die ihr Oberschwester Viktoria angewiesen hatte, stand direkt an der Wand. Um ihr Kleid nicht zu beschmutzen, musste sie mit durchgestrecktem Rücken dasitzen. Sie versuchte wegzurücken, aber die Beine der Bank waren am Boden festgeschraubt. So stand sie wieder auf und ging mit schmerzenden Füßen auf und ab.

Sechzehn. Siebzehn. Achtzehn.

An einer Wand war ein Schaukasten befestigt, ähnlich dem Trophäenschrank voller Lorbeerkränze, den Chanele aus dem *Guggenheim* kannte. Die Haken hinter der Glastür waren leer. Sie versuchte den Kasten zu öffnen, aber er war verschlossen. Von einem Emailschild war die Schrift abgekratzt, nur ein Pfeil, der ins Leere zeigte, war übrig geblieben. An jeder der vielen Türen prangte auf Augenhöhe ein hellerer Fleck, wo einmal ein Türschild angebracht gewesen war. Chanele musste an eine Geschichte aus Jankis Soldatenzeit denken. Er hatte einmal mit seiner Kompanie einen ganzen Tag lang Wegweiser aus dem Boden reißen und verbrennen müssen, um den heranrückenden deutschen Truppen die Orientierung zu erschweren.

Zweiundfünfzig. Dreiundfünfzig. Vierundfünfzig.

Irgendwo, weit weg, begann jemand zu sprechen. Chanele hätte nicht einmal zu sagen gewusst, ob es Deutsch oder Französisch war, was sie da hörte, oder eine Sprache, die es gar nicht gab, aber sie verstand ganz genau, dass die Stimme jemanden zu überzeugen suchte, auf jemanden einredete, der nicht zuhören wollte, immer neue Argumente vorbrachte, Gründe aufzählte, Beweise vorlegte, und dann, als der andere stumm blieb, zu flehen begann, zu betteln, zu jammern und schließlich zu weinen, zu greinen. Und verstummte.

Wieder war alles still, so still, dass sie hören konnte, wie ein Käfer, der sich verflogen hatte, auf der Suche nach einem Ausweg immer wieder gegen ein Fenster stieß.

Sie hatte keine Uhr, aber es war schon Nachmittag.

Sie hatte den Eindruck gehabt, dass der Flur an seinem entfernteren Ende einfach aufhörte, aber es musste noch einen seitlichen Korridor geben. Dort trat jetzt ein Mann heraus, sah sich suchend um und steuerte in schwerfälliger Eile auf sie zu, ein Bär, der auf den Hinterbeinen geht. Noch bevor er sie erreicht hatte, begann er schon zu sprechen.

»Es tut mir leid, es tut mir wirklich leid. Es ist sonst nicht meine Art, Gäste so lange … Nicht dass wir hier viele Gäste begrüßen dürfen. Viel zu wenige. Die meisten unserer Patienten sind … Aus den Augen, aus dem Sinn. Bedauerlich, aber man darf den Menschen auch keinen Vorwurf machen. Manchmal ist es schwer zu ertragen, wenn jemand … Ich bin Dr. Hellstiedl. Guten Tag, ich freue mich. Und Sie sind …? Dumm von mir. Oberschwester Viktoria hat es mir ja … Frau Meijer, natürlich. Interessante Schreibweise. Ich kenne e-i, a-i, e-y, aber so habe ich den Namen noch nie … Aus Baden, nicht wahr? Baden in der Schweiz? Sehr schön. Dann kommen Sie jetzt bitte zuerst einmal in mein Büro, damit ich Sie …«

Er hatte eine der vielen Türen geöffnet und war in einem Zimmer verschwunden, noch bevor Chanele die Gelegenheit gehabt hatte, auch nur ein Wort zu sagen. Dann streckte er den Kopf noch einmal aus der Tür, wie der Kastenteufel, mit dem Hinda immer so gern gespielt hatte, und von dem sich Arthur immer aufs Neue erschrecken ließ, und beendete den Satz: »… vorbereiten kann.«

Dr. Hellstiedls Unrast, das merkte Chanele bald, hatte nichts mit Ungeduld zu tun. Er wurde nur ständig von seinen eigenen Gedanken abgelenkt, fand jede neue Idee bedenkenswert und fiel sich deshalb selber ins Wort. Sich mit ihm zu unterhalten war ein bisschen, wie wenn man dem Gespräch einer angeregten Tischgesellschaft folgte, einer Tischgesellschaft übrigens, die bedeutend klügere Dinge zu sagen wusste als die von Jankis goijischem Abend.

Als sie das Büro betrat, stand er an einem offenen Aktenschrank und blätterte die Karten in einem Karteikasten durch. Wo immer eine Ablagefläche war, lagen Papiere und Bücher herum, und dazwischen fanden sich Gegenstände, deren Funktion in diesem Raum man sich nur mit sehr viel Fantasie erklären konnte: ein Tannzapfen, eine Suppenterrine, ein Strickzeug mit einem angefangenen Strumpf.

»Meijer«, murmelte Dr. Hellstiedl. »Meijer, Meijer, Meijer. Ich werde das sofort … Nur einen Augenblick. Das Ordnungssystem meiner französischen Kollegen … Obwohl ich nicht daran glaube, dass jedes Volk seine typischen Eigenschaften … Es sind wohl mehr die äußeren Umstände, die den Anschein erwecken, dass … Meijer, Meijer, Meijer. Bitte setzen Sie sich doch!«

Chanele blieb stehen, denn auch der Stuhl, der vor dem Schreibtisch für Besucher bereitstand, war mit Papieren belegt.

»Außerdem hat mein Vorgänger – ein sehr tüchtiger Fachmann, ich habe das nie bezweifelt – bei der Übernahme der Klinik, alles, was französisch war, so penibel ausgemerzt, dass jetzt … Sogar die Schilder an den Türen. Eine Übergründlichkeit, die man bei einem Patienten … Man müsste wirklich einmal überlegen, ob man den Patriotismus nicht als eine Krankheit … Obwohl sie vermutlich unheilbar wäre. Meijer. Meijer. Meijer. Wo ist denn nur …?«

Schließlich saßen sie sich gegenüber, und Dr. Hellstiedl hatte die Suche nach der Karteikarte aufgegeben.

»Ein interessanter Fall. Ein sehr interessanter Fall. Obwohl natürlich im Grunde alle Fälle … Man neigt dazu, nur die besonders spektakulären … Wussten Sie, dass man in London früher mit der ganzen Familie zu den Geisteskranken ging wie ins Theater? Spektakel eben. Bedlam hieß die Anstalt. Bethlehem. Lasset die Kindlein zu mir kommen. Ein hochinteressanter Fall, unser Ahasver.«

Ahasver?

»Eigentlich sollte ich ja nicht zulassen, dass die Patienten Übernamen bekommen. Ich tadle die Pfleger dafür und tue es dann selber. So ist der Mensch. Aber solche Übernamen sind oft auch sehr treffend. Einsichten äußern sich nicht immer in klugen Worten. Vielleicht ist es falsch, dass wir unseren Kindern gleich bei der Geburt Namen geben. Man müsste warten können, bis man sie besser kennt.«

›François‹, dachte Chanele. ›Schmul.‹

»Ahasver.« Dr. Hellstiedl durchpflügte das Durcheinander auf seinem Schreibtisch. »Den Namen hatte er schon, als ich diese Anstalt von meinem Vorgänger … Es war wohl kein Pfleger, der ihn sich ausgedacht hat. Sie neigen mehr dazu, ganz einfache … Wir haben einen Insassen, den sie ›Fuchs‹ nennen. Eine Frau heißt ›die Königin‹. Aber ›Ahasver‹ … Der ewige Jude. Eine intellektuelle Anspielung. Er lebt und möchte tot sein.«

»Tot?«

»Natürlich. Wie dumm von mir. Sie wissen ja überhaupt nicht … Also: Ahasver. Sie entschuldigen, wenn ich auch weiter diesen Namen … Obwohl natürlich … Sie heißen Meijer, nicht?«

»Hanna Meijer.«

»Mit e-i-j, natürlich. Ungewöhnliche Schreibweise. Da müsste ich doch …« Plötzlich schlug er sich gegen die Schläfe, so tapsig, dass er sich die Brille von der Nase schlug und sie erst wieder zwischen den Papieren suchen musste, und sagte: »Wie dumm von mir! Sie sind doch bei Pflegeeltern … nicht? Und haben deren Namen angenommen? Wieso suche ich dann unter …? Für ›Ahasver‹ wird es keine Karte geben. Und der richtige Namen will mir im Moment nicht …«

»Sind Sie denn sicher, dass er es ist?«

»Wir vermuten es. Nach den Jahreszahlen könnte es stimmen. Aber aus der Zeit haben wir keine genauen Angaben mehr. Damals waren hier ja noch die französischen Kollegen, und mein Vorgänger … Ein sehr guter Fachmann, aber leider auch sehr rigoros. Nun ja, das lässt sich jetzt nicht mehr ändern.« Dr. Hell-stiedl nahm wieder hinter seinem Schreibtisch Platz. »Um Ihre Frage zu beantworten: Wir vermuten, dass er es ist. Und natür-lich hoffen wir, dass die Begegnung mit Ihnen … Ich bin kein Anhänger der Schocktherapie, keineswegs, aber wenn so ein Schock rein seelischer Natur ist … Ich möchte Sie also bitten, zuerst mal nichts zu sagen. Einfach zu schweigen. Setzen Sie sich zu ihm hin und lassen Sie ihn … Vielleicht gibt es ja irgend-welche Äußerlichkeiten, die bei ihm … Solche Fälle sind manch-mal regelrecht eingefroren in einem Erlebnis, und entsprechend ist ihre Erinnerung frisch geblieben. Als ob die Zeit stillgestan-den wäre, wenn Sie verstehen, was ich meine. Wir wissen sehr wenig über diese Mechanismen. Man müsste … Wir machen es so: Ich führe Sie zu der Abteilung – lauter Männer, bei denen wir keine Fortschritte mehr erwarten – und lasse Sie dann ganz al-lein hineingehen. Sie müssen sich keine Sorgen machen. Es gibt dort keine aggressiven oder gefährlichen Patienten.«

»Ich soll allein …?«, fragte Chanele, und ihr Mund war tro-cken. »Wie erkenne ich ihn denn?«

»Wahrscheinlich wird er auf dem Boden liegen. Er tut das oft. Liegt manchmal während Stunden bewegungslos da. Früher hat man versucht, ihn aus diesem Zwangszustand herauszuholen. Hat ihn mit Gewalt auf einen Stuhl gesetzt und sogar festgebun-den. Mein Vorgänger … Ich habe Anweisung gegeben, dass man ihn lässt. Er schadet keinem und vielleicht …« Mit einer resi-gnierenden Geste wies er auf ein vollgestopftes Regal. »Wir ha-ben so viele Bücher, und wir wissen so wenig.«

»Er liegt auf dem Boden?« Nichts war so, wie Chanele es sich vorgestellt hatte.

»Manchmal während Stunden. Zwischendurch verhält er sich dann wieder unauffällig. Versteckt sich in einem Winkel und sieht den anderen zu. Sie erkennen ihn an seinem weißen Ärzte-kittel. Eins dieser neumodischen Dinger. Ich habe ihn ihm geschenkt. Hatte ihn mir einmal aufschwatzen lassen, weil in Berlin jetzt viele Kollegen … Aber ich werde mich doch nicht mehr umgewöhnen. Und er ist glücklicher, wenn er etwas Weißes trägt. Er sagt, das muss so sein.«

»Warum?«

Dr. Hellstiedl breitete die Arme aus, eine Bewegung, die Chanele an Salomon denken ließ. »Fragen Sie ihn!«, sagte er. »Er ist fast immer ansprechbar. Wenn er auf den Beinen ist, unterhält er sich sogar mit den anderen Insassen. Erzählt ihnen, dass er bald Vater wird.«

»Vater?«

Dr. Hellstiedl nickte und zuckte gleichzeitig die Achseln. »Für den Fall, dass es ein Junge wird, hat er mich eingeladen. Zu diesem Fest, das die Juden bei der Beschneidung feiern. Aber wenn es so ist, wie wir vermuten, nicht wahr, Frau Meijer …? Wenn es so ist, wird es ja keine Beschneidung geben. Weil Sie kein Junge sind.« Dr. Hellstiedl stand auf. »Wir wollen es nicht länger hinausschieben«, sagte er. »Kommen Sie, Frau Meijer. Ich bringe Sie jetzt zu Ihrem Vater.«

23

Sie gingen – sechsunddreißig, siebenunddreißig, achtunddreißig – einen Korridor entlang, an dessen Wand rote Ziegelsteine Fenster einrahmten, die nicht da waren, bogen – vierundsiebzig, fünfundsiebzig, sechsundsiebzig – in einen zweiten Flur ein, der dem ersten so glich, dass Chanele beinahe erwartete, sich dort selber wartend anzutreffen, verließen das Gebäude durch eine Hintertür und überquerten einen menschenleeren Hof, folgten – einhunderteinundzwanzig, einhundertzweiundzwanzig, einhundertdreiundzwanzig – einem schmalen Pfad, auf Kieselsteinen, die unter ihren Schuhen knirschten, betraten dann durch einen Seiteneingang, den Dr. Hellstiedl mit einem überdimensionierten Schlüssel erst aufsperren musste, das alte Schloss, kamen – hundertdreiundsiebzig, hundertvierundsiebzig, hundertfünfundsiebzig – durch zwei Räume, in denen ausgemusterte Pritschen zu Türmen gestapelt waren, gelangten zu einem Treppenhaus, dem ehemals prächtigen Aufgang des Schlosses, stiegen eine geschwungene Treppenflucht hinauf und noch eine – zweihundertsechsundzwanzig, zweihundertsiebenundzwanzig, zweihundertachtundzwanzig –, Dr. Hellstiedl entriegelte ein Gitter, wies auf eine offene Tür und sagte zu Chanele: »Also, trauen Sie es sich zu?«

Zweihundertsiebenundvierzig.

Zweihundertsiebenundvierzig ist die Gematriah von Moijre.

Moijre heißt Angst.

»Frau Meijer?«

Wenn man nicht spricht, kann die Stimme nicht versagen. Chanele nickte. Und ging hinein.

Der Saal war hoch und hell. Vor den Fenstern hingen Gardinen aus schmutzigem Tüll, die das grelle Sonnenlicht nur wenig dämmten. Auf dem hellen Stoff zeichneten sich die gekreuzten Stäbe des Gitters als dunkle Striche ab. Aus der Decke ragte ein eiserner Haken, an dem wohl früher einmal ein Kronleuchter gehangen hatte, und an den Wänden waren die Reste von Stuckornamenten in der Form von geflochtenen Kränzen zu erkennen. Der Fußboden war mit grob gehobelten Dielenbrettern abgedeckt, die sich knarrend bewegten, wenn jemand darüberging. In der Luft lag der Geruch von Schweiß und alten Kleidern.

Es waren etwa fünfzehn oder zwanzig Männer. Die meisten saßen an einem langen, mit Bänken versehenen Tisch, die anderen standen einzeln oder in kleinen Gruppen irgendwo im Raum. Ein Mann hatte sich einen Besenstiel als Gewehr über die Schulter gelegt und marschierte in militärischem Stechschritt immer von einer Wand zur andern, wobei er jedes Mal eine zackige Wendung vollführte. Ohne die Unruhe dieser Bewegung wäre die Atmosphäre gar nicht so anders gewesen als in der Männerschul vor Beginn der Gebete.

Keiner der Männer lag auf dem Boden, und Chanele konnte auch niemanden in einem weißen Kittel entdecken.

Die Patienten waren nicht einheitlich gekleidet. Einige wenige trugen ganz korrekte Anzüge, als seien sie zu einer offiziellen Zusammenkunft geladen, andere, wie arme Verwandte, nur bäuerliche Hosen und grobe Hemden. Bei manchen hatte die Kleidung bizarre Züge, so bei dem marschierenden Mann, der mehrere Löffel als Orden an seiner Jacke befestigt hatte. Ein anderer trug ein zerschlissenes Frackjackett über der nackten Brust.

Chanele war unter der Tür stehen geblieben. Ein paar von den Männern am Tisch hatten die Köpfe zu ihr gewandt, ließen aber ihre Blicke so ohne jedes Zeichen einer Wahrnehmung über sie hinweggleiten, dass sie das verwirrende Gefühl hatte, unsichtbar zu sein. Erst nach einiger Zeit wurde sie beachtet. Zwei Männer, beide ähnlich lang und dürr, wie Brüder, kamen auf sie zu, blieben nahe vor ihr stehen und betrachteten sie so harmlos neugierig, mit so kindlicher Schamlosigkeit, dass Chanele nicht anders konnte, als sie anzulächeln.

»Guten Tag«, sagte sie und kramte dann, als keine Reaktion kam, eines der wenigen französischen Worte, die sie von Mimi aufgeschnappt hatte, aus ihrem Gedächtnis: »Bonjour.«

Die beiden Männer sahen sie so staunend an, als habe sie ihnen ein zirkusreifes Kunststück vorgeführt. Ein dritter Mann, es war die seltsame Figur im Frack, eilte mit trippelnden Schritten hinzu und versuchte die beiden anderen zur Seite zu schieben. Sie ließen es mit sich geschehen, drängten sich aber, magnetisch angezogen, immer wieder heran.

»Sie sind eine Frau«, sagte der Mann im Frack.

»Das stimmt«, sagte Chanele.

»Ich dachte es mir«, sagte der Mann, befriedigt wie ein Wissenschaftler, dessen Experiment eine umstrittene Theorie bestätigt hat. Er wandte sich zu den beiden Neugierigen und erklärte im Ton eines Museumskustos, der Besuchern die Schätze seiner Sammlung vorführt: »Sie ist eine Frau.«

Die beiden standen mit großen Augen da. Einem lief ein Speichelfaden aus dem Mund.

»Sie gehören nicht hierher«, sagte der Mann im Frack. »Die Frauen sind auf der anderen Seite.«

»Ich bin zu Besuch hier.«

Mit einem vorwurfsvollen Kopfschütteln schob der Mann die beiden andern wieder ein paar Schritte zurück und erklärte ihnen: »Sie ist zu Besuch hier.«

»Ich suche …«, setzte Chanele an, aber der Mann mit dem nackten Oberkörper hob in einer majestätischen Geste die Hand. Unter der Achsel des Fracks, wo sich die Naht gelöst hatte, klaffte ein großes Loch.

»Ich weiß, wen Sie suchen«, sagte der Mann. »Natürlich weiß ich es. Es kommen oft Menschen, die nach mir suchen. Aber ich bin inkognito hier.« In einer überdeutlichen Pantomime sah er sich erst sichernd um und zwinkerte Chanele dann zu.

»Ich suche nicht Sie.«

Der Mann nickte zustimmend, als habe sie genau das Richtige gesagt, zwinkerte ihr noch einmal zu und erklärte den beiden zudringlichen Zuschauern: »Sie sucht nicht mich.« Und fügte mit einem triumphierenden Kichern hinzu: »Sie hat mich nicht erkannt.«

Unterdessen war ein vierter Mann dazugekommen. Er war ärmlich gekleidet, mit einer viel zu großen Hose, die er mit Bindfaden zusammengebunden hatte, und einer Jacke, an der alle Knöpfe fehlten. Bevor Chanele ausweichen konnte, hatte er sie an den Oberarmen gefasst, sie an sich gezogen und auf die Stirne geküsst. Er roch wie alte Kartoffeln.

»Ich habe dich gesegnet«, sagte der Mann. »Jetzt kann dir nichts mehr passieren.« Wischte sich lange und gründlich die Hände an den Hosenbeinen ab und ging wieder weg.

Die beiden Neugierigen drängten näher, und der Mann im Frack schob sie weg. »Sie sind eine Frau«, sagte er zu Chanele. »Ich dachte es mir.«

Links und rechts von jedem Fenster hingen zusammengeschoben schwere nachtblaue Vorhänge. Hinter einem trat jetzt ein Mann hervor, der sich dort verborgen hatte.

Ein Mann in einem ehemals weißen Ärztekittel.

Er war alt, mindestens so alt wie Salomon, und Chanele konnte nichts Vertrautes an ihm finden. Sein Gesicht hatte tiefe Furchen, wie sie vom Hunger kommen oder von vielen Tränen, und die Wangen waren voller Stoppeln. Die dünnen Haarsträhnen hatte er mit einer Kappe aus weißem Leinen bedeckt, wie sie die Männer an den hohen Feiertagen zum Gottesdienst tragen. Er war barfuß. Unter dem Saum seines Kittels konnte man dünne Waden sehen.

Der Mann stand jetzt direkt vor dem Fenster, und das helle Licht zeichnete die Umrisse eines mageren Greisenkörpers ab.

Er war hässlich.

Und er war Chanele völlig fremd.

Trotzdem, ohne Überlegung, und als hätten ihre Beine einen eigenen Willen, ging sie auf ihn zu. Stieß die beiden Neugierigen einfach zur Seite. Sah den Mann im Frack gar nicht mehr.

Ging auf ihn zu.

Er sah sie kommen, und auf seinem Gesicht, diesem kaputtgelebten, alten Gesicht, wechselten sich die Emotionen so schnell ab, wie das Licht wechselt, wenn ein Wind Wolkenfetzen an der Sonne vorbeipeitscht. Überraschung. Staunen. Ungläubigkeit.

Und Liebe.

Er streckte ihr die Hand entgegen, nicht wie ein Greis, der

Halt sucht, sondern wie ein junger Mann, der andern eine Stütze sein kann, streckte ihr seine Hand entgegen, die voller bräunlicher Flecken war, streckte sie ihr entgegen, dass sie nicht anders konnte als ihm die ihre zu reichen, fasste sie an, seine Haut wie Papier, wie die Seiten eines alten Buches, das zerfällt, wenn man darin liest, nahm ihre Finger zwischen die seinen, rieb mit Daumen und Zeigfinger darüber, prüfte, ob da wirklich etwas war, ob da wirklich jemand war, öffnete den Mund, bewegte die Lippen, tonlos zuerst, wie man ein Gebet spricht oder einen Zauberspruch, schluckte leer und sagte mit einer Stimme, die voller Zärtlichkeit war und voller Angst, sagte mit einer alten jungen Stimme: »Sarah, mein Herz, warum bist du nicht im Bett? Du sollst doch liegen.«

Und dann, von den eigenen Worten erschreckt, ließ er Chanele los, zuckte zurück, als habe er sich an ihr verbrannt. Er legte seine Hände nebeneinander, die Handflächen nach oben und die Finger gekrümmt, als schöpfe er Wasser aus einer Quelle, hob sie ganz langsam vors Gesicht und bedeckte seine Augen damit.

Sie hatte noch nicht einmal gesehen, welche Farbe sie hatten.

Eine endlose Minute lang stand er ganz still. Dann fing er an, den Oberkörper nach vorne und nach hinten zu bewegen, zuerst ganz unmerklich und dann immer stärker und immer schneller, schaukelte, schockelte, begann zu summen, ein Gebet ohne Worte, das zu keinem Gottesdienst gehörte und zu keinem Feiertag, zusammengesetzt aus Fetzen von Melodien, aus allen Nigunim und aus keinem, bewegte den Kopf hin und her, als habe ein anderer ihn gefasst und zwinge ihn in die Bewegung, presste die Handballen in die Augenhöhlen, wollte nie mehr etwas anderes sehen, nachdem er Chanele gesehen hatte, und wurde dann, nach einer Minute, nach einer Stunde, wieder ruhiger, hörte auf zu summen, zu schockeln, ließ langsam die Hände sinken und spreizte die Finger vor den Augen, wie es kleine Kinder tun, wenn sie ihr Lieblingsspiel spielen, die Welt verschwinden und wieder erscheinen zu lassen, und fragte ganz leise, mit einer fast unhörbaren Stimme voll ungläubiger Hoffnung: »Sarah?«

»Ich bin nicht Sarah.« Chanele wusste nicht, ob sie das gesagt hatte oder nur gedacht.

So oder so hatte er es gehört. Er streckte den Arm nach ihr aus, ein dürrer Ast in einem weißen Ärmel, bewegte seine Hand hin und her, wie man Dampf wegwedelt oder vielleicht ein Gespenst, näherte sie ganz langsam ihrer Stirne, die Berührung, als sie endlich kam, so zart, wie wenn man auf einer dunkeln Treppe an ein Spinnennetz stößt, strich ihr über die Stirne, über die Schläfe, fuhr ihren Augenbrauen entlang, dieser geraden Linie quer über die Nasenwurzel, fuhr hin und her, Chanele selber hatte sich dort nie zärtlicher gestreichelt, und ein Lächeln zog über sein Gesicht, ein verliebtes, verzaubertes, junges Lächeln, das auf seinem faltigen Gesicht saß wie eine bunt bemalte Maske. »Du bist Sarah«, sagte er. »Niemand hat so schöne Augenbrauen wie du.«

Einundvierzig Jahre war Chanele alt und wusste erst jetzt, wie ihre Mutter geheißen hatte.

Seine Hand lag jetzt auf ihrer Wange, hatte dort ihren Platz gefunden wie ein Schmetterling auf seinem letzten Flug. Sie bewegte den Kopf ganz langsam auf und ab. Es konnte ein Nicken sein, konnte Zustimmung zu dem bedeuten, was da mit ihr passierte, aber vielleicht war es auch nur der Wunsch, von dieser Hand gestreichelt zu werden.

»Geht es dir gut?«, fragte er und gab sich selber die Antwort. »Es geht dir gut, mein Herz. Die Sonne scheint, und dabei ist doch Januar.«

Sie war im Januar geboren.

Der Geruch, der von ihm ausging, war nicht angenehm. Es war ein Geruch nach Krankheit, nach Zerfall. Ein zerstörter Geruch.

Hinter ihrem Rücken marschierte der Mann mit dem Besenstiel hin und her. Hin und her.

»Deine Zeit wird bald kommen«, sagte der alte Mann. Seine Augen waren auf sie gerichtet, aber sie hatte den Eindruck, dass er zu jemand ganz anderem sprach. »Alles wird so sein, wie es sein muss«, sagte er. »Alles wird gutgehen. Wenn es ein Junge ist, wollen wir ihn Nathan nennen. Nach deinem Vater.«

Nathan. Noch ein Name, der zu ihr gehörte. Sie hatte auch einmal einen Großvater gehabt.

»Und wenn es ein Mädchen wird … Bestimm du das, Sarah, mein Herz. Wie soll es heißen, wenn es ein Mädchen wird?«

»Chanele«, sagte sie.

Und er wiederholte: »Chanele.«

Hin und her marschierte der Soldat. Jedes Mal, wenn er das Dielenbrett betrat, auf dem auch Chanele stand, wurde sie ein wenig in die Höhe gehoben, denn die Bretter waren nur lose verlegt und hatten sich mit den Jahren verzogen, und darunter war ein ganz anderer Boden, ein viel schönerer wahrscheinlich, den nur seit langer Zeit niemand mehr gesehen hatte.

»Eine große Simche wird es werden«, sagte der alte Mann. »Eine Simche, von der man sprechen wird. Essen und Trinken und Singen. Wir werden alle einladen, und sie werden alle kommen. Auch der Dr. Hellstiedl. Er ist ein Goi, aber ein guter Mensch. Wir werden ihn einladen. Nicht wahr, Sarah?«

»Ja«, sagte Chanele. »Wir werden ihn einladen.«

»Du wirst noch schwach sein.« Seine Hand lag auf ihrer Wange wie eingeschlafen. »Man ist schwach in den ersten Tagen, und das darf dich nicht erschrecken. Ich werde das Kind für dich tragen. Ich werde es halten. Ich werde es nicht fallen lassen. Es wird ihm nichts geschehen. Niemandem wird etwas geschehen. Ich weiß es.«

»Nein«, sagte Chanele. »Niemandem wird etwas geschehen.«

Sie wird sterben, deine Sarah, die du so geliebt hast, und du wirst darüber den Verstand verlieren. Ein fremder Mann wird kommen, ein Beheijmeshändler, der Salomon heißt, und er wird deine Tochter mitnehmen und bei sich aufziehen. Nach vielen Jahren wird er Briefe schreiben und nach dir suchen, und du wirst deiner Tochter wieder begegnen, und du wirst es nicht wissen.

Niemandem wird etwas geschehen.

Plötzlich und ohne jeden äußeren Anlass schrie der alte Mann auf. Die ganze Zeit war seine Stimme nicht so laut gewesen. Er riss seine Hand von Chaneles Wange weg und starrte die Finger mit weit aufgerissenen Augen an. Dann verbarg er die Hand hinter seinem Rücken. »Es hat nichts zu bedeuten«, sagte er und wiederholte noch zweimal: »Nichts zu bedeuten. Nichts zu bedeuten.«

Chanele hatte nie etwas Traurigeres gesehen als das beruhigende Lächeln, das er vorzutäuschen versuchte.

Den Blick immer noch auf Chanele gerichtet – aber wer hätte sagen können, wen er wirklich vor sich sah? –, ging er rückwärts, ging mit kleinen trippelnden Schritten von ihr weg zum Fenster und versteckte die Hand in den Falten des schweren Vorhangs.

»Du musst keine Angst haben«, sagte er und redete schneller und schneller, jemand, der mit letzten Kräften rennt, um Hilfe zu holen, und doch weiß, dass er keine finden wird. »Das Blut hat nichts zu bedeuten. Überhaupt nichts zu bedeuten. Es gehört dazu. Es ist ganz natürlich. Der Arzt wird kommen und alles wiedergutmachen.«

Seine Stimme zerbröckelte immer mehr. Die Furchen in seinem Gesicht warteten auf Wasser wie ausgetrocknete Flussläufe.

»Der Arzt wird kommen. Man hat schon nach ihm geschickt. Er wird kommen und sagen: ›Ihr müsst keine Angst haben.‹ Er ist ein guter Arzt. Er heißt Dr. Hellstiedl. Er ist der Oberste. Er kann alles bestimmen. Alles. Ihm müssen alle gehorchen. Er sagt: ›Es werde Licht‹, und es wird Licht. Er kann es bestimmen. Er wird bestimmen, dass du nicht tot bist. Dass du nicht tot bist. Dass du nicht tot bist.«

Sein Körper war im Vorhang verschwunden. Nur sein Gesicht war noch zu sehen, das immer älter wurde und immer fremder.

»Er wird das bestimmen«, wiederholte er. »Wenn ich ihn darum bitte, wird er das bestimmen. Du musst keine Angst haben. Er ist ein guter Arzt. Ein guter Mensch. Er hat mir dieses Totenhemd geschenkt. Er ist ein Goi, aber er hat mir ein Sargenes geschenkt. Sein eigenes Sargenes. Ich habe es nötiger als er, hat er gesagt. Weil ich schon gestorben bin.«

Er weinte, ließ die Tränen über sich laufen wie Regen. Sie hätte alles darum gegeben, einen Trost für ihn zu wissen.

»Du wirst nicht sterben, Sarah. Dr. Hellstiedl wird dich heilen. Du wirst nicht tot sein. Nur ich. Nur ich. Ich habe mein Leben für deines gegeben. Weil es so bestimmt war.«

Er hatte sich jetzt ganz im Vorhang verkrochen. Das endlose, körperlose Echo seiner Stimme war nur noch in Bruchstücken zu verstehen.

»Nicht sterben … Nichts zu bedeuten … alles bestimmen.«

Eine fremde Hand tippte Chanele auf die Schulter. Die beiden Neugierigen standen da, Hand in Hand jetzt, zwei Kinder, die sich gegenseitig Mut machen. Bei ihnen war der Mann mit dem Frackjackett.

»Er ist tot«, sagte er freundlich erklärend. »Wenn sie tot sind, müssen sie weiße Hemden tragen. Das ist so bei den Juden.«

Chanele hätte ihn wegstoßen wollen, aber ihr Körper hatte nicht die Kraft sich zu bewegen.

»Gleich wird er singen«, sagte der Mann im Frack. »Singen müssen sie auch, wenn sie tot sind.«

Und tatsächlich: Hinter dem Vorhang begann Chaneles Vater mit einer ganz hohen, ganz dünnen Stimme zu singen.

»Ich dachte es mir«, sagte der Mann im Frack und zwinkerte Chanele zu. »Ich weiß alles über sie, aber sie kennen mich nicht. Ich bin inkognito hier.«

»Jisgadal«, sang der alte Mann. »Jisgadal wejiskadasch schemeij rabó.« Es war der Kaddisch, das Totengebet, das man zur Erinnerung an einen Verstorbenen spricht, Söhne für ihre Väter und Väter für ihre Söhne.

Er sang es für sich selber.

Er sang das ganze lange Gebet, und an den Stellen, wo die Gemeinde einzufallen hat, sprach Chanele stumm das Amen.

Der schwere Stoff bewegte sich. Der Kopf des Mannes, den sie hier Ahasver nannten, und der ihr Vater war, wurde sichtbar, aber nicht oben, wo er im Vorhang verschwunden war, sondern unten, auf dem Boden. Er musste niedergekniet sein und sich hingelegt haben und robbte jetzt, auf dem Rücken liegend, in den Raum hinein, stieß sich von der Wand ab und blieb bewegungslos auf den rauen Dielen liegen, die Arme an den Seiten, die blicklosen Augen weit aufgerissen.

»Man legt sie auf den Boden, wenn sie gestorben sind«, erklärte der Mann mit dem zerschlissenen Frack. »Man wäscht sie, und man legt sie hin, und dann packt man sie in den Sarg.«

Chanele kauerte bei ihrem Vater nieder, bei diesem fremden Mann. Gerne hätte sie gebetet, aber keiner der vielen Segenssprüche, die das Judentum für alle möglichen Gelegenheiten und Ereignisse bereithält, wollte hier passen. Schließlich murmelte sie, was man bei einer Todesnachricht sagt: »Gelobt sei der Richter der Wahrheit.« Der alte Mann rührte sich nicht, aber sie hatte das Gefühl, er sei damit zufrieden.

Sie schloss die Augen und hätte wohl noch lange so neben dem reglosen Mann gehockt, wenn da nicht plötzlich ein Geruch nach feuchten Kartoffeln gewesen wäre, ein schmatzender Kuss auf ihrer Stirn und eine Stimme, die sagte: »Jetzt kann dir nichts mehr passieren.«

Dann war Dr. Hellstiedl bei ihr. Vielleicht war er zufällig in genau diesem Moment gekommen, aber wahrscheinlich hatte er das Ganze von irgendwoher beobachtet. Sie mussten ja Beobachtungsfenster haben, hier oben, wo nicht einmal ein Pfleger aufpasste.

Der Arzt nahm ihren Arm und führte sie wortlos hinaus. Erst als er das Gitter aufgeschlossen und wieder zugesperrt hatte, sagte er: »Ich habe die alte Karteikarte doch noch gefunden. Er heißt Menachem Bär.«

Menachem.

Menachem und Sarah Bär.

Und ihre Tochter Chanele.

Als sie über den Hof gingen, der jetzt schon im Schatten des Backsteingebäudes lag, fragte er sie: »Ist es nun Ihr Vater?« Sie antwortete nicht, und er drang nicht in sie.

Sie gingen durch den langen Flur, wo an den Türen keine Namen standen, durch den Korridor mit den Fenstern, die keine Fenster waren, durch den andern Flur, wo der Pfeil auf dem Emailschild immer noch ins Leere wies. Die Unordnung in seinem Büro hatte etwas Beruhigendes, wie ein zerwühltes warmes Bett, das einen zum Hineinkriechen einlädt. Dr. Hellstiedl nahm die Haube von einer Kanne und schenkte ein Glas Tee ein. Er tat es ungeschickt, die Kanne in der einen und die Wärmehaube in der andern Hand. Chanele sah ihm dabei zu, wie man aus seinem Haus heraus ein Ereignis auf der Straße beobachtet, das einen nicht betrifft. Als er ihr das Glas hinhielt, musste sie zuerst überlegen, bevor sie seine Geste verstand.

Er nahm ihr gegenüber Platz und schwieg. Schweigen war eine Anstrengung für ihn, etwas, das ihm sichtlich schwer fiel. Mehr als einmal setzte er zu einem Satz an und ließ ihn dann doch unausgesprochen.

Der Tee war heiß, und Chanele war dankbar dafür. Die Sonne schien noch immer, wenn sie jetzt auch tiefer stand, aber sie fröstelte am ganzen Leib, eine Kälte, die sie so nicht kannte. Alte Leute beschwerten sich manchmal, sie könnten einfach nicht mehr warm werden. Zum ersten Mal verstand Chanele, was sie damit meinten.

»Ich habe nach einer Droschke schicken lassen«, sagte Dr. Hellstiedl schließlich.

Sie nickte, dankbar dafür, nichts selber beschließen oder entscheiden zu müssen.

»Wenn Sie wollen, kann ich Sie über sein Befinden auf dem Laufenden halten. Falls sich eine Veränderung … Es kann sein, oder es kann nicht sein. Wir wissen so wenig. Und geben diesem Nichtwissen lateinische und griechische Namen.«

Er schenkte ihr Tee nach und fragte dann noch einmal: »Soll ich Sie …?«

»Nein«, sagte Chanele. Es war das erste Wort, das sie seit der Begegnung mit ihrem Vater gesprochen hatte.

Sie fuhr mit der Droschke zurück in die Stadt. In der Allee warfen die Pappeln jetzt lange Schatten.

Auf dem Platz vor dem Münster wurde ein Fest gefeiert, mit glücklichen Menschen und fröhlicher Musik. Chanele dachte an die große Simche, auf die sich Menachem Bär so gefreut hatte, und widmete ihm jedes lachende Gesicht, das sie aus dem Droschkenfenster erspähen konnte.

Der Portier im Hotel empfing sie mit anbiedernder Neugierde. Wie ihr Tag gewesen sei, wollte er wissen, ob sie den Weg gut gefunden habe und wie der sehr verehrten Madame Meijer Straßburg nun gefalle. Sie brachte ihn mit einem Trinkgeld zum Schweigen.

In der Nacht schlief sie tief und traumlos.

Am nächsten Morgen fuhr sie mit dem Zug nach Basel und von dort weiter nach Baden. Sie ging vom Bahnhof direkt ins Geschäft und arbeitete dort wie jeden Tag.

Als sie am Abend nach Hause kam und Janki sie befragte, antwortete sie: »Sie haben sich geirrt. Es war ein völlig fremder Mensch. Er hat nichts mit mir zu tun.«

24

Pinchas musste sich schon wieder an den Hemdkragen fassen, um sich neue Luft zu verschaffen, und das hatte nichts damit zu tun, dass die Sonne schon den zweiten Tag hintereinander viel zu heiß brannte. Dieser Mann, mit dem ihn Zalman Kamionker da bekannt gemacht hatte, dieser Dr. Stern aus Stuttgart, Kongressdelegierter der Württembergischen Mehrheitssozialisten, brachte ihn völlig durcheinander. Dabei sah er ganz harmlos aus, ein äußerlich unauffälliger Mann mittleren Alters, nicht sehr groß gewachsen, mit einem gemütlichen runden Spießerbäuchlein, auf dem die Uhrkette jedes Mal, wenn er lachte, ein kleines hüpfendes Tänzchen aufführte. Und er lachte viel, auf unangenehme Weise. Sagte die ungeheuerlichsten Dinge, schloss sie mit einem kullernden »Hohoho!« ab und wischte sich dann mit dem Handrücken über den Schnurrbart. »Gott«, sagte er beispielsweise, »Gott existiert natürlich nicht. Ich muss das wissen, ich bin Rabbiner.« Ließ sein Bäuchlein hüpfen und sah Pinchas so erwartungsvoll an, wie es nur einer kann, der zu jedem Einwand immer schon das Gegenargument bereithält.

Er war tatsächlich einmal Rabbiner gewesen, in Buttenhausen, einer Kleingemeinde auf der Schwäbischen Alb. »Ich habe den Beruf gründlich gelernt«, sagte er und lachte schon wieder, wie über den bestmöglichen Witz. »Ich mag keine halben Sachen. Heute noch kann ich einen Blick auf die Innereien eines Huhns werfen und Ihnen unfehlbar sagen, ob es koscher ist oder nicht. Zugegeben, es ist eine Kunstfertigkeit ohne jeden Sinn, aber ich weiß immer noch, wie es geht. So wie andere es verstehen, auf den Händen zu balancieren oder übers Seil zu laufen.«

Pinchas hätte sich nicht gewundert, wenn ihm sein Gesprächspartner an Ort und Stelle eines dieser Kunststücke vorgeführt hätte. Dr. Stern hatte in seinem Gehabe viel von einem Ausrufer, wie man sie manchmal vor den wandernden Kuriositätentheatern erlebt, nur dass die Attraktionen in seiner Bude keine sechsbeinigen Kälber oder Frauen mit Fischschwänzen waren, sondern die Schatzkammer geheimnisvoll glitzernder Thesen und das Spiegellabyrinth auf Hochglanz polierter Paradoxe. »Jeder wirklich gläubige Mensch ist ein Beweis dafür, dass es keinen Gott gibt«, sagte er etwa und wippte dabei elastisch auf den Fußballen, würde gleich einen Überschlag machen und »Elahopp!« rufen.

Er sprach gern, fast zwanghaft gern davon, wie er seinen Glauben verloren habe, »sich davon befreite«, wie er das nannte, und hatte, das merkte man ihm an, wohl auch schon öfter vor größeren Versammlungen darüber gesprochen. Er musste nie nach einem Wort suchen, und seine fertig formulierten Sätze klangen immer wie aus einem Manuskript abgelesen. Rabbiner war er schon lange nicht mehr, sondern erster Vorsitzender der deutschen Freidenkervereinigung, und er konnte, wenn er von diesem Verein und seinen Zielen sprach, ein so salbungsvolles Gesicht machen, als trage er immer noch den Talar. Er stellte seinen Unglauben im Knopfloch zur Schau wie einen Orden, war stolz auf ihn, wie auf einen nach langem Studium erworbenen Doktortitel. Sein Atheismus hatte etwas Kreuzzüglerisches. Die Gottlosigkeit war seine Religion, und die vertrat er mit dem Feuer und der Begeisterung eines Neubekehrten. Wenn er sagte: »Gott ist nichts als eine Erfindung der Menschen«, dann strahlte er wie Moses im Angesicht der Schechinah auf dem Berge Sinai.

Die beiden Männer hatten sich gegen Mittag im Palmengarten getroffen, und Kamionker hatte sie miteinander bekannt gemacht. Er tat das mit einem hintergründigen Lächeln, dessen

Bedeutung Pinchas erst jetzt verstand. Im Palmengarten war es laut und stickig, und so beschlossen sie, vom schönen Wetter zu profitieren und ein paar Schritte in den Parkanlagen am See zu tun. Pinchas hatte eine ganze Liste von Fragen zum Sozialistenkongress vorbereitet – der *Israelit* in Frankfurt würde an einem entsprechenden Artikel sicher interessiert sein –, aber er kam nicht dazu, sie zu stellen. Dr. Stern hatte kaum erfahren, dass der eigentliche Beruf seines neuen Bekannten Schochet war, als er nur noch über Religion reden wollte oder, besser gesagt, über die Nicht-Religion, die sein tief empfundenes Credo war. »Der Mensch soll wissen und nicht glauben«, sagte er mit gläubiger Emphase und breitete dabei die Arme aus, hieß die ganze Welt mit einem Bruderkuss im neu gestifteten Bund der Gottlosen willkommen.

Er musste einmal ein guter Kanzelredner gewesen sein, auch wenn Buttenhausen, wie er erzählte, nur eine winzige Synagoge hatte, wo man oft nur mit Mühe ein Minjan zusammenbrachte. »Aber was sollte ich machen? Rabbinatsstellen waren Mangelware, und als frisch studierter Theologe musste man nehmen, was man kriegte. Ein interessantes Wort übrigens, ›Theologe‹. Wenn man an den griechischen Wortstamm zurückgeht, bedeutet es eigentlich nicht mehr als einen Menschen, der von Gott redet – und reden kann man bekanntlich auch von Dingen, die nicht existieren. Von Einhörnern, von Drachen oder eben vom lieben Gott.«

»Aber unsre Welt muss doch …«

Dr. Stern unterbrach Pinchas mit einer großen Geste. »Lieber Freund«, sagte er, und es klang wie »liebe Gemeinde«, »lieber Freund, Sie wollen mir jetzt doch nicht etwa mit einem dieser Gottesbeweise kommen. Welchen wollten Sie denn gerade aus der Tasche ziehen? Den kosmologischen? Den ontologischen? Den teleologischen? Alles längst widerlegt. Lesen Sie Kant! Lesen Sie Schopenhauer! ›Die vierfache Wurzel des Satzes vom zureichenden Grunde‹. Die Welt braucht keinen ersten Beweger. Sie trägt ihre Gesetze in sich selbst! Wir müssen sie nur erkennen. Voilà!« Er machte einen kleinen Hopser, ein Artist, der nach einer gewagten Überquerung des hohen Seils wieder sicheren Boden erreicht und dafür Applaus erwartet.

»Und wer hat diese Gesetze geschaffen?«

»Keiner.« Dr. Stern, den man sich ohne seinen Titel ebenso wenig vorstellen konnte wie ohne Hosen, tupfte sich mit einem seidenen Taschentuch die Stirn ab. Pinchas hatte den Eindruck, dass er die elegante Bewegung vor dem Spiegel eingeübt hatte. »Wenn heute die Sonne scheint, sitzt da niemand und heizt den Ofen an. Die Naturgesetze brauchen keinen allmächtigen Schöpfer, der die erste Kugel ins Rollen bringt. Das Universum ist, wie es ist. Unser Schicksal ist das, was wir daraus machen. Die Welt – um es auf den einfachsten Nenner zu bringen – ist so, wie wir sie gestalten. Nur weil wir Angst vor dieser Verantwortung haben, erfinden wir strafende Götter und denken uns in ihrem Namen Gesetze aus, an deren Konsequenzen wir dann nicht schuld sind.«

»Aber die Torah …«

Dr. Stern fing auch diesen Einwand in der Luft ab, ein Jongleur, dessen Hand immer schon dort ist, wo die nächste Kugel erst hinfliegen wird. »Die Torah ist Literatur«, sagte er. »Sehr schöne Literatur sogar. Wie übrigens viele unserer Schriften. Ich selber habe in Reclams Universalbibliothek ein kleines Bändchen herausgebracht: *Lichtstrahlen aus dem Talmud,* eine Sammlung von auch pädagogisch sehr wertvollen Zitaten. Man musste sie nur sorgfältig herauspicken zwischen all den läppischen Legenden – ich denke da beispielsweise an die spintisierenden Geschichten eines Rabba bar bar Chana – und den überdrehten Spitzfindigkeiten der Gesetzesauslegungen. Die sittliche Lauterkeit unserer Gelehrten steht ja in einem seltsamen Widerspruch zur logischen Verirrung des talmudischen Ritualwesens.

Man könnte geradezu sagen: Dort, wo das Judentum ohne Gott auskommt, kann es anderen Völkern durchaus als Vorbild dienen.« Und ließ, von der eigenen Beredsamkeit begeistert, die Uhrkette auf dem Bäuchlein hüpfen, lachte tief aus dem Hals heraus und strich sich mit dem Handrücken über den Schnurrbart.

Pinchas, der zweimal in der Woche am Schiur des Talmud-Torah-Vereins teilnahm, hatte das Gefühl, tausend Argumente gegen solche blasphemischen Reden zu wissen, aber es wollte ihm kein einziges einfallen. Wenn er diese Debatte im vertrauten abendlichen Lernsaal, geschützt vom Bollwerk eines Regals voller alter Folianten hätte führen können ... Aber hier, im hellen Licht der Uferpromenade, unter dem frischen Grün der Bäume, hier, wo eine Bonne in gestärkter blauweißer Bluse mit abweisender Miene zwei rosarot herausgeputzte Mädchen an den Händen führte, wo eine alte Dame aus einer fettigen Papiertüte Kuchenkrümel ins Wasser streute, um die sich Schwäne und Enten mit kampfbereiten Möwen stritten, hier, wo ein Lehrer seine ganze Schulklasse um sich versammelt hatte, um den Jungen die heute dank der Föhnluft besonders gut sichtbaren Gipfel des Alpenpanoramas zu benennen – hier fühlte er sich hilflos. Über die Nuancen eines Wortes, die Feinheiten einer Gesetzesauslegung zu debattieren, das war er gewohnt. Aber dass jemand das ganze Gedankengebäude, an dem so viele Generationen von Gelehrten und ihren Schülern sich abgemüht hatten, einfach einreißen wollte – das verschlug ihm die Sprache. Wortlos ging er neben Dr. Stern her, der aus dem Überschwang seiner Selbstsicherheit heraus immer wieder einen Tanzschritt einlegte.

Ihr Weg führte sie an der improvisierten Geographiestunde vorbei, wo der Lehrer gerade sagte: »Dort, wo immer noch ein bisschen Nebel liegt, das sind der große Mythen und der kleine Mythen ...« Dr. Stern schmunzelte, ein reicher Mann, der auch noch in der Lotterie gewinnt. »Sehen Sie, lieber Freund«, sagte er und strich sich mit dem Handrücken über den Schnurrbart, »dieser wackere Pädagoge hat gerade mein ganzes Argument in kürzester Form zusammengefasst. Wir Menschen denken uns Mythen aus, große und kleine, behaupten, sie stünden so fest wie Berge, und verwedeln unseren eigenen Zweifel daran mit einem Nebel aus Traditionen und Ritualen.«

»An gar nichts zu glauben ist leicht.« Pinchas spürte, wie ein unvertrauter Zorn in ihm aufstieg.

»Im Gegenteil, lieber Freund.« Dr. Stern hatte auch diesen Satz schon erwartet, wie ein geübter Tänzer am Ende einer komplizierten Figur ohne hinzusehen die Hand seiner Partnerin fasst. »Nichts zu glauben ist schwer! Leicht ist es, den tausendmal vorgekauten Gedankenbrei früherer Generationen widerstandslos zu schlucken. Leicht ist es, folgsam das Knie zu beugen, das Kreuz zu schlagen, Tefillin anzulegen, um Mitternacht über einen brennenden Holzstoß zu springen, oder was für seltsame Rituale sich unsere Vorfahren sonst im Namen ihrer selbst erfundenen Gottheiten ausgedacht haben. Leicht ist es, irgendwelche heiligen Schriften als gottgegeben anzunehmen, die Prämissen einer Religion kritiklos zu akzeptieren und den eigenen Verstand nur noch zu gebrauchen, um immer neue Schlussfolgerungen daraus zu ziehen. Gerade wir Juden sind ja wahre Meister darin, uns in die feinsten Verästelungen vermeintlich göttlicher Gesetze hineinzufressen wie Holzwürmer in einen längst schon toten Baum. Nächtelang studieren wir mittelalterliche Kommentare, nur um Debatten zu verstehen, die vor fünfzehnhundert Jahren geführt wurden, reden uns die Köpfe heiß um die Rituale von Opferdiensten in einem Tempel, der schon seit zwei Jahrtausenden zerstört ist. Wir verschwenden unsere Intelligenz, weil wir nicht den Mut aufbringen, altertümliche Märchen in Frage zu stellen. Märchen, jawohl! Aber eben: wer nicht denken will, muss glauben.« Dieser letzte Satz gefiel ihm so sehr, dass er an Ort und Stelle ein kleines Tänzchen aufführte. Unter ihren

Sonnenschirmen hervor sahen ihm zwei ältere Damen missbilligend dabei zu.

»Wissen Sie, was mir auffällt?«, fragte Pinchas und spürte die kämpferische Vorfreude in sich aufsteigen, die aus der Ahnung eines schlagkräftigen Arguments erwächst. »Wissen Sie, was mir an Ihnen sogar sehr auffällt? Sie sagen immer noch ›wir‹. ›Wir Juden.‹ Bei allem Protest zählen Sie sich also immer noch dazu.«

»Sagen wir: Ich schließe mich nicht aus. Allerdings nur, solange der Begriff eine Volks- und nicht eine Glaubensgemeinschaft bezeichnet. Aber sonst … Ich kann Ihnen in diesem Zusammenhang eine lustige Geschichte erzählen.« Er wies auf eine der hölzernen Bänke, die der Verschönerungsverein die Promenade entlang hatte aufstellen lassen. »Die Sonne wird mir gut tun, nach all den vielen langen Stunden im Kongresssaal.« Mit seinem Taschentuch wedelte er sorgfältig eine Spur von Blütenstaub von den grün lackierten Latten, machte es sich in der Mitte der Sitzfläche bequem, die Arme auf der Rücklehne ausgebreitet, und tätschelte, als Pinchas immer noch zögerte, einladend den schmalen freien Platz neben sich. »Setzen Sie sich doch zu mir, lieber Freund! Ich verspreche Ihnen, Sie werden sich gut amüsieren.«

Pinchas setzte sich. Was blieb ihm anderes übrig? Sein Gesprächspartner, so viel war ihm klar, gehörte nicht zu den Leuten die sich davon abhalten lassen, eine Geschichte zu erzählen, zu der sie einmal angesetzt haben.

»Das ist nun auch schon wieder …«, begann Dr. Stern und setzte jene künstlich nachdenkliche Miene auf, mit der geschwätzige Leute oft wiederholten Erzählungen einen Anschein von spontaner Authentizität zu verleihen suchen. »Tatsächlich, schon mehr als zehn Jahre. Wie doch die Zeit vergeht! Mir war damals endgültig klar geworden, dass ich es nicht länger mit meinem Gewissen vereinbaren konnte, meinen Schäfchen … Ein schönes Wort, nicht?«, unterbrach er sich, und auch diese Unterbrechung schien in seinem Manuskript zu stehen. »Schäfchen. Es beschreibt so richtig die unterwürfige Kritiklosigkeit, mit der selbst durchaus intelligente Menschen gläubig in der Herde ihrer Religion mittrotten, immer umkreist von den kläffenden Hunden der Höllenstrafen und der ewigen Verdammnis. Wie gesagt, mir war klar geworden, dass ich mir selber untreu würde, wenn ich meiner Gemeinde weiterhin Gesetze auslegte, an die ich selber nicht mehr glaubte – obwohl die Auslegungen an sich immer durchaus korrekt waren. Völlig sinnlos, wie das ganze religiöse Brimborium, aber korrekt. Wenn man sich überlegt: ein Gott, der sich allen Ernstes darum kümmert, ob an einem Essrog der Pitum abgebrochen ist, so ein detailversessener himmlischer Kleinkrämer, der kann doch nur eine Erfindung der Menschen sein! Nur wir Menschen sind dumm genug, uns unser Weltbild aus lauter Nebensächlichkeiten zusammenzukleistern.«

»Und Ihr Weltbild, Herr Dr. Stern?«

Der Freidenker hörte den verärgerten Unterton und schien sich darüber zu freuen, ein Taschenspieler, der die Aufmerksamkeit seines Gegenübers genau dort hingelenkt hat, wo er sie haben will. »Ich befasse mich mit der Hauptsache und schmeichle mir, damit eine größere Leistung vollbracht zu haben als alle die regelungswütigen Talmudgrößen. Mit einer Ausnahme. Ist Ihnen Elischa ben Abujah ein Begriff?«

Pinchas nickte. »Achér«, sagte er. »Der Andere.«

»Sehr gut.« Dr. Stern nickte ihm lehrerhaft herablassend zu. »Ausgezeichnet. So wird er in den Schriften immer nur genannt. ›Der Andere‹. Und warum? Weil man ihm nicht einmal mehr seinen Namen gönnte, nachdem er, der große Gesetzeslehrer, zum einzig möglichen Schluss gekommen war: dass es nämlich keinen Gott gibt. Wissen Sie etwa auch noch, wie er seinen Glauben verlor?«

Pinchas hatte den entsprechenden Talmudabschnitt vor nicht allzu langer Zeit studiert. Es ging dort um einen Jungen, dem sein Vater befohlen hatte, Eier aus einem Nest zu holen, den Muttervogel aber vorher zu verjagen, wie es geschrieben steht: »Die Mutter sollst du fliegen lassen und nur die Jungen nehmen, auf dass es dir wohl ergehe und du lange lebest« – derselbe Lohn, den die Torah auch für die Erfüllung des Gebotes, Vater und Mutter zu ehren, verspricht. Trotz dieser doppelten Verheißung fiel der Junge aus dem Baum und brach sich das Genick. Und das soll der Moment gewesen sein, in dem Elischa ben Abujah zum Apostaten wurde.

»Damit können Sie nicht argumentieren«, sagte Pinchas. »Wenn Sie bedenken, was Raschi zur Stelle ›auf dass du lange lebest‹ sagt …«

»Ich bin beeindruckt.« Dr. Stern applaudierte ironisch, und Pinchas hätte ihn dafür ohrfeigen mögen. »Die Stelle aus Kidduschim kennen Sie also. Mir gefällt aber die Erklärung, die der Talmud im Traktat Chagiga gibt – 14b, wenn Sie nachschlagen wollen –, viel besser.«

»Ich kenne auch diese Stelle«, sagte Pinchas, aber Dr. Stern hatte die Augen geschlossen, wie um sich besser zu erinnern, und rezitierte fast singend, wie man es bei einem Lehrvortrag tut. »Ben Asai, ben Soma, Elischa ben Abujah und Rabbi Akiba meditierten so lange über die Herrlichkeit Gottes, bis sie einen Blick in die oberste Sphäre werfen konnten. Ben Asai starb. Ben Soma verlor den Verstand. Elischa ben Abujah fiel vom Glauben ab. Und nur Rabbi Akiba …«

»Ich sehe keinen Grund, sich darüber lustig zu machen.« Pinchas hatte viel lauter gesprochen, als er es eigentlich gewollt hatte. Eine junge Frau, die gerade mit ihrem Kinderwagen an der Bank vorbeiging, beschleunigte erschrocken ihre Schritte.

»Ich mache mich nicht lustig«, sagte Dr. Stern. »Im Gegenteil. Ich habe mich diesem Achér immer sehr verwandt gefühlt. Vielleicht hat er ja tatsächlich einen Blick in den Himmel getan und festgestellt, dass er leer war.«

»Ich muss jetzt gehen. Ich kann meine Metzgerei nicht so lange allein lassen.« Pinchas wollte aufstehen, aber Dr. Stern ließ das nicht zu. Er hielt ihn zurück wie ein Zirkusschreier einen unschlüssigen Bauern.

»So warten Sie doch, lieber Freund. Ich habe Ihnen meine Geschichte noch gar nicht erzählt.«

»Ich weiß nicht, ob ich sie hören will.«

»Natürlich wollen Sie sie hören. Sie sind ein neugieriger Mensch. Wären Sie sonst hierher gekommen, nur um mir Fragen zu stellen?«

»Nicht diese Fragen!«

»Weil die Antworten Ihr Weltbild erschüttern könnten?«

»Nein!«

Aber Pinchas machte keine Anstalten mehr aufzustehen, und Dr. Stern lachte, dass seine Uhrkette hüpfte, wischte sich den Schnurrbart ab und sagte: »Warten wir's ab! – Also, wie gesagt, mir war endgültig klar geworden, dass ich mein Amt nicht weiter ausüben konnte. Weil ich – im Gegensatz zu den meisten Menschen, wie ich immer wieder feststellen muss – keine Angst davor habe, aus meinen Erkenntnissen auch die Konsequenzen zu ziehen, entschloss ich mich zu einem klaren Schlussstrich. Ich schrieb also an das königlich württembergische Oberrabbinat und zeigte dieser meiner vorgesetzten Behörde meinen Austritt aus dem Judentum an.«

»So ein Unsinn!« Pinchas war schon wieder zu laut geworden und musste sich regelrecht dazu zwingen, die nächsten Sätze in einem gemäßigteren Ton zu sprechen. Zu seinem Ärger klang das jetzt so, als wolle er seinem Banknachbarn ein intimes Geheimnis anvertrauen. »Aus dem Judentum kann man nicht austreten! Wir sind doch kein Verein!«

»Genau das hat mir das Oberrabbinat auch geantwortet. Nebst einigen sehr wortreichen Ermahnungen. Aber ich bin ein konsequenter Mensch, und wer ein Spiel nicht mehr mitspielen will, braucht sich auch nicht mehr an die Spielregeln zu halten. Also stellte ich mich am nächsten Jom Kippur mit einer Tüte Schinkensemmeln vor die Hauptsynagoge in Stuttgart, und als die ganzen Honoratioren mit ihren schwarzen Zylindern aus der Tür traten ...«

»Schämen sollten Sie sich!« Pinchas war aufgesprungen, und es kümmerte ihn jetzt überhaupt nicht mehr, dass ihn die Spaziergänger anstarrten. »In Grund und Boden sollten Sie sich schämen.«

Dr. Stern lächelte den Mann, der da so wütend vor ihm stand, mit herausfordernder Freundlichkeit an. »Schade, dass Sie nicht katholisch sind. So ein ›Apage, Satanas‹ klingt doch einfach viel besser.«

»Schämen!«

»Das sagten Sie bereits, lieber Freund. Aber vielleicht sollten Sie mal überlegen, ob Sie selber nicht sehr viel mehr Grund dazu hätten. Ein Mann Ihres Berufes.«

»Was hat mein Beruf ...?«

»Sie sind Schochet, nicht? Damit sind Sie ein professioneller, approbierter Tierquäler.«

»Ich bin kein ...«

»Sie sollten nicht so laut schreien. Die beiden Gendarmen, die dort des Weges kommen, blicken schon ganz misstrauisch.«

Es blieb Pinchas nichts anderes übrig, als sich wieder hinzusetzen.

»Wie können Sie behaupten, dass ein Schochet ...?«

Aber Dr. Stern hatte ganz plötzlich die Lust an der Debatte verloren. Er zog seine Uhr aus der Westentasche und ließ sie aufspringen. »Schon so spät? Da vernachlässige ich ja meine Pflichten als Delegierter. Wissen Sie was, lieber Freund? Lesen Sie meine Broschüre. *Tierquälerei und Tierleben in der jüdischen Literatur.* In jeder Buchhandlung zu haben. Mit einem rabbinisch-theologischen Gutachten über das Schächten als Anhang.

Das dort Gesagte dürfte Sie interessieren. Wie man mir erzählt hat, wird diese kleine Schrift in der hierzulande bevorstehenden Volksabstimmung eine große Rolle spielen. Und jetzt leben Sie wohl, lieber Freund, leben Sie wohl.«

25

Zur selben Zeit, als Pinchas mit Jacob Stern diskutierte, oder, wie er es später nur halb ironisch nannte, mit dem Teufel stritt, erhielt seine Frau überraschenden Besuch.

Mimi fühlte sich nicht wohl an diesem Tag. Es lag wohl an dem viel zu drückenden Wetter, dass sie sich schon, als sie aufstehen wollte, schwindlig fühlte und noch einmal eine Stunde mit einem in Zitronenwasser getränkten Tuch auf der Stirn im Bett liegen musste. Regula, der Holzklotz, wollte ohne jedes Feingefühl die Vorhänge öffnen, wo einem sensiblen Menschen in diesem Zustand doch jeder Lichtstrahl wie ein Messer durch den Kopf fährt. Später musste sich Mimi sogar übergeben, und es war schon gegen elf, als sie endlich die Kraft fand, ihr Zimmer zu verlassen. In einem Peignoir aus lachsfarbenem, mit matter Seide unterlegtem Crêpe Georgette, der die Blässe ihres Gesichts äußerst vorteilhaft ergänzte, schlich sie wie ein Gespenst durch die Wohnung. Nirgends bewegte sich etwas. Sogar das Geschirr vom Frühstück stand immer noch auf dem Esstisch. Wenn man als Hausfrau nicht ständig hinterher war – Pinchas machte sich ja keine Vorstellung! –, wurden die Dienstboten sofort nachlässig.

Sie traf Regula, Frau Küttel, die Zugehfrau, und Hinda schließlich in der Küche an, wo die drei, zu einer Zeit, zu der man schon längst das Mittagessen hätte vorbereiten müssen, Kaffee mit Möcken tranken und sich, soweit das Mimi einem bei ihrem Auftauchen mitten im Wort abgebrochenen Satz entnehmen konnte, über Regulas Lieblingsthema unterhielten, nämlich über die Frage, ob der Tramkutscher, dem sie schon seit Wochen schöne Augen machte, eventuell ernsthaftere Absichten hege. Mimi musste ziemlich heftig werden, obwohl ihr das in ihrem Zustand nicht leicht fiel, und sie musste auch Hinda tadeln, die manchmal einen sehr unfeinen Hang hatte, sich mit dem Personal gemein zu machen. Hinda lachte nur und meinte allen Ernstes, sie fände Regulas Liebesgeschichte interessanter als jeden Roman, zumindest sei ihr noch kein Roman untergekommen, in dem ein Galan seiner Angebeteten auf den Hintern geklopft und anerkennend gesagt habe: »Du bist ja besser im Futter als meine Pferde.«

Später, sie hatte immer noch nicht die Kraft gehabt, sich anzuziehen, ging Mimi mit Hinda den Inhalt ihres Kleiderschranks durch. Der Hachnossas-Kallo-Verein, der sich um die Ausstattung mitteloser Bräute kümmerte, führte an diesem Tag eine Sammlung abgelegter Kleider durch, und als Frau des Gemeinde-Schochets – »Du kannst dir nicht vorstellen, wie die Leute da auf einen schauen!« – fühlte sich Mimi verpflichtet, auch etwas beizutragen. Aber das war eigentlich nur ein Vorwand, um wieder einmal die Schätze ihrer Garderobe ausbreiten zu können.

Sie hatte gerade ein Tageskleid aus graubraunem Seidentwill mit einem kastanienfarbenen Rosenmuster herausgenommen, ein Kleid, das ihr immer sehr gut gestanden hatte, dessen Rock man aber wirklich nicht mehr tragen konnte, weil er immer noch einen Ansatz von Cul de Paris hatte, und der war ja nun wirklich ein für alle Mal aus der Mode, sie war gerade dabei, Hinda zu überzeugen, dass ihr bei ihrer jugendlichen Figur die schmal geschnittene Jacke mit dem kleinen Kragen und dem Jacquardbesatz an den Stulpen eigentlich ganz gut stehen müsste, zu einem anderen Rock natürlich, den alten würde man den mittellosen Bräuten stiften, sie hatte bei all dieser Geschäftigkeit gerade angefangen zu vergessen, wie schlecht es ihr eigentlich ging, als es an der Wohnungstür klingelte. »Ich bin für niemanden zu Hause!«, rief Mimi und musste, unter ihrer eigenen Stimme leidend, mit den Fingerspitzen kleine Kreise auf die Schläfen zeichnen.

»Frau Pomeranz ist nicht zu Hause«, hörten sie Regula ein bisschen später erklären. Und dann, auf einen im Zimmer nicht hörbaren Einwand des Besuchers hin, fügte das Dienstmädchen hinzu: »Ganz bestimmt nicht! Sie hat es mir gerade selber gesagt.«

Hinda biss sich in die Hand, um nicht laut herauszulachen. Mimi verdrehte mit Leidensmiene die Augen.

Regulas immer unsicherer und deshalb schriller vorgetragene Protest machte deutlich, dass der ungebetene Gast sich nicht einfach so abwimmeln ließ, und schließlich klopfte das Dienstmädchen an die Tür des Zimmers und sagte: »Es tut mir leid, Frau Pomeranz, aber da ist eine Dame, die will unbedingt …«

»Ich bin es!«, ertönte eine Stimme aus dem Flur. »Mama!«, rief Hinda und riss die Tür auf.

Regula sah die Umarmung zwischen Mutter und Tochter mit Missbilligung. »Ich habe ihr gesagt, dass Sie nicht da sind«, erklärte sie Mimi vorwurfsvoll. »Aber sie ist trotzdem hereingekommen.«

»Es ist schon in Ordnung.«

»Also, ich kann auf jeden Fall nichts dafür«, grummelte Regula so beleidigt wie jemand, dem durch ein absichtlich falsches Rezept ein Kuchen missraten ist, und verzog sich wieder in die Küche, um mit Frau Küttel die mutmaßlichen Absichten des Tramkutschers weiter zu analysieren.

Chanele musste direkt vom Bahnhof gekommen sein; man konnte den Rauch der Lokomotive noch an ihr riechen. Sie trug aber nicht, wie sich das nach den Regeln der Etikette gehört hätte, ein Reisekostüm, sondern nur ihre »Uniform«, mit der sie für gewöhnlich ins Geschäft ging, und dazu einen Hut, der schon in der letzten Saison nicht mehr en vogue gewesen war.

»Nicht einmal Handschuhe hast du angezogen!«, sagte Mimi vorwurfsvoll.

»Und du kein Kleid.«

»Du hast ja keine Ahnung, wie schlecht ich mich fühle.«

»Kommst du mich etwa schon abholen?«, fragte Hinda und schien von dieser Vorstellung gar nicht begeistert.

»Darüber reden wir später. Jetzt habe ich mit Mimi etwas zu besprechen. Allein.« Chanele sagte es in einem Ton, den ihre Tochter noch nie von ihr gehört hatte: nicht eigentlich streng, das wäre das falsche Wort gewesen, aber doch so, dass man gar nicht auf den Gedanken kam, ihr zu widersprechen.

Hinda deutete einen gehorsamen Knicks an. »Ich bin dann in der Küche.«

»Sag Regula, dass sie endlich die Frühstückssachen wegräumen soll!«, rief ihr Mimi hinterher. »Und dass sie das Mittagessen …« Sie legte die Hand an die Stirn und seufzte. »Obwohl ich selber ja keinen Bissen … Nicht mal daran denken darf ich.«

»Bist du krank?«

»Ach!«, sagte Mimi, und die tapfer wegwerfende Geste hätte auch die Salondame des Stadttheaters nicht besser hinbekommen. Sie wollte ihren Gast ins Esszimmer führen – »Obwohl dort noch alles herumsteht; ich weiß auch nicht, warum ich immer so unmögliche Dienstboten erwische!« –, aber Chanele schüttelte den Kopf.

»Lass uns lieber in dein Zimmer gehen. Es scheint mir … wie soll ich sagen? Es scheint mir richtiger.«

Sie konnten sich dort nicht einmal beide hinsetzen; auf dem Bett und auf den beiden Stühlen lag alles voller Kleider. Ganz automatisch begann Chanele die Sachen wegzuräumen, während Mimi auf dem türkischen Puff vor ihrer Schminkkommode hockte und sich die Schläfen mit Eau de Cologne betupfte. Ein

Weilchen hörte man nur das Rascheln der Stoffe und das Anein-
anderklicken der Bügel.

»Mimi«, sagte Chanele endlich und studierte den Moiréeffekt
auf einem Jontewkleid so angelegentlich, als habe sie in all den
Jahren in ihrem Gewerbe nie etwas Ähnliches gesehen, »Mimi ...
Hat es dich eigentlich sehr gestört, dass wir dich nie Miriam
nennen wollten?«

»Wie kommst du darauf?«

»Es gab eine Zeit, wo dir das sehr wichtig war. Ich habe das
damals nicht verstanden, aber heute ... Es wäre dein richtiger
Name gewesen, du hattest ein Recht darauf, und wir alle haben –
aus Gewohnheit oder aus Bequemlichkeit – trotzdem immer
nur Mimi zu dir gesagt.«

»Ich heiße doch Mimi.«

»Natürlich, heute.« Chanele hielt das Kleid hoch, um es auszuschütteln. Es sah aus, als tanze sie mit einer lebensgroßen
Puppe, der leise knisternde Stoff ein Vorhang zwischen den beiden Frauen. »Aber hast du dich nie gefragt, ob vielleicht ein ganz
anderer Mensch aus dir geworden wäre, wenn du deinen eigenen
Namen gehabt hättest?«

»Ich verstehe nicht, was du meinst.« Mimi sagte es so jam-
mernd, wie ein Kind, das nicht zur Schule gehen will. »Ich habe
Kopfschmerzen.«

Chanele hängte das Kleid in den Schrank und sagte, mehr in
die schwarze, nach alten Erlebnissen riechende Öffnung hinein
als zu Mimi: »Ich verstehe es ja selber nicht.«

Einen Stuhl hatte sie schon freigeräumt, und den trug sie jetzt
zur Schminkkommode hin und setzte sich Mimi so nahe gegenüber, dass sich ihre Knie fast berührten. Janki, lange war es her,
hatte Chanele einmal so gegenübergesessen. Sie hatte Angst gehabt, ihn anzusehen, aber seinen Atem hatte sie gespürt. Fast
nackt war sie damals gewesen, so wunderbar nackt. Und dann
hatte er sie gefragt ...

Was hatte sie erwartet? Wer sich etwas vormacht, ist selber schuld.

Sie fasste Mimis rechte Hand, beugte sich darüber, atmete den Duft nach Schlafzimmer und Eau de Cologne ein und küsste dann ganz plötzlich die fremden Fingerspitzen.

»Was soll das?«, fragte Mimi und zog ihre Hand zurück.

»Ich weiß es nicht. Es ist nur ... Wir sind keine Schwestern, du und ich. Auch Freundinnen sind wir nie gewesen. Nein, du musst nicht widersprechen. Es gab keine Freundschaft zwischen uns, auch nicht, als wir noch im selben Bett schliefen. Man hat uns zusammengepackt, wie ich gerade die Kleider in den Schrank gepackt habe, Samt neben Duchesse und Schwarz neben Olive, wie es gerade kam. Wir haben uns nicht ausgesucht. Wir sind miteinander ausgekommen, irgendwie, du mit mir und ich mit dir. Und wenn wir zusammen gelacht haben – man lacht auch mit zufälligen Bekannten. Aber unsere Geheimnisse haben wir anderen erzählt. Du deiner Anne-Kathrin und ich meinem Kopfkissen. Es ging doch ganz gut, nicht wahr, Mimi? Es ging ganz gut.«

»Ich weiß nicht, was du willst.« Manchmal hatte Mimi noch die gleiche quengelnde Stimme wie damals als kleines Mädchen, als sie alles, was nach Kritik klang, mit einem vorsorglichen Jammern zu beantworten pflegte.

»Es ging gut, bis Janki kam. Weißt du noch? Der Verband mit dem Blut, das nicht seins war? Natürlich weißt du es noch. Wir haben beide alles falsch gemacht, damals, ich auch. Und so sind wir nie Freundinnen geworden. Heute tut mir das leid. Weil wir nach all der Zeit doch zusammengehören. Meinst du nicht auch, Miriam?«

Mimi hatte ihre Gefühle noch nie verstecken können. Auch jetzt konnte Chanele auf ihrem Gesicht alles ablesen, was in ihr vorging: Überraschung, der Ansatz zu einem Streit, der Ansatz zu einer Versöhnung und dann ein listiges Sich-nichts-anmerken-lassen-Wollen. Als Kinder hatten sie oft ›Schere, Stein, Papier‹ gespielt, und genau so hatte Mimi jedes Mal ausgesehen, wenn sie sich auf gar keinen Fall übertölpeln lassen wollte. »Bist du nach Zürich gefahren, um mir das zu sagen?«, fragte sie.

»Nein, nicht deshalb. Du sollst mir auch gar keine Antwort geben. Die wird irgendwann schon wachsen. Ich bin gekommen, weil ich deine Hilfe brauche.«

»Wofür?«

Chanele nahm zwei der farbigen Flakons vom Schminktisch und ließ sie zusammenklingen wie Weingläser. »Du sollst einen Schidduch finden«, sagte sie.

Mimi war ein bisschen enttäuscht, dass Chanele ihren geheimen Plan vorweggenommen hatte, bevor sie ihn hatte ausführen können, und argumentierte deshalb dagegen. »Hinda interessiert sich doch überhaupt noch nicht für so etwas.«

»Einen Schidduch für François.«

Mimi war so verblüfft, dass ihr die Zunge aus dem Mund hing. »Schmul??«

»Er heißt François. Ob mir das gefällt oder nicht.«

»Aber er ist noch viel zu jung zum Heiraten!«

»Glaub mir«, sagte Chanele, »er ist alt genug.«

»Der Junge ist einundzwanzig!«

»Er soll ja auch nicht gleich heiraten. Aber bald. So bald wie möglich.«

»Wie kommt Janki bloß auf so einen meschuggenen Gedanken?«

»Janki weiß nichts davon.«

»Und du willst …?«

»Wenn du mir dabei hilfst.«

Mimi schaute Chanele verwundert an, überlegte – Schere? Stein? Papier? – und streckte dann ihrerseits die Hand aus. »Erzähl mir alles«, sagte sie.

Es tat gut, darüber zu reden. Über François' Lächeln, bei dem die Augen nicht mitlachten, dieses falsche höfliche Lächeln, mit dem er Chanele schon immer Angst gemacht hatte, schon als er noch ein ganz kleiner Junge war, weil sein Gesicht schon damals wie ein Buch in einer fremden Sprache gewesen war. Wie er einmal, mit fünf oder sechs, einen anderen kleinen Jungen, den Göttibuben einer Köchin, dazu gebracht hatte, seine Hand an die glühende Ofentür zu legen, und wie er dann, als der weinte und schrie, ganz unberührt gesagt hatte: »Ich wollte nur sehen, ob ich machen kann, dass er es tut.« Wie er aus der Schule immer gute Zeugnisse nach Hause gebracht hatte, ohne wirklich etwas dafür zu leisten, weil er immer einen fand, der die Aufgaben für ihn machte oder ihn abschreiben ließ; wie am Schabbes, wo ihm jede Arbeit verboten war, oft drei oder vier Mitschüler vor der Haustür auf ihn warteten und sich fast darum prügelten, ihm die Schultasche hinterhertragen zu dürfen. Einer seiner Lehrer hatte einmal, als er seine Frau in die Warenhalle begleitete und Chanele sich ihm vorstellte, regelrecht davon geschwärmt, was für einen begabten, ja, er scheue sich nicht, es so zu formulieren: was für einen begnadeten Sohn sie habe, und François, darauf angesprochen, hatte sein Lächeln gelächelt und gesagt: »Bei ihm ist es leicht; er hat die Podagra, und an den Tagen, wo er besonders stark hinkt, muss man ihn fragen, wie es ihm geht.« Als er dann anfing im Geschäft mitzuhelfen, lieber bei Janki im Stofflager als bei Chanele in der Warenhalle, machte er sich ein Spiel daraus, unverkäufliche Partien, Ware vom letzten Jahr oder mit kleinen Fehlern, an die Kundin zu bringen, war jedes Mal stolz darauf, wenn er wieder jemandem etwas aufgeschwatzt hatte und der ihm noch dankbar dafür war. Chanele beschrieb auch François' ganz eigene Sprechweise, die sie »vergiftet« nannte, weil er die herausforderndsten Dinge scheinbar ganz höflich zu sagen verstand, mit einem Lächeln und einer Verbeugung aus der Hüfte, und sie berichtete, wie er sich anderen Menschen überlegen fühlte und diese Menschen dafür verachtete.

Für einmal war Mimi eine gute Zuhörerin. Sie nickte oder wiegte staunend den Kopf hin und her, sagte »Vraiment?« oder »Mon Dieu!« und ließ die ganze Zeit Chaneles Hand nicht los.

Als Chanele dann aber zum Abend des goijischen Diners kam, als sie berichtete, wie Mathilde Lutz an ihre Bürotür geklopft und ihr erzählt hatte, dass da eine junge Verkäuferin schwanger war, und von wem, da vergaß Mimi vor Aufregung, Französisch zu sprechen, rief »Me Neschume!« und »Schemá bení!« und tätschelte Chaneles Hand, wie man es bei einem Krankenbesuch tut, wenn man dem Patienten mehr Hoffnung machen will, als man eigentlich empfindet.

In vierzig Jahren waren sich die beiden Frauen nicht so nahe gewesen.

»Was willst du nun wegen des Mädchens unternehmen?«, fragte Mimi schließlich. »So etwas kann Skandal machen, vor allem in einer kleinen Stadt wie eurem Baden.«

»Ich weiß«, sagte Chanele und schien vor einem Skandal gar keine große Angst zu haben. »Aber ich habe da schon etwas in die Wege geleitet.«

›Manchmal‹, dachte Mimi, ›manchmal hat Chanele ein Lächeln, das gar nicht so anders ist als das ihres Sohnes. Nur dass es ihr leid täte, wenn sie es wüsste.‹ Sie hatte plötzlich den Drang, Chanele in die Arme zu nehmen und sie ganz, ganz fest zu an sich zu drücken. Aber sie tat das natürlich nicht, sondern fragte nur: »Und Schmul …?«

»Er heißt François.«

»Meinst du, er liebt sie?«

Chanele schüttelte den Kopf. »Er wollte nur sehen, ob er machen kann, dass sie es tut.«

»Und jetzt willst du ihn bald verheiraten?«

»Es wird das Beste sein, denke ich mir. Weil es ihm Zügel anlegen wird. Es ist keine gute Lösung, aber immer noch die beste.«

Mimi streichelte die Finger ihrer Freundin. Freundin? Soll sein: Freundin. Die Hände, die so lange in Goldes Küche gearbeitet hatten, waren in den Jahren, in denen Chanele Madame Meijer gewesen war, nicht weniger rau geworden.

»Ich will dir auch etwas verraten«, sagte Mimi und hatte vor lauter plötzlichem Mut ganz rote Flecken auf den Backen. »Das Schönste für mich, das Schönste überhaupt, wäre es gewesen, selber Kinder zu haben. Aber wenn ich nun mal keine bekommen kann, wenn es einfach nicht sein soll, dann ist es das Zweitschönste, für andere Leute einen Schidduch zu machen. Ich denke manchmal: Ich bin Gottes Versuch, ob man eine Schwiegermutter auch direkt erschaffen kann.« Sie sagte es mit einem Lachen, aber sie meinte es ganz ernst.

Auf der Frisierkommode lag zwischen allerlei modischem Krimskrams auch ein Taschenkalender. Seine Seiten waren immer noch leer, obwohl er aus dem Jahr 1887 stammte. Mimi hatte ihn damals nicht gekauft, weil sie ihn gebraucht hätte, sondern weil er in so schönes rotes Saffianleder gebunden war, genau dasselbe Leder wie die Geldbörse, die sie Janki vor so vielen Jahren zur Eröffnung seines eigenen Geschäfts ... Egal. Ein kleiner silberner Bleistift gehörte dazu, und den nahm sie jetzt in die Hand, klappte den Kalender auf und sagte wie ein Kellner, der auf eine Bestellung wartet: »Bitte schön, Madame Meijer! Ich höre!« Sie sah mädchenhaft niedlich aus, wie sie mit erwartungsvoll zur Seite geneigtem Kopf dasaß, und der Anblick machte Chanele auf nicht unangenehme Weise ein bisschen traurig, wie Einträge in einem alten Poesiealbum.

»Was darf's denn sein«, fragte Mimi und befeuchtete, wie sie es einmal den Beamten an einem Postschalter hatte tun sehen, die Spitze des Bleistifts mit der Zunge. »Jung? Hübsch? Reich?«

Chanele ging nicht auf den scherzhaften Ton ein und beantwortete die Fragen ganz ernsthaft. »Reich wird wohl notwendig sein. Ja, ich denke schon. Zumindest gut situiert. Anders wird mir Janki nicht zustimmen. Jung? Das ist nicht so wichtig. Von mir aus kann sie ruhig auch älter sein als François. Er soll sich ja nicht in sie verlieben, er soll sie nur heiraten.«

Mimi konnte nicht glauben, was sie da hörte. Für sie, die mit Romanen aufgewachsen war, hatte Chanele gerade etwas Ungeheuerliches gesagt. »Nicht verlieben?«

»Ich glaube nicht, dass François das kann. Deshalb wäre es auch nicht gut, wenn das Mädchen hübsch ist.«

»Du machst Witze.«

»Ich versuche nur, die Dinge so zu sehen, wie sie sind.«

»Und siehst eine hässliche Kalle für deinen Sohn?«

»Ich sehe François. So wie er ist. Und ich weiß: wenn er verheiratet ist, wird er seine Frau betrügen.«

»Chanele!« In einem Theaterstück hatte Mimi einen Schauspieler einmal etwas ähnlich Furchtbares sagen hören. Aber nicht in diesem ruhigen, selbstverständlichen Ton.

»Es hat keinen Sinn, sich etwas vorzulügen«, sagte Chanele. »Wenn man die Wirklichkeit nicht akzeptiert, wird man irgendwann verrückt. Glaub mir, ich weiß das. François wird immer alles haben wollen, vor allem die Dinge, die ihm nicht zustehen. Und er wird sie bekommen. Das wird ihn zu einem guten Geschäftsmann machen und zu einem schlechten Ehemann.«

»Und deshalb …?«

»Ich habe es mir genau überlegt. Eine hübsche junge Frau, die ihr Leben lang an Komplimente gewöhnt ist, bei der die Verehrer immer schon Schlange gestanden haben – die würde zerbrechen an einem Mann wie François. Zuerst würde sie die Schuld bei ihm suchen und dann bei sich, und dann würde sie den Rest ihres Lebens unglücklich sein.«

»Du bist meschugge!«

»Meinst du?« Chanele nahm Mimi den Taschenkalender aus der Hand und legte ihn an seinen Platz zurück. Dann erst sprach sie weiter, so leise und tonlos, dass Mimi sich vorbeugen musste, um sie zu verstehen. »Wenn Janki damals dich geheiratet hätte – könntest du es ertragen, so behandelt zu werden, wie er mich behandelt?«

»Ist er schlecht zu dir?«

»Nein«, sagte Chanele. »Ist man schlecht zu seinem Schreibtisch? Zu seinem Zigarrenetui? Er interessiert sich nicht genügend für mich, um schlecht zu mir zu sein. Es genügt ihm, dass ich da bin und die Dinge erledige, die erledigt werden müssen.«

»Sicher liegt das auch …« – »… an dir« hatte Mimi sagen wollen, aber die Chanele, die ihr da gegenübersaß, war nicht mehr dieselbe Chanele, die sie ihr Leben lang gekannt hatte. Und sie selber, so kam es ihr in dieser Stunde in ihrem Schlafzimmer vor, war auch nicht mehr dieselbe Mimi. »Sicher liegt das auch an der Arbeit«, sagte sie deshalb. »So ein Mann hat tausend Dinge im Kopf.«

»Natürlich«, sagte Chanele und meinte es nicht. »Aber das, worauf es ankommt, ist doch: Ich habe nie viel von meinem Leben erwartet, und darum kann ich damit umgehen, dass ich nicht viel bekommen habe. Du dagegen …«

»Ich habe dafür keine Kinder. Ich bin schon bald eine alte Frau und werde mit jedem Jahr überflüssiger.«

»Du bist nicht überflüssig«, sagte Chanele. »Ich zum Beispiel, ich brauche dich sehr.«

Mimi rieb sich die Schläfen und dann auch die Augen. Sie hatte immer noch Kopfschmerzen, aber das hatte nichts damit zu tun.

26

Mimi wurde gebraucht und vergaß deshalb all ihre Beschwerden.

Chaneles Vorhaben sei zwar meschugge, meinte sie, und wenn sie, Mimi, sich so etwas ausgedacht haben würde, dann hätte es wieder geheißen, sie spintisiere, aber manchmal habe sie das Gefühl, man lebe nun mal in einer meschuggenen Welt, und da sei das Verrückte vielleicht das einzig Vernünftige. Chanele habe auch sehr recht daran getan, mit ihrem Wunsch gleich zu ihr zu kommen, nicht nur, weil sie Freundinnen seien – »Das sind wir doch jetzt, nicht wahr, Chanele?« –, sondern vor allem, weil sie hier in Zürich jede jüdische Familie kenne, aber auch wirklich jede, das sei der Vorteil, aber auch der Fluch, wenn man die einzige koschere Metzgerei der Stadt besitze. Sie könne ihr jedes einzelne heiratsfähige Mädchen in der Gemeinde aufzählen, könne eine Liste schreiben, wenn es sein müsse, jetzt auf der Stelle in den Taschenkalender mit dem roten Einband. Auch vorstellen könne sie ihr die Familien jederzeit, ganz diskret und wie zufällig. Es sei nur schade, dass Chanele nicht ein paar Tage früher mit ihrem Plan angekommen sei, denn heute, gerade heute, wäre der Tag für solche Vorstellungen günstig gewesen, überraschend günstig sogar, sie persönlich glaube ja an solche Hinweise des Schicksals, und irgendwann einmal, in einer ruhigen Minute, würde sie Chanele – mit Pinchas könne man über solche Dinge nicht reden – etwas anvertrauen müssen, von einer Madame Rosa und gewissen Botschaften, die man dort empfange, aber jetzt sei nicht der Moment dafür. Sie verlief sich manchmal in ihren Gedanken wie ein Kind in einem Zimmer voll verlockendem Spielzeug. Chanele musste zweimal nachfragen, was denn gerade an diesem Tag so besonderes sei, und sie verstand Mimis Antwort nicht auf Anhieb. Die Kleidersammlung des Hachnossas-Kallo-Vereins, erklärte die, während sie sich am Bettpfosten festklammerte, damit ihr Chanele die Korsettschnüre festziehen konnte – »Viel fester, ich halt's schon aus!« –, diese Kleidersammlung, zu der sie, Mimi, sowieso hingehen müsse, sie sei sogar schon viel zu spät dran, das wäre die ideale Gelegenheit gewesen, um einen ersten Überblick zu gewinnen, man hätte dort die meisten Frauen antreffen können, deren Töchter in Frage kämen, und Schidduchim, ganz egal, was die Männer sich einbildeten, würden immer noch von den Müttern gemacht. Wenn sie davon sprach, war Mimi ganz in ihrem Element, und die ländlich roten Flecken auf ihren Wangen wurden so stark, dass sie sie mit Fond de teint erst wieder abdecken musste; man wollte ja nicht aussehen wie eine Kuhmagd.

Sie könne ja einfach mitkommen, meinte Chanele, aber das wollte Mimi zuerst nicht zulassen. Chanele sei für so einen Anlass absolut nicht richtig gekleidet, und beim Schadchenen sei der erste Eindruck oft entscheidend. Man wisse in Zürich zwar von Jankis gut gehenden Geschäften, aber Chanele selber sei den meisten doch nur vom Hörensagen bekannt, und wenn sie in einem Kleid auftauche, das … Sie wolle ja nichts Böses sagen, sie verstehe wohl, dass man mit drei Kindern und einem Laden nicht die Zeit habe, sich wirklich sorgfältig um seine Garderobe zu kümmern, obwohl es noch nie jemandem geschadet habe, elegant zu sein.

Chanele wollte den Einwand nicht gelten lassen, und Mimi ließ sich schließlich nicht ungern überreden. Allerdings verlangte sie kategorisch, dass Chanele sich umziehen solle, Kleider genug wären ja da, und irgendeines würde ihr schon passen. Chanele wehrte sich gegen die Verkleidung, es sei doch schließlich nicht Purim, und im Schulchan Orech stünde nirgends, dass man als zukünftige Schwiegermutter dekoriert zu sein habe wie ein Maibaum. Aber da hatte Mimi aus dem Haufen, der immer noch auf dem Bett lag, schon ein Nachmittagskleid aus crèmefarbenem Satin für sie herausgezogen, dazu einen Unterrock aus gestärktem Taft mit Plisseevolants, und nur die Tatsache, dass der Rock in der Taille ganz offensichtlich viel zu weit war, ließ sie von ihrem Vorhaben wieder absehen. Als Mädchen hatte Chanele Mimis abgelegte Kleider auftragen können, ohne auch nur eine Naht daran zu ändern, aber in den letzten Jahren war Frau Pomeranz trotz der besten Korsetts ein bisschen matronenhaft geworden. Immerhin, zumindest das ließ sie sich nicht nehmen, führte sie Chanele noch ganz schnell den Hut vor, den sie ihr zu dem Kleid geliehen haben würde, ein großstädtisches Modell, das sie selber noch gar nie getragen hatte, mit einer ganz hell gefärbten Straußenfeder, die einem zärtlich auf die Schulter hing.

»Aber auf etwas muss ich bestehen«, sagte sie, während sie den Hut wieder sorgfältig in seiner Schachtel verstaute, »wenn du unbedingt so mitkommen willst, wie du bist, dann solltest du nur ganz wenig reden und darfst auf gar keinen Fall zu höflich sein.« Chanele, erklärte sie der Verblüfften, sei schließlich eine Frau aus reichem Geschäftshaus, und genau so müsse sie auch auftreten. »Wenn sie denken, du bist dir zu fein für sie, werden sie alle mit dir zu tun haben wollen.«

Für sich selber wählte Mimi ein unauffälliges blassblaues Kleid, das nur mit ein paar Zierknöpfen aus geschnittenem Perlmutt ein ganz klein wenig aufgeputzt war. Sie sei heute nur der Hintergrund, meinte sie, Chanele müsse den großen Eindruck machen, darauf käme es in solchen Situationen an. Wenn man sie so dozieren hörte, konnte man meinen, sie habe die Nachfolge von Abraham Singer angetreten, und ganze Heerscharen von jungen Paaren hätten ihr Glück nur ihrer Vermittlung zu verdanken.

Sie zog noch zwei andere Kleider aus dem Haufen heraus, das kastanienfarbene mit dem Cul de Paris und ein dunkelblaues mit schon etwas abgeribbelten Samtknöpfen, die wollte sie der guten Sache zum Opfer bringen. Die Kleider sollte Regula ihnen hinterhertragen, nein, man werde sie ganz bestimmt nicht einfach auf den Arm nehmen, auch wenn es nicht weit war bis zur Synagoge, certainement pas, in diesem Fall werde sie keinen Einspruch dulden, so ein Auftritt würde einen völlig falschen Eindruck machen.

Hinda wäre gern mitgegangen, aus reiner Neugierde und obwohl sie keine Ahnung hatte, was Chanele und Tante Mimi vorhatten. Mimi lehnte das streng ab. Wie hatte Golde, die viele jüdische Sprichwörter kannte, so gern gesagt? »Wer seinen Hahn verkaufen will, nimmt nicht auch noch eine Gans mit auf den Markt.«

Auf dem Weg hielt Mimi dann den Kopf sehr hoch, als ginge das Dienstmädchen mit dem großen, in ein Bügeltuch gewickelten Paket nur ganz zufällig hinter ihr her. Sie zwang sogar einen Lastenkutscher dazu, seinen Pferden heftig in die Zügel zu fallen, weil sie, ohne nach links oder rechts zu schauen, direkt vor seinem Wagen die Straße überquerte. Er schimpfte noch hinter ihr her, als sie schon lange in die Löwenstraße eingebogen war.

Wegen des heißen Wetters standen die Türen der Synagoge offen. Der schrille Sopran von Frau Goldschmidt, der Solistin des Synagogenchores, mischte sich mit dem Geräusch der Wagen und Passanten. Sie probte für Schawu'ot; die beiden Frauen erkannten – am Text, wenn auch nicht an der unvertrauten Melodie – die Gesänge, die zum Ausheben der Torah gehören. Beim »Raumamu« versang sie sich zweimal hintereinander.

»Das ist der Grund, warum Pinchas ernsthaft daran denkt, die Gemeinde zu verlassen«, sagte Mimi.

»Weil sie so schlecht singt?«

»Wegen all dieser Neuerungen in der letzten Zeit. Frauen im Chor und ein Harmonium. Sie reden von einer Austrittsgemeinde, wie sie es jetzt in Frankfurt haben.«

Sie betraten das Synagogengebäude durch den Seiteneingang an der Nüschelerstraße. Der kleine Saal diente allen möglichen Zwecken; man konnte dort der Gemeinde nach einer Bar Mizwe den traditionellen Kiddusch offerieren oder die Jahresversammlung einer der zahlreichen gesellschaftlichen und wohltätigen Vereinigungen abhalten, wobei sich diese beiden Funktionen auf angenehme Weise miteinander verbinden ließen. Heute waren die Tische zu zwei langen, schräg zueinander gestellten Reihen zusammengeschoben, an denen freiwillige Helferinnen die gespendeten Kleidungsstücke sortierten. Die meisten von ihnen waren das, was Mimi in französischer Diskretion als »ne plus vraiment jeunes« zu bezeichnen pflegte, wobei sie großzügig übersah, dass die von ihr so Apostrophierten auch nicht älter waren als sie selber. Es gibt ein Stadium im Leben gutbürgerlicher Damen, wo einen die Kinder nicht mehr rund um die Uhr in Anspruch nehmen, wo die wohlgeölte Maschine des Haushalts wie von selber saubere Wäsche und regelmäßige Mahlzeiten produziert, und einem genügend Zeit und Energie übrig bleibt, um sie der Kultur, dem Aberglauben oder der Philanthropie zu widmen. Und dem Klatsch natürlich. Die geübten Augen der wohltätigen Damen lasen aus jedem Kleidungsstück die ausführlichsten Informationen über die Spenderin, deren Großzügigkeit und modischen Geschmack heraus, und da sich ihre scharfzüngigen Kommentare in der Regel gegen die Abwesenden richteten, hatte der Hachnossas-Kallo-Verein nie die geringsten Schwierigkeiten, genügend ehrenamtliche Mitarbeiterinnen zu rekrutieren.

Die ranghöchste der anwesenden Damen war Zippora Meisels, die Witwe eines früheren Gemeindepräsidenten, die man hinter vorgehaltener Hand allgemein »die junge Alte« nannte, weil sie trotz ihrer vorgerückten Jahre nicht davon abzubringen war, einen tizianroten Scheitel zu tragen. Die jugendliche Haarfarbe und die kunstvoll gedrehten Locken kontrastierten die scharfen Konturen ihres verwitterten Gesichts auf lächerliche Weise. Sie hatte sich, obwohl sie in diesem Verein ausnahmsweise einmal keine offizielle Funktion innehatte, den besten Platz gesichert, saß genau dort, wo die beiden Tischreihen in stumpfem Winkel zusammentrafen und von wo aus man nicht nur allen Gesprächen folgen, sondern auch die Saaltür im Auge behalten konnte. Sie war deshalb die Erste, die Mimi und Chanele bemerkte. Als sie hinter den beiden auch noch Regula mit ihrem Kleiderpaket eintreten sah, hob sie – »Vornehm sind wir heute!« – ironisch die Augenbrauen, was ihr einen clownesken Zug verlieh: Sie hatte sich die Brauen selber ins Gesicht gemalt und dabei die Linie der dünn gewordenen Härchen nicht richtig getroffen.

Malka Grünfeld, mit der sie sich gerade unterhalten hatte, folgte ihrem Blick, entschuldigte sich und ging den beiden Neuankömmlingen mit ausgestreckten Armen entgegen. Frau Grünfeld war die Präsidentin des Vereins, eine Würde, die sie nicht so sehr ihrer Beliebtheit als einer größeren Spende ihres Gatten verdankte, den Spekulationen mit Eisenbahnaktien in kurzer Zeit reich gemacht hatten. Malka, von der Mimi nur allzu gut wusste, dass sie jahrelang immer nur die billigsten Stücke zum Schabbes-Braten eingekauft hatte, gab sich jetzt gerne aristokratisch und zog, wenn sie einen Anlass mit ihrer Anwesenheit beehrte, immer eine ganze Schar von Gezines-Leckern wie eine Schleppe hinter sich her.

»Meine Liebe!«, sagte sie in dem singenden Ton, den sie sich als reiche Frau angewöhnt hatte. »Wie schön, dass Sie doch noch zu uns gefunden haben.«

»Sie kommen zu spät«, hieß das, und: »Ich bin es nicht gewohnt, dass man mich warten lässt.«

»Ich wurde aufgehalten, pardonnez moi.« Mimi wusste, dass Malka kein Französisch sprach und wies sie gerne diskret auf diesen Mangel hin. »Ich habe ganz überraschend lieben Besuch aus Baden bekommen. Darf ich bekannt machen? Frau Grünfeld, Madame Meijer.«

»Ich habe mir schon lange gewünscht, Sie kennen zu lernen.« Malka Grünfeld hatte sich diesen Satz zusammen mit der Perlenkette und den hochgeknöpften Handschuhen zugelegt und fand, dass er sie in seiner leutseligen Herablassung sehr gut kleidete.

»Madame Meijer, das wissen Sie sicher, liebe Malka«, sagte

Mimi und schob immer wieder ein Lächeln wie ein Satzzeichen zwischen die Worte, »ist die Gattin von Janki Meijer, der in Baden das Französische Stofflager und die Moderne Warenhalle betreibt.«

Malka Grünfeld lächelte ebenso künstlich zurück. »Ich habe gehört, dass man dort sehr nette Sachen finden kann.«

»Ganz nett für ein Provinznest wie Baden«, hieß das.

»Und in welcher Branche ist Ihr Mann tätig?«, fragte Chanele. Sie hatte nur höfliche Konversation machen wollen, aber Malka Grünfeld warf den Kopf in den Nacken und war beleidigt. Sie war es gewohnt, dass man wusste, wer sie war.

Man musste Mimi schon sehr gut kennen, um zu bemerken, dass sie zufrieden lächelte.

»Soll ich jetzt wieder gehen?«, fragte Regula, die ihr Paket an einem der Tische abgeliefert hatte.

»Tu das, mein Kind.« Wenn sie es darauf anlegte, konnte Mimi mindestens so aristokratisch sein wie eine neureiche Vereinspräsidentin. »Und sieh zu, dass du mit dem Silberputzen vorwärts kommst. – Ist es nicht énervant?«, fügte sie zu Malka gewendet hinzu. »Bis man die letzten Stücke poliert hat, sind die ersten immer schon wieder angelaufen.«

»Auch wir haben Silberbesteck«, hieß das. »Und zwar schon länger als ihr.«

Dann mussten die andern Damen begrüßt werden, wobei Mimi bei jeder Vorstellung das Stofflager und die Warenhalle erwähnte. Im Hachnossas-Kallo-Verein trafen sich bessere Leute, um sich gegenseitig durch demonstrative Wohltätigkeit zu bestätigen, dass sie auch tatsächlich besser waren. Chanele wusste in solcher Gesellschaft wenig zu sagen, und machte damit genau den distanzierten Eindruck, den sich Mimi gewünscht hatte.

»Das ist Delphine Kahn«, sagte Mimi und führte Chanele zu einer streng blickenden Dame, die ihren hochgeschnürten

Busen wie einen Harnisch vor sich hertrug. »Von *Kahn & Cie.* wirst du schon gehört haben. Die größten Seidenimporteure des Landes. Die Kahns haben einen ganz reizenden Sohn, Siegfried heißt er, ein sehr vielversprechender zukünftiger Jurist. Ich glaube, deine Tochter Hinda hat ihn einmal ganz zufällig kennen gelernt.«

Wenn Hinda dabei gewesen wäre, hätte sie die Ähnlichkeit zwischen Mutter und Sohn sofort bemerkt. Auch Frau Kahn hatte die Eigenschaft, ihren Kopf halslos hin und her zu wenden wie eine Eule. Eine Brille mit runden Gläsern verstärkte den Eindruck noch.

»Ich freue mich, Ihre Bekanntschaft zu machen, Madame Meijer.« Mit einem Handbuch der Etikette vor sich hätte sie den Satz nicht präziser sprechen können.

»Frau Kahn hat auch eine sehr charmante Tochter«, sagte Mimi und stieß Chanele in gar nicht damenhafter Manier mit dem Knie an. »Wirklich schade, dass sie heute nicht hier ist.«

»Sie *ist* hier«, sagte die Eule. »Meine Mina ist ein so gutes Kind, dass sie es sich nicht nehmen lässt, bei wohltätigen Anlässen jedes Mal mit dabei zu sein. Ich sage ja immer zu ihr: ›So jung, wie du bist, brauchst du dich doch noch nicht um solche Sachen zu kümmern!‹ – aber man redet gegen eine Wand. Dort drüben – sehen Sie, wie fleißig sie arbeitet?«

Die Tochter des größten Seidenimportgeschäfts war unter den anderen Freiwilligen leicht zu erkennen. Ein schmales Mädchen, jünger als alle andern, faltete sie an einem der Tische Kleider zusammen. In ihrer Konzentration hatte sie den Kopf so weit vorgebeugt, dass die langen schwarzen Haare ihr Gesicht verbargen wie ein Witwenschleier. Chanele konnte nur erkennen, dass sie wie ihre Mutter eine Brille trug. Ihre Bewegungen zeigten jene unschlüssige Vorsicht, die aus Kurzsichtigkeit oder aus einem Mangel an Selbstbewusstsein erwächst. Es schien nichts wirklich Auffälliges an ihr zu sein, aber als sie einen Stapel zusammengelegter Kleidungsstücke zu den Wäschekörben trug, musste sie ein steifes rechtes Bein bei jedem Schritt im Halbkreis nach vorn schwingen, und im Gegentakt pendelte ihr Oberkörper wie betrunken hin und her.

»Kinderlähmung«, sagte Frau Kahn. »Das arme Kind muss eine Metallschiene tragen.«

Als alle Kleider sortiert und alle Kommentare dazu abgegeben waren – bei Mimis Spenden war man sich einig, dass sie sowohl von gutem Geschmack wie von einem Hang zu verschwenderischem Leichtsinn zeugten –, wurden Likör und Kuchen gereicht, eine großzügige, mit Akklamation verdankte Spende der verehrten Frau Präsidentin. Die Sitzordnung an den beiden langen Tischen schien sich zwanglos zu ergeben, folgte aber strengen Regeln des Ranges und der Anciennität, wobei Zippora Meisels und Malka Grünfeld natürlich im Zentrum Hof hielten. Chanele, der man die Schmucklosigkeit ihres Aufzugs genau nach Mimis Plan als Laune einer reichen Frau, die es nicht nötig hat, ausgelegt hatte, bekam den Ehrenplatz neben der Präsidentin und zog die widerstrebende Mina Kahn auf den Stuhl neben sich.

»Ich sollte vielleicht besser …«, begann das Mädchen einen Einwand, aber sie war das Widersprechen nicht gewohnt.

Aus der Nähe betrachtet hatte Mina ein ungewöhnlich interessantes Gesicht, das, wie die Trugbilder, die Arthur mit solcher Begeisterung sammelte, von einem Blick zum nächsten eine ganz andere Geschichte zu erzählen schien. In einem Moment war Mina ein verschüchtertes Mädchen, das es kaum wagte, vom Fußboden aufzusehen, und im nächsten Augenblick eine erwachsene Frau, die schon zu viel hatte erleben müssen.

›Vielleicht liegt es an ihrer Krankheit‹, dachte Chanele. ›Leiden kann alt machen. Oder kindisch.‹

Sie unterhielten sich über unwichtige Dinge, schoben sich die obligaten Nichtigkeiten zu, wie man am Tisch das Salz oder den

Brotkorb herumreicht. Nur etwas, das Mina sagte, ließ Chanele aufhorchen. »Haben Sie auch manchmal das Gefühl«, fragte sie einmal ganz unvermittelt, »dass die Leute nur reden, um nicht zuhören zu müssen?«

Das allgemeine Geplauder mäanderte, wie ein Fluss ohne Gefälle, durch die verschiedensten Themen, und landete schließlich bei der Volksabstimmung, die im Sommer bevorstand.

»Was wird denn dein Pinchas machen«, wurde Mimi gefragt, »wenn das Schächten in der Schweiz verboten wird?«

»Er ist ganz sicher, dass die Initiative nicht durchkommt. Schächten ist doch eine der schmerzlosesten Schlachtmethoden, die es gibt. Wenn man das den Menschen nur vernünftig erklärt …«

»Vernünftig?« Zippora Meisels schüttelte düster den Kopf mit der flammend roten Perücke. »Es wäre das erste Mal, dass man mit Vernunft etwas gegen Risches erreicht.«

Man sah eine ganze Reihe von Perücken bedenklich nicken. Risches, das Sammelwort für jede Art von Judenfeindlichkeit, ist immer ein überzeugendes Argument.

»Die Geschäftsfreunde meines Mannes«, sagte Malka Grünfeld mit dem Stolz einer Frau, für die es immer wieder neu eine angenehme Überraschung ist, dass ihr Mann überhaupt Geschäftsfreunde hat, »versichern ihm alle, dass sie gegen das Referendum stimmen werden.«

»Initiative«, korrigierte eine Stimme. »Es ist eine Initiative.«

»Es kommt nicht darauf an, wie man es nennt«, sagte Malka hoheitsvoll. »Auf alle Fälle wird die Sache abgelehnt.«

»Wenn man sich öffentlich dazu bekennen müsste, vielleicht.« Mina hatte bisher nur etwas gesagt, wenn sie gefragt wurde, und die überraschten Reaktionen zeigten deutlich, dass man es in diesem Kreis nicht schätzte, wenn unerfahrene junge Dinger das Maul aufmachten. Trotzdem redete Mina weiter, wobei sie es vermied, dabei irgendjemandem ins Gesicht zu sehen. »Aber so eine Abstimmung ist nicht öffentlich. Sie müssen nur ein ›Ja‹ oder ein ›Nein‹ auf einen Zettel schreiben, und keiner sieht, was sie in die Urne werfen.«

»Die Geschäftsfreunde meines Mannes …«, setzte Malka Grünfeld noch einmal an.

»Man muss die Dinge so nehmen, wie sie sind«, sagte Mina und hatte tatsächlich die Präsidentin des Hachnossas-Kallo-Vereins unterbrochen. »Es nützt nichts, wenn man sich etwas vormacht.«

»Sehr richtig!«, sagte Chanele so laut, dass alle zu ihr hinschauten. Dann entschuldigte sie sich bei den Damen, weil sie doch unbedingt noch den Zug nach Baden erreichen musste.

Als Pinchas endlich von seinem Gespräch mit Dr. Stern nach Hause kam, war Chanele schon wieder abgereist und hatte Hinda mitgenommen.

»Sie hat mich an die Kleidersammlung begleitet«, erzählte Mimi, die Dinge, die sie für sich behalten wollte, gern hinter wortreich vorgebrachten Nebensächlichkeiten versteckte, »obwohl sie wirklich nicht für so einen Anlass angezogen war. Und hinterher hatte sie es plötzlich ganz eilig, du weißt ja, wie sie ist. Hinda ist gar nicht gerne mitgefahren. Sie haben sich deswegen sogar gestritten. Obwohl am Wochenende in Baden Jahrmarkt ist, wollte die Kleine unbedingt noch über Schabbes in Zürich bleiben, man hätte meinen können, es gäbe nichts Wichtigeres für sie auf der Welt. Es sei immer so gemütlich bei uns, sagt sie. Aber weißt du, was ich denke? Du kommst nie dahinter! Weißt du, was ich denke?«

»Mein Lieb«, sagte Pinchas, »wenn ich jedes Blatt Gemóre so leicht ausdeutschen könnte wie dein Gesicht, ich wäre der größte Talmid Chochem dieser Welt.«

»Also, was denke ich?«

»Du denkst: Zalman Kamionker.« Er legte den Arm um seine Frau und zog sie an sich. »Schau nicht so enttäuscht. Die Aufgabe war nicht schwer. Der junge Mann hat sich heute so angelegentlich nach Hinda erkundigt …«

›Aber von der anderen Geschichte weißt du nichts‹, tröstete sich Mimi und spürte die neu gefundene Freundschaft mit Chanele als kostbare Wärme in sich.

Auch Pinchas hatte etwas zu berichten, die verrückte Geschichte von einem Rabbiner, der Atheist geworden war, und jetzt versuchte, mit talmudischen Zitaten die Wertlosigkeit des Talmuds zu beweisen. Auf dem Heimweg hatte er sich fest vorgenommen, beim Erzählen nur das Komische an der Geschichte zu betonen, und sich nicht anmerken zu lassen, wie sehr ihn die Diskussion aufgewühlt hatte. Aber er kam vorläufig überhaupt nicht dazu, denn in diesem Moment brachte Regula einen Brief, der am Nachmittag angekommen war. Sie trug ihn nicht auf einem Tablett, wie ihr Mimi das seit Wochen beizubringen versuchte, sondern hatte ihn wie eine Scheibe Brot auf einen ganz gewöhnlichen Teller gelegt.

»Ah, les servants!«, seufzte Mimi, und Regula marschierte beleidigt hinaus. Man muss keine Fremdsprachen können, um zu merken, wenn abfällig von einem die Rede ist.

Der Brief war auf altmodische Weise mit grüner Tinte adressiert. In einer kunstvoll verschnörkelten Handschrift stand da: »Hochwohlgeboren Pinchas Pomeranz.« Pinchas riss den Umschlag auf – mit dem Fingernagel, obwohl ihm Mimi doch ein Briefmesser mit elfenbeinernem Griff geschenkt hatte! –, überflog den Inhalt und runzelte verwundert die Stirne.

»Weißt du, wer mir da schreibt?«, sagte er und ahmte dabei Mimis Tonfall nach. »Du kommst nie dahinter.«

»Wer?«

»Der Brief ist aus Endingen.«

»Wer?«

»Der Vater deiner Freundin Anne-Kathrin!«

»Der Schulmeister?«

334

»Er unterschreibt als Vorsitzender eines Volksbildungsvereins. Von dem hat er doch immer gesprochen. Hat er ihn also tatsächlich noch gegründet.«

»Was will er von dir?«

»Er plant eine öffentliche Veranstaltung: ›Argumente pro und contra Schächtverbot‹. Im Saal vom *Guggenheim*. Er will mich als Redner einladen.«

»Gehst du hin?«

Pinchas faltete den Brief sorgfältig zusammen und steckte ihn in die Tasche.

»Kann ich nicht hingehen?«

27

Es war nicht geschwänzt, sagte sich Arthur, nicht wirklich. In die Schule, da musste man hin, das war sogar ein Gesetz. Schon wenn man nur zwei Minuten zu spät kam, gab es mit dem Lineal eins auf die Hand, und manchmal auch, wenn man nur ein Gesicht machte, das einem Lehrer nicht gefiel. In der Schule hätte er es nie gewagt, einfach wegzubleiben. Selbst nach den Wilden Blattern, als er doch ein Entschuldigungsschreiben, von Janki Meijer persönlich unterschrieben, in der Tasche hatte, selbst da war er nur mit Zittern wieder hingegangen und malte sich sogar mit der weißen Zinksalbe extra noch einmal Tupfen ins Gesicht, nur damit man ihm seine Krankheit auch wirklich glaubte.

Aber der Bar-Mizwe-Unterricht, redete er sich ein, das war doch etwas ganz anderes. Freiwillig war der, was man schon daran sehen konnte, dass er nicht in einem Schulzimmer stattfand, sondern bei Kantor Würzburger zu Hause, in seiner Stube, wo es immer nach den Salmiakpastillen roch, die der Kantor für seine Stimme lutschte. Außerdem wurde Würzburger für das Eintrichtern des Torah-Abschnitts und der Droosche mit einer festen Summe bezahlt; immer am Monatsanfang musste ihm Arthur den Umschlag mitbringen. Da konnte es ihm doch eigentlich nur recht sein, wenn er für das gleiche Geld eine Lektion weniger zu geben hatte.

Arthur war auch nicht nur einfach so weggeblieben, sondern hatte einen Plan ausgeheckt, der ihn, wenn alles gut ging, für eine Stunde oder zwei gewissermaßen unsichtbar machen würde. Gleich nach dem Mittagessen, zu einer Zeit, wo der Kantor, um seine Stimmbänder zu entspannen, immer ein Schläfchen machte, war er bei Frau Würzburger vorbeigegangen und hatte ihr unter heftigem Husten erzählt, er sei leider ein bisschen fiebrig, und heiser sei er auch. Seine Stimme war dabei ganz leise und schwach gewesen, halb aus Verstellung und halb aus Angst. Ob sie meine, hatte er gefragt, dass er nach der Schule trotzdem in die Stunde kommen solle? Sie hatte ihm das strengstens untersagt, denn Frau Würzburger kannte, genau wie Arthur, die panische Angst ihres Mannes vor allem, was mit Heiserkeit zu tun hatte. Es war also alles so gelaufen, wie er es erwartet hatte.

Ganz exakt hatte sich Arthur alles überlegt. Selbst wenn sich Frau Würzburger bei Mama erkundigen sollte, am Schabbes in Schul vielleicht, ob es ihrem Jüngsten wieder besser ginge, würde das keinen Verdacht erregen. Arthur kränkelte oft, und Chanele würde nur glauben, er habe in der Stunde mal wieder seine Kopfschmerzen gehabt.

Er war in diesen Dingen nicht geübt. Schmul hätte sich nicht so viele Skrupel gemacht, der hatte das Schwänzen in seiner Schulzeit als etwas ganz Selbstverständliches betrieben und immer einen Mitschüler gefunden, der für ihn log. Und Hinda hatte sowieso vor nichts Angst. Die dachte sich, als sie so alt war wie Arthur jetzt, sogar Mutproben aus, ging einmal in einen Laden, wo Juden unfreundlich behandelt wurden, und verlangte hundert Gramm »Klaf-Tee«, nur um dann unter lautem Gelächter davonzulaufen. Natürlich konnte die Ladenbesitzerin nicht wissen, dass »Klafte« so ziemlich das schlimmste Wort ist, das man im Jiddischen zu einer Frau sagen kann, aber Arthur hätte sich das trotzdem nie getraut. Er litt unter der Ängstlichkeit, die mit überstarker Phantasie einhergeht: es fiel ihm zu leicht, sich auszudenken, was alles schief gehen konnte.

Aber heute musste er einfach schwänzen. Auf dem Gstühl, das war schon am Morgen in der großen Pause das Hauptgespräch gewesen, war das Panoptikum eingetroffen, ein erster Vorbote des Frühjahrsmarkts am Wochenende, und er wusste: Wenn er nicht sofort, heute noch, dorthin ging, würde er seine Chance vertan haben. Zum Herbstmarkt war dasselbe Unternehmen schon einmal in Baden gewesen, zwei seiner Klassenkameraden hatten es besucht und Wunderdinge davon berichtet, doch dann hatte sich in der Stadt das Gerücht verbreitet, es würden dort Objekte zur Schau gestellt, die die öffentliche Sittlichkeit gefährdeten, und allen Schülern des Progymnasiums war der Besuch generell untersagt worden. Manche hatten sich trotzdem hineingeschlichen, aber Arthur hatte nicht den Mut aufgebracht, gegen ein so ausdrückliches Verbot zu verstoßen, war nur in hilfloser Sehnsucht ganz lange vor der bunten Bude gestanden und hatte immer wieder der Anpreisung des Rekommandeurs gelauscht: »Dreißig Rappen Eintritt! Kinder zahlen die Hälfte!« Sechs Monate hatte seine Phantasie Zeit gehabt, sich die Herrlichkeiten, die er verpasst hatte, in immer leuchtenderen Farben auszumalen, und unterdessen waren die Bilder in seinem Kopf ganz und gar unwiderstehlich geworden. Schon früh am Morgen hatte er drei Fünfräppler aus seiner Sparbüchse herausgeklaubt; Schmul hatte ihm einmal gezeigt, wie man das mit einem Messer und einer Stricknadel anstellen konnte. Den ganzen Tag war er fahrig und ungeduldig, aus lauter Angst, dass es auch in diesem Jahr wieder ein Verbot geben könnte, aber bis jetzt war keins ergangen, und das alte, zumindest konnte man sich darauf herausreden, musste ja keine Gültigkeit mehr haben.

Es gab also so etwas wie eine Gesetzeslücke, durch die er unbedingt heute noch schlüpfen musste, denn morgen war Freitag, da ging es nach der Schule sofort nach Hause, um sich für den Gottesdienst fertig zu machen, am Schabbes war sowieso nichts möglich, und in dieser Jahreszeit wurde es so spät dunkel, dass man ihn nach Hawdole auch nicht mehr weglassen würde. Und bis zum Sonntag … Nicht nur, dass ihm die Zeit bis dahin unerträglich lang schien, die Angst davor, das große Ereignis ein zweites Mal zu verpassen, war für einmal stärker als jede Vorsicht.

Der Gstühlplatz, wo im Sommer die Esel warteten, damit die Kurgäste auf die Baldegg reiten und dort gesunde kuhwarme Milch trinken konnten, war noch fast leer. Nur ein paar besonders frühe Marktfahrer hatten sich schon die besten Plätze gesichert und markierten mit ihren Karren die künftigen Hauptstraßen einer Stadt aus Buden und Ständen, so abenteuerlich und so vergänglich wie die Goldgräbersiedlungen in Kalifornien, von denen Arthur gelesen hatte.

Das Panoptikum, neben dem zwei angepflockte grobknochige Pferde missmutig in ihren umgehängten Futtersäcken herumschnoberten, stand noch quasi im Unterkleid da, wie Mama, bevor ihr jemand mit geschickten Händen die vielen kleinen Haken in die Ösen fingerte. Die Vorderfront der Schaubude war noch kahl, eine abweisende Fläche aus fleckigem Segeltuch, ganz ohne die bunt bemalten Reklametafeln, die Arthur im Herbst so sehnsüchtig studiert hatte. Ein römischer Gladiator war darauf zu sehen gewesen, der sich einem heranstürzenden Löwen in den Weg stellte, während hinter ihm eine weißgekleidete Frau mit gefalteten Händen im Sand kniete; ein Mann im Turban hatte eine Kolonne von dunkelhäutigen Sklaven in schweren Halsfesseln mit der Peitsche angetrieben; ein Märtyrer, aus zahllosen Wunden blutend, hatte mild und versöhnlich unter seinem Heiligenschein hervorgelächelt; ein Ritter hatte mit einem

Drachen gekämpft und ein Hirsch ein flammendes Kreuz im Geweih getragen. All diese Wunderbilder lagerten wohl noch in einem der beiden riesigen Wagen, in denen man, so kam es Arthur vor, eine ganze Welt hätte transportieren können. Sie waren nicht, wie gewöhnliche Möbelwagen, einfach mit wasserfester dunkelgrüner Farbe gestrichen, sondern mit einem überlebensgroßen Porträt des Rekommandeurs geschmückt, an den sich Arthur so gut erinnerte, ein imposanter Mann in einer mit vielen Schnüren und Orden verzierten Admiralsuniform, mit einem majestätisch hochgezwirbelten Schnurrbart, neben dem der von Schmul so kindlich unbedeutend erschien wie ein Schaukelpferd neben einem Schlachtross. Der gemalte Anpreiser wies mit einem Zeigestock auf eine Tafel mit der Aufschrift: *Staudingers Panoptikum, Johann Staudinger sel. Wwe.* Darunter hatte jemand, mit anderer Farbe und in Buchstaben, die sich im knappen verbliebenen Raum eng aneinanderdrängten, eingefügt: *Inhaber: Marian Zehntenhaus.*

Auf dem niedrigen Podest neben dem Eingang stand schon der Kassentisch bereit. Im Herbst hatte eine bestickte grüne Samtdecke mit goldenen Quasten darauf gelegen; die Frau, die das Geld der Besucher entgegennahm und in einer schweren eisernen Kassette verschwinden ließ, war in einen Schleier derselben Farbe gehüllt, und eine Reihe goldener Münzen hingen ihr in die Stirne. Jetzt war der Tisch ohne jeden Zauber, so gewöhnlich und alltäglich wie der Packtisch in der Warenhalle, und das machte Arthur seltsam traurig.

Ganz nahe war er an den Kassentisch herangetreten, aber da saß wirklich niemand, der seine fünfzehn Rappen haben wollte. Er klopfte sogar mit einem seiner kostbaren Fünfräppler auf das zerkratzte Holz, wie es Papa bei Sonntagsausflügen tat, um den Kellner herbeizurufen, aber nichts rührte sich. Das einzige Geräusch war das Rauschen und Knattern der Segeltuchbahnen. Nach all den ruhigen und sonnigen Tagen war in der letzten

Stunde ein heftiger Wind aufgekommen, der dunkle Wolken über den Himmel jagte.

»Was treibst du da, Lausbub?«, rief eine Stimme.

Aus einem der Lastwagen kam ein Mann geklettert, groß und stark, mit bauschigen, oben in die Stiefel gesteckten Hosen, mit Hosenträgern, die sich so breit wie ein Arba kanfes über sein Hemd mit den aufgekrempelten Ärmeln spannten, und vor allem mit einer vor das Gesicht geschnallten Vorrichtung, die auf den ersten Blick aussah wie aus Metall, als habe der Mann in der eisernen Maske die Flucht aus der Bastille geschafft und auf unerklärliche Weise den Weg nach Baden gefunden. Es war aber nur eine lederne Schnurrbartbinde. Sie war so eng befestigt, dass der Mann den Mund nicht richtig bewegen konnte; wenn er sprach, klang es wie ohne Zähne.

»Was suchst du da?«, fragte der Mann noch einmal und kam bedrohlich näher.

Arthur streckte ihm auf der offenen Handfläche die drei Münzen hin. »Ich will ins Panoptikum«, sagte er, und weil er das Gefühl hatte, die funfzehn Rappen begründen zu müssen, fügte er unnötigerweise hinzu: »Ich bin ein Kind.«

Zwei misstrauische Augen sahen ihn so scharf an, dass sich Arthurs Muskeln schon zum Wegrennen spannten. Dann kratzte sich der Mann lange und sorgfältig unter seinem offenen Hemd, spuckte aus, drehte sich weg und ging zu den Wagen zurück. »Komm morgen wieder. Wir haben noch nicht offen.«

»Morgen kann ich nicht.« Es gibt eine Art von Verzweiflung, die sich fast so anfühlt wie Mut, und diese Verzweiflung war es, die Arthur hinter dem Mann herlaufen ließ. »Bitte«, sagte er und merkte, dass die Tränen in ihm so unaufhaltsam aufstiegen wie die Gewitterwolken am Himmel. »Ist es nicht möglich, dass ich trotzdem …? Ich bezahle auch den Erwachsenenpreis. Ich kann Ihnen noch einmal fünfzehn Rappen bringen, allerdings erst am Sonntag.«

Der Mann überlegte einen Augenblick und streckte dann die Hand aus. Er nahm aber nicht das Geld, sondern legte seine Finger um Arthurs Oberarm und drückte prüfend zu. »Hast du Kraft?«, fragte er. »Meine Alte hat zu viel gesoffen und ist zu nichts zu gebrauchen. Wenn du mir die letzten Sachen schleppen hilfst, kannst du dir nachher alles gratis ansehen.«

Es war das Aufregendste, das Arthur in seinem ganzen Leben passiert war.

Der große Wagen war schon fast leergeräumt. Wenn man hineinkletterte – die Ladefläche war hoch, und Arthur musste sich auf den Bauch legen, um erst die Beine und dann die Füße nachzuziehen –, war man wie in einer Höhle; die Schritte hallten auf dem Bretterboden und es roch muffig, so wie sich Arthur das bei Fledermäusen vorstellte. Der Wagen war leer, nur im hinteren Teil standen noch ein paar in grobes Sackleinen eingeschlagene Figuren, teilweise mit Bändern gesichert, die wie schmutzige weiße Gürtel waren. Die schützende Verpackung kaschierte ihre Formen; man konnte nicht erkennen, ob sie Männer oder Frauen darstellten, ob es Königinnen waren, Mörder oder Indianer. Arthur musste an das Gedicht vom verschleierten Bild zu Sais denken, das er für die Schule hatte auswendig lernen müssen: »Ein Jüngling, den des Wissens heißer Durst nach Sais in Ägypten trieb …«

Seine Aufgabe bestand darin, die Bänder zu lösen und die Figuren bis an den Rand des Wagens zu schieben, wo Herr Zehntenhaus – denn es war der Besitzer all dieser Kostbarkeiten höchstpersönlich, der ihn eingestellt hatte – sie sich auf die Schulter kippte und ins Innere der Schaubude schleppte. Arthur hatte zuerst Angst, etwas kaputtzumachen, einen Finger oder gar einen Kopf abzubrechen, aber die Figuren waren stabiler und auch viel schwerer, als er gedacht hatte; bei den größeren musste er sich gewaltig anstrengen, um sie überhaupt zu bewegen. »Nur die äußerste Schicht ist aus Wachs, innen drin ist ein

Gipskern«, erklärte Herr Zehntenhaus, der zwischen zwei Gängen, wenn er mit den leeren Emballagesäcken zurückkam, ganz gern eine Plauderpause einlegte, um wieder zu Atem zu kommen. Dabei zog er jedes Mal die Schnurrbartbinde vom Gesicht, wischte sich darunter den Schweiß ab und ließ sie dann mit einem feuchten Klatschen wieder zurückspringen. »Im Grunde hasse ich Schnurrbärte«, sagte er, »aber von einem Jahrmarktsausrufer wird das einfach erwartet.«

Endlich war der Wagen ganz leergeräumt. Nur eine einzige Figur, kleiner und breiter als die andern, war zurückgeblieben. »Die Heilige Jungfrau ist mir zerbrochen«, sagte Herr Zehntenhaus. »Ich habe bis heute noch keinen gefunden, der sie reparieren kann.«

Er half Arthur aus dem Wagen und führte ihn zur Hinterseite der Schaubude, wo eine Ecke der Leinwand hochgeschlagen und an einem Nagel befestigt war. »Dann schau ich jetzt mal nach meiner Alten«, sagte er, schob Arthur durch die Öffnung und ließ die improvisierte Tür hinter ihm zufallen.

Arthur fühlte sich wie im Paradies. Er war nicht nur im verbotenen Panoptikum, er war dort als einziger Besucher, vor allen anderen, und all diese unerhörten Schätze gehörten ihm heute ganz allein. Er hätte in diesem Augenblick nicht einmal mit Janki getauscht, der doch an der Weltausstellung in Paris gewesen war und alle Erfindungen Edisons gesehen hatte. Draußen hatte sich der Himmel verdüstert. Es drang nicht mehr viel Licht durch die Luken, wo die Leinwand zu dreieckigen Fenstern weggeklappt war. Arthur genoss das Halbdunkel, in dem man sich fürchten konnte, ohne wirklich Angst zu haben.

Die Schätze des Panoptikums waren noch aufregender als in seinen Träumen. Da gab es die ›Spanische Inquisition‹ (ein halbnackter Mann, der von einem buckligen Folterknecht auf der Streckbank in die Länge gezogen wurde), die ›Mittelalterliche Zankgeige‹ (zwei alte Weiber, die an Hals und Handgelenken in eine Art Joch eingespannt waren), die ›Hexenfolter im Mittelalter‹, die ›Indische Witwenverbrennung‹, ›Maria Stuarts letzten Gang‹ und den ›Orientalischen Harem‹. Bei jedem Ausstellungsstück war eine Tafel mit Erklärungen angebracht, und Arthur studierte sie so sorgfältig, als habe er darüber in der Schule eine Prüfung zu bestehen.

Er besuchte auch das medizinische Kabinett, an dessen Zugang eine Tafel hing, die man auf die eine oder die andere Seite drehen konnte, ›Jetzt nur für Herren‹ oder ›Jetzt nur für Damen‹. Dieses Kabinett, daran hatte er keinen Zweifel, war im letzten Herbst der Grund für das Verbot der Schulleitung gewesen. Er betrachtete neugierig und schuldbewusst die ›Siamesischen Zwillinge‹, den ›Osmanischen Eunuchen‹ und ging auch an den pädagogischen Exponaten nicht vorbei, die vor den ›Schädlichen Auswirkungen der Selbstbefleckung‹ (ein Mann mit Geschwüren am ganzen Körper, die Hände verzweifelt vors Gesicht geschlagen) und den ›Folgen des Korsetttragens‹ warnten (eine Frau mit entblößtem Oberkörper, deren Taille nicht mehr Umfang hatte als ein Serviettenring).

Dann erst kam die moderne Abteilung, mit ›Gorilla raubt Farmerstochter‹, ›Moltke und Mac-Mahon in der Schlacht bei Sedan‹, dem ›Afrikareisenden Casati in der Gefangenschaft der Bantu-Neger‹, der ›Dreifachen Bluttat von Chicago‹ und …

Arthur war so voller Bilder und Eindrücke, dass er zuerst gar nicht begriff, was er da sah.

Ein schwarz gekleideter Mann, mit einem großen Hut und langen Schläfenlocken, hatte ein kleines Mädchen am Nacken gepackt, wie man eine Katze hält, bevor man sie ertränkt, und schnitt ihm mit einem langen Messer die Kehle auf. Ein zweiter, genau gleich aussehender Mann fing in einer silbernen Schale das Blut auf.

Auf dem Pappschild unter der Glasscheibe stand: ›Der Ritualmord von Tisza-Eszlar‹.

Draußen wetterleuchtete der Himmel. Im plötzlichen Lichtwechsel schien der Mann mit dem Messer Arthur zuzuzwinkern.

Es war, mitten am Nachmittag, so dunkel geworden, dass die Tafel mit den Erklärungen nicht leicht zu entziffern war.

»Am Ostersonntag 1882«, stand da, »beklagte im ungarischen Tisza-Eszlar ein verzweifeltes Elternpaar das spurlose Verschwinden ihrer Tochter. Jede Suche nach der vierzehnjährigen Eszter Solymosi, einem besonders aufgeweckten und liebenswerten Mädchen, blieb erfolglos. Auch am Ufer der Theiss, die in jener Gegend gefährliche Strömungen aufweist, wurde keine Leiche angetrieben. Der Fall wäre wohl für alle Zeiten ein tragisches Rätsel geblieben, wenn nicht der fünfjährige Samuel Scharf, der Sohn des jüdischen Synagogendieners, von der Stimme seines Gewissens zu einem erschreckenden Geständnis getrieben worden wäre. Sein Vater, so erklärte er, hatte zusammen mit seinem älteren Bruder Moritz dem unschuldigen Mädchen aufgelauert, es in die Synagoge verschleppt und ihm dort mit dem Messer, das ihm sonst zum Töten von Schlachttieren diente, die Kehle durchschnitten. Das Blut christlicher Jungfrauen wird bekanntlich von den Juden in einem uralten Ritual zur Herstellung ihrer Passah-Brote gebraucht. Die Leiche des so furchtbar ums Leben gekommenen Mädchens wurde niemals gefunden, so dass der heftig umstrittene Prozess mit dem Freispruch des Synagogendieners endete, ein Urteil, das in Ungarn große Empörung auslöste.«

Ein Würgen stieg in Arthurs Hals auf und füllte seinen Mund mit säuerlich bitterem Geschmack. Er hörte ein Donnern, das nur für ihn allein bestimmt war. Es war seine Schuld. Er hatte gewusst, dass das Panoptikum nicht erlaubt war, und war trotzdem hingegangen. Er hatte das verbotene Bild entschleiern wollen und wurde jetzt dafür bestraft. »Besinnungslos und bleich, so fanden ihn am andern Tag die Priester am Fußgestell der Isis ausgestreckt.« Es gab Geheimnisse, er hatte es immer gewusst, Dinge, die sich im Schatten abspielten, die man nur aus den Augenwinkeln erahnte, und nach denen man sich auf gar keinen Fall umdrehen durfte. Wenn man es trotzdem tat … »Auf ewig war seines Lebens Heiterkeit dahin, ihn riss ein tiefer Gram zum frühen Grabe.« Jedes Mal, wenn er diese Stelle hatte aufsagen müssen, hatte er gespürt, dass sie von ihm selber handelte.

Wieder flackerte draußen der Himmel. Arthur drückte die Augen ganz fest zu und wartete auf den Donner wie auf ein Urteil.

Der Mann mit der Blutschüssel hatte plötzlich leere Hände, und war auch keine Wachsfigur mehr, sondern Onkel Melnitz, den Arthur so gut kannte, obwohl Papa immer sagte, er sei schon lange gestorben und begraben.

»So ist das«, sagte Onkel Melnitz. »Du wirst nie ganz sicher sein, ob die Geschichte nicht vielleicht doch wahr ist, ja. Sie ist natürlich erlogen, du weißt, dass sie erlogen ist, aber wenn dieselbe Lüge immer wieder erzählt wird und immer wieder geglaubt … Du wirst nie ganz sicher sein.

Du kennst Onkel Pinchas, der auch ein Schochet ist und ein langes Messer hat. Du weißt, dass er Kühen die Kehle durchschneidet, mit einem einzigen langen Schnitt und ohne zu rucken. Kühen und Kälbern und Schafen und manchmal einem Huhn. Aber doch nicht Kindern. Aber doch nicht kleinen Mädchen. Nicht Onkel Pinchas. Du weißt das. Du glaubst es zu wissen. Aber du kannst nicht sicher sein.

Du hast auf seinen Knien gesessen und er hat dir Geschichten erzählt. Von einem Fisch, so groß wie eine Insel, so groß, dass ein Schiff an ihm anlegte und die Seeleute auf seinem Rücken ein Feuer anzündeten. Die Geschichte hat dir gefallen, weil du wusstest, dass sie nicht wahr sein konnte, dass der große Fisch nur ausgedacht war und dir deshalb nichts tun konnte, ja. Du hast es gewusst, aber du warst dir nicht sicher.«

Onkel Melnitz hielt jetzt das lange Messer in der Hand.

»Bekanntlich«, sagte er, »wird das Blut christlicher Jung-frauen von den Juden zur Herstellung ihrer Passah-Brote ge-braucht. Bekanntlich.«

Er zog das Messer, ohne zu rucken, an der eigenen Kehle ent-lang, und es kam kein Blut.

»Du hast das Bild entschleiert«, sagte Onkel Melnitz, »und du wirst nie jemandem davon erzählen können. ›Was er allda gesehen und erfahren, hat seine Zunge nie bekannt.‹ Du wirst nicht darüber reden können und nicht dagegen streiten. Weil du nicht sicher bist. Du wirst in der Schule ins Bücherzimmer ge-hen, du wirst deinen Lehrer um den großen Atlas bitten, du wirst das Land Ungarn suchen und die Stadt Tisza-Eszlar an der Theiss, du wirst beides finden, und du wirst nicht sicher sein.«

Es war dunkel geworden hinter den Wänden aus Segeltuch, aber trotzdem konnte Arthur Onkel Melnitz deutlich sehen.

»Du wirst die Angst nicht mehr loswerden«, sagte der alte Mann und hatte lange Schläfenlocken, »die Angst, dass da etwas in dir drin sein konnte, von dem du nie etwas gespürt hast, und das trotzdem zu dir gehört. Bis es plötzlich aus dir heraus-kommt, von einem Tag auf den anderen, und stärker ist als du. Irgendwann. Es könnte doch sein, ja. Wenn alle davon erzäh-len, könnte es doch sein. Obwohl es nicht wahr ist. Oder doch wahr ist. Woher willst du es wissen? Woher will es irgendjemand wissen?«

Draußen brach der Donner los, wie ein Felssturz oder wie eine Lawine, die Leinwandbahnen bauschten sich nach innen, Hagelkörner prasselten wie Geschosse, wie in Jankis Erzählun-gen bei Sedan die Kugeln geprasselt hatten, etwas Scharfkantiges traf Arthur im Nacken, ein Eiszapfen oder ein Messer, ein langes Messer, mit dem man Kühen den Hals durchschneiden konnte und nicht nur Kühen.

Bekanntlich.

Er fand den Ausgang nicht, fand die Stelle nicht, wo man die Leinwand einfach hochheben konnte, stieß im Dunkeln mit dem Gesicht gegen eine Figur, die ein Folterknecht sein konnte oder ein Mörder oder ein Schochet aus Tisza-Eszlar, stieß gegen eine Hand, die ihn packen wollte und festhalten, wollte fliehen und konnte es nicht, kroch auf allen vieren über Sand und zerstampftes Gras, greinend und zitternd, gelangte irgendwann, irgendwie, ins Freie, lag mit dem Gesicht im Schlamm, das Gewitter hämmerte auf seinen Rücken, und er war dankbar dafür, es war wie eine Reinigung, er stellte sich vor, dass seine Jacke zerfetzt wurde und seine Hose, dass seine Haut zerfetzt wurde, dass er aus tausend Wunden blutete, dass er dabei mild und tapfer lächelte, nur ohne Heiligenschein, denn Juden hatten so etwas nicht, dass er unerträgliche Schmerzen ertrug und damit alles wieder gutmachte, das Schwänzen und das Lügen und die Neugier, dass er wieder unschuldig war oder neu geboren oder in ein Mädchen verwandelt, dass er vielleicht sogar tot war und sie ihn fanden und sagten: »Er war ein guter Junge, so ein guter Junge.«

Der Hagel hörte so plötzlich auf, wie er begonnen hatte. Arthur hob den Kopf. Am Himmel liefen die schwarzen Wolken davon, als hätten sie ein schlechtes Gewissen. Es war gar nicht Nacht, sondern immer noch heller Tag.

Er zog die Beine an und richtete den Oberkörper auf. Die Hagelkörner unter seinen Knien waren hart wie Kieselsteine. Wo der Wind sie gegen die Leinwand des Panoptikums getrieben hatte, häuften sie sich zu weißen Kissen.

Er stand auf und merkte, dass er seine Mütze verloren hatte. Sie lag jetzt irgendwo in der Schaubude, und er würde nie den Mut haben, danach zu suchen.

Die beiden Pferde hatten die Vorderbeine gespreizt und die Köpfe dazwischen gesteckt. Aber sie wollten sich wohl nicht mehr vor dem Gewitter schützen, sondern nur auf dem Grund ihrer leeren Futtersäcke einen letzten Rest von Hafer erstöbern.

Arthur war hungrig.

In einem der beiden Lastwagen brannte eine Lampe hinter einem Fenster, genau wie in einem Haus. Er erinnerte sich daran, dass es spät war, dass man ihn schon lange erwartete, und dass ihm, durchnässt und schmutzig, wie er war, niemand glauben würde, dass er vom Bar-Mizwe-Unterricht bei Kantor Würzburger kam.

Aber das war es nicht, wovor er am meisten Angst hatte.

28

Bis Arthur endlich zu Hause ankam, hatte er sich eine Ausrede ausgedacht. Er war auf dem Heimweg vom Bar-Mizwe-Unterricht gewesen, genau, so wollte er es sagen, da war plötzlich ein ganzer Trupp fremder Buben aus einem Torweg auf ihn losgestürmt und hatte ihn verprügelt und in den Dreck geschmissen. Natürlich würde man ihn fragen, ob er die Gesichter erkannt habe, und er würde antworten: Aus seiner Schule seien sie jedenfalls nicht gewesen. Die Geschichte würde man ihm glauben, hoffte er, denn so etwas Ähnliches war schon tatsächlich einmal vorgekommen, nur dass es damals nicht zu Schlägen gekommen war. Bloß »Schiissjud, Schiissjud!« hatten sie gerufen und »Judebüebli, hol diis Chäppli, oder zahl eus sibe Räppli!«. Seine Mütze hatten sie ihm weggenommen und sie von Hand zu Hand geworfen, während er hilflos und außer Atem hinterherhastete. Er hatte die Geschichte damals nur Mama erzählt; Janki regte sich immer gleich so auf, und er selber hatte sich auf seltsame Weise schuldig gefühlt, als habe er die Quälerei mit irgendetwas zu ihm Gehörigen verdient. Diesmal, so hatte er es sich ausgedacht, waren sie mit seiner Mütze davongerannt, hatten sie auf einen Stock gesteckt und geschwenkt wie eine Fahne. Sie hatten auch etwas anderes gerufen, während sie auf ihn einschlugen, nicht »Judebüebli!«, sondern »Tisza-Eszlar!«, »oder so etwas Ähnliches«, würde er sagen, er habe es nicht so genau verstanden. Es sei auch alles so schnell gegangen. Er habe sich gewehrt, so gut er konnte … nein, er habe aus lauter Angst überhaupt keinen Widerstand geleistet; das würde die Sache erst richtig überzeugend machen, überlegte er.

Aber als er sich in die Wohnung schlich, war niemand da, um ihm Fragen zu stellen. Nur die dicke Christine hörte ihn kommen und zog ihn aus dem Flur in die Küche, wo der Herd auch im Sommer stets heiß war. Dort musste er sich auf die Bank setzen, und sie setzte sich neben ihn und rubbelte ihn mit einem Tuch so lange ab, bis er nicht mehr zitterte. Das Tuch roch nach frischem Brot.

Die Köchin, die sonst recht neugierig war, wollte gar nicht wissen, warum er erst jetzt kam, dreckig und durchnässt. Sie fragte nicht, wo er seine Mütze gelassen habe. Sie ließ nur ihre Hände die Arbeit machen, wie die einen Teig ausgewallt oder ein zähes Stück Fleisch weich geklopft haben würden, und war dabei woanders. Ganz plötzlich ließ sie ihn los, ging zur Tür und öffnete sie einen Spaltbreit. Ein paar Augenblicke blieb sie dort stehen, dann schlug sie die Tür wütend wieder zu, ohne dass Arthur erkennen konnte, gegen wen sich ihr Zorn richtete. Sie zog ein Taschentuch aus der Schürze, es hatte dasselbe rot-weiße Muster wie die fleischigen Küchentücher, und schnaubte prustend hinein. Arthur musste an die beiden Pferde bei der Schaubude denken, und wie sie ihre Köpfe in den Futtersäcken vergraben hatten.

Dann drehte sich Christine zu ihm, mit einem Gesicht, als entdecke sie ihn gerade erst in ihrer Küche und sei über die Entdeckung nicht glücklich. »Hast du Hunger?«, fragte sie.

»Nein«, sagte Arthur schnell, obwohl das nicht stimmte. Kleine Jungen, die verprügelt worden sind, so hatte er sich das ausgedacht, haben danach lange keinen Appetit mehr.

Sie saßen dann schweigend miteinander in der Stille. Christine schien nach etwas zu lauschen, hob immer wieder den Kopf und senkte ihn gleich wieder, als habe sie sich selber bei etwas Verbotenem ertappt. In der Küche roch es nach Suppe, nach verbranntem Holz und nach Geheimnissen.

Dann senkte sich, ganz langsam, als wäre die Zeit eingerostet und ließe sich nur widerwillig neu in Bewegung setzen, die Türfalle. Auch Christine, so kam es Arthur vor, stand nur mit Anstrengung auf, musste dazu den Oberkörper weit nach vorne beugen und die breiten Hände auf die Schenkel legen, um sich hochzustemmen.

Im Türrahmen stand Louisli, das junge Dienstmädchen, und hielt seltsamerweise ein kleines gerahmtes Ölgemälde in den Händen, *Rabbiner in der Sukkah* hieß es und gehörte eigentlich an die Wand im Gang.

Louisli war wirklich noch ein Mädchen und keine Frau. Wenn sie den Frühstückskaffee an den Tisch brachte, hatte sie manchmal ganz verweinte Augen, weil sie nachts wieder Heimweh nach ihrem Dorf gehabt hatte. Jetzt waren ihre Augen weit aufgerissen. ›Als hätte sie ein Gespenst gesehen‹, dachte Arthur.

Als hätte auch sie ein Gespenst gesehen.

»Also, was ist jetzt?«, fragte Christine.

»Ich hasse ihn«, sagte Louisli.

»Sie streiten wirklich wegen dir?«

»Nein«, sagte Louisli.

Und dann passierte etwas, das Arthur bisher nur bei ganz kleinen Kindern gesehen hatte: ihr Gesicht faltete sich zusammen, zerknitterte richtig, sie drückte die Augen zu und verzog den Mund, als habe sie etwas ekelhaft Saures gegessen, und dann fing sie an zu greinen, ganz unvermittelt laut, so plötzlich, wie der Hagel heute eingesetzt hatte, stand immer noch unter der Tür und heulte, schluchzte mit dem ganzen Körper, der Löwe aus dem Panoptikum saß in ihr drin und riss sie in Fetzen.

Christine ging zu ihr, legte einen schweren Arm um sie und zog sie in die Küche. Arthur schloss die Tür. Er hatte das Gefühl, dass das jetzt sein müsse.

»So, so«, sagte Christine tröstend, und immer wieder: »So, so.« ›Ein Jude würde ›Nu, nu‹ sagen‹, dachte es in Arthur, und nur schon dieser Unterschied der Trostworte stellte ein unüberwindliches Hindernis zwischen ihm und dem Rest der Welt dar.

Die beiden Frauen saßen jetzt nebeneinander auf der Bank vor dem Herd, dort wo Arthur vorher gesessen hatte, und Louisli hielt immer noch das Bild im Arm, als wiege sie ein Neugeborenes.

»So, so.« Christine wiederholte die Worte regelmäßig und ohne jede Ungeduld, so wie sie eine halbe Stunde lang im immer gleichen Takt in einer Soße rühren konnte, bis sie genau die richtige Konsistenz hatte. Ganz allmählich glättete sich Louislis Gesicht wieder; sie schniefte und wischte sich die Nase am Ärmel ab. Arthur konnte die ekelhaft glänzende Spur auf dem schwarzen Stoff deutlich sehen.

»Ich bin selber schuld«, sagte Louisli. »Ich hätte es wissen müssen.« Ihr Körper zuckte wieder, aber diesmal nicht mehr heftig, als sei der Löwe schon satt und habe nur aus Gewohnheit ein letztes Mal zugebissen.

»Was hättest du wissen müssen?«, fragte Christine. Ihre Stimme war ganz weich.

»Dass er mich anlügt.« Und dann, jedes Wort so vorsichtig platzierend, wie man das gute Porzellan auf den Tisch stellt: »Er hat gesagt, ich bin die Einzige für ihn.«

Christine lachte, ein kurzes schnaubendes Boxerlachen, wie nach einer allzu durchsichtigen Finte, von der man sich nicht aus der Deckung locken lässt.

»Und dass er mich liebt, hat er auch gesagt.«

»Das sagen sie immer. Ich habe es erlebt. Männer können einem sehr wehtun.« Arthur, unsichtbar in die Ecke neben der Tür gedrückt, starrte die Köchin an. So etwas hatte er sie noch nie sagen hören, nicht Christine, die einem Karpfen nur mit ihrem Daumen das Genick brechen und ihm dann ohne Erregung mit blutigen Händen die Därme aus dem Bauch reißen konnte, nicht die dicke Christine, die nach Mamas Meinung nur schon deshalb eine Perle war, weil ganz bestimmt kein Galan sie jemals von ihren Pflichten ablenken würde. »O ja«, sagte sie jetzt, und machte ein Gesicht wie Tante Mimi, wenn sie Migräne hatte, »ich kenne die Männer.«

Trotz all dem Aufregenden, das er erlebt hatte, und dem Neuen, das er hinterher noch erfuhr, war das der Moment, an den sich Arthur später am genauesten erinnerte, »der exakte Moment«, sagte er noch nach fünfzig Jahren, »an dem ich aufhörte, nur einfach ein Kind zu sein. Mir wurde nämlich zum ersten Mal klar, exakt in dieser Sekunde, dass alle Menschen, die ich kannte, nicht einfach nur wegen mir da waren, sondern dass sie ein eigenes Leben hatten, ein Leben, von dem ich nichts wusste, und das mich auch gar nicht betraf.«

»Ich kenne die Männer«, sagte Christine. »Sie sind alle gleich.«

»An die Tür hat er geklopft, der junge Herr François, ich habe mich schlafend gestellt, aber er hat einfach nicht aufgehört. Den Kopf habe ich unter das Kissen gesteckt, aber das nützt nichts.« Louisli sagte das alles mit einer ganz kleinen, verweinten Stimme, aber Arthur mit seinem feinen Ohr hatte trotzdem den Eindruck, dass sie die Erzählung genoss, genau wie der Märtyrer auf der Reklametafel vor dem Panoptikum mit seinen Wunden glücklich gewesen war. Als sie sagte: »Ich habe ihn nur hereingelassen, damit er nicht alle aufweckt«, lächelte sie sogar.

»Ich war wach.« Christine hatte, wie Louisli, ihre Kammer unter dem Dach.

»Er hat gesagt, dass er mich liebt. Dass er nicht schlafen kann, weil er immer an mich denken muss. Dass ich die Einzige bin in seinem Leben.«

»Ha«, machte Christine und wäre auf diese Finte nie hereingefallen.

»Und dann … und dann …« Louisli begann wieder zu weinen, aber da war kein Löwe mehr.

»Es ist ja nichts passiert«, sagte Christine, und obwohl Arthur sich nicht vorstellen konnte, was zwischen Schmul und Louisli vorgefallen sein sollte, war ihm klar, dass das eine Lüge war. Es war etwas passiert.

»Hast du geblutet in diesem Monat?«, fragte Christine. Und als Louisli unter Tränen nickte: »Dann ist doch alles gut.«

Arthur, ganz verwirrt, musste schon wieder an den Märtyrer mit den vielen Wunden denken.

Die ganze Zeit hatte Christine tröstend und fürsorglich mit Louisli gesprochen, aber jetzt änderte sie plötzlich ihren Ton, wie man auch nicht weiter in einer Soße rührt, wenn sie anfängt, fest zu werden, und sagte ganz sachlich: »Und jetzt erzähl! Was ist da drüben los?«

Man kann nichts dafür, wenn man einfach vergessen wird und dann Dinge hört, die nicht für einen bestimmt sind. Christine hatte ihn selber in die Küche geführt, und niemand hatte ihm gesagt, dass ihn das Gespräch der beiden Frauen nichts anginge. Wenn er sich geräuspert hätte oder sonst auf sich aufmerksam gemacht, er hätte sie nur in einem Moment gestört, in dem sie ganz bestimmt nicht gestört sein wollten. So blieb Arthur einfach in seiner Ecke stehen und hörte zu.

Papa, so erfuhr er, war wütend nach Hause gekommen, zorniger, als sich irgendjemand erinnern konnte, hatte nach Chanele geschrien und später nach François und hatte sich dann mit den beiden im Esszimmer eingeschlossen, hatte die Tür so heftig zugeschlagen, dass im Gang ein Bild von der Wand fiel, eben das Gemälde mit dem bärtigen Mann in der komischen Hütte. ›Es ist eine Sukkah‹, dachte Arthur, ›ein Rabbiner in einer Sukkah‹, und hätte es fast laut gesagt. Dieses Bild – Christine lehnte es jetzt vorsichtig gegen einen Stuhl –, das doch nicht einfach auf dem Boden liegen bleiben konnte, wäre dann auch die Ausrede für Louisli gewesen, wenn sie jemand dabei ertappt hätte, wie sie lauschend vor der Tür stand. Christine, die als Erste hinausgegangen war, um nachzusehen, was da los sei, hatte nämlich gehört, wie Janki etwas von Weibergeschichten brüllte, von einer Schande, die man über sein Haus gebracht habe, und als sie das in der Küche erzählte, war Louisli ganz bleich geworden. Sie hatte sich dann selber hingeschlichen, obwohl ihr die Beine vor Aufregung zitterten, und hatte zuerst gar nichts verstanden, nicht nur, weil sich Jankis Stimme vor Zorn immer wieder überschlug, sondern weil er in eine Sprache verfallen war, die sie gar nicht kannte, es klang wie gewöhnliches Deutsch und dann doch wieder nicht, und nur aus den Antworten, die François gegeben hatte, war ihr klar geworden, dass nicht von ihr die Rede war. Sie hatte ja solche Angst gehabt, mit Schimpf und Schande nach Hause geschickt zu werden, ihre Leute hätten ihr das nie, nie verziehen, und im Dorf wäre sie nur noch das Schlupfmeitli gewesen für alle Zeiten, aber dann, als sie merkte, dass gar nicht von ihr die Rede war, da war es eigentlich noch schlimmer gewesen, zu wissen, dass François eine andere hatte und vielleicht noch viele, eine Verkäuferin in der Warenhalle, die sogar ein Kind von ihm erwartete.

Es war, noch vor seiner Bar Mizwe, wirklich der Tag, an dem Arthur erwachsen wurde.

Louisli stand lange vor der Esszimmertür, immer mit dem Bild in den Händen, aber viel mehr bekam sie nicht mit. Sie hatte dann weglaufen müssen, weil sie Schritte gehört hatte, Hinda wahrscheinlich. Deren Zimmer war zwar ganz am Ende des Ganges, aber einen solchen Krach musste man auch bis dorthin hören. Es hätte auch gar nichts genutzt, länger zu lauschen, denn was sie hörte, war, im Kreis herum sozusagen, immer wieder das Gleiche: Janki schimpfte und drohte, François machte Ausflüchte, verstand die ganze Aufregung nicht, und Chanele sagte nur zwischendurch etwas, immer ganz ruhig und nur wenige Worte. Und dann fing Janki wieder an zu schreien.

Christine, die die Männer kannte, war ein bisschen verwundert, denn wie sie Janki einschätze, sagte sie, hätte sie nicht gedacht, dass er sich über so eine Sache derart aufregen könne.

Louisli schniefte in ihren Ärmel und sagte, das sei nicht einfach so eine Sache, ihr habe es auf jeden Fall das Herz gebrochen, und sie werde sich ihr ganzes Leben lang nicht mehr davon erholen.

Christine sagte »Ha!« und lächelte ihr Boxerlächeln.

Aber man wusste in der Küche nicht alles, und selbst Janki und François, die doch die Hauptbetroffenen waren, wussten nur einen Teil.

Es war nämlich Folgendes passiert:

Am Nachmittag, zu einer Zeit, als Janki im Französischen Stofflager gerade zwei besonders gute Kundinnen bediente, Frau Wiederkehr – »von den reichen Wiederkehrs« – und Frau Direktor Strähle vom Verenahof, kam plötzlich der Redakteur Rauhut in den Laden, der doch noch nie dort gewesen war, und wollte mit Janki sprechen, unbedingt jetzt sofort, die Sache dulde keinen Aufschub. »Unter vier Augen bitte; Sie wollen bestimmt nicht, dass jeder erfährt, was ich mit Ihnen zu bereden habe.« Janki erklärte ihm, dass er jetzt wirklich keine Zeit habe, ganz höflich sagte er das, machte sogar einen kleinen Scherz, die Kundin sei bei ihm Königin, und wer nicht in Ungnade fallen wolle, lasse seine Monarchin besser nicht unhöflich stehen, aber Rauhut insistierte, wurde sogar frech – »Wenn er ausnahmsweise mal nüchtern ist, ist der Kerl noch unerträglicher!« – und meinte schließlich, ihm mache es ja nichts aus, von ihm aus könne man auch in aller Öffentlichkeit darüber reden, am Schluss würde es ja sowieso im *Tagblatt* stehen. Und dann fragte er, vor Frau Wiederkehr und Frau Strähle – die es natürlich ihrem Mann erzählen würde, und da konnte man es genauso gut gleich in die Zeitung setzen –, fragte einfach so und direkt heraus: »Ist es wahr, Herr Meijer, dass die Verkäuferin Marie-Theres Furrer aus der Modernen Warenhalle ein Kind von Ihnen erwartet?«

Janki hatte den Namen noch nie gehört – »Du weißt, dass ich nicht alle Frauen kenne, die bei dir arbeiten!« –, aber Rauhut wollte ihm das nicht glauben, er habe es aus guter Quelle, aus sehr guter Quelle, dass es da ein Techtelmechtel gegeben habe, um es einmal so zu nennen. Und dass das Mädchen schwanger sei, so habe man es ihm berichtet, das könne man schon von bloßem Auge sehen. Er als Redakteur stehe im Dienst der Öffentlichkeit, und die habe ein Recht darauf, ohne Ansehen der Person informiert und gewarnt zu werden, wenn in der Stadt Dinge geschähen, die mit der öffentlichen Moral nicht zu vereinbaren seien.

Janki widersprach, dementierte, bettelte sogar. Er erinnerte sich nur allzu gut an den Zeitungsartikel, der ihn damals, am Tag der Eröffnung des Stofflagers, beinahe ruiniert hatte. Aber Rauhut blieb stur und berief sich immer wieder auf seine Quelle, die er nicht nennen könne, die aber zuverlässig sei, absolut zuverlässig. Und das alles vor den langen Ohren von Frau Wiederkehr und Frau Strähle, denen man es förmlich ansehen konnte, wie sie sich schon darauf freuten, die Geschichte weiterzuerzählen und breitzutreten, nicht als unbewiesene Anschuldigung natürlich, sondern als verbriefte Tatsache.

Schließlich, und selbst das war – me Neschume! – nicht einfach zu erreichen gewesen, erklärte sich Rauhut bereit, mit seinem Artikel noch ein paar Tage zu warten, aber wenn er dann keinen Gegenbeweis habe, einen klaren, eindeutigen Gegenbeweis, dann könne er nicht umhin … Er sagte wortwörtlich »Dann kann ich nicht umhin«, und wer so geschwollen daherredet, meinte Janki, der hat immer Böses im Sinn. Und überhaupt: Wie, bitte schön, soll man beweisen, dass etwas nicht passiert ist?

Chanele hörte sich das alles so ruhig an, dass es Janki richtig wild machte, und sagte dann nur einen einzigen Satz.

Und Janki sprang auf und brüllte nach François.

Der kam lächelnd herein, und als Janki krachend die Tür zuschlug, verstärkte er sein höfliches Lächeln sogar noch, wie man den Gummizug einer Maske fester bindet. Weil Janki es so haben wollte, setzte er sich hin, aber nur mit halbem Hintern, wie aus bloßer Gefälligkeit.

Janki legte den Spazierstock mit dem Löwenknauf quer vor sich auf den Tisch und stützte seine beiden Hände darauf. »Wenn du ein Goi wärst …«, setzte er an und hatte sich wohl, während er auf François warten musste, eine feingeschliffene Spitze zurechtgelegt. Aber der Zorn war stärker, und er begann mit überkippender Stimme zu schreien. »Du bist aber kein Goi! Du bist ein Jude, und ein Jude hat sich anständig zu benehmen!«

»So?«, sagte François und suchte in seiner Tasche nach dem Etui mit den russischen Zigaretten.

»Du wirst jetzt nicht rauchen!«

Ein Schulterzucken. »Wenn es dich stört, Papa …«

Chanele merkte ohne große Überraschung, dass sich bei ihr etwas verändert hatte. François' Lächeln, das ihr früher in seiner Fremdheit solche Angst gemacht hatte, war nicht mehr bedrohlich, seit es sie an etwas erinnerte. Der Mann in der Irrenanstalt, der mit dem Frackjackett über der nackten Brust, hatte genauso gelächelt, als er sagte: »Ich bin inkognito hier.«

»Was musstest du mit der Nafke etwas anfangen?«, schrie Janki.

»Das Louisli?« François fragte es so leichthin und wegwerfend, als wolle er sagen: »Was regst du dich auf? Das ist nicht mehr als ein Kaffeefleck auf einem Tischtuch.«

»Mit der auch? Aber das wird aufhören! Ist das klar? Sofort wird das aufhören! Nein, ich rede von dieser … von dieser … Chanele, wie heißt sie?«

»Marie-Theres Furrer.«

»Ach die. Sie würde dir auch gefallen.« François nickte seinem Vater zu, wie um zu sagen: »Wenn du nur wolltest, könnten wir ein nettes kleines Geheimnis zusammen haben.«

»Ich kenne sie überhaupt nicht!«, brüllte Janki. »Und die ganze Stadt erzählt sich, ich hätte ihr ein Kind gemacht. Lach nicht! Hör sofort auf zu lachen! In der Zeitung wird es stehen! Und alles nur, weil du … weil du …«

»Kriegt sie denn ein Kind?«

»Ja«, sagte Chanele.

»Na schön, wird es ein bisschen Geld kosten. Wir sind ja keine armen Leute.«

Janki schlug seinen Spazierstock so heftig auf den Tisch, dass der Knauf sich löste. Der Löwenkopf überschlug sich einmal und blieb dann vor François liegen, machte sich mit herausgestreckter Zunge über ihn lustig.

»Wir werden arme Leute werden!«, schrie Janki. »Wenn man unsere Läden boykottiert, können wir zumachen! Du hast ja keine Ahnung, was so ein Zeitungsartikel anrichten kann. Du bist nichts und weißt nichts und hast nichts gelebt! Das Einzige, was du kannst, ist: deine Hosen aufknöpfen und Dummheiten machen!«

Jankis Zorn, auch wenn er ihn an François ausließ, richtete sich viel mehr gegen Herrn Rauhut, gegen alle Rauhuts, gegen die ganze Stadt, gegen eine Welt, in der man sich so viel Mühe geben konnte, wie man wollte, in der man sich abstrampeln konnte und immer alles richtig machen, und dann genügte ein Gerücht, eine einzige unverdiente Verdächtigung, um alles zu zerstören, was man sich in zwanzig Jahren aufgebaut hatte. François war noch kein richtiger Mann, der konnte sich noch einen Fehltritt erlauben; in seinem Alter wurden solche Dinge geradezu von einem erwartet. »Junges Blut«, hätte man gesagt, halb tadelnd und halb anerkennend, die Frauen hätten ihn von der Seite angesehen und sich Geschichten ausgedacht, in denen sie selber die Hauptrolle spielten, die Männer wären ein bisschen neidisch gewesen, und dann, wenn es sich herumgesprochen hätte, dass man sich dem Mädchen gegenüber anständig verhalten hatte, mit einer angemessenen Summe, dann wäre die Sache aus der Welt gewesen, ein für alle Mal, vergeben und vergessen. Aber jetzt meinten die Leute, *er* habe sich an das Mädchen herangemacht, an ein Mädchen, das fünfundzwanzig Jahre jünger war als er selber, an eine Angestellte erst noch, was es doppelt verächtlich machte. Vor allem würde es jetzt öffentlich werden, nicht nur einfach eine Sache, die man sich bei Cognac und Zigarren erzählte, nachdem sich die Damen zurückgezogen hatten. Jetzt würde es Auswirkungen haben. Janki war nicht François. Er war kein junger Hupfer mehr, er gehörte zur Gesellschaft, oder doch beinahe, hätte schon lange ganz zu ihr gehört, wenn er nur am Sonntag zur Kirche gehen würde und nicht am Schabbes in den Betsaal, und in der Gesellschaft waren die Regeln strenger. Seine Kundinnen, diese hochmütigen Kleinstadtköniginnen, die er seit zwei Jahrzehnten hofierte, würden wegbleiben, und wenn sie nicht wegblieben, würden sie ihre Bauernnasen rümpfen, würden ihn ansehen wie ... wie ... wie einen Verkäufer halt, einen ganz gewöhnlichen Schneider, jemanden, der zu buckeln hat, den man benutzt, wenn man ihn braucht, aber das ist auch alles. Jetzt würde er nie dazugehören.

Darum schrie Janki so laut.

Als dann Hinda hereinkam und wissen wollte, was denn los sei, war er schon ganz außer Atem, hatte François tausendmal verwünscht und ihm tausend Dinge verboten – nicht mehr aus dem Haus dürfe er gehen, außer zur Arbeit, man werde doch sehen, wer hier immer noch das Sagen habe –, aber das eigentliche Problem hatte er nicht gelöst: Wie bringt man ein Gerücht wieder aus der Welt?

»Keine Sorge, Hinda, mein Sonnenschein«, versuchte er zu

lügen. »Wir sprechen nur über ein geschäftliches Problem. Eine unangenehme Geschichte, aber sie muss dich nicht bekümmern. Wie war es denn in Zürich?«

Aber Jankis Adern waren geschwollen, und er war so rot angelaufen wie der apoplektische Kantonsrat Bugmann. François hatte den Blick auf einen Punkt fixiert, an dem es nichts zu sehen gab, und das Lächeln war auf seinem Gesicht festgefroren. Chanele saß mit geradem Rücken auf ihrem Stuhl und schien auf etwas zu warten.

»Von Zürich erzähl ich euch lieber später«, sagte Hinda schnell. »Ich will erst einmal sehen, dass es Abendbrot gibt.«

Als sie hinausgegangen war, nahm Janki den abgebrochenen Löwenknauf und versuchte ohne Hoffnung, ihn an den Stock anzufügen. »Meint ihr, man kann das wieder leimen?«, fragte er mit trauriger Stimme.

»Wenn du mich machen lässt«, sagte Chanele, »bringe ich alles wieder in Ordnung.«

29

»Dreitausend Franken?«

Herr Ziltener hatte die Hände hinter dem Rücken ineinandergekrampft, bemüht, nicht einmal aus Versehen Chaneles Schreibpult zu berühren. Ihr Büro war so klein, dass jedes Gespräch, das man bei geschlossener Tür führte, einen ungewollt intimen Charakter bekam, eine Art von Vertrautheit, die dem sachlichen Buchhalter ganz und gar nicht behagte.

»Dreitausend Franken? Davon hat mir der Chef nichts gesagt.«

»Weil er nichts davon weiß.«

»Dann kann auch ich nicht …«

»Doch, Herr Ziltener«, sagte Chanele und merkte zur eigenen Überraschung, wie sehr sie sich auf diesen Moment gefreut hatte. »Sie können. Sie haben Prokura bis zu diesem Betrag.«

»Aber ...«

»Mein Mann hat Ihnen die Vollmacht in der Annahme erteilt, dass Sie imstande seien, Geschäfte dieser Größenordnung selbständig zu erledigen, ohne für jede Kleinigkeit seine Anweisungen einholen zu müssen.«

»Dreitausend Franken ... keine Kleinigkeit.« Herr Ziltener stotterte nicht, aber es fehlte nicht viel dazu.

»Wenn Sie sich damit überfordert fühlen«, fuhr Chanele fort und schämte sich ein bisschen dafür, dass sie die Situation so genoss, »dann werden mein Mann und ich großes Verständnis dafür haben, wenn Sie es vorziehen, unsere Firma zu verlassen und sich anderswo einen weniger anforderungsreichen Posten zu suchen.«

»Sie wollen ...?« Das Stottern war bedrohlich nahegerückt. »Sie wollen mich entlassen?«

»Aber nein, Herr Ziltener. Auf gar keinen Fall. Wer sollte denn auf einen so zuverlässigen und diskreten Mitarbeiter verzichten wollen?« Chanele wartete, bis sich Zilteners Schultern erleichtert entspannten, und fügte dann wie beiläufig hinzu: »Außer natürlich, wenn Sie sich nicht in der Lage sehen sollten, meinen Anweisungen Folge zu leisten.«

Ziltener bewegte lautlos die Lippen, ein Schüler, der eine Rechenaufgabe noch einmal und noch einmal durchgeht, um nur ja nicht zu einem falschen Ergebnis zu kommen. »Ich könnte ... ich könnte ...«

»Ja, lieber Herr Ziltener?«

»Ich könnte natürlich das Geld schon einmal von der Bank holen und mir dann hinterher vom Chef bestätigen lassen ...«

»Das wäre keine gute Lösung.«

So sorgfältig hatte der Schüler die Aufgabe durchgerechnet, und jetzt wurde er vom Lehrer doch nicht gelobt.

»Keine gute …?«

»Ich wünsche, dass mein Mann von dieser Summe nichts erfährt.«

»Das geht nicht!« Der Buchhalter hatte sich in seiner Aufregung immer wieder an den Kopf gefasst; die dünnen Haare, die er in so penibler Exaktheit über die kahle Stelle gekämmt hatte, standen jetzt in alle Richtungen ab.

»Bedauerlich. Aber wie Sie meinen. Vielen Dank, Herr Ziltener. Das wäre dann alles gewesen.«

Ziltener ging nicht, natürlich nicht. Er blieb vor dem Schreibpult stehen und fingerte mit unruhigen Händen an seinen Papiermanschetten herum. Das nervöse Rascheln war für einige Augenblicke das einzige Geräusch.

»Wenn das der Chef erfährt, wird er mich entlassen«, sagte er schließlich und hatte vor lauter Angst ganz große Augen.

»Wenn er es erfährt, werde *ich* Sie entlassen.« Chanele hatte sich für dieses Gespräch François' Lächeln ausgeliehen, unerbittlich höflich und auf höfliche Weise unerbittlich.

Man konnte förmlich zusehen, wie Ziltener mit dem Problem kämpfte. Seine Kiefer mahlten; er hatte zu kauen an dem Brocken, den sie ihm da zu schlucken gab.

Schließlich senkte er den Kopf und gab nach. »Es ist aber doch alles in Ordnung?«, fragte er.

»Natürlich, lieber Herr Ziltener«, sagte Chanele freundlich. »Es ist alles in Ordnung.«

In der ganzen Zeit, die der Buchhalter für den Gang zur Bank brauchte, saß Chanele gegen jede Gewohnheit untätig hinter ihrem Pult. Jemand, der unangemeldet hereingekommen wäre – was sich natürlich niemand erlaubte –, hätte sich gefragt, warum Madame Meijer so versonnen lächelte.

Madame Meijer, ja. Jetzt war sie endgültig in diesen Namen hineingewachsen.

Der erste Teil ihres Plans hatte genau so funktioniert, wie sie ihn sich ausgedacht hatte. François einfach Vorwürfe zu machen, ihm zu sagen, dass es so nicht weitergehe, dass er sein Leben ändern müsse, das hätte überhaupt keinen Sinn gehabt. Von Janki wäre auch keine Unterstützung zu erwarten gewesen. Der hätte, da war sie sich ganz sicher, die ganze Angelegenheit nicht ernst genommen, hätte François die Liebschaft als kleinen Ausrutscher nachgesehen, wie er seinem Herzenskind immer alles nachsah, wäre vielleicht sogar noch stolz auf ihn gewesen. Für Männer waren solche Geschichten wie ein Spiel, und jeder wollte gern auf der Seite des Siegers sein.

Aber jetzt, wo man Janki selber verdächtigt hatte ...

Und wo er fest davon überzeugt war, François sei daran schuld ...

Es war nicht leicht gewesen, Mathilde Lutz zum Mitmachen zu überreden. Sie hatte die Rolle, die Chanele ihr zugedacht hatte, zuerst nicht spielen wollen, aber natürlich hatte sie am Ende nachgegeben. Es war nicht schwer, Menschen zu manipulieren: man musste sich nur die Mühe machen herauszufinden, wie sie funktionierten.

Und man durfte kein Mitleid mit ihnen haben.

Mathilde war also an jenem Abend in die *Krone* gegangen. Es hätte auch der *Goldene Adler* oder das *Edelweiß* sein können, denn früher oder später am Abend tauchte der Redakteur Rauhut in jedem Lokal der Stadt auf. Sie hatte sich allein an einen Tisch gesetzt, möglichst weit abseits vom Trubel der regelmäßigen Gäste. Einen Hut mit dichtem schwarzen Schleier hatte sie aufgesetzt, einen alten Hut, den sie immer noch von der Beerdigung ihres Mannes her aufbewahrte, obwohl das nun auch schon wieder viele Jahre her war. Der Schleier war Mathildes eigene Idee gewesen. Es war nicht üblich, dass anständige Frauen allein ein Wirtshaus besuchten, und wer ein Gerücht zu verbreiten hat, will nicht das Opfer eines anderen werden.

Rauhut kam gegen halb neun, setzte sich an einen Stammtisch, wo er mit Hallo begrüßt wurde, und bekam seinen halben Roten, ohne ihn erst bestellen zu müssen. Als würde ein gerade erst unterbrochenes Gespräch nur fortgesetzt, war er sofort in eine heftige Debatte verwickelt, in der er alle anderen zumindest durch die Lautstärke seiner Argumente übertraf. Er schien sich an dem Tisch auf Dauer einzurichten, und Frau Lutz musste schließlich den Kellner, der schon mit dem nächsten Halben unterwegs war, bitten, dem Herrn Redakteur doch möglichst unauffällig mitzuteilen, dass da jemand säße, der interessante Informationen für ihn hätte.

Als er sich zu ihr setzte, machte sie ihm zuerst Komplimente, genau wie es ihr Chanele aufgetragen hatte, behauptete, dass sie im *Tagblatt* keinen seiner mit -fr- (er hieß mit Vornamen Ferdinand) gezeichneten Artikel versäume und schon oft gedacht habe, wie schön es doch sei, dass wenigstens ein Mensch in dieser Stadt den Mut habe, die Dinge so in die Zeitung zu setzen, wie sie wirklich waren. Rauhut nahm das Lob mit großer Selbstverständlichkeit entgegen.

»Wenn Sie ihm dann die Geschichte erzählen«, hatte Chanele Mathilde weiter aufgetragen, »tun Sie es stockend, wie jemand, der sich zwar entschlossen hat, ein Geheimnis auszuplaudern, den aber jetzt schon das Gewissen plagt.« Mathilde musste sich nicht verstellen, um diesen Eindruck zu erwecken. Man verrät seinen König nicht ohne Herzklopfen, und Monsieur Meijer mit seinen eleganten Manieren und der Verwundung aus dem Deutsch-Französischen Krieg hatte für sie immer noch etwas Majestätisches an sich.

Verstellung hätte auch gar nichts genutzt. In der *Krone* war es so laut und Redakteur Rauhut schon so angetrunken, dass sie ihm die sensationelle Neuigkeit fast ins Ohr brüllen musste: »Eine Verkäuferin, ja, ein junges Ding, und der Vater ist … – Nein, nicht der Vater des Mädchens, der Vater des Kindes! – … der Vater ist …«

Als er sie endlich verstanden hatte, saß ein dickes Grinsen auf seinem Gesicht, »ein richtig fettes Grinsen«, sagte Mathilde am nächsten Tag zu Chanele, und hätte am liebsten alles wieder zurückgenommen.

Ja, bisher hatte der Plan funktioniert. Das Gerücht war in die Welt gebracht und hatte seinen Dienst getan. Jetzt ging es darum, es wieder hinauszuschaffen.

Herr Ziltener kam mit dem Geld, und Chanele nahm das Kuvert an sich, als habe er ihr nicht mehr mitgebracht als ein Paar irgendwo vergessener Handschuhe. Die Quittung, die er ihr daneben legte, ließ sie ununterschrieben auf dem Pult liegen, und Ziltener wagte nicht, sie daran zu erinnern.

Sie dachte einen Moment lang daran, noch einmal nach Hause zu gehen und das Kleid zu wechseln, aber das wäre ihr wie eine Verkleidung vorgekommen, und verkleiden, das hatte sie sich fest vorgenommen, wollte sich Chanele nie mehr. Sie blieb also in ihrer schwarzen Geschäftsuniform, zog nur einen Mantel darüber und steckte den Hut am Scheitel fest. Das war das mindeste, was sie tun musste; es war ja doch ein offizieller Besuch, den sie vorhatte.

Sie hatte schon am Morgen einen Boten hingeschickt. Wenn der Herr Kantonsrat gegen drei Uhr in seiner Kanzlei wäre, würde man gerne etwas mit ihm besprechen, und die Antwort war zurückgekommen, selbstverständlich stünde er dem geschätzten Monsieur Meijer jederzeit gerne zur Verfügung. In ihrem Schreiben hatte nichts von Janki gestanden, aber Herr Bugmann hatte – wie von Chanele erwartet – ganz selbstverständlich angenommen, dass in geschäftlichen Angelegenheiten natürlich der Mann bei ihm erscheinen würde.

Auf dem Weg zur Weiten Gasse begegnete ihr Frau Kantor Würzburger, die sich nach dem Gesundheitszustand von Arthur erkundigte, »der arme Junge sah am Donnerstag ja wirklich schlecht aus.«

›Ich muss mir mehr Zeit für Arthur nehmen‹, dachte Chanele, murmelte etwas von »alles in Ordnung« und entschuldigte sich, sie sei in Eile.

»Wollen Sie noch etwas einkaufen?«

»Ja«, sagte Chanele, »so könnte man es nennen.«

Wer Kantonsrat Bugmanns Anwaltskanzlei betrat, stand zunächst vor einer hölzernen Barriere, die jeden Besucher zum Bittsteller machte. Dahinter saß ein dünner Schreibstubenjüngling auf einem hohen Hocker vor seinem Pult, in einer verdrehten, knochenlosen Körperhaltung. Den Federhalter hatte er sich hinters Ohr geklemmt, was, aus den Tintenflecken auf seinem Gesicht zu schließen, wohl seine regelmäßige Gewohnheit war.

»Bitte melden Sie mich beim Herrn Kantonsrat.«

Der junge Mann drehte über die Schulter weg den Kopf zu ihr hin, sichtlich ungehalten über die Zumutung. »Herr Bugmann hat jetzt keine Zeit«, sagte er mit näselnder Stimme und klappte den Oberkörper wieder über dem aufgeschlagenen Journal zusammen.

Die alte Chanele hätte dem Schnösel geduldig erklärt, dass sein Chef sie erwarte, oder hätte ihn, wenn ihr das Warten zu lange gedauert hätte, auch heftig angefahren, wie sie es manchmal mit ihren Angestellten tun musste. Die neue Madame Meijer öffnete einfach das kleine Tor in der Barriere und ging auf die Tür mit dem Metallschild ›Bureau‹ zu.

In seiner Aufregung wäre der schlaksige Jüngling fast vom Hocker gefallen. Er gehörte zu den Leuten, die es lieben, Autorität auszuüben, sie aber nicht zu verteidigen wissen, wenn sie in Frage gestellt wird. »Das geht nicht«, sagte er und klang jetzt genau wie Herr Ziltener. Er rannte zu Chanele hin und stellte sich ihr mit weit ausgebreiteten, wedelnden Armen in den Weg. »Herr Bugmann hat ausdrücklich gesagt …«

»Was habe ich gesagt?« Der Kantonsrat hatte den Lärm in seinem Vorzimmer gehört und stand jetzt unter der Tür.

»Ihr junger Mann wollte mich gerade bei Ihnen anmelden. Übrigens: einen sehr tüchtigen Angestellten haben Sie da.«

Bugmann blickte zwischen den beiden hin und her und versetzte dann seinem Mitarbeiter eine Kopfnuss. Der Jüngling, an solche Behandlung wohl gewöhnt, quittierte die Züchtigung mit einer Art Verneigung und schlurfte zu seinem Hocker zurück.

»Der Neffe eines Parteikollegen«, sagte der Kantonsrat entschuldigend, während er Chanele den Mantel abnahm. »Man hat mich dringend gebeten … Sie wissen vielleicht, wie das ist. Man kann manchmal nicht anders.«

Bugmanns Büro, mit seinem großen Erkerfenster auf die Weite Gasse hinaus, war wie ein Wohnzimmer eingerichtet, mit schweren Portieren und Landschaftsbildern an den Wänden. Natürlich gab es auch einen Schreibtisch, aber den Ehrenplatz, dort wo das Licht am besten war, nahmen zwei Sessel und ein dreiplätziges Sofa ein, alle in rotem Samt gepolstert, mit weißen gehäkelten Antimakassaren, wie sie von England her in Mode gekommen waren. Auf kleinen Tischchen, von denen es mindestens ein halbes Dutzend gab, stellten sich eng aneinander gedrängt Fotografien und andere Erinnerungsstücke zur Schau. Ein wuchtiger Bücherschrank nahm fast eine ganze Wand ein. Die Lederrücken hinter den Glastüren unterstrichen den doppelten Charakter des Raums: neben Gesetzessammlungen und den dicken Bänden eines Universallexikons standen da auch sämtliche Werke von Goethe, Schiller, Hebbel und Pestalozzi.

Bugmann bot Chanele einen Platz auf dem Sofa an – »Da werden Sie von der Sonne nicht geblendet!« –, stopfte ihr auch noch ein Kissen in den Rücken und legte überhaupt die übereifrige Geschäftigkeit an den Tag, mit der man sich gern über unklare Situationen hinwegspielt. Er holte ein Tablett mit Flaschen und Gläsern von der Anrichte und wollte ihr ein Gläschen Eierlikör aufnötigen. Chanele lehnte dankend ab, worauf er sich wortreich dafür entschuldigte, dass er ihr sonst nichts anzubieten habe, einen Cognac oder gar einen richtigen Schnaps könne er einer Dame ja wohl nicht zumuten. »Ich hätte selbstverständlich Tee vorbereiten lassen, wenn ich gewusst hätte, dass Sie … Ich hatte mit Ihrem Mann gerechnet. Er ist doch nicht etwa krank?«

»Keine Sorge, es geht ihm ausgezeichnet. Ich bin sicher, er würde Sie herzlich grüßen lassen, wenn er wüsste, dass ich hier bin.«

Der Kantonsrat versuchte, sich seine Überraschung nicht anmerken zu lassen, was sie nur noch deutlicher sichtbar machte.

»Mein Mann hat mich gebeten, ein delikates Problem für ihn zu regeln, und möchte in die Details lieber nicht persönlich involviert werden. Sie wissen vielleicht, wie das ist. Man kann manchmal nicht anders.«

Sie hatte gar nicht die Absicht gehabt, Bugmanns eigene Formulierung zu verwenden; die Worte hatten einfach noch in der Luft gehangen. Aber er nickte, als habe sie etwas außergewöhnlich Bedeutendes gesagt, setzte sich ihr gegenüber in einen Sessel, stützte das Kinn auf die Hand und zog mit dem Zeigfinger ein Augenlid ein kleines bisschen nach unten.

»Ich höre.«

»Sie sind doch, neben Ihren vielen anderen Verpflichtungen, auch Amtsvormund, nicht wahr, Herr Kantonsrat?«

»Ich bin Waisenvater, ja.«

»Und Sie haben, als Sie uns neulich die Ehre erwiesen, unser Gast zu sein, davon erzählt, dass Sie in dieser Eigenschaft manchmal eine Strenge an den Tag legen müssen, die Ihrem bekannt menschenfreundlichen Charakter eigentlich widerspricht.«

Bugmann wehrte die plumpe Schmeichelei nicht ab und plusterte stolz die roten Backen auf. ›Wie ein Fisch, der gerade einen Köder verschluckt hat‹, dachte Chanele.

»Ich meine mich zu erinnern«, fuhr sie fort, »Sie hätten in diesem Zusammenhang auch von einem jungen Mann gesprochen, dessen Heiratswünschen Sie nicht zustimmen konnten, weil er nicht über die notwendigen Mittel verfügte, um einen eigenen Hausstand zu gründen.«

»Solche Fälle gibt es viele«, sagte Bugmann und machte ein feierliches Gesicht, wie zu einer öffentlichen Ansprache. »Traurig für die Betroffenen, natürlich, aber ich muss meine Verantwortung wahrnehmen.«

»Das ist bestimmt nicht immer leicht.« Chanele hätte beinahe laut gelacht, so einfach ging das alles. »Ich habe mir nun überlegt, dass es nicht falsch sein könnte – auch im Interesse einer gewissen Popularität, auf die man als Politiker ja nun mal angewiesen ist –, wenn Sie im einen oder anderen dieser Fälle eine Eheschließung trotzdem ermöglichen würden.«

Bugmann versuchte ganz nonchalant zu erscheinen, aber er hatte den Oberkörper neugierig weit vorgebeugt. Salomon hatte seiner Ziehtochter beigebracht, solche Zeichen zu lesen.

»Es würde in der Öffentlichkeit bestimmt einen sehr positiven Eindruck machen«, sagte Chanele ihren vorbereiteten Text auf. »Ein Waisenvater, der seinen Schützlingen die fehlende Aussteuer aus eigener Tasche bezahlt …«

»Aus eigener …?« Bugmanns Stimme hatte jetzt etwas Atemloses.

»Nun ja, mein Mann und ich legen gerade bei guten Werken großen Wert auf Diskretion. Man will sich ja nicht selber rühmen. Wir würden uns deshalb ausbedingen, dass die von uns ins Leben gerufene Stiftung anonym bleibt oder, noch besser, in diesem Zusammenhang überhaupt nicht erwähnt wird.«

»Stiftung?« Kantonsrat Bugmanns Gesicht war noch röter angelaufen, als es das von Natur aus schon war.

»Wir haben an einen Betrag von dreitausend Franken gedacht. Zunächst. Wobei Sie natürlich ganz allein entscheiden würden, welche Summe im einzelnen Fall ausbezahlt wird.«

»Und an wen«, sagte Bugmann schnell.

»Und an wen, selbstverständlich. Bei einem Mann wie Ihnen wird da keinerlei Kontrolle notwendig sein.«

Bugmann atmete lange aus. Es war ein Seufzer der Erleichterung.

»Obwohl ich mir erlauben möchte«, sagte Chanele, »zur Auswahl der Empfänger eine ganz kleine Bitte zu äußern. Es geht um eine Verkäuferin in der Modernen Warenhalle. Ein sehr anständiges Mädchen, im Grunde, das nur leider – wie soll ich sagen? – einmal vom Pfad der Tugend abgewichen ist. Mit gewissen … gewissen Folgen, wenn Sie verstehen, was ich meine.«

»Selbstverständlich«, sagte Bugmann und glaubte schon sehr viel mehr zu verstehen, als Chanele gesagt hatte.

»Sie ist eine meiner besten Kräfte, und ein Mann, der um ihre Hand anhielte, würde diesen Antrag bestimmt nicht bereuen. Vor allem, wenn sie über eine entsprechende Mitgift verfügte.«

»Die Sie ihr nicht persönlich zur Verfügung stellen wollen.« Man konnte nicht sagen, dass Bugmann grinste, aber selbstgefällig war sein Gesichtsausdruck durchaus zu nennen. »Sie möchten lieber, dass eine neutrale Stiftung …«

»Wie gesagt: wir legen großen Wert auf Diskretion. Es ist uns nur recht, wenn Sie in der Öffentlichkeit selber als der edle Gönner in Erscheinung treten.«

Kantonsrat Bugmann schenkte sich ein großes Glas Cognac ein und trank es auf einen Zug leer. Dann stand er auf, ging zu seinem Schreibtisch und klappte das Tintenfass auf.

»Der Name der jungen Dame?«

»Marie-Theres Furrer.«

Bugmann schrieb und wedelte das Blatt in der Luft, um die Tinte zu trocknen.

»Das Ganze soll möglichst schnell über die Bühne gehen, nehme ich an?«

»So schnell wie möglich.«

»Und das Geld …?«

»Habe ich mitgebracht.«

Bugmann faltete das Blatt sorgfältig zusammen, halbierte und viertelte es und verstaute es dann ganz unten in einer Briefmappe. Chanele öffnete ihre Handtasche und holte den versiegelten Umschlag heraus, den ihr Herr Ziltener mitgebracht hatte.

Als die Transaktion abgeschlossen war und sie sich auf dem roten Samt wieder gegenübersaßen, sagte Chanele, als sei ihr das eben gerade erst in den Sinn gekommen: »Ach ja, Herr Kantonsrat, da wäre noch eine Kleinigkeit …«

»Was?« Bugmann hatte jetzt jede Höflichkeit abgelegt, ein Bauer, der einem für ihn allzu günstigen Viehhandel nie ganz getraut hat, aber bereit ist, den einmal errungenen Vorteil mit Klauen und Zähnen zu verteidigen.

»Sie sind doch auch einer der Direktoren des *Tagblatts*, nicht wahr?«

»Wieso?«

»Der Redakteur Rauhut, Sie kennen ihn ja, der bei unserem kleinen Diner so unangenehm betrunken war, scheint gewissen unsinnigen Gerüchten aufgesessen zu sein. Wie ich ganz zufällig erfahren habe, bringt er ausgerechnet meinen Mann in eine gewisse Beziehung zu dem unglücklichen Mädchen, von dem ich Ihnen gerade gesprochen habe.«

»Mit dieser Marie-Theres Furrer?«

»Völlig grundlos natürlich. Aber so eine Geschichte könnte für das arme junge Ding unangenehme Folgen haben. Vor allem, wo sie sich doch bald verheiraten wird.«

»Und noch unangenehmere Folgen für Monsieur Meijer.« Bugmann war jetzt ganz entspannt. Er hatte den Haken an der Sache entdeckt, und die Spitze saß in jemand anderem.

»Aber der Artikel wird ja nie erscheinen.« Noch einmal setzte Chanele François' Lächeln auf. »Nicht wahr, Herr Kantonsrat?«

»Sie können sich auf mich verlassen«, sagte Bugmann.

»Ich weiß, dass ich mich auf Sie verlassen kann«, sagte Chanele.

Es war alles gesagt, was zu sagen war, aber sie plauderten noch ein paar Minuten weiter, streuten harmlose Gemeinplätze über ihr Geheimnis, wie man Sand über seine Spuren wischt, wenn man nicht daran erinnert werden will, wo man gewesen ist.

»Ich freue mich schon heute darauf«, sagte Kantonsrat Bugmann, als er ihr ihren Mantel hinhielt, »bald wieder einmal in Ihrem gemütlichen Heim ein so köstliches Mahl genießen zu dürfen.«

»Es tut mir leid«, sagte Chanele und ging durch die Tür, die er ihr aufhielt. »Mein Mann und ich haben beschlossen, die Tradition unserer Abendeinladungen nicht weiterzuführen.«

Der Vorzimmerjüngling hing immer noch als schiefes Fragezeichen auf seinem Hocker. Chanele blieb einen Moment bei ihm stehen und sagte freundlich: »Übrigens – Sie haben Tinte im Gesicht.«

30

»Es wird kein Artikel erscheinen«, sagte sie nur, und Janki stellte keine Fragen.

Sie saßen um den übergroßen Esszimmertisch – tropisches Holz! –, als müssten sie für einen unsichtbaren Zuschauer ein lebendes Bild mit dem Titel *Familie beim Abendessen* stellen, ohne den geringsten Begriff, wie so etwas vor sich geht. Janki hatte seinen Spazierstock an den Tisch gelehnt und fasste immer wieder nach dem frisch angeleimten Löwenkopf. Er saß da, wo er immer saß, niemand hatte heimlich den Tisch verschoben oder die Stühle vertauscht, und trotzdem, ohne dass er sich sein ungutes Gefühl selber hätte erklären können, war da nicht mehr wirklich oben.

François war demonstrativ nicht hungrig gewesen und hatte sich nur auf ein Machtwort seines Vaters hin mit an den Tisch gesetzt. Seinen Teller hatte er lustlos zur Seite geschoben und stattdessen den Tantalus mit der gelblichen Flüssigkeit vor sich hingestellt, der sonst auf dem Sideboard seinen Platz hatte. Mit einem der elfenbeinernen Zahnstocher, die nur bei großen Essen auf den Tisch kamen – ein aus Speckstein geschnittener Knappe hielt ein Dutzend davon bereit, wie Speere vor der Schlacht –, fingerte er, als gebe es nichts Wichtigeres auf der Welt, in dem winzigen silbernen Schloss herum, zu dem schon seit jeher der Schlüssel fehlte. »Wenn ich hier schon festgehalten werde«, sagte jede seiner Bewegungen, »kann ich zumindest etwas Nützliches tun und endlich versuchen, dieses Ding aufzukriegen.«

Hinda, die doch sonst jede Missstimmung fröhlich wegplauderte, hatte sich für einmal von der allgemeinen Bedrücktheit anstecken lassen und rührte mit so versteinerter Miene in ihrer Suppe, als sei die ihr vom Arzt gegen ihren Willen verschrieben.

Dass Arthur kein Wort sagte und kein einziges Mal von seinem Teller aufschaute, fiel nicht weiter auf. Man war das von ihm gewohnt. Er war mit seinen eigenen Gedanken oft so beschäftigt, dass man ihm Fragen dreimal stellen musste, bevor er sie endlich hörte. Wenn er gute Laune hatte, kommentierte Janki das schon mal lachend mit: »Unser kleiner Philosoph!« An anderen Tagen schlug er mit dem Löffel gegen sein Glas, und wenn dann alle zu ihm hinschauten, sagte er mit beißender Freundlichkeit: »Wenn uns vielleicht auch der Herr Professor die Ehre seiner Aufmerksamkeit erweisen würde …?«

Louisli hatte verweinte Augen, als sie die Suppenterrine auf den Tisch stellte. In ihrem Fall zumindest musste man nicht nach einer Erklärung suchen.

Nach langem Schweigen räusperte sich schließlich Chanele. »Janki, ich finde, du solltest Herrn Ziltener eine kleine Gehaltserhöhung geben. Er hatte es nicht leicht in der letzten Zeit.«

Janki widersprach nicht, wie er es an einem anderen Tag ganz automatisch getan haben würde, sondern sagte nur: »Wenn du meinst …«, und fasste schon wieder prüfend nach dem Knauf seines Spazierstocks.

Und dann kam Besuch. Zu einer Tageszeit, wo in Baden niemand Besuche machte.

Louisli kündigte ihn an, mit einer Stimme, als ginge es um einen Todesfall. »Da möchte jemand die Herrschaften sprechen. Ein Herr Kamionker.«

In den Büchern, die Arthur in jeder freien Minute verschlang, wurde immer wieder mal gesagt, dass jemand nach Luft schnappte. Er hatte immer geglaubt, das sei nur so ein Ausdruck, wie »Er bekam kalte Füße« oder »Die Haare standen ihm zu Berge«. Aber als Hinda den Namen des Besuchers hörte, tat sie genau das: Sie schnappte nach Luft.

Schon in Zürich, bei Mimi und Pinchas, war Zalman Kamionker am falschen Ort gewesen. In Jankis Esszimmer, das nicht zum Wohlfühlen, sondern zum Beeindrucken eingerichtet war, wirkte er mit seinen klobigen Schuhen und den geflickten Hosen so deplatziert wie Herr Bischoff, der goijische Abwart, wenn der am Jom Kippur, wo alle Männer ihr weißes Sargenes anhatten, in seinem abgetragenen dunkeln Anzug durch den Betsaal schlich, um die Fenster zu öffnen oder zu schließen. Nur dass Herr Bischoff dabei immer den Kopf einzog, wie um sich durch geduckte Haltung unsichtbar zu machen, während Zalman Kamionker in so breitbeiniger Sicherheit auf dem guten Teppich stand, als sei er hier der Hausherr und die andern die Eindringlinge. Die speckige Ledermütze hatte er ein bisschen von der Stirn weggeschoben, ein Handwerker, der gleich eine schwierige Aufgabe in Angriff nehmen wird.

»Ich bin hergekommen«, sagte er in seinem seltsamen Akzent, halb schwäbisch, halb jiddisch, »ich bin hergekommen, weil das Fräulein Hinda schon aus Zürich abgereist ist.«

Hinda starrte in ihren Löffel, als könne es nichts Interessanteres als ein Bröckchen Kartoffel und eine Faser Fleisch geben.

»Übrigens: der Frau Pomeranz geht es nicht wirklich gut. Heute Mittag war sie blass wie ein Leintuch. Aber Sie sollen sich deswegen keine Sorgen machen, lässt sie Ihnen ausrichten.«

Was war das für ein fremder Mensch, dachte Chanele, der ihr da Nachrichten von Mimi brachte?

»Ich hätte dem Fräulein Hinda etwas mitzuteilen, wenn Sie gestatten«, fuhr Kamionker fort.

»Wenn Sie gestatten«, sagte er, aber seine ganze Haltung machte deutlich, dass er das, was er zu sagen hatte, noch immer gesagt hatte, egal ob es jemandem gelegen kam oder nicht.

Janki richtete sich sehr gerade auf, wie das auch Monsieur Delormes bei unliebsamen Störungen getan hatte. Das war immer noch sein Esszimmer, und er hatte diesen seltsamen Menschen nicht eingeladen. »Um was es auch gehen mag – hat es nicht bis morgen Zeit?«

Die Frage war ganz offensichtlich rhetorisch gemeint, aber Zalman Kamionker schien kein Gehör für Unausgesprochenes zu haben. Er dachte einen Moment lang nach, mit dem ernsten Gesicht eines Mannes, der eine wichtige Entscheidung zu treffen hat, und schüttelte dann den Kopf. »Nein«, sagte er, »es hat nicht bis morgen Zeit.«

Und rückte sich, ohne dass ihn jemand dazu aufgefordert hätte, einen Stuhl zurecht und setzte sich zu ihnen an den Tisch.

›Das ist keiner, der Umstände macht‹, dachte Chanele.

»Wollen Sie vielleicht auch noch einen Teller haben?«, fragte Janki sarkastisch.

»Das ist sehr freundlich von Ihnen.« Der ungebetene Besucher schüttelte den Kopf. »Vielleicht später.« Er legte seine beiden Hände auf das Tischtuch, wie man sich ein Arbeitsgerät bereitlegt, das man später noch brauchen wird. Die Fingernägel waren nicht ganz sauber.

Hinda hielt immer noch ihren Löffel in der Hand. Ein grauer Faden Kartoffelsuppe tropfte unbemerkt in den Teller zurück.

»Alors?«, sagte Janki ungeduldig. Monsieur Delormes hatte auch immer in genau diesem Ton »Alors?« gesagt.

Kamionker nickte dankend, als habe man ihm gerade in einer öffentlichen Versammlung das Wort erteilt. »Es ist also so«, sagte er, »ich war in Zürich an diesem Kongress, und der ist jetzt zu Ende.«

Jetzt erst brachte ihn Chanele mit dem Menschen zusammen, von dem ihr Mimi erzählt hatte. »Sie sind der Mann aus Amerika«, sagte sie.

»Der Yankee aus Kolomea, ja.«

»Und sind bis nach Baden gefahren, nur um sich von meiner Tochter zu verabschieden?«

Arthur warf aus dem Augenwinkel einen Blick auf Hinda. Sie hatte die Zähne ganz fest in die Unterlippe geschlagen, wie er das früher bei Tante Golde gesehen hatte. ›Das muss doch wehtun‹, dachte Arthur.

»Es ist also so«, wiederholte Kamionker, »ich war die letzten Tage an diesem Kongress und habe da einen Mann aus Witebsk kennen gelernt. Ein Schuhmacher, aber nebbech so schmächtig wie ein Schneider. Sein Bruder ist nach New York ausgewandert und zwei seiner Onkel auch.«

»Könnten Sie uns freundlicherweise erklären, warum uns das interessieren sollte?«, unterbrach ihn François mit seiner unhöflichsten höflichen Stimme.

Kamionker betrachtete ihn so unaufgeregt neugierig, wie ein Vergnügungsreisender ein ungewöhnliches lokales Bauwerk betrachtet. »Sie wird das überhaupt nicht interessieren«, sagte er. »Aber vielleicht Ihre Schwester. Nicht wahr, Fräulein Hinda?«

»Ich wüsste nicht, warum«, sagte Hinda.

Arthur war überrascht. Er hatte ein feines Gehör, und da war etwas in ihrer Stimme, das er so nicht kannte.

»Ich werde es Ihnen gern erklären«, sagte Zalman Kamionker.

Hinda warf den Kopf in den Nacken; es wurde nicht deutlich, ob sie es aus Ablehnung tat oder um ihre schönen Haare besser zur Geltung zu bringen.

»Dieser Schuhmacher«, fuhr Kamionker fort, »Jochanan heißt er übrigens, wie Rabbi Jochanan aus dem Talmud, der ja auch ein Schuhmacher war, dieser Schuster hat nun also seine ganze Mischpoche in Amerika. Und sitzt selber in Witebsk, wo ein Sozialist so beliebt ist wie ein Floh in einem Hochzeitsbett. Was ein Schuhmacher verdient, weiß man ja: weniger als nichts, und davon muss er auch noch Schabbes machen. Bis er einmal genug Geld gespart hat, um selber auch nach Amerika zu fahren, wird er einen Bart haben bis zum Boden. Obwohl er überhaupt keinen Bart hat. Als er zum ersten Mal Karl Marx gelesen hat, hat er ihn abgeschnitten. Noch am selben Tag, hat er mir gesagt.«

Kamionker erzählte ohne Eile, ein Mann, der es gewohnt ist, vor Publikum zu sprechen und mit keiner Unterbrechung rechnet.

»Zehn Tage lang hat er mir jetzt vorgejammert, wie sehr ihm sein Bruder fehlt, an jedem Tag von diesem unnötigen Kongress. Es war irgendwann nicht mehr auszuhalten, wie er gekrechzt hat.« Die Meijers waren Schweizer Juden, und das Wort war bei ihnen nicht üblich, aber sie verstanden es alle trotzdem. »Was sollte ich machen?«, fragte Kamionker. »Irgendwie musste ich ihn zur Ruhe bringen.« Er breitete seine Arme aus, als wolle er jemanden umarmen. »Also habe ich ihm meine Fahrkarte geschenkt.«

Hinda, die nie errötete, spürte, wie ihr Kopf heiß wurde.

Die jüdischen Mantelnäher von New York hatten Geld gegeben, jeder wie er konnte, um Zalman Kamionker als ihren Delegierten an den großen Kongress in die Schweiz zu schicken. Eine Schiffspassage – im billigsten Zwischendeck, natürlich, aber eine

Passage ist eine Passage, und man bekommt sie nicht geschenkt – und ein Ticket für die Eisenbahn. Nur in der vierten Klasse, versteht sich, aber Geld kostete es doch. Und was machte er damit? Verschenkte alles an einen Menschen, den er gerade erst kennen gelernt hatte. An einen Schuhmacher aus Witebsk.

»Er ist schon unterwegs«, sagte Kamionker. »Zürich–Paris. Paris–Le Havre. Le Havre–New York. Obwohl die dort, weiß Gott, schon genügend Schuhmacher haben. Ja, Fräulein Hinda, so ist das.«

Hinda sah ihn nicht an, ignorierte ihn so mit allen Kräften, wie man das nur mit einem Menschen tun kann, der einen mehr interessiert als jeder andere, und so war es Chanele, die ihn fragte. »Und Sie?«

»Ich bleibe in der Schweiz«, sagte Kamionker. »Ein Schneider hat's gut. Er kann überall verhungern.«

»Von mir aus, verhungern Sie!«, sagte François eisig. »Nur tun Sie es bitte nicht hier.«

Kamionker lächelte ihn so freundlich an wie nach einem Kompliment. Er hatte in New York an vielen Versammlungen viele Reden gehalten und wusste mit Hecklers umzugehen.

»Einen interessanten Schnurrbart haben Sie da«, sagte er. »Ich wusste gar nicht, dass man Purim in der Schweiz so spät feiert.« Purim ist das Fest der lächerlichen Verkleidungen.

Wenn Chanele nicht so laut gelacht hätte, wäre François bestimmt eine brillante Riposte eingefallen.

Kamionker drehte ihm eine verächtliche Schulter zu, wie man es mit einem erledigten Gegner tut, den man noch nicht einmal im Auge behalten muss, und wandte sich an Janki. »Und da ich nun also hier bleibe«, sagte er, »habe ich etwas mit Ihnen zu besprechen, Herr Meijer.«

›Er sucht eine Stelle‹, dachte Janki. ›Er ist ein Schneider, und ich habe ein Kleidergeschäft. Aber ich werde den Teufel tun, mir eine solche Laus in den Pelz zu setzen.‹

»Ich bedaure ...«, begann er. Aber Kamionker fiel ihm ins Wort.

»Vielleicht ist es Ihnen angenehmer, wenn wir uns in ein anderes Zimmer zurückziehen?«

»Ich denke nicht daran«, sagte Janki und tastete nach seinem Spazierstock wie nach einer Waffe.

»Auch gut.« Kamionker schlug seine Hände zusammen, so laut, dass Arthur zusammenfuhr, und dehnte knackend die Gelenke.

›Er hat starke Hände‹, dachte Hinda und wartete mit angehaltenem Atem auf das, was er wohl sagen würde.

»Haben Sie in Ihrer Firma eine Gewerkschaft?«, sagte Zalman Kamionker.

Gewerkschaft? War er deshalb gekommen?

»Wieso wollen Sie das wissen?«, fragte Janki.

»Nu ja«, sagte Kamionker, »gewisse Dinge wären dann einfacher zu erklären.«

»Meine Angestellten brauchen keine Gewerkschaft.«

»Mag sein«, sagte Kamionker, »mag auch nicht sein. Darüber könnte man streiten. Aber ein andermal. Wir werden noch Gelegenheit haben.«

›Ganz bestimmt nicht‹, dachte Janki.

»Es ist so«, sagte Kamionker. »Wenn Sie schon mit Gewerkschaftern verhandelt hätten, dann wüssten Sie, dass es immer zwei Arten von Forderungen gibt: solche, über die man reden kann, und solche, die nicht verhandelbar sind. Absolutely nonnegotiable. Ist das klar?«

›Der Mann ist meschugge‹, dachte Janki. ›Einfach meschugge.‹

»In unserm Fall, Herr Meijer: wir können über alles reden.« Kamionker hielt die offenen Handflächen vor sich hin, wie es in Arthurs Indianerbüchern die Häuptlinge taten, wenn sie zeigen wollten, dass sie das Kriegsbeil nicht ausgegraben hatten. »Ich gehe noch weiter: Sie können bestimmen, wie Sie es gemacht haben wollen, und so wird es gemacht. Ich bin ein friedlicher Mensch. Nur eine Sache ist nicht verhandelbar.«

›Wovon redet er eigentlich?‹, dachte Hinda.

»Absolut nicht verhandelbar«, sagte Zalman Kamionker.

»Wovon reden Sie eigentlich?«, fragte Janki.

»Von Fräulein Hinda natürlich. Ich werde sie heiraten.«

Hatte er »heiraten« gesagt?

»Über alles andere kann man reden«, sagte Kamionker.

In der Küche war die dicke Christine schon den ganzen Abend damit beschäftigt, das weinende Louisli zu trösten. Von dem aufregenden Geschehen im Esszimmer bekamen die beiden überhaupt nichts mit. Dabei hätte es diesmal an der Tür wirklich etwas zu lauschen gegeben.

Janki sagte nein, natürlich sagte er nein. Da kam so ein wildfremder Mensch, ein Mann, der nichts war und nichts hatte, und wollte einfach … »Kommt nicht in Frage«, sagte Janki, und weil dieser dahergelaufene Kamionker das nicht zu hören schien, wiederholte er noch zweimal: »Nicht in Frage. Überhaupt nicht in Frage.« Man habe ja schon mancherlei von galizianischen Sitten gehört, dass die noch ungeschliffener seien als anderswo, im Osten mochten solche Lumpenhändlergebräuche ja möglicherweise gang und gäbe sein, da maße er sich kein Urteil an. Das heißt: sein Urteil stehe fest, absolut fest, und jede weitere Diskussion erübrige sich deshalb. Man sei hier nämlich nicht auf dem Balkan und in Amerika schon gar nicht, und es stehe deshalb überhaupt nicht zur Debatte, nicht zur Debatte, Punkt, aus, Schluss. Im Übrigen sei es wohl das Beste, wenn der Herr Kamionker sich jetzt empfehle, und zwar stante pede.

Der Herr Kamionker lächelte nur ganz friedlich, wie er wohl früher einmal den Simon Heller von der Tallisweberei in Kolomea ganz friedlich angelächelt hatte, und meinte, der Herr Meijer habe ihm wohl nicht richtig zugehört, er habe doch klar und deutlich gesagt, dass dieser Punkt nicht verhandelbar sei.

Janki hob den Stock und wollte damit auf den Tisch schlagen, ließ ihn aber gleich wieder sinken, nicht aus Ängstlichkeit, natürlich nicht, er war schließlich im Krieg gewesen, aber den Knauf mit dem Löwenkopf hatte er gerade erst wieder anleimen lassen, und ein zweites Mal, davor hatten sie ihn in der Drechslerei gewarnt, wäre das gute Stück wohl nicht zu reparieren gewesen.

Dafür sprang François auf, die Schnurrbartspitzen gesträubt, und packte Kamionker am Kragen, kriegte den dicken Jackenstoff mit der Faust zu fassen und wollte den aufsässigen Gast hinausbefördern, aber der blieb einfach sitzen, als zöge und risse da nicht jemand an ihm herum, und erst als François auch noch mit der andern Hand zupackte, ihn hochziehen wollte, wie es ungeschickte Leute mit einem schweren Gepäckstück versuchen, da schnipste Kamionker ihn weg, es konnte kein passenderes Wort dafür geben, schnipste ihn einfach weg und machte dazu ein Gesicht wie bei einer übermütigen Rauferei unter Freunden.

Genau so, mit großen weißen Zähnen, hatte er im Palmengarten gelacht, als er über Hinda gestolpert und ihr regelrecht in den Schoß gefallen war.

»Die Polizei!«, stieß François atemlos hervor. »Wir müssen die Polizei rufen lassen.«

»Polizei? Narrischkeit!«, sagte Zalman Kamionker. Auch das war ein Wort, das man so in der Schweiz nicht kannte und trotzdem verstand. Er nahm eine Kristallkaraffe vom Tisch und wog sie in der Hand, als prüfe er sie auf ihre Eignung zum Wurfgeschoss. François ging hinter seinem Stuhl in Deckung.

Arthur merkte ganz stolz und ein bisschen ungläubig, dass er überhaupt keine Angst hatte, obwohl es doch allen Grund dazu gegeben hätte.

Kamionker betrachtete die Karaffe nachdenklich und stellte sie wieder auf das Tischtuch zurück. »Sie sind reiche Leute«, sagte er zu Janki. »Nun ja. Ich habe es mir nicht ausgesucht, aber ich kann es auch nicht ändern. Wenn es also wegen der Mitgift ist – wir brauchen keine. Ich habe im Leben noch immer alles mit eigenen Händen geschafft.«

»Es geht nicht um die Mitgift!«, sagte Janki überlaut und stützte einen Arm in die Hüfte, wie es Monsieur Delormes auch immer getan hatte.

»Wie Sie meinen. Ich habe Ihnen ja gesagt: In all diesen Punkten richte ich mich gern nach Ihnen.«

Es war zum zweiten Mal in nur zwei Tagen, dass Janki zu schreien begann. Louisli hätte heute noch mehr zu lauschen gehabt als gestern, aber sie war zu sehr damit beschäftigt, der dicken Köchin ihr Herz auszuschütten. Man kann ein volles Herz ausschütten, solange man will – es wird dadurch nicht leerer.

Auch Jankis Empörung ließ nicht nach, nur weil er ihr so lautstark Ausdruck verlieh. Im Gegenteil: sie wuchs immer mehr an, dass er schließlich nur noch japsen konnte, wie wenn einem ein allzu aufgeblähter Magen die Luft abdrückt. Nur dass es für diesen Fall kein Natronpulver gab, das ihm Erleichterung verschafft hätte.

Irgendwann verstummte er ganz. Die Eruption war vorüber. Zalman Kamionker hatte ganz ruhig abgewartet, ein Feuerwerker, der genau weiß, wann ein bengalisches Feuer ausgebrannt ist. Dann wandte er sich an Chanele. »Und was meinen Sie, Frau Meijer?«

Chanele sah ihn lange an, von der speckigen Ledermütze bis zu den bäurischen Schuhen, von den ungekämmten Haaren bis zu den Fingernägeln mit den schwarzen Rändern. Sie zog die Augenbrauen hoch, dass ihr die schwarze Linie mitten in der Stirne zu stehen schien, und stellte dann die Frage, die Arthur schon lange gestellt haben würde, wenn er nicht nur ein kleiner Junge gewesen wäre, sondern genauso ein Erwachsener wie die anderen. »Haben Sie denn schon mit Hinda darüber gesprochen?«

Hinda hielt immer noch den Suppenlöffel in der Hand und legte ihn jetzt so sorgfältig hin, wie man einen Glückskäfer, der einem zugeflogen ist, auf ein Blatt setzt.

»Nu?«, machte Chanele, als Kamionker nicht antwortete.

Zalman war so verlegen, wie es nur jemand sein kann, für den Verlegenheit ein ganz und gar ungewohntes Gefühl ist.

»Es ist also so«, sagte er und stockte. »Ich dachte, ich muss zuerst die Eltern fragen.«

»Narrischkeit«, sagte Chanele, und wusste jetzt schon, dass das eines ihrer Lieblingsworte werden würde.

»Ich wollte …«, sagte Kamionker.

»Fragen Sie sie!«

Janki hatte unterdessen die Sprache wiedergefunden. »Das kommt überhaupt nicht …«, begann er.

»Scha!«, machte Chanele.

Zalman Kamionker, der die ganze Zeit so selbstsicher gewesen war, betrachtete jetzt seine Hände, wie ein Instrument, das er nie spielen gelernt hatte. Dann streckte er sie zu Hinda aus, schüchtern wie ein kleines Kind, das einer Königin einen Blumenstrauß überreicht. »Fräulein Hinda«, fragte er, »wollen Sie …?«

Hinda ließ ihn warten und sagte erst nach ein paar unendlich langen Sekunden: »Was soll ich machen? Wenn es nun mal nicht verhandelbar ist …«

31

Es war schon Juni geworden, und Mimi ging es immer noch nicht besser. Sie war aufgedunsen, dass sie sich gar nicht mehr im Spiegel ansehen mochte, und das, obwohl sie doch – »Comme ça me dégoûte!« – überhaupt nichts mehr bei sich behalten konnte. Pinchas hörte sie manchmal schon würgen, wenn er ganz früh am Morgen aufstand, um Tefillin zu legen.

Sophie, die Nachfolgerin der unglückseligen Regula, kannte sich mit Kräutern aus, und traktierte Mimi mit Tees, deren genaue Rezepturen, wie sie stolz erzählte, in ihrer Familie immer nur an die älteste Tochter weitergegeben wurden, gewissermaßen als Mitgift. Sie selber, meinte sie mit bedeutender Miene, würde das geheime Wissen wohl an eine Nichte vererben müssen, denn Sophie mochte keine Männer. Pinchas hatte oft noch nicht einmal die Namen der Pflanzen und Wurzeln gehört, die da in seiner Küche vor sich hinköchelten und ihren durchdringenden Geruch an sein Essen weitergaben. Mimi schwor anfänglich auf Sophies Künste, und ein Tee aus einem Gartenunkraut namens Gänserich – Sophie nannte es Krampfkraut – verschaffte ihr sogar tatsächlich eine gewisse Erleichterung. Aber dann, nach einem Besuch in ihrem Heimatdorf, kreierte Sophie einen Absud aus Faulbaumrinde, der bei Mimi tagelangen Durchfall auslöste. Das war das Ende der Kräuterkuren, und ein neues Dienstmädchen namens Gesine Hunziker wurde eingestellt.

Mimi besuchte auch wieder Séancen bei Madame Rosa. Aber auch die Stimmen aus dem Jenseits wussten ihr keinen Rat, im Gegenteil. Die einzige Botschaft, die sie erreichte, lautete »In dir ist sehr viel Jugend«, und das empfand Mimi als transzendentale Verhöhnung, denn insgeheim war sie jeden Tag mehr davon überzeugt, dass ihre Probleme mit jener gefürchteten Zeit im Leben einer Frau zu tun hätten, die Golde schamhaft »die Umwandlung« genannt hatte. Mimi war zwar noch viel zu jung dafür, aber in diesen Dingen war sie schon immer besonders geplagt gewesen, andere Leute machten sich keine Vorstellung.

Pinchas wollte schon seit Wochen Dr. Wertheim zu Rate ziehen, aber Mimi weigerte sich kategorisch; sie hatte es nun mal nicht mit den Ärzten. Damals, als sie ihr Kind verlor, hatte ihr auch keiner helfen können, und einen Haufen Geld ausgeben, nur damit einem jemand auf Lateinisch erklärt, dass er keine Ahnung hat? Certainement pas!

»Ich bin nicht krank«, sagte sie, »mir geht es nur nicht gut, und es wäre alles nur halb so schlimm, wenn du nicht immer gleich so ein Theater machen würdest.«

An jenem Sonntag, an dem Pinchas schon früh zu seinem Streitgespräch nach Endingen fahren musste, wollte die Übelkeit gar nicht mehr aufhören. Eigentlich hatte ihn Mimi ja begleiten wollen; sie hatte ihre Jugendfreundin Anne-Kathrin schon lange nicht mehr gesehen, und das wäre eine gute Gelegenheit gewesen. Anne-Kathrin lebte immer noch in Endingen, aber schon lange nicht mehr im Schulhaus. Sie hatte den ältesten Sohn des Metzgermeisters Gubser geheiratet, und schrieb Mimi seither regelmäßig Briefe, in denen sie in ihrer minutiösen Handschrift all die staunenswerten Fortschritte beschrieb, die ihre vier ganz besonders begabten Kinder Woche für Woche machten. Die erschreckende Perfektion dieses Nachwuchses war für die kinderlose Mimi Grund genug gewesen, die Reise immer wieder aufzuschieben, und insgeheim war sie ganz froh darüber, durch ihren Gesundheitszustand eine Ausrede vor sich selber zu haben. Mehr als nur eine Ausrede, weiß Gott, denn nur schon der Gedanke an den Rauch der Lokomotive füllte ihren Mund mit einem so bitteren Geschmack, dass sie schließlich nachgab und versprach, den Arzt kommen zu lassen, »ja, ganz bestimmt noch heute«. Dr. Wertheim gehörte zur Gemeinde, am Schabbes hätte man nicht nach ihm schicken dürfen, aber an einem Sonntag war das kein Problem. Und jetzt solle sich Pinchas gefälligst auf den Weg machen, sagte Mimi, nicht dass er noch ihretwegen den Zug verpasse, und überhaupt, mit seiner übergroßen Fürsorge mache er sie irgendwann noch wirklich zu einer kranken Frau.

Vor der Wohnungstür musste Pinchas stehen bleiben und mit geschlossenen Augen ganz tief durchatmen. Mein Gott, wie sehr liebte er diese Frau! Sie musste ganz einfach wieder gesund werden!

Auf die Debatte in Endingen hatte er sich gut vorbereitet,

hatte sogar viel zu viele Argumente gesammelt, bis er wirklich auf jeden möglichen Einwand eine Antwort bereit zu haben glaubte. Schließlich war er nicht nur Schochet, sondern auch Journalist. Er wusste mit Worten umzugehen, war ein moderner Mensch, auch wenn er die Traditionen seines Glaubens ernstnahm, und das machte ihn, zu dem Schluss war er nach anfänglichen Zweifeln gekommen, zum idealen Vertreter des jüdischen Standpunkts. Den Tierschützern, die das Schächten für eine unnötige Grausamkeit hielten, konnte er mit der Erfahrung seines Berufslebens entgegentreten. In den Schlachthöfen, wo jüdische und christliche Metzger nebeneinander ihre Arbeit taten, kannte er sich nun wirklich besser aus als alle diese feinsinnigen Weltverbesserer. Die Empfindlichkeiten eines Salons waren dort nicht am Platz, weder auf der jüdischen noch auf der christlichen Seite. Würste und Koteletts wuchsen nun mal nicht auf Bäumen. Und was noch viel wichtiger war: Er konnte ihnen mit handfesten Beispielen beweisen, dass auch die moderne Schuss-Schlagmaske, die seit einigen Jahren so heftig propagiert wurde, die Schmerzlosigkeit der Schlachtung keineswegs garantierte. Letzten Endes kam es, ganz egal, welche Methode man anwendete, eben doch nur auf die sichere Hand des Schlächters an. Und wer machte seine Arbeit wohl sorgfältiger? Der desinteressierte christliche Metzgerknecht, der jederzeit mit einem zweiten Versuch nachbessern konnte, mit einem Nackenstich oder einem Schlag auf den Kopf, auch mit zwei oder drei Schlägen, wenn das Tier immer noch zuckte, oder der jüdische Schächter, der mit dem kleinsten Fehler das ganze Tier treife machte, der also bei jeder einzelnen Schlachtung die eigene Parnoosse riskierte, und der deshalb … Nein, »Parnoosse« durfte er nicht sagen, schärfte er sich ein, er musste die Sprache der Leute im Saal sprechen und durfte sich nicht zum Außenseiter machen.

Er hatte deshalb auch seinen goijischsten Anzug angezogen, graue Schurwolle und eigentlich viel zu heiß für diese Jahreszeit.

Er hatte den Anzug für eine unbezahlte Fleischrechnung in Zahlung genommen, vom Schneider Turkawka, der das gute Stück eigentlich für einen Professor an der Eidgenössischen Technischen Hochschule genäht hatte, der ihn bei seiner Antrittsvorlesung hatte tragen wollen. Er war dann aber doch nicht berufen worden und hatte den Anzug nie abgeholt. Mimi hatte Pinchas damals Vorwürfe gemacht, er sei zu gutmütig und lasse sich ausnützen, aber im Grunde war sie stolz auf ihn gewesen, das hatte er ihr angesehen. Turkawka hatte ihm den Anzug angepasst; er saß perfekt, und Pinchas sah darin überhaupt nicht jüdisch aus. Abgesehen von seinem kleinen schwarzen Seidenkäppchen natürlich. Vielleicht sollte er das heute wirklich einmal ausnahmsweise im Dienst der guten Sache …

Pinchas schreckte auf. Er hatte sich völlig in seinen Gedanken verloren; das kam davon, wenn man das Zugsabteil für sich allein hatte. Und dabei hatte er sich doch vorgenommen, während der Fahrt alle Vorsichtsmaßnahmen, die bei einer korrekten Schechitah zu beachten waren, im Kopf noch einmal durchzugehen; es konnte, so meinte er, keinen überzeugenderen Beweis dafür geben, wie sehr beim Schächten darauf geachtet wurde, das Tier nicht unnötig leiden zu lassen. Zuerst einmal, zählte er für sich auf, war die Klinge sorgfältig zu überprüfen, denn schon die kleinste Scharte, an der sich während des Schnittes etwas verfangen oder das Gewebe ausreißen konnte, machte den ganzen Schächtvorgang ungültig und das Fleisch unverkäuflich. Der Schnitt selber musste in einem Zug, ohne jeden Druck und ganz allein durch die Schärfe des Messers durchgeführt werden; Luft- und Speiseröhre mussten hinterher vollständig durchtrennt sein. »All das sind Vorsichtsmaßnahmen«, wollte er sagen, »um dem Tier so wenig Schmerzen wie nur irgend möglich zuzufügen. Sie sehen also«, wollte er sagen, »dass zwischen den berechtigten Forderungen der Tierschutzvereine und unserer viele tausend Jahre alten Tradition bei genauer Betrachtung gar kein Widerspruch besteht. Es gibt deshalb von dieser Seite her«, wollte er sagen, »keinen Grund, einem Verfassungsartikel zuzustimmen, dessen Annahme Ihren jüdischen Mitbürgern das Leben in diesem schönen Lande nicht nur erschweren, sondern nachgerade unmöglich machen würde.« Er hatte lange hin und her überlegt und sich dann entschlossen, noch einen Satz hinzuzufügen. »Wenn Sie mit Ja stimmen«, wollte er sagen, »so mögen Sie zwar keine Antisemiten sein, aber sie würden diese Leute durch ihr Votum trotzdem in dem Glauben bestärken, dass sich mit Vorurteil und Hetze etwas erreichen lässt.« Ja, das wollte er sagen.

Aber dann schweiften seine Gedanken schon wieder ab. Was musste er Reden halten? War er ein Politiker? Er wäre besser zu Hause geblieben und hätte sich um Mimi gekümmert. Was wohl mit ihr war? Sie hatte schon immer gerne gejammert und ihre kleinen Leiden ausgekostet, hatte aus jedem Zwischenfall eine Katastrophe und aus jedem Ärgernis ein Drama gemacht. Gerade weil sie sich diesmal anders verhielt, machte er sich Sorgen. Jedes Mal, wenn er sich nach ihrem Zustand erkundigen wollte, wehrte sie ab, warf ihm vor, er mache sie noch wirklich krank mit seiner ewigen Fragerei, und man müsse ja schließlich nicht ständig singen und tanzen, nur um dem Herrn Gemahl zu beweisen, dass es einem gut gehe. Wenn es nur nichts Gefährliches war! Noch heute Abend, sofort nach seiner Rückkehr, würde er mit Dr. Wertheim reden und sich nicht mit den nichtssagend beruhigenden Phrasen zufrieden geben, auf die sich Ärzte so gut verstanden. Nein, er würde darauf bestehen …

Er war in Baden angekommen, ohne es zu merken.

Vor dem Bahnhof wartete zu seiner Überraschung nicht Janki auf ihn, sondern Chanele. Janki wolle doch lieber nicht nach Endingen mitkommen, lasse er ausrichten, nach reiflicher Überlegung erscheine es ihm als Franzosen richtiger, sich in solche rein schweizerischen Angelegenheiten nicht einzumischen. Chanele bestellte die Botschaft in einem Ton, der keinen Zweifel daran ließ, dass Janki in Wirklichkeit andere Gründe hatte. Er vermied einfach gern Situationen, in denen seine Rolle nicht ganz klar war.

Sie als Frau, sagte Chanele, sei zwar bei einer politischen Versammlung nicht erwünscht, aber niemand könne sie daran hindern, ihren Ziehvater zu besuchen, und diesen dann, falls Salomon überhaupt hingehen wolle, am Nachmittag ins *Guggenheim* zu begleiten, er sei ja unterdessen ein alter Herr und benötige einen stützenden Arm. Die Vorstellung eines gebrechlichen Salomon Meijer ließ Pinchas schmunzeln; der Viehhändler ging trotz seiner Jahre fast jeden Tag ein paar Stunden über Land und schwang dabei seinen Regenschirm wie in alten Tagen.

Chanele hatte keine Kutsche für sie bestellt, stattdessen wartete da ein mit zwei Pferden bespannter Kastenwagen. Goldene Lettern auf grünem Grund priesen die Moderne Warenhalle und ihr umfassendes Angebot an. »Am Wochenende stehen die Wagen doch nur in der Remise«, sagte Chanele entschuldigend. »Was soll man unnötig Geld aus dem Fenster werfen?«

Sie drängten sich also zu dritt auf dem Kutschbock zusammen. Der Kutscher machte sich untertänig ganz klein, krümmte sich förmlich über die Seitenlehne hinaus, um nur Chanele genügend Platz zu lassen, und erkundigte sich mehrmals angelegentlich, ob Madame Meijer auch wirklich bequem sitze. Er roch nach dem kalten Rauch der krummen Virginia, die ihm beim Warten ausgegangen war und die er nicht wieder anzuzünden wagte, und seine Nähe ließ kein Gespräch aufkommen. Chanele erkundigte sich nach Mimis Gesundheit, und Pinchas schüttelte bedenklich den Kopf. Dann schwiegen sie wieder.

Es war Sonntag, und auf den Feldern arbeitete niemand. Das Wetter war windstill, und die wenigen Wolken bewegten sich nur langsam über den Himmel. Man konnte den Eindruck haben, nicht nur der Mensch, auch die Natur gönne sich eine Verschnaufpause, ein Atemholen zwischen Blüte und Frucht.

Chanele fühlte sich an die Zeit erinnert – waren es wirklich schon mehr als zwei Jahrzehnte? –, als sie im neugegründeten Französischen Stofflager mitgearbeitet hatte. Damals hatten sie auch manchmal eng nebeneinander zu dritt auf einem Kutschbock gesessen, wann immer ein freundlicher Fuhrmann für sie und Janki anhielt, am frühen Morgen oder auf dem Heimweg nach Endingen. Janki hatte sich dann bemüht, sie nicht zu berühren, aber sie war sich seines Körpers, so nahe neben dem ihren, immer sehr bewusst gewesen. Sie war nicht glücklich gewesen damals – wo steht im Schulchan Orech, dass man glücklich sein muss? –, aber es war doch ein lebendiges Unglück gewesen, eine pulsierende Traurigkeit, nicht dieses unpersönliche Nebeneinanderherleben, das jetzt wohl ihr Schicksal geworden war. Chanele wäre gerne wieder einmal richtig traurig gewesen, nur um zu wissen, dass sie die Fähigkeit dazu nicht verloren hatte.

Die Häuser von Endingen kamen in Sicht, und als sie sich seinem Elternhaus näherten, wo schon lange jemand anderes die Metzgerei führte, wappnete sich Pinchas gegen einen Ansturm von Heimweh und Melancholie. Aber als sie dann daran vorbeifuhren, merkte er, dass ihm der Ort nichts mehr bedeutete. Er war aus Endingen wohl endgültig herausgewachsen.

Rings um das *Guggenheim* standen die Karren und Kutschen so dicht an dicht, dass für den breiten Kastenwagen kein Durchkommen war. »Als ob es etwas umsonst gäbe«, grummelte der Kutscher missmutig. Er konnte nicht bis zum Eingang des Gasthofs vordringen, sondern musste Pinchas schon vorher hinunterklettern lassen, und war ganz enttäuscht, als sich auch Chanele entschloss, die paar Straßen bis zum alten Doppelhaus zu Fuß zu gehen. Er hätte seine Chefin wohl lieber wie ein fürstlicher Postillion vorgefahren, mit schnaubenden Rossen und einer bunten Rosette am Zylinder.

In der Wirtsstube war schon jetzt kaum mehr ein leerer Stuhl zu finden, obwohl die Versammlung erst für drei Uhr angesetzt war. Eine so laute Welle von Gesprächen, Gelächter und Geschrei schwappte über Pinchas hinweg, dass er unwillkürlich einen Schritt zurück machte und einen zweiten Anlauf nehmen musste, um den Raum überhaupt zu betreten.

Er besuchte nicht oft Gasthäuser, war mit diesen Orten nicht wirklich vertraut, und doch hatte er sofort das Gefühl, dass hier etwas anders war, als man es sonst in solchen Lokalen sieht. Nur was dieses andere war, das wollte ihm zuerst überhaupt nicht einfallen. Bis es ihm mit einem Schlag klar wurde: Üblicherweise sitzt man bei Nacht im Wirtshaus, es ist dunkel, und im Schein der Lampen sieht man nur Gesichter, Hände und Gläser. Hier schien die Sonne durch die Fenster und ließ die Rauchschwaden der vielen Pfeifen und Stumpen geradezu festlich aufleuchten. Auch die Gäste, lauter Männer, schienen in Feiertagslaune zu sein. Während man sonst auf dem Land sein Bier oder seinen Wein sorgsam hütet, um aus dem investierten Geld den größtmöglichen Gewinn an Gemütlichkeit herauszuholen, prostete man sich hier übermütig zu, hatte seinen Schnaps gerade erst bekommen und bestellte schon den nächsten. Die Stimmung glich mehr der Siegesfeier bei einem Schützenfest als dem Treffen eines Volksbildungsvereins.

Die Tür zum Saal, wo die eigentliche Veranstaltung stattfinden sollte, stand weit offen, aber zwei kräftige Burschen, die muskulösen Oberarme mit schwarzblauen Bändern geziert, flankierten den Eingang und sorgten dafür, dass niemand vor der Zeit ins Allerheiligste vordrang. Unbeweglich wie Schildwachen standen sie da, mit strengen Mienen und von der eigenen Wichtigkeit sichtlich beeindruckt.

»Suchet, so werdet ihr finden«, sagte eine Stimme direkt neben Pinchas. »Der Herr Pomeranz! Ich habe Sie sofort erkannt. Ja, ja, wahre Schönheit ist unvergänglich.«

Der Schulmeister selber hatte sich sehr verändert. Vor allem schien er viel kleiner zu sein, als Pinchas ihn in Erinnerung hatte,

die reduzierte Kopie eines verschollenen Originals. Zu Pinchas'
Zeit waren jüdische Kinder nur in den Cheder gegangen und
nicht, wie es heute selbstverständlich war, auch in die Gemein-
deschule, aber der Autorität des Schulmeisters hatte das bei ihnen keinen Abbruch getan. Im Gegenteil: gerade weil man sie
nicht persönlich miterlebt hatte, glaubte man all die Schreckens-
geschichten, die von den Dorfkindern über seine Erziehungs-
methoden erzählt wurden.

Jetzt stand da ein ältliches Männchen, mit dünnen Beinen und
einem Kugelbauch, der aussah, als wäre ein Kissen unter die
Weste gestopft. Sein Bart war noch genau so buschig wie damals,
aber jetzt hätte man ihn für angeklebt halten können. Auch die
Stimme war schriller und dünner geworden, wie eine Flasche,
die man auffüllt, ihren höchsten Ton kurz vor dem Überlaufen
erreicht.

»Was lange währt, wird endlich gut«, sagte das Männchen.
»Steter Tropfen höhlt den Stein. Es hat lange gedauert, bis ich
meinen Volksbildungsverein gründen konnte, aber jetzt hat der
Vater meines Schwiegersohns zu mir gesagt: Packen wir's doch
einfach an. Und schauen Sie sich diesen Ansturm an, diese Begeisterung. Diese Freude am Wettstreit von Meinungen und Argumenten! Arma virumque cano! Verstehen Sie Latein?«

»Dafür reicht's gerade«, sagte Pinchas.

»Wer hätte das damals gedacht, dass wir uns einmal in so ungewöhnlicher Runde …? Wissen Sie noch, wann wir uns zum
letzten Mal begegnet sind? In meinem Garten war es, in meinem
bescheidenen Tusculum, und Sie … Aber ich sehe schon, Sie
werden nicht gern daran erinnert. Keine Angst, es schweigt des
Sängers Höflichkeit.« Er legte einen Finger an die schmal gewordenen Lippen und blinzelte Pinchas in unangenehmer Vertraulichkeit zu. »Kommen Sie, kommen Sie, man hält uns einen Stuhl
frei, aber allzu lange wird das nicht möglich sein. So viele Leute
sind gekommen zum Kampf der Wagen und Gesänge.«

Er fasste Pinchas am Ärmel und zog ihn hinter sich her. Als sie sich ihren Weg durch das Lokal bahnten, verstummten überall, wo sie vorbeikamen, die Gespräche. Die Leute stießen sich gegenseitig an und tuschelten.

Pinchas erkannte keins der Gesichter, sosehr er sich auch bemühte, sie sich zwanzig Jahre zurückzudenken. Sie kamen ihm alle so jung vor, aber das war natürlich lächerlich. Er selber war älter geworden.

Das erste vertraute Gesicht war das des Metzgermeisters Gubser, den er als Bub oft im Schlachthaus angetroffen hatte, wenn ihn sein Vater dorthin mitnahm. Gubser hatte sich kaum verändert, war höchstens noch würdiger und pfarrerhafter geworden. Er sprang auf, als Pinchas und der Schulmeister sich näherten, und obwohl es im Wirtshaussaal doch wirklich laut war, hörte man die vielen kleinen Anhänger an seiner Uhrkette klimpern.

»Der junge Herr Pomeranz«, rief er und legte eine Hand aufs Herz. »Wie schön, dass Sie kommen konnten. Ich freue mich, ich freue mich, ich freue mich.« Er fasste Pinchas' Hand und schüttelte sie, als habe er einen lange vermissten Freund wiedergefunden. »Setzen Sie sich, setzen Sie sich doch! Ich habe um ihren Stuhl kämpfen müssen wie ein Löwe. Trinken Sie ein Glas Wein mit uns?« Und als Pinchas höflich ablehnte: »Natürlich nicht, wie dumm von mir! Unser Wein ist euch ja nicht sauber genug, oder wie man das in euren Büchern nennt. Aber wir haben nicht so empfindliche Mägen, was meint ihr, Leute?«

Die anderen Männer am Tisch lachten laut. Man sah es ihnen an: sie würden über alles gelacht haben, was Gubser sagte.

Pinchas hätte sich lieber anderswo einen Platz gesucht, aber der Schulmeister ließ das nicht zu. »Der Herr Gubser hat mir bei den Vorbereitungen so viel geholfen«, sagte er und war vom Erfolg seines Volksbildungsvereins kindlich beglückt. »Ich persönlich hatte mir ja – Bescheidenheit ist eine Zier! – den Rahmen viel kleiner gedacht, in der Schulstube vielleicht nur, aber der Alois …«

»Man tut, was man kann.« Der Metzgermeister machte aus dem Sitzen heraus einen halben Bückling zum Schulmeister hin. »Wussten Sie überhaupt, verehrter Herr Pomeranz, dass die Anne-Kathrin und mein Ältester …? Ach, das wussten Sie? Natürlich. Ihr Leute seid ja immer gut informiert. Dann wissen Sie auch, dass ich das Geschäft an meinen Sohn übergeben habe und mich nur noch den wichtigen Dingen widme. Den wirklich wichtigen Dingen.«

Die Männer um den Tisch herum nickten. Ja, etwas Wichtigeres konnte es überhaupt nicht geben.

»Der Alois«, sagte der Schulmeister mit seiner piepsigen Stimme, »der Herr Gubser ist nämlich Vorsitzender des hiesigen Tierschutzvereins …«

»Des kantonalen!«, korrigierte einer der Männer mit gewichtiger Miene, und wieder nickten alle.

»Sie?«

»Wer wüsste über das Leid der Kreatur besser Bescheid als ein Mann meines Gewerbes?«, sagte Gubser fromm.

»… und er wird heute auf dem Podium auch den Standpunkt dieser Organisation vertreten«, piepste der Schulmeister. »Ich freue mich schon auf eine lehrreiche Debatte, friedlich und nur auf die Macht des besseren Arguments vertrauend. Wie sagt doch unser Goethe so schön? ›Mit Worten lässt sich trefflich streiten.‹«

Pinchas war über die Aussicht, gegen den in Endingen sehr beliebten Metzgermeister Gubser antreten zu müssen, gar nicht glücklich, und sein Gesichtsausdruck zeigte das wohl überdeutlich.

»Ich kann mir keine bessere Paarung vorstellen als uns zwei«, sagte Gubser und legte schon wieder die Hand aufs Herz. »Wo wir doch Berufskollegen sind. Ein Schlächter und ein Schächter.

Zwei Tätigkeiten, die sich nur durch ein L unterscheiden. Und wissen Sie, wofür dieses L steht, verehrter Herr Pomeranz? Für das, was dem Schächter eben leider fehlt. Für die Liebe.«

Die Männer am Tisch applaudierten.

Pinchas merkte, wie es in ihm drin ganz kalt wurde. »Wenn das L nicht für das steht, was der Schlächter zu viel hat«, sagte er. »Die Lüge, meine ich.«

»Das ist doch …!«, setzte einer der Männer an, aber eine Geste Gubsers genügte, um ihn zum Schweigen zu bringen.

»Meine Herren!« Der Schulmeister hätte wohl am liebsten Tatzen verteilt. »Das sind aber nicht die Töne, die ich nachher hören will. Sachlich und friedlich, so ist es ausgemacht. Wer zum Schwert greift, wird durch das Schwert umkommen.«

»Selbstverständlich«, sagte Gubser und lächelte. »Friedlich. Absolut friedlich.«

32

Als die beiden Türwächter auf ein unsichtbares Zeichen hin zur Seite traten und den Eingang zum Saal freigaben, ging ein Ansturm los, als ob es dort drin wirklich – wie hatte der Kutscher das doch genannt? –, als ob es dort drin wirklich etwas umsonst gäbe. Ein älterer Mann verlor im Gedränge seinen Hut und versuchte, sich danach zu bücken, aber die Flut der Menschen ließ sich durch einen Einzelnen nicht aufhalten. In gebückter Haltung, ohne dass er sich gleich wieder aufrichten konnte, wurde er einfach weitergeschoben.

Fast von einem Moment auf den andern war der Tisch, an dem Pinchas so unfreiwillig Platz genommen hatte, der einzige, an dem noch getrunken wurde. Auf den anderen standen nur noch leere oder sogar noch halbgefüllte Gläser und Krüge, so plötzlich war der allgemeine Aufbruch gewesen. Nur die Männer vom

Tierschutzverein – das Abzeichen, das sie alle am Revers trugen, war Pinchas erst nach einer Weile aufgefallen – blieben unbeweglich sitzen, wie die Honoratioren auf der Ehrentribüne eines Festzugs. »Unsere Plätze nimmt uns niemand weg«, sagte Gubser, und der Schulmeister strahlte über sein ganzes altes Gesicht und meinte, der Alois denke eben immer an alles. Er selber, das müsse er zugeben, wäre nie auf den Gedanken gekommen, dass man für so einen Anlass Saalordner aufbieten müsse, aber er sei eben auch mehr ein Mann der Wissenschaft als einer der Tat.

Die beiden Ordner, die so lange die Tür bewacht hatten, bekamen von Gubser je ein Bier spendiert. Sie tranken es im Stehen, in militärisch strammer Haltung, und hatten hinterher die exakt gleichen Schaumschnurrbärte über dem Mund.

»Müssen wir nicht auch …?« Pinchas wollte sich erheben, aber Gubser schüttelte den Kopf.

»Noch nicht. Die Leute sollen ruhig ein bisschen warten, dann hören sie nachher besser zu.«

»In der Schule ist das genau umgekehrt«, sagte der Schulmeister. »Wenn man sie zu lange allein lasst, werden sie ungebärdig.«

Niemand achtete auf ihn.

Die Tür des Wirtshauses ging auf, und ein paar Nachzügler kamen herein. Durch das Sonnenlicht, das ihnen im Rücken stand, nahm man sie zuerst nur als Umrisse wahr. Erst an seinem Regenschirm erkannte Pinchas Salomon Meijer. Mit ihm war Chanele eingetreten, und außerdem noch ein Mann, den er nicht kannte. Er musste aus dem Osten sein, denn er trug einen mit einer schwarzen Kordel gegürteten Kaftan. Die roten Peijes, die sein bärtiges Gesicht einrahmten, schienen an der Krempe seines übergroßen Hutes befestigt.

»Das ist Reb Zwi Löwinger aus Lemberg«, stellte Salomon den Fremden vor. »Er ist in die Schweiz gekommen, um für seine Jeschiwe zu sammeln, und hat mir die Ehre erwiesen, über Schabbes mein Gast zu sein.«

Der Schnorrer neigte hoheitsvoll den Kopf.

»Reb Zwi interessiert sich sehr für die Veranstaltung hier. Wenn also niemand etwas dagegen hat …?«

»Jeder, der nach Wissen strebt, ist uns willkommen!«, piepste der Schulmeister. »Wie heißt es doch im ›Faust‹ so richtig? ›Zwar weiß ich viel, doch möcht ich alles wissen.‹«

»Ja«, sagte der Metzgermeister Gubser und sah sich den Mann im Kaftan von oben bis unten an, »ich freue mich auch, wenn er dabei ist. Sie können sich gar nicht vorstellen, wie sehr ich mich freue.«

Seine Tierschutzfreunde kicherten, obwohl Gubser doch gar nichts Komisches gesagt hatte.

Aus dem Saal echote lautes Gelächter, als habe man ihnen von dort zugehört.

»Viele Leute?«, fragte Salomon.

»Sie werden schon noch einen Platz finden, Herr Meijer«, sagte Gubser. »Ich mache mir da keine Sorgen. Ihr Leute sollt ja sehr geübt darin sein, euch überall hineinzudrängen.«

Schon wieder wurde im Saal gelacht.

Salomon winkte Pinchas zur Seite. »Es sieht nicht gut aus«, flüsterte er ihm zu.

»Ich weiß.« Am Tisch tranken jetzt alle wie auf Kommando ihre Gläser aus. »Es wird nicht leicht werden.«

Aber Salomons Besorgnis hatte nichts mit dem Tierschutzverein zu tun. »Ich habe mir zusammen mit Reb Zwi die Gematriah angesehen. Du gehst in eine Diskussion, in einen Pilpul. Zahlenwert zweihundertsechsundzwanzig. Aber es wird eine Diskussion ohne Lew sein, ohne Herz.«

»Es ist Zeit!«, rief Gubser.

»Nu!«, machte Salomon, und das hieß in diesem Fall: »Sie werden auch noch einen Moment warten können.«

»Ich muss wirklich …«, setzte Pinchas an, aber Salomon ließ ihn gar nicht ausreden.

»Pass auf«, sagte er und redete immer schneller. »Lew hat den Zahlenwert von zweiunddreißig. Das von zweihundertsechsundzwanzig abgezogen macht hundertvierundneunzig. Und welches Wort im Tenach hat die Gematriah von hundertvierundneunzig? Nu?«

»Vielleicht kannst du mir das nachher …«

»Wajiboku«, sagte Salomon triumphierend. »›Und sie waren gespalten.‹«

Pinchas starrte verständnislos.

»Die Wasser des Roten Meeres. Beim Auszug aus Ägypten.«

»Herr Pomeranz!«, rief Gubser.

»Du verstehst, was das heißt«, sagte Salomon. »Bei einer Diskussion, die ohne Herz geführt wird, kann man sich nicht einig werden.«

»Der Worte sind genug gewechselt, lasst uns nun endlich Taten sehn.« Der Schulmeister hatte sich zwischen sie gedrängt und schob Pinchas vor sich her wie einen Schüler, der das Glockenzeichen zum Beginn des Unterrichts überhört hat.

»Gehen wir also hinein«, sagte Chanele und wollte Salomon den Arm reichen. Er sah sie an wie eine Meschuggene, packte seinen Regenschirm fester und nickte Reb Zwi zu. Die beiden bildeten die Nachhut eines kleinen Umzugs, der sich auf den Weg in die Versammlung machte.

Unter der Tür ließ Gubser Pinchas den Vortritt.

Im Saal des *Guggenheim* saßen die Männer an langen Tischen dicht an dicht; ihre Schultern berührten sich, und sie konnten kaum noch nach ihren frisch gefüllten Biergläsern fassen. Auch den Wänden entlang stand einer neben dem andern, so dass von den Lorbeerkränzen und Vereinsstandarten in den Vitrinen gar nichts mehr zu sehen war.

Auf der Bühne hing eine große Schweizerfahne von der Decke. Der Mann, der davor am Rednerpult stand, wirkte im Verhältnis dazu geradezu schmächtig.

»Hat es denn schon angefangen?«, fragte Pinchas verwundert.

»Aber natürlich nicht«, sagte Gubser. »Natürlich nicht. Das ist nur ein kleines bisschen Unterhaltung, damit's den Leuten nicht langweilig wird.«

Ein schallendes Gelächter machte deutlich, dass sich die Leute tatsächlich nicht langweilten.

Der Mann am Rednerpult las aus einem dünnen Buch ein Gedicht vor. »Hier ist der jüdische Ausverkauf«, rezitierte er. »Da trägt der Christ sein Geld zu Hauf. Und wären's halbverfaulte Fetzen, Herr Levi weiß sie abzusetzen.«

»Genau!«, rief irgendwo im Saal eine Stimme, und die Zustimmung der andern war ein großes gemeinsames Ausatmen.

»Doch einsam in dem Laden steht der Christ mit prima Qualität«, las der Mann am Rednerpult weiter. »Du Tor, mach auch, wie Jakobs Same, in Schwindel, Pleite und Reklame!«

Diesmal war es kein Ausatmen, sondern ein gemeinsamer Schrei.

»Das ist nicht in Ordnung«, sagte Pinchas wütend.

»Wieso? Es hat doch nichts mit unserem Thema zu tun.« Gubser setzte die leidende Miene eines Mannes auf, der ständig gezwungen ist, anderen die einfachsten Dinge der Welt zu erklären. »Oder wollten Sie etwa über jüdische Warenhäuser reden?«

»Natürlich nicht!«

»Dann verstehe ich nicht, worüber Sie sich aufregen, Herr Pomeranz. Dass ihr Leute immer gleich so empfindlich seid.«

Um bequemer zu sitzen, hatten die Zuhörer ihre Bänke weit zurückgeschoben und versperrten jetzt, ein sonntäglich gekleideter Wall, die Durchgänge zwischen den Tischen. Wenn nicht zwei Saalordner den Diskussionsrednern einen Weg gebahnt hätten, es wäre überhaupt kein Durchkommen gewesen.

Der schmächtige Mann vor der großen Fahne sah Gubser kommen, klappte sein Buch zu und hielt es in die Höhe. »Das steht alles im Liederbuch von Ulrich Dürrenmatt«, rief er noch in den Saal. »Kauft's euch, wenn ihr etwas lernen wollt!« Dann machte er unter starkem Applaus das Rednerpult frei.

Die langen Tische, die quer zur Bühne standen, reichten nicht bis ganz nach vorne. Direkt vor der Rampe stand eine einzelne Reihe von völlig unbesetzten Stühlen, links und rechts von jungen Burschen mit blauschwarzen Armschleifen gesichert. Sie traten, so präzis, als hätten sie das exerziert, gleichzeitig einen Schritt zurück und machten den Weg frei. Der Schulmeister nahm in der Mitte Platz, links und rechts von Pinchas und dem Metzgermeister flankiert. Auch die Herren vom Tierschutzverein setzten sich in diese Reihe. Auf beiden Seiten blieben ein paar Stühle frei. Niemand von den Leuten, die keinen Sitzplatz mehr gefunden hatten, wagte es, sie zu benutzen.

Pinchas sah sich suchend um, aber von Salomon und Chanele war nichts mehr zu sehen. Sie waren wohl gleich bei der Tür stehen geblieben.

Die Leute im Saal, man konnte es förmlich spüren, waren ungeduldig, wenn auch auf disziplinierte Weise. Pinchas fühlte sich an Simchas Torah erinnert, wo man als Kind die geforderte Ruhe während des Gottesdienstes auch nur mit Mühe bewahrt hatte, im Wissen, dass hinterher eine Tüte voller Süßigkeiten auf einen wartete.

Als der Schulmeister auf die Bühne kletterte, wurde er zunächst mit Applaus begrüßt. Die Stimmung schlug aber sehr schnell um, als seine Begrüßungsworte in eine längere Ansprache mündeten. Dabei zitierte er doch, im Bemühen, recht volkstümlich zu sein, nur lauter eidgenössische Autoren und flocht immer mal wieder einen träfen Ausspruch von Gottfried Keller oder Conrad Ferdinand Meyer in seine Ausführungen ein. Nur: die Leute waren nicht hergekommen, um sich die Zielsetzungen eines Volksbildungsvereins erläutern zu lassen. Ein Brummen, wie von einem gereizten Bienenschwarm, schwoll von ganz hinten im Saal auf die Bühne zu, und weil der Schulmeister sich davon nicht beirren ließ und unterdessen schon bei Pestalozzi angekommen war, fing man an, nach einem anderen Redner zu rufen, einzelne Stimmen zuerst nur und dann immer mehr. »Gubser! Gubser!«, riefen sie.

Im Bemühen, die Störer zu übertönen – wie hätte er sie in seiner Schulstube in die Ecke gestellt und mit Strafarbeiten traktiert! –, wurde die Stimme des alten Schulmeisters immer schriller und so piepsig, dass die Leute schließlich über ihn zu lachen begannen. Als er resignierend den ersten Diskussionsbeitrag ansagte und dann schnell zu seinem Platz hinunterkletterte, war es wie eine Flucht.

Gubser nahm die vier Stufen auf die Bühne ganz langsam, wie der Pfarrer auf die Kanzel steigt, gesammelt und zur Sammlung aufrufend. Er trat nicht gleich hinter das Rednerpult, sondern blieb ganz vorne an der Rampe stehen, schaute in den Saal und schüttelte traurig den Kopf. »Ihr solltet euch schämen«, sagte der Metzgermeister Gubser. »Einen Mann wie unseren Schulmeister einfach auszulachen! Wo bleibt denn eure Kinderstube?«

Das war nicht, was sie von ihm erwartet hatten.

»Was soll denn die Welt von uns denken, wenn ihr euch so schlecht benehmt?«, fragte Gubser und schien es ganz ernst zu meinen. »Es ist ja nicht so, als ob wir hier unter uns wären. Wir haben Besuch von weit her bekommen. Man will uns auf die Finger sehen, ob wir auch alles richtig machen, wir simpeln Schweizer. Aus Lemberg ist jemand zu uns gekommen. Das ist irgendwo weit drüben im Osten, dort wo der Knoblauch wächst. Löwy heißt der Herr. Oder Löwental oder so etwas. Ich bin zu dumm, um mir diese ausländischen Namen zu merken. Aber irgendetwas mit einem Löwen ist es, da bin ich mir sicher. Eine wilde Mähne hat er auf jeden Fall.« Er wies auf den Saaleingang, und die Leute verdrehten die Hälse oder standen sogar auf, um zu sehen, wen er meinte. Die plötzliche Aufmerksamkeit erschreckte Reb Zwi so sehr, dass er hinter Salomon in Deckung ging, was in ihrer Umgebung Gelächter auslöste.

»Also, macht unserm Land keine Schande«, sagte Gubser. »Oder wollt ihr etwa, dass sie in Lemberg sagen, die Leute im Aargau wüssten sich nicht zu benehmen? Ausgerechnet in Lemberg, diesem Zentrum der Zivilisation, gegen das Paris und London nur schäbige Kuhdörfer sind?«

Jetzt lachten sie alle. Die Erleichterung darüber, dass Gubser es doch nicht so ernst gemeint hatte, war ihnen deutlich anzumerken. Wer Ironie nicht gewohnt ist, freut sich doppelt, wenn sie sich ihm einmal erschließt.

Gubser lachte mit, nur einen kurzen Moment lang, und machte dann gleich wieder sein ernstes Pfarrergesicht. Er trat hinter das Rednerpult, holte ein Manuskript aus der Innentasche seines Jacketts und büschelte es sorgfältig. Dann schenkte er sich ein Glas Wasser aus der bereitstehenden Karaffe ein und nahm einen tiefen Schluck.

»Liebe Freunde«, begann er in seinem Manuskript zu lesen, »der Grund unseres heutigen Zusammentreffens ist ein sehr ernster. In wenigen Wochen werden wir Schweizer an der Urne über einen Antrag zu entscheiden haben, dessen Thema das innerste Herz unseres Staatswesens berührt. Es geht nicht einfach nur um das Pro und Kontra einer Betäubungspflicht vor dem Blutentzug, nein, das ist nur der äußere Anlass. An jenem Sonntag sind wir alle aufgerufen, eine sehr viel grundsätzlichere Frage zu beantworten. Darf es in unserm Land, darf es in einem Staat, in dem die Gesetze für alle gemacht sind, Sonderrechte für eine einzelne kleine Gruppe geben?«

»Nein!«, machte der Saal.

»Bei allem Respekt für Traditionen, auch wenn sie nicht die unseren sind …«

»Das ist immer noch ein christliches Land!«, rief eine Stimme.

»Bei allem Respekt: Können Gebräuche, die – ich will das gar nicht bestreiten – vor tausenden von Jahren durchaus eine gewisse Berechtigung gehabt haben mögen, können solche Gebräuche in unserer modernen Zeit mehr Gewicht haben als das Leid der gequälten Kreatur?«

»Nein!«

»Schauen wir uns einmal die Fakten an!«, sagte Gubser und begann all die Argumente aufzuzählen, mit denen Pinchas gerechnet hatte. Er selber, sagte Gubser und machte ganz sanftmütige Augen, er selber sei ja ein Freund der Juden, ein Freund, der es von Herzen, ja von ganzem Herzen begrüße, dass nun auch in der Schweiz die alten engherzigen Schranken gefallen seien und man den Israeliten jene Gleichberechtigung zugestanden habe, die in einem modernen Staat eine Selbstverständlichkeit sein müsse. Allerdings, sagte er und machte nach diesem Wort eine lange, bedeutungsvolle Pause, allerdings müsse man dann auch verlangen können, dass die Juden ihrerseits die neuerlangte Gleichberechtigung auch anerkennten und sich nicht wie Winkeladvokaten gebärdeten und versuchten, nur die Rosinen aus dem Kuchen zu picken.

»So sind sie halt!« Der Zwischenrufer schien immer derselbe zu sein.

Die Juden, das sei doch wohl keine unbillige Forderung, fuhr Gubser fort, müssten mit den neuen Rechten auch die Verpflichtungen akzeptieren, die auch für alle anderen Bürger des Landes gälten, und nicht, wie in der Schlachtfrage, auf einer überholten Ausnahmestellung beharren wollen. Ja, seine brüderlichen Gefühle gegenüber den Juden gingen so weit, sagte er und legte die Hand aufs Herz, dass er sich veranlasst, ja sogar verpflichtet fühlte, hier eine Warnung auszusprechen. Das Festhalten an mittelalterlichen Bräuchen könne nun mal in ungebildeten Kreisen den Glauben an unbewiesene Schauermärchen begünstigen, wie das der Ritualmordprozess von Tisza-Eszlar vor noch gar nicht langer Zeit wieder einmal bewiesen habe. Er selber, und er habe lange über das Problem nachgedacht, könne da nur sagen: »Nur in der stickigen Luft veralteter Gebräuche kann solcher Aberglauben gedeihen!«

Dann ging Gubser auf die verschiedenen Schlachtmethoden ein. Als altgedienter Metzger traue er sich in diesem Punkt in aller Bescheidenheit, jawohl, in aller Bescheidenheit, ein fachmännisches Urteil zu. Er habe selber das Schächten unzählige Male aus nächster Nähe beobachten können, der jüdische Schächter Naftali Pomeranz, übrigens der Vater seines heutigen Kontrahenten, sei ihm sogar, wenn nicht ein enger Freund, so doch ein geschätzter Kollege gewesen, und er müsse zugeben, der blutrünstige Vorgang habe ihn jedes Mal im Innersten erschüttert. Und dabei sei er doch, wer ihn kenne, wisse das, kein altes Jüngferlein, das sich nur mit dem Papiermesser in den Finger schneiden müsse, um sofort in Ohnmacht zu fallen.

Die Zuhörer, die es gerne ein bisschen deftiger gehabt hätten, quittierten den kleinen Scherz mit dankbarem Gelächter.

Nur schon das Niederwerfen der Tiere, sagte Gubser, verursache ihnen unnötige Schmerzen, wobei Horn- und Rippenbrüche sowie Quetschungen der Weichteile keine Seltenheit seien. Den eigentlichen Schächtvorgang wolle er aus Rücksicht auf die Empfindlichkeiten seiner Zuhörer hier gar nicht im Einzelnen schildern, sondern nur anführen, was der königliche Hoftierarzt Dr. Sondermann aus München dazu gesagt habe. Jeder Mensch sei zu bewundern, hatte der in einem Aufsatz gesagt, der es über sich bringe, diesen Akt menschlicher Sinnlosigkeit ohne inneres Ärgernis auszuhalten.

Aber man müsse, um einen unverdächtigen Zeugen zu finden, gar nicht bis nach München gehen, fuhr Gubser fort, man habe schließlich auch bei uns in der Schweiz genügend Fachleute, die einen internationalen Ruf genössen.

›Hoffentlich kommt er jetzt auf den Siegmund‹, dachte Pinchas, denn diesen ganz und gar nicht unparteiischen Kronzeugen der Schächtgegner, da war er sich ganz sicher, würde er mit Leichtigkeit diskreditieren können. Siegmund war der Erfinder einer Schlacht-Schussmaske, die er in ganz Europa zu vertreiben versuchte, und hatte deshalb ein ganz persönliches pekuniäres Interesse daran, alle konkurrierenden Schlachtmethoden schlecht zu machen.

»Der Schlachthausverwalter und Tierarzt Siegmund aus Basel«, sagte Gubser, »hat festgestellt, dass das Sterben des Tieres beim Schächten anderthalb bis drei Minuten dauert. Anderthalb bis drei Minuten! Und langsam zu töten, wenn man es auch schnell tun kann, das, meine Herren, ist in meinen Augen nichts anderes als Tierquälerei.«

Die erste Reihe applaudierte, und die anderen Zuhörer stimmten mit ein.

Gubser zählte noch eine ganze Liste von Autoritäten auf, die alle das Schächten als unnötig grausam und nicht mehr zeitgemäß bezeichneten. Bei der einförmigen Abfolge von Namen, Titeln und immer gleichen Argumenten begann dem einen oder anderen Gast schon der Kopf auf die Brust zu sinken, als Gubser die Richtung wechselte.

»Wer mich kennt«, sagte er, die Hand auf dem Herzen, »weiß, dass ich ein einfacher Mensch bin, ein Mann aus dem Volke, und am liebsten so rede, wie mir der Schnabel gewachsen ist. Wenn es nur nach mir ginge, würde ich an dieser Stelle sagen: ›Aus und basta, ihr wisst, wie ihr im August abzustimmen habt.‹« Er hob die Hand, um den einsetzenden Applaus aufzuhalten. »Aber wir sind hier nicht bei einer Versammlung unseres Tierschutzvereins, auch wenn man das bei so vielen lieben und vertrauten Gesichtern fast denken könnte, sondern am Gründungstreffen des Endinger Volksbildungsvereins. Das bedeutet, dass hier nicht nur einer das Sagen hat, sondern dass auch die andere Seite zu Wort kommt. Wie heißt das schon wieder auf Lateinisch?«

»Audiatur et altera pars«, piepste der Schulmeister.

»Seht ihr, wie viel klüger das gleich klingt, wenn man es nicht versteht?«

Die Zuhörer lachten dankbar.

»Ich mache deshalb jetzt das Rednerpult frei für einen Mann, der, wenn es ums Schächten geht, wohl ganz andere Ansichten hat als ich.«

Irgendwo aus dem Saal erscholl ein schriller Pfiff.

Gubser schüttelte missbilligend den Kopf. »Ich muss doch sehr bitten, meine Herren«, sagte er. »Was soll denn unser Aufpasser aus Lemberg über uns denken?«

Wieder drehten sich alle Köpfe zu Reb Zwi.

»Ich erteile jetzt das Wort ...«

Pinchas zog seine Krawatte zurecht.

»Mit großem Vergnügen erteile ich jetzt das Wort ...«

Pinchas fasste einen plötzlichen Entschluss. Er nahm sein Käppchen vom Kopf und steckte es in die Tasche.

»... erteile ich das Wort einem Mann, der alles, was mit Schächten zu tun hat, von Grund auf studiert hat.«

Pinchas stand auf.

»Nur keine jüdische Hast, Herr Pomeranz«, sagte Gubser. »Noch sind Sie nicht dran.« Sein Lächeln war von vergifteter Freundlichkeit. »Wir haben die Ehre, hier einen echten Rabbiner zu begrüßen, der uns alles erklären wird, was wir noch nicht wissen.«

Einen verwirrten Moment lang dachte Pinchas, Gubser, nicht wissend, dass ein Reb noch lange kein Rabbiner ist, habe sich plötzlich entschlossen, den Schnorrer Zwi Löwinger ans Rednerpult zu bitten.

Aber es war viel schlimmer.

Mit dem elastischen Schritt eines Seiltänzers, die Uhrkette fröhlich auf dem Bauch tanzend, kam aus der Seitengasse ein Mann auf die Bühne gehüpft, den Pinchas hier nie erwartet hätte.

Dr. Jakob Stern.

33

Die Niederlage war schlimmer als alles, was sich Pinchas in noch so düsterer Schwarzseherei hätte vorstellen können.

Dr. Stern, der auch noch die Schamlosigkeit hatte, ihn von der Bühne herab so herzlich zu begrüßen, als wären sie alte Freunde und Kampfgefährten, wusste genau, wie man eine Versammlung in Fahrt bringt. Er sei ein jüdischer Talmudgelehrter, stellte er sich vor, ein moderner Talmudgelehrter, wohlgemerkt, einer, der die Verpflichtungen der modernen Welt, so wie sie der verehrte Herr Gubser so treffend beschrieben habe, voll und ganz akzeptiere; man lebe schließlich nicht mehr im achtzehnten Jahrhundert, sondern im neunzehnten, und da sei für Muckertum und falsch verstandene Frömmelei kein Platz mehr. (Zwischenruf aus der ersten Reihe: »Sehr richtig!«)

Natürlich gäbe es, da müsse er schweren Herzens der Wahrheit die Ehre geben, immer noch eine Menge Amtskollegen, die in dem, was sie ihren Glauben nennten – aber Glauben heiße eben nicht Wissen – so verbohrt und verbockt seien, dass sie das Wort »Fortschritt« noch nicht einmal zu buchstabieren wüssten. Aber solche Leute hätten, wenn er das hier so deutsch und deutlich sagen dürfe, in modernen, aufgeklärten Ländern wie der Schweiz nichts mehr verloren, und sollten sich besser möglichst schnell in jene düsteren Gefilde zurückziehen, wo man ihnen ihr mittelalterliches Weltbild noch abnähme. Nach Lemberg, beispielsweise.

Die Köpfe drehten sich nach hinten.

Reb Zwi, der nur Jiddisch sprach, hatte den Worten des Redners nicht ganz folgen können. Aber den Namen seiner Heimatstadt hatte er verstanden, und als jetzt alle zu ihm hinblickten, glaubte er, begrüßt worden zu sein und grüßte winkend zurück.

Der Saal knurrte wie ein Kettenhund.

Er selber stamme ja nun auch nicht gerade aus einer Metropole, fuhr Dr. Stern fort, sondern aus dem kleinen Örtchen Buttenhausen im Schwäbischen, das man durchaus mit Endingen vergleichen könne. Es sei aber seine Erfahrung, sagte er und verneigte sich vor seinen Zuhörern, ein Zauberkünstler, der gleich ein Kaninchen aus dem Zylinder ziehen wird, es sei seine erfreuliche Erfahrung, dass gerade in solch kleineren Orten noch die praktische Vernunft zu Hause sei, gerade bei den so genannten einfachen Menschen, die noch kräftig zuzupacken wüssten, und sich das Ihre mit eigener Hände Arbeit erworben hätten.

Jawohl, meinte der Saal, genau so war es, und wenn die da oben öfter auf sie hören würden, wäre manches besser.

In den großen Städten glaube man ja gern, sagte Dr. Stern, dass man dort der Nabel der Welt sei, und dabei sei man oft ein ganz anderer Körperteil, den man nur bei rückwärtiger Betrachtung richtig erkennen könne.

Er hatte den Scherz wohl schon des Öfteren verwendet und wusste, dass er dem Saal Zeit geben musste. Aber dann lachten sie schallend und schlugen mit den Handflächen auf die Tische.

Dr. Stern machte einen kleinen selbstgefälligen Hüpfer. Seine Uhrkette hüpfte mit.

Er wisse also, fuhr er fort, dass er hier bodenständige Menschen vor sich habe, denen man auf die Dauer nicht mit großen Worten und komplizierten Theorien die Köpfe vernebeln könne.

Ganz sicher nicht, meinte der Saal, und winkte mit den schon wieder geleerten Bierkrügen die Kellner zu sich heran.

Aber genau so eine Vernebelung werde von gewisser Seite betrieben, und es sei dringend notwendig, dass hier einmal ein frischer Wind hineinfahre. Die ganze Debatte sei nämlich völlig grundlos. Absolut unnötig. Um ihnen das zu beweisen, wolle er sie jetzt zu einem Ausflug in die Welt des Talmuds einladen, in eine obskure und seltsame Welt, das sage er gleich, in der sich schon mancher verlaufen habe. Der Herr aus Lemberg – die

Köpfe drehten sich – in seiner altertümlichen Gewandung sei ein gutes Beispiel für die Art Menschen, die in dieser Welt gediehen. Aber er verspreche seinen Zuhörern, sagte Dr. Stern, er würde sie an der Hand nehmen und aus dem Labyrinth pseudo-logischer Fallstricke wieder sicher herausführen. Ob sie den Mut hätten, ihm auf diese Expedition zu folgen?

Die Leute im Saal verstanden zwar nicht ganz, was er von ihnen wollte, aber Mut hatten sie sowieso, und der ganze Redner gefiel ihnen. Sie kannten ihn zwar erst ein paar Minuten, aber sie wären ihm überallhin gefolgt.

In all den dicken Bänden des Talmud, sagte Dr. Stern, gehe es nur darum, mit immer neuen logischen Winkelzügen und Verdrehungen aus dem Text des Alten Testaments Gesetze und Verbote abzuleiten, von denen dort gar nichts stehe. Man müsse sich so einen Talmud-Rabbinen vorstellen wie einen nicht ganz sauberen Advokaten, der nichts lieber tue, als den klaren und deutlichen Text eines Vertrags so lange zu zerreden, bis er das glatte Gegenteil von dem zu bedeuten scheine, was eigentlich darin verabredet worden sei. Wem solche Gesetzesakrobatik zum eigenen Schaden im Leben auch schon widerfahren sei, der solle jetzt bitte die Hand heben.

Sie war ihnen allen schon einmal widerfahren.

Dann würden sie das, was er ihnen jetzt erklären wolle, leicht verstehen können. Im mosaischen Gesetz, auf das sich die Rabbinen als höchste Instanz immer beriefen, stehe nämlich – und das werde sie jetzt überraschen – kein einziges Wort davon, dass man Tieren, die zum Verzehr bestimmt seien, mit einem langen Messer die Kehle durchschneiden müsse. Kein einziges Wort!

Der Saal staunte.

Nur im fünften Buch Moses, Kapitel zwölf, Vers einundzwanzig, sei überhaupt von diesem Thema die Rede. Sie seien ja bestimmt alles bibelfeste Männer und wüssten die Stelle auswendig (Gelächter), aber für die wenigen, die sich vielleicht im

Moment gerade nicht erinnern könnten, werde er sie gerne wiederholen. »Du sollst von deinen Rindern oder Schafen, die der Herr dir gegeben hat, schlachten, so wie ich es dir geboten habe, und sollst es in deinen Toren essen, nach aller Lust deiner Seele.« Sobald Dr. Stern Bibelverse zitierte, setzte er, trotz all seines Unglaubens, wieder die gottesfürchtige Miene auf, die ihm in seiner Zeit als Kanzelredner sicher gute Dienste geleistet hatte.

»Du sollst schlachten, so wie ich es dir geboten habe«, so heiße es da, mehr stehe da nicht. Kein Wort von langen Messern und aufgeschlitzten Hälsen. Nur: »Wie ich es dir geboten habe.« Aber *wie* Gott es geboten habe, das sei nirgends in der Bibel festgehalten, da könne man das Alte Testament vom ersten bis zum letzten Wort durchlesen und das Neue gleich noch dazu. Und weil es nirgends stehe, seien dann eben die Ausleger und Ausdeuter zum Zug gekommen, die sich auf eine mündliche Überlieferung beriefen, die niemand beweisen und niemand widerlegen könne. Das sei etwa so, um es ganz einfach zu erklären, wie wenn man in einen Vertrag mit seinem Nachbarn hineinschreiben würde: »Wir wollen es so halten, wie wir es immer gehalten haben.« Dann komme bestimmt auch irgendwann so ein Advokat und Rechtsverdreher daher und würde die unmöglichsten Dinge in diesen Satz hineingeheimnissen, bis man früher oder später dem Nachbarn nicht nur ein Durchgangsrecht zugestanden, sondern ihm Haus und Hof verschrieben habe.

»Du sollst schlachten, so wie ich es dir geboten habe.« In der Predigt im Gottesdienst, die in der jüdischen Tradition mehr die Ausnahme als die Regel ist, zitierte der Redner einen Bibelvers immer wieder neu, um jedes Mal eine andere Auslegung oder eine noch tiefere Lebensweisheit daran zu knüpfen. Dr. Stern tat dasselbe, und im Grunde war es ja auch eine Art Predigt, die er hier hielt.

»Schlachten, so wie ich es dir geboten habe.« Allerdings sei auch an anderer Stelle im Alten Testament vom Schlachten die

Rede und dort werde sogar ausdrücklich erwähnt, dass man das Blut der Tiere zu vergießen habe. »Das Blut deiner Opfer soll gegossen werden auf den Altar des Herrn, deines Gottes.« Aber in jenen Versen sei eben immer von Opfertieren die Rede, nicht vom alltäglichen Schlachten, das etwas ganz anderes sei. Die Bibel mache da auch einen sprachlichen Unterschied, und sie sollten es ihm nicht übelnehmen, wenn er jetzt einen kleinen Abstecher in die Philologie machen müsse. »Sie wissen ja, wie das ist mit uns Studierten: wir wollen immer beweisen, dass wir an der Universität auch wirklich etwas gelernt haben.« (Gelächter.)

Nur da, wirklich ausschließlich nur da, wo vom Schlachten von Opfertieren die Rede sei, verwende die Bibel das Verb »Schachat«, das eben das Aufschneiden des Halses bedeute und als sprachliche Wurzel auch im Wort »Schächten« stecke. Wenn es aber ums alltägliche Töten von Tieren gehe, wie eben in dem zitierten Vers, dann hieße das Verb »Sabach«, und dass zwei ganz verschiedene Worte auch zwei ganz verschiedene Dinge bedeuteten, das sehe wohl jeder ein, der sich nicht beim allzu langen Talmudstudium einen Knoten ins Hirn geklügelt habe. Wo »Schachat« stehe, müsse dem Tier die Kehle aufgeschnitten werden. Im Wort »Sabach« sei auch jede andere Tötungsmethode eingeschlossen.

Den Rabbinen sei dieser Widerspruch natürlich auch aufgefallen, und sie hätten als religiöse Winkeladvokaten versucht, ihn mit einem argumentativen Kopfstand aus der Welt zu schaffen. Der Ramban zum Beispiel, der einer der wichtigsten Kommentatoren des Talmud sei, habe es auf sich genommen, das ganz klare Wort der Bibel so auszulegen: »Du sollst schlachten«, nämlich im Alltag, habe Gott gemeint, »so wie ich es dir geboten habe«, nämlich bei den Opfern. Also, behaupte der Ramban, der es besser wissen wolle als der liebe Gott, habe der eigentlich sagen wollen: »Nehmt eure Messer und säbelt drauflos!«

Der Saal rief »Buh!« und war stolz darauf, einen mittelalterlichen Gelehrten beim Schummeln ertappt zu haben.

»Das Argument ist natürlich an den Haaren herbeigezogen«, sagte Dr. Stern und konnte jetzt vor Freude über die eigene Brillanz überhaupt nicht mehr stillstehen, »aber Haare haben diese Herren ja genug. Wie unser Freund aus Lemberg, der sich da hinten so fleißig Notizen macht.« (Gelächter und allgemeines Köpfewenden.)

Reb Zwi hatte überhaupt nichts notiert, sondern nur versucht, der Ansprache einigermaßen zu folgen. Aber in den Schädeln der Versammlungsteilnehmer war er jetzt ein Spion, einer, der gekommen war, um ihnen auf die Finger zu sehen, und sie wussten wirklich nicht, warum sie sich so eine Einmischung gefallen lassen sollten.

»Ich fasse zusammen«, sagte Dr. Stern.

Vielleicht sollte man diesen Eindringling einfach vor die Tür setzen. Wozu hatte man Saalordner?

Es war keine Glocke da, mit der man die Versammlung hätte zur Ordnung rufen können, aber Dr. Stern hämmerte so lange auf das Rednerpult, bis sie ihm wieder zuhörten. »Nach dem mosaischen Gesetz, und ich sage Ihnen das als studierter jüdischer Theologe, kann von einer religiösen Pflicht zum so genannten Schächten nicht die Rede sein. Alle diesbezüglichen Vorschriften sind eine Erfindung des mittelalterlichen Talmudjudentums und lassen sich aus dem Bibelwort selbst nicht ableiten. Es gibt deshalb auch gar keinen Grund, aus falsch verstandener religiöser Toleranz irgendwelchen Ausnahmegesetzen zuzustimmen. Ich danke Ihnen für Ihre Aufmerksamkeit.«

Der Saal bejubelte ihn, und im Abgehen bedankte er sich für die Ovation mit einer Reihe von kleinen Wechselschritten und Verneigungen, die jedem Zirkusartisten wohl angestanden hätten. Am liebsten wäre er wohl noch einmal aus der Kulisse gekommen und hätte seine ganze Rede da capo gehalten.

Aber jetzt bekam Pinchas das Wort erteilt.

Es wurde eine Katastrophe.

Sie hörten ihm gar nicht zu, warum sollten sie auch? Die Ladenbesitzer und Handwerker und Bauern im Saal waren alle schlagartig zu Spezialisten in Religionsgeschichte samt althebräischer Sprachwissenschaft geworden und ließen sich die Köpfe nicht mehr vernebeln. Wenn Pinchas von der moralischen Verpflichtung einer vieltausendjährigen Tradition anfangen wollte, schrien sie »Sabach!« und »Schachat!«, um ihn niederzubrüllen. Wenn er nur »Nach meiner Erfahrung ...« sagte, schrie schon einer: »Erfahrung als Tierquäler!«, und die Brüllerei ging wieder los. Der Metzgermeister Gubser hatte ihnen gezeigt, dass das Schächten nichts anderes war als ein blutrünstiges Gemetzel, und von diesem Dr. Stern wussten sie jetzt auch noch, dass die Juden dafür sogar die heilige Bibel gefälscht hatten. Warum sollten sie ihm also zuhören?

Gubsers Vergleich der Schlachtmethoden war einseitig und unsachlich gewesen. Aber wie ihn widerlegen? Mit den Mängeln der Siegmund'schen Schussmaske? Für diese Art von Beweisführung war hier kein Gehör mehr zu finden. Man hält einen Sturm nicht mit bloßen Händen auf. Und Dr. Sterns Verdrehung des Talmud? Wie hätte Pinchas dagegen argumentieren sollen? Mit Raschi und Onkelos und anderen Weisen? Man hätte ihn nur als mittelalterlichen Rabulistiker verlacht. Nein, der Saal hatte sein Urteil gefällt und verkündete es in betrunkenen Sprechchören.

Dann begannen sie auch noch zu singen, zuerst nur, um ihn zu übertönen, und dann, weil es ihnen gefiel. »Heil dir, Helvetia«, sangen sie, und waren alles Söhne ja, wie sie St. Jakob sah, freudvoll zum Streit. Ihre Münder gingen auf und zu wie von selber und gehörten gar nicht mehr zu ihnen, sie trommelten mit den Bierkrügen den Takt auf den Tischen, und wären wohl am liebsten losmarschiert, egal wohin.

In der ersten Reihe war der Schulmeister aufgestanden und versuchte, mit beruhigenden Gesten für Ruhe zu sorgen. Aber das Lied war stärker als er, und aus seinem Winken wurde ganz allmählich ein Dirigieren, er übernahm den Takt und führte ihn an und gehörte zum ersten Mal an diesem Gründungsabend seines Volksbildungsvereins so richtig dazu. Metzgermeister Gubser und seine Tierschützer saßen mit verschränkten Armen da und hatten mit der ganzen Sache nichts zu tun.

Die Leute sangen jetzt nur noch für sich und hatten Pinchas ganz vergessen. Er machte vorsichtig einen Schritt zur Seite und noch einen, die Gasse war ganz nahe, und dann hatte er sie erreicht und war hinter der Bühne verschwunden. Neben dem Zugseil für den Vorhang stand auf einem Tischchen ein halb ausgetrunkener Bierkrug. Hier hatte sich wohl Dr. Stern vor und nach seinem Auftritt gestärkt. Eine kleine Tür, die direkt auf die Straße führte, stand offen.

Im Saal sangen sie immer noch. »Stehn wir den Felsen gleich«, sangen sie, und so standen sie auch da, aufrecht und männlich und mit geschwellter Brust. Nie vor Gefahren bleich waren sie, froh noch im Todesstreich, und glücklich waren sie, weil sie etwas zum Verteidigen gefunden hatten, und wenn es nur ein Tierschutzverein war.

Manche kannten alle Strophen, andere fingen wieder mit der ersten an, bis die Stimmen durcheinandergerieten und schließlich verstummten. Aber sie hatten jetzt auch genug gesungen und wollten endlich etwas tun. Auf der Bühne war niemand mehr, und das wunderte sie nicht. Dass Juden feige sind und davonlaufen, wenn man ihnen Kontra bietet, das hatten sie schon immer gewusst. Aber hinten im Saal, da war doch noch dieser Fremde, dieser Spion, dem wollten sie zeigen, wo Gott hockt und Bartli den Most holt. Es musste ihnen niemand sagen, was sie mit ihm anstellen sollten, sie wussten es auch so. Wenn so einer meinte, er könne einfach aus Lemberg kommen und ihnen in ihre freie Meinungsäußerung hineinreden, dann hatte er sich die Folgen selbst zuzuschreiben.

Die Saalordner warteten auf eine Anweisung von Metzgermeister Gubser, aber im Saal war alles auf den Beinen, man stand sogar auf den Bänken, und so mussten sie auf eigene Verantwortung tun, was ihnen richtig schien. Mit ineinander gehakten Armen stellten sie sich den Leuten in den Weg, ohne sie allerdings sehr lange aufhalten zu können. Aber es war doch lange genug, dass Reb Zwi Löwinger sich in Sicherheit bringen, die Saaltür hinter sich zuschlagen und quer durch die Wirtsstube wegrennen konnte, hinaus auf die Straße.

Der Ansturm der Menge kam dann ganz von selber zu stehen, weil da direkt vor der Saaltür einer auf dem Boden lag und mit den Beinen zuckte. Das war nicht der Fremde aus Lemberg, sondern der Viehhändler Meijer, den sie fast alle kannten, auch ein Jude, aber ein anständiger Kerl, und die Frau, die neben ihm kniete, die kannten sie auch, die hieß Chanele und war hier in Endingen aufgewachsen.

Niemand hatte Salomon Meijer etwas getan, sicher nicht mit der Faust oder einem Bierkrug. Ganz von selber war er umgefallen, ohne dass ihn einer auch nur berührt hätte. Der Dr. Reichlin, der auch im Tierschutzverein war, meinte, es sei wohl ein plötzlicher Schlagfluss gewesen, wie er einen Menschen, dem das bestimmt sei, jederzeit ereilen könne; mit der Aufregung des Moments musste das gar nichts zu tun haben. Er konnte keine gute Prognose stellen, so leid ihm das tat, er wusste von Fällen, wo es noch Monate gedauert hatte, aber so einen Patienten ins Leben zurückzuholen, das ging nun mal über die ärztliche Kunst.

Sie trugen ihn dann nach hinten hinaus, schleppten den immer noch schweren Körper an der Schweizerfahne vorbei über die Bühne. Der andere Weg wäre nicht so günstig gewesen, denn in der Wirtsstube war eine lautstarke Nachfeier im Gange, und die Leute sangen auch schon wieder.

»Rasch tritt der Tod den Menschen an«, sagte der Schulmeister, und auch dem Metzgermeister Gubser tat die Sache sehr leid. Es sei wirklich ein ungünstiges Zusammentreffen, meinte er, dass es ausgerechnet hier habe passieren müssen.

Chanele war vorausgerannt, um den Kutscher zu suchen.

Sie betteten den alten Viehhändler auf ein Lager aus Stoffballen, die schon für die Auslieferung am nächsten Tag im Wagen bereitlagen. Salomon atmete immer noch, sogar ganz regelmäßig, aber seine Augen waren in ihre Höhlen verdreht und die Zunge hing ihm aus dem Mund.

Als sie schon losfahren wollten, kam einer der Ordner aus dem *Guggenheim* geeilt, die schwarzblaue Schleife immer noch um den Arm, und trug Salomon Meijer seinen Regenschirm hinterher.

Sie fuhren nach Baden, wo Janki seinem Schwiegervater schon lange ein Zimmer in der großen Wohnung angeboten hatte.

Die letzten Worte von Salomon Meijer, Beheijmes-Händler und Gematriah-Künstler, waren diese gewesen: »Warum hat wohl ›Schachat‹ einen so viel höheren Zahlenwert als ›Sabach‹?« Dann hatte ihn der Schlag getroffen.

Im Zug zurück nach Zürich teilte Pinchas das Abteil mit zwei Männern, die sich während der ganzen Fahrt über ihre kulinarischen Vorlieben unterhielten. Sie erkannten ihn nicht als Juden und versuchten, ihn in ein Gespräch über die relativen Vorzüge von Schwartenmagen und Kalbskopf zu verwickeln. Er antwortete nur einsilbig, was sie verschnupft reagieren ließ. Der Herr sei sich wohl zu fein, um mit ihnen zu reden.

Die ganze Löwenstraße entlang zögerte Pinchas jeden Schritt hinaus, und doch erschien ihm der Weg zur Sankt-Anna-Gasse so kurz wie noch nie. Manchmal blieb er sogar einfach stehen, aus reiner Feigheit, auch wenn er sich vor sich selber damit herausredete, er müsse noch die genau richtige Formulierung finden. Dabei wusste er sehr wohl, dass es keine schmerzlosen

Worte gibt, um einer Frau mitzuteilen, dass ihr Vater im Sterben liegt.

Er war vor dem Haus angekommen, bevor er bereit war, und suchte umständlich in der Tasche nach seinem Schlüssel, auch wenn die Tür um diese Zeit noch gar nicht abgesperrt sein konnte.

Im Treppenhaus knarrten die Stufen bei jedem Schritt viel zu laut.

Als er die Wohnung betrat, stand Mimi schon im Gang und wartete auf ihn. Ihr Gesicht war voller hektischer roter Flecken, wie sie es immer hatte, wenn sie aufgeregt war. Sie wollte etwas sagen, brachte aber kein Wort heraus und begann zu schluchzen.

Chanele musste ihr telegraphiert haben.

Pinchas nahm seine Frau in die Arme. Obwohl das wirklich nicht der Moment für solche Gedanken war, fiel ihm auf, wie gut sie doch roch. Unter all den Parfums und Eaus de Cologne, die sie so gern benutzte, war da immer noch das junge Mädchen, in das er sich damals verliebt hatte.

Pomeranzen.

Allmählich ließ ihr Schluchzen nach, verzog sich ganz langsam, wie sich ein Sommergewitter verzieht, mit einem letzten Windstoß und dann noch einem allerletzten. Sie schniefte, wie Kinder es tun, und dann, ohne sich aus seinen Armen zu lösen, öffnete sie die verweinten Augen und sah ihn von unten her an.

Ihr Gesicht war ganz weich.

»Es ist ein Wunder«, sagte Mimi.

Pinchas streichelte hilflos ihren Rücken. Er nahm in diesem Moment alles so überdeutlich wahr, dass er hören konnte, wie der Stoff ihres Kleides knisterte.

»Un vrai miracle«, sagte Mimi.

Ihr Scheitel war ein bisschen verrutscht und saß ihr schief auf dem Kopf, als habe sie ihn nur als spielerische Verkleidung aufgesetzt.

»Man hat in diesem Zustand keine Schmerzen«, sagte Pinchas tröstend. »Da bin ich ganz sicher.«

Mimi fasste mit zwei Fingern seine Nasenspitze und bewegte langsam seinen Kopf hin und her. Früher einmal war das ein Spiel zwischen ihnen beiden gewesen.

»Ihr Männer!«, sagte Mimi. »Was versteht ihr schon von diesen Dingen?«

»Der Doktor hat gesagt …«

»Du hast schon mit Dr. Wertheim gesprochen?« Ihr tränenfeuchtes Gesicht war ganz enttäuscht.

»Dr. Reichlin. Ich weiß nicht, ob du ihn kennst. Er war auch an dieser Versammlung, und …«

»Von deiner dummen Versammlung will ich jetzt nichts hören«, sagte Mimi. »Certainement pas. Dr. Wertheim sagt, es gibt überhaupt keinen Zweifel. Pinchas, ich bin schwanger.«

34

Salomon Meijer starb am 20. August 1893, dem Tag der Abstimmung.

Sein Zustand hatte sich in den ganzen Wochen nicht mehr verändert. Man hatte ihn in das kleine Zimmer gebracht, das Nähzimmer genannt wurde, obwohl dort nie jemand nähte – wer ein Geschäft mit eigener Schneiderei besitzt, hat so etwas nicht nötig –, und dort lag er all die Tage auf dem Rücken, atmete scheinbar ohne Mühe, war da und doch nicht da.

Am Anfang sprachen sie noch mit ihm, redeten auf ihn ein und hielten sich so an die unausgesprochene Verabredung, dass da immer noch Onkel Salomon läge und nicht einfach ein Klumpen altes Fleisch. Ganz allmählich, in unmerklicher Abstufung, wurde die Sprache, die sie dem Kranken gegenüber verwendeten, immer kindlicher, als ob der alte Mann mit jedem Tag seiner

Agonie jünger und jünger würde, sich zurückbilde zum Säugling, als ob er am Ende seiner Reise nicht sterben, sondern in einen warmen Mutterschoß zurückschlüpfen würde.

Die Rückverwandlung war allerdings nicht vollständig, denn gleichzeitig wurde Salomons Gesicht immer älter. Sein Bart spross, als gewinne er aus der Reglosigkeit des übrigen Körpers zusätzliche Kraft, und die erschlaffte Haut zu rasieren erwies sich als schwierig. So wurden aus Stoppeln Haare und aus Haaren Büschel. Der so lange sorgsam gepflegte Backenbart verlor seine Konturen, eine Insel in angetriebenem Tang. Die roten Äderchen, die seine Bäckchen, solange sich Arthur erinnern konnte, immer so fröhlich hatten erscheinen lassen, verunstalteten jetzt sein Gesicht wie ein Ausschlag.

Sie merkten selber gar nicht, dass sie Salomon immer mehr wie ein Kleinkind behandelten. Wenn sie ihm den Sabber abgewischt hatten, erschien es ihnen ganz selbstverständlich, ihm die Backen zu tätscheln und zu sagen: »Jajajaja, das tut gut, gell, das tut gut.« Später sprachen sie überhaupt nicht mehr mit ihm, taten schweigend und eilig, was getan werden musste, und verließen das Zimmer, ohne sich umzusehen.

Obwohl Krankenpflege ja nun wirklich nicht zu den Obliegenheiten einer Köchin gehört, erwies sich die dicke Christine in diesen Dingen als besonders tüchtig. Sie tat auch die unangenehmsten Dienste so selbstverständlich, wie sie die Schuppen von einem Karpfen geschrubbt oder einem frisch geschächteten Huhn die Innereien aus der Bauchhöhle gezerrt haben würde. »Wer jeden Tag kocht, ekelt sich vor nichts«, sagte sie einmal zu Arthur, und je länger der über diesen Satz nachdachte, desto weniger schmeckte ihm das Essen.

Er war am Schluss der Einzige, der lange Stunden an Salomons Bett verbrachte. Janki schaute jeden Tag einmal ins Zimmer, wenn er aus dem Stofflager zurückkam, blieb noch in Mantel und Hut unter der Tür stehen und kam gar nicht richtig herein. »Ist alles in Ordnung, Salomon?«, fragte er dann, oder: »Hast du alles, was du brauchst?« Wenn keine Antwort kam, wie ja auch gar keine Antwort kommen konnte, dann räusperte sich Janki ein- oder zweimal, vollführte eine fast militärische Wendung und ging. Die Tür machte er nie hinter sich zu, es war, als fürchte er sich vor der Endgültigkeit eines einschnappenden Schlosses.

Chanele kam wohl öfter, aber immer nur, wenn Arthur nicht da war und sie mit Salomon allein sein konnte. Ein einziges Mal war Arthur ins Zimmer getreten, ohne anzuklopfen – was hätte das auch für einen Sinn gehabt, wo Salomon doch nicht »Herein!« rufen konnte? –, und Chanele hatte dagesessen, Salomons Hand in der ihren, und hatte geweint. Arthur war leise und ohne, dass sie ihn bemerkt hätte, wieder hinausgegangen; die eigene Mutter weinen zu sehen, so schien es ihm, ist etwas Unanständiges und Verbotenes.

Nur Hinda behandelte Onkel Salomon auch nach Wochen noch so wie immer. Bei jedem Besuch plauderte sie ihm ganz unbefangen von den Kleinigkeiten ihres Alltags vor, wie man es mit einem lieben Freund tut, den man so oft sieht, dass alles Wichtige immer schon gesagt ist. Wenn Onkel Salomon wirklich noch etwas hätte hören können, er hätte mehr von ihr gewusst als jeder andere, auch Dinge, die Hinda sonst niemandem anvertraute, dass sie Zalman Kamionker geküsst hatte, und dass das etwas ganz anderes war, als wenn man nach dem Bentschen am Freitagabend Vater oder Mutter küsst. Seine Zunge hatte er ihr in den Mund gesteckt, eine Idee, auf die auch nur dieser Meschuggene kommen konnte, aber es war nicht einmal unangenehm gewesen, »wie ein kleines weiches Tier«, vertraute Hinda Onkel Salomon an, und wenn sie dabei errötete, konnte er es ja nicht sehen. Kamionker hatte in Zürich schon Arbeit gefunden; er wusste eine Nähmaschine zu bedienen und das war nichts Selbstverständliches. »Er kann überhaupt alles«, sagte Hinda.

François kam nie. Sich um einen Menschen kümmern, der das gar nicht wahrnehmen und dafür dankbar sein kann, so etwas ergab für ihn keinen Sinn.

Zweimal reisten Pinchas und Mimi aus Zürich an. Mit den beiden war etwas nicht wie sonst, das fiel Arthur sofort auf. Pinchas ging neuerdings immer ganz nahe neben seiner Frau her, als müsse er sie beschützen, und Mimi war ungewohnt nett zu Arthur, streichelte seinen Kopf und verwuschelte ihm die Haare. Sogar Geschenke brachte sie ihm mit, einmal eine rotweiße Zuckerstange und einmal ein Kaleidoskop mit kleinen farbigen Glassplittern, die sich zu immer neuen Mustern zusammenfügten. Sie nannte ihn »Cousin Arthur« und musste sich dann vor Lachen ein Taschentuch vor den Mund halten, so komisch erschien ihr das. Als sie ihren Vater daliegen sah, mit verdrehten Augen und heraushängender Zunge, vergoss sie Tränen und sagte: »Mon dieu, ah, mon dieu.« Aber sie weinte nicht lange. Dann musste sie sich mit Chanele in deren Zimmer einschließen und ganz lange mit ihr reden.

Meistens war Arthur mit Onkel Salomon allein. Stundenlang saß er auf einem Stuhl neben dem Bett, brachte immer ein Buch mit und las nie darin. Dass Onkel Salomon sterben würde, das hatte er verstanden, und er fürchtete sich nicht einmal davor. Vielmehr hatte er Angst, den Moment zu versäumen, den exakten Augenblick, wo einer lebt und dann nicht mehr, denn Arthur hatte beschlossen, Arzt zu werden, nicht einfach ein gewöhnlicher Doktor, sondern einer, der Entdeckungen macht und zu dem die Leute angereist kommen von weit her. Wenn man es schaffte, den Moment des Todes zu beobachten, so schien es ihm, ihn ganz genau zu beobachten, dann musste es doch auch möglich sein, ein Mittel dagegen zu finden. Thomas Edison hatte vierhundertdreiundneunzig Erfindungen gemacht, unterdessen waren es sicher schon etliche mehr, und jedes Mal hatte er mit einer ganz einfachen Beobachtung angefangen.

Nach der Schule rannte Arthur jetzt immer so schnell er konnte nach Hause und ging als Erstes ins Nähzimmer. Wenn er dann die regelmäßigen Atemzüge hörte, war er beruhigt und erleichtert.

Eine Entdeckung hatte er schon gemacht, eine sehr wichtige sogar. Dr. Bolliger, der am Anfang jeden Tag gekommen war und später dann nur noch zweimal die Woche, hatte sogar zu Chanele gesagt: »Damit hat er Ihrem Vater das Leben verlängert.« Onkel Salomon war gar nicht Chaneles Vater, aber es wäre zu kompliziert gewesen, das dem Arzt zu erklären.

Arthurs Entdeckung ging so: Am Anfang war es unmöglich gewesen, Onkel Salomon zu füttern. Er merkte es nicht, wenn man ihm einen Löffel in den Mund steckte, und die Suppe oder die Milch floss einfach wieder aus seinem Mund heraus. Oder wenn sie nicht herauslief, stockte plötzlich sein Atem, und man musste den schweren Körper aufrichten und ihm auf den Rücken klopfen. »Sie sind eine Frau, mit der man nicht um die Sachen herumreden muss«, hatte Dr. Bolliger zu Chanele gesagt, und Arthur hatte sich ganz still in eine Ecke gedrückt, um nicht aus dem Zimmer geschickt zu werden. »Ihr Vater wird nicht am Schlag sterben, sondern am Mangel. Und auch da nicht am Hunger, sondern am Durst. Der Mensch kann sehr lange ohne Nahrung überleben, in Indien soll es Fakire geben, die vierzig Tage lang keinen Bissen zu sich nehmen, aber mit dem Durst ist das eine ganz andere Sache. Wenn Ihr Vater keine Flüssigkeit zu sich nehmen kann …« Er hatte vielsagend den Kopf hin und her gewiegt, und Chanele hatte gemeint: »Vielleicht ist es am besten so.«

Aber dann machte Arthur seine Entdeckung. Er hatte experimentiert, genau wie Edison, hatte alle möglichen Methoden ausprobiert, und dann war er darauf gestoßen: Wenn man mit dem vollen Löffel ein bisschen auf die Zunge drückte, an einer exakten Stelle ganz weit hinten, dann schluckte Onkel Salomon, oder besser gesagt: seine Kehle schluckte. Es gelang nicht jedes Mal, aber Arthur wurde immer geschickter darin, und so verdurstete Onkel Salomon nicht, und Dr. Bolliger sagte: »Sie haben da einen ganz ungewöhnlichen Jungen, Frau Meijer.«

Man konnte nicht sagen, dass Arthur die Pflege allein übernahm; ohne die dicke Christine, die Onkel Salomon aufrichten oder umdrehen konnte, als sei der nicht schwerer als ein Netz voller Zwiebeln, hätte er es bestimmt nicht geschafft. Aber Arthur war es, der dem hilflos klaffenden Mund Flüssigkeit einlöffelte, die lauwarme Fleischbrühe meistens, deren Rezept noch von Tante Golde stammte, aus einem ganzen Pfund abgedeckter Flanke gekocht. Arthur schlug vor, es auch einmal mit dem besonderen Getränk zu probieren, das man in seiner Familie Techías-Hameijsim-Tee nannte, aber Dr. Bolliger erklärte ihm, dass die Nelken und der Schnaps die Kehle des Bewusstlosen zu sehr reizen würden. »Der Schluckreflex ist noch da, aber wir wollen doch lieber gar nicht ausprobieren, ob auch der Hustenreflex weiter funktioniert.« Arthur war stolz darauf, dass der Arzt so kollegial mit ihm redete, gewissermaßen von Fachmann zu Fachmann. Sonst hatte ihn immer nur Onkel Salomon so ernst genommen.

Chanele lobte ihn dafür, dass er sich so rührend um Salomon kümmerte, aber die Wahrheit war, dass Arthur die langen Stunden am Bett des Sterbenden genoss. Nur einfach dazusitzen und den gleichmäßigen Atemzügen zu lauschen gab ihm ein Gefühl der Nützlichkeit, das er sonst nicht kannte. Arthur, der Nachkömmling, hielt sich nämlich für überflüssig, für einen Menschen, der erst in die Welt gekommen war, als dort schon alles fertig und verteilt war. Jetzt hatte er endlich eine Funktion, eine Aufgabe, die er niemandem hatte wegnehmen müssen, die man ihm gern und sogar mit Dankbarkeit überließ. Er rückte den Stuhl immer ganz nahe an Salomon heran und blieb dann ganz still dort sitzen, oft weit über seine Bettzeit hinaus. Und weil doch die Bar Mizwe näherrückte, sang er Onkel Salomon immer wieder die ganze Sidre vor, mit allen Segenssprüchen und die Haftore gleich dazu; er sagte die Droosche auf, von den Mizwes, die an eine Zeit gebunden sind, und von denen die Frauen deshalb befreit sind, und wiederholte das Ganze so oft, dass der Kantor Würzburger ihm staunend mit dem Knöchel an den Schädel klopfte und in seinem spitzen Hochdeutsch sagte: »Schau einer an, ist das Türchen also doch noch aufgegangen?«

Wenn sich bei Onkel Salomon etwas veränderte, dann merkte Arthur es immer als Erster. Noch bevor jemand anderem etwas auffiel, sagte ihm seine Nase, wann es Zeit war, Christine zu rufen, damit sie das Bett wieder sauber machte. Man hatte Onkel Salomon Windeln angezogen, extra groß und speziell für ihn in der Schneiderei der Modernen Warenhalle genäht, und wenn sie gewechselt worden waren, dann tätschelte Christine schon einmal die Hinterbacken des alten Mannes und sagte: »Jajajaja, das tut gut, gell, das tut gut.«

Salomon wurde aufmerksam gepflegt, »geradezu vorbildlich«, sagte Dr. Bolliger, da merke man doch, dass bei den Juden die Familie noch etwas bedeute, da könne man sagen, was man wolle. Trotzdem war da eines Tages dieser faulige Geruch, den Arthur natürlich als Erster erschnupperte. Es war eine offene Stelle, die vom langen Liegen kam und gegen die alle Salben nichts halfen. Onkel Salomon musste regelmäßig umgedreht werden, vom Rücken auf die Seite und von der Seite wieder auf den Rücken, »wie ein Stück Fleisch, das überall angebraten werden soll«, sagte Christine zu Louisli. Trotzdem wurde der Geruch stärker, Dr. Bolliger machte ein bedenkliches Gesicht, und Arthur fühlte sich schuldig.

Und dann, am Morgen des 20. August, am 8. Elul des Jahres 5653, hörte Salomon Meijer auf zu atmen. Es ging nicht so vor sich, wie Arthur sich das vorgestellt hatte, es gab kein allmähliches Verlöschen oder Schwächerwerden. Onkel Salomons letzter Atemzug war nicht anders als alle anderen davor, sicher und fest war er, und dann kam einfach keiner mehr hinterher. Sonst hatte sich gar nichts verändert, die Augen waren offen geblieben, und die Zunge, die aus dem Mund hing, war immer noch feucht, aber unter dem Leintuch hob und senkte sich der Brustkasten nicht mehr, und der faulige Geruch, an den sich Arthur schon beinahe gewöhnt hatte, bekam plötzlich eine ganz neue Bedeutung.

Es war nichts passiert, das eine Entdeckung hätte werden können. Es hatte nur etwas aufgehört zu passieren.

Arthur kam aus dem Zimmer, »ganz ruhig«, wie Chanele später Mimi erzählte, und sagte: »Ich glaube, wir müssen jetzt die Chewre rufen.«

Die Männer von der Beerdigungsbruderschaft waren schnell da; man hatte mit Salomon Meijers Tod gerechnet, und alles war bereit. Einer von den Männern rümpfte die Nase und sagte: »Es wurde auch höchste Zeit.«

Am Abend dieses Sonntags, als die Leiche schon lange aus dem Haus getragen war und der alte Herr Blumberg, der sein Vermögen vertrunken hatte und auf jeden Verdienst angewiesen war, auf dem Friedhof bei ihm Wache hielt, kam die Nachricht, dass die Abstimmung verloren und das Schächtverbot jetzt Teil der Verfassung sei. Janki sagte: »Auch das noch!«, und Arthur musste später, wann immer vom Schächten die Rede war, jedes Mal an seinen toten Onkel Salomon denken.

An der Beerdigung geschah nichts Außergewöhnliches, außer dass Hoteldirektor Strähle in Unkenntnis der kargeren jüdischen Bräuche einen großen Kranz schickte. Die dicke Christine und das Louisli zupften später die Blumen daraus heraus und schmückten damit ihre Dachzimmer.

Für die Schiwe ließ Janki den großen Tisch mit der Platte aus tropischem Holz auf den Speicher tragen; an seiner Stelle wurden die niedrigen Stühle für die Leidtragenden aufgestellt. Dort saß die Familie dann eine Woche lang, wie man in biblischen Zeiten zum Zeichen der Trauer auf dem Boden gesessen hatte, aber was man bei ihnen spürte, war weniger Trauer als Erleichterung.

Viele Besucher kamen, auch solche, die den Beheijmes-Händler Salomon Meijer nie gekannt hatten. Arthur öffnete allen die Tür und wies ihnen das Esszimmer. Das hatte ihm niemand aufgetragen; er hatte sich einfach daran gewöhnt, eine Aufgabe zu haben. Janki freute sich über jeden, der kam. Er liebte es, in der Badener Gemeinde ein wichtiger Mann zu sein, jemand, dem man Respekt zollt, indem man an seinem Verlust teilnimmt.

Keiner von den Gästen hatte sich zu Hause hingestellt und für die Trauernden eine Mahlzeit gekocht. Bei einer Familie mit eigener Köchin machte der alte Brauch keinen rechten Sinn mehr. Aber Brote und Kuchen brachten sie mit, mehr, als man essen konnte.

Obwohl Chanele keine richtige Tochter war, saß sie die ganze Woche mit ihnen da, und niemand störte sich daran. Dagegen hatten einige Leute an Mimi etwas auszusetzen. Die Frau Pomeranz, meinten sie, mache kein Gesicht, wie es sich für so einen Anlass zieme. Es war auch tatsächlich nicht zu bestreiten, dass Mimi die ganze Zeit selbstvergessen glücklich vor sich hinlächelte.

Auch Onkel Melnitz kam mit den Besuchern, setzte sich hin und stand nicht mehr auf. Pinchas, der die Metzgerei für die ganze Woche seinem Kompagnon anvertraut hatte und in Baden geblieben war, nickte ihm zu, während Janki Melnitz geflissentlich übersah und nur ganz versteckt aus den Augenwinkeln beobachtete. ›Wenn wir ihn einfach nicht zur Kenntnis nehmen‹, dachte er, ›wird er früher oder später begreifen müssen, dass er hier bei uns nichts mehr zu suchen hat, dass er ein für alle Mal tot und begraben ist und nicht mehr in die Gegenwart gehört.‹

Aber Onkel Melnitz blieb sitzen, und wenn er auch nichts

sagte, so mischte er sich doch durch seine bloße Anwesenheit in die Gespräche ein.

So eine Schiwe ist nicht nur dem gemeinsamen Gedenken an den Toten gewidmet, sondern gibt den Hinterbliebenen auch die Möglichkeit, in den langen Stunden, in denen sie zusammensitzen, alles zu besprechen, was nach einem Todesfall zu regeln ist. Man war sich schnell darüber einig, dass es Chanele übernehmen solle, die Wohnung in Endingen aufzulösen, und dass der kleine Ertrag, der daraus zu ziehen wäre, an die Schnorrer gehen solle, um die sich Salomon in seinen letzten Lebensjahren so gern gekümmert hatte. Ein paar von ihnen waren sogar bei der Schiwe erschienen, darauf vertrauend, dass Trauer den Geldbeutel öffnet.

Pinchas bat darum, sich aus den Büchern des Verstorbenen das für ihn Brauchbare herauspicken zu dürfen. Viel würde es nicht sein, das war klar, denn Salomon war in religiösen Dingen kein Gelehrter gewesen, und die Schriften, die er sich als alter Mann zum Thema Gematriah besorgt hatte, gehörten doch weitgehend in den Bereich des Aberglaubens.

Zu einer kleinen Auseinandersetzung kam es nur um die Schabbeslampe, die in Endingen über dem Esstisch hing und die sowohl Mimi als auch Chanele gern gehabt hätten. Das gute Stück war aus Messing und mit einer Vorrichtung versehen, mit der man die Lampe tiefer – »Lampe herunter, Sorgen hinauf!« – und nach Ende des Sabbats wieder höher hängen konnte. Man füllte sie mit Öl, und dann brannten die sieben Dochte vom Freitagabend bis Samstagnacht, denn am Sabbat selber ist es ja verboten, neues Licht anzuzünden. Für Mimi symbolisierte diese Lampe alles Heimische, all die Geborgenheit ihres Elternhauses, und auch für Chanele hatte sie eine besondere Bedeutung. Es hatte all die Jahre zu ihren Aufgaben gehört, die Lampe an jedem Freitag bereitzumachen und an jedem Sonntag wieder zu putzen. Die beiden führten ihre Debatte auf ungewöhnliche

Weise: jede von ihnen bestand darauf, dass die andere die Lampe nehmen sollte, und vor lauter Rücksichtnahme und Großzügigkeit wären sie sich beinahe in die Haare geraten. Man einigte sich schließlich darauf, dass die Lampe vorläufig nach Baden kommen, dort aber nicht aufgehängt werden solle; so ließ sich die schwierige Entscheidung auf später vertagen.

Als alles besprochen und geregelt war und sich, wie das an den letzten Tagen einer Schiwe oft der Fall ist, schon ein bisschen Langeweile breit machte, räusperte sich plötzlich Pinchas und sagte, er habe der Familie etwas Wichtiges mitzuteilen. Nun wussten alle, auch wenn niemand offiziell darüber gesprochen hatte, natürlich schon über Mimis Schwangerschaft Bescheid, und bereiteten sich deshalb darauf vor, die künstlich überraschten Gesichter aufzusetzen, mit denen man dem Überbringer einer längst bekannten guten Botschaft die Freude an seiner Neuigkeit nicht verderben will. Aber Pinchas wollte etwas ganz anderes sagen.

»Nachdem nun das Schächtverbot eingeführt ist – danken wir den Antisemiten dafür! –, wird sich in meinem Beruf eine Menge ändern. Man wird ein- oder zweimal in der Woche ins Ausland fahren müssen, nach Straßburg vielleicht, das wird man noch sehen, um dort zu schächten und das Fleisch dann wieder in die Schweiz zu importieren. Das wird viel Zeit kosten. Oder man wird gar nicht mehr selber schlachten und nur noch von irgendwoher eingeführtes Fleisch weiterverarbeiten. So oder so, werde nie mehr ein Metzger sein können, wie mein Vater einer war.

Er konnte noch stolz darauf sein, dass er Schochet war. Aber ich … Nach dieser Versammlung in Endingen, nach der ganzen bösen Stimmung dort, die vielleicht am Tod Salomons mit Schuld trägt, wer kann das schon sagen, nach diesem ganzen Hass, der einem da entgegenschlug – Chanele, du warst dabei und kannst es bestätigen –, und jetzt, nach dem Ergebnis dieser

Abstimmung, nach dieser Entscheidung, die nicht für den Tierschutz getroffen wurde, das wissen wir alle, und nicht aus Liebe zur Kreatur, sondern einfach aus einem dumpfen Gefühl der Feindschaft heraus, weil die Juden böse Menschen sind und man ihnen auf die Finger klopfen muss … Nach all dem will ich einfach nicht mehr. Ich werde die Metzgerei an meinen Kompagnon verkaufen. Elias Guttermann ist tüchtig, und das Rauchfleisch macht er sogar besser als ich.«

»Und du?«

»Koschere Lebensmittel. So einen Laden braucht es auch. Ich habe es mit Mimi besprochen. Sie findet zwar, dass ich meschugge bin …«

»Un tout petit peu fou«, sagte Mimi ohne jeden Vorwurf.

»… aber ich denke, gerade jetzt ist der richtige Moment, um etwas Neues anzufangen. Man wird vielleicht weniger verdienen, aber was mir jetzt sehr wichtig ist: ich werde mehr Zeit haben. Für Mimi und … Nun ja, ihr habt es sicher schon alle gemerkt.«

Jetzt durften sie endlich »Masel tow!« sagen, durften Pinchas auf die Schulter klopfen und Mimi auf die Wange küssen.

Nur Onkel Melnitz machte ein ernstes Gesicht und sagte: »Du läufst davon. Aber das ist wohl nun mal unsere Art, ja.«

35

Arthurs Bar Mizwe wurde nicht so groß gefeiert, wie das sonst üblich war. Am Freitag war man noch Schiwe gesessen und hatte Kondolenzbesuche empfangen, und am Schabbes sollte man auf einen Schlag fröhlich sein? Was würde das für einen Eindruck machen? Die Leute in der Gemeinde müssten ja denken, die Trauer um Onkel Salomon sei nicht echt gewesen. »Wir machen das Nötigste und keinen Schritt darüber hinaus«, hatte Janki entschieden. »Arthur wird das schon verstehen, er ist ein vernünftiger Junge.«

Der eigentliche Grund war, dass sie alle von gemeinsamen Erlebnissen, glücklichen wie unglücklichen, ganz einfach genug hatten. Am Sonntagmorgen war Salomon gestorben, noch am Nachmittag waren Mimi und Pinchas, telegrafisch herbeigerufen, in Baden eingetroffen, und seither drängten sie sich alle in derselben Wohnung, die zwar geräumig war, aber so geräumig dann auch wieder nicht, saßen den ganzen Tag nebeneinander auf ihren Trauerstühlen und kamen sich auch beim Essen viel zu nahe; an den kleinen Tischchen, die eigentlich nur zum Teetrinken gedacht waren, berührte man sich fast mit den Ellenbogen. Als die Männer von der Chewre am Freitagnachmittag endlich die niedrigen Stühle wieder einsammelten und freundlicherweise auch noch halfen, den langen Esstisch vom Speicher zurückzuholen, da versuchten zwar alle, ihre Erleichterung zu verbergen, aber jeder von ihnen hatte doch auf seine Weise Sehnsucht nach dem Alltag. Chanele wollte endlich in ihren Laden zurück und Pinchas in seine Metzgerei, wo wegen der geplanten Übergabe an Elias Guttermann eine Menge zu besprechen war. Mimi sorgte sich wortreich, ob Gesine Hunziker, die doch noch nicht lange bei ihr war und in ihre Aufgaben noch gar nicht richtig eingeführt, ob dieses Mädchen vom Lande den Sachen auch richtig Sorge getragen habe, vielleicht würde man in ein veritables Chaos zurückkehren, »et tout cela dans mon état«.

François hatte die ganzen Tage sein verschlossen höfliches Gesicht gemacht, die Maske, die er immer hervorholte, wenn ihm etwas nicht passte. Für ihn war die Trauerwoche nur eine Fortsetzung des strengen Regimes, das Janki über ihn verhängt hatte, und das, ganz wider François' Erwartungen, nicht einfach in Vergessenheit geraten war. Als ihm noch nicht einmal erlaubt wurde, am Abend, wo doch ganz bestimmt keine Trauergäste mehr zu erwarten waren, mit ein paar anderen jungen Leuten, die alle genau solche Schnurrbärte hatten wie er, ins Wirtshaus zu gehen, klagte er, man werde in dieser Familie behandelt wie ein unmündiges Kind, er könne es auf jeden Fall nicht erwarten, aus dieser miefigen Enge so bald wie möglich herauszukommen, egal wie. Als Chanele daraufhin nur lächelte, war er beleidigt und sprach den ganzen Tag kein Wort mehr. Die Besucher, die ihn mit verkniffener Miene dasitzen sahen, hielten es für Trauer.

Janki hatte den Auftrag gegeben, allen auswärtigen Gästen, die zur Bar-Mizwe-Suude eingeladen waren, mitzuteilen, dass man es zwar sehr bedaure, sich nun doch nicht die Freude ihrer Gesellschaft gönnen zu dürfen, angesichts des tragischen Verlusts habe man sich aber entschlossen, diesen Tag besinnlich und nur im engsten Familienkreis zu begehen. Der Brief ging auch an Herrn und Frau Kahn aus Zürich, die samt ihrer Tochter Mina auf der Liste standen. Obwohl Chanele viel Mühe aufgewendet hatte, um Janki davon zu überzeugen, dass ein persönlicher Kontakt mit dem größten Seidenimporteur des Landes für seine Firmen äußerst nützlich sein könnte, protestierte sie nicht gegen die Absage. Man muss die Dinge nehmen, wie sie sind. Dafür schien Hinda, die doch sonst immer der Sonnenschein der Familie war, die erzwungene Nähe zu ihren Verwandten nicht gut ertragen zu haben. Sie stritt sich wegen des Absagebriefes mit ihrem Vater und wurde dabei sogar laut. Und das alles nur, weil dasselbe Schreiben auch an Zalman Kamionker geschickt worden war.

Kamionker kam aber trotzdem, stand am Freitagabend einfach vor der Tür und erklärte ganz harmlos, der Brief habe ihn nie erreicht, er würde deshalb wohl mit dem Postboten ein ernstes Wörtchen reden müssen, er sei ja ein friedlicher Mensch, aber so etwas dürfe nicht passieren. Man konnte ihn nicht einmal wegschicken, denn wie hätte er noch nach Zürich zurückfahren sollen, so kurz vor Schabbes? Außerdem hatte er ein Geschenk für Arthur mitgebracht, ganz stillos in eine jiddische Zeitung gewickelt, deren Titelseite das Bild eines kettensprengenden Arbeiters zeigte. Das Geschenk war ein Tallis, nicht neu, aber aus einem wunderbar fein gewobenen Material und mit einem Zierkragen, wie ihn hier noch niemand gesehen hatte. Er habe ihn damals in der Weberei von Simon Heller in Kolomea für sich selber hergestellt, sagte Kamionker, und da sei ihm das Beste gerade gut genug gewesen.

Arthur hatte die ganze Woche schulfrei gehabt, obwohl er nach den religiösen Vorschriften gar nicht verpflichtet gewesen wäre, an der Schiwe teilzunehmen. Chanele hatte mit seinem Klassenlehrer gesprochen, weil sie sich Sorgen um ihren Jüngsten machte. In seinem Alter den Tod eines Menschen aus solcher Nähe mitzuerleben, ganz allein mit dem Sterbenden in einem Zimmer, so etwas ginge nicht spurlos an einem Kind vorbei, argumentierte sie, schon gar nicht an einem so sensiblen und oft auch kränklichen Kind wie Arthur. Ihr Antrag entsprach zwar nicht dem Schulreglement, aber der Lehrer hatte wegen des Ausgangs der Volksabstimmung allen Juden gegenüber ein diffus schlechtes Gewissen und machte deshalb eine Ausnahme.

In der Nacht vor seiner Bar Mizwe schlief Arthur schlecht. Sein großer Tag fiel auf das jüdische Datum des 14. Elul, es war also die Mitte des Monats und damit Vollmond. Er hatte zwar – schließlich war er jetzt ein Mann – schon lange keine Angst mehr vor den Schatten der Platane, aber wach hielt ihn das fahle Licht trotzdem, und seine Gedanken drehten sich endlos im Kreis. Als er endlich eingeschlafen war, weckte ihn ein schriller Vogelschrei vor seinem Fenster wieder auf. Es war eine Elster, die in der Stadt eigentlich gar nichts zu suchen hatte. Die Vögel und ihre Stimmen zu unterscheiden hatte er von Onkel Salomon gelernt, wie er überhaupt alles Wichtige, so schien es ihm in diesem Moment, immer nur von ihm erfahren hatte. Auch eine Geschichte hatte ihm Salomon zu den Elstern erzählt: Ein Bauer hatte einmal eine gefangen und in einen Käfig gesperrt, den er

aufs Feld mitnahm, damit sie ihm mit ihren misstönenden Hilfe-
rufen ihre Artgenossen herbeilocke. Auf dem Land betrachtet
man die schwarzweißen Vögel nämlich als Schädlinge. Es kam
tatsächlich eine zweite Elster geflogen, der Bauer packte sie und
drehte ihr den Hals um. »Und in diesem Moment«, hatte Onkel
Salomon gesagt, »genau in diesem Moment fiel die Elster im
Käfig um und war ebenfalls tot. Und weißt du, an was sie gestorben ist? An gebrochenem Herzen.« Vielleicht war auch Salomons Herz gebrochen, dachte Arthur, man sah es den Betroffenen wohl einfach nicht an.

Dann war es endlich Tag und damit Zeit, den neuen Anzug
anzuziehen, der bei der großen Einladung so eine Art Haupt-
probe gehabt hatte. Ein weißes Hemd gehörte dazu, mit einem
ganz engen Kragen, und eine Krawatte, in die glitzernde Silber-
fäden eingewoben waren. Janki stellte sich hinter Arthur, um
ihm die Krawatte zu binden, genau wie Arthur oft hinter Chanele gestanden hatte, um ihr das Kleid zuzuknöpfen. Es war fast
eine Umarmung, und Arthur hätte sich gerne in die Arme seines
Vaters hineingelehnt und sich von ihm festhalten lassen. Aber
das ging natürlich nicht. Mit dreizehn ist man ein Mensch für
sich allein, hatte Onkel Salomon gesagt, weil dreizehn doch der
Zahlenwert von Echod ist.

Die dicke Christine, das war ausgemacht, würde ihm später
beim Auspacken der Geschenke helfen, und dafür hatte er versprechen müssen, sich ihr noch vor dem Gang zum Betsaal zu
zeigen, mit Anzug, Krawatte und schwarzem Hut. Als er in seiner vollen Pracht in die Küche kam, stützte sie die Arme in die
Hüften, wie sie es auf dem Markt tat, wenn ihr ein angebotener
Fisch nicht wirklich frisch zu sein schien, betrachtete Arthur
von Kopf bis Fuß und sagte dann zu Louisli: »Jaja, es sind schon
attraktive Männer, diese jungen Meijers.« Worauf Louisli zu
weinen begann; Arthur wusste nicht warum.

In Schul, dem Betsaal am Schlossberg, den die Gemeinde von

den Fabrikantenbrüdern Lang gemietet hatte, war Arthur dann endgültig der Mittelpunkt des Interesses. Als sie hereinkamen, Janki und François und er, da war es fast ein bisschen, wie wenn die Torahrolle durch die Synagoge getragen wird, wo man sich von allen Seiten herandrängt, um den samtenen Umhang mit den Schaufäden der Gebetsmäntel zu berühren und diese dann zu küssen. Ihm klopften sie auf die Schulter oder stießen ihn kumpanenhaft an und sagten: »Na? Sehr aufgeregt? Nu, du wirst das schon machen.«

Im Allgemeinen liebte es Arthur, »nach Schul zu gehen«, wie man den Synagogenbesuch nannte. Das hatte bei ihm nichts mit Frömmigkeit zu tun, überhaupt nicht. Arthur hatte sogar einmal, ausgerechnet während Kol Nidre, ganz fest gedacht: ›Vielleicht gibt es gar keinen Gott!‹, hatte es ganz bewusst getan und damit eine fürchterliche Strafe herausgefordert, aber es war nichts passiert. Nein, es ging ihm gar nicht um die Religion, er liebte einfach das Durcheinander der Stimmen, die vertrauten Melodien, das Gemurmel, das etwas so angenehm Einschläferndes hatte. Wenn man nur das Gebetbuch aufgeschlagen vor sich hinhielt und das Umblättern nicht ganz vergaß, konnte man hier wunderbar ungestört seinen Gedanken nachhängen. François – oder nein, Schmul natürlich, bei religiösen Gelegenheiten hieß er Schmul – beschwerte sich jedes Mal, dass die Gottesdienste zu lange dauerten, aber für Arthur hätten sie endlos sein dürfen.

Heute war alles anders, unruhig und ungewohnt, nicht nur, weil es seine Bar Mizwe war und er gleich zeigen musste, was er gelernt hatte, sondern auch wegen des Anzugs und der Krawatte und des neuen Tallis. Der weiche Stoff roch ein ganz kleines bisschen nach Tabak, was seltsam war, denn wer zieht schon seinen Tallis an, wenn er rauchen will?

Schachris ging schnell vorbei, und die Wiederholung der Schmonesre war so plötzlich zu Ende, dass Arthur fast glaubte, der Kantor Würzburger habe etwas übersprungen.

Schon wurde die Torah ausgehoben. François, als Verwandter, durfte sie im Arm halten. Er machte ein Gesicht dabei, als sei das Amt keine Ehre, sondern eine Strafe für ihn. Schon trug er die Torahrolle zum Lesepult, die Männer drängten sich schon heran, um sie zu berühren und zu küssen, man nahm ihr schon die Krone ab, das silberne Schild und den bestickten Mantel, sie wurde schon ausgewickelt und aufgerollt, es ging alles so schnell, viel zu schnell. Und dann rief Herr Weinstock, der Schammes, schon mit seiner dünnen, meckernden Stimme den alten Herrn Katz auf, der als Priester als Erster zur Torah gerufen wurde, und dann war die Reihe schon an Kantor Würzburger, der ein Levi war und an zweiter Stelle drankam. Das war praktisch, sagten die Leute bei jeder Bar Mizwe, denn so stand er sowieso schon auf dem Almemor, wenn der Bar-Mizwe-Bub drankam, und konnte ihm weiterhelfen, wenn der stecken bleiben sollte. Denn jetzt war schon Arthur an der Reihe, so schnell, viel zu schnell.

»Chajim ben Jakauw, ha-Bar Mizwah«, meckerte der Schammes Weinstock, und Chajim ben Jakauw, das war er, das war sein jüdischer Name. Arthur hieß er jeden Tag, aber in Schul war er Chajim, was Leben bedeutet, und sein Vater war Jakauw, also Jakob, denn wenn es um den lieben Gott geht, gibt es keinen Janki und schon gar keinen Jean.

Sie schauten ihn alle an, als er zum Almemor ging, all die Männer in ihren weißen Gebetsmänteln, und hinten in der Frauenschul – er wagte nicht den Kopf zu wenden, aber er spürte es ganz genau – standen Chanele und Hinda und Mimi mit ihrem neuen Hut mit den schwarzen Schwanenfedern, und schauten auch auf ihn, alle schauten sie, und er wusste doch, dass seine Stimme versagen würde, dass er stecken bleiben würde, mitten in der Sidre, dass er sich blamieren würde, fürchterlich blamieren, sich und die ganze Familie.

Auf dem Almemor konnte er kaum die silberne Hand festhalten, mit der man den Buchstaben folgt, weil die doch für gewöhnliche Finger viel zu heilig sind, und ein Schweißtropfen fiel von seiner Stirn direkt auf das kostbare Pergament. Er würde versagen, er wusste es, und alle warteten nur darauf.

Aber als er dann mit dem ersten Segensspruch anfing, da war es ihm, als höre er seinen Onkel Salomon neben sich atmen, fest und regelmäßig, und er sang nur noch für ihn, wie er im Nähzimmer wieder und wieder für ihn gesungen hatte, er vergaß kein Wort und keinen Triller, und hinterher sagten die Leute, so etwas gäbe es selten, dass ein Bar-Mizwe-Junge so überhaupt nicht aufgeregt sei.

Beim Empfang, den man nicht hatte absagen können, weil das geizig gewirkt hätte, standen sie nebeneinander, Sohn und Vater, und jedes Mal, wenn jemand zu Arthur »Masel tow!« sagte und »Schön hast du gesungen«, legte ihm Janki die Hand auf die Schulter und war stolz. Auch Chanele stand da und wusste alle Geschenke auswendig, die Arthur bekommen hatte, aber noch nicht hatte ansehen dürfen. Wenn die entsprechenden Leute beim Händeschütteln an der Reihe waren, stieß Chanele Arthur unauffällig in den Rücken, und dann sagte er: »Vielen Dank für das schöne Geschenk.«

Es gab kleine Kuchen und Friandises, auf echt silbernen Platten angerichtet, was Aufsehen erregte. Die Platten hatte Direktor Strähle zur Verfügung gestellt; als die Süßigkeiten weggegessen waren, kam darunter das Wappen des *Verenahofs* zum Vorschein. Die Frauen tranken süßen Wein und die Männer Schnaps; sie füllten die kleinen geschliffenen Gläser bis zum Rand und hoben sie dann gegen Arthur hin in die Luft. »Lechajim«, riefen sie, und sogar das vertraute jüdische »Prosit!« kam Arthur heute seltsam vor, denn »Lechajim« bedeutet eigentlich »zum Leben«, aber an diesem Tag, der doch seiner war, konnte es auch »für Chajim« bedeuten. Es kam Arthur vor, als habe man das Wort schon seit Generationen vorbereitet, nur um es heute zu seinen Ehren zu verwenden.

Dann war der Empfang vorbei. Sie hatten alle viel zu viele süße Sachen gegessen, aber zu Hause wartete trotzdem die Suude, das gehörte einfach dazu.

Wie sie es Arthur versprochen hatte, stand die dicke Christine schon mit einem scharfen Messer bereit, obwohl es in der Küche doch genug für sie zu tun gab. Man hatte die ganzen Pakete in das Nähzimmer geschafft, wo es überraschend nach verbrannten Tannenzweigen roch. Arthur kannte den Duft nur aus der Schule, wenn jedes Jahr in der Klasse Weihnachten gefeiert wurde und er stumm danebenstehen musste, bis sie fertig gesungen hatten. Die Tannennadeln waren Louislis Einfall gewesen, denn trotz fleißigen Lüftens hatte am Morgen immer noch eine Erinnerung an Onkel Salomons faulige Wunden in der Luft gehangen. Das Bett hatte man hinausgeschafft; stattdessen stand da jetzt ein Tisch, auf dem ein ganzer Berg von Geschenken auf Arthur wartete.

»Womit fangen wir an?«, fragte Christine und schwenkte das Messer so ungeduldig wie vor einem Haufen Kartoffeln, die alle noch fürs Mittagessen geschält werden mussten.

Arthur hätte mit dem Auspacken ja am liebsten bis nach Woch gewartet, wenn er wieder selber eine Schnur zerschneiden und ein Papier zerreißen durfte. Aber etwas duldete keinen Aufschub, etwas musste er sofort wissen, auf der Stelle. Das eine Geschenk, das wichtigste, das viel zu kostbare – war es dabei?

Das erste Paket, das die richtige Größe und das richtige Gewicht zu haben schien, war eine Enttäuschung. Christines Messer förderte nur einen Schuber mit schwarzen Büchern zu Tage, die Gebetbücher für alle Feiertage des Jahres, in der Rödelheimer Ausgabe mit der deutschen Übersetzung. Auf jedem Sidur war in goldenen Buchstaben sein Name eingeprägt, Arthur Chajim Meijer. Es sah vornehm aus und war auch ein teures Geschenk, von Onkel Pinchas natürlich, der in der Familie am meisten auf Traditionen hielt, aber Arthur legte es achtlos zur Seite.

Das nächste Paket war viel zu leicht; er nahm es Christine weg und legte es zurück. Sie war ganz ungehalten über die Umstände, die er mal wieder machte. Aber das dritte – ah, das dritte!

Eine Kiste aus edel gebeiztem Holz, nein, keine Kiste: ein richtiger kleiner Schrank, mit zwei Flügeltüren wie der Torahschrein im Betsaal. Sogar ein Schloss gab es, klein wie für den Verschluss eines Tagebuchs, und einen Augenblick lang geriet Arthur in Panik, weil er den Schlüssel dazu nicht gleich finden konnte. Aber unter dem Schränkchen war noch ein Schubfach, mit einem beweglichen Messinggriff, wie an der Kommode in Mamas Zimmer, und als Arthur es aufzog, lagen da in Seidenpapier gewickelte Glasplättchen und tatsächlich der Schlüssel. Er steckte ihn in das Schloss und hatte – es lag wohl an dem besonderen Tag – einen Moment lang das Gefühl, dass er vor dem Aufschließen ein Gebet sprechen müsse. Dann schwangen die kleinen Flügeltüren auf, und da war es.

Sein Mikroskop.

»Was nehmen wir als Nächstes?«, fragte Christine, und es kam Arthur vor, als habe jemand mitten im heiligsten Moment des Gottesdienstes ganz laut vom Wetter oder von seinen Geschäften gesprochen.

»Morgen«, sagte er. »Ich mache das morgen. Papa wird sonst ungeduldig.«

Christine ging gern. Sie hatte Louisli zwar genaue Anweisungen gegeben, aber es ist schon mehr als eine Suppe im allerletzten Moment noch angebrannt, weil jemand das Umrühren nicht mit der nötigen Sorgfalt besorgt hat.

Sein Mikroskop.

Es ließ sich nicht einfach herausnehmen, da war noch eine Halterung, die man zuerst mit einer winzigen Flügelschraube lösen musste, aber dann, nachdem man die vor Aufregung feuchten Finger an der Hose abgewischt hatte, konnte man es in die Hände nehmen, ganz, ganz vorsichtig, konnte es vor sich hinstellen, auf das Fensterbrett am besten, da war das meiste Licht, und konnte es endlich in aller Ruhe betrachten, nicht mehr nur als ein Bild in einem Buch. Arthur wusste es nicht, aber er machte dabei dasselbe Gesicht wie Hinda, wenn sie Zalman Kamionker anschaute.

Der Objektivteil mit den drei Linsen sah ein bisschen aus wie das Kaleidoskop, das Tante Mimi ihm mitgebracht hatte, nur dass es natürlich nicht mit kindisch buntem Papier beklebt war. Es war aus Messing, nur der Ring oben am Okular war aus einem noch helleren, matt schimmernden Metall. Es gab eine seitliche Einstellschraube, an der man drehen konnte, dann wurde die Röhre länger und noch länger, und wenn unten auf dem Träger schon ein Glasplättchen gelegen hätte, wäre es jetzt zerbrochen.

Den ersten wissenschaftlichen Versuch, das hatte sich Arthur fest vorgenommen, würde er mit seinem eigenen Blut machen, würde sich mit einer Nadel in den Finger stechen und einen Tropfen herauspressen. Ein richtiger Forscher und Entdecker schreckt vor Schmerzen nicht zurück.

Als Chanele ihn holen kam, saß er auf seinem Stuhl vor dem Fenster, auf demselben Stuhl, auf dem er immer an Onkel Salomons Bett gesessen hatte, und streichelte das Mikroskop mit den Fingerspitzen wie etwas Lebendiges. »Bist du jetzt glücklich?«, fragte sie.

Er war so glücklich, dass er es gar nicht sagen konnte. Und hatte dabei ein schlechtes Gewissen, weil Onkel Salomon doch tot war.

Sie saßen schon alle rund um den Tisch, der festlich gedeckt war, denn wenn man auch kein großes Theater machen wollte, so war es doch eine Bar Mizwe. Das gute Geschirr aus Sarguemine stand auf dem besten Tischtuch, das Messer mit dem silbernen Griff lag neben dem Brett mit den Sabbatbroten, und der Wein für den Kiddusch war schon eingeschenkt.

Janki sah jünger aus als sonst, vielleicht weil er stolz auf seinen Sohn war. Stolz ließ ihn immer ganz gerade sitzen, wie sich das für einen alten Soldaten gehört. Seinen Spazierstock mit dem Löwenkopf hatte er in der Hand, und als Chanele Arthur hereinführte, gab er damit ein Signal, und alle begannen zu applaudieren.

François tat es nur mit den Fingerspitzen, und hielt dabei den Kopf ein bisschen schräg, wie um zu sagen: »Das ist zwar alles nur ein überflüssiges Theater, doch wenn es schon mal sein muss, will ich mich nicht entziehen.« Aber er zwinkerte Arthur dabei zu, und das war wie eine Auszeichnung, wie die Aufnahme in einen Geheimbund, von dem die anderen nichts wussten.

Hinda klatschte am lautesten, nein, am zweitlautesten, denn neben ihr saß Zalman Kamionker und schlug die Hände zusammen, dass es jedes Mal knallte wie ein Schuss. Er versuchte auch ein Lied anzustimmen, aber als niemand mitmachte, lachte er nur und ließ es bleiben. Kamionker war ohne schabbesdike Kleider nach Baden gekommen, und Janki hatte darauf bestanden, dass er eine alte Jacke von Onkel Salomon anzog. Obwohl der doch ein kräftiger Mann gewesen war, sprengte der Schneider mit seinen breiten Schultern fast die Nähte.

Onkel Pinchas flüsterte Tante Mimi etwas ins Ohr, und sie wurde ganz rot im Gesicht und gab ihm einen Klaps und sagte: »Mais vraiment, Pinchas!« Dann spitzte sie die Lippen und warf Arthur eine Kusshand zu, und der hätte sich beinahe dafür bedankt und wie beim Empfang gesagt: »Vielen Dank für das schöne Geschenk!«

Die einzigen fremden Gäste waren der Kantor Würzburger und seine Frau, die man nicht hatte ausladen können, weil Arthur beim Essen ja noch seine Droosche halten musste, und besser jemand da war, falls er sich dabei verheddern sollte. Der Kantor rief beim Applaudieren »Bravo!«, und weil ihm der Klang seiner Stimme nicht sonor genug schien, fasste er mit zwei spitzen Fingern in seine Westentasche, holte eine Salmiakpastille heraus und schob sie sich in den Mund.

Auch Chanele hatte sich jetzt hingesetzt, am anderen Ende des Tischs, ihrem Mann gegenüber. Es war bestimmt Mama gewesen, die Papa dazu überredet hatte, das Mikroskop doch zu kaufen, obwohl es so teuer war. Arthur war sich da ganz sicher und liebte sie sehr dafür. Nur schon wegen Mama hatte er nie verstanden, warum man beim Morgengebet Gott dafür dankt, dass er einen nicht als Frau erschaffen hat.

Christine und Louisli standen unter der Tür und hätten wahrscheinlich auch applaudiert, wenn sie nicht die Platten mit dem gesulzten Karpfen hätten festhalten müssen.

›Es ist schön, zu einer Familie zu gehören‹, dachte Arthur und beschloss, dass er auch einmal drei Kinder haben würde, mindestens drei, und ihnen alles schenken würde, was sie sich wünschten.

»Nu setz dich schon hin«, sagte Chanele. »Du träumst schon wieder.«

1913

36

Es ist schön, zu einer Familie zu gehören‹, dachte Arthur. Er nahm die Brille ab, schloss die Augen und massierte sich zwischen Daumen und Mittelfinger den Nasenrücken. So ein junger Arzt, der keinen nächtlichen Hausbesuch verweigern darf, hat Mühe, während einer langen Zeremonie wach zu bleiben. Die Geste kaschierte ganz unauffällig, dass ihm schon wieder einmal die Tränen gekommen waren, diese unerklärliche Rührung, die ihn immer wieder ganz plötzlich überfiel, gerade in Situationen, in denen er eigentlich glücklich hätte sein müssen.

Er war ja auch glücklich. Natürlich war er glücklich. Warum hätte er nicht glücklich sein sollen?

Wie jedes Jahr zu Pessach war fast die ganze Zürcher Familie versammelt. Dass zwei von ihnen fehlten, dass da eigentlich zwei Stühle mehr in die Runde gehört hätten, jeder mit seinem Kissen, dass da zwei Becher mehr auf dem weißen Tischtuch hätten stehen müssen, daran hatte man sich gewöhnt. Es blieb einem nichts anderes übrig, als sich daran zu gewöhnen.

Es war nun schon sieben Jahre her, seit François …

Es war schon sieben Jahre her, und es war immer noch nicht selbstverständlich. Im Gegenteil: das Schweigen über das, was man nicht erwähnen wollte, wurde mit jedem Jahr lauter. ›Wie wenn wir alle Patienten wären‹, dachte Arthur. ›Wie wenn wir immer noch ein längst amputiertes Glied spüren.‹

Alle andern Meijers waren da. Eigentlich war es gar nicht richtig, sie »die Meijers« zu nennen, denn sie hießen Pomeranz und Kamionker, aber wenn man sie danach gefragt hätte, würden sie sich auch selber so bezeichnet haben. Auf dem Buffet stand, wie zum Beweis, in einem verschnörkelten Rahmen die Fotografie, für die Salomon und Golde einmal widerwillig posiert hatten, sie mit ihrem Scheitel, der schräg saß wie ein verrutschter Kaffeewärmer, er auf seinen Regenschirm gestützt, wie ein Feldherr auf sein Schwert, und beider Mienen durch den Zwang des langen Stillhaltens zu einer strengen Maske verzogen, als wollten sie die Nachwelt einschüchtern. Das Foto war verblasst. Hinda nahm sich immer wieder vor, es endlich an einen anderen Ort zu stellen, wo die Sonne nicht so direkt darauf schien, aber sie vergaß es jedes Mal wieder. Es gab zu viel anderes zu tun in diesem Haushalt.

Gerade heute, wo der Seder für die ganze Mischpoche vorzubereiten gewesen war, hätte man vier Hände haben müssen oder zumindest ein Dienstmädchen. Bei Kamionkers gab es nur eine Zugehfrau, für ein paar Stunden am Tag, und auch die musste manchmal länger auf ihren Lohn warten, als anständig gewesen wäre. Frau Zwicky war nicht sehr tüchtig und schon gar nicht zupackend, sie sah die Arbeit nicht, wenn man sie ihr nicht vor die Nase hielt, aber sie hatte zwei kleine Kinder zu Hause und einen Mann, der nach einem Unfall kein Geld mehr verdiente. So jemanden entlässt man nicht; das hätte Zalman nie zugelassen. »Kannst du nicht wenigstens zu Hause aufhören, ein Unionist zu sein?«, hatte ihn Hinda einmal gefragt und die Antwort bekommen: »Dann wäre ich ein anderer, und sich mit einem fremden Mann einzulassen ist Ehebruch, Frau Kamionker.«

Es war Hinda letzten Endes auch egal, wenn ihr Haushalt nicht perfekt war. Solange sich ihr Mann über die unvermeidlichen kleinen Pannen nur amüsierte – warum sollte sie sich aufregen? Einmal, als die Kinder noch klein waren, war Besuch gekommen, angemeldeter Besuch wohlgemerkt, und ein voller pot de chambre – in solch delikaten Fällen sprach nicht nur Mimi

Französisch – hatte mitten im Zimmer gestanden. Die Damen des Hilfskomitees für die russischen Flüchtlinge erzählten sich die Geschichte noch lange und wussten nicht, worüber sie sich mehr entrüsten sollten: über den unaussprechlichen Gegenstand selber oder über die Tatsache, dass Hinda über den peinlichen Zwischenfall nur gelacht hatte.

Zalman, der tüchtig war wie kaum einer, hätte Karriere machen können, hätte schon lange Vorbereiter sein müssen oder sogar Disponent, statt immer noch als einfacher Schneider an der Maschine zu sitzen und sich die Augen zu ruinieren, aber früher oder später geriet er mit jedem Patron in Streit, irgendwelcher Ungerechtigkeiten wegen, die nicht einmal ihn selber betrafen, sondern immer andere, die sich nicht wehren konnten oder es nicht wagten. Meistens waren das Juden aus dem Osten, von denen nach den zaristischen Pogromen des Jahres 1905 eine ganze Menge bis nach Zürich flohen und hier mit ihren Bitten nach Hilfe und Arbeitsvermittlung so selbstverständlich zu Zalman Kamionker kamen wie früher die Schnorrer zu Salomon Meijer nach Endingen. Zalman verschaffte ihnen Anstellungen, kämpfte ihre Kämpfe für sie, gewann sie auch oft, und wenn er nach siegreich geschlagener Schlacht auf die Straße gestellt wurde, berichtete er zu Hause jedes Mal ganz stolz von seiner Entlassung. »Du bist meschugge«, sagte Hinda dann, und Zalman antwortete: »Zum Glück – sonst würde es dir ja viel zu langweilig mit mir.«

Es war eine gute Ehe, auch wenn im Hause Kamionker das Geld immer knapp war. Aber was ist Geld? Wenn Hinda ihren Mann jetzt im weißen Sargenes auf dem Ehrenplatz des Sedergebenden sitzen sah, wie er sich die Schüssel zum Händewaschen und das Handtuch reichen ließ, dann war er in dieser Runde der Krösus, und es konnte gar nicht anders sein, als dass der Seder bei ihnen stattfand, in ihrer engen Vierzimmerwohnung, nicht bei den Pomeranz', wo die immer kränkliche Mimi die viele Arbeit gar nicht geschafft hätte, und nicht bei Arthur, in dessen Junggesellenhaushalt noch nicht einmal ein ausreichend großer Tisch stand. Und natürlich schon gar nicht bei Mina, die einem so leid tun musste, weil ihr Mann und ihr Sohn …

Nicht daran denken. Nicht heute.

Heute war Pessach, ein freudiges Fest, ein Tag der Befreiung und der Erlösung. »Wer Hunger hat, der komme und esse; wer in Not ist, der komme und feiere den Seder.« Sie hatten die Geschichte des Auszugs aus Ägypten erzählt, sie hatten die traditionellen Fragen gestellt – »Was unterscheidet diese Nacht von allen andern Nächten?« – und die traditionellen Antworten gegeben, sie hatten von den vier Söhnen gehört, dem klugen, dem bösen, dem dummen und dem, der nicht zu fragen versteht, sie hatten die ägyptischen Plagen aufgezählt und bei jeder Plage einen Tropfen Wein aus ihrem vollen Becher entfernt – wenn andere leiden, soll man die eigene Freude vermindern –, sie hatten die symbolischen Speisen gegessen, süßes, lehmiges Charosset und bitteren Meerrettich, ebenso wie die weltlichen, Mazzeknödel und gefüllten Fisch, sie sangen schon das »Schir Hamalaus«, mit dem man das Tischgebet einleitet, sie waren eine jüdische Familie wie alle anderen, eine glückliche Familie, auch wenn François …

Nicht daran denken.

Wie immer wurde aus dem Gesang ein kleiner freundschaftlicher Wettkampf. Zalman hatte aus seinem Kolomea eine andere Aussprache und andere Melodien, als sie in der Schweiz üblich waren, mitgebracht, und wurde nun vom Rest der Familie niedergesungen. Das Ergebnis war eine fröhliche Kakophonie, über die sogar Pinchas schmunzeln musste, der doch die religiösen Traditionen ernster nahm als alle andern.

Zalman saß am Kopf des Tischs wie ein König – ›nein, wie ein Kaiser‹, dachte Hinda, denn je mehr sein Schnauzbart sich auch die Backen eroberte, desto mehr glich Zalman dem Habsburger Franz-Joseph.

Er war ein begeisterter Vater, der am liebsten eine ganze Dynastie von kleinen Kamionkers in die Welt gesetzt hätte. Als damals, vor nun auch schon wieder neunzehn Jahren, Ruben geboren wurde, da hatte Zalman beim Bris, von Vaterstolz und Masel-tow-Bronfen beflügelt, lauthals erklärt: »Die Namen für die nächsten weiß ich auch schon alle«, und hatte angefangen aufzuzählen: »Simon, Levy, Jehuda, Dan, Naftali …«, damit andeutend, dass er, wie der Stammvater Jakob, dreizehn Kinder haben wolle, zwölf Söhne und eine Tochter. Es waren dann nur drei geworden, Ruben und die Zwillingsmädchen, aber die Zahl dreizehn hatte für Zalman und Hinda ihre ganz besondere geheime Bedeutung behalten. Noch jetzt, wo sie doch ein gestandenes Ehepaar waren und über solche Dummheiten längst hinaus, konnte er seine Frau in errötende Verlegenheit bringen, wenn er ihr bei einem langweiligen gesellschaftlichen Anlass ins Ohr flüsterte: »Wollen wir nicht lieber nach Hause gehen und die dreizehn voll machen?«

Ruben sah seine Mutter lächeln und dachte vorwurfsvoll: ›Sie ist nicht bei der Sache.‹ Onkel Pinchas, dem diese Ehre bei jedem Seder zufiel, hatte gerade das Tischgebet angestimmt, und da genügt es zur Erfüllung des Gebotes nicht, nur ganz gewohnheitsmäßig in die gemeinsamen Gesänge einzustimmen und sonst seinen Gedanken nachzuhängen, nein, man muss den Text Wort für Wort mitsprechen und sich seiner Bedeutung bewusst sein. Ruben fühlte sich seit einiger Zeit verpflichtet, in religiösen Dingen rigoros zu denken, schließlich würde er nach den Feiertagen die Schweiz für mindestens ein Jahr verlassen, um auf die Jeschiwe zu gehen. Keine der großen berühmten Jeschiwes, ein so glänzender Student war er auch wieder nicht, aber doch eine richtige, womit er meinte: eine im Osten. Zalman, dem die Traditionen seiner Religion mehr bedeuteten als ihre Wissenschaft, war von Rubens Wunsch zunächst gar nicht begeistert gewesen und hatte sogar Onkel Pinchas, der oft mit Ruben lernte, mit dem Vorwurf verletzt, er wolle aus seinem Sohn unbedingt einen Rebben machen, wo der doch gar nicht den Kopf dazu habe. Aber dann hatte er nachgegeben – »Wenn einer ein Apfelbaum sein will, kann man lange auf Birnen warten!« – und hatte für Ruben ein Studienjahr in seinem heimatlichen Kolomea organisiert, samt Unterkunft bei einem Freund aus Tallisnähertagen, der Ruben sogar ganz kostenlos in seinem Haus aufnehmen wollte. »Für einen Sohn von Zalman Kamionker tue ich alles«, hatte der Freund geschrieben. Diese Großzügigkeit hatte etwas mit einer Prügelei mit besoffenen Ruthenen zu tun, die es an einem Sonntag nach dem Kirchgang für gottgefällig gehalten hatten, einem jungen Juden die Nase einzuschlagen. »Sie waren sechs, und er war allein«, sagte Zalman. »Ich bin ein friedlicher Mensch, aber da musste ich mich einfach einmischen.«

Ruben warf einen missbilligenden Blick auf die Zwillinge, die nicht einmal während des Tischgebets aufhören konnten, miteinander zu tuscheln. Im Übereifer seiner neugefundenen religiösen Strenge fühlte er sich sogar verpflichtet, mahnend den Zeigfinger an die Lippen zu legen, was die beiden mit heftigem Kichern quittierten. Mädchen waren albern, und seine Schwestern waren es ganz besonders.

Die Zwillinge waren zu ihren Namen gekommen, weil Zalman bei ihrer Geburt gemeint hatte: »Ich bin eben doch wie der Stammvater Jakob. Wenn es vielleicht auch keine zwölf Söhne werden, so habe ich doch auch eine Lea und eine Rachel.«

Wer sie nicht kannte, hätte die beiden Siebzehnjährigen nie für Schwestern, geschweige denn für Zwillinge gehalten. Lea kam nach ihrer Großmutter, sie hatte von Chanele die durchgezogene Augenbrauenlinie geerbt, und dazu einen dunkeln Teint, der sich durch nichts aufhellen ließ, so sorgsam sie es auch vermied, sich der Sonne auszusetzen. Rachel, eine Viertelstunde jünger, war fast einen Kopf größer als ihre Schwester und hatte – seit Menschengedenken war so etwas bei den Meijers nicht vorgekommen – flammend rote Haare. Ihr sommersprossiges Gesicht und die hellgrünen Augen passten überhaupt nicht zum Rest der Familie, weshalb Zalman sie liebevoll »meine goijische Tochter« nannte. In einem Punkt allerdings entsprachen Lea und Rachel exakt dem Bild, das man sich von Zwillingen macht: sie waren unzertrennlich. Am liebsten hätten sie auch immer die gleichen Kleider getragen, aber das war ein Luxus, den man sich bei Kamionkers nicht leisten konnte. Man musste mit dem zurechtkommen, was Zalman bei seinen Arbeitgebern billig ergattern konnte, Ausschussware oder Modelle vom vorigen Jahr. So trug Lea an diesem Sederabend ein dunkelrotes Samtkleid, dessen Schnitt viel zu ältlich für eine Siebzehnjährige war, während Rachel in einem weißen Cheviotkleid mit Bengalinekragen noch hellhäutiger aussah als sonst.

Déchirée dagegen …

Natürlich hieß Mimis und Pinchas' späte Tochter nicht wirklich Déchirée. Désirée hieß sie, die Ersehnte. Für Pinchas hätte zwar Deborah, der jüdische Name seiner Tochter, auch ausgereicht – Désirée und Pomeranz, das waren zwei Welten, die nicht wirklich zusammenpassten –, aber da die französische Eleganz seine Frau glücklich machte, wehrte er sich nicht dagegen.

Obwohl … Französische Namen … Wenn François ein ganz gewöhnlicher Schmul geblieben wäre, dann hätte er vielleicht nie …

Nicht gedacht sollte der Sache werden.

Pinchas hätte Mimi damals nach der schweren Geburt jeden Wunsch erfüllt; die Tortur hatte mehr als vierundzwanzig Stunden gedauert, und Désirée war ein besonders großes Kind gewesen. Mimi war auch all die Jahre leidend geblieben. Manchmal verließ sie ganze Tage ihr Bett nicht, trank nur Kamillentee, knabberte Pralinen und legte auf der Bettdecke Patiencen. Sie pflegte die Beschwerden ihrer Mutterschaft mit ebenso viel Hingabe, wie sie früher die Qualen ihrer Kinderlosigkeit gepflegt hatte. Heute zum Beispiel, als man sich an den Sedertisch setzte, hatte sie sich, ihren geschwächten Zustand betonend, von Pinchas und Arthur deren Kissen geben lassen und sich ein richtiges kleines Sofa gebaut, auf dem sie jetzt thronte, eine Herrscherin, die des Regierens längst überdrüssig ist und es doch nie aufgeben wird.

Désirée war von klein auf eine musterhafte Tochter gewesen, ein Kind, das wenig Schwierigkeiten machte, und wenn sie trotzdem einmal etwas tat, das Mimi nicht behagte, zu laut lachte oder genau dann Klavier üben wollte, wenn Mama sich ausruhte, dann wurde sie mit dem immer gleichen Vorwurf in die Schranken gewiesen: »Ah, ma petite, mais tu m'as déchirée!« Mimi verwendete dieses unwiderlegbare Argument so oft, dass daraus irgendwann ein Übername geworden war, und sogar Désirée selber nahm es längst nicht mehr übel, wenn sie damit angesprochen wurde.

Sie trug auch heute wieder ein Kleid, auf das Lea und Rachel nur neidisch sein konnten. Obwohl sie doch auch erst neunzehn war, nur zwei lumpige Jahre alter als ihre Kusinen, war es kein Backfischkostüm, sondern ein sehr erwachsenes handbesticktes Crêpe-Voile-Kleid mit Valenciennes-Einsätzen, ein Modell, wie Zalman auf den ersten fachmännischen Blick festgestellt hatte, das aus Frankreich importiert sein musste; hier in der Schweiz wurde eine solche Qualität gar nicht hergestellt. Ihr dunkles Haar, streng in der Mitte gescheitelt, war mit einem durchbrochenen Zierkamm festgesteckt, der tatsächlich aus echtem Silber zu sein schien. Trotz des eleganten Aufputzes hatte Désirée, überbehütet und ihr Leben lang beim kleinsten Unwohlsein ins Bett gesteckt, etwas attraktiv Hilfloses an sich. Sie saß mit gesenktem Blick da, die Hände in den Schoß gelegt, und beim gemeinsamen Gesang bewegten sich ihre Lippen nur lautlos.

Der vorletzte Satz des Tischgebetes, so will es der rücksichtsvolle Brauch, wird nur geflüstert, denn die Worte »Ich war ein

Knabe und bin alt geworden, und habe nie einen Gerechten in Not gesehen oder seine Nachkommen um Brot betteln« könnten ja einen bedürftigen Tischgast in seinen Gefühlen verletzen. Heute war allerdings niemand anwesend, der nur aus Mitleid eingeladen war, wenn man nicht Mina dazu zählen wollte, die als verheiratete Frau und Mutter ganz allein zu einem fremden Seder gehen musste, weil ihr Mann …

Es stand ein überzähliger Becher auf dem Tisch, bis zum Rand mit Wein gefüllt, aber er wartete nicht auf François, sondern auf den Propheten Elija. Es war immer noch wahrscheinlicher, dass der Prophet sich ausgerechnet diese Wohnung – Rotwandstraße 12, dritte Etage – und dieses Datum – den 21. April 1913 – aussuchen würde, um die baldige Ankunft des Erlösers zu verkünden, als dass François Meijer, Warenhausbesitzer und erfolgreicher Geschäftsmann, noch einmal im Kreis seiner Familie ein solches Fest feiern würde.

Denn das war es, worüber man an diesem Sedertisch so überlaut schwieg: François Meijer hatte sich taufen lassen.

Hatte sich schmatten lassen.

Hatte sich sein Judentum entfernen lassen wie einen lästigen Pickel.

Sieben Jahre war das jetzt her, und die Frage nach dem »Warum?«, nach dem »Wie konnte er nur?«, nach dem »Wieso hat er uns das angetan?« wurde in kleinem Kreise immer noch mit größter Heftigkeit diskutiert. Nicht heute natürlich, denn heute saß ja Mina mit am Tisch. Mina, François' Frau. Für sie war es am allerschwersten gewesen, da waren sich alle einig, eine jüdische Frau mit einem goijischen Mann, und trotzdem hatte sie sich von François nicht scheiden lassen, sondern lebte immer noch weiter mit ihm zusammen. Die Zyniker unter den Zürcher Juden – und von denen gab es nicht wenige – meinten, sie habe sich wohl von seinem Geld nicht trennen können, denn François Meijer war schneller reich geworden als andere, und, wie man sich zuflüsterte, nicht immer mit den saubersten Mitteln. Mildere Gemüter führten Minas überraschende Treue auf ganz praktische Schwierigkeiten zurück: »Wie soll ein Goi einen Get schreiben?« Der Get ist der Trennungsbrief, den der Mann seiner Frau ausstellen muss, um die Scheidung rechtskräftig zu machen und ihr eine neue Ehe zu ermöglichen, und da er auch ein religiöses Dokument ist, kann ihn ein Nichtjude natürlich nicht ausstellen.

Der wirkliche Grund war, dass Mina ihren Sohn nicht verlieren wollte, denn François – und das verübelte ihm vor allem Hinda mehr als alles andere – hatte auch Alfred mit zum Schmatten geschleppt, einen unschuldigen Zwölfjährigen damals, der die Tragweite des Geschehens überhaupt nicht einschätzen konnte. »Nicht einmal die Bar Mizwe hat er ihm gegönnt«, sagte sie jedes Mal, wenn sie mit Zalman darüber sprach, als sei gerade dieses Detail das Verachtenswerteste an der Sache.

Arthur, der Grübler und Theoretisierer, war der einzige in der Familie, der es für möglich hielt, dass François – wenn das auch eigentlich nicht zu dessen berechnender Art passte – eine echte Epiphanie erlebt hatte, dass ihn damals eine alles über den Haufen werfende Erkenntnis, echt oder vermeintlich, dazu gebracht hatte, seiner angestammten Religion abzuschwören und eine andere anzunehmen. Aber Arthur, das wusste jeder, hatte seinen älteren Bruder schon immer über alle Maßen bewundert, und überhaupt neigte er dazu, viel zu leicht eine entschuldigende Erklärung für fremde Fehler zu finden, »als ob er selber etwas versteckt, von dem er hofft, dass es ihm ebenso verziehen wird«, hatte Chanele einmal nachdenklich gesagt.

Sie und Janki hatte die Geschichte hart getroffen; Chanele, weil sie befürchtete, dass ihr ältester Sohn jetzt ein Leben lang kein Gleichgewicht mehr finden würde, und Janki aus Sorge um seinen Ruf in der Gemeinde. In der ersten Erregung schwor er sogar, nie mehr ein Wort mit seinem Sohn zu sprechen, und hätte den Vorsatz wohl auch durchgehalten, wären da nicht immer wieder diese ganz unvermeidlichen geschäftlichen Besprechungen gewesen. François' Warenhaus war auch mit Jankis Geld errichtet worden, eine Investition, die diesen zu einem wohlhabenden Mann gemacht hatte. Aber seit sieben Jahren schlug er jedes Mal wieder die Einladung aus, zum Seder nach Zürich zu kommen und spulte lieber ganz allein mit Chanele in seinem viel zu großen Badener Esszimmer eine freudlose Zeremonie ab. In Zürich hätte er in die Synagoge gehen müssen, und dort wären ihm die Kahns begegnet, Minas Eltern, die ihn jedes Mal so vorwurfsvoll anschauten, als habe er seinen Sohn persönlich zum Taufstein geschleppt. Mina selber hatte nie jemandem einen Vorwurf gemacht. Sie ertrug den Entschluss ihres Mannes, wie sie als junges Mädchen ihre Kinderlähmung ertragen hatte, geduldig und ohne sich zu beschweren.

Für Pinchas war François' Konversion ein Anlass zur Trauer gewesen, und er wich dem Thema gern aus: einen schmerzenden Körperteil belastet man nicht. Mimi hatte ein für alle Mal ein Wortspiel erfunden, mit ›chrétien‹ und ›crétin‹, und das warf sie immer wieder neu in die Debatte, auch wenn schon beim ersten Mal niemand darüber gelacht hatte.

Zalman kam, ohne es zu wissen, mit seiner ganz praktischen Erklärung den Tatsachen am nächsten. »Andere erkaufen sich was«, war seine Meinung. »François wird sich was ertauft haben.«

Das Tischgebet war zu Ende, der dritte Becher getrunken und der vierte eingeschenkt. Im Ritual des Sederabends kam jetzt die Stelle, wo man die Wohnungstür öffnet, um den Propheten Elija einzulassen, der, so will es die Verheißung, am Vorabend des Pessachfestes eintreffen wird, um die Zeit der Erlösung anzukündigen. Désirée saß der Tür am nächsten, und so wurde sie losgeschickt. Es war schon gegen elf Uhr nachts – so ein Sederabend kann lange dauern –, und sie musste sich ihren

Weg durch den Flur ertasten. Hinter ihr intonierte Zalman das Gebet, in dem Gott aufgefordert wird, seinen Zorn über die Ungläubigen auszugießen. Im Treppenhaus brannte das Gaslicht, und durch die Milchglasscheibe sah es einen Moment lang so aus, als stehe da jemand vor der Tür und warte nur darauf, eingelassen zu werden.

»Sie haben Jakob verschlungen«, rezitierte Zalman auf Hebräisch, »und seine Wohnstätte zerstört.«

Jemand – wahrscheinlich Mimi, die sich immer vor Einbrechern fürchtete – hatte an der Tür die Sicherheitskette vorgelegt. Désirée brauchte einen Moment, bis sie den Haken gelöst hatte.

»Verfolge sie mit Deinem Zorn, und rotte sie aus unter den Himmeln des Herrn.«

Die Tür ächzte beim Aufgehen wie ein Schwerkranker, der nur mit Mühe atmet.

Es wartete tatsächlich jemand auf dem Treppenabsatz: ein junger Student in voller Couleur, mit Zerevis, Brustband und Zipfelbund, alles in den grünweißen Farben seiner Verbindung. Er schwankte ein bisschen, und als er zu sprechen begann, roch sein Atem nach Bier.

»Hallo, Déchirée«, sagte der Student. »Déchirée«, sagte er, als kennten sie sich. »Heute sind doch alle Hungrigen eingeladen. Da hab ich mir gedacht, ich komme einfach mal vorbei.«

»Wer …?«, fragte Désirée und musste schlucken, bevor sie den Satz zu Ende sprechen konnte. »Wer sind Sie?«

»Kennst du mich nicht mehr?«, sagte der Student. Er rülpste, hob die Hand halb zum Mund und winkte dann müde ab: es war zu viel Aufwand, die Bewegung zu Ende zu führen. »Ich bin doch Alfred. Alfred Meijer. Der Goi.«

37

»Scandaleux«, sagte Mimi.

Sie sagte es schon zum vierten oder fünften Mal bei diesem späten Frühstück und strich dabei mit so viel wütender Inbrunst Butter auf ihre Mazze, dass die auf dem Teller in kleine Stücke zerbröselte. Die Satinschleife, die ihr Morgenkleid aus türkisch gemustertem Baumwollmusselin in allzu bunter Eleganz am Hals abschloss, flatterte einen Augenblick lang ins Leere und kam dann auf ihrem Busen wieder zur Ruhe. Mimi war nicht dick geworden, certainement pas, aber sie hatte, je näher sie auf die Sechzig zuging, doch gewisse matronenhafte Züge angenommen, »statuesk« hieß das in den Romanen, die sie immer noch gerne las, und es verlieh ihr, wie sie vor dem Spiegel immer wieder feststellte, eine gewisse Würde. Ihr Gesicht war immer noch glatt, was sie mit Puder und Crèmes auch eifrig unterstützte; nur links und rechts vom Mund, unter den etwas teigigen Wangen, zogen sich zwei tiefe Falten bis zum Kinn hinunter, wie sie einem das Leben halt ins Gesicht zeichnet, wenn man viel hat mitmachen müssen; andere Leute machten sich da keine Vorstellung.

»Scandaleux«, wiederholte Mimi. »Natürlich war er betrunken. Bei ihren Kneipereien, oder wie sie das nennen, saufen sie Bier wie Säue am Trog. Diese Frechheit, einfach hereinzukommen und sich zu uns an den Tisch zu setzen! Als gehörte er zur Familie!«

Désirée hatte die Augen gesenkt und betrachtete angelegentlich eine winzige herausgebrochene Stelle an ihrer Kaffeetasse. Man nimmt für Pessach nicht das allerbeste Geschirr; es steht doch das ganze Jahr nur auf dem Estrich und wartet darauf, dass man es für die eine Woche herunterholt. Wenn man mit dem Fingernagel den Rand der Tasse entlangfuhr, machte er an der kaputten Stelle jedes Mal ein leises klickendes Geräusch, fast nicht zu hören. »Ein Verwandter ist er ja doch«, sagte Désirée, ohne den Blick zu heben.

»Nicht von mir. Verwandtschaft ist etwas anderes. Man muss bedenken, wo er herkommt, dieser … dieser Student.« Mimi sprach das Wort so angewidert aus, als fände sich im ganzen Konversationslexikon kein Verächtlicheres. »Schon Chanele – du weißt, dass ich sie liebe, hundertzwanzig soll sie werden gesunderheit, aber sie ist nun mal nur ein angenommenes Kind. Und Janki … ein Enkel von einem Onkel von einem Großvater. Wenn das Mischpoche ist, bin ich mit der ganzen Welt verwandt. Ein Hergelaufener. Stand bei uns in Endingen mitten in der Nacht vor der Tür, wie … wie …«

»Wie Alfred gestern?«

»Alfred!« Mimis Empörung hatte sofort eine neue Richtung gefunden, ein Hund, der einer frischen Duftspur nachjagt. »Was das schon für ein Name ist: Alfred!«

»Dafür kann er nichts. Ich heiße auch Désirée, obwohl …«

»Obwohl? Obwohl?« Wenn Mimi sich enervierte, bekam sie ganz rote Backen, wie eine robuste Marktfrau.

»Entschuldige, Mama«, sagte Désirée, und hatte doch gar nichts gesagt, für das man sich entschuldigen müsste.

»Einfach vor der Tür.« Mimis Empörung blubberte immer noch vor sich hin, wie die Milch weiterschäumt, wenn man sie schon vom Feuer genommen hat. »Und getraut sich auch noch mitzusingen.«

Beim Hallel hatte Alfred noch stumm dabeigesessen. Es hatte sich ein Stuhl für ihn gefunden, und Rachel hatte sogar ein Kissen holen müssen, aus ihrem eigenen Bett, denn ein Kissen gehört dazu am Sederabend. Aber er lehnte sich nicht an, saß mit durchgedrücktem Rücken da, beide Füße fest auf den Boden gepflanzt, einer, der gleich wieder aufstehen und gehen wird.

Sie hatten alle versucht ihn nicht anzustarren, aus Höflichkeit oder aus Verlegenheit, wer konnte das schon sagen? Nur Ruben fixierte seinen Cousin die ganze Zeit, wie er vielleicht ein Stück Schweinefleisch fixiert haben würde, das nach einer Kette ineinander verhakter Zufälle auf dem Sedertisch gelandet war – in den ausgeklügelten Beispielfällen des Talmud kommen ungewöhnlichere Situationen vor. »Du bist ein treijfener Goi und hast hier nichts zu suchen!«, sollte dieser Blick sagen.

Im Stammlokal seiner Verbindung – aber das konnte wieder Ruben nicht wissen – würde Alfred jemanden, der ihn so angesehen hätte, sofort aufgefordert haben, ihm seine Sekundanten zu nennen. Hier bemerkte er die Blicke überhaupt nicht. Er schien auch nicht zu hören, wie die Zwillinge immer wieder herausprusteten, so heftig sie auch, im vergeblichen Bemühen, sich zu beherrschen, ihre Servietten an den Mund pressten. Er saß nur einfach da und schwankte ganz sacht vorwärts und zurück. Vorwärts und zurück.

Wie einer, der schockelt.

Einmal, im exakten Augenblick, als der Chor der andern »Omeijn!« rief, entschlüpfte ihm ein Rülpser. Er sprang auf, schlug die Hacken zusammen und schien zu einer Entschuldigung ansetzen zu wollen. Aber dann vergaß er, was er hatte sagen wollen, sah sich mit verwirrten Augen um und setzte sich wieder hin.

Arthur nahm seine Brille ab und presste die Fingerspitzen gegen den Nasenrücken. ›Der arme Junge weiß nicht, wo er hingehört‹, dachte er. ›Das ist das Schrecklichste, was einem passieren kann.‹

Hinda hatte Minas Hand gefasst und drückte sie ganz fest. Die Geste sagte: »Ich weiß, wie es jetzt in dir aussieht«, und Mina war dankbar für die fromme Lüge. Natürlich konnte sich Hinda, der im ganzen Leben nie etwas wirklich Schlimmes zugestoßen war, auch nicht im Entferntesten vorstellen, was in diesen Minuten in ihrer Schwägerin vorging, aber Trost bezieht seine Kraft nicht aus dem Verstehen, sondern aus der guten Absicht. Da saß nun also plötzlich Minas Sohn mit am Tisch, ihr einziges Kind, war zur falschen Zeit am falschen Ort und in der falschen Welt, war betrunken und durcheinander und lächerlich, und sie durfte ihn nicht in den Arm nehmen und an sich drücken, durfte ihm seine Verwirrung nicht einfach wegküssen, wie sie ihm als kleinem Kind seine Wehwehchen weggeküsst hatte. Nur ansehen durfte sie ihn. Sie hatte sich ihr Leben lang immer alles ansehen müssen.

Zalman, der Hausherr, versuchte so zu tun, als sei überhaupt nichts vorgefallen. Es gelang ihm nicht wirklich. Er sang das Hallel lauter als nötig, und wischte sich nach dem vierten Becher mit allzu auffälliger Unbefangenheit die Lippen ab. Dann waren sie beim allerletzten Teil des Seders angekommen, bei den mittelalterlichen Liedern, die keine rituelle Bedeutung mehr haben, die man nur singt, weil man sie immer gesungen hat und der Abend ohne sie unvollständig wäre. Sie sangen das ›Adir hu‹, und ganz plötzlich, beim »bimheijro, bimheijro«, stimmte Alfred in den Gesang mit ein. Sieben Jahre war er an keinem Seder mehr gewesen, und gesungen hatte er nur mit seinen Verbindungsbrüdern, ›Gaudeamus igitur‹ und ›Als die Römer frech geworden‹. Aber jetzt war in ihm eine Erinnerung aufgestiegen, vielleicht weil er zu betrunken war, um ihr auszuweichen, und er sang mit den anderen, als sei das ganz selbstverständlich.

Ruben verstummte sofort; in seiner jugendlich strengen Religiosität kam es ihm wie eine Sünde vor, ein Lied, das die mystischen Eigenschaften Gottes preist, gemeinsam mit einem Getauften zu singen. Aber nicht einmal Onkel Pinchas schloss sich seinem stummen Protest an, und so stimmte er beim nächsten Refrain betont kräftig wieder in den Chor ein. Ruben hatte eine raue Stimme, in die sich dann und wann ein Kieksen einschlich, als habe er, der doch schon alt genug für die Jeschiwe war, den Stimmbruch immer noch nicht hinter sich gebracht.

Alfred dagegen intonierte die alten Melodien mit einem samtweichen Bariton, der seinen Bieratem und den unpassenden Aufzug vergessen ließ. Er hatte die Augen geschlossen und lächelte beim Singen vor sich hin. ›Ein kleiner Junge‹, dachte Désirée.

Sie sangen die Lieder mit allen Wiederholungen. Gegen Ende des abschließenden aramäischen Rundgesangs, der von dem Lämmchen erzählt, das der Vater um zwei Sus gekauft hat, verstummten alle wie auf Verabredung, und ließen Alfred die letzte Wiederholung allein singen. Er wusste tatsächlich – sieben Jahre! – noch die ganze rückläufige Kette auswendig, ließ Gott den Todesengel schlachten, und den Todesengel den Schlächter töten, ließ den Schlächter den Ochsen erschlagen und den Ochsen das Wasser trinken, das Wasser löschte das Feuer, das Feuer verbrannte den Stock, der Stock schlug den Hund, der Hund biss die Katze, weil die doch das Lämmchen gefressen hatte, das der Vater um zwei Sus gekauft hatte, das Lämmchen, das Lämmchen.

Nach dem letzten Lied des Seders kommt immer ein Moment der Verlegenheit. Man ist einen Abend lang einem vorgeschriebenen Ritual gefolgt, man hat einen vertrauten Weg abgeschritten und muss jetzt erst wieder die eigene Richtung finden. An diesem Abend – was unterscheidet diese Nacht von allen andern Nächten? – war dieses Gefühl besonders stark. Sie schauten alle auf Alfred, der immer noch sacht schaukelnd dasaß und der eigenen Stimme nachlauschte. Dann öffnete Alfred die Augen, nicht wie einer, der erwacht, sondern wie einer, der erschrickt, er sah sie an und stand auf, schlug die Hacken zusammen und sagte: »Ich bitte um Entschuldigung. Ich gehöre nicht hierher.« Und ging zur Tür, so kerzengerade, wie Betrunkene manchmal gehen, rülpste noch einmal und war verschwunden.

»Scandaleux«, sagte Mimi.

Désirées Fingernagel kreiste um den Rand ihrer Tasse.

Hoffentlich kam Papa bald nach Hause.

Im Betlokal der Israelitischen Religionsgesellschaft war der Morgengottesdienst um einiges später zu Ende als in der großen Synagoge an der Löwenstraße. Man nahm es hier mit all den überlieferten Einschaltungen und Gebetszusätzen sehr genau; schließlich hatte man sich damals nicht nur wegen des Harmoniums und der Frauenstimmen im Synagogenchor von der großen Gemeinde getrennt. Man wollte die althergebrachten aschkenasischen Traditionen bewahren, und zwar ohne Ausnahme, denn wenn man nur einen Tag lang aufhört, die Löcher in einem Damm zu stopfen, ist früher oder später die Flutwelle nicht aufzuhalten.

Pinchas hatte sich der Religionsgesellschaft nicht von Anfang an angeschlossen. In übermäßiger Korrektheit hatte er befürchtet, man könne ihm eigennützige Beweggründe unterstellen, denn natürlich waren die orthodoxen Mitglieder der Austrittsgemeinde die besten Kunden für ein koscheres Lebensmittelgeschäft. Aber das war jetzt bald zwanzig Jahre her, und zwischen den beiden Gemeinden gab es schon lange keine Spannungen mehr. Man hatte ihm sogar angeboten, sich in den Vorstand wählen zu lassen, aber das hatte er – auch wieder aus Rücksicht auf seine Kundschaft – bisher immer abgelehnt. Vielleicht wenn sie ihn noch einmal fragten …

Die Sonne wärmte schon ein bisschen an diesem Frühlingsmorgen, und so lösten sich die schwatzenden Grüppchen vor dem Betlokal nur langsam auf. Ringsumher war ganz gewöhnlicher Alltag, ein Lehrling schob einen Karren mit Paketen zur Post, ein Bierkutscher wuchtete Fässer von seinem Wagen, und mitten im Meer dieser werktäglichen Geschäftigkeit standen da auf einer unsichtbaren Insel festlich gekleidete Männer mit herausgeputzten Kindern an der Hand und lüfteten Abschied nehmend immer noch einmal die glänzenden Zylinder. Dabei wurden auf ihren Hinterköpfen die kleinen schwarzen Käppchen sichtbar, die sie unter ihren Hüten trugen, um auch nicht den kleinsten Moment ehrfurchtslos barhäuptig dazustehen.

Fast als Einziger hatte Arthur einen ganz gewöhnlichen schwarzen Hut aufgesetzt. Das war bei Junggesellen üblich, nur dass in dieser Gemeinde Männer seines Alters nur noch selten Junggesellen waren. Er hatte sich, obwohl er kein Mitglied war, in letzter Zeit angewöhnt, Pinchas ins Betlokal an der Füsslistraße zu begleiten, und galt dort auf seine Art als ein Frommer, weil man ihn oft, wenn die Gemeinde ein Gebet schon beendet hatte, immer noch mit geschlossenen Augen dastehen sah, scheinbar tief in seine Andacht versunken. In Wirklichkeit blätterte Arthur die Seiten im Gebetbuch nur ganz mechanisch um, wenn seine Sitznachbarn dasselbe taten, und benutzte die murmelnde Regelmäßigkeit des Gottesdienstes dazu, seinen eigenen Gedanken nachzuhängen, Gedanken, die sich im Kreis drehten, in einem endlosen Kreis um den immer selben Mittelpunkt, zu dem er sich nicht hinwagte.

Er war natürlich bei den Pomeranz' zum Pessachfrühstück eingeladen. »Die Damen werden zwar nicht auf uns gewartet haben«, meinte Pinchas. »Wenn Mimi Hunger hat, dann hat sie Hunger. Dr. Wertheim meint auch, sie soll essen, wenn sie Appetit hat. Sie braucht das in ihrem Zustand.«

Arthur kannte Dr. Wertheim als einen ältlichen Kollegen, der vor allem bei Patienten, die nicht wirklich krank waren, sehr beliebt war, weil er ihnen statt Diäten lieber Badekuren verordnete. Mimis »Zustand«, so vermutete er, würde sich in keinem Handbuch der Medizin finden lassen, sondern war, trotz aller Strapazen, die ihre späte Mutterschaft damals mit sich gebracht haben mochte, nicht mehr als eine handliche Ausrede, um unangenehmen Pflichten auszuweichen und immer genau das zu tun, worauf sie gerade Lust hatte. Aber er nickte nur und sagte: »Vielleicht könnten wir noch einen kleinen Umweg machen. Ich möchte dir etwas zeigen.«

Auf dem Weg zur anderen Seite der Bahnhofstraße kamen sie natürlich auf Alfreds überraschenden Besuch beim Seder zu sprechen. Es war eines jener Ereignisse, die man sich, hin und her, immer wieder zurechterzählen muss, bis sie den gebührenden Platz im Museum der Familienerinnerungen gefunden haben, säuberlich eingeordnet und beschriftet.

»Wenn ich an Zalmans Stelle gewesen wäre«, meinte Pinchas, »ich hätte ihn rausgeschmissen. Aber ich war ja nicht der Hausherr.«

»Und wieso?«

»So etwas passt sich nicht«, sagte Pinchas, und das ist unter Juden eine Formulierung, gegen die mit keinem Argument anzukommen ist.

Ein paar Schritte gingen sie schweigend nebeneinander her. Arthur grüßte eine Patientin, die ihnen mit einem Einkaufskorb über dem Arm entgegenkam, und die schaute ganz überrascht dem jungen Herrn Doktor nach, der sich da an einem ganz gewöhnlichen Tag in so einen feierlichen Aufzug geworfen hatte. ›Es wird ihm jemand gestorben sein‹, dachte sie.

»Ich habe Mitleid mit dem Jungen«, sagte Arthur.

»Er ist kein Junge mehr. In seinem Studentenaufputz kommt er sich bestimmt äußerst erwachsen vor. Wir müssen wohl dankbar sein, dass er nicht auch noch seinen Säbel mitgebracht hat.«

»Es kann keiner etwas dafür, dass er so ist, wie er ist.«

Pinchas sah Arthur überrascht an. »Warum so heftig?«

»Ihr geht alle auf ihn los, und dabei …«

»Es war Pessach, und er ist ein Goi.«

»Weil man ihn dazu gemacht hat. Es ist schlimm, wenn man nicht weiß, wo man hingehört.«

»Man findet es nicht heraus, indem man sich besäuft.«

Sie hätten sich beinahe gestritten, aber wie immer in solchen Situationen lenkte Arthur ein. Hinterher, das wusste er jetzt schon, würde er deswegen mit sich selber unzufrieden sein.

Zum Glück waren sie bei dem Schaufenster angekommen, das er Pinchas zeigen wollte. Es gehörte zu einem winzigen Laden an einer der Gassen, die zum Rennweg hinaufführen, und war kaum groß genug für die prächtig bestickte Vereinsfahne, die dort ausgestellt war. Weiß und blau war sie, die mattschimmernde Seide mit goldenen Fäden bestickt. »Schau dir das an!«, sagte Arthur. »Genau das ist es, was wir brauchen!«

»Standschützen Herrliberg«, las Pinchas. »Was hast du mit denen zu tun?«

»Nicht diese Fahne, natürlich. Eine Fahne wie die. Dieselbe Qualität, meine ich. Ich hab mich erkundigt. Baumwollsamt muss es sein, mit besonders dichtem Flor, und Fahnenrips und reine Seide. Der Faden heißt Japangold. Das ist der teuerste, aber er glänzt auch noch in hundert Jahren.«

»Wozu brauchst du …?«

»Für den Jüdischen Turnverein. Ohne richtige Fahne machen wir uns an jedem Turnfest lächerlich.«

»Ich denke, du bist da gar nicht mehr dabei?«

»Doch, irgendwie schon«, sagte Arthur und wirkte überraschend verlegen. »Das heißt: eigentlich sogar sehr.«

Es war vor drei oder vier Jahren gewesen, dass sich Arthur, der in der Schule die Turnstunden immer gefürchtet hatte, plötzlich ganz intensiv für Sport interessierte. Er war in den Turnverein eingetreten, damals eine eher belächelte Neugründung, und hatte sich dort sehr aktiv betätigt. In der Familie hatte man nur den Kopf geschüttelt, besonders als er sich ausgerechnet das Ringen als seine persönliche Sportart aussuchte, denn für körperliche Dinge war Arthur nie besonders begabt gewesen. »Er überlegt jeden Schritt so lange, bis er über die eigenen Füße stolpert«, hatte Onkel Salomon einmal von ihm gesagt. Überraschenderweise stellte er sich dann nicht einmal ungeschickt an, vielleicht weil ihm beim Ringen seine anatomischen Fachkenntnisse nützlich waren, und es gab einen speziellen Griff, den Nackenhebel, mit dem er mehr als einmal auch kräftemäßig überlegene Gegner zu Fall brachte. Er gewann sogar einmal die Vereinsmeisterschaft im griechisch-römischen Stil, obwohl sein Gegner, ein kräftig gebauter Lehrling namens Joni Leibowitz, allgemein als Favorit gegolten hatte.

Und dann, genauso plötzlich, wie sie begonnen hatte, war Arthurs Begeisterung für den Sport wieder verschwunden, und wenn man ihn heute darauf ansprach, antwortete er nur mit einem Schulterzucken und einem verlegenen Lächeln.

»Ich bin nicht mehr aktiv«, erklärte er jetzt, »schon lange nicht mehr, aber so ein Verein braucht doch einen Arzt, und da habe ich mich bereit erklärt …«

»Gehört es zu den ärztlichen Obliegenheiten, für den Verein eine Fahne zu organisieren?«

»Ich habe halt gedacht …« Arthur war völlig grundlos errötet, eine Schwäche, unter der er schon als Kind gelitten hatte. »Du könntest mir dabei helfen«, sagte er. »Du schreibst doch ab und zu für das *Israelitische Wochenblatt*. Wenn man dort einen Aufruf publizieren würde … Für eine Geldsammlung. So eine Fahne ist teuer.«

»Wie teuer?«

»Sehr teuer«, sagte Arthur und errötete schon wieder.

Es war durchaus üblich, sich mit einem ›Eingesandt‹ das Geld für eine Anzeige zu sparen, und es gab keinen Grund, warum Pinchas ihm den kleinen Gefallen nicht tun sollte. »Das wird sich schon machen lassen«, sagte er. »Aber jetzt habe ich erst mal Hunger. Jedes Jahr freue ich mich schon Tage vorher auf das erste Mazze-Frühstück. Eine dicke Schicht Butter und dann Erdbeerkonfitüre drauf.«

Vor dem Haus – Mimi und Pinchas wohnten jetzt an der Morgartenstraße – stand ein Dienstmann und studierte mit zusammengekniffenen Augen die Klingelknöpfe, wie jemand, der nicht lesen kann und sich auf Kurzsichtigkeit herausredet.

»Kann ich Ihnen helfen?«, fragte Pinchas.

Der Dienstmann schob die rotschwarze Mütze, deren Messingbuchstaben ihn als die Nummer 46 akkreditierten, auf den Hinterkopf und rieb sich, obwohl es überhaupt nicht heiß war, mit einem fleckigen Taschentuch die Stirne trocken. »Ich soll hier einen Brief abgeben«, sagte er schließlich. »Aber der wohnt nicht hier.«

»Welcher Name?«

»Meier«, sagte der Dienstmann und fügte mit der Miene eines Wissenschaftlers, der gerade eine große Entdeckung gemacht hat, hinzu: »Wissen Sie, es ist schon komisch. Da heißen so viele Leute Meier, aber wenn man einmal einen sucht, dann gibt es ihn nicht.«

»Darf ich den Brief sehen?«

Der Dienstmann holte einen Umschlag aus der Innentasche seines uniformähnlichen Jacketts, trat einen Schritt zurück und studierte, abgedreht und mit schützend vorgebeugtem Oberkörper, die Anschrift, ein Schüler, der seinen Nachbarn nicht abschreiben lassen will. »Es heißt schon Meier«, sagte er dann und nickte mehrmals. »Mit einem ganz komischen Vornamen.« Er hielt sich den Umschlag so nahe vor die Augen, dass sein ganzes Gesicht dahinter verschwand. »Pinchas Meier.«

»Dann ist der Brief bestimmt für mich«, sagte Pinchas.

»Heißen Sie Meier?«, fragte der Dienstmann misstrauisch.

»Ich heiße Pomeranz.«

»Der Brief ist für Meier.«

»*Ich* heiße Meijer«, mischte sich Arthur ein.

»Und Sie wohnen hier?«

»Nein«, setzte Arthur an, »ich bin …« Der Dienstmann begann den Kopf hin und her zu bewegen, ganz langsam von links nach rechts und wieder zurück, als wolle er sagen: »Ich bin viel zu schlau, um auf Betrüger hereinzufallen!«, und so entschloss sich Arthur zu einer kleinen Notlüge. »Ja, ich wohne hier.«

»Und Sie heißen Meier?«

»Ja.«

»Pinchas Meier?«

»Gewissermaßen«, sagte Arthur.

Im Weggehen war der Dienstmann endgültig überzeugt, dass hier etwas nicht mit rechten Dingen zugegangen war. Nicht einmal ein Trinkgeld hatte er bekommen. Er konnte nicht wissen, dass Juden an Feiertagen kein Geld in der Tasche tragen dürfen.

Sie öffneten den Brief am Esszimmertisch, wo Mimi und Désirée immer noch bei ihrem späten Frühstück saßen.

Lieber Onkel Pinchas,

Ich weiß noch so vieles und trotzdem kann ich mich an Deinen Familiennamen nicht erinnern. Ich schreibe einfach ›Meijer‹ auf den Umschlag. Du warst immer Onkel Pinchas für mich, und ich hoffe, Du nimmst es mir nicht übel, wenn ich Dich immer noch so nenne.

Ich weiß noch die Geschichten, die Du uns erzählt hast, wenn ich euch besuchte, um mit Désirée zu spielen. In einem kam ein Fisch vor, der war so groß, dass Matrosen auf ihm ein Feuer anzündeten und Picknick machten. Ich habe damals an diesen Fisch geglaubt, und irgendwie glaube ich immer noch daran.

Einmal hast Du mir erzählt, dass Dir ein Zahn fehlt, und dass Dir der Doktor einen künstlichen eingesetzt hat. Ich sollte raten, welcher es war, und ich konnte es nicht herausfinden. Sie sahen alle gleich aus, und trotzdem war einer falsch und die anderen echt. Ich konnte das überhaupt nicht verstehen.

Zu meiner Barmizwah, das weiß ich auch noch, hast Du mir ein ganz besonderes Geschenk versprochen. Ich habe es nie bekommen.

Ich bin nicht mehr betrunken, auch wenn sich das alles

vielleicht so liest. Wir mussten mit deutschen Kommilitonen die Eröffnung des neuen Universitätsgebäudes feiern und sind drei Tage vom Biertisch nicht weggekommen.

Ich schreibe diesen Brief, um mich bei Dir und bei Tante Mimi und bei Désirée zu entschuldigen. Ich habe mich unmöglich benommen, und das hatte nicht nur mit dem Trinken zu tun. Es gibt manchmal Momente

Der Satz hörte hier auf, ohne Punkt und Komma, und was dann kam, war offensichtlich später dazugesetzt: dieselbe Handschrift, aber viel eckiger und kontrollierter.

Ich bitte euch, mir zu verzeihen, und verspreche, dass ich euch nie mehr mit solch unsinnigen Auftritten belästigen werde.

Mit vorzüglicher Hochachtung

Alfred Meijer

Pinchas faltete den Brief ganz sorgfältig zusammen, wie man ein Dokument zusammenfaltet, das man noch für einen Prozess benötigen wird. Arthur hatte die Brille abgenommen und rieb sich die Nase. Désirée schien die Mazzenkrümel auf dem Tischtuch zu zählen.

»Scandaleux«, sagte Mimi.

38

François hatte seinen Fahrer nur eingestellt, weil er Landolt hieß. Der war vorher Fuhrkutscher bei ihm gewesen, und François hatte ihm eine Chauffeursmütze gekauft und ein Paar Lederhandschuhe und hatte ihn das lernen lassen.

Nur weil er Landolt hieß.

»Wo bleiben Sie denn, Landolt?«, konnte er jetzt sagen, oder: »Schneller, Landolt!«, und weil das ein bitterer Spaß war, gewissermaßen in Essig eingelegt, hielt er sich lange frisch. Er hätte sich auch einen Hund zulegen können, irgendeinen Straßenköter, und den Landolt nennen, aber Hunde winseln bloß, wenn man sie schlecht behandelt, und klemmen den Schwanz zwischen die Beine.

Ein Mensch war besser.

Sein Landolt hatte abstehende Ohren. Vom Rücksitz her sah es aus, als sei die graue Mütze zwischen ihnen festgesteckt. Der ausrasierte Hinterkopf über dem Kragen des Staubmantels war picklig und entzündet. Er war ein hässlicher Mensch, dieser Landolt.

Auch darum hatte François ihn eingestellt.

»Alles in Ordnung, Landolt?«

»Jawohl, Herr Meijer.«

Wenn er sich vorbeugte, konnte er über den Rand des Fahrersitzes hinweg sehen, mit welcher Anstrengung Landolt das Steuerrad festhalten musste. Manchmal, nach einer langen Fahrt, hatte er Blasen an den Händen.

Gut so.

Natürlich wäre es bequemer gewesen, mit dem Zug nach Baden zu fahren. Man wäre nicht so staubig geworden, und Mama hätte einen am Bahnhof abgeholt. Sie genoss es jedes Mal so, ein paar Minuten mit ihm allein zu sein, obwohl sie dann meistens gar nichts redeten, sondern nur stumm nebeneinander hergingen. Manchmal dachte er: ›Ihr könnte man erklären, wie alles gekommen ist.‹ Aber er war niemandem eine Erklärung schuldig.

Niemandem.

Das Automobil war ein Buchet, mit einem Kühler wie ein aufgerissenes Maul. Französische Qualität. François war nie Schweizer geworden, nicht wie Arthur, und er hatte es auch nicht vor. Wozu sich anpassen, wenn man dann doch nichts davon hat?

Einmal hatten sie die Strecke von Zürich nach Baden in einer Dreiviertelstunde zurückgelegt. François liebte diese Momente, wo einem nur die Staubwolke, die man hinter sich herzog, ein Gefühl für die Geschwindigkeit gab. Wenn es sein musste, überstand der Wagen mit seinen schweren eisernen Federn auch Schlaglöcher und Hindernisse. Ein Automobil war etwas für Menschen, die sich nicht aufhalten ließen. Auf die Kraft kam es an. Fünfundzwanzig Pferdestärken. François gefiel der Gedanke, dass fünfundzwanzig Pferde sich anstrengen mussten, nur damit er nach Baden kam.

Man baute Buchet-Motoren sogar in Flugzeuge ein.

»Schneller, Landolt!«, sagte er, und musste es lauter wiederholen, weil der Motor so laut lärmte.

Landolt.

Sie waren sich zweimal begegnet, und beide Male war Landolt höflich gewesen. War aufgestanden, als François hereinkam, hatte ihm einen Stuhl angeboten und ihm das Zigarrenetui hingeschoben. Dunkelbraunes Leder mit einem eingeprägten goldenen Familienwappen.

François hasste ihn auch dafür.

»Ein sehr interessanter Vorschlag, den Sie mir da unterbreitet haben«, hatte er gesagt.

Landolt besaß ein Grundstück – er besaß viele Grundstücke, aber da war dieses eine, dieses ganz besondere –, ein Stück Boden, das seiner Familie schon immer gehört hatte. »Schon immer«, sagte er, und es klang fast entschuldigend, als stünden die Landolts ohne eigenes Zutun außerhalb der Geschichte, einmal reich, immer reich. Ein langgezogenes, geducktes Gebäude stand auf dem Grundstück, eine ehemalige Werkstatt oder Fabrik, mit kleinen, schon lange blinden Fenstern und schmutzig-grün vermoosten Dachziegeln. Ein Schandfleck an bester Lage, nur ein paar Schritte vom Paradeplatz entfernt. Vergessen und verlassen, weil man es nicht nötig hatte, etwas damit anzufangen.

Nicht wenn man ein Landolt war.

François war so oft an dem Grundstück vorbeigegangen, dass es ihm schon fast gehörte. Er wusste genau, wo der Eingang seines neuen Warenhauses sein würde, zwei mächtige Doppeltüren, die offenstehen mussten, wann immer das Wetter es zuließ, dass man gar nicht anders konnte, als einzutreten, nicht einfach in einen Laden, sondern in eine Welt, in der man flanieren konnte und staunen und kaufen. Er hatte die Schaufenster abgeschritten, jedes viereinhalb Meter lang, und hatte schon die Auslagen gesehen, nicht einfach aneinandergedrängte Waren wie in einem Kramladen, sondern großzügige Ensembles, von Künstlern gestaltet.

Er hatte schon die Kunden gezählt.

Das Geschäft lief ja nicht schlecht, weiß Gott nicht. Trotzdem, es war doch alles sehr beschränkt. Man nannte sich Warenhaus, aber wenn es darauf ankam, stand man immer noch hinter dem Ladentisch und musste für jeden Verkauf buckeln. Das war nicht das, was er wollte, da hatte er andere Pläne, schon immer gehabt, viel größere, und die würde er auch verwirklichen. Der eine geht zu Fuß, der andere kauft sich einen Buchet. Irgendwann, das hatte er sich fest vorgenommen, würde er auch das Grundstück beim Paradeplatz noch bekommen, egal, was es kostete. Landolt war schon damals ein alter Mann gewesen, ein kränklicher alter Mann, und seine Erben würden …

Einer von Landolts Enkeln war in derselben Studentenverbindung wie Alfred. Man kam sich näher.

Wenn Alfred erst einmal seinen Doktortitel hatte … Dr. jur. Alfred Meijer. Man hätte ihm von Anfang an einen zweiten Vornamen geben müssen, wie es in Amerika der Brauch war. Dr. jur. Alfred W. Meijer.

W wie Warenhaus.

Unser Juniorchef, der Herr Dr. Meijer.

Irgendwann einmal.

Jetzt war Alfred noch ein Fux, und François war auf diese Bezeichnung beinahe stolzer als sein Sohn. Er hatte auch nichts dagegen, wenn sich Alfred mit seiner Corona die Nächte um die Ohren schlug und am Morgen nicht aus dem Bett fand. Das würde sich schon geben. Jetzt kam es erst einmal darauf an, dass er dort Leute kennen lernte. Dazugehören musste man.

Es war schon richtig gewesen, dass er ihn damals mitgenommen hatte.

Zumindest das war richtig gewesen.

Zumindest das.

Der Buchet war langsamer geworden und hielt jetzt mitten auf der Landstraße an, immer noch pulsierend und bebend, als spüre die Maschine François' Ungeduld. Zwei Kühe, an denen man die Rippen zählen konnte, blockierten den Weg, und der Bauernjunge, der sie zur Weide treiben sollte, oder zum Metzger oder zum Abdecker, stand nur dabei, seinen Stecken in der Hand, und starrte das Automobil an, als habe er noch nie eins gesehen.

François lehnte sich aus dem Wagen und musste sich strecken, bis er mit der Hand den Gummibalg der Hupe erreichen konnte. Das Geräusch war überlaut, halb ein Blöken und halb ein Stöhnen. Die Kühe hoben nicht einmal die Köpfe – als seien ihnen die eigenen Hörner zu schwer, so mager waren sie – und setzten sich dann endlich doch in Bewegung, gemächliche alte Weiber, die jede Bewegung verzögern, um mit ihren wenigen Besorgungen möglichst viel von dem leeren Tag zu füllen.

»Nun fahren Sie schon, Landolt!«

Er hatte ein Angebot gemacht, für das man sich nicht schämen musste. Nichts Kleinliches. Minas Mitgift war nicht unbeträchtlich gewesen und hatte sich im Geschäft noch vermehrt. Auch Janki war bereit, seine stille Beteiligung weiter aufzustocken.

Sogar mit der Bank war schon alles besprochen, auch wenn der Herr Hildebrand dort gemeint hatte: »Man wird Ihnen das Grundstück nicht verkaufen; Sie werden schon sehen.«

Und dann hüstelte Landolt in sein Taschentuch und sagte: »Ein sehr interessanter Vorschlag, den Sie mir da unterbreitet haben.« Und bot ihm einen Stuhl an und schob ihm das Etui mit den Zigarren hin.

Wie er diesen Mann hasste.

»Sie können rechnen, das sieht man«, sagte Landolt. »Das hat alles Hand und Fuß, was Sie mir da schreiben. Es ist fast schade …« Drehte seine Zigarre, paffte und hatte alle Zeit der Welt. Betrachtete die Glut, als habe er gerade das Feuer erfunden.

»… fast schade, dass wir nicht miteinander ins Geschäft kommen können.«

Das Grundstück, sagte Landolt, gehörte zu einer Familienstiftung. Er selber hatte zwar, das war so festgelegt, als Ältester seiner Generation die volle Verfügungsgewalt, konnte auch verkaufen, wenn ein Verkauf angebracht erschien, aber er hatte doch gewisse Regeln zu beachten. Überholte Regeln, möglicherweise, darüber wollte er jetzt gar nicht streiten, aber deshalb waren sie nicht weniger verbindlich. Und eine dieser Regeln – »Es ist wirklich fast schade!« – besagte nun mal, dass man mit Leuten mosaischen Glaubens keine Geschäfte machte.

»Ist das eindeutig so festgeschrieben?«, hatte François gefragt.

Und Landolt hatte seine Zigarre betrachtet, deren Glut ihm immer noch nicht perfekt zu sein schien, und hatte geantwortet: »Es gibt Dinge, die man nicht aufschreiben muss.«

»Das ist der einzige Grund? Wenn ich kein Jude wäre, würden Sie mir das Grundstück verkaufen? Zu dem Preis?«

»Im Prinzip ja.«

Das war der Moment gewesen. Der exakte Moment.

Sieben Jahre war das jetzt her.

Schon sieben Jahre.

Ein fauliger Geruch lag plötzlich in der Luft. Wohl der Raps, der auf einem Feld schon blühte.

»So fahren Sie doch schneller, Landolt!«

Damals dachte François zum ersten Mal in seinem Leben über sein Judentum nach, schob das vage Gefühl einer Zugehörigkeit tagelang in seiner persönlichen Buchhaltung hin und her, buchte es einmal auf dieser und einmal auf jener Seite und kam bei jedem Anlauf auf ein anderes Ergebnis. Er wog Loyalität gegen Nützlichkeit ab, verglich alte Gewohnheit mit neuen Chancen und machte immer wieder andere Rechnungen auf. So etwas wie Glaube kam in keiner von ihnen vor, denn einen Glauben hatte er nie gehabt. Wenn solch philosophische Begriffe zu seiner Welt gehört hätten, würde er sich wohl als Agnostiker bezeichnet haben, als einen, der es für Zeitverschwendung hält, Fragen zu stellen, auf die es doch keine Antwort geben kann. Nach altem jüdischem Brauch wird das Wort »Gott« aus lauter Scheu vor dem Heiligen nie vollständig aufs Papier gesetzt, man schreibt »G"tt«. Diese traditionelle Lückenhaftigkeit hatte für François immer eine ganz andere Bedeutung als die der Ehrfurcht gehabt: Da war einfach nichts. Oder anders gesagt: Es stand jedem frei zu entscheiden, was er dort einsetzen wollte.

Das alles waren ungewohnte Gedankengänge für ihn. Über seine Schnurrbarttracht – schon seit vielen Jahren trug er ihn kurz, nicht mehr so auffällig wie damals in Baden – hatte er sich im Leben mehr Gedanken gemacht als über seine Religion. Jude zu sein war für ihn immer so selbstverständlich gewesen wie die Tatsache, dass er braune Augen hatte, oder viel zu früh schon graue Haare.

Es war einfach so.

Aber Haare ließen sich färben, und seine Augen konnte man hinter einer Brille verstecken.

Mina hatte ein gelähmtes Bein, aber solange sie auf ihrem Stuhl sitzen blieb, bemerkte niemand etwas davon.

Nicht dass sein Judentum das Gleiche wie eine Behinderung gewesen wäre, natürlich nicht. Aber hinderlich war es manchmal schon. Die Sache mit dem Grundstück war nur ein Beispiel von vielen. Es hatte immer wieder Situationen gegeben, in denen es nützlicher gewesen wäre, Huber oder Müller zu heißen. Ein Meier hatte es leichter als ein Meijer.

Und ein Landolt konnte sich alles erlauben.

Ein aufgeschleuderter Stein schlug gegen die Speichen des Hinterrads. Es klang, wie wenn in einem Klavier eine Saite zerreißt.

»So passen Sie doch auf, Landolt!«

Er sprach mit niemandem darüber, auch nicht mit Mina. Obwohl sie seit einiger Zeit immer öfter miteinander redeten, und das war nicht zu erwarten gewesen. Er hatte damals eine Mitgift geheiratet, und Mina war mitgeliefert worden, ein Ballen Kleidersatin mit dem Dessin vom vergangenen Jahr, den man mit abnehmen muss, wenn man auch von dem gerade begehrten Modestoff haben will. Ihre Ehe war ein Geschäft gewesen, ein ehrliches, sauberes Geschäft. Sie hatte einen Mann bekommen und er die Chance, schon jung eine eigene Firma zu gründen. Er hatte seinen Teil erfüllt, war immer ein anständiger Ehemann gewesen, auch wenn Mina mit ihrem lahmen Bein nicht wirklich präsentabel war. Wenn er seine Frau betrog, dann tat er das so diskret, dass sie nichts davon merken musste, wenn sie nicht wollte. Aber dann, ganz allmählich, hatte er sich an sie gewöhnt, wie sich Leute, die Haustiere halten, wohl an einen Hund gewöhnen, hatte sogar angefangen sie zu vermissen, wenn er nach Hause kam, und sie war gerade nicht da.

Zuerst hatte er nur manchmal laut nachgedacht, hatte ein Problem oder eine zu treffende Entscheidung in Worte gefasst, nur um sie für sich selber zu ordnen, und ganz bestimmt hatte er keinen Kommentar von Mina erwartet und schon gar keine Lösung. Aber Mina konnte zuhören, wie andere Frauen Klavier spielen oder Blumen arrangieren können, sie beherrschte das wie eine Kunst, so dass man beim Erzählen ganz von selber auf die Antworten kam, die man gesucht hatte, und die sie dann nur noch bestätigte. Es tat gut, sich mit ihr zu unterhalten.

Ein Außenstehender hätte wohl festgestellt, dass sich François im Laufe seiner Ehe ganz allmählich in seine Frau verliebt hatte, dass aus Gewohnheit Schritt für Schritt Zuneigung geworden war. Aber das Wort »Liebe« hatte in François' Vokabular genauso wenig Platz wie »Glaube« oder »blindes Vertrauen«. Der Mensch – und auch diese Überlegung wäre dem Geschäftsmann François Meijer fremd gewesen – kann nun mal mehr empfinden, als er sagen kann.

Von Landolt erzählte er ihr nichts. Nur dass sich das Grundstücksgeschäft zerschlagen habe. Nun ja, es würde sich eine andere Lösung finden.

Es gab ja auch noch gar nichts zu besprechen. Vorläufig sammelte er nur Informationen. Rein theoretisch. Für den Fall des Falles. Ein Gedankenmanöver, mehr nicht. Ein Generalstab will nicht gleich in den Krieg ziehen, nur weil er an einem Schlachtplan feilt.

Auch das Gespräch mit Pfarrer Widmer war nicht mehr als das. Ein Gespräch, sonst nichts. Man redet mit vielen Leuten, ohne gleich Pläne mit ihnen zu haben.

Er war ganz zufällig an der Kirche vorbeigekommen. Wenn das Grundstück beim Paradeplatz nicht zu haben war, musste man sich eben ein anderes suchen. Musste ohne exaktes Ziel durch die Stadt schlendern. Die Leute beobachten und sie als Kunden sehen. Wo kamen sie vorbei? Wo blieben sie stehen? Wer ein Netz auswerfen will, muss wissen, wo die Fische schwimmen.

Hineingegangen war er aus reiner Neugierde. Ein Vergnügungsreisender, der in einer fremden Stadt an einer interessanten Ruine vorbeikommt. Er war noch nie in einer Kirche gewesen.

So viel anders als eine Synagoge würde es ja nicht sein, aber wenn man schon mal da war ... Er hatte gerade Zeit.

Ganz zufällig.

Sein erster Eindruck war eine große Enttäuschung. Er hatte sich unter einer Kirche immer etwas Prächtiges vorgestellt, Farben und Bilder und Düfte, aber das hier war trotz der bunten Fenster nur eine kahle Halle, hoch und schmal und abweisend, ein Gebäude mit verkniffenen Lippen sozusagen.

In der Nase kein Weihrauch, sondern Staub und die Wachslösung, mit der man Holzbänke einreibt. Nach den Sommerferien hatte es im Schulzimmer so gerochen.

Man trat durch eine Seitentür ein; den großen Eingang öffneten sie wohl nur am Sonntag. Das Erste, was man erblickte, war ein hölzerner Verkaufsständer mit Schriften und Broschüren. »Zu viel Ware auf zu engem Raum«, stellte François mit geübtem Blick fest. Schlecht für den Umsatz. Überfüllte Regale signalisieren dem Kunden, dass der Kauf keine Eile hat.

Graue schmucklose Mauern, Steinquader, die feucht wirkten, ohne es zu sein. Hinten eine Empore mit Orgelpfeifen. Keine seitlichen Galerien. Männer und Frauen wurden hier beim Gottesdienst nicht getrennt.

François konnte sich nicht vorstellen, beim Gebet neben Mina zu sitzen. Aber das stand ja auch gar nicht zur Debatte. Er war nur ganz zufällig hier.

Aus reiner Neugierde.

Für ihre Gemeindemitglieder hatten sie keine individuellen Plätze wie in der Synagoge, nur lange Bänke, in denen man sich, so stellte sich François das vor, unangenehm nahekam. Keine Pulte, in denen man seine Gebetbücher und das Tallis aufbewahren konnte.

Dummheit. Als ob man hier ein Tallis brauchte.

Warum sollte sich François nicht hinsetzen? Er war lange durch die Stadt gegangen, und seine Beine waren müde.

Es gab sogar eigens ein Brett, um die Füße abzustellen. Nicht wirklich bequem, schien es ihm. Aber vielleicht hatte die Konstruktion ja einen ganz anderen Zweck.

Natürlich.

›Knien würde ich nie‹, dachte François. ›Da käme ich mir lächerlich vor.‹

An einem der Pfeiler, die das Tonnengewölbe trugen, war eine Kanzel angebracht. Angeklebt wie ein nachträglicher Gedanke. Bei den Christen, erinnerte sich François, war man Priester nicht von Geburt, sondern konnte es werden.

Man konnte alles werden.

Der alte Kahn, wie schon der Name sagte, war ein Kauhen. Es war François immer schwer gefallen, in Minas Vater etwas Heiliges zu sehen, nur weil der sich beim Priestersegen sein Tallis über den Kopf zog. Vielleicht war das christliche System gar nicht so unvernünftig.

Rein theoretisch. Nicht, dass er die Absicht gehabt hätte.

Vorne rechts, dort wo in einer Synagoge der Rabbiner seinen Platz gehabt haben würde, war eine Anzeigetafel mit Zahlen an der Mauer befestigt. »124, 1–4, 19, 1, 2, 6.« Jede Religion hat ihre Geheimnisse.

Dieselbe Tafel auch links.

In der Mitte das Kreuz.

Das Zeijlem.

Ein leeres Kreuz, an dem keiner hing. Sie brauchten das Bild nicht mehr, weil es schon in ihren Köpfen war. Auch das spielte dann später für seinen Entschluss eine Rolle. An einen nackten Mann am Kreuz hätte sich François nie gewöhnen können.

Das war jetzt also eine Kirche. Enttäuschend, alles in allem. Nun ja, ihn ging es nichts an.

»Es ist üblich, den Hut abzunehmen«, sagte eine Stimme. Das war der erste Satz, den Pfarrer Widmer zu ihm sagte.

Widmer war schmucklos wie seine Kirche. Man hätte ihn auch

für den Schammes halten können, oder wie immer man das hier nannte. Ein schwarzer Anzug und eine schwarze Krawatte. Ein Bauernkopf, viel zu gesund für den düsteren Raum. Die runde Brille passte nicht zum Rest des Gesichts, als habe er sie nur aufgesetzt, um würdiger zu wirken.

»Ich habe Sie hier noch nie gesehen«, sagte Widmer.

So kamen sie ins Gespräch.

Ganz zufällig.

Wenn Widmer auch nur im Geringsten etwas Priesterliches an sich gehabt hätte, etwas Feierliches oder Öliges, dann hätte François seinen Hut wieder aufgesetzt und wäre gegangen. Hätte seinen Spaziergang fortgesetzt und nicht weiter an die Sache gedacht. Oder daran gedacht und nichts unternommen. Wenn Widmer nur ein kleines bisschen anders gewesen wäre. Wenn er nur eine Spur von Jagdfieber gezeigt hätte. Nur das mindeste Interesse, ein neues Schäfchen für seine Herde zu gewinnen.

Aber so war es nicht. Überhaupt nicht. Er wollte nichts von François, und François wollte nichts von ihm. Zwei vernünftige Menschen unterhielten sich vernünftig. Sprachen über Ähnlichkeiten und Unterschiede, Möglichkeiten und Unmöglichkeiten. Ganz allgemein. Als ob es keinen von ihnen wirklich beträfe.

Und es betraf ja auch keinen. Es betraf ein Grundstück. Das perfekte Grundstück an der perfekten Lage. Es betraf Landolt.

Als es nicht mehr zu verschweigen war, sagte François zu Mina: »Es hat mich niemand bekehrt. Darum geht es überhaupt nicht. Es hat nur keinen Sinn, sich an überholte Traditionen festzuklammern, von denen man nichts als Nachteile hat. Das war doch auch immer deine Meinung. Du hast nie einen Scheitel getragen, und die Welt ist trotzdem nicht untergegangen. Mein Vater hört auf, koscher zu essen, sobald er nicht zu Hause ist. Diese Dinge sind nicht mehr wichtig heutzutage. Wir leben im zwanzigsten Jahrhundert. Und was ändert sich schon? Ich war seit zwei Jahren nicht mehr in der Synagoge. Nun werde ich eben stattdessen nicht in die Kirche gehen. Nun sag doch etwas!«

Aber Mina hörte nur zu. Als junges Mädchen hatte sie manchmal ihre Meinung geäußert, aber unterdessen war sie erwachsen geworden.

»Wenn man es recht überlegt, sind das alles nur Äußerlichkeiten. Ich zieh mich ja auch nicht mehr an wie Großvater Salomon. Man muss sich anpassen. Vorangehen, nicht hinterherschleichen. Wir werden das modernste Warenhaus von Zürich haben, wenn ich nur dieses Grundstück ...«

»Ach ja«, sagte Mina, »das Grundstück.«

»Das ist nur der Anlass. Früher oder später hätte ich auch sonst ... Nur schon wegen Alfred. Du willst doch auch, dass er die besten Chancen hat. Dass er studieren kann und in eine Verbindung eintreten.«

»Es gibt auch jüdische Studentenverbindungen.«

»Das ist nicht dasselbe. Er soll einmal alles machen können, was ihm gefällt. Das willst du doch auch.«

»Ich will, dass mein Sohn weiß, wo er hingehört.«

»Er wird sich umgewöhnen. In dem Alter ist das kein Problem. Man steckt die Kerzen auf einen Tannenbaum statt auf den Chanukah-Leuchter – so groß ist der Unterschied nicht. Ein Kind tut, was seine Eltern tun.«

»Ich werde mich nicht taufen lassen«, sagte Mina.

»Aber ...«

»Und noch etwas, François: Ich werde mich auch nicht scheiden lassen.«

39

Was zieht man zu seiner eigenen Taufe an? So etwas sagen sie einem nicht. Gehrock und Zylinder? Das hätte der Sache eine falsche Feierlichkeit gegeben. Wenn sich ein Geschäftsmann mit einem neuen Kompagnon zusammentut, geht er deswegen auch nicht in Cutaway und gestreifter Hose ins Büro. Andererseits: allzu alltäglich durfte man auch nicht erscheinen, das wäre unhöflich gewesen. Die Leute sollten nicht denken, er wüsste sich in einer Kirche nicht zu benehmen.

Aber da würden gar keine Leute sein. Nur Widmer und Alfred und er. Bloß kein Theater, darauf hatte er bestanden. Auf gar keinen Fall Theater. Am allerliebsten wäre ihm gewesen, wenn man einfach ein Papier hätte unterschreiben können, einen Vertrag oder eine eidesstattliche Erklärung. Aber wenn Widmer auch ein vernünftiger Mensch war und überhaupt kein Pfaffe, gewisse Formen, meinte er, müssten einfach sein. Natürlich, letzten Endes kame es auf den Glauben an und auf nichts anderes, da hätte der Herr Meijer schon recht, aber die Kirche sei nun mal für die Menschen gemacht, und Menschen brauchten Rituale. »In diesem Punkt sind uns die Katholiken weit voraus. Ich denke manchmal: die Orgel hat mehr Menschen bekehrt als die bestformulierte Predigt.«

Um Himmels willen keine Orgel! In diesem Punkt war François hart geblieben. Orgelmusik hätte er nicht ertragen, und wenn ihm die Ähnlichkeit auch nie in den Sinn gekommen wäre: was das betraf, dachte er gar nicht so anders als Pinchas, der eines Harmoniums wegen die Gemeinde gewechselt hatte. »Schlicht«, sagte er, als sie die Zeremonie besprachen, »ich will es vor allen Dingen schlicht. Und ohne Leute.« Sogar die Taufpaten hatte er Widmer ausreden können. Sie waren nicht wirklich unerlässlich, hatte der schließlich eingestanden.

Das war schon einmal ein Vorteil der neuen Religion: Sie ließ mit sich handeln.

Sie verabredeten sich schließlich auf einen Dienstagmorgen um halb neun. »Da lassen sich die Männer noch rasieren, und die Frauen sind auf dem Markt.« François entschied sich für einen ganz schlichten Einreiher aus meliertem Marengo, mit einer silbergrauen Krawatte, das war festlich genug. Alfred bekam seinen Matrosenanzug an; in dem Alter war das immer richtig. Für die Schule hatte ihm François ein Urlaubsgesuch geschrieben, wegen unaufschiebbarer Familienangelegenheiten.

Mina hätte einfach ein bisschen länger schlafen können, hätte sie weggehen lassen können und ihre Sache erledigen und hinterher gar nicht darüber reden. Aber als sie so weit waren, stand sie unter der Tür, ganz selbstverständlich, als gingen sie nur ins Geschäft oder in die Schule, strich die Bänder von Alfreds Matrosenmütze glatt, richtete François' Krawatte und sagte: »Noch kannst du es dir anders überlegen.«

François überlegte es sich nicht anders. Wenn ein vernünftiger Mensch einmal einen vernünftigen Entschluss getroffen hat, dann wäre es unvernünftig, ihn nicht auch durchzuführen.

Widmer wartete schon auf sie. Er hatte den immer gleichen schwarzen Anzug an, in dem er aussah wie sein eigener Sigrist. Ja, das Wort für den christlichen Schammes hatte François unterdessen gelernt. Der Pfarrer hatte eine feierliche Miene aufgesetzt, die zu seinem Bauerngesicht genauso wenig passen wollte wie die Nickelbrille. Die Hände hatte er vor dem Bauch gefaltet, als wolle er das schwarze Buch, das er darunter bereithielt, vor François verstecken. Über seinem Brustkasten spannte das Jackett. ›Schlecht geschnitten‹, dachte François.

Zu dritt standen sie um den Taufstein herum. Das Becken, polierter roter Granit, wuchs aus einem Paar gemeißelter Hände heraus, die einzige Abbildung, die François in dieser strengen Kirche hatte entdecken können.

Das Judentum, dachte er, kannte auch keine Abbildungen. So groß war der Unterschied gar nicht.

Wenn man vernünftig darüber nachdachte.

»Wollen wir anfangen?«, fragte Widmer.

François wechselte seinen Hut von der rechten in die linke Hand. Er wusste nicht, ob er später ein Kreuz würde schlagen müssen, und wollte sich nicht ungeschickt anstellen.

»Fangen wir an«, sagte er.

Alfred hielt den Kopf gesenkt, ein Schüler vor einer Prüfung, für die er nicht gelernt hat.

Widmer schlug sein Buch auf. Zwischen den Seiten steckten viele seidene Bänder in verschiedenen Farben. François hoffte, er würde nicht alle markierten Stellen brauchen.

»Ich lese aus dem Evangelium nach Matthäus«, sagte Widmer. »Kapitel 28, Vers 18 bis 20.«

Jetzt hatte er doch diese ölige Priesterstimme. Hatte er sich bis dahin nur verstellt?

»Und Jesus trat zu ihnen, redete mit ihnen und sprach: ›Mir ist gegeben alle Gewalt im Himmel und auf Erden. Darum gehet hin und lehret alle Völker und taufet sie im Namen des Vaters und des Sohnes und des Heiligen Geistes.‹«

›Das mit dem Heiligen Geist hat er mir fünfmal erklärt‹, dachte François. ›Ich habe es nie verstanden.‹

»›Und lehret sie halten alles, was ich euch befohlen habe. Und siehe, ich bin bei euch alle Tage bis an der Welt Ende.‹«

Pfarrer Widmer schloss sein Buch so schwungvoll, dass die Seidenbänder flatterten. ›Das hat nicht lang gedauert‹, dachte François und spürte eine leise Enttäuschung.

Aber Widmer war noch nicht zu Ende. Für das Nächste brauchte er bloß keine Vorlage.

»Vater unser, der Du bist im Himmel. Geheiligt werde Dein Name.«

François war mit hebräischen Gebeten aufgewachsen, von denen er immer nur Bruchstücke verstanden hatte. ›Das macht es einem leichter‹, dachte er jetzt.

»Dein Reich komme. Dein Wille geschehe, wie im Himmel, so auf Erden.«

Die Orgel setzte donnernd ein. Ein Gewitter in der leeren Kirche.

»Unser täglich Brot gib uns heute.«

François kannte die Melodie. Dreimal wird sie am Vorabend des Jom Kippur gesungen, das feierlichste Gebet des ganzen Jahres.

Das Gebet, mit dem man sich von religiösen Gelöbnissen befreit. Damit Gott nicht einklagt, was man ihm leichtfertig versprochen hat. Damit er einen nicht bestraft.

›Kol Nidreij‹ spielte die Orgel.

Der Platz des Organisten war irgendwo auf der Empore, vom Geländer abgedeckt, aber François sah ihn dort sitzen, ganz in Schwarz saß er da, und seine Hände, die auf die Tasten einhämmerten, waren die eines alten Mannes.

»Kol Nidreij«, sang die Orgel. »We-esoreij, we-charomeij, we-kaunomeij.« François kannte die Stimme, hatte sie schon immer gekannt.

Onkel Melnitz wiegte beim Spielen den Oberkörper hin und her, wie es ein Frommer tut oder ein Musiker, der in seiner Musik versinkt, er reckte die Arme in die Höhe, wie man hinter den Torahrollen tanzt, er klatschte in die Hände, ei, ei, ei, und ließ doch keine Note aus, keine einzige, er ließ die Orgel singen und sang selber mit, und François verstand jedes Wort, obwohl es doch Aramäisch war und fremd und ihn überhaupt nicht betraf.

»We-chinujeij, we-kinuseij uschevuot«, sang Onkel Melnitz.

Jedes Mal ein bisschen lauter, so wie es der Brauch ist.

»Alle Gelübde, Verbote und Bannsprüche«, sang er, »sie seien aufgelöst, erlassen und aufgehoben.«

»Und vergib uns unsere Schuld«, sagte Widmer.

»Alle bereue ich«, sang Onkel Melnitz.

Und sang es noch einmal und noch einmal.

»Wie auch wir vergeben unsern Schuldigern.«

Und dann stand Melnitz neben François und klatschte im Takt der Musik in die Hände, die Orgel spielte einen Tanz, und Onkel Melnitz fasste François an den Schultern und wirbelte ihn im Kreis und küsste ihn auf die Stirn und war fröhlich, weil die Gelübde keine Gelübde waren und die Gelöbnisse keine Gelöbnisse. »Du lässt dir dein Judentum abwaschen«, sagte er – ein Schritt nach links, ein Schritt nach rechts –, »aber es wird dir nichts nützen. Es hat noch keinem genützt. Sie haben uns schon immer mit der großen Freiheit vor der Nase herumgewedelt«, sagte er – ein Schritt nach vorn, ein Schritt zurück –, »aber wenn wir danach fassen wollten, dann hatten sie es jedes Mal anders gemeint.

Die Juden in Spanien«, sagte Onkel Melnitz. »Erinnerst du dich? Die stolzen Sephardim. ›Lasst euch taufen‹, haben sie zu ihnen gesagt. Ganz freundlich. ›Damit erspart ihr euch den Scheiterhaufen und das Fegefeuer, und alle werden euch lieben. Nur ein paar Tropfen auf die Stirn geträufelt, und schon seid ihr Spanier wie alle anderen. Dann könnt ihr Ärzte werden und Minister und was immer ihr wollt. Könnt Grundstücke kaufen und Warenhäuser bauen, mit Türen, die für alle offen stehen, mit immer freundlichen Verkäufern und Paternosteraufzügen. Nur ein paar Tropfen‹, haben sie gesagt.«

»Und führe uns nicht in Versuchung.«

»Und dann haben sie sie Marannen genannt, was Schweine bedeutet, und das ganze schöne Taufwasser hat ihnen nichts genutzt.«

Onkel Melnitz steckte seinen knochigen Finger in das Taufwasserbecken und leckte ihn ab. Zu Hause in Baden hatte die dicke Christine die Suppe so probiert.

»Es schmeckt bitter«, sagte Melnitz und verzog das Gesicht. »Wenn man einem Menschen Salzwasser einflößt, immer noch einen Krug und noch einen und noch einen, wenn man ihm dabei die Nase zuhält, damit er mit seinem gottgegebenen freien Willen entscheiden kann, ob er trinken will oder ersticken, und wenn man ihn dann fragt, ob er nicht heimlich doch ein Jude geblieben ist, zumindest in seinen Gedanken, dann schützt ihn die Taufe nicht mehr. Dann kommt der Jude wieder aus ihm heraus. Vielleicht muss man ihm auf den Bauch springen dazu, aber er kommt heraus.

Man kann ihm auch die Nägel ausreißen oder ihm die Finger brechen. Man kann ihn an den Armen aufhängen und ihm die Gelenke auseinanderdrehen, bis er in der Luft tanzt und sich selber das Lied dazu singt, ei, ei, ei. Man kann so vieles machen, um den Juden wieder aus ihm herauszukitzeln. Dicke Bücher haben sie darüber geschrieben. Wann man aufhängen muss und wann auseinanderdrehen. Damit alles seine Ordnung hat. Und wenn er dann verbrannt wurde – und er wurde immer verbrannt –, dann haben sie es nicht selber getan. Sie haben ihn den weltlichen Gerichten übergeben, voller Bedauern, und selber standen sie mitleidig an seinem Scheiterhaufen, mit der Bibel in der Hand, und haben zu ihm gesagt: ›Bereue! Bekehre dich! Damit du nicht als toter Jude in die Hölle kommst, sondern als toter Christ in den Himmel.‹ Nicht einmal dieses Versprechen haben sie gehalten, ja.

Ein Ministerhut hat da nicht geholfen. Kein Doktortitel und kein buntes Band von einer Studentenverbindung. Auch kein Warenhaus an bester Lage, mit den schönsten Schaufenstern der ganzen Stadt. Es hat alles nicht geholfen. Ein Jude bleibt ein Jude bleibt ein Jude. Ja. Ganz egal, wie oft er sich taufen lässt.«

Und saß wieder auf der Empore und wiegte sich mit der Melodie, ei, ei, ei, hämmerte mit seinen uralten Händen auf die Tasten, trat mit den Füßen die Pedale und zog die Register, Vox

Humana und Vox Angelica, und ließ die allertiefsten Bässe donnern.

»Kol Nidrei¡«, ließ er die Orgel singen. »Unsere Gelübde seien keine Gelübde und unsere Schwüre keine Schwüre.«

»Und führe uns nicht in Versuchung«, sagte Widmer, »sondern erlöse uns von dem Übel. Denn Dein ist das Reich und die Kraft und die Herrlichkeit in Ewigkeit. Amen.«

»Amen«, sagte François. Und stieß Alfred an, und auch der sagte: »Amen.«

»Und jetzt das Glaubensbekenntnis.« Widmer machte immer noch dieses feierliche Gesicht. »Wenn es Ihnen recht ist, werde ich es für Sie sprechen. Für dich auch, Alfred. Es genügt, wenn Sie die Worte mitdenken. Gott erkennt die Seinen an ihrem Herzen.«

An ihrem Herzen.

»Ich glaube an Gott, den Vater, den Allmächtigen, den Schöpfer des Himmels und der Erde«, sagte der Mann mit dem Bauerngesicht.

»Denk die Worte schön mit«, flüsterte Melnitz.

»Und an Jesus Christus, seinen eingeborenen Sohn, unsern Herrn, empfangen durch den Heiligen Geist, geboren von der Jungfrau Maria, gelitten unter Pontius Pilatus, gekreuzigt, gestorben und begraben, hinabgestiegen in das Reich des Todes, am dritten Tage auferstanden von den Toten, aufgefahren in den Himmel; sitzt zur Rechten Gottes, des allmächtigen Vaters; von dort wird er kommen, zu richten die Lebenden und die Toten.«

»Merk dir das alles gut«, tuschelte Melnitz.

»Ich glaube an den Heiligen Geist, die heilige christliche Kirche, Gemeinschaft der Heiligen, Vergebung der Sünden, Auferstehung der Toten und das ewige Leben.«

»Ganz schön viel«, sagte Melnitz und ließ die Orgel noch einmal erklingen.

»Amen«, sagte der Mann mit der runden Nickelbrille.

»Amen«, sagte François.

Und Alfred wiederholte: »Amen.« Aber erst, nachdem ihn sein Vater angestoßen hatte.

»Omeijn«, sagte Onkel Melnitz.

Als ihm Widmer zum dritten Mal Wasser über den Kopf schüttete, tropfte einiges davon auf die seidene Krawatte. François hätte es gerne abgewischt, wusste aber nicht, ob das korrekt gewesen wäre.

Es war plötzlich so seltsam still. Oder war es schon länger so still gewesen?

»Warum halten Sie denn an, Landolt?«

»Wir sind da, Herr Meijer.«

In der Wohnung roch es nach Kremseln, dem süßen Gebäck, ohne das Pessach nie ganz vollständig sein kann – ›Ach, ja, Pessach‹, dachte François –, und aus der Küche, in der schon lange nicht mehr die dicke Christine regierte, hörte man das ferne Klappern einer Pfanne.

Das Zimmer hatte in der Badener Wohnung immer wieder neue Funktionen bekommen, wie ein Mensch ohne besondere Talente, den das Leben von Beruf zu Beruf treibt. Es war Nähzimmer gewesen und das Sterbezimmer von Onkel Salomon. Als Chanele damals ihre Nierengeschichte hatte und rund um die Uhr Pflege brauchte, hatte die Krankenschwester darin gewohnt, eine strenge Frau, die, wie sich hinterher herausstellte, die seltsame Angewohnheit hatte, jeden Tag ihrer Anwesenheit mit einem Bleistiftstrich auf der Tapete neben dem Bett zu markieren, ein Strafgefangener, der auf seine Entlassung wartet.

Jetzt war dort Jankis Büro, vor dem Fenster stand ein Schreibtisch voller Papiere, und an der Wand hing das Bild von François Delormes, das all die Jahre im Hinterzimmer des Französischen Stofflagers gehangen hatte, das Porträt eines Heiligen. Es war kein Gemälde, nur ein Ausschnitt aus einer illustrierten Zeitschrift, aber Janki hatte es trotzdem kostbar rahmen lassen.

»Wo ist Mama?«, fragte François.

»Sie bringt noch Arthur zur Bahn.«

»Arthur?«

»Er hat uns ganz überraschend einen Besuch gemacht. Weil doch Chol Hamoéd ist. Du erinnerst dich doch?«

Natürlich erinnerte sich François. Chol Hamoéd ist die Zeit zwischen den ›vorderen‹ und den ›hinteren‹ Feiertagen, wo der Jontew zwar eine Pause macht, aber auch der Alltag noch nicht wieder ganz regiert.

»Und was wollte er?«

»Mich überzeugen, dass das Französische Stofflager seinem Turnverein eine Fahne spendieren sollte. Das wäre eine gute Werbung, meinte er.«

»Hast du ihm gesagt, dass du keine Werbung mehr brauchst?«

Janki schüttelte den Kopf. »Es ist noch nicht unterschrieben.«

»Aber du wirst unterschreiben?«

»Ich will, dass du dir die Verträge noch einmal anschaust. In diesen Dingen kennst du dich besser aus als ich.« Janki nahm ein schmales Bündel Papiere vom Schreibtisch und ging vor seinem ältesten Sohn her zum Esszimmer.

›Er wird alt‹, dachte François.

Der Spazierstock mit dem Löwenknauf war immer noch derselbe, aber wenn sich Janki Meijer jetzt darauf stützte, war das keine elegante Luxusgeste mehr, sondern eine unangenehme Notwendigkeit. Sein rechtes Bein, das er zuerst aus Verstellung und dann aus Gewohnheit immer ein wenig nachgeschleppt hatte, schmerzte ihn seit einiger Zeit wirklich und war schon mehrmals ohne erkennbaren Anlass einfach eingeknickt. Der Stock, vom Ornament zum Werkzeug geworden, erwies sich aber für die neue Aufgabe als wenig geeignet. Wenn Janki, um sein Gleichgewicht kämpfend, den Griff zu heftig umklammerte, hinterließ die geschnitzte Mähne des Löwenkopfs schmerzhafte Spuren in seiner Handfläche. Trotzdem hätte Janki seinen

Stock nie gegen einen anderen eingetauscht; es wäre ihm vorgekommen, als müsse er einen Teil seines Charakters hergeben.

»Schmerzen?«, fragte François.

»Alles in Ordnung.«

»Auch das Bein?«

»Könnte nicht besser sein.«

»Ich hatte den Eindruck …«

»Das ist die alte Kriegsverletzung. Es ist nur natürlich, dass ich sie ab und zu spüre.«

Janki war im Siebzig-Einundsiebziger-Krieg nie in einer Schlacht gewesen und schon gar nie verwundet worden. Aber François widersprach seinem Vater nicht. Jeder hat das Recht, aus sich zu machen, was er will.

Das Esszimmer, es überraschte ihn jedes Mal von neuem, war viel kleiner, als er es in Erinnerung hatte. Auch der Tisch – tropisches Holz! – war ein ganz gewöhnlicher Tisch. Auf der Anrichte stand immer noch der Tantalus, die halbvolle Kristallkaraffe in ihrem silbernen Gefängnis. Seit seiner Kinderzeit hatte sich der Pegel der darin eingeschlossenen goldenen Flüssigkeit nicht verändert. »Was ist da eigentlich drin?«, fragte François.

»Ich weiß es nicht. Ich hatte noch nie einen Schlüssel dazu.«

Die Verträge waren in Ordnung. Das Französische Stofflager und die Moderne Warenhalle wurden von Paul Schnegg erworben, einem Sprössling der reichen Schneggs, denen auch das Haus zum Roten Schild gehörte, und dessen Eltern François einmal bei einer missglückten Abendgesellschaft begegnet war. Schnegg übernahm die Geschäfte, wie sie waren, und wollte zumindest die Moderne Warenhalle auch weiterführen. Nicht einmal einen Ausverkauf würde es geben. Der Preis war gut, und das Geld würde Janki in François' Firma investieren.

»Was sagt Mama dazu?«

»Vierzig Jahre habe ich gearbeitet«, sagte Janki. »Habe ich mir da nicht ein bisschen Ruhe verdient?«

»Sie ist also nicht einverstanden.«

»Das ist eine rein geschäftliche Entscheidung.« Janki ordnete sorgfältig die Papiere, die François gar nicht durcheinander gebracht hatte. »Und es wird ihr auch gut tun. Wir werden reisen. Eine Kur in einem Seebad und später vielleicht Italien.«

»Dann ist also alles klar?«

»Es ist alles klar.«

Zwischen seinen Eltern musste es heftige Auseinandersetzungen gegeben haben, da war sich François ganz sicher. Die Warenhalle war Chaneles Lebensinhalt gewesen. Was sollte sie ohne ihr Geschäft anfangen?

Aber die Entscheidung war vernünftig, und in geschäftlichen Angelegenheiten hat die Vernunft zu entscheiden. Nur die Vernunft, keine Gefühle.

Klare Bedingungen. Klare Regeln. Klare Entscheidungen.

Alles andere war nicht fair.

Verdammt noch mal, es war nicht fair.

Er hatte sich gleich am nächsten Tag bei Landolt melden lassen. Die Taufurkunde in der Tasche.

Landolt lächelte, bot ihm einen Stuhl an und schob das Zigarrenetui mit dem Familienwappen über den Tisch.

Das Familienwappen, das ihn zu etwas Besserem machte, nur weil es auch in irgendeiner Zunftstube hing.

Wie er diesen Mann hasste.

»Was verschafft mir das unerwartete Vergnügen, Herr Meijer?«, fragte Landolt und hüstelte in sein Taschentuch.

Putzte umständlich seine Brille, bevor er sie endlich aufsetzte.

Studierte dann die Taufurkunde so gründlich, wie ein Gelehrter ein Dokument in einer fremden Sprache studiert.

Hielt sie sogar gegen das Licht.

Faltete das Papier wieder zusammen und schob es exakt in die Mitte des Tisches. Ein Pokerspieler, der seinen Einsatz platziert.

Aber Spiele haben Regeln, und Landolt hielt sich nicht daran.

Er nahm seine Brille wieder ab und sagte:

Ganz freundlich sagte er es.

Als sei es wirklich eine Frage.

Sagte: »Darf ich fragen, warum Sie mir das zeigen?«

»Das Grundstück. An einen Juden durften Sie es nicht verkaufen.«

»Ah«, sagte Landolt und schüttelte bedauernd den Kopf. »Es ist wirklich fast schade. Aber wissen Sie, lieber Herr Meijer: Auch ein getaufter Jude ist immer noch ein Jude.«

»Verdammt noch mal, Landolt! Nun fahren Sie schon!«

40

Mimi aß Likörpralinen aus medizinischen Gründen. Eigentlich hatte ihr Dr. Wertheim zur Stärkung ihrer angegriffenen Konstitution Portwein verschrieben, aber Mimi vertrug Alkohol schlecht – »Ich werde nie begreifen, wie sich jemand freiwillig anschickern kann!« – und musste sich regelrecht dazu zwingen, das verordnete Anregungsmittel wenigstens in dieser Form zu sich zu nehmen. Dass sie jetzt schon die vierte der süßen Kugeln in den Mund steckte, daran war nur Désirée schuld.

Da hat man Vertrauen in seine Kinder, opfert sich für sie auf, und dann so etwas!

Ganz schwindlig war ihr geworden vor Aufregung, und ihre Migräne meldete sich auch schon wieder. Mit den Fingerspitzen zeichnete sie kleine Kreise auf ihre Schläfen und hinterließ dabei feine Schokoladenspuren.

»Schön, dass du zurück bist, Désirée«, sagte sie und lächelte tragisch. »Du warst also mit Esther Weill unterwegs?«

»Ja, Mama«, sagte Désirée und schaute ein bisschen verwundert. Esther Weill, von den Schuhgeschäft-Weills, war ihre beste Freundin, und Mimi hatte noch nie etwas dagegen gehabt, dass

493

die beiden miteinander spazieren gingen oder Ausstellungen besuchten.

»Und ihr habt euch tatsächlich in dieser Bude am Platzspitz einen Walfisch angesehen?«

»Kein Fisch, Mama. Ein Wal ist ein Säugetier.«

»Wie nett«, sagte Mimi mit beängstigend freundlicher Stimme, »wie überaus aufmerksam von dir, dass du deine dumme Mutter über solche Dinge aufklärst. Ein Säugetier also? Wie interessant.«

Ihre Hand tastete nach der nächsten Praline.

»Es ist natürlich nur ein Skelett. Aber gewaltig! Sie müssen es auf drei Wagen transportieren und in jeder Stadt wieder neu zusammensetzen. Nur schon der Schädel …«

»Der Schädel«, sagte Mimi und drehte eine in silberglänzendes Stanniol verpackte Praline zwischen den Fingern wie ein Wurfgeschoss. »Der interessiert mich ganz besonders. Wie sieht er denn aus, dieser Schädel?«

»Ganz lang und schmal. Wie ein riesiger Vogelschnabel.«

»Ein Vogelschnabel. Sehr interessant.« Die kleine Kugel rotierte immer schneller.

»Hast du was, Mama?«

»Ich?«, sagte Mimi. »Was sollte ich haben? Ich höre mir nur gerne an, was meine Tochter so alles erlebt. Zusammen mit ihrer besten Freundin. Beschreib mir doch mal den Unterkiefer von diesem Wal!«

Désirée starrte ihre Mutter an. »Den Unterkiefer?«

»Oder haben Wale so etwas nicht? Vielleicht weil sie Säugetiere sind?«

»Ich verstehe nicht, was mit dir los ist, Mama.«

»Dafür verstehe ich umso besser.« Mimi hatte sich vorgenommen, ganz ruhig zu bleiben, aber jetzt schlug sie doch auf den Tisch. Aus ihrer Faust tropfte bräunlicher Saft auf das gute Tischtuch. »Ich verstehe, dass meine Tochter mich anlügt.«

»Ich …«

Mit einer schwungvollen Bewegung, die aussah wie einstudiert – und sie hatte sie, auf ihre Tochter wartend, auch tatsächlich zwei- oder dreimal ausprobiert – legte Mimi den *Tages-Anzeiger* vor Désirée hin. Die Geste hatte nicht ganz die gewünschte dramatische Wirkung, weil ihre Finger am Papier kleben blieben. Ärgerlich nahm sie ihr Taschentuch aus dem Ärmel und wischte sich die Hand sauber.

»Lies!«, sagte sie. »Seite vier. ›Vermischte Meldungen‹.«

Nun war es nicht etwa so, dass Mimi jeden Tag die Zeitung studiert hätte. Die kleinen Buchstaben strengten ihre Augen zu sehr an. Aber die neue Bischge, die einen Drang zum Höheren hatte, las das von Pinchas abonnierte Blatt jeden Morgen während ihrer Kaffeepause durch und gab, wenn Mimi ihr nicht ausweichen konnte, die frisch erworbene Weisheit gern zum Besten. Heute war es eine ganz kleine Nachricht gewesen, über die sie sich überhaupt nicht mehr beruhigen konnte. »Wer tut denn so was?«, hatte sie kopfschüttelnd gefragt.

»Ein kurioser Diebstahl«, las Désirée, »hat vorletzte Nacht in Zürich stattgefunden. Aus dem reisenden naturwissenschaftlichen Kabinett, das zur Zeit hinter dem Landesmuseum das Interesse der gebildeten Stände auf sich zieht, wurde von unbekannter Hand der Unterkiefer des dort ausgestellten Skeletts eines Pott- oder Spermwals (Physeter macrocephalus) entwendet. Nach Aussage von Direktor Marian Zehntenhaus, dem Besitzer der Schaubude, hat das fehlende Knochenstück eine Länge von beinahe drei Metern und kann nur mit beträchtlicher Anstrengung und vermittels eines Wagens weggeschafft worden sein. Bis jetzt fehlt von der Täterschaft jede Spur, man nimmt aber an, dass verantwortungslose Nachtbuben hinter dem skurrilen Verbrechen stecken. Für Hinweise auf den Verbleib des entführten Skelettteils wurde eine Belohnung von fünfzig Franken ausgesetzt. Die überaus großzügige Summe erklärt sich durch den beträchtlichen wirtschaftlichen Schaden, der durch diesen sinnlosen Vandalenakt angerichtet wurde. Ein unvollständiges Skelett ist nach Aussage von Direktor Zehntenhaus völlig wertlos und für Ausstellungszwecke nicht mehr geeignet. Die Schaubude am Platzspitz bleibt deshalb bis auf weiteres geschlossen. Bereits gelöste Eintrittskarten können an der Kasse zurückgegeben werden.«

Désirée sah mit hochrotem Kopf von der Zeitung auf.

»Kannst du mir erklären«, sagte Mimi, und ihre Stimme war so süß wie ihre Pralinen, »kannst du deiner dummen Mutter bitte erklären, wie du und Esther Weill eine Ausstellung besucht habt, die gar nicht geöffnet ist?«

»Wir …«, sagte Désirée und fingerte am Piqué-Kragen ihrer Bluse herum. »Wir sind …«

»Ich habe das nicht verdient.« Mimis gepuderte Backen zitterten wie bei einem Weinkenner, der einen edlen Tropfen prüfend im Mund bewegt. »Wenn ich eine von diesen Glucken-Müttern wäre, die ihre Kinder auf Schritt und Tritt kontrollieren, gut, dann könnte ich das vielleicht noch verstehen. Aber so bin ich nicht. Certainement pas. Ich habe mich nie in dein Leben eingemischt. Nie. Deshalb tut es so besonders weh, dass du es neuerdings für nötig hältst, mich anzulügen.« Sie warf einen prüfenden Blick auf ihre Hand und legte sie dann, als keine Spuren von Schokolade und Likör mehr daran zu entdecken waren, an ihren Busen. »Tief im Herzen tut es mir weh.«

»Es tut mir leid, Mama.«

»Und du meinst, das reicht aus?« Mimi tupfte sich mit dem Taschentuch die Augenwinkel. »Ich habe mich mein ganzes Leben lang aufgeopfert für dich, du machst dir ja keine Vorstellung, wie ich gelitten habe, nur schon um dich in die Welt zu bringen, tu m'as déchirée, ma petite, und das ist jetzt der Dank. Du hast Geheimnisse vor mir. Geheim-nis-se.« Sie sprach das Wort aus, als habe es mindestens fünf Silben.

»Esther und ich waren heute …«

»Nein, sag nichts.« Mimi genoss die Dramatik der Szene mit roten Backen. »Ich will es nicht wissen. Wenn meine Tochter kein Vertrauen mehr zu mir hat, wenn ich keine Tochter mehr habe, dann muss ich damit leben. Es bricht mir zwar das Herz, aber wenn es nun mal mein Schicksal sein soll, werde ich auch das ertragen. – Auch das«, wiederholte sie mit leiser Stimme, neigte den Kopf zur Seite und legte in einer Geste, die sie gerade erst im Stadttheater gesehen hatte, den Handrücken an die Stirn.

Es dauerte noch zehn Minuten und zwei weitere Likörpralinen, bis Désirée endlich bereit war, ein Geständnis abzulegen.

»Aber du musst versprechen, es niemandem zu verraten.«

»Du kennst mich doch, ma petite. Niemand kann ein Geheimnis so gut bewahren wie ich. Das haben mir schon viele Leute gesagt.«

»Schwörst du es?«

»Na schön«, sagte Mimi. »Ich schwöre.«

Und dann, mit viel Herumdrucksen und Erröten, kam es endlich auf den Tisch: Esther Weill, Désirées beste Freundin, hatte einen Verehrer.

»Einen richtigen Verehrer«, sagte Désirée.

Die beiden trafen sich heimlich, machten lange Spaziergänge, Hand in Hand, tranken Kaffee in Lokalen, in denen anständige Menschen nicht verkehrten, und wo man deshalb auch keine Angst haben musste, von einem Bekannten überrascht zu werden, und Désirée lieferte ihnen das Alibi dazu, nickte bestätigend, wenn Esther ihre Eltern so rabenschwarz anlog, wie sie selber seit Wochen ihre vertrauensselige Mutter angelogen hatte, erfand Details über Veranstaltungen, die sie nie besucht hatte, beschaffte sich sogar Broschüren, nur um ihren Lügen mehr Glaubwürdigkeit zu geben, hatte zum Beispiel für fünf Rappen ein Flugblatt über das präparierte Walskelett gekauft, soundso viele Meter lang, soundso viele Tonnen schwer, und das alles nur, weil sie ihrer Mutter nicht vertraute, die doch auch einmal jung gewesen war und noch sehr gut wusste, wie das ist, wenn einem das Herz höher schlägt wegen eines Mannes, einer Mutter, die doch Verständnis hatte für die Verirrungen junger Seelen, der man sich doch anvertrauen konnte, der man sich schon lange hätte anvertrauen müssen, statt sich dumme Märchengeschichten auszudenken, die doch früher oder später …

Kurz und gut: »Wer ist der Mann?«

Aber genau das durfte Désirée ihrer Mutter nicht verraten. Sie hatte ihrer Freundin absolute Verschwiegenheit geschworen, und dass man so ein Versprechen nicht brechen darf, das musste Mimi doch einsehen, »nicht wahr, Mama?«.

Mimi war kein neugieriger Mensch, certainement pas, und sie dachte gar nicht daran, Désirée auszufragen. Wenn die nicht darüber sprechen wollte, dann war das in Ordnung, völlig in Ordnung, und Mimi war sogar richtig stolz darauf, dass man sich auf ihre Tochter so verlassen konnte.

»Allerdings …«

Sie warf den Einwand ins Zimmer, wie ein Fischer einen Angelhaken ins Wasser schmuggelt. »Allerdings nimmst du auch eine große Verantwortung auf dich. Wenn der junge Mann, ich sage das nur als Beispiel, aus einer völlig unpassenden Familie stammen sollte …«

»Er kommt aus einer sehr guten Familie«, sagte Désirée.

»Und ist Jude, will ich doch hoffen.«

»Aus einer sehr guten jüdischen Familie.«

»Das beruhigt mich immerhin. Obwohl … eigentlich wäre ich ja verpflichtet, Rifki Weill darüber zu informieren, dass ihre Tochter …«

»Das darfst du nicht!«

»Ich werde darüber nachdenken«, sagte Mimi und wollte, um besser nachdenken zu können, erst mal Details wissen, möglichst viele Details. Das war doch endlich einmal ein Roman aus dem wirklichen Leben.

Mimi liebte Romane.

Wie sich die beiden getroffen hatten, das wusste Désirée nicht zu sagen. »Es wird wohl ein Zufall gewesen sein«, meinte sie, und Mimi nickte vielsagend und murmelte etwas von Zufällen, denen man auch nachhelfen konnte, wenn man es darauf anlegte.

»Am Anfang war er ihr nicht einmal sympathisch.« Désirée schien erleichtert, weil sie endlich über eine Sache sprechen durfte, die sie so lange hatte verschweigen müssen. »Sie mochte ihn zuerst überhaupt nicht leiden. Sie dachte, er sei eingebildet. Aber dann merkte sie, dass er nur schüchtern ist. Und unglücklich. Er ist furchtbar unglücklich, sagt Esther.«

»Wieso?«

»Er hat eine Menge durchgemacht. Sagt Esther. Ich selber kenne ihn ja nicht so gut. Eigentlich überhaupt nicht.«

»Du bist doch dabei, wenn sich die beiden treffen?«

»Nun ja«, sagte Désirée und hatte jetzt dieselben roten Backen wie ihre Mutter, »ganz allein lassen kann ich die zwei nicht. Das wäre unanständig.«

»Allerdings.«

»Aber ich halte mich im Hintergrund. Setze mich nicht an denselben Tisch, wenn sie ein Lokal besuchen. Oder wenn sie spazieren gehen, dann halte ich Abstand. Ich will ja ihre Gespräche nicht belauschen.«

»Natürlich nicht«, sagte Mimi und war nur ein ganz kleines bisschen enttäuscht.

»Ich bin ja so froh, dass du mir nicht mehr böse bist.«

»Wie könnte ich dir denn je böse sein, ma petite? Aber von jetzt an erzählst du mir alles. Hörst du? Alles.«

Und so begann die kleine Verschwörung zwischen Mutter und Tochter. Nicht dass Mimi das Verhalten ihrer Tochter gebilligt hätte, ganz au contraire. Sie hatte genügend Romane gelesen, um Désirée in den grellsten Farben ausmalen zu können, was für schreckliche, ja tödliche Folgen eine heimliche Liebschaft haben konnte, und sie tat das auch immer wieder, wobei sie ständig neue, immer noch grässlichere Varianten vorzubringen wusste. Aber sie verbot die diskreten Freundschaftsdienste auch nicht ausdrücklich und vor allem: sie erzählte niemandem etwas davon, nicht einmal Pinchas, der – Männer haben nun mal keine Augen für so etwas – von der ganzen Affaire überhaupt nichts mitbekam. Wenn Mimi im Frauenverein oder bei anderer Gelegenheit Rifki Weill begegnete, dann erkundigte sie sich jedes Mal mit dem harmlosesten Gesicht der Welt, wie es denn deren reizender Tochter gehe, schon so erwachsen und doch noch so mädchenhaft unschuldig, und tat das so auffällig unauffällig, dass Frau Weill zu ihrem Mann sagte: »Wenn ich nicht wüsste, dass Mimi Pomeranz nur eine Tochter hat und keinen Sohn – ich würde schwören, dass sie versucht, einen Schidduch zu machen.«

Als Gegenleistung musste Désirée ihrer Mutter alles, aber auch wirklich alles über Esther Weills Abenteuer erzählen, musste jedes Händchenhalten und jedes Ins-Ohr-Flüstern aufs genaueste rapportieren, musste vor allem die gar nicht so seltenen Momente der Bedrohung im Detail schildern. Einmal zum Beispiel waren die beiden, weil sie glaubten, ein Bekannter käme ihnen entgegen, in ein Tabakgeschäft geflohen, und der junge Mann, dessen Name Mimi nicht wissen durfte, hatte dort aus lauter Verlegenheit eine Zigarre gekauft und dann tatsächlich versucht, die auch zu rauchen. Ein anderes Mal, bei einem Spaziergang im Zürichbergwald, hatte Désirée die beiden aus lauter Diskretion aus den Augen verloren und musste dann eine falsche Abbiegung genommen haben, denn sie fand sie die längste Zeit nicht wieder, und als Esther und der junge Mann – »Nein, ich sag dir den Namen nicht, bitte frag mich nicht, Mama!« – dann endlich aus einer völlig unvermuteten Richtung doch wieder auftauchten, da waren die beiden so verlegen, dass sie sich gar nicht mehr ansehen konnten, nein, Désirée wusste nicht, ob sie sich heimlich geküsst hatten, und das war ja auch wirklich eine Sache, nach der man nicht einmal die beste Freundin fragen konnte, »nicht wahr, Mama?«.

Und einmal …

Désirée schien am Erzählen der fremden Abenteuer immer mehr Spaß zu bekommen. Es kam sogar vor, dass sie ihre Mutter mitten aus einer Beschäftigung heraus zur Seite zog, um ein vergessenes Detail nachzutragen, und bei einem Abendessen rutschte ihr sogar ganz unvermittelt der Satz heraus: »Er will sich jetzt einen Schnurrbart wachsen lassen, aber das steht ihm überhaupt nicht.«

»Wer will sich einen Schnurrbart wachsen lassen?«, fragte Pinchas verwundert.

»Niemand«, sagte Désirée schnell und musste sich nach einer Serviette bücken, die ihr auf den Boden gefallen war.

»Ein Schauspieler am Stadttheater«, flüsterte Mimi ihrem Mann zu. »Sie hat ihn in einer Vorstellung gesehen und ist jetzt, scheint mir, un tout petit peu amoureuse.« Sie legte einen Finger an die Lippen, und als Désirée furchtbar verlegen wieder auftauchte, wechselte Pinchas schnell das Thema.

»Sogar lügen muss ich schon für dich«, sagte Mimi später vorwurfsvoll zu Désirée. Und war sehr stolz darauf, wie geschickt sie für ihre Tochter die Situation gerettet hatte.

Überhaupt übernahm Mimi bei der ganzen Angelegenheit die Regie, dachte sich Treffpunkte aus, an denen keine Störungen zu befürchten waren, und war besonders einfallsreich, wenn es darum ging, Anlässe zu finden, die Esther und Désirée als Vorwand für gemeinsame Nachmittage dienen konnten. »Bei Seiden-Grieder wird heute die neue Herbstmode vorgeführt«, sagte sie beispielsweise, »das wäre doch etwas für euch Mädchen.« Wenn sie einem zuzwinkerte, brachen im Puder um ihre

Augenwinkel ganz feine Sprünge auf. »Es wird sowieso höchste Zeit, dass du endlich anfängst, dich ein bisschen mehr um dein Aussehen zu kümmern.«

Den letzten Satz sagte sie aus lauter Gewohnheit. In Wirklichkeit – vielleicht hatte die Teilnahme an den fremden Abenteuern etwas damit zu tun, oder es lag einfach nur an der Tatsache, dass ihre Tochter allmählich vom Mädchen zur Frau wurde –, so oder so: in letzter Zeit hatte Désirée großes Interesse an modischen Dingen entwickelt, war sogar einmal in Tränen ausgebrochen, nur weil ihr Mimi ein reinseidenes azurfarbiges Paillette-Kleid, das sie in François' Warenhaus entdeckt hatte, einfach nicht kaufen wollte. Aber vierunddreißig Franken fünfzig für ein Kleid, das im nächsten Jahr schon aus der Mode sein würde, so etwas war wirklich übertrieben. Mimi gab sowieso schon viel mehr Geld für ihre Tochter aus, als vernünftig war. Vielleicht wenn Pinchas noch die Metzgerei gehabt hätte statt des Kolonialwarenladens, der nur soso lief, während sich Elias Guttermann, hörte man sagen, mit der Metzgerei eine goldene Nase verdiente.

Désirée scheitelte auch die Haare nicht mehr einfach in der Mitte, obwohl der mädchenhaft einfache Schnitt gar nicht schlecht zu ihrem ebenmäßigen Gesicht gepasst hatte. Sie versuchte es mit den verschiedensten Frisuren und probierte sogar einmal, was Mimi großen Spaß machte, sämtliche Hüte aus deren gut ausgestattetem Kleiderschrank auf. Aber die waren dann doch alle zu überladen, und ein ganz einfacher Bolero mit einer kleinen Flügelgarnitur aus blauem Atlas stand ihr viel besser. Der Hut stammte auch aus François' Geschäft, das nun einmal die beste Auswahl bot, auch wenn man sich eigentlich vorgenommen hatte, dort nicht mehr einzukaufen.

Das Interessante an der Sache war, dass sich Désirée immer mehr veränderte, während man Esther Weill von ihrer geheimnisvollen Liaison nicht das Geringste anmerkte. Sie war nach wie vor das, was Mimi ein »uninteressantes Mädchen« nannte, nicht hübsch und nicht hässlich, nicht besonders klug und nicht besonders dumm. Manchmal, wenn sie vorbeikam, um mit Désirée vierhändig Klavier zu üben – sie musste ja auch Klavierstunden nehmen, obwohl sie dafür, im Gegensatz zu ihrer Freundin, nun wirklich nicht die geringste Begabung hatte –, machte Mimi eine winzig kleine Andeutung, ohne auch nur einmal ein Echo zu verspüren. Als die Romanfigur, deren Abenteuer Mimi in manchmal täglichen Fortsetzungen miterlebte, war eine Esther Weill ganz einfach falsch besetzt.

Auch wenn Mimi überhaupt nicht neugierig war, so plagte es sie doch, dass sie den männlichen Hauptdarsteller dieses Romans immer noch nicht kannte. Aber in diesem Punkt blieb Désirée stur. »Ich habe mein Versprechen gegeben«, sagte sie, »und daran wird nicht gerüttelt.«

Mimi war richtig verärgert, dass Pinchas zur Religionsgesellschaft gewechselt hatte, denn von denen konnte es keiner sein, die waren alle viel zu fromm. Am liebsten, aber das wäre auch wieder aufgefallen, wäre sie bei jeder Gelegenheit in die Synagoge an der Löwenstraße gegangen, um die jungen Männer der Gemeinde von der Frauenempore aus mit Argusaugen zu beobachten. ›Aber ich finde es noch heraus‹, dachte sie und war unterdessen schon fest davon überzeugt, die ganze Geschichte nur auf Grund ihrer überlegenen Menschenkenntnis aufgedeckt zu haben. Den Zufall der geschlossenen Schaubude hatte sie schon völlig vergessen.

Bis Pinchas ganz überraschend genau diese Geschichte bei einem Abendessen zur Sprache brachte.

»Ich weiß nicht, ob ihr das damals mitbekommen habt«, sagte er. »Vor ein paar Wochen gab es hier in der Stadt einen ganz seltsamen Kriminalfall. In einer Bude am Platzspitz stellte irgend so ein Zirkusmensch einen präparierten Walfisch aus …«

»Kein Fisch, Pinchas«, sagte Mimi. »Ein Wal ist ein Säugetier.«

»Du erinnerst dich an die Geschichte?«

Nein, sagte Mimi, sie erinnerte sich überhaupt nicht, es war nur eine ganz allgemeine Anmerkung gewesen.

»Auf jeden Fall, dieser Wal, der so groß gewesen sein muss, dass man darauf tatsächlich ein Picknick hätte abhalten können – egal, dieses Skelett war eines Tages nicht mehr vollständig. Jemand hatte den Unterkiefer gestohlen. Erinnert ihr euch wirklich nicht?«

Auch Désirée hatte noch nie davon gehört.

»Dieser Knochen, der fast einen Meter lang gewesen sein muss …«

»Fast drei Meter«, sagte Désirée und fügte schnell hinzu, dass man in der Schule einmal über Wale gesprochen habe und dass sie sich zu erinnern glaube, dass deren Kiefer …

»Auf alle Fälle: dieser Knochen war eines Tages plötzlich verschwunden.«

»Tatsächlich?«, sagte Mimi, und auch Désirée war sehr erstaunt.

»Dieses Skelett war ja gewissermaßen die Existenzgrundlage des Schaustellers, und darum hatte er es versichert. Bei Sally Steigrad. Eine ziemlich hohe Versicherungssumme, und die wollte er jetzt in Anspruch nehmen, weil ein unvollständiges Skelett keinen Wert mehr habe. Nun hat sich aber ein Zeuge angefunden, ich habe das direkt von Sally, der gesehen hat, dass dieser famose Direktor Zehntenhaus den Kiefer selber aus der Schaubude weggeschleppt und in die Limmat geworfen hat. Die Geschäfte sind wohl nicht mehr richtig gelaufen, und da wollte er … Ein ganz simpler Versicherungsbetrug! Was sagt ihr dazu?«

Es wäre kaum zu glauben, was sich die Leute alles so einfallen ließen, sagte Désirée. Und Mimi fügte hinzu: »Dabei haben solche Heimlichkeiten überhaupt keinen Zweck. Früher oder später kommt doch immer alles aus.«

41

Für die erste Ferienreise seines Lebens ließ sich Janki gleich drei neue Anzüge anmessen. In dem einen, schwarzer Gehrock und gestreifte Hose, sah er aus wie ein Diplomat, und überprüfte bei der Anprobe auch gleich, ob der Ärmel nicht zu weit zurückrutschte, wenn man auf einer Kurpromenade höflich den Hut lüftete. Beim zweiten entschied er sich, nach langen fachmännischen Diskussionen mit dem Zuschneider, für den sportlichen amerikanischen Stil, mit assortierter durchgeknöpfter Weste, zu der man in dieser Saison Hemden mit Carusokragen trug, nicht wirklich bequem, aber der hohe Schnitt zwang einen dazu, den Kopf sehr gerade zu halten, und das gab der ganzen Figur etwas Elegantes. Als drittes orderte er einen ganz legeren Strandanzug: eine Hose aus weißem englischem Waschstoff und ein zweireihiges marineblaues Sakko, dazu eine Schiffermütze mit gesticktem Band und weiße Strandschuhe, die François eigens für ihn von einem Lieferanten aus England kommen lassen musste. Für den Fall, dass der Wind einmal heftig blasen sollte – und an der Nordsee musste man damit rechnen –, gab es einen Tennismantel aus schwerem weißem Fries, und weil man schon einmal dabei war, besorgte er auch noch ein paar nicht unbedingt notwendige, aber elegante Kleinigkeiten, ein Etui mit besonders weichen Reisepantoffeln etwa oder eine praktische Doppelklammer, mit der man bei Spaziergängen an heißen Tagen den Strohhut am Rockaufschlag befestigen konnte. Wozu war man Mitbesitzer eines Warenhauses, wenn man nicht davon profitierte?

Chanele, in ihrer störrischen Art, wollte zuerst überhaupt nichts Neues anschaffen, sie habe schon mehr als genug ungetragene Kleider im Schrank, und wo stünde im Schulchan Orech geschrieben, dass man sich herausputzen müsse wie ein dressierter Affe, nur um dann auf einer gottverlassenen Insel Sand in den

Schuhen zu haben? Auf keins von Jankis Argumenten wollte sie hören, weder dass man sich nach so vielen Arbeitsjahren ruhig auch einmal etwas gönnen dürfe, noch dass man im besten Hotel am Platz nicht an der Table d'hôte aufkreuzen könne wie ein Nebbischle aus der Provinz, und gab erst nach, als ihr auch Mina zuredete, die in solchen Dingen sehr viel vernünftiger war als ihre Schwiegermutter. Schließlich ließ sie sich immerhin ein Strandkostüm aus schwerem aufgerautem Cheviot aufnötigen, ein nach neuster Pariser Mode auf Seide gearbeitetes Jackenkleid und für schlechtes Wetter einen Gummimantel in Raglanschnitt. Janki versuchte, ihr auch noch ein Lodenkostüm in Bozener Fasson einzureden, aber Chanele meinte nur, sie habe weder die Absicht, Berge zu besteigen noch das Jodeln zu erlernen.

Die beiden Schrankkoffer reichten dann natürlich nicht aus, und François musste im allerletzten Moment auch noch einen großen ledernen Kupeekoffer für sie besorgen. Der war so neu, dass später der ganze Inhalt roch wie mit Juchtenparfum übergossen. Zum Bahnhof kam François nicht; er vermied es, seiner jüdischen Familie mehr als unbedingt notwendig zu begegnen, man hatte sich nichts zu sagen, und es verdarb ihm jedes Mal die Laune, wie sich alle so angestrengt bemühten, ganz alltäglich und ohne Vorwürfe mit ihm zu reden.

Aber die anderen waren da. Mimi, aufgeregt, als planten ihre Freundin und deren Mann eine Expedition zu den Quellen des Nils, wiederholte immer wieder: »Passt auf euch auf, passt bitte gut auf euch auf.« Sie vertrug die Augusthitze schlecht, und jedes Mal, wenn sie sich den Schweiß abtupfte, versuchte sie zu tun, als seien es Abschiedstränen.

Pinchas hatte als Reiseproviant ein Paket mit Lebensmitteln aus seinem Laden mitgebracht, darunter eine Dauerwurst, die so aufdringlich nach Knoblauch roch, dass Janki, schon während er sich dafür bedankte, den Entschluss fasste, sie bei erster Gelegenheit im Abteil liegen zu lassen. »Damit ihr doch etwas Koscheres dabei habt«, sagte Pinchas, was man auch als Vorwurf auffassen konnte. In Westerland – man sprach nicht darüber, aber jeder hatte schon daran gedacht – würde alles chasertreife sein. Mimi warf ihm einen vorwurfsvollen Blick zu – »Manchmal kann er so taktlos sein!« – und begann zur Ablenkung über ihr Dienstmädchen zu klagen, das sie wohl würde entlassen müssen, weil die Goije lieber Zeitung las, als unter den Möbeln sauber Staub zu wischen.

Désirée war in einem bestickten weißen Voile-Kleid erschienen, das Lea und Rachel so neidisch machte, dass sie sich gegenseitig ins Ohr flüstern mussten, sie würden so etwas nicht einmal geschenkt haben wollen, in dem Ding sähe man ja aus wie ein Püppchen, und beim kleinsten Fleck sei die ganze Herrlichkeit sowieso gleich ruiniert. Von den Kamionkers waren nur Hinda und die beiden Mädchen da; Ruben studierte schon in Kolomea, und Zalman, der gerade eine neue Stelle angetreten hatte, konnte dort mitten in der Woche nicht einfach wegbleiben.

Arthur hatte für seine Eltern eine kleine Reiseapotheke zusammengestellt, »nur für den Fall der Fälle«, und das fand Mimi so rührend fürsorglich von ihm, dass sie sich schon wieder die Tränen oder den Schweiß abtupfen und sagen musste: »Passt auf euch auf, passt um Himmels willen auf euch auf.«

»Was soll ihnen passieren?« Mina mochte keine Gefühlsausbrüche. Seit der Kinderlähmung damals hatte sie im Leben viel zu viel zuschauen und zuhören müssen, und wie ein Abonnent, der dreimal die Woche ins selbe Theater geht, war sie mit jedem Jahr empfindlicher für falsche Töne geworden.

Die Lokomotive spuckte Rauch. Lea und Rachel warteten schon mit diebischer Freude auf die ersten Rußflecken auf Désirées weißem Kleid, als ganz überraschend auch noch Alfred auftauchte. Er grüßte niemanden, schaute seinen Verwandten nicht einmal ins Gesicht, streckte nur Chanele eine Packung Tirggel hin, »für die Reise«, lüftete seine Studentenmütze und reichte dann, weil der Bahnhofsvorstand schon ganz aufgeregt auf seiner Pfeife trillerte und mit vorwurfsvoll amtlicher Miene die Türen der Abteils zuschlug, seiner Mutter den Arm und ging mit ihr den Bahnsteig entlang zum Ausgang, er kerzengerade und mit durchgedrücktem Rücken, Mina wie immer scheinbar betrunken hin- und herpendelnd. Sie trug seit jeher sehr weite Röcke, damit man nicht so genau sah, wie sie ihr gelähmtes Bein bei jedem Schritt im Halbkreis nach vorn schleudern musste. Die ganze Familie schaute dem ungleichen Paar so fasziniert nach, dass zuerst gar keiner bemerkte, wie sich der Zug in Bewegung setzte. Und dann liefen alle winkend hinter den Wagen her.

»Ein furchtbarer Mensch, dieser Alfred«, sagte Lea zu Désirée, aber der war nun doch eine Rußflocke auf ihr weißes Kleid geflogen, und sie musste sich ganz darauf konzentrieren, sie mit den Fingerspitzen wieder zu entfernen.

Das Ehepaar Meijer reiste erster Klasse. Das war zwar meschugge teuer, aber man konnte es sich leisten, und obwohl Chanele protestierte – »Seit wann heißen wir Rothschild?« –, war sie dann doch ganz froh, auf der viel zu langen Fahrt fast immer ein Coupé für sich alleine zu haben. In Baden-Oos, wo der Zug ein paar Minuten anhielt, schaute sie ganz sehnsüchtig aus dem Fenster; wenn Janki sich nicht ausgerechnet auf Sylt kapriziert hätte, wäre man hier schon am Ziel gewesen. Kur war schließlich Kur, ob man sich nun im Thermalbad langweilte oder am Strand, das machte zumindest für sie keinen wirklichen Unterschied.

Jankis Bein schmerzte vom langen Sitzen, auch die Reisepantoffeln brachten da keine Erleichterung, aber weil er es ganz allein gewesen war, der beschlossen hatte, dass dieses Seebad und kein anderes das richtige sei, durfte er seine Beschwerden nicht zeigen.

Den eigentlichen Grund für seine Wahl hatte er Chanele nie eingestanden: im *Journal des Modes,* das er jeden Monat von der ersten bis zur letzten Seite studierte, war zu lesen gewesen, dass der k. u. k.-Hofschneider Kniže jedes Jahr die Sommermonate in Westerland auf Sylt zu verbringen pflegte, und Kniže war, was Eleganz und gesellschaftliche Korrektheit anbelangte, zur Zeit das Maß aller Dinge. Er sollte sich sogar einmal, was man bisher nur von François Delormes berichtete, geweigert haben, für den Erzherzog Franz Ferdinand ein Beinkleid anzufertigen, nur weil der Thronfolger auf einem Schnitt bestand, den Kniže für unpassend hielt.

Irgendwann – »Lieber dreimal hintereinander für Pessach sauber machen als noch einmal so eine Reise!« – kamen sie dann doch endlich in Hamburg an, wo Janki im Hotel *Vier Jahreszeiten* ein Zimmer mit fließend Wasser reserviert hatte, wieder so eine Geldverschwendung, nur für die eine Übernachtung. Er hatte sich fest vorgenommen, auf dieser Reise an nichts zu sparen. Man verkauft nicht sein Geschäft, um sich hinterher zu kasteien.

Am nächsten Tag mussten sie sich noch einmal in einen Zug quälen, eine kleine Regionalbahn zu einem Nest namens Hoyerschleuse, von wo der Dampfer nach Sylt abfuhr. Es gab nur ein einziges Abteil erster Klasse, mit uralten Polstern, die fauligfeucht rochen, als hätten auf der letzten Fahrt ein paar Gutsbesitzer Düngerproben verglichen. Der Bahnbeamte, bei dem sich Janki darüber beschweren wollte, sprach ein so breites Platt, dass ein normaler Mensch kein Wort davon verstand.

Zu allem Unglück hatten sie das Abteil nicht einmal für sich allein. Kurz vor Abfahrt des Zugs stieg noch ein abweisend blickender Herr ein, der, obwohl er Zivil trug, auf den ersten Blick als alter Soldat zu erkennen war. Er bat zwar sehr korrekt für die Störung um Verzeihung, tat das aber in einem so abgehackt schnoddrigen Ton, dass seine Entschuldigung bei aller Höflichkeit der Worte eher wie ein Angriff wirkte.

Der neue Mitreisende setzte sich Janki und Chanele gegenüber, und es entstand zunächst einmal eine dieser unangenehmen Pausen, in denen die Etikette vorschreibt, dass man einen Menschen scheinbar nicht zur Kenntnis nimmt, obwohl man ihn doch direkt vor der Nase hat. Der Mann, etwa in Jankis Alter, trug einen Jagdanzug aus dunkelgrünem Loden, und sein Hut, den er beim Einsteigen kurz vor Chanele gelüftet hatte, war mit einer kleinen Feder verziert. Von seinem linken Auge bis fast zum Kinn zog sich eine hässliche, bräunlich verfärbte Narbe. ›Sicher ein Schmiss aus einer dieser idiotischen Mensuren‹, dachte Janki. ›Man müsste sie Alfred zeigen können, dann würde er wohl schnell den Spaß an solchen Goijim Naches verlieren.‹

Der Mann bemerkte Jankis Blick, las wohl auch dessen Gedanken und sagte in seinem schnarrenden Ton: »Granatsplitter. 1870. Sedan.«

Und Janki antwortete ohne nachzudenken: »Sedan? Da war ich auch.«

»Tatsächlich?« Der Mann hätte Janki nicht glücklicher anstrahlen können, wenn der sein lang verschollener Bruder gewesen wäre. Er sprang sofort auf, worauf natürlich auch Janki nicht anders konnte, als sich zu erheben, und weil das Abteil nicht sehr geräumig war, standen sich die beiden Männer ein paar Sekunden lang so nahe gegenüber, als wollten sie sich umarmen und küssen. Aber sie schüttelten sich dann doch nur die Hand, und setzten sich mit der Verlegenheit von Menschen, die Intimität nicht gewohnt sind, wieder an ihre Plätze.

»Das glaubt mir kein Mensch«, sagte der Mann. Er hatte seinen Kasernenhofton so übergangslos abgelegt, wie man unter guten Freunden einen zu engen Kragen lockert, und seiner Sprache war jetzt deutlich ein süddeutscher Ursprung anzumerken. »Da wird das Huhn in der Pfanne verrückt.« Es konnte keinen Zweifel geben: einen stärkeren Ausdruck der Überraschung kannte er nicht.

Er staunte Janki kopfschüttelnd an, als dürfe es den gar nicht geben und schon überhaupt nicht in diesem Zug, und sprang dann schon wieder auf, es hielt ihn wohl einfach nicht auf seinem Sitz, lüftete seinen Hut und stellte sich vor: »Staudinger.«

»Meijer«, sagte Janki. Wahrscheinlich hätte er sich dazu korrekterweise auch wieder erheben müssen, aber es war einfach zu wenig Platz zwischen den Sitzen. Er neigte deshalb nur den Kopf und machte eine vage Handbewegung zu Chanele hin. »Meine Frau.«

Staudinger riss wieder den Hut vom Kopf und klappte die Füße zusammen. Dann beugte er sich über Chaneles Hand und drückte einen Kuss darauf, nicht angedeutet elegant, sondern einen richtigen Kuss, schmatzend und feucht. »Es ist mir eine Ehre, Frau Meijer«, sagte er. »Eine Freude ist es. Die Frau eines Kriegskameraden.«

»Nun setzen Sie sich schon«, sagte Chanele, der vom Rütteln des Zuges und vom muffigen Geruch der Polster schon übel war.

Staudinger setzte sich, beteuerte noch einmal, dass das Huhn in der Pfanne verrückt werde und sprang schon wieder auf. »Fünftes Königlich Bayerisches Infanterieregiment, zweites Bataillon«, meldete er diesmal. »Standort Aschaffenburg. Und Sie, Kamerad?«

»Zwanzigstes Corps. Zweite Division. Viertes Bataillon des Régiment du Haut-Rhin. Standort Colmar.«

»Colmar? Aber das war doch damals noch gar nicht …«

»Ich bin Franzose«, sagte Janki.

Staudinger setzte sich so plötzlich wieder hin, als hätte ihn jemand in die Kniekehlen getreten.

»Sie waren …?«

»Auf der andern Seite«, sagte Janki und fasste vorsorglich den Griff seines Spazierstocks fester.

Aber Staudinger war begeistert. »Das ist ja phänomenal!«, sagte er. »Da wird das Huhn … Wo hat ihr Regiment gekämpft?«

Chanele hielt sich ihr Taschentuch vors Gesicht, wahrscheinlich wegen des unangenehmen Geruchs. Janki war von bewundernden Kundinnen so oft gebeten worden, ihnen von seinen kriegerischen Heldentaten zu berichten, dass er um eine Antwort nicht verlegen war. »Ein Soldat geht dahin, wo man ihn hinschickt«, sagte er. »Wenn einem die Kugeln um den Kopf fliegen, fragt man nicht nach der Geographie.«

»Richtig«, sagte Staudinger. »Absolut richtig. Wir waren alle jung damals und wussten nicht, dass wir ein Leben lang würden davon erzählen müssen.«

»Was Sie bestimmt lieber tun als ich.«

»Warum?«

»Sie haben den Krieg gewonnen.«

Staudinger stieß ein bellendes »Ha!« aus, das wohl ein kameradschaftlich herzliches Lachen sein sollte. »Sehr gut. Wirklich sehr gut. Das muss ich mir merken. ›Sie haben den Krieg gewonnen.‹« Noch einmal machte er »Ha!«, und damit schienen für ihn die Präliminarien erledigt zu sein, und er begann von seinen eigenen Kriegserlebnissen zu berichten. »Wir standen an der Porte de Mézières. Haben Sie davon gehört? Nein? Nun ja, es war nicht die allervorderste Front, aber ein strategisch sehr wichtiger Punkt, der unbedingt gehalten werden musste. Ich kann Ihnen die Positionen aufzeichnen. Na ja, vielleicht ein andermal. Wir werden uns ja wiedersehen, hoffe ich. Sie fahren auch nach Sylt? Westerland? Ich auch. Wir müssen dort unbedingt … Welches Hotel? Das *Atlantic*? An der Herrenbadstraße, ich weiß. Ein feiner Laden, sehr distinguiert, den kann sich nicht jeder leisten. Ich auf jeden Fall nicht. Ha!« Er erledigte sein Lachen wie einen Auftrag und machte dann mit seinem Monolog weiter, den er bestimmt schon viele Male Wort für Wort so gehalten hatte. »Wir hatten also an diesem Tor unsere Stellung, zusammen mit dem ersten Bataillon und einer zu uns detachierten Jägerkompanie, und die Granaten flogen nur so über unsere Köpfe hinweg. Wenn Sie auch dort gewesen sind, kennen Sie ja das Geräusch, dieses Rauschen, das immer lauter wird, bis man sich am liebsten im Boden vergraben würde. Aber wir hatten da einen alten Feldwebel, Niedermayer hieß der, so ein richtiger gemütlicher Urbayer, wegen irgendeiner alten Geschichte nie weiter befördert, obwohl er sehr tüchtig war, der lachte nur, wenn wir uns hinwarfen, und sagte: ›Wenn ihr sie hört, sind sie schon an euch vorbei.‹ Und genau so war es dann auch bei mir. Die Granate, die mich erwischt hat, habe ich nie gehört. Überhaupt nicht gehört, das muss man sich vorstellen. Nur mein Gesicht war plötzlich ganz heiß, keine Schmerzen, zuerst überhaupt nicht, nur dieses Gefühl von Hitze, und über meine Hände lief etwas Feuchtes; ich glaubte zuerst, meine Feldflasche wäre getroffen. Es war aber mein eigenes Blut. So habe ich dann das meiste nur noch verschwommen mitbekommen, die Franzosen, die ihre weißen Tücher schwenkten wie verrückt, ich will nicht unhöflich sein, aber so war es, und der Parlamentär, der quer durch unsere Reihen … Na ja, das werden Sie ja alles wissen. Bis dann endlich die Sanitäter kamen und …« Er brach plötzlich ab und musterte Janki mit einem leicht misstrauischen Blick. »Sind Sie auch verwundet worden?«

»Am Bein«, sagte Janki. »Aber die Beschwerden sind durchaus erträglich. Ich spüre es nur, wenn das Wetter umschlägt.« Chanele hielt sich schon wieder ihr Taschentuch vors Gesicht. Der Geruch aus den alten Polstern war wirklich sehr unangenehm.

Bis der Zug in Hoyerschleuse ankam, waren die beiden Männer die besten Freunde und hatten fest verabredet, sich auf der Insel ganz schnell wiederzusehen. Staudinger, der hier ein paar Kameraden treffen wollte, die mit demselben Schiff nach Sylt fuhren, besorgte ihnen noch einen Träger für ihr Gepäck – er konnte seine schnarrende Kommandostimme an- und ablegen wie einen Mantel –, küsste Chanele noch einmal schmatzend die

Hand und verabschiedete sich von Janki, indem er die Hand militärisch an den Rand seines Jägerhütchens legte.

Erst als die Gepäckstücke nachgezählt waren – zwei Schrankkoffer, ein neuer Kupeekoffer aus Juchtenleder, vier Hutschachteln – und der Dienstmann seinen Lohn bekommen hatte, kam Chanele dazu, mit Janki zu reden.

»Was erzählst du dem Mann für Schmonzes?«, sagte sie. »Die Damen in Baden haben dir deine Abenteuer vielleicht geglaubt, aber dieser Staudinger war bei Sedan wirklich dabei. Ein widerlicher Mensch übrigens, mit dieser Narbe.«

»Das kann ich nicht finden.« Sie standen nebeneinander an der Reling der *Freya* und sahen mit den anderen Passagieren den vierschrötigen Matrosen zu, die die Leinen des Schiffes mit so beleidigten Mienen lösten, als sei der Fährdienst für Kurgäste weit unter der Würde eines echten christlichen Seefahrers.

»Janki Meijer, der Held von Sedan!«

»Scha!« Janki sah sich erschrocken um. Zum Glück hatte das niemand gehört.

»Nur schade, dass du vergessen hast, deine Orden einzupacken.«

»Was für Orden?«

»Die dir Napoleon der Dritte persönlich verliehen hat. Für besondere Tapferkeit vor dem Feind.«

All die Jahre hatte es Chanele nicht gekümmert, wenn Janki die wenig ruhmreichen Erinnerungen an seine Militärzeit mit jedem Mal farbiger ausmalte. Es hatte sie nicht wirklich gestört, und in der Firma gab es, weiß Gott, genug zu tun, das wichtiger war. Aber seit Janki die Moderne Warenhalle über ihren Kopf hinweg verkauft hatte, fühlte sie sich auch nicht mehr verpflichtet, auf seine Empfindlichkeiten Rücksicht zu nehmen. Chanele war, fast von einem Tag auf den andern, bitter geworden, nicht streitsüchtig, aber störrisch, und da Janki wegen der Geschäftsaufgabe ein unausgesprochenes schlechtes Gewissen hatte und deshalb keinen Fehler zugeben konnte, kam es zwischen den beiden zu immer heftigeren Auseinandersetzungen.

Wie ein zu lange gelagerter Wein war ihre Ehe nach mehr als vierzig Jahren sauer geworden.

»Du verstehst das nicht«, sagte Janki. »An so einem Kurort muss man die richtigen Leute kennen, sonst bleibt man allein. So haben wir doch schon einmal ein Entrée in die bessere Gesellschaft.«

»Mach Schabbes damit!« Chanele drehte ihrem Mann den Rücken zu und war in den nächsten Minuten sehr damit beschäftigt, den Möwenschwarm zu beobachten, der dem Schiff als kreischende Eskorte aus dem Hafen folgte.

Chaneles unverhohlene Missbilligung und die leise Angst, dass sie recht haben könnte, verdarben Janki die Freude an der bevorzugten Behandlung, die ihnen nach dem Anlegen auf Sylt zuteil wurde. Während andere Passagiere mit Kutschwagen vorlieb nehmen oder sogar ganz verloren und allein gelassen neben ihren Gepäckbergen ausharren mussten, wurden sie von einem livrierten Chauffeur erwartet, auf dessen Mütze in goldenen Buchstaben der Schriftzug *Atlantic* prangte. Sie waren die einzigen Neuankömmlinge, die dieses Hotel der allerersten Kategorie gebucht hatten, und Janki war fast ein bisschen enttäuscht, dass sein neuer Freund Staudinger nirgends zu sehen war. Er hätte ihm aus dem Automobil, das für die Fahrt zum Hotel bereitstand, gern kameradschaftlich zugewinkt oder ihm sogar angeboten, ihn nach Westerland hinein mitzunehmen. Platz genug wäre da gewesen, denn der Wagen, mindestens so prächtig wie François' Buchet, verfügte außer dem Chauffeursplatz über zwei geräumige Sitzreihen. Ihre Koffer, und das empfand Janki als besonders vornehm, wurden nicht etwa hinten aufgeschnallt, sondern zuckelten auf einem von zwei Pferden gezogenen Gepäckwagen gemächlich hinter ihnen her.

Im Hotel empfing man sie mit vielen Bücklingen, und diese

untertänige Haltung setzte sich so durch den ganzen Tag fort, dass Chanele ironisch meinte, man lerne hier die verschiedenen Angestellten zuerst an ihren Hinterköpfen unterscheiden. Ihre Suite, »die beste im ganzen Haus«, sagte der liebedienernde Portier, hatte allen Komfort der Neuzeit, elektrische Beleuchtung, ein eigenes Bad und eine ganze Reihe von Klingelknöpfen, mit denen sich für jeden Sonderwunsch der richtige Angestellte herbeirufen ließ.

»Siehst du, wie wir hier empfangen werden?«, sagte Janki, als sie endlich allein waren.

»Wie jeder andere, von dem sie sich ein gutes Trinkgeld versprechen.«

»Besser als jeder andere.« Er hatte eine geheimnisvolle Miene aufgesetzt, aber Chanele tat ihm nicht den Gefallen, Neugierde zu zeigen, und so musste er die Chochme, die er sich ausgedacht hatte und auf die er sehr stolz war, ungefragt berichten. »Ich habe Direktor Strähle gebeten, uns seinem Kollegen hier als besonders wichtige Gäste zu avisieren. Was sagst du dazu?«

»Narrischkeit«, war alles, was Chanele dazu zu sagen hatte.

42

Mit den Knöpfen auf dem Klingelbrett hätte sich eine Zofe herbeirufen lassen, die der gnädigen Frau, so hatte es ihnen der katzbuckelnde Portier bei der Ankunft versichert, jederzeit gerne beim Ankleiden behilflich sein würde. Zu Jankis täglich erneuertem Ärger weigerte sich Chanele strikt, diese Dienstleistung in Anspruch zu nehmen, obwohl sie doch im Preis für die Zimmer schon eingerechnet und so oder so zu bezahlen war. Jedes Mal, wenn er verlangte, dass sie für die Promenade, die Table d'hôte oder eine Reunion ihr Kostüm wechselte – er pflegte, schließlich war er vom Fach, auch gleich zu bestimmen, welches Kleid für welchen Anlass das richtige war –, musste er ihr selber all die komplizierten Bänder öffnen und wieder zubinden und die tausend kleinen Häkchen in die winzigen Ösen bugsieren. Wo steht im Schulchan Orech, dass man einem Mann, der auf seine alten Tage zur vornehmen Gesellschaft gehören will, bei seiner Meschugas auch noch behilflich sein muss?

Ganz anders als Arthur, der als Kind gern jede Gelegenheit genutzt hatte, seiner Mutter durch solche kleinen Handreichungen näher zu kommen, hasste Janki diesen Toilettendienst. Aber Chanele zwang ihn dazu, gerade weil sie wusste, dass ihm ihr alt und schlaff gewordener Körper unangenehm war. Janki liebte das Äußerliche, die Wirkung; seine Anzüge hatte er sich nicht schneidern lassen, damit sie bequem zu tragen waren, sondern damit er in ihnen gut aussah. Am Hofschneider Kniže, der in seinem persönlichen Pantheon immer mehr seinen alten Lehrmeister Delormes verdrängte, bewunderte er am meisten den Ballanzug, den der laut *Journal des Modes* einmal für ein verwachsenes Mitglied des Kaiserhauses angefertigt hatte, »so perfekt geschnitten, dass man den Buckel überhaupt nicht mehr bemerkte«. Wenn sie eine ihrer teuren Garderoben anhatte, war Chanele so, wie er sie sehen wollte: die wohlhabende Frau eines erfolgreichen Geschäftsmannes. In Hemd und Korsett stand da nur eine Großmutter mit welker Haut, und wenn ihr Janki beim ersten gemeinsamen Rundgang durch Westerland ein teures Eau de Toilette gekauft hatte, dann war das nicht aus Aufmerksamkeit geschehen. Er meinte, an ihr das Alter und den Zerfall zu riechen, und das ertrug er nicht, weil es ihm Angst machte.

Als Garderobier war Janki nicht ungeschickt. Stoffe und Kleider waren ihm vertraut, und wenn Chanele fertig verkleidet war, wie sie selber es nannte, suchte er mit großer Sorgfalt auch den richtigen Schmuck und die passenden Accessoires aus. Es war der einzige Teil dieses Rituals, den er genoss.

Heute hatte er ein Sommerkostüm aus elfenbeinfarbenem

Krepon aus dem Schrank genommen. Aus einem Grund, über den er nie sprach, liebte er dieses Kleid ganz besonders. Es war nun schon mehr als ein Dutzend Jahre her, dass er auf einer Geschäftsreise einmal ungewollt die Unterhaltung eines fremden Ehepaars belauscht hatte, aber er konnte die laute Stimme der Frau immer noch hören. »Was mich an diesen Judenweibern am meisten stört«, hatte sie gesagt, »ist, dass sie alle so fett sind.« Zu dem Kreponkleid gehörte ein aparter Lackgürtel, der Chaneles schmale Taille betonte und jedem Betrachter deutlich machte, dass sie es nicht nötig hatte, ihre Figur hinter gefälteltem Tüll oder kunstvoll drapierten Blumengirlanden zu verstecken. Wenn Janki sich diesen imaginären Betrachter vorstellte, dachte er jetzt immer an seinen neuen Freund Staudinger.

Das Kurorchester in der Musikmuschel auf der Promenade trug heute theatralische Uniformen aus der Zeit der napoleonischen Kriege; es stand ein ›Vaterländisches Konzert‹ auf dem Programm, was bedeutete, dass die acht Musiker einen Militärmarsch nach dem anderen zu spielen hatten, obwohl sie von ihrer Besetzung her dazu nicht wirklich geeignet waren. Aber der einzige Trompeter mühte sich wacker, und der Konzertmeister – den Herr Fleur-Vallée als jämmerlichen Dilettanten verlacht haben würde – hatte für einmal seine Geige zur Seite gelegt und traktierte stattdessen einen Schellenbaum. Den Kurgästen schien es zu gefallen; die Damen summten die leicht zu merkenden Melodien mit und ließen dazu die Blumenarrangements auf ihren Hüten rhythmisch erbeben; die Herren stießen im Takt der Musik ihre Spazierstöcke auf den Boden. Ein paar Kinder hatten die kleinen Spaten geschultert, mit denen sie sonst am Strand ihre Burgen bauten, und marschierten unter dem Kommando eines Zwölfjährigen eifrig hin und her.

Chaneles Toilette – was störte sie bloß daran, sich von einer Zofe helfen zu lassen? – brauchte ihre Zeit, und dann konnte sich Janki selber nicht so schnell zwischen drei verschiedenen Selbstbindern entscheiden. Als sie endlich bei der Musikmuschel eintrafen, gemütlich schlendernd, wie sich das bei aller Eile auf der Kurpromenade gehörte, waren all die weißlackierten Stühle schon besetzt. Sie waren zwar nicht die Einzigen, die stehen mussten, aber Janki, der doch im teuersten Hotel am Platze wohnte, war mit der mangelnden Weitsicht, mit der die Kurverwaltung hier ihre Arbeit tat, äußerst unzufrieden. Von Staudinger war auch nichts zu sehen, dabei musste die Musikauswahl doch eigentlich seinem Geschmack entsprechen.

Während Janki sich suchend umsah, jederzeit bereit, höflich seinen Hut zu lüften, obwohl er hier außer seiner Eisenbahnbekanntschaft noch gar niemanden kannte, beobachtete Chanele fasziniert den Cellisten des Orchesters, einen älteren Herrn mit schmalem, fein geschnittenem Gesicht. Die Melodien des vaterländischen Programms waren alle im gleichen marschierbaren Viervierteltakt geschrieben, und der Cellist schien unter der Anspruchslosigkeit der Musik, die er da zu spielen hatte, sichtlich zu leiden. Zwar ließ er den Bogen ganz korrekt – eins, zwei, eins, zwei – über die Saiten schrummen, aber er hielt dabei die Augen geschlossen, als könne er den Konzertmeister mit seinem Schellenbaum nicht mehr ertragen. Seinen Kopf wiegte er in einem ganz anderen Takt hin und her und bewegte dabei die Lippen. Chanele stellte sich vor, dass er, während er seine Pflicht tat, eine unhörbare Gegenmelodie sang, ein Lied, das ihm ganz allein gehörte und das ihm niemand wegnehmen konnte.

Nach jedem einzelnen Musikstück applaudierten die Herren, und auch die Damen tätschelten ihre feinen Handschuhe ineinander. In die kurze Pause hinein, die jedes Mal entstand, bis die Notenblätter gewendet waren, ertönte plötzlich ein durchdringender Schrei, und ein kleiner Junge im Matrosenanzug rannte von der exerzierenden Kindertruppe, die gerade in Reih und Glied ihre Spaten präsentierte, weg und drängte sich auf der Suche nach seiner Mutter durch die Sitzreihen. Nun waren Kinder auf der Kurpromenade durchaus wohlgelitten; solange sie nur niedlich und lautlos blieben, tätschelten ihnen sogar wildfremde Leute die Köpfe und schenkten ihnen einen Sechser für die Sparbüchse. Aber dieser kleine Junge war laut, er schrie durchdringend und schleppte zu allem Unglück auch noch seinen Spaten, der bestimmt voller Sand und Dreck war, hinter sich her, ohne auf die Kleider der Damen, die er damit anrempelte, die geringste Rücksicht zu nehmen. Er zog eine Spur von missbilligenden Kommentaren und erzieherisch strengen Blicken hinter sich her, wie der Straßenstaub immer noch ein paar Sekunden aufgewühlt bleibt, wenn ein Wagen vorbeigefahren ist. Der Junge bemerkte nichts davon. Er konnte seine Mutter nicht finden und hatte ihr doch ein schreckliches Leid zu klagen, und darum schrie er, was die kleinen Lungen hergaben.

»Mamme!«, schrie der kleine Junge. »Mamme!«

Chanele drückte Janki den Sonnenschirm, auf dem er bestanden hatte, in die Hand, zog ihren Arm unter dem seinen hervor, wie man einen Faden aus der Nadel zieht, und ließ ihn stehen. Ihre Schnürstiefeletten waren zum eleganten Promenieren gemacht; es war gar nicht so einfach, damit schnell genug auf die andere Seite der Zuhörer zu gelangen. Man sah ihr mit missbilligenden Blicken zu; das war ja denn wohl die bedauernswerte Mutter, die nicht in der Lage war, ihr Kind unter gehöriger Kontrolle zu halten.

Der kleine Junge kam Kopf voran aus der Stuhlreihe herausgeschossen, er mochte über einen hinterhältig hingestreckten Sonnenschirm oder auch nur über die eigenen Füße gestolpert sein. Seinen Spaten hatte er verloren, aber das war ihm egal, er wollte sich nur noch irgendwo verstecken und getröstet werden.

»Was ist denn passiert?«, fragte Chanele.

»Ich will auch ein Soldat sein!«, jammerte der Junge. Er sagte es auf Jiddisch, in der genau gleichen Färbung, die Chanele von ihrem Schwiegersohn Zalman vertraut war.

Mit einem Tsching des Schellenbaums und einem Bumm der Pauke setzte die Musik wieder ein, und dieses Geräusch schien den Jungen so zu beelenden, dass er sein nassgeweintes Gesicht in Chaneles Kleid vergrub und sich verzweifelt mit den Händen an ihr festklammerte. Die Flecken würden wohl nie mehr aus dem empfindlichen Krepon herausgehen.

Chanele bückte sich zu ihm herunter und nahm ihn mit dem sicheren Griff einer Frau, die schon viele Kinder und Enkel getröstet hat, auf den Arm. Die Haare des Jungen rochen nach Sonne und Sand, und Chanele konnte gar nicht anders, als ihn an sich zu drücken. »Ganz ruhig«, flüsterte sie ihm zu, »ganz ruhig. Wir gehen jetzt deine Mamme suchen.«

Es war alles so schnell passiert, dass Janki gar nicht wusste, ob er seiner Frau nachlaufen oder an Ort und Stelle auf sie warten sollte. Eine süddeutsch gefärbte Stimme enthob ihn der Entscheidung. Sie sprach ihn mit so lautstarker Herzlichkeit an, dass sich einige der Kurgäste missbilligend nach der Quelle dieser neuen Störung umsahen.

»Da sind Sie ja, Meijer«, dröhnte Staudinger. »Wo verstecken Sie sich die ganze Zeit? Ich möchte Sie ein paar Kameraden vorstellen.«

Wenn man in der einen Hand einen Spazierstock und in der anderen einen Sonnenschirm trägt, ist es schwierig, den Hut formvollendet zu lüften. Die vier Männer, die Staudinger begleiteten, schien das nicht zu stören. Sie kamen von einem über das Mittagessen hinaus verlängerten Frühschoppen und legten auf Förmlichkeiten keinen Wert. Sie klopften Janki auf die Schulter und schüttelten ihm, Spazierstock hin, Sonnenschirm her, die Hand. Einer der Männer präsentierte, mit so eckigen Bewegungen, als habe er sie den exerzierenden Kindern abgeschaut, ganz militärisch seinen mit kleinen Blechschildern benagelten Wanderstock, und dabei redeten alle so übereifrig durcheinander, dass Janki die Namen, mit denen sie sich vorstellten, gar nicht verstand. Der Mann mit dem Wanderstock, so viel bekam er mit, nannte sogar einen Adelstitel.

Sie bestanden darauf, dass Janki sie zum Strandcafé begleitete, wo das Bier besonders gut schmeckte, und zwar jetzt sofort und ohne jeden Aufschub, denn mit dem Trinken, meinten sie, war es wie mit dem Trommelfeuer: Erst wenn man damit aufhörte, wurde es gefährlich, ha! Sie nahmen ihn in die Mitte, und wer der Gruppe auf dem Weg zum Café begegnete, wusste nicht recht, ob hier jemand von einer Ehrenwache flankiert oder als Übeltäter abgeführt wurde.

Man trank Bier. Jankis Vorschlag, zur Feier ihrer Begegnung eine gute Flasche Wein oder sogar Champagner zu spendieren, wurde belacht wie ein guter Witz, da würde das Huhn in der Pfanne verrückt, aber er sei ja wohl Franzose, meinten sie, und da müsse man ihm manches nachsehen. Nur solle er sich solche dandyhaften Gelüste am besten gleich abgewöhnen, sonst würden sie sich am Ende noch gezwungen sehen, die Kriegshandlungen wieder zu eröffnen.

»Ha!«, machte Staudinger.

Janki lachte mit ihnen. Er würde über alles gelacht haben, so glücklich war er, von dieser Runde aufgenommen zu werden, in der einer doch tatsächlich einen Adelstitel hatte.

Staudinger, dessen Narbe von der Sonne oder vom Bier ganz rot angelaufen war, musste seinen vier Kollegen die Begegnung im Zug nach Hoyerschleuse in allen Einzelheiten geschildert und dabei tüchtig übertrieben haben. Er hatte aus Janki ganz offensichtlich einen mit dem Mute der Verzweiflung kämpfenden gallischen Helden gemacht, der das Schlachtglück von Sedan vielleicht noch eigenhändig gewendet haben würde, hätte ihn nicht eine Kugel von den Beinen gerissen und lebensgefährlich verletzt. Dass diese Kugel tatsächlich aus den Reihen von Staudingers zweitem Bataillon gekommen war, das wollte der nicht direkt behaupten, aber möglich war es immerhin, weshalb die beiden – Soldat ist Soldat, egal auf welcher Seite er kämpft – durch eine Art von mystischer Blutsbrüderschaft verbunden waren, die unbedingt gefeiert und begossen werden musste.

Sie feierten und sie begossen.

Janki, der Bier nicht gewöhnt war, bekam nicht alles mit, was die Kameraden ihm erzählten, nur so viel, dass die fünf, wenn auch in verschiedenen Verbänden, alle bei der Schlacht von Sedan dabei gewesen waren, dass sie sich viel später einmal anlässlich der Feier des Sedanstages auf Sylt kennen gelernt und beschlossen hatten, sich künftig jedes Jahr am gleichen Ort zu treffen und diesen Tag gemeinsam zu begehen, als eine Art Veteranentreffen oder einfach nur als Männerausflug, »man ist doch um jede Ausrede froh, seine Alte einmal zu Hause zu lassen, es wird dir nicht anders gehen, nicht wahr, Kamerad?«.

Sie waren unterdessen beim Duzen angekommen, hatten Janki in einer betrunkenen Zeremonie, in der Chaneles Sonnenschirm das Schwert für den Ritterschlag ersetzen musste, ganz feierlich in ihren Kreis aufgenommen, und als sie ihn ins *Atlantic* zurückbegleiteten, hielten sich alle um die Schultern gefasst, aus Kameradschaft ebenso wie aus Mangel an Gleichgewicht, und sangen gemeinsam das Lied vom alten Kameraden, einen bessern findst du nit.

Den Sonnenschirm hatte Janki im Strandcafé liegen lassen.

Obwohl es schon bald Abend war und damit Zeit, sich für die Table d'hôte umzukleiden, war Chanele noch nicht zurück im Hotel. Sie hatte, während Janki lernte, ein Glas Bier ohne abzusetzen auszutrinken, die Mutter des kleinen Jungen gefunden.

»Ihr Kleid«, hatte die Frau als Erstes gerufen, »um Himmels willen, Ihr schönes Kleid! Motti, was hast du wieder angestellt?« Und war dann sehr erleichtert gewesen, dass Chanele sie nicht wegen der Flecken auf dem Krepon gesucht hatte, sondern weil es höchste Zeit war, dass der kleine Junge endlich, endlich sein Leid herausheulen konnte.

Sie hatten ihn nicht mitspielen lassen.

Er hatte sich in die Kompanie der exerzierenden Kinder einreihen wollen, mit geschultertem Spaten und schräg aufgesetzter Matrosenmütze, wie sie es alle taten, hatte auch gut aufgepasst und sich die Kommandos gemerkt, »Rechts um!« und »Rührt euch!« und »Präsentiert das Ge-wehrrr!«, hatte alles richtig gemacht, ganz bestimmt richtig gemacht, und trotzdem hatte der Zwölfjährige, der der Offizier war und alles befehlen durfte, ihn weggestoßen und gesagt: »Du nicht.« Einfach: »Du nicht.« Und als er sich trotzdem wieder einreihen wollte, da hatten die anderen keine Lücke mehr für ihn gelassen, hatten die Ellenbogen breit gemacht und die Spatenstiele wie Spieße benutzt, und der Offizier hatte ihn am Ohr gefasst und aus der Formation weggezogen und gesagt, Juden dürften keine Soldaten sein.

Und jetzt sollte seine Mutter mitkommen, jetzt auf der Stelle, und den anderen sagen, dass sie ihn bei dem Spiel mitmachen lassen mussten.

»Das ist sicher schon lange vorbei«, sagte die Frau tröstend, obwohl man doch den Schellenbaum immer noch hören konnte. Sie putzte ihrem Sohn die Nase, setzte ihm die Matrosenmütze wieder gerade auf und versprach, dass ihm der Tatte einen neuen Spaten für den Strand kaufen würde, einen viel, viel schöneren.

Dann seufzte sie tief und sagte mit traurigem Lächeln zu Chanele: »Sie wissen ja nicht, wie die Leute manchmal zu uns Juden sind.«

»Me Neschume weiß ich das«, antwortete Chanele.

»Sie auch?«, sagte die Frau erleichtert. »Ich hätte es mir eigentlich denken müssen, mit diesen Augenbrauen.«

Natürlich kamen sie ins Gespräch, und natürlich hatten sie sich eine Menge zu erzählen. Oder besser gesagt: die Mutter des kleinen Jungen erzählte Chanele eine Menge. Sie gehörte zu der Sorte Menschen, die aus Schüchternheit meist schweigsam sind, die dann aber, wenn sich der Gesprächspartner einmal als unbedrohlich erwiesen hat, den aufgestauten Redefluss wie bei einer Überschwemmung über die Ufer treten lassen.

Malka Wasserstein stammte aus Marjampol in Galizien, man musste den Ort nicht kennen – was heißt Ort? Ein Nest war das, ein Fliegendreck auf der Landkarte, ein Garnichts. Ihr Mann hatte es dort mit einem Sägewerk zu einigem Wohlstand gebracht – »Wir sind keine Rothschilds, aber es geht uns unberufen sehr gut« –, und das hatte ein Problem verursacht – »Ein Problem? Allen jüdischen Kindern gewünscht!« –, an das sie früher nie gedacht haben würden: Es fand sich weit und breit kein geeigneter Ehemann für ihre Tochter. Der kleine Motti hatte nämlich eine ältere Schwester und war selber ein Nachzügler, ein Spätling – »geboren, als ich schon gedacht habe, meine Zeit wäre vorbei. Aber der Riboijne schel Oijlem wird schon wissen, was er tut.«

Chanele konnte kaum einwerfen, dass sie auch einen Nachzügler hatte, und dass sie manchmal dachte, Arthur sei ihr sogar das liebste von allen ihren Kindern. Malkas Sätze hatten die Ellenbogen ausgefahren und ließen fremden Worten so wenig Platz wie die exerzierenden Kinder dem kleinen Motti.

Da gab es also die Chaje Sore, fast fünfzehn Jahre älter als ihr Bruder – »Motti, lass das liegen, damit spielt man nicht!« –, ein Mädchen von unberufen schon einundzwanzig Jahren, und immer noch unverheiratet. Natürlich hatte es Anträge gegeben – »Das Haus eingelaufen haben uns die Schadchonim, sie hätte jeden im Bezirk kriegen können, ein goldener Schlüssel öffnet jedes Schloss« –, aber was sollte Chaje Sore einen Kerzenzieher heiraten oder einen Kaufmann in Heringen oder – »Gott behüte!« – einen Gastwirt, der mit jedem Kunden Lechajim trinken muss und nach Bronfen stinkt, wenn er endlich ins Bett kriecht? Nicht, dass man sich für feiner hielt als andere Leute – »Die Zunge soll mir aus dem Mund fallen, wenn ich jemals so etwas gesagt habe!« –, aber man wünschte sich für seine Kinder doch das Beste, wozu machte man sonst ein Leben lang den Rücken krumm?

»Wie viele Kinder haben Sie?«, fragte Malka, wartete die Antwort aber nicht ab, dazu waren ihre Schleusen viel zu weit geöffnet, sondern berichtete, dass ihr Mann Hersch – »Ich nenne ihn manchmal Hersch Ostropoler, weil er so meschuggene Ideen hat« – auf den Gedanken gekommen war, ans Meer zu fahren, nicht des Urlaubs wegen – »So was brauch ich wie ein Toter Schröpfköpfe!« –, sondern weil sich dort Leute kennen lernen ließen, woijle Jiden, die auch Kinder hatten und nach einem Schidduch Ausschau hielten, und bei denen man sicher sein konnte, dass sie zu den richtigen Kreisen gehörten, gerade weil so eine Sommerfrische eine Menge Geld kostete und sie sich nicht jeder leisten konnte.

Wenn Malka Wasserstein so erzählte, hatte sie etwas von einer Schülerin, die ihre Lehrer mit unverdauten Phrasen aus dem Gespräch der Eltern zu beeindrucken hofft. Auch äußerlich wirkte sie wie ein auf erwachsen verkleidetes Mädchen, denn sie hatte – nur in Marjampol konnte man das für elegant halten – für die Kurpromenade ein Straßenkleid aus einem sehr bunten, breitgestreiften Seidenstoff ausgesucht, der ihre pummelige Figur einhüllte wie unsorgfältig verschnürtes Geschenkpapier. Dazu trug sie einen Hut mit Reiherfeder, den Chanele niemals jemandem für den Nachmittag verkauft haben würde; Reiherfedern gehörten in den Ballsaal, wo es in dieser Saison Mode war, sie beim Tango mitwippen zu lassen.

Aber noch viel mehr als die Kleidung waren es ihre Bewegungen, die Malkas Herkunft aus der galizianischen Provinz unverkennbar machten. Sie redete mit den Händen und machte mit ihrer Gestik selbst den Bericht von einer Urlaubsreise zu einem dramatischen Ereignis.

Sie waren also losgefahren – »Der Aufwand! Die Umstände!« –, aber Hersch hatte sich vorher natürlich nicht richtig informiert, bei ihm musste immer alles schnell gehen, er stürzte sich in jede Geschichte hinein wie ein junger Bräutigam in die Mikwe, und er hatte ihren Urlaub tatsächlich auf Borkum gebucht, ausgerechnet Borkum! Ob Chanele eine Ahnung hatte, wie es dort zuging?

Nein, sie konnte keine Ahnung haben, und sie sollte Gott dafür danken! Sodom und Gomorra hatte er zerstört, aber Borkum musste er übersehen haben, dabei war dieser Ort noch viel schlimmer als die beiden biblischen Städte, eine Insel voller Rescho'im. Malka wünschte ja keinem Menschen etwas Böses, aber wenn eine Sintflut käme und den ganzen Sandhaufen ins Meer spülte, sie jedenfalls würde ihm keine Träne nachweinen, und wenn sie an den Gräbern der Leute vorbeikäme, dann würde sie darauf tanzen, jawohl, tanzen würde sie.

Auf Borkum war nämlich Folgendes passiert …

Aber jetzt hatte Malka vor lauter Erzählen völlig die Uhr vergessen, und dabei war sie doch vom Kurkonzert nur schnell weggelaufen, um Hersch und Chaje Sore zu suchen, sie hatte doch gedacht, ihr Motti – »Leg das weg, Motti, wer weiß, wer das schon alles angefasst hat!« – würde friedlich mit den andern Kindern spielen, nicht einen Moment Ruhe hatte man, und warum manche Leute zum Vergnügen in den Urlaub fuhren, das würde ihr nie in den Kopf gehen, und wenn sie unberufen hundertzwanzig Jahre alt würde.

Man musste sich unbedingt wieder treffen, ihr Mann würde sich bei Chanele auch persönlich für ihre Freundlichkeit bedanken wollen, und wer weiß, vielleicht kannte Chanele sogar jemanden, der … Wie alt, hatte sie gesagt, war ihr Jüngster, der Nachzügler? Dreiunddreißig? Da war es aber höchste Zeit, dass er ans Heiraten dachte, »Alleinsein bringt dumme Gedanken!«. Ja, man würde sich bestimmt wiedersehen, am besten gleich morgen, aber jetzt musste Malka ihren Mann und ihre Tochter suchen gehen. Die beiden hatten sich in den Garten der Konditorei setzen wollen, wo man sehen konnte und gesehen wurde, aber dort waren alle Tische besetzt gewesen, sie mussten woanders hingegangen sein und wunderten sich sicher schon, wo sie denn bliebe, sie musste wirklich los. »Gib der Dame anständig die Hand, Mottele! Sie müssen ihm moijchel sein, er ist heute ganz durcheinander, sonst macht er das immer sehr anständig.«

Als Chanele ins Hotelzimmer kam, lag Janki mit den dreckigen Schuhen auf dem Bett und schlief. Er schnarchte und roch nach Bier.

43

Janki hatte nichts dagegen, dass Chanele ihn allein ließ; es kam ihm sogar gelegen. Seine neuen Freunde – unterdessen wusste er auch ihre Namen: Hofmeister, Neuberth, Kessler und von Stetten – nahmen ihn fast rund um die Uhr in Anspruch. Sie erwarteten ihn schon früh um elf, wenn man sich kaum aus dem Bett gequält hatte, zu einem Gabelfrühstück, wo man geräucherten Aal – treijfe, aber gar nicht schlecht – und andere fette Sachen essen musste, weil sich damit nach alter Männerweisheit der Alkohol vom Vorabend am besten binden ließ, und schleppten ihn dann, um sich die Schädel freizupusten, zu einem gesunden Spaziergang an den Strand, kamen aber nie weiter als bis zum Strandcafé, wo man sie schon erwartete und ihnen ungefragt ihr Bier servierte. Dort wurden sie dann im Lauf der Stunden zunächst patriotisch und dann gefühlvoll, sangen unter Anleitung von Neuberth, der Mitglied eines Männergesangsvereins war, romantische Lieder, deren Wohlklang sie zu Tränen rührte: »Zu Sedan auf dem Turme beim welschen Kriegspanier steht mit verschränkten Armen ein junger Offizier.« Dabei waren sie aber nie wieder so betrunken wie am ersten Tag; das hoben sie sich für den Abend auf. Vor der Tür ihrer Hotels, die alle nicht annähernd so vornehm waren wie das *Atlantic,* verabschiedeten sie sich dann voneinander, so ausführlich, als würden sie sich jahrelang nicht mehr wiedersehen, dabei trennten sie sich doch nur für die Dauer der Table d'hôte, wo sie sich, jeder in seiner Preiskategorie, die nötige Unterlage für den nächtlichen Umtrunk in Tacke Bleckens Keller besorgten. Das Lokal wurde sonst von Kurgästen gemieden, weil man in diesem letzten Refugium der Einheimischen und Matrosen auch ab und zu gewisse Damen antraf, an deren verblühten Reizen nur ein Seefahrer Gefallen finden konnte, der viele Monate lang keinen Hafen mehr gesehen hatte. Sie hatten sich dort ein für alle Mal den runden Tisch erobert, direkt unter Tacke Bleckens weit herum berühmtem, aus einer alten Galionsfigur und einem Elchgeweih zusammengesetzten Leuchter. Tacke, von dem es hieß, er sei selber einmal Kapitän gewesen, bis er seinen Kutter im Vollrausch auf ein Riff gesetzt habe, schenkte ein Getränk aus, das sich zwar Grog nannte, aber neben braunem Rum, Zucker und Wasser auch noch andere Zutaten enthielt, die einen schon nach dem ersten Glas schwer philosophisch machten.

Abgesehen von ein paar eiligen Abenteuern auf Geschäftsreisen hatte Jankis Leben ihm nie die Gelegenheit geboten, so richtig über die Stränge zu schlagen. Umso mehr genoss er jetzt dieses späte Junggesellenleben, ließ eine Runde nach der anderen auffahren, und wusste unterdessen von seinen Erlebnissen bei Sedan schon so viele Einzelheiten zu berichten, dass die Schlacht drei Tage hätte dauern müssen, um sie alle unterzubringen. So glaubte er sich zu erinnern – und jedes Glas Grog machte die Erinnerung deutlicher –, dass er einen verwundeten Kameraden unter Lebensgefahr aus dem feindlichen Feuer gerettet und von dem später zum Dank den Spazierstock mit dem Löwenkopf bekommen hatte, eine Auszeichnung, die ihm um vieles wertvoller war, beteuerte er, als jeder Orden, den ein Staat ihm hätte verleihen können.

Natürlich merkten die anderen, dass er übertrieb, aber es störte sie nicht; sie taten ja selber nichts anderes. Das Verwundetenabzeichen von Hofmeister, zum Beispiel, das der am Sedanstag immer stolz am Rockaufschlag trug, ein Bild von König Karl von Württemberg und der Schriftzug ›Für Pflichttreue im Krieg‹, war in Wirklichkeit nur eine simple silberne Medaille, wie man sie damals in der allgemeinen Siegesfreude großzügig verteilt hatte. Hofmeister, ein gemütlicher Gastwirt aus Nürtingen, war im Krieg in einer Versorgungskompanie gewesen und hatte bei seinen Kochtöpfen von der ganzen Schlacht nicht mehr mitbekommen als fernen Kanonendonner. Warum hätte er anderer Leute Schlachtberichte anzweifeln sollen, solange die im Gegenzug seine eigene Heldenhaftigkeit nicht in Frage stellten?

Von Stetten, der Älteste in der Runde, war bei Sedan als einziger von ihnen Offizier gewesen, ein schneidiger Leutnant, wie er sagte, der, wenn er nicht so diskret gewesen wäre, von seinen Eroberungen bei der Damenwelt hätte Geschichten erzählen können, »da würden euch aber die Ohren schlackern, meine Herren!«. Er hatte aus jener Zeit die Gewohnheit beibehalten, am Ende jedes Satzes seinen Schnurrbart zu zwirbeln, so dass dessen Enden als bestätigende Ausrufezeichen in die Höhe standen.

Jede Nacht tranken sie Tacke Bleckens geheimnisvollen Grog, qualmten die Zigarren, die Janki mitbringen durfte, und schufen sich hinter einem Vorhang aus Rauch und männlichem Gelächter – »Ha!« – ihre eigene Welt, in der nur Krieger zugelassen waren, keine Zivilisten und schon gar keine Weiber.

Chanele ihrerseits sah ihren Mann nicht ungern beschäftigt, wenn ihr auch der Gestank von Rauch und Grog, den er am frühen Morgen ins Zimmer trug, durchaus zuwider war. Aber das war ein geringer Preis dafür, dass sie des Zwangs enthoben war, nicht nur einfach in der Sommerfrische zu sein, sondern die Sommerfrischlerin auch darzustellen. Wenn Janki sich verkatert aus dem Bett wälzte, hatte sie schon lange eines der ganz einfachen Libertykleider angezogen, in denen sie sich am wohlsten fühlte, hatte gefrühstückt und das Hotel verlassen.

Sie entdeckte sogar eine neue Leidenschaft, für die sie in ihrem ganzen Leben noch nie Zeit gefunden hatte: das *Atlantic* verfügte über eine Lesehalle, und dort griff sie sich aufs Geratewohl ein Buch aus dem Regal, jeden Tag ein anderes, nahm es mit ans Wasser, setzte sich in ihren Strandkorb und gönnte sich den Luxus von Problemen und Verwicklungen, die man jederzeit zuklappen und zur Seite legen konnte. So verbrachte sie, wenn ihr das auch selber nicht auffiel, ihren Urlaub ganz ähnlich wie Janki: in einer Welt, die es nicht wirklich gab.

Ihre Ruhe wurde allerdings immer wieder durch die Wassersteins gestört, die ihre angemieteten Strandkörbe – nicht einen, nicht zwei, sondern gleich drei! – in unmittelbarer Nachbarschaft aufstellen ließen und fest entschlossen waren, nicht nur Chaneles Bekanntschaft zu pflegen, sondern sie voll und ganz für sich zu vereinnahmen.

Hersch Wasserstein war kleiner als seine Frau, ein gedrungenes, kraushaariges Energiebündel. Der Aufenthalt im Wasser galt an diesem Strand als nicht wirklich gesund, aber trotzdem trug er die ganze Zeit ein schwarzes Badetrikot, aus dessen rundem Ausschnitt lockiges Brusthaar quoll, und dazu einen Strohhut mit farbigem Band, wie sie in den Andenkenläden verkauft wurden. Seine Arme und Beine waren rotgebrannt, aber er hielt es trotz der Ermahnungen seiner Frau nie lange im Schatten seines Strandkorbs aus, sondern musste ständig etwas unternehmen, entweder Gläser mit Limonade besorgen – »Sie nehmen doch auch eines, Frau Meijer, machen Sie mir die Freude!« – oder dem kleinen Motti dabei helfen, im Graben seiner Strandburg ein Wasserrad einzubauen, genau das gleiche System übrigens – »Das wird Sie bestimmt interessieren, Frau Meijer!« –, nach dem auch die Sägemühle in Marjampol funktionierte.

Seine Frau, die bei ihrer ersten Begegnung auf Chanele eingeredet hatte, als ob die Worte am nächsten Tag den doppelten Preis kosten würden, sagte in der Gegenwart ihres Mannes nur wenig. Außer »Was meinst du, Hersch?« und »Sehr richtig, Hersch!« war kaum etwas von ihr zu vernehmen. Aber das war immer noch mehr, als ihre Tochter sagte.

Chaje Sore Wasserstein war beleidigt, nicht aus irgendeinem konkreten Grund, sondern prinzipiell. Die Limonade war nicht kalt genug, der Sand zu heiß, die jungen Männer, die man hier traf, auch nicht besser als die in Marjampol – und das alles sagte sie ohne Worte, ließ nur die Mundwinkel hängen, betrachtete ihre Fingernägel und gab ab und zu ein Stöhnen von sich, als habe sich die ganze Welt verschworen, ihr das einundzwanzigjährige Leben zur Hölle zu machen. Von Kindesbeinen an hatten ihr ihre Eltern versichert, sie sollte es einmal besser haben, und Chaje Sore Wasserstein war der Ansicht, dass sie dieses Versprechen noch lange nicht eingelöst hätten.

Hersch war ein sehr gesprächiger Mann und bestand darauf, Chanele ausführlich von den schrecklichen Dingen zu berichten, die sie an ihrem ersten Ferienort Borkum erlebt hatten. Dem kleinen Motti war seine Strandburg kaputtgetrampelt worden, in ihrem Hotel hatte ein Fahrplan Borkum–Jerusalem gehangen, mit der unverhohlenen Aufforderung, dorthin zu verschwinden und nicht zurückzukommen, und beim Kurkonzert hatten alle Leute ein Lied gesungen, das Borkum-Lied, dessen letzte Zeilen er nie vergessen konnte, und wenn er unberufen hundertzwanzig Jahre alt würde. »Doch wer dir naht mit platten Füßen«, hatten sie gesungen, »mit Nasen krumm und Haaren kraus, der soll nicht deinen Strand genießen, der muss hinaus, der muss hinaus!« Sie waren dann sehr schnell wieder abgereist, geflohen, musste man ehrlich sagen, und hier auf Sylt war es ja wirklich viel besser, »finden Sie nicht auch, Frau Meijer?«.

Chanele hätte sich lieber hinter ihre Bücher zurückgezogen,

aber die aufdringliche Aufmerksamkeit ihrer neuen Bekannten hinderte sie immer wieder daran. Manchmal, wenn sie in der Mittagshitze ein paar Minuten eindöste, gerieten ihr die Figuren aus den beiden Welten durcheinander, ein Beduinenfürst aus einem Abenteuerroman nahm die Züge von Hersch Wasserstein an, und die schöne Komtess, die er gefangen hielt, hatte dasselbe beleidigt spitze Mündchen wie Chaje Sore.

Auch Janki träumte, oder, genauer gesagt: die sechs Musketiere, wie sie sich selber nannten, verfolgten einen gemeinsamen Traum. Wer als Erster den Einfall gehabt hatte, wussten sie gar nicht mehr, es musste wohl Staudinger gewesen sein, der so etwas wie ihr Vereinsvorsitzender war. Jetzt woben sie schon seit Tagen alle miteinander daran weiter und zogen, von Bier und Grog beflügelt, immer buntere Fäden in das schöne Bild. In Westerland, das wussten sie aus früheren Jahren, wurde am 2. September zu Ehren des Sedanstages zwar geflaggt, und der Bürgermeister legte am Siegesdenkmal einen Kranz für die Gefallenen nieder, aber reichte das für diesen wichtigen Tag wirklich aus? Dass die Hotels ihre Speisesäle schwarz-weiß-rot dekorierten und die Küchenchefs neue vaterländische Namen für ihre alten Rezepte erfanden – Hofmeister, der sich in solchen Dingen auskannte, erinnerte sich an ganz gewöhnliche Büsumer Krabben, die unter dem Etikett ›Feldmarschall-Moltke-Krabben‹ auf den Tisch gekommen waren –, dass die Kurkapelle patriotische Weisen spielte und über vielen Strandburgen die Kriegsflagge wehte, das war ja alles gut und schön, aber doch nicht ausreichend für echte Veteranen, die in dieser Schlacht Leib und Leben riskiert hatten.

»Man müsste«, sagte Staudinger, »eine zentrale Veranstaltung durchführen, mit Ansprachen und Ehrungen …«, »… man müsste«, spann Kessler den Gedanken weiter, »einen Saal in einem Hotel dazu mieten …«, und natürlich rief Janki: »Im *Atlantic*, wo sonst?« Da gab es nämlich einen großen Festsaal, wo die

Reunions und Tanzabende stattfanden, den musste ihnen der Direktor – »Kein Problem, das übernehme ich!« – zur Verfügung stellen, der Kuranzeiger musste große Anzeigen publizieren, das Hausorchester statt immer nur Tangos etwas Würdiges spielen – »Den *Hohenfriedberger Marsch*«, meinte der musikalische Neuberth, »den hat der alte Fritz persönlich komponiert« –, zu diesen Klängen würden die Kriegsteilnehmer einmarschieren und dann … Ja, was dann passieren sollte, das war ihnen noch nicht so ganz klar, und so bestellten sie die nächste Runde von Tacke Bleckens geheimnisvollem Grog, stützten die Köpfe in die Hände und dachten nach.

»Ich habe nachgedacht«, sagte Hersch Wasserstein, »und eigentlich könnte man das alles ganz zügig und ohne Umstände erledigen.« Er hatte seine Familie auf einen Spaziergang geschickt und kniete nun neben Chaneles Strandkorb im Sand, wie in dem Buch, in dem sie gerade las, Sir Walter Raleigh vor dem Thron der Königin Elisabeth kniete. »Wie gefällt Ihnen meine Chaje Sore?«

»Reizend, ganz reizend«, sagte Chanele, denn wo steht im Schulchan Orech, dass man einem stolzen Vater seine Illusionen rauben soll?

»Sie ist eine Perle von einem Kind, allen jüdischen Eltern gewünscht. Ein bisschen schweigsam vielleicht, aber wer wenig sagt, sagt auch nichts Falsches, hab ich nicht recht?«

Chanele, den Zeigefinger ungeduldig zwischen den Seiten ihres Buchs, bestätigte ihm, dass er mit diesem Ausspruch natürlich recht hatte.

»Und eine Nadn wird sie kriegen … Wir sind keine reichen Leute, aber es geht uns unberufen sehr gut.« Seine Frau hatte wortwörtlich dasselbe gesagt; sie hatte die Eigenschaft, die Sätze ihres Mannes ohne Quellenangabe zu zitieren, wie man ein Sprichwort oder eine allgemein bekannte Sentenz zitiert. »Ja, eine gute Partie ist meine Chaje Sore, ein Engel, unberufen, und mit einundzwanzig genau im richtigen Alter. Ihr Sohn ist Arzt, nicht?«

»Arthur? Sie meinen, dass Chaje Sore und Arthur …?«

»Dreiunddreißig ist er, sagt meine Frau. Genau der richtige Abstand. Natürlich, meine Malka sieht überall Schidduchim. Wie heißt es doch? ›Gott konnte nicht überall sein, und drum erschuf er die jüdische Mamme.‹ Aber der Gedanke gefällt mir. Ein Doktor aus Zürich – das ist doch etwas anderes als ein Kerzenzieher oder ein Kaufmann in Heringen. Glauben alle, dass sie weiß was sind, und dabei … In einem kleinen Dorf ist leicht König sein. Also, Frau Meijer, was meinen Sie? Werden wir uns einig? Schlagen Sie ein?«

Chanele verzog keine Miene, und das fiel ihr nicht leicht. Hersch Wasserstein sah so lächerlich aus, wie er da vor ihr im Sand kniete, in seinem Badetrikot, wie es die Ringer auf dem Jahrmarkt trugen, und mit dem Strohhut, den er zwei Nummern zu klein gekauft hatte. Er streckte ihr doch tatsächlich die Hand hin, wie es Salomon immer getan hatte, wenn ein Viehverkauf fertig verhandelt war und nur noch besiegelt werden musste, er glaubte doch tatsächlich, er könne das Geschäft hier an Ort und Stelle abmachen und dann wieder zu den wirklich wichtigen Dingen übergehen, den Preisen auf dem Holzmarkt und der Frage, wie sich die Stürme des letzten Winters auf sie auswirken würden.

Aber er war auch ein Vater, der für seine Tochter das Beste wollte.

Chanele erinnerte sich daran, wie Zalman so unbeholfen um Hindas Hand angehalten hatte, das war auch lächerlich gewesen, und die beiden waren glücklich miteinander geworden, sie dachte an all die Dinge, die sie selber unternommen hatte, um damals, als es ihr nötig schien, François unter die Haube zu bringen, und so lachte sie nicht, sondern sagte nur: »Nicht so schnell, Herr Wasserstein. Sie kennen meinen Sohn überhaupt nicht.«

»Ich kenne seine Mutter!« Mit einer eleganten Bewegung, die besser zu einem Gehrock als zu einem verschwitzten schwarzen Badetrikot gepasst hätte, legte Wasserstein die Hand aufs Herz. »Wenn der Sohn nur mit zehn Prozent Ihres Charmes gebentscht ist … Was sag ich?«, unterbrach er sich und begann zur Steigerung des Kompliments mit sich selber zu handeln, »wenn er nur fünf Prozent davon hat, nur ein Prozent …«

»Sie kennen ihn nicht«, wiederholte Chanele, »und überhaupt: So etwas müssten Sie mit meinem Mann besprechen.«

»Sehr vernünftig«, sagte Hersch Wasserstein. »Geschäfte sind Männersache. Ich hab mich auch schon ein bisschen erkundigt. Sagen Sie: dieser Meijer, der in Zürich das schöne Warenhaus hat – ist das Mischpoche von Ihnen?«

»Meijer«, sagte von Stetten, »das ist doch ein guter deutscher Name. Wir hatten in unserem Regiment einen Meier, der ist sogar Regierungspräsident geworden.«

Sie saßen an ihrem Stammplatz im Strandcafé, und die erste Lage Bier stand immer noch ungetrunken auf dem Tisch. Die sechs Musketiere hatten eine Menge zu besprechen, denn was gerade noch nicht mehr als eine Bier- oder Grogidee gewesen war, hatte ganz schnell konkrete Formen angenommen, so schnell, dass es ihnen schon wieder Angst machte. Die Direktion des *Atlantic* stellte den Festsaal zur Verfügung, kostenlos, und hatte sich aus freien Stücken auch noch verpflichtet, für eine würdige Dekoration zu sorgen. Der Herausgeber des Kuranzeigers, den sie ganz vorsichtig auf ihren Plan angesprochen hatten, war sofort Feuer und Flamme gewesen, und hatte seinerseits die ganzen Vereine auf der Insel kontaktiert, die nun alle mit ihren Fahnen an dem Aufmarsch im Saal teilnehmen wollten. Daraufhin war dem Bürgermeister von Westerland ganz plötzlich klar geworden, dass er diesen Plan schon lange gehabt habe, und er hatte sich anerboten, die Helden von Sedan nicht nur mit einem Grußwort willkommen zu heißen, sondern ihnen auch die Sylter Ehrennadel zu verleihen, eine Auszeichnung, die sonst nur Jubiläen feiernde Hoteliers oder verdiente Weinlieferanten erhielten.

Es wäre alles wunderbar gewesen, wenn nur der Herausgeber des Kuranzeigers nicht in fetten Lettern verkündet hätte, ein echter Kriegsteilnehmer würde bei dem Anlass eine Ansprache halten und darin von seinen eigenen Erlebnissen bei der großen Schlacht berichten.

Keiner der Musketiere wollte dieser Redner sein, und jeder hatte eine andere Ausrede. Von Stetten argumentierte, dass die Erinnerungen eines einfachen Soldaten viel effektvoller sein würden als die eines adligen Offiziers, Kessler berief sich auf ein Stottern, das ihn bei öffentlichen Auftritten immer wieder befalle, Neuberth, das hatte er im Männergesangsverein gelernt, klagte über Heiserkeit, Staudinger hatte wegen seiner Verwundung von den entscheidenden Ereignissen gar nichts mitbekommen, und Hofmeister gestand seinen Kameraden errötend, dass er beim Train und gar nicht bei der kämpfenden Truppe gestanden hatte. Blieb also nur Janki, dessen detaillierten Schlachtberichten sie alle so fasziniert gelauscht hatten.

»Aber er ist Franzose!«, wandte Kessler ein. Der Einwand wurde von den andern wortreich niedergebügelt. Dass man bei einem solchen Anlass den ehemaligen Gegner zu Wort kommen lasse, meinte von Stetten, das sei ein Beweis wahrer Ritterlichkeit, und Neuberth unterstützte ihn mit dem Hinweis, dass nach der Schlacht von Sedan selbst Bismarck den besiegten französischen Kaiser mit ausgesuchter Höflichkeit behandelt habe. Und überhaupt, sagte Staudinger, ein gar so richtiger Franzose sei der Kamerad Meijer auch wieder nicht, denn schließlich stamme er aus Elsass-Lothringen, und das sei nun schon mehr als vierzig Jahre gutes deutsches Reichsland.

Was eben von Stetten zu der Feststellung bewog, dass ja auch Meijer ein guter deutscher Name sei.

Janki zierte sich, aber nicht allzu heftig. Er sah sich schon zu den Klängen des *Hohenfriedbergers* in den Festsaal einmarschieren, hinkend, aber stramm, er sah sich schon hinter dem Rednerpult stehen, auf seinen Spazierstock gestützt, dessen Geschichte er natürlich auch erzählen würde, er sah schon die erwartungsvollen Gesichter und hörte schon den Applaus. Also trank er sein Bierglas, wie er es gelernt hatte, auf einen Zug aus, erhob sich und sagte: »Kameraden! Wenn die Pflicht ruft, darf sich ein Soldat nicht drücken.«

Bei der Table d'hôte wollte Chanele ihrem Mann die komische Geschichte von Hersch Wassersteins überraschendem Angebot erzählen, aber Jankis Gedanken waren so sehr mit der geplanten Feier beschäftigt, dass er ihre Worte gar nicht wahrnahm. Es enttäuschte ihn sehr – er hatte es nicht anders erwartet, aber es enttäuschte ihn trotzdem –, dass seine Frau von seinem Vorhaben so überhaupt nicht begeistert war und sogar versuchte, ihm die ganze Sache auszureden. Sie hatte eben nie verstanden, sagte er, wie wichtig es in dieser Welt war, akzeptiert zu werden, und was konnte es für eine vollständigere Akzeptanz geben, als wenn man als Franzose bei einer Sedansfeier die Festansprache halten durfte?

»Aber du warst bei Sedan überhaupt nicht dabei!«

Janki sah seine Frau strafend an und sagte dann mit seiner charmantesten Stimme, die früher nur den besten Kundinnen vorbehalten gewesen war: »Wollen wir nicht noch eine Flasche Wein bestellen, meine Liebe? Wir haben etwas zu feiern.«

Am nächsten Tag, als die sechs Musketiere wieder im Strandcafé saßen und die Einzelheiten des großen Tages diskutierten – In welcher Reihenfolge sollten sie einmarschieren? Schüttelte man dem Bürgermeister nach der Verleihung der Ehrennadel die Hand oder salutierte man militärisch? –, näherte sich ein fremder Mann ihrem Tisch. Er war in einen Strandanzug aus weißem Leinen gekleidet, zu dem er unpassende braune Straßenschuhe trug. Auf seinen krausen Haaren saß lächerlich ein zu kleiner Strohhut.

»Ich bitte mich zu entschuldigen«, sagte der Mann, »aber ich hätte mit dem Herrn Meijer etwas Dringendes zu besprechen.«

Seine Stimme hatte einen unangenehm fremdländischen Akzent.

»Wie Sie sehen, sind wir sehr beschäftigt«, sagte Staudinger abweisend.

»Es wird nicht lange dauern«, sagte der Mann, der ganz offensichtlich die Gewohnheit hatte, Dinge, die er sich einmal in den Kopf gesetzt hatte, auf der Stelle erledigt haben zu wollen. »Fünf Minuten, wenn wir uns einig werden. Und wenn nicht – nun ja, dann sind wir noch schneller fertig.«

»Wir haben jetzt wirklich keine Zeit für Geschäfte«, sagte Staudinger.

»Wer von Ihnen ist Meijer?«, fragte der Mann, und als daraufhin alle zu Janki hinschauten, schüttelte er dem die Hand wie einem alten Bekannten und sagte: »Seid mir moijchel, ich hätte euch gleich erkennen müssen. Ihre Frau wird Ihnen von mir erzählt haben.«

»Darf ich fragen, um was es sich handelt?«

»Um die Chaje Sore natürlich. Eine Perle von einer Tochter. Genau das Richtige für Ihren Arthur. Ein Schidduch – unberufen im Himmel gemacht.«

Von Stetten erhob sich, ein Richter, der aufsteht, um das Urteil zu verkünden. Seine Stimme hatte plötzlich den gleichen schnarrenden Befehlston, wie ihn Staudinger damals im Zug nach Hoyerschleuse benutzt hatte. »Kamerad Meijer«, sagte er, »kennst du diesen Juden?«

»Ich habe keine Ahnung.«

»Keine Ahnung will er haben, der Herr Meijer«, sagte der zudringliche fremde Mann. »Wo unsere Kinder doch heiraten sollen.«

Das schallende Gelächter, das dieser Satz rings um den Tisch auslöste, bröckelte schnell wieder ab. Sie sahen Jankis verlegenes Gesicht und wussten, dass es hier nichts zu lachen gab.

»Meijer«, sagte von Stetten – der Kamerad war ihm schon abhanden gekommen –, »Meijer, ich habe nur eine Frage an dich: bist du ein Jud?«

»Was spielt das für eine Rolle? Ich bin auch Franzose, und ihr habt gesagt …«

»Ich würde es begrüßen, Herr Meijer«, sagte Leutnant von Stetten, »wenn Sie mich nicht duzen würden.«

44

Hinterher, Arthur konnte es nicht und wollte es nicht vergessen, hinterher, das immer auch ein Vorher war, weil das neue Verlangen schon wieder erwachte, wenn sich das alte gerade erst erschöpft hatte, hinterher, wenn sie wieder atmen konnten, und ihre Herzen nicht mehr hämmerten, als hätten sie einen Gipfel erklommen, und es war ja auch ein Gipfel, jedes Mal wieder, ein unwegsames Gebirge war es, vor dem man sich fürchtet, und das einen doch unwiderstehlich anzieht, das man erkunden muss und bezwingen, das jedes Mal anders ist und mit jedem Mal vertrauter, mit Pfaden, die man wieder gehen möchte, und wieder und wieder, wenn da nicht die Angst wäre, sich zu erschöpfen, bevor man andere, noch verlockendere erkundet hat, hinterher, wenn sie die Augen noch nicht wieder öffnen wollten, wie man einen Traum noch zu verlängern sucht, obwohl man schon weiß, dass man ihn nicht zurückholen wird, nicht bis zum nächsten Mal, wo er wieder anders sein wird, noch schöner, noch rätselhafter, noch gefährlicher, hinterher, wenn die feinen Härchen auf der Haut noch geladen waren, und unter den wandernden Fingerspitzen Funken schlugen – nicht weiter! nicht jetzt! noch nicht! –, hinterher, wenn durch die geschlossenen Läden schon wieder der Alltag sickerte mit seinem faden Geruch, diesem Wirklichkeitsgestank, den man nur für ein paar Minuten übertönt, aber nicht wirklich vertrieben hatte, wenn die Selbstverständlichkeit von ihnen abfiel wie ein schlecht genähter Mantel, wenn ihre Nacktheit wieder Nacktheit war und nicht mehr Befreiung, hinterher, wenn sie sich aufrichteten und noch ein paar Sekunden so verharrten, weil sie ihrem Gleichgewicht noch nicht wieder vertrauen konnten, hinterher, wenn sie nebeneinander saßen und ihre Füße in der Luft baumelten, als sei das nicht die Liege in Arthurs Ordinationszimmer, sondern ein Ufer, ein See, ein Meer, und die Wirklichkeit wäre ein kaltes Wasser, in das sie hineinspringen sollten – noch nicht! bitte noch nicht! –, wenn sie beide auf den Glasschrank mit den medizinischen Büchern starrten, weil sie noch nicht den Mut hatten, ihre Blicke wieder aufeinander treffen zu lassen, hinterher, wenn es vorbei war und schon die leichte Enttäuschung in ihnen aufstieg, die zum Glück gehört wie das Alter zum Leben, hinterher, wenn die Zeit stillstand und doch wieder anfangen musste, hinterher überbrückten sie die Sekunden der süßen Peinlichkeit mit dem immer gleichen sentimentalen Ritual.

»Ach bitte, Herr Doktor«, musste Joni sagen, »wann kann ich wieder einen Termin bei Ihnen bekommen?«

Und Arthur musste den schwarzen Kalender vom Schreibtisch nehmen, musste darin blättern, als wüsste er die Antwort nicht, als sei sie nicht die einzige Antwort in seinem Leben, an der er nicht zweifelte, und musste sagen: »Wann immer du willst.«

Sie hatten sich hier kennen gelernt, hier in diesem Zimmer mit dem Geruch nach Desinfektionsmitteln und dem druckfrischen Diplom an der Wand. Arthur hatte das Zimmer gerade erst eingerichtet, und doch wirkte es schon ältlich, ein kleiner Junge, der die viel zu langen Hosen seines Vaters anzieht und ein Jackett, aus dem die Arme den Ausgang nicht finden, der so durch die Wohnung paradiert und sich einbildet, erwachsen zu sein. Janki hatte ihn angeschrien damals, weil er die sorgfältig gebügelten Hosenbeine über den frisch gebohnerten Fußboden geschleppt hatte, und er hatte doch nur ausprobieren wollen, wie es ist, wenn man …

Er hatte es doch nur ausprobieren wollen.

Nein, das stimmte nicht. Es war mehr gewesen als Neugierde. Viel mehr.

Joni war wegen einer Muskelzerrung zu ihm gekommen, nichts Schlimmes, nicht einmal besonders schmerzhaft, aber am nächsten Wochenende war ein Wettkampf angesetzt, und er wollte wissen, ob es nicht ein Mittel dafür gäbe, etwas zum Einreiben oder so, denn gerade dieser Wettkampf war besonders wichtig. »Interessieren Sie sich fürs Ringen, Herr Doktor?«

Und Arthur hatte gesagt: »Bitte, mach dich frei.«

Manchmal bekommen ganz gewöhnliche Sätze, Sätze, die man schon tausendmal gesagt hat, auf einen Schlag eine ganz andere Bedeutung; die Worte kommen frisch geprägt aus der Münze, glänzend und neu.

Bitte, mach dich frei.

Sesam, öffne dich.

Er hatte ihn geduzt, natürlich hatte er ihn geduzt. Der Junge war siebzehn, kein Kind mehr, aber auch noch kein Mann. Warum hätte er ihn nicht duzen sollen?

Da war kein Hintergedanke dabei.

Und dann hatte Joni nackt vor ihm gestanden. Zum ersten Mal.

Er hatte gar nicht so kräftige Muskeln. Nicht für einen Ringer. Ein brutaler Kämpfer konnte ihn packen und zerbrechen. Konnte ihm wehtun. Ganz schmale Hüften. Und der Bauch … Gespannt, als sei eine geballte Faust darin verborgen und warte nur darauf, dass man …

Halt. Jonathan Leibowitz. Ein Patient. Rectus abdominis gut entwickelt. Die Beine vielleicht etwas zu stämmig für ein wirkliches Ebenmaß. Plattfüße? Nein, es war nur die Art, wie er dastand. Kampfbereit war das falsche Wort. Bereit für alles.

»Haben Sie etwas gesagt, Herr Doktor?«

Seine Stimme … Wenn man sich über den Arm fährt, ohne ihn ganz zu berühren, nur die feinen Haare streift, dass sie sich aufstellen und nach mehr verlangen – so eine Stimme hatte Joni Leibowitz.

»Haben Sie etwas gesagt?«

Eine Zerrung im Levator scapulae, darum die leichten Beschwerden, wenn es darum ging, die Schulter zu bewegen. Arthur zeigte Joni den Muskel auf einer der farbigen Schautafeln, die man ihm zur Eröffnung der eigenen Praxis geschenkt hatte. Der enthäutete Mann, einen Arm angelegt, den anderen in die Höhe gestreckt, erinnerte ihn jedes Mal an den blutenden Märtyrer auf dem Reklamebild des Panoptikums damals. Das war auch so ein Tag gewesen, der alles veränderte, wo nachher nichts mehr am alten Platz war, wo man plötzlich begriff …

»Was kann man da machen, Herr Doktor?«

Er hatte ihm eine Salbe verschrieben, die helfen würde oder auch nicht, und hatte gesagt: »Kannst du heute in einer Woche noch mal vorbeikommen? Ich möchte dich gern noch einmal ansehen.«

Die selbstverständlichsten Sätze waren auf einmal nicht mehr selbstverständlich.

Ich möchte dich gern noch einmal ansehen.

Er war dann zu dem Kampf hingegangen. Einfach so. Im *Israelitischen Wochenblatt* hatte gerade erst ein *Eingesandt* gestanden, man solle den Jüdischen Turnverein unterstützen, warum sollte er es also nicht tun, wo er doch gerade nichts Besseres zu tun hatte an diesem Sonntagnachmittag? Er wollte nur ganz zufällig am Hirschengraben-Schulhaus vorbeigekommen sein, wollte sich unauffällig unter die Zuschauer mischen, aber dann waren fast keine Zuschauer da, es war kein wichtiger Wettkampf, und die Ringer – was ihm später vieles leichter machte – hatten sowieso nicht viele Anhänger. Die Leute sahen sich um, als er in die Turnhalle kam, und Sally Steigrad, der Obmann des Vereins, eilte auf ihn zu und begrüßte den jungen Herrn Doktor mit der Geschwätzigkeit des Versicherungsvertreters als gern gesehenen Ehrengast.

Joni saß neben drei anderen Kämpfern auf einer Bank, alle vier in langen weißen Turnerhosen und engen Leibchen. Eine Locke war ihm in die Stirn gefallen, er warf den Kopf zur Seite, und sein Blick kreuzte ganz zufällig – aber nichts, was Joni tat, war zufällig, es war gar nicht möglich, dass das alles Zufall war –, sein Blick kreuzte wie zufällig den von Arthur. Dann lächelte er und schien sich für den neuen Zuschauer nicht mehr zu interessieren.

Wie Arthur noch entdecken sollte, hatte Joni zwei Arten von Lächeln, ein öffentliches und ein privates.

In der Mitte der viel zu großen Turnhalle waren die Matten ausgelegt, ein Floß im Meer, und die Zuschauer stellten sich in fast unanständiger Nähe darum herum auf. Man trat nur in vier Gewichtsklassen gegeneinander an, mehr Ringer hatte der junge Jüdische Turnverein noch nicht aufzubieten. Es war ein sehr ungleicher Wettkampf: unerfahrene Neulinge gegen selbstsichere Veteranen, die alle Griffe und Gegengriffe kannten und mit routinierter Selbstverständlichkeit ihre Punkte machten. Joni kam als Letzter an die Reihe; es stand bereits drei zu null, und seinem Kampf kam keine Bedeutung mehr zu. Er sollte aber trotzdem ausgetragen werden, hatte Sally Steigrad mit dem gegnerischen Obmann vereinbart, »meine Buben brauchen die Erfahrung«.

Jonis Gegner hatte stark behaarte Arme, viel zu grob, um damit diesen schlanken Jungenkörper zu begrabschen.

Viel zu grob.

Als sich die beiden gegenüberstanden und den ersten Griff fassten, als sie die Oberkörper aneinanderpressten, Golem und Engel, als ihre Köpfe sich berührten wie zu einer Liebkosung, da musste Arthur seine Brille abnehmen und sich die Nasenwurzel massieren. Eine seltsame Rührung hatte ihn gepackt, eine nicht unangenehme Traurigkeit, die ihm die Tränen in die Augen trieb.

Dann war der Kampf auch schon vorbei. Joni war von den Füßen gerissen worden, sein Gegner ging von dem Mattenfloß weg, hatte eine Arbeit erledigt, die anstrengend, aber nicht besonders schwierig gewesen war, und Joni lag immer noch auf der Matte, mit verzerrtem Gesicht, und wies auf seine Schulter, an der sein Gegner herumgerissen hatte, wie sich ein Bauernknecht einen Sack mit Getreide zurechtreißt, um ihn richtig fassen und zu den anderen auf den Haufen werfen zu können.

»Würden Sie so nett sein, Herr Doktor?«, fragte Sally Steigrad.

Es war, als habe Joni keinen eigenen Geruch. Der Schweiß seines haarigen Gegners stieg Arthur in die Nase, der Staub der Matte, auf der er kniete, und das säuerliche Aroma von Anstrengung und Erschöpfung, das allen Turnhallen der Welt gemeinsam ist. Aber Joni? Selbst als er sich über ihn beugte, um die Verletzung zu untersuchen, war da kein Duft, den er hätte einatmen können. Oder war er seinem eigenen so ähnlich, dass er ihn gar nicht wahrnahm, wie man sich auch selber nicht wahrnimmt?

»Wieder dieselbe Stelle?«, fragte Arthur.

Joni drehte den Kopf zu ihm und lächelte ihn von unten her an, mit seinem ganz privaten Lächeln.

»Ach bitte, Herr Doktor«, sagte Joni, »wann kann ich wieder einen Termin bei Ihnen bekommen?«

Es war das erste Mal, dass er es sagte.

So fing es an.

Arthur hätte alles getan, um Joni nahe zu sein, und Sally Steigrad war stolz auf das neue, akademische Mitglied, dessen plötzlich erwachtes Interesse am Ringersport er sich selber zuschrieb, oder doch dem Aufruf, den er im *Wochenblatt* publiziert hatte. Arthur war kein wirklich begabter Sportler, aber er gab sich Mühe, und als Mediziner hatte er den Vorteil, dass er sich mit Knochen und Sehnen auskannte und man ihm die Griffe und ihre Wirkungen nicht lange zu erklären brauchte. Er musste nur die Hemmung überwinden, diese Kenntnisse in der Kampfpraxis auch anzuwenden.

Beim Training war sein Partner meistens Joni Leibowitz, der in derselben Gewichtsklasse startete. Die beiden waren eine gute Paarung, dachte Sally Steigrad, wenn er sie beobachtete. Oft arbeiteten sie immer noch weiter an ihrer Technik, wenn alle anderen sich schon wieder ankleideten.

Was sich in dieser Zeit zwischen ihm und Joni abspielte, hätte Arthur nicht erklären können, obwohl er in schlaflosen Nächten jeden zufällig – zufällig? – erhaschten Blick analysierte und jede hingeworfene Bemerkung auf verborgene Bedeutungen untersuchte. Er war noch nie verliebt gewesen, und wusste den Zustand, der ihn da überfiel, wusste diese Krankheit lange nicht zu deuten. Es hatte ihm nie jemand gesagt, dass Liebe vor allem Verwirrung ist.

Joni war erst siebzehn Jahre alt, ein Lehrling im Papierwarengeschäft eines Onkels, und reagierte doch viel souveräner als der studierte Herr Doktor. Er deutete Arthurs verschwommene Gefühle, bevor der sie selber richtig verstand, und schien sich von ihnen weder verletzt noch bedroht zu fühlen. Ganz unbefangen spielte er mit der Macht, die sie ihm über den Älteren verliehen, und er tat das scheinbar ohne jede Bösartigkeit, wie die Katze auch keinen Hass gegen die Maus empfindet, die sie entkommen lässt und wieder einfängt und wieder entkommen lässt und wieder einfängt. Ob Joni seine Liebe erwiderte – ja, es war Liebe, Arthur hatte es sich eingestehen müssen und fühlte sich seither seltsam erleichtert –, ob er dasselbe empfand wie er oder wenigstens etwas Ähnliches, das war eine Frage, auf die Arthur bis zum Ende nie eine sichere Antwort fand.

Seinen ersten Kampf gewann Arthur ganz überraschend. Es war in der Rückrunde der Meisterschaft – je bescheidener die sportlichen Leistungen, desto ernster nimmt man Regeln und Pläne –, und der Jüdische Turnverein lag schon abgeschlagen auf dem letzten Platz der Tabelle. Der Gegner war derselbe wie bei Arthurs allererstem Besuch in der Turnhalle, der Arbeiter-Turnverein aus Wiedikon, lauter Leute, die Tag für Tag in der Fabrik harte körperliche Arbeit leisteten und sich das Ringen als Sport ausgesucht hatten, weil ihre überschüssige Kraft auch am Wochenende ein Ventil brauchte. Arthur hatte gegen denselben Mann anzutreten, der damals Joni besiegt und verletzt hatte, der es gewagt hatte, Joni wehzutun, und als er dessen behaarte Arme an seinem Körper spürte, überfiel ihn ganz plötzlich, zum ersten Mal in seinem Leben, das bisher immer mild und theoretisch gewesen war, ein derart unbändiger Zorn, dass man ihn am Schluss von seinem Gegner wegreißen musste, weil er den Nackenhebel auch dann nicht absetzte, als der andere schon lange zum Zeichen der Aufgabe auf die Matte geklopft hatte.

»Jetzt haben wir dir doch noch den richtigen Biss beigebracht«, sagte Sally Steigrad und schrieb auch diesen Erfolg sich selber zu.

Hinterher standen sie nebeneinander am Waschbecken. Joni warf seine Locke aus der Stirne und sagte: »Ich weiß, was du von mir willst.« Sie duzten sich, natürlich, Sportskameraden duzen sich, da ist nichts dabei. »Ich weiß, was du willst«, sagte Joni, »aber das bekommst du nur, wenn du mich besiegst.«

Arthur lag die ganze Nacht wach und versuchte zu begreifen, was er verstanden zu haben glaubte.

An der Vereinsmeisterschaft traten sie gegeneinander an. Es war kein wichtiger Titel, ein einziger Gang würde darüber entscheiden, mehr Konkurrenten gab es in ihrer Gewichtsklasse gar nicht, und eigentlich wäre es vernünftiger gewesen, Joni den Siegerkranz kampflos aufzusetzen. Bisher hatte Arthur noch in keinem einzigen Training gegen ihn gewinnen können. Es gab tatsächlich richtige bronzierte Eichenlaubkränze mit blau-weißen Schleifen; Sally Steigrad legte großen Wert auf solche Äußerlichkeiten und beklagte deshalb auch die Tatsache, dass der Verein immer noch keine Fahne hatte.

Zum Glück war niemand von der Familie gekommen, obwohl Hinda und Zalman sich angeboten hatten. Arthur fühlte sich jedes Mal ertappt, wenn ihn jemand auf seine neugefundene Leidenschaft für den Sport ansprach und wurde bei dem Thema manchmal richtig ausfällig, als rühre jemand an die offene Wunde eines schlechten Gewissens.

Sie standen sich auf der Matte gegenüber, sie fassten ihre Griffe, und Arthurs Hände zitterten, wie jedes Mal, wenn er diesen Körper berührte. Es war ein abwartender Kampf, ein schwerfälliger Tanz, bis einmal nach Griff und Gegengriff ihre Köpfe ganz nahe aneinander lagen, Wange an Wange, und Joni plötzlich sein Lächeln lächelte, sein ganz privates Lächeln, und Arthur zuflüsterte: »Versprochen ist versprochen.« Dann ließ er sich so fallen, dass die anderen glauben mussten, Arthur habe ihn von den Füßen gerissen. Der Kampf war zu Ende, und Arthur hatte Joni besiegt.

Als sie ihm den Kranz aufsetzten – »Völlig lächerlich, solche Auszeichnungen!«, hatte er immer gesagt und gab ihn doch ein Leben lang nicht mehr her –, als Joni vor ihm stand und ihm die Hand schüttelte, überraschender Sieger und fairer Verlierer, da hörte er den Satz zum zweiten Mal. »Wann kann ich einen Termin bei Ihnen bekommen, Herr Doktor?«

Es war ein ganz gewöhnliches Ordinationszimmer, mit dem Geruch nach Krankheit und Sauberkeit und Angst vor dem Tod. Die Liege war schmal, so hoch, dass die Beine in der Luft baumelten, wenn man sich an den Rand setzte, und an einem Ende war eine dicke Papierrolle befestigt, dasselbe knisternd hygieni-sche Papier, das die Friseure für ihre Kopfstützen verwendeten. Ein Schreibtisch stand in dem Zimmer, ein Sessel dahinter, ein Stuhl davor, ein Wandschirm, der einen Kleiderständer verbarg, und ein weiß gestrichener verglaster Bücherschrank, in dem sich Lehrbücher und Fachzeitschriften drängten und hinten in der zweiten Reihe, wo man es nicht sehen konnte, auch Professor Hirschfelds *Jahrbuch für sexuelle Zwischenstufen,* in dem Ar-thur vergeblich nach Erklärungen für die eigene Verwirrung ge-sucht hatte. Er hatte nur Fragebögen gefunden, mit denen man den weiblichen Anteil an der eigenen Körperlichkeit messen sollte: »Sind Ihre Finger spitz oder stumpf?«, »Sondern Sie bei warmem Wetter einen auffälligen Geruch ab?«, »Denken Sie lo-gisch?«

Nein, er dachte nicht logisch, und das machte ihm Angst, und es machte ihm Mut, und er konnte den Tag, an dem er sich mit Joni verabredet hatte, nicht erwarten.

Es war ein ganz gewöhnliches Ordinationszimmer, aber es war das schönste Zimmer der Welt.

Joni war genauso unsicher gewesen wie er, genauso neugierig und hinterher genauso glücklich und erschöpft.

Jedes Mal.

Hinterher, das immer auch ein Vorher war.

Arthur hatte mit dem Ringen sofort aufgehört. Er wusste, er hätte Joni nicht mehr berühren können, ohne dass alle gemerkt hätten, was das für eine Berührung war. Einmal war er aus einem Traum aufgeschreckt, in dem sie sich zum Training getroffen hatten, die Matte mitten in seinem Ordinationszimmer, rings-umher hatten sich Zuschauer gedrängt, Sally Steigrad und Kan-tor Würzburger und auch Onkel Salomon, der doch schon lange tot war, sie waren aufeinander zugegangen, Arthur und Joni, und Joni hatte seine Locke aus der Stirne geworfen, und Arthur hatte ihn geküsst, vor allen Leuten hatte er ihn geküsst, und Joni hatte gelächelt und gesagt: »Ach bitte, Herr Doktor, wann kann ich wieder einen Termin bei Ihnen bekommen?«

»Ich muss etwas mit dir besprechen«, sagte Joni.

Der falsche Satz.

»Es hat nichts mit dir zu tun«, sagte Joni und sah ihn nicht an, starrte nur auf den Glasschrank mit den Büchern, die auch keine Antworten wussten, »nur mit mir selber und damit, dass ich jetzt schon neunzehn bin und mir überlegen muss, wie es weitergehen soll.«

Es waren die besten Jahre in Arthurs Leben gewesen, und noch bevor Joni weitersprach, wusste er, dass sie vorbei waren.

»Ich komme jetzt in die Rekrutenschule«, sagte Joni, »da sehen wir uns sowieso lange nicht, und hinterher gehe ich vielleicht ins Ausland. Mein Onkel kennt jemanden, der in Linz eine Papierfabrik hat, und dort kann ich … Aber das ist nicht der Grund. Das ist alles nicht der Grund. Der Grund ist …«

Der Grund ist, dass es keine Wunder gibt.

Der Grund ist, dass man nicht glücklich sein kann, ohne dafür bestraft zu werden.

»Ich habe viel nachgedacht«, sagte Joni. »So wie du immer über alles nachdenkst, bevor du es tust. Ich habe viel bei dir gelernt, weißt du. Dafür bin ich dir dankbar. Ehrlich: ich bin dir dankbar. Aber ich habe nachgedacht und bin zum Schluss gekommen … Es hat wirklich nichts mit dir zu tun.«

Das Herz schneidet man dir aus dem Leib, aber es hat nichts mit dir zu tun.

»Ich bin zum Schluss gekommen …«, sagte Joni und saß immer noch neben Arthur, er hätte nur die Hand ausstrecken müssen, um ihn zu berühren, um ihn festzuhalten, um ihn nicht gehen zu lassen.

Aber er hatte nicht das Recht dazu.

»Ich bin zum Schluss gekommen«, sagte Joni, »dass ich doch ein ganz gewöhnlicher Mensch bin. Einer wie alle anderen.

Nichts Besonderes. Nicht wie du. Einfach ein Mann, der einmal eine Familie haben will und Kinder und … ja, und eine Frau. Wie man das eben hat.«

Wie man das eben hat.

»Für dich wäre das auch das Beste. Eine Familie, meine ich. Du wärst ein guter Vater. Ein wunderbarer Vater, da bin ich ganz sicher. Es war immer schön mit dir, wirklich, es war schön, und ich mache dir keine Vorwürfe.«

Vorwürfe.

»Aber es führt nirgends hin. Verstehst du, was ich meine? Es führt nirgends hin.«

Und Arthur tat das Tapferste, das er in seinem Leben getan hatte, das Feigste tat er, das Verächtlichste, und sagte: »Ja, Joni, ich verstehe dich.«

Joni ließ sich von der Liege gleiten und stand so fremd im Zimmer, als habe er sich nur hierher verlaufen, auf dem Weg zu einem ganz anderen Ziel. Ein letztes Mal sah Arthur ihn nackt, ein allerletztes Mal. Es war keine Knabenfigur mehr, jetzt war es ein Mann, einfach ein Mann, ein Mann wie viele andere. Er setzte die Schritte, als habe er Plattfüße, die Beine waren ein bisschen zu kurz und der Hintern …

Glutäus maximus. Einfach ein Muskel. Der da und da anfing und dort und dort aufhörte und das und das bewegte.

Der Wandschirm war ein dreiteiliger, mit beigem, gefälteltem Stoff bespannter Metallrahmen, und dahinter verschwand Joni, wie es alle Patienten nach ihrer Untersuchung taten, sie verschwanden, man hörte es rascheln, und irgendwann tauchten sie wieder auf und waren angezogen und gepanzert und gehörten nur noch sich selber.

Arthur saß lange am Rand der Liege. Er fasste auf den Lederbezug, dort, wo Joni gesessen hatte, und glaubte noch eine letzte Spur von dessen Wärme zu ertasten.

45

Nach der Rekrutenschule kam Joni nicht mehr in den Turnverein zurück. Er ging auch nicht nach Linz, das war nur eine
Ausrede gewesen, er hatte jetzt andere Interessen, war breiter
geworden, außen und innen, hatte seine schmalhüftige Jugend-
lichkeit verloren und war in eine Form hineingewachsen, von
der es auf der Welt viele Abdrücke gab. Natürlich begegneten sie
sich immer wieder, Zürich war klein und das jüdische Zürich
noch kleiner, aber Joni hatte für Arthur nur noch sein öffentliches Lächeln übrig, ein Lächeln, das beschlossen hatte, sich
nicht zu erinnern. Wenn er ihn begrüßte, dann tat er das höflich
und distanziert, ein Schüler, der einem Lehrer lange nach dem
Ende der Schulzeit wieder begegnet.

Irgendwann meldete sich Sally Steigrad bei Arthur, besuchte
ihn zu Hause und brachte dazu zwei Flaschen Bier mit, die sie –
»Nur keine Umstände unter Sportskameraden!« – ohne Gläser
tranken. Sally war ein langer dünner Mann, dem der Verein
wichtiger war als die Familie. Nicht weil er keine gehabt hätte,
im Gegenteil, es gab bei den Steigrads zahllose Geschwister und
Cousins, deren Policen ihm als Versicherungsvertreter wie von
selber ein anständiges Einkommen sicherten. Aber Policen
machten das Leben nicht interessant. In den Wettkämpfen, zu
denen er seine Turner so oft wie möglich antreten ließ, suchte
Sally das spannende Erlebnis, er war, sagte er von sich selber,
vom Charakter her ein Weltreisender oder Eroberer, und beklagte sich gern darüber, dass in seinem Dasein alles so ordentlich und geregelt war, es komme ihm manchmal vor, als habe er
bis zu seinem Tod nur noch Fälligkeitsdaten abzuhaken, und so
etwas wie Überraschungen seien in seinem Schicksalsplan überhaupt nicht vorgesehen. Obwohl man natürlich immer und jederzeit mit Überraschungen rechnen müsse, auch mit unerfreu-

lichen. Und wenn sie gerade davon redeten: Hatte Arthur schon einmal daran gedacht, eine Lebensversicherung abzuschließen?

Aber deswegen war er nicht gekommen, wirklich nicht, obwohl man sich ein andermal ruhig über das Thema unterhalten sollte, »better safe than sorry«, sagten die Engländer, und das waren keine dummen Leute. Wenn Sally auf das Thema Versicherungen kam, hatten seine Worte etwas Automatisches, ein Grammofon, das dort losleiert, wo die Nadel zufällig in die Rille fällt. Er ging beim Reden auf und ab, als lasse ihm ein überschießendes Temperament keinen Moment Ruhe, und begutachtete dabei Arthurs bescheidenes Mobiliar wie ein Auktionator einen zu verwertenden Nachlass. Aber Versicherungen waren nicht der Zweck seines heutigen Besuchs, wirklich nicht, sagte Sally und setzte sich endlich hin, heute wolle er von Arthur keine Unterschrift, sondern etwas ganz anderes – ohne Umschweife: er wolle ihn wieder für den Turnverein gewinnen.

»Nein«, sagte Arthur.

Nie wieder.

»Nicht als Aktiver«, beruhigte ihn Sally. Arthur sei ja, er solle ihm diese Offenheit nicht übel nehmen, weiß Gott nie ein Karl Schuhmann gewesen, den Namen werde er ja kennen, nur eins dreiundsechzig und vier Goldmedaillen. Arthur, das hatte Sally oft beobachtet, war mit dem Kopf nie ganz bei der Sache gewesen, »als ob du statt an den Sieg an etwas ganz anderes denkst«, aber so seien eben die Intellektuellen. Er, Sally, stelle sich den Arztberuf als großes Abenteuer vor, etwas, das den ganzen Menschen fordere, nicht wie die Versicherungsbranche, wo doch immer alles vorgepfadet und von der Zentrale vorgeschrieben sei. Über eine Hausratsversicherung, nur ganz nebenher, solle sich Arthur gelegentlich auch Gedanken machen, noch besitze er nicht viel, aber die Ledersessel, in denen man saß, waren doch sehr hübsch, und wenn er sich einmal verheirate, konnte man ja aufstocken.

Aber zurück zum Thema: Nicht als Ringer wollte er Arthur in den Verein zurückholen, sondern als Arzt. Es sei in der letzten Zeit üblich geworden, und er halte das auch für vernünftig, bei größeren Anlässen einen Vertreter des medizinischen Fachs vor Ort zu haben, meistens sei das ja nur ein Pfleger, und einmal, was er völlig lächerlich gefunden habe, sei zu einem Ringerwettkampf sogar ein Zahnarzt erschienen, das müsse sich Arthur einmal vorstellen, einer, der bei einem ausgerenkten Gelenk wahrscheinlich zum Bohrer gegriffen haben würde, hahaha.

Solche kleinen Scherze hatten Sally schon manchen Abschluss erleichtert.

Also, um auf den Punkt zu kommen: Was würde Arthur davon halten, sich als Vereinsarzt zur Verfügung zu stellen? Das wäre nicht so zeitaufwendig wie der aktive Sport, trainieren würde er ja gewissermaßen in seiner täglichen Praxis, hahaha, und vielleicht konnte er ab und zu den jungen Leuten so eine Art Kursus geben, medizinisch korrektes Auflockern vor dem Training, anatomische Grundlagen des Wettkampfsports. Solche Sachen halt.

Zu seiner eigenen Überraschung hörte sich Arthur »ja« sagen, nicht: ja, er werde über den Vorschlag nachdenken, sondern ganz unüberlegt und direkt: »ja«. Sally Steigrad schrieb die spontane Zusage der eigenen Überredungskunst zu und sah sich wieder einmal in seinem Credo bestätigt, dass Argumente im Versicherungsgeschäft eben doch wichtiger seien als Formulare.

Arthur übernahm die neuen Pflichten aus einem doppelten Grund. Einerseits fühlte er sich dem Turnverein gegenüber schuldig, wie es überhaupt zu seinem Charakter gehörte, sich immer dann am nächsten bei sich selber zu fühlen, wenn er glaubte, etwas wieder gutmachen zu müssen, und andererseits hoffte er – ein Aufsatz im *Jahrbuch für sexuelle Zwischenstufen* hatte ihn auf diesen Gedanken gebracht –, dass der regelmäßige harmlose Umgang mit jungen Männern eine inokulierende Wirkung auf ihn haben würde, wie ein abgeschwächter Erreger den Körper vor dem Ausbruch der Krankheit bewahrt.

Und wusste doch, dass unter den Turnern kein zweiter Joni sein würde, weil es einen zweiten Joni nie wieder geben konnte.

Wenn es eine Buße war, die er da auf sich genommen hatte, dann eine von der nicht unangenehmen Sorte. Arthur hatte zwar gerade erst seinen dreiunddreißigsten Geburtstag gefeiert, aber seit Joni ihre Beziehung beendet hatte, war er gealtert, nicht gerade wie Rabbi ben Asarja, von dem es heißt, er habe sich über Nacht in einen würdigen Greis verwandelt, aber doch wie jemand, für den die Erinnerung wichtiger geworden ist als die Zukunft. Die jungen Turner behandelten ihn, aus Respekt vor seinem Beruf und, ja, vor seinem Alter, mit einem gewissen Abstand, und gerade das war ihm angenehm. Es gehörte zu seinem Charakter, sich ständig selber zu überprüfen, wie es Leute gibt, die dreimal wieder umkehren, um ganz sicher zu sein, dass die Haustür verschlossen ist, und er stellte jedes Mal beruhigt und ein bisschen enttäuscht fest: da war nichts.

Da würde nie wieder etwas sein.

Als Sally Steigrad in dem Lokal, wo man nach dem Training ein Bier trank, von der Notwendigkeit einer Vereinsfahne zu reden begann, deren Anschaffung unerlässlich sei, weil man sich sonst bei Turnfesten einfach nur lächerlich mache – »wir können ja nicht gut ein Tallis an einen Stock binden und vor uns hertragen« –, übernahm Arthur aus freien Stücken die Aufgabe, das Geld dafür zusammenzubringen. Die Fahne, so dachte er sich das aus, würde er Joni widmen, nur in den eigenen Gedanken natürlich, aber auf die kam es schließlich an.

Die Idee gefiel ihm so gut, dass er nicht einmal widersprach, als Sally gleich schon einen Termin für die Fahnenweihe festlegen wollte. Sie einigten sich auf den 28. Juni des nächsten Jahres, »da hast du neun Monate Zeit«, meinte Sally, »und neun Monate, das brauche ich einem Mediziner ja nicht zu erklären, reichen allemal aus, um etwas zustande zu bringen, das Hand und Fuß hat, hahaha«. Das war ein Scherz, den er sonst gern bei jungen Brautleuten anbrachte.

Die selbstgestellte Aufgabe erwies sich dann allerdings als beinahe unlösbar. Arthur machte die Runde bei den jüdischen Geschäftsleuten, bekam aber kaum je eine konkrete Zusage, obwohl er überall sehr höflich empfangen wurde. Zu einem Arzt sind die Leute immer höflich, vielleicht aus Angst, sonst im Falle einer Krankheit nicht richtig behandelt zu werden.

Typisch für die immer länger werdende Liste seiner Enttäuschungen war der Besuch bei Siegfried Weill, dem Vater von Désirées Freundin Esther.

›Bureau‹ stand an der Tür, die französische Schreibweise sollte den zwischen die Regale gequetschten Schreibtisch wohl zu etwas Höherem aufwerten, aber es war doch nur ein Lagerraum direkt hinter dem Laden, und der Stuhl, den Herr Weill ihm angeboten hatte, war eigentlich für Vertreter bestimmt, die zu lange bleiben, wenn sie bequem sitzen.

Mit seiner tiefen Stimme und dem schwarzen Vollbart glich Herr Weill einem approbierten deutschen Rabbiner. Er strahlte eine imposante Würde aus, die ihm sehr bewusst war, und die er auch im Verkauf gerne einsetzte. Zögernde Kundinnen pflegte er mit einem so predigthaften »Eine sehr gute Wahl, Madame!« in ihrem Entschluss zu bestätigen, dass sie es hinterher nur selten wagten, sich doch lieber auch noch woanders umzusehen. Er benützte ein Paar Damen-Knopfhalbschuhe, Chevreauxleder mit Lackkappe, um Arthur zu erläutern, warum er sich – »zu meinem eigenen Bedauern und obwohl ich den Turnverein als solchen durchaus unterstützenswert finde« – leider, leider an der Geldsammlung nicht beteiligen könne. »Sehen Sie sich diesen Schuh an«, sagte er und streckte Arthur mit einer feierlichen Geste den geöffneten Karton entgegen, »eines unserer beliebtesten Modelle, original amerikanisch. Im Verkauf für achtzehn

Franken. Und jetzt sagen Sie mir, Herr Doktor: Was kostet mich dieser Schuh? Wenn ich alles einrechne, Transport, Miete, Löhne, Steuern? Was kostet mich der Schuh?«

Arthur hatte keine Ahnung. »Fünfzehn Franken?«, sagte er zögernd.

»Fünfzehn Franken! Halewei! Wenn ich ein Paar Schuhe für fünfzehn Franken einkaufen und für achtzehn verkaufen könnte, zwanzig Prozent Reijwech, es wäre mir eine Hanóe, Ihnen Ihre Fahne ganz allein zu bezahlen und die Stange gleich dazu!« Er schüttelte den Kopf, wie ein Weiser über die Sünden dieser Welt, und wiederholte klagend: »Fünfzehn Franken sagt er! Warum nicht gleich vierzehn?«

Und überhaupt, sagte Herr Weill, man würde von Schnorrern – »Nehmen Sie mir das Wort nicht übel, Herr Doktor!« – in letzter Zeit nur so überlaufen, wie die Wespen in einem heißen Sommer seien sie, und dann wären da natürlich auch noch die regelmäßigen Verpflichtungen: wenn man in der Synagoge zur Torah aufgerufen werde, müsse man etwas schnodern, und neben diesen wohltätigen Spenden zahle er auch noch den Schekel für die Aufbauarbeit in Palästina – er sei zwar keiner von den glühenden Zionisten, aber ganz beiseite stehen wolle man auch nicht –, und auch sonst gäbe es dauernd noch dieses und jenes, kurzum: so leid es ihm tue, er müsse in diesem Fall einmal nein sagen. Aber wenn der Jüdische Turnverein sich verpflichten wollte, in Zukunft alle Sportschuhe nur noch bei ihm zu kaufen, dann würde er ihnen zehn Prozent Rabatt anbieten, ach was, fünfzehn Prozent! Nur damit der Herr Doktor sähe, dass er der Sache an sich sehr positiv gegenüberstehe.

So ging es Arthur überall; das Geld kam einfach nicht zusammen. Als er die Liste der Geschäftsleute fertig abgeklappert hatte, beliefen sich die festen Zusagen auf noch nicht einmal hundert Franken. Eine Fahne kostete, selbst in einer bescheidenen Ausführung, mindestens das Vierfache.

Der nächste Juni, der gerade noch so unendlich weit entfernt gewesen war, stand jetzt auf einmal, so kam es Arthur vor, praktisch vor der Tür. Sally Steigrad berief Sitzungen ein, in denen die Gestaltung der Fahne besprochen wurde, er hatte auch schon eine Liste der Säle aufgestellt, die für den großen Ball in Frage kämen – »Natürlich muss es einen Ball geben, wenn schon, denn schon!« –, und in der Fahnenstickerei hatten sie Arthur gesagt, drei Monate seien das mindeste, aber das allermindeste, mit dem er rechnen müsse; gerade jetzt, wo alle schon die Landesausstellung in Bern im Kopf hätten, wüssten sie sich vor Aufträgen nicht zu retten.

Bei seinem Vater noch einmal anzuklopfen, wagte Arthur nicht; Janki hatte sich in der Sommerfrische auf Sylt überhaupt nicht erholt und war seither ständig deprimiert. Die Trennung von seinem Laden mit dem Geruch nach alten Gewürzen fiel ihm wohl doch schwerer, als er erwartet hatte.

Es blieb nur noch eine allerletzte Möglichkeit.

Arthurs Verhältnis zu François war nie einfach gewesen. Als Kind hatte er die atemlose Bewunderung, die er seinem großen Bruder entgegenbrachte, nicht zu formulieren gewusst; es war ihm schon damals schwer gefallen, über Gefühle zu sprechen. Später, als er die Worte vielleicht gefunden hätte, ergab sich nie die richtige Gelegenheit, obwohl sie unterdessen beide in Zürich lebten. Einen aufstrebenden Geschäftsmann, der schon verheiratet ist und einen Sohn hat, trennen Welten von einem jungen Medizinstudenten, und es war Arthur vorgekommen, als vergrößere sich der Altersabstand zwischen ihnen sogar immer noch mehr; je erwachsener François ihm erschien, desto unreifer kam er sich selber vor.

Und dann hatte sich François taufen lassen, und das hatte eine solche Peinlichkeit in ihre Beziehung gebracht, dass nichts Herzliches dagegen aufkommen konnte. Einer von Arthurs Lehrern am Gymnasium hatte ein flammend rotes Geschwür auf der

Stirne gehabt, das man zu übersehen hatte und doch nicht übersehen konnte, und genau so erging es ihm mit François' Christentum: die Anstrengung, es nicht dauernd zu erwähnen, brachte jedes Gespräch zum Verstummen.

Aber mit Mina konnte man reden.

François hatte sich eine Villa am Zürichberg bauen lassen, in dem neuen Quartier neben der Universität. Das Gebäude war großzügig, aber leblos, ein bloßes Bühnenbild, und auch Mina, die doch darin die Hausherrin sein sollte, bewegte sich in den zu großen Räumen wie eine Schauspielerin, der man den Text ihres Stückes vorenthalten hat. Eine Hausbesorgerin, die anderer Leute Besitz in Schuss hält, ohne für sich selber Ansprüche darauf zu erheben.

»Nein, Arthur, du bist überhaupt keine Last. Dieses Haus ist auf Gäste eingerichtet. Wir könnten vierundzwanzig Leute zum Diner haben, wenn es vierundzwanzig Leute gäbe, die sich von uns einladen ließen.« Sie sagte solche Dinge ohne Bitterkeit, stellte nur Tatsachen fest und erinnerte in dieser klaglosen Direktheit an ihre Schwiegermutter Chanele.

Ein Dienstmädchen mit Häubchen und Schürzchen servierte ihnen Tee. Sie hatten an einem kleinen gusseisernen Tisch im Wintergarten Platz genommen, wo es trotz des kühlen Herbsttages fast zu warm war. Arthur bewunderte ein Orangenbäumchen, an dem perfekt geformte Früchte hingen, und Mina folgte seinem Blick und sagte: »Solange man nur nicht versucht, sie zu essen …«

Sie hielt es durchaus für möglich, dass sich François zu einer Spende würde bewegen lassen.

»Obwohl …?« Arthur brachte die Frage nicht über die Lippen, aber Mina beantwortete sie trotzdem.

»Gerade deshalb. François betont so gern, dass sich für ihn eigentlich gar nichts verändert habe, dass bloß die Leute zu engstirnig seien, zu sehr auf Äußerlichkeiten fixiert, um zu begreifen, dass er immer noch derselbe ist wie vorher … Warum sollte er also nicht den Jüdischen Turnverein unterstützen?«

»Und? Ist er immer noch derselbe?«

Mina goss aus dem silbernen Kännchen ein paar Tropfen Milch in ihren Tee, fügte Zucker hinzu, rührte um und trank. »Nimm doch ein Stückchen Konfekt«, sagte sie.

»Ist François noch derselbe?«

»Ich fürchte: ja.«

›Seltsam‹, dachte Arthur, ›dass man sich einer Schwägerin näher verwandt fühlen kann als dem eigenen Bruder.‹

Als François nach Hause kam, war er bester Laune und nahm die Anwesenheit von Arthur, den er doch seit Monaten nicht gesehen hatte, ganz selbstverständlich auf. »Gut, dass du da bist. Ich muss euch etwas zeigen. Gerade heute habe ich es bekommen.« Er schwenkte eine lange grüne Papphröhre, ein Kind, das stolz ein neues Spielzeug vorführt, und hätte in seiner Begeisterung beinahe einen der vielen Blumenständer umgeworfen, die aus dem Wintergarten einen kleinen zivilisierten Urwald machten.

Er hatte es so eilig, dass er sich nicht einmal die Zeit nahm, seinen Mantel auszuziehen; nur seinen Hut warf er auf einen der exotisch verschnörkelten Korbstühle. Sie mussten ihm in den Salon folgen, wo er den niedrigen Tisch zur Seite schob, um auf dem Boden genügend Platz zu schaffen. Er kniete sich hin, immer noch im Mantel, holte eine lange pergamentfarbene Papierrolle aus der Pappumhüllung und ließ sich von Arthur zwei schwere geschliffene Aschenbecher reichen, um ein Ende davon auf dem Teppich zu fixieren. Dann rollte er das Papier so sorgfältig und beinahe zärtlich auseinander, dass sich Arthur an das Ausrollen der Torah im Gottesdienst erinnert fühlte, obwohl doch dieser Vergleich gerade bei François mehr als deplatziert war.

Es war der Plan eines Warenhauses, den François mitgebracht

hatte, eine kolorierte, liebevoll bis ins kleinste Detail ausgeführte Bauzeichnung. In den Auslagen paradierten schon lächelnde, nach der neusten Mode gekleidete Schaufensterpuppen, und vor den Doppeltüren des Eingangs wartete eine Reihe von sorgfältig skizzierten Kunden ungeduldig auf Einlass.

Das dreistöckige Gebäude war im klassischen Stil gehalten, die breiten Schaufenster durch halbplastische korinthische Säulen, aus deren Kapitellen gemeißelte Akanthusblätter wucherten, voneinander getrennt. Auf den beiden Säulen, die, doppelt so breit wie die andern, den Eingang flankierten, saß je ein steinerner Löwe mit dem Zürcher Wappen zwischen den Tatzen. In den oberen Stockwerken waren die Fenster größer als üblich, woraus sich die Vorstellung von einladenden, lichtdurchfluteten Innenräumen ergab.

Links und rechts auf dem Plan war eine Reihe von Medaillons angeordnet, gezeichnete Bilderrahmen, in denen man wie durch ein Fenster sehen konnte, was sich in dem Warenhaus einmal alles abspielen würde. Ein Verkäufer half einem hemdsärmligen Kunden in sein neues Jackett, eine Frau probierte einen federgeschmückten Hut, ein junges Paar betrachtete mit verschämtem Blick eine Auswahl von Kinderbetten.

»Das ist es«, sagte François stolz. »Das schönste Warenhaus von Zürich.« Er schien so glücklich, dass Arthur sich seinem Bruder nahefühlte wie schon lange nicht mehr.

»Du planst einen Neubau?«, fragte er.

»Irgendwann. Irgendwann.« François sagte es so übertrieben wegwerfend, dass deutlich war: er konnte es nicht abwarten, nach weiteren Details gefragt zu werden.

»Und wo?«

»Direkt neben dem Paradeplatz.« François rieb sich die Hände. Er kniete immer noch auf dem Boden, und es sah aus, als betete er.

»Hast du dein Grundstück also doch bekommen?«

»Noch nicht«, sagte François und strahlte aus lauter Vorfreude über das ganze Gesicht. »Aber lange kann es nicht mehr dauern. Ich habe es aus bester Quelle, dass der alte Landolt im Sterben liegt.«

Sie mussten die Zeichnung bewundern, und François konnte gar nicht aufhören, ihnen immer weitere Einzelheiten zu erklären. »Das Ganze auf zwei Stockwerke unterkellert – allein das Warenlager hat mehr Grundfläche als jetzt das ganze Geschäft! Eine eigene Garage für den Hauslieferdienst – selbstverständlich alles nur Motorwagen, und die Chauffeure einheitlich uniformiert! Ein jährlicher Katalog mit einem Versandservice in die ganze Schweiz!« In seiner Begeisterung war er, ohne es zu wissen, ein exaktes Abbild seines Vaters. Mit dem genau gleichen Enthusiasmus hatte Janki vor vielen Jahren einmal, als er um Mimis Mitgift feilschte, dem alten Salomon Meijer die geplante Moderne Warenhalle geschildert.

Arthur gab die richtigen Geräusche von sich, sagte »Tatsächlich?« und »Beeindruckend!«, aber er hätte ebenso gut auch schweigen können, denn im Grunde unterhielt sich François nur mit sich selber. Mina, wie es ihre Art und ihr besonderes Talent war, hörte ihrem Mann so aufmerksam zu, als habe er ihr seine Pläne und Ideen nicht schon hundertmal beschrieben.

»Die modernste Dampfheizung, die den Eingang mit einem Luftvorhang absperrt, damit die Türen zur Straße auch bei kaltem Wetter einladend offen stehen können! Ein Teesalon in der Stoffabteilung, damit man sich die Schnittmusterbücher so bequem wie im eigenen Wohnzimmer ansehen kann! Vier Paternoster-Aufzüge und zusätzlich …«

Weiter kam François nicht in seiner begeisterten Beschreibung, denn vor der Tür entstand plötzlich Lärm, eine lautstarke Auseinandersetzung, eine abwehrende Stimme wurde hörbar und eine andere, wütende, die sich nicht abwehren ließ, und dann wurde die Tür zum Salon aufgerissen und Mimi stürmte herein, trampelte quer über den ausgerollten Plan, dass ihre Absätze Löcher in das Papier rissen, stieß Arthur zur Seite und packte François am Arm, riss ihn aus seiner knienden Stellung hoch und fasste ihn an den Umschlägen seines Mantels, so dass er ihr gegenüberstehen musste, ihr Gesicht ganz nahe an dem seinen. Unter der Tür erschien das verschüchterte Dienstmädchen, wollte erklären, dass man sie einfach zur Seite geschoben habe, dass sie nichts dafür könne, aber sie kam nicht zu Wort, denn Mimi schrie François an, schrie ihn so heftig und wutentbrannt an, dass sie ihn dabei anspuckte, schrie und schrie und ließ ihn die ganze Zeit nicht los. Er wehrte sich nicht, ließ alles mit sich geschehen und versuchte erfolglos zu begreifen, was Mimi die ganze Zeit wiederholte und was so überhaupt keinen Sinn machte.

»Das werde ich dir nie verzeihen!«, schrie Mimi. »Nie, nie, nie werde ich dir das verzeihen.«

46

Am Ende war es eine Lieferung von englischen Herrenstiefeln, die das Lügengebäude zum Einsturz brachte.

Die beiden Holzkisten voller Schuhkartons, zwei Tage früher als erwartet eingetroffen, waren zu groß für die mit ›Bureau‹ gekennzeichnete Tür des Warenlagers, blieben deshalb im Verkaufsraum stehen und beeinträchtigten die umsatzfördernde Eleganz, auf die Siegfried Weill in seinem Laden so großen Wert legte. Er dekretierte deshalb, die Kisten hätten sofort geleert und die Kartons in die Regale geräumt zu werden, eine Aktion, bei der nicht nur die beiden Angestellten, sondern die ganze Familie anzupacken hatte, »jawohl, auch du, junges Fräulein, du kannst dein elegantes Mäntelchen gleich wieder ausziehen und dir dafür eine Schürze umbinden«.

Esther Weill war an diesem Nachmittag mit ihrer Freundin Désirée verabredet und hatte gerade aus dem Haus gehen wollen, als sie von ihrem Vater festgehalten und trotz aller Proteste zur Arbeit eingeteilt wurde. Gerade noch eine Stunde vorher, das gehörte zu den verabredeten Vorsichtsmaßnahmen, war sie wie zufällig bei den Pomeranz vorbeigegangen und hatte Désirée diskret bestätigt, dass dem gemeinsamen Herbstspaziergang nichts im Weg stünde. Erst dann hatte Désirée ihrer Mutter anvertraut, dass sich Esther Weill mal wieder mit ihrem Anbeter treffe und sie als beste Freundin auch diesmal Anstandsdame und Alibi in einem zu sein habe.

Bei Verhinderungen in allerletzter Minute, auch das war abgemacht, sollte das Rendezvous sofort beendet und für einen anderen Zeitpunkt neu verabredet werden. Aber Désirée war zu verliebt, um vernünftig zu sein. Seit dem letzten Mal war schon mehr als eine Woche vergangen, und diese Woche war eine Ewigkeit gewesen.

Sie hatten in ihrem Leben schon viel zu viele gemeinsame Jahre versäumt. Als hätten sich alle und alles verschworen, sie nicht zueinanderkommen zu lassen. Dabei waren sie füreinander bestimmt.

Von Kindesbeinen an.

Désirée und Alfred.

Alfred und Désirée.

Sie waren auf dem Dolder verabredet, beim Wildpark hinter dem Grand Hotel. Bis dorthin war es vom Waldhaus, wo die Standseilbahn endete, doch ein längerer Fußweg, und man konnte deshalb, zumindest an Wochentagen, ziemlich sicher sein, niemandem zu begegnen.

Als sie eintraf, war er schon da. Er war immer schon da, so sehr fehlte sie ihm in jeder Minute. Schon von weitem konnte er sehen, dass Désirée ihren Hut in der Hand trug, und das machte ihn glücklich, weil er wusste, was es bedeutete. Mimi bestand darauf, dass Désirée wegen ihres empfindlichen Teints Hüte mit breiten Krempen trug, und die waren beim Küssen hinderlich. Sie küssten sich lange, und es sah ihnen niemand dabei zu. Nur ein Hirsch, nicht schreckhafter als eine Kuh, stand hinter dem Gitter des Geheges und schien genau wie sie auf etwas zu warten.

Esther kam nicht; es war schon zwanzig Minuten über die Zeit, und so viel hatte sie sich noch nie verspätet. »Sie wird aus irgendeinem Grund nicht weggekommen sein«, sagte Alfred. »Du musst sofort zurück.«

Aber sein Gesicht war so traurig, und Désirée konnte es nicht ertragen, ihn traurig zu sehen. »Nur fünf Minuten, nur drei, nur eine.«

Seine Zunge schmeckte nach Pfefferminz. Immer bevor sie sich trafen, lutschte er diese kleinen Pastillen; sie lachte ihn deswegen aus und liebte ihn dafür.

Und dann war schon eine ganze Stunde vorüber, und es kam gar nicht mehr darauf an; sie musste Mimi so oder so beschwindeln. Manchmal vergaß Désirée ganz, dass sie ihre Mutter ja jedes Mal anlog, so selbstverständlich war es ihr geworden, Esther Weill die Hauptrolle in der eigenen Liebesgeschichte spielen zu lassen. Es war so leicht, alles zu vergessen, in den wenigen Stunden, die sie miteinander hatten.

Es war so schön.

»Es wird schon nichts passieren«, flüsterte Désirée. Sie flüsterten oft, wenn sie zusammen waren, auch wenn gar keine Gefahr bestand, dass jemand anderes sie hören konnte. Sie legte ihren Kopf ganz nahe an seinen und flüsterte ihm ins Ohr, und dann war da sein Ohrläppchen, das man auch küssen musste, manchmal knabberte sie daran und biss sogar hinein. Einmal hatte sie dabei sein Blut geschmeckt, nur einen Tropfen, und das war eine magische Verbindung zwischen ihnen gewesen.

Aber sie waren sowieso magisch verbunden.

Als sie sich damals wieder begegnet waren, ganz zufällig, da war sie abweisend zu ihm gewesen, richtig schroff. Alfred warf es ihr bis heute vor und behauptete, deswegen immer noch böse zu sein. Nur im Scherz natürlich, in Wirklichkeit konnte er ihr nie etwas übelnehmen. Er versuchte dann ein strenges Gesicht zu machen, was ihm überhaupt nicht gelang, und dann erlegte er ihr eine Strafe auf, die sie abküssen musste, Kuss für Kuss. »Ich bin Jurist«, sagte er, »und kann keine Milde walten lassen.«

Ganz schroff war sie zu ihm gewesen.

Ihre Klavierlehrerin wohnte und unterrichtete an der Stockerstraße, eine alte Frau Breslin, die eigentlich einen viel komplizierteren russischen Namen hatte und die Musik, die da aus ihrem Klavier hämmerte, genauso zu hassen schien, wie sie ihre Schüler hasste. Es ging niemand gern zu ihr, aber ihre Unfreundlichkeit hatte ihr den Ruf besonderer Tüchtigkeit eingetragen, und Mimi wollte nichts davon hören, dass ihre Tochter mit dem Unterricht aufhörte oder die Lehrerin wechselte. »Du musst nur mehr üben«, meinte sie.

Désirée hatte auch an jenem Tag nicht geübt und war erst noch zu spat dran, was wieder eine lange, halb deutsche, halb russische Tirade zur Folge haben würde. Am Konservatorium in St. Petersburg schlug man faulen Schülern mit dem Taktstock auf die Finger, und Frau Breslin bedauerte sehr, dass sie diese Methode nicht auch in Zürich einführen durfte. Désirée hatte die schmale Mappe mit den Noten unter den Arm geklemmt, war viel zu schnell – »Eine Dame rennt nicht!« – um die Ecke gebogen und hatte ihn dabei fast umgestoßen. Ihre Noten fielen zu Boden, er bückte sich danach, und erst als er sie ihr hinreichte, erkannten sie sich.

»Wohin so eilig, Déchirée?«, fragte Alfred, und sie riss ihm die Mappe aus der Hand, so vorwurfsvoll, als sei er an dem Zusammenstoß schuld gewesen, und ging ohne ein Wort weiter.

Richtig schroff war sie gewesen.

Und dann, eine Stunde später, als sie das Haus an der Stockerstraße wieder verließ, stand er dort vor der Tür, war ihr einfach nachgegangen und hatte auf sie gewartet und sagte: »Hallo, Désirée.« Aber der Ton, in dem er es sagte, klang hochmütig, und er gefiel ihr überhaupt nicht, bei jener ersten Begegnung nicht und auch nicht beim nächsten Mal.

Denn eine Woche später stand er wieder da. »Ich habe jeden Tag auf dich gewartet«, sagte er. »Außer am Schabbes natürlich.« Aus seinem Mund klang das Wort künstlich.

Sie mochte ihn nicht, wirklich nicht. Warf den Kopf in den Nacken und ließ ihn stehen. Er habe ihr noch lange nachgesehen, behauptete er später, aber sie hatte sich nicht mehr umgedreht. Wieso auch? Nicht, dass er noch dachte, sie interessiere sich für ihn.

Er war ihr egal, jawohl, völlig egal war er ihr, aber dann konnte sie nicht mehr aufhören, an ihn zu denken, ganz durcheinander war sie und träumte mit offenen Augen. Mimi machte sich schon Sorgen, weil Désirée doch sonst in allem so sorgfältig und zuverlässig war, sie drängte ihr Lebertran auf, und Désirée musste ihn schlucken, weil sie ihrer Mutter nicht sagen konnte, was wirklich mit ihr los war.

Sie verstand es ja selber nicht.

Irgendwann, sie wäre zerplatzt, wenn sie es nicht getan hätte, sprach sie dann mit Esther Weill darüber, und die war sofort ganz aufgeregt. Esther war die Sorte Mensch, denen nie etwas Dramatisches oder Außergewöhnliches zustoßen kann, weil sie gar nicht die Gabe hätten, das Außergewöhnliche zu erkennen. Dass Désirée eine geheime Liebe erlebte – »Ich liebe ihn doch nicht, wie kommst du auf so eine meschuggene Idee?« –, und erst noch gerade diese Liebe, die so unmöglich und verboten war – »Wenn du noch einmal ›Liebe‹ sagst, rede ich mein ganzes Leben kein Wort mehr mit dir!« –, dass ihre beste Freundin sich Hals über Kopf in diesen getauften Verwandten verknallt hatte – »Esther, wirklich!« –, das begeisterte sie so sehr, dass ihr der Gedanke Angst machte, dieses Erlebnis aus zweiter Hand könnte schon bald wieder zu Ende sein. »Du musst seine Einladung annehmen«, drängte sie, denn er hatte Désirée doch tatsächlich gebeten, sich mit ihm zu treffen, nur um miteinander zu reden, wirklich, nur reden, nichts anderes, er hatte ihr so viel zu sagen.

Aber Désirée konnte sich doch nicht mit einem fremden Mann – gut, nicht wirklich fremd, aber das machte keinen Unterschied –, konnte sich doch nicht mit einem Mann einfach so treffen, was würden die Leute denken? Esther bot sich als Alibi an, als Chaperonne und Mitverschworene.

Wenn man es richtig überlegte, war eigentlich alles ihre Schuld.

Beim ersten Mal gingen sie an der Sihl spazieren. Der Frühling war damals schon fast zu Ende, und unter den Kastanienbäumen lag ein Teppich von Blütenblättern. Esther blieb immer ein paar diskrete Schritte hinter den beiden zurück, aber wenn sie auch nicht hören konnte, was sie zueinander sagten, so konnte sie doch beobachten, wie sich Désirée während des Spaziergangs veränderte, wie ihre Haltung immer nachgiebiger und weicher wurde. Sie ging auch immer langsamer; am Anfang war es noch ein regelrechtes Weglaufen gewesen, und am Schluss, als sie sich wieder dem Selnau näherten, war sie so langsam geworden, dass Esther fast stehen bleiben musste, um die beiden nicht einzuholen. Désirée hielt auch die Arme nicht mehr verschränkt, sondern ließ sie an der Seite hängen, beinahe als hoffe sie, dass Alfred sie fassen und festhalten würde. Aber das tat er nicht, sondern verabschiedete sich ohne Händedruck, mit einer kleinen, steifen Verbeugung, und als er weggegangen war, sagte Désirée: »Er ist ganz anders.«

Er war unglücklich, aber er sagte das ohne Jammern, stellte es nur fest, ein Mediziner, der eine Krankheit diagnostiziert. Hatte Désirée schon einmal von Kaspar Hauser gehört? Genau so kam er sich vor, als habe er einen Teil von sich selber verloren und wisse nicht mehr, wo er hingehöre. »Ich bin immer dazwischen«, sagte er. »Verstehst du, was ich meine?«

Er hatte vorher noch nie mit jemandem darüber sprechen können, nicht einmal mit Mina, die doch für alles Verständnis hatte. Nie hatte er einen Menschen gefunden, dem er das alles anvertrauen konnte. Bis plötzlich Désirée wieder da gewesen war, die kleine Déchirée, mit der er schon als Kind gespielt hatte.

Nicht, dass er immer nur von sich selber geredet hätte, überhaupt nicht. Er entschuldigte sich sogar dafür, dass er sie mit seinen Problemen belästigte, und behandelte sie überhaupt mit einer Behutsamkeit, die ihr das Gefühl gab, etwas besonders Wertvolles zu sein.

Sie fragte sich oft, wann sie eigentlich begonnen hatte, ihn zu lieben, und konnte keine Antwort finden. Es war nicht gleich am Anfang gewesen, ganz bestimmt nicht auf den ersten Blick, und doch kam es ihr vor, als sei es nie anders gewesen. Fast fünf Monate dauerte die Geschichte jetzt schon, nächste Woche würden es fünf Monate sein.

Fünf Monate, seit Désirée endlich das Versprechen ihres Namens eingelöst hatte.

Désirée, die Begehrte.

Als die Geschichte mit der Schaubude und dem Walskelett passierte, war sie vor Angst fast gestorben. Aber dann war ihr aus der Not heraus die Idee gekommen, die ganze Geschichte Esther zuzuschreiben, und seither gab es sogar noch einen zweiten Menschen, dem sie ihre Gefühle schildern konnte. Es war fast, als habe sie Mimi die ganze Wahrheit gesagt.

Dass sie ihre Mutter nur scheinbar ins Vertrauen gezogen hatte, das war das Unverzeihlichste von allem.

Mimi war ganz zufällig am Schuhgeschäft Weill vorbeigekommen, hatte durchs Schaufenster die vielen Schachteln gesehen, und da sie in modischen Dingen gern die Erste war – nicht, dass sie eitel gewesen wäre, certainement pas –, war sie hineingegangen. Die neue Lieferung bestand zu ihrer Enttäuschung aus lauter Herrenstiefeln; Mimi wollte gleich wieder gehen, wurde aber von Herrn Weill zurückgehalten. Er musste ihr unbedingt noch einen äußerst eleganten Spangenschuh zeigen, den nur Damen mit ganz schmalem Fuß tragen konnten und der deshalb, heuchelte er in seinem besten Rabbinerton, für die verehrte Frau Pomeranz wie gemacht war. Mimi wusste, dass er sie anlog – »Mich hat noch nie jemand täuschen können« –, aber das Kompliment gefiel ihr und sie hatte ja auch nichts Dringendes vor.

Sie hatte sich gerade hingesetzt – »aber wirklich nur einen Augenblick« –, als sie zu ihrer Überraschung Esther erblickte, die mit einem Stapel Kartons zum Warenlager unterwegs war.

»Ach, ihr seid schon zurück?«

»Ja, wir sind schon … Das heißt: Wir waren … wir waren heute überhaupt nicht verabredet.«

Herr Weill scheuchte seine stotternde Tochter ins Lager zurück. Auf seine pädagogischen Prinzipien ebenso stolz wie auf sein Verkaufstalent, wollte er zu einer ausführlichen Predigt über den Text »Erst die Arbeit, dann das Vergnügen« ansetzen, aber Frau Pomeranz war plötzlich sehr in Eile, hatte eine wichtige Verabredung vergessen und würde den eleganten Spangenschuh, schmaler Fuß hin oder her, ein andermal anprobieren müssen.

»Unterbrich mir nie wieder ein Verkaufsgespräch!«, tadelte Herr Weill seine Tochter und konnte gar nicht verstehen, warum Esther nur wegen dieser sanften Ermahnung so haltlos in Tränen ausbrach.

Als Désirée nach Hause kam, lag Mimi auf der Chaiselongue und hatte ein feuchtes Tuch auf der Stirn.

»Kopfschmerzen, Mama?«

»Ach, wenn es nur die Migräne wäre … Hattest du einen schönen Tag, ma petite?«

»Es wird schon ein bisschen kühl, oben im Wald.«

»Das denke ich mir auch«, sagte Mimi mit leidender Stimme, »und es wird wohl bald noch sehr viel kälter werden.«

»Soll ich dir einen Tee bringen?«

»Nicht nötig, ma petite.« Mimi nahm das Tuch von der Stirne und legte es in die Schale mit dem kühlenden Zitronenwasser zurück. »Setz dich ein bisschen zu mir, da, auf das Kissen, und erzähl deiner Mutter, was du heute alles erlebt hast.«

Und so erzählte Désirée, wie Esther und ihr namenloser Verehrer sich beim Wildpark getroffen hatten, und wie glücklich sie gewesen waren, sich endlich wiederzusehen. Es war ja auch schon wieder neun Tage her seit dem letzten Mal, »und neun Tage sind furchtbar lang, wenn man sich liebt, glaube ich«.

»Du meinst also, dass sie sich lieben?«

Da konnte es für Désirée überhaupt keinen Zweifel geben. Sie hatte so etwas zwar selber noch nicht erlebt, sie war ja nicht verliebt, sondern Esther, aber wenn man zusah, wie sich die beiden an den Händen hielten und gar nicht mehr loslassen wollten, wie sie sich küssten …

»Ach«, unterbrach Mimi, »sie küssen sich also?«

Désirée hatte ihrer Freundin versprochen, das nie jemandem zu verraten, »aber du kannst doch ein Geheimnis bewahren, nicht wahr, Mama?«.

»Certainement«, sagte Mimi, niemand konnte verschwiegener sein als sie. Sie hatte sich aufgerichtet, und nur ihre Hand, die sich über einem Taschentuch immer wieder zusammenkrampfte, zeigte noch an, dass es ihr nicht gutging.

Désirée beschrieb, wie schüchtern die beiden beim allerersten Kuss gewesen waren, wie ungeschickt sie sich ganz lange angestellt hatten – »Einmal hat er ihr dabei fast den Hut vom Kopf gestoßen, stell dir das vor!« –, und wie sie dann ganz allmählich und immer mehr …

»Übung macht den Meister, meinst du.«

Ja, so konnte man das sagen.

»Und du siehst ihnen dabei zu?«

Nein, natürlich nicht. Désirée war diskret und ließ die beiden allein. Lieber blieb sie eine Wegbiegung zurück und warnte die Verliebten, wenn sich ein Spaziergänger näherte. Sie hatten dafür einen besonderen Pfiff ausgemacht, wie man ihn am Schabbes verwendet, wo man die Türklingel nicht benutzen darf. Nein, sie sah den beiden beim Küssen nicht zu, ganz bestimmt nicht, was dachte Mama auch, aber Esther war ihre beste Freundin und hatte ihr genau erzählt, wie es war, wenn man …

»Und? Wie ist es denn so?«

Wunderschön, hatte Esther gesagt, es war wunderschön. Man kam sich so nahe dabei, und man wusste in dem Moment so bestimmt, dass man zusammengehörte, »ich glaube, man kann einen Mann gar nicht küssen, wenn man ihn nicht liebt«. Weil man sich dabei ja auch schmeckte und roch, und es gab doch diesen Ausdruck, »jemanden nicht riechen können«, und wenn man das nicht konnte, vermutete Désirée, dann konnte man ihn auch nicht küssen. Ja, und dann gab es noch eine komische Geschichte zu erzählen: der junge Mann, Esthers Freund, lutschte immer Pfefferminzpastillen, bevor sich die beiden trafen, »ist das nicht zum Lachen, Mama?«.

Mimi lachte nicht.

»Die beiden wissen also, dass sie zusammengehören?«

In diesem Punkt war sich Désirée ganz sicher. Sie hatte die beiden nun oft genug zusammen gesehen, und sie ergänzten sich so gut, wie … wie … »So wie du und Papa. Ihr habt sicher auch von Anfang an gewusst …«

Nicht ganz von Anfang, meinte Mimi.

Und sie würden auch alle Hindernisse überwinden. Das hatte Esther gesagt. Wenn ihre Familien noch so dagegen waren, nichts würde sie jemals auseinanderbringen können.

»Warum sollten ihre Familien dagegen sein?«

»Weil er doch …«

»Ja?«

Aber Désirée hatte ihrer Freundin versprochen, das nicht zu verraten, sonst könnte sie Mimi ja gleich den Namen nennen. Und überhaupt hatte sie schon wieder viel zu viel erzählt.

»Non, ma petite«, sagte Mimi und hatte plötzlich eine Stimme, in der gar nichts mehr von Migräne und Schwäche war. »Du hast noch lange nicht genug erzählt.«

Und dann berichtete sie von einer Lieferung englischer Herrenstiefel – sie sagte »Herrenstiefel« in dem gleichen beängstigend freundlichen Ton, in dem sie vor noch gar nicht so langer Zeit »Walfischkiefer« gesagt hatte –, von einer überraschenden Lieferung, die auf der Stelle und sofort hatte weggeräumt werden müssen, erst die Arbeit und dann das Vergnügen, weshalb Esther Weill zu Hause geblieben war, den ganzen Nachmittag lang, ohne Rendezvous und ohne Spaziergang und Händchenhalten und Küssen. Und jetzt wollte Mimi wissen, auf der Stelle wollte sie jetzt wissen, wer heute beim Wildgehege hinter dem Grand Hotel wen getroffen hatte, wer dort wen geküsst hatte, und wer der Mann war, dieser fremde Mann, dessen Namen man nicht wissen durfte, weil die Familien dagegen sein würden. »Keine Lügen mehr!«

Désirées Widerstand hielt nur wenige Minuten.

Sie war immer eine folgsame Tochter gewesen; schon als Säugling hatte sie, wenn man den Erzählungen glauben durfte, weniger geschrien als andere. Mimi hatte zwei Jahrzehnte lang auf ein Kind gewartet, und war – sie hatte so viel nachzuholen – vom ersten Tag an entschlossen gewesen, eine perfekte Mutter zu sein. Sie behütete und beschützte Désirée mit solchem Eifer, dass ihr Pinchas mehr als einmal gesagt hatte, auch das Hinfallen sei etwas, das so ein Kind lernen müsse. Auch später, als Hindas Kinder, die von ganz anderem Temperament waren, schon die ganze Wohnung auf den Kopf stellten, zeigte Désirée so wenig Interesse an Streichen und Abenteuern, dass Lea und Rachel sie abschätzig als »Mammatitti« bezeichneten. Sich gegen ihre Mutter durchzusetzen, hatte sie nie gelernt, und wenn sie es doch einmal probierte, genügte ein Hinweis auf die Qualen, die sie Mimi bei der Geburt bereitet hatte, um sie sofort wieder nachgeben zu lassen. All die Lügen der letzten Monate waren nur möglich gewesen, weil sie ja eigentlich die ganze Zeit die Wahrheit gesagt hatte, sie hatte nichts erfunden, sondern ihren Erlebnissen nur einen anderen Namen gegeben, hatte »Esther« gesagt, wenn sie »ich« meinte, und war glücklich gewesen, ihrer Mutter auf diese Art das Geheimnis doch irgendwie anvertrauen zu können.

Sie versuchte es mit Schweigen, drückte die Augen ganz fest zu, wie es kleine Kinder tun, wenn sie etwas Bedrohliches zum Verschwinden bringen wollen, und konnte doch nicht verhindern, dass ihr die Tränen über das Gesicht liefen.

»Frag mich nicht, Mama, bitte frag mich nicht«, sagte sie immer wieder, aber Mimi war wütend, wie Désirée sie noch nie erlebt hatte, nicht so sehr auf ihre Tochter, auch wenn die sie ungeheuerlich angelogen hatte, sondern noch viel mehr auf sich selber, dass sie sich hatte anlügen lassen, dass sie blind und blöd gewesen war, dass sie das Spiel auch noch mitgespielt hatte wie ein Tepp, noch gute Ratschläge gegeben hatte, dass sie sich so hatte an der Nase herumführen lassen. Es war nie zu verzeihen, sich selber nicht und Désirée auch nicht.

Der Widerstand hielt nur wenige Minuten.

Ja, sie war es selber gewesen, schluchzte Désirée, die ganze Zeit war sie es selber gewesen, aber sie hatte es doch nicht sagen können, weil man es ihr sonst verboten hätte, und das hätte sie nicht überlebt, nein, lieber würde sie von einer Brücke springen, als diesen Mann aufzugeben. »Du weißt nicht, wie das ist, wenn man jemanden liebt, Mama, du kannst es nicht wissen, sonst würdest du mich jetzt nicht so ansehen. Aber es ist mein Leben und nicht deines, und ich lasse es mir nicht kaputtmachen.«

»Wer ist der Mann?«, fragte Mimi.

Désirée schwor, dass sie das nie verraten würde, nie im Leben, und wusste doch schon, dass sie nicht die Kraft hatte, sich gegen ihre Mutter zu wehren.

»Ist es ein Goi?«, fragte Mimi.

Désirée nickte und sagte gleichzeitig: »Nein, nein, er ist kein Goi«, aber er war ja doch einer und war keiner, und jetzt war alles kaputt, für alle Zeiten zerstört.

»Wie heißt er?«, fragte Mimi.

Désirée weinte und bettelte und sagte es dann doch.

Mimi schloss ihre Tochter im Zimmer ein und machte sich auf den Weg zu François. Wenn einer sich schmatten ließ und sich damit für immer unglücklich machte, dann war das seine Sache. Aber wenn sein Sohn, dieser Goi Alfred, jetzt auch noch Désirées Leben zerstören wollte, dann war das etwas ganz anderes. Etwas, das sie ihm nie, nie, nie verzeihen würde.

47

Die ganze Wohnung duftete nach dem Käsekuchen – das alte Rezept von Mutter Pomeranz –, den Hinda sonst nur auf Schawu'ot buk. Sie hatte sich das nicht nehmen lassen, obwohl Zalman missbilligend den Kopf schüttelte und sagte: »Sie kommen nicht zum Kaffeeklatsch.«

»Trotzdem«, meinte Hinda und holte auch noch das jontewdike Tischtuch aus dem Schrank. Es war so fest gestärkt, dass es beim Auflegen in den Falten leise knackte. »Die ganze Familie trifft sich bei uns! Sollen sie denken, sie sind bei armen Leuten?«

Wenn es nach Zalman gegangen wäre, hätte man am leeren Tisch gesessen, mit einem Glas Wasser an jedem Platz und sonst gar nichts. Als Gewerkschafter hatte er schon an vielen Verhandlungen teilgenommen, und es war seine Erfahrung, sagte er, dass man schneller zu einer Einigung kam, wenn die Umstände kärglich waren. »Mit leerem Magen denkt sich's besser.«

»Mit vollem Magen ist man friedlicher«, erwiderte Hinda, und damit hatte sie natürlich auch wieder recht.

Lea und Rachel waren aus lauter Neugier ungewöhnlich hilfsbereit und schleppten, wie zum Sederabend, aus allen Zimmern Stühle herbei.

»Schon zu viele«, sagte Zalman. »Wir sind nur neun Personen. Janki und Chanele kommen nicht.«

»Wir sind trotzdem elf«, widersprach Lea und zählte auf: »Drei Meijers, Onkel Arthur macht vier, drei Pomeranz macht sieben, und vier Kamionkers …«

»Zwei Kamionkers«, korrigierte Zalman. »Ihr werdet in eurem Zimmer bleiben. Das ist nichts für Kinder.«

Lea protestierte so beleidigt, wie man wegen einer solchen Bezeichnung nur mit siebzehn beleidigt sein kann, und Rachel, die vor lauter Temperament oft schneller redete, als ihr hinterher lieb war, versuchte ihre Schwester zu unterstützen. »Wenn wir nicht dürfen, wieso darf dann Désirée …?« Und hätte den Satz am liebsten gleich wieder verschluckt.

»Eben«, sagte Zalman.

Dann klingelte schon Arthur ganz atemlos an der Tür, hatte in der Eile schon auf der Treppe seinen Mantel ausgezogen, und war zur eigenen Verwunderung doch der Erste. »Und ich dachte schon … Ich bin aus der Praxis einfach nicht weggekommen. Bei dem Wetter ist mal wieder alles erkältet. Und dabei war doch gerade noch Sommer. Darf ich mir bei dir noch einmal die Hände waschen, Hinda?« Bei der Arbeit fiel ihm der Karbolgeruch an seinen Fingern schon lange nicht mehr auf, aber in jeder anderen Umgebung kam er sich damit so rücksichtslos vor, als belästige er seine Mitmenschen mit Privatangelegenheiten.

Alle wollten sie das Unangenehme, das sie erwartete, noch hinausschieben, und darum wollte sich keiner als Erster hinsetzen. Geradezu förmlich blieben sie hinter ihren Stühlen stehen und sprachen über alles Mögliche, nur nicht über das, was sie bewegte.

»Habt ihr mal wieder etwas von Ruben gehört?«, fragte Arthur.

»Er schreibt jede Woche.«

»Geht es ihm gut in Kolomea?«

»Er ist noch frommer geworden.« Zalmans Ton war nicht anzumerken, ob er sich über diese Tatsache freute oder ärgerte.

»Schön«, sagte Arthur, und dann, nach einer Pause, noch einmal: »Sehr schön.« Wie ein alter Mann, ärgerte er sich, der sich selber Gesellschaft leisten muss und seine leeren Tage mit sinnlosen Sprachbruchstücken auffüllt. Er hüstelte verlegen, zog seine Uhr, die er an einer altväterischen Kette in der Westentasche trug, und ließ den Deckel aufspringen. »Sie sind alle zu spät.«

»Bei Verhandlungen gibt es zwei Methoden«, dozierte Zalman. »Entweder man kommt als Erster und ist dann gewissermaßen der Balebós, der die Regeln bestimmt, oder man lässt die andern warten, um zu demonstrieren, dass man es nicht nötig hat, pünktlich zu sein.«

»Das ist hier keine Tarifverhandlung, Zalman!«

»Da haben Sie recht, Frau Kamionker. Bei Tarifverhandlungen weiß jede Seite, was sie will. Heute werden sie wohl nur wissen, was sie nicht wollen.«

Als Nächstes erschienen die Pomeranz. Mimi, ganz in matronenhaftem Schwarz, atmete schwer, und zwar auf vorwurfsvolle Weise, als bedeute es eine persönliche Unfreundlichkeit gegen sie, dass sich die Kamionkers nur eine Wohnung im dritten Stockwerk leisten konnten. ›Sie sollte abnehmen‹, dachte Arthur, ›dann würde ihr das Treppensteigen nicht so schwer fallen.‹

Pinchas' Bart war in den letzten Wochen grauer geworden, aber vielleicht bildete sich Hinda das auch nur ein. Seine Hand ließ er die ganze Zeit auf Désirées Schulter liegen, um ihr Mut zu machen oder sie nur ganz einfach festzuhalten.

Désirée hatte ihr Haar wieder wie früher in der Mitte gescheitelt, was ihr ein mädchenhaftes, schutzbedürftiges Aussehen gab, und trug ein ganz schlichtes weißes Kleid, in dem sie auf der Straße gefroren haben musste. Sie hielt sich sehr gerade, wie jemand, der sich vor einem Kampf fürchtet und sich doch keine Schwäche anmerken lassen will. Ihre Verwandten begrüßte sie mit einer gewissen Förmlichkeit – »Guten Tag, Onkel Arthur, guten Tag, Onkel Zalman« –, schüttelte jedem die Hand und wich dabei allen Blicken aus. ›Sie hat sich vorgenommen, nicht zu weinen‹, dachte Hinda.

Auch die Neuankömmlinge setzten sich noch nicht, blieben ebenfalls hinter ihren Stühlen stehen. Désirée umklammerte die Lehne des ihren so fest, dass ihre Fingerknöchel ganz weiß wurden. Ein paar Augenblicke sagte niemand ein Wort. Wie im Gottesdienst, wenn die ganze Gemeinde darauf wartet, dass auch der Rabbi mit dem Schemá zu Ende kommt.

Und dann, ganz unvermittelt, musste Arthur lachen

»Ich möchte wissen, was hier so komisch sein soll!«

»Entschuldige, Tante Mimi. Ich habe nur gerade gedacht: wir stehen hier herum wie …«

›… wie bei einer Hochzeitssuude‹, hatte er gedacht, ›wo sich keiner hinsetzen darf, bevor nicht das Brautpaar Platz genommen hat.‹ Und hatte das Lachen nicht zurückhalten können, weil der Vergleich, den ihm sein Kopf da anbot, so abwegig war. Bei diesem Familientreffen auf dem neutralen Gelände der kamionkerschen Wohnung ging es ja gerade nicht darum, eine Chassene zu feiern, sondern, ganz im Gegenteil, sie zu verhindern.

»Die Meijers werden jeden Moment da sein«, sagte Hinda in die peinliche Pause hinein. »Möchte unterdessen schon mal jemand ein Stück Kuchen?«

Niemand antwortete. Nur Mimi streckte mit einer fast sehnsüchtigen Geste die Hand nach ihrem Teller aus und ließ sie ganz schnell wieder sinken.

Es war kein ausgesprochenes Armeleutequartier, wo Hinda und Zalman wohnten, aber einen Buchet, und erst noch das neueste Modell, hatte hier noch nie jemand gesehen. Der Wagen war noch gar nicht richtig zum Stehen gekommen, da hatte sich schon eine Gruppe von Halbwüchsigen am Straßenrand versammelt und kommentierte das Gefährt und seine Insassen fachmännisch. Als Landolt den Herrschaften den Wagenschlag öffnen wollte, kam ihm ein etwa vierzehnjähriger Junge zuvor. Seine Knie waren von irgendeinem Abenteuer her blutig aufgeschürft, und eine hinter das Ohr gesteckte Zigarette demonstrierte seine frühreife Männlichkeit. Er öffnete die Wagentür, riss sich – wo immer er die Geste auch aufgeschnappt haben mochte – schwungvoll die Mütze vom Kopf, klemmte sie unter den Arm und streckte die so frei gewordene Hand fordernd aus. Die drei Meijers stiegen aus, François sehr korrekt in Zylinder und grauem Ulster-Paletot, Mina mit ihrem üblichen überweiten Rock, und Alfred in einem Anzug, der so erwachsen geschnitten war, dass er ihn besonders jung erscheinen ließ. Ohne die ausgestreckte Hand zu beachten, gingen sie durch das Spalier der neugierigen Gesichter zur Haustür. Der enttäuschte Trinkgeldjäger nickte, als habe er nichts anderes erwartet, und sagte: »Typisch Juden – die sind alle geizig.«

»Herr Meijer ist Protestant«, sagte Landolt.

»Natürlich«, antwortete der Junge und spuckte dem Chauffeur kunstvoll direkt vor die Füße. »Und das hier ist eine Pferdekutsche.«

Mit ihrem lahmen Bein fiel Mina das Treppensteigen schwer; Stufe für Stufe musste sie sich am Geländer nach oben ziehen. Trotzdem wollte sie von Alfreds angebotenem Arm nichts wissen. Die Ablehnung schien ihn zu verletzen, und sie bereute die eigene Unnachgiebigkeit. »Es ist nicht wegen dir«, sagte sie schnell. »Ich habe mir nur angewöhnt, mit den Sachen selber fertig zu werden.«

Als sie endlich in der dritten Etage ankamen, hatte François bereits geklingelt und war hineingegangen. Mina nahm den Kopf ihres Sohns zwischen ihre Hände – sie musste sich dazu strecken, denn Alfred war schon lange größer als sie –, zog ihn zu sich herunter und versuchte aufmunternd zu lächeln. »Irgendwie wird es schon weitergehen.«

»Irgendwie«, wiederholte Alfred. Es klang nicht überzeugt.

Als er ins Zimmer kam, schreckte Désirée auf, als wolle sie ihm entgegenrennen oder vor ihm fliehen, aber Pinchas' Hand lag immer noch auf ihrer Schulter und ließ sie nicht los.

Man begrüßte sich förmlich und ohne Herzlichkeit, Delegierte verfeindeter Länder, die aus diplomatischen Gründen gezwungen sind, sich zu einem letzten Friedensversuch zu treffen, obwohl beide Seiten schon für den Krieg rüsten. Zalman hatte Recht: dies war kein Kaffeeklatsch, sondern eine Konferenz.

»Setzen wir uns«, sagte er. Die Stuhlbeine schoben sich über den Parkettboden. Geschützlafetten.

Die Sitzordnung ergab sich ganz von selber: auf der einen Seite die Meijers, auf der anderen die Pomeranz', Alfred und Désirée jeweils von ihren Eltern flankiert, so wie Übeltäter vor Gericht von strengen Polizisten bewacht werden. Désirée hielt die ganze Zeit den Kopf gesenkt und fuhr mit dem Fingernagel immer wieder einer gestärkten Falte im Tischtuch entlang. Alfred musterte die Misrach-Tafel an der gegenüberliegenden Wand. Zalman, als Hausherr und verhandlungserfahrener Gesprächsleiter, hatte an der Schmalseite vor dem Fenster Platz genommen. Arthur blieb der Platz am anderen Ende des Tischs, wo man die Zimmertür im Rücken hatte und seinen Stuhl für den Fall, dass plötzlich jemand eintrat, nicht zu weit nach hinten schieben durfte. Hinda setzte sich an eine Ecke des Tisches, um jederzeit aufspringen und etwas Vergessenes aus der Küche holen zu können.

»Wem darf ich ein Stück Kuchen geben?«, fragte sie.

François schob ablehnend seinen Teller zur Seite, auch die anderen schüttelten stumm die Köpfe, und nur Pinchas hatte die Höflichkeit zu sagen: »Vielen Dank, Hinda. Es ist sehr nett von dir, aber … Es ist jetzt einfach nicht der Moment.«

»Also dann …«, begann Zalman.

»Ich würde sehr gern ein Stück Kuchen essen«, sagte Alfred.

Es war eine Herausforderung, ganz klar. Es ging ihm nicht um den Kuchen – wie konnte man in einer solchen Situation Hunger haben? –, er wollte nur demonstrieren, dass er von Anfang nicht bereit war, irgendetwas zu akzeptieren, was hier beschlossen wurde.

»Lass das!«, zischte ihn sein Vater an.

Alfred schien ihn nicht zu hören. Er streckte Hinda seinen Teller hin und sagte: »Ich habe deine Kuchen schon als Kind geliebt.«

François schlug mit der Faust auf den Tisch.

Hinda, die Tortenschaufel schon in der Hand, schaute von einem zum andern und wusste nicht, was sie tun sollte.

François öffnete seine Faust ganz langsam wieder, Finger um Finger. Er verzog das Gesicht zu einem Lächeln, das aber seine Augen nicht erreichte. Hinda kannte die scheinbar freundliche Miene gut. Schon als Kind hatte ihr Bruder sie immer dann aufgesetzt, wenn er wirklich wütend war. »Können wir jetzt bitte anfangen?«, fragte er. Seine Stimme war flach, er musste wohl den Atem zurückhalten, um nicht zu schreien.

»Also dann …«, wollte Zalman erneut ansetzen, aber Alfred fiel ihm wieder ins Wort.

»Einen Augenblick noch bitte, Onkel Zalman«, sagte er, und sein Lächeln war ebenso unerbittlich höflich wie das seines Vaters. »Es gibt Versuchungen, denen ich nicht widerstehen kann.«

Arthur war der Einzige, der bemerkte, dass Désirée bei diesem Satz errötete.

»Wenn du also so nett sein willst, Tante Hinda«, sagte Alfred und streckte ihr ein zweites Mal den Teller hin.

Hinda zögerte. Wie alle anderen am Tisch spürte sie: hier war eine Auseinandersetzung im Gange, in der man lieber keine Stellung beziehen sollte.

In die Stille hinein hob Désirée den Kopf. Ihre Stimme zitterte ein wenig. »Ich möchte auch gern ein Stück Kuchen«, sagte sie leise und schaute dabei nur Alfred an.

Um die Spannung des Moments zu überspielen, beteuerten außer François plötzlich alle, eigentlich doch Lust auf Kuchen zu haben, und dazu musste natürlich Kaffee getrunken werden. Unter dem Vorwand, sich nützlich zu machen, nutzten Lea und Rachel die günstige Gelegenheit, die aus so sensationellem Anlass versammelte Verwandtschaft doch noch zu begrüßen und dabei unauffällig zu inspizieren. Zurück in ihrem Zimmer diskutierten sie dann heftig darüber, ob Désirée tatsächlich rotgeweinte Augen gehabt habe.

Erst als das Geschirr und die Floskeln – »Dein Kuchen wird jedes Mal besser, liebe Hinda!« – endlich aus dem Weg geräumt waren, kam man zum Thema. Es zeigte sich schnell, dass, außer den beiden Betroffenen, alle der gleichen Meinung waren: was sich da zwischen Désirée und Alfred abspielte, war unmöglich. Absolut unmöglich. Die zwei waren zwar nicht so eng verwandt, dass eine Verbindung zwischen ihnen nur schon aus diesem Grund ausgeschlossen gewesen wäre, aber, nun ja, es passte sich einfach nicht.

Die Gründe, die die beiden Väter für diese übereinstimmende Überzeugung anführten, waren allerdings völlig verschieden.

François, der Geschäftsmann, argumentierte mit den Chancen, die Alfred sich durch eine unüberlegte Liaison für sein ganzes Leben verbauen würde. Er zählte all die Annehmlichkeiten auf, die sein Sohn jetzt genoss: Fux in einer exklusiven Studentenverbindung, Kontakte zu den besten Familien der Stadt, geschäftliche Anknüpfungspunkte ohne Ende, und das alles nur, weil ihm nicht mehr das Stigma anhaftete …

»Stigma?« Pinchas spuckte das Wort aus wie einen Stein, der sich ins Kompott verirrt hat. »Ich darf dich doch wohl bitten, in diesem Zusammenhang keine solchen treijfenen Ausdrücke zu verwenden.«

»Nenn es, wie du willst. Die Tatsachen wirst du nicht ändern. Als Christ hat Alfred all die Möglichkeiten, die ich nie hatte.«

»Du Ärmster! Man kann richtig sehen, wie du am Verhungern bist!«, sagte Hinda und hatte doch den festen Vorsatz gehabt, sich aus der Debatte herauszuhalten.

»Es geht hier nicht um mich!«

»Ach«, sagte Mimi, »das wäre aber auch das erste Mal!«

»Es geht um meinen Sohn.«

»An den hättest du denken sollen, bevor du ihn zum Schmatten geschleppt hast.«

»Ich bin nicht bereit, mit euch über diesen Punkt zu diskutieren. Dass ich mich damals habe taufen lassen …«

»Schmatten«, insistierte Mimi.

»… geht niemanden etwas an. Es war meine ganz persönliche Entscheidung!«

»Aber nicht die seine.«

Alfred machte ein so demonstrativ unbeteiligtes Gesicht, als drehe sich der Streit am Tisch um einen bedeutungslosen Namensvetter.

»Ich habe getan, was für ihn am besten war«, sagte François, und Mimi lachte das spitze Lachen, mit dem man in den Gesellschaftskomödien am Stadttheater Verachtung ausdrückte. »Chrétiens – crétins«, murmelte sie und nickte mehrmals mit dem Kopf, als sei ihr die tiefe Wahrheit dieser Wortähnlichkeit gerade erst in diesem Moment aufgefallen.

»So kommen wir nicht weiter«, versuchte Zalman als Vorsitzender Ordnung in die Debatte zu bringen. »Wir müssen vernünftig und der Reihe nach …«

»Das versuche ich ja gerade«, sagte François. »Als Christ – ob dir das nun gefällt oder nicht, Pinchas – hat Alfred die besten Aussichten für eine glänzende Karriere. Und die wären mit einem Schlag zerstört, wenn er Désirée heiraten würde.«

»Heiraten? Ha!«, machte Mimi und hatte schon wieder kampfeslustig rote Backen.

»Was natürlich überhaupt nicht in Frage kommt«, sagte Pinchas.

»Dann sind wir uns ja einig.«

»Nein, François, wir sind uns überhaupt nicht einig.«

»Nenn ihn nicht François«, keifte Mimi. »Er heißt Schmul.« Und wiederholte, weil sie wusste, wie sehr François seinen alten Namen hasste: »Schmul! Schmul! Schmul!«

»So geht das nicht«, sagte Zalman.

Mimi spitzte beleidigt das rotgemalte Mündchen und lehnte sich mit verschränkten Armen in ihrem Stuhl zurück. »Wenn meine Meinung hier nicht gefragt ist – bitte, ich muss nichts gesagt haben. Certainement pas. Ich kann auch schweigen.«

»Hör zu, François«, begann Pinchas noch einmal. »Ich will dir meinen Standpunkt in aller Ruhe, aber auch in aller Deutlichkeit erklären. Deborah ist ein anständiges jüdisches Mädchen …«

»Deborah? Seit wann heißt sie Deborah?«

»Das war der Name meiner verstorbenen Großmutter, möge ihr Andenken zum Segen sein.«

»Siehst du? Genau das ist euer Problem. Es soll immer alles so sein wie bei euren Vorfahren.«

»Die auch die deinen sind.«

»Mag sein. Aber sie lebten damals, und wir leben heute.«

»Manche Dinge gelten für immer.«

»Und manche Dinge ändern sich.«

»Ich werde es auf jeden Fall nicht zulassen, dass meine Tochter einen Nichtjuden …«

Es kam nicht oft vor, dass Mina sich in Debatten einmischte. Aber wenn sie es tat, hörte man ihr zu.

»Alfred ist kein Goi«, sagte sie. »Er ist mein Sohn.«

»Er ist getauft.«

»Er ist mein Sohn«, wiederholte Mina, und gegen dieses Argument wusste auch Pinchas keinen Einwand, denn das Kind einer jüdischen Mutter bleibt immer Jude, ganz egal, welche Umwege sein Leben nimmt.

»Aber er ist auch *mein* Sohn«, sagte François mit der bedrohlich ruhigen Stimme eines Menschen, der sich nur noch mühsam im Griff hat, »und ich verbiete …«

»Es ist mir egal, was ihr verbietet oder erlaubt!« Désirée war es nicht gewohnt, vor anderen Leuten laut zu werden, und ihre Stimme, wie eine Flöte, in die man zu heftig hineinbläst, kippte sofort ins Schrille. »Es ist mir auch egal, ob Alfred in die Synagoge geht oder in die Kirche oder gar nirgends hin! Das ist mir alles egal. Ich liebe ihn.«

»Nebbich«, sagte Mimi. »Was weiß man in deinem Alter schon von Liebe?«

»In welchem Alter sonst soll man etwas davon wissen?«, fragte Arthur, aber niemand hörte ihm zu.

François sprach von der notwendigen Anpassung an die Gesellschaft, in der sein Sohn nicht wieder zum Außenseiter werden sollte. Pinchas zitierte Talmudstellen, von denen keine richtig auf die Situation passen wollte. Mimi wiederholte ihr Bonmot von den chrétiens und den crétins, und selbst Arthur, der sonst immer auf beiden Seiten einer Auseinandersetzung etwas Unterstützenswertes fand, bezog für einmal Stellung und sagte ganz traurig, manche Beziehungen, so weh das den Betroffenen auch tun möge, seien von Anfang an zum Scheitern verurteilt, es täte ihm leid, aber das sei nun mal seine Erfahrung. Nur Mina meinte, man müsse die Dinge so nehmen, wie sie seien, und manchmal habe sie das Gefühl, dass manche Leute nur redeten, um nicht zuhören zu müssen.

Sie drohten und sie bettelten, Mimi weinte schließlich sogar und schluchzte: »Mais tu m'as déchirée!« Aber der alte Vorwurf hatte seine Kraft verloren. Désirée wiederholte nur immer wieder: »Ich liebe ihn«, ein Zauberspruch, der jede Wirklichkeit außer Kraft setzte. Und Alfred, der Jus-Student, erklärte bockig, er sei nun mal volljährig, und sobald auch Désirée einundzwanzig sei, werde sie nichts daran hindern, das zu tun, was sie für richtig hielten.

»Und wovon wollt ihr leben?«, schrie François. »Von mir werdet ihr keinen Rappen bekommen.«

»Man kann nicht alles kaufen«, antwortete Alfred, und Désirée, mit einem Mut, der ihr selber Angst machte, griff quer über den Tisch hinweg nach seiner Hand und sagte: »Die wirklich wichtigen Dinge bekommt man geschenkt.«

Je öfter sich dieselben Argumente wiederholten, desto mehr redeten sie alle durcheinander. Man konnte kaum noch etwas verstehen, obwohl Lea und Rachel die Tür ihres Zimmers unterdessen schon ganz weit geöffnet hatten, neugierige Passanten, die ohne Eintrittskarte vor einem Zirkuszelt stehen und nur aus den Trommelwirbeln und den Reaktionen der Zuschauer zu erraten versuchen, welche Sensation sie gerade wieder verpasst haben.

»Wenn wir ihnen noch einmal Kaffee kochen würden …«, überlegte Rachel laut, aber Lea schüttelte den Kopf. »Papa bringt uns um.«

Rachel schien zunächst durchaus bereit, auch dieses Risiko in Kauf zu nehmen. Sie hatte – »Das kommt von den roten Haaren«, sagte Zalman immer – ein feuriges Temperament und neigte zur Rebellion. Aber dann blieb sie doch neben ihrer

Schwester auf dem Bett sitzen. »Was Alfred wohl für ein Mensch ist?«, fragte sie.

Lea zuckte die Achseln. »Hättest du Déchirée so etwas zugetraut?«

»Nein«, antwortete Rachel, und fügte nach einer langen Pause sehnsüchtig hinzu: »Aber ich möchte auch einmal jemanden so lieben können.«

48

Man einigte sich schließlich auf einen Kompromiss, mit dem niemand zufrieden war.

»Wenn keiner wirklich gewonnen hat«, sagte Zalman hinterher zu Hinda, »dann hat auch keiner wirklich verloren.« Obwohl es nicht um eine Lohnverhandlung gegangen war, sondern um eine Liebesgeschichte, hatte er damit wahrscheinlich recht.

Die Lösung, die keine wirkliche Lösung war und deshalb von allen akzeptiert werden konnte, bestand darin, die Entscheidung aufzuschieben. Die beiden Verliebten wurden verpflichtet, sich ein ganzes Jahr lang nicht zu sehen; wenn sie sich hinterher ihrer Sache immer noch so sicher wären – »Was Gott verhüten möge!« –, dann würde man weitersehen. Schlimmstenfalls müsse man sie dann eben gewähren lassen, wenn auch zu hoffen stünde – »Sehr zu hoffen!« –, dass sie bis dahin zur Vernunft gekommen sein würden. Désirée und Alfred behaupteten, dass nichts, aber auch gar nichts, sie trennen könne? Na schön, nun würden sie Gelegenheit haben, diese Überzeugung unter Beweis zu stellen.

Solange allerdings beide in Zürich blieben, da waren sich die Meijers und die Pomeranz einig, konnte man sich nicht darauf verlassen, dass sie ein gegebenes Wort auch tatsächlich halten würden. In Heimlichkeiten waren sie geübt, und auch ohne Esther Weills Hilfe würden sie Mittel und Wege finden, jede Abmachung zu umgehen. In den letzten Monaten hatte Désirée bewiesen, dass sie ihre Eltern schamlos anzulügen verstand, vor allem ihre Mutter, die sich doch – »Tu m'as déchirée, ma petite!« – ihr ganzes Leben lang für sie aufgeopfert hatte.

Deshalb beschloss der Familienrat, dass Alfred während dieser Warte- oder Probezeit sein Studium unterbrechen und ins Ausland gehen würde. Vielleicht war es ein Fehler gewesen, ihn so jung schon studieren zu lassen, und die verwöhnten reichen Söhne aus seiner Verbindung waren wohl auch nicht immer die besten Vorbilder für ihn gewesen. Eine gründliche Dosis praktischer Arbeit, so François' Hoffnung, würde ihm die Flausen schon aus dem Kopf treiben. In Paris – das war weit genug weg – hatte François einen Geschäftsfreund, einen gewissen Monsieur Charpentier, der dort ebenfalls ein Warenhaus betrieb; mit dem wollte er sich ins Benehmen setzen und ihn bitten, seinen Sohn als Volontär bei sich aufzunehmen.

Mimi, die es gern dramatisch hatte, schlug vor, dass sich die beiden während des ausgemachten Jahres auch keine Briefe schreiben dürften, aber das empfand man dann doch als zu hart. »Aber ich werde jeden Brief lesen, der bei uns ankommt«, sagte Mimi und behielt damit doch noch das letzte Wort.

Die Vereinbarung mit Monsieur Charpentier kam schnell zustande. Er sagte nicht nur zu, Alfred in den verschiedenen Abteilungen seines Warenhauses einzusetzen und ihm, wenn er sich bewähren sollte, sogar Verantwortung zu übertragen, sondern kümmerte sich auch persönlich um eine Pension, nicht luxuriös, aber mit gutem Ruf, in der der junge Mann konvenabel unterkommen konnte. In einem langen Brief voller gravitätischer französischer Höflichkeitsfloskeln versprach er Mina, ein quasi väterliches Auge auf Alfred zu haben, und in einem zweiten, bedeutend weniger förmlichen Brief, verabredete er mit François, dass er ihn diskret darüber informieren werde, wenn sein Sohn irgendwelche Dummheiten machte. Wobei sich die beiden Geschäftsleute darüber einig waren, dass eine bestimmte Art von Dummheiten in diesem speziellen Fall durchaus erwünscht war. In Paris, so François' heimlicher Plan, waren die Frauen bei weitem nicht so zugeknöpft wie im zwinglianischen Zürich. Ein junger Mann würde dort genügend Ablenkung finden, um allen romantischen Unsinn zu vergessen.

Désirée durfte Alfred nicht einmal zum Bahnhof begleiten. Sogar den Termin seiner Abreise versuchte ihr Mimi zu verheimlichen, aber im Gegensatz zu dem Bild, das sie von sich selber hatte, besaß sie kein großes Talent zur Verstellung und plauderte beim Frühstück so unglaubhaft angeregt über irgendwelche Nebensächlichkeiten, dass Désirée ihr Besteck hinlegte und fragte: »Heute fährt er, nicht wahr?«

»Er ist schon fort«, sagte Mimi und war darauf vorbereitet, eine weinende Tochter tröstend in den Arm zu nehmen. Aber Désirée nickte nur schweigend, als habe die Sache keine besondere Bedeutung für sie.

Mimi hatte sich vorgenommen, jetzt sehr viel Zeit mit ihrer Tochter zu verbringen. »Schließlich«, sagte sie oft zu Pinchas, »bin ich ganz allein an allem schuld. Ich habe mich viel zu wenig um Désirée gekümmert und bin überhaupt eine ganz schlechte Mutter!« Pinchas widersprach ihr dann, und dieser tröstliche Widerspruch, das wussten sie beide, war auch der eigentliche Zweck ihrer Selbstvorwürfe.

Obwohl Mimi immer wieder betonte, dass sie, in der Güte ihres Herzens, durchaus bereit sei zu vergeben und zu vergessen, wollte sich die alte freundschaftliche Vertraulichkeit zwischen Mutter und Tochter nicht mehr einstellen. Als Désirée ihr noch jeden Tag ihre geheimen Abenteuer anvertraute, wenn es auch unter dem Vorwand geschah, das sei alles ihrer besten Freundin passiert, waren sie besser miteinander ausgekommen. Der Umgang mit Esther Weill war ihr übrigens verboten, sehr zur Verwunderung von deren Eltern. Aber wenn man nicht in der ganzen Gemeinde ins Gerede kommen wollte, durfte man niemanden in die leidige Geschichte einweihen.

Anders als Mimi das erwartet hatte, war Désirée weit davon entfernt, bei ihr Vergebung oder Trost zu suchen. Im Gegenteil: es war, als hätten sich die Rollen zwischen ihnen verkehrt und jetzt müsse Désirée, als die Erwachsenere, über manches unreife Verhalten ihrer Mutter gnädig hinwegsehen. Mimi hatte sich ihr ganzes Leben lang die Ichbezogenheit und die quengelnden Töne eines kleinen Mädchens bewahrt; Désirée war fast über Nacht erwachsen geworden.

Pinchas sah die Veränderung seiner Tochter nicht ungern. Er hatte sich Sorgen um sie gemacht und beruhigte sich jetzt gern mit dem Gedanken, dass sie mit zunehmender Reife schon einsehen würde, in was für eine aussichtslose Liebelei sie sich da verrannt hatte; man musste den Sachen nur Zeit geben. Zunächst einmal konnte man sich darüber freuen, dass sie ganz neue Interessen entwickelte und sich nicht mehr damit begnügte, nur einfach den Gesellschaftskalender einer gut bürgerlichen höheren Tochter abzuhaken.

Désirée versuchte sogar, sich im Haushalt nützlich zu machen, was aber nur zu Schwierigkeiten führte. Mimis Dienstmädchen, soweit sie das Haus nicht bei erster Gelegenheit wieder verließen, entwickelten sehr schnell ein hohes Maß an Selbständigkeit. Ab und zu ließen sie einen Monolog der Hausfrau stoisch über sich ergehen, organisierten sich aber im Übrigen selber, und Désirées plötzliches Interesse für Haushaltsbelange wurde als lästiges Nachspionieren empfunden. Auch Mimi hielt es nicht wirklich für passend, dass eine Tochter aus besserem Hause sich in der Küche herumtrieb und sogar bei Putzarbeiten mit anpacken wollte. Sie selber klagte zwar gern, wie aufreibend die Führung eines Haushalts sei – Pinchas machte sich da keine Vorstellung! –, aber sie überließ diese Dinge doch lieber anderen. Die jetzige Inhaberin des Postens war recht tüchtig, und Mimi wollte ihr auf gar keinen Fall einen Grund zur Beschwerde geben.

So kam es, dass sich Désirée ein neues Betätigungsfeld in Pinchas' Geschäft suchte. Er hatte nur eine einzige Angestellte, eine gewisse Frau Okun, die Zalman einmal mit der Bitte, etwas für sie zu tun, zu ihm geschickt hatte. Frau Okun, eine junge Witwe, war unter dramatischen Umständen aus Russland geflohen und berichtete gern mit bebender Stimme von den Verfolgungen, die man dort als Jude zu erdulden hatte. Sie war äußerst tüchtig, behandelte aber die Kunden sehr unfreundlich. In einem Land aufgewachsen, in dem Mangel herrschte, war sie nicht von der Überzeugung abzubringen, dass Käufer im Grunde nur Bittsteller waren. Es gab deswegen immer mal wieder Beschwerden, und jeder andere hätte sie schon längst entlassen. Pinchas betrachtete es als Mizwe, sie erst recht weiterzubeschäftigen, ergriff jetzt aber gerne die Gelegenheit, sie gewissermaßen von der Front in die rückwärtigen Dienste zu versetzen. Frau Okun füllte also im Keller süßen Wein aus Palästina in Flaschen ab, wobei sie den Hebel der Verkorkmaschine mit einer solchen Wucht bediente, dass man die dumpfen Schläge bis in den Laden hörte. Hinter der Verkaufstheke stand Désirée, hatte eine weiße Schürze umgebunden und verkaufte mit Randen gefärbten roten Meerrettich oder unter Aufsicht produzierte streng koschere Schokolade.

Von Alfred sprach sie nie, was Pinchas, der vom Talmud mehr verstand als von Psychologie, als gutes Zeichen deutete. Auch Alfreds Briefe, die Mimi, wie angedroht, jedes Mal vorzensierte, wurden von Mal zu Mal nichtssagender und enthielten oft nicht mehr als die pflichtgemäßen Grüße, mit denen man in der Sommerfrische die Rückseite von Ansichtskarten füllt. »Du wirst sehen: die Sache schläft ein«, meinte Pinchas hoffnungsvoll, und

Mimi glaubte schon selber, dass die Idee mit der Warteperiode und dem Volontariat in Paris eigentlich von ihr gekommen sei.

Sie täuschten sich beide. Désirée, die sich wieder jeden Ausgang einzeln bewilligen lassen musste – sehr zur Befriedigung von Lea und Rachel, denen es auch nicht anders erging –, traf sich jede Woche einmal im Tea-Room des Restaurants *Huguenin* mit Tante Mina. Mimi hätte auch das gerne untersagt; Mina war François' Frau und gehörte damit zum Feind. Aber davon wollte wieder Pinchas nichts wissen. Mina tat ihm leid. Nach allem, was sie in ihrem Leben hatte erdulden müssen, hatte man ihr jetzt auch noch ihren Sohn weggenommen.

Das *Huguenin* war ein sehr anständiges Lokal mit viel jüdischer Kundschaft. Im Sommer, wenn die Tage lang waren, saß man dort sogar am Schabbes-Nachmittag, natürlich ohne verbotenerweise Geld in der Tasche zu haben. Man ging am Sonntag noch einmal hin, um die angelaufene Rechnung zu bezahlen. Trotzdem versicherte sich die misstrauische Mimi bei ein paar Freundinnen, die auch dort verkehrten, dass es auch wirklich nur Mina war, mit der Désirée dort ihre Schokolade trank. Man wusste ja nie.

Eins berichteten ihr ihre Spione nicht, weil sie es nicht bemerkten: die beiden Frauen taten mehr, als sich über Alfred nur zu unterhalten. Mina brachte Désirée auch seine wirklichen Briefe mit, die er postlagernd an die Hauptpost adressierte, und die sie dort für ihre Schwiegertochter abholte. Ja, Schwiegertochter. Mina, der das Leben nicht viele Wünsche erfüllt hatte, betrachtete Alfreds Taufe als etwas Ähnliches wie ihre eigene Kinderlähmung, ein Unglück, für das der Junge nichts konnte, und war fest entschlossen, dass es ihn nicht daran hindern sollte, auf genau die Art glücklich zu werden, die er sich wünschte. Es war das erste Mal in ihrem Leben, dass sie nicht mehr einfach nur Betrachterin und Zuhörerin war, und zur eigenen Überraschung genoss sie die Verschwörung, ein Musterschüler, der alle versäumten Streiche einer folgsamen Schulzeit auf einen Schlag nachholt.

Alfreds wirkliche Briefe bestanden nicht aus leeren Postkartenfloskeln. Sie waren, wenn man literarische Maßstäbe hätte anlegen wollen, sogar ausgesprochen schwülstig. Er beschrieb sein Leben in Paris als ein einziges endloses Warten; wenn er am Wochenende ins Museum ging, sah er in jedem Porträt nur Désirées Gesicht, und jeder Wolke, die über die Stadt nach Osten zog, gab er seine Grüße mit. Wenn man jung, verliebt und getrennt ist, stört man sich nicht an Kitsch.

Désirée las die Briefe so oft, dass sie ganze Passagen auswendig wusste. Sie bewahrte die kostbaren Blätter im Laden auf, in einer Schublade mit Zuckerbonbons, von denen Pinchas sich einmal eine größere Partie hatte andrehen lassen, die aber niemand kaufen wollte. Das Papier nahm bald einen süßlichen Geruch an, als dufteten Alfreds gefühlvolle Phrasen ganz von selber nach Mandeln und Rosenwasser. Désirée nahm diesen Duft sogar mit nach Hause; in der Schublade ihres Nachttischs lag eine Hand voll der Bonbons, und wenn sie die Schublade aufzog und die Augen schloss, fühlte sie sich Alfred ganz nahe.

In ihr Tagebuch, das sie nur führte, weil sie genau wusste, dass Mimi es heimlich lesen würde, schrieb sie zur Tarnung scheinbar enttäuschte Sätze wie: »Alfred scheint mir so kühl«, oder ermahnte sich selber, mehr an ihren französischen Konjugationen zu arbeiten. Die Konjugation, die sie meinte, hatte in Alfreds letztem Brief gestanden: »Je te désire, tu me désires, nous nous désirons.« Mimi hatte ihr, ohne es zu wissen, den genau richtigen Namen gegeben.

Auch François hielt sich diskret auf dem Laufenden. Sein Geschäftsfreund konnte ihm von einem fleißigen und seriösen jungen Mann berichten, der eine große Begabung für das Warenhauswesen zeigte. »Man merkt, was er bei Ihnen schon alles gelernt hat«, schrieb Monsieur Charpentier. Er hoffte mit François noch viele gute Geschäfte zu machen und sparte deshalb nicht mit Komplimenten. Von Liebesaffären wusste er zu François' Bedauern nichts zu erzählen, obwohl Alfred doch, wie Monsieur Charpentier schmeichlerisch schrieb, ein sehr gut aussehender junger Herr war, dem man die gute Herkunft auf den ersten Blick ansah. »In diesem Alter hält Treue nicht lang vor«, tröstete sich François. »Es wird sich schon noch was ergeben.«

In Pinchas' Geschäft kam man nicht nur wegen der koscheren Lebensmittel, man traf dort, was vielen Kundinnen mindestens so wichtig war, auch immer jemanden an, der über den neuesten Klatsch aus beiden Gemeinden Bescheid wusste. Was am Freitag an lokalen Neuigkeiten im *Israelitischen Wochenblatt* stand, war hier im Laden schon lange verhandelt worden, und tatsächlich war mancher mit -pp- gezeichnete Artikel nur entstanden, weil Pinchas als freier Mitarbeiter des »Blättchens« beim Abfüllen von Mehl oder Zucker die Ohren offen gehalten hatte. Auch die besseren Damen, die sonst lieber ihre Dienstmädchen zum Einkaufen schickten, kamen gern selber vorbei, um zwischen Heringen und Dauerwürsten Heiratsaussichten zu diskutieren, Krankheitsberichte auszutauschen oder einfach ein bisschen zu ruddeln. Frau Okun mit ihrer schroffen und ungeduldigen Art hatte ihnen den Spaß an diesen Plauderstunden oft verdorben; Désirée, das stellten die Damen erfreut fest, war da ganz anders. Da ihre Gedanken meist weit weg waren, hatte sie es mit Kassieren nicht eilig und mischte sich auch nicht in die Gespräche ein, was ihr den Ruf eintrug, ein sehr vernünftiges und intelligentes Mädchen zu sein.

Männliche Kunden waren selten. Nur alte Junggesellen oder Witwer kamen ab und zu mal vorbei, um die kärglichen Portionen zu besorgen, die sie dann zu Hause auf dem Gaskocher zubereiteten. Junge Männer fielen hier auf, vor allem, wenn einer regelmäßig auftauchte und dann gar nicht zu wissen schien, was er eigentlich einkaufen wollte. Er war auch nicht zufällig gerade immer in der Nähe, konstatierten die gut unterrichteten Damen, sein Arbeitsplatz war ein Papierwarengeschäft am Schaffhauserplatz, und von dort bis zu Pinchas' Koscherladen lief man doch gut eine halbe Stunde. Außerdem – die Damen hatten nicht nur scharfe Augen, sondern auch gute Nasen – roch er jedes Mal nach frisch aufgetragenem Eau de Cologne, und das war bei jungen Männern ein eindeutiges Zeichen. »Er interessiert sich für Mimis Tochter«, ging bald das Gerücht, und man wartete gespannt darauf, wann und wie der junge Mann den ersten Schritt machen würde.

Désirée war wohl die Einzige, die von den Spekulationen nichts mitbekam. Zwei Monate des langen Jahres waren schon vorbei, und in der Schublade mit den süßen Bonbons stapelten sich Alfreds Briefe.

Mimi hingegen wusste natürlich Bescheid – wozu hat man Freundinnen? – und begann sofort, Erkundigungen einzuziehen. Nicht, dass sie sich einmischen wollte, certainement pas, das war nun wirklich nicht ihre Art, aber als Mutter war man verpflichtet, Bescheid zu wissen, vor allem, da Pinchas, wie alle Männer, in diesen Sachen so furchtbar naiv war. Von der Affäre mit Alfred hatte er ja auch nichts mitbekommen.

Die Familie des jungen Mannes, das hatte sie schnell in Erfahrung gebracht, gehörte nicht zu »unseren Leuten«, stammte also nicht aus Endingen oder Lengnau, sondern war, schon ein paar Jahre vor der großen russischen Flüchtlingswelle, aus dem Osten gekommen. Mimi war stolz auf ihre Toleranz in diesen Dingen, auch Ostjuden – pourquoi pas? – konnten sehr anständige Menschen sein. Die Eltern gehörten weder zur Cultusgemeinde noch zur Religionsgesellschaft, sondern besuchten ein ›Schtibel‹, eine Art privater Betrunde, wo man den Gottesdienst nach chassidischem Brauch abhielt, und wo es vor allem an Simchas Torah mit Singen und Tanzen exotisch wild zu- und herging. Der Sohn allerdings – ein einziger Sohn übrigens – hatte sich den Zürcher

Gepflogenheiten sehr gut angepasst und war sogar Mitglied im Turnverein. Was lag also näher, als Arthur zum Abendessen einzuladen und ihn hinterher ein bisschen auszufragen?

»So ein koscherer Verehrer«, sagte Mimi, nachdem sie sich vergewissert hatte, dass Désirée in ihrem Zimmer war und nichts hören konnte, »wäre mir gar nicht unlieb. Das Kind muss doch auf andere Gedanken kommen. Was meinst du, Pinchas?«

»Er hat nie ein Wort gesagt, dass er sich für Désirée interessiert.«

»Was erwartest du? Dass er sich eine Mizwe kauft und darauf wartet, dass man ihn aufruft? Fünfmal war er in den letzten drei Wochen im Geschäft. Cinq fois!«, wiederholte sie, als sei die Zahl auf Französisch noch viel imposanter.

»Und? Frau Wyler kommt fünfmal am Tag.«

Mimi machte eine verzweifelte Geste. »Sag mir, Arthur, sind alle Männer so hilflos?«

»Mir scheint auch, dass du ein bisschen viel in die Sache hineinliest.«

»Bella Feldmann hat gesehen, dass er einmal eine Viertelstunde lang vor dem Schaufenster stand. Und ihr wollt ja wohl nicht behaupten, dass es dort viel zu sehen gibt!«

Dazu sagte Pinchas lieber nichts. Wegen seines Schaufensters hatte er mit Mimi schon heiße Debatten führen müssen. Er war der Meinung, dass die Kunden ganz von selber wussten, was sie bei ihm kaufen wollten, während Mimi von künstlerischen Arrangements träumte, der Turmbau zu Babel aus Seifestücken nachgebildet oder die Umrisse eines Chanukah-Leuchters aus weißen und braunen Bohnen. Sie nahm Pinchas' Schweigen für Einsicht und wandte sich wieder an Arthur.

»Du könntest uns ein bisschen was über den jungen Mann erzählen, glaube ich. Er ist auch im Turnverein, und dort kennst du doch alle.« Sie sah ihn so erwartungsvoll an, dass Arthur lachen musste.

»Du könntest mir die Aufgabe sehr erleichtern, liebe Mimi, wenn du mir seinen Namen verraten würdest.«

»Er heißt Leibowitz. Jonathan Leibowitz. Aber sie nennen ihn alle Joni.«

Die Nacht war kalt. Ein beißender Wind, der schon den Winter ankündigte, hatte die Straßen geleert, und die wenigen Menschen, die noch unterwegs waren, wechselten lieber das Trottoir, als zu nahe aneinander vorbeizugehen, als müsse außer ihnen selber jeder eine böse Absicht haben, um bei solchem Wetter nicht in seiner warmen Wohnung zu bleiben.

Arthur hatte seinen Mantel nicht zugeknöpft und spürte die Kälte wie ein Brandeisen. Der Wind trieb erste feine Eispartikel vor sich her, spitze Nadeln, die sein Gesicht trafen. Nur nicht hart genug.

Nicht hart genug.

Er hatte sich nichts anmerken lassen, hatte nur die Brille abgenommen und sich den Nasenrücken gerieben, und dann über Joni Leibowitz gesprochen, als könne er sich nur mit Anstrengung überhaupt an ihn erinnern. Doch, doch, das war ein ganz anständiger junger Mann, zumindest war nichts Negatives über ihn bekannt, der Vater arbeitete wohl als Schuhmacher und die Mutter verdiente mit Flickarbeiten etwas dazu. Er und Joni hatten sogar früher zusammen trainiert, und tatsächlich, jetzt, wo Pinchas es sagte, fiel es ihm auch wieder ein, sie waren sogar einmal in einem Wettkampf gegeneinander angetreten, er konnte sich gar nicht mehr erinnern, wer gewonnen hatte. Damals war dieser Joni noch ein Junge gewesen, höchstens siebzehn oder achtzehn. War der jetzt tatsächlich schon alt genug, um …? Nun ja, warum nicht. Es war lange her, dass man sich gesehen hatte, und – »Tut mir leid, Mimi« – sehr viel mehr wusste er nicht über ihn zu erzählen. Joni war im Turnverein nicht mehr aktiv, und sie hatten den Kontakt schon lange verloren.

Sie hatten den Kontakt verloren.

Irgendwie, ohne es zu merken, war er bis zu den Anlagen beim See gekommen. Dicke Wolken verdeckten den Mond, und das Wasser, durch die Engener Hafenmole vor dem Wind geschützt, war weder zu hören noch zu sehen. Auf der anderen Seite des Sees leuchteten ein paar Lampen, aber bis dahin war die Dunkelheit wie ein Abgrund. Die Kette eines Schiffes rasselte.

›Man müsste hineinspringen‹, dachte Arthur und wusste, dass er so etwas Endgültiges nie tun würde.

Und er hatte ja auch keinen Grund. Überhaupt keinen Grund.

Die Geschichte war schon lange zu Ende gewesen.

Nein, dachte Arthur, es würde nichts Dramatisches passieren, die Welt würde sich weiterdrehen, er würde weiter seine Arbeit machen, würde weiter der freundliche, hilfsbereite Doktor Meijer bleiben, würde den jungen Leuten im Turnverein weiter erklären, wie man vor dem Training seine Muskeln aufwärmt und sie hinterher wieder lockert, irgendwie würde er auch das Geld für die Vereinsfahne auftreiben, und wenn Joni zur Fahnenweihe kam, würde man sich begrüßen, freundlich und distanziert.

Es würde nichts Dramatisches passieren.

Wenn Mimi mit ihrer Vermutung recht hatte und Joni sich für Désirée interessierte, würde er sich nicht einmischen. Vielleicht würde sie ihren Alfred vergessen, vielleicht auch nicht, ›Liebe ist nichts Dauerhaftes‹, dachte Arthur, und wenn es so kam, wie es wohl kommen musste, dann würde er brav seine Rolle weiterspielen, würde der nette Onkel sein, der zur Verlobung ein originelles Geschenk schickt und zur Hochzeit ein geschmackvolles. Irgendwann würden die Leute aufhören, sich darüber zu wundern, dass er selber keine Familie hatte, selbst die eifrigsten Kupplerinnen würden sich keine Schidduchim mehr für ihn ausdenken, er würde seinen Platz gefunden haben, würde einfach der harmlose, etwas kurlige Onkel Arthur sein und irgendwann so alt werden, wie er sich schon immer vorgekommen war.

Nichts Dramatisches.

Mit einer plötzlichen Bewegung schleuderte er seinen Hut ins Wasser. Ein leises Klatschen, dann war wieder alles still.

<h1 style="text-align:center">49</h1>

Der Eingang zu den Büros, so hatte ihm François das am Telefon erklärt, musste in der Wäscheabteilung im zweiten Stock sein, irgendwo zwischen den Regalen voller Waschtischgarnituren, Paradehandtüchern und Wandschonern, auf denen der vorgezeichnete Schriftzug ›Fleiß bringt Segen‹ nur noch eingestickt werden musste. Arthur fragte schließlich eine Verkäuferin nach dem Weg, und sie zeigte ihm die kleine, durch kein Schild gekennzeichnete Tür. Dreimal war er daran vorbeigelaufen, ohne sie zu bemerken.

Wenn man durch diese Tür trat, befand man sich plötzlich in einer ganz anderen Welt. In den für die Öffentlichkeit bestimmten Räumen hatte François' Warenhaus einen gewissen kulissenhaften Glanz, eine oberflächliche Prächtigkeit, die dem Kunden das Gefühl vermitteln sollte, er gehöre zu den glücklichen Menschen, denen es auf ein paar Rappen oder sogar Franken nicht ankommt. Hinter der Tür war alles karg und sachlich. Man wurde vom muffigen Geruch eines Raums empfangen, in dem sich niemand die Zeit zum Lüften nimmt, wie ein Lakai, der aus den Staatsgemächern in die Dienstbotenkorridore zurückwechselt.

Die Tür war zwar nicht verschlossen, aber beim Öffnen stieß sie an ein Hindernis: direkt dahinter stand in einem engen Gang ein altes Sofa, wie von Möbelpackern bei einem Umzug vorübergehend dort abgestellt und dann nie mehr abgeholt. Auch der Mann, der darauf saß, schien vergessen worden zu sein. Er war in unbequemer Position sitzend eingeschlafen, der Kopf auf die Brust gesunken, und präsentierte dem Besucher die Pickel auf seinem geröteten Nacken. Erst die Uniformmütze, die neben ihm auf dem Sitz lag, erinnerte Arthur daran, wo er den Mann schon gesehen hatte: es war der Fahrer, den François aus irgendeinem Grunde zu hassen schien und doch nie entließ. Landolt schnarchte leise. Er wartete hier wohl auf seinen nächsten Einsatz.

Die Türen zu beiden Seiten des Ganges waren nicht beschriftet, und durch die kleinen Milchglasscheiben ließ sich nicht erkennen, was sich hinter ihnen verbarg. Arthur blieb unschlüssig stehen, bis sich, direkt hinter ihm, eine öffnete. Eine streng frisierte Dame – »Ich bin etwas Wichtiges«, sagte ihr Gesichtsausdruck – trat auf den Gang heraus und musterte Arthur misstrauisch. Ihre durchgeknöpfte Hemdbluse aus schwarzem Satin hatte einen bis zum Kinn reichenden Kragen, so eng, dass die Augen ein bisschen hervorquollen. ›Oder vielleicht hat sie einfach einen leichten Basedow‹, dachte der Mediziner in Arthur.

»Sie wünschen?«, sagte die Dame. Ihr Tonfall ließ keinen Zweifel daran, dass, wenn es nach ihr ginge, hier niemand etwas zu wünschen hätte.

»Ich suche François«, sagte Arthur und korrigierte sich unter ihrem gouvernantenhaft missbilligenden Blick gleich selber: »Herrn Meijer, meine ich. Ich bin sein Bruder.«

Sie schaute ihn so zweifelnd an, als habe sie es jeden Tag mit Hochstaplern zu tun, die unter dem Vorwand irgendwelcher Verwandtschaftsverhältnisse versuchten, sich ins Allerheiligste des Firmenchefs zu tricksen.

»Haben Sie einen Termin?«, fragte sie.

»Ich habe einen Termin.«

»Dann folgen Sie mir.« Sie hatte die Fähigkeit, auch scheinbar höfliche Sätze allein durch ihren Tonfall zu Anklagen werden zu lassen.

»Na, wie gefällt dir mein Zerberus?«, fragte François, als die beiden Brüder allein waren.

»Sagen wir: sie ist nicht übermäßig höflich.«

»So soll es sein.« François schlug die Hände ineinander, als habe er gerade mit sich selber ein gewinnträchtiges Geschäft abgeschlossen. »Sie muss mir die Leute vom Leib halten. Sonst habe ich hier keine ruhige Minute und komme überhaupt nicht zum Arbeiten.«

»Tut mir leid, dass ich dich auch noch störe.«

»So war das nicht gemeint.« François musste besonders guter Laune sein, denn sonst war es nicht seine Art, sich zu entschuldigen. »Mach's dir bequem. So weit das geht, meine ich. Ich bin hier nicht auf Gäste eingerichtet.«

Im Gegensatz zu seinem Haus, wo er dem Architekten den Auftrag gegeben hatte, ohne Rücksicht auf die Kosten alles so beeindruckend wie möglich zu gestalten, war François' Büro geradezu spartanisch eingerichtet. Die Möbel waren nicht so alt wie die in Chaneles Badener Büro, aber repräsentativ hätte man sie beim besten Willen nicht nennen können. Nicht einmal einen Besucherstuhl gab es; die einzige Sitzgelegenheit war eine mit grünlichem Stoff bezogene Couch, die Arthur an die Behandlungsliege in seiner Praxis erinnerte. Mina hatte ihm einmal erzählt, dass François in seinem Büro übernachtete, wenn dort viel zu tun war. Sehr bequem hatte er es sich nicht gemacht.

François folgte seinem Blick und lachte. »Nicht gerade luxuriös, was? Aber ich stecke hier keinen Rappen mehr hinein. Das wird sowieso alles ganz, ganz anders.«

»Du willst umbauen?«

»Vielleicht.« François machte sein Das-möchtest-du-wohl-gerne-wissen-Gesicht, das Arthur schon als Kind an ihm gekannt hatte. Wenn François damals etwas besonders Gutes auf seinem Teller hatte, ein Hühnerbein etwa oder von einer Geburtstagstorte das Stück mit der Zuckergussverzierung, dann ließ er es immer lange liegen und wartete, mit genau diesem Gesicht, und erst wenn Hinda und Arthur ihren Teil aufgegessen hatten und neidisch auf seinen immer noch vollen Teller starrten, fragte er: »Möchte jemand auch noch davon haben?« Wehe, wenn man dann »Ja« sagte, denn dann aß er erst recht alles selber auf, schnitt sich ganz kleine Stücke ab, um die Qual der anderen noch zu verlängern, kaute sorgfältig und geräuschvoll, wie sich ein Weinkenner den Geschmack eines edlen Tropfens erschmatzt, und dass sie ihm dabei neidisch zuschauen mussten, machte seinen Genuss erst vollkommen. Nur wenn man nicht antwortete und so tat, als sei man viel zu satt, um sich für seine Tellerreste zu interessieren, hatte man eine Chance.

Arthur fragte deshalb nicht weiter, sondern kam ganz direkt zum Grund seines Besuchs. »Ich wollte schon vor einem Vierteljahr mit dir darüber reden, aber dann kam diese Sache mit Désirée und Alfred dazwischen.«

»Das hat sich ja nun erledigt. Ich höre von meinem Freund Charpentier, dass sich Alfred im Geschäft sehr vernünftig anstellt. Ich habe ihn gebeten, den Jungen in die gewissen Häuser einzuführen, du verstehst schon. Das wird ihn auf andere Gedanken bringen. Bis in einem Jahr hat er das Mädchen vergessen.«

»Meinst du wirklich?«

»Du wirst sehen. Also, was wolltest du von mir?«

»Nun ja … Die Sache ist die …«

»Na?«

»Es ist mir ein bisschen peinlich, dich um Geld bitten zu müssen, aber …«

»Läuft die Praxis so schlecht? Nach dem, was man so hört, bist du bei deinen Patienten doch recht beliebt.«

»Ich brauche das Geld nicht für mich!«

»Ach, tust du wieder mal Gutes? Verbessert mein Herr Bruder mal wieder die Welt?« François sagte das nicht böse, sondern fast ein bisschen mitleidig, als sei Arthurs Neigung, sich um andere Menschen zu kümmern, eine Art von Behinderung, eine bedauernswerte Schwäche, mit der man sich bei einem Bruder schweren Herzens abfinden musste.

»Es geht um den Jüdischen Turnverein.«

»Immer noch diese Fahnengeschichte? Papa hat mir von deiner Bettelei erzählt. Ich habe ja nie verstanden, woher deine plötzliche Begeisterung für den Sport kommt, aber jeder, wie er will.« François setzte sich hinter seinen Schreibtisch, schob sich einen Notizblock zurecht und schraubte die Kappe von einem dicken Füllfederhalter. Das Ganze hatte etwas audienzhaft Herablassendes, und Arthur fragte sich, ob er selber wohl auch so auf seine Patienten wirkte, wenn er sich bereitmachte, ihre Krankengeschichte aufzunehmen.

»Ihr habt also diese Fahne gekauft.«

»Noch nicht gekauft. Wir möchten gerne, aber …«

»Moment! Die Fahnenweihe ist doch schon angesetzt. Ich hab das im *Wochenblatt* gelesen.«

»Du liest immer noch das ›Blättchen‹«?, fragte Arthur verwundert.

»Es wird schon nicht treijfe werden, wenn auch einmal ein Getaufter reinschaut. Ihr habt also eine Fahnenweihe, aber keine Fahne. Mit anderen Worten: deine Sammelaktion hatte keinen Erfolg.«

»Ich hatte mir die Sache einfacher vorgestellt«, gab Arthur verlegen zu.

»An anderer Leute Geld zu kommen ist nie einfach.« François sagte das wie ein Kunstkritiker, der einer zu Unrecht unterschätzten Fertigkeit den ihr gebührenden Platz im Kanon zurückerobern will. »Es braucht entweder viel Geschick …«

»… das mir offensichtlich fehlt …«

»… oder ein Wunder. Aber vielleicht …« François legte beide Zeigefinger an die Oberlippe und strich sich von dort seitlich über die Wangen. Auch diese Geste kannte Arthur. Sie stammte noch aus der Zeit, als François seinen Schnurrbart dandyhaft

lang getragen hatte, und bedeutete, dass er mit irgendetwas –
meistens ging es um ein Geschäft – sehr zufrieden war. »Vielleicht ist ja heute so ein wunderbarer Tag.« Er beugte sich über
den Notizblock und sah Arthur fragend an. »Was kostet so eine
Fahne? Und wie viel hast du zusammen?« François schrieb die
beiden Zahlen untereinander, zog einen sorgfältigen Strich und
verkündete dann das Ergebnis seiner Rechnung: »Deine Fahnenweihe wirst du wohl verschieben müssen. So um fünfzig oder
hundert Jahre.«

»Ich hatte gehofft, du könntest mir helfen.«

»Als Goi?« François zog die Augenbrauen hoch.

»Als Bruder.«

»Das muss ich mir überlegen.« Er entfernte sorgfältig und
ohne Eile einen Fussel von der goldenen Spitze der Feder, zeichnete versuchsweise ein paar Schnörkel auf seinen Notizblock
und sprach erst weiter, als der Strich wieder schlank und sauber
ausfiel. »So eine neue Fahne hat doch immer einen Götti«, sin-
nierte er. »Ich will nicht ›Taufpate‹ sagen, das Wort wäre dir
sicher unangenehm.«

»Eine Patenschaft ist üblich, ja«, sagte Arthur vorsichtig. Er
wusste noch nicht, worauf François hinauswollte.

»Und dieser Götti – korrigier mich, wenn ich mich da täu-
sche – ist doch im Allgemeinen der Spender, der den größten
Beitrag geleistet hat. Ist es nicht so?«

Arthur nickte ein bisschen ängstlich.

»Gut, dann schreibe ich dir jetzt einen Scheck, und bei eurem
großen Anlass werde ich die Fahne feierlich dem Verein übergeben.«

»Du?«

»Vielleicht mit einer netten kleinen Ansprache.«

»Das ist unmöglich!«

»Wieso?«

»Du …«

»Ja?«

Arthur antwortete nicht, und François begann plötzlich zu lachen. »Warum sagst du es nicht einfach? Geld würdet ihr von mir schon nehmen, aber einen getauften Taufpaten – das dann doch lieber nicht.«

»Ich hatte mir gedacht«, meinte Arthur verlegen, »man könnte das Warenhaus als Stifter nennen. Das wäre doch eine gute Werbung.«

»Natürlich.« François lächelte mit ironischer Höflichkeit. »Wenn ihr alle eure Turnerleibchen bei mir kauft, steigt mein Umsatz in unerahnte Höhen.«

»Dann entschuldige bitte. Es tut mir leid, dass ich deine kostbare Zeit so lang in Anspruch genommen habe.«

»Warte doch noch einen Augenblick. Du bist immer gleich beleidigt.« François grinste. Er hatte mal wieder eins dieser privaten Spiele gespielt, deren Regeln nur er selber kannte, er hatte gewonnen und war jetzt sehr zufrieden mit sich. Aus einer Schublade seines Schreibtischs holte er ein Scheckheft hervor, schlug es auf, setzte einen Betrag ein und unterschrieb schwungvoll. Dann riss er das Papier aus dem Heft, wedelte es in der Luft, um die Tinte zu trocknen, und hielt es Arthur hin. »Hier. Ich habe den offenen Betrag aufgerundet. Die Dinge kosten immer mehr, als im Voranschlag steht.«

»Es geht wirklich nicht, du als Fahnengötti.«

François schraubte seinen Füllfederhalter sorgfältig wieder zu und legte ihn in das Etui zurück. »Daran hab ich auch kein Interesse«, sagte er. »Ich wollte nur dein Gesicht sehen, wenn du dir die Peinlichkeit ausmalst. Sag deinen Leuten halt, dass du das Geld von Papa bekommen hast. Lass *ihn* an eurem Fest einen feierlichen Auftritt haben. Er mag so etwas.«

Arthur nahm den Scheck immer noch nicht. »Warum tust du das?«

»Weil ich gut gelaunt bin«, sagte François und ließ den Scheck auf den Schreibtisch flattern. »Weil ich heute eine Nachricht bekommen habe, auf die ich lange warten musste.« Wieder schlug er die Hände ineinander, wie zum glücklichen Abschluss eines Geschäfts. »Der alte Landolt ist endlich gestorben. Ist das nicht wunderbar?«

Auf dem Gang wartete ein Mann mit einer großen, mit schwarzen Bändern verschnürten Zeichenmappe, die er mit beiden Händen festhielt. Er hatte hier vielleicht schon lange gewartet und hatte sich nicht einmal hinsetzen können, denn auf dem alten Sofa schnarchte noch immer der Chauffeur. Die strenge Dame mit dem zu engen Blusenkragen kam aus ihrem Zimmer geschossen und warf Arthur einen vorwurfsvollen Blick zu; er hatte wohl durch ein zu langes Gespräch einen mühsam ausgetüftelten Tagesablauf rücksichtslos durcheinandergebracht. Sie riss die Tür zu François' Büro auf und sagte zu dem Mann mit der Mappe: »Bitte, Herr Blickenstorfer!« Arthur stellte mit überraschender Erleichterung fest, dass sie zu anderen Leuten genau so unfreundlich war wie zu ihm.

François ließ den Schriftenmaler den Karton gegen die Wand lehnen, dort wo vom Fenster hinter dem Schreibtisch her das beste Licht darauf fiel, und sah sich die Zeichnung lange an. Er spürte, wie Blickenstorfer ihn ängstlich anschaute, und machte sich einen Spaß daraus, sich seine Zufriedenheit nicht gleich anmerken zu lassen. Dabei war es perfekt. Einfach perfekt. Genau so musste das Firmenzeichen seines neuen Warenhauses aussehen. Gediegen, elegant und einprägsam. Keine Verzierungen und Blumengirlanden, wie sie jetzt überall in Mode waren, sondern eine klare Form. Auf jedem Schaufenster des Neubaus würde er es anbringen lassen, nicht zu groß, sondern ganz dezent. Stilvoll. Eine Firma wie die seine hatte es nicht nötig aufzuschneiden. ›Die Form erinnert an ein Siegel‹, dachte er, und der Gedanke gefiel ihm. ›Das Siegel der Qualität.‹ Er würde die Formulierung nachher aufschreiben müssen.

Er war nicht abergläubisch, aber er empfand es als gutes Zeichen, dass der Zeichner gerade heute damit gekommen war. Am Tag, an dem er die Nachricht von Landolts Tod bekommen hatte. Mit den jungen Erben würde sich reden lassen. Er hatte schon mal diskret seine Fühler ausgestreckt, und sie schienen nicht abgeneigt. Das waren moderne Leute, denen das Geschäft wichtiger war als althergebrachte Vorurteile. Natürlich, einen Freundschaftspreis würden sie ihm auch nicht machen, aber das war in Ordnung. Am Geld sollte es nicht scheitern. Man würde sich schwer verschulden müssen, aber Schulden waren auch nichts anderes als Zahlen in einer Bilanz. Das Grundstück war wichtig. Das perfekte Grundstück für das perfekte Warenhaus. Diesmal würde nichts dazwischenkommen. Diesmal nicht.

Er musste ganz in Gedanken den Kopf geschüttelt haben, denn der Schriftenmaler fragte erschrocken: »Ist es nicht das, was Sie wollten, Herr Meijer?«

Doch. Es war genau das, was er wollte.

Ein Kreis und darin, waagrecht und senkrecht, die Buchstaben m-e-i-e-r, so angeordnet, dass sich die beiden Worte das zentrale I teilten. Meier. Vertrauenserweckend und bodenständig. Ein schweizerischer Name. »Gehen wir zum Meier«, das ging gut über die Zunge. Oder, bevor man anderswo einkaufte: »Lass uns doch erst mal beim Meier nachschauen.«

»Gut gemacht, Blickenstorfer«, sagte François. Und fügte das höchste Lob hinzu, das er kannte: »Sie können Ihre Rechnung schicken.«

Draußen wartete schon wieder jemand, aber dieser Besucher ließ sich nicht anmelden. Er ging einfach durch die Tür, ohne sie erst zu öffnen, und setzte sich mit übergeschlagenen Beinen auf François' Schreibtisch.

»Hübsch«, sagte Onkel Melnitz und hielt die Zeichnung mit dem neuen Firmenzeichen in der Hand. »Wirklich sehr hübsch. Aber hast du nicht einen Buchstaben vergessen?«

»Du bist tot«, sagte François. »Ich muss mit dir nicht diskutieren.«

Der alte Mann schüttelte den Kopf, wie nur ein Toter den Kopf schütteln kann: die lose Haut blieb an ihrem Platz, und nur der Schädel dahinter bewegte sich. »Ich bin nur oft gestorben«, sagte er, ohne den Mund zu bewegen. »Das ist etwas ganz anderes.«

»Was willst du von mir?«

»Dich an deinen guten Namen erinnern«, sagte Melnitz. In seinem Mund bildeten die verblichenen Zähne die Form eines Lächelns nach. »Du heißt Meijer.«

»Ich weiß, wie ich heiße.«

»Man wird vergesslich, wenn man sich taufen lässt. Das Jot hast du schon vergessen. Oder das Jud, wenn man es hebräisch schreiben will. Es ist dir ein Jud abhanden gekommen. Wolltest wohl nicht mehr der Meijer mit Jud sein.« Er lachte, als läse er sein Gelächter aus einem Buch vor, Silbe für Silbe, in einer Sprache, die er nie gelernt hatte.

»Ich habe den Namen nur vereinfacht«, sagte François. »Aus geschäftlichen Gründen.«

»Du hast dir vieles vereinfacht, nicht? Hast du dein Jud wenigstens verkaufen können? Hast du einen guten Preis dafür gekriegt? So ein exklusiver Buchstabe.« Der alte Mann hielt sich den Karton mit dem neuen Firmenzeichen vors Gesicht und bewegte buchstabierend die Kiefer unter der müden Haut. »Meier. Wie gewöhnlich! Massenware vom Ramschtisch. Konntest du dir kein edleres Material leisten? Silberberg? Goldfarb? Oder etwas Wohlduftendes? Rosengarten oder Lilienfeld? Früher hat man all sein Geld zusammengekratzt, um sich einen hübschen Namen zu kaufen. Ich kann mich noch gut erinnern. Ich kann mich an alles erinnern.

Es war damals«, sagte Melnitz und machte es sich in François' Chefsessel bequem, »als das Gesetz plötzlich verlangte, dass jeder einen neuen Namen haben musste. Nicht mehr nur den guten alten, der den eigenen Vornamen mit dem des Vaters verband, so wie du Schmul ben Jakauw heißt oder die Verlobte deines Sohnes Deborah bas Pinchas. Ein moderner Name musste es sein, einer, den man ordentlich in eine Liste eintragen konnte und in ein Stammbuch, ja. Aufs Amt musste man gehen, sich vor einen Schreibtisch stellen und einen tiefen Bückling machen, und dann tunkte der Herr Beamte seine Feder ins Tintenfass und teilte einem einen Namen zu.

Ich heiße Melnitz, und das hat eine besondere Bewandtnis – aber das erzähle ich dir ein andermal. Ich musste dafür nicht aufs Amt gehen, aber vielen blieb nichts anderes übrig. Man konnte einen Namen geschenkt kriegen, nur die Gebühren musste man bezahlen, aber was nichts kostet, ist auch nichts wert, und so sahen die Namen denn auch aus, ja. In solchen Ämtern langweilt man sich nämlich, und um sich die Zeit zu vertreiben, dachten sich die Herren Beamten lustige Scherze aus, oder doch Scherze, die sie für lustig hielten. ›Du heißt jetzt Stiefelknecht‹, sagten sie, wenn so ein Jüdlein vor ihnen stand und ihnen noch nicht einmal ein Höflichkeitsgeschenk mitgebracht hatte, oder ›Ihr seid jetzt die Familie Futtersack‹. Und da war immer irgendein Untergebener, der herzlich lachte und ihren Humor pries, weil er ja kein Jude war und also schon einen Namen hatte, den ihm niemand wegnehmen konnte.

Aber die Leute in den Ämtern waren auch Menschen, und Menschen lassen mit sich reden, ja. Nicht etwa, dass sie bestechlich gewesen wären, so was kommt bei Beamten nicht vor, aber einen Namen aus der Liste streichen und dafür einen anderen hineinschreiben, das ist anstrengend, vor allem, wenn es ein hübscher Name sein soll, und dass sie sich für diese Anstrengung entschädigen ließen, dagegen konnte nun wirklich niemand etwas einwenden. Wer genügend Geld mitbrachte, durfte dafür dann auch Blumenfeld heißen oder sonst etwas Nettes, und wenn er mit dem neuen Namen nach Hause kam, wurde eine Flasche Bronfen aufgemacht, um zu feiern, dass man so gut davongekommen war.

Ja, Schmul Meijer«, sagte Melnitz, »sich einen Namen zu kaufen ist alte jüdische Tradition. Nur dass sich einer einen Meier kauft, einen ganz gewöhnlichen Meier, das habe ich noch nie gehört.«

»Du bist tot, Onkel Melnitz. Ich muss nicht zuhören, wenn du redest.«

»Originell geschrieben hast du deinen neuen Namen«, sagte Melnitz und studierte die Zeichnung. »So wunderbar symbolisch. Dein Name als Kreuz, wie passend. Und so ein hübscher Kreis drum rum. Ist das der Kreis, in dem du dich jetzt bewegst?«

»Du bist tot!«, schrie François und war sich nicht sicher, ob er wirklich geschrien hatte.

Onkel Melnitz stellte den Zeichnungskarton ganz sorgfältig wieder an die Wand zurück. Dort, wo er ihn angefasst hatte, waren jetzt, wie auf einem Röntgenbild, die Knochen seiner Hände abgebildet. »Ich wünsche dir viel Glück mit deinem neuen Namen, Schmul Meier«, sagte er. »Jis'chadesch. Du sollst ihn tragen gesunderheit.«

50

Der Bühnenvorhang roch muffig, wie das Kleid einer alten Frau. Der weiche dunkelrote Stoff des Vorhangs verdickte das geschwätzige Durcheinander auf der anderen Seite zu einem Brei aus Worten und Gelächter; man konnte sich vorstellen, dass dort unten im Saal alle nur Münder hatten, aber keine Gesichter.

»Wo bleibst du denn?«

Seit der Erfolg des Abends feststand – mehr als sechshundert verkaufte Eintrittskarten, wo der Turnverein doch schon mit fünfhundert auf seine Kosten gekommen wäre –, hatte sich Sally Steigrad einen unangenehmen Kommandoton angewöhnt, wie ihn der Regionaldirektor seiner Versicherung gebrauchte, wenn er die Vertreter zur Jahreskonferenz versammelte. »Ich bin es leid, mich um jedes Detail selber kümmern zu müssen«, sagte dieser Ton, »aber mit Mitarbeitern wie diesen bleibt mir gar nichts anderes übrig.« Noch vor ein paar Wochen, als der 28. Juni immer näher rückte, hatte Sally insgeheim um die Finanzen des Vereins gezittert, sah sich aber jetzt, bei ausverkauftem Haus, als der geborene Organisator und plante schon neue Großtaten, ein Turnier mit jüdischen Sportclubs aus ganz Europa, oder zumindest eine Gesellschaftsreise des Vereins nach Berlin zu den Olympischen Spielen.

»Alle Eltern fragen nach dir, Arthur«, sagte er vorwurfsvoll. »Sie wollen wissen, wann ihre Kleinen dran sind.«

Das mit den Kindern war auch so einer von Sallys Einfällen gewesen. Im Namen des Festkomitees hatte er im ›Blättchen‹ ein Inserat aufgegeben – »Für das Arrangement eines Fahnenreigens benötigen wir eine größere Anzahl von Knaben und Mädchen« –, und als Adresse für die Anmeldungen hatte er einfach Arthurs Praxis hineingeschrieben, ohne ihn vorher zu fragen. »Einem Arzt vertrauen die Leute ihre Kinder gerne an«, meinte er, als sich Arthur beschwerte, »und außerdem, wer weiß, vielleicht gewinnst du dabei auch noch den einen oder anderen neuen Patienten.«

Natürlich war dann die ganze Arbeit an Arthur hängen geblieben. Sally hatte sich um tausend noch wichtigere Dinge zu kümmern, die Dekoration des Saals, die Liste der einzuladenden Ehrengäste, aber vor allem um das Eintreiben der Sachspenden für die große Tombola, was sich für einen Versicherungsvertreter ganz diskret mit Kundenpflege und Akquisition verbinden ließ. Er hatte auch eine beachtliche Anzahl attraktiver Gewinne zusammengebettelt, von drei Paar fast topmodischer Schnürstiefel (Schuhhaus Weill) bis zu zwölf Flaschen Süßwein aus Palästina (der Beitrag von Pinchas). Der Hauptpreis, im Foyer auf einem mit buntem Krepp geschmückten Podest präsentiert, war eine gediegene Balgenkamera samt Stativ.

»Was versteckst du dich hier auf der Bühne?«

»Ich wollte nur …« Arthur verstummte. Er konnte Sally ja nicht die Wahrheit sagen. »Ich verstecke mich«, hätte er sagen müssen, »weil ich Angst davor habe, Joni zu begegnen. Weil ich noch viel mehr Angst habe, ihn nicht anzutreffen. Weil ich nicht weiß, wie ich ihn begrüßen soll. Weil ich nicht die falschen Worte sagen will. Weil es keine richtigen Worte gibt.« Aber so hob er nur die Schultern, nahm die Brille ab und rieb sich den Nasenrücken.

»Los, los!« Sally klatschte in die Hände, wie es sein Regionaldirektor auch immer tat. »Ab in den Saal mit dir!«

So viele Leute waren gekommen – »Aus beiden Gemeinden!«, stellte Sally befriedigt fest –, dass es sogar im großen Volkshaussaal eng geworden war. Man hatte die Tische immer noch einmal zusammenrücken müssen, und am Ende war kaum Platz übrig geblieben, um nach dem offiziellen Teil zu tanzen, oder, wie Sally das in einem *Eingesandt* im *Israelitischen Wochenblatt* genannt hatte, Terpsichoren zu huldigen. Außer für die wenigen offiziellen Gäste – die Gemeindepräsidenten, die Herren Rabbiner, die Delegation des Turnerbundes und natürlich den großherzigen Spender Janki Meijer – gab es keine reservierten Tische, und so hatte bei Türöffnung um neunzehn Uhr ein amüsanter Wettlauf um die besten Plätze eingesetzt, bei dem die jontewdik dunkel gekleideten Männer und die schmuckbehangenen Frauen in ihren Glitzerkleidern so tun mussten, als hätten sie es eigentlich gar nicht eilig und bewegten sich nur aus einem plötzlichen Übermaß an Energie schneller als üblich.

Rachel kannte zu Hindas Missfallen und Zalmans heimlichem

Amüsement keine damenhaften Hemmungen. Mit geschürzten Röcken war sie als Erste losgestürmt und hatte für die Familie einen Achtertisch direkt an der Tanzfläche erobert, den sie mit Leas Hilfe auch erfolgreich verteidigte. Zalman, der sich als guter Schneider nicht nur auf Mäntel verstand, hatte für die Zwillinge aus Reststücken einer vorjährigen Kollektion zwei Abendkleider gezaubert, in denen sie sich unwiderstehlich vorkamen. Da musste man doch auch an einer Stelle sitzen, wo man gesehen wurde. Wann sollte man Eroberungen machen, wenn nicht heute?

Zalman und Hinda trugen dieselben Sachen, die sie schon am Sederabend angehabt hatten, den Anzug und den zweimal umgeänderten Rock, mit denen sie auch an Schawu'ot in die Synagoge gegangen waren und die sie zu den hohen Feiertagen wieder aus dem Schrank holen würden. Zwar hatte Hinda in einem Schaufenster ein wunderschönes Kleid gesehen und ein paar Tage damit geliebäugelt, aber dann war eine Holzbottich-Waschmaschine mit Kurbelbetrieb eben doch wichtiger gewesen.

Tante Mimi dagegen rauschte in einem neuen, mit Strass bestickten schwarzen Kleid und mit einem wagenradgroßen Hut voller Straußenfedern in den Saal. Rachels Einsatz für einen Familientisch wusste sie überhaupt nicht zu würdigen und setzte sich ganz selbstverständlich auf den besten Platz. Onkel Pinchas hatte sich geweigert, etwas Feierlicheres als sein altes schwarzes Lüsterjackett anzuziehen, aber Mimi hatte ihn zum Ausgleich zu einer Seidenschleife verdonnert und sie ihm so eng gebunden, dass er sich im Laufe des Abends immer wieder mit dem Zeigefinger Luft verschaffen musste.

Und Désirée ...

Sie hatte erst gar nicht mitkommen wollen. Als Mimi insistierte, gab sie zwar nach, erklärte aber, dass sie auf keinen Fall tanzen werde, nicht einen Schritt. Solange sie von Alfred getrennt war, wäre ihr das so unpassend vorgekommen wie der

Besuch einer Operette in den ›schrecklichen Tagen‹ zwischen Neujahr und Versöhnungstag. Sie weigerte sich denn auch, ein Ballkostüm anzuziehen, obwohl sie, sehr zu Leas und Rachels Neid, gleich zwei davon im Schrank hatte. Jetzt saß sie in einem ganz einfachen lindgrünen Kleid mit am Tisch und zog wegen dieser auffälligen Unauffälligkeit alle Blicke auf sich.

Der letzte Stuhl war für Arthur bestimmt, aber der hatte vorläufig noch überhaupt keine Zeit, sich hinzusetzen. Die Kinder, mit denen er den Fahnenreigen einstudiert hatte, bestürmten ihn von allen Seiten, und ihre Eltern schienen dem großen Moment mit noch viel mehr Aufregung entgegenzusehen. Mindestens ein Dutzend Mal musste er wiederholen, dass man noch jede Menge Zeit habe, erst käme der Prolog und all die turnerischen Vorführungen, und erst dann, frühestens um neun …

Jemand tippte ihm auf die Schulter, und es war nicht der nächste ungeduldige Vater, sondern Joni.

Joni.

Joni, der ihn anlächelte, halb öffentlich und halb privat, und sagte. »Ich habe dich gesucht.«

Der dunkelblaue Anzug war ihm eine Spur zu klein, und seine Oberarme erschienen deshalb besonders kräftig. Seit er Arthur zum letzten Mal begegnet war, hatte er sich einen eitlen Schnurrbart wachsen lassen, der ihm wie ein angeklebtes Bürstchen auf der Oberlippe saß. Sein Gesicht war ein bisschen aufgedunsen, wie oft bei Sportlern, die nicht mehr trainieren. Er war, wenn man es richtig betrachtete, kein außergewöhnlich attraktiver Mann, aber Arthur sah nur Joni, seinen Joni, und musste die Brille abnehmen und sich den Nasenrücken reiben, bevor er sagen konnte: »Schön, dass du auch gekommen bist.«

»Du musst etwas für mich tun«, sagte Joni.

»Ja?« Die Frage kam übereifrig und viel zu schnell. ›Ich bin doch kein Kellner, der um ein Trinkgeld kämpft‹, dachte Arthur ärgerlich und spürte, wie ihm die Hitze in den Kopf stieg.

»Diese Désirée Pomeranz«, sagte Joni, »das ist doch so etwas wie Mischpoche von dir. Kannst du mich da nicht einmal offiziell vorstellen?«

Zum Glück kam in diesem Augenblick Sally Steigrad dazu, der Arthur ganz dringend brauchte. Der Bühnenmeister machte Schwierigkeiten wegen der Fackeln, die für die große Schlusspyramide vorgesehen waren, irgendetwas mit Sicherheitsvorschriften und Bewilligungen. »Kümmere dich darum«, sagte Sally, der sich in letzter Zeit einen napoleonischen Ton angewöhnt hatte, und so konnte sich Arthur mit einer entschuldigenden Geste hinter die Bühne retten.

Die Fahnenweihe, oder doch zumindest ihr erster Teil, war ein voller Erfolg.

Sally hatte einen Prolog in Versen verfasst, in dem sich »hohes Streben« auf »Turnerleben« und »treue Hand« auf »Vaterland« reimte, und erntete damit viel Applaus. Dann kündigte er die turnerische Arbeit an – es war unter Sportsleuten üblich, in diesem Zusammenhang immer nur von Arbeit zu sprechen –, und die Männerriege begann mit ihren Freiübungen. Sally hatte den Einfall gehabt, oder doch aus einem Bericht in der *Turnerzeitung* übernommen, die rhythmischen Elemente vom Orchester begleiten zu lassen, und der alte Kapellmeister Fleur-Vallée hatte eigens zu diesem Zweck ein Potpourri bekannter und beliebter Melodien arrangiert. Bei besonders gewagten Übergängen, wenn etwa *Ramseiers wei go grase* ganz plötzlich in einen Nigun aus der Simchas Torah-Liturgie hineinmodulierte, ging jedes Mal ein Raunen durch den Saal. Darüber hinaus, Sally stellte es aus der Kulisse heraus befriedigt fest, deckte der Takt der Musik die unvermeidlichen kleinen Patzer der Turner wirkungsvoll zu.

Die Barren- und Reckübungen waren eher langfädig, wurden aber, wie bei Familienanlässen üblich, trotzdem heftig beklatscht. Der Auftritt der neu gegründeten Damenriege löste sogar regelrechten Jubel aus, wenn auch einige Gäste aus der orthodoxen Religionsgesellschaft ob der knappen Turnkostüme sehr bedenklich die Köpfe schüttelten.

Dann waren endlich die Kinder an der Reihe.

Kapellmeister Fleur-Vallée, der mit zunehmendem Alter immer neutönerischer wurde, hatte die Keckheit gehabt, den *Einzug der Gladiatoren* in feierlich synagogales Moll umzuarrangieren, und als die Jungen und Mädchen nicht wie erwartet aus der Kulisse, sondern vom Foyer her durch die Türen einmarschierten, ging ein allgemeines »Ah!« durch den Saal. Sie trugen alle weiße Hemden oder Blusen und hatten ein Tuch in den blauweißen Vereins- und Stadtfarben um den Hals geknüpft. Der Reigen, den Arthur an vier Abenden in der Turnhalle mit ihnen eingeübt hatte, kam mangels Platz nicht ganz so zur Geltung wie vorgesehen; durch die zusätzlichen Tische war die Tanzfläche doch recht geschrumpft. Aber das tat der allgemeinen Begeisterung keinen Abbruch. Als die Kinder als Abschluss zu den Klängen der *Hatikwah* einen Davidsstern bildeten, notierte Pinchas für seinen Bericht im ›Blättchen‹, dass die Bravo-Rufe gar kein Ende nehmen wollten.

Es folgte eine Pause, in der die Kinder gleich noch einmal eine wichtige Aufgabe hatten: sie mussten die Lose der Tombola verkaufen, ohne die kein Vereinsanlass seine Kosten wieder hereinbringen konnte. Nach langen Beratungen hatte Sally Steigrad die Preise sehr hoch angesetzt: ein Los für zwanzig Rappen, sechs Stück für einen Franken. »Sie kennen sich alle gegenseitig«, war sein Argument, »da kann es sich keiner leisten, geizig zu sein.«

Erst jetzt, in der Pause, kam Arthur dazu, seine Eltern zu begrüßen. Obwohl es doch ein wichtiges Argument für den Verkauf der Geschäfte gewesen war, dass sie dann mehr Zeit für ihre Kinder und Enkel haben würden, waren Chanele und Janki lange nicht mehr in Zürich gewesen. Stattdessen verkrochen sie sich in ihrer viel zu großen Badener Wohnung, und zumindest

Janki zeigte sich auch nicht wirklich erfreut, wenn man sie dort besuchte. Das Gehen bereitete ihm immer größere Schwierigkeiten; die Kriegsverletzung, die er nie gehabt hatte, war unterdessen richtig schmerzhaft geworden, wie einen ein böser Traum ins Leben hinein verfolgen kann. Chanele, man merkte es an vielen kleinen Gesten, war in die Rolle seiner Pflegerin hineingewachsen, und wenn sie fürsorglich Jankis Schleife richtete oder ihm auffordernd ein Taschentuch reichte, dann hatte das immer etwas Triumphierendes, ein Sammler, der ein nach langen Bemühungen endlich ergattertes kostbares Stück unnötigerweise immer wieder zurechtrückt, um sich selber zu bestätigen, dass es ihm jetzt wirklich gehört.

Arthur fiel auf, dass sich sein Vater immer wieder an die linke Brustseite fasste, und der Arzt in ihm suchte schon nach der Krankheit zu diesem Symptom. Aber dann war es nur das Manuskript seiner Rede als Fahnengötti, nach dem Janki dort griff. »Erzähl bloß nicht zu viel von der Schlacht bei Sedan«, sagte Arthur im Spaß. Sein Vater sah ihn streng an und antwortete: »Bei Sedan war ich überhaupt nicht dabei.«

Die alten Kahns, Minas Eltern, kamen vorbei und gratulierten Arthur betont herzlich zu seiner Inszenierung des Kinderreigens. Janki und Chanele, Eltern eines Schwiegersohns, der sich hatte schmatten lassen, übersahen sie ebenso betont. Mina selber war natürlich nicht gekommen.

Als sich Arthur endlich zum Familientisch durchgeschlagen hatte, war sein Platz schon besetzt. Auf dem letzten Stuhl, direkt neben Désirée, saß Joni Leibowitz.

»Ich war so frei, mich selber vorzustellen«, sagte er. »Ich habe Fräulein Pomeranz schon erzählt, dass wir zwei sehr gute Freunde sind. Wir sind doch Freunde, nicht?« In seiner Stimme war die Drohung nicht zu überhören.

»Natürlich«, sagte Arthur. Was sonst hätte er sagen sollen?

»Dann hast du sicher nichts dagegen, wenn ich deinen Platz

noch ein bisschen weiter in Beschlag nehme.« Joni strich sich über seinen jungen Schnurrbart, nahm einen Zug aus seiner Zigarette und lächelte Désirée hinter dem Rauch hervor mit leicht zusammengekniffenen Augen an, wie es die Liebhaber im Kinematographentheater taten. »So charmante Gesellschaft trifft man selten.«

Lea und Rachel schauten neidisch – »Nicht einmal ein Ballkostüm und schon ein Verehrer!« –, und im Schatten ihres Straußenfedernhuts lächelte Mimi so befriedigt, als habe sie Joni Leibowitz höchstpersönlich erschaffen.

Arthur wäre gern geflohen, fand aber nicht gleich einen Vorwand dazu. Zum Glück hatte sich Sally Steigrad angewöhnt, ihn als seinen persönlichen Adjutanten zu behandeln, dem man wie selbstverständlich alle unangenehmen Aufgaben zuschieben konnte, und gerade im richtigen Moment traf – in der Gestalt eines eilig entsandten Jungturners – ein reitender Bote ein, der Arthur in Sallys Auftrag dringend wieder hinter die Bühne abberief. Dort war zwischen zwei jungen Damen, einem Fräulein Horn und einem Fräulein Jacobsohn, ein lautstark ausgetragener Streit um die selbstgefertigte Spende der Damenriege entbrannt. Die beiden sollten dem Fähnrich während der feierlichen Zeremonie gemeinsam die zu seinem Amt gehörigen Accessoires überreichen und waren sich nun im letzten Moment über die Frage, wer den Handschuh übergeben und wer ihm die bestickte Schärpe umlegen sollte, in die sorgsam frisierten Haare geraten. Arthur ließ seine ganze aufgestaute Verzweiflung an ihnen aus, brüllte sie so laut und sinnlos heftig an, dass man es durch den Vorhang bis in den Saal hören musste. Von ihm, der immer mild und zurückhaltend wirkte, war man solche Töne nicht gewohnt, und die erschrockenen Damen einigten sich sehr schnell.

Sally Steigrad legte Arthur die Hand auf die Schulter und sagte: »Ich bin ja auch aufgeregt, aber man muss sich doch zusammennehmen können.«

Der Weiheakt begann mit einem eigens für den Anlass komponierten Präludium des Orchesters, für das Kapellmeister Fleur-Vallée eine Menge Anleihen bei Richard Wagner gemacht hatte. Als sich der Vorhang endlich öffnete, standen alle Turner und Turnerinnen in Achtungsstellung auf der Bühne, Sally und Arthur in der vordersten Reihe. Der Fähnrich – wegen seines imponierenden Körperbaus ausgewählt – trat vor und ließ sich von den Vertreterinnen der Damenriege die Insignien seines Amtes überreichen. Nachdem ihm das Fräulein Jacobsohn die Schärpe überreicht hatte, küsste sie ihn auf die Wange, und damit war Arthur auch klar, warum sich die beiden Damen so heftig um diese Aufgabe gestritten hatten.

Der so charmant in seine Funktion eingesetzte Fähnrich verließ die Bühne, um sie nach einem Trompetensignal wieder zu betreten, die verhüllte Fahne in der Faust. Ihm folgte Janki Meijer, der, auf seinen Spazierstock mit dem silbernen Löwenknauf gestützt, langsam und feierlich zum Rednerpult hinkte.

Er hatte als Fahnengötti eine Ansprache vorbereitet, in der viel von Männlichkeit und Tapferkeit die Rede war, und in der die Turner mit allerlei Helden, von den Makkabäern bis zu den alten Eidgenossen, verglichen wurden. Dass Janki in ganz untypischer Weise darauf verzichtete, den naheliegenden Bogen zu den eigenen Heldentaten im Deutsch-Französischen Krieg zu schlagen, fiel nur seiner Familie auf. Chanele hörte ihrem Mann in beobachtender Sorge zu und bewegte wie im Gottesdienst stumm die Lippen. Er hatte ihr seine Ansprache in immer neuen Fassungen so oft vorgelesen, dass sie sie auswendig mitsprechen konnte.

Janki war noch nicht einmal in der Hälfte der Rede angekommen, als in einer Ecke des Zuschauerraums ein Raunen einsetzte, das sich auch durch ruheheißendes Zischen von den anderen Tischen nicht zum Schweigen bringen ließ, sondern im Gegenteil allmählich immer weitere Teile des Saales ergriff, so wie sich

Glut ganz langsam durch trockenes Holz mottet, bevor sie plötzlich zum Lauffeuer wird.

Janki stockte irritiert. Chanele hatte ihn mehrmals gewarnt, seine Rede sei viel zu lang; wahrscheinlich war es besser, eine ganze Passage zu überspringen, vielleicht die, in der er alttestamentarische Figuren als Prototypen moderner Sportler beschrieb, David mit seiner Steinschleuder als den ersten Schützen und Samson als das Urbild aller Kraftsportler. Vielleicht sollte man direkt zum Schluss übergehen, überlegte er, und ohne Umschweife zur Übergabe der neuen Fahne an den Verein kommen. Wenn man nur wüsste, was da unten im Saal los war.

Was los war, hatte nichts mit Janki und seiner Ansprache zu tun. Es war die Weltgeschichte, die, wie das die Weltgeschichte nun mal an sich hat, im ungünstigsten Moment die Fahnenweihe des Jüdischen Turnvereins störte. Auf den Straßen draußen wurden schon Extrablätter ausgeschrien, und eines davon hatte seinen Weg nun auch in den großen Volkshaussaal gefunden. Herr Knüsel, der erste Verkäufer des Schuhhauses Weill, war der Überbringer der bösen Nachricht, denn er fühlte sich verpflichtet, seinen Patron, der ja viel Ware aus der ganzen Welt bezog, sofort über das Geschehene zu unterrichten. In Sarajewo war der österreichische Thronfolger Franz Ferdinand erschossen worden, der Mörder war ein neunzehnjähriger Gymnasiast und hieß Princip. Ob er allein oder als Teil eines Komplotts gehandelt hatte, wusste man noch nicht mit Sicherheit zu sagen, aber aus Berlin wurde telegraphisch gemeldet, dass sich in letzter Zeit die Anzeichen für eine großserbische Verschwörung gehäuft hätten, und in einem Extrablatt der Wiener *Freien Presse* hatte sogar gestanden, der serbische Gesandte habe vor einer Reise des Erzherzogs nach Bosnien ausdrücklich gewarnt. Über die Folgen der blutigen Tat konnte nur spekuliert werden, aber, in dieser Überzeugung war man sich auf den Straßen ebenso einig wie im Volkshaussaal, sie würden schrecklich sein.

An allen Tischen wurde getuschelt und bald auch lautstark diskutiert, nur auf der Bühne wusste immer noch niemand, wo die plötzliche Unruhe eigentlich herkam. Aus Angst, den Faden endgültig zu verlieren, wagte es Janki dann doch nicht, seine Rede abzukürzen, sondern nuschelte den vorgesehenen Text nur immer schneller herunter. Die Enthüllung der neuen Fahne, eigentlich der absolute Höhepunkt des Abends, wurde nur noch von ein paar Unentwegten mit flüchtigem Beifall zur Kenntnis genommen, und das angekündigte künstlerische Unterhaltungsprogramm (Gesangsvorträge von Frau Modes-Wolf und jüdische Rezitationen von Herrn Karl Leser) fiel ganz aus. Nicht einmal die Verlosung der Tombola-Hauptpreise konnte ordnungsgemäß durchgeführt werden; Sally Steigrad musste die Gewinnnummern zwei Wochen später im *Israelitischen Wochenblatt* veröffentlichen. Er versuchte noch, wenigstens die Pyramide, den traditionellen Abschluss jedes Turnerfestes, vorführen zu lassen, aber es erwies sich als völlig unmöglich, auch nur die Hälfte der Mitwirkenden aus den Diskussionsrunden, die sich überall gebildet hatten, loszueisen.

Getanzt wurde auch nicht. Als die Orchestermusiker ihre Instrumente einpackten, brach Rachel in Tränen aus und musste von ihrer Zwillingsschwester getröstet werden.

Janki zerriss ganz langsam, Blatt für Blatt, sein Manuskript und sagte zu Chanele: »Nie mehr in meinem Leben werde ich eine Rede halten.«

»Das ist auch gut so«, antwortete sie.

Joni Leibowitz rückte seinen Stuhl näher an den von Désirée heran, strich sich über den keimenden Schnurrbart und sagte mit eitler Tapferkeit: »Wenn es zum Krieg kommt, werde ich natürlich einrücken müssen. Sie werden sehen, die Uniform steht mir sehr gut.«

Désirée hatte seine Komplimente den ganzen Abend ohne Reaktion über sich ergehen lassen. Jetzt lächelte sie ihn an, was er für ein hoffnungsvolles Zeichen nahm. Aber sie hatte nur gedacht: ›Wenn es Krieg gibt, wird Alfred sehr bald nach Hause kommen.‹

»Siehst du«, sagte Sally Steigrad zu Arthur und versuchte ein Gesicht zu machen, als habe er auch diesen überraschenden Abschluss des Abends vorausgeplant, »darum braucht man Versicherungen. Weil man nie weiß, was passiert.«

»Ein Krieg wäre eine Strafe Gottes«, sagte Pinchas.

»Aber ist es gut für die Juden?«, fragte Mimi.

Zalman Kamionker legte vor allen Leuten den Arm um seine Frau Hinda und zog sie an sich. »Mir tut der Kaiser Franz Joseph leid«, sagte er. »Er hat wirklich kein Glück mit seinen Kindern.«

51

Der Krieg brach aus, und Alfred kam nicht nach Hause.

Am Tag des deutschen Ultimatums an Frankreich schickte François ein Telegramm an Monsieur Charpentier. Alfred machte sich gleich am nächsten Tag auf die Reise, aber da wurde bereits die Generalmobilmachung angeordnet. Er war französischer Staatsbürger, und als sein Zug die Grenze erreichte, holte man ihn aus dem Abteil und verlangte einen militärischen Urlaubsschein. Sein Zug war noch vor dem offiziellen Beginn der Mobilmachung im Gare de l'Est abgefahren, und so gab es keine Anzeige wegen Fahnenflucht. Alfred wurde nur nach Paris zurückgebracht und der Aushebungsbehörde vorgeführt. Man befand ihn, wie fast alle Kandidaten in jenen Tagen, als tauglich und teilte ihn einer Ausbildungskompanie zu. Als die Familie in Zürich davon erfuhr, war Alfred bereits Rekrut.

François, überzeugt, dass sich die meisten Dinge mit Geld regeln ließen, gab Monsieur Charpentier Plein Pouvoir, um Alfred freizukaufen, aber mit dem Krieg war in Frankreich auch der Patriotismus ausgebrochen, und der traditionelle kleine Dienstweg der Bestechlichkeit funktionierte nicht mehr.

Die Ausbildung sei gar nicht so schlimm, schrieb Alfred an die Familie, bisher habe man im allgemeinen Chaos noch nicht einmal Gewehre für die neuen Rekruten aufgetrieben, und das Exerzieren mit Besenstielen habe geradezu komischen Charakter. Gegen die gut organisierten Deutschen, das war seine feste Überzeugung, hatten die Franzosen genauso wenig Chancen wie damals siebzig-einundsiebzig, und der Krieg würde lange, bevor er selber an die Front kam, zu Ende sein.

Janki reiste ohne Voranmeldung nach Zürich, um mit François zu reden. Als er ihn nicht in seinem Büro fand, suchte er ihn im ganzen Warenhaus und machte ihm schließlich mitten in der Stoffabteilung eine Szene. Er unternähme in der Sache nicht genug, warf er ihm vor, es habe nicht jeder Soldat so viel Glück, wie er, Janki, damals gehabt habe, und wenn Alfred an die Front müsse und dort falle, sei es allein François' Schuld. Als der ihn beruhigen wollte – man bespricht Familienprobleme nicht vor allen Leuten –, verlor Janki die Beherrschung und schlug mit dem Löwenkopfstock auf seinen Sohn ein. François war zum ersten Mal froh, dass die Geschäfte seit Kriegsausbruch nicht mehr gut liefen und deshalb nur wenige Kunden die peinliche Szene beobachten konnten.

Chanele war unterdessen bei ihrer Schwiegertochter Mina, und die beiden Frauen versuchten sich gegenseitig Mut zu machen. Aber sosehr sie sich auch bemühte, die eigene Angst zu verstecken, Chanele konnte den Gedanken nicht verdrängen, dass Mina ihr ganzes Leben lang immer nur Pech gehabt hatte. Wieso sollte es ihr mit ihrem Sohn anders ergehen?

Mina, die im Familienrat als Einzige gegen Alfreds Verbannung nach Paris gestimmt hatte, ließ niemanden merken, wie es in ihr aussah. Nur einmal, als ihr in der Stadt Pfarrer Widmer begegnete, spuckte sie vor ihm aus und widerstand dann nur mit Mühe dem Bedürfnis, sich bei ihm zu entschuldigen. Das Unglück hatte nicht mit ihm angefangen, sondern mit diesem Grundstück, für das François alles zu tun bereit war.

Der hatte unterdessen, im Versuch, an der Situation etwas zu ändern, seinen lebenslangen Widerstand aufgegeben und beschlossen, Schweizer zu werden. Es gab mehrere Gemeinden, von denen bekannt war, dass sie ihre Kassen gern mit überhöhten Einkaufsgebühren für – meistens jüdische – Neubürger sanierten; er entschied sich für Wülflingen bei Winterthur, wo man sich bereit erklärte, das Prozedere gegen eine Extra-Aufnahmegebühr von fünftausend Franken über das übliche Maß hinaus zu beschleunigen. Wie bei seiner Taufe wurde Alfred auch hier mit einbezogen, ohne vorher gefragt zu werden. Das Argument seiner neuen Staatsangehörigkeit brachte die französischen Behörden aber zunächst noch nicht dazu, ihn aus dem Militärdienst zu entlassen.

Désirée weinte nur noch, und Mimi schleppte sie zu Dr. Wertheim. Der diagnostizierte Blutarmut und allgemeine Nervosität und verschrieb eine stärkende Diät. Aber man heilt gebrochene Herzen nicht mit Fleischbrühe, auch wenn die nach dem Rezept von Großmutter Golde gekocht ist.

Pinchas sagte jeden Morgen Tehillim und legte sogar, ohne groß darüber zu reden, mehrmals einen persönlichen Fasttag ein. Es gab viel zu erbitten in diesen Tagen, denn auch für Ruben musste gebetet werden.

Sofort nach den Ereignissen in Sarajewo hatten Zalman und Hinda ihren Sohn aufgefordert, unverzüglich nach Hause zu kommen. Er hatte zurückgeschrieben, nur die wenigen Tage bis zum Sijum wolle er noch bleiben, dem traditionellen Fest, das immer dann gefeiert wurde, wenn die Studenten der Jeschiwe ein Talmudtraktat zu Ende studiert hatten. Dann begann der Krieg, und alle Verbindungen mit dem östlichen Galizien waren plötzlich unterbrochen. Auf der Post sagte man ihnen nur, dass man für Regionen, in denen Kämpfe stattfänden, leider keine Telegramme mehr annehmen könne.

Hinda jammerte und klagte nicht, wurde aber sehr schweigsam und erledigte ihre Arbeit nur noch mechanisch. Lea und Rachel hatten ihre Mutter immer fröhlich gekannt und konnten die Veränderung nur schwer ertragen. Sie waren in dieser Zeit so fleißig und hilfsbereit, wie man sie noch nie erlebt hatte. Es war die einzige Art, wie sie die Sorge um ihren Bruder zeigen konnten.

Zalman gründete mit Pinchas' Unterstützung einen Hilfsfonds für die Flüchtlinge aus Galizien, von denen im Lauf des Septembers immer mehr in Zürich eintrafen. Er befragte jeden Einzelnen, der sich bei ihm meldete, ob er etwas von der Jeschiwe in Kolomea gehört habe, aber die Neuankömmlinge waren alle zu sehr mit dem eigenen Schicksal beschäftigt. Die einmarschierten russischen Truppen, so erzählten sie, verhielten sich den ruthenischen Einwohnern gegenüber recht korrekt; die galizianischen Juden hingegen wurden generell der Kollaboration mit den Österreichern verdächtigt, was den Kosaken immer neue Gründe für Gewalttaten und Plünderungen lieferte.

Obwohl die Schweiz neutral war, veränderte der Krieg das Leben auch hier von Grund auf. Es war erschreckend, wie schnell man sich daran gewöhnte.

Arthur, der unmilitärischste der ganzen Familie, meldete sich freiwillig bei der Sanität, wurde aber seiner schwachen Augen wegen nicht genommen. Joni Leibowitz war als Infanterist der Füsilier-Kompanie IV/69 im Aktivdienst und brachte es dort schnell zum Gefreiten. Sally Steigrad erlebte als Fourier endlich die Abenteuer, die er sich immer gewünscht hatte.

Aus Paris berichtete Alfred, sie hätten unterdessen Gewehre bekommen, die Munition dazu fehle aber immer noch, weshalb sie lächerlicherweise nur im Bajonettkampf ausgebildet würden.

Durch den deutschen Triumph bei Tannenberg fühlte er sich in seiner Überzeugung bestätigt, dass der Krieg nicht lange dauern würde, und schmiedete schon Pläne für die Zeit danach. »Wenn sie uns dann immer noch trennen wollen«, schrieb er postlagernd an Désirée, »werde ich dich mit meinem Bajonett erobern.«

Alle jüdischen Flüchtlinge, ob sie nun religiös waren oder nicht, fanden sich an Erew Schabbes und am Vorabend der Feiertage in einer der beiden Gemeinden zum Gottesdienst ein. Der Mizwe wegen, aber auch aus echtem Mitleid, riss man sich dort darum, sie zum Essen einzuladen, und es entwickelte sich sogar ein regelrechter Wettbewerb um die bemitleidenswertesten Gestalten. Pinchas Pomeranz brachte an Erew Sukkes eine ganze Familie mit nach Hause, ein Ehepaar mit einer erwachsenen Tochter, die man alle drei aus den verschiedenen Kleiderschränken erst neu ausstatten musste, bevor man sich einigermaßen jontewdik an den Tisch setzen konnte. Sie waren Hals über Kopf vor den Russen geflohen und hatten den ganzen Jom Kippur auf einer Bahnfahrt verbracht, mit vielen Leidensgenossen auf engstem Raum in einem Viehwagen zusammengepfercht. »Da haben selbst die Treifensten gefastet«, sagte der Mann bitter, als er hinter seinem Gastgeber die Treppe zum Estrich hinaufstieg, »denn es gab weder zu essen noch zu trinken.«

Pinchas hatte seine Laubhütte auf dem Dach aufgestellt, dort, wo man sonst die Wäsche aufhängte. Ihre Bretterwände waren mit verblassten Bildern berühmter Rabbonim geschmückt, und über dem festlich gedeckten Tisch kreuzten sich Ketten aus verschrumpelten Kastanien und farblos gewordene Papiergirlanden. Wo keine Kinder mehr im Haus sind, werden auch keine neuen Dekorationen mehr gebastelt. Der Oktoberabend war kühl, aber es regnete wenigstens nicht, weshalb man, wie es der Vorschrift entspricht, zum Essen das feste Dach öffnen und die Sterne sehen konnte. Auch Arthur war jedes Jahr in die Sukkah eingeladen, und Mimi beschwerte sich bei Pinchas – auf Französisch, wie sich das bei diskreten Angelegenheiten gehörte –, mit sieben Personen würde es sehr eng werden. Im Grunde genommen war sie aber ganz stolz darauf, beweisen zu können, dass man in ihrem Haushalt nicht sparen musste und durchaus darauf eingerichtet war, auch unerwartete Gäste zu bewirten. An der Bohnensuppe, in der vor lauter Würsten und Rauchfleisch ein hineingesteckter Löffel nicht umfiel, hätten sich auch zwanzig Leute satt essen können.

Ganz gegen seine Art kam Arthur zu spät und hätte beinahe den Kiddusch verpasst. Er war im letzten Moment noch zu einem Notfall gerufen worden, entschuldigte er sich, zu einem älteren Galizianer, der sich auf der Flucht eine Wunde am Fuß zugezogen hatte, die nun gefährlich zu eitern begann.

Als er den fremden Gästen vorgestellt wurde – »Die Familie Wasserstein, Herr Dr. Arthur Meijer!« –, geschah etwas Seltsames. Die Tochter der Familie, eine sehr verschlossene junge Frau, die bisher den ganzen Abend noch kein Wort gesagt hatte, brach ganz plötzlich in lautes Gelächter aus. Es war eine Reaktion, die nichts mit Fröhlichkeit zu tun hatte, ein hysterisches, atemloses Schreien oder Hecheln. Dabei wies sie mit dem Finger auf Arthur und wiederholte immer wieder: »Arthur Meijer! Arthur Meijer! Arthur Meijer!« Das Lachen brach so abrupt ab, wie es begonnen hatte, und ging ebenso übergangslos in Tränen über. Alle Trostversuche ihrer Mutter schüttelte sie ab, ließ sich dann aber von Désirée in den Arm nehmen und wie ein Kleinkind wiegen.

»Bitte seien sie ihr moijchel«, sagte Herr Wasserstein. Er schien von der Tatsache, dass ihm hier in einer Zürcher Sukkah der Herr Dr. Arthur Meijer gegenübersaß, genauso aus der Fassung gebracht wie seine Tochter. Immer wieder schüttelte er den Kopf und fuhr sich mit den Fingern durch die krausen Haare, als wolle er sie büschelweise ausreißen. »Dieser Zufall …«

»Sie müssen wissen, Herr Doktor«, erklärte seine Frau, »eigentlich hätten Sie beide heiraten sollen.«

Chanele und Janki hatten nie etwas von der Begegnung in Westerland erzählt, sie waren in Bezug auf ihre Sommerfrische überhaupt sehr wortkarg gewesen, und so kam es für Arthur völlig überraschend, dass er – zumindest in den Plänen ihrer Eltern – mit Chaje Sore Wasserstein einmal gewissermaßen verlobt gewesen war.

»Aber jetzt wird sie natürlich nie heiraten«, sagte Hersch Wasserstein.

Das Chaos kennt keine Ordnung, und so wurde die Geschichte in Bruchstücken und ohne logische Reihenfolge erzählt. Vieles mussten die Zuhörer aus Andeutungen zusammensetzen und manches Ungesagte ergänzen. Es war eine Geschichte, wie es viele gab in diesen Tagen, und das Besondere an ihr war nur, dass sie ganz am Rand auch die Familie Meijer berührte.

Die Wassersteins waren damals über Jankis und Chaneles überstürzte Abreise sehr verwundert gewesen. Ihr eigener Aufenthalt auf Sylt war ohne weitere Zwischenfälle, aber auch ohne Schidduch, zu Ende gegangen. Zurück in Marjampol hatten sie versucht, mit den Meijers wieder Kontakt aufzunehmen, aber aus Baden kam nie eine Antwort. »Nun ja, nicht jedes Geschäft endet mit einem Handschlag«, sagte Hersch Wasserstein, »das lernt man als Geschäftsmann.«

Und fügte, als könne ihm das Wort als Anmaßung ausgelegt werden, schnell hinzu: »Jetzt bin ich natürlich kein Geschäftsmann mehr, sondern nur noch ein Schnorrer. Muss fremde Kleider anziehen und dafür dankbar sein.«

»Wir sind dankbar«, sagte seine Frau schnell. »Wir haben ja nebbech alles verloren.«

Die russischen Truppen hatten das Sägewerk niedergebrannt; da war Holz genug für einen prächtigen Scheiterhaufen. Hersch Wasserstein hatte sie davon abhalten wollen, sein Lebenswerk zu zerstören, es war zu einer Auseinandersetzung gekommen, und der kleine Motti – »So ein Junge weiß ja nicht, wie schlecht die Menschen sein können!« – war seinem Vater zu Hilfe geeilt. Er dachte wohl, der Krieg sei, wie bei den exerzierenden Kindern auf der Kurpromenade, nur ein Spiel, und man wolle seinen Vater nicht mitmachen lassen.

Sie spießten ihn mit dem Bajonett auf, »nicht einmal im Zorn«. Malka sagte es so staunend, als würde ihr Sohn wieder lebendig, wenn ihr nur jemand diesen Umstand erklären könnte. »Sie waren nicht einmal wütend.«

»Gelobt sei der Richter der Wahrheit«, murmelte Pinchas.

»Affreux«, sagte Mimi. Auch das klang wie ein Gebet.

Chaje Sore hatte ihren Kopf an Désirées Kleid geschmiegt und bewegte ihn ganz langsam auf und ab, als wolle sie sich von dem seidenen Stoff streicheln lassen.

Die Kosaken – »Eigentlich nur ein kleiner Stoßtrupp, aber um eine Familie unglücklich zu machen, braucht es keine Armee« – hatten dann gefeiert, was bei ihnen hieß: sie hatten getrunken. Was Soldaten tun, wenn ihnen der Wodka in den Kopf und in die Lenden steigt, war bekannt, und Chaje Sore war ein hübsches Mädchen.

Die Laubhütte hatte weder Gas noch elektrischen Strom. Eine altmodische Petrollampe warf flackernde Schatten an die Wände; die Lippen der gerahmten Weisen schienen sich zu bewegen, als sprächen sie den Kaddisch für den kleinen Motti.

Und ein Gebet, das sich in keinem Sidur findet, für Chaje Sore Wasserstein, die sich für jeden Mann zu gut gewesen, und die dann für zwanzig Mann gut genug gewesen war.

Später, als man sich schon trennte, sagte Malka Wasserstein einen überraschenden Satz zu Arthur.

»Wenn Sie sie geheiratet hätten, wäre sie nicht dort gewesen«, sagte sie.

Arthur nahm die Brille ab und rieb sich den Nasenrücken.

Noch vor zwei Stunden hatte er nicht gewusst, dass es eine Chaje Sore Wasserstein überhaupt gab, und jetzt fühlte er sich verantwortlich für ihr Schicksal.

Die ganze Nacht lang schreckte er immer wieder auf, wie er in seiner Schulzeit und als Student oft vor Prüfungen aufgeschreckt war, und wenn er doch einmal einschlief, dann träumte er von Fragen, die man ihm stellte und die er nicht zu beantworten wusste.

Am nächsten Morgen war er früh im Betlokal, schon ganz am Anfang, wenn nur die Frömmsten da sind, um pünktlich das Minjan zu machen, und las dann während Stunden all die Segenssprüche, Fürbitten und Lobpreisungen Wort für Wort mit, als müsse darin irgendwo ein Satz versteckt sein, der für ihn und nur für ihn geschrieben war.

Der Gottesdienst zu Sukkot hat einen ganz eigenen Charakter, man schüttelt den Palmwedel, den Lulaw, in alle vier Himmelsrichtungen, und auf den Pulten verbreiten die Essrogim, die rituellen Zitrusfrüchte, für die es in keiner anderen Sprache einen Namen gibt, ihren ganz eigenen Duft. Aber wenn Arthur in den vertrauten Worten und Gesten nach einer Antwort suchte, dann wurde er nicht fündig. Nur die Haftarah, das Prophetenwort, das der Vorlesung aus der Torah folgt, schien einen Bezug zu den Ereignissen des letzten Abends zu haben: »Die Stadt wird erobert werden«, drohte Zacharia, »die Häuser geplündert und die Frauen geschändet.« Aber was man tun musste, wenn man sich an all dem schuldig fühlte und es doch nicht war, das wusste auch der Prophet nicht zu sagen.

In der kleinen Pause, die vor dem Einheben der Torahrollen immer entsteht, raunte ihm Pinchas zu: »Désirée hat wieder einen Brief von Alfred bekommen. Jontew hin, Jontew her, wir haben ihn geöffnet. Er schreibt, dass sie jetzt endlich auch Munition haben. Aber er ist sicher, dass der Krieg lange vorbei sein wird, bevor neue Rekruten in die Schlacht müssen.«

»Mir scheint gar nichts mehr sicher«, flüsterte Arthur zurück.

Erst als der Gottesdienst schon zu Ende war, bemerkte er, dass auch Hersch Wasserstein da gewesen war, ganz hinten in der letzten Reihe, die für Fremde und Bettler bestimmt ist. Er trug den Anzug, den Pinchas ihm gestern geschenkt hatte, und jetzt, im Tageslicht, war nicht zu übersehen, dass das Jackett zu eng und die Hosenbeine zu lang waren, die Kleidung eines Schnorrers, der sein Handwerk erst noch lernen musste. Wenn ihm jemand die Hand hinstreckte, um ihm einen guten Jontew zu wünschen – als könnte es für ihn noch jemals einen guten Tag geben! –, dann zögerte er jedes Mal einen Moment, bevor er sie nahm. Er war es gewohnt, die unterwürfigen Freundlichkeiten von Bittstellern abzuwehren, und musste sich immer wieder neu daran erinnern, dass er jetzt selber der Bittsteller war.

Arthur legte seinen Tallis, das gute Stück, das ihm Zalman zur Bar Mizwe geschenkt hatte, ganz langsam zusammen, und genau in dem Moment, als er das Tuch in seine Samthülle zurücklegte, wusste er, was er zu tun hatte. Ganz klar war es ihm, ohne jeden Zweifel, und dass die Sache kein glückliches Ende nehmen konnte, machte sie nur richtiger. »Ich bin zum Glücklichsein nicht geboren«, sagte er zu sich selber, und es kam ihm vor, als sei das die Antwort, die er in allen Gebeten vergeblich gesucht hatte.

Die meisten Männer waren schon gegangen. Hersch Wasserstein stand jetzt ganz allein an der Tür des Betsaals. Arthur ging auf ihn zu, und der Weg kam ihm sehr lang vor. »Herr Wasserstein«, sagte er, »ich bitte Sie um die Hand Ihrer Tochter.«

Die eigene Stimme klang ihm fremd, aber bei der Vorstellung, mit Chaje Sore, die er kaum kannte, unter die Traubaldachin zu treten, bekam er ganz feuchte Augen.

Hersch Wasserstein machte mit dem Fuß eine unruhig scharrende Bewegung, als träte er eine Zigarette aus. Dann sah er Arthur ins Gesicht, und sein Blick hatte nichts von einem Schnorrer. »Es ist nicht anständig, sich über die Unglücklichen lustig zu machen«, sagte er.

Drehte sich weg und ging fort, und nichts von dem, was Arthur auf ihn einredete, brachte ihn dazu, noch einmal zurückzukommen.

»Du bist meschugge«, sagte Hinda, als Arthur ihr davon erzählte.

Die beiden Geschwister saßen in der Sukkah der Kamionkers. Die Zwillinge hatten sich beim Schmücken sehr viel Mühe gegeben; ihr Vater hatte ihnen bunte Stoffreste von der Arbeit mitbringen müssen, und damit hatten sie fast so etwas wie einen orientalischen Palast geschaffen. Auch das war für Ruben.

»Ich habe es ernst gemeint«, beteuerte Arthur.

»Ich weiß. Das ist ja das Meschuggene.«

»Wenn ich sie damals geheiratet hätte …«

»Du hast sie nicht einmal gekannt.«

»Aber wenn …«

Es tat Arthur gut, für seine moralische Verpflichtung gegenüber den Wassersteins zu argumentieren, vor allem – wenn er sich das auch nicht eingestand –, weil er wusste, dass er sich in dieser Debatte nicht durchsetzen würde. Hinda kannte ihn zu gut.

»Du bist nicht für alles auf dieser Welt verantwortlich«, sagte sie. »Du bist nicht der liebe Gott.« Und dann fing Hinda, die selbstsichere, immer fröhliche Hinda plötzlich an zu weinen, zu greinen, warf die Arme um den Hals ihres Bruders und flüsterte ihm ins Ohr: »Aber wenn du der liebe Gott bist – bitte, bitte bring mir meinen Ruben nach Hause.«

Arthur tätschelte ihr unbeholfen den Rücken und hatte dabei das Gefühl, dass er sich selber tröstete.

Zalman saß unterdessen im Hinterzimmer von Pinchas' Laden, wo das Hilfskomitee für die galizianischen Flüchtlinge zwischen Säcken mit Linsen und Fässern mit Salzgurken ein improvisiertes Büro eingerichtet hatte. Frau Okun, vor vielen Jahren selber aus Russland geflohen, fungierte als Sekretärin, und ihre kurzangebundene, sachliche Art schien den Hilfesuchenden gut zu tun. Auch zu viel Mitgefühl kann schmerzhaft sein.

Der Krieg kümmert sich nicht um Feiertage, und so waren auch heute wieder neue Flüchtlinge angekommen, die man mit dem Nötigsten versorgen und für die ersten Nächte irgendwo unterbringen musste. Zalman stellte nicht viele Fragen; »wenn einem Menschen die Zunge aus dem Hals hängt, muss man ihn nicht fragen, ob er Durst hat«. Aber natürlich erkundigte er sich bei jedem einzelnen, ob er etwas über das Schicksal der Jeschiwe von Kolomea berichten könne. An den Heimatorten der Flüchtlinge ließ sich der Frontverlauf mit ein paar Tagen Verzögerung ablesen, und die heutigen Neuankömmlinge stammten aus einer ganz anderen Gegend. Nur ein alter Mann mit einem seltsamen halben Bart – die andere Hälfte hatte ihm ein Spaßvogel in russischer Uniform weggebrannt – meinte gehört zu haben, der Rabbi habe mit allen seinen Studenten die Stadt verlassen, wusste aber nicht zu sagen, wohin sie sich gerettet hatten.

Zalman fand für alle Flüchtlinge eine Unterkunft, sagte ihnen, wo sie etwas zu essen bekommen konnten und gab den Kranken und Verletzten die Adresse von Arthurs Praxis. Dann übertrug er sorgfältig und ohne zu hetzen die Angaben über die Neuankömmlinge in Karteikarten, ordnete sie ein und schob den Kasten Frau Okun hin.

»Ab morgen werden Sie sich ohne mich behelfen müssen. Ich bin sicher, Pinchas wird Ihnen dabei helfen.«

»Und Sie?«

»Ich fahre nach Galizien«, sagte Zalman. »Ich bin ein friedlicher Mensch, aber jetzt geht es um meinen Sohn.«

52

Er ging zum Coiffeur, obwohl doch immer noch Jontew war, setzte sich in den Stuhl mit dem drehbaren Polster, legte die Hände auf die Seitenlehnen, spürte im Nacken das knisternde Papier, atmete tief ein, roch Haarwasser und Pomade und Seife, stieß die Luft prustend wieder aus, wie einer, der aus dem Wasser auftaucht, und war bereit.

Herr Dallaporta, der nun auch schon fünfundzwanzig Jahre in der Schweiz war, und dem sie bei den Unruhen des Jahres 1896 seinen ersten Laden zertrümmert hatten, war überrascht, ihn zu sehen. »Ist heute für die Juden nicht Sonntag?«, fragte er, und Zalman antwortete: »Manchmal muss man auch am Sonntag arbeiten.« Sie unterhielten sich auf Zürichdeutsch, das der eine mit neapolitanischem, der andere mit galizianischem Einschlag sprach. Keinem der beiden Männer fiel der Akzent des anderen auf.

»Der Backenbart«, sagte Zalman. »Er muss ab.«

Herr Dallaporta war ein ästhetischer Mensch und hatte sogar eine Wand seines Salons mit einem selbstgemalten Bild des Vesuv geschmückt. Zalmans prächtiger Backenbart war auch ein Kunstwerk, eines überdies, an dem er selber während Jahren mitgearbeitet hatte, und es zu zerstören schien ihm ein Frevel. »Warum?«, fragte er und hob in einer dramatischen Geste, die ebenso gut einen jiddischen wie einen italienischen Akzent haben konnte, die Hände zum Himmel. »Der Kaiser Franz Joseph hat keinen schöneren!«

»Genau darum. So einen Bart trägt nur ein Österreicher. Und für mich ist es in der nächsten Zeit besser, nicht wie ein Österreicher auszusehen.«

Er ließ sich den Schnurrbart wieder so stutzen, wie er ihn vor zwei Jahrzehnten getragen hatte: buschig und nicht sehr ordentlich. Als er mit seinem neuen Gesicht nach Hause kam, erkannte ihn Hinda nicht auf den ersten Blick, und dabei war doch nur der alte junge Zalman wieder zum Vorschein gekommen. Rachel erklärte ihren veränderten Vater für fesch, was gerade ihr Lieblingswort war, und nur Lea, die wie ihre Großmutter Chanele einen guten Blick für Menschen hatte, sagte gleich: »Du hast etwas vor.«

Er erzählte ihnen von seinem Plan, der noch gar kein Plan war, sondern nur eine Absicht – »Aber gar nichts zu unternehmen wäre der schlechteste Plan überhaupt« –, und sie versuchten, ihn davon abzubringen. Er hatte das erwartet und ließ sich nicht beirren. »Gerade du musst das verstehen«, sagte er zu Hinda. »Es gibt Dinge, die nicht verhandelbar sind.«

Sie diskutierten immer noch mit ihm, als er schon seinen Rucksack packte – »Nein, kein Koffer, ich gehe ja nicht auf eine Vergnügungsreise« –, sie redeten immer noch auf ihn ein, als er schon die große Schere und sein Nähzeug in ein Tuch wickelte – »Man weiß nie, was man braucht« –, und als er zum Bahnhof ging, ohne zu wissen, wo überhaupt noch Züge hinfuhren, da hatten sie Pinchas und Arthur aufgeboten, die ihn auch zu überzeugen versuchten, dass er nur unnötig sein Leben riskiere.

»Unnötig?«, fragte Zalman. »Mein Sohn ist dort.« Und zog an seinen Fingern, dass die Gelenke knackten, wie man ein Werkzeug, das man lange nicht mehr gebraucht hat, wieder in Schuss bringt.

Bis Krakau, meinte der Mann am Schalter, würden möglicherweise noch Züge verkehren. Er wollte Zalman aber doch lieber nur ein Billett bis Wien verkaufen, wobei seine Begründung von tröstlicher Alltäglichkeit war. »Wenn es dann doch keine Verbindung gibt, könnten wir Ihnen den Preis nicht rückerstatten. Kriegerische Ereignisse gelten in den Beförderungsbestimmungen als höhere Gewalt, und dann wäre es doch hinausgeworfenes Geld.«

Zalman kaufte ein Billett nach Wien, einfache Fahrt. Beinahe hätte er gesagt: »Wenn ich nicht zurückkomme, wäre es doch hinausgeworfenes Geld.«

Pinchas hatte nicht wirklich erwartet, ihn von seinem Entschluss abbringen zu können, und stopfte ihm jetzt, ein Gebet murmelnd, ein gigantisches Stück Rauchfleisch in den Rucksack. Es sollte sich erweisen, dass er ihm damit ein kostbares Geschenk machte.

»Und wo willst du unterwegs übernachten?«, fragte Arthur, als gäbe es nichts Wichtigeres.

»Eine Laubhütte werde ich mir bauen. Das ist doch sehr passend, jetzt an Sukkes.«

Hinda lachte mit ihm, und das war das Schwerste, das sie in ihrem Leben für ihren Mann hatte tun müssen. Sie hielt es durch, bis sein Zug abgefahren war. Dann erst ließ sie sich von ihren Töchtern trösten.

Später, als alles längst vorbei war, wurde Zalmans Fahrt in den Krieg zu einer Legende, zu einem familiären Heldenepos, das man sich immer wieder erzählte und dabei jedes Mal weiter ausschmückte und abrundete, bis es die Klarheit und Unglaubwürdigkeit einer Sage annahm. Schon für seine Enkel, die ihn nur als jederzeit zu kindlichen Späßen aufgelegten Großvater kannten, waren seine Abenteuer nicht wirklicher als ihr heiß geliebtes Einschlafmärchen von dem riesigen Fisch, auf dessen Rücken die Matrosen sich ihr Essen kochen.

Zalman selber sprach nach einem ersten Bericht wenig über seine Erlebnisse und war in dieser Sache sehr viel schweigsamer, als man es sonst von ihm gewöhnt war. Wenn man ihn sehr drängte, erzählte er die immer gleichen Anekdoten, von denen keine wirklich gesellschaftsfähig war. Da gab es die Geschichte von den österreichischen Soldaten, die nach Hause geschickt werden wollten und deshalb Seife schluckten, weil man davon einen Durchfall bekam, den kein Feldarzt von den Symptomen der Cholera unterscheiden konnte, und die von den Rauchern, die keine Blättchen mehr für ihren Tabak hatten und auf der Latrine das Papier sortierten, »das hier ist sauber, das hier nicht«. Das Letztere wurde in der Familie zu einem geflügelten Wort, das man beim Geschirrspülen ebenso brauchte wie beim Sortieren der Wäsche. »Das hier ist sauber, das hier nicht.«

Im Kern jeder Legende steckt ein wirkliches Ereignis, und auch ohne alle Ausschmückungen waren Zalmans Erlebnisse in jenen Wochen abenteuerlich genug.

Es begann ohne besondere Schwierigkeiten: die Verbindung von Wien nach Krakau existierte immer noch. In seinem Abteil war er der einzige Zivilist unter lauter k.u.k.-Offizieren und wurde entsprechend misstrauisch gemustert. In der Gegenrichtung musste man die Flüchtlinge schon in Güterwagen transportieren, so viele waren es, und da reiste einer freiwillig mitten ins Geschehen? Um nicht für einen Spion gehalten zu werden, erinnerte sich Zalman an seine Zeit in New York und begann mit amerikanischem Akzent zu sprechen. Er behauptete, Korrespondent des *Herald* zu sein und notierte die Namen aller Mitreisenden für eine Reportage über die heldenhafte österreichische Armee. Die Aussicht auf internationalen Ruhm ließ die Offiziere schnell ihr Misstrauen verlieren. Krieg hat sehr viel mit Eitelkeit zu tun.

Die Russen, erklärten sie ihm so beleidigt, als hätten die gegen die Spielregeln eines anständigen Krieges verstoßen, indem sie sich einen so unvorhergesehenen Vorteil verschafften, die Russen waren durch die in allen Planspielen für undurchdringlich gehaltenen Pripjet-Sümpfe nach Galizien vorgestoßen, was bedeutete, dass sie sich unfairerweise schon seit Jahren auf diese Auseinandersetzung vorbereitet haben mussten. Von Lemberg im Norden Galiziens bis nach Czernowitz in der Bukowina hatten sie eine ganze Reihe von Städten überrollt und waren schnell nach Westen vorwärtsgekommen. Aber dadurch – die Offiziere sagten es hinter vorgehaltener Hand, als hätte es ihnen General-stabschef von Hötzendorf persönlich anvertraut – waren jetzt ihre Nachschubwege viel zu lang, und eigentlich, davon waren alle im Abteil überzeugt, hatten sie sich, ohne es noch zu wissen, schon in die Niederlage gesiegt. Zalman fühlte sich an Gewerk-schaftsversammlungen erinnert, wo man sich, um den Mut nicht zu verlieren, auch immer einredete, der Streik zeige schon Wir-kung, und dass die Gegenpartei immer noch nicht verhandeln wolle, sei nur ein Beweis ihrer Schwäche.

Er stimmte den Offizieren in allen Punkten zu, weshalb sie ihn für einen Fachmann in strategischen Dingen hielten und ihn sogar befragten, wie die von den Russen umgangene und einge-schlossene Festung Przemysl seiner Meinung nach am besten zu entsetzen sei.

So sehr freundete man sich an, dass sie ihm in Krakau sogar einen Platz in einem Sanitätszug organisierten, der bis in die Nähe von Tarnow fuhr; die Stadt selber war schon vom Gegner eingenommen. Der Zug hielt nahe hinter der Front; man hörte das Gewehrfeuer. Der Siegeszug der Russen schien unaufhalt-sam, und die Bewohner des Dorfes, in dem die Lazarettzelte standen, brachten an ihren Häusern schon russisch-orthodoxe Ikonen an, von denen es hieß, dass sie die Kosaken milder stimmten: Jesus, Maria und den heiligen Nikolaus. »Auch an den jüdischen Häusern waren solche Bildchen«, erzählte Zalman später, »und vielleicht haben sie ja geholfen. Über Tarnow sind die Russen nie hinausgekommen.«

Wie er sich erst durch die österreichischen und dann durch die russischen Linien schlug, davon sprach er nie. Nur zu Arthur sagte er einmal: »Ich habe dort mehr Verwundete gesehen, als du in deiner Praxis jemals erleben wirst, und glaub mir: wenn einer die eigenen Gedärme festhält und dich anfleht, ihn zu erschie-ßen, um seinen Schmerzen ein Ende zu machen, dann bedauerst du nur, keine Waffe zu haben.«

Die einzige gute Straße hätte über Rzeszow, Jaroslaw und Przemysl nach Osten geführt. Weil dort aber die Festung als letzte habsburgische Insel immer noch Widerstand leistete und die Kämpfe heftig waren, musste sich Zalman seinen Weg weiter südlich suchen, dort wo die Landschaft schon gebirgig wurde und es deshalb wenig zu erobern und zu gewinnen gab. Hier an den Abhängen der Beskiden waren nie große Armeen aufeinandergetroffen, und es hatte darum auch nie eine Entscheidung gegeben. Nur kleinere Einheiten lieferten sich sporadische Gefechte, erschöpfte Boxer, die immer noch aufeinander einschlugen, obwohl keiner mehr die Hoffnung hatte, einen entscheidenden Treffer zu landen.

Der Krieg, der hier nur eine Reihe von blutigen Überfällen war, fand mitten unter der Bevölkerung statt; Kartoffelkeller dienten als Unterstände, und in den Kirchtürmen versteckten sich Mitrailleure. Es gab keine klaren Grenzen mehr, weder im Großen noch im Kleinen. Sogar die Gartenzäune waren verschwunden, zu Brennholz zerhackt oder zur Befestigung der schlammigen Wege gebraucht.

Der Krieg hatte das Land durcheinandergewirbelt, wie Mimi, wenn sie im Bett Patiencen legte, die Karten zu mischen pflegte: den ganzen Packen auf die Bettdecke werfen, die Augen schließen und mit den Händen blind darin herumwühlen.

Viele Familien waren auseinandergerissen worden, und wenn sie mit viel Glück zusammengeblieben waren, wussten sie nicht, wohin. Es kam vor, dass zwei Gruppen einander begegneten und jede ihre Sicherheit in genau der Richtung suchte, aus der die andere gerade geflohen war. So viele Flüchtlinge irrten umher, dass man sie mit traurigem Spott »die zweite Armee« nannte. Ein einzelner Mann in zerrissener und schmutziger Kleidung fiel hier nicht auf.

Die Gegend war schon immer arm gewesen und durch den Krieg noch ärmer geworden. Alles Essbare war gegen wertlose

Requisitionsscheine – »einzulösen, wenn Moschiach kommt« – beschlagnahmt worden, und die hungrigen Soldaten gruben mit ihren Bajonetten noch die letzten Kartoffeln aus dem Boden. Wer sich zurückziehen musste, und das waren hier, wo es keinen klaren Frontverlauf gab, einmal die Österreicher und dann wieder die Russen, sprengte vorher alle Vorräte, die er nicht mitnehmen konnte, mit einer Ladung Ekrasit in die Luft.

Hunger hebt Gesetze auf, und wenn sich Zalman von dem Rauchfleisch, das ihm Pinchas im letzten Moment mitgegeben hatte, ein Stück abschneiden wollte, musste er sich dazu jedes Mal ein Versteck suchen.

Das Land war voller Bettler, alten und neuen. »Sie waren leicht zu unterscheiden«, erzählte Zalman. »Die geübten schämen sich nicht und sehen dir ins Gesicht, wenn sie dir die Hand hinstrecken.«

Einmal, er konnte sich hinterher nicht mehr erinnern, ob es bei Samok oder bei Sambor gewesen war, schloss sich ihm einen Tag lang ein erfahrener Schnorrer an, ein alter Herr, der zwar nie in einer Schlacht gewesen war, auf dessen Brust aber trotzdem eine ganze Reihe russischer Tapferkeitsmedaillen klimperte. In der Tasche seines Mantels hielt er, für den Fall, dass sich das Kriegsglück wenden sollte, ebenso viele österreichische Medaillen bereit. »Die Leute wollen mit jemandem Mitleid haben können, der zu ihnen gehört«, war seine Erklärung. »Das ist man in meinem Beruf seinen Kunden schuldig.«

Wenn Zalman von solchen Begegnungen berichtete, klang alles nach einem großen Abenteuer, aber es gab viele Dinge, über die er nie sprach, und die man nur aus kleinen Einzelheiten erraten konnte, wie sich ein Archäologe aus ein paar Scherben eine ganze Kultur zusammensetzt. So sprach er zum Beispiel nie von einem geplünderten Herrenhaus, und doch musste es eins gegeben haben, denn einmal sagte er: »Klavierholz brennt am besten«, und ein anderes Mal, als er schon seine eigene Schneiderei hatte und man ihm einen auffällig grünen Samtstoff verkaufen wollte: »Aus so einem Billardbezug habe ich einmal einem frierenden Sergeanten ein Futter in seinen Mantel genäht.«

Die wirklich schlimmen Dinge, und es musste eine Menge davon gegeben haben, behielt er für sich oder vertraute sie höchstens Hinda an. Nur sie wusste, warum Zalman sein Leben lang nie mehr eine Birne anrührte – ein Toter hatte unter einem Birnbaum gelegen, und die verfaulenden Früchte hatten sich mit dem verwesenden Körper vermischt –, oder warum er sich mit so viel Einsatz in seine Arbeit für das Hilfskomitee stürzte. Den anderen sagte er nur: »Juden werden in diesem Jahrhundert nie mehr Schlimmeres erleben, als was ihnen in Galizien passiert ist«, und schaute den Leuten ins Gesicht, wenn er sie um eine Spende für das Komitee bat.

»Und du hast nie die Hoffnung aufgegeben, Ruben zu finden?«, fragte ihn Hinda.

»Hoffnung kostet nichts«, antwortete er. Es sollte ein Scherz sein, aber er lächelte nicht dabei.

Auch wenn nur die Hälfte von dem, was man sich später in der Familie erzählte, auch wirklich passiert war, Zalman musste vieles erlebt und mitgemacht haben. An Sukkes war er in Zürich weggefahren, und es war schon November, als er über Stryj und Stanislawow endlich in Kolomea ankam.

Er war hier aufgewachsen und kannte die Stadt doch nicht mehr.

Vor dem Bahnhof, der außerhalb lag, schien ein Kutscher auf ankommende Gäste zu warten, aber als Zalman näherkam, stand dort nur das Gerippe einer Droschke, wie auch das ganze Gebäude nur noch das Gerippe eines Bahnhofs war. Man ging von hier zwei Kilometer bis in die Stadt, und es war ein seltsames Gefühl für ihn, die breite Straße, auf der sich zu seiner Zeit Fußgänger, Karren und Kutschen gedrängt hatten, ganz für sich allein zu haben.

Kolomea, weit im Osten Galiziens gelegen, war eine der ersten Städte gewesen, die die russischen Truppen eingenommen hatten, und weil sie es im ersten Eifer des neuen Krieges besonders gut machen wollten, hatten sie mit ihren Geschützen ein regelrechtes Zielschießen veranstaltet, bei dem auch die griechisch-katholische Kirche ihren Turm verloren hatte. Was übrig blieb, war nur noch ein formloser steinerner Klotz, der an einen Pferdestall erinnerte und von den Kosaken in den ersten Tagen der Besetzung auch so verwendet wurde. Ein klassizistisches Gebäude, das Zalman noch nie gesehen hatte – es musste nach seinem Weggang erbaut worden sein – zeigte zwar keinerlei Einschläge, war aber trotzdem vollständig ausgebrannt. Man ging auf einem Teppich verkohlter Papierfetzen daran vorbei; er dachte zuerst an eine Bibliothek, und erst die hebräischen Schriftzeichen unter seinen Füßen machten ihm klar, dass es sich um die neue Synagoge handeln musste, die Ruben in einem seiner Briefe so beeindruckt geschildert hatte.

Auf dem Ringplatz, dem zentralen Markt der Stadt, fehlten die vollgepackten Stände, an denen buntgewandete huzulische Bauern Geflügel und Gemüse verkauft hatten; nur ein paar ausgehungerte Städter hatten entbehrliche Haushaltsgegenstände vor sich aufgereiht und warteten ohne Hoffnung auf Abnehmer. Die Fenster der Geschäftshäuser ringsumher waren mit Brettern vernagelt, als könnten sie den Anblick ihrer kranken Stadt nicht mehr ertragen. Die meisten Läden waren geschlossen, nur die Konditorei *Righietti* an der Kosciuszkogasse hielt ihren Betrieb tapfer aufrecht. Ein Schild an der Tür bat die sehr verehrte Kundschaft um Verzeihung, dass man ihnen, »aus Gründen, die außerhalb unseres Einflusses liegen«, leider weder Mehlspeisen noch Kaffee anbieten könne.

Die Menschen, denen er begegnete, wichen seinem Blick aus. Jeder Fremde konnte ein Feind sein oder, noch bedrohlicher, ein Hilfesuchender. Da war es vernünftiger, ihn nicht zu bemerken.

Russische Soldaten waren nirgends zu sehen. Nur vor dem Hotel *Bellevue* an der Jagiellonskagasse stand ein Doppelposten. Sie hatten hier wohl ihr Hauptquartier eingerichtet.

Bis zur Jeschiwe wäre es nicht mehr weit gewesen, aber Zalman machte sich zuerst auf den Weg zur Jablonowka, der kleinen Gasse im jüdischen Viertel, wo das Haus des alten Freundes stand, der Ruben bei sich aufgenommen hatte. Über der ganzen Gegend lag ein Geruch von verbranntem Holz, in das es hineingeregnet hat, und Zalman begann zu rennen, als komme es jetzt, nach mehr als drei Wochen Wanderschaft, plötzlich auf jede Minute an.

Die Gasse war unversehrt, die einstöckigen hölzernen Gebäude drängten sich immer noch eng aneinander, wie um sich gegenseitig Mut zu machen. Aber die Straße war still, stiller, als er sie selbst am Jom Kippur, wenn alles in der Synagoge war, je erlebt hatte.

Die Eingangstüren waren nicht verschlossen.

Im Haus seines Freundes standen auch die Schränke offen, man hatte sie gründlich und sorgfältig geleert, das Geschirr und die Wäsche weggeschafft und dabei noch nicht einmal Unordnung hinterlassen. Nur für die Bücher hatte sich niemand interessiert.

Auf Tische und Stühle waren mit Kreide Namen geschrieben, Sawicki, Truchanowicz, Brzezina. Zalman erfuhr erst später, was es damit für eine Bewandtnis hatte: die Plünderer, alles ordentliche Nachbarn, hatten ihre Beutestücke bezeichnet, um sie dann, wenn der entsprechende Platz im eigenen Hause freigemacht war, in aller Ruhe abzutransportieren. Sie mussten sich damit nicht beeilen, denn niemand hatte zu befürchten, dass die jüdischen Besitzer noch einmal zurückkehren würden.

In einer kleinen Kammer im ersten Stock lag Rubens Koffer auf dem Bett.

Leer.

Zalman setzte sich daneben und streichelte die dunkelbraune Pappe.

Als er dann wieder auf der menschenleeren Gasse stand und nicht wusste, wohin er sich wenden sollte, rief plötzlich eine Stimme seinen Namen. Es war eine dünne, alte, lispelnde Stimme, die aus dem Nichts zu kommen schien, denn er konnte niemanden entdecken. »Kamionker!«, rief die Stimme. »Bist du nicht der Kamionker?«

Im geöffneten Fenster eines Hauses, er sah es erst jetzt, stand eine alte Frau, die ihm bekannt vorkam, und die er doch nicht einordnen konnte. Sie machte ihm Zeichen, heraufzukommen, und als er vor ihr stand – auch in diesem Haus waren die Türen nicht versperrt und die Schränke ordentlich geleert –, erinnerte er sich.

»Frau Heller?«

Damals, als er als junger Bursche in der Tallisweberei von Simon Heller gearbeitet hatte, war sie die Patronin gewesen, eine Frau, vor der man die Mütze zog, wenn sie durch die Werkstätten ging, und die immer, Zalman konnte es jetzt noch riechen, einen feinen Schleier von Veilchenparfum hinter sich hergezogen hatte. Jetzt stand da eine Greisin in der ausgeräumten Wohnung, obwohl Frau Heller so uralt noch gar nicht sein konnte. Sie trug keinen Scheitel mehr, und die wirren grauen Haare ließen die Kopfhaut wie Torah-Pergament durchschimmern.

»Warum bist du nicht auch in Ottynia, Kamionker?«, fragte sie.

Früher hatte sie nicht gelispelt.

Die Hellers hatten nie in der Jablonowka gewohnt, sondern immer in einem stattlichen Fabrikantenhaus direkt neben der Weberei. Aber sie war wohl hier aufgewachsen und hatte sich wieder in ihrem Elternhaus verkrochen, nachdem …

Zalman fragte nicht nach ihrer Geschichte. Er hatte in den letzten Wochen von zu vielen Scheußlichkeiten gehört.

»Ottynia?«

»Da sind sie alle hingegangen. Zum Ottynier Rebben. Er ist ein heiliger Mann, haben sie gesagt, und wird sie beschützen.«

»Auch die Bochrim von der Jeschiwe?«

»In Ottynia. Alle in Ottynia.« Sie sagte es fast singend und lächelte ihn dabei an, wie man dumme Menschen anlächelt, die nach Selbstverständlichkeiten fragen. Ein Gewehrkolben hatte ihr die Zähne ausgeschlagen, aber es war immer noch das alte distanzierte Lächeln, mit dem sie als Patronin an ihnen vorbeigegangen war, mit ihrem Duft von Veilchen. »Ich habe dich lange nicht mehr bei der Arbeit gesehen, Kamionker«, sagte sie. »Warst du krank?«

In der Küche, wo es in den Schränken kein Geschirr mehr gab, ließ er sein letztes Stückchen Rauchfleisch für sie liegen. Er hatte es sich für den Notfall abgespart, aber jetzt, wo er wusste, wo Ruben war, konnte es keine Notfälle mehr geben.

Ottynia hatte an seinem Weg gelegen, und er war dem Städtchen ausgewichen, wie er allen Orten, wo Soldaten sein konnten, nach Möglichkeit auswich. Es waren nur ein paar Kilometer bis dorthin, zurück in der Richtung nach Stanislawow. Noch an diesem Abend konnte er dort sein.

Er kam an der Jeschiwe vorbei, auch sie ein wehrlos offenes Gebäude.

Im alten jüdischen Friedhof hatte eine Granate eingeschlagen, genau in der Mitte des Gräberfeldes. Ihr Trichter war wie der Kelch einer Blume und die in alle Richtungen umgestürzten Grabsteine wie Blütenblätter.

53

Das Ende der Geschichte kannte die Familie genauer, weil Ruben ja dabei gewesen war und auch gern davon erzählte, mit dem

Glaubenseifer eines Menschen, der am eigenen Leib ein Wunder erlebt hat. Denn war es nicht ein Wunder gewesen, ein Nes min Haschomajim, dass sein Vater im Haus des Rebben plötzlich vor ihm stand? »Dabei«, sagte er und konnte es, sooft er es auch erzählte, jedes Mal von neuem nicht fassen, »dabei habe ich ihn zuerst für einen Fremden gehalten, so wie seine Brüder den Joseph nicht erkannten, als sie in Ägypten vor ihm standen.« Ruben hatte sich angewöhnt, in biblischen Vergleichen zu reden, war aber in seiner Religiosität im Ganzen sehr viel toleranter geworden. Je sicherer sich einer seiner Überzeugung ist, desto weniger hat er das Bedürfnis, sie anderen aufzuzwingen.

Das Haus des Ottynier Rebben hatte Zalman leicht gefunden. Es war das prächtigste Gebäude am Ort, was nicht viel bedeutete, denn Ottynia war ein armes Städtchen, wo die Leute, wie das Sprichwort sagt, nur Schabbes machen konnten, wenn jeder seinem Nachbarn etwas borgte. Frömmigkeit allein baut keine Paläste.

Aber Rabbi Chajim Hager, ein Sohn von Rabbi Baruch aus dem berühmten Geschlecht der Wischnitzer, war ein Zadik, ein Fürst der Tora, ein Spross von altem Gelehrtenadel, und deshalb sorgten seine Chassidim für ihn, auch wenn sie sich ihre Beiträge oft vom Mund absparen mussten. Das Gebäude, in dem er residierte und für seine Anhänger Hof hielt, war aus Stein gebaut, nicht wie fast alle anderen Häuser des Städtchens nur aus Holz, es hatte über dem Erdgeschoss zwei weitere Stockwerke, und den dreieckigen Giebel, den man ihm kulissenhaft aufgesetzt hatte, zierte ein Davidstern.

Den größten Teil des Erdgeschosses nahm der Bet- und Studiersaal ein – »Schul« heißt das im Jiddischen, weil ein Frommer immer auch ein Lernender ist –, und an Feiertagen konnten sich hier mehr als hundert Chassidim versammeln und hatten immer noch genügend Platz, um sich beim Jom-Kippur-Gebet auf den Boden zu werfen.

Jetzt drängten sich fast fünfhundert Menschen in dem Gebäude. Wenn man die Nähe des Rebben schon im Frieden brauchte, wie ein Kind seinen Vater, wie viel mehr erst im Krieg? Wo sonst sollte man Schutz suchen?

Schon viele Jahre waren die Anhänger des Ottynier Rebben hierher gepilgert, um sich bei ihrem geistlichen Oberhaupt Rat und Segen zu holen. Sie beteten und sangen mit ihm, und wenn sie von den Schirajim, den Überresten von des Rebben Tisch, ihren Bissen bekamen, dann schmeckte der ihnen so köstlich wie den Gerechten im Paradies der Leviathan.

Jetzt gab es für jeden nicht mehr als eine Schüssel Buchweizengrütze am Tag, und Schirajim hatte schon lange keiner mehr übrig gelassen.

In Ottynia hatte man die Chassidim immer gern kommen sehen, weil sie einen bescheidenen Verdienst mit sich brachten. Selbst die Zionisten, die auf ihre aufgeklärte Modernität so stolz waren und heimlich über Wunderrabbis spotteten, vermieteten den frommen Pilgern gern ein Bett oder spannten das magere Pferd an, um sie nach Kolomea zur Bahn zu bringen.

Jetzt war an ihnen nichts mehr zu verdienen. Die Armenkasse der Gemeinde war längst geleert, und der Preis für Lebensmittel stieg jeden Tag weiter: eine ganze Krone verlangte man schon für einen einzigen Laib Brot. Wenn er für die eingeschlossenen Juden bestimmt war, konnte es leicht auch das Doppelte sein; wer keine Wahl hat, kann nicht handeln. Der russische Ortskommandant hatte das Haus des Rebben zum Arrestlokal erklärt und alle seine Bewohner zu Gefangenen. Die Juden hätten eine kriegswichtige Telefonleitung zerstört, hieß die offizielle Begründung, und seien damit alles Saboteure. Wer versuchte, das Gebäude zu verlassen und dabei erwischt wurde, erhielt fünfundzwanzig Peitschenhiebe. Manchmal waren es auch fünfundsiebzig, oder einfach so viele, bis dem Profoss der Arm müde wurde.

Das Haus zu betreten war nicht verboten, nur hinaus kam man dann nicht mehr. Als Zalman an die Tür klopfte, hielt ihn der Wachtposten nicht auf, sondern lachte nur und sagte zu seinem Kameraden: »Schau einer an, jetzt kommen die Kälber schon selber zum Metzger.«

Der Neuankömmling wurde von allen Seiten bestürmt und nach Neuigkeiten aus der Welt draußen befragt. Wenn Zalman nicht so müde gewesen wäre, hätte er den Eingeschlossenen gern mit ein paar hoffnungsvollen Lügen Mut gemacht. Aber zuerst musste er Ruben suchen.

Er fand ihn in einem Zimmer, in dem sechs hätten wohnen können und in dem die Talmudstudenten aus Kolomea zu zwanzig hausten. Sie schliefen in Schichten, keiner länger als vier Stunden, damit sich im Lauf des Tages jeder einmal ausstrecken konnte.

Ruben, die Schläfenlocken so lang, wie er sie in Zürich nie getragen hatte, saß abgemagert und mit eingefallenen Wangen an der Wand, die Arme um die angezogenen Beine gelegt, hatte die Augen geschlossen und wiegte den Oberkörper hin und her, wie man es beim Beten tut oder beim Weinen. Zalman musste über schlafende Körper steigen, um zu ihm zu gelangen; man suchte seine Ruhe, wo man konnte, auch wenn ein Frommer nicht auf dem Boden liegen soll, weil das der Platz für die Toten ist.

Er kniete bei seinem Sohn nieder und umarmte ihn, und Ruben öffnete die Augen und wusste nicht, wer der fremde Mann war, der nach Rauch stank und nach Landstraße, und dem die Tränen über die unrasierten Backen liefen. Dann erkannte er ihn und bewegte lautlos den Mund, hatte das Sprechen verlernt, und als er endlich die Stimme wiederfand, stammten seine ersten Worte aus einem Schriftvers.

»Pleijto gedoijlo«, stammelte Ruben, was »große Errettung« bedeutet.

»Gott hat mich euch vorausgesandt«, sagt Joseph zu seinen

Brüdern, »damit er euch übrig behalte auf Erden und euer Leben errette durch eine große Errettung.«

Jahre später, als Ruben zum Rabbiner ordiniert wurde und seine allererste Predigt hielt, war das der Text, den er zu seinem Thema wählte.

»Jetzt gehen wir nach Hause«, flüsterte Zalman. Ruben erklärte ihm, dass man hier eingesperrt war und niemand das Gebäude verlassen konnte, aber sein Vater ließ nur die Fingergelenke knacken und sagte: »Ein Weg findet sich immer.«

Zalmans Freund, bei dem Ruben in Kolomea gewohnt hatte, war übrigens nie in Ottynia angekommen. Auf dem Weg musste ihm etwas zugestoßen sein, man wusste nicht was. Es war eine Zeit, in der Menschen einfach verlorengingen wie ein Taschentuch oder ein Schlüsselbund.

Zalman war an einem Freitag nach Ottynia gekommen, und am Abend stand er neben Ruben im Gebetssaal. Sie hatten sich regelrecht hineinkämpfen müssen, denn wenn der Ottynier Rebbe auch ein Gebentschter war, einer von den sechsunddreißig Gerechten, sagten seine Anhänger, um derentwillen Gott die Welt nicht zerstört, so war seine Schul doch nicht der Tempel zu Jerusalem, von dem die Sage geht, er habe sich jedes Jahr auf wundersame Weise ausgedehnt, um für alle Pilger Platz zu schaffen. Man stand dicht an dicht, so eng aneinandergedrängt, dass am Schluss der Schmonesre niemand die drei Schritte zurück und wieder nach vorne machen konnte, die zu diesem Gebet gehören.

Sie standen in absoluter Dunkelheit. Kerzen gab es schon lange nicht mehr. Über ihnen, ein roter Punkt im Nichts, schwebte das ewige Licht.

Seit der Baal Schem, der heiligste unter den Heiligen und weiseste unter den Weisen, einmal aus der Hand von Seeräubern befreit wurde, begrüßen alle Chassidim den Sabbat mit dem 107. Psalm, in dem Gott dafür gepriesen wird, dass er die Gefangenen und Verirrten erlöst und die Hungrigen wieder ihre Äcker besäen und ihre Weinberge bepflanzen lässt. »Und führte sie einen richtigen Weg«, sangen die Stimmen rings um Zalman, »dass sie zu einer Stadt gingen, in der sie wohnen konnten.« Sie sangen es jubelnd in der Dunkelheit ihres Betsaals, als habe sich die Verheißung schon erfüllt.

Ganz vorne, an der Ostwand, war irgendwo ihr Rebbe und führte das Gebet an. Dass man ihn nicht sehen und aus dem Wirrwarr der Stimmen auch nicht heraushören konnte, machte ihn zu einer mystischen Präsenz, so unwirklich und doch real wie die unsichtbare Sabbat-Braut, der sie sich bei ihrem Einzug alle zuwandten.

Sie beteten und sangen und hätten in ihrer Verzückung auch getanzt, wenn es Platz zum Tanzen gegeben hätte.

Zalman war nie ein frommer Mensch gewesen. Oft sagte er halb spöttisch, halb resigniert: »Ich weiß nicht, ob es einen Gott gibt, ich weiß nur, dass wir sein auserwähltes Volk sind.«

Aber als er Hinda später von diesem Freitagabend in der Ottymier Schul erzählte, meinte er nachdenklich: »Ob es einen Gott gibt, weiß ich immer noch nicht. Aber irgendetwas ist da.«

»Lampe herunter, Sorgen hinauf«, sagte man in der Familie Meijer. Hier gab es keine Schabbes-Lampe, die man über dem Tisch herunterlassen und anzünden konnte, und wenn es sie gegeben hätte, wäre kein Öl da gewesen. Und doch hatte Zalman in der Dunkelheit dieses Betsaals das Gefühl, endlich loslassen zu dürfen, zumindest für einen Tag.

Die Suude, das festliche Sabbat-Mahl, bestand aus einem Stück Brot und einer Prise Salz. Zalman nahm den einen olivengroßen Bissen, mit dem man seine Pflicht erfüllt hat, und überließ den Rest Ruben.

Ein paar Stunden lang schliefen sie nebeneinander auf dem Boden. Zalman hatte einen Arm um seinen Sohn gelegt und atmete den Geruch seiner Haare ein, wie früher, wenn Ruben als verängstigter kleiner Junge zu seinen Eltern ins Bett gekrochen war, weil es vor dem Fenster gewitterte.

Als der Sabbat vorbei war, hatte Zalman seinen Plan. Am Sonntag, im ersten Licht des Morgens, begann er ihn auszuführen.

Es fand sich ein Stück Wachstuch, das wohl einmal ein Tischtuch gewesen war – wer braucht Tischtücher, wenn er nichts zu essen hat? –, und daraus nähte er eine Art länglichen Beutel mit zwei langen Bändern an den beiden Enden. Er erklärte nichts, sagte nur zu seinem Sohn: »Wenn du dich noch von jemandem verabschieden willst, dann tu es schnell, denn wir zwei machen uns jetzt auf den Weg.«

Im Haus des Rebben, wo alle Stuben und Gänge voller Menschen waren, verbreiteten sich Gerüchte schnell, und so wusste bald jeder, dass da ein Mann war, ein Meschuggener oder ein Gebentschter, wer konnte das schon sagen, der meinte, einfach an den Wachen vorbei in die Freiheit spazieren zu können. Ohne dass ein Bote oder eine förmliche Aufforderung gekommen wäre, wusste das Gerücht auch, dass der Rebbe die beiden zu sehen wünschte, den Schneider Zalman und seinen Sohn Ruben.

Vor den Rebben zu treten und ihn um seinen Rat und seinen Segen bitten zu dürfen, war eine große Ehre, aber auch ein formeller Anlass, bei dem genauso strenge Regeln zu beachten waren wie bei einer königlichen Audienz. Man trug dem Rebben seine Probleme nicht mündlich vor, sondern schrieb sie auf einen Zettel, den Kwittel, der nichts enthalten durfte als den Namen des Bittstellers, seine Herkunft und die Sache, um die es ging. Ein Weiser wie der Ottynier Rebbe braucht keine Erklärungen, er versteht auch so.

»Ruben ben Hinda und Zalman ben Scheindl«, schrieben sie, denn in einem Kwittel nennt man den Namen der Mutter und nicht des Vaters, »beide aus Zürich.« Als den Grund ihrer Vorsprache setzte Ruben ein, was ihm beim Anblick seines Vaters als Erstes in den Sinn gekommen war: »Pleijto gedoijlo«, große Errettung.

Der Rebbe hatte, als Einziger in diesem überfüllten Haus, immer noch einen Raum für sich, wenn es auch nicht mehr das große Studierzimmer war, sondern nur noch die kleine Kammer, in die er sich früher manchmal zurückgezogen hatte, um eine halbe Stunde zu ruhen. Der Gabbe, gewissermaßen der Haushofmeister des Rebben, öffnete ihnen die Tür und ließ sie eintreten.

Rabbi Chajim Hager saß hinter einem Tisch voller Bücher. Das Erste, was Zalman an ihm auffiel, waren seine Augen, weil sie so völlig unterschiedlich waren: das eine weit geöffnet und durchdringend und das andere, mit hängendem Lid, halb zugekniffen, als durchschaue der Ottynier mahnend sein Gegenüber und verzeihe ihm im gleichen Moment auch schon wieder alles. Erst hinterher erfuhr er, dass der Rebbe – »Aber er sieht trotzdem mehr als jeder andere!« – auf einem Auge blind war. Unter dem dichten grauen Bart waren die Lippen immer ein bisschen geschürzt, wie zu einem Kuss oder um einen unvertrauten Bissen abzuschmecken. Er trug den seidenen schwarzen Kaftan, aber auf dem Kopf hatte er nicht mehr, wie am Sabbat, den Schtraijml, das Pelzbarett mit den dreizehn dunkelbraunen Zobelschwänzen, sondern einen steifen schwarzen Hut, eine Melone, wie sie die galizianischen Schullehrer trugen oder manche Händler auf dem Markt. Der Hut war in den Nacken geschoben, und über der hohen Stirnglatze war das Samtkäppchen sichtbar.

Der Gabbe hatte längst die Tür hinter ihnen geschlossen, aber Rabbi Chajim starrte mit seinem guten Auge gedankenverloren ins Leere und sah sie nicht an.

Sie legten den Kwittel vor ihn hin, zusammen mit der obligatorischen Münze, die der Rebbe an die Armen weitergeben würde. Ein paar Minuten gingen stumm vorbei. Dann erst nahm er den Zettel, faltete ihn auseinander und hielt ihn vor sein gutes Auge.

»Pleijto gedoijlo«, las er, und von der leisen, aber kraftvollen Stimme des Rebben gesprochen klangen die Worte wie eine Verheißung. Natürlich erkannte er die Bibelstelle; man sagte von ihm, dass er nicht nur den Tenach mit allen seinen Büchern auswendig wüsste, sondern auch die ganze Mischnah. Er lächelte sie an, und wenn der Rebbe lächelt, kann dir nichts Böses mehr passieren. »Nicht ihr habt mich hergesandt«, setzte er das Bibelzitat auf Hebräisch fort, »sondern Gott.« Und fügte auf Jiddisch hinzu: »Wenn einer von Gott gesandt ist – was soll ihm misslingen?« Hob seine Hand zum Segen und versank wieder in seinen Gedanken.

Das war die ganze Audienz von Zalman und Ruben Kamionker beim großen Rabbi Chajim Hager von Ottynia. Es war Zeit, sich auf den Weg zu machen.

Hinter dem Haus, wo in friedlicheren Zeiten einmal der Gemüsegarten gewesen war, hatte man für all die Schutzsuchenden eine Latrine gegraben, schon zweimal vergrößert und immer noch zu klein, und dort kniete Zalman auf den schmutzigen Brettern und fischte mit angehaltenem Atem eine Hand voll Kot heraus und noch eine und noch eine. Mit bloßen Händen tat er es und füllte die widerliche Masse in den Beutel aus Wachstuch. Er wischte die Hände an den Hosen seines Sohnes ab – »Auch das hat seinen Sinn«, sagte er –, und dann machte er sich an die schwierigste Schneiderarbeit seines Lebens: er nähte einen Beutel voller Scheiße zu, mit groben Stichen und in aller Eile, denn es kostete Mühe, sich dabei nicht zu übergeben.

Den Beutel musste sich Ruben umbinden und die Hose darüber ziehen. Weil die Naht, wie es sein sollte, nicht ganz fest war, spürte er bald, wie ihm der fremde Kot langsam und ekelhaft die Beine hinunterlief.

»Gut so«, sagte Zalman.

Er legte sich seinen Sohn über die Schulter, ein Jäger mit einem erlegten Wild, ging durch den Hintereingang zurück ins Haus und marschierte mit festem Schritt den langen Gang entlang, an der Schul vorbei, öffnete die Haustür, und als die Wachen ihm ihre aufgepflanzten Bajonette in den Weg streckten, sagte er nur ein Wort.

»Cholera«, sagte Zalman.

Auch in der russischen Armee waren mehr Soldaten von dieser heimtückischen Krankheit getötet worden als von feindlichen Kugeln, und als die Soldaten sahen, wie dem jungen Juden der Kot aus der Hose rann, als sie seine Übelkeit erregende Ausdünstung rochen und sein eingefallenes Gesicht sahen und die geschlossenen Augen, da machten sie einen Schritt zurück und noch einen und gaben den Weg frei.

»So muss es gewesen sein, als Moses das Rote Meer teilte«, sagte Ruben später.

Mit seinem Sohn auf der Schulter ging Zalman durch das ganze Städtchen Ottynia. Erst in dem kleinen Wäldchen, wo man im Frühjahr winzige Erdbeeren und im Herbst riesige Pilze sammelte, erst als niemand mehr sie sehen und hören konnte, stellte er ihn wieder auf den Boden, ging ein paar Schritte zur Seite und übergab sich. »Versuch dich zu säubern, so gut es geht«, sagte er und würgte schon wieder.

Als Ruben sauber war – nicht wirklich sauber, das wurde er nicht mehr, bis er in Czernowitz endlich ein Bad nehmen konnte –, als der Wachstuchbeutel unter einem Haufen aus verrottetem Laub begraben und nichts mehr davon zu sehen war, öffnete Zalman seinen dünn gewordenen Rucksack, holte sein Nähzeug heraus und wickelte die große Schere aus dem Tuch. »Sie werden wieder nachwachsen, aber ein Kopf wächst nicht nach«, sagte er, als er seinem Sohn die Schläfenlocken abschnitt. Für das, was er vorhatte, wäre es nicht gut gewesen, wenn man ihm den Juden angesehen hätte.

Sie nahmen den Weg nach Südosten, in großem Bogen um Kolomea herum, denn Zalman hätte es nicht ertragen, seine Heimatstadt noch einmal so zu sehen, wie er sie vor drei Tagen angetroffen hatte.

Ihr Ziel war die Grenze zur Bukowina, wo auch die Front war. Der Weg dahin ließ sich leicht finden: sie mussten nur immer die Richtung einschlagen, aus der die Flüchtlinge kamen.

Sie erreichten Sniatyn, wo man schon so nahe bei den Armeen war, dass man ihre Geschütze hätte hören müssen, aber bei den russischen Truppen war die Munition knapp geworden, und die Österreicher warteten auf den Sieg im Westen, um erst dann gemeinsam mit ihren deutschen Verbündeten wieder zum Angriff anzutreten.

Im Vergleich zu dem, was Zalman schon hinter sich hatte, war der Weg auf die andere Seite ein Spaziergang. In dieser Grenzgegend hatte man schon immer geschmuggelt, und weil der Mensch auch im Krieg sein Geld verdienen muss, fand sich ein Bauer, der ihnen gegen gute Bezahlung einen Schleichweg durch die Stellungen zeigte.

Die Russen hatten auch Czernowitz überrannt und waren gerade erst daraus vertrieben worden, aber in den Kaffeehäusern gab es schon wieder richtigen Kaffee, und im Hotel füllte man einem für eine halbe Krone eine Wanne mit heißem Wasser.

Bei einem Händler kauften sie alte Hosen, Jacken und warme Mäntel, alles nicht elegant, aber sauber. Das einzige Kleidungsstück, ja überhaupt der einzige Gegenstand, mit dem Ruben aus Zürich weggefahren war und den er wieder mit nach Hause brachte, war sein Arba kanfes mit den Schaufäden an den vier Ecken.

Der Fahrplan war noch nicht wieder in Kraft, aber einmal am Tag fuhr ein Zug in die Hauptstadt, mit einem Schaffner, der so unfreundlich war wie in den besten Friedenszeiten.

In Wien aßen sie im berühmten koscheren Gasthaus von

Schmeidel Kalisch. Es schmeckte ihnen so gut, dass Ruben hinterher Krämpfe hatte. Er war reichliches Essen nicht mehr gewöhnt.

Einem Kolporteur am Bahnhof kaufte Zalman die *Freie Presse* ab. In Galizien, stand darin, hielten sich die russischen Truppen zwar nicht immer an das Kriegsrecht, aber es war nur eine Frage der Zeit, bis man sie wieder in die Steppen zurückjagen würde, aus denen sie gekommen waren. Auch deshalb war es im höchsten Maße zu bedauern, schrieb der Leitartikler, dass so viele mosaische Staatsbürger kopflos aus dem Land geflohen waren; eine gewisse Unbill, meinte er, müsse man in so schweren Zeiten auch einmal ertragen können. Zalman breitete die Zeitung auf dem leeren Sitz gegenüber aus, legte seine Füße darauf und schlief ein.

Als er mitten in der Nacht aufwachte, hatte Ruben das Bedürfnis, unbedingt jetzt sofort mit ihm zu reden. Er hatte seinem Vater noch nicht gedankt und seit Stunden nach den richtigen Worten gesucht.

Zalman wollte nichts hören. »Lass gut sein«, sagte er. »Ich bin ein friedlicher Mensch, aber wenn man mir feierlich kommt, werde ich wütend.«

»Es war ein Nes min Haschomajim!«

»Dann bedank dich beim lieben Gott«, sagte Zalman und schlief wieder ein. Das war alles, was zwischen Vater und Sohn jemals darüber geredet wurde.

Als sie die Grenze passiert hatten, sprach Ruben das Gebet nach überstandener Gefahr.

In St. Gallen wollte er aussteigen, um ein Telegramm nach Hause zu schicken. In Österreich war das aus Furcht vor Spionage verboten gewesen: hinter scheinbar harmlosen Worten konnten sich geheime Informationen über Truppenstärken und Aufmarschlinien verbergen. Aber der Gang zum Telegrafenschalter hätte zu lange gedauert, der Zug wäre ohne sie abgefahren, und sie wären vier Stunden später in Zürich angekommen.

So holte sie am Bahnhof niemand ab, und eigentlich waren sie beide froh darüber.

Auf dem Weg zur Rotwandstraße wurden sie von manchen Passanten feindselig und ablehnend angestarrt, weil sie schlechtsitzende Kleidung trugen und man ihnen ansah, dass sie eine lange Reise hinter sich hatten. Es gab schon genügend Flüchtlinge in der Schweiz, sagten die Blicke, wo man es doch wegen des Krieges auch so schon schwer genug hatte.

Aber die Straßen waren voller Verkehr und die Schaufenster voller Waren.

Je näher sie dem Haus kamen, desto langsamer gingen sie. Auch vor Dingen, die man lange ersehnt hat, kann man Angst haben.

Als sie vor der Tür standen, küsste Ruben die Mesuse, die kleine Kapsel mit den Schriftversen, die jede jüdische Familie am Eingang ihrer Wohnung befestigt hat. Dann erst durfte Zalman klingeln.

Es war Rachel, die öffnete, und als sie die beiden erblickte, schrie sie so laut, dass Hinda an einen Überfall glaubte und mit einer Bratpfanne in der Hand aus der Küche gelaufen kam.

»Sie sind ja noch gefährlicher als ein Kosak, Frau Kamionker«, sagte Zalman.

Dann sagte sehr lange niemand mehr etwas.

54

Anfang Dezember 1914 wurde Alfreds militärische Ausbildung für beendet erklärt. Zwar war die dafür vorgesehene Zeit noch nicht um, aber der Krieg ging schlecht, und das Vaterland brauchte jeden Mann.

Man teilte ihn dem Infanterieregiment 371 zu und impfte ihn und die andern Jungsoldaten gegen Typhus, weil das ganze Bataillon nach Indochina verlegt werden sollte. Die Pläne wurden aber geändert, und man schickte sie stattdessen ins Elsass, nicht weit von der Schweizer Grenze, wo das Regiment den Auftrag bekam, die von deutschen Truppen unterbrochene Verbindung zwischen Aspach-le-Haut und Aspach-le-Bas wiederherzustellen. Alfred wartete mit seinen Kameraden auf dem Sammelplatz bei Thann auf den Transport an die Front, als eine verirrte französische Granate neben ihnen einschlug.

Er war sofort tot.

Bei der Einteilung hatte man den Rekruten eine Adresse abverlangt, an die im Fall ihres Heldentodes die Nachricht geschickt werden sollte. Alfred hatte Désirées Namen auf den Umschlag geschrieben. Vom Brauch dieser voradressierten Briefe kam man dann später ab; man sparte mit ihnen zwar Zeit, aber für die Moral an der Heimatfront erwies es sich als schädlich, wenn Familien die Nachricht vom Tod ihres Sohnes einem Umschlag in seiner eigenen Handschrift entnehmen mussten.

An der Morgartenstraße wurde der Brief von Frau Reutener abgeliefert, einer notorisch neugierigen Person, die für die Dauer des Aktivdienstes den Briefträger vertrat. Sie traf Mimi im Treppenhaus, und als sie den Umschlag aus ihrer Tasche fingerte, sagte sie: »So, so, Frau Pomeranz, aus Frankreich«, und zwar in jenem Ton, den man anschlägt, wenn man vom andern gern eine Antwort haben möchte, aber von der Konvention daran gehindert wird, die Frage zu stellen. Mimi sagte »Merci«, wobei sie das Wort französisch korrekt auf der zweiten Silbe betonte, um es vom vulgären zürcherischen »Märsi« zu unterscheiden, und verschwand in der Wohnung, ohne Frau Reuteners Neugierde befriedigt zu haben.

Seit man ihn eingezogen hatte, waren Alfreds Mitteilungen alle zensiert angekommen, was man an den schlampig aufgeklebten Papierstreifen erkannte, mit denen die aufgeschnittenen Umschläge wieder verschlossen wurden. Diesen Brief hatte niemand geöffnet. Ein Franzose hätte sofort gewusst, was das bedeutete: es war ein offizielles Schreiben, und das konnte in diesen Tagen nie etwas Erfreuliches sein.

Mimi, für die der Krieg weit entfernt war, kannte diese Regel nicht und machte sich keine Sorgen.

Sie hatte eine gewisse Fertigkeit darin erworben, Briefumschläge über dem heißen Dampf des Teekessels zu öffnen, denn wenn sie auch von Anfang an klar und deutlich angekündigt hatte, dass sie die Korrespondenz ihrer Tochter mit dem ungeliebten Alfred persönlich überwachen würde, so musste man das ja nicht allzu auffällig tun. Désirée war in letzter Zeit auch so schon nahe genug am Wasser gebaut.

Mimi las den Brief und verstand ihn zunächst nicht, starrte nur die Buchstaben an und konnte keinen Sinn in ihnen erkennen. »Sur le champ de bataille«, stand da. »En défendant sa patrie.« »Sans avoir souffert.« Nichts davon ergab einen Sinn.

Als sie sich gegen das Begreifen nicht mehr länger wehren konnte, schoss ihr der verrückte Gedanke durch den Kopf: »Wenn ich nicht Französisch verstünde, wäre Alfred noch am Leben.«

Sie fiel nicht in Ohnmacht, wie man das in den Stücken im Stadttheater tat, sondern überlegte im Gegenteil ganz ruhig und sachlich, was jetzt zu tun war. Erst im kalten Wind des Dezembermorgens merkte sie, dass sie ohne Mantel und Hut aus dem Haus gelaufen war.

Es war Mittwoch, wo nie viele Kunden im Laden waren. Mimi wusste, dass ihr Mann das Geschäft an diesen Tagen gern seiner Tochter und Frau Okun überließ und sich im Lehrsaal an der Füsslistraße hinter seine Gemóre setzte. Seit Zalman aus Galizien zurückgekommen war, hatte Pinchas auch wieder vermehrt Zeit dafür; vorher hatte ihn der Unterstützungsverein für die

Flüchtlinge in jeder freien Minute in Anspruch genommen. Für mehrere Dutzend Menschen hatte er Unterkunft und eine bescheidene finanzielle Unterstützung organisieren müssen.

So ein Lehrsaal ist ein rein männliches Refugium. Mimi hatte ihn bisher nur betreten, wenn er bei Bar Mizwes oder Verlobungen für die obligatorischen Empfänge zweckentfremdet wurde. Jetzt stürzte sie hinein, ohne die missbilligenden Blicke der anderen Lernenden auch nur zu bemerken.

Sie legte den Brief vor Pinchas hin, und ihre Unterlippe zitterte wie die eines kleinen Mädchens, das so Schreckliches erlebt hat, dass ihm nicht einmal der Mut zum Weinen geblieben ist.

Pinchas schaute sie an, schaute den Brief an und verstand nichts. Erst jetzt fiel ihr ein, dass er gar kein Französisch konnte.

Mit zitternder Stimme begann sie zu übersetzen, so wie man im Cheder den Tenach verdeutscht: immer einen kurzen Satzteil, und dann gleich die Übersetzung hinterher. »J'ai la lourde charge – ich habe die schwere Aufgabe – de vous annoncer – Ihnen mitzuteilen – que le soldat Alfred Meijer ...«

Le soldat Alfred Meijer.

Sur le champ de bataille.

Pinchas rieb sich die Stirn, wie er es tat, wenn eine schwierige Talmudstelle partout keinen Sinn ergeben wollte. Dann lobte er den Richter der Wahrheit und stellte die einzige Frage, die in diesem Moment zu stellen war: »Weiß es Désirée schon?«

Mimi schüttelte den Kopf. Sie sehnte sich danach, endlich weinen zu können, aber in ihr war alles ausgetrocknet.

Dass sie dann doch nicht direkt zu Désirée gingen, war nur zu einem Teil Feigheit; François' Warenhaus lag wirklich am Weg. Ganz egal, wie man wegen anderer Dinge zu ihm steht: einem Vater, der seinen einzigen Sohn verloren hat, muss man die Hand geben und ihm ein paar tröstende Worte sagen.

Mimi kannte die kleine Tür in der Wäscheabteilung. Die streng frisierte Dame, die sie aufhalten wollte, schob sie einfach zur Seite. Pinchas bat für die Eile seiner Frau mit einer Geste um Verzeihung.

François saß an seinem Schreibtisch und hatte die Hände vors Gesicht geschlagen. Er dachte über geschäftliche Probleme nach, aber das konnten Pinchas und Mimi nicht wissen und hielten es für Trauer.

Auf die Störung reagierte er unwirsch. »Ich weiß, dass Alfred eurer Tochter heimlich Liebesbriefe schreibt. Aber es ist hinter meinem Rücken geschehen. Wenn ich Mina nicht zufällig am Postschalter gesehen hätte …«

Er hatte es noch nicht gehört.

Weder Mimi noch Pinchas fanden die richtigen Worte. Mimi streckte François nur den Brief hin, aber der wedelte ihn weg und wollte ihn gar nicht lesen und wiederholte: »Ich sag euch doch: hinter meinem Rücken.«

Als er dann endlich begriff, sagte er ganz verwundert: »Aber ich habe ihn doch Schweizer werden lassen.«

Und begann dann erst zu schreien.

Er schrie immer nur einen Namen, und es war nicht der Name seines Sohnes.

»Mina!«, schrie François.

Désirée las den Brief hinter der Verkaufstheke stehend, wie eine Einkaufsliste.

Sie las ihn ohne einmal abzusetzen, wie man etwas liest, das man schon kennt und sich nur in Erinnerung rufen muss. »J'ai la lourde charge. Sur le champ de bataille. Sans avoir souffert. Veuillez accepter, Mademoiselle, l'expression de ma profonde sympathie.« Capitaine Waltefaugle hatte Alfred nie kennen gelernt, hatte aber trotzdem den Satz eingefügt: »Il était beaucoup apprécié par ses camarades.« Es gab Dienstanweisungen für solche Briefe.

Désirée las zweimal und dreimal. Mimi wollte sie in die Arme nehmen, aber ihre Tochter machte einen Schritt von ihr weg.

Dann faltete sie das Blatt ganz langsam zusammen und steckte es in den Umschlag zurück, auf dem in Alfreds Handschrift, die sie so gut kannte, ihr Name stand. Sie ging zu der Schublade mit den süßen Bonbons, die niemand kaufen wollte, zog die Lade auf, deckte den Brief mit Bonbons zu, begrub ihn förmlich darin, nahm dann eine Hand voll der mit weißem Puderzucker überzogenen Kugeln heraus, Rosenwasser und Mandeln, und hielt sie ihren Eltern hin.

»Wollt ihr auch eins haben?«, fragte sie. »Sie sind sehr süß.«

Erst jetzt wusste Mimi wieder, wie man weint.

Mina, die ihr ganzes Leben lang eine Beobachterin gewesen war, hörte schweigend zu, als man ihr vom Tod ihres einzigen Kindes berichtete. Sieben Tage saß sie neben ihrem Mann und hielt seine Hand. Es war keine richtige Schiwe – wie soll ein Goi Schiwe sitzen? –, aber sie waren zusammen und dachten an Alfred. Als François wieder dringend im Geschäft gebraucht wurde, stand sie unter der Tür und richtete ihm seine Krawatte. Das war das letzte Mal, dass er sie sah.

Als er am Abend nach Hause kam, war Mina verschwunden, war einfach weggegangen, ohne Abschied, und hatte nur einen Zettel hinterlassen, auf dem in ihrer ordentlichen Handschrift stand: »Ich gehe zu meinem Sohn.« Ob das den Versuch einer Fahrt nach Frankreich bedeutete oder noch viel Schlimmeres, darauf fand niemand je eine Antwort. Obwohl ihr schlenkernder Gang doch ein auffälliges Kennzeichen war, wurde Mina nie gefunden. »Sie könnte im Zürichsee ertrunken sein«, sagte man bei der Polizei, aber auch dafür gab es keinerlei Spuren.

Es war, als habe es nie eine Mina gegeben.

Das Schlimmste war, dass das Leben einfach weiterging. Es hätte wie im Kinematographentheater sein müssen, wenn sich der Film im Projektor verhakt und stehen bleibt, wenn dann die Hitze der Lampe sich in das Bild frisst, zuerst ist da nur ein Fleck, und dann ein Loch, das immer größer wird, ein braun gerändertes Nichts, in dem alles, was gerade noch auf der Leinwand zu sehen war, verschwindet, Gesichter, Köpfe, Menschen, Liebespaare, wenn der Pianist zuerst noch weiterspielt und dann merkt, dass es nichts mehr zu begleiten gibt, wenn er die Hände von den Tasten nimmt, mitten in der Melodie, unfertig und ohne Schlussakkord, wenn dann alles nach dem Vorführer schreit und das Licht im Saal angeht und jeder dasitzt, noch gar nicht wieder in die richtige Welt zurückgekommen, und darüber nachdenkt, wie die Geschichte wohl weitergegangen wäre.

Wenn sie weitergegangen wäre.

So hätte es sein müssen. Aber die Welt blieb nicht stehen.

Désirée ging weiter in den Laden, wog Graupen ab und wickelte Salzheringe in Zeitungspapier voller Kriegsmeldungen, hörte sich die Belanglosigkeiten der Kundinnen an und galt als besonders höflich, weil sie nicht selber zu Wort kommen wollte. Außerhalb der Familie wusste niemand etwas von ihrer heimlichen Liebe, und so musste sie sich keine Beileidsbekundigungen anhören, die doch nur leere Worte gewesen wären.

Einmal fragte eine Kundin, ob sie eigentlich noch diese altmodischen Zuckerbonbons führten, die mit dem Aroma nach Mandeln und Rosenwasser, und Désirée antwortete, nein, die gäbe es nicht mehr und sie würden auch nicht mehr geliefert.

Als François nach der Trauerwoche in sein Warenhaus zurückkam, erlaubte er nicht, dass ihn irgendjemand auf seinen doppelten Verlust ansprach. Er stürzte sich in die Arbeit, saß bis spät in die Nacht an seinem Schreibtisch und schlief jetzt fast immer im Büro. »Er hält es zu Hause nicht mehr aus«, sagten seine Angestellten und fühlten sich bestätigt, als François seine Villa im Universitätsquartier verkaufte, zu einem sehr schlechten Preis, denn es war eine Zeit, in der es für solche Objekte keine Käufer gab.

Aber seine Gefühle waren nicht der Grund für den Verkauf. François, von dem doch alle zu wissen glaubten, dass er ein reicher Mann war, brauchte dringend Geld. Seit Kriegsbeginn war der Umsatz in seinem Warenhaus um fast die Hälfte zurückgegangen; die Leute kauften nur das Nötigste, und auch das schoben sie auf, solange es ging. Mit dem bisschen Sold, das die Männer von der Grenzbesetzung nach Hause schickten, machte man keine großen Sprünge.

Das alles hätte sich noch durchstehen lassen, man hätte verkleinern, Personal abbauen, den Betrieb gewissermaßen in den Winterschlaf versetzen können. Aber dazu kam, dass sich François für das neue Grundstück hatte hoch verschulden müssen. Mit den Landolt-Erben war vertraglich vereinbart, dass die geleistete Anzahlung verfiel, wenn er die vereinbarten Raten nicht pünktlich leistete, und als ihm die Kantonalbank mit vielen Worten des Bedauerns – »Die Zeiten sind halt so, Herr Meijer, dafür müssen Sie Verständnis haben!« – einen Kredit kündigte, trat genau dieser Fall ein. François war zwar nicht völlig ruiniert, sein Warenhaus behielt er, und es ging damit irgendwann auch wieder aufwärts, aber das Grundstück beim Paradeplatz, das Grundstück, das so viele Jahre lang all seine Pläne und Überlegungen bestimmt hatte, dieses Grundstück bekam jemand anderes.

Nur ein gezeichneter Plan blieb ihm davon übrig, auf dem ein steinerner Löwe das Stadtwappen bewachte und ungeduldige Kunden vor dem Eingang warteten.

Ein Plan, in den Mimis Absätze Löcher gerissen hatten.

Die letzten zwanzig Jahre, die ganze Lebenszeit seines Sohnes Alfred, hatte François ins Leere gearbeitet.

Am 11. November 1918 wurde in Compiègne der Waffenstillstand unterzeichnet. Nach dessen Bedingungen mussten sich die Deutschen aus Elsass-Lothringen zurückziehen, und sobald das geschehen war, ging François zu Pinchas und bat ihn um einen großen Gefallen.

Pinchas zögerte zuerst. Eine ganze Nacht saß er über seinen Büchern und suchte nach einer Entscheidungshilfe. Aber es gibt

Bitten, die man nicht abschlagen kann, auch wenn man viel darum gäbe, sie nie gehört zu haben.

Der Buchet hatte während der ganzen Dauer des Krieges aufgebockt in der Garage des Warenhauses gestanden. Jetzt ließ ihn François wieder in Gang setzen. Im Elsass waren die meisten Bahngeleise noch zerstört; anders als mit dem Automobil war dort nicht hinzukommen.

François fuhr selber. Seinen Chauffeur Landolt hatte er, mit einer Abfindung von überraschender Großzügigkeit, schon lange entlassen. Der Wagen war nicht leicht zu steuern, aber François ertrug die Schmerzen in den Armen als Teil einer Buße.

Während der langen Fahrt sprachen die beiden Männer sehr wenig miteinander. Obwohl sie beide an dasselbe dachten, waren ihre Gedanken zu verschieden.

In Mulhouse waren die Nachwirkungen des Krieges noch sehr heftig zu spüren, und sie mussten sich ein Hotelzimmer teilen. Als Pinchas zum Morgengebet seine Tefillin legte, blickte François verlegen zur Seite, wie man die peinliche Blöße eines anderen geflissentlich übersieht.

Ohne das abgesprochen zu haben, verzichteten beide auf ein Frühstück. Sobald es draußen hell wurde, saßen sie schon wieder im Wagen.

Während des Kriegs war die Frontlinie mehrere Wochen genau zwischen Mulhouse und Thann verlaufen, und die Straße, auf der sie fuhren, war heftig umkämpft gewesen. Man konnte sich immer noch vorstellen, dass die schmale Allee einmal recht malerisch ausgesehen haben musste, auch wenn sie jetzt von zerschossenen und zersplitterten Bäumen gesäumt war. Aus manchen von ihnen schlugen schon wieder grüne Triebe.

Thann war ein unauffälliges Provinzstädtchen, oder besser gesagt: es war einmal ein unauffälliges Provinzstädtchen gewesen. Dann hatte man in jener Klarsicht, die der Krieg mit sich bringt, erkannt, dass seine Häuser in Wirklichkeit gar keine

Häuser waren, sondern Deckungen für Soldaten, und hatte sie systematisch zerschossen.

Der große Platz vor der Kirche, oder doch vor dem, was die Geschütze beider Seiten von der Kirche übrig gelassen hatten, war einmal der Sammelplatz für neu angekommene Truppen gewesen. Jetzt türmte sich dort der Schutt der zerstörten Häuser zu ordentlichen Bergen, hier zerbrochene Ziegel, dort verbranntes Holz. Für einmal hatten sich nicht die Einwohner, sondern die Steine einer Stadt versammelt, wie um zu besprechen, wie es weitergehen sollte.

Ein älterer Herr mit der Armbinde eines Hilfsgendarmen überwachte mit strenger Miene, dass niemand seinen Schutt auf dem falschen Berg ablud. Wo lange das Chaos geherrscht hat, können Regeln und Vorschriften nur heilsam sein.

Als François und Pinchas ihn nach dem Weg zu ihrem Ziel befragten, sah er sie zuerst misstrauisch an. Aber dann überzeugte ihn François' schweizerdeutscher Akzent, dass er keine Boches vor sich hatte, und er gab ihnen freundlich Auskunft. Dort gleich in der nächsten Straße links an der Mairie vorbei – »Das Schild ist gut zu lesen, auch wenn von dem Gebäude nur noch eine Mauer steht« – und dann immer geradeaus, bis zu dem kleinen Bach mit der improvisierten Brücke aus Holzbohlen. Nicht über die Brücke, die das Gewicht des Wagens wohl nicht ausgehalten hätte – »Ein schönes Automobil übrigens, ein Buchet, nicht wahr?« –, sondern rechts abbiegen und auf dem kleinen Weg immer das Wasser entlang. »Oder noch besser: Sie lassen den Wagen bei der Brücke stehen und gehen den Rest zu Fuß. Die Räder könnten einsinken, wissen Sie. Es sind in der letzten Zeit doch sehr viele Leute dort gewesen.«

Der Weg war von einer Schlehdornhecke gesäumt. Die kleinen violett-blauen Früchte hingen immer noch an den Zweigen. François ertrug die Stille nicht und sagte: »Nach dem ersten Frost hätte man sie pflücken müssen.«

Er bekam keine Antwort.

Als sie an ihrem Ziel angekommen waren, nahm François den Hut ab. Pinchas schüttelte den Kopf, und er setzte ihn wieder auf.

Der Friedhof war kein ordentlicher Friedhof. Man hatte einfach ein Feld dafür genommen, auf dem früher einmal Mais oder Raps gewachsen war. Bestimmt nicht der beste Boden; Bauern sind sparsame Leute, und Tote bringen keinen Ertrag.

Später einmal würde man hier ein Denkmal aufstellen, einen martialischen Poilu aus Sandstein vielleicht, für alle Zeit wachsam gen Osten spähend, das Gewehr schussbereit in der Hand. Einmal im Jahr würde man zu seinen Füßen einen Kranz niederlegen, mit der immer gleichen Schleife und der immer gleichen Rede. Dann würde man auch alle Namen in einen imposanten Sockel meißeln, nach Jahren geordnet und innerhalb der Jahre nach dem Alphabet. Dann würde es leichter sein, einen Alfred Meijer zu finden.

Rubrik 1914, zwischen Marceau und Milleret.

Aber noch mussten die Toten ihr eigenes Denkmal sein.

Da, wo sie ihre Suche begannen, lagen die Gefallenen des Jahres 1918. Es war ein langer Weg vom Ende bis zum Anfang des Krieges, aber François und Pinchas erlaubten sich keine Abkürzung, sondern schritten die Linie der Gräber in der Reihenfolge ab, in der man sie angelegt hatte. Immer eine Reihe nach links und eine Reihe nach rechts.

1917.

1916.

1915.

Je näher sie ihm kamen, desto öfter mussten sie sich bücken, um die Namen zu entziffern. In den wenigen Jahren waren die Buchstaben schon wieder verblasst, wie die Erinnerung verblasst, in der einer zuerst ein Held ist, dann nur noch ein Toter, ein Name und dann gar nichts mehr.

Auf manchen Gräbern lagen die Überreste von Blumen. In ihrem Zerfall ahmten sie das Schicksal der Menschen nach, denen man sie mitgebracht hatte.

Dann fanden sie ihn. Meijer, Alfred. 1914.

François bückte sich zu dem Grab hinunter, ungeschickt wie ein alter Mann. Mit der rechten Hand fuhr er durch die vertrockneten Blätter, aus denen der Wind einen Hügel nachgebildet hatte. Der eigentliche Grabhügel war schon lange wieder mit dem Boden eins geworden.

Er nahm einen Stein vom Boden auf, keinen Kieselstein, wie es auf jüdischen Friedhöfen der Brauch ist, sondern ein scharfkantiges Stück Fels, wie es auf jedem Feld, sei es noch so sorgfältig beackert, immer wieder an die Oberfläche schwimmt. Aber da war kein Grabstein, auf den er ihn zum Zeichen seines Gedenkens hätte legen können, und so ließ er den Stein einfach wieder fallen, dass der in dem Haufen aus verrottetem Laub versank.

Ganz langsam richtete sich François auf. Sein Rücken wollte gar nicht mehr gerade werden.

»Bitte, Pinchas«, sagte er.

»Ich weiß nicht, ob es richtig ist.«

»Ist irgendetwas richtig auf dieser Welt?«, sagte François. Und dann, nach einer Pause: »Mina hätte das auch gewollt.«

So kam es, dass Pinchas Pomeranz an einem christlichen Grab den Kaddisch sprach, Jisgadal wejiskadasch schemeij rabó.

Den Kaddisch für Alfred Meijer, den man zum Christen gemacht hatte und zum Schweizer, und dem das alles nichts genützt hatte.

Den Kaddisch für einen Juden, auf dessen Grab ein Kreuz stand.

1937

55

Die Tische waren leergeräumt; nur Chanele und Arthur saßen noch da. Die nette Frau mit dem hygienischen weißen Häubchen hatte ihre Tischdecke mitnehmen wollen, aber Chanele hatte sich gewehrt, ganz heftig, wie sie es manchmal tat, und die Frau hatte freundlich genickt und nur mit einem Schwamm das blauweiße Wachstuch sauber gewischt.

Blauweiß für milchig.

»Gleich gibt es Frühstück«, sagte Chanele, und hatte doch gerade erst ihr Butterbrot gegessen und ihren Malzkaffee getrunken. »Sie werden dir auch einen Teller bringen. Ich lade dich ein.«

Kurz nach dem Aufstehen war sie meistens am wachsten. Arthur fuhr deshalb gern früh zu Hause los, wenn er seine Mutter im Altersheim in Lengnau besuchte. Beim letzten Mal hatte sie ihn gebeten, mit ihr auf den Friedhof zu gehen, und wenn er auch wusste, dass sie diesen Wunsch schon lange wieder vergessen hatte, fühlte er sich doch verpflichtet, ihn ihr zu erfüllen.

Janki war damals aus dem Elsass gekommen, stammte also aus keiner der zwei alten jüdischen Gemeinden. Trotzdem hatte er darauf bestanden, auf dem gemeinsamen Friedhof von Endingen und Lengnau begraben zu werden, nicht in Baden, wo er so lange gelebt hatte, und schon gar nicht in Zürich, seinem letzten, ungeliebten Wohnort. Dass sie damals trotzdem dorthin umzogen, hatten Chanele und er damit begründet, dass sie näher bei den Kindern sein wollten, aber wichtiger war wohl, dass Jankis Bein mit den Jahren immer schlimmer wurde und er den Kleinstadtärzten nicht vertraute. Nun, am Universitätsspital konnte man ihm auch nicht helfen, obwohl sie es kurz vor seinem Tod wegen der Nekrose sogar noch mit einer Amputation versuchten.

Die ganze alte Einrichtung, auch der große Tisch aus tropischem Holz, war zu jener Zeit schon längst verkauft. Arthur hatte nur um den Tantalus gebeten, in dem die goldene Flüssigkeit immer mehr verdunstete. Die alte Schabbeslampe aus Endingen, über die sich Mimi und Chanele damals nicht einig geworden waren, hing jetzt bei Hinda und Zalman an der Rotwandstraße über dem Esstisch.

Chanele hatte ihr Buttermesser nicht hergegeben und hielt es drohend in der Faust, als wappne sie sich für einen Überfall.

»Warum hast du die Kinder nicht mitgebracht?«, fragte sie.

»Ich habe keine Kinder, Mama.«

»Du hättest sie mitbringen können.«

Ihre Beharrlichkeit hatte sie nicht verloren. Vieles andere, das scheinbar genauso untrennbar zu ihr gehört hatte, war von ihr abgebröckelt, ohne sie wirklich zu verändern, wie man im Sandstein eines verwitterten Denkmals immer noch die große Form erkennt.

Auch körperlich war Chanele kleiner geworden. Sie hatte sich über diese Veränderung beschwert, drei- und viermal – wie sie alles drei- und viermal sagte, ohne sich der Wiederholung bewusst zu sein –, sie hatte sich beklagt, dass ihr Rocksaum auf dem Boden schleife und sie darüber stolpere, der Stoff müsse sich gedehnt haben, schlechte Qualität, sie werde sich beim Lieferanten beschweren. François, der jetzt, wo Chanele es nicht mehr wahrnehmen konnte, ein guter Sohn geworden war, hatte ihr schließlich in der Schneiderei seines Warenhauses eine exakte Kopie des alten Kleides anfertigen lassen, ein bisschen kürzer geschnitten, aber sonst in nichts zu unterscheiden, das gleiche strenge Schwarz, mit dem gleichen altmodischen Spitzeneinsatz am Kragen. Um ihr den neuen Stoff vertraut zu machen, betupfte er ihn eigenhändig mit dem teuren Eau de Cologne, das Chanele damals in Westerland von Janki bekommen und seit seinem Tod sogar benutzt hatte. So konnte sie sich auch weiter jeden Tag anziehen, als ginge sie zur Arbeit in die Moderne Warenhalle und nicht nur zum Frühstück an einen Sechsertisch im Jüdischen Altersheim.

»Warum hast du die Kinder nicht mitgebracht?«

»Ich habe keine Kinder, Mama.«

»Deine Frau hättest du mitbringen können.«

»Ich bin nicht verheiratet.«

Chanele lächelte schlau; sie hatte das natürlich gewusst und nur sein Gedächtnis prüfen wollen. Ein kleines Spielchen, um zu sehen, ob der Junge auch zuhört.

»Natürlich nicht. Schmul ist der Verheiratete.«

Arthur brauchte wie jedes Mal ein paar Augenblicke, bis er wieder wusste, wen seine Mutter mit diesem Namen meinte. Es war lange her, dass François so geheißen hatte.

»Wenigstens *er* bringt jedes Mal seine Frau mit.«

»Mina ist tot, Mama.«

»Er bringt sie mit«, insistierte Chanele, und Arthur widersprach nicht weiter. Vielleicht, in ihrer Welt, hatte sie ja recht.

»Hinda ist auch verheiratet.« Man musste Chanele sehr gut kennen, um hinter der scheinbaren Selbstverständlichkeit, mit der sie solche Sätze von sich gab, die schüchterne Bitte um Bestätigung zu hören. In ihren besseren Momenten wusste sie, dass sie vieles nicht mehr wusste, aber die jederzeit bewahrte Haltung gehörte zum Kern ihres Wesens und würde sich wohl erst als Allerletztes verlieren. Nur ihre Augenbrauen verrieten sie: jedes Mal, wenn sie sich über eine Unsicherheit hinwegmogelte, hob sie sie fragend an. Die zusammengewachsene Linie war mit den Jahren weiß geworden und sah, weil Chanele immer noch denselben dunkeln Scheitel trug, in ihrem faltigen Gesicht so künstlich aus wie die angeklebten Wattebrauen der Nikoläuse, die gerade erst durch Zürich gezogen waren.

»Ja«, bestätigte Arthur, »Hinda ist verheiratet.«

»Und sie hat Kinder.«

»Wie viele sind es?« Er konnte sich die Fangfrage nicht verkneifen.

»Nicht so viele, wie ich mir wünschen würde«, sagte seine Mutter. Ein triumphierendes Lächeln huschte über ihr Gesicht. So leicht war sie in ihrer Schwäche nicht zu ertappen.

»Wie heißt der Älteste?«

»Sie sollen mir jetzt mein Frühstück bringen.« In einer Geste, die an den alten Salomon Meijer erinnerte – nur war außer ihr niemand mehr da, der sich hätte an ihn erinnern können –, rieb sie die Hände ineinander, als wasche sie sich ohne Wasser, fasste wieder nach ihrem Messer und trommelte mit der anderen Hand ungeduldig auf das Wachstuch. Als Arthur sie zum zweiten Mal fragte, wie denn ihr ältester Enkel heiße, hörte sie nicht hin.

Wollte nicht hören.

Im Januar, zu Chaneles fünfundachtzigstem Geburtstag, waren sie alle nach Lengnau ins Altersheim gekommen. Auch Ruben, der Sohn von Zalman und Hinda, war da gewesen, wenn auch ohne seine Familie. Er hatte Angst gehabt, dass ihn die deutschen Behörden, die sich jeden Tag neue antisemitische Schikanen ausdachten, sonst nicht mehr einreisen lassen würden. Vor einigen Jahren hatte er eine Rabbinatsstelle in Halberstadt angetreten, einem Zentrum der jüdischen Orthodoxie, wo er als Stellvertreter und, wie er hoffte, späterer Nachfolger des berühmten Dr. Philipp Frankl an der Klaus amtierte. Seine Frau, die auch unter dem Scheitel wie ein ewiger Backfisch wirkte und sogar von den eigenen Kindern nur Lieschen genannt wurde, war eine geborene Sternberg aus Berlin; Ruben hatte sie kennen gelernt, als er dort das Rabbinerseminar besuchte. Die beiden hatten vier Kinder, drei Jungen und ein Mädchen, was Zalman mit der Bemerkung zu kommentieren pflegte, zumindest in diesem Punkt habe es sein Sohn weiter gebracht als er.

Ruben konnte nur drei Tage zu Hause verbringen. Eine längere Abwesenheit wäre ihm als definitive Auswanderung ausgelegt worden, und man hätte ihn nicht wieder ins Land gelassen. Deutschland versuchte seine Juden loszuwerden und setzte die Bürokratie als Mittel dafür ein. Sie hatten alle auf ihn eingeredet, er solle doch nicht in diesem gefährlichen Land bleiben, sondern mit seiner Familie in die Schweiz zurückkommen, aber Ruben, der als Voraussetzung für sein Amt sogar die deutsche Staatsbürgerschaft angenommen und die schweizerische aufgegeben hatte, wollte in dieser schwierigen Zeit seine Gemeinde auf keinen Fall im Stich lassen. »Sie schikanieren uns zwar«, meinte er, »aber wir Juden sind das ja gewöhnt. Umbringen werden sie uns nicht gerade.«

»Ruben!«, sagte Chanele in plötzlicher Erkenntnis. »Ruben und Lea und Rachel. Drei Kinder.« Manchmal ging in ihrem Kopf unvermutet ein Fenster auf, und dann, für ein paar Minuten oder, wenn man Glück hatte, für eine halbe Stunde, war sie fast ganz sie selber. »Wieso sitzen wir eigentlich noch hier?«, fragte sie ungeduldig. »Das Frühstück ist schon lange vorbei. Du trödelst immer so.«

Sie warf das Messer auf den Tisch und sagte so streng, wie sie es als Madame Meijer oft hatte sein müssen: »Beim Abräumen lassen sie immer die Hälfte liegen. Ich werde mich später darum kümmern. Nicht jetzt. Wir wollten doch wegfahren.«

Es war keine Erinnerung, die sie das sagen ließ. Über der Lehne eines Stuhls hing ein Mantel bereit, der ihr bekannt vorkam, und daraus hatte sie ihren Schluss gezogen. Immer wieder gelang es ihr, die Löcher in ihrer Wirklichkeit mit solchen Deduktionen zu überbrücken. Diese kleinen Erfolge machten sie ganz übermütig, und so wagte sie sich für einmal weit auf das Glatteis der verwirrenden Fakten hinaus.

»Fahren wir im Buchet?«, fragte sie.

»Nicht ganz, Mama.«

Arthur hätte nicht wirklich ein Automobil gebraucht. Seine Praxis gab zwar viel zu tun, aber die meisten Patienten wohnten doch im näheren Umkreis, in schabbesdiker Gehdistanz rund um die neue Synagoge an der Freigutstraße in Zürich-Enge. So dicht an dicht lebten sie dort, dass man in nachbarlichem Spott sagte: »Gott trieb die Juden in die Enge.« Für Krankenbesuche hätte er also keinen Wagen haben müssen, und nach Lengnau wäre er auch mit dem Postauto gekommen. Nein, wenn er ehrlich war, hatte sich Arthur das Auto aus reinem Vergnügen geleistet, hatte sich eingeredet, dass man sich ruhig auch mal was gönnen dürfe, wenn man schon den ganzen Tag arbeite und keine Familie habe.

Als könne einem ein Auto eine Familie ersetzen.

Ein ganz neues italienisches Modell hatte er sich ausgesucht, einen winzigen Fiat, in dem nur zwei Personen mitfahren konnten. Einen dritten Platz gab es nur bei schönem Wetter; dann ließ sich das Rolldach öffnen und der zusätzliche Passagier im Fond konnte ohne übermäßige Verkrümmung mehr oder weniger gerade sitzen. Der Wagen war in einem leuchtenden Rot lackiert, und Arthur war sinnlos stolz auf die dreizehn Pferdestärken.

Chanele saß neben ihm, die Hände so mädchenhaft im Schoß, wie es dem ewigen Diminutiv ihres Vornamens entsprach. So würde sie im Pferdefuhrwerk neben einem fremden Kutscher gesessen haben, unauffällig bemüht, ihn nicht zu berühren. Bevor er losfuhr, beugte sich Arthur zu ihr hinüber und küsste sie auf die Wange. Der vertraute, liebe Geruch ihrer Haut war von etwas Fremden überlagert, das ihn an die durchgeschwitzten Laken von Fieberpatienten erinnerte.

»Ruben, Lea, Rachel. Ruben, Lea, Rachel.« Chanele sang die drei wiedergefundenen Namen immer wieder vor sich hin, ein absteigender Dreiklang.

»Lea heißt jetzt Rosenthal«, versuchte ihr Arthur zu helfen. »Kannst du dich an ihren Mann erinnern? Adolf?«

Das war nun auch schon wieder zwei Jahrzehnte her. Noch vor dem Ende des Krieges war es gewesen, ein paar Wochen vor Leas – und natürlich auch Rachels – zwanzigstem Geburtstag. Die ganze Familie hatte sich damals gewundert, dass sie, die doch immer die zurückhaltendere und, wenn man ehrlich sein wollte, auch die weniger hübsche der beiden gewesen war, so viel früher unter die Chuppe kam als ihre lebhafte Zwillingsschwester. Dr. Adolf Rosenthal, ihr Mann, war etliche Jahre älter als sie, aber heute hielt jeder, der sie zusammen sah, die beiden für gleichaltrig. Vielleicht lag es an der dicken Brille, die Lea unterdessen brauchte.

Adolf war Lehrer für Mathematik und Geometrie an der Kantonsschule, ein Beruf, der gut zu ihm passte. Er liebte das Exakte, in seinen Überzeugungen ebenso wie in seinen Gewohnheiten. Das Mittagessen beispielsweise hatte exakt um zehn Minuten nach zwölf zu beginnen, damit man pünktlich zu den Radio-Nachrichten um halb eins das Besteck zur Seite legen konnte. Zwischentöne waren nicht seine Sache; für ihn gab es zu allen Dingen eine falsche und eine richtige Meinung, wobei er die richtige in langen Monologen mit unwiderlegbarer Logik zu vertreten wusste, solange man nur seine Prämissen akzeptierte. So hatte er als Einziger in der Familie Hitlers *Mein Kampf* von der ersten bis zur letzten Seite durchgelesen und daraus Hoffnung geschöpft. Ein System, argumentierte er, das auf einem Pamphlet voller derartiger innerer Widersprüche aufgebaut war, konnte einfach keinen Bestand haben. Wenn er so vor sich hin dozierte, hob Lea nur die Augenbrauen und glich in solchen Momenten sehr ihrer Großmutter Chanele.

Die beiden hatten einen Sohn namens Hillel. In seinen Papieren hieß er Heinrich, wollte aber, ganz anders als damals Onkel François, nur mit seinem jüdischen Namen angesprochen werden. Er war begeisterter Zionist und schmiedete jetzt schon Pläne für seine Alijáh, was zu heftigen Auseinandersetzungen mit seinem gutschweizerischen Vater führte. Am schlimmsten traf es Adolf, dass sich Hillel nach der Sekundarschule weigerte, einen der in der Gemeinde üblichen Berufe zu erlernen. »In Erez brauchen sie keine Buchhalter und keine Handelsvertreter«, sagte er. »Erez« heißt ganz einfach Land, aber für einen Zionisten gibt es kein anderes Land als nur das eine. »Bauern brauchen sie in Erez«, sagte Hillel und meldete sich an der landwirtschaftlichen Schule Strickhof an, wo er als Stadtkind und erster Jude in der Schulgeschichte bestaunt wurde wie ein Kalb mit zwei Köpfen.

»Ruben, Lea, Rachel. Ruben, Lea, Rachel.« Chaneles Gedanken waren auf eine Kreisbahn geraten, jagten hintereinander her und konnten sich nicht einholen. Arthur wusste, dass das jetzt stundenlang so weitergehen konnte. Manchmal sang sie solche Lieder so lang weiter, bis sie heiser war. Er bremste scharf und gab gleich wieder Gas, so dass der Wagen einen plötzlichen Ruck machte. Der monotone Gesang brach ab und Chanele sagte vorwurfsvoll: »Du solltest diesen Landolt entlassen. Er fährt so unruhig.«

»Was ist mit Rachel? Besucht sie dich?«

»Natürlich. Sie bringt jedes Mal ihre Kinder mit. Nicht wie du.«

Rachel hatte keine Kinder.

Sie war immer noch ledig, und das verwunderte die Familie noch mehr, als Leas frühe Ehe sie überrascht hatte. Mit ihrer unternehmungslustigen Offenheit hatte Rachel schon früh die Männer angezogen und sich dann auch bald ein erstes Mal verliebt, und gleich auch ein zweites, drittes und viertes Mal. Es war nie etwas daraus geworden. Sie war, so hatte das Chanele, als sie noch Chanele war, formuliert, nie in die Männer verliebt, sondern immer ins Verliebtsein selber und wollte sich, wenn das erste Hochgefühl verflogen war, mit einem alltäglichen Glück nicht zufrieden geben. Jetzt war sie schon bald vierzig, eine Schwelle, über die keine Frau gern unbegleitet geht, und wurde ärgerlich, wenn Hillel sie »Tante Rachel« nannte. Ihre lauthals demonstrierte Lebenslust – man lebte schließlich nicht mehr im neunzehnten Jahrhundert und musste sich als alleinstehende Frau nicht verstecken – hatte in der letzten Zeit einen schrillen Unterton bekommen. Sie arbeitete in Zalmans Kleiderfabrik, einem Unternehmen, das sich vor einigen Jahren quasi von selber gegründet hatte, und war dort, wie sie gern betonte, völlig unentbehrlich.

Sie waren jetzt beim Friedhof angekommen, der etwas abseits der Straße an einem bewaldeten Abhang lag. Arthur wollte seiner Mutter beim Hinaufgehen behilflich sein, aber sie drehte ihren Kopf weg, um den angebotenen Arm nicht sehen zu müssen. »Ich bin doch keine alte Frau«, sagte die Geste. »Eine Madame Hanna Meijer braucht keine Hilfe.«

Auf dem hartgefrorenen Boden lag noch ein Hauch von Schnee. Chanele stakste suchend zwischen den Gräbern umher, und murmelte dabei leise vor sich hin; es mochte ein Gebet sein oder nur der Versuch, einen verlorenen Namen heraufzubeschwören. Am Doppelgrab von Salomon und Golde, das sie doch so oft besucht hatte, ging sie achtlos vorüber. Arthur, der sich nicht zu weit von ihr entfernen wollte, hatte kaum genügend Zeit, um sich zu bücken und, wie es der Brauch verlangt, einen Kiesel auf den Grabstein zu legen.

Mitten unter fremden Gräbern blieb Chanele stehen und sagte mit winziger, hilflos verwirrter Stimme: »Sie sind nicht mehr hier. Jemand hat alles durcheinander gebracht.«

»Wen suchst du, Mama?«

»Mimi und Pinchas. Ich habe ihren Mann geheiratet, aber sie war trotzdem meine Freundin.«

Manchmal war Chanele schon sehr verwirrt.

»Onkel Melnitz lag bei mir im Bett, und …« Sie brach abrupt ab, schaute ihren Sohn mit leeren Augen an und fragte vorwurfsvoll: »Warum hast du die Kinder nicht mitgebracht?«

Tante Mimi und Onkel Pinchas waren innerhalb von achtundvierzig Stunden und an derselben Krankheit gestorben. Im Winter 1918 war das, als die Welle der spanischen Grippe schon glücklich verebbt schien und dann mit doppelter Wucht noch ein zweites Mal über Europa hinwegschwappte. Arthur erinnerte sich an jene Zeit wie an einen bösen Traum. Er hatte sich für seine Patienten regelrecht aufgeopfert und trotzdem vielen nur noch die Augen schließen können. Mimi war zuerst gestorben, und Arthur hatte Pinchas, den er sehr mochte, noch zwei Tage lang fürsorglich anlügen und ihm erzählen müssen, sie sei auf dem Weg der Besserung. Jetzt lagen die beiden nebeneinander auf dem Friedhof Steinkluppe, und wie Arthur sie gekannt hatte, war Pinchas auch nach seinem Tod immer noch ungläubig glücklich über diese Nähe.

Désirée übernahm damals den Lebensmittelladen und führte ihn bis heute. Sie war immer noch unverheiratet. Anders als bei Rachel schien das in ihrem Fall ganz selbstverständlich.

Arthur fasste seine Mutter bei der Hand. Wie ein kleines Mädchen ließ sie sich von ihm zu dem breiten Stein führen, auf dessen einer Hälfte ›Jean Meijer‹ eingemeißelt stand, während die andere schon mehr als fünfzehn Jahre auf Chanele wartete. »Hier liegt Papa.«

»Sein Bein tut ihm weh«, sagte Chanele, und war ganz glücklich, als Arthur ihr bestätigte, ja, das sei richtig, Janki habe immer Probleme mit seinem Bein gehabt.

»Das kommt vom Krieg«, sagte Chanele.

Ja, Mama, im Krieg war Papa auch gewesen.

Er drückte ihr einen Kiesel in die Hand. Sie legte ihn nicht auf den Grabstein, sondern steckte ihn in den Mund und spuckte ihn wieder aus. »Der schmeckt Janki nicht«, sagte sie.

Arthur wollte sie in den Arm nehmen, aber sie entzog sich ihm und sah sich suchend um. »Wo ist mein Vater?«, fragte sie.

»Du meinst Onkel Salomon?«

»Mein Vater heißt nicht Salomon.« Sie winkte ihn zu sich heran, wie man es tut, wenn man jemandem ein besonders geheimes Geheimnis anvertrauen will. »Er heißt Menachem.«

Es gab niemanden in der Familie, der Menachem hieß.

»Menachem Bär.«

»Bär?«

»Ja«, sagte Chanele. »Bär, Bär, Bär, Bär.«

›Die Fahrt muss sie zu sehr angestrengt haben‹, dachte Arthur.

»Und weißt du, was er tut?« Chanele kicherte, ein kleines Kind, das einen unanständigen Witz erzählt, den es nicht wirklich versteht. »Er stirbt. Jeden Tag stirbt er.«

»Lass uns zurück ins Heim fahren, Mama.«

Chanele schüttelte seine Hand ab. Sie fühlte sich lebendig und klar wie schon lange nicht mehr, und das wollte sie sich nicht abkürzen lassen. »Menachem Bär«, sagte sie. »Es ist ein Geheimnis, aber du bist alt genug, um es zu erfahren. Schließlich ist mein Vater dein ... dein ...« Sie drückte die Augen ganz fest zu, so angestrengt versuchte sie, den Gedanken zu Ende zu denken, aber sie brachte nicht mehr zusammen, wie denn ihr Vater mit ihrem Sohn verwandt sein könnte. »Er heißt Menachem Bär«, wiederholte sie schließlich und war froh, wenigstens in einem Punkt ganz sicher zu sein, »und meine Mutter heißt Sarah. Menachem und Sarah. Menachem und Sarah.« Sie begann wieder zu singen, den einen Namen in einem hohen, den anderen in einem tiefen Ton, und stampfte sogar im Takt mit dem Fuß auf den harten Boden, als wolle sie gleich zu tanzen beginnen.

Er musste sie schnell ins Heim zurückbringen.

»Es ist hier zu kalt für dich, Mama«, sagte er. Sie hörte ihn nicht.

»Deinen Kindern darfst du es erzählen«, sagte Chanele und tätschelte seine Hand. »Man muss wissen, wo man herkommt. Einer ist mit einem Gewehr immer hin- und hermarschiert. Das war aber gar kein richtiges Gewehr. Dr. Hellstiedl sagt, sie sind alle nicht gefährlich.«

Arthur nahm die Brille ab und massierte sich den Nasenrücken. Er kannte die Ärzte, die sich um die Insassen des Altersheims kümmerten, und keiner von ihnen hieß Hellstiedl.

»Es standen Pappeln auf beiden Seiten«, sagte Chanele, »und heiß war es. Es geht leichter, wenn man die Schritte zählt. Fünfundvierzig. Sechsundvierzig. Eine Million.«

»Im Heim steht sicher schon das Mittagessen bereit.«

»Einer hat das Laub zusammengerecht.« Chanele hatte wieder zu kichern begonnen. »Aber da war gar kein Laub.«

Er versuchte seine Mutter zum Ausgang zu führen, aber sie wehrte sich, so heftig wie vorhin, als die Aufwärterin ihr das Tischtuch wegnehmen wollte. »Wir waren noch nicht bei seinem Grab«, sagte sie. »Er feiert dort den Bris. Dr. Hellstiedl ist auch eingeladen. Sie machen ein Fest, und dann singen sie alle. Menachem und Sarah. Menachem und Sarah. Menachem und Sarah.«

Schließlich, weil sie sich anders nicht beruhigen ließ, führte er sie zu einem fremden Grab, es musste eines der ersten auf dem Friedhof gewesen sein, denn der Stein war verwittert und zur Hälfte im Boden eingesunken. Vielleicht war es noch einer von denen, die man von der alten Judenäule im Rhein hierher gerettet hatte. Die Inschrift war schon lang von Moos überwachsen und nicht mehr zu entziffern.

»Hier, Mama. Das ist das Grab von Menachem und Sarah.«

»Siehst du.« Chanele hatte das triumphierende Gesicht eines Menschen, der recht behalten hat. »Du hast mich anlügen wollen. Sie wollen mich alle anlügen, aber ich weiß Bescheid.« Sie bückte sich bis zum Boden, ganz allein tat sie es, obwohl es ihr schwerfiel, nahm einen Kiesel auf und legte ihn auf den fremden

Grabstein. »Wenn man ihn anfasst«, sagte sie, »ist seine Haut wie Papier.«

Danach akzeptierte sie seine Hilfe, ließ sich von ihm zum Auto zurückführen und hätte sich wohl auch auf den Arm heben und tragen lassen. Auch das wäre Arthur nicht schwer gefallen. Sehr viel war von seiner Mutter nicht übrig geblieben.

Auf der Rückfahrt sang sie die beiden Lieder durcheinander, »Ruben, Lea, Rachel« und »Menachem und Sarah.« Arthur hätte nicht zu sagen gewusst, was ihn trauriger machte, dass sie ihre Enkel nicht mehr kannte oder dass sie sich an einen Vater erinnerte, den sie nie gehabt hatte.

Ins Altersheim zurückgekommen nahm er ihr den Mantel ab, und Chanele setzte sich, die Hände ineinander reibend, an einen der leeren Tische. »Gleich gibt es Frühstück«, sagte sie. »Ich lade dich ein. Warum hast du die Kinder nicht mitgebracht?«

56

Es war eine Dummheit, natürlich, ein Lausbubenstreich, den man als Schulleiter nicht dulden durfte, aber es war auch die Art von Lausbubenstreich, die sich in zehn oder zwanzig Jahren zur heroischen Tat verklären würde, etwas, das man sich am Ehemaligen-Stammtisch erzählen und wiedererzählen konnte, um dann den Jungen, die so etwas nicht erlebt hatten, mitleidig auf die Schulter zu klopfen und zu sagen: »Jaja, solche Sachen haben wir gemacht im guten alten Strickhof.«

Direktor Gerster bemühte sich also, ein strenges Gesicht aufzusetzen und bügelte die beiden gehörig ab. Von der Schule würden sie verwiesen, erbarmungslos, der eine wie der andere, wenn ihm auch nur noch einmal, ein einziges Mal, das Allergeringste zu Ohren käme. Ungespitzt in den Boden schlagen würde er sie. Und überhaupt: schämen sollten sie sich, denn was bei einer solchen Chalberei – ach was, Chalberei, jedes Kalb hatte mehr Verstand als sie! –, was dabei alles hätte passieren können, darüber hätten sie sich überhaupt keine Gedanken gemacht. Sie meinten wohl beide, der liebe Gott habe den Kopf zum Stumpenrauchen gemacht und nicht zum Denken.

Der Böhni ließ das Gewitter in Habachtstellung über sich ergehen, ein Trumm von einem jungen Mann. Er trug kurze Hosen, wie bei fast jedem Wetter, und an seinem grauen Hemd hatte er sogar die Ärmel hochgekrempelt. Dabei war das Schulzimmer nicht geheizt, es war Sonntag, und an einer Landwirtschaftsschule hat man das Geld nicht zum Verbrennen. Gerster hatte gemütlich zu Hause in der warmen Stube gesessen und mit einem Besuch geplaudert, als das Telefon geläutet hatte, ausgerechnet in dem Moment, als seine Frau die Zwetschgenwähe auftischte.

Die Schnuderbuben, die!

Dem Böhni sein Gesicht war ein bisschen gerötet, fiel Gerster auf, aber bestimmt nicht, weil er sich schämte, und auch nicht von der Kälte. Er hatte immer so einen Kopf, Direktor Gerster, der gern über Körpersprache und Physiognomik theoretisierte, hielt ihn deshalb für jähzornig.

Der Rosenthal dagegen … Aus dem Buben wurde er einfach nicht schlau. Schon dass der ums Verrecken Landwirtschaft lernen wollte, wo doch sonst niemand in seiner Familie damit etwas zu tun hatte. Nur einen Viehhändler musste es in der Familie einmal gegeben haben, zumindest hatte ihm der Rosenthal das so erzählt. Aber sein Vater war ein Studierter, die schickten ihre Söhne für gewöhnlich aufs Gymnasium, und im Blut lag den Juden das Bauern ja nun wirklich nicht. Er stellte sich wacker an, das musste man ihm lassen, auch wenn er manche Sachen, die den anderen von Kindheit an vertraut waren, erst lernen musste. Wie er die Sense angefasst hatte beim ersten Mal, als ob sie ihn beißen könnte! Man hatte ihn auch gehörig ausgelacht dafür. Er ließ sich die Sprüche mit guter Miene gefallen, und auch über die Blasen an seinen feinen Stadtbubenhänden beschwerte er sich nie. Direktor Gerster mochte Schüler, die die Zähne zusammenbissen. Landwirtschaft war kein Deckenhäkeln.

Er stand auch ganz anders da als der andere. Die Arme verschränkt und die Beine breit auseinander, wie man sich hinstellt, wenn man sagen will: »Mich wirft keiner um, könnt es ruhig probieren.« Nicht direkt herausfordernd, das war ihm nicht vorzuwerfen, aber einen harten Schädel hatte der schon. Das war einer, der sich nichts gefallen ließ, und so war es auch zu der leidigen Sache gekommen.

»Dummköpfe!«, schrie Direktor Gerster. »Lausbuben!« Aber er hatte den Kopf nicht wirklich bei seiner Standpauke. Es war schon ein verfluchtes Ding, was dieser Rosenthal da angestellt hatte.

Die Sache war die: Obwohl man sogar eine eigene Maschinenprüfstation betrieb, hielt man im Strickhof nicht viel von moderner Technik. Der Kudi Lampertz, der als stellvertretender Schulleiter auch Ackerbau unterrichtete, wetterte sogar regelrecht gegen die neumodische Traktoritis – »Als könne sich der kleine Bauer im Säuliamt so ein teures Gerät leisten!« – und bestand darauf, dass seine Schüler alle noch vierspännig pflügen lernten, auch wenn das schon ein bisschen altväterisch aussah, auf dem Strickhofgut ganz besonders, wo die Stadt doch so gewachsen war, dass die Felder der Landwirtschaftsschule jetzt mitten zwischen Wohnhäusern lagen. Gegen die Anschaffung eines Lastwagens hatte man sich nicht ewig sperren können, aber eine alte Tradition hatte trotzdem noch Bestand: am Sonntag, wenn in der Stadt wenig Verkehr war, spannte man zwei Pferde vor und kutschierte die Milchkannen auf dem Bockwagen in die Verbandsmolkerei. Die Aufgabe war begehrt; so ein Kutscher mit einem bunten Bändel an der Peitsche machte etwas her, und wenn man vom hohen Bock herab den Mädchen nachpfiff, drehte sich kaum eines beleidigt weg.

Heute waren der Böhni Walter und der Rosenthal Hillel dafür eingeteilt worden, der Böhni, weil er das Kutschieren auf dem elterlichen Bauernhof gelernt hatte, und der Rosenthal, weil er es üben sollte. Man tat die mehr und die weniger Erfahrenen gern zusammen, wegen der Kameradschaft, und auch weil der Kanton einem nie genügend Lehrerstellen bewilligte.

Im Stall war also kein Dritter dabei gewesen, aber als Menschenkenner konnte sich Gerster gut vorstellen, wie das abgelaufen war. Der Böhni hatte natürlich den Fachmann herausgekehrt und sich als derjenige aufgespielt, der das Sagen hat, hatte dem Neuling das als Knechtsarbeit verschriene Striegeln der Pferde zugeteilt und ihn zusammengeschissen, wenn ihm die Schablone verrutschte und das Schachbrettmuster auf der Kruppe nicht sauber zu sehen war. Auch das Anschirren würde er ihm noch gnädig überlassen haben, aber die Zügel hatte er dann natürlich selber genommen und den großen Meisterkutscher gespielt, den ganzen Weg über den Schaffhauserplatz und die Kornhausbrücke. In der Langstraße, da musste Gerster gar nicht fragen, und der Böhni hätte es auch nicht zugegeben, war er bestimmt in donnerndem Galopp unter der Eisenbahnbrücke durchgefahren. Das war zwar ausdrücklich verboten, aber sie taten es alle, und allzu streng kann man mit fast schon erwachsenen Männern auch nicht sein.

Aber dann …

»Lumpegselle!«, schrie Gerster. »Huerecheibe Taglöhnergsindel!« »Taglöhner« war so ziemlich das schlimmste Schimpfwort, das man einem Bauernsohn anhängen konnte, und der Böhni zuckte denn auch zusammen. Der Rosenthal, dieser Städter, rührte keine Miene.

Vor der Molki war dann Folgendes passiert: Als die vollen Milchkannen ab- und die leeren wieder aufgeladen waren – auch diese Arbeit würde der Böhni großzügig dem anderen überlassen haben –, und der Rosenthal für die Rückfahrt die Zügel übernehmen sollte, hatte der Böhni wohl ein bisschen gestichelt oder eher: mit der Heugabel dreingestochen, denn die feinen Waffen waren seine Art nicht. Was da genau für Worte gefallen waren, und ob es dabei nur um mangelnden Pferdeverstand oder um ganz anderes gegangen war, damit wollten weder der Böhni noch der Rosenthal herausrücken, und im Grunde war das dem Direktor Gerster ganz recht. Manche Sachen machte man besser unter vier Augen und mit vier Fäusten ab. Sicher hatte es etwas damit zu tun gehabt, dass der Rosenthal ein Jude war und der Böhni ein graues Hemd trug, nicht direkt ein Fröntlerhemd, aber doch dieselbe Farbe, item, auf jeden Fall fühlte sich der Rosenthal verpflichtet, seine Fahrkunst unter Beweis zu stellen, und nahm deshalb mit dem Gespann nicht den vorschriftsmäßig direkten Weg zurück zum Strickhof, sondern …

»Tummi Goofe!«, schrie Gerster und merkte selber, dass ihm die letzte Invektive ein bisschen schwach geraten war.

Mitten in die Stadt hinein war er gefahren, dieser Verrückte, was natürlich überhaupt nicht erlaubt war. Und der Böhni hatte ihn machen lassen, ihn einfach in sein Unglück rennen lassen, statt als der Erfahrenere Verantwortung zu übernehmen. Verantwortung! Aber das war wohl ein Wort, das in ihrem Wörterbuch fehlte. Dass sie letzten Endes mehr Glück als Verstand hatten und nichts wirklich Schlimmes passierte, dafür konnten sie alle beide nichts, und waren deshalb auch beide gleich schuldig, ganz egal, wer letzten Endes die Zügel geführt hatte. Mitgefangen, mitgehangen.

Direktor Gerster durfte gar nicht daran denken, wetterte er, was da, wenn es arg gegangen wäre, alles auf die Schule hätte zukommen können und auf ihn selber, all die Berichte, die man hätte schreiben müssen, und die Erklärungen. Und, was fast das Schlimmste war, den Leuten, die den Strickhof schon lange aus der Stadt hinausverlegen wollten, die Bauland gewinnen wollten, wo jetzt noch Felder und Obstgärten waren, diesen Leuten hätte man die Argumente pfannenfertig geliefert, da könne man es wieder sehen, hätten sie gesagt, ein Landwirtschaftsbetrieb und eine Großstadt, das ging einfach nicht zusammen.

Er suchte nach einem angemessen heftigen Schimpfwort, fand keins mehr und schlug stattdessen mit der flachen Hand auf das Lehrerpult, dass es in dem leeren Zimmer widerhallte wie ein Kanonenschuss. Man hatte es nicht leicht als Direktor.

Und zu Hause aß der Besuch unterdessen die schöne Zwetschgenwähe auf.

Von hinten her bis zum Bahnhof und dann auf die andere Seite und in die Bahnhofstraße hinein war der Bengel gefahren, was man ihm im Notfall ja noch hätte durchgehen lassen können, denn die war breit, aber dann war er plötzlich nach links abgebogen, in den Rennweg und dann auch noch in die Fortunagasse, die so schmal war, dass selbst der Leibkutscher des englischen Königs es sich zweimal überlegt haben würde.

»Warum bist du gerade dorthin gefahren?«, brüllte Gerstei und der Rosenthal breitete die Arme aus und sagte: »Einfach so.«

Das war natürlich gelogen. Hillel hatte diesen Weg keineswegs zufällig eingeschlagen, aber das würde er dem Gerstli, wie man den Direktor heimlich nannte, bestimmt nicht auf die Nase binden. An der Fortunagasse war das ›Beth Hechaluz‹, ein Haus, in dem zwei Dutzend junge Pioniere, eben die Chaluzim, auf eine Gelegenheit warteten, nach Palästina weiterreisen zu können. Es waren alles Flüchtlinge, Deutsche und aus Deutschland abgeschobene Polen; sie lebten dort als Kollektiv, genau wie es später im Kibbuz auch sein würde, zahlten das bisschen Geld, das sie sich irgendwo verdienten, in eine gemeinsame Kasse, kochten in einer gemeinsamen Küche und diskutierten bis in die Nächte hinein, wie sie einen jüdischen Staat und gleichzeitig den

Sozialismus aufbauen wollten. Am Sonntag, das wusste Hillel, würden sie alle zu Hause sein, zum Spazierengehen war es zu kalt, und einen Cafébesuch konnte sich keiner leisten.

Alle – das hieß: auch eine gewisse Malka Sofer aus Warschau, die zwar schon zweiundzwanzig Jahre alt war und damit unerreichbar für einen Siebzehnjährigen, die aber wunderschöne schwarze Locken hatte und ein ganz ernstes Gesicht, das Hillel gern einmal zum Lächeln gebracht hätte. Dazu musste sie ihn aber zuerst einmal beachten, und was konnte es zu diesem Zweck für ein besseres Mittel geben, als wenn er quasi mit der Kutsche bei ihr vorfuhr, zweispännig und mit einem bunten Bändel an der Peitsche?

Er hatte vorgehabt, auf dem Rennweg anzuhalten, wo ein bisschen weiter oben auch ein Ungeübter das Gespann ohne Probleme hätte wenden können. Am Bock war eine große Messingglocke angebracht, wie man sie auf einem Schiff hat; die Polizei verlangte im Verkehr ein Warnsignal, und zu einem Pferdefuhrwerk hätte ja nun wirklich keine Hupe gepasst. Diese Glocke wollte er läuten, so hatte er sich das ausgedacht, und dann würden sie im Beth Hechaluz alle aus dem Fenster schauen, auch Malka, er würde ganz lässig mit der Peitsche grüßen und dann später, wenn sie sich einmal allein trafen – er schmiedete schon Pläne, wie er das bewerkstelligen wollte –, hätte man einen Anknüpfungspunkt, und was erst einmal einen Anfang hat, kann auch eine Fortsetzung bekommen.

Aber als er in die Fortunagasse hineinschaute, stand da eine Gruppe von Männern, zehn oder zwanzig, so genau ließ sich das in der Eile nicht zählen. Man konnte vom Bock aus alles überblicken wie von einem Balkon, graue Fröntler-Hemden hatten sie an und standen in Reih und Glied, fast militärisch. Ihre Fahne hatten sie auch dabei, die weißen Balken des Schweizerkreuzes bis zum Rand durchgezogen auf dem roten Grund. Vor dem Haus der Chaluzim standen sie und schrien etwas, das Hillel zuerst nicht verstand oder nicht verstehen wollte. Dabei war es ein ganz simpler Vers, den sie immer wieder skandierten: »Geht zurück nach Polen, der Teufel soll euch holen!« Einer hatte eine Landsknechtstrommel und schlug den Takt dazu. Die demonstrierten da gegen seine Leute, und der Böhni saß neben ihm und hatte so ein Grinsen im Gesicht, das zu sagen schien: »Du steckst nicht nur wegen dem unerlaubten Abstecher in der Scheiße, sondern überhaupt!«

Hillel hatte nicht lange überlegt, überhaupt nichts hatte er überlegt, in diesem Punkt hatte der Gerstli völlig recht, nur an den Zügeln hatte er gerissen und »Hü!« gerufen und irgendwie alles richtig gemacht, besser, als es ihm jemals auf dem Übungsplatz gelungen war. Die Pferde waren abgebogen, in die Fortunagasse hinein, hatten zu galoppieren begonnen auf dem viel zu engen Fahrweg, er hatte noch mit der Peitsche auf sie eingeschlagen und die Glocke geläutet wie die Feuerwehr beim Alarm. Die Fröntler waren auseinandergespritzt, in die Hauseingänge hinein und gegen die Mauer, dort, wo es zum Lindenhof hinaufgeht. Der Fahnenträger ließ seinen Lappen fallen, und wie sich der Trommler mit seiner Trommel in Sicherheit gebracht hatte, das wusste Hillel gar nicht zu sagen. Aber Verletzte hatte es keine gegeben, sonst würden sie jetzt nicht vor dem Direktor stehen und ihren Anpfiff beziehen, sondern wären schon dabei, ihre Sachen zu packen.

›Selbst das wäre es wert gewesen‹, dachte Hillel.

Er hatte keine Zeit gehabt hinaufzusehen und wusste deshalb nicht, ob die Chaluzim wirklich am Fenster gestanden hatten, und ob auch Malka dabei gewesen war. Es ging alles viel zu schnell, er hatte nur noch versucht, mit aller Kraft die Zügel festzuhalten, aber da war nichts mehr festzuhalten gewesen. Es war passiert und nicht mehr zu ändern, sie waren am Haus vorbei, und hinter ihnen schüttelten die ersten schon wieder drohend die Fäuste. Erst da fiel ihm ein, dass man am Ende der Fortunagasse gar nicht weiterfahren kann, weil dort nur auf der linken Seite dieser steile Weg ist, der mit den Stufen zur Limmat hinunter. Er hatte an den Zügeln gerissen wie ein Verrückter, hatte versucht, die Pferde noch irgendwie anzuhalten, aber die Gäule hatten sich längst selbständig gemacht und waren nicht mehr zu kontrollieren, nicht für ihn auf jeden Fall. Und der Böhni, der vielleicht noch hätte etwas machen können, saß vor Angst versteinert da, hatte nur die Augen weit aufgerissen und das Maul auch, als wolle er schreien und wisse nicht mehr, wie das geht.

Dann waren die Pferde ganz von selber nach links abgebogen, im perfekten trittgleichen Galopp, wie man das in der Fahrstunde lernt, nur dass man den Schülern dort nie erlaubt hätte, eine Kurve so scharf zu nehmen und schon gar nicht in dieser Geschwindigkeit. Der Bockwagen lehnte zur Seite, nur noch auf zwei Rädern balancierte er und wäre wohl auch umgekippt, aber der Durchgang war so eng, dass er an einem Erkerfenster im Erdgeschoß entlangschrammte und sich dabei wieder aufrichtete. Hinten fiel eine leere Milchkanne vom Wagen, und dann holperten die Räder schon den Weg mit den Treppenstufen hinunter, es gab jedes Mal einen Schlag, dass es sie beinahe vom Bock gespickt hätte.

Irgendwie kam der Wagen zum Stehen, Hillel hätte nicht sagen können, wie. Vielleicht hatte der Kudi Lampertz doch recht, wenn er immer sagte: »Lasst die Pferde nur machen, die haben mehr Verstand als ihr.« Ganz still war es plötzlich geworden. Nur die Milchkanne rollte ganz langsam von Stufe zu Stufe hinter ihnen her, scheppernd, als riefe sie: »Wartet auf mich, ich gehöre dazu!«

Erst dann hatte er getan, was er schon lange hätte tun müssen: die Handbremse festgedreht. Auf unsicheren Beinen war er vom Bock geklettert und hatte sich um die Pferde gekümmert. Die waren nass geschwitzt, dampften und hatten Schaum vor den Mäulern, aber verletzt hatten sie sich nicht – der Lampertz würde ihn sonst totgeschlagen haben! –, es lahmte keins, und irgendwann, als sein Herz nicht mehr ganz so heftig schlug, konnte Hillel dann weiterfahren, nach rechts auf die Rudolf-Brun-Brücke, nach links ins Limmatquai und dann den Berg hinauf, bis zum Schaffhauserplatz und zurück zum Strickhof.

Dort wartete, telefonisch alarmiert, schon Direktor Gerster auf sie, stauchte sie ein erstes Mal zusammen und ging dann, während sie die Pferde trockenrieben, vor dem Stall ungeduldig auf und ab, fest entschlossen, ihnen eine Gardinenpredigt zu halten, die sie ihr Lebtag nicht vergessen würden.

»Huerecheibe Lölizüüg!«, schrie der Direktor. »Wieso bist du dort hinuntergefahren?«

»Einfach so«, sagte Hillel.

Die Geschichte würde man noch lang erzählen, dachte Gerster. Es musste einer verflixt gut mit Pferden umgehen können, um so ein Husarenstücklein unverletzt zu überstehen. Er schimpfte zwar noch ein bisschen weiter, wie es seines Amtes war, aber er tat es nur noch ganz automatisch und schaute dabei sogar auf die Uhr.

Die Strafe, die er ihnen aufbrummte, war harmlos, wie es manchmal donnert und blitzt wie verrückt, dass man denkt, die ganze Ernte ist verloren, und dann fällt doch nur ein milder Regen. Den Bockwagen sollten sie wieder in Ordnung bringen, und zwar tipptopp. Dort, wo er an der Mauer entlanggeschrammt war, mussten die Kratzer übermalt werden, und das sollten sie gemeinsam machen, damit sie lernten, dass hier am Strickhof Kameradschaft angesagt war – »Kameradschaft, hueresiech nomal!« –, und wenn ihm noch einmal das Geringste zu Ohren käme, aber das Allergeringste, dann würde er ihnen eigenhändig die Köpfe abreißen.

Sagte noch einmal »Huere cheibe Schnuderbuebezüüg!«, ließ sie stehen und ging zurück zu seiner Zwetschgenwähe.

Als die Tür hinter Gerster zuknallte, stand der Böhni immer

noch habacht. Hillel drehte sich zu ihm und sagte: »Amod noach!« Er grinste, als ihn der Böhni nur verständnislos anschaute. Im Haschomér Haza'ir, dem zionistischen Jugendbund, gab man sich gern ein bisschen militärisch, und das war das Kommando, wenn man beim Mifkad, dem Appell, wieder bequem stehen durfte.

»Den Bock lackierst aber du«, sagte der Böhni.

»Wieso?«

»Du bist schließlich an der ganzen Sache schuld.«

»Kameradschaft, Walter! Schon wieder vergessen? Am Strickhof ist Kameradschaft angesagt, hueresiech nomal!« Hillel war von der ganzen Aufregung und ihrem glücklichen Ausgang so betrunken, dass er sogar den Gerstli nachahmte.

Der Wagen stand noch draußen auf dem Kies, und das war auch ganz praktisch. Schrammen ausbessern ist Feinarbeit und macht sich besser bei Tageslicht.

In der Remise fanden sich zwei Pinsel und eine Büchse mit grünem Lack.

Ganz unerwartet war der Kudi Lampertz angekommen; wahrscheinlich hatte ihn der Direktor herbeitelefoniert. Jetzt tat er so, als unterbreche er nur kurz einen Sonntagsspaziergang, und überwachte mit in die Hüften gestützten Armen ihre Arbeit. »Mit den Händen muss der Bauer werken, nicht mit dem Maul« war einer seiner Lieblingssprüche, und so stritten der Böhni und der Rosenthal nur ganz leise weiter.

»Du bist ein Arschloch«, flüsterte Böhni.

»Mit Arschlöchern kennst du dich ja aus«, flüsterte Hillel zurück.

»Wie meinst du das?«

»Wenn ich mir dein Hemd ansehe …«

»Ich kann anziehen, was ich will.«

»Weißt du, warum Fröntler-Hemden so dreckig grau sind? Weil der Charakter durchdrückt.«

Böhni hätte ihn gern mit einer schlagfertigen Antwort in den Senkel gestellt, aber es fiel ihm keine ein. »Sie werden dich ganz schön verprügeln«, flüsterte er stattdessen.

»Erst müssen sie herausfinden, wer es war.«

»Vielleicht erzählt es ihnen ja jemand.«

»Willst du den Zuträger spielen?«

Böhni antwortete nicht, sondern machte nur ein verschlagenes Gesicht, was bedeuten sollte: die Juden meinten immer, nur sie wären schlau, aber andere Leute wussten auch, wie man eine Rechnung begleicht.

»Hast du das vor?«

»Und wenn?«

»Dann müsste ich wohl einmal mit meinem Onkel reden.«

»Hä?«

»Das ist ein berühmter Ringer. Im jüdischen Turnverein. Hast du noch nie von Arthur Meijer gehört? Wenn der mit seiner Truppe kommt, dann müsst ihr aber eure Knochen einzeln zusammenlesen.«

›Den Juden ist alles zuzutrauen‹, dachte Böhni, das schrieb der Dr. Rolf Henne jeden Tag in der *Front*. Vielleicht hatten die wirklich einen heimlichen Schlägertrupp, vor dem man sich in Acht nehmen musste. Warum sollte der Rosenthal trotz der Drohung einer gut eidgenössischen Abreibung sonst so grinsen? Er konnte nicht wissen, dass sich Hillel nur über die Vorstellung amüsierte, sein friedlicher, kurzsichtiger Onkel Arthur könnte ein gefährlicher Straßenkämpfer sein.

Walter Böhni war kein schlechter Mensch. Auf einem kleinen Bauernhof bei Flaach, mitten im Weinland, aufgewachsen, hatte er schon als Kind hart arbeiten müssen, vor allem im Frühjahr, wenn die Mehrbesseren in der Stadt ihren Spargel essen wollten und man sich auf dem Land dafür den Rücken kaputtbücken durfte. Die Landwirtschaftsschule bedeutete für ihn die große Chance, im Leben weiterzukommen und etwas zu gelten, und er konnte daher Leute wie den Rosenthal nicht leiden, die das alles nur als Steckenpferd betrieben und gar nicht wirklich nötig hatten. Nach Palästina wolle er gehen und dort bauern, hatte der am ersten Schultag gesagt, als sie alle erklären sollten, was sie sich vom Strickhof erwarteten. Dabei wusste doch jeder, dass da unten nur Wüste und Sumpf war und es gar nichts zu bauern gab.

Böhnis Eltern hatten immer hart gearbeitet, geschuftet hatten sie, und wussten doch oft nicht, wo sie zu den Kartoffeln das bisschen Fleisch hernehmen sollten. Das war nicht gerecht, und Böhni, der auf seine Art auch ein Denker war, war dankbar gewesen, als ihm jemand eine Erklärung dafür anbot. Die Juden waren schuld, mit ihren Warenhäusern und Banken, die alle nur das Ziel hatten, den kleinen Mann auszusaugen und nicht hochkommen zu lassen. Er war selber nicht bei der Nationalen Front eingetreten, da musste man zu oft an Versammlungen und Aufmärsche, aber ihre Zeitung las er regelmäßig und fand, dass alles Hand und Fuß hatte, was dort stand. Vielleicht war es gar nicht schlecht, wenn man die Kameraden ein bisschen darüber informieren konnte, was die Juden alles so vorhatten.

»Was ist das eigentlich für ein Haus, an der Fortunagasse?«, flüsterte er deshalb.

»Dort wohnen lauter Leute, die genau das wollen, was deine Freunde so lautstark verlangen: möglichst bald weg aus der Schweiz.«

»Nach Polen?«

»Noch viel weiter nach Osten.«

»Warum sind sie dann überhaupt …?«

Er verstummte, denn Lampertz kam näher. Der war sonst mehr der Typ eines strammen Marschierers, schlenderte jetzt aber übertrieben locker daher, um zu betonen, dass er wirklich nur ganz, ganz zufällig an seinem freien Tag hier auf dem Strickhof vorbeigekommen sei.

»Meinen Sie, der Lack ist so gut, oder müssen wir noch einmal drüber?«, fragte Hillel.

»Zweimal, mindestens. Hier wird nicht gepfuscht.« Er blieb bei ihnen stehen und sagte nach einer Pause: »Bist du tatsächlich zweispännig den Treppenweg hinunterkutschiert?«

»Es tut mir leid, Herr Lampertz.«

»Mit Recht. Aber ich muss sagen: Respekt! Das hätte ich dir gar nicht zugetraut. So etwas hättest noch nicht einmal du geschafft, Böhni.«

57

Zalman Kamionker war zu seiner Kleiderfabrik gekommen wie die Jungfrau zum Kind, oder, sein eigener Vergleich, wie der Stammvater Abraham zu seinem Sohn Isaak, also in einem Alter, in dem eine solche Veränderung des Lebens nicht mehr zu erwarten stand. Durch seine Tätigkeit im Hilfskomitee für die Flüchtlinge aus Galizien war er notgedrungen auch zum Arbeitsvermittler geworden, was zunächst, noch während des Weltkriegs, keine allzu schwierige Aufgabe für einen erfahrenen Verhandler war. Durch den Aktivdienst und die Grenzbesetzung fehlten überall die Männer, und jeder, der zupacken konnte, war willkommen. Das Komitee schlief dann mit der Zeit immer mehr ein; man wurde nur noch ab und zu bei einer akuten Notlage tätig und legte im Übrigen einmal im Jahr Rechnung über die mageren Bestände ab, eine Aufgabe, die Frau Okun sehr gut allein erledigte. Dann, in der Wirtschaftskrise der frühen dreißiger Jahre, begann die Arbeitslosigkeit immer schneller anzusteigen, und notgedrungen musste das Komitee reaktiviert werden. Die Krise traf vor allem die Ostjuden, denen man ihre Herkunft noch anhörte, und die, wenn man ehrlich sein wollte, auch von den alteingesessenen Schweizer Juden nicht sehr geschätzt wurden. Aus diesen eigentlich schon ganz gut eingeschweizerten Flüchtlingen waren plötzlich wieder fremde Fötzel geworden, die die Eidgenossenschaft überfremdeten und einem die knappen Stellen wegnahmen. Wo Entlassungen anstanden, waren sie als Erste dran, und zu wem kamen sie dann mit ihren Problemen? Zu Zalman natürlich, und der schickte sie nicht weg, obwohl Hinda spitz bemerkte, es habe sich auch schon mal einer vor lauter Hilfsbereitschaft für andere um die eigene Parnoosse gebracht. Für alle möglichen fremden Leute suchte er Arbeit, und weil sich keine fand, beschloss er, welche zu schaffen.

Wie er das aus seiner Zeit in der goldenen Medine kannte, machte er die Runde bei den Warenhäusern und bot den Einkäufern an, sie mit Konfektion zu beliefern, exakt nach ihren Wünschen und günstiger als alle anderen Anbieter. Er wollte damit nur ein bisschen Beschäftigung kreieren, in einer Zeit, wo die Leute schon mit Pappschildern an den Straßenecken standen und sich selber anpriesen wie ein Schmattes-Händler alte Hosen. Wenn ihm damals einer gesagt hätte, er würde damit zum Balebós einer eigenen Firma werden, dann hätte er den für meschugge erklärt. Zalman Kamionker als Kapitalist, das war etwa so wahrscheinlich wie Joseph Goebbels als Minjenmann.

Die erste Bestellung kam von François, in dessen Warenhaus nach einem plötzlichen Kälteeinbruch im Frühjahr die warmen Mäntel ausgegangen waren. Der Auftrag, das betonte François ausdrücklich, hatte nichts, aber gar nichts mit Wohltätigkeit zu tun, wie käme ausgerechnet er als Getaufter dazu, jüdische Flüchtlinge zu unterstützen? Geschäftsmann war er, und in Geschäften hatten weder jüdische Wohltätigkeit noch christliche Nächstenliebe etwas zu suchen. Wenn die Mäntel nicht in allererster Qualität geliefert würden, dann müsse sich Zalman nie mehr bei ihm blicken lassen, war das verstanden? Aber den Auftrag gab er.

So fing es an.

Im ersten Jahr beschäftigte man die Leute, je nach Arbeitsanfall, tage- oder sogar nur stundenweise. Jeder arbeitete bei sich zu Hause, bediente quasi mit einem Fuß die Nähmaschine und schaukelte mit dem anderen die Wiege. Da sie alle um ihre Existenz nähten, durfte der Tag auch einmal vierzehn Stunden haben oder sogar noch mehr. Zalman kam sich oft vor wie ein Ausbeuter, ausgerechnet er, der Gewerkschafter, der beim Generalstreik 1918 in vorderster Front für die Achtundvierzigstunden-Woche gekämpft und deshalb natürlich prompt wieder einmal seine Anstellung verloren hatte. Zuerst lieferte man ausschließlich Mäntel – damit kannte sich Zalman seit seiner amerikanischen Zeit am besten aus –, später kamen auch Kleider und Morgenröcke dazu, und bald fand sich das Monogramm KK in jeder Art von Konfektion. KK sollte eigentlich Konfektion Kamionker heißen, aber die Mitarbeiter machten sich ihren eigenen Reim auf die Buchstaben. Für sie hieß KK simpel und einfach: Koschere Kleiderfabrik.

Den endgültigen Durchbruch brachten seltsamerweise die modischen Gebräuche eines fernen Kontinents. Einen deutschen Flüchtling, ehemals Besitzer eines Modegeschäfts in Magdeburg, hatte es durch den Zufall eines Visums nach Kenia verschlagen, wo ein scheinbar unbegrenzter Bedarf an Kattunkleidern von Größe 50 an aufwärts bestand, wobei großgepunktete Stoffe in grellen Farben am beliebtesten waren. Als der Mann vor der Weiterreise nach Kenia wegen irgendwelcher bürokratischer Schwierigkeiten ein paar Wochen in Zürich festsaß, hatte ihn Zalmans Komitee unterstützt – es beschränkte seine Tätigkeit schon lange nicht mehr auf Galizianer –, und aus Dankbarkeit berücksichtigte er jetzt die koschere Kleiderfabrik. Es waren seine immer neuen Nachbestellungen, die es KK ermöglichten, eigene Geschäftslokalitäten in Wollishofen anzumieten und die ersten festen Mitarbeiter einzustellen.

Zuerst arbeitete Zalman in der Firma nicht selber mit oder ließ sich doch seine Mitarbeit nicht bezahlen. Auch wenn er sich regelmäßig mit seinen Arbeitgebern verkrachte, war es ihm doch noch immer gelungen, eine Anstellung zu finden, und er dachte gar nicht daran, anderen eine wegzunehmen. Aber je mehr Erfolg der Betrieb hatte, desto schwieriger wurde es, ihn nur so nebenher und aus reiner Gutmütigkeit zu leiten, und irgendwann hatte sich Zalman damit abfinden müssen, dass er jetzt nolens volens der Herr Direktor war. Um wenigstens in einem Punkt seinen Prinzipien treu zu bleiben, wollte er sich zuerst nicht mehr Gehalt auszahlen als einer Zuschneiderin, aber da hatte ihm Hinda, die sich sonst in seinen Beruf nicht einmischte, einen gewaltigen Krach gemacht. Ob er eigentlich meine, er bekomme im Gan Eden einen besseren Platz, hatte sie von ihm wissen wollen, wenn er sich mit siebzig Rappen in der Stunde begnüge, und ob er ihr dann bitte auch erklären wolle, wie von einem solchen Hungerlohn die Anzüge und die guten Hemden zu bezahlen seien, die seine neue Rolle nun mal von ihm verlangte. Das war fast das Schlimmste für Zalman: er musste sich jetzt, weil er es doch ständig mit Kunden zu tun hatte, jeden Tag eine Krawatte umbinden. Er war ein friedlicher Mensch, aber das machte ihn jedes Mal von neuem wütend.

Das Argument, das ihn dann schließlich überzeugte, war die Tatsache, dass auch Rachel im Betrieb mitarbeitete. Es war ja auch wirklich nicht einzusehen, warum Zalman, der rund um die Uhr für die Firma schuftete, nicht mehr verdienen sollte als seine Tochter, die als Leiterin des Büros nur auf ihrem Toches saß und die Leute herumkommandierte.

Unterdessen hatte er sich ganz gut daran gewöhnt, der Herr Direktor zu sein. Die koschere Kleiderfabrik war ein anerkannter Betrieb, man arbeitete auf Zentralspulen-Nähmaschinen der Marke *Deutschland* und benutzte elektrische Bügeleisen mit Regulierschalter. Aber was noch viel wichtiger war: man gab fast dreißig Leuten Arbeit. Auf der Personalliste standen eine Direktrice für die Entwürfe, vierzehn Näherinnen und Näher, sechs Zuschneiderinnen, vier Glätterinnen, drei Leute im Büro, ein Lehrling, ein reisender Vertreter und ein eigenes Mannequin. Von den Mitarbeitern waren nur zwei nicht jüdisch: die Direktrice, ein Fräulein Bodmer, die alle Modeschauen besuchte, um dann jeweils ganz schnell ihre eigenen Entwürfe den aktuellen Trends nachzuempfinden, und das Mannequin, eine nah am Wasser gebaute Wasserstoffblondine namens Blandine Flückiger, die sich auf ihre empfindsame Seele viel zugute hielt und fast jeden Tag einmal wegen irgendwelcher Verletztheiten getröstet werden musste.

Rachel, die das Büro mit strenger Hand regierte, stritt sich regelmäßig mit ihr, wie sie sich auch schon mit ihren beiden Vorgängerinnen gestritten hatte. Es passte ihr überhaupt nicht, dass so ein Tüpfi von gerade mal vierundzwanzig Jahren von allen Männern verbibabäbelet wurde, nur weil sie ein nettes Lärvchen hatte und Kleidergröße 38. Außerdem, da war sich Rachel fast sicher, lief etwas zwischen Blandine und Joni Leibowitz, dem reisenden Vertreter. Der Kundenkreis der KK erstreckte sich unterdessen bis St. Gallen, Bern und Basel, und überall wollten die Einkäufer die neuen Entwürfe am lebenden Modell vorgeführt bekommen. Joni Leibowitz und Blandine Flückiger waren also oft allein miteinander im Auto unterwegs, und was von der Moral von Mannequins zu halten war, das wusste man ja.

Der tiefere Grund für ihre Animosität lag darin, dass sich Rachel, vor so vielen Jahren, dass es schon gar nicht mehr wahr war, selber einmal für Joni Leibowitz interessiert hatte. Damals im Krieg und bevor er sich von all den Runden, die er dienstlich ausgeben musste, sein Spießbürgerbäuchlein antrank, war er in seiner Uniform ein fescher Mann gewesen, von Beruf Papierwarenvertreter; in die Schmattes-Branche hatte er erst später gewechselt. Eigentlich scharwenzelte er damals ja um Désirée herum, aber weil man mit der nach Alfreds Tod kein vernünftiges

Wort mehr reden konnte, verlor er allmählich das Interesse an ihr und dem Lebensmittelladen und schaute sich anderswo um. Rachel und er waren ein paarmal tanzen gegangen, und einmal – mein Gott, man war eben jung und dumm – hatte sie sich von ihm küssen lassen, und er hatte gleich versucht, seine Hände unter ihre Bluse zu schieben. Was sie sich aber nicht gefallen ließ, so jung und so dumm war sie noch nicht einmal in den Windeln gewesen.

Mit jedem Jahr, das sie selber ledig blieb, fand Rachel an verheirateten und attraktiven Frauen mehr auszusetzen.

Ihr selber blieb nichts Aufregenderes zu tun, als jeden Tag ins Büro zu gehen, weshalb sie behauptete, das gern und aus Überzeugung zu tun. »Wir leben im zwanzigsten Jahrhundert; da ist kein Platz für Modepüppchen und Kaffeetanten.« Sie hatte immer noch ihre flammend roten Haare, wenn sie auch diskret jeden Monat einmal mit Henna nachfärben musste, und trug immer die schicksten Kleider aus der KK-Kollektion, »nicht aus Eitelkeit, so was ist mir als berufstätiger Frau völlig fremd, sondern weil ich doch schließlich die Firma repräsentieren muss«. Wenn Besucher ins Geschäft kamen, nahm diese Repräsentation zwei völlig verschiedene Formen an. Einkäufer empfing sie mit einer Art von burschikoser Kumpanei und stellte jedem Satz unausgesprochen die Einleitung voran: »Unter uns Geschäftsleuten …« Gegenüber Stellungssuchenden und anderen Bittstellern war sie von abweisender Strenge, was aber auch bitter nötig war. Zalman in seiner Gutmütigkeit ließ sich viel zu leicht überreden, und schon oft hatte sie zu ihm sagen müssen: »Wenn es nach dir ginge, würden wir jeden dahergelaufenen Schnorrer einstellen, und nach einem Jahr wäre die Firma mechulle.«

Der Mann, der vor ihr stand, war auch so ein Dahergelaufener. Seine ganze Art gefiel ihr nicht. Er hatte sie einen Moment lang scharf gemustert, so etwas spürte sie, und jetzt machte er so ein uninteressiertes Gesicht, als lohne es sich gar nicht, sie genauer anzusehen. Stand da wie hingepflanzt, den Hut in der Hand, und rührte sich auch nicht, als sie ihn warten ließ und zuerst noch ein Telefongespräch führte und dann noch eins. Nicht ein einziges Mal verlagerte er auch nur das Körpergewicht von einem Fuß auf den anderen. Das war einer, der das Warten gelernt hatte, einer von den Geduldigen, die besonders lästig sind, weil man sie nicht so leicht wieder loswird.

»Sie wünschen?«, musste Rachel schließlich fragen.

»Arbeit.«

Er sagte es, wie man eine militärische Meldung macht, keine Silbe zu viel, keine zu wenig. Er war ein Deutscher; ›ein Berliner‹, dachte Rachel, die sich mit Dialekten zwar nicht auskannte, für die aber alles, was ihr unangenehm teutonisch schien, aus Berlin stammte. Seine Stimme war überraschend laut; wenn die Leute etwas wollten, waren sie sonst eher schüchtern. »Ich möchte nicht stören«, bedeutete dann ihr Tonfall, »aber wenn's nicht allzu ungelegen kommt, hätte ich da eine Bitte.«

Er war keiner, der bat. Wenn er störte – na schön, wenn es sein musste, dann störte er eben.

»Sind Sie Schneider?«, fragte Rachel, obwohl sie natürlich wusste, dass er keiner war. Das konnte man sehen. Sein Anzug war für einen viel dickeren Mann geschnitten und hing richtiggehend an ihm; ein Fachmann, wenn er denn schon auf abgelegte Kleider angewiesen war, hätte ihn sich längst enger gemacht und angepasst.

»Wenn Sie einen Schneider brauchen, bin ich ein Schneider«, sagte der Mann.

»Können Sie nähen?«

»Ich kann es lernen.«

»So? Von einem Tag auf den andern?«

»Wenn nötig auch das.«

»Wie stellen Sie sich das vor?«

»Es gibt Schwierigeres.«

»Hören Sie«, sagte Rachel, und weil der Mann so viel größer war als sie und sie ihm nicht die Kowed tun wollte, für ihn aufzustehen, wippte sie auf ihrem Bürostuhl auf und ab. »Wir stellen hier keine ungelernten Kräfte ein.«

Er lachte. Nein, er lachte nicht. Er gab ein Geräusch von sich, das ein Lachen hätte sein können, wenn sich ein Lachen einsalzen ließe, im Keller aufbewahren und irgendwann, wenn gar nichts anderes mehr da ist, wieder hervorholen.

»Glauben Sie mir, Fräulein«, sagte er. »Ich kann alles, was man von mir verlangt. Ich bin ein Gelernter.«

Rachel mochte es nicht, wenn man sie Fräulein nannte. Sie vermutete hinter dem Wort immer einen versteckten Spott, so in der Art von: »Schon bald vierzig und immer noch keinen Mann.«

Der Besucher war schwer einzuschätzen. Fünfzig konnte er sein. Oder auch weniger. Nicht, dass es sie interessierte.

»Was erwarten Sie eigentlich, das ich für Sie tun soll?«

»Sie hätten mich nach meinem Namen fragen können«, sagte der Mann. »Ich heiße Grün.«

»Grün und was noch?«

»Grünberg, Grünfeld, Grünbaum. Suchen Sie sich etwas aus.«

»Wie bitte?«

»Kennen Sie die Geschichten, die alle anfangen: ›Trifft der Grün den Blau?‹ Nun, der Blau ist tot. Ich bin der Grün.«

Es war nichts Außergewöhnliches an ihm, wenn man den zu weiten Anzug einmal wegdachte. Bei einer jüdischen Simche hätte ihn niemand hinausgeworfen, mit so einem Gesicht war man in jedem Haus Mischpoche. Um die Augen hatte er so Gute-Onkel-Fältchen, auch wenn Rachel ihn noch nicht hatte lächeln sehen. Nichts Außergewöhnliches.

Die Verrücktesten sehen immer am normalsten aus, hatte sie mal irgendwo gelesen.

»Eigentlich, Herr Grün, wollte ich nur Ihren Vornamen wissen.«

»Felix«, sagte der Mann. »Ist das nicht ein guter Witz?«

»Was soll daran witzig sein?«

»Felix heißt ›der Glückliche‹.«

Sie wurde aus ihm nicht schlau, und nur schon deshalb war er ihr unsympathisch. Entweder kann einer nähen oder er kann es nicht; man stellt sich nicht einfach hin, den Hut in der Hand, und schon kriegt man Arbeit.

»Es tut mir leid, Herr Grün, aber …«

»Es tut Ihnen nicht leid«, stellte der Mann ganz ohne Vorwurf fest. »Es macht Ihnen sogar Spaß. Nicht sehr, aber doch. Ich kenn mich da aus. Vielleicht wär ich genauso, wenn ich Macht über andere hätte.«

»Wieso Macht?«

»Sie haben Arbeit, ich brauche Arbeit.«

»Sie sind kein Schneider.«

»Ich kann tun, als wäre ich einer. Täuschend echt. So wie Ihre Haare.«

Frechheit.

»Was ist mit meinen Haaren?«

»Sie sollten vor dem Auftragen ein bisschen schwarzen Kaffee in die Paste rühren, dann wirkt das Henna nicht so grell. Ich weiß das von einer Berufskollegin.«

»Und was für ein Beruf soll das sein? Besserwisser?« Dieser Mann machte sie einfach wütend.

»Sie war in derselben Branche wie ich«, sagte Herr Grün. »Als ich noch einen Beruf hatte. Nun ja« – er seufzte, und auch der Seufzer kam aus dem Keller, aus irgendeinem Vorratsglas, in dem er seine Gefühle aufbewahrte –, »nun ja, Schneider ist auch nicht das Schlechteste. Wenn Sie wollen, kann ich gleich anfangen.«

»Hier gibt es nichts für Sie«, sagte Rachel und merkte verärgert, dass ihre Stimme schrill geworden war.

»Doch«, sagte Herr Grün. »Hier gibt es Arbeit, und ich brauche Arbeit. Also werde ich warten, bis man mir welche gibt.«

»Ich habe Ihnen doch gesagt …«

»Sie sind hier nicht der Chef.« Auch das sagte er nicht unfreundlich. »Ich habe gelernt, so etwas zu erkennen. Man lässt Sie kommandieren, aber zu befehlen haben Sie nicht wirklich.«

»Woher wollen Sie das wissen?« Sie schaffte es nicht, die Frage hinunterzuschlucken, obwohl man mit solchen Leuten nicht diskutieren soll.

»Sie strengen sich zu sehr an«, sagte Herr Grün.

Er stand dann an der Wand, ohne sich anzulehnen, erkundigte sich nicht, wann der Chef endlich käme, stand einfach da und wartete. Wenn jemand eintrat, schaute er ihn kurz an und wusste immer gleich, dass es noch nicht der Richtige war. Auch als Joni Leibowitz von einem Kunden zurückkam und sich lauthals darüber beschwerte, bei einer Lieferung von Damenmänteln seien die bestellten Ersatzknöpfe nicht eingenäht worden, obwohl er es extra noch einmal angeordnet habe, und wer müsse sich dann die Beschwerden der Einkäufer anhören? Er! – selbst da wendete Herr Grün nur kurz den Kopf und versank dann wieder in sich selber, ein Mann, der schon viel gewartet hat, und dem ein paar Stunden mehr auch nichts ausmachen.

Zalman war bei einem Termin auf der Bank. Er ging dort nicht gerne hin, aber es blieb ihm nichts anderes übrig; je erfolgreicher eine Firma wurde, desto mehr Geld schien sie zu brauchen. Man war äußerst höflich zu ihm gewesen, und der Sachbearbeiter hatte nicht nur den Kredit für den Kauf einer eigenen Knopfmaschine bewilligt, sondern ihm sogar gratuliert: er mache es genau richtig. Jetzt, solange die Arbeitskräfte billig seien und die Gewerkschaften nichts zu melden hätten, müsse man die Pflöcke einschlagen; er werde schon sehen, wie die beim ersten Anzeichen eines Aufschwungs wieder aus ihren Löchern kröchen. Im Interesse der Firma hatte Zalman ihm nicht widersprechen dürfen, und allein schon diese Selbstbeherrschung, fand er, war ein Direktorengehalt wert.

Der Mann, der so lange gewartet hatte, trat einen Schritt vor, als Zalman hereinkam, wie ein Soldat, wenn der Befehl dazu gegeben wird. »Sie sind hier der Chef«, sagte er.

»Und wer sind Sie?«

»Ich heiße Grün.«

»Ich habe ihm gesagt, Papa, dass wir keine ungelernten Kräfte einstellen, aber er wollte trotzdem unbedingt auf dich warten, Papa.« Rachel hätte auch gern noch ein drittes »Papa« in den Satz geflochten. Dieser Herr Grün sollte ruhig wissen, dass sie hier die Tochter des Direktors war.

Zalman sah sich den Mann an. Ein Flüchtling, natürlich, die Welt war voller Flüchtlinge. Der Anzug aus gutem englischem Stoff, also einer, dem es einmal besser gegangen war. Das sprach erst mal gegen ihn, nicht weil man sich für verlorenen Besitz schämen musste, sondern weil Leute, die einmal reich gewesen waren, in der Regel keine guten Arbeiter abgaben. Den Händen konnte man etwas beibringen, war seine Erfahrung, dem Kopf nicht. Der Anzug, so etwas sah Zalman auf den ersten Blick, war nach Maß gearbeitet, aber für einen viel dickeren Grün. Er musste also Schlimmes durchgemacht haben; auch das keine Seltenheit bei einem Juden, der aus Deutschland kam.

»Was sind Sie von Beruf?«

»Was immer gebraucht wird.«

»Schneider ist er nicht, Papa.«

»Ich bin auch nicht immer Flüchtling gewesen«, sagte Herr Grün. »Und habe es trotzdem schnell gelernt.«

»Sie müssen verstehen«, sagte Zalman und verfluchte schon zum zweiten Mal an diesem Tag, dass er hier der Direktor sein musste, »Sie müssen verstehen: Hier kommen jede Woche zwanzig Leute an. Dreißig. Wenn ich alle einstellen wollte …«

»Geben Sie mir fünf Minuten«, sagte Herr Grün.

Ein richtiger Direktor hätte ihn einfach stehen lassen. Aber man kann einem Kopf nicht alles beibringen, und Zalman hatte zu lange nach dem Prinzip gelebt, dass man jeden Menschen anhören soll, bevor man nein zu ihm sagt.

»Also gut, fünf Minuten.«

Die beiden verschwanden im Direktionszimmer, das eigentlich nur ein Verschlag war, durch dünne Gipswände vom großen Büro abgetrennt. Die Tür schloss sich hinter ihnen, und Rachel hob in ausdrucksvoller Verzweiflung die Augen zur Decke.

Joni Leibowitz hatte die Szene beobachtet und lehnte sich jetzt, eine Zigarette im Mundwinkel, an Rachels Schreibtisch. Sie mochte es nicht, dass er eine Vertrautheit, die zwischen ihnen schon lang nicht mehr existierte, immer noch so selbstverständlich in Anspruch nahm.

»Ich wette um eine Flasche Wein, dass er ihn einstellt.«

»Niemals.«

»Er stellt ihn niemals ein oder du wettest niemals?«

»Beides.« Sie hatte ihn schon mehrmals gebeten, sie im Büro nicht zu duzen.

Joni ließ die Asche seiner Zigarette in die hohle Hand tropfen, eine Angewohnheit, die Rachel unmöglich fand, und klopfte dann die Hände über ihrem Papierkorb sauber. »Auch eine?«, fragte er und hielt ihr das aufgeklappte Etui hin. Es war aus Alpacca, aber er hoffte wohl, dass man es für Silber hielt.

»Ich rauche nicht.«

»Dann müssen die Stummel mit den Lippenstiftspuren, die ich immer im Packraum finde, von jemand anderem stammen.«

Er grinste sie an. Joni war ein Mensch, der gern Geheimnisse ausgrub, weil er Spaß an der Macht hatte, die sie ihm über andere verschafften.

Spaß an der Macht? Dieser seltsame Herr Grün hatte genau dasselbe von ihr behauptet.

»Wenn ich jetzt bitte weiterarbeiten dürfte?«, sagte sie streng.

»Ich will dich nicht daran hindern.« Er ließ seinen Zigarettenstummel in den Papierkorb fallen – auch das eine seiner typischen rücksichtslosen Angewohnheiten – und ging hinaus. Früher, aber das war unendlich lange her, hatte Rachel seinen betont lässigen Schlendergang tatsächlich einmal attraktiv gefunden.

Es dauerte länger als fünf Minuten, eine halbe Stunde mindestens. Dann erst öffnete sich die Tür des Direktionszimmers, und die beiden Männer kamen heraus.

»Herr Grün wird morgen bei uns anfangen«, sagte Zalman. »Es soll ihm bitte jemand erklären, wie eine Nähmaschine funktioniert.«

58

Arthurs Praxis blieb jeden zweiten Mittwoch geschlossen. Seine Praxishilfe, das ältliche Fräulein Salvisberg, wimmelte alle Patienten ab, und er fuhr nach Heiden, um im jüdischen Kinderheim *Wartheim* eine kostenlose Sprechstunde abzuhalten.

Die Fahrt ins Appenzellerland wäre zwar auch mit dem Zug recht angenehm gewesen – vor allem die kleine Zahnradbahn, die von Rorschach aus die sanften Hügel hinaufkletterte, hatte es Arthur angetan –, aber wenn es das Wetter irgend zuließ, setzte er sich noch lieber in seinen kleinen Fiat. Wozu hat man ein eigenes Auto, wenn man es nicht benutzt? Es war ihm allerdings fast peinlich, dass er diesen Teil seiner freiwilligen Tätigkeit jedes Mal so genoss; sein übereifriges Gewissen war der Meinung, dass man sich eine gute Tat nur dann anrechnen dürfe, wenn sie einem auch schwerfiel.

Dass das *Wartheim* einen Arzt aus Zürich kommen lassen musste, hatte mit Geld zu tun, oder besser gesagt: mit dem Mangel an Geld. Für die privaten Kinder gab es genügend Ärzte im Dorf, und wenn die nicht weiterwussten, ließ man wohl auch einmal einen Spezialisten aus St. Gallen kommen. Privat war ein Kind dann, wenn seine Eltern das Kostgeld in voller Höhe bezahlten, was nur Schweizer konnten, und die nicht alle. Auch die ›Amtskinder‹, deren Unterbringung wegen Bedürftigkeit von einer staatlichen Fürsorgestelle finanziert wurde, hatten Anspruch auf ärztliche Versorgung, wobei sich die lokalen Mediziner wohlweislich hüteten, bei ihnen allzu kostspielige Krankheiten zu diagnostizieren. Das Problem waren die ›Frauenvereinskinder‹, jene meist deutschen Pfleglinge, die vom Verband der jüdischen Frauenvereine unterstützt werden mussten, weil ihre Eltern kein Geld mehr schickten, sei es, weil sie keins mehr hatten, oder weil die ständig verschärften Devisenbestimmungen regelmäßige Überweisungen unmöglich machten. Man ließ diese Kinder nicht verhungern, natürlich nicht, aber wenn sie auch in jeder schulfreien Minute für Hilfsarbeiten eingesetzt wurden und sich so wenigstens einen Teil ihres Unterhalts selber verdienten, so waren sie doch eine Belastung, und für außergewöhnliche Kosten wie Arztbesuche war nie genügend Geld da.

Man hatte Arthur nicht zweimal bitten müssen, das Amt zu übernehmen. »Wenn ich nein sagte, käme ich mir vor, als schwänzte ich die Schule«, hatte er zu Hinda gesagt, und seine Schwester hatte geantwortet: »Nein, Arthur, was du schwänzt, ist das Leben.«

Die Fahrt ging heute zügig, und in Heiden hatte er sogar noch Zeit, um im *Schützengarten* eine halbe Stunde einzukehren. Sein Zürcherdialekt wirkte im Appenzellerland exotisch, und als er einen Kaffee bestellte, war er endgültig als Fremdling abgestempelt. Hier trank man zu jeder Tageszeit Bier oder ein Tschumpeli Roten.

Am Stammtisch unterhielten sich zwei Pfeife rauchende Männer über Politik. Sie waren sich in der lautstarken Überzeugung einig, dass es der Hitler in Deutschland nicht lange machen werde. Er hatte sich mit dem internationalen Judentum angelegt, und das war immer ein Fehler.

Auf der abschüssigen Straße, die vom Dorf zum Kinderheim führte, fuhr Arthur zu schnell und hätte beinahe die Einfahrt verpasst.

Fräulein Württemberger, die Heimleiterin, erwartete ihn schon. Ihr kleines Büro war mit zwei überfüllten Bücherregalen wie eine Studierstube eingerichtet. »Mit nichts als einer Kiste Bücher bin ich in die Schweiz gekommen«, sagte sie gern und wehrte sich nicht gegen den Eindruck, sie habe, um ihre Bibliothek zu retten, freiwillig sehr viel wertvollere Schätze in Deutschland zurückgelassen. Sie war das, was Chanele »ein spätes Mädchen« genannt haben würde, in diesem Fall ein akademisches spätes Mädchen. Gern ließ sie in Gespräche einfließen, dass sie als Philosophiestudentin zu Heideggers Füßen gesessen habe, und obwohl ihr großer Meister später Mitglied der Nazipartei und Rektor der ›Führeruniversität Freiburg‹ geworden war, verteidigte sie ihn immer noch. »Freiburg ist die einzige Universität, an der nie Bücher verbrannt wurden«, argumentierte sie gegen alle Einwände, und holte als letzten Beweis auch ihren wohl kostbarsten Besitz aus dem Regal: ein von ihrem Idol persönlich signiertes Exemplar des *Jahrbuchs für Philosophie und phänomenologische Forschung* aus dem Jahre 1927, mit dem ersten Teil der berühmten Abhandlung über Sein und Zeit.

Fräulein Württemberger liebte Bücher bedeutend mehr als Menschen, denn die ließen sich in kein rationales System einpassen, sondern bestanden rebellisch auf der eigenen unklassifizierbaren Individualität. Dass sie die Stelle im *Wartheim* überhaupt angenommen hatte, betrachtete sie als Opfer, wie man es als Emigrant eben auf sich nehmen muss. Beim Vorstellungsgespräch hatte sie die gutmeinenden Damen vom Frauenverein mit so fremdwortgespickter Verachtung behandelt, dass die sie für eine erfahrene pädagogische Fachkraft hielten und sofort einstellten.

»Ich hatte Sie früher erwartet«, sagte sie zur Begrüßung. Mit abweisender Miene, als sei ihr das Ritual eines Händedrucks viel zu intim, streckte sie ihm die Fingerspitzen hin. ›Abgekaute Nägel‹, dachte Arthur wie jedes Mal. ›Den Kindern würde sie das nicht durchgehen lassen.‹ Fräulein Württemberger entzog ihm die Hand gleich wieder, wie man einem ungeschickten Kind einen zerbrechlichen Gegenstand wegnimmt, und fuhr in einer nervösen Geste über den streng festgezurrten Haarknoten am Hinterkopf. Sie jagte nach aufsässigen Haarsträhnen wie ein Gefängniswärter nach Ausbrechern.

»Heute sind es vier.« Fräulein Württemberger sagte es so vorwurfsvoll, als sei Arthur persönlich an diesem unziemlich hohen Krankenstand unter den Frauenvereinskindern schuld. Wie immer hatte sie ihm keinen Stuhl angeboten. Arthur bezweifelte, dass auf dem präzis ausgerichteten Besuchersessel vor ihrem Schreibtisch schon jemals jemand hatte Platz nehmen dürfen, genau wie er manchmal den Verdacht hegte, die runden Gläser in Fräulein Württembergers Brille seien aus Fensterglas und hätten den einzigen Zweck, die Heimleiterin noch intellektueller erscheinen zu lassen, als sie es ohnehin schon war.

Es gab kein eigenes Ordinationszimmer im Heim; selbst wenn Platz dafür gewesen wäre, hätte man ihn nicht an Frauenvereinskinder verschwendet. Soweit die kleinen Patienten nicht bettlägerig waren, hatten sie in ordentlicher Reihe – »Es wird nicht geschwatzt!« – vor dem Bügelzimmer im zweiten Stock anzutreten und dort auf den Herrn Doktor zu warten. Der große Tisch, auf dem sonst Leintücher und Kissenüberzüge zusammengelegt wurden, diente als Untersuchungsliege, und wenn die Kinder ihre Kleider ablegen mussten, landeten die in einem Wäschekorb. Ein Hauch von Seifenflocken lag in der Luft und verlieh dem für eine Sprechstunde so ungeeigneten Ort doch noch eine Anmutung von antiseptischer Sauberkeit.

»Sprechstunde« war allerdings eine sehr euphemistische Bezeichnung für einen Vorgang, der sich von seiten der Kinder weitgehend wortlos abspielte. Fräulein Württemberger bestand darauf, während jeder Behandlung anwesend zu sein und Arthurs Fragen selber zu beantworten.

»Er ist so ungeschickt«, klagte sie über einen kleinen Jungen, der sich beim Kartoffelschälen tief in die Fingerbeere des linken Daumens geschnitten hatte. »Ich habe ihm zehnmal gezeigt, wie man das Messer halten muss, aber er will es einfach nicht begreifen.«

Der Junge widersprach nicht und weinte auch nicht, als die klaffende Wunde mit Jod gereinigt wurde. Erst als sich Arthur beim Nähen über seine Hand beugte, sagte er ganz schüchtern: »Ich bin Linkshänder.«

»Hast du dich darum geschnitten?«

»Mit der rechten Hand kann ich einfach nicht so …«

Weiter kam er nicht. »Es gibt ein schönes Händchen und ein hässliches Händchen«, fuhr Fräulein Württemberger dazwischen. Martin Heidegger persönlich hätte das Axiom nicht mit größerer Überzeugung verkünden können. »Ein schönes und ein hässliches. Das musst du lernen, sonst bringst du es im Leben nie zu etwas.«

Arthur blinzelte dem kleinen Jungen heimlich zu, um ihm zu sagen: »So ernst brauchst du das nicht zu nehmen.« Aber der reagierte nicht auf die Geste, sagte nur ganz höflich: »Danke, Herr Doktor«, und ging hinaus.

Die zweite Patientin kannte Arthur schon. Sie hatte sich – »Weil du auch immer rennst, statt zu gehen wie ein vernünftiger Mensch!« – vor ein paar Wochen den Arm gebrochen und Köbeli, der geistig leicht behinderte, aber handwerklich geschickte Hauswart des *Wartheim,* hatte ihr auf Arthurs telefonische Anweisung hin an diesem Morgen den Gipsverband aufgesägt. Die Fraktur war problemlos verheilt.

»Den Gips hast du dir hoffentlich als Andenken aufbewahrt?«, fragte Arthur. Er erinnerte sich daran, dass sich die anderen Kinder mit Unterschriften und kleinen Zeichnungen darauf verewigt hatten.

»Wir legen hier großen Wert auf Hygiene«, antwortete Frau Württemberger an Stelle des Mädchens. »Wir haben ihn natürlich weggeworfen.«

Als Nächstes wurde ihm ein Junge vorgeführt, dem nach Arthurs Meinung überhaupt nichts fehlte. Er hatte nur seit einiger Zeit angefangen, sein Bett zu nässen – »Mit elf Jahren!« –, und obwohl Fräulein Württemberger ihr pädagogisch Möglichstes dagegen unternommen hatte – sie ließ ihn jeden Morgen das beschmutzte Leintuch eigenhändig auswaschen, und während es an der Leine trocknete, musste er danebenstehen und sich von den anderen Kindern auslachen lassen –, obwohl sie also alles getan hatte, was man vernünftigerweise von ihr erwarten konnte, wollte er einfach nicht damit aufhören. Fräulein Württemberger, die jede Psychologie für unwissenschaftlich hielt, bestand darauf, dass das Übel, Angst hin, Einsamkeit her, einen physiologischen Grund haben müsse und wiederholte diese Formulierung dreimal, wie es Leute tun, die stolz darauf sind, den Fachausdruck eines ihnen fremden Gewerbes verstanden zu haben. Nach langer Diskussion konnte Arthur für den Jungen nicht mehr tun, als ihm ein schwaches Sedativ zu verschreiben, auch wenn er aus eigener Erfahrung wusste, dass sich Albträume durch Schlafmittel nicht vertreiben lassen.

»Die Letzte hat jetzt aber wirklich etwas«, sagte Fräulein Württemberger, als seien halb abgeschnittene Finger und gebrochene Arme keine Unfälle, sondern nur lästige Betriebsstörungen. »Sie hustet Blut.« Und fügte in ihrem Ständig-macht-man-mir-Schwierigkeiten-Tonfall hinzu: »Man hat es mir erst vor ein paar Tagen gemeldet.«

»Wie lange ist sie denn schon hier?«

»Die drei Monate sind fast um.«

Die drei Monate waren das mit der eidgenössischen Fremdenpolizei ausgehandelte Maximum für den Aufenthalt ausländischer Kinder. Gouverner, c'est prévoir: die strikte Limite von einem Vierteljahr sollte verhindern, dass aus gern gesehenen Kurgästen irgendwann ungeliebte Immigranten wurden. Andererseits war die Schweiz immer noch ein Fremdenverkehrsland und sollte das trotz aller Umwälzungen in Europa bitte sehr auch bleiben, und vom wirtschaftlichen Standpunkt aus hatte man höheren Orts überhaupt nichts dagegen, wenn sich deutsche Kinder in der gesunden Appenzeller Luft wieder rote Backen holten.

Nur dass in diesem besonderen Fall aus den roten Backen nichts geworden war.

»Sie hustet Blut? Ganz plötzlich? Sie haben vorher nie etwas bemerkt?«

»Mit dem Kind habe ich nichts als Sorgen«, klagte Fräulein Württemberger. »Sie ist eine Streunerin.«

»Ist sie weggelaufen?«

»So was kommt bei uns nicht vor. Ich nehme meine Fürsorgepflicht sehr ernst.« Sie vergewisserte sich, dass aus ihrem Haarknoten immer noch keine Strähne entwichen war. »Die Sache ist noch viel unangenehmer.« Sie senkte die Stimme und sagte fast flüsternd: »Ich habe sie im Zimmer vom Köbeli erwischt.«

»Wie bitte?«

»Im Zimmer eines Debilen! In seinem Schlafzimmer!« Sie sprach das Wort so empört aus, als habe ihr Hauswart neben seiner engen Kammer noch eine ganze Flucht von anderen Zimmern zur Auswahl.

»Der Köbeli ist harmlos.«

»So etwas weiß man nie genau«, sagte Fräulein Württemberger düster. »Er war zum Glück gerade nicht anwesend. Was an der Frage nichts ändert: Was sucht ein zwölfjähriges Mädchen im Zimmer eines fremden Mannes?«

»Es gibt bestimmt einen ganz harmlosen Grund dafür.«

So leicht wollte sich die Heimleiterin nicht beruhigen lassen. »Sie war im Nachthemd«, sagte sie düster. »Also praktisch nackt. Und man weiß ja, was in diesem Alter alles möglich ist.« Fräulein Württembergers Miene machte deutlich: es gab da Verirrungen, die sie unmöglich mit einem Mann besprechen konnte, auch wenn der Arzt war. »Und jetzt auch noch diese Krankheit! Dabei sollten die beiden nächste Woche zurückfahren.«

»Die beiden?«, wiederholte Arthur den überraschenden Plural.

»Sie ist mit ihrem kleinen Bruder da. Irma und Moses Pollack aus Kassel. Hier sind die Atteste.«

Jedes Kind, das aus dem Ausland ins *Wartheim* kam, musste vor dem Grenzübertritt ein ärztliches Zeugnis vorweisen, das ihm perfekte Gesundheit attestierte. Auch das verlangte man höheren Ortes, denn so stolz man auf die heilsame Wirkung der guten Schweizer Luft auch war, Kranke wollte man dann doch lieber nicht einreisen lassen. Ein Fremdenverkehrsland kann sich keine Seuchen leisten.

Ein Privatdozent Dr. Saul Merzbach (vor die Fachbezeichnung »leitender Arzt für Gynäkologie am Rotkreuz-Krankenhaus Kassel« war mit Tinte ein »ehemaliger« eingesetzt) hatte bestätigt, dass er bei den Geschwistern Pollack, Irma (12 Jahre alt) und Moses (9 Jahre alt), eine gründliche Untersuchung samt Nasenabstrich auf Diphteriebazillen durchgeführt und keinerlei Krankheitserscheinungen auf körperlichem oder seelischem Gebiet festgestellt habe. Das war vor drei Monaten gewesen.

Aber jetzt hustete Irma Blut.

»Und der Bruder?«

»Völlig gesund. Nur hängt er sich viel zu sehr an seine Schwester. Ich habe versucht, die beiden zu trennen. Um seine Selbständigkeit zu fördern. Aber da hat es Szenen gegeben …« Kinder konnten so unvernünftig sein.

»Dann will ich mir diese Irma mal ansehen.«

Sie kamen zu zweit herein, Hand in Hand. Arthur hätte das Mädchen jünger geschätzt, zehn vielleicht, höchstens elf. Sie war klein für ihr Alter, hatte aber ein auf kindliche Weise erwachsenes Gesicht mit großen braunen Augen, die ein bisschen schielten. Der abschweifende Blick erweckte den Eindruck, sie sei ständig in Gedanken und mit ihrer Aufmerksamkeit ganz woanders.

Krank sah sie nicht aus.

Moses war nicht viel kleiner als seine Schwester, aber er schaute so vertrauensvoll zu ihr auf, und sie hielt seine Hand so beschützend fest, dass man unwillkürlich an eine Mutter mit ihrem Kind dachte.

»Du bist also Irma«, sagte Arthur. »Und du der kleine Moischi.«

»Ich heiße Moses«, korrigierte der Junge die Verniedlichung. Er hatte eine ganz kleine Stimme, als habe er nur einen Teil von sich aus Deutschland mitgebracht und den Rest dort zurückgelassen. »Der Name kommt von Moses Mendelssohn.«

»Und weißt du auch, wer Moses Mendelssohn war?«

»Nicht genau. Ein Musiker, glaube ich. Aber mein Vater hat gesagt, es ist ein Name, auf den man stolz sein kann.«

»Da hat dein Vater ganz recht. Schreibst du ihm auch regelmäßig?«

»Wir können ihm nicht schreiben«, sagte das Mädchen. »Er ist tot.«

Arthur hätte sich am liebsten die Zunge abgebissen.

Fräulein Württemberger hatte keine Zeit für solche unnützen Plaudereien. »Das gehört alles nicht hierher. Sag dem Herrn Doktor, was dir fehlt.«

»Ich habe diesen Husten. Es tut weh, hier drin.« Sie fasste sich an die Brust. »Und manchmal kommt Blut.«

»Zeig es dem Herrn Doktor!«

Mit der freien Hand, ohne ihren Bruder loszulassen, fasste

Irma in die Tasche ihrer schwarz-weiß karierten Schürze, zog ein zusammengeknülltes Taschentuch hervor und streckte es Arthur hin. Ein großer Blutfleck war schwarzbraun in den Stoff getrocknet.

»Tatsächlich«, sagte Arthur.

Er hielt das Tuch auch Fräulein Württemberger hin, aber die machte einen schnellen Schritt zurück, angeekelt erschrocken.

»Das hätte dieser Arzt in Kassel doch merken müssen«, sagte sie nörgelnd und patrouillierte schon wieder entflohenen Haarsträhnen nach. »So etwas kommt doch nicht von einem Tag auf den andern.«

»Manchmal schon.«

Fräulein Württemberger streckte ihren Zeigefinger mit dem abgekauten Fingernagel anklagend gegen das kleine Mädchen aus und keifte: »Ich mache dich verantwortlich! Du hättest das viel früher melden müssen.« Und in einem nicht weniger vorwurfsvollen Tonfall zu Arthur: »Was ist es für eine Krankheit? Doch hoffentlich nichts Ansteckendes?«

Arthur war ein milder Mensch, viel zu mild, wie ihm Hinda immer wieder vorwarf. Aber genug war genug. »Es dürfte selbst Ihnen nicht entgangen sein«, sagte er sarkastisch, »dass Ärzte ihre Patienten manchmal untersuchen, bevor sie eine Diagnose stellen. Und jetzt lassen Sie mich bitte mit dem Kind allein.«

»Ich bestehe darauf …«

»Wie Sie wollen.« Arthur legte das Stethoskop, das er schon herausgeholt hatte, wieder in sein Köfferchen zurück und ließ das Schloss einschnappen. »Dann werde ich meine Arbeit jetzt beenden und dem Frauenverein mitteilen, dass hier im *Wartheim* möglicherweise der Fall einer hoch ansteckenden Lungenkrankheit vorliegt.«

»Aber …«

»Abzuklären, wer für eine solche Epidemie die Verantwortung trägt, wird dann nicht mehr meine Sache sein.«

Wenn ihre Bastion aus Fremdwörtern und undiskutierten Glaubenssätzen einmal durchbrochen war, hatte Fräulein Württemberger nicht mehr viel in die Schlacht zu werfen. Sie riss Moses von seiner Schwester weg und marschierte mit ihm hinaus, den Jungen wie einen Kriegsgefangenen hinter sich herziehend.

Die Tür knallte zu. Irma wollte ihrem Bruder nachlaufen, blieb dann aber doch stehen.

»Wenn sie nicht nett zu ihm ist«, sagte Arthur tröstend, »mische ich ihr eine Medizin, dass sie drei Tage Bauchweh hat.«

Vielleicht verstand die kleine Irma seinen Scherz nicht. Arthur liebte Kinder, aber er war im Umgang mit ihnen nicht geübt. Das Mädchen schaute ihn nur mit großen Augen an, oder besser: schaute an ihm vorbei und fragte: »Soll ich mich ausziehen? Damit Sie mich untersuchen können?«

»Ja, natürlich. Bitte mach den Oberkörper frei.«

Die meisten Leute, auch Kinder, drehten sich weg, während sie für eine Untersuchung ihre Kleider ablegten, versteckten noch ein paar Sekunden die Nacktheit, die sie dem Arzt gleich präsentieren würden. Irma tat das nicht. Im Gegenteil: sie schaute ihn so konzentriert an, als müsse sie etwas über ihn herausfinden oder ein ihn betreffendes Rätsel lösen.

»Von außen merkt man nichts«, sagte sie, während sie ihre Schürze zusammenfaltete und in einen Wäschekorb legte. »Aber wenn ich huste, tut es ganz fest weh.«

»Wo genau?«

»Überall«, kam die Stimme unter dem Pullover hervor, den sie sich gerade über den Kopf zog.

»Und wie häufig sind diese Anfälle?«

»Manchmal jeden Tag und manchmal … Es kommt immer ganz überraschend.«

Sie legte auch ihr Leibchen sorgfältig in den Korb und stand jetzt nur noch in einer weißen Unterhose und grauen handgestrickten Socken vor ihm.

Das war kein krankes Kind. Vielleicht ein bisschen unterernährt, mit zu prominent hervortretenden Schlüsselbeinen, aber
sonst … Die Haut rosig und keinesfalls zyanotisch.

Aber beim Husten spuckte sie Blut.

Vom Hof her hörte man das Geschrei spielender Kinder und
die Stimme von Fräulein Württemberger, die Ruhe forderte.

Das Mädchen war nicht tuberkulös, darauf hätte er seine
Doktorurkunde verwettet. Er untersuchte sie gründlich, nach
allen Regeln der Kunst, und fand nicht das geringste Anzeichen
für eine Krankheit. Bei der Perkution war der Klang sonor, und
beim Auskultieren war weder ein Rasseln noch ein Brummen zu
hören. Er ließ sie, was er seit seiner Praktikumszeit am Universitätsspital nicht mehr getan hatte, streng nach Lehrbuch »Sechs-
undsechzig« flüstern und dann mit tiefer Stimme »Neunundneunzig« sagen. Es klang alles, wie es klingen musste. In dem
Krankenblatt, das er für jedes Frauenvereinskind anlegte, notierte er das Kürzel »k. a. B.«.

Kein auffälliger Befund.

Aber ihr Taschentuch war voller Blut.

Er ließ sie sich wieder wegdrehen und setzte das Stethoskop
noch einmal dorsal an.

»Bitte husten.«

Sie hustete heftig und fasste sich an die Brust.

»Ist wieder Blut gekommen?«

Sie hielt sich die Hand vor den Mund, spuckte in die Handflä-
che und hielt sie ihm hin. »Diesmal nicht.« Dann rieb sie sich die
Hand an der Unterhose ab, verzog das Gesicht und fügte hinzu:
»Aber es tut weh.«

»Wenn du hustest?«

»Ganz fest weh.«

Dort wo sie ihre Hand trockengerieben hatte, war am Saum
der Unterhose etwas Rotes. Kein Blut, wie Arthur einen Moment lang dachte, sondern nur die rote Stickerei eines Wäsche-

zeichens. ›I. P.‹ für ›Irma Pollack‹. Man hielt auf Ordnung hier im *Wartheim.*

Draußen jubelten die Kinder beim Spielen. Im Bügelzimmer roch es nach Seifenflocken und Feuchtigkeit.

»Kann ich mich wieder anziehen?«, fragte Irma.

»Einen Moment noch. Wenn beim Husten Blut kommt – welche Farbe hat das dann?«

Die beiden auseinanderstrebenden Augen sahen ihn überrascht an. »Wie Blut eben. Rot.«

»Wie genau?«

»Ganz normal dunkelrot. Ich weiß nicht, was Sie wissen wollen.«

»Ich will nur eins von dir wissen, Irma«, sagte Arthur. Er nahm die Brille ab und massierte sich den Nasenrücken. »Nur eine einzige Sache. Warum lügst du mich an?«

59

»Es ist aber richtiges Blut«, sagte sie.

Sie hatte alles probiert, hatte ihm vorgehustet und dabei den Rücken gekrümmt, als seien die Schmerzen nicht auszuhalten, hatte geschildert, wie sie manchmal in der Nacht keine Luft mehr bekam und das Fenster ganz weit aufreißen musste, die andern Mädchen im Schlafsaal hatten sich wegen des Durchzugs schon beschwert, er konnte sie ja fragen, sie hatte sich, als er immer nur weiter den Kopf schüttelte, aufs kindliche Trotzen verlegt, hatte mit dem Fuß aufgestampft und erklärt, sie habe eben eine ganz besondere Art von Tuberkulose, die man nur mit dem bisschen Klopfen und Abhören gar nicht erkennen könne, sie hatte, als das alles nichts half, ihr verkrustetes Taschentuch auseinandergeschüttelt und es ihm vor die Augen gehalten, »Blut, richtiges Blut, sehen Sie das denn nicht?«. Sie hatte alles probiert.

Nur geweint hatte sie nicht.

»Zieh dich besser wieder an«, sagte Arthur. »Nicht, dass du dich noch erkältest.«

Am Ende einer Untersuchung gibt es immer diesen peinlichen Moment, wo der Patient nicht mehr unpersönlicher Darsteller seiner Krankheit ist, sondern wieder er selber und deshalb nicht mehr einfach nur unbekleidet, sondern nackt. Auch Irma verschränkte plötzlich die mageren Arme vor ihrer Kleinmädchenbrust und drehte sich weg. Es war ein Zeichen der Unterwerfung. Sie hatte ihr Bestes probiert, aber jetzt gab sie sich geschlagen.

Erst als sie das Unterleibchen wieder angezogen hatte, fragte sie: »Wieso haben Sie es gemerkt?«

»Es war das falsche Blut.«

»Es war richtiges Blut«, protestierte sie.

»Ich will es dir erklären«, sagte Arthur und hätte nicht nur in diesem Moment gern die Erfahrung eigener Kinder gehabt. »Wenn jemand Blut hustet, siehst du, und wenn dieses Blut aus der Lunge kommt, wie bei der Tuberkulose zum Beispiel, dann ist es immer hellrot. Und ein bisschen schaumig. Du musst dir das vorstellen, wie wenn jemand eine ganz kleine Prise Brausepulver hineingerührt hätte. Aber auf deinem Taschentuch …«

»Das ist richtiges Blut!« Als müsse sie es nur oft genug wiederholen, um ihn doch noch zu überzeugen.

»Das habe ich gemerkt. Wo hattest du es denn her?«

Sie schaute sich sichernd um, obwohl sie doch allein im Bügelzimmer waren und durch das Fenster niemand hereinsehen konnte, und zog dann das Bein ihrer Unterhose ein wenig hoch. Ihr dünner Oberschenkel hatte innen eine ganze Reihe von Narben, eine neben der anderen.

»Fräulein Württemberger schaut überall nach, ob wir sauber sind«, erklärte Irma. »Aber die Unterhose müssen wir anbehalten, auch unter dem Nachthemd. Darum habe ich dort hineingeschnitten und dann das Taschentuch daran gehalten.« Ein schnelles Lächeln zog über ihr Gesicht. Sie war ja doch auch ein kleines Mädchen, dem ein Streich gegen die Erwachsenenwelt beinahe gelungen war.

»Woher hattest du das Messer?«, fragte Arthur.

»Ich habe aus Köbelis Zimmer eine Rasierklinge gestohlen.«

»Ich verstehe.«

»Nein«, sagte Irma. »Sie verstehen überhaupt nichts.«

Sie saßen dann nebeneinander auf dem Bügeltisch. Für Geständnisse, das hatte Arthur schon erfahren, ist es gut, wenn man nebeneinander sitzt; man ist dem anderen nahe und muss ihm doch nicht ins Gesicht sehen.

Es war eine lange Geschichte, die sie ihm erzählte, und wenn er sich später daran erinnerte, roch er immer Seifenflocken und feuchte Leintücher und den Duft von Kinderhaar.

Irmas Geschichte fing damit an, dass in Deutschland alle jüdischen Organisationen aufgelöst wurden, weshalb Irmas Mutter von einem Tag auf den anderen ohne Arbeit und ohne Wohnung dastand. Nein, eigentlich begann sie noch früher.

Mit dem Unfall.

»Er ist ausgerutscht«, sagte Irma, »einfach so ausgerutscht, nicht einmal hingefallen, sagt Mama. Sie war dabei. Er ist nur gestolpert, vom Bürgersteig auf die Straße, und da kam dieser Lastwagen.«

Sie erzählte ohne Tränen vom Tod ihres Vaters, hatte sich wohl ein für alle Mal vorgenommen, nicht zu weinen, zumindest nicht hier in Heiden, wo sie doch die Verantwortung für ihren kleinen Bruder hatte und stark sein musste.

Fünf Jahre war es her seit jenem Unfall, sie war damals sieben gewesen und Moses erst vier. »Er weiß nichts mehr davon, nicht wirklich, aber wir erzählen ihm von seinem Vater, Mama und ich, immer wieder, und dann ist es so, als ob er sich selber erinnern könnte.«

Sie sprach immer nur von »seinem Vater« und »meinem Vater«, sagte nie »Papa«. Sie hatte sich eine Menge Mauern gebaut, hinter denen sie Schutz finden und an denen sie sich entlangtasten konnte.

»Mama hat dann Arbeit gefunden, im Altersheim des B'nai B'rith. Wissen Sie, was der B'nai B'rith ist?«

Ja, Arthur wusste, was der B'nai B'rith war. Er war sogar selber Mitglied dieser wohltätigen Organisation.

»Wir haben dort auch gewohnt. Oben unterm Dach. Früher waren das einmal Zimmer für Dienstmädchen. Mit ganz schrägen Wänden. Mama hat gesagt: ›Die alte Wohnung ist viel zu groß für uns, jetzt wo wir nur noch zu dritt sind.‹ Aber ich glaube, sie konnte einfach die Miete nicht mehr bezahlen.«

»Da warst du sicher sehr traurig.«

»Ach«, sagte Irma, »es war eigentlich ganz lustig am neuen Ort.«

Sie sagte es tapfer, wie sie es wohl oft gesagt hatte, um ihre Mutter zu trösten. Kluge Kinder wissen, dass von ihnen Lebensfreude erwartet wird, und wenn sie vor der Zeit erwachsen werden müssen, wissen sie es am allerbesten.

»Dann haben die Nazis das Heim geschlossen, von einem Tag auf den anderen. Die alten Leute haben sie einfach weggeschickt. Und dabei, sagt Mama, hatten manche von denen ganz viel Geld bezahlt, um für immer dort wohnen zu können. Mama sagt, man kann da nichts machen. Aber das ist doch nicht in Ordnung. Verstehen Sie das?«

Nicht alles, was man versteht, kann man einem Kind erklären. Die deutschen Behörden, es war noch nicht lange her, hatten den B'nai B'rith verboten und alle seine Einrichtungen beschlagnahmt. Wo man vorher Kranke gepflegt oder Waisenkinder erzogen hatte, residierten jetzt irgendwelche Nazi-Organisationen. Kraft durch Freude.

»Nein«, sagte er, »so richtig verstehe ich es auch nicht.«

Irma nickte, hatte nichts anderes erwartet, und erzählte weiter. »Wir sind dann zu Onkel Paul gezogen, aber dort gibt es nur ein Zimmer für uns drei, und man muss immer leise sein und darf ihn nicht stören. Er hat ein nervöses Herz, und da ist Lärm ganz schlecht. Darum hat Mama gesagt, es wäre gut, wenn ich mit Moses für drei Monate in die Schweiz fahre. Damit sie in Ruhe Arbeit suchen kann und eine neue Wohnung. Ich habe gemeint, dass so eine Reise viel zu teuer ist, aber Mama hat gesagt, wir sind eingeladen und es kostet überhaupt nichts.«

Wahrscheinlich, dachte Arthur, hatte jemand vom verbotenen B'nai B'rith an die Augustin-Keller-Loge, die Schwesterloge in Zürich, geschrieben und um Hilfe gebeten. Der gehörte nämlich das *Wartheim*, man hatte es mit den gespendeten Geldern erworben und den Frauenvereinen kostenlos zur Verfügung gestellt.

»Und jetzt sollten wir nach Kassel zurückfahren, aber ...«

Aber ...

Ganz still saß sie neben ihm. Nur ihre Füße spielten miteinander, als hätten sie mit dem Rest des Körpers gar nichts zu tun.

Aber ...

Sie fasste einen Entschluss und ließ sich vom Tisch gleiten. Sie stellte sich vor Arthur hin, die Hände hinter dem Rücken ineinander gelegt. Um zu ihm hinaufzusehen, musste sie den Kopf in den Nacken legen.

»Ich will Sie etwas fragen«, sagte sie. Sie schaute ihm in die Augen und sah gleichzeitig an ihm vorbei.

»Ja?«

»Der Dr. Merzbach, der früher im Krankenhaus die Kinder zur Welt gebracht hat und das jetzt nicht mehr darf, der hat mir erzählt, dass alle Ärzte einen großen Schwur schwören müssen, dass sie nie ein Geheimnis verraten.«

»Das stimmt«, sagte Arthur und war gespannt, welches Geheimnis sie ihm wohl anvertrauen wollte. »Man nennt das die ärztliche Schweigepflicht.«

»Gilt die auch in der Schweiz?«

»Die gilt auf der ganzen Welt. Was mir ein Patient erzählt, darf ich nie, nie jemand anderem erzählen. Außer er erlaubt es mir.«

»Ich erlaube es Ihnen aber nicht«, sagte Irma und wippte triumphierend auf den Zehenspitzen. »Ich bin Ihr Patient und ich erlaube es nicht.« Einen regelrechten Kriegstanz führte sie auf, so stolz war sie auf ihre List. »Also dürfen Sie Fräulein Württemberger auch nicht verraten, dass ich gar nicht krank bin.«

»Da muss ich drüber nachdenken«, sagte Arthur. »Aber jetzt bist immer noch du dran. Warum willst du eigentlich unbedingt so etwas Schlimmes haben?«

Sie hatte, wie sich herausstellte, einen guten Grund dafür.

»Mama hat mir geschrieben, dass sie immer noch keine Arbeit gefunden hat und dass sie jetzt eine Stelle im Ausland sucht.«

Irma, die zwölfjährige Erwachsene, hatte sich das richtig übersetzt: Ihre Mutter sah in Deutschland keine Zukunft mehr und hatte sich zur Emigration entschlossen.

»Und dass es doch viel praktischer wäre, wenn Moses und ich nicht zuerst zurück- und dann gleich wieder wegfahren müssten.«

Man kann seinen Kindern nicht schreiben: »Kommt nicht nach Hause, hier seid ihr nicht sicher.« Man erklärt ihnen nicht: »Meine Chancen auf ein Visum sind größer, wenn ihr schon außer Landes seid.« Man schreibt: »Es wäre praktischer, wenn ihr die Fahrt nicht zweimal machen müsstet«, und wenn eine Zwölfjährige klug ist und zuhört, wenn die Erwachsenen von Politik reden, dann versteht sie schon, was gemeint ist. Vor allem, wenn sie ihrer Mutter versprochen hat, auf den kleinen Bruder aufzupassen.

Im *Wartheim*, hatte Mama gemeint, waren sie gut aufgehoben, und es wäre am besten, wenn sie dort länger bleiben könnten als nur die von den Vorschriften erlaubten drei Monate. Um in die Schweiz zu kommen, hatte Irma ein ärztliches Zeugnis gebraucht. Warum sollte es nicht auch eins geben, das ihr die Heimreise verbot? Zum Beispiel, weil sie Blut hustete und nicht transportfähig war?

So, jetzt hatte sie es ihm gesagt, aber dem Fräulein Württemberger durfte er kein Wort davon erzählen. Weil er nämlich ein Doktor war und Irma seine Patientin, und weil er diesen Eid geschworen hatte, den alle Ärzte schwören müssen, und einen Eid darf man nicht brechen.

Arthur ließ seine Brille am Bügel hin und her baumeln, wie er es oft tat, wenn er nachdenken musste. Seine Augen waren feucht geworden. Wahrscheinlich vom Seifengeruch.

»Wie bist du ausgerechnet auf Tuberkulose gekommen?«, fragte er schließlich.

»Ich hab das in einem Buch gelesen.«

»Ein Buch über Medizin?«

»Nein«, sagte Irma, »ein Roman.«

Es gab im *Wartheim* eine Bibliothek, oder doch zumindest einen Schrank voller Bücher, aus dem sich jeder Zögling einmal in der Woche einen Band ausleihen durfte. Es waren nur wenige Kinderbücher darunter, *Nesthäkchen fliegt aus dem Nest* und *Die Turnachkinder im Winter,* und an die kam man nur schwer heran. Beim Aussuchen herrschte, wie bei allen Dingen im *Wartheim,* eine strenge Reihenfolge: erst kamen die privaten Kinder dran, deren Eltern schließlich ganz viel Geld bezahlten, nach ihnen die Amtskinder, und erst ganz am Schluss durften sich die Frauenvereinskinder aus dem Rest etwas heraussuchen. Das waren dann meistens nur noch Erwachsenenbücher, zerlesene Bände, die im *Wartheim* gelandet waren, weil wohltätige Damen einen Sammelaufruf dazu genutzt hatten, ihr Bücherregal zu entrümpeln. Irma hatte den Roman wegen des Titels mitgenommen: *Allein unter Fremden.* Vielleicht, hatte sie gedacht, kommt da auch ein Mädchen vor, das nicht nach Hause fahren darf, weil dort schlimme Sachen passieren. Es war aber, wie sich heraus-stellte, eine Liebesschnulze, so eine richtige Dienstmädchen-romanze, an deren tragischem Ende eine verschmähte Julia, durch unglückliche Missverständnisse ihrem Romeo entfrem-det, in einem Lungensanatorium in Davos dem Tod entgegen-hustet, bis ihr Geliebter dann im allerletzten Moment doch noch an ihrem Krankenbett auftaucht und ihr neuen Lebensmut schenkt. Die endlosen Liebesschwüre und Gefühlsausbrüche, all diese Erwachsenenverwicklungen, hatten Irma nur gelangweilt, aber die vielen Beschreibungen von dunkelroten Flecken auf schneeweißen Taschentüchern hatten sie auf eine Idee gebracht. In dem Roman war auch wieder alles gut geworden, sobald die Heldin Blut zu spucken begann.

Nur hatte die Autorin leider versäumt zu beschreiben, dass dieses Blut hellrot sein musste. Und mit Brausepulver versetzt.

Das Geständnis war zu Ende, und im Bügelzimmer war es ganz still. Nur draußen vor dem Fenster kreischten die spielen-den Kinder und wurden von niemandem mehr gerügt.

»Und jetzt?«, fragte Arthur.

»Können Sie nicht einfach sagen, dass ich wirklich Tuberku-lose habe?«

»Du meinst: ich soll lügen?«

Wenn Irma nachdachte, legte sie die Stirn in Falten. »Es wäre nicht wirklich gelogen«, sagte sie. »Sie würden es einfach nicht gemerkt haben.«

»Dann wäre ich aber ein ganz schlechter Doktor.«

Irma zuckte die Schultern. Es war eine sehr erwachsene Geste.

Er hatte die Tür nicht abgeschlossen, und so konnte Fräulein Württemberger einfach hereinstürmen, den kleinen Moses im-mer noch hinter sich herschleppend. Sie schob den Jungen zu Irma hin und baute sich mit in die Hüften gestützten Armen vor Arthur auf. In der letzten halben Stunde war sie in ihrem Büro gewesen, draußen auf dem Hof und wieder im Büro, und die ganze Zeit hatte sie Argumente gesammelt, wie sie für eine Seminararbeit Zitate und Belegstellen gesammelt haben würde, hatte sich all die Dinge zurechtgelegt, die sie diesem hochnäsigen Doktor Meijer sagen wollte, und jetzt sprudelte das alles aus ihr heraus, wie das Wasser aus einer Pfanne, wenn der Dampf den Deckel hebt.

Was hier eigentlich los war, wollte sie wissen, und zwar jetzt sofort und auf der Stelle. Sie hatte nicht die Absicht, nicht die geringste Absicht hatte sie, sich noch einmal einfach hinausschicken und abwimmeln zu lassen, schließlich war sie hier die Heimleiterin und trug die Verantwortung, fast zwanzig Kinder mehr als üblich und die meisten aus Deutschland und konnten noch nicht einmal das Kostgeld bezahlen. Wenn jetzt auch noch eine Epidemie ausbrach, wem würde man dann einen Strick daraus drehen? Also, was war los?

Arthur war ein Mensch, den Obrigkeiten und Autoritäten leicht beeindruckten, und wenn sie ein bisschen höflicher gefragt hätte, würde er ihr wohl die Wahrheit gesagt haben.

Nein, auch dann nicht. Ohne dass er hätte sagen können, wann genau diese Entscheidung gefallen war, hatte er sich ganz auf Irmas Seite geschlagen.

»In einem Punkt kann ich Sie beruhigen, Fräulein Württemberger«, sagte er deshalb. »Ansteckend ist das Mädchen nicht.«

Irma senkte den Kopf und legte einen Arm um ihren Bruder, bereit, ihn tröstend an sich zu ziehen.

»Aber sie hat eine ernsthafte und gefährliche Krankheit, die sehr viel Pflege braucht.«

Irma hob den Kopf wieder und schaute ihn an. Große braune Augen, die leicht schielten. Noch nie hatte ihn jemand so vertrauensvoll angesehen.

»Sorgfältige und liebevolle Pflege«, wiederholte er.

»Die kann sie in Kassel bekommen. Nächste Woche fährt sie nach Hause.«

»Nein«, sagte Arthur. »Sie fährt nicht. Aus medizinischer Sicht kann ich das auf gar keinen Fall zulassen. Das Kind ist nicht transportfähig. Viel zu gefährlich.«

Wenn man einmal mit Lügen angefangen hat, fällt das Übertreiben nicht schwer.

»Der Junge kann doch nicht allein …«

»Das wäre auch nicht zu verantworten. Bei dem geschwächten Zustand des Mädchens könnte eine solche abrupte Trennung zu einem Schock führen.«

Nun war doch tatsächlich eine Strähne aus dem Haarknoten entwichen, und Fräulein Württemberger schaffte es nicht, sie wieder an ihren Platz zurückzustopfen.

»Selbstverständlich«, sagte Arthur, »selbstverständlich werde ich Ihnen die entsprechenden Atteste ausstellen, zur Einreichung bei den zuständigen Behörden.«

»Aber was hat sie denn?« Fräulein Württemberger fragte es so laut, dass ihre Stimme kippte, was sie hinter einem Hüsteln zu verstecken suchte.

»Es ist nicht so einfach, das einem medizinischen Laien zu erklären. Lassen Sie es mich so sagen: Ich vermute eine sehr seltene und langwierige Lungenkrankheit. Nicht ansteckend, wie gesagt, aber gravierend.«

Der kleine Moses klammerte sich an der Hand seiner Schwester fest. »Muss Irma jetzt sterben?«, fragte er mit seiner kleinen Stimme.

»Natürlich nicht.« Arthur strich ihm beruhigend über die kurzen Haare. »Sie wird wieder ganz gesund. Weil man sich hier ganz, ganz gut um sie kümmern wird. Nicht wahr, Fräulein Württemberger?«

»Wir sind kein Krankenheim. Man bewilligt mir viel zu wenig Personal, und …«

»Ich habe keinen Zweifel«, sagte Arthur, »dass eine Frau von Ihrer bekannten Tüchtigkeit auch für dieses Problem eine Lösung finden wird. Viel Pflege ist auch gar nicht nötig. Nur besonders reichliche Kost. Das Kind scheint mir ein bisschen unterernährt.«

Im *Wartheim* bekam jeder genug zu essen, ereiferte sich Fräulein Württemberger, so etwas musste sie sich nicht vorwerfen lassen, und überhaupt, wer würde für die Kosten aufkommen? Aber es war nur noch ein Rückzugsgefecht und in Gedanken formulierte sie schon den Brief, mit dem sie sich beim Frauenverein über diesen Doktor Meijer beschweren würde. Oh, sie würde schon die richtigen Worte finden.

»Und noch etwas würde ich dringend anraten«, sagte Arthur. »Geben Sie Irma ein eigenes Zimmer. Am besten mit ihrem Bruder zusammen. Wegen der beruhigenden Wirkung.«

Fräulein Württemberger zögerte und beschloss dann, das, zu dem man sie zwang, wenigstens aus eigener Entscheidung zu tun. »Das habe ich mir gerade auch selber überlegt«, log sie und glaubte es sich schon beinahe. »Wir werden dich schon wieder gesund kriegen, nicht wahr, Irmalein?« Und ging so stolz hinaus, als habe sie sich gerade in einer schwierigen Debatte unter Doktoranden durchgesetzt.

Irma gab ihm zum Abschied ganz förmlich die Hand, machte sogar einen kleinen Knicks, wie man das in Deutschland lernte, und drückte ihrem Bruder den Kopf zu einem korrekten Diener nach unten. Arthur hätte sie gern umarmt, hatte sogar schon die Arme ausgebreitet und ließ sie dann doch wieder sinken, weil es ihm zu aufdringlich vorkam. Sie schaute ihn an, als habe sie seine Gedanken erraten, und sagte: »Sie sind ein guter Arzt, Herr Doktor Meijer.« Und kniff plötzlich ein Auge zu und lachte, das erste Mal, dass er sie lachen hörte, hob ihren Bruder auf, der doch fast so groß war wie sie selber, und rannte mit ihm hinaus.

Auf der Rückfahrt nach Zürich las Arthur einen Anhalter auf, der am Straßenrand den Daumen reckte. Es war ein alter, schwarz gekleideter Mann, und als er sich auf den Beifahrersitz setzte, erfüllte er das schöne neue Auto mit dem Geruch von ungelüfteten Kellern.

»Bravo, Arthur«, sagte Onkel Melnitz. »Jetzt bist du aber stolz auf dich. Klopfst dir selber auf die Schulter und findest dich ganz toll, ja.«

Die Straße hinunter ins Mittelland, so kam es Arthur vor, hatte heute mehr Kurven als sonst.

»Hast ein Mädchen krankgeschrieben, das nicht wirklich krank ist«, sagte Onkel Melnitz. »Das macht dich natürlich zum Helden. Den Nationalsozialismus hast du besiegt und die eidgenössische Fremdenpolizei gleich dazu, ja.«

»Mehr kann ich nicht tun«, sagte Arthur.

»Natürlich nicht. Mehr kann keiner tun.« Onkel Melnitz hustete und spuckte Blut in ein großes weißes Taschentuch. »Mehr kann auch keiner verlangen. Den Geldbeutel öffnen, wenn gesammelt wird. An Protestversammlungen ein ernstes Gesicht machen. Vielleicht sogar an die Zeitung einen Leserbrief schreiben. Ganz tapfer mit dem eigenen Namen unterzeichnet. Bravo, Arthur, ja.«

Das Lenkrad ließ sich heute schwer bewegen, und Arthur durfte keinen Augenblick von der Straße wegschauen.

»Es hat noch jedes Mal so angefangen«, sagte Onkel Melnitz. »Dass sich alle einreden, dass sie nicht mehr tun können, und dass es schon nicht schlimmer werden wird. Dass es von selber aufhört, weil es so doch nicht weitergehen kann.«

Auf beiden Seiten der Straße standen fremde Leute, denen man sorgfältig ausweichen musste.

»Aber es geht so weiter«, sagte Onkel Melnitz. »Jedes Mal geht es so weiter.«

»Wir leben im zwanzigsten Jahrhundert.«

»Das ist natürlich etwas anderes.« Onkel Melnitz lachte und hustete und spuckte. »Etwas ganz, ganz anderes, ja. Im wunderschönen zwanzigsten Jahrhundert leben wir. Nicht mehr im schlimmen neunzehnten oder im bösen achtzehnten oder im schrecklichen siebzehnten.«

»Das ist nicht dasselbe!«

Der alte Mann lachte so heftig, dass kleine Blutflocken an die Windschutzscheibe spritzten. Hellrote, schaumige Blutflocken. Brausepulver. »Die Gegenwart ist immer etwas anderes. Und noch nie war sie so anders wie im ach so wunderbaren zwanzigsten Jahrhundert. Wo es elektrisches Licht gibt. Und Flugzeuge. Und Radio. Und nur noch gute Menschen. Da können solche Sachen natürlich nicht mehr passieren. Nie, nie mehr, nicht wahr, Arthur?«

»Was sollen wir denn machen?«

»Mich darfst du das nicht fragen«, sagte Onkel Melnitz. »Ich bin tot und begraben.«

60

›Es müsste ein besonderes Wort dafür geben‹, dachte Hillel. Wenn man mit jemandem ganz sicher nicht befreundet ist, aber auch nicht richtig verfeindet, weil einem der andere für eine Feindschaft viel zu gleichgültig ist, wenn man trotzdem irgendwie zusammengehört, in den Augen der anderen und, ob man will oder nicht, auch in den eigenen – wie nennt man so einen Menschen dann? Kamerad? Nein, das klang nach grauen Hemden und Militärstiefeln. Genosse? Gegen das Wort würde sich der Böhni schön gewehrt haben, das war für ihn Komintern und Befehle aus Moskau. Und ein Chawér, wie man das in Iwrit sagte, war er schon grad gar nicht.

Ein Kollege, na schön, so konnte man es nennen. Obwohl … So ganz distanziert und nur zufällig nebeneinander auf der Schulbank – das waren sie ja auch wieder nicht. Immerhin hatten sie gemeinsam dieses Abenteuer erlebt, mit dem Bockwagen zweispännig über den Treppenweg. Das übrigens seinen wichtigsten Zweck nicht erfüllt hatte, denn Malka Sofer war überhaupt nicht beeindruckt gewesen. Im Gegenteil: Kindisch hatte sie Hillel genannt und wollte nichts von ihm wissen.

Aber ein Abenteuer war es doch gewesen.

Zuerst hatte der Böhni sich ja von der Sache distanzieren wollen, der Rosenthal sei gefahren, nicht er, aber als er merkte, dass die wilde Fahrt im Strickhof als Heldentat bewundert wurde, da ging er beim Erzählen bald vom »er« und »dieser Spinner« zum »wir« über: »*Wir* haben die Zügel gefasst, die Pferde angetrieben, die Kurve genommen.« Nur dass sie dabei einen Haufen Fröntler auseinandergesprengt hatten, davon redete er natürlich nicht, weder mit »wir« noch mit »der da«.

Weil man so etwas nicht auch noch unterstützen darf, taten die Lehrer alle so, als hätten sie nie etwas von dem verbotenen Ausflug gehört, gewöhnten sich aber wie selbstverständlich an, die beiden bei der praktischen Arbeit zusammenzuspannen und beim Unterricht in den theoretischen Fächern nebeneinanderzusetzen. Was dem Böhni mehr nützte als Hillel, weil es bei dem mehr abzuschreiben gab.

Den Anstoß zu dieser Partnerschaft – ja, das war vielleicht ein Wort, das man verwenden konnte, wenn es auch immer noch nicht ganz das richtige war –, die Initialzündung gewissermaßen, hatte Direktor Gerster gegeben. Der war nämlich an jenem Sonntagabend über dem schäbigen Rest seiner Zwetschgenwähe zum Schluss gelangt, die beiden Sünder seien trotz des saftigen Anschisses noch viel zu gut weggekommen, und er hatte sich eine Zusatzstrafe für sie ausgedacht, die er ihnen am nächsten Tag verkündete. Einen Aufsatz sollten sie schreiben – »Jawohl, ihr beide zusammen, damit ihr lernt, dass es nur miteinander geht und nicht gegeneinander!« –, bis zum anderen Montag war er abzuliefern, acht Seiten in Schönschrift. Als pädagogisch lehrreiches Thema bestimmte er: ›Die Bedeutung eines gesunden Bauernstandes für unsere Nation‹.

Da war natürlich Feuer im Dach. Mit dem Schreiben hatte es der Böhni nicht so, aber andererseits konnte er doch auch nicht einfach den Rosenthal machen lassen. Auch wenn dem das sicher leicht gefallen wäre, wo die Juden doch bekanntlich lieber mit dem Kopf arbeiten als mit den Händen. Er versuchte es auf jeden Fall allein und knorzte bis am Mittwoch daran herum, brachte aber nur zwei Seiten zusammen, und die hatten weder Hand noch Fuß. Als er dann, ganz beiläufig und nebenher, den Rosenthal fragte, wie weit er denn schon sei, da grinste Hillel nur und meinte, er denke nicht daran, sich das Leben schwer zu machen, wenn es auch leicht gehe. Er habe da eine Broschüre gefunden, genau zu dem Thema, aus der könne man einfach die Einleitung abschreiben, das merke der Gerstli nie. Solche Fleißarbeit überlasse er aber gern dem Böhni, schließlich solle der auch was tun, denn wie hatte der Gerster so richtig gesagt? Es geht nur mit- und nicht gegeneinander.

Böhni lehnte empört ab, das waren jüdische Tricks, mit denen er nichts zu tun haben wollte. Aber am Freitag war er immer noch nicht weiter, und am Sonntag wollte er doch auf den Hardturm zum Länderspiel gehen, Deutschland gegen die Schweiz. So musste er schließlich – »Aber auf deine Verantwortung!« – den Vorschlag akzeptieren und sich ans Abschreiben machen. Die Broschüre, das war wieder so eine typische Gemeinheit vom Rosenthal, war aber keine gut schweizerische Schrift aus der Schulbibliothek, wie das der Böhni erwartet hatte, sondern ein zionistisches Traktat mit so einem Judenleuchter auf dem Titelblatt. Der Text, das musste man zugeben, war allerdings nicht schlecht. Der Autor führte aus, dass ein Staat nur dann gesund bleiben könne, wenn seine Bürger den Boden auch mit eigenen Händen bebauten, dass die Wissenschaften zwar durchaus ihre Bedeutung hätten, aber nur die Landwirtschaft einem Volk die

Seele stärken könne. Im Prinzip waren das alles Gedanken, gegen die der Böhni nichts haben konnte, bloß wo sie herkamen, passte ihm nicht. Außerdem musste er beim Abschreiben aufpassen wie ein Häftlimacher, dass er immer schön »die Schweizer« schrieb statt »die Juden« und »die Eidgenossenschaft« statt »der Jischuw«. Einmal verschrieb er sich und musste eine ganze Seite noch einmal von vorne anfangen.

Der Gerster merkte nichts. Er war von den Ausführungen sogar schwer beeindruckt und lobte die beiden für ihre echt patriotische Denkweise. Da konnte der Böhni natürlich hinterher niemandem erzählen, wie ihn der Rosenthal hereingelegt hatte. Das war auch wieder so ein Geheimnis zwischen ihnen, das sie näher aneinander band, irgendwo zwischen Feindschaft und Freundschaft.

Es müsste ein eigenes Wort dafür geben.

Zu ihrer besonderen Beziehung gehörte, dass sie sich bei jeder Gelegenheit kabbelten. Als zum Beispiel Deutschland das Länderspiel eins zu null gewonnen hatte, da fragte der Rosenthal am nächsten Tag ganz spitz, für wen der Böhni denn nun im Hardturm eigentlich gejubelt habe, für die Schweizer oder für seine heiß geliebten Deutschen mit ihrem Hakenkreuz auf dem Leibchen. Er solle sich da lieber raushalten, gab der Böhni zurück, Fußball sei nun mal eine Sache, von der seine Leute definitiv nichts verstünden. Worauf der Rosenthal doch tatsächlich behauptete, eine total jüdische Mannschaft, der FC Hakoah Wien, habe vor ein paar Jahren die österreichische Meisterschaft gewonnen. Man wusste bei ihm nie, wann er einen verarschte.

In den praktischen Fächern fühlte sich dann wieder der Böhni überlegen, und wo diese Überlegenheit nicht offensichtlich war, konnte man mit kleinen Streichen ein wenig nachhelfen. Es gab da zum Beispiel eine Methode – ganz wörtlich Pfeffer in den Arsch –, mit der man eine Kuh so verrückt machen konnte, dass sie kaum zu melken war, und wenn sie dann zum dritten Mal den Eimer umstieß, konnte man sagen: »Jaja, diese Stadtleute, die meinen halt, die Milch käme vom Milchmann.« Bei nächster Gelegenheit ging dann der Rosenthal so schwungvoll mit der Mistgabel um, dass der Böhni eine Ladung mitten ins Gesicht bekam, worauf sich Hillel ganz höflich entschuldigte, als unerfahrener Stadtbub habe er die Mistgabel mit einem Dreschflegel verwechselt.

Wie gesagt: eine ganz besondere Beziehung.

Zu Hause erzählte Hillel nicht viel vom Strickhof, aber seine Eltern bekamen doch mit, dass er mit einem Mitschüler mehr zu tun hatte als mit den anderen, und Lea bestand darauf, dass er den einmal zum Essen mitbringen solle, ganz ohne Umstände, es müsse ja nicht gerade ein Freitagabend mit Kerzenzünden und Kiddusch sein. Hillel war von dem Vorschlag nicht begeistert und schob die Einladung immer wieder hinaus, so etwas sei an der Schule nicht üblich, sagte er, und der Böhni würde sich bei ihnen auch bestimmt nicht wohl fühlen. Aber wenn Lea etwas wollte, hatte sie eine ganz ruhige Art, darauf zu bestehen, und gegen die rhetorische Frage, ob er sich denn seiner Familie schäme, wusste Hillel kein Argument.

So lud er den Böhni schließlich ein. Zu seiner Erleichterung wollte der zuerst auch nicht recht und hatte tausend Ausreden. Aber wie es so ist: gerade weil der Böhni sich so anstellte, wurde die Sache für Hillel plötzlich wichtig, er war sogar richtig beleidigt, dass der Böhni sich sperrte, fing jeden Tag von neuem damit an und versicherte schließlich sogar ironisch, er brauche keine Angst zu haben, das Passah-Fest sei vorbei, und bis zum nächsten Jahr müssten sie in seiner Familie keine Christenbuben mehr schlachten, um deren Blut in die Mazzen zu backen. Feigheit wollte sich der Böhni auch wieder nicht nachsagen lassen, und schließlich: ein Abendessen ist keine große Sache und geht vorbei.

Also, es kam zustande.

Normalerweise wären sie mit dem Velo in die Stadt gefahren, aber der Böhni bestand aus irgendeinem Grund darauf, dass sie den Zweiundzwanziger nahmen, auch wenn so eine Tramfahrt nur unnötig Geld kostete, dreißig Rappen in jede Richtung. Als sie sich – »Bitte pünktlich, Böhni! Mein Vater ist da eigen!« – am Milchbuck trafen, musste sich Hillel das Lachen verkneifen, denn der Böhni kam in seinem dunkelblauen Sonntagsanzug und hatte sich eine Krawatte so eng geknüpft, dass er den Hals strecken musste, um überhaupt atmen zu können. Sogar Blumen für Lea hatte er mitgebracht, einen Strauß rosaroter Tulpen. Man züchtete sie im Strickhof für den Wochenmarkt am Bürkliplatz, und was unverkauft von dort zurückkam, landete auf dem Mist. Böhni hatte den Strauß in eine alte Ausgabe der *Front* gewickelt, was ihm aber im letzten Moment doch unpassend erschien, weshalb er ihn vor der Haustür noch schnell wieder auspackte. Die Zeitung knüllte er zusammen und stopfte sie in seine Jackentasche, wo sie dann den ganzen Abend lang knisterte.

Hillels Eltern sahen eigentlich ganz normal aus, gar nicht wie Juden. Der Vater hatte keine Schläfenlocken und weder einen Hut noch ein Käppchen auf dem Kopf. Auch keine krumme Nase. Hillels Mutter mit ihrer dicken Brille und der durchgezogenen Linie ihrer Augenbrauen erinnerte ihn an das Fräulein Fritschi, bei der sie damals im Konfirmationsunterricht diese frommen Lieder hatten singen müssen.

Der gute blaue Anzug war ein Fehler gewesen; seine Gastgeber waren ganz alltäglich gekleidet. Nur der Herr Rosenthal hatte eine Hausjacke an, die ein bisschen orientalisch aussah, aber darunter schaute dieselbe Art von gepunkteter Fliege hervor, wie sie auch Direktor Gerster gern trug.

Auch an der Wohnung selber war nichts Außergewöhnliches, nur sehr viele Bücher hatten sie. Aber das konnte auch daran liegen, dass der Herr Rosenthal ein Lehrer war. Das einzig Auffällige war neben jeder Zimmertür so eine seltsame Kapsel mit einem hebräischen Zeichen darauf. Böhni wusste, wie Hebräisch aussah; in den Karikaturen der *Front* wurden die deutschen Buchstaben manchmal auch mit so dünnen Aufstrichen und breiten Querbalken geschrieben, und dann wusste man gleich: Juden. Herr Rosenthal, der den Lehrer auch in der Freizeit nicht ablegen konnte, bemerkte seinen Blick auf den Türpfosten und setzte zu einer komplizierten Erklärung an, von der Böhni nur mitbekam, dass in diesen Kapseln Bibelsprüche drin seien. Er fühlte sich an das Vaterunser erinnert, das zu Hause in Flaach in der Küche hing, von vierfarbig gedruckten Engeln umschwebt. Die Parallele war ihm nicht angenehm.

»Blumen? Das wäre doch nicht nötig gewesen«, sagte Lea, und zu Hillel: »So, das ist jetzt also dein Freund.« Das war der Moment, in dem Hillel nach einem Wort zu suchen begann, das einen Nicht-Freund und Nicht-Feind besser beschreibt.

Die Einladung fand am Tag nach Schawu'ot, dem Wochenfest, statt. Das war praktisch, denn so hatte Lea nicht extra kochen müssen; es war noch genug von dem Käsekuchen übrig, der zu diesem Feiertag gehört. Sie bereitete ihn exakt nach dem Rezept der legendären Großmutter Pomeranz aus Endingen zu und kriegte ihn sogar noch besser hin als Hinda.

Auch zum Thema Wochenfest musste sich der Böhni einen Vortrag anhören. Hillel verdrehte die Augen über die Lehrwut seines Vaters, aber der ließ sich von solchen Reaktionen nicht abhalten. Wie er es im Strickhof bei den theoretischen Fächern auch oft machte, hörte der Böhni nur mit halbem Ohr zu, bekam aber doch so viel mit, dass der Herr Rosenthal von Landwirtschaft nicht viel verstand. Der behauptete nämlich, an diesem Tag habe man immer den ersten Weizen des Jahres als Opfer in den Tempel gebracht, und das war natürlich Unsinn: im Mai ist der Weizen noch lange nicht erntereif. Obwohl … Vielleicht war das da unten in Palästina ja anders. Er würde hinterher den Rosenthal fragen müssen.

Ebenfalls noch vom Wochenfest her stand eine angebrochene Flasche Wein auf der Anrichte, auch aus Palästina, und Herr Rosenthal schenkte jedem ein Gläschen davon ein. Der Wein war süß wie Sirup, und der Böhni hätte lieber ein Bier gehabt.

Hillels Mutter wollte etwas von seiner Familie hören und wie ihm die Schule gefalle, aber er gab nur wortkarg Auskunft, nicht aus Schüchternheit, sondern weil er es von zu Hause einfach nicht gewohnt war, dass man beim Essen so viel redete. Außerdem war der Käsekuchen wirklich besonders fein.

Solange etwas zu essen auf dem Tisch stand, ging es ganz gut, aber irgendwann waren die Teller abgeräumt, Lea schenkte noch einmal Tee nach und man machte Konversation. In diesem Haushalt bedeutete das: Hillels Vater monologisierte, während alle anderen gerade mal mit kurzen Einwürfen zu Wort kamen. Vielleicht hatte er sich das in seiner Schule angewöhnt, wo ihn bei seinen Vorträgen über Trigonometrie oder Wahrscheinlichkeitsrechnung sicher auch niemand unterbrechen durfte, aber wahrscheinlich war Geschwätzigkeit einfach seine Art. Manchmal, wenn er einen Gedanken allzu weitschweifig entwickelte, stieß ihn seine Frau unter dem Tisch an und erinnerte ihn mit einem Blick daran, dass man Besuch hatte. Das machte es aber nur schlimmer, denn dann versuchte Herr Rosenthal durch Fragen den Anschein eines Gesprächs herzustellen. Böhni kam sich vor wie in einer Prüfung. Er kam bald so ins Schwitzen, als müsse er dem Kudi Lampertz über das richtige Verhältnis von Phosphat und Kalium im Dünger für Futtermais Auskunft geben.

Herr Rosenthal hatte vor dem Abendessen noch die Abendausgabe der *Neuen Zürcher Zeitung* gelesen – er tat das an jedem Wochentag und war immer exakt zum Essen damit fertig – und räsonierte jetzt über eine so genannte Peel-Kommission, von der Böhni noch nie etwas gehört hatte. Die hatte anscheinend irgendeinen Bericht abgegeben, den er auch nicht kannte. »Und über diesen Bericht«, sagte Herr Rosenthal, »kann man, jetzt mal ganz vorsichtig ausgedrückt, geteilter Meinung sein.«

»Ich glaube nicht, dass das den Böhni interessiert«, versuchte Hillel seinen Vater zu bremsen.

»Warum nicht? Er ist doch ein intelligenter junger Mann. Also, was ist Ihre Ansicht dazu?«

Wie er es manchmal auch im Unterricht tun musste, versuchte Böhni erst einmal um die Sache herumzureden. Also sagte er ganz vorsichtig, er finde, der Herr Rosenthal habe völlig recht, es gäbe da sicher ein Einerseits und ein Andererseits.

So leicht komme er ihm nicht davon, insistierte Herr Rosenthal, er interessiere sich doch bestimmt für Politik. Zumindest das konnte der Böhni mit gutem Gewissen bestätigen, schließlich las er jeden Tag die *Front,* und das obwohl ein Abonnement fürs ganze Jahr achtzehn Franken kostete, eine Menge Geld für einen Kleinbauernsohn aus dem Weinland.

Das habe er sich doch gedacht, nickte Herr Rosenthal, er merke es auch in der Schule immer wieder, dass die jungen Leute heutzutage an diesen Dingen viel interessierter seien als noch vor ein paar Jahren. Jetzt solle sich der Herr Böhni aber auch nicht drücken, sondern frisch heraus seine Meinung sagen. »Also, wie beurteilen Sie die Arbeit von Lord Peel?«

»Von wem?«

Das war doch der Leiter dieser Kommission, half ihm Frau Rosenthal aus, die jetzt einen Teilungsplan für das Mandatsgebiet vorgelegt hatte.

Mandatsgebiet? Was war das schon wieder?

»Können wir bitte von etwas anderem reden?«, fragte Hillel und sah seinen Vater ganz wütend an.

Herr Rosenthal beachtete ihn so wenig, wie er im Unterricht einen aufsässigen Schüler beachtet haben würde. Zu eben diesem Teilungsplan, fuhr er fort, würde ihn Herrn Böhnis Meinung sehr interessieren. Es sei immer lehrreich zu erfahren, wie ein unvoreingenommener und neutraler Betrachter eine Sache sähe.

Der Hillel war einem überhaupt keine Hilfe. Er hatte die Hände im Nacken verschränkt, kippelte mit seinem Stuhl und sah zur Decke, wie um zu sagen: »Ich bin überhaupt nicht hier.«

Der Böhni rettete sich schließlich mit einer Methode, die auch beim Kudi Lampertz immer wieder funktionierte. Die Sache käme ihm schwierig vor, sagte er, so richtig kompliziert, und darum wäre er froh, wenn sie ihm der Herr Rosenthal noch einmal ganz genau erklären könnte, wenn es ihm nicht zu viel Mühe mache.

Es machte dem Herrn Rosenthal nicht zu viel Mühe. Im Gegenteil, er nickte dem Böhni aufmunternd zu – wer etwas lernen will, muss Fragen stellen – und setzte zum nächsten Monolog an.

In Palästina, erklärte er, sei ja seit einem Jahr dieser Aufstand der arabischen Bevölkerung gegen die jüdischen Siedler im Gange. Immer wieder habe es Schießereien und Anschläge gegeben und auch schon eine ganze Reihe von Toten, der Herr Böhni habe das sicher verfolgt. Nun habe die britische Regierung, die Palästina bekanntlich seit dem Ende des Weltkriegs als Mandatsgebiet verwaltete – ›Aha‹, dachte Böhni –, endlich eine Kommission eingesetzt, die Vorschläge zur Befriedung der Region machen sollte. Und diese Kommission hatte jetzt einen Teilungsvorschlag vorgelegt, mit einem ganz kleinen jüdischen Staat im Nordwesten und einem Korridor von Jaffa bis Jerusalem, der unter britischer Kontrolle bleiben sollte. Der ganze große Rest würde nach diesem Plan zu Transjordanien geschlagen, also zum Herrschaftsgebiet von König Abdullah.

»Was ist Ihre Meinung, Herr Böhni? Sollte man so einen Plan annehmen?«

Der Böhni hätte gern die richtige Antwort gegeben, nur schon damit die Fragerei aufhörte. Er wusste nur nicht, was Herr Rosenthal hören wollte. Er sagte deshalb ganz vorsichtig, auf den ersten Blick scheine ihm das alles recht vernünftig.

Da war er aber bös angebrannt. Höchst unvernünftig sei das, donnerte Herr Rosenthal, das ließe sich mit tausend historischen Beispielen belegen. Einen Staat in einem so kleinen Gebiet zu gründen, das sei reiner Selbstmord, vor allem, wenn das wenige auch noch durch einen fremden Korridor geteilt werde, und man könne nur hoffen, dass der Weltkongress im Stadttheater …

Wie jetzt plötzlich das Stadttheater in die Geschichte hineingekommen war, verstand der Böhni überhaupt nicht, und man sah ihm die Verwirrung auch an.

»Der zionistische Weltkongress«, erklärte Lea hilfreich, »tagt doch dieses Jahr in Zürich, und zwar eben im Stadttheater.«

Böhni nickte, obwohl er nicht so genau wusste, was zionistisch war. In der Broschüre, die er für den Strafaufsatz abgeschrieben hatte, war das Wort vorgekommen, und in der *Front* wurde die judenfreundliche *Basler Nationalzeitung* immer als »Zionalzeitung« verhöhnt. Aber das war wohl nicht ganz dasselbe.

»… dass der Weltkongress diesen Vorschlag ein für alle Mal ablehnen wird.«

»Quatsch«, sagte Hillel, und war plötzlich gar nicht mehr desinteressiert, sondern zu Böhnis Überraschung stinksauer. »Das ist völliger Quatsch, was du da erzählst.«

»Hillel!«, versuchte ihn seine Mutter zu bremsen, aber über dieses Thema hatten Vater und Sohn wohl schon zu oft gestritten und konnten deshalb mitten in einer alten Auseinandersetzung wieder einsetzen, gewissermaßen mit fliegendem Start, wie das beim Sechstagerennen hieß.

Totaler Unsinn sei das, was sein Vater da erzähle, sagte Hillel. Natürlich müsse man den Staat gründen, und wenn es nur auf einem einzigen Quadratmeter wäre.

Und was das bitte schön bringen solle, fragte Herr Rosenthal ganz spitz.

Nur wenn man endlich einen ersten Schritt mache, könnten irgendwann weitere folgen, sagte Hillel und schlug mit der Faust auf den Tisch, dass die Teegläser tanzten. Wenn man darauf warten wolle, dass einem die Briten oder der Völkerbund oder eine gute Fee eines Tages ein Großisrael zusprächen, dann könne man genauso gut gleich beschließen, noch einmal zweitausend Jahre im Exil zu bleiben. Was habe es denn genutzt, dass man all die Jahrhunderte jeden Tag für eine Rückkehr gebetet hatte? Gar nichts! Jetzt, wo sich vielleicht eine praktische Chance böte, müsse man zugreifen und nicht unerfüllbare Forderungen stellen und am Schluss gar nichts haben.

Das sei eben kurzsichtig gedacht, widersprach ihm sein Vater, fanatisch sei das geradezu. Ein eigener Staat sei überhaupt nicht das Wichtigste und übertriebener Nationalismus habe noch nie zu etwas Gutem geführt.

So, sagte Hillel, übertriebener Nationalismus sei das also, und ob ihm sein Vater vielleicht erklären könne, wohin all die Flüchtlinge aus Deutschland denn sollten, wenn nicht in einen eigenen Staat.

Dass so viel Leute aus Deutschland vertrieben würden, sei zwar bedauerlich, sagte Herr Rosenthal, aber mit denen sei im wörtlichen wie im übertragenen Sinn kein Staat zu machen, denn sie kämen ja nicht aus Überzeugung, sondern eben nur aus Deutschland. Außerdem sei das mit den Flüchtlingen nur ein vorübergehendes Phänomen, der Hitler werde sich auch nicht ewig an der Macht halten, und bis so ein Staat in Palästina gegründet sei, hätte der Nationalsozialismus schon lange abgewirtschaftet. Lange mache der es nicht.

Eigentlich hätte ihm der Böhni in diesem Punkt gern widersprochen, aber er kam nicht zu Wort, und das war auch besser so.

Zum Glück, sagte Hillel, würden die vernünftigen Zionisten beim Weltkongress bestimmt die Mehrheit haben und den Peel-Plan nicht einfach so ablehnen.

Es sei doch sehr fraglich, sagte Herr Rosenthal, ob es so etwas wie einen vernünftigen Zionisten überhaupt geben könne.

Worauf Hillel seinen Stuhl zurückschob und aufstand. »Komm, Böhni, wir gehen!«

»Reden wir doch von etwas anderem«, versuchte Lea zu vermitteln. »Was haben Sie denn für Interessen, Herr Böhni?«

»Er will pünktlich in seinem Zimmer sein«, sagte Hillel. »Das ist sein einziges Interesse.« Nach den Regeln des Strickhofs hatten die angehenden Landwirte in der Schule zu übernachten, was ja nur vernünftig war, wenn man am Morgen früh um fünf für das Melken wieder auf der Matte stehen musste. Auch für die seltenen Stadtschüler wie Hillel wurde da keine Ausnahme gemacht.

»Es ist noch ein Stück von dem Käsekuchen übrig«, sagte Lea. »Soll ich es Ihnen einpacken?«

»Klar«, sagte Hillel sarkastisch. »Der Böhni hat noch ein Blatt von seiner Lieblingszeitung in der Tasche. Die eignet sich ganz besonders gut als Verpackung für einen koscheren Kuchen.«

Der überstürzte Abgang war ein bisschen wie eine Flucht, und im Tram zurück zum Irchel – um diese Zeit fuhr der Zweiundzwanziger zum Milchbuck nicht mehr – hatte Hillel schlechte Laune und schwieg vor sich hin.

»Meinem Vater dürfte ich nie so widersprechen«, versuchte Böhni nach dem Aussteigen wieder ein Gespräch anzuknüpfen.

»Dein Vater erzählt ja hoffentlich auch nicht so einen Mist wie meiner.«

»Ehrlich gesagt: ich habe nicht ganz verstanden, um was es eigentlich ging.«

»Du kannst es auch nicht verstehen, mit all diesem Fröntler-scheiß, den du im Hirn hast.«

Wenn er sich nicht so über seinen Vater geärgert hätte, würde Hillel den Böhni nicht so angeblafft haben. Und wenn sich der nicht den ganzen Abend lang so unwohl gefühlt hätte, würde er nicht so empfindlich reagiert und dem Rosenthal einen Stoß versetzt haben. So oder so, ganz egal, wer damit anfing: auf dem Weg von der Tramstation zum Strickhof prügelten sich die beiden zum ersten Mal. Es tat ihnen richtig gut, ihre schlechte Laune so herauszulassen, fast mit Vergnügen wälzten sie sich auf der Erde, trotz Böhnis gutem blauem Anzug, und es tat ihnen geradezu wohl, sich die Nasen blutig zu hauen.

Das Vergnügen sah man ihnen allerdings nicht an. Wenn jemand vorbeigekommen wäre, hätte er denken müssen, die beiden jungen Männer wollten sich umbringen.

Als es vorbei war, ohne dass einer von ihnen gewonnen hätte, da waren sie sich seltsamerweise noch näher gekommen. Sie waren deswegen keine Freunde, das ganz sicher nicht, aber auch keine Feinde. Sie waren keine Kameraden und keine Chawerim, sondern etwas anderes, für das es ein eigenes Wort geben müsste.

61

Arthur gehörte nicht zu den Junggesellen, die mit einem Herd umgehen können. Wenn er nach der Arbeit in seine kleine Wohnung zurückkam, stopfte er achtlos irgendetwas in sich hinein, ein Stück Schokolade oder ein paar Scheiben Salami, was sich halt gerade fand. Wenn Désirée ihn besuchte, brachte sie deshalb immer etwas Selbstgekochtes mit. Während sie es in seiner Küche aufwärmte, räumte Arthur auf oder ordnete doch die Papiere und Zeitschriften zu überschaubaren Stapeln. Den kleinen Tisch deckte er mit dem schönen Sarguemine-Geschirr aus der Badener Wohnung. Er hatte einen ganzen Schrank voll davon geerbt, genug für die große Familie, die er nie haben würde.

Sie nannten diese gemeinsamen Abende in melancholischer Selbstironie den »Ball der einsamen Herzen«, denn beide hatten sie sich damit abgefunden, ihr Leben allein zu verbringen. Désirée begriff sich seit Alfreds Tod als Witwe, und wenn auch die Trauer um ihn vernarbt war, wäre ihr doch jedes Interesse an einem anderen Mann wie Untreue vorgekommen. Arthur war in sein Alleinsein hineingerutscht wie ein Trinker in den Alkohol: ohne bewussten Entschluss, aber auch ohne Aussicht auf Veränderung. Wenn die beiden zusammensaßen, zu zweit allein, führten sie ihr Gespräch fast wie ein altes Ehepaar, wiederholten die immer gleichen Sätze und fühlten sich zu Hause darin. Wenn Arthur seinen Teller geleert hatte, sagte er zum Beispiel jedes Mal: »Eine eigene Familie wäre doch etwas Schönes.« Und Désirée antwortete: »Wenn es dann so weit ist, tauschen wir die Wohnungen.«

Sie meinte das nicht wirklich, denn sie lebte jetzt schon vierzig Jahre am gleichen Ort, war in der Wohnung an der Morgartenstraße aufgewachsen und hatte sie, trotz der viel zu vielen Zimmer, nach Pinchas' und Mimis Tod wie selbstverständlich übernommen und nie etwas darin geändert. Pinchas' Büro, wo der Schreibtisch immer noch voller ungelesener Papiere war, betrat sie oft wochenlang nicht, hatte nur die Umstände mit der Putzfrau und schmiedete deshalb immer mal wieder Pläne für eine Veränderung. Es blieb bei Plänen, denn es gab da etwas, das sie immer wieder zurückhielt: wie eine Flasche mit Formaldehyd ein naturwissenschaftliches Specimen für alle Zeiten fixiert, so bewahrte die Wohnung für sie das junge Mädchen auf, das sie einmal gewesen war, den verliebten Backfisch mit seiner Nachttischschublade voller Bonbons, die nach Mandeln und Rosenwasser dufteten.

Nach dem Essen, auch das war zur Tradition geworden, saßen die beiden im Wohnzimmer zusammen, wo noch aus Arthurs Turnvereinzeit der bronzierte Eichenlaubkranz an der Wand hing und der seit dem letzten Jahrhundert ungeöffnete Tantalus zwischen den Büchern im Regal stand. Die matt gescheuerten Ledersessel konnte auch nur ein Junggeselle so viele Jahre behalten haben; sie waren unansehnlich und doch bequem wie ein Paar ausgelatschter Pantoffeln. »Sie passen zu mir«, meinte Arthur.

Es gehörte zu ihrem gemeinsamen Ritual, dass Arthur eine Zigarre aus dem Kistchen nahm, das ihm ein dankbarer Patient jedes Jahr als Schlachmones zu Purim schickte, sie zwischen den Fingern drehte, ohne wirklich zu wissen, worauf man beim prüfenden Knistern eigentlich achten musste, und sie dann paffend anzündete. Meistens ging sie bald wieder aus und endete vergessen im Aschenbecher; Arthur mochte Zigarren nicht besonders, wäre sich aber undankbar vorgekommen, wenn er das Geschenk überhaupt nicht genutzt hätte.

Désirée trank Portwein, »ein Altjungfernschlückchen.«, wie sie das nannte. Ihre Altjüngferlichkeit unterstrich sie auch mit ihrer Frisur: die Haare in der Mitte gescheitelt, wie sie sie schon als Backfisch getragen hatte. Nur dass die Haare dünner geworden waren und schon erste graue Strähnen aufwiesen.

Auch heute hätte alles so sein können wie immer. Aber ihr Gespräch, das sich für gewöhnlich um angenehm unwichtige Dinge drehte, das Wetter oder die neuesten Filme, driftete unaufhaltsam auf den immer gleichen Punkt zu und wurde dort von der übermächtigen Strömung der Tatsachen in den immer gleichen Strudel gerissen. Jenseits der Grenze, nur ein paar Kilometer von Zürich entfernt, war die Welt aus den Fugen geraten, die Wirtshauspolitiker waren vom Stammtisch auf die Regierungsbank umgezogen und veröffentlichten ihre besoffenen Hau-drauf-Parolen jetzt als Gesetzestexte.

Ruben berichtete in seinen Briefen von immer neuen Schikanen, die alle das gleiche Ziel hatten: möglichst viele Juden aus Deutschland zu vertreiben. Fast um die Hälfte war seine Halberstädter Gemeinde in den letzten vier Jahren geschrumpft, wobei oft ein scheinbar gar nicht so wichtiges Detail den letzten Anstoß zur Emigration gab. Zum Beispiel der »Stürmerkasten«, eine altdeutsch holzgeschnitzte Vitrine mit der jeweils neuesten Ausgabe von Julius Streichers Hetzblatt; direkt vor dem Eingang zur Klaus hatte man ihn aufgestellt, damit sich die Gläubigen auf dem Weg zum Gottesdienst an den Karikaturen mädchenschänderischer jüdischer Ärzte und blutsaugerischer jüdischer Bankiers vorbeidrücken mussten. Für andere war es eine simple Aufgabe im Mathematikunterricht ihrer Kinder, die den Ausschlag gab. Ruben hatte in einem Brief das Beispiel aus einem Schulbuch zitiert: »Bestimmte geistige Berufe Berlins wurden in der Systemzeit von Juden beherrscht. So gab es unter den Theaterleitern 80 Prozent, unter den Rechtsanwälten 60 Prozent, unter den Ärzten 40 Prozent, unter den Hochschullehrern der philosophischen Fakultät 25 Prozent Juden. Stelle die Zahlen graphisch dar!« Ein Vorstandsmitglied der Gemeinde, ein Weltkriegsteilnehmer von deutschnationaler Gesinnung, hatte geschworen, sich aus seinem Vaterland auf gar keinen Fall vertreiben zu lassen und war von einem Tag auf den anderen ausgereist, nachdem ihm beim Versuch, fernmündlich ein Telegramm aufzugeben, eine höfliche Stimme erklärt hatte, jüdische Namen dürften am Telefon nicht mehr buchstabiert werden, das sei unvereinbar mit dem Rassestolz deutscher Postbeamter.

»Ein ganzes Land ist verrückt geworden«, sagte Arthur. »Wir können Gott danken, dass wir in der Schweiz leben.«

»Können wir das wirklich?« Désirée fuhr mit dem Fingernagel nachdenklich dem Rand ihres Glases entlang. »Vielleicht hat es die Verrückten bei uns nur noch nicht nach oben gespült.«

Auch dieses Gespräch führten sie nicht zum ersten Mal, argumentierten auch bei diesem Thema wie alte Eheleute, wo jeder die Ansichten des anderen so gut kennt, dass er auf manche Sätze schon reagiert, bevor sie gesagt sind. Désirée wusste besser als Arthur selber, dass der sich die Welt nicht anders als vernünftig vorstellen konnte, mit Gesetzen, die zwar manchmal missbraucht wurden, die aber doch in ihren Grundzügen gerecht waren. Für einen Menschen wie ihn musste es ganz einfach verlässliche Regeln geben, weil man ohne sie den Halt verlor. Arthur seinerseits kannte Désirées grundsätzliche Skepsis gegenüber allem, was die eigene Rationalität und Sachlichkeit allzu laut behauptete. Dahinter, das war ihre feste Überzeugung, verbargen sich immer Unvernunft und blinde Emotion. Diese Haltung kam von ihrem Vater her. Pinchas hatte es sein ganzes Leben lang nicht verwinden können, dass die allererste Volksinitiative der Schweiz dem Schächtverbot gegolten hatte, dass man ein neues Recht gleich verwendet hatte, um neues Unrecht zu schaffen. »Ein einzelner Mensch kann Urteile fällen«, war die Lehre gewesen, die er daraus zog. »Die Masse kennt immer nur Vorurteile.« Und was war, wie zum Beweis dieser These, einer der ersten Beschlüsse der Hitler-Regierung gewesen? Ein Schächtverbot. »Man wird hier gezwungenermaßen zum Vegetarier«, hatte in einem von Rubens Briefen gestanden.

»Soll man wirklich abwarten, bis es auch bei uns so weit ist? Vielleicht wäre es klüger, rechtzeitig die Koffer zu packen.«

»Und wohin zu emigrieren?«

Désirée breitete die Arme aus, eine Bewegung, die die ganze Welt einschloss, und ließ sie dann wieder sinken, so dass die Welt, in die man fliehen konnte, sich auflöste und in tausend Stücke zerfiel. »Irgendwohin«, sagte sie.

»Das wäre Feigheit.«

Désirée nickte. »Und zur Feigheit fehlt uns der Mut.«

Sie musste nicht erklären, was sie damit meinte. Wenn Alfred damals beim Ausbruch des Krieges den Mut gehabt hätte, einfach davonzulaufen, zu desertieren, sich zu verstecken – vielleicht wäre er noch am Leben.

Vielleicht wäre alles anders gekommen.

»Lass dir von diesen Fröntlern keine Angst machen. In unserm Land werden sie nie eine Mehrheit finden.«

»Mag sein. Ich bin mir nur manchmal nicht sicher, ob das auch wirklich noch unser Land ist.«

Im Laden bekam Désirée immer alles zu hören, was passierte. Sie erfuhr von den Kindern, denen man auf der Straße nachrief: »Jud, Jud, hänk dich an en Schtud!«, wobei nicht der Spottvers das Schlimme war, sondern die Tatsache, dass sich niemand daran störte, vernahm das Erlebnis des deutschen Flüchtlings, dem man, weil man ihm sein Judentum nicht ansah, in einem Geschäft dazu gratulierte, dass man in seinem Land endlich aufräume und Ordnung mache, die Geschichte von dem Rechtsanwalt, der vor Gericht argumentierte, der Schriftzug »Juda verrecke!«, an die Mauer der Berner Synagoge geschmiert, habe nichts mit Antisemitismus zu tun, sondern sei nur eine von der Verfassung geschützte politische Meinungsäußerung, und der sich dazu auch noch auf ein Bundesgerichtsurteil berufen konnte.

»Und hast du gehört, was in François' Warenhaus passiert ist?«

Nein, das hatte Arthur noch nicht gehört.

Jemandem hatte das Firmenzeichen missfallen, mit dem François seit vielen Jahren jedes seiner Schaufenster schmückte. Dieser Jemand, den die Polizei nicht eruieren konnte, hatte an dem waagrechten und senkrechten Namenszug M-E-I-E-R Anstoß genommen und ihn in seine ursprüngliche Form zurückkorrigiert, hatte das fehlende J, Schaufenster für Schaufenster, mit Ölfarbe sorgfältig wieder eingefügt.

Meier ohne Jud war wieder Meijer mit Jud geworden.

»Das sind Lausbubenstreiche«, sagte Arthur. Und glaubte sich die beruhigenden Worte selber nicht.

»Möglich. Nur leben wir in einer Zeit, wo Lausbuben an die Regierung kommen.«

750

»Nicht in der Schweiz.«

»Bist du sicher?«, fragte Désirée.

Zu Arthurs Glück klingelte genau in diesem Augenblick das Telefon und bewahrte ihn davor, zugeben zu müssen, dass er ganz und gar nicht sicher war.

Er hatte mit einem seiner Patienten gerechnet und war überrascht, Rachels Stimme zu hören. »Du musst sofort in die Fabrik kommen«, sagte sie mit der überdeutlichen Artikulation eines Menschen, der mühsam seine Panik beherrscht. »Hier ist ein Totschlag passiert.«

Désirée bestand darauf mitzukommen.

Die Scheinwerfer des Fiat strichen an den dunkeln Hausfassaden entlang wie neugierige Finger. Wenn ein später Passant von ihnen erfasst wurde, war es jedes Mal, als hätten sie ihn ertappt, eine ganze Stadt voller zwielichtiger Gestalten, alle unterwegs zu etwas Verbotenem. Arthur war nervös, vergaß beim Schalten Zwischengas zu geben und ließ dann wieder die Kupplung schleifen, dass man hätte meinen können, der Wagen wehre sich ruckend gegen den Weg, den man ihm zu dieser Stunde noch zumutete.

»Weißt du, ob die Polizei dort ist?«, fragte Désirée.

»Ich glaube nicht. Mein Eindruck war: es muss eine Sache passiert sein, die sie lieber nicht an die große Glocke hängen wollen.«

»Ich kann es mir nicht vorstellen. Ein Mord in Zalmans Fabrik?« Désirée sprach das unvertraute Wort gewissermaßen mit Handschuhen aus, wie man Dinge, die einem unheimlich vorkommen, nur ganz vorsichtig anfasst.

»Rachel hat gesagt: ein Totschlag.«

»Kennt sie den Unterschied?«

Obwohl das wirklich nicht der Moment dafür war, vielleicht gerade weil es nicht der Moment war, musste Arthur über die Frage lachen, aus Nervosität natürlich, aber auch weil Désirée damit den Charakter von Rachel Kamionker so genau getroffen hatte. »Kennt sie den Unterschied?« Die Jahre, als die Männer Rachel umschwärmten und auch noch ihre unüberlegteste Äußerung beifällig aufnahmen, waren lange vorbei, aber bis heute wurde ihr Verhalten von der damals gewachsenen Gewissheit bestimmt, auch ohne umständliches Nachdenken jederzeit Zustimmung zu finden.

Als sie in die Fabrik hineinstürmten, Arthur mit seinem Köfferchen in der Hand, stand ein Spalier für sie bereit, eine ganze Reihe von Angestellten mit besorgten Gesichtern, die ihnen alle den Weg in den großen Nähsaal weisen wollten und hofften, bei der Gelegenheit einen Blick auf das dramatische Geschehen zu erhaschen, von dem man sie ausgesperrt hatte.

In dem Moment, als Arthur nach der Klinke greifen wollte, sprang die Tür auf und eine völlig aufgelöste junge Frau stürzte auf ihn zu. Sie war sehr hübsch, das sah Arthur sofort, und er hatte auch gleich ein schlechtes Gewissen, weil er zuerst das bemerkt hatte und dann erst den großen Blutfleck auf ihrem Kleid. Sie klammerte sich an seinem Ärmel fest und stammelte: »Gott sei Dank, Herr Doktor! Sie müssen ihn retten! Er stirbt mir sonst, er stirbt!« Sie wollte gar nicht mehr loslassen und Désirée musste sie regelrecht von ihm wegreißen. Erst jetzt sah er, dass auch die Hände der jungen Frau blutverschmiert waren, und die unpassende Frage schoss ihm durch den Kopf, ob die Flecken wohl jemals aus seinem Mantel herausgehen würden.

Der Nähsaal erstrahlte in einem unnatürlich weißen, hellen Licht. Das mussten diese neuartigen Neonlampen sein, von deren Installation ihm Zalman so stolz berichtet hatte. In zwei ordentlichen Reihen, wie die Pulte in einem Unterrichtszimmer, standen die Nähmaschinen. Vorne lag eine reglose Gestalt auf dem Boden. Um sie herum Zalman, Rachel und ein Mann, den Arthur nicht kannte. Keiner von ihnen schaute auf, als Arthur hereinkam.

Jemand hatte den Körper, den sie da bewachten, zudecken wollen und dabei, obwohl es hier doch bestimmt jede Art von anderen Stoffen gab, zu einem sanft schimmernden weißen Gewebe gegriffen, zu unpraktisch für ein Leintuch und zu kostbar für ein Leichentuch. Rund um den Kopf des Mannes war der Stoff voller Blut, aber er schien noch zu atmen und …

Es war nicht einfach ein Mann.

Es war Joni Leibowitz.

Sein Joni.

Arthur kniete neben ihm nieder, er kniete neben Joni, wie er schon einmal, vor tausend Jahren, neben diesem Körper gekniet hatte, in einer Turnhalle damals, er konnte die Erinnerung noch riechen, Schweiß und Staub, er kniete neben ihm und suchte in dem dicklich gewordenen Gesicht die vertrauten Züge, im kalten Zigarettenrauch den oft eingeatmeten Duft, der seinem eigenen so ähnlich war, er kniete auf dem Boden und hatte einen langen Augenblick lang alles vergessen, was ein Doktor können muss, wartete nur hilflos darauf, dass Joni die Augen aufschlug, wartete auf das private Lächeln, das nicht allen geschenkt wurde, wartete auf eine Stimme aus der Vergangenheit, die sagen musste: »Ach bitte, Herr Doktor, wann kann ich wieder einen Termin bei Ihnen bekommen?«

Aber die einzige Stimme war die der Frau, die draußen vor der Tür immer weiter jammerte. »Er stirbt mir«, schrie sie, »er stirbt mir, es kann ihn keiner retten.«

Dann war der Augenblick vorbei, war wohl wirklich nur ein Augenblick gewesen, er war wieder Arzt, wie er es schon hundertmal bei einem Notfall gewesen war, und seine Hände taten ganz von selber, was zu tun war. Die Knochen des Schädels, dessen Linien er so gut kannte, waren unverletzt, da war nur eine Platzwunde, ein Schwartenriss, den man ohne Probleme nähen konnte. Natürlich hatte Joni viel Blut verloren, aber so ein Kopf blutet leicht, ohne dass es gleich etwas Dramatisches sein muss.

Man hätte ihm gescheiter die Wunde verbunden, als ihn nur zuzudecken, aber vielleicht hatte sich das keiner getraut, oder die hysterische Frau hatte es nicht zugelassen. Sie musste seinen Kopf in ihren Schoß gebettet haben, daher das Blut auf ihrem Kleid, gestreichelt musste sie ihn haben, unvernünftig und unhygienisch.

Arthur beneidete sie darum.

Endlich schlug Joni die Augen auf. Er schien Arthur nicht zu erkennen, was an der Verletzung liegen konnte, schaute ihn an wie einen Fremden, ohne ein Lächeln, privat oder öffentlich. Fuhr sich mit der Zunge über die Lippen, als müsse er sich vergewissern, dass sein Mund noch da war und funktionierte, und sagte dann leise und wütend: »Verklagen werde ich ihn, diesen Meschuggenen.«

Draußen schrie die Frau: »Er stirbt mir!« Joni versuchte den Kopf zu drehen, verzog schmerzhaft das Gesicht und flüsterte: »Kann bitte jemand diese Blandine zum Schweigen bringen?«

Eigentlich hätte er ja zur Beobachtung ins Krankenhaus gehört, er hatte einen Schlag auf den Kopf bekommen und war bewusstlos gewesen. Eine Gehirnerschütterung war da nicht auszuschließen, es konnte in solchen Fällen zu Komplikationen kommen, zu Gleichgewichtsstörungen oder noch Schlimmerem. Aber Zalman war um den guten Ruf der Firma besorgt, und Joni schien es von Minute zu Minute besser zu gehen. Also wurde beschlossen, dass er zum Nähen der Wunde in Arthurs Praxis transportiert werden sollte, aber dafür war nun wieder dessen Auto zu klein – man nannte das Modell nicht zufällig Topolino, also Mäuschen –, und es musste bei Welti-Furrer ein Taxi bestellt werden. Bis es ankam, wurde im Zuschneiderinnen-Zimmer eine Liege für Joni organisiert, und die so um ihn besorgte Blandine Flückiger – das Mannequin des Hauses, wie Arthur erfuhr – bekam den Auftrag, ihm kühlende feuchte Tücher auf die Stirn zu legen.

Was war passiert? Zalman wollte es erzählen, aber Rachel ließ ihren Vater nicht zu Wort kommen. Schließlich war sie dabei gewesen, als es passierte, sagte sie, während Zalman in seinem Büro gesessen hatte und deshalb gar keine richtige Auskunft geben konnte.

Heute war wieder einmal eine eilige Kommission hereingekommen, wie man die Aufträge in dieser Branche nannte, eine dieser ungeduldigen Bestellungen, die bei der Konfektion Kamionker landeten, weil man dort die Arbeit nötig hatte und auch einmal eine Nacht oder zwei durcharbeitete. Zalman mochte diese Überstunden nicht, aber was sollte man machen? So wie die Dinge lagen, waren die Kunden am längeren Hebel.

Man machte also nicht wie üblich um halb sieben Feierabend, gab dem Lehrling, der mit den täglichen Paketen sowieso zur Post musste, den Auftrag, Brot und Käse für alle zu besorgen, und richtete sich auf eine lange Nacht ein. Gegen neun machte man Pause und aß etwas. Es herrschte bei diesen Gelegenheiten immer eine Stimmung wie beim Picknick auf einem Ausflug, man war gleichzeitig müde und aufgedreht, machte ein paar Schritte, um sich die steifen Beine zu vertreten, und unterhielt sich über alles Mögliche.

Der Tisch mit der improvisierten Verpflegung war gleich beim Eingang aufgestellt, und die meisten Leute versammelten sich dort. Nur wenige nahmen sich ihre Brote lieber an ihren Arbeitsplatz mit. Zu ihnen gehörte auch der Mann, der die ganze Zeit schon neben Zalman stand und dem Arthur vorher noch nie begegnet war. Er hieß Grün und war ein Neuer.

Herr Grün, das musste sogar Rachel zugeben, hatte das Nähen schnell gelernt. Für komplizierte Arbeiten konnte man ihn zwar noch nicht brauchen, aber einen geraden Saum schaffte er schon ohne Probleme und auch mit der nötigen Geschwindigkeit.

Aber er war eben doch ein Meschuggener.

Er hatte an seiner Nähmaschine gesessen – »Immer sondert er sich ab!« –, war der Einzige oder doch fast der Einzige im Nähsaal gewesen, als Joni Leibowitz und das Mannequin hereinkamen, vielleicht weil sie hofften, dort ungestört zu sein. Rachel ließ keinen Zweifel daran, welchem Zweck diese Ungestörtheit ihrer Meinung nach hätte dienen sollen.

Sie selber hatte ganz zufällig unter der Tür gestanden …

»Zufällig?«, fragte Zalman und Rachel reagierte überraschend heftig, sie habe weder an Herrn Leibowitz noch an Fräulein Flückiger auch nur das geringste Interesse, und wenn jemand meine, sie habe den beiden nachspioniert, dann müsse er ihr auch erklären, warum sie das wohl hätte tun sollen.

Egal. Sie stand jedenfalls unter der Tür und konnte bestätigen, dass sich Joni und Blandine ganz friedlich unterhalten hatten, über Politik natürlich, über was redeten die Leute in diesen Tagen sonst, bis Herr Grün plötzlich aufgestanden war. Nicht etwa aufgesprungen, wie wenn er wütend oder erregt gewesen wäre, nein, ganz ruhig aufgestanden war er, hatte das schwere Bügeleisen genommen, das im Nähsaal immer bereitstand, weil man manche Teile vorglätten muss, bevor man sie nähen kann, hatte also das Eisen genommen und es Joni so fest auf den Kopf gehauen, dass der gleich zusammensackte. Und dann? Hatte er das Bügeleisen sorgfältig in seine Halterung zurückgestellt, war zu seinem Platz zurückgegangen, als sei nichts gewesen, hatte sich wieder hingesetzt und weiter sein Brot gegessen.

Joni hatte dagelegen, man hätte meinen können, er sei tot, alles war voller Blut, und Blandine Flückiger hatte geschrien wie am Spieß, bis plötzlich alle hier drin standen, die ganze Belegschaft, ein Durcheinander war das wie im Burghölzli. Nur Rachel hatte den Seijchel bewahrt und gleich bei Arthur angerufen.

Herr Grün stand während dieses Berichts die ganze Zeit dabei, in seinem zu weiten dreiteiligen Anzug, der so gar nicht zu einem Fabriknäher passte, und als ihn hinterher alle fragend ansahen, da nickte er nur und sagte: »Sie haben das sehr gut beobachtet, Fräulein Kamionker. Genau so ist es gewesen.«

»Und warum?«, fragte Zalman.

»Es war nichts anderes da als das Bügeleisen.«

»Was hat Ihnen Leibowitz angetan?«

Herr Grün hob die Schultern und hielt die gespreizten Hände vor sich hin, eine sehr jüdische Geste, die in etwa bedeutet: »Was kann man machen? Der Mensch denkt und Gott lenkt.« Dann wandte er sich zu Zalman und sagte: »Natürlich werden Sie mich jetzt entlassen.«

»Erst will ich wissen, was in Sie gefahren ist.«

»Das steht Ihnen zu«, sagte Herr Grün ganz sachlich. »Aber wie soll ich es Ihnen erklären? Sagen wir so: Es hat mir nicht gepasst, was Herr Leibowitz der jungen Dame erzählt hat.«

»Was?« Zalman war ein friedlicher Mensch, aber jetzt war er laut geworden.

»Er hat vor dem Mädchen gegockelt. Er will sie ins Bett kriegen und hat das bis jetzt noch nicht geschafft.«

»Woher wollen Sie das wissen?«, fuhr Rachel dazwischen.

»Das sieht man«, sagte Herr Grün. »Man kann es ihm auch nicht übelnehmen, das Mädchen ist hübsch. Mich geht das ja auch nichts an.«

»Und trotzdem haben Sie …?«

Herr Grün sprach so ruhig weiter, als stünden sie nicht alle ungeduldig um ihn herum. »Er wollte sie beeindrucken mit seiner Chochme, wollte ihr zeigen, was für ein kluger Mensch er ist und wie er sich auch in der großen Politik auskennt. Sie haben davon gesprochen, was in Deutschland los ist, und er hat ihr erklärt, dass ihm selber so etwas nie passieren würde. Er käme mit allen Nichtjuden immer blendend aus, sogar wenn die mit den Fröntlern sympathisierten oder den Hitler für einen großen Staatsmann hielten. Weil er sich eben anzupassen verstehe, im

Gegensatz zu vielen anderen, weil er nicht auffalle und sich nicht ausschließe.

Viele Juden, hat er ihr erklärt, hätten das immer noch nicht verstanden, und wenn einer dann schikaniert werde oder im Lager lande, dann sei er immer auch ein bisschen selber dran schuld. ›Selber dran schuld‹, hat er gesagt. Da habe ich das Bügeleisen genommen und ihm auf den Kopf gehauen.«

Zalman ging zu ihm hin und legte ihm eine Hand auf die Schulter. »Ich wäre Ihnen dankbar, Herr Grün«, sagte er, »wenn Sie sich das nächste Mal mit einem weniger harten Gegenstand begnügen würden.«

»Das nächste Mal?«, fragte Rachel empört.

»Ich kann ihn doch deswegen nicht entlassen«, sagte Zalman.

62

»Frag ihn halt!«

Immer die gleiche Antwort, so sehr Rachel ihren Vater auch drängte. »Frag ihn! Wenn er es dir sagen will, wird er es dir sagen.« Und auch Hinda, die er doch bestimmt eingeweiht hatte, war keine Hilfe.

Es gab natürlich eine offizielle Version. Es gibt immer eine offizielle Version.

Ein Unfall sei es gewesen, hatte man im Geschäft allen erzählt, ein unglückliches Ausrutschen, Stolpern, was immer. Das überzeugte zwar niemanden so recht, aber was Blandine Flückiger herumerzählte, das Mannequin, das war noch viel unglaubhafter. Herr Grün habe in voller Absicht das Bügeleisen genommen, behauptete sie allen Ernstes, und einfach so zugeschlagen. »Ausgeschlossen«, sagten die Leute. Man wusste von ihr, dass sie mit Begeisterung die Leidende spielte und sich ihr nicht besonders interessantes Leben gern zurechtdramatisierte.

Wenn der Mensch die Wahrheit nicht kennt, dann schafft er sich eine, und so verständigte man sich in der koscheren Kleiderfabrik darauf, dass es sich um ein Eifersuchtsdrama gehandelt haben müsse. Zwei nicht mehr junge Männer, die bis aufs Blut um eine blondierte Jean Harlow kämpfen – so ließ sich die Geschichte gut erzählen und wurde deshalb auch gern geglaubt.

Keiner der beiden wollte sich zu den Geschehnissen äußern, und ihr beharrliches Schweigen wurde ganz allgemein als Bestätigung der Legende betrachtet. Zalman hatte Joni Leibowitz in jener Nacht in Arthurs Praxis begleitet und ihn bei dieser Gelegenheit zum Schweigen vergattert – Rachel wusste nicht, mit welchen Argumenten. Schon zwei Tage später war Joni wieder zur Arbeit erschienen, einen dicken Verband um den Kopf, auf dem sein Hut saß wie zwei Nummern zu klein. Die Witze der Einkäufer parierte er mit dem immer gleichen Scherz: »Na schön, ich bin auf den Kopf gefallen – aber nicht so sehr, dass Sie mir die Preise drücken können.«

Herr Grün machte ein paar Tage lang weiter seine Arbeit, als sei nichts vorgefallen, war nur noch schweigsamer geworden, sagte »Guten Morgen« und »Auf Wiedersehen« und redete sonst mit niemandem. Jedes Mal, wenn Blandine Flückiger ihn erblickte, ging sie mit einem spitzen Schrei hinter jemandem in Deckung, was Herr Grün mit einem Lächeln quittierte, oder doch mit einem Gesichtsausdruck, der früher einmal ein Lächeln gewesen sein musste.

»Frag ihn!«, war alles, was Rachel auf ihre Neugier hin zu hören bekam, aber natürlich dachte sie nicht im Traum daran, Herrn Grün etwas zu fragen. Wie kam sie denn dazu?

Aber dann, ein paar Tage später, saß der nicht mehr an seiner Nähmaschine, und seine Zimmervermieterin, die Frau Posmanik, ließ ausrichten, er habe hohes Fieber, und man könne nicht sagen, wann er wiederhergestellt sein würde. Da musste Rachel sich doch einfach um ihn kümmern. Wenn man in einem Betrieb für das Personal zuständig ist und jeden Monat die Lohntüten abfüllt, hat man eine Fürsorgepflicht.

»Und kann die Leute bei dieser Gelegenheit gleich ein bisschen ausfragen«, spottete Zalman.

An so etwas hatte Rachel, wie sie würdevoll feststellte, nicht einmal gedacht. Sie tat nur ihre Pflicht. Und so nahm sie am Abend pflichtbewusst das Geld für ein stärkendes Fläschchen Kraftwein aus der Portokasse und machte sich auf den Weg.

Die Posmaniks wohnten an der Molkenstraße, gleich hinter dem Exerzierhof der Kaserne, in einem jener billig errichteten Mietshäuser, die schon baufällig aussehen, wenn sie noch neu sind. Fünf Personen drängten sich in drei engen Zimmern, und davon hatten sie erst noch eins vermieten müssen. Herr Posmanik verbrachte seine Tage auf Arbeitssuche, was in der Praxis bedeutete, dass er sich am Morgen mit einem ersten Bier für diese Aufgabe stärkte und am Abend mit einem letzten Schnaps über deren Erfolglosigkeit hinwegtröstete. Seine Frau hielt die Familie über Wasser, indem sie kleine Brokatreste, die sie unter anderem bei Zalman erbettelte, mit Goldzwirn umhäkelte und diese Untersetzer dann in den jüdischen Häusern von Tür zu Tür verkaufte. Ihre Produkte waren weder nützlich noch wirklich dekorativ, aber die Leute hatten Mitleid mit der schwächlichen Frau – »Sie hat eine Haut wie blaue Milch«, hatte Hinda einmal gesagt – und kauften ihr immer wieder etwas ab. Man konnte in Zürich den Eindruck haben, dass eine jüdische Wohnung ohne Brokatuntersetzer genauso wenig vollständig war wie ohne Mesuse am Türpfosten.

Aus der Wohnung im obersten Stock drang Kindergeschrei. Rachel klopfte zuerst höflich an, musste aber schließlich mit der Faust gegen die Tür poltern, um überhaupt gehört zu werden. Das Geschrei brach ab, sie hörte Flüstern, und dann ging die Tür endlich auf, zumindest so weit, wie es die vorgelegte Sicherheitskette zuließ. Ein splitternackter kleiner Junge beäugte sie misstrauisch durch den Spalt. »Wir kaufen nichts«, sagte er, ein Satz, den er wohl oft bei gleicher Gelegenheit von seiner Mutter gehört hatte und für eine korrekte Begrüßung hielt.

»Ich bin die Frau Kamionker«, sagte Rachel mit ihrer besten Tantenstimme. »Ich komme zu Besuch.«

»Es ist niemand zu Hause«, sagte der kleine Junge und wollte die Tür gleich wieder zuschieben. Rachel konnte gerade noch einen Fuß dazwischenstellen.

»Euer Untermieter ist zu Hause. Der Herr Grün.«

Als er den Namen hörte, strahlte der kleine Junge übers ganze Gesicht. »Er ist so ein lustiger Mann«, sagte er. Und dann, wieder ganz ernsthaft: »Aber jetzt ist er krank.«

Ein lustiger Mann? »Lustig« war ja nun wirklich die letzte Bezeichnung, die einem bei Herrn Grün in den Sinn kam.

»Soll ich Ihnen ein Gedicht aufsagen?«, fragte der kleine Junge. »Onkel Grün hat es mir beigebracht.«

»Willst du mich nicht erst hereinlassen?«

»Erst das Gedicht«, sagte er, so ernsthaft, als gehöre eine solche Rezitation in wohlerzogenen Kreisen zu den selbstverständlichen Präliminarien eines Besuchs.

»Also gut.«

Der nackte Junge im Türspalt holte tief Luft und rezitierte in einem Atem: »Mein Papagei frisst keine harten Eier, er ist ein selten dummes Vieh, er ist der schönste aller Papageier, nur harte Eier, die frisst er nie.«

»Das ist ein Lied«, sagte Rachel.

»Nur wenn man es singt«, antwortete der kleine Junge und fuhr fort: »Er ist ganz wild nach Brustbonbons und Kuchen, er nimmt selbst Kaviar und Sellerie, auch saure Gurken sah ich ihn versuchen, nur harte Eier frisst er nie. Wissen Sie, was Brustbonbons sind?«

»Etwas Süßes gegen Erkältung.«

»Haben Sie Brustbonbons für ihn?«, fragte der kleine Junge. »Ich glaube, Onkel Grün ist erkältet.«

»Bringt er dir immer solche Gedichte bei?«

»Er kennt mindestens eine Million«, sagte der kleine Junge. »Oder noch mehr.«

»Wie schön.« Rachel kam sich vor der halbverschlossenen Wohnungstür immer lächerlicher vor. »Aber machst du mir jetzt bitte auf?«

Der Junge überlegte, hob sogar die Hand, als wolle er sagen: »Stören Sie mich nicht beim Nachdenken!« und nickte dann. »Also gut.«

Um zu öffnen, musste er die Tür erst wieder zuschieben und hatte dann, nach dem Geraschel und Geklirre auf der anderen Seite zu schließen, Mühe, die Kette auszuhängen. Aber dann war es doch so weit; Rachel konnte endlich ihren Besuch machen. Als sie die Wohnung betrat, starrten zwei noch kleinere Kinder sie neugierig an.

»Einen Papagei möchte ich auch haben«, sagte der Junge und ging, splitternackt, wie er war, vor ihr her. »Wenn er die Eier nicht will, esse ich sie selber.«

Herrn Grüns Zimmer war winzig. Ein Bett, ein Schrank, ein Stuhl. Für einen Tisch war kein Platz; als Ersatz dafür musste das Fensterbrett herhalten.

»Herr Grün?«

Keine Antwort. Nur ein seltsames Geräusch, wie wenn jemand mit den Fingernägeln nervös auf einem Glas herumtrommelt.

Das Zimmer roch nach Krankheit. Man musste kein Arzt sein, um das zu erkennen.

Es waren keine Fingernägel. Es waren Zähne. Klappernde Zähne.

Er lag im Bett. Der Tag war warm, fast schon sommerlich, aber Herr Grün schlotterte. Hatte einen Mantel über die dünne blaue Bettdecke gelegt und sich unter beiden verkrochen, hatte die Beine angezogen wie ein Säugling, die Arme schützend um den Körper gelegt und fror immer noch.

»Herr Grün!«

Als er seinen Namen hörte, versuchte er sich aufzurichten, versuchte etwas zu sagen, hatte aber die Kraft nicht dazu.

Der Atem pfiff aus seinem Hals. Tief in ihm drin stand eine Tür offen, war ein Fenster eingeschlagen. Er bewegte die Lippen und brachte die Silben nicht zusammen. Versuchte es noch einmal und noch einmal.

Rachel beugte sich zu ihm nieder. Er roch unangenehm, wie kranke Leute eben riechen.

Eine Zahl. Er versuchte eine Zahl aus sich herauszupressen.

»Viertausendachthundertzweiundneunzig«, flüsterte Herr Grün.

Ein Speichelfaden lief aus seinem Mund. Obwohl Rachel sich davor ekelte, wischte sie ihn mit einer Ecke des Leintuchs ab.

Ein abgewetztes, schäbiges Arme-Leute-Leintuch. Viel zu dünn für einen kranken Mann.

Als sie den nackten kleinen Jungen nach einem Telefon fragte, sah der sie an, als habe sie etwas Unerhörtes, Märchenhaftes von ihm verlangt, einen Klumpen Gold oder einen Papagei.

»Hier im Haus hat niemand ein Telefon«, sagte er.

»Und wo geht deine Mutter hin, wenn sie jemanden anrufen muss?«

»Wen sollte ich anrufen wollen?« Frau Posmanik war heimgekommen, von einer Reise, hätte man denken können, denn sie trug einen großen Koffer in der Hand, voller verblichener Erinnerungskleber aus teuren Hotels, St. Moritz, Karlsbad, Nizza. Jemand hatte ihr das alte Ding mal aus Mitleid geschenkt und seither schleppte sie darin ihre Kollektion nutzloser Brokat-Untersetzer durch die Stadt.

»Welche Ehre, Frau Kamionker«, sagte sie. Wer für seinen

Broterwerb auf das Mitgefühl anderer Leute angewiesen ist, entwickelt ein feines Gehör, und so wusste sie, dass Rachel nicht gern als Fräulein angesprochen wurde. »Ich hatte ja keine Ahnung – Aaron, zieh sofort deine Hose an! –, keine Ahnung hatte ich, dass Sie hier bei uns …«

»Die Hose ist noch nass«, quengelte der kleine Junge.

»Sie müssen entschuldigen, Frau Kamionker. Ich musste sie waschen, und er hat keine andere.«

»Das macht doch nichts. Ich bin wegen Herrn Grün hier.«

»Er kann wirklich nicht zur Arbeit kommen«, sagte Frau Posmanik und vergaß ihren Koffer abzustellen, so eifrig war sie gleich bereit, für ihren Untermieter einzutreten. »Er hat ja versucht aufzustehen, aber es ging einfach nicht.« Aus der Erfahrung ihres Lebens konnte sie sich nichts anderes vorstellen, als dass Rachel in strafender Mission gekommen war.

»Der Mann ist schwer krank!«

»Warum haben Sie keine Brustbonbons mitgebracht?«, fragte der kleine Junge und begann gleich wieder zu rezitieren: »Er ist ganz wild nach Brustbonbons und Kuchen …«

»Scha!«

»Herr Grün braucht einen Arzt.«

»Ich habe getan, was ich konnte«, verteidigte sich Frau Posmanik. »Einen Tee hab ich ihm gekocht, aber er wollte ihn nicht trinken, und den ganzen Tag kann ich auch nicht …«

»Kann man hier irgendwo telefonieren?«

»Nur im *Kreuel* an der Kanonengasse. Das ist ein Wirtshaus. Aber da sollten Sie besser nicht hingehen. Das ist nichts für …«

»Für unsere Leute«, hatte sie sagen wollen, aber dann verschluckte sie die Worte lieber. Es wäre ihr anmaßend vorgekommen, sich mit der Tochter vom Fabrikbesitzer Kamionker auf die gleiche Stufe zu stellen. Obwohl man im *Kreuel* keinen Unterschied zwischen ihnen machen und sie beide gleich unflätig behandeln würde. »Dort haben die Frontisten ihr Stammlokal.«

»*Kreuel*«, wiederholte Rachel. »Gut. Vielleicht finden Sie ja unterdessen noch etwas zum Zudecken für ihn.« Und war schon aus der Tür, in so selbstsicherer Tüchtigkeit, wie man sie sonst in diesem Haushalt nicht kannte.

Frau Posmanik hielt immer noch den Koffer in der Hand, mit all den aufgeklebten Erinnerungen, die nicht die ihren waren.

Als Rachel in dieser Nacht endlich nach Hause kam, zurück in die Sicherheit ihrer eigenen Wohnung, stand sie lange vor dem Spiegel.

Sie konnte es einfach nicht verstehen. Es war doch nichts Ungewöhnliches an ihr. Sie sah doch aus wie tausend andere Zürcherinnen. Nun ja, es hatte nicht jede so flammend rote Haare, aber das konnte es nicht sein.

Und doch hatten sie es sofort gemerkt. Hatten es gerochen, Jagdhunde, die eine Spur aufnehmen.

Sie drehte sich zur Seite und versuchte, aus den Augenwinkeln ihr Profil zu begutachten. Da war nichts Auffälliges. Da war nichts, wo man gleich sagen musste: Natürlich, eine Jüdin. Da war doch nichts.

Sie trug keinen Scheitel, hätte auch als verheiratete Frau keinen aufgesetzt, und schon gar nie hätte sie eins jener altmodischen hochgeschlossenen Kleider angezogen, an denen man die orthodoxen Frauen, vor allem die aus dem Osten, auf den ersten Blick erkannte. Sie kleidete sich modisch, immer aus der neuesten Kollektion, das war sie schon der Firma schuldig, und ihr Lippenstift hatte die Farbe der Saison.

Und trotzdem …

Sie zündete schon die vierte Zigarette an und konnte sich immer noch nicht beruhigen.

Sie war in das Wirtshaus gegangen, die Kanonengasse war gleich um die Ecke von den Posmaniks. Drei Stufen führten von der Straße hinauf zum Eingang, die Tür hatte offen gestanden, es war ein milder Abend, sie hatte den Windfang zur Seite geschoben, schweres, von Stumpenrauch gesättigtes Material, sie war eingetreten, eine Frau wie tausend andere in einem ganz gewöhnlichen Wirtshaus, es hatte auch niemand auf sie geachtet, zuerst nicht, sie war zum Schanktisch gegangen, der Wirt nicht anders als andere Wirte, die Hemdsärmel hochgekrempelt und mit einem Gummiband befestigt, sie hatte ihn nach dem Telefon gefragt, und er hatte ihr mit dem Daumen die Richtung gewiesen, ohne die Brissago aus dem Mund zu nehmen, nicht sehr höflich, aber da war nichts Besonderes, war wohl einfach seine Art.

Das Telefon war an der Wand befestigt, direkt neben dem Durchgang zu den Toiletten, sie hatte Arthurs Nummer eingestellt, andere Nummern und Namen waren mit Bleistift auf die Tapete gekritzelt, und ein Emailschild für Wädenswiler Bier hing da, obwohl man hier Hürlimann ausschenkte. Sie hatte nicht lange warten müssen, Arthur meldete sich gleich, mit vollem Mund, er war wohl grade beim Essen, sie sagte ihm, was zu sagen war, er versprach zu kommen, es dauerte nur eine Minute, höchstens zwei, aber als sie einhängte und sich wieder umdrehte, hatten sie an allen Tischen die Köpfe gehoben, hatten Witterung aufgenommen, schauten sie an, fast erfreut, wie man ein unerwartetes Geschenk anschaut, einer stand auf und wollte in ihre Richtung, ein anderer hielt ihn zurück, sie spürte es mehr, als es zu sehen, und dann war da der Wirt, der das Gespräch nicht bezahlt haben wollte, »dein dreckiges Judengeld kannst du behalten«, die Brissago immer noch im Mund, Asche fiel in ein halb eingeschenktes Bierglas, sie sah es, als gebe es nichts anderes zu sehen.

Und dann stand noch einer auf und noch einer, es hielt die Männer keiner mehr zurück, Gesichter, die ihr Angst machten, und dann war sie weggelaufen, war die drei Stufen hinuntergestolpert und auf der Straße fast hingefallen. Hinter ihr her hatten sie gelacht, ein johlendes, bellendes Lachen, und wenn sie sich den Hals gebrochen hätte, wären sie erst richtig glücklich gewesen.

An was hatten sie es gemerkt? Das konnte sich Rachel nicht erklären.

Sie mochten ihr Gespräch mit angehört haben, aber sie redete doch nicht anders als andere Zürcher, der Schnabel war ihr doch nicht schräg gewachsen.

Sie gab doch niemandem einen Grund, einen Anlass, sie fiel doch nicht auf.

Und selbst wenn sie aufgefallen wäre … Das gab ihnen noch lange kein Recht. Wenn einer in Bauerntracht durch die Stadt spazierte, fiel er auch auf. Wenn einer groß war oder klein oder einen Buckel hatte. Das durfte kein Grund sein.

»Wer auffällt, ist selber schuld«, hatte Joni Leibowitz gesagt, und Herr Grün hatte ein Bügeleisen genommen und ihm auf den Kopf gehauen.

Herr Grün, der unter seiner Decke mit den Zähnen klapperte.

Es war zum Glück keine Lungenentzündung, hatte Arthur gesagt, nicht ganz. Mit Ruhe und Pflege und guter Ernährung würde sich alles auskurieren lassen. Herr Grün hatte eine Spritze bekommen, und jetzt ging sein Atem schon ruhiger, und er versuchte nicht mehr aufzustehen. Er schlief, oder war doch zumindest betäubt.

Arthur hatte ein Rezept ausgeschrieben für eine Medizin, die am nächsten Tag in der Apotheke geholt werden sollte, und hatte Frau Posmanik das Geld dafür in die Hand gedrückt. Ganz heimlich und fast verlegen hatte er es getan, nicht, weil ihm seine Großzügigkeit peinlich war, sondern weil ihr Mann es nicht sehen sollte, der die paar Franken sonst wohl in Alkohol umgesetzt haben würde. Der kleine Junge – unterdessen angezogen – fragte ihn nach Brustbonbons, und Arthur zauberte tatsächlich etwas Süßes für ihn und die beiden Geschwister aus seinem Köfferchen.

Als er Rachel hinterher in seinem kleinen Fiat nach Hause fuhr, fragte er sie: »Hat er einmal etwas erzählt, dass er in einem dieser Erziehungslager war?«

Erziehungslager. Manche sagten auch: Konzentrationslager.

»Er erzählt nie etwas. Wie kommst du darauf?«

»Sein Rücken ist voller Narben. Von Prügeln, würde ich sagen.«

Natürlich.

Viertausendachthundertzweiundneunzig.

Was spielt der eigene Name noch für eine Rolle, wenn man einmal in so einem Lager eine Nummer gewesen ist? »Grünbaum, Grünfeld – suchen Sie sich etwas aus.«

Sein Anzug war für einen dicken Mann gemacht, und dieser dicke Mann war Herr Grün selber gewesen. Bevor er …

Natürlich.

Joni hatte behauptet, ins Lager käme man nur durch eigene Schuld, und da war er auf ihn losgegangen.

Natürlich.

Aber warum sagte er das nicht?

In einem seiner Briefe hatte Ruben geschrieben: »Die von dort zurückkommen, reden nicht darüber.«

Genau wie Herr Grün.

Nur Zalman musste er davon erzählt haben, damals, als er so lange auf ihn wartete, musste ihm erzählt haben, was er alles hinter sich hatte, und daraufhin hatte der beschlossen, ihm zu helfen. Auch wenn Herr Grün nicht nähen konnte. Er war ein Gelernter. Einer, der hat lernen müssen, mit allem fertig zu werden.

Rachel war nur angepöbelt worden, sonst nichts. Und auch das hätte sich vermeiden lassen, wenn sie auf Frau Posmaniks Warnung gehört hätte. Aber warum sollte sie irgendwo nicht hingehen, wo sie hingehen wollte? Das hier war die Schweiz und nicht Deutschland.

»Mit dem Unterschied kannst du Schabbes machen«, sagte

Onkel Melnitz. Er stand hinter ihr und betrachtete sich über ihre Schulter weg im Spiegel. »Wenn sie anmarschiert kommen in ihren Stiefeln, dann sagst du einfach: ›Das hier ist die Schweiz, meine Herren.‹ Und dann sagen sie: ›Hoppla, Verzeihung, das haben wir nicht gewusst.‹ Und marschieren wieder ab. Eins, zwei, eins, zwei, ja.«

Er betrachtete sich im Profil und ließ seine Nase wachsen, bis er im Spiegel aussah wie die Karikaturen im Stürmerkasten vor Rubens Synagoge. »In der Schweiz ist alles ganz anders«, sagte er. »Ja. Da merken sie es nicht einmal, wenn jemand Jude ist. Da fällt es ihnen gar nicht auf. Nicht, wenn man sich die Haare färbt und Kleider aus der neuesten Kollektion anzieht. Sie merken es gar nicht, nicht wahr, Rachel?«

»Das war eine Ausnahme. Das waren Fröntler.«

»Es ist immer eine Ausnahme«, sagte Onkel Melnitz und stand immer näher hinter ihr. »Sie sind immer brave Bürger. Ordentliche Menschen. Stützen der Gesellschaft. Bis sie die Gelegenheit bekommen, es nicht mehr zu sein. Überall auf der Welt ist das so, ja. Außer hier in der Schweiz natürlich. Außer in der guten alten Eidgenossenschaft. Hier lieben sie uns.« Er ließ sein Gesicht anschwellen, bis daraus ein fettes, vollgefressenes Ausbeutergesicht geworden war. »In der Schweiz kennen sie keine Vorurteile.«

»Natürlich gibt es auch hier …«

»Natürlich«, wiederholte Onkel Melnitz. »Wir wollen nicht zu viel verlangen. Wo sie uns doch helfen, wo sie nur können. Wo sie doch ihre Grenzen für alle Flüchtlinge aufgemacht haben. Wo doch an jedem Grenzübergang ein roter Teppich ausgerollt wird, wenn einer kommt und eine neue Heimat braucht. Natürlich. In der Schweiz ist alles anders, ja, da hast du völlig recht, Rachel, mein Kind.« Und ließ sich eine Warze aus der Nase sprießen und einen Buckel aus dem Rücken.

»Man muss das auch verstehen. Es gibt so viele Emigranten.«

»Richtig. Und da wäre es undemokratisch, einen ins Land zu lassen und den anderen nicht. Viel besser, es bleiben alle draußen. Lieber Gott, lass mir mei Ausred gsund.«

»Ich will mir das nicht anhören«, sagte Rachel. »Ich bin selber Schweizerin.«

»Bist du dir da sicher?«, fragte Onkel Melnitz. »Bist du dir da ganz, ganz sicher?«

63

Zürich, den 16. Mai 1937

Sehr geehrte Frau Pollack,

Mein Name ist Dr. Arthur Meijer. Ich bin praktischer Arzt hier in Zürich, und nebenher kümmere ich mich ein bisschen um die Kinder im Wartheim in Heiden. Ich bin Mitglied im B'nai B'rith, für den Sie ja auch einmal gearbeitet haben, und da hat man mich gebeten, diese Aufgabe zu übernehmen.

Ich schreibe Ihnen, weil ich soeben einen Durchschlag des Briefes bekommen habe, in dem die Leiterin des Wartheims Sie über den Gesundheitszustand Ihrer Tochter Irma informiert. Ich befürchte, sie hat Ihnen damit einen unnötigen Schrecken eingejagt. Fräulein Württemberger ist für den Umgang mit anderen Menschen nicht besonders begabt. (Aber wer ist das schon?)

Bitte, machen Sie sich keine Sorgen, und vergessen Sie alles, was Fräulein Württemberger Ihnen geschrieben hat. Irma ist völlig gesund.

Zum ersten Mal in meiner dreißigjährigen Praxis als Arzt (wenn man das so hinschreibt, merkt man erst, wie alt man geworden ist) habe ich bewusst eine falsche Diagnose gestellt und bin seltsamerweise sogar stolz darauf. Wenn ich

Irma richtig verstanden habe (sie ist ein Mädchen, das sich weit über das hinaus auszudrücken versteht, was man in diesem Alter erwarten würde), dann ist es für Sie und Ihre Kinder sehr wichtig, dass die beiden bis auf weiteres in der Schweiz bleiben können. Die Situation in Deutschland muss ja sehr schwierig sein, wahrscheinlich viel schwieriger, als wir uns das in der sicheren Schweiz vorstellen können. Mein Neffe Ruben lebt in Halberstadt, und was er in seinen Briefen berichtet, lässt mich oft nicht schlafen.

Ich denke manchmal: Seit dem Weltkrieg ist die Welt krank, und bis heute hat niemand ein Rezept gefunden, um sie wieder zu heilen. Vielleicht gibt es keines.

Aber immer nur das Schlimmste erwarten hilft auch nicht weiter.

Ich hoffe, ich habe mit meiner »Fehldiagnose« in Ihrem Sinne gehandelt und konnte Ihnen damit helfen. (»Ein kleines bisschen helfen« hätte ich schreiben müssen, denn mehr als ein bisschen kann es wohl nicht sein.) Wenn ich sonst noch irgendetwas für Sie tun kann, lassen Sie es mich bitte wissen.

Mit vorzüglicher Hochachtung

Dr. Arthur Meijer

Brandschenkestraße 34

PS: Beim Durchlesen fällt mir auf, dass dieser Brief voller Klammerbemerkungen ist. Meine Schwester Hinda würde sagen: Du schreibst so unordentlich, wie du denkst.

Lieber Herr Dr. Meijer!

Vielen Dank für Ihren freundlichen Brief. Sie müssen ein sehr netter Mensch sein.

Ihre gut gemeinte Sorge war zum Glück unnötig. Ich war wegen des Gesundheitszustands meiner Tochter nie in Unruhe. Noch bevor Frl. Württemberger sich meldete, hatte Irma mir in einem Brief alles berichtet. Sie ist sogar extra heimlich ins Dorf geschlichen, um ihn unbemerkt zur Post zu bringen. Ich habe den Eindruck, dass die ganze Verschwörung ihr richtig Spaß macht. Sie war schon als ganz kleines Mädchen eine Diva.

Als der dumme Brief von Fräulein W. bei mir eintraf, wusste ich also schon alles. Diese Heimleiterin scheint tatsächlich keine große Ahnung von Psychologie zu haben.

Übrigens: Auch schriftlich drückt sich Irma viel besser aus, als es zu ihren zwölf Jahren passt. Unter anderen Umständen wäre ich stolz darauf, aber so macht es mir Sorgen. Es ist nicht gut, wenn Kinder in einer Zeit aufwachsen müssen, die sie so früh erwachsen macht.

Irma schreibt mir, dass Sie ein Goliath sind, und von ihr ist das ein großes Kompliment.

Ich muss Ihnen das erklären. Sie meint damit nicht den biblischen Goliath, der gegen Davids Steinschleuder keine Chance hatte, sondern den Helden aus den Gutenachtgeschichten, die ich meinen Kindern viele Jahre lang erzählt habe. (Und die Moses immer noch gern hört.)

Sie müssen mich angesteckt haben: jetzt fange ich auch schon an, in Klammern zu schreiben, obwohl man uns in der Schule eingebläut hat, das sei das Kennzeichen eines schlecht organisierten Kopfes. (Entschuldigung.)

In diesen Geschichten, ohne die meine Kinder nie einschlafen wollten, geriet die Familie in jeder Fortsetzung in irgendwelche fürchterlichen Schwierigkeiten. Wenn sie auf einen Berg stiegen, entpuppte sich der als Vulkan und brach aus. Wenn sie auf einem Schiff fuhren, geriet es in einen Wirbelsturm. Und so weiter. Das Unheil konnte gar nicht schlimm genug sein, denn im allerletzten Moment tauchte dann immer dieser Goliath auf und brachte alles wieder in Ordnung. Wenn sie zum Beispiel kurz davor waren, überfahren zu werden, dann stand er plötzlich da und hielt das Auto auf. Ohne Anstrengung, nur mit einer Hand. Und lächelte noch dabei. Ein Held eben.

Sie sehen: Sie haben Irma sehr beeindruckt.

Die Episode mit dem Auto musste ich meinen Kindern oft erzählen. Irma hat Ihnen vielleicht gesagt, dass mein Mann bei einem Verkehrsunfall ums Leben gekommen ist.

Ich bin sehr dankbar dafür, dass die Kinder vorläufig noch in der Schweiz bleiben können. Es erleichtert mir vieles. Am liebsten wäre mir, sie müssten überhaupt nie mehr nach Deutschland zurück. Das ist nicht mehr unser Land. In Moses' Klasse üben sie jetzt das Lesen mit einem Bilderbuch, »Trau keinem Fuchs auf grüner Heid und keinem Jud bei seinem Eid«, und die Verse darin sind so schrecklich, wie man es sich gar nicht vorstellen kann. Da steht zum Beispiel neben einem richtigen Stürmer-Bild: »Dies ist der Jud, das sieht man gleich, der größte Schuft im ganzen Reich!«

Ich will nicht, dass mein Sohn so etwas auswendig lernen muss. Und womöglich vor versammelter Klasse vortragen. Sein Lehrer ist ein ganz früher Parteigenosse.

Das Schlimmste ist, dass die Verfasserin dieses Buches gerade mal siebzehn oder achtzehn Jahre alt sein soll. So ein junger Kopf ist schnell vergiftet.

Nein, das ist nicht mehr mein Deutschland.

Ich habe mir vorgenommen, für ein paar Tage nach Berlin zu fahren und dort bei den verschiedenen Botschaften vorzusprechen. Es muss doch irgendwo ein Visum geben, egal für welches Land! Auch wenn das im Moment sehr schwierig ist, vor allem für jemanden, der kein Geld hat. Man sagt, dass man vor der britischen Botschaft manchmal zwei Tage in der Warteschlange steht, bevor man auch nur das Antragsformular für die Auswanderung nach Palästina ausfüllen kann.

Am liebsten würde ich nach Amerika gehen. Kennen Sie dort niemanden, der mir ein Affidavit ausstellen könnte?

Entschuldigen Sie, wenn ich Sie schon wieder um etwas bitte. Das ist sonst nicht meine Art.

Man wird so hilflos.

Irma schreibt mir, dass sie jetzt im Wartheim zusammen mit Moses ein eigenes Zimmer hat. Haben das auch Sie fertiggebracht? Dann sind Sie wirklich ein Goliath.

Noch einmal: ich bin Ihnen wirklich dankbar. Es tut gut zu wissen, dass es einen Menschen gibt, der sich kümmert.

Mit herzlichen Grüßen
Rosa Pollack

Zürich, den 1. Juni 1937

Liebe Frau Pollack,

Ein Goliath bin ich sicher nicht. Helden sind nicht kurzsichtig, und wenn sie zu einem Patienten ein paar Treppen hochsteigen müssen, kommen sie nicht außer Atem. (Obwohl: weiß man, ob nicht auch Helden manchmal erschöpft sind? Ich bin bisher noch keinem begegnet, den ich hätte fragen können.)

(Dabei leben wir in einer Zeit, in der so ein Goliath viel zu tun hätte.)

In Amerika kenne ich leider niemanden. Mein Schwager

hat einmal ein paar Jahre dort gelebt, und er hat mir auch versprochen anzufragen, ob einer seiner alten Bekannten etwas für Sie tun kann. Er macht mir allerdings keine großen Hoffnungen. Seine Zeit in New York liegt lange zurück, und er meint, wenn man sie um einen Gefallen bitte, hätten die Leute gern ein kurzes Gedächtnis. (Ich fürchte, da hat er recht.)

Einen guten Kontakt, der vielleicht etwas möglich machen könnte, hätte er in Kenia. Aber wer will schon dorthin?

Ich habe mich auch bei meinem Bruder erkundigt, der viel mit französischen Firmen zusammenarbeitet. Er meint, in Paris stünden sich die deutschen Emigranten in diesen Tagen gegenseitig auf den Füßen herum, und wenn man die Sprache nicht perfekt könne, habe man dort überhaupt keine Chance, sein Geld zu verdienen. Wenn ich Sie richtig verstanden habe, wäre das für Sie aber unbedingt notwendig.

Haben Sie schon einmal daran gedacht, es in der Schweiz zu versuchen?

Hochachtungsvoll

Dr. Arthur Meijer

PS: Nächste Woche fahre ich wieder nach Heiden.

»Bis Ende Oktober«, sagte Fräulein Württemberger stolz. Ihr Tonfall machte deutlich: Diese Gnadenfrist hatten Irma und Moses ihr und niemand anderem zu verdanken. Sie gehörte zu den Menschen, die sich die Welt und die eigene Rolle darin immer neu zurechtdenken können.

»Eine weitere Verlängerung vorliegender Ausnahmebewilligung ist nicht möglich«, las sie aus dem Bescheid der Fremdenpolizei vor, »und ein entsprechender Antrag kann hieramtlich nicht behandelt werden.« Das Amtsdeutsch des Schreibens ging ihr so gelenkig über die Zunge, als handle es sich um einen Aufsatz ihres geliebten Professors Heidegger. Sie klappte den Ordner zu und stellte ihn millimetergenau ins Regal zurück. »Bis Ende Oktober also, und dann ...« Ihre rechte Hand fiel auf den Schreibtisch wie das Fallbeil einer Guillotine.

»Und dann?«, fragte Arthur zurück.

Fräulein Württemberger antwortete nicht.

»Wie geht es Irma?«

Sie sah ihn irritiert an.

»Besser«, sagte sie schließlich.

»Also wirken die Medikamente, die ich ihr geschickt habe?«

Traubenzucker. In einem Glas mit einem beeindruckend komplizierten lateinischen Namen auf dem Etikett.

»Wir sorgen dafür, dass sie sie pünktlich einnimmt.« Auch diesen Erfolg nahm Fräulein Württemberger für sich in Anspruch. Und fügte mit der stillen Freude, mit der man Menschen, die man nicht mag, einen Fehler unter die Nase reibt, hinzu: »Aber sie hat trotzdem immer noch diese Anfälle, dass man meinen könnte, sie stirbt gleich.«

»Tatsächlich?«

»Regelrechte Krämpfe. Sie wälzt sich dann auf ihrem Bett und schreit.«

Arthur nahm die Brille ab und rieb sich den Nasenrücken. Mit der Geste ließ sich auch ein Lächeln gut verstecken.

»Hustet sie immer noch Blut?«, fragte er mit seinem ernsten Medizinergesicht.

»Manchmal. Ich habe da eine Beobachtung gemacht.« Eine nervöse Hand ging auf die Jagd nach flüchtigen Haarsträhnen. »Ich weiß nicht, ob es wichtig ist.« Der bescheidene Zweifel war nur eine leere Floskel. Selbstverständlich waren Fräulein Württembergers Beobachtungen immer wichtig.

»Ja?«

»Ich stand einmal neben ihr, als sie Blut spuckte. Es roch ganz süßlich. Wie Brausepulver. Sagen Sie mir, Herr Doktor: ist das normal?«

»Ja«, sagte Dr. Arthur Meijer. »In diesem speziellen Fall ist das absolut normal.«

Er fand die Geschwister im Nebengebäude, das sonst nur während der Sommermonate für die Ferienkolonien in Betrieb genommen wurde, jetzt aber wegen der außergewöhnlichen Umstände durchgehend belegt war. Irma war gerade dabei, im großen Schlafsaal die Betten zu machen; die Frauenvereinskinder, für die niemand mehr Geld schickte, wurden, wo immer es ging, als Arbeitskräfte genutzt. Seine Patientin trug eine graue, viel zu weite Arbeitsschürze, in der sie aussah wie eine kleine Krankenschwester. Moses ging ihr zur Hand oder versuchte doch, sich nützlich zu machen. Damit er sie mit seinem Eifer nicht störte, hatte sich Irma eine besondere Aufgabe für ihn ausgedacht: immer, wenn sie ein Bett gemacht hatte, durfte er mit der Handkante auf das Kissen schlagen und so für den perfekten Knick sorgen.

Und jedes Mal lobte sie ihn dafür.

Arthur hätte ewig unter der Tür stehen und den beiden zusehen können. Er ging gern ins Kino, und wenn dort eine Geschichte nach vielen Verwicklungen glücklich endete, vergoss er im Dunkeln ab und zu ein paar angenehme Tränen. Genau so ging es ihm jetzt: er beobachtete eine fremde Harmonie und wäre gern ein Teil davon gewesen.

Schließlich räusperte er sich doch. Irma – sie schien sich das angewöhnt zu haben – fasste in die Tasche ihrer Schürze, holte ein Taschentuch heraus und hielt es sich vor den Mund. Erst dann drehte sie sich um. Als sie ihn erkannte, ließ sie das Taschentuch fallen und stürzte auf ihn zu. »Der Doktor Goliath!«, rief sie begeistert. »Da muss ich ja gar nicht husten.«

Auch Moses kam dazu, schüchterner als seine Schwester, gab

Arthur ganz förmlich die Hand, machte seinen Diener und fragte: »Wird Irma jetzt ganz gesund?«

»Heute noch nicht. Aber wir schaffen das schon, nicht wahr, Irma?«

»Ja«, sagte Irma und sah ihn mit ihren schielenden Augen vertrauensvoll an. »Wir schaffen das schon.«

Auf dem Gelände gab es einen kleinen Hügel, der in den Spielen der Heimkinder alles Mögliche sein konnte, der Ausguck eines Piratenschiffes, die Spitze eines Urwaldbaums, die Pilotenkanzel eines Zeppelins, in dem man bis nach Hause fliegen konnte. Heute bedeutete der Hügel die Zinne einer ritterlichen Burg, und Moses, einen abgebrochenen Ast als Pike geschultert, bewachte mit ernsthafter Miene den einzigen Zugang.

Arthur versicherte sich, dass der kleine Junge sie nicht hören konnte und sagte dann: »Du übertreibst deine Krankheit.«

»Die Hexe ist darauf reingefallen.« Unhöflich, aber keine schlechte Bezeichnung.

»Du hast Brausepulver ins Blut gemischt.«

»Nein, habe ich nicht«, sagte Irma. Ihr eines Auge sah ihn treuherzig an, während das andere irgendwo neben seinem Gesicht in der Ferne etwas zu suchen schien.

»Sondern?«

»Es war überhaupt kein Blut!« Irma kicherte, wie nur ein kleines Mädchen kichern kann, dem ein Streich gelungen ist. »Ich habe Ihnen doch versprochen, mich nicht mehr zu schneiden. Es war nur rotes Brausepulver. Wenn man einen Löffel voll in den Mund nimmt und dann die Blasen herausquellen lässt …«

Sie konnte vor Triumph nicht weitersprechen und begann zu lachen. Auch Arthur wurde davon angesteckt. Die Vorstellung, wie das hygienische Fräulein Württemberger angeekelt an einem Taschentuch schnupperte und dabei die medizinische Entdeckung machte, dass Irmas blutiger Auswurf nach Brausepulver roch, war einfach zu absurd.

»Erdbeergeschmack!«, stieß Irma zwischen zwei Lachanfällen hervor. Arthur hatte noch nie ein komischeres Wort gehört. Es dauerte ein ganzes Weilchen, bis er wieder sprechen konnte.

»Mich hat sie gefragt, ob dieser süßliche Geruch bei deiner Krankheit normal ist.«

»Und was haben Sie geantwortet?«

»Doch, Fräulein Württemberger, bei dieser ganz seltenen Krankheit ist das durchaus normal.«

Diesmal lachten sie so laut, dass Irmas Augen sich regelrecht überkreuzten. Moses kam ganz aufgeregt auf den Hügel gerannt, weil er dachte, seine Schwester habe einen Anfall.

»Der Doktor hat mich nur beim Untersuchen gekitzelt«, log Irma und fragte dann mit strengster Rittermiene: »Was haben Sie zu melden, Knappe Moses? Keine feindlichen Drachen im Anmarsch?«

»Alle Drachen vertrieben«, meldete der Knappe und marschierte, stolz auf die eigene Wichtigkeit, zu seinem Wachtposten zurück.

»Du hast deinen Bruder sehr gern, nicht wahr?«

»Das ist doch normal.«

»Natürlich«, sagte Arthur und war fast ein bisschen neidisch auf ein Alter, in dem es an solchen Normalitäten keine Zweifel gibt.

Und dann fand auf dieser erdachten Burgzinne die wohl seltsamste Unterrichtsstunde statt, die es im *Wartheim* je gegeben hatte. Herr Dr. Arthur Meijer, seines Zeichens erfahrener Allgemeinpraktiker, zeigte einem zwölfjährigen Mädchen, wie man sich krank stellt.

»Die Krämpfe und das ganze Theater lassen wir in Zukunft weg«, begann er seinen Vortrag.

»Oh«, machte Irma enttäuscht.

»Nicht, dass Fräulein Württemberger in Panik gerät und einen Doktor aus dem Dorf kommen lässt.«

Es fiel Irma nicht leicht, auf ihre dramatischen Szenen zu verzichten, aber für ihren Doktor Goliath war sie sogar dazu bereit.

»Wenn dich jemand fragt, wie es dir geht, sagst du immer: ›Mir geht es gut.‹«

»Wieso?«

»Aber du sagst es mit ganz schwacher Stimme. Und wenn du dann hinausgehst, hältst du dich am Türpfosten fest, als ob dir schwindlig wäre.«

Irmas Gesicht war voller Bewunderung für so viel Schlauheit.

»Wenn du im Badezimmer bist, hältst du jedes Mal die Hände eine Minute unter das eiskalte Wasser.«

Noch nie in seinem ganzen Leben hatte Arthur eine so aufmerksame Zuhörerin gehabt.

»Und dann sorgst du dafür, dass man deine Hände anfasst, und zitterst ein wenig.«

Selbst Fräulein Württemberger, in einem Privatissimum bei Martin Heidegger, hätte nicht ehrfürchtiger lauschen können.

»Und Seife. Wenn man sich davon in die Augen streicht, werden sie rot und produzieren Tränen.«

»Das brennt doch!«

»Nur wenn du es aushältst, natürlich.«

»Ich halte alles aus«, sagte Irma stolz.

»Kannst du auch Seife *schlucken*?«

»Dann wird mir schlecht.«

»Gut.«

Irma schaute ihn einen Moment verwundert an. Dann blinzelte sie ihm zu, schüttelte sich, als habe sie die Seife schon im Mund, und fragte ängstlich: »Wird einem sehr schlecht davon?«

»Ziemlich«, sagte Arthur. »Früher haben das die Soldaten gemacht, um nicht mehr in die Schlacht ziehen zu müssen. Man kann sogar Fieber davon bekommen.«

»Fieber?« Sie lächelte versonnen, als habe er ihr ein besonders schönes Geschenk versprochen. »Dann mach ich das.«

Als sie vom Hügel wieder herunterkamen, hielt Irma seine Hand.

»Keine Drachen oder feindlichen Armeen«, meldete Moses.

»Sehr gut, Knappe Moses«, sagte Arthur und salutierte, obwohl das bei den Rittern wahrscheinlich gar nicht üblich gewesen war.

Als er nach der Sprechstunde für die Frauenvereinskinder – eine Verbrühung beim Küchendienst, ein verstauchter Knöchel vom Sport – wieder in seinem Topolino saß und hinunter ins Tal fuhr, sang er leise vor sich hin.

Zürich, den 10. Juni 1937

Liebe Frau Pollack,

Gestern war ich wieder in Heiden und habe eine sehr lustige Stunde mit Irma verbracht. Interessant übrigens: Jedes Mal, wenn sie lacht, wird ihr Schielen stärker. Ist Ihnen das schon einmal aufgefallen? (Eine dumme Frage. Natürlich ist es Ihnen aufgefallen. Sie sind ihre Mutter.)

Wir haben zusammen geübt, wie man sich überzeugend krank stellt, ohne allzu sehr zu übertreiben. Irma war am Anfang recht enttäuscht, glaube ich. Sie liebt das Dramatische. Wie haben Sie das genannt? Eine Diva. Wenn es nach ihr ginge, würde sie jeden Tag einmal die Schlussszene aus »La Bohème« mimen. Mindestens. Gehen Sie gern in die Oper? (Entschuldigen Sie, das war schon wieder eine dumme Frage. Sie haben jetzt sicher anderes im Kopf.)

Moses macht sich große Sorgen um seine Schwester, und ich konnte sie ihm nicht ganz nehmen, obwohl ich mein Bestes getan habe, um ihn zu beruhigen. Irma und ich haben uns nicht getraut, ihn in unsere Verschwörung einzuweihen. Wir befürchten, er würde sich früher oder später verplappern. (Das Gekrakel im letzten Wort kommt daher, dass ich fast »sich verschnäpfen« hingeschrieben hätte, wie man das hier in der Schweiz sagt. Manchmal denke ich: wenn alle Worte in allen Ländern die gleiche Bedeutung hätten, würde es nie mehr einen Krieg geben.)

Moses hat eine Zeichnung für mich gemacht. Sie hängt vor mir an der Wand, während ich diesen Brief schreibe. Das Bild zeigt Ihre Familie, mit einem ganz großen Vater, der seine Arme um die anderen gelegt hat und sie beschützt. Es muss sehr schwer sein, wenn so ein Schutz plötzlich nicht mehr da ist. Aber irgendwie ist es doch in diesen Tagen fast tröstlich, dass es ein Verkehrsunfall war, und damit etwas Unpersönliches.

Schreiben Sie mir doch bitte, wie es mit Ihren Plänen vorangeht.

Hochachtungsvoll

Dr. Arthur Meijer

PS: (Ich glaube, ich habe noch nie einen Brief ohne PS geschrieben.) Ich hoffe, Sie verstehen es nicht falsch, wenn ich die Zufälligkeit eines Verkehrsunfalls als etwas Tröstliches bezeichne. Ich habe hier einen Patienten, dessen Rücken voller Narben ist, und stelle mir vor, dass er die Gesichter der Menschen (Menschen?), die ihm das angetan haben, nie vergessen kann.

64

Im Strickhof schliefen die Schüler in Sechserzimmern, und es wurde von ihnen erwartet, dass die Betten militärisch exakt gemacht wurden, die Leintücher flachgebügelt und die Wolldecken wie mit dem Lineal auf Kante gefaltet. Die Schuhe hatten parademäßig, die Bändel zur Schleife gebunden, unter dem Bett zu stehen – die Ausgangsschuhe natürlich nur, für die dreckigen

Arbeitsstiefel, mit denen man auf dem Acker oder in den Ställen herumgetrampt war, gab es einen Rost gleich neben dem Eingang. Der Kudi Lampertz, dem auch die Zimmer unterstanden, war im Dienst Korporal gewesen und vertrat die Ansicht, dass nur Ordnung in den Sachen auch zu Ordnung im Kopf führe.

Das einzig Unordentliche, gegen das er sich nicht wehren konnte, waren die Türen der Spinde. Es war eine alte Tradition im Strickhof, dass jeder am eigenen Spind aufhängen durfte, was er wollte, mochte es noch so ausgefallen oder geschmacklos sein. Auch Karikaturen der Lehrer mussten dort geduldet werden und sogar noch viel schlimmere Dinge. Einmal beschwerte sich Lampertz beim Direktor über das Foto einer schamlos dekolletierten Blondine – er ging nie ins Kino und erkannte deshalb Mae West nicht –, und Gerster antwortete mit einem seiner seltenen Witze: »Lass ihm das Bild doch. Es wird wohl seine Mutter sein.«

Bei dem besonderen Bilderstreit, den sich Hillel und Böhni lieferten und der schließlich zu der verhängnisvollen Wette führte, ging es nicht um Filmstars, sondern um ganz andere Idole. Der Böhni fing die Sache an und hängte, eigentlich nur um den Rosenthal zu ärgern, ein Bild des Landesführers Dr. Rolf Henne an seine Spindtür, wie der bei einer Versammlung der Nationalen Front am Mikrophon stand, den linken Daumen in den Gürtel gehakt und die rechte Hand in die Luft gereckt; man konnte es als rhetorische Pose sehen oder als Hitlergruß. Hillel konterte mit einem Foto von Chaim Weizmann, dem Präsidenten der Zionistischen Weltorganisation, auch er bei einer Ansprache fotografiert, aber ganz ohne große Geste, die Hände ruhig auf das Rednerpult gestützt, ein Wissenschaftler bei einer Vorlesung. Der Böhni sah sich das Gesicht an, die Glatze und das kleine Bärtchen, und fragte: »Wer soll das sein? Lenin?«

Als Nächstes brachte er ein Plakat mit, das er zu Hause in

Flaach seit bald vier Jahren aufbewahrte, weil er es damals, noch als Junge, so lustig gefunden hatte. Unter dem Versprechen ›Wir säubern!‹ fegte ein eiserner Besen drei Sorten von Unerwünschten weg: Bonzen mit Zylindern auf dem Kopf und dicken Zigarren im Mund, Kommunisten mit Hammer und Sichel auf den Hüten und Juden mit krummen Nasen.

Hillel sagte gar nichts dazu, sondern hängte nur seinerseits ein neues Foto auf: ein Schomér in der Ebene von Chule, der wachsam in die Landschaft hinausspähte, blond und braungebrannt. Das Gewehr über der Schulter und die entschlossenen männlichen Gesichtszüge mit den gegen die Sonne zusammengekniffenen Augen signalisierten deutlich: »Wir Zionisten lassen uns nichts gefallen und sind bereit, uns zu wehren.« Das Foto fand im Sechserzimmer allgemein Anerkennung, und der Kudi Lampertz meinte, er hätte nicht gedacht, dass sich Hillel für Cowboys interessiere.

Als Steigerung wollte Böhni eigentlich ein Hitlerfoto besorgen, aber damit war ihm dann auch wieder nicht recht wohl. Er beschränkte sich deshalb darauf, an dem Schomér herumzusticheln. Weit weg in Palästina hätten die Juden vielleicht Mumm und wüssten mit einer Waffe umzugehen, meinte er, aber hier in der Schweiz habe er noch nie einen im Schützenverein gesehen. Er mache deshalb niemandem einen Vorwurf, es seien nicht alle Menschen gleich, manche hätten eben die Ängstlichkeit im Blut und würden sich bei jedem Knall zu Tode erschrecken.

Worauf Hillel – er war jetzt schon achtzehn, und da kann man solche Vorwürfe nicht auf sich sitzen lassen – natürlich erklären musste, in Sachen Mut nehme er es mit dem Böhni noch alle Tage auf, ob auf einer Fahrt mit dem Bockwagen oder wo immer er wolle. Und so kam es zu der Wette, die nach Lichterlöschen vor Zeugen abgeschlossen wurde, und so lautete: der Böhni durfte eine Mutprobe bestimmen, musste aber, damit er sich nichts Unmögliches ausdenken konnte, bereit sein, sie selber auch zu bestehen. Der Verlierer, so wurde es feierlich besiegelt, musste dem Sieger eine ganze Woche lang als persönlicher Diener zur Verfügung stehen und jedem seiner Befehle gehorchen, ihm das Bett machen, die Schuhe putzen, ja, wenn er es verlangte, sogar beim Frühstück die Butterbrote streichen. Böhni malte schon siegessicher aus, wie er vor dem Schuheputzen jedes Mal noch extra in die Gülle trampen werde.

Die anderen im Zimmer, die das Ganze als großen Spaß ansahen, erwarteten, dass Böhni etwas aussuchen werde, das ihm als Bauernsohn viel leichter fallen musste als dem Städter Rosenthal. Es würde, so vermuteten die meisten, etwas mit Napoleon zu tun haben, dem preisgekrönten Zuchtstier des Strickhof. Das war ein bösartiger und hinterlistiger Donnercheib, der sich auch mit dem Nasenring kaum bändigen ließ, und der Böhni war einer der wenigen, die einigermaßen mit ihm umzugehen wussten.

Aber die Forderung, die der Böhni dann schließlich aufstellte, war eine ganz andere, und außer dem Rosenthal selber verstanden die Wettzeugen zuerst gar nicht, um was es dabei eigentlich ging. Der Böhni erklärte nämlich, das Grusligste und Furchteinflößendste, das er selber in letzter Zeit habe mitmachen müssen, das sei ein ganz gewöhnlicher Besuch gewesen, er wolle jetzt gar nicht sagen, wo. Man habe dort nämlich versucht, ihn zu Tode zu langweilen, und das sei, sie könnten es ihm ruhig glauben, eine besonders schmerzhafte Art, umgebracht zu werden. Hillel musste sich den Spott gefallen lassen, denn mit jeder Art von Widerspruch hätte er sich nur lächerlich gemacht. Deshalb, fuhr Böhni fort, habe er sich überlegt, dass der Rosenthal ihn als Mutprobe auch zu einem Besuch begleiten solle. Ja, nur zu einem Besuch, da müssten sie gar nicht so staunen. Wo der allerdings hinführen solle, das sage er erst, wenn der Rosenthal die Einladung angenommen habe. Er könne natürlich auch ablehnen, aber dann sei die Wette verloren, und seine Dienerwoche fange sofort an. Er, Böhni, meine, das Klo zu putzen wäre ein hübscher erster Auftrag, am besten mit bloßen Händen, damit man auch etwas davon habe. Also, was es denn nun sein solle, ja oder nein?

Was blieb Hillel anderes übrig, als ja zu sagen?

Ganz schön tapfer sei das von ihm, grinste der Böhni. Er habe sich nämlich vorgenommen, am Samstagabend ins *Bauschänzli* zu gehen, zur Versammlung der Nationalen Front, das sei auch eine Art Besuch, und zu dem dürfe der Rosenthal ihn jetzt begleiten, wenn er sich traue. Er könne sich vorstellen, dass ein Hillel Rosenthal dort besonders herzlich begrüßt würde.

»Du bist ein hinterfotziger Sauhund«, sagte Hillel.

»Und du hast immer gedacht, Schlauheit sei eure Spezialität. Du kneifst natürlich, habe ich recht?«

»Wie kommst du darauf?« fragte Hillel und war stolz, dass seine Stimme nicht zitterte. »Natürlich komme ich mit.«

Zu Hause erzählte er nichts von der Geschichte. Seine Mutter hätte nur versucht, ihm das Ganze auszureden, und sein Vater hätte gemeint, er könne es ihm verbieten. Aber manche Dinge muss man einfach durchstehen, wenn man achtzehn ist und es um die Ehre geht. Auch im Haschomér Haza'ir, wo man sich am Schabbesnachmittag traf, sagte er kein Wort davon. Sie hätten ihn sonst nicht allein gehen lassen, und es wäre schon am Eingang zu einer Schlägerei gekommen.

Er ging ganz bewusst in seiner Arbeitskluft hin. Wie Großmutter Chanele gesagt haben würde: wo steht im Schulchan Orech, dass man sich für Rescho'im auch noch eine Krawatte umbinden muss? Außerdem gehörten zur Arbeitskluft die schweren Schuhe, und wenn es hart auf hart kam, konnte man damit besser treten.

Um sieben waren sie verabredet, zu einer Zeit, wo es jetzt im Sommer noch hell war. Trotzdem hatten die Fröntler vor dem Eingang zum Lokal schon brennende Fackeln aufgestellt, die im

Tageslicht unbeachtet vor sich hinflackerten. Eine bayerische Kapelle in Lederhosen schmetterte Schunkelmelodien; die Musik hatte aber nichts mit der Veranstaltung im Saal zu tun, sondern diente der Unterhaltung der Gäste im Gartenlokal. Auf den Kieswegen zwischen den Tischreihen spielten Kinder Fangis. Die Männer hatten ihre Jacken über die Stuhllehnen gehängt und die Hüte in den Nacken geschoben, redeten durcheinander und winkten schon wieder nach dem Kellner, während sie noch mit dem letzten Rest Bier ihre Bratwurst oder ihr Gnagi hinunterspülten. Die Frauen lachten zu laut und fütterten die Enten in der Limmat mit Brotbrocken. Über dem Ganzen stieg der Rauch von unzähligen Zigaretten und Stumpen in die Höhe, vermischt mit dem ölig-schwarzen Qualm der Fackeln.

Die Atmosphäre war friedlich, wie beim Landausflug einer großen Familie. Und doch war Hillel im Begriff, ein Abenteuer zu unternehmen, das tollkühner war als die Bockwagenfahrt über den Treppenweg.

Er war absichtlich ein paar Minuten zu früh gekommen und schlenderte noch ein bisschen zwischen den Tischen herum, wie einer, der schon seinen festen Platz hat und sich nur zwischendurch die Beine vertreten will. Ein paar Polizisten fielen ihm auf, die nahe beim Eingang zum Lokal an einem Tisch saßen. Ihre Helme hatten sie abgelegt und versuchten den Eindruck zu erwecken, sie seien nach getaner Tagesarbeit von der Hauptwache herübergekommen, um in aller Ruhe und ganz privat am Wasser ein Bier zu trinken. Aber ihre Gläser waren immer noch voll, obwohl man sie ihnen – das sah man am eingetrockneten Schaum – schon vor etlicher Zeit serviert hatte, und sie musterten jeden, der an ihnen vorbeiging, mit mehr als nur privatem Interesse.

Hillel wusste nicht, ob er sich von ihrer Anwesenheit bedroht oder beschützt fühlen sollte.

Vom Böhni keine Spur. Aber vom Fraumünster schlug es

sieben, und Hillel hatte sich vorgenommen, ganz pünktlich zu sein. Jede Minute Verspätung hätte man ihm als Feigheit auslegen können.

Man kam von außen zuerst in eine enge Eingangshalle, und nach dem späten Sonnenlicht der Terrasse musste er dort erst einmal stehen bleiben, um seine Augen an das Halbdunkel zu gewöhnen. Beinahe wäre er von einem Kellner gerammt worden, der mit einem vollbeladenen Tablett aus der Küche kam. Der Mann murmelte eine Verwünschung, aber nur leise, wobei er sich ängstlich über die Schulter umsah. Hillel folgte seinem Blick und entdeckte erst jetzt die beiden kräftigen Burschen, die den Eingang zum Saal bewachten. Sie gehörten zum Harst, der Kampftruppe der Nationalen Front; man sah es an ihren grauen Hemden, den schwarzen Krawatten und den roten Armbinden mit ihrem Parteiemblem, dem langschenkligen Schweizerkreuz mit dem Morgenstern in der Mitte.

»Morgenstern ist ein jüdischer Name«, fuhr es Hillel durch den Kopf, und beinahe, so aufgeregt war er, hätte er laut herausgelacht. Im Haschomér Haza'ir gab es zwei Brüder, die so hießen.

Er ging auf den Eingang zu, und die beiden Saalschützer hielten ihn auf. Nicht, dass sie sich ihm in den Weg gestellt oder eine Hand ausgestreckt hätten, aber die Art, wie sie ihn mit verschränkten Armen einfach nur ansahen, sagte deutlich: an ihnen kam kein Unbekannter vorbei.

Hatte Tante Rachel doch recht? Sahen sie einem wirklich an, dass man Jude war?

Aber wahrscheinlich hielten sie jeden auf, den sie nicht kannten.

»Ist das hier, wo die Versammlung stattfindet?«, fragte Hillel und versuchte in den Saal hineinzusehen. Irgendwo musste Böhni doch auf ihn warten.

Keine Antwort.

»Ein Freund hat mich eingeladen. Er heißt Böhni. Walter Böhni. Wir sind zusammen an der Landwirtschaftsschule.«

»Aha, ein Mann vom Bauernstand«, sagte der ältere der beiden Saalschützer und musterte anerkennend Hillels Arbeitskluft. »So etwas können wir hier brauchen. Name?«

Darauf war Hillel vorbereitet. »Rösli«, sagte er und stand fast ein bisschen stramm. »Heinrich Rösli.«

»Kann passieren«, sagte der Saalschützer, und weil das so eine hochdeutsche Formulierung war, meinte Hillel zuerst zu verstehen, es könne passieren, dass einer Rösli heiße, und machte keinen Wank. Erst als der andere Harstmann eine entsprechende Kopfbewegung machte, kapierte er und ging schnell – aber nicht zu schnell, das wäre auch wieder auffällig gewesen! – an den beiden vorbei.

Böhni hatte direkt hinter der Tür gestanden und das Gespräch mit angehört. »Rösli«, wiederholte er. »So, so.«

Das war der entscheidende Moment. Was war dem Böhni zuzutrauen? Er musste nur einem der Harstleute – und im Saal stand eine ganze Menge von ihnen herum – verraten, wie dieser Rösli wirklich hieß, dann war hier die Hölle los.

Aber er nickte nur anerkennend mit dem Kopf. »Du traust dich was. Das muss man dir lassen …« Beinahe hätte er »Rosenthal« gesagt, wie er ihn sonst immer anredete, aber er verschluckte den Namen ganz schnell. »Das muss man dir lassen, Heinrich. Wie bist du auf den Vornamen gekommen?«

»Der steht so in meinen Papieren.«

»Nicht Hillel?«

Es war wirklich nicht der geeignete Ort, um dem Böhni den Unterschied zwischen einem bürgerlichen und einem jüdischen Vornamen auseinanderzusetzen. Hillel lenkte deshalb schnell ab und sagte: »Es sind ja gar nicht so viele Leute hier«, und der Böhni vergaß tatsächlich seine Frage und erklärte eifrig, Landesführer Dr. Henne rede erst um halb acht, und bei dem schönen

Wetter säßen jetzt sicher noch viele draußen und kämen erst im letzten Moment herein.

Der Saal war nicht allzu groß und trotzdem auch um halb acht kaum mehr als zur Hälfte besetzt. An den Anwesenden war nichts Auffälliges, außer dass fast alle graue Hemden trugen. Es schien hier üblich zu sein, während der Versammlung die Hüte aufzubehalten.

Ohne lange darüber zu reden, suchten sich Böhni und Hillel Plätze weit hinten.

Die Saalschützer vom Harst hatten sich vorne beim Podest aufgereiht, auch an den Seiten standen sie und hinten an der Tür, die entschlossenen Gesichter dem Publikum zugewandt, als müssten hier lauter Gefangene bewacht werden. Sie trugen alle die gleichen Hemden, Krawatten und Armbinden, nur ihre Hosen waren verschieden. Wahrscheinlich gehörten die nicht zur Uniform.

Als die Redner durch eine Seitentür eintraten, kommandierte der Harstführer: »Achtung steht!«, worauf sie alle noch viel straffere Haltung einnahmen, den rechten Arm in die Höhe rissen und »Harus!« brüllten. Dann schlug einer einen Wirbel auf einer Landsknechtstrommel, und Hillel fragte sich, ob er wohl auch zu denen an der Fortunagasse gehört hatte.

Er war froh, als die Reden begannen. Wenn Böhni vorgehabt hatte, ihn als Juden bloßzustellen, dann hatte er die günstigste Gelegenheit dazu verpasst.

Der Landesführer schien – genau wie in Deutschland der Propagandaminister Goebbels – auf seinen Doktortitel großen Wert zu legen. Der Mann, der ihn ankündigte, sprach immer nur vom »Kameraden Dr. Rolf Henne«, und auch Henne selber ließ in seine Ansprache immer mal wieder Floskeln wie »als studierter Jurist kann ich euch sagen« einfließen. Das Erste, was Hillel an ihm auffiel, war sein Schaffhauser Akzent, der für einen Zürcher immer etwas sanft Lächerliches hat. Überhaupt war an dem ganzen Mann nichts offensichtlich Bedrohliches. Er redete hastig, war stolz auf die eigenen Argumente, konnte es gar nicht erwarten, sie zu präsentieren, und erinnerte Hillel damit an den eigenen Vater. Wenn Henne kämpferisch wurde, und das passierte immer ganz unvermittelt, als ob diese Momente in seinem Redemanuskript vermerkt wären, und er die Anweisung immer erst im letzten Moment bemerkte, dann ballte er die Hand zur Faust und schlug damit zwei- oder dreimal auf das Pult, aber ganz vorsichtig, wie jemand, der sich mit körperlicher Gewalt nicht wirklich wohlfühlt.

Das Thema der Versammlung waren die Warenhäuser und die Bedrohung, die sie für die schweizerischen Gewerbetreibenden darstellten. Henne sprach immer nur von Judengeschäften. Sie seien die Wurzel allen wirtschaftlichen Übels, führte er aus, weil sie durch ihre billigen Lockvogelangebote den kleinen Geschäftsmann in einen nicht zu gewinnenden Preiswettbewerb trieben. Durch ihren großen Absatz würde der Markt außerdem übermäßig gesättigt, was zu einem Rückgang der Fabrikation und damit zu Arbeitslosigkeit, sinkenden Steuereinnahmen und allgemeinem Ruin führe. Bei seiner Argumentation kam er vom Hundertsten ins Tausendste: So erklärte er zum Beispiel ausführlich und mit dem Ausdruck höchster Empörung, dass bei im Einheitspreisgeschäft gekauften Bürsten die Borsten kürzer und weniger dicht eingestanzt seien als im Fachgeschäft, oder dass für die Epa alle Blechwaren aus leichterem Material hergestellt würden, als es früher üblich gewesen sei.

Diese Detailversessenheit machte die Ansprache nicht mehr, sondern weniger glaubwürdig. Nur wer sich seiner Sache nicht wirklich sicher ist, muss sich so sehr anstrengen, die eigenen Thesen zu beweisen.

Hillel hatte sich anfänglich vorgenommen, sehr genau aufzupassen, aber Hennes Stil hatte etwas Einschläferndes. Auch den anderen Zuhörern, die die Ausführungen in den ersten Minuten noch mit zustimmenden Zwischenrufen quittiert hatten, schien es so zu gehen. Der Böhni neben ihm hatte schon ganz glasige Augen.

»Und so was ist dein Idol?«, flüsterte Hillel ihm zu.

»Der Henne hat schon recht mit dem, was er sagt«, flüsterte Böhni zurück. »Aber er ist halt ein Rechtsanwalt, und die reden alle so kompliziert.«

Einer der Harstleute sah sie die Köpfe zusammenstrecken und machte einen drohenden Schritt auf sie zu. Schwatzen wurde in dieser Versammlung nicht geduldet.

Der Redner merkte, dass ihm der Saal entglitt und nur aufwachte, wenn er auf die Juden zu reden kam. Also konzentrierte er sich immer mehr auf dieses Thema und erklärte, nicht nur die Warenhäuser würden vom jüdischen Kulturbolschewismus regiert, sondern auch die halbe Presse – man denke da nur an das galizische *Volksrecht* und die Basler »Zionalzeitung« – und die dunkelrote Stadtregierung sowieso. Alle steckten sie unter einer Decke, und drum sei auch gerade erst ein von der Nationalen Front verfasstes Flugblatt gegen Warenhäuser und Einheitspreisgeschäfte verboten und beschlagnahmt worden. Das weckte Empörung, die Zuhörer wurden wieder wach, und Hennes Schlusssatz »Juden kann man nicht bessern, man kann sich ihrer nur entledigen« wurde mit »Sehr richtig!«-Rufen und viel Applaus aufgenommen.

Bis dahin war für Hillel alles gutgegangen, und eigentlich hatte er die Wette schon gewonnen. Je länger der Böhni neben ihm saß, ohne ihn als den Erzfeind, der sich hier heimlich eingeschlichen hatte, anzuzeigen, desto sicherer fühlte er sich. Das musste man anerkennen: Böhni spielte fair.

Aber dann ging es doch noch schief.

Die Leute standen schon auf und begannen sich zu unterhalten, während ein Funktionär sie noch vom Rednerpult her ermahnte, recht zahlreich am Propagandamarsch des nächsten

Wochenendes teilzunehmen. Da steuerten plötzlich zwei Mitschüler quer durch den Saal auf Hillel und Böhni zu. Sie waren im Sechserzimmer Zeugen der Wette gewesen und waren jetzt gekommen, um deren Ausgang an Ort und Stelle zu beobachten.

»Na, Böhni«, dröhnte der eine schon von weitem, »dann kann man dir ja ab morgen beim Schuhebürsten zusehen.«

»Und beim Scheißhausputzen«, lachte der andere.

»Pscht!«, machte der Böhni.

»Das hast du dem Rosenthal nicht zugetraut, was?«

»Pscht!«

»Aber alle Achtung«, sagte der erste, so laut, als wolle er die Kühe auf der Weide zusammenrufen. Er schlug Hillel anerkennend auf die Schulter. »Das ist schon eine Leistung, dass du dich hierhertraust, du als Jude.«

Da war es passiert. Die Leute hatten sich einen Abend lang gelangweilt, und jetzt bot sich ihnen endlich die Gelegenheit, so zu politisieren, wie sie es mochten, nämlich mit den Fäusten. Vor allem die Männer vom Harst, für deren Geschmack eine Versammlung ohne Saalschlacht sowieso ein verlorener Abend war, lebten richtig auf.

Der Böhni sah einen Kreis von Menschen auf sie zukommen, packte Hillel an der Hand und rief: »Los, abhauen!«

Sie kamen noch bis zur Tür, und das war ihr Glück, denn für eine richtige Massenschlägerei war der Vorraum zu eng. Ihre beiden Mitschüler kämpften mit ihnen, denn wenn sie den Rosenthal auch nicht besonders mochten, so war er doch in ihrer Klasse, und beim Prügeln galt im Strickhof das Prinzip ›Einer für alle, alle für einen‹.

Der Ansturm der Fröntler kam von allen Seiten. Hillel hatte gar nicht die Zeit, sich zu fragen, warum der Böhni plötzlich Rücken an Rücken mit ihm stand und ihn verteidigte. Dabei waren sie sich doch herzlich unsympathisch, und Freunde, nein, Freunde waren sie ganz bestimmt nicht.

Es wurde keine lange Rauferei. Die Polizisten, die sich draußen auf der Terrasse vor ihren Biergläsern, aus denen sie immer noch nicht trinken durften, schon gewaltig langweilten, waren erleichtert, dass sie endlich ihre Knüppel fassen und loslegen durften. Wenn gar nichts passierte, konnte man sich auf der Fröntlerpatrouille keine Lorbeeren verdienen. Sie stürmten in den Vorraum und walteten ihres Amtes.

Bald waren die Schläger auseinandergetrieben und auch die Schadenersatzklage des Wirts war protokolliert.

Von den Teilnehmern der Prügelei hatten sich nur zwei Leute nicht rechtzeitig verdrückt und wurden verhaftet. Der eine hatte eine blutige Nase und beim anderen erblühte ein blaues Auge.

»Name?«

»Böhni, Walter.«

»Und du?«

»Rosenthal, Hillel.«

»Hillel? Wie schreibt man das?«

»Eigentlich heißt er Heinrich«, sagte Böhni.

»Ich heiße Hillel. Das ist ein guter jüdischer Vorname.«

»Jude? Prima«, sagte der Polizeiwachtmeister.

»Wie meinen Sie das?«

»Da haben wir ja von jeder Sorte einen. Unser Kommandant sagt schon lange: ›Nur so können wir ein Exempel statuieren, damit es endlich Ruhe gibt in dieser Stadt.‹«

»Aber wir haben doch gar nicht gegeneinander gekämpft.« Es ist nicht leicht, zu argumentieren, wenn man sich gleichzeitig ein blutiges Taschentuch an die schmerzende Nase pressen muss.

»Das könnt ihr dann dem Richter erzählen«, sagte der Polizist. »Es wird ihn nur nicht interessieren. Wer gegen wen – darauf kommt's überhaupt nicht an. Paragraph 133. Raufhandel. Da macht sich jeder strafbar, wenn er nur dabei ist.«

»Aber das ist doch unfair!«

»Das hättet ihr euch vorher überlegen müssen«, sagte der Polizist. »Abführen!«

Er hatte es eilig. Nach getaner Arbeit kann einem niemand mehr ein Bier verbieten.

65

Herrn Grüns Krankheit zog sich hin. Zwar war das Fieber verschwunden, und die Lungengeräusche hörten sich wieder ganz normal an, aber er kam einfach nicht auf die Beine. Er habe so etwas schon bei anderen Patienten beobachtet, meinte Arthur, allerdings seien das meistens viel ältere Menschen gewesen. Rachel müsse sich das in etwa so vorstellen wie bei einer Überschwemmung, wo sich jemand mit letzter Anstrengung irgendwo festkralle und über Wasser halte. Wenn den einmal die Kräfte verließen und er loslasse, dann sei es sehr schwer für ihn, wieder etwas zu fassen zu kriegen.

Das mochte ja durchaus so sein, meinte Rachel, obwohl sie von einem Arzt lieber ein wirksames Mittel bekommen hätte als schöne Worte. Aber so oder so, sie war eine vielbeschäftigte Frau und hatte nicht die Zeit, dauernd den Samariter zu spielen. Für fünfzehn Mitarbeiter war sie zuständig, da kann man nicht bei jedem einzelnen Händchen halten.

Andererseits …

Wenn Herr Grün so unter seiner Decke im Bett lag – eine neue Decke natürlich, mit echten Daunen, dafür hatte sie gesorgt –, wenn er einfach so dalag, vor allem, wenn er gerade erst aufgewacht war und noch keine Zeit gehabt hatte, die alte grummlige Maske wieder aufzusetzen, dann hatte er ein ganz anderes Gesicht. Sein Lächeln, wenn er denn überhaupt eins hatte, bewahrte er zwar immer noch im Keller auf, aber, um im Bild zu bleiben, die Tür stand doch schon einen Spalt offen.

Außerdem …

Nein, das war es nicht. Dass Frau Posmanik sie jedes Mal so unterwürfig begrüßte, als komme nach einer Tochter vom Direktor Kamionker gleich der Prophet Elija und dann schon der Moschiach persönlich, das hatte überhaupt nichts damit zu tun. Auf Schmeicheleien war sie nicht angewiesen. Sie nicht. Eine berufstätige Frau hat für solche Schmonzes keine Zeit. Und die Posmanik hatte es sowieso nur auf Brokatreste abgesehen. Nein, deswegen machte sie sicher nicht den langen Weg an die Molkenstraße.

Aber …

Herr Grün interessierte sie, das bestritt sie gar nicht. Mit Menschen kannte sie sich ja nun wirklich aus, o ja, sie hatte ihre Erfahrungen gemacht, und das waren nicht immer die angenehmsten gewesen, aber diesen Mann kapierte sie nicht. Er hatte ein paar Verhaltensweisen an sich, die einfach nicht zusammenpassten, ein zusammengebettelter Anzug, hier die Hose, dort die Jacke.

Wenn sie mit ihm Konversation machen wollte, wie sich das nun einmal gehört bei einem Krankenbesuch, dann kriegte er das Maul nicht auf, jedes Wort musste man einzeln aus ihm herausklauben. Aber wenn dann der kleine Aaron ins Zimmer kam – er besuchte den Untermieter mehrmals am Tag, trotz Rachels strenger Ermahnung, Herr Grün müsse sich erholen und brauche Ruhe –, wenn der nur an die Tür klopfte, immer zweimal langsam und dreimal schnell, kein Mensch wusste, was das sollte, dann richtete sich der Kranke in seinen Kissen auf, obwohl ihn das am Anfang noch viel Kraft kostete, und fing an, den Jungen zu unterhalten. Ja, zu unterhalten. Man hätte meinen können, das Bett sei eine Bühne und Aaron habe Eintritt bezahlt. Herr Grün kannte jede Menge alberner Gedichte und Liedertexte, die kein vernünftiger Mensch jemals auswendig gelernt hätte. Das meiste davon konnte Aaron gar nicht verstehen, dazu war er viel zu klein, aber er hörte sich alles mit strahlendem Gesicht an und schrie manchmal richtiggehend vor Vergnügen. Dann streckten schon mal seine jüngeren Geschwister die Köpfe ins Zimmer und wollten an der Fröhlichkeit teilhaben. Aber Aaron schickte sie mit strenger Miene gleich wieder hinaus. »Onkel Grün muss sich erholen und braucht Ruhe.«

Sogar die Orangen, die ihm Rachel mitbrachte, teilte Herr Grün mit dem Jungen. Dabei kosteten die ein Vermögen, jetzt im Sommer, und Rachel hatte schon mehrmals aus dem eigenen Portemonnaie etwas dazulegen müssen, wenn die Portokasse im Geschäft nicht genug hergab. Nicht, dass sie das Herrn Grün auf die Nase gebunden hätte, der hätte sich am Ende noch Gott weiß was dabei gedacht.

Aber danke hätte er ruhig sagen können.

»Muss man eigentlich ein Kind sein, um von Ihnen anständig behandelt zu werden?«, fragte sie einmal, worauf Herr Grün ganz ernsthaft mit dem Kopf nickte und antwortete: »Es wäre von Vorteil.«

Nein, Rachel hatte wirklich nicht die Zeit, jeden Tag Krankenbesuche zu machen, schon gar nicht, wenn dieser Einsatz nicht einmal geschätzt wurde. Zum Glück gab es für so etwas andere Leute, die am Abend nicht so müde waren wie sie, die pünktlich um sieben ihren Lebensmittelladen zusperren konnten und von eiligen Kommissionen und Überstunden noch nie etwas gehört hatten. Überhaupt, wenn ein Mensch immer allein ist und keine richtige Familie hat, dann ist es geradezu eine Mizwe, wenn man ihm etwas Sinnvolles zu tun gibt.

Désirée übernahm die Aufgabe, ohne viel zu fragen. Sie sorgte nicht nur für den Kranken, sondern kümmerte sich auch um die Familie Posmanik. Bei ihren Besuchen hatte sie immer mal wieder einen Karton mit Lebensmitteln dabei und wollte sich dafür nicht einmal danken lassen. Sie sei froh, wenn sie überhaupt Abnehmer dafür finde, behauptete sie, in ihrer Branche sei es schwierig, den Bedarf exakt einzuschätzen, und wenn man zu viel eingekauft habe, sei es doch besser, es werde gegessen, als dass es verderbe. Für Herrn Posmanik fand sie Arbeit im Lager einer Nudelfabrik und sorgte sogar dafür, dass seine Frau jede Woche die Lohntüte direkt abholen konnte.

»Sie ist ein Engel«, sagte Frau Posmanik zu Rachel, und die antwortete: »Nu schön, wenn man Zeit hat.«

Bei ihren Besuchen setzte sich Désirée nicht einfach an Herrn Grüns Bett und erwartete, dass er mit ihr plauderte; sie machte sich lieber nützlich. Eines Tages, als sie gerade dabei war, das Fenster zu putzen, damit das bisschen Sonnenlicht, das sich in den Hinterhof verirrte, auch den Weg ins Zimmer finden konnte, sagte er plötzlich: »Sie haben ihn sehr gern gehabt.«

»Wen?«

»Den Menschen, den Sie verloren haben.«

»Woher …?«

»Das sieht man«, sagte Herr Grün.

Désirée rieb an einem Stück Kitt herum, das auf der Scheibe festklebte und einfach nicht weggehen wollte. »Ja«, sagte sie. »Ich habe ihn sehr gern gehabt.«

Es war so still im Zimmer, dass man die Drillkommandos vom Exerziergelände hören konnte.

»Ich hatte auch einmal so einen Menschen«, sagte Herr Grün nach einer Pause. »Mein bester Freund. Er hieß Blau. Nicht wirklich natürlich. Das wäre ein zu großer Zufall gewesen. Aber auf den Plakaten sah es gut aus.«

Désirée drehte sich nicht um und putzte weiter. In den Jahren ihres Alleinseins war sie eine ebenso gute Zuhörerin geworden, wie es Mina früher gewesen war.

»Eigentlich hieß er Schlesinger«, sagte die Stimme in ihrem Rücken. »Siegfried Schlesinger. Aber weil mich alle nur den Grün nannten, kamen wir auf den Gedanken, dass er der Blau sein sollte. Der Grün und der Blau. Das war unsere Nummer.«

Herr Grün – der nicht Grünberg, Grünfeld, Grünbaum hieß, sondern wirklich Grün – war im Kabarett aufgetreten, nie in den ganz großen Berliner Lokalen, im *Chat Noir* oder im *Kadeko,* aber doch immer in Freitagstheatern, die so hießen, weil die Künstler ihre Gage wöchentlich ausbezahlt bekamen und nicht wie bei den Tingelbrettern jeden Morgen nach der Vorstellung. Seine Spezialität war die Doppelconférence gewesen, eben mit seinem Partner Schlesinger, der sich Blau nannte, weil das auf den Plakaten besser aussah.

Der Grün und der Blau.

»Sogar eine Schallplatte haben wir aufgenommen«, sagte Herr Grün, »und in der Pause verkauft. Wir sind immer vor der Pause im Programm gewesen, nie im zweiten Teil wie die ganz großen Nummern. Wegen uns wäre keiner sitzen geblieben und hätte noch mal Sekt bestellt. Obwohl wir gut waren. Sie werden lachen«, sagte Herr Grün, »aber die Leute haben einmal über mich gelacht.«

»Guten Tag, Herr Grün.«

»Guten Tag, Herr Blau.«

So hatte ihre Nummer jedes Mal angefangen, ein richtiges Markenzeichen war das gewesen. Manchmal traten sie in Mantel und Hut auf und waren Passanten auf der Straße, manchmal hatten sie Tassen in der Hand und waren Gäste in einem Café, aber die ersten Sätze waren immer dieselben, und irgendwann war es sogar so weit gekommen, dass die Zuschauer schon nach dieser Begrüßung lachten, manchmal sogar applaudierten, obwohl doch noch niemand etwas Lustiges gesagt hatte. Das war Popularität.

»Guten Tag, Herr Grün.«

»Guten Tag, Herr Blau.«

Er imitierte die beiden Stimmen, übertrieb den heiseren Bass der eigenen und den schrillen Diskant der anderen.

»Sie sollten sich nicht anstrengen«, sagte Désirée.

»Doch, ich soll. Es tut mir gut.«

Der Blau war klein und dünn, ein Strich in der Landschaft, und Herr Grün war damals dick gewesen. Ja, wirklich. »Ich habe meinen Anzug gut ausgefüllt und keine Buttersoße ausgelassen. Es war ein dienstlicher Bauch, mein wichtigstes Requisit.«

Der Grün war die Autoritätsfigur, der Mann, der alles wusste und alles erklären konnte. Der Blau war der Nebbich, der nichts kapierte und immer nur dumme Fragen stellte. »Dabei war es in Wirklichkeit genau umgekehrt. Der Schlesinger saß in der Garderobe und las kluge Bücher, während ich mit den Hupfdohlen herumpoussierte. Mit den Revuegirls«, fügte er erklärend hinzu.

»Ich hatte mir das selber auch schon so verdeutscht.« Désirée saß jetzt doch auf dem Stuhl neben dem Bett, hatte aber den Putzlappen immer noch in der Hand, wie um zu sagen: »Nur für einen Moment.«

»Guten Tag, Herr Blau.«

Wenn Herr Grün sich selber imitierte, sprach er Jargon, diesen Sprachbastard, den die Deutschen für Jiddisch halten. Das war ihre Rolle gewesen: zwei Klischeejuden, die sich die einfachsten Dinge verkomplizierten und dabei zu überraschenden Schlussfolgerungen kamen.

»Wir waren nicht die Einzigen in Berlin, die diese Masche drauf hatten. Es hatten auch noch andere gemerkt, dass man nur auf die Bühne gehen und ›Mischpoche‹ sagen musste – und schon lachten die Leute. Aber wir waren die Besten.«

Herr Grün schloss die Augen, als habe ihn das ungewohnt lange Reden erschöpft, aber er wollte wohl nur ein schmerzhaftes Bild aussperren. »Sie lachen immer noch darüber«, sagte er. »Aber es ist nicht mehr komisch.«

Der Dialog über die Äpfel, das war ihr großer Knaller gewesen, in den Jahren vor dreiunddreißig. Von den Roten war darin die Rede, die immer dachten, jetzt wären sie endlich reif, und gar nicht merkten, dass sie schon anfingen, braun zu werden.

Von den Braunen, die man ganz schnell aussortieren musste, weil sie sonst alle anderen ansteckten. Und dann, als Hitler schon Reichskanzler geworden war, hatten sie noch die Pointe vom Reichsapfel dazu erfunden, in den jetzt alle beißen müssten, dabei sei er doch gar nicht zum Essen, sondern zum Kotzen.

»Als die Leute aufhörten, darüber zu lachen, da hätten wir eigentlich sofort abhauen müssen«, sagte Herr Grün. »Aber wir waren Schauspieler. Also haben wir geglaubt, es liegt an uns.«

Und dann …

Sie wurden unterbrochen. Der kleine Aaron pochte an die Tür, zweimal langsam, dreimal schnell, wie Herr Grün ihm das beigebracht hatte. Sie waren Geheimagenten, Herr Grün und er, und die müssen solche Signale haben.

»Nicht jetzt«, sagte Désirée, aber Herr Grün lächelte – er lächelte tatsächlich, konnte sich ganz plötzlich wieder erinnern, wie man das macht – und sagte: »Lassen Sie ihn nur.«

»Weißt du ein neues Gedicht, Onkel Grün?«

»Ich weiß noch eine Million Milliarden Gedichte«, sagte Herr Grün. »Aber heute habe ich etwas viel Besseres für dich. Einen Zauberspruch. Pass auf, er geht so: ›Hirsch heißt mein Vater.‹«

Der kleine Junge wartete und sah dann, als nichts hinterherkam, sein Idol so enttäuscht an, als habe ihm Herr Grün ein wunderbares Bonbon versprochen und dann nur leeres Stanniolpapier hingehalten. »Und?«

»Das ist eben ein Zauberspruch. Du musst ihn fünfmal hintereinander laut aufsagen, so schnell du nur kannst, dann merkst du es schon.«

Aaron schaute ein wenig zweifelnd, aber Herr Grün hatte ihn noch nie enttäuscht, und so machte er sich an die Schnellsprechübung. »Hirsch heißt mein Vater. Hirsch heißt mein Vater. Hirsch heißt …« Als er kapierte, was für ein wunderbar unanständiger Satz sich dahinter verbarg, strahlte er so glücklich, als sei heute sein Geburtstag.

»Aber probier den Trick auf gar keinen Fall an deinen Geschwistern aus!«

»Natürlich nicht«, sagte Aaron und rannte hinaus, um ihn sofort an seinen Geschwistern auszuprobieren. Und an allen andern Kindern im Haus.

»Jetzt haben wir Ruhe«, sagte Herr Grün und saß zum ersten Mal seit langem wieder gerade in seinem Bett.

»Sie sind ganz anders, als man denken würde.«

Herr Grün schüttelte den Kopf. »Nein, Fräulein Pomeranz«, sagte er. »Ich habe nur gelernt, mir nicht von jedem hinter das Gesicht schauen zu lassen.«

Er wollte sich nicht unterhalten, das merkte man, er wollte erzählen. Wie es gewesen war, und wie es aufgehört hatte.

Zuerst schien alles weiter seinen Lauf zu gehen. Sie gehörten zwar nicht zur Reichskulturkammer, aber man ließ sie trotzdem weiter auftreten. Im Kabarett schien man das alles nicht so ernst zu nehmen. Dass die Nazis die Vorstellung durch Zwischenrufe störten, das waren sie gewohnt. Es gehörte zu ihrem Beruf, und war auch nicht schlimmer als die Betrunkenen, die nach der zweiten Flasche Wein glaubten, lustiger sein zu können als die Leute auf der Bühne. Nach der Machtübernahme war es nicht sehr viel anders. Man wurde vielleicht in den Formulierungen weniger direkt, verpackte die Spitzen diskreter, aber die Leute passten auch viel genauer auf und reagierten auf Zwischentöne. »So eine Diktatur schärft das Gehör ungemein«, sagte Herr Grün.

Und dann, 1934 war das, warteten nach der Vorstellung zwei Männer auf sie. Standen ganz geduldig am Bühnenausgang. Als wollten sie ein Autogramm. »Sie hatten damals noch nicht diese Ledermäntel, wie sie sie heute tragen, nur jeder eine Armbinde, und sie wirkten auch noch unsicher, zwei Komiker, die den Text für einen neuen Sketch nicht richtig können. Noch nicht eingespielt. Einer schlug mich ins Gesicht, aber er war nicht mit dem

Herzen dabei. Ich habe unterdessen gelernt, das zu unterscheiden. Amateure.«

Und dann …

Aber Herr Grün hatte sich überfordert, ein Rekonvaleszent, der gleich bei seinem ersten Spaziergang die ganze Stadt durchqueren will und die Kraft dazu noch nicht hat. »Ich muss jetzt ein bisschen schlafen«, sagte er.

Vielleicht bildete sich Désirée das nur ein, aber als sie vor dem Weggehen noch einmal ins Zimmer schaute, schien ihr, dass sein Gesicht ein wenig mehr Farbe hatte als sonst.

Sie erzählte Rachel davon, und die reagierte seltsam beleidigt. »Bitte, wenn man zu mir kein Vertrauen hat. Ich dränge mich niemandem auf. Ich bin eine vielbeschäftigte Frau.«

Es war ihr fester Entschluss, Herrn Grün nie mehr zu besuchen.

Aber dann war da diese Lieferung von Herbstmodellen für das Warenhaus *Ober*, und die alte Frau Ober war immer so pingelig und mäkelte an jeder einzelnen Naht herum, da war es besser, wenn Rachel mitging und gutes Wetter machte. Schließlich wusste niemand in der Firma mit Menschen so gut umzugehen wie sie. Der *Ober* war nun wieder nicht weit weg von der Kaserne, und von der Kaserne kam man in ein paar Schritten an die Molkenstraße, also konnte Rachel ja auch so nett sein und Frau Posmanik schnell die Tüte mit den Brokatresten vorbeibringen, die sie sowieso für sie zur Seite gelegt hatte. Dass sie dabei auch noch nach Herrn Grün sah, das war die selbstverständlichste Sache von der Welt, man muss ja schließlich wissen, wann man mit einer Arbeitskraft wieder rechnen kann.

Herr Grün lag nicht in seinem Bett, wie sich das doch für jemanden, der sich krankgemeldet hat, gehört hätte. »Er ist nicht da«, sagte Aaron durch den Türspalt. Es war geradezu empörend, wie oft diese Frau Posmanik ihre Kinder allein ließ. Erst nach mehrmaligem Nachfragen ließ der Kleine sich dazu herab,

Rachel zu verraten, dass Herr Grün nicht etwa ausgegangen war, sondern sich auf dem Dach befand.

Eine Zumutung.

Mit einer Stange musste man nach einem Haken fischen und eine Klappleiter hinunterziehen. Quer durch einen staubigen Dachboden musste man sich den Weg suchen, nachher hatte man wahrscheinlich Spinnweben in den Haaren, aber was tut man nicht alles. Und wenn man sich dann auch noch durch eine viel zu niedrige Tür gebückt hatte, dann stand man auf einem Blechdach, wo man ständig über einen Falz stolperte, wirklich nicht der richtige Ort für eine Geschäftsfrau, die sich für ein Gespräch mit einer wichtigen Kundin ihre fast allerbesten Schuhe angezogen hat.

Zuerst sah sie Herrn Grün überhaupt nicht. Jemand hatte auf dem Dach Wäsche zum Trocknen aufgehängt, die unansehnlichen Intimitäten einer kinderreichen Familie. Sie musste sich unter Leinen mit Unterhosen und Leibchen wegducken und entdeckte dann endlich, in einer Nische zwischen zwei Kaminen, einen Korbstuhl, in dem jemand saß, von dem nur ein Paar Pantoffeln und ein abenteuerlich bunter Morgenmantel sichtbar war. Den Rest des Manns verbarg eine aufgeblätterte Zeitung.

»Herr Grün?«

Er ließ die Zeitung nicht sofort sinken. Als wolle er noch einen Artikel zu Ende lesen, bevor er gnädigst bereit war, sie zur Kenntnis zu nehmen. Aber dann war er von ausgesuchter Höflichkeit, was Rachel allerdings nur als herausfordernd empfand.

»Das Fräulein Kamionker! Welch angenehme Überraschung! Ich kann Ihnen leider keinen Stuhl anbieten. Es gibt hier nur den einen, und der ist Ihrer nicht würdig.« Er lüftete kurz den Hintern, um ihr zu zeigen, dass der Korbstuhl völlig durchgesessen war und schon lange zur Reparatur in die Blindenwerkstatt am Stauffacher gehört hätte.

Désirée hatte recht gehabt: Herr Grün war verändert. Ob zu seinem Vorteil – da war sich Rachel nicht so sicher. Vorher war er von wortkarger Hartschädligkeit gewesen, jetzt schien er zwar gesprächiger, war aber, darauf hätte sie geschworen, nicht weniger stur.

»Ich denke, Sie sind krank.«

»Rekonvaleszent. Der Doktor Meijer meint, die Sonne wird mir gut tun. Nur: all die Treppen bis zur Straße hinunter und dann hinterher wieder hinauf, das schaff ich noch nicht ganz. Da steig ich mir lieber aufs Dach.« Er hatte seine Zeitung zusammengerollt und wies jetzt damit wie ein Fremdenführer auf das Panorama der umliegenden Häuser. »Die Aussicht ist sehenswert.«

»Nichts Besonderes.« Man sah Dachzinnen, Kamine, Wäscheleinen. Ein Armeleutequartier ist kein Ort für Baudenkmäler.

»Genau«, sagte Herr Grün. »Nichts Besonderes. Das ist das Wundervolle an diesem Land: dass es nichts Besonderes sein will. Sie können sich gar nicht vorstellen, wie sehr ich Sie um diese Gewöhnlichkeit beneide.«

Rachel war nicht sicher, ob das gerade ein Kompliment oder eine versteckte Kritik gewesen war, und wechselte deshalb lieber das Thema. »Ich höre da interessante Sachen von Ihnen.«

»Auch darum beneide ich Sie«, sagte Herr Grün.

»Wie bitte?«

»Um Ihre Neugier.«

»Ich bin nicht neugierig!«

»Doch«, sagte Herr Grün. »Sie können mir glauben. Ich habe lernen müssen, andere Menschen richtig einzuschätzen.«

»Was Sie sich alles einbilden!« Rachel machte einen empörten Schritt zurück und kam dabei auf unangenehme Weise mit einem nassen Leintuch in Kontakt. »Wenn Sie denken, dass ich auch nur eine Minute …«

»Neugier ist eine glückliche Eigenschaft. Wer neugierig ist, hat die Hoffnung, dass auch einmal etwas Gutes passieren kann. Ich bin auf nichts mehr neugierig.«

»Auf gar nichts?«

»Sehen Sie«, sagte Herr Grün, »damals im Kabarett … Hat Ihnen das Fräulein Pomeranz auch …? Dumm von mir. Natürlich hat sie. Sie werden alles aus ihr herausgefragt haben.«

»Ich habe überhaupt nicht …«

Aber Herr Grün war wieder ins Erzählen gekommen und hörte keine Einwände. Arthur hatte gesagt, mit so einem Wortschwall sei es wie bei einer Eiterbeule, wenn die einmal angestochen sei, müsse auch alles heraus, erst dann könne die Heilung von Dauer sein.

»Damals im Kabarett«, sagte Herr Grün, »da war immer der Blau der Beliebte, nicht ich. Dabei hatte ich die Pointen, und er gab nur die Stichworte. Wissen Sie, warum das so war? Weil er die Fragen stellte und ich die Antworten gab. Wer fragt, ist neugierig, und wer neugierig ist, ist sympathisch.«

Das hätte, wenn Rachel auch nur im Allergeringsten an Herrn Grün interessiert gewesen wäre, der Anknüpfungspunkt für ein neckisches Geplänkel sein können. Aber so verschränkte sie nur die Arme und versuchte, auf dem glatten Blech des Dachs eine etwas entspanntere Position zu finden. Ihre Schuhe waren zwar elegant, aber auch unbequem.

»Was ist eigentlich aus Ihrem Herrn Blau geworden?«, fragte sie.

»Der Blau ist tot. Siegfried Schlesinger hieß er. Ausgerechnet Siegfried. Ich hab ihn immer gehänselt, wegen seiner Manschettenknöpfe. Da hatte er sich sein Monogramm eingravieren lassen, und ich habe gesagt: ›Es ist schon eine Zumutung, dass ich hier mit der ss zusammenarbeiten muss.‹ War schon damals keine gute Pointe.

Wir sind dann ins Lager gekommen. Das war eine Szene, die wir noch nicht gespielt hatten. Der Grün und der Blau beim

Pferderennen, das hatten wir gespielt. Der Grün und der Blau im Zoo. Und so weiter. Aber jetzt: Der Grün und der Blau im Lager. Ein Scheißsketch.

Wissen Sie, was schlechte Komiker machen, wenn ihre Pointen nicht ankommen? Sie verteilen Ohrfeigen. Tritte in den Hintern. Damit die Zuschauer etwas zu lachen haben. Slapstick. Der Stock, mit dem man jemanden schlägt. Prügel kommen immer an, das ist eine alte Bühnenregel. Ein schlagender Erfolg.

Den größten Lacher seines Lebens hatte der Blau, als sie ihm die Nase gebrochen haben. Gekugelt haben sie sich. Und gleich noch mal draufgehauen. Da capo.

Ja, der Blau ist tot.« Seine Stimme war ganz leise geworden. »Und der Grün sollte es eigentlich auch sein. Er hat nur sein Stichwort verpasst.«

Seine Gefühle waren in Konservengläsern verpackt, versiegelt und zugeschraubt. Aber jetzt war eins der Gläser aufgegangen. Das Glas, in dem Herr Grün seine Tränen aufbewahrte.

66

Kassel, 28. 6. 37

Lieber Herr Dr. Meijer!

Ihren letzten Brief habe ich immer wieder lesen müssen. Sie haben mir da etwas geschrieben, das mich sehr berührt hat. Es wäre wirklich ein großer Trost für mich, wenn der Tod meines Mannes etwas Unpersönliches gewesen wäre.

Aber das Auto, das ihn überfahren hat, kam nicht zufällig gefahren, und mein Mann ist ihm nicht unglücklich vor den Kühler gestolpert. Ich habe das nur den Kindern so erzählt, um es ihnen leichter zu machen.

Es war einer dieser offenen Lastwagen, mit denen sie damals durch die Straßen gefahren sind, um Radau zu machen und die Leute einzuschüchtern. Zwanzig Mann auf der Ladefläche, immer bereit, sich auf jemanden zu stürzen und ihn zu verprügeln.

Mein Mann war Rechtsanwalt und hatte einige Prozesse gegen sie geführt. Ein paar hat er sogar gewonnen. Im Jahr 1932 war so etwas manchmal noch möglich.

Es war an der Königsstraße hier in Kassel, eine ganz zentrale Straße, direkt beim Rathaus. Mein Mann und ich gingen auf dem Bürgersteig nebeneinander her, Arm in Arm. Sie fuhren vorbei und erkannten ihn. Der Fahrer riss das Lenkrad herum, ich konnte sein Gesicht sehen, während er es tat. Die Augen weit aufgerissen, als ob er in einer Achterbahn säße, in panischer Freude oder freudiger Panik. Der Wagen machte einen Schlenker auf den Bürgersteig hinauf, die uniformierten Männer hinten auf der Ladefläche hüpften alle einmal im Takt in die Höhe, und dann war er schon da, so nahe, dass ich das Benzin riechen konnte, heißes Metall und den Gummi der Reifen.

Ich kann es immer noch riechen.

Mein Mann ließ meinen Arm los. Es ging alles so schnell, aber ich bin sicher, dass er es absichtlich getan hat, um mich nicht mitzureißen. Fürsorglich bis zum letzten Gedanken. Und dann war da schon dieser Schlag, nicht einmal besonders laut, nur so, wie wenn ein großer Koffer von einem Gepäckwagen fällt. Dann machte der Lastwagen einen zweiten Hüpfer, zurück auf die Straße.

Zuerst schien es, als ob gar nichts Schlimmes passiert wäre. Mein Mann lag auf dem Rücken, mit offenen Augen. Man konnte keine Verletzung sehen.

Bis sich dann unter seinem Kopf das Blut ausbreitete.

So viel Blut.

Den Kindern habe ich es anders erzählt. Sie hätten es sonst nicht ertragen.

Wir haben die Täter verklagt, so naiv war man damals noch, aber bis der Fall vor Gericht kam, war es 1933 geworden, und sie hatten die Macht. Man hat mir geraten, die Klage zurückzuziehen, aber das hätte mein Mann nicht gewollt. Das Ergebnis war, dass er zu einer Buße verurteilt wurde. Er. Posthum. Wegen Sachbeschädigung. Weil ein Lastwagen der SA seinetwegen eine Delle im Kotflügel hatte.

Ich habe die Rechnung für die Reparatur bezahlt. Samt Verzugszinsen.

Sie haben recht: es wäre leichter, wenn es wirklich ein Unfall gewesen wäre.

Das alles ist jetzt fünf Jahre her, aber seit der Gerichtsverhandlung habe ich nie wieder jemandem so ausführlich davon erzählt. Die Erinnerung tut weh, aber ich merke: es tut auch gut, sie mit jemandem zu teilen.

Ich habe Vertrauen zu Ihnen, weil ich Sie nicht kenne. Nein, das klingt falsch. Ich meinte: obwohl ich Sie nicht kenne.

In Berlin bin ich unterdessen gewesen. An meiner Situation hat sich nichts geändert, außer dass ich jetzt auf einigen Wartelisten stehe. Zur Schweizer Botschaft bin ich gar nicht hingegangen. Es sagen mir alle, dass es keinen Zweck hat.

Schade, dass es Goliath nicht wirklich gibt.

Mit herzlichen Grüßen

Ihre

Rosa Pollack

Zürich, den 2. Juli 1937

Liebe Frau Pollack,

So gerne würde ich Ihnen etwas Tröstliches sagen, aber ich weiß nicht wie.

Es ist so furchtbar, was Menschen einander antun.

Arthur Meijer

Zürich, den 3. Juli 1937

Liebe Frau Pollack,

Nehmen Sie mir es nicht übel, dass ich Ihnen gestern einen so dummen Brief geschickt habe. Ich fand keine Worte und hatte doch das Bedürfnis, Ihnen sofort etwas zu sagen.

In den Briefen, die mein Neffe Ruben aus Halberstadt schreibt, ist viel von Schikanen die Rede, von tausend perfiden Nadelstichen, aber von spontaner Gewalt hat er nie etwas erzählt. Ich hatte aus seinen Berichten den Eindruck, dass in Deutschland zwar viele üble Dinge passieren, dass aber für jede Gemeinheit immer zuerst ein Gesetz oder eine Verordnung erlassen wird. So etwas, wie es Ihnen angetan wurde, konnte ich mir bis jetzt nicht vorstellen. (Das mag Blauäugigkeit gewesen sein, oder einfach nur Feigheit.)

(Wahrscheinlich war es Feigheit. Ich bin kein mutiger Mensch.)

Es darf natürlich nicht sein, dass Sie dem auch nur einen Tag länger ausgesetzt sind.

Ich habe die ganze Nacht nachgedacht und möchte Ihnen einen Vorschlag machen, den Sie bitte nicht einfach als Wohltätigkeit verstehen wollen. Es würde auch mir weiterhelfen. Wirklich.

Ich habe zwar schon eine Praxishilfe, aber mein Fräulein Salvisberg ist eine ältere Dame, die mit der Arbeit oft überfordert ist und eine Entlastung gut gebrauchen könnte.

(Zumindest kann man das so formulieren, ohne die treue Seele allzu sehr zu verletzen.)

Irma hat mir erzählt, dass Sie in der Altenpflege gearbeitet haben, und da wäre doch der Schritt in das Vorzimmer eines praktischen Arztes nicht allzu groß. Wenn es Ihnen recht ist – (Eine blöde Floskel. Nach allem, was ich von Ihrer Situation weiß, wird es Ihnen mehr als recht sein. Also anders:) Wenn Sie mir gestatten, werde ich mich hier mit der Fremdenpolizei in Verbindung setzen, um zu sehen, wie es mit einer Arbeitserlaubnis aussieht. So schwierig dürfte das eigentlich nicht sein.

Zu diesem Zweck wäre es nützlich, wenn Sie mir auf einem Blatt Ihre persönlichen Angaben zusammenstellen könnten, Alter, Geburtsort und all diese Dinge. Man wird das bei der Behörde bestimmt verlangen.

Mit herzlichen Grüßen

Ihr Arthur Meijer

PS: Ich frage mich, ob Irma nicht schon lange Bescheid weiß und nur weiter von einem Unfall spricht, weil sie glaubt, Ihnen das schuldig zu sein. Ich würde ihr eine solche Rücksichtnahme durchaus zutrauen.

Angaben zur Person

Name: Pollack, geborene Bernstein

Vorname: Rosa Recha (Mein Vater schwärmte für Lessing.)

Geburtsdatum: 30. September 1900 (Ich scheine in der Nacht der Jahrhundertwende gezeugt worden zu sein.)

Geburtsort: Melsungen, Kreis Melsungen, Hessen (Vielleicht haben Sie schon einmal ein Bild von den wunderschönen Fachwerkhäusern gesehen? Mein Vater hatte dort eine kleine Weberei.)

Erlernter Beruf: Lehrerin für die Grundstufe (Ich habe den Beruf aber nie ausgeübt, weil ich schon während der Ausbildung meinen Mann kennen gelernt und ihn gleich nach den Abschlussprüfungen geheiratet habe. Sinnlos verschwendetes Schulgeld.)

Gegenwärtiger Beruf: arbeitslos

Konfession: (Dreimal dürfen Sie raten.)

(Na, sind das genügend Klammerbemerkungen für Ihren Geschmack?)

Kassel, 10. 7. 37

Lieber Goliath!

Die persönlichen Angaben, die ich diesem Brief beilege, sind ganz unseriös ausgefallen. Ihr Schreiben hat mich vor lauter Hoffnung albern gemacht.

Natürlich könnte ich mir nichts Besseres vorstellen, als bei Ihnen als Praxishilfe zu arbeiten. Oder als irgendetwas. Brauchen Sie keine Köchin? Meine Kinder sagen, dass ich den besten Kuchen der Welt backe. Ach, es wäre so schön, wenn das wirklich klappen könnte! Hier wird die Situation mit jedem Tag scheußlicher.

Der Eindruck, den Sie aus den Briefen Ihres Neffen gewonnen haben, ist nicht falsch. Die meisten Dinge, die man uns antut, passieren streng gesetzlich. Nur die Gesetze selber sind kriminell. Wie wenn Straßenräuber bei ihren Überfällen Schlips und Kragen tragen und sich streng an die Ladenschlusszeiten halten würden.

Ein Beispiel: Man nimmt den Leuten nicht einfach ihre Häuser weg. Man erlässt nur eine Verfügung, wonach jeder Hausbesitzer zwingend Mitglied im Hausbesitzerverein sein muss. Klingt harmlos und unverfänglich, nicht? Der Verein nimmt aber keine Juden auf, und so müssen die

Häuser leider, leider verkauft werden. Zu einem Preis, den der Käufer bestimmt.

Und so überall.

Ich selber habe in einem Altersheim gearbeitet, das vom B'nai B'rith betrieben wurde. Man hat den Verein zwangsweise aufgelöst und sein Vermögen beschlagnahmt. Alles schön ordentlich. Erst erfindet man einen Paragraphen, und dann wendet man ihn an.

Bevor sie die ganze Bettwäsche aus den Schränken gerissen und weggeschleppt haben, musste ich eine exakte Liste davon erstellen, Leintuch für Leintuch, Kopfkissenbezug für Kopfkissenbezug. Sie haben sogar gewartet, bis die Schmutzwäsche gewaschen, gebügelt und wieder einsortiert war. Um sicherzugehen, dass nichts fehlte. Erst dann haben sie alles abgeholt. Mir haben sie mein Gehalt ausbezahlt für diesen einen Tag. Mit vorschriftsmäßig abgezogenen Sozialversicherungsbeiträgen. Alles ganz korrekt.

Als die alten Leute schon lange aus ihren Zimmern rausgeschmissen waren, saß im Büro unseres Direktors noch wochenlang ein Parteigenosse und arbeitete die Buchhaltung auf. B'nai B'rith-Mitglieder, die mit ihren Beiträgen im Rückstand waren, bekamen eine Mahnung ins Haus geschickt und mussten nachbezahlen. Sie sehen das schon richtig: Wir sind ein ordentliches Land, wo nur gegen Quittung gestohlen wird.

Ich werde so glücklich sein, wenn ich hier nicht mehr leben muss.

Übrigens: Ich hatte ganz selbstverständlich angenommen, dass Sie und Ihre Familie Schweizer sind. Wenn das so ist – was macht Ihr Neffe dann noch in diesem verfluchten Deutschland?

Eine Arbeitsbewilligung für die Schweiz wäre etwas

Wunderbares. Wenn es klappt, werde ich Sie ein Leben lang nur noch Goliath nennen.

Mit ganz, ganz herzlichen Grüßen
Ihre
Rosa Pollack

»Wie stellen Sie sich das vor?«

Herr Bisang verzog das Gesicht, als habe er Zahnweh. Seine Taschenuhr hatte er vor sich auf das Pult gelegt und richtete jetzt die Uhrkette noch ein bisschen gerader aus, exakt parallel zu dem dunkelbraunen Kartonmäppchen mit Arthurs Eingabe.

»Wirklich, Herr Doktor Meijer, wie stellen Sie sich das vor?«

Der Beamte hatte die verkniffenen Lippen eines Mannes, der einen unangenehmen Geschmack im Mund hat, aber aus Anstandsgründen nicht ausspucken darf.

›Magenprobleme‹, dachte Arthur ganz automatisch.

»Gerade jetzt, wo dieser Zionistenkongress in Zürich stattfinden soll. Mit Delegierten aus der ganzen Welt. Ich habe mit meinen Kollegen in Basel gesprochen, die ja Erfahrung mit so etwas haben. Die meinen alle nur: Wir können uns auf etwas gefasst machen. Sie ahnen ja gar nicht, wie viel Arbeit wir jetzt schon damit haben.« Mit einer vorwurfsvoll erschöpften Geste wies er auf ein Regal voller Bundesordner. »Einreisebewilligungen. Sondergenehmigungen. Anträge, Anträge, Anträge.«

»Ich sehe den Zusammenhang nicht ganz.«

»Aber Herr Doktor Meijer!« Herr Bisang drückte beide Daumen gegen die Schläfen und verzog das Gesicht. »Sie sind doch ein intelligenter Mensch. Das sieht man Ihnen an. Doch, doch, widersprechen Sie mir nicht. Ein intelligenter Mensch. Ich habe ein Auge dafür. Man muss auch Menschenkenner sein in so einem Amt. Sie verstehen mich doch.«

»Ehrlich gesagt: nein. Ich bitte Sie um eine Arbeitserlaubnis für eine Sprechstundenhilfe, und Sie ...«

»Halt«, sagte Herr Bisang und hob die Hand wie ein Verkehrspolizist. »Bringen wir nichts durcheinander. Sie haben einen Antrag gestellt; ich habe einen Antrag zur Bearbeitung bekommen. Mit einer persönlichen Bitte hat das überhaupt nichts zu tun. Wenn es nach mir ginge …«

»Ja?«

»Aber es geht nicht nach mir«, sagte Herr Bisang. »Wir haben unsere Anweisungen. Vorschriften. Richtlinien.«

»Frau Pollack wäre wirklich die ideale Sprechstundenhilfe für mich.«

»Ach, wissen Sie, Herr Doktor Meijer …« Herr Bisang schien bei einem Lieblingsthema angekommen zu sein. »Was ist schon ideal? Ideal wäre es, wenn ich morgen bei vollem Lohn pensioniert würde. Aber Behörden sind nicht fürs Ideale da, sondern fürs Machbare. Und diese Arbeitserlaubnis ist eben nicht machbar.«

»Darf ich um eine Begründung bitten?«

Herr Bisang hüstelte und legte dabei eine Hand an den Hals, wie um zu überprüfen, ob da nicht etwa eine neue Krankheit drohe.

»Anträge auf Einreise zwecks Arbeitsaufnahme dürfen nur bewilligt werden, wenn in der betreffenden Berufssparte nachgewiesenermaßen kein ausreichendes Angebot an einheimischen Bewerbern vorliegt.« Der Satz klang auswendig gelernt und war es wohl auch.

»In diesem speziellen Fall …«

»Es gibt nur spezielle Fälle.« Herr Bisang legte die Fingerspitzen so sorgfältig aneinander, als sei das ein schwieriges Kunststück. »Vor allem bei euch Juden.«

»Wie bitte?«

»Verstehen Sie mich bitte nicht falsch, lieber Herr Dr. Meijer. Ich habe keine Vorurteile. So etwas kenne ich nicht. Für mich gibt es nur Fakten. Zahlen. Statistiken. Und es ist nun mal eine unbestreitbare Tatsache, dass die Anzahl der Anträge von deutschen Staatsbürgern mosaischen Glaubens in den letzten Jahren sehr stark zugenommen hat.«

Arthur hatte sich vorgenommen, ganz ruhig zu bleiben, aber jetzt merkte er, wie etwas in ihm aufstieg, das sich nicht zurückhalten ließ, wie sich eine Übelkeit oft im unpassendsten Moment ihren Ausgang sucht.

»Es ist auch eine unbestreitbare Tatsache«, sagte er sarkastisch, »dass auch noch etwas anderes in den letzten Jahren sehr stark zugenommen hat. Nämlich die Verfolgung der Juden in Deutschland.«

»Zweifellos, zweifellos.« Herr Bisang nickte, als habe ihm Arthur gerade recht gegeben. »Das wird auch in sehr vielen dieser Anträge als Begründung angeführt. Zu Recht, vermute ich. Aber …« Er war mit der Ausrichtung der Uhrkette noch nicht zufrieden und brauchte seine ganze Konzentration dafür.

»Aber was?«

»Es kann nicht Aufgabe einer Schweizer Behörde sein, deutsche Probleme zu lösen.«

»Es geht um Menschen!«

»Ja«, sagte Herr Bisang und nickte schon wieder. »Da treffen Sie jetzt genau den Punkt, lieber Herr Doktor Meijer. Sehen Sie, das ist das Erste und das Schwerste, das man in so einem Amt lernen muss. Fast jeder, der hier einen Antrag stellt, hat recht. Als Mensch. Als Einzelperson. Als Individuum. Und doch müssen wir die meisten dieser Anträge ablehnen. Weil wir an das Ganze denken müssen.«

»Das sind doch nur leere Worte! Der Antisemitismus in Deutschland ist eine Realität!«

»Gerade, weil es Realität ist.« Herr Bisang hatte eine druckempfindliche Stelle an seinem Hals entdeckt und betastete sie mit großer Sorgfalt. »Gerade weil wir jeden Tag sehen, was für schreckliche Auswirkungen so eine verwerfliche Weltanschauung haben kann. Verfolgungen. Schikanen. Pöbeleien auf offener Straße. Wie im Mittelalter.«

»Eben darum …«

»Eben darum, lieber Herr Dr. Meijer, dürfen wir es in der Schweiz nicht so weit kommen lassen. Wehret den Anfängen! Wenn ich daran denke, dass seit zwei Jahren ein Frontist für Zürich im Nationalrat sitzt – das ist doch ein Alarmsignal!«

»Und die Fröntler bekämpfen wir am besten, indem wir die Grenzen schließen?« Arthur war jetzt richtig wütend, eine Emotion, die er sich nur selten gestattete.

»Das habe ich nicht gesagt. Aber wir dürfen sie auch nicht einfach sperrangelweit aufmachen. Wir müssen die Zuwanderung präzis regulieren, gewissermaßen mit dem Tropfenzähler. Gerade Sie als Mediziner sollten das doch verstehen.«

»Wahrscheinlich bin ich zu dumm dafür«, sagte Arthur. »Aber ich bin sicher, Sie werden es mir erklären.«

»Gern. Obwohl …« Herr Bisang zog seine Taschenuhr zu sich heran, schaute auf das Zifferblatt und schüttelte resigniert den Kopf. »Na schön, so viel Zeit muss sein. Wo waren wir?«

»Sie wollten mir erklären, warum ich für die Ablehnung meines eigenen Gesuchs sein müsste.« Arthurs Stimme zitterte, so sehr musste er sich anstrengen, gegen die staubige Ruhe des Beamten nicht einfach anzubrüllen.

»Natürlich, natürlich. In der Medizin gibt es doch diese Regel: Jeder Stoff, in der richtigen Dosierung angewendet, kann heilsam sein. Oder zumindest unschädlich. Ist es nicht so? Wenn man dem Organismus aber eine Überdosis von irgendetwas zuführt …«

»Eine Überdosis wovon?«

»Ein Staatswesen, lieber Herr Doktor Meijer, ist auch eine Art Organismus. Wo alle Teile zusammenspielen müssen. Jeder an seinem Platz und jeder in seiner gottgegebenen Größe. Solange sich daran nichts ändert, bleibt das Ganze gesund. Aber wenn dieses Gleichgewicht gestört wird … Wir sehen ja in unserem Nachbarland, wozu das führen kann. Irritationen. Reaktionen. Konvulsionen.« Das medizinische Vokabular schien ihn an etwas zu erinnern. Er holte ein silbernes Pillendöschen aus einer Schreibtischschublade und kramte mit spitzen Fingern darin herum.

»Wollen Sie damit sagen …?«

»Ich wollte Ihnen nur ein Beispiel geben. Aus Ihrer eigenen Sphäre. Noch ist unser Land gesund. Weitgehend gesund. Von der Krankheit des Antisemitismus sind wir zum Glück verschont geblieben. Weitgehend verschont. Aber wenn jetzt plötzlich an jeder Ecke ein Jude stünde, ein fremdländischer Jude auch noch – wie lange würde die Schweiz immun bleiben? Und wenn so eine Infektion erst einmal da ist …« Herr Bisang nickte bedeutsam mit dem Kopf, mit Infektionen kannte er sich aus, sollte das heißen, und steckte sich zur Vorbeugung eine kleine rosa Pille in den Mund. »Gerade die Schweizer Juden müssen doch das größte Interesse daran haben, alles zu vermeiden, was den Antisemitismus hierzulande befördern könnte.«

»Verstehe ich Sie recht, Herr Bisang? Sie lehnen den Antrag von Frau Pollack ab, weil eine Jüdin mehr den Antisemitismus in der Schweiz befördern könnte?« Jetzt war Arthur wirklich laut geworden.

»Mein lieber Herr Doktor Meijer! Wie können Sie mir so etwas in den Mund legen? Ich meine doch nicht den Einzelnen. Nicht das Individuum. Nicht den Menschen, wie Sie das vorhin so richtig gesagt haben. Aber als Amtsperson bin ich verpflichtet, die großen Zusammenhänge zu sehen. Über den Tag hinaus zu denken. Auch in Ihrem Interesse.«

Er schob das Mäppchen mit dem Vorgang zur Seite, als sei alles geklärt und erledigt, und stand auf. »Wenn ich wieder einmal etwas für Sie tun kann … Es ist immer ein Vergnügen, sich mit einem intelligenten Menschen zu unterhalten.«

Liebe Frau Pollack,

Ich hätte Ihnen so gerne von einem positiven Ergebnis berichtet und habe diesen Brief deshalb immer wieder aufgeschoben.

Aber es erweist sich alles als viel schwieriger, als ich es erwartet hätte. Ich befürchte, ich habe versagt.

Draußen auf der Straße zieht gerade eine Blasmusik vorbei. Heute ist in der Schweiz Nationalfeiertag, und es werden viele schöne Reden gehalten. War es eigentlich immer schon so, dass zwischen Worten und Taten kaum ein Zusammenhang besteht? Oder ist mir das nur nie so deutlich aufgefallen wie in diesen Tagen? (Spielen Blasmusiken nur so laut, weil so viele Heucheleien übertönt werden müssen?)

Man hat mich sehr freundlich und korrekt darüber informiert, dass an eine Arbeitserlaubnis überhaupt nicht zu denken sei. Wenn überhaupt, würde so ein Papier nur für Positionen ausgestellt, für die nachweisbar keine schweizerischen Arbeitskräfte gefunden werden könnten. (Also eigentlich für gar keine.)

Im Moment bin ich völlig ratlos. Man müsste wirklich ein Goliath sein und diese Beamten so lange durchschütteln, bis ihnen das höfliche Lächeln aus dem Gesicht fällt. Die erwarten doch tatsächlich von einem, dass man ihnen auch noch dankbar ist.

Ich will Ihnen keine falschen Hoffnungen machen, aber ich habe mir fest vorgenommen, in dieser Angelegenheit nicht aufzugeben. Es bleibt uns ja noch ein kleines bisschen Zeit, bis Irma und Moses endgültig ausreisen müssen.

Den beiden geht es gut. Ich habe Fräulein Württemberger schamlos vorgeheuchelt, die frappante Verbesserung im Zustand meiner Patientin sei nur auf ihre gute Pflege und

Betreuung zurückzuführen, und wenn sie mit ihren guten Diensten so weitermache, ließe sich vielleicht sogar eine vollständige Heilung erreichen. (Ich habe schon oft beobachtet, dass Leute, die andere Menschen verachten, für Schmeicheleien besonders empfänglich sind.)

Ich nehme an, bei Ihnen in Kassel ist das Wetter auch so herrlich wie hier bei uns. Wenn die Umstände andere wären, würde ich schreiben: Genießen Sie die schönen Tage!

Mit lieben Grüßen

Arthur Meijer

PS: Ich hatte mir fest vorgenommen, heute mal einen Brief ohne PS zu schreiben.

67

François bezahlte der Chefpflegerin des Altersheims, einer Frau Olchev, jeden Monat ein paar Franken, damit sie sich besonders gut um Chanele kümmerte, und ihn, wenn nötig auch mitten in der Nacht, sofort alarmierte, wenn mit seiner Mutter etwas nicht in Ordnung war. Heute Morgen hatte sie gegen halb vier bei ihm angerufen, Frau Meijer atme nur noch schwer und rede wirres Zeug, Französisch sei es wohl. Sie, Frau Olchev, habe zwar nicht alles verstanden, sei aber sicher, dass von einem Trommler und von Raben die Rede gewesen sei, vielleicht wisse ja der Herr Meijer, was das zu bedeuten habe. Sie wolle ihm, Gott behüte, keine Angst machen, aber andererseits, wenn dann doch etwas wäre und sie hätte ihm nicht rechtzeitig Bescheid gesagt, dann müsste sie sich Vorwürfe machen, wo doch der Herr Meijer immer so großzügig zu ihr gewesen sei. Sie habe nun mal die Erfahrung gemacht, mehr als einmal sei es so gewesen, dass solche verwirrten Zustände oft dem Tod vorangingen, der Verstand verlasse den Menschen noch vor der Seele. Sie habe gleich, das sei sicher auch in Herrn Meijers Sinn, den Doktor herbestellt, und vielleicht war es ja etwas ganz Harmloses, aber eben, wenn das Schlimmste zum Schlimmen kommen sollte, dann wolle sie sich nicht den Vorwurf machen müssen …

Und immer so weiter. Frau Olchev, vielleicht hing das mit ihrem Beruf zusammen, war auch zu dieser frühen Stunde schon geschwätzig.

François rief bei seinen Geschwistern an – sie hatten das für einen solchen Fall schon seit Monaten untereinander verabredet – und holte den Wagen aus der Garage. Seit ein paar Jahren fuhr er wieder ein französisches Produkt, einen Citroën 11 CV, den ihm sein Geschäftsfreund in Paris zu besonders günstigen Konditionen besorgt hatte. An anderen Tagen konnte er sich über die Vorzüge des Modells – Vorderradantrieb! Stahl-Monocoque! – so wortreich auslassen wie sein Vater einmal über einen Esstisch aus exotischem Holz, aber heute sprach im Wagen niemand ein Wort, während sie in der sommerlichen Morgendämmerung nach Lengnau unterwegs waren. Nur einmal meinte François: »Wie leer die Straßen um diese Zeit sind.«

Hinda und Arthur saßen nebeneinander im Fond und hielten sich an den Händen.

Sie kamen kurz vor sechs im Altersheim an und rannten alle drei die Treppe hinauf, als ginge es um jede Sekunde. Als sie ins Zimmer ihrer Mutter stürmten – das beste Zimmer im Haus, dafür hatte François gesorgt –, war der Doktor aus dem Dorf schon da gewesen und wieder gegangen. Er hatte Chanele eine Spritze gegeben; sie schlief jetzt und würde in den nächsten Stunden nicht aufwachen. Einen Daumen in den Mund geschoben, lag sie da, ein kleines Mädchen, das sich als alte Frau verkleidet hat und über dem Spiel eingeschlafen ist. Ihr Atem ging ganz ruhig und friedlich.

Es war blinder Alarm gewesen.

Frau Olchev, schuldbewusst wegen der Aufregung, die sie verursacht hatte und gleichzeitig stolz auf die Wichtigkeit, die ihr der Vorfall verlieh, war noch geschwätziger als sonst und machte aus den nichtssagenden Floskeln des von ihr bestellten Arztes Aussagen von tiefschürfender Bedeutung. Er habe nichts wirklich Erschreckendes feststellen können, rapportierte sie seine Diagnose, andererseits müsse man bei dem hohen Alter der Patientin und ihrem geschwächten Allgemeinzustand jederzeit mit dramatischen Veränderungen rechnen, und deshalb sei es nur richtig gewesen – Frau Olchev wiederholte die Worte gewissermaßen rot unterstrichen –, absolut richtig sei es gewesen, ihn sofort kommen zu lassen, denn wenn sie einmal anfingen zu fantasieren, sei das immer ein Alarmsignal. Sie, Frau Olchev, hoffe doch sehr, im Sinne von Herrn Meijer gehandelt zu haben, sie wisse ja, wie große Sorgen er sich um seine Mutter mache – die anderen Herrschaften natürlich auch –, und er hätte es ihr bestimmt krumm genommen, wenn sie aus Rücksicht auf seine Nachtruhe den Anruf unterlassen hätte, und dann wäre, Gott behüte, doch das Schlimmste zum Schlimmen gekommen.

Sie verwendete die Floskel »das Schlimmste zum Schlimmen« wie einen allgemein gebräuchlichen Fachausdruck. Arthur konnte sich durchaus vorstellen, dass sie bei Todesfällen im Heim den Eintrag im Wachbuch auch mit dieser Formulierung vornahm: »Bei Frau Soundso ist heute um soundso viel Uhr das Schlimmste zum Schlimmen gekommen.«

Im Grunde genommen, dachte er, war das ja der ehrlichste Befund, den man stellen konnte.

Nach der Aufregung des nächtlichen Alarms hatte die plötzliche Erleichterung auch einen Beigeschmack von Enttäuschung, als habe jemand im letzten Augenblick ein Hindernis zur Seite gerückt, vor dem sie schon Anlauf genommen hatten. Eigentlich hätten sie gleich wieder nach Zürich zurückfahren können, aber sie wurden sich schnell und wortlos einig, dass sie, wo sie nun schon einmal hier waren, Chanele später, wenn sie aufgewacht sein würde, doch noch besuchen wollten. Im Altersheim gab es keinen Ort, wo sie einigermaßen bequem hätten warten können; die Putzfrauen waren gerade eingetroffen und setzten Speisesaal und Aufenthaltsräume unter Wasser. Sie stiegen also noch einmal in den Citroën und fuhren nach Lengnau hinein, ein kleines Frühstück oder zumindest einen Kaffee konnten sie jetzt alle vertragen.

Dieser Wunsch erwies sich allerdings als nicht leicht erfüllbar. Die Wirtshäuser – Cafés kannte man hier auf dem Lande nicht – waren alle noch geschlossen, und so landeten sie schließlich im menschenleeren Garten des Gasthauses *Zur Sonne,* wo unter einem mächtigen Kastanienbaum ein Tisch mit zwei Bänken stand. Ringsumher waren die Fundamente für weitere Sitzgelegenheiten im Boden befestigt, kleinere Steine für die Bänke, größere für die Tische, weil aber die dazugehörigen Bretter fehlten, sah es aus, als hätten die drei Geschwister in der Mitte eines ordentlich angelegten Gräberfeldes Platz genommen.

Es kam nicht mehr oft vor, dass sie so zu dritt zusammensaßen. Die Zeit, in der sie sich wirklich vertraut gewesen waren, lag schon lange zurück; sie waren keine Kinder mehr, und mit jedem grauen Haar, das einem wächst, entfernt man sich mehr von seinen Geschwistern. Sie werden einem fremd, oder vielleicht scheint das nur so, weil einem die Fremden immer vertrauter werden. So oder so, es entstand zwischen ihnen jene besondere Art von Verlegenheit, wie sie oft auf öffentlich gewordene private Gefühle folgt, ein Zustand, in dem man die einverständliche Wortlosigkeit nicht gut erträgt und lieber mit ein paar hin- und hergeschobenen Selbstverständlichkeiten wieder sichere Distanz schafft.

»Eigentlich müssen wir Frau Olchev dankbar sein«, meinte Hinda. »So kommen wir doch wieder einmal zu einem Familientreffen.«

»Das erste, bei dem wir an einem leeren Tisch sitzen.«

»Das ist allerdings wahr«, sagte Arthur. »Auf einen Kaffee werden wir hier wohl lange warten müssen, zu dieser unchristlichen Stunde. – Oh, entschuldige bitte, François.« Seine Geschwister sahen ihn überrascht an. Außer ihm selber hatte niemand aus dem Satz eine Anspielung herausgehört.

Die Bänke hatten keine Lehne, und man saß nicht wirklich bequem.

Arthur begann von der Abstimmung in der Cultusgemeinde zu reden, wo man gerade mit zweihundertsechsunddreißig gegen hundertachtundsiebzig Stimmen beschlossen hatte, das Harmonium in der Synagoge wieder abzuschaffen, aber er konnte nicht einmal sich selber vormachen, dass ihn das interessierte.

Das Schweigen zwischen ihnen wurde lauter.

Um davon abzulenken, öffnete Hinda ihre Handtasche, holte einen Briefumschlag heraus und rieb damit auf den Spuren herum, die ein verdauender Vogel auf dem Tisch zurückgelassen hatte.

François sah die Hitlerbriefmarke und fragte: »Neues von Ruben?«

Hinda nickte. Dankbar für ein Gesprächsthema berichtete sie, gerade gestern sei sein letzter Brief an der Rotwandstraße eingetroffen, und der sei so seltsam gewesen, dass weder Zalman noch sie sich wirklich einen Reim darauf machen könnten. Der Brief selber lag zu Hause, aber sie konnte ihn fast auswendig hersagen. Bisher hatte Ruben jedes Mal von immer neuen Ärgerlichkeiten und Schikanen berichtet, man hätte seine Briefe, sagte Hinda, zu einem Schwarzbuch binden können, und jetzt schrieb er plötzlich, sie sollten sich keine Sorgen um ihn machen, und doch bitte der Gräuelpropaganda, die leider auch in schweizerischen Zeitungen betrieben werde, keinen Glauben schenken. Deutschland sei ein Land, in dem Recht und Ordnung herrschten, schrieb er, wo niemandem etwas angetan würde, es sei denn, er habe sich gegen die Gesetze vergangen. Hier wachse ein neues Reich heran, so vorbildlich, dass es schon fast jenem Idealstaat entspräche, den der gelehrte Rabba bar bar Chana im Talmud geschildert habe, und er, Ruben, sei dankbar, dass es ihm vergönnt sei, in seinem Halberstadt einen bescheidenen Beitrag zu diesem Aufbau zu leisten.

»Versteht ihr das?«, fragte Hinda. »Das kann er doch nicht wirklich meinen.«

François strich sich mit beiden Zeigfingern von der Oberlippe über die Wangen, seine alte Geste, wenn er sich anderen überlegen fühlte. »Muss wirklich ich als Goi euch das erklären? Habt ihr die Geschichten vergessen, die uns Onkel Pinchas immer erzählt hat? Vom Lagerfeuer auf dem Rücken eines Fischs, oder vom Krokodil, das so groß war wie eine Stadt mit sechzig Häusern? Das waren alles Geschichten von Rabba bar bar Chana.«

»Und?«

»Lügengeschichten. Münchhausiaden.«

»Du meinst …?«

»Wahrscheinlich haben sie angefangen, die Briefe ins Ausland zu zensurieren. Also schreibt er das Gegenteil von dem, was er meint, und redet von Rabba bar bar Chana, damit wir wissen, wie es zu lesen ist. Vielleicht haben sie ihn sogar bedroht. Nach allem, was man so hört, kann man in Deutschland schon für weniger als einen Brief im Erziehungslager landen.«

Hinda, ganz an die geordneten Verhältnisse in der Schweiz gewöhnt, hatte an so etwas nicht einmal gedacht, aber jetzt, wo François es sagte, war sie sicher, dass er recht hatte. Über diese Erziehungslager und was sich dort abspielte machten die schrecklichsten Gerüchte die Runde. Niemand wusste Genaues, aber es musste furchtbar sein. Und jetzt sollte ihr Sohn Ruben …? Sie machte einen erschrockenen, tiefen Atemzug, wie jemand, der von einer Brücke fällt, noch einmal nach Luft schnappt, bevor das Wasser über ihm zusammenschlägt.

Auch Arthur war erschrocken, aber bei ihm hatte das Gefühl nur wenig mit Ruben zu tun. Er dachte an all die Briefe, die Rosa Pollack ihm aus Kassel geschrieben hatte. Wenn sie deshalb in Schwierigkeiten geriet, verhaftet oder gar eingesperrt wurde, dann war er daran schuld.

Er ganz allein.

Weil er in allem, was er für sie unternehmen wollte, versagt hatte.

»Ich verstehe sowieso nicht, warum Ruben nicht schon lange in die Schweiz zurückgekommen ist«, sagte François.

»Er will nicht.«

»Meschugge«, sagte François, und aus seinem Mund klang das Wort seltsam.

»Es ist wegen seiner Gemeinde. Aber jetzt«, sagte Hinda entschlossen, »jetzt muss er auch an seine Kinder denken. Noch heute schreibe ich ihm, dass er kommen soll.«

›Und wenn er es nicht tut?«

»Dann muss Zalman hinfahren und ihn holen.«

›Ich müsste auch hinfahren und jemanden holen‹, dachte Arthur. ›Aber sie würden sie nicht über die Grenze lassen.‹ Er nahm seine Brille ab und rieb sich den Nasenrücken.

»Tut mir leid, dass ihr warten musstet.«

Ein Kellner kam aus dem Wirtshaus. Seine Schürze reichte bis zum Boden; man konnte die Bewegung seiner Füße nicht sehen, so dass er zu schweben schien. Auf einem Tablett balancierte er alles, was zu einem reichhaltigen Frühstück gehört: einen dampfenden Krug, frische Semmeln, Eier, Käse, Konfitüre. Er stellte das Tablett auf den Tisch, wo es versank wie ein Stein in einem dunklen Gewässer, lautlos und ohne eine Spur zu hinterlassen. Dann zwängte er sich neben François auf die Bank, wobei er sorgfältig seine Schürze geradezog wie eine wohlerzogene Dame ihren Rocksaum. »Ihr habt doch nichts dagegen, wenn ich euch ein bisschen Gesellschaft leiste?«

»Du bist tot!«, sagte François. »Wann wirst du das endlich einsehen?«

»Wenn ich es nicht mehr nötig habe, lebendig zu sein.«

Onkel Melnitz machte einen fröhlichen, geradezu ausgelassenen Eindruck. Selbst der Geruch, der von ihm ausging, hatte sich verändert, wie Staub seinen Geruch verändert, wenn es in ihn hineinregnet. »Es geht wieder los«, sagte er und rieb sich die Hände wie vor einer interessanten Arbeit oder einem guten Essen. »Ich spüre es in allen Knochen: es geht wieder los, ja.«

»Ich mag davon nichts hören«, sagte Hinda.

»Natürlich nicht, meine Schöne, natürlich nicht.« Onkel Melnitz' Arm war plötzlich so lang, dass er über den Tisch hinweg Hindas Wange tätscheln konnte. »Halt dir ruhig die Hände vor die Ohren. Mach die Augen zu. Dann kann deinem Sohn nichts passieren. Was man nicht sieht, geschieht auch nicht.«

»Was willst du von uns?«, fragte Arthur, und wusste doch sehr genau, was Onkel Melnitz wollte.

»Euch eine Geschichte erzählen«, sagte der alte Mann. Sie hatten ihn noch nie so voller Leben gesehen. »Ihr wollt doch sicher wissen, wo ich meinen Namen herhabe.«

Sie wollten es nicht wissen. Gar nichts wollten sie von ihm wissen. Aber wenn Onkel Melnitz erzählen wollte, dann tat er es auch.

»Sechzehnhundertachtundvierzig«, sagte er. Ließ die Silben auf der Zunge zergehen. »Ein wunderbares Jahr. Dreißig Jahre Krieg gingen zu Ende, und in ganz Europa war Friede. Nur nicht für die Juden. Vielleicht weil wir eine andere Zeitrechnung haben. Für uns war damals nicht sechzehnhundertachtundvierzig, sondern fünftausendvierhundertacht. Fünftausendvierhundertneun. Fürchterliche Jahre.«

»Wir wollen deine alten Geschichten nicht hören«, sagte

François. Er versuchte aufzustehen, aber Onkel Melnitz drückte ihn mühelos auf seinen Platz zurück. Je öfter er starb, desto mehr Kraft hatte er.

»Die Geschichte wird dir gefallen«, sagte er. »Dir am allermeisten, Schmul. Es kommen Juden drin vor, die sich taufen lassen. Eine lustige Geschichte.«

So jung war Onkel Melnitz lange nicht gewesen.

»Es war in der Ukraine«, sagte er, »die damals noch nicht Ukraine hieß. Länder ändern ihre Namen. Sie wechseln auch ihre Freunde. Nur ihre Feinde bleiben immer dieselben. Wir bleiben immer dieselben, ja.

Es ist die Geschichte vom Hetman Chmjelnizki, die ich euch erzählen will. Kennt ihr den Namen? Natürlich kennt ihr ihn. Für unsere Sünden hat Gott uns Juden mit einem guten Gedächtnis gestraft. Wenn uns jemand etwas besonders Schlimmes angetan hat, dann sagen wir: ›Sein Name soll ausgelöscht werden.‹ Und merken ihn uns in alle Ewigkeit.« Onkel Melnitz lachte. Warf sein Gelächter auf den Tisch, eine Hand voll scharfkantiger Kieselsteine.

»Bogdan Chmjelnizki, ja. Mit seinen Kosaken wollte er einen Krieg gegen die polnischen Magnaten führen, die in der Ukraine regierten, und weil der Weg nach Polen so weit war, ging er erst einmal auf die Juden los. Das ist ein altes Spiel. Die Kreuzfahrer haben es schon gespielt zu ihrer Zeit. Jerusalem war so fern, und die Juden gleich nebenan. Chmjelnizki kam nie bis Warschau. Er kam nur bis Perejaslow. Bis Piriatin. Bis Lochwica. Bis Lubuy.«

»Du bist tot«, sagte Hinda. »Dich gibt es nicht mehr.«

»Gut!«, sagte Onkel Melnitz, und zog den Vokal so lang, als müsse er ein Kind loben. »Guuut! Du hast es verstanden. Es gibt sie alle nicht mehr. Sie sind alle tot. In Pogrebischtsche. In Schiwatow. In Nemirow. In Tulczyn. In Polonnoje.«

»Ich weiß nicht einmal, wo diese Orte sind!« Arthur hörte sich schreien, obwohl er doch gar nicht geschrien hatte.

»Natürlich weißt du das nicht«, sagte Onkel Melnitz. »Darum erzähl ich dir ja davon. Damit du dich daran erinnerst, wenn es dort wieder losgeht. In Sasslow. In Ostrog. In Konstantinow. In Bar.«

Hinda schlug die Hände vors Gesicht, wie damals, als Zalmans Zug nach Galizien aus dem Bahnhof abfuhr und sich in den Verzweigungen der Geleise verlor. »Bitte, bitte, bitte …«

»Bitten hilft nicht«, sagte Melnitz und warf die nächste Hand voller Kieselsteine auf den Tisch. »Es hat auch damals nicht geholfen. Nicht in Kremenetz. Nicht in Tschernijow. Nicht in Starodub. Nicht in Narol.«

»Bitte …«

»Nicht in Tomaschow. Nicht in Schtschebreschin. Nicht in Hrubieschow. Nicht in Bilgoraj. Nicht in Homel.«

»Das geht uns heute nichts mehr an«, sagte François.

»Natürlich nicht«, antwortete Onkel Melnitz. »Heute doch nicht mehr. Es ist lange her. Die Menschen sind heute so viel klüger, als sie es damals waren. Wisst ihr, wie die Dummköpfe in der Ukraine ihre Zeit genannt haben? Die Geburtswehen des Messias. Weil sie dachten, dass nach so viel Leid die Erlösung kommen müsse, ja. Aber die Geburt hat sich verzögert. Es wird wohl eine falsche Schwangerschaft gewesen sein.« Er lachte meckernd und machte ohne aufzustehen – ei! ei! ei! – ein kleines Tänzchen.

»Es waren lustige Leute, der Bogdan Chmjelnizki und seine Haidamaks. Leute mit Phantasie. Wenn sie einer Frau einen Riemen um den Hals schnürten und sie daran hinter ihren Pferden herschleppten, dann nannten sie das: Sie mit einem roten Band beschenken. Das ist doch geistreich! Wenn sie jemandem die Kehle durchschnitten, dann nannten sie das: Schächten spielen. Das ist doch witzig! Wenn sie einer schwangeren Frau den Bauch aufschlitzten und statt des ungeborenen Kindes eine lebende Katze in sie hineinnähten …«

»Das war damals«, sagte Hinda schnell.

»In den finsteren Zeiten«, sagte Arthur.

»Heute gibt es so etwas nicht mehr«, sagte François.

»Ihr habt sicher recht. Ich bin ein dummer alter Mann, und außerdem bin ich tot. Heute wäre das nicht mehr möglich. Der Tierschutzverein würde eingreifen und die Katze beschützen.«

Die Kieselsteine prasselten auf die Tischplatte und spritzten in alle Richtungen weg.

»Auch damals waren sie nicht immer so phantasievoll«, sagte Onkel Melnitz. »Meistens taten sie nur ihre Pflicht. Was würde aus der Welt, wenn man Befehle nicht so ausführt, wie sie gegeben werden? In Homel, zum Beispiel, da gab es keine Grausamkeiten. Da ging alles seinen geordneten Gang, ja. Es gab dort eine hölzerne Synagoge, aber man trieb die Juden nicht hinein, um die Türen zu verbarrikadieren und sie anzuzünden. Obwohl Synagogen doch so gut brennen. Wegen der vielen Bücher.

Nein, Chmjelnizkis Kosaken waren für so etwas viel zu vernünftig. Eine Synagoge ist ein Gebäude, und Gebäude kann man immer wieder brauchen. Als Pferdestall. Als Getreidelager.

Wenn man sie hätte wegführen können, wären auch die Juden selber noch verwertbar gewesen. Die Türken bezahlten pro Kopf und holten sich ihre Investition als Lösegeld von den Gemeinden in Italien und Holland wieder. Aber die Kosaken hatten keine Wagen zur Hand.

Sie waren keine grausamen Menschen, aber sie hatten ihre Befehle. Wenn sie am Abend um ihre Feuer saßen, sangen sie wunderschöne Lieder, mit dunkel rauschenden Bässen, aber sie hatten ihre Befehle. Wenn sie Wodka tranken, wurden sie weichherzig und schwermütig, dass ihnen die Tränen in die Bärte liefen. Aber sie hatten ihre Befehle.

Sie ließen das ganze Dorf antreten. In Reih und Glied. Die Männer, die Frauen, die Alten, die Jungen. Die Kinder auch. Ihre

Kleider mussten sie ablegen, denn die konnte man noch brauchen. Wer einen Krieg gewinnen will, darf nichts verschwenden.

Der greise Rabbi stand da, seine Haut so dünn und grau, als wäre sie aus vergilbten Folianten gemacht. Das junge Mädchen, um dessen Hand zwei Männer stritten; sie liebte heimlich einen Dritten, der jetzt auch da stand, ganz nahe bei ihr und doch zu weit entfernt, als dass sie ihm die Hand hätte reichen können. Zwei Männer, die sich ihr Leben lang um Ehren und Würden gebalgt hatten. Jetzt hätte jeder dem anderen gern den Vortritt gelassen, aber sie wurden nicht mehr gefragt. Der Dorfnarr stand da, der beim Wassertragen und Holzhacken immer gelacht hatte und sich jetzt fürchtete, weil alle so ernste Gesichter machten und er nicht wusste, ob es seinetwegen war. Die Schöne stand neben der Hässlichen; zum ersten Mal waren sie nackt und hätten sich vergleichen können. Aber da war kein Unterschied mehr zwischen ihnen; beide waren sie tot, obwohl sie noch lebten. Der Dicke stand neben dem Dünnen, der Reiche neben dem Armen, der mit den vielen Plänen neben dem Hoffnungslosen, und auch zwischen ihnen war kein Unterschied mehr.

Die Kosaken erledigten ihre Arbeit, wie man sie ihnen aufgetragen hatte, ohne Grausamkeit und bösen Willen. Sie ließen eine Reihe vortreten, die Säbel schlugen zu, die nächste Reihe trat vor, die übernächste und noch eine und immer noch eine. Als Letzte erschlugen sie die alte Batsheba, der fünf Kinder jung gestorben waren und die deshalb Hebamme geworden war. Jeden Zweiten im Dorf hatte sie in die Welt gebracht und musste jetzt zusehen, wie sie wieder aus der Welt vertrieben wurden.

So war das damals in Homel, während der Geburtswehen des Messias, ja. Heute könnte so etwas nicht mehr passieren. Wir leben im zwanzigsten Jahrhundert, da benutzt man keine Säbel mehr.«

Die Luft war lau, und obwohl es noch nicht einmal sieben geschlagen hatte, konnte man schon spüren, dass es ein heißer

Tag werden würde. Im Kastanienbaum über ihren Köpfen erwachten die Vögel, und die Steine rings um sie herum waren keine Grabsteine, sondern die Fundamente für Bänke und Tische, damit man sich hinsetzen, ein Bier bestellen und es sich gutgehen lassen konnte.

»Ihr fragt mich ja gar nicht«, sagte Melnitz. »Dabei habe ich euch noch gar nicht erzählt, wie ich zu meinem Namen gekommen bin.«

Sie fragten nicht, und er erzählte doch.

»Die hübschesten Mädchen«, sagte Melnitz, »die erschlugen die Kosaken nicht. Sie schleppten sie in die Kirche und ließen sie taufen, machten sie zu ihren Frauen und schwängerten sie mit ihren Kindern.

Als dann der Spuk vorbei war – er geht immer vorbei, und es ist immer zu spät –, als Chmjelnizki besiegt war und ihn alle verabscheuten, auch die, die ihn bewundert hatten – vor allem die, die ihn bewundert hatten, das ist auch immer so –, als man schon die besonderen Gebete verfasste, in denen man sich für alle Zeiten an Chmjelnizki sein Name soll ausgeloscht werden! – erinnern würde, da berief man einen großen Waad nach Lublin ein, eine Synode aller Gelehrten, die die böse Zeit überlebt hatten. Es kamen nur noch wenige zusammen, und sie hatten eine Menge zu besprechen und zu entscheiden. Es ist nicht leicht, wieder einen Alltag zu schaffen, wenn ein paar Jahre lang nichts mehr alltäglich und normal war.

Und jetzt«, sagte Melnitz, »jetzt bekommt ihr etwas zu lachen. Sie trafen auch eine Entscheidung wegen all der Frauen, die sich hatten taufen lassen, oder die auch ohne Taufe Kosakenkinder geboren hatten. Man beschloss, dass man sie wieder aufnehmen wollte in der Gemeinde Israel. Man brauchte jede Seele, denn viele waren nicht am Leben geblieben in jenen Jahren, wo man im Rest Europas den neu gefundenen Frieden genoss. Sie sollten wieder dazugehören, beschloss man, sie und ihre Kinder.

Was man nicht beschloss und was doch geschah: Diese Kinder, deren Väter man nicht kannte, bekamen einen Übernamen. Man nannte sie Chmjelnizkis. Weil sie ihre Existenz dem bösen Feind verdankten.

Vielleicht«, sagte Onkel Melnitz und meckerte sein Kieselsteinlachen, »vielleicht gibt es uns Juden ja überhaupt nur noch, weil wir so viele Feinde haben. Sie sorgen dafür, dass wir nicht vergessen, wer wir sind, ja.

Chmjelnizki heiße ich«, sagte er. »Melnitz. Ein Name, der nicht ausgelöscht werden kann.«

Als sie ins Altersheim zurückkamen, war Chanele wieder wach und erkannte sie sogar. Zumindest lächelte sie und sagte: »Schön, dass ihr gekommen seid.« Mit Frau Olchevs Hilfe hatte sie ihr schwarzes Kleid mit dem weißen Besatz angezogen und saß sehr gerade in einem Sessel.

»Warum hast du deine Kinder nicht mitgebracht, Arthur?«, fragte sie.

68

Sie verpassten alles. Die Feierlichkeiten, die Debatten, die Pöbeleien. Einfach alles.

Der Zionistenkongress fand statt, einmal und endlich in seiner eigenen Stadt, und Hillel war nicht dabei. Chaim Weizmann, dessen Bild er an seinem Spind aufgehängt hatte, ging jeden Tag zu Fuß zu den Sitzungen im Stadttheater, und Hillel bekam ihn nicht zu sehen. Der gelehrte Nachum Goldmann kam extra aus Honduras angereist, wo er seit seiner Ausbürgerung aus Deutschland im Exil lebte, und Hillel konnte ihn nicht um ein Autogramm bitten. David Ben-Gurion war da, der Gewerkschaftsführer, und viele andere, deren Namen man sonst nur in den Zeitungen las. Alle, alle waren sie dabei. Nur Hillel nicht, obwohl er doch für den Wachtdienst des Schomér Haza'ir vorgesehen gewesen war, obwohl er stolz im blauen Hemd vor dem Eingang des Theaters hätte stehen können, die Arme in die Hüften gestemmt und den wachsamen Blick in die Ferne gerichtet wie der Wächter von Chule auf jener Fotografie.

Dem Böhni erging es nicht besser. Nicht, dass ihn der Kongress interessiert hätte, natürlich nicht, aber auf der Straße war etwas los. Da wurden Demonstrationen veranstaltet und Flugblätter gegen die Invasion struppiger Bärte verteilt, gegen diese fremdländischen Gestalten, die in der Straßenbahn um den Preis der Fahrkarten handeln wollten und im Café nicht einmal wussten, dass man ein Trinkgeld zu geben hatte. Wie wenn die Stadt ihnen gehörte, führten sie sich auf, aufdringlich und laut, und dabei konnten sie nicht einmal richtig Deutsch. Kein Wunder, dass es da zu Auseinandersetzungen kam, aber der Böhni war nicht dabei, er konnte nur in der *Front* die Aufrufe lesen, dass Zürich nicht zu Zürisalem werden dürfe und die Bahnhofstraße nicht zur Zionsallee.

Und was das Schlimmste war: sie mussten sich gegenseitig ertragen, dreiundzwanzig Stunden am Tag, oder sogar vierundzwanzig, wenn man die eine Stunde Hofgang dazurechnete. Da blieben sie nämlich auch zusammen und sonderten sich von den anderen ab, denn das waren ja alles richtige Verbrecher, und vor denen hatten sie einen Heidenrespekt.

Der Richter hatte, ganz wörtlich, kurzen Prozess gemacht, Raufhandel nach Artikel 133, dreihundert Franken Buße für jeden, ersatzweise dreißig Tage Haft, Schluss, aus. Hier müsse endlich einmal ein Exempel statuiert werden, hatte er gedonnert, in der Schweiz führe man politische Auseinandersetzungen nicht mit Straßenkämpfen und Prügeleien, und wer das nicht einsehen wolle, dem gehöre der Kopf gewaschen, bis er es kapiere. Wer angefangen habe, wer wen provoziert, das interessiere ihn nicht, und auch das Gesetz habe damit wohlweislich nichts am Hut. »Wer sich an einem Raufhandel beteiligt …«, hieß es darin nur, seine Beteiligung hatte keiner der beiden Angeklagten abgestritten, und politische Überzeugungen waren keine mildernden Umstände. Dem Gesetzgeber, und das war letzten Endes das Volk, war es schnurzegal, ob es Rote, Schwarze, Braune oder seinetwegen Grasgrüne oder Zitronengelbe waren, die da mit Fäusten aufeinander losgingen, Raufhändel waren so oder so verboten, und die Beteiligung wurde mit Gefängnis oder Buße bestraft.

Böhni, Walter, und Rosenthal, Heinrich: Dreihundert Franken, zahlen oder absitzen, der nächste Fall bitte.

Dreihundert Franken, das war ein Vermögen für einen Landwirtschaftsschüler. Der Böhni musste nicht einmal daran denken, seine Eltern danach zu fragen, so viel Geld hatte man in Flaach schon lange nicht mehr auf einem Haufen gesehen, und selbst wenn man es gehabt hätte, dann bestimmt nicht für einen Sohn, der einem Schande machte, für einen Vorbestraften, dessentwegen schon das ganze Dorf mit Fingern auf einen zeigte. Böhnis Eltern waren nicht im Gerichtssaal gewesen, man hatte jetzt in der Erntezeit weiß Gott Gescheiteres zu tun, wo einem sowieso schon ein Paar Hände fehlte, mit dem man, jetzt wo der Strickhof Ferien machte, fest gerechnet hatte.

Hillels Vater hatte die ganze Zeit dabeigesessen, mit einem so beleidigten Ausdruck im Gesicht, als habe die ganze Prügelei nur ihm zum Trotz stattgefunden. Er war schon immer gegen Hillels Zionismus gewesen, und jetzt sah man, wo es hinführte, wenn sich ein Halbwüchsiger in einer Ideologie verbohrte und nicht auf seinen Vater oder, was nach Adolf Rosenthals Meinung dasselbe war, auf die Vernunft hören wollte. Schlechte Gesellschaft und Schlägereien. Ein jüdischer Junge, der sich in der Öffentlichkeit herumprügelte – so was machte nur Risches. Hillel wusste, dass sein Vater, wenn er ihn nur untertänig genug darum bat, die dreihundert Franken irgendwie auftreiben würde, zu verzinsen mit Zerknirschung und Gehorsam. Aber da ließ er sich lieber einsperren. Und auch Adolf Rosenthal blieb stur, ganz egal, wie Lea jammerte. Ohne Schuldbekenntnis keine Hilfe. Wer nicht hören will, muss sitzen.

»Ist doch kein schlechter Taglohn«, sagte Hillel noch im Gerichtssaal zum Böhni. »Zehn Franken pro Tag, und das siebenmal in der Woche. Da verdient mancher Arbeiter nicht einmal die Hälfte.«

Womit er nicht gerechnet hatte und der Böhni auch nicht, war, dass der Direktor des Bezirksgefängnisses ein Mensch mit Humor war und deshalb auf den Gedanken kam, die beiden zusammen in eine Zelle zu sperren. »Da habt ihr Zeit für eure weltanschaulichen Diskussionen«, meinte er. »Und wenn ihr euch die Köpfe einschlagen wollt, stört das hier keinen. Nur macht mir keine Blutflecken auf die Wolldecken.«

Dreiundzwanzig Stunden am Tag. Vierundzwanzig mit dem Hofgang. In einer Zelle, wo das Zimmer im Strickhof ein Luxushotel dagegen war.

Es gab einen einzigen Hocker. Einer musste immer auf seiner Matratze liegen oder sich an den Rand des Doppelstockbettes setzen, entweder oben, wo einem die Füße ins Leere hingen, oder unten, wo man den Rücken krumm machen musste. Ganz am Anfang, als er noch glaubte, so ganz richtige Sträflinge seien sie ja nicht, bat Hillel um einen zweiten Hocker. Der Wärter meinte nur, Seine Majestät solle doch die Gnade haben und sich auf den Thron setzen, womit er die Toilettenschüssel meinte. Und lachte über den eigenen Witz, als habe er ihn zum ersten Mal gemacht.

Zur Arbeit wurden sie nicht eingeteilt. Wegen der vier Wochen lohne es sich nicht, sie anzulernen. Aber Gefängniskleidung wurde ihnen ausgeteilt, ein brauner Anzug, der sich nicht allzu sehr von dem unterschied, was man im Strickhof für die Arbeit im Stall anzog.

Das Schlimmste war die Langeweile. Um halb sechs wurden sie geweckt, was sie von der Schule her gewöhnt waren, um sechs gab es Frühstück, die Tagesration Brot, einen Klacks Marmelade und Kaffee, der so dünn war, dass man selbst bei vollgeschenkter Blechtasse das auf dem Boden eingestanzte Zürcher Wappen erkennen konnte. Um acht wurde die Sauberkeit der Zelle kontrolliert, womit sie, von Kudi Lampertz gedrillt, nie Probleme hatten.

Und dann: nichts mehr.

Außer dem Hofgang den ganzen Tag nichts mehr.

Bücher waren erst ab dem zweiten Monat erlaubt. Für den Anfang nur eine Zeitung pro Mann, was bedeutete, dass sie als einzige geistige Anregung die *Front* und das *Volksrecht* hatten. Zuerst weigerten sich beide, die Zeitung des anderen zu lesen, und machten nur Witze darüber: es sei nett vom Böhni, dass er sich jeden Tag frisches Klopapier schicken lasse, oder: der Rosenthal solle nicht vergessen, nach der Lektüre die Hände zu waschen, das *Volksrecht* sei so rot, dass es bestimmt abfärbe.

Aber sehr bald war die Langeweile stärker als ihre Überzeugungen. Vor allem der Böhni vertrug das Eingesperrtsein schlecht, er war ein Mensch, der sich bewegen musste, und konnte Hillel zum Wahnsinn treiben, wenn er immer wieder die paar Schritte von Wand zu Wand hin- und hermarschierte oder aus lauter überschüssiger Kraft auf dem Boden Liegestütze machte. Man musste sich irgendwie ablenken, und so kam es, dass Hillel zum ersten Mal in seinem Leben die *Front* von der ersten bis zur letzten Seite durchstudierte, vom Leitartikel mit dem Titel »Au wai geschrien!« bis zu den Anzeigen, wo sich das Restaurant *Kreuel* an der Kanonengasse 33 dem geneigten Publikum mit Hürlimann-Bier empfahl.

Der Böhni las das *Volksrecht*, wo er in den Meldungen aus Spanien den Bürgerkrieg, wie er ihn verstanden hatte, nicht wiedererkannte und zuerst allen Ernstes glaubte, es gäbe dort unten zwei Kriege, den gerechten Kampf eines vom Kommunismus geknechteten Volkes gegen seine Unterdrücker und den Bombenterror fremder Flugzeuggeschwader gegen baskische Städte. Auch was die Stadtpolitik anbelangte, schien das *Volksrecht* in einer anderen Welt als der seinen zu leben; hier unterstützte man die rote Gemeinderatsmehrheit, obwohl doch jeder wusste, dass die Herren Genossen mit dem internationalen Judentum unter einer Decke …

»Du bist ein Arschloch«, sagte Hillel.

»Es kann niemand bestreiten, dass die Juden …«

»Nenn mir ein Beispiel!«

»Da gibt es hunderte!«

»Sag eines!«

»Äh …«, machte der Böhni.

»Aha!«, sagte Hillel.

Aber dann fiel dem Böhni doch noch ein unwiderlegbares Argument ein. »Die Warenhäuser«, sagte er. »Die machen die Kleinen kaputt. Die Epa zum Beispiel. Oder der Jelmoli.«

»Das sind Italiener.«

»Wenn du auf Namen hereinfällst! Der Meier zum Beispiel, mit seinem Warenhaus, der heißt überhaupt nicht Meier. Schreibt den Namen dick auf jedes Schaufenster und heißt gar nicht so. Aber wir haben … Sie haben ihm das gründlich ausgebessert. Wusstest du, dass der ein Jude ist?«

Hillel dachte an seinen getauften Onkel François und nickte. »Ja, das wusste ich.«

»Da hast du es!«, sagte der Böhni.

So ging es den ganzen Tag. Keiner überzeugte den andern, das war auch nicht zu erwarten gewesen, aber die Stunden gingen doch vorbei.

Nicht etwa, dass sie die ganze Zeit nur von Politik geredet hätten. Ihr häufigstes Thema war der Strickhof, und wie Direktor Gerster wohl auf ihre Verurteilung reagieren würde. In der

Schulordnung stand etwas von »unbescholtenen Jünglingen«. Das konnte man so oder so auslegen, aber dass sie jetzt bescholten waren – gab es so ein Wort überhaupt? –, daran war nicht zu rütteln, und wenn der Gerstli auf stur schaltete, dann flogen sie in hohem Bogen raus.

Eine Katastrophe.

Der Böhni, der sonst nicht viele Worte machte, konnte gar nicht aufhören, Hillel die Folgen, die so ein Rauswurf für ihn persönlich hätte, in den schwärzesten Farben zu schildern. Er würde nach Hause schleichen müssen als einer, der etwas Besseres hatte sein wollen und es nicht geschafft hatte; die reichen Bauernsöhne würden ihn auslachen und die Mädchen im Dorf keines Blickes mehr würdigen. Und seine Eltern … Böhni wusste sehr genau, was seine Schulzeit für sie bedeutete: zwei Jahre lang eine Arbeitskraft zu wenig auf dem Hof und kein Geld, um einen Knecht einzustellen.

Auch Hillel dachte laut darüber nach, wie seine Eltern reagieren würden. Sein Vater würde recht behalten haben – »Was willst du auf einer Landwirtschaftsschule? Das sind doch Goijim Naches«, hatte er immer gesagt –, und Adolf Rosenthal war kein Mensch, der einen eine solche Niederlage jemals vergessen ließ. Bei jeder Gelegenheit würde er Hillel die Geschichte unter die Nase reiben, und der hätte kein einziges Argument, um ihn zum Schweigen zu bringen. Mama würde Mitleid haben und ihn zu trösten versuchen, und das ist, wenn man fast achtzehn ist und seinen Weg in der Welt allein machen will, fast noch unerträglicher. Aber am meisten fürchtete sich Hillel davor, was Malka Sofer sagen würde. Und hatte doch nur ein einziges Mal richtig mit ihr gesprochen. Damals hatte sie ihn wegen des Bockwagen-Abenteuers als kindisch bezeichnet, aber immerhin anerkannt, dass er eine Landwirtschaftsschule besuchte, um später einmal in einem jüdischen Staat ein nützliches Mitglied der Gesellschaft zu werden. Wenn er jetzt dort rausflog …

Später stellte sich dann heraus, dass zumindest diese Sorge überflüssig gewesen war. Malka hatte ihren Permit für die Immigration nach Palästina bekommen und war ohne Abschied abgereist.

»Vielleicht sollten wir dem Gerstli einen Brief schreiben«, sagte Hillel nachdenklich.

Der Böhni schüttelte mit vollem Mund den Kopf. Sie saßen beim Mittagessen, der Böhni, der heute damit dran war, auf dem Hocker und Hillel im Schneidersitz auf dem unteren Bett. Es gab Rindsroulade, zäh wie Sattelriemen, und in einer süßlichen Sauce schwamm verkochter Rosenkohl. Hillel hatte dem Böhni seine Roulade überlassen – an treijfenes Essen könne er sich einfach nicht gewöhnen, war seine Ausrede – und hielt sich an das Brot, von dem jeder einen halben Laib pro Tag bekam.

Böhni würgte einen Bissen hinunter, so groß, dass ihm fast der Adamsapfel aus dem Hals sprang, und sagte: »Du bist verrückt, Rosenthal. Was willst du ihm schreiben?«

»Dass uns die Schule wichtig ist, blabla, dass wir sie lieben, dass uns der Prozess eine heilsame Lehre gewesen ist, dass wir in Zukunft wahre Musterschüler sein werden. Alles, was mein Vater gern hört.«

»Was hat dein Vater damit zu tun?«

»Lehrer sind alle gleich.«

Dem Böhni war die Idee nicht geheuer. Wie viele Leute, denen der Umgang mit Worten nicht leichtfällt, hatte er eine viel zu hohe Meinung von allem Schriftlichen. »Darum glaubst du ja auch an die *Front*«, spottete Hillel. Der Böhni war dafür, gar nichts zu unternehmen, den Kopf einzuziehen und zu hoffen, dass die Affäre, zumindest was die Schule anbelangte, im Sand verlief. In den Zeitungen hatte schließlich nur eine ganz kleine Notiz gestanden, ohne Namen. Und außerdem: wenn die dreihundert Franken abgesessen waren, gingen die Sommerferien gerade erst zu Ende; sie würden also keinen einzigen Unterrichtstag verpassen. Und vielleicht war der Gerstli ja überhaupt verreist oder anderweitig beschäftigt und hatte von der ganzen Sache nichts mitbekommen. Nein, das mit dem Brief war eine ganz schlechte Idee.

Sie wurden sich nicht einig, aber der Streit über Hillels Vorschlag füllte immerhin einen ganzen Nachmittag, und bei schönem Wetter, wenn man durch das vergitterte Fenster zusehen musste, wie draußen die Sonne schien, waren die Nachmittage immer besonders lang.

Am nächsten Tag wurde der Böhni ins Besuchszimmer gerufen. Es sei ein Mann für ihn da.

»Mein Vater?«, fragte er ganz erschrocken und fasste sich unwillkürlich an den Hals, als ob dort ein Strick wäre, dem man ihm gleich zuziehen würde.

»Ich glaube nicht«, sagte der Wärter. Das war heute ein gemütlicher, älterer Beamter, der in langen Dienstjahren alles gesehen hatte und sich auf seine Menschenkenntnis viel zugute hielt. »Ein Buchhalter oder ein Lehrer würde ich sagen. Hat so eine komische gepunktete Fliege an.« Er sah auf dem Laufzettel nach, der bei jedem Gefangenenbesuch ausgefüllt werden musste. »Gerster heißt er.«

Direktor Gerster.

Böhni trottete hinter dem Wärter her wie zur eigenen Hinrichtung.

Zum ersten Mal seit mehr als zwei Wochen war Hillel allein in der Zelle. Er hatte den Hocker und die Betten und das Klo für sich, und trotzdem kam es ihm vor, als sei der Raum kleiner geworden, geschrumpft wie die Haut über einer Wunde, wenn sie langsam vernarbt.

Was wollte Direktor Gerster vom Böhni? Warum besuchte er nur ihn?

Er versuchte sich selber einzureden, dass ihn das überhaupt nicht interessiere, blätterte in der *Front* und verstand kein Wort von dem, was er da las. »Ein Jude als Theaterdirektor macht Schweizerkünstlern das Aufkommen unmöglich; ein Jude als Hochschullehrer beeinflusst junge Akademiker gegen die notwendige Erneuerung unseres Volkes.«

Was für eine Erneuerung?

Der Gerstli war im Grunde kein unleider Mensch, aber er hatte klar und deutlich gesagt, wenn auch nur noch das Geringste vorfalle ... Schulverweis, ohne Wenn und Aber. Ungespitzt in den Boden.

Warum besuchte er nur den Böhni?

Von der Tagesration Brot war noch eine Ecke übrig. Hillel riss ein Stück von der klebrigen Mitte heraus und formte es zwischen den Handflächen zu einer grauen Kugel. Zeichnete mit dem Fingernagel einen Mund und zwei Augen hinein. Schlug den Kopf mit der Faust platt.

Wie lange war der Böhni schon weg? Man durfte keine Uhr mit in die Zelle nehmen, sondern musste sie mit den anderen Sachen abgeben.

Warum war der Gerster überhaupt gekommen?

Und wieso besuchte er nur den Böhni?

Wenn er von der Schule flog ...

»Mit den faulen Äpfeln wird abgefahren«, stand in der *Front*. »Weil wir nicht wollen, dass die Seuche sich fortpflanzt.«

Als draußen wieder die Schlüssel klapperten, lag Hillel auf dem oberen Bett und las. »Ein Jude in einer Redaktionsstube unterdrückt jede ihm nicht zusagende Ansicht. Ein Jude als Filmverleiher sucht sich für seine Theater sittenzersetzende Filme aus.« Er ließ die Zeitung nicht sinken, als der Böhni hereinkam.

»Los, Rosenthal«, sagte die Stimme des Wärters. »Aufstehen, mitkommen. Besuch für Sie.«

»Er will auch mit dir reden«, sagte der Böhni.

»Worüber?«

»Er hat mich gefragt, wer den ganzen Bockmist eigentlich angefangen habe. Der Anstifter fliegt, beim andern will er noch einmal Gnade vor Recht ergehen lassen.«

»Und? Was hast du ihm gesagt?«

»Die Wahrheit«, sagte der Böhni, ohne ihn anzusehen.

Der alte Wärter sperrte die Zellentür von außen zu und behielt die Schlüssel in der Hand. Sie klapperten bei jedem Schritt wie Schellen an einem Pferdegeschirr.

Der Gang roch nach billigem Scheuermittel.

Das Besuchszimmer war nicht viel größer als ihre Zelle. Ein Tisch, ein Stuhl für den Besucher, ein Hocker für den Häftling.

Direktor Gerster stand am Fenster und schaute durch das Gitter auf den Hof hinaus.

»Zehn Minuten«, sagte der Wärter.

Zehn Minuten? Der Böhni war viel länger weg gewesen.

Oder war ihm das nur so vorgekommen?

»Grüezi, Herr Gerster.«

Der Schuldirektor drehte sich ganz langsam zu ihm um, schaute ihn an, wie wohl ein Arzt einen Schwerkranken anschaut, dem nicht mehr zu helfen ist, und sagte dann, mehr verletzt als wütend: »Warum macht ihr solche Sachen?«

»Es tut mir leid, Herr Gerster.«

»Hinterher tut es jedem leid. Das reicht nicht. Du hast doch einen Kopf, Rosenthal! Was suchst du an einer Fröntlerversammlung?«

»Ich weiß, es war eine Dummheit.«

»›Dummheit‹, sagt er.« Direktor Gerster hob nicht einmal die Stimme, und das machte Hillel Angst. Damals nach der Bockwagenfahrt, als der Gerstli sie nach Strich und Faden in den Senkel gestellt hatte, war ihm wohler gewesen. »Benimmt sich wie der unvernünftigste Löölibueb von der Welt und sagt dann: Dummheit. Stimmt es, dass es um eine Wette ging?«

Hillel nickte.

»Gib anständig Antwort, wenn ich dich etwas frage! Ging es um eine Wette?«

»Ja, Herr Gerster.«

»Und wer hat mit der Wetterei angefangen?«

»Der fliegt von der Schule, nicht wahr?«

Gerster antwortete nicht. Stand nur da, die Arme auf dem Rücken, und klatschte den Handrücken ungeduldig in die Handfläche.

»Wer?«

»Der Böhni geht drauf, wenn Sie ihn schassen«, sagte Hillel.

»Das beantwortet meine Frage nicht.«

»Den machen sie fertig in seinem Dorf.«

Handrücken auf Handfläche.

»Dem bricht sein ganzes Leben auseinander.«

»Wer schuld ist, will ich wissen.«

An der Wand hing ein Schild: ›Das Übergeben von Gegenständen ist streng verboten.‹

»Wer?«

Ein hölzerner Schieber, wie zu Hause die Durchreiche zwischen Küche und Esszimmer, aber weiter oben. Wahrscheinlich konnte man von hier aus die Besuche überwachen.

»Ich warte.«

Der süßliche Geschmack des Mittagessens stieg in Hillels Hals hoch. Er schluckte.

Handrücken auf Handfläche.

»Ich«, sagte Hillel. »Ich bin schuld an der Sache.«

Gerster drehte sich weg, als habe er ihn gar nicht gehört, ging wieder zu dem vergitterten Fenster, als wolle er in den Hof hinaus eine Ansprache halten.

»Habt ihr das abgemacht?«

»Ich weiß nicht, was Sie meinen, Herr Gerster.«

»Dass jeder von euch die Schuld auf sich nimmt?«

Auch im Besuchszimmer roch es nach Reinigungsmittel, aber

weniger scharf. Wahrscheinlich nahmen sie hier ein besseres Produkt.

»Hat der Böhni gesagt …?«

Gerster drehte sich wieder zu ihm hin. Wenn Hillel nicht gewusst hätte, dass das gar nicht möglich war, hätte er schwören können, dass sein Schuldirektor lächelte.

»Da werde ich ja große Mühe haben, den wirklich Schuldigen zu entdecken. Sag dem Böhni: ›In dubio pro reo.‹ Er versteht zwar kein Latein, aber du kannst es ihm übersetzen.«

Als der Wärter hinausgegangen war und die Zellentür geschlossen hatte, sagte Hillel: »Du wolltest meinen Kopf retten, nicht wahr, Böhni?«

Der Böhni war sehr damit beschäftigt, mit dem Stiel seines Löffels ein Männchen in die Wand zu ritzen, und konnte nicht aufblicken. »Weißt du was, Rosenthal?«, sagte er. »Du spinnst.«

»Und du bist ein Arschloch«, sagte Hillel.

»Wenigstens kein jüdisches.«

»Der Gerster lässt dir ausrichten: ›In dubio pro reo.‹«

»Was heißt das?«

»Dass ich dein blödes Gesicht noch ein ganzes Schuljahr lang weiter ertragen muss.«

»Und ich deins«, sagte der Böhni. »Das ist viel schlimmer.«

69

Als Herr Grün wieder gesund war, kam er in die koschere Kleiderfabrik, um seine Stelle zu kündigen.

Er bedankte sich bei Zalman, dem er damals, am ersten Tag, von den Geschehnissen im Lager erzählt hatte, und der verstanden hatte, dass man so jemandem helfen muss.

»Wenn Sie noch etwas brauchen …«, sagte Zalman.

»Ich brauche nichts mehr.«

Herr Grün schüttelte Rachel die Hand und sagte: »Ohne Sie wäre ich wohl nicht mehr gesund geworden.«

»Unsinn«, sagte Rachel.

»Ich überlege immer noch, ob ich Ihnen dafür dankbar sein soll.«

Immer sagte er solche Sachen.

»Wären Sie lieber gestorben?«

»Vielleicht wäre das besser gewesen«, sagte Herr Grün. »Aber jetzt ist es so, wie es ist.«

»Wo werden Sie in Zukunft arbeiten?«

»Ich schicke Ihnen Freikarten«, sagte Herr Grün. »Ihnen und dem Fräulein Pomeranz.«

Er hielt Wort.

Im Foyer des *Corso*-Theaters gab Rachel ihren Mantel an der Garderobe ab und merkte sehr schnell, dass sie ein zu elegantes Kleid ausgewählt hatte. Zwar war heute Premiere, aber in einem Revuetheater, wie es Direktor Wladimir Rosenbaum führte, bedeutete dieses Wort auch nicht mehr als all die »Sensationell!«, »Einmalig!« oder »Sie werden Tränen lachen!«, mit denen er seine Plakate so freigebig verzierte. Premiere hieß es hier alle paar Wochen, und Rachel war die Einzige, die für den Anlass ein richtiges Abendensemble trug, in der modernen, mutigen Farbkombination, die sich Fräulein Bodmer, die Direktrice, bei Patou in Paris abgeschaut hatte: Rock und Jacke aus rotem Duvetine, die Corsage aus grünem Satin. Immerhin: die Frauen schauten neidisch und die Männer so, wie man von Männern gern angeschaut wird, damit man dann ein Gesicht machen kann, als bemerke man ihre Blicke gar nicht.

Die Leute, so schien es ihr, kamen mit verbissen fröhlichen Gesichtern ins *Corso;* sie hatten sich entschlossen, für einen vergnügten Abend Geld auszugeben, und die Investition sollte sich auszahlen. Die Frauen lachten schrill und hielten sich dabei die Fingerspitzen mit den rot lackierten Nägeln vor den Mund; die

Männer wippten beim Gehen aus überschüssiger Kraft in den Knien, und wenn sie sich überreden ließen, den Bauchladen-Verkäuferinnen in ihren Pagenkostümen Zigaretten oder ein Stofftier abzukaufen, versuchten sie den Eindruck zu erwecken, sie hätten diese Anschaffung von Anfang an vorgehabt.

Endlich kam Désirée, pünktlich zur verabredeten Zeit, aber viel zu spät für Rachels Ungeduld. Die Haare hatte sie wie immer streng in der Mitte gescheitelt und trug ein ganz simples braunes Kleid mit einer Blumenstickerei an Kragen und Saum, ›ein Jungmädchenkleid‹, dachte Rachel, ›und ein junges Mädchen ist sie – me Neschume! – nicht mehr‹. Aber sie musste sich eingestehen, dass Désirée mit ihrer schlanken Figur so etwas immer noch tragen konnte.

Auch die Platzanweiserinnen waren als Pagen gekleidet, mit einem engen Wams, das den Busen zur Geltung brachte, und fleischfarbenen Strumpfhosen an den langen Beinen. Die künstliche Blondine, die Rachel und Désirée zu ihren Plätzen führte, hätte eine Schwester von Blandine Flückiger sein können: Kleidergröße achtunddreißig und ein Lächeln für jeden Mann in zehn Meter Umkreis.

Sie saßen im teuren Bereich, wo die Stühle gepolstert waren und jeweils zu zweit ein winziges Tischchen vor sich hatten. Es gab auch Vierer- und Sechsertischchen, dort waren die Gespräche und das Gelächter besonders laut. Rachel sah auf allen Tischen nur Flaschen stehen und fragte sich, ob man hier den Wein wohl auch glasweise bestellen könne. Aber da brachte der Kellner – ein richtiger Kellner, nicht ein falscher Page – schon einen Eiskübel mit einer Flasche Champagner. »Eine kleine Aufmerksamkeit von Herrn Grün«, sagte er. »Mit den besten Wünschen für einen vergnügten Abend.« Er ließ den Korken knallen und schenkte zwei Gläser so präzis ein, dass die Schaumkrone über den Rand stieg und dann wieder in sich zusammensank, ohne dass auch nur ein Tropfen verloren ging.

Sie stießen – »Auf Herrn Grün!« – miteinander an, und dann sagte Rachel: »Wenn schon, denn schon«, winkte eins der Pagenmädchen mit seinem Bauchladen heran und kaufte ein Programmheft. Ein Franken fünfzig, völlig meschugge. Dafür musste eine Näherin drei Stunden lang an der Maschine sitzen.

Herr Grün war im Programmablauf nicht zu finden. Sie kamen nicht mehr dazu, zu überlegen, hinter welchem der vielen anderen Namen er sich wohl verbergen könnte, denn jetzt fuhr auf einer Hebebühne das Orchester aus dem Graben. Zwölf Mann in Glitzerjacketts, drei Saxophone, und am Schlagzeug ein Neger mit einem breiten weißen Grinsen. Der Bandleader hatte keinen Taktstock, sondern benutzte seine Klarinette, um den Musikern ihre Einsätze zu geben.

»Das ist etwas anderes als Fleur-Vallée.« Rachel hatte es Désirée zuflüstern wollen, musste den Satz dann aber mit voller Stimme wiederholen, um das Orchester und die Gespräche ringsum zu übertönen. Beide lachten. In ihrer Jugend war der alte Konzertmeister mit der gepuderten Nase von keinem jüdischen Anlass wegzudenken gewesen. Jedes Mal ließ er sich lange bitten, etwas zum Besten zu geben, und jedes Mal hatte er ganz zufällig seine Geige dabei.

Das Orchester versank wieder, der rote Vorhang rauschte auf, und zehn Girls schwangen die Beine. Sie waren als Matrosen gekleidet, denn der Titel der Revue hieß *Reise um die Welt*. In der Schlusspose kehrten sie dem Publikum den Rücken, bückten sich tief und lächelten die Zuschauer durch die gespreizten Beine mit rot geschminkten Lippen an. Auf ihren Spitzenhöschen waren Buchstaben befestigt, die den Schriftzug GUTE REISE! ergaben. Der Effekt wurde heftig beklatscht.

Jede Nummer des Programms war einem andern Land zugeordnet, was allerdings manchmal nur mit inszenatorischen Schlaumeiereien zu bewerkstelligen war. So musste Miss Mabel mit ihren dressierten Pudeln ganz Afrika vertreten, wozu sie im weißen Tropenanzug mit Helm auftrat und den armen Tieren Löwenmähnen aus Krepppapier umgebunden hatte. Beim Apachentanz (Paris) wimmerte ein französisches Akkordeon aus dem Graben, und während der Tellerjonglage (China) bemühte sich das Orchester aus Leibeskräften, fernöstliche Klänge zu imitieren. Der Messerwerfer und seine todesmutige Partnerin trugen Wildwestkostüme; Rachel und Désirée saßen aber nahe genug an der Bühne, um zu hören, wie sie ihn einmal, nach einem sehr nahen Wurf, im kräftigsten Innerschweizer Dialekt beschimpfte. Die Girls tanzten den spanischen Flamenco und den russischen Kasatschok; in beiden Ländern schien man bei Nationalkostümen mit Stoff sehr sparsam umzugehen.

Bis zur Pause war Herr Grün noch nicht auf der Bühne erschienen.

»Wahrscheinlich kommt er erst im zweiten Teil«, meinte Désirée. »Er hat mir einmal erzählt, dass die großen Nummern immer erst dann auftreten.«

»So?«, sagte Rachel. »Hat er dir das erzählt?« Sie blätterte im Programmheft und meinte dann: »Das muss er sein. Hier: ›Herbert Horowitz, der berühmte Conférencier aus Berlin.‹«

»Horowitz?«

»Er wird sich ein neues Pseudonym ausgedacht haben. Das ist bei diesen Varietéleuten wohl so üblich.«

Die Geste, mit der sie den Kellner heranwinkte, war in ihrer Eleganz den teuren Plätzen angemessen. Sie ließ sich Champagner nachschenken, und als Désirée die Hand abwehrend über das eigene Glas hielt, meinte sie: »Ist doch schade, so etwas Teures verkommen zu lassen.«

Im zweiten Teil der Revue sperrte der große Karnak, ein Zauberer mit Turban und Wiener Akzent, seine Assistentin in einen Kasten und durchbohrte sie mit Schwertern. Miss Mabel trat noch einmal auf, diesmal ohne ihre Pudel, und sang ein neckisches Chanson mit dem Refrain »Das ist nun mal der Lauf der

Welt«. Drei mit Goldbronze angestrichene Muskelmänner verrenkten sich in Posen, die allen Gesetzen der Schwerkraft widersprachen. Die halbnackten Girls bauchtanzten als verschleierte Araberinnen und schwenkten zum amerikanischen Black Bottom die Hintern. Dann war es endlich so weit. Direktor Wladimir Rosenbaum, der im bestgeschnittenen Frack, den Rachel je gesehen hatte, durch das Programm führte, sagte Herbert Horowitz an, »den Liebling des Berliner Publikums und Star des Kabaretts der Komiker!«.

Horowitz war nicht Herr Grün.

Er war ein kleiner, dicker, schmuddliger Mann in einem schlecht sitzenden Abendanzug. Seine Spezialität waren mit jiddelndem Akzent vorgetragene zweideutige Geschichten, die er jedes Mal mit dem Satz »Noch ein Witz vom Horowitz!« ankündigte. Sein Auftritt wurde mit schallendem Gelächter aufgenommen, vor allen an jenen Tischen, wo man im Lauf des Abends mehr als eine Flasche geleert hatte. Er erzählte die Geschichte von dem Mann, der um Hilfe schreit, weil seine Schwiegermutter sich aus dem Fenster stürzen will und er allein nicht aufkriegt, und den Witz vom jüdischen Handelsvertreter, der im Restaurant um ein verbranntes Schnitzel und verkochte Kartoffeln bittet, weil er wieder einmal so essen möchte wie zu Hause.

Es war furchtbar.

Aber es kam an.

Als die Girls dann noch im abschließenden Cancan gekreischt und die Röcke gehoben hatten, gab es begeisterten Schlussapplaus. Direktor Rosenbaum, der sich inmitten seines Ensembles unter einem Konfettiregen verneigte, war sichtlich zufrieden.

»Aber was ist mit Herrn Grün?«, wunderte sich Rachel. »Wenn er hier gar nicht mitspielt, woher hat er dann die Freikarten?«

Désirée zuckte die Achseln.

Herr Grün hatte ihnen ausrichten lassen, sie sollten nach der

Vorstellung einfach sitzen bleiben, er würde sie an ihrem Tisch abholen, aber er ließ sie lange warten.

»Dieser Mann ist so etwas von unhöflich!«, beklagte sich Rachel.

»Er interessiert dich, nicht wahr?«

»Überhaupt nicht«, sagte Rachel. »Wie kommst du auf so etwas?«

Die Zuschauer waren gegangen, und der vorher so festliche Saal kehrte ganz schnell in den Alltag zurück. Die eleganten Pagen waren nur noch Frauen, denen die Füße wehtaten; das Dauerlächeln war ihnen aus den Gesichtern gerutscht und das verführerische Zwitschern aus den Stimmen verschwunden. Die Kellner hatten alle Plattfüße bekommen, gingen in Hemdsärmeln durch die Reihen und sammelten leere Flaschen und Gläser ein.

Der Vorhang war wieder offen, aber die Bühne war nur noch ein großer leerer Raum ohne jeden Zauber. Zwei Bühnenarbeiter fegten Konfetti zusammen.

Endlich kam Herr Grün, aus der Seitengasse über die Bühne und eilig die paar Stufen in den Saal hinunter. Er trug seinen alten dreiteiligen Anzug. Besaß er eigentlich keinen andern? Den Mantel hatte er über den Arm gelegt, und den Hut hielt er in der Hand.

»Tut mir leid«, sagte er. »Es gab da ein Problem mit Wurmsers Cape.«

»Wer ist Wurmser?«

»Der große Karnak. Er ist hinter der Bühne an einem Nagel hängen geblieben.«

»Was interessiert mich Ihr Zauberer?« Vor zwei Jahrzehnten war Rachels gespielte Unhöflichkeit neckisch gewesen. Jetzt war sie oft nur noch unhöflich. »Und was interessiert Sie sein Cape?«

»Es fällt in mein Fach«, sagte Herr Grün. »Ich bin hier im

Theater der Garderobier. Das ist doch ein bisschen näher von zu Hause als die Konfektion Kamionker.«

»Garderobier?«

»Es gibt schlechtere Berufe. Das Nähen hab ich ja bei Ihnen gelernt.«

»Meinen Glückwunsch zur neuen Stellung«, sagte Désirée. »Aber – wenn Sie mir die Frage nicht übel nehmen, Herr Grün – wären Sie nicht lieber auf der Bühne?«

»Natürlich«, sagte er. »Ich wäre auch gerne Millionär. Oder der König von England.«

»Sie sind doch bestimmt zehnmal besser als dieser Horowitz.«

»Horowitz!« Herr Grün lachte. »In Zürich ist er die Sensation von Berlin. In Berlin hat ihn keiner gekannt.«

»Und Sie …?«

»Kommen Sie«, unterbrach sie Herr Grün. »Wir müssen noch Ihre Mäntel holen.«

Die müden Mädchen in den Pagenkostümen, die Kellner, die alte Dame an der Garderobe – alle waren sie sehr höflich zu Herrn Grün, wie wohl die Leute einen abgedankten Adligen überkorrekt behandeln, gerade wenn er darauf besteht, inkognito zu bleiben.

Auf der Straße stellte Rachel ihre Frage noch einmal: »Wenn Sie so viel besser sind als dieser Horowitz und auch berühmter, warum engagiert man dann nicht Sie?«

»Wladimir hat es mir natürlich angeboten.« Er nannte den Theaterdirektor beim Vornamen, ohne dass das bei ihm anbiedernd wirkte. »Aber ich kann nicht mehr auftreten. Nie mehr.«

»Weil Sie keinen Partner mehr haben?«

»Im Gegenteil«, sagte Herr Grün. »Weil ich immer meinen Partner haben werde.«

Er bestand darauf, sie noch zu einem Glas Wein einzuladen. »Ich habe mich bei Ihnen für vieles zu bedanken.«

»Ich bin schon jetzt angeschickert«, wandte Rachel ein.

»Was Ihnen sehr gut steht.«

Es war das erste Mal, dass sie so etwas wie ein Kompliment von ihm hörte.

Sie gingen nebeneinander her, Herr Grün in der Mitte, Rachel und Désirée links und rechts an seinem Arm. Vor zwanzig Jahren war Rachel oft so durch die nächtliche Stadt promeniert, auf jeder Seite einen Verehrer und ein ganzes Leben vor sich.

Herr Grün führte sie ins *Weiße Kreuz,* ein Lokal, wo ›man‹ nicht hinging, weil dort nur Menschen verkehrten, die zwischen Trinken und Sich-Betrinken keinen Unterschied machten. Die beiden Frauen kamen ohne Widerspruch mit; Rachel, weil sie nicht spießig erscheinen wollte, und Désirée, weil sie den schlechten Ruf der Wirtschaft nicht kannte.

Vom Theater bis zur Rössligasse war es nicht weit. Herr Grün öffnete die Tür, und sie standen vor einer Wand aus Lärm, Rauch und Gläserklirren.

Das Lokal war eng und nirgends war ein leerer Stuhl zu sehen. Aber man schien Herrn Grün zu kennen und machte einen Tisch für sie frei. Ein Gast stand freiwillig auf, sein Bierglas beschützend mit beiden Händen an die Brust gedrückt, ein zweiter, der über seinem Glas eingeschlafen war, wurde weggehoben und neben zwei andere auf eine Bank gesetzt, wo er sofort wieder den Kopf auf den Tisch legte und weiterschlief.

Die Wirtin persönlich wischte den Tisch mit einem Lappen sauber oder verteilte doch die Bier- und Weinpfützen regelmäßiger. »Wie immer?«, sagte sie zu Herrn Grün, und als der nickte: »Und die Damen?« Ihr Ton machte deutlich: Auf Damen war man hier nicht eingerichtet. Noch nie war sich Rachel in einem eleganten Kleid so deplatziert vorgekommen.

»Ein halber Liter Weißwein.« Herr Grün spezifizierte die Sorte nicht. Solche Finessen waren im *Weißen Kreuz* nicht angebracht.

Er sah sich um, wie um sich zu versichern, dass alles an seinem Platz war, und sagte: »Hier bin ich gern. Ein Ort, wo sich Menschen treffen, die etwas vergessen wollen. Das passt zu mir.«

Rachel rümpfte die Nase. Es war ein Gesichtsausdruck, den sie sich in ihrer umschwärmten Zeit angewöhnt hatte. Damals war er niedlich gewesen. »Sehr elegant ist es hier nicht.«

Herr Grün schob mit einem Bierdeckel ein paar Reste von Zigarettenasche zu einem Häufchen zusammen. »Kommt darauf an, womit man es vergleicht«, sagte er.

Die Wirtin brachte die Karaffe mit dem Wein. Vor Herrn Grün stellte sie ein großes Glas mit einer klaren Flüssigkeit hin.

»Schnaps?«, fragte Désirée ohne Tadel.

»Wasser«, sagte Herr Grün. »Ich gönne mir gern etwas Gutes.«

Rachel musterte ihr eigenes Glas misstrauisch und wischte den Rand mit ihrem Taschentuch ab. Herr Grün lächelte.

»Was schauen Sie mich so an?«, fragte sie.

»Wissen Sie was, Fräulein Kamionker? Sie sollten doch keinen Kaffee in Ihr Henna mischen. Wenn man sich einmal daran gewöhnt hat, steht Ihnen die Farbe richtig gut.«

Sie verstand diesen Mann nicht.

Ein paar Tische weiter stand ein Betrunkener auf, fasste schwankend nach der Lehne seines Stuhls und schleppte ihn – als Stütze oder als Waffe – zu den dreien hin. Ein großer, kräftiger Mann mit einem verfetteten Gesicht, ein Sportler, der sich hatte gehen lassen, oder ein Arbeiter, der zu viel trank. Er stellte den Stuhl an ihren Tisch, setzte sich und beugte sich zu Rachel vor.

»Prinzessin«, sagte der Mann. »Du bist eine Prinzessin.«

In seiner Stimme hörte man den Alkohol.

»Ich bin der König«, sagte der besoffene Mann. »Prinzessin und König. Merkst du was?«

»Bitte, lassen Sie uns in Frieden.« Später würde Rachel behaupten, sie sei ganz ruhig geblieben.

»Komm mit mir nach Hause«, sagte der Mann. »Dann zeig ich dir mein Zepter.« Er lachte, und als niemand am Tisch mitlachte, wiederholte er lauter: »Mein Zepter. Verstehst du? Zepter!«

»Das reicht jetzt.« Herr Grün sagte es ganz ruhig, aber der Kopf des Manns fuhr herum, als habe jemand mit der Peitsche geknallt.

»Du hast mir überhaupt nichts zu sagen.«

»Wollen Sie es ausprobieren?«, fragte Herr Grün. Seine Stimme war nicht lauter geworden, aber im *Weißen Kreuz* verstummten die Gespräche, und jemand rüttelte den Schlafenden am Nebentisch wach, um ihm zu sagen: »Das darfst du nicht verpassen!«

Der Betrunkene sah Herrn Grün an.

Herr Grün neigte den Kopf ein wenig zur Seite, ohne Drohung, nur freundlich fragend.

Wie möchten Sie's gerne haben?

Der betrunkene Mann begann zu lachen, nicht sehr überzeugend, und sagte: »Wir sind fröhliche Leute hier. Fröhliche Leute. Sie verstehen doch einen Spaß, oder?« Und dann, zu Herrn Grün und überhaupt nicht zu Rachel: »Entschuldigung. Tut mir leid. War nicht bös gemeint.« Stand auf, schlurfte mit seinem Stuhl an seinen Tisch zurück, setzte sich hin, mit den Rücken zu ihnen, und drehte sich nicht mehr um.

Ringsumher fingen die Gespräche wieder an, aber nicht mehr ganz so laut wie vorher.

»Danke«, sagte Rachel.

»Bitte«, sagte Herr Grün.

Désirée fuhr mit dem Fingernagel über den Rand ihres Weinglases. »Er ist stärker als Sie«, sagte sie, ohne Herrn Grün anzusehen. »Er hätte Sie verprügeln können.«

»Prügel sind keine Frage der Kraft. Es kommt darauf an, wie weit man bereit ist zu gehen.«

»Wie weit würden Sie für mich gehen?« Der Schreck war vorbei, und Rachels Stimme flirtete schon wieder.

»Mich schlägt niemand mehr«, sagte Herr Grün. »Nie mehr.« Er nahm einen tiefen Schluck aus seinem Wasserglas. »Ich bin ein Gelernter.«

»Was heißt das eigentlich?«

»Sie leben hier in der Schweiz«, sagte er. »Sie können das nicht verstehen. Auf einer Insel weiß man nicht, was es heißt, zu ertrinken. Ich habe schwimmen lernen müssen. Wenn einer das nicht schaffte …« Er hob beide Hände über den Kopf und ließ sie dann auf die Tischplatte fallen.

»Sie sprechen von Ihrem Freund Blau«, sagte Désirée leise. Es war keine Frage.

»Er hieß Schlesinger. Siegfried Schlesinger. Hatte Germanistik studiert. Konnte die Merseburger Zaubersprüche auswendig, und wenn er fröhlich war, sagte er mittelhochdeutsche Gedichte auf. ›Du bist beslozzen in minem herzen. Verlorn ist daz slüzzelin, du muost immer drinne sin.‹ Beslozzen in minem herzen«, wiederholte Herr Grün und trank sein Wasser, als wäre es Schnaps.

»Am liebsten wäre er Lehrer gewesen, aber aus irgendeinem Grund wollten sie ihn nicht haben. Als Herrn Blau wollten sie ihn haben.«

Guten Tag, Herr Blau.

Guten Tag, Herr Grün.

»Brachte jeden Tag ein anderes Buch mit in die Garderobe. Wenn man vom Bücherlesen dick würde, hätten wir die Rollen tauschen müssen.« Herr Grün lachte, und es war wieder dieses eingesalzene Lachen aus dem Keller.

»Ein lustiges Gesicht hatte er. Abstehende Ohren. Auf der Bühne war das sein Glück und im Lager sein Unglück. Er fiel auf, und wer auffällt, hat keine Chance.«

Er winkte der Wirtin, ungeduldig wie ein Säufer, dem der Alkohol ausgegangen ist, sie brachte ihm das nächste Glas Wasser, und er trank gierig.

»Keine Chance«, sagte er. »Wenn man jemanden mit einem Stock schlägt, klingt es anders, als wenn man die Peitsche nimmt. Wussten Sie das? Mit einem Handschuh anders als mit der bloßen Hand. Manche schlugen auch gar nicht. Sie traten lieber. Ließen einen strammstehen und rammten einem das Knie in die Weichteile. So hat jeder seinen eigenen Stil. Genau wie Komiker auf der Bühne. Es gab auch Doppelnummern. Wie der Grün und der Blau eine Doppelnummer waren. Einer schlug, der andere trat. Mit dem richtigen Partner versteht man sich blind.

Sie können das nicht verstehen, hier in der Schweiz. Im Zuschauerraum versteht man nie wirklich, was auf der Bühne vor sich geht.

Beslozzen in minem herzen«, sagte Herr Grün. »Verlorn ist daz slüzzelin.«

»Der Herr Blau …«, begann Désirée eine Frage zu formulieren.

»Er hieß Schlesinger.«

»Der Herr Schlesinger – ist er im Lager gestorben?«

»Nein«, sagte Herr Grün. »Es war viel schlimmer. Sie haben uns freigelassen.«

70

Er stand auf, so heftig und plötzlich, dass sein Stuhl umfiel, ließ ihn einfach liegen und sagte in die plötzliche Stille im Lokal hinein: »Wir gehen.« Warf eine Hand voll Münzen auf den Tisch – er trug sein Geld lose in der Tasche, etwas, das sonst nur Leute tun, denen es auf den Rappen nicht ankommt –, redete in die Lücke zwischen Rachel und Désirée hinein, als ob da unsichtbar noch jemand säße, oder als ob er ihnen nicht ins Gesicht sehen könnte, und wiederholte ungeduldig: »Wir gehen.« Half ihnen nicht in ihre Mäntel, hielt ihnen zwar die Tür auf, aber nicht wie ein Gentleman, sondern wie ein Rausschmeißer, und draußen auf der Gasse ging er so schnell in Richtung Limmatquai und Münsterbrücke, dass sie ihm regelrecht nachrennen mussten.

Blieb dann, mitten auf der Brücke, plötzlich stehen, hatte ein ganz altes, trauriges Gesicht und sagte: »Es tut mit leid. Man denkt, man sollte sich daran gewöhnt haben, aber … Man gewöhnt sich nicht. Man gewöhnt sich einfach nicht.«

»Sie müssen nicht darüber reden, wenn Sie nicht wollen.«

»Doch«, sagte Herr Grün. »Ich muss. Sonst wird es nie besser.«

Zu dritt und doch jeder für sich allein gingen sie vom Münsterhof zur St. Peterhofstatt und dann den schmalen, dunkeln Weg zum Lindenhof hinauf, setzten sich auf eine der Bänke, wo sonst Verliebte sitzen oder Betrunkene, schauten über die Limmat hinweg auf die Fleischhalle, auf die dunkeln Fassaden der Zunfthäuser, auf die leeren Fenster der Museumsgesellschaft und warteten darauf, dass Herr Grün die Worte fand, die er zu seiner Heilung brauchte.

Die Nacht war warm. Der Mond erleuchtete den Platz wie das kalte Neonlicht den Nähsaal von Zalmans Firma. Auf einem Brunnen stand eine Frau in gepanzerter Rüstung und bewachte die unbedrohte Stadt. Alles war still. Nur manchmal brummte ein schwerer Käfer über sie hinweg, als habe er eine eilige Botschaft zu überbringen oder eine Bombe abzuwerfen.

»Im Sommer 1936 haben sie uns freigelassen«, sagte Herr Grün schließlich. »Wegen der Olympiade.«

Die Wochen der Sommerolympiade, so erzählte er, waren eine Ausnahmezeit in Deutschland. Die Diktatur machte Urlaub, zumindest nach außen. Die Touristen wollten ein weltoffenes Berlin sehen, also wurde vom Propagandaministerium der Befehl ausgegeben, ihnen ein weltoffenes Berlin vorzuführen.

Wie man die Kulisse eines längst abgespielten Stückes noch einmal aus dem Fundus holt. Die eingemotteten Kostüme noch einmal aufbügelt. Die Musik noch ein allerletztes Mal spielen lässt.

»Vom Showgeschäft verstanden sie schon immer viel«, sagte Herr Grün mit der widerwilligen Anerkennung, die man der Professionalität einer ungeliebten Sparte zollt. Nun ja, ihre eigentliche Spezialität waren Massenaufmärsche und Parteitage, aber ein guter Regisseur kann alles inszenieren, was die Intendanz auf den Spielplan setzt. Olympische Toleranz ist da eine leichte Übung. Vor allem, wenn man genügend Statisten zur Verfügung hat. Ein ganzes Land voller Statisten. Man musste nur darauf achten, dass keine peinlichen Details das schöne Gesamtbild störten.

Also waren am Kudamm die ›Juden unerwünscht‹-Kleber an den Ladentüren plötzlich nicht mehr erwünscht. Die Stürmerkästen rund ums Olympiastadion zeigten keine Hetzkarikaturen mehr, sondern nur noch Bilder von trutzig blickenden Athleten. Und im Strandbad Wannsee wurden die Schilder abmontiert, die ›das Baden für Hautkranke und Juden‹ verboten. Berlin machte sich fein. Zog sich eine weiße Weste über das braune Hemd.

Es war ja nur für ein paar Wochen.

Von den Türen der schon längst geschlossenen Kabaretts und Schwulenbars entfernte man die Siegel und die Vorhängeschlösser. Die internationalen Gäste wollten sich amüsieren, sie erwarteten großstädtische Verruchtheit, und ihre Erwartungen sollten erfüllt werden. Die Darsteller hatte man ja zur Hand. Sie saßen alle im Lager. Man musste ihnen nur die gestreiften Anzüge abnehmen und ihre alten Kostüme wieder anziehen. Es war noch alles da. Die Federboas für die Transvestiten und die Fräcke für die Conférenciers.

Es war ja nur für ein paar Wochen.

»Wir sollten wieder auftreten«, sagte Herr Grün. »›Wer nicht mitmacht, bleibt im Lager‹, hieß es. Was dasselbe war wie: ›Wollen Sie leben oder lieber totgeschlagen werden?‹ Wir hatten die freie Wahl.

Sogar unsere Namen bekamen wir zurück. Leihweise. Ich war plötzlich wieder Felix Grün und nicht mehr Häftling Viertausendachthundertzweiundneunzig. Das war meine Nummer im Lager.«

»Ich weiß«, sagte Rachel leise.

»Die alten Sketche sollten wir spielen. Auch den Dialog über die Äpfel. Gerade den.«

Man legte ihnen den Text auf den Tisch. Jemand hatte in einer Vorstellung gesessen und mitgeschrieben. Wort für Wort. Genau so sollten sie ihn wieder spielen. Mit der Pointe über die Braunen, die man aussortieren muss, und dem Witz über den Reichsapfel, der nicht zum Essen ist, sondern zum Kotzen. »Und wenn euch noch ein richtig scharfer Spruch zu uns einfällt«, meinte der Mann in der braunen Uniform, »dann nur keine Hemmungen. Wir sind nicht so. Wir haben Humor.«

»Und nach der Olympiade?«, wagte einer zu fragen.

»Das wird man sehen.«

Wenn man einem Menschen die Füße in einen Zementblock gießt und ihn ins Wasser wirft – ertrinkt er dann?

Das wird man sehen.

Es war nur für ein paar Wochen.

»Wir hatten wieder dieselbe Garderobe.« Herr Grün sagte es, als habe ihm nichts jemals so viel Grund zum Staunen gegeben. Dieselbe Garderobe. Dieselbe Bühne. Dieselben Sketche. »Nur mein Anzug passte mir nicht mehr. Man bleibt nicht dick im Konzentrationslager.«

Im Parkett bestellten die Sporttouristen aus aller Welt teure Weine, ließen sich die Pointen übersetzen und staunten über so viel Gedankenfreiheit in diesem als diktatorisch verschrienen

Deutschland. Da konnte man mal wieder sehen, dass nicht alles stimmte, was in den Zeitungen stand.

Guten Tag, Herr Grün.

Guten Tag, Herr Blau.

Alles wie früher.

Nicht ganz alles. Zum ersten Mal in ihrer Karriere traten der Grün und der Blau nach der Pause auf. Die ganz großen Namen waren nicht mehr da. Einer war nach Holland ausgewandert. Einer nach Amerika. Einer war im Steinbruch von einer Lore überrollt worden.

Es gab auch keinen Begrüßungsapplaus mehr, wenn sie auftraten. Man hatte sie vergessen. »So ein Jahr im Lager ist schlecht für die Popularität«, sagte Herr Grün, und in seiner Stimme war nichts von Ironie.

Auch hinter der Bühne hatte sich manches verändert. Schlesinger las zwischen den Auftritten keine klugen Bücher, und Grün schäkerte nicht mit den Hupfdohlen. Sie saßen in ihrer Garderobe, sahen sich das eigene fremde Gesicht im Spiegel an, und ab und zu fragte einer von ihnen: »Was meinst du?«

»Es ist nicht wahr«, sagte Herr Grün, »dass man schneller denkt, wenn es um Leben und Tod geht. Im Gegenteil. Die Gedanken fahren sich fest wie Au토räder im Sand. Räder im Sand.«

Er verstummte und schaute in die friedliche Zürcher Nacht hinaus, ohne sie zu sehen.

Am Limmatquai ging in einem Badezimmer das Licht an. Hinter der Milchglasscheibe bewegte sich ein Schatten. Erst als das Fenster wieder dunkel war, sprach Herr Grün weiter.

»Wir spielten unsere Vorstellungen, jeden Abend zwei. Aber es war, als stünden wir gar nicht wirklich auf der Bühne. Als schöben wir uns nur selber hin und her, wie große Puppen. Ich weiß nicht, ob Sie das verstehen können.«

»Ich verstehe das sehr gut«, sagte Désirée.

Nachts um zwei, wenn die Zuschauer gegangen waren, traf

man sich mit den Kollegen. Man saß im kalten Rauch eines leeren Zuschauerraums und stellte sich die immer gleichen Fragen. Sie nannten sich selber »die Vorübergehenden«. Es wusste niemand, wer den Ausdruck erfunden hatte, aber jeder verwendete ihn. Und hatte sich damit seine Antwort schon gegeben.

Sie waren nur noch vorübergehend da, sie alle, die man aus den Lagern noch einmal freigelassen hatte, weil die Olympiagäste Unterhaltung brauchten. Die Eintänzer, die ihre Holzpantinen wieder gegen Lackschuhe eingetauscht hatten: vorübergehend. Die männlichen Frauen mit ihren Monokeln und den gestärkten Hemdbrüsten: vorübergehend. Die Kabarettisten mit den lustigen Texten und den traurigen Augen: vorübergehend.

Tote auf Urlaub.

Es war alles nur für ein paar Wochen. Nach der Olympiade würde man sie wieder einsammeln.

Sollte man vorher zu fliehen versuchen? Das war die Frage.

Und wie sollte man es am besten anstellen? Das war das Problem.

Es gab ein paar Optimisten unter ihnen, und Schlesinger gehörte mit dazu. »Wir haben eine Abmachung mit denen«, meinte er. »Unseren Teil haben wir erfüllt. Wir treten noch einmal auf, und dafür lassen sie uns hinterher in Ruhe. Natürlich, unsere Lokale werden sie wieder schließen. Ich bin nicht naiv. Man wird in Zukunft etwas anderes machen müssen. Irgendetwas. Auf dem Bau Ziegelsteine schleppen. Soll sein. Aber einsperren werden sie uns nicht mehr. Was sollten sie davon haben? Wir sind ihnen ja nicht mehr gefährlich.«

Der Grün konnte ihn nicht davon abbringen. Es glaubt immer wieder einer, dass man mit dem Teufel Geschäfte machen kann.

Drei Wochen lang traten sie auf. Drei Wochen lang lachten die Leute.

»Der Blau kam so gut an wie nie zuvor. Jetzt hatte er nicht nur abstehende Ohren, sondern auch eine schiefe Nase. Sie haben ihn geliebt.«

Guten Tag, Herr Grün.

Guten Tag, Herr Blau.

Und dann, am allerletzten Tag, als Siegfried Schlesinger von seiner blinden Hoffnung immer noch nicht ablassen wollte, sich an ihr festklammerte, wie ein Kind an seiner überfahrenen Lieblingskatze – nein, es ist nicht wahr, sie ist nicht tot, ich will es einfach nicht glauben! –, am allerletzten Tag trat Herr Grün nicht mehr auf.

»Ich bin ein Gelernter«, sagte er in die schweigende Nacht hinein. »Ich wusste, dass passieren würde, was dann auch passierte. Ich fuhr nach Wien, wo ich Freunde hatte, ganz einfach mit dem Nachtzug. Es war nicht einmal schwierig. Ich hatte falsche Papiere, und die Grenzbeamten waren schläfrig. Dort habe ich dann erfahren, dass sie alle wieder ins Lager gekommen sind. Alle wieder eingesammelt.

Vom Schlesinger verlangten sie, er solle ihnen erzählen, wo ich abgeblieben war. Er wusste es nicht, aber sie haben trotzdem versucht, es aus ihm herauszuprügeln. Diesmal haben sie ihm nicht nur die Nase gebrochen.«

Ein Käfer flog über ihre Köpfe, brummend wie ein Flugzeug.

»Ja«, sagte Herr Grün, »sie haben uns freigelassen. Das war das Schlimmste, das sie uns angetan haben.«

Mit einem Ruck stand er auf und ging an den Rand des Hügels, der hinter einem niedrigen Mäuerchen zur Limmat hinunter abfällt. Er breitete die Arme aus, im Mondlicht sah es aus, als wolle er beten oder argumentieren oder wegfliegen, und dann flüsterte Herr Grün etwas. »Du bist beslozzen in minem herzen«, flüsterte Herr Grün. »Verlorn ist daz slüzzelin, du muost immer drinne sin.« Es klang beinahe wie Schweizerdeutsch.

Dann kam er zu den beiden Frauen zurück, blieb vor ihnen

stehen, schon wieder ganz ungeduldig, und erzählte die Geschichte rasch zu Ende, wie man wohl eine zu oft erzählte oooo ganz schnell zu Ende bringt, wenn man es nicht erwarten kann, das Buch endlich zuzuklappen und das Licht zu löschen. »Ich bin dann zu Fuß über die Schweizer Grenze gekommen. Wladimir Rosenbaum hat mir eine Arbeitserlaubnis verschafft. Er kennt einen Beamten, der sich gern mit Ballettmädchen trifft. Gehen wir?«

Ihre Schritte klangen laut in der schlafenden Stadt. Und da war kein Gespräch, das sie hätte übertönen können.

Sie brachten zuerst Rachel nach Hause, und dann bestand Herr Grün darauf, auch noch Désirée an die Morgartenstraße zu begleiten. Vor der Haustür – sie hatte schon aufgesperrt – blieb er stehen und nahm den Hut ab.

»Ich habe mir Gedanken gemacht«, sagte Herr Grün. »Obwohl man das ja eigentlich gar nicht so sagen kann. Man macht sich keine Gedanken. Sie machen sich selber. Fressen sich durch den Kopf wie Holzwürmer durchs Holz.«

»Und wo sind Ihre Holzwürmer hingekrochen?« Vielleicht lächelte Désirée, aber in der Dunkelheit war das nicht zu sehen.

»Sie haben jemanden verloren, den Sie sehr gern gehabt haben«, sagte Herr Grün. »Das sieht man. Seither sind Sie allein. Das sieht man auch. Und ich …«

»Nein«, sagte sie.

»Wir passen zusammen.«

»Nein, Herr Grün.« Sie hatte seine Frage erwartet und die Antwort schon lange formuliert. »Wir sind uns zu ähnlich. Zwei linke Schuhe, in dieselbe Richtung verkrümmt. Aber zwei linke Schuhe sind kein Paar.«

»Ich bin gar nicht so viel älter als Sie.«

Jetzt lächelte Désirée wirklich, das war auch ohne Licht zu erkennen. »Sie sind auch nicht so viel älter als Rachel«, sagte sie.

»Fräulein Kamionker?«

»Ja«, sagte Désirée. »Sie brauchen jemanden, mit dem Sie streiten können.«

Ihre Lippen fuhren sanft, ohne richtige Berührung, über die seinen, und dann schloss sich schon die Haustür hinter ihr, und der Schlüssel drehte sich im Schloss.

Herr Grün brachte Rachel keine Blumen, und sie stellte kein Foto von ihm auf ihren Schreibtisch. Trotzdem: die Beziehung zwischen den beiden wurde bemerkt und gab in der koscheren Kleiderfabrik viel zu reden. Nicht nur, weil Rachel die Tochter des Chefs war, obwohl das die Geschichte natürlich noch interessanter machte, sondern weil Joni Leibowitz eine Lotterie dazu organisierte. Man setzte einen Franken auf ein beliebiges Datum, und wer mit seinem Tipp der offiziellen Ankündigung einer Verlobung am nächsten kam, sollte den ganzen Pott bekommen. Man konnte auch mehrere Male setzen, und manche taten das auch, vor allem wenn ein neues Gerücht die Chancen zu verändern schien. So waren zum Beispiel plötzlich die frühen Termine begehrt, weil es hieß, man habe Rachel und Herrn Grün zusammen im Kino beobachtet, *Du bist mein Glück,* mit Benjamino Gigli und Isa Miranda, und sie hätten selbst während der großen Arie nicht ein einziges Mal auf die Leinwand gesehen, so sehr seien sie miteinander beschäftigt gewesen. Dann wieder hieß es, die beiden hätten sich im *Old India* am Bahnhofplatz über einer Tasse Kaffee lauthals gestritten, die Sache sei also wohl zu Ende. Joni quittierte das mit händereibender Zufriedenheit, denn er hatte als Bankhalter die Null für sich reserviert, das hieß: wenn innerhalb von sechs Monaten gar kein Schidduch zustande kam, fiel der ganze Pott ihm zu. Er war sich dieses Gewinns so sicher, dass er von den Einsätzen, die er verwalten sollte, schon einiges, quasi im Vorschuss, ausgegeben hatte. »Rachel wird nie heiraten«, das war seine feste Überzeugung, denn schließlich hatte sie damals, vor fast zwanzig Jahren, seine Zudringlichkeiten abgewehrt, und das konnte nur bedeuten, dass die Frau frigide war.

Von den Gerüchten stimmten übrigens beide und stimmten auch wieder nicht. Herr Grün hatte von Benjamino Gigli tatsächlich nichts mitbekommen, aber nicht, weil er die Dunkelheit des Kinos zu Zärtlichkeiten benutzt hätte, sondern weil er schon während des ersten Akts eingeschlafen war. Und das hatte wiederum mit Politik zu tun. Die Frontisten hatten beschlossen, die leichtgeschürzten Tänzerinnen in Wladimir Rosenbaums Revuen untergrüben auf typisch jüdische Art und Weise die öffentliche Sittlichkeit, und um Schmierereien und eingeschlagene Fensterscheiben zu verhindern, hatte man rund ums *Corso* einen Wachdienst organisieren müssen. Nach einer schlaflosen Nacht kann einen auch die musikalischste Liebesgeschichte nicht wach halten.

Auch die Auseinandersetzung im *Old India* hatte tatsächlich stattgefunden, aber wer deshalb auf ein Scheitern der Beziehung setzte, verspekulierte sich gewaltig. Rachel und Herr Grün genossen es, miteinander zu streiten, wie zwei Jazzmusiker es genießen, gemeinsam Variationen über eine vorgegebene Melodie zu improvisieren. Dabei musste Rachel zugeben, dass ihr Herr Grün im Wortzweikampf eindeutig überlegen war, oder besser gesagt: sie hätte es zugeben müssen, wenn das Eingeständnis irgendeiner Art von Schwäche nicht so ganz außerhalb ihres Charakters gelegen hätte.

Herr Grün machte ihr Komplimente, und sie beschimpfte ihn dafür. Oder sie beschimpfte ihn, und er machte ihr dafür Komplimente. Désirée hatte recht gehabt: die beiden brauchten sich.

Anfänglich sahen sie sich nicht sehr oft. Am Tag saß Rachel im Büro, und am Abend war Herr Grün im *Corso*. Allmählich stahlen sie sich dann immer mehr Zeit füreinander. Er hatte immer noch sein Zimmer bei der Familie Posmanik, aber er schlief nicht mehr jede Nacht dort. »Er hat so viel zu tun, dass er gleich im Theater übernachtet«, erklärte Frau Posmanik dem kleinen Aaron.

Von dem Ereignis, das die Wettquoten am allermeisten beeinflusst haben würde, erfuhr in der koscheren Kleiderfabrik niemand etwas. Aus Anlass von Rosch Haschanah, dem Neujahrsfest, war Herr Grün bei Zalman und Hinda zu einem offiziellen Mittagessen eingeladen. Auch Désirée, Arthur und die Rosenthals kamen in die Rotwandstraße; an solchen Tagen gehört es sich, dass die Familie beisammen ist. So eine Einladung, würde man denken, ist unter erwachsenen Menschen kein besonderes Ereignis, aber Rachel führte sich im Vorfeld so zickig auf wie ein Backfisch, der seinen ersten Freund zu Hause vorführen soll. Trotzdem weigerte sich Herr Grün, etwas anderes als seinen ewig gleichen Anzug anzuziehen. Immerhin: er band sich die neue Fliege um, die sie für ihn gekauft hatte, und brachte sogar Blumen mit, obwohl das an Rosch Haschanah nicht wirklich passend ist.

Hinda hatte sich, wie immer bei Familienanlässen, mit dem Kochen große Mühe gegeben und war enttäuscht, weil ihr Gast so wenig aß. Bis er ihr erklärte, dass jemandem, der lange Zeit hatte hungern müssen, nur zwei Möglichkeiten blieben: der Gier, die wohl nie mehr aufhöre, nachzugeben und sich irgendwann totzufressen, oder sich, nicht nur beim Essen, ganz fest in der Hand zu haben, seine Gefühle gewissermaßen immer an der Leine zu führen. »Es ist kein wunderbares Leben«, sagte Herr Grün, »aber überhaupt am Leben zu sein, ist mehr, als ich erwarten durfte.«

Natürlich kam man auf die Situation in Deutschland zu sprechen. Adolf Rosenthal, der keine Gelegenheit zu einem Vortrag ungenutzt ließ, wollte über der Suppe seine Lieblingsthese erläutern, dass nämlich der Nationalsozialismus an seinen inneren Widersprüchen von selber zugrunde gehen müsse, aber Herr Grün sah ihn nur an, von der Seite her und ohne ein böses Wort, worauf der Mathematiker, der doch sonst durch nichts zu unterbrechen war, ins Stottern geriet und ganz schnell das Thema wechselte.

Genau so hatte an jenem Abend der Betrunkene im *Weißen Kreuz* auf Herrn Grüns ruhige Stimme reagiert, dachte Rachel stolz.

Auch Hillel war voller Bewunderung für den Mann aus Deutschland und sagte anbiedernd: »Ich habe auch im Gefängnis gesessen.«

»Nein«, sagte Herr Grün, »du hast Urlaub gemacht.«

Es war kein wirklich gemütliches Essen; man lebte auch nicht in einer gemütlichen Zeit. Sie hatten, wie es der Brauch ist, zu Beginn der Mahlzeit ein Stück Apfel in Honig getunkt, aber keiner glaubte daran, dass es deswegen ein süßes Jahr werden würde.

Als die Rede auf Ruben kam, sagte Herr Grün: »Holen Sie ihn raus. Überhaupt, wenn Sie noch irgendjemanden in diesem Land haben, der Ihnen wichtig ist, holen Sie ihn raus!«

Arthur nahm seine Brille ab und rieb sich den Nasenrücken.

»Er will seine Gemeinde nicht verlassen«, sagte Hinda. Herr Grün reagierte mit einer so ungeduldigen Geste, dass er das jontewdike Salzschälchen umwarf. »Fahren Sie hin und nehmen Sie ihn mit«, sagte er zu Zalman. »Rachel erzählt mir, dass Sie ihn schon einmal geholt haben. Aus Galizien.«

Worauf natürlich die ganzen alten Geschichten erzählt werden mussten, von den Soldaten, die Seife schluckten, um krankgeschrieben zu werden, und von den Rauchern, die auf der Latrine nach Papier zum Zigarettendrehen suchten, »das hier ist sauber, das hier nicht«. Auch wenn heute Neujahr war und nicht Sederabend: Geschichten von alten Errettungen tun immer gut.

Zalman bat Herrn Grün, das Tischgebet vorzusprechen, aber der lehnte mit der Begründung ab, er sähe sich nicht in der Lage, in seinem Leben noch einmal Theater zu spielen. Niemand fragte ihn, was er genau damit meine.

Hinterher räusperte er sich tief aus dem Hals heraus; er hatte sich das wohl hinter der Bühne angewöhnt, um gleich beim ersten Satz eines Auftritts bei Stimme zu sein.

Guten Tag, Herr Blau.

»Da wäre noch Folgendes, Herr Kamionker«, sagte er. »Sie haben mir damals Arbeit gegeben, und ich bin Ihnen dankbar dafür.«

Zalman, der mit Dankbarkeit noch nie gut hatte umgehen können, machte abwehrende Bewegungen, wie um den Rauch einer Zigarre wegzuwedeln.

»Sie hatten nur Schwierigkeiten davon«, sagte Herr Grün. »Erst habe ich diesen Leibowitz fast umgebracht …«

»Was?« Niemand hatte Adolf Rosenthal die Geschichte erzählt.

»… und jetzt nehme ich Ihnen auch noch Ihre beste Mitarbeiterin weg.«

»Soll das heißen …?«, fragte Hinda.

»Er hat mich gefragt.« Rachel war ganz gegen ihre Art ein bisschen verlegen. »Und ich habe ja gesagt. Aber es war Felix' Idee.«

»Felix«, sagte sie, nicht etwa »Herr Grün«.

»Wie schön!« Hinda umarmte ihre Tochter, und Lea strahlte ihre Zwillingsschwester an und rief: »Masel tow!«

Rachel errötete, aber nicht, wie man es von einer jungen Braut erwartet – eine Braut ist immer jung, auch wenn sie schon auf die vierzig zugeht –, sondern wie jemand, der das Opfer eines peinlichen Missverständnisses geworden ist. »Nein, es ist nicht … Ihr habt das falsch … Felix hat nur …«

»Wladimir Rosenbaum sucht jemanden für das künstlerische Betriebsbüro«, sagte Herr Grün. »Ich habe ihm Rachel dafür vorgeschlagen.«

»Ach so.« Lea musste aus lauter Enttäuschung ihre dicke Brille polieren. »Und ich hatte schon gedacht …«

»Was du auch immer denkst!«

»So werden wir mehr Zeit füreinander haben«, erklärte Herr Grün. »Wenn man am selben Ort arbeitet …«

»Was hattest du schon gedacht, Lea?«, fragte Adolf Rosenthal, der kein scharfes Gehör für Unausgesprochenes hatte. Er bekam keine Antwort.

Die Pause war lang und peinlich. So still war es im Zimmer, dass alle den feinen singenden Ton hören konnten, als Désirée mit der Fingerkuppe den Rand ihres Glases entlangstreifte. Sie ließ das Geräusch verklingen und sagte dann leise: »Ein linker und ein rechter Schuh. Warum eigentlich nicht?«

Sie sah Herrn Grün dabei nicht an, aber der hob erst den Kopf und schüttelte ihn dann, ganz heftig, wie einer, der aufwachen will. Dann zuckte Herr Grün die Achseln und breitete die Arme aus. Es war eine überdeutliche Geste, wie man sie wohl auf der Bühne macht, um auch in der letzten Reihe gesehen zu werden. »Sie haben recht: warum eigentlich nicht?«, wiederholte er. »Was meinst du, Rachel? Ich werde mich auch daran gewöhnen. Ich bin ein Gelernter.«

Die Gläser mit dem Masel-tow-Bronfen waren schon eingeschenkt, als Rachel Herrn Grün immer noch erklärte, das sei nun wirklich keine Art, jemandem einen Heiratsantrag zu machen.

71

Die drei schikanierten ihn, ohne dabei laut zu werden, mit einer kumpelhaften Gemütlichkeit, die viel mit ihrem süddeutschen Dialekt zu tun hatte. Es war ein Fehler gewesen, die Bestätigung der jüdischen Gemeinde ausgerechnet im Pass aufzubewahren; einer faltete sie auseinander, las die paar Sätze und hielt das Blatt dann den andern hin, erwartungsvoll lächelnd, ein Kind, das ein neues Spielzeug unter dem Baum gefunden hat und sich schon ausmalt, was sich damit alles wird anstellen lassen. Und die anderen nickten und lächelten auch.

Der Zug hielt auf freier Strecke an, weit entfernt von jedem Bahnhof. Nur eine Baracke stand da. Höflich wie Hotelportiers baten sie ihn auszusteigen und doch auch bitte seinen kleinen Koffer mitzunehmen, nein, seine Papiere seien schon in Ordnung, als Schweizer Staatsbürger, das sei völlig richtig, brauche er auch kein Visum, aber es gäbe da doch gewisse Kontrollen durchzuführen, nichts Persönliches, rein zolltechnischer und hygienischer Natur. Ja, sie hätten verstanden, dass er es eilig habe, und wirklich, es täte ihnen leid, dass der Zug jetzt ohne ihn abgefahren sei, aber sie hätten nun mal ihre Pflicht zu tun, genau wie der Lokführer, und sie zu unkorrektem Vorgehen aufzufordern, das würden sie ihm nicht raten, das wäre ja strafbar, und wenn sie jetzt deswegen auch noch eine Anzeige ausfüllen müssten, würde alles nur noch länger dauern.

»Meijer?«, fragten sie, »so, so, Meijer?«, und hielten seinen Pass gegen das Licht, und wie er denn ursprünglich geheißen habe, Meierowitz oder Meierssohn oder Meier-Rosen-Blumen-Lilienfeld?

Sie ließen ihm seine Unterhose, warfen nur kurz einen Blick hinein, einer nach dem anderen, und lächelten. Dann durfte er dabeistehen, während sie seine Sachen nach Schmuggelware durchwühlten. Sie taten es gründlich und mit einer gewissen Fürsorge. Als sie von seinen Schuhen die Absätze wegsäbelten, weil doch, man wusste ja nie, Diamanten darin verborgen sein konnten, legten sie anschließend die abgeschnittenen Teile sorgfältig wieder zurück, jeden ordentlich zu seinem Schuh, »nicht, dass es noch zu Verwechslungen kommt«.

Die Ringe übersahen sie. Er hatte sie, um sie nicht zu verlieren, am Schlüsselbund befestigt, und sie hielten sie wohl für wertlose Anhänger.

Er hatte nicht viel eingepackt, am nächsten Tag wollte er, wollten sie ja schon wieder zurückfahren, und so fanden die Beamten nichts, was sich als Schmuggelgut hätte bezeichnen lassen. Aber dann, als er schon glaubte, es wäre überstanden, kamen sie zur seuchenpolizeilichen Untersuchung. Man war in Deutschland dabei, sich vom Ungeziefer zu befreien, und da musste man wachsam sein, dass kein neues eingeschmuggelt wurde. Den Saum seines Jacketts schnitten sie mit einer Rasierklinge auf, fanden aber weder Läuse noch Flöhe darin, und die neue Krawatte, die er für die Zeremonie eingepackt hatte, tauchten sie ins Tintenfass, zur Desinfektion, wie sie sagten.

Dann, ganz plötzlich, war ihre Überprüfung abgeschlossen; es stand wohl eine Pause in ihrem Dienstplan, oder der Spaß war ihnen schal geworden. Er durfte sich anziehen, in die absatzlosen Schuhe schlüpfen und seine Sachen wieder einpacken. Sie schenkten ihm sogar eine Schnur, um seinen Koffer damit zuzubinden; dem hatten sie in Erfüllung ihrer Dienstvorschriften den Boden aufreißen müssen, um sicher zu sein, dass er nicht doppelt war.

Der nächste Zug fuhr in drei Stunden, informierten sie ihn fürsorglich, zwei Stunden dreiundvierzig ganz genau, und, nein, hier konnten sie ihn nicht einsteigen lassen, das war eine rein dienstliche Haltestelle, für die Benutzung durch Privatpersonen nicht zugelassen. Aber er durfte gern zurücklaufen bis zum Grenzbahnhof, es waren nur ein paar Kilometer, immer den Geleisen nach, das war durchaus rechtzeitig zu schaffen, wenn das Gehen ohne Absätze auch ein bisschen mühsam war. Sie winkten ihm noch nach, und einer der Grenzbeamten, der sich während der Prozedur als besonders humorvoll erwiesen hatte, rief ihm hinterher: »Leb wohl, Charlie!« – »Er schlurft wie Charlie Chaplin«, erklärte er den andern, aber die waren keine Kinogänger und lachten nicht mit.

Verschwitzt und außer Atem erreichte Arthur den nächsten

Zug. Die Wut, die er an niemandem auslassen durfte, steckte in seinem Hals fest, ein Kloß, der sich nicht schlucken und nicht ausspucken ließ. An jedem anderen Tag und auf jeder anderen Reise wäre er umgekehrt, sofort, wäre nach Zürich zurückgefahren und hätte sich in seiner Wohnung verkrochen.

Aber es war nicht irgendein Tag und nicht irgendeine Reise.

Die Wagen der zweiten Klasse waren alle gut besetzt; schließlich fand er Platz in einem Abteil voller Reisevertreter, die unwillig für ihn zusammenrückten. Mit den kaputten Schuhen und dem notdürftig verschnürten Koffer sah er für sie wohl aus wie ein Landstreicher. Beim Hinsetzen schob er sein Jackett im Rücken zusammen, damit man den ausgefransten Saum nicht sah.

Dieselben drei Beamten kontrollierten ihn auch diesmal wieder, aber sie ließen ihn in Ruhe und wünschten ihm noch eine gute Reise. Für diesen Tag versprachen sie sich wohl keine Abwechslung mehr von ihm.

Ganz früh am Morgen war er in Zürich losgefahren, hatte in Kassel noch genügend Zeit haben wollen, um sich in einem Hotelzimmer ein wenig frisch zu machen. Jetzt würde er erst im allerletzten Moment dort eintreffen. Wenn es überhaupt noch reichte.

Nein, man habe keine Verspätung, versicherte ihm der Schaffner. Er wisse nicht, wie man das in der Schweiz halte, aber hier in Deutschland seien die Bahnen pünktlich.

Das müsse man zugeben, meinte ein Vertreter in Kunsthonig, es habe sich vieles verbessert. In seiner Branche auf jeden Fall, stimmte ein Reisender in Lederwaren zu, vor allem Stiefel verkauften sich wie verrückt. Mit allem könne man natürlich nicht einverstanden sein, fing ein Dritter an, es gäbe schon Sachen, die eigentlich nicht vorkommen dürften. Aber die anderen wollten nicht politisieren, sondern lieber einen Jass klopfen.

Über den Sitzen im Abteil waren Fotografien befestigt: festlich herausgeputzte Gebäude mit Fachwerkfassaden und Bergspitzen, die sich in romantischen Seen spiegelten. »Deutsche, macht Urlaub in Deutschland!« stand darunter. Auf einem Bild hielt ein Trachtenmädchen einen Blumenstrauß im Arm und lächelte schüchtern unter der bändergeschmückten Haube hervor.

›Ich weiß nicht einmal, wie sie aussieht‹, dachte Arthur.

Er hätte sie danach fragen müssen, natürlich, sie um Fotos bitten, aber am Anfang hatte er an so etwas gar nicht gedacht, und jetzt gab es die Zensur, und man wusste nicht, wer die Briefe las. Es sollte doch alles ganz selbstverständlich und besprochen aussehen. Nichts durfte darauf hindeuten, dass es bei dieser Hochzeit nur um den Schweizer Pass ging.

Er hatte ihr deshalb nicht einmal einen förmlichen Antrag gemacht, hatte in seinem Brief so getan, als sei alles schon längst klar zwischen ihnen. Ganz ohne Vorankündigung hatte er ihr geschrieben, er seinerseits habe die notwendigen Papiere für ihre Eheschließung beisammen und hoffe doch sehr, dass sie ihrerseits auch schon bald so weit sein werde. Man habe es ihm im Übrigen noch einmal bestätigt: Für die Gattin eines Schweizer Staatsbürgers war die Einreise kein Problem.

Irma und Moses ließen grüßen und freuten sich schon sehr darauf, ihr die Schweiz zu zeigen.

»Vor allem die Stadt Zürich«, hatte er in Klammern dazugesetzt.

Sie hatte genauso sachlich geantwortet, in einem knappen Brief ohne Überraschung und ohne Einwände. Sie erinnerte ihn nur daran – sie schrieb tatsächlich »erinnern« –, dass er bitte auf keinen Fall vergessen dürfe, den Nachweis für seine nichtarische Abstammung mitzubringen, man würde sonst auf dem Standesamt annehmen, er als Schweizer sei deutschen oder artverwandten Blutes, und dann wäre die Eheschließung mit einer Jüdin nicht zulässig.

Er hatte sich also von der Israelitischen Religionsgesellschaft seine Mitgliedschaft bestätigen lassen und das notariell beglaubigte Papier dummerweise im Pass aufbewahrt, in dem doch die Konfession gar nicht vermerkt war. Wenn er es einfach in die Tasche gesteckt hätte … »Meijer« klang gut schweizerisch, und wahrscheinlich hätten sie ihn in Ruhe gelassen.

François oder auch Hinda würden ihn vor so einer Fahrlässigkeit gewarnt haben, aber er hatte seinen Geschwistern nichts von dieser Reise, von dieser Hochzeitsreise, erzählt. Sie hätten ihm doch nur abgeraten. François hätte ihm Punkt für Punkt vorgerechnet, warum die Sache nicht aufgehen könne, nie und nimmer, und Hinda hätte den Kopf geschüttelt und gesagt: »Wirklich, Arthur, man kann das Weltverbessern auch übertreiben.«

Zum zweiten Mal in seinem Leben hatte er um die Hand einer Frau angehalten, und wieder war es eine Frau, die er überhaupt nicht kannte.

Noch weniger als damals Chaje Sore Wasserstein. Die hatte er zumindest einmal gesehen, an jenem Abend in der Laubhütte. Und hatte sich sofort verpflichtet gefühlt …

Er wusste ja nicht einmal, wie sie aussah.

Vielleicht war sie hässlich. Nicht, dass es darauf angekommen wäre, natürlich nicht, aber man würde sich ja doch jeden Tag am Tisch gegenübersitzen, musste vielleicht sogar im selben Zimmer …

Er hatte Dr. Strauss gefragt, den Rechtsanwalt, es betreffe ihn zwar nicht persönlich, hatte er gesagt, sondern nur einen seiner Patienten, aber es würde ihn doch interessieren, aus reiner Neugierde, wie in diesen Dingen die Gepflogenheiten wären. Sie überprüften das von den Behörden aus, sagte Dr. Strauss, kamen auch nach einem Jahr oder nach zweien noch vorbei und kontrollierten, ob die Ehe auch tatsächlich bestand. Klingelten ohne Voranmeldung an der Tür und ließen sich das Badezimmer zeigen, ob da auch wirklich zwei Zahnbürsten in den Gläsern standen. Schauten sich das Schlafzimmer an.

Das Schlafzimmer.

Arthur konnte sich das alles nicht vorstellen.

Er wusste nicht einmal, welche Haarfarbe sie hatte.

Vielleicht würde er vor dem Standesamt stehen und sie nicht erkennen.

Und sie ihn auch nicht.

Er hatte einmal von einer Frau gehört, bei den ganz Orthodoxen, der hatte man ihren Gatten durch einen Schadchen zugeführt, und als man ihr unter der Chuppe den Schleier hob, und sie ihn zum ersten Mal sah, da hatte sie sich übergeben müssen, so hässlich fand sie ihn.

Es soll aber, sagten die Leute, dann doch noch eine glückliche Ehe geworden sein.

Ob sie erwarten würde, dass er sie küsste?

Siebenundfünfzig Jahre war er alt und hatte Angst, sich dabei ungeschickt anzustellen.

Lächerlich.

Siebenundfünfzig Jahre.

Zwanzig Jahre Unterschied.

Man kann das Weltverbessern auch übertreiben.

Aber Irma würde ihn anlächeln mit ihren schielenden Augen. Und Moses würde allen Kissen in der Wohnung mit der Handkante den perfekten Knick geben.

Er musste ein paar Kissen kaufen. Die alten Ledersessel rausschmeißen und ein Sofa besorgen. Dass man am Abend zusammensitzen konnte wie eine richtige Familie.

Am Wochenende würden sie in den Zoo gehen. Einmal im Jahr zum Sechseläutenumzug. In den Urlaub würden sie fahren.

Deutsche, macht Urlaub in Deutschland! Deutsche, macht Urlaub in Deutschland!

Warum ratterte jetzt dieser Werbespruch in seinem Kopf, im Rhythmus der Räder? Wieso war er plötzlich allein im Abteil?

Er musste eingeschlafen sein, er wusste nicht, wie kurz oder wie lang.

Draußen vor den Fenstern zog wie in einem Propagandafilm eine glückliche Landschaft vorbei.

Deutsche, macht Urlaub in Deutschland!

Auf den Feldern brachten Bauern unter wolkenlosem Himmel die letzte Ernte ein. In den Ortschaften gingen zufriedene Bürger ihren Geschäften nach. Vor den Bahnschranken warteten die Menschen mit geduldigen Gesichtern.

Es war alles so normal.

Normal?

Arthur war unterwegs, um eine wildfremde Frau zu heiraten.

Vielleicht schaffte er es ja nicht rechtzeitig. Vielleicht war es dann unmöglich, einen anderen Termin zu bekommen. Vielleicht war schon alles abgesagt, wenn er ankam.

Wie spät war es überhaupt?

Irgendwann würde er sich eine Armbanduhr kaufen müssen. Jedes Mal erst einen Deckel aufklappen, um die Zeit abzulesen, das war viel zu umständlich. Heutzutage trug kein Mensch mehr seine Uhr an einer schweren Kette in der Westentasche. Er musste sich umstellen, musste beweglicher werden. Jetzt, mit all diesen neuen Verpflichtungen.

Aber vielleicht hatte er ja alles verpasst. Ohne etwas dafür zu können. Er hatte im richtigen Zug gesessen, im frühesten, den es gab, aber da hatten sie ihn herausgeholt, und der nächste fuhr erst drei Stunden später. Wenn das Rathaus nicht ganz nahe beim Bahnhof war …

Nein, sagte der Schaffner, die Fernzüge hielten in Kassel-Wilhelmshöhe. Um in die Stadt zu kommen, müsse er dort noch in die Lokalbahn zum Hauptbahnhof umsteigen oder ein Taxi nehmen, wenn er es sehr eilig habe.

Hatte er es eilig?

Damals, als kleiner Junge vor dem Panoptikum, da hatte er es nicht erwarten können, all die Geheimnisse kennenzulernen. »Ein Jüngling, den des Wissens heißer Durst nach Sais in Ägypten trieb.« Und als er Joni zum ersten Mal gesehen hatte …

Was hatte der zum Abschied gesagt? »Eine Familie wäre auch für dich das Beste. Du wärst ein wunderbarer Vater.«

Zwischendurch, wenn sie sich einem größeren Ort näherten, wurde der Zug ganz langsam, blieb oft beinahe stehen, und Arthur wusste jedes Mal nicht, ob er sich darüber freuen sollte. Aber im nächsten Bahnhof fuhren sie dann wieder auf die Minute pünktlich los. Wie sich das in einem Land gehörte, in dem man so großen Wert auf Ordnung legte.

Die Strecke führte jetzt durch einen Wald, und auf beiden Seiten waren die Bäume ordentlich ausgerichtet, in Reih und Glied für den Holzfäller angetreten.

Durch Dörfer, die aufgestellt waren wie aus dem Baukasten. Immer wieder durch das gleiche Dorf.

An einer Kaserne vorbei, die aussah wie eine Fabrik, und an vielen Fabriken, die aussahen wie Kasernen.

Und dann, viel zu spät, viel zu früh, hielt der Zug an.

Vor dem verschnörkelten Bahnhof wartete nur ein einziges Taxi, und das wollte ihn zuerst nicht mitnehmen. Kaputte Koffer sind nicht vertrauenerweckend, genauso wenig wie Schuhe ohne Absätze. Erst die Banknoten in seiner Brieftasche ließen den Fahrer freundlicher werden. Arthur bezahlte im Voraus und wurde dabei wahrscheinlich übers Ohr gehauen. Darauf kam es nun auch nicht mehr an.

Er hätte nicht sagen können, was er erwartet hatte, aber die Stadt, durch die sie fuhren, kam ihm auf irritierende Weise viel zu gewöhnlich vor. Einen Alltag, so schien es ihm, hätte es hier überhaupt nicht mehr geben dürfen. Aber da war nichts Auffälliges. Menschen, Autos, Geschäfte. Wie überall. Es hätte auch Zürich sein können. Wären da nicht überall die Fahnen mit dem verdrehten Kreuz gewesen.

Als Arthur ihm erklärte, dass er es eilig habe, schien das den Fahrer sehr zu erfreuen. Er rückte seine Mütze auf den Hinterkopf und hupte sich den Weg frei.

»Sie sind Schweizer?«, fragte er.

»Ja.«

»Gehört auch zu uns«, sagte der Fahrer und nickte wie einer, der geheime Informationen hat. »Genau wie Österreich. Sie werden schon sehen.«

Im Lauf der Fahrt wurde er immer gesprächiger, behandelte Arthur wie ein reicher Onkel einen armen Verwandten, und erklärte ihm mit Besitzerstolz die Sehenswürdigkeiten, an denen sie vorbeikamen, das Landesmuseum und die Torwache.

Dann bogen sie schon in die Königsstraße ein.

Die gleiche Straße, an der Rosa Pollacks Mann überfahren worden war.

»Hier ist das Rathaus«, sagte der Fahrer. »Wollen Sie den Oberbürgermeister besuchen?« Und lachte und winkte Arthur, der mit seinem verschnürten Koffer wie ein Gestrandeter auf dem Bürgersteig stand, beim Wegfahren noch einmal zu.

Die große Uhr über dem Eingang – von zwei steinernen Löwen flankiert, auch das hätte in Zürich sein können – zeigte ihm, dass er pünktlich gekommen war. Zehn Minuten zu früh sogar. Jetzt musste er nur noch das richtige Zimmer finden.

Ob es hier wohl einen Pförtner gab, bei dem er seinen Koffer deponieren konnte?

Und dann kam eine Frau aus der Tür des Rathauses, eine aufgeregte dicke Frau mit einem kleinen Blumenstrauß in der Hand, sah sich suchend um und eilte auf Arthur zu. Je näher sie kam, desto langsamer ging sie, zögerte immer mehr, sah ihn an, wie man ein Geschenk ansieht, das einem schon von weitem nicht gefällt, und über das man doch aus purer Höflichkeit wird eine Spur von Freude heucheln müssen.

Sah seinen Koffer an, die kaputten Schuhe, das Jackett, aus

dem das Futter heraushing. Er hätte den Mantel doch besser anbehalten und nicht über dem Arm tragen sollen.

»Arthur Meijer?«, fragte sie. Es war ihr deutlich anzumerken, dass sie sich gerne geirrt hätte. »Sind Sie Arthur Meijer?«

Eine aufgedunsene Frau, die versucht hatte, sich einen besseren Teint ins Gesicht zu pudern. Ein buntes Kleid, das überall an ihrem Körper spannte. Die aufgequollene, verfärbte Narbe einer unfachmännischen Impfung am linken Oberarm.

»Ja«, sagte Arthur, »ich bin …« Er musste seinen Koffer, dieses zusammengeschnürte, unansehnliche Relikt von einem Koffer, erst auf den Boden stellen, um den Hut lüften zu können. »Doktor Arthur Meijer«, stellte er sich vor und machte dabei, ohne es zu wollen, einen Bückling, wie er ihn beim kleinen Moses gesehen hatte.

Sie schüttelte ungläubig den Kopf.

Haare auf der Oberlippe, kurze stachlige Haare. Das war etwas, das ihm bei Frauen schon immer unerträglich gewesen war.

»Ich habe Sie mir anders vorgestellt«, sagte sie.

»Und ich …« Aber er hatte sich nun einmal darauf eingelassen, hatte sein Wort verpfändet, ohne dass ihn jemand darum gebeten hätte, hatte niemandem die Chance gegeben, ihm die Sache auszureden, und deshalb war es nur richtig, wenn er jetzt verschluckte, was ihm auf der Zunge lag. Stattdessen sagte er: »Diese Leute haben mir die Schuhe kaputtgemacht.«

In ihrer Verwunderung streckte sie die Zunge heraus, was ihrem Gesicht einen babyhaft dümmlichen Ausdruck gab.

»Die Grenzbeamten«, versuchte er zu erklären. »Sie haben mich aus dem Zug geholt und …«

»Wir müssen uns beeilen.« Sie atmete einmal tief aus, wie man es vor unangenehmen, aber unvermeidlichen Entscheidungen tut, und griff dann, bevor er es selber tun konnte, nach seinem Koffer. Obwohl es doch gar nicht so ein heißer Tag war, hatte sie Schweißflecken unter den Armen.

Schweigend und ohne sich auch nur einmal zu vergewissern, dass er ihr auch folgte, stampfte sie vor ihm her die Treppe hinauf. ›Beine wie die dicke Christine‹, dachte er. Erst im dritten Stockwerk blieb sie vor einer Tür stehen, atmete nicht einmal schwer, obwohl das doch bei ihrem Körpergewicht zu erwarten gewesen wäre, und erklärte ihm: »Eigentlich wäre ja weiter unten das vornehme Trauungszimmer, alles Eiche holzgeschnitzt, aber das ist nur für arische Eheschließungen.«

»Ja«, sagte er resigniert, »dann müssen wir jetzt wohl«, und wollte ihr den Arm reichen.

Sie sah ihn an, wie sie ihn schon die ganze Zeit angesehen hatte, ungläubig und enttäuscht, und machte einen Schritt zur Seite. »Hoffen wir, dass es das Richtige ist«, sagte sie. »Geben Sie mir Ihren Mantel und Ihren Hut. Es ist besser, wenn Sie die Hände frei haben. Und beeilen Sie sich! Rosa wartet schon da drin.«

72

Am nächsten Morgen waren sie schon vor dem ersten Sonnenlicht am Bahnhof. Wenn es noch einen früheren Zug gegeben hätte, würden sie auch den genommen haben. Arthur hatte es eilig, zurück in die Schweiz zu kommen, und Rosa konnte es nicht erwarten, nicht mehr in Deutschland zu sein.

Sie saßen sich gegenüber und waren verheiratet.

Noch in der Dunkelheit waren sie losgefahren. Jetzt wurde es draußen langsam hell, aber keiner der beiden hatte Lust, aus dem Fenster zu sehen.

Auch in diesem Abteil gab es über jedem Sitz einen Bilderrahmen, nur waren die Rahmen leer. Die Werbefotos hatten wohl etwas Unerwünschtes gezeigt, und man hatte noch keine Zeit gehabt, sie zu ersetzen.

Es hätte viel zu bereden gegeben, aber sie saßen sich stumm gegenüber, sagten nur ab und zu belanglose Sätze, wie man sie auch zu Fremden sagt. »Nein, es macht mir nichts aus, gegen die Fahrtrichtung zu sitzen«, oder: »Heute wird es wohl regnen.«

Sie stellten keine der Fragen, die sie wirklich interessierten, weil sie nicht wussten, wo sie anfangen sollten. ›Wie damals im ersten Semester‹, dachte Arthur, ›als ich den großen Anatomieatlas nach Hause brachte und mich zwei Tage nicht traute, ihn aufzuschlagen. Ich hatte zu große Angst davor, mir das alles merken zu müssen.‹

Die Wirklichkeit rannte hinter dem Zug her und schaffte es nicht, ihn einzuholen.

Sie saßen sich gegenüber.

Ihr Gesicht, er fand keine andere Formulierung dafür, war präzis, mit klaren, deutlichen Linien, wie von einem Zeichner, der nicht zögert, wenn er seine Striche setzt. Eine selbstbewusste Nase und ein entschlossenes Kinn. Kürzere Haare, als sie in der Schweiz Mode waren, fast jungenhaft geschnitten. Die Ohrläppchen waren einmal durchstochen gewesen und wuchsen schon wieder zu. Vielleicht hatte sie ihre Ohrringe verkaufen mussen.

»Du siehst mich an, als wolltest du mich auswendig lernen«, sagte Rosa.

Aber so weit war er noch gar nicht. Er fing gerade erst an, sie zu buchstabieren.

Sie war nicht schön, das hätte wohl niemand auf den ersten Blick von ihr gesagt, aber nicht jede Frau ist eine Frau für den ersten Blick. Man konnte sich gut vorstellen, sie immer wieder neu anzusehen, über einen Tisch hinweg.

Oder von Bett zu Bett.

Nein, das konnte er sich nicht vorstellen.

»Es wird schon gehen«, sagte sie und hatte seine Gedanken gelesen. »Das gestern haben wir ja auch geschafft.«

Und begann plötzlich zu lachen.

›Wie meine Schwester‹, dachte er. ›Als Hinda noch ein Mädchen war, ist es auch immer ohne wirklichen Anlass aus ihr herausgeplatzt.‹

Rosa hatte ein ganz junges Lachen. Und war doch Mutter von zwei Kindern, mit einem Schicksal und mit Erinnerungen, die wehtun mussten.

Ein junges Lachen.

»Entschuldige«, sagte sie. »Aber dass du tatsächlich meine Freundin Trude für die Braut gehalten hast … Gib's zu, dass sie dir besser gefällt als ich! Gib's zu: es tut dir leid, dass du mit mir hast vorlieb nehmen müssen.«

Nein, es tat ihm nicht leid.

Eine seltsame Hochzeit war das gewesen. Nur schon wie er vor diesem Rathaus gestanden hatte, in einem Aufzug wie ein Obdachloser, einer, der in ausgelatschten Schuhen vor fremden Haustüren um einen Teller Suppe bettelt. So hatte er wohl ausgesehen. Oder wie sie dann die Ringe tauschen sollten und er sie von seinem Schlüsselbund nicht losbrachte. Daran herumzerrte und sich gleichzeitig entschuldigte. Bis sie dann den Schlüsselbund nahm und die Ringe befreite.

Geschickte Hände.

Wie der Standesbeamte ihnen, wie das bei allen Neuvermählten die Vorschrift war, ihr Exemplar von *Mein Kampf* überreichen wollte, die offiziellen Worte schon ganz automatisch begonnen hatte und dann mitten im Satz abbrach, weil dies ja keine arische Trauung war und die Vorschrift nicht galt. Viele andere Vorschriften, aber nicht die. Wie er sie dann aus lauter Verlegenheit ganz schnell die Heiratsurkunde unterschreiben ließ, zuerst den Bräutigam, Dr. Arthur Meijer, dann die Braut, Rosa Recha Meijer, geborene Bernstein, verwitwete Pollack, und dann die Trauzeugen, Trude Speyer und Dr. Saul Merzbach. Mit Trude war Rosa auf dem Lehrerinnenseminar gewesen; Dr. Merzbach hatte ihre Kinder zur Welt gebracht und war jetzt, wo er nicht mehr im Krankenhaus arbeiten durfte, ihr Hausarzt. Arthur konnte sich an den Namen erinnern; er hatte ihn unter dem Gesundheitszeugnis gelesen, das Irma und Moses für ihre Reise nach Heiden gebraucht hatten.

Bei Merzbach feierten sie dann auch. Vier Menschen, die zu einer Flasche Sekt belegte Brote essen. Kann man das feiern nennen? Eine einzige Flasche Sekt, und doch hatte es Arthur fertig gebracht, einen Schwips davon zu bekommen, nun ja, die Aufregung, und er hatte auch den ganzen Tag nichts gegessen.

Nach seiner Entlassung aus dem Krankenhaus hatte Dr. Merzbach seine Praxis bei sich zu Hause einrichten müssen; es wollte ihm niemand etwas vermieten. Der vertraute Geruch nach Karbol und Sauberkeit machte Arthur unvorsichtig, und natürlich der Alkohol und die Aufregung. Als Trude im Nebenzimmer ein Grammofon entdeckte und darauf bestand, dass die Braut und der Bräutigam miteinander tanzen müssten, jetzt sofort, ein Mizwetänzel, da wehrte er sich nicht einmal. Er war dann natürlich dabei gestolpert und wäre beinahe mit Rosa hingefallen. Worauf ihm Dr. Merzbach ein Paar von seinen Schuhen schenken wollte, mit Absätzen. Doch, doch, das könne er ruhig annehmen, früher oder später werde man so oder so das meiste weggeben müssen. Er habe sich erkundigt: in Südamerika würden Ärzte gebraucht.

Aber die Schuhe hatten ihm dann nicht gepasst.

Trude, die in solchen Sachen tüchtig war, reparierte den Saum seines Jacketts.

Ihre Koffer hatten die ganze Zeit nebeneinandergestanden, das Bild hatte sich Arthur eingeprägt, sein eigener, kaputt und zusammengeflickt, und ihre beiden mit den hellen Flecken, wo sie die Aufkleber weggekratzt hatte, die letzten Überreste von schönen Erlebnissen, an die sie nicht mehr erinnert sein wollte. Zwei Koffer, mehr nahm sie nicht mit aus ihrem alten Leben. Sie hatte das Gepäck schon am Nachmittag zu Dr. Merzbach gebracht. In das kleine Zimmer bei dem Onkel mit dem nervösen Herzen wollte sie nicht mehr zurück.

Sie übernachteten dann auch dort, die paar Stunden, bis sie schon wieder hinausmussten. Rosa schlief auf dem Kanapee und Arthur in einem Sessel. Ihre Kleider behielten sie an, und das war ihm auch lieb so.

Er konnte es sich nicht vorstellen.

Rosa hatte gebeten, dass sie niemand zum Bahnhof begleiten solle, aber Trude war dann trotzdem mitgekommen und hatte ein bisschen geweint.

Draußen begann es jetzt zu regnen. Zuerst nur einzelne Tropfen, dass man die Spur jedes einzelnen auf der Fensterscheibe verfolgen konnte, und dann immer mehr, bis die Landschaft, wie hinter einer Milchglasscheibe, unscharf wurde.

»In einem deiner Briefe«, sagte sie leise, »hast du geschrieben, ich solle die schönen Tage genießen. Meinst du, sie fangen jetzt an?«

»Ich werde mir Mühe geben.«

Sie schüttelte den Kopf. »Diese Goliaths! Sogar fürs Wetter wollen sie verantwortlich sein.«

Wenn sie lachte, schielte sie ein winziges bisschen, nicht so wie Irma, aber doch merkbar. Er freute sich über die Beobachtung. Wertvolle Dinge gehören einem sehr viel mehr, wenn man auch ihre versteckten kleinen Fehler kennt.

Er hatte sich geirrt: Sie war doch eine schöne Frau.

Während er …

Würde sie Zärtlichkeiten von ihm erwarten? Oder sie nur erdulden? Arthur fühlte sich schon wieder schuldig.

Bei der Trauung hatte er sie geküsst, natürlich, aber das hatte nichts mit ihnen beiden zu tun gehabt, war nur eine Formalie gewesen, »Setzen Sie sich hin, geben Sie mir Ihre Papiere, küssen Sie die Braut!«. Ein Ritual. Wenn sich seine Patienten vor ihm auszogen, waren sie auch nicht wirklich nackt, sondern hatten ihm nur ihre Körper mitgebracht, wie man eine Uhr, die nicht mehr richtig geht, zum Uhrmacher bringt.

Aber sie war keine Patientin. Sie war …

Eine schmale Taille unter dem blumenbedruckten Kleid.

Sie war jetzt seine Frau.

Rosa Meijer.

»Rosa Recha Meijer.«

Er musste den Namen laut gesagt haben, denn sie nickte und wiederholte ihn ein paarmal, wie jemand, der sich eine Vokabel in einer neuen Sprache einprägen will.

Rosa Recha Meijer.

»Wirst du dich daran gewöhnen können?«

Sie fasste seine Hand und fuhr ganz langsam den Umrissen seiner Finger entlang. Den Kopf hielt sie dabei schräg, und eine Haarsträhne fiel ihr ins Gesicht.

»Du hast gute Hände«, sagte sie schließlich, und wenn sie seine Frage auch nicht beantwortet hatte, so war er doch zufrieden.

Im nächsten Bahnhof drängten zwei laute Frauen zu ihnen ins Abteil, besprachen ihre Männer und ihre Nachbarinnen und ließen sich durch das Paar am Fenster nicht stören.

»Sie sind alle gleich lästig«, sagte die eine, und die andere gab ihr recht und bestätigte, ja, so sei das wohl, aber man müsse sie nehmen, wie sie kämen, es gebe keine andern.

Wer sich Illusionen über die Menschen mache, sei selber schuld, sagte die erste, und die andere nickte und meinte: Aber so dumm seien sie beide schon lange nicht mehr, sie nicht.

Dann holten sie dick mit Wurstscheiben belegte Butterbrote aus ihren Körben und würgten ihren Ärger über die Menschheit damit hinunter.

Rosa und Arthur sahen sich an, und Rosa schielte ein winziges bisschen. Nichts verbindet mehr, als wenn man über dieselben Dinge lachen kann.

An der Schweizer Grenze gab es keine Probleme. Der Grenzbeamte sah sich die Hochzeitsurkunde an, studierte das Datum, stutzte, legte dann die Hand an die Mütze und sagte: »Herzlichen Glückwunsch.«

In Basel stiegen sie um, und bald saßen sie im Zug nach Hause. »Nach Hause«, wiederholte Rosa, und auch das war eine neue Vokabel.

»Was hast du eigentlich für eine Wohnung?«

»Zu klein für vier Personen«, sagte er überschnell. »Aber vielleicht wird Désirée mit uns tauschen.« Jetzt musste er ihr natürlich erklären, wer Désirée war, und warum man sie Déchirée nannte, wie das mit Alfred gewesen war, und warum sein Bruder François ein Goi war. Er wurde gesprächig, ohne es zu merken.

»Ich glaube, ich werde mich mit Désirée gut verstehen«, meinte Rosa.

Dann hielten sie schon in Baden, wo es auch wieder viel zu erzählen gab, fuhren durch Dietikon und Schlieren, der Zug wurde langsamer, es war noch nicht einmal Nachmittag, und sie waren in Zürich.

Sie stiegen aus, er trug ihre beiden großen Koffer und sie seinen kleinen. Plötzlich blieb er stehen und sagte: »Wir sollten sie zur Gepäckaufbewahrung bringen.«

»Warum nicht nach Hause?«

»Wir könnten den Umweg über Rorschach machen.« Und auf die Frage in ihrem Gesicht hin: »Das ist der Ort, wo der Zug nach Heiden abfährt.«

Wenn sie glücklich war, war ihr Gesicht sehr viel weniger präzis.

In Heiden rannte sie den Kiesweg zum Kinderheim hinunter, in völlig ungeeigneten Schuhen, verfing sich in der Spur eines Wagenrads und fiel hin. Als sie sich aufrappelte, zerzaust und lachend, war der Absatz ihres Schuhs abgebrochen.

»Wir passen zusammen«, sagte Arthur.

Sie hatte sich die Strümpfe zerrissen und ein Knie aufgeschürft. »Da heiratet man einen Arzt«, sagte sie, »und wenn man ihn einmal braucht, bindet er einem nur ein Taschentuch ums Bein.«

Fräulein Württemberger war nicht erfreut, sie zu sehen. Mit Stundenplänen, Tagesplänen, Wochenplänen versuchte sie dem *Wartheim* das Chaos auszutreiben, das überall lauert, wo Menschen und vor allem Kinder sind, und jetzt tauchte da dieser Doktor Meijer auf, an einem Tag, der überhaupt nicht für die Untersuchung von Frauenvereinskindern vorgesehen war, stand einfach in ihrem Büro und hatte auch noch seine Frau mitgebracht, wo es doch immer geheißen hatte, er sei ein eingefleischter Junggeselle. Eine Frau mit zerrissenen Strümpfen und kaputten Schuhen. Wie eine Landstreicherin. Und dann, als sei das das Selbstverständlichste von der Welt, wollte er Irma und Moses gerufen haben, gleich und auf der Stelle, und dabei hatten die beiden doch Küchendienst, und wenn da vier Hände fehlten, kam der ganze Plan durcheinander und das Abendessen würde nie und nimmer pünktlich auf den Tischen stehen. Dabei hatte man mit den beiden schon genügend Umstände, bei all der Sonderbehandlung, die Irma wegen ihrer Krankheit brauchte.

»Sie ist nicht mehr krank«, sagte Arthur.

Nun ja, meinte Fräulein Württemberger und fahndete nach Flüchtlingen aus ihrem Haarknoten, nun ja, sie hätte in der letzten Zeit auch manchmal den Eindruck gehabt, es ginge dem Mädchen bedeutend besser, aber andererseits …

»Sie ist wieder ganz gesund.«

Wie er das wissen wolle, ohne das Kind überhaupt gesehen zu haben.

»Bei Ihrer guten Pflege kann es gar nicht anders sein«, sagte Arthur.

Und dann spielten sich Szenen ab – in Fräulein Württembergers persönlichem Büro! –, Szenen spielten sich ab, mit Schreien und Umarmungen und Küssen und Tränen, Szenen, die in einem nach wissenschaftlichen Prinzipien geführten Kinderheim einfach keinen Platz hatten. Und dieser Dr. Meijer, der irgendwie an allem schuld war, sie würde ihm schon noch dahinter kommen, was er da für ein Spiel spielte, dieser Dr. Meijer stand mit verschränkten Armen dabei und machte ein Gesicht, als habe er einen Preis gewonnen. Ließ sich auch selber von den Kindern abknutschen, auch von dem Mädchen, ein erwachsener Mann. Primitiv war das geradezu, ja, das war das Wort: primitiv.

Als dann auch noch die Sachen der Kinder zusammengepackt werden sollten, jetzt gleich, weil man die beiden mitnehmen würde, einfach so mitnehmen, einfach so ohne weiteres, als jeder Hinweis auf Regeln und Dienstwege einfach vom Tisch gewischt wurde, da gab Fräulein Württemberger überraschend schnell nach. Sie bestand nur darauf, dass Dr. Meijer schriftlich bestätigte, er habe jetzt die Verantwortung für die beiden Kinder voll und ganz übernommen. Man musste sich absichern, für alle Fälle. Was immer hinter dieser Sache stecken mochte, sie war froh, damit nichts mehr zu tun zu haben. Jawohl, froh war sie. Fort mit Schaden, wie man hier in der Schweiz sagte.

Sie schickte ihnen sogar, nur um sicher zu sein, dass sie auch wirklich abfuhren, den Köbeli mit dem Handwagen bis zum Bahnhof mit.

Im Zug stritten sich die Geschwister darum, wer auf Rosas Schoß sitzen durfte. Sie entschied salomonisch, dass bei jeder Haltestelle gewechselt werden solle; wer nicht dran sei, müsse eben mit Arthurs Schoß vorlieb nehmen. Als Irma sich zum ersten Mal an ihn schmiegte und ihre dünnen Arme um seinen Hals legte, musste er die Brille abnehmen und sich den Nasenrücken reiben. Seine Augen seien von der langen Fahrerei entzündet, erklärte er.

Seit ihre Mutter da war, schien Irma jünger geworden zu sein.

Es lag wohl daran, dass sie die Verantwortung wieder abgeben durfte.

»Ich habe das gemacht«, flüsterte sie Arthur ins Ohr. »Weil ich so gut krank gewesen bin.«

Beim Umsteigen in Rorschach kaufte Arthur am Kiosk vier Tüten Brausepulver, natürlich mit Erdbeergeschmack, und Irma brachte allen bei, wie man Blut spuckt. Moses hatte erst Angst vor dem Spiel, bis Arthur ihm erklärte, dass Brausepulver die beste Medizin überhaupt sei. Dann machte er voller Begeisterung mit und sabberte sich vor Vergnügen den ganzen Pullover voll.

Ein älterer Herr faltete verärgert seine Zeitung zusammen und beschwerte sich bei Arthur darüber, dass dessen Kinder in einem Eisenbahnabteil, wo sie schließlich nicht allein seien, solchen Krach machten. »Dabei sind wir gar nicht seine Kinder«, meinte Moses.

Als sie endlich ankamen, war es schon Abend. Sie mussten ein Taxi nehmen, so viele Koffer waren aus Kassel und aus Heiden zusammengekommen. Moses wollte wissen, warum Arthurs Koffer so einen großen Spalt habe, und Rosa antwortete: »Damit frische Luft an seine Sachen kommt.«

In der Wohnung gab es nicht genügend Betten. Arthur war ein unpraktischer Junggeselle und hatte an solche Sachen nicht gedacht. Aber sie legten Matratzen auf den Boden und suchten Decken zusammen. Arthur zog sich in sein Schlafzimmer zurück, und Rosa und die Kinder schliefen nebeneinander auf dem Fußboden, wie im Ferienlager. Es war wohl die beste Lösung; Irma und Moses hätten ihre Mutter sowieso nicht losgelassen.

Um am nächsten Tag frühstücken zu können, mussten sie erst alle zusammen einkaufen gehen. Irma war sehr stolz darauf, dass sie ihrer Mutter das Schweizer Geld erklären konnte.

Arthur deckte den Tisch mit dem guten Geschirr aus Sarguemine, und sie aßen alles durcheinander, Brot und Honig und

Pfirsiche und Schokolade. Weil sie beim Einkauf den Kakao vergessen hatten, bekamen die Kinder stattdessen einen Schluck Kaffee in ihre Milch geschüttet und fühlten sich sehr erwachsen.

Bei diesem Frühstück entdeckte Arthur eine kleine Eigenheit an seiner Frau: Sie leckte sich nach jedem Bissen mit der Zungenspitze den Mundwinkel sauber. Immer nur den rechten. Er starrte sie deshalb so fasziniert an, dass sie ihn fragte: »Was lernst du jetzt gerade wieder auswendig?«

Nachher erkundeten die Geschwister die Wohnung. Moses entdeckte die Zeichnung, die er für Arthur gemacht hatte. Dann wollte er die Bücher im Regal zählen, es waren aber zu viele. »Stehen da überall Geschichten drin?«, fragte er. Seine Schwester erklärte ihm aus der Überlegenheit ihrer zwölf Jahre heraus, dass Arthur doch ein Doktor sei und deshalb natürlich nur lauter Bücher habe, aus denen man etwas lernen könne.

»Man kann auch aus Romanen etwas lernen«, sagte Arthur und zwinkerte ihr zu. Irma hätte ihr Kunststück gern noch einmal vorgeführt, aber es war kein Brausepulver mehr da.

Den bronzierten Eichenlaubkranz mit seiner verblassten weißblauen Schleife fanden die Kinder besonders interessant. Als Arthur behauptete, den habe er einmal als Ringer gewonnen, schielte ihn Irma zweifelnd an, aber Moses schien es einleuchtend, dass ein Goliath jeden Kampf gewinnt.

Sie versuchten auch vergeblich, aus dem Tantalus die eingeschlossene Flasche zu befreien, in der immer noch ein eingedunkelter Rest der goldenen Flüssigkeit schwappte. Irma wollte gar nicht glauben, dass es seit bald hundert Jahren niemand geschafft habe, einen Schluck davon zu nehmen. »Ich hätte das Schloss einfach aufgebrochen«, sagte sie.

»Und wenn das Zeug dann nicht gut schmeckt?«

»Das wäre mir egal«, sagte Irma. »Ich wüsste es dann wenigstens.«

Arthur hatte sich vorgenommen, an diesem Tag noch gar nicht

wirklich da zu sein, und sich bei niemandem zu melden. Morgen oder übermorgen wäre es immer noch früh genug, um die Familie über all die überraschenden Veränderungen in seinem Leben zu informieren. Bis morgen oder übermorgen, so hatte er versucht, sich das einzureden, würde er bestimmt auch die richtige Form für diese Mitteilung gefunden haben.

Aber dann klingelte es an der Wohnungstür, und als er öffnete, stand Hinda davor und streckte ihm einen großen Blumenstrauß hin.

»Wo ist deine Frau?«, fragte sie.

Er musste wohl sehr dumm ausgesehen haben mit seinem verblüfften Gesicht, denn sie sagte ganz mitleidig »Arthur!«, wie sie als ältere Schwester schon immer »Arthur!« gesagt hatte, wenn ihr kleiner Bruder die Welt nicht verstand. »Wenn jemand aus Zürich heiratet, egal ob hier oder woanders, dann hängt das Aufgebot vier Wochen lang am Rathaus aus. Hast du daran nicht gedacht?«

Nein, daran hatte er nicht gedacht.

»Die ganze Gemeinde spricht davon. Zalman meint ja: ›Wenn er ein Geheimnis daraus machen will, dann soll er sein Geheimnis haben.‹ Aber jetzt, wo es passiert ist … Ich bin einfach zu neugierig. Wo ist sie?«

Sie wussten schon alles.

Sie wussten noch gar nichts, denn von den beiden Kindern hatte im Aufgebot nichts gestanden.

»Sonst hätte ich doch Geschenke für sie mitgebracht!« Hinda war ganz enttäuscht.

»Das macht nichts«, sagte Irma. »Wir nehmen sie auch noch später.« Dann redeten alle durcheinander, fanden keine Worte und brauchten deshalb besonders viele, mussten sich anschauen und umarmen und wieder anschauen, und Arthur stand für einmal nicht daneben, sondern war mittendrin, auf verlegene Weise stolz und auf stolze Weise verlegen.

»Du bist ein Glückspilz«, flüsterte ihm Hinda ins Ohr. »Wo hast du sie eigentlich kennen gelernt?«

»Auf dem Standesamt natürlich«, sagte Arthur. »Wo sonst lernt man seine Frau kennen?«

73

Chanele starb so ordentlich, wie sie gelebt hatte.

Sie legte, was sie bei aller Verwirrung auch im Heim nie vergaß, am Abend noch die Sachen für den nächsten Tag bereit; sie hatte das immer so gehalten, damit man sich am Morgen ohne Zeit zu verlieren anziehen und ins Geschäft gehen konnte. Aber sie stand nicht mehr auf, blieb einfach liegen und hatte es nicht mehr eilig. Ihr Körper zeigte keinerlei unangenehme äußerliche Anzeichen des Todes, als habe sie auch in diesem Punkt praktisch gedacht und der Chewre die Arbeit erleichtern wollen. Nur ihre schütteren weißen Haare lagen wirr auf dem Kissen, ein unordentlicher Anblick, den sie ihr Leben lang niemandem gestattet hatte. Der dunkle Scheitel, mit dem man sie kannte, wartete auf seinem Ständer und wurde nicht mehr gebraucht.

Die weiße Linie der Augenbrauen strich ihr Gesicht durch, eine Rechnung, die aufaddiert ist und erledigt.

In einem Altersheim ist Sterben nichts Außergewöhnliches, nicht mehr als eine letzte Hürde, die jeder noch zu nehmen hat. Man rechnete damit und war vorbereitet. Routine. Mehr Umstände als alles andere machte meist der Streit um die Nachfolge im Zimmer, bei diesem Zimmer ganz besonders, wo Chanele doch das beste im ganzen Haus gehabt hatte, das mit dem Blick auf die Straße, wo man von weitem sehen konnte, dass Besucher ankamen, auch wenn man sie nicht mehr erkannte.

Beim Telefonat mit François sagte Frau Olchev, was sie Hinterbliebenen immer sagte: das Schlimmste sei nun wirklich zum

Schlimmen gekommen, aber sie habe schon alles Nötige veranlasst und in Gang gesetzt. Der Herr Meijer könne sich da ganz auf sie verlassen, sagte sie, und müsse sich mit nichts belasten. Wenn sie auch wisse, dass das kein wirklicher Trost für ihn sein könne, natürlich nicht, so täte es ihm vielleicht doch gut, zu hören, dass seine Mutter – so eine sympathische Person! – ganz friedlich eingeschlafen war, gewissermaßen, wenn er das Bild gestatte, durch die Himmelspforte geschlüpft, ohne lang davor warten zu müssen. Und, wie gesagt, es sei alles organisiert. Sie, Frau Olchev, habe einfach mal angenommen, es sei dem Herrn Meijer recht, wenn sie die Chewre bestelle, damit alles nach der alten Tradition ablaufe, obwohl er selber ja …

Und immer so weiter, auch als François schon lang nicht mehr zuhörte.

Zwei Tage später fand die Beerdigung statt. Die kantonalen Vorschriften erlaubten es nicht, sie noch am Todestag durchzuführen, wie es die jüdische Sitte verlangt hätte, aber auch so ging alles sehr schnell. Man hatte keine Zirkulare verschickt, aber es erschienen trotzdem überraschend viele Trauergäste. Solche Nachrichten verbreiten sich auch ohne Post. Aus Zürich konnten es allerdings nur wenige einrichten, denn Chanele wurde natürlich neben Janki bestattet, auf dem alten Friedhof der Aargauer Juden, und mit dem Auto bis dorthin und nachher wieder zurück zu fahren kostet doch mindestens einen halben Tag. Auch wenn man der Familie gerne die Kowed erwiesen hätte, so ganz jede Umständlichkeit nimmt man dann doch wieder nicht auf sich.

Die koschere Kleiderfabrik hatte eine Delegation geschickt, und Sally Steigrad war da, der zu den Beerdigungen aller seiner Kunden ging. Der Spott sagte ihm nach, man könne aus seinem Gesicht am Grab auf die Höhe der Lebensversicherung schließen, die gerade fällig geworden sei. In diesem Fall gab es noch einen zusätzlichen, gewissermaßen amtlichen Grund für seine

Anwesenheit: er war unterdessen Ehrenpräsident des Jüdischen Turnvereins geworden, und Janki war doch damals nach seiner großzügigen Spende Fahnengötti gewesen und Chanele damit quasi die Gotte.

Aus Endingen, das am nächsten lag, kamen nicht viele Leute; seit man überall wohnen durfte, waren die alten Judengemeinden geschrumpft. Dafür traf aus Baden ein ganzer Bus ein, vor allem alte Frauen, die sich die Nachkommen der Schmattes-Meijers einmal in aller Ruhe ansehen wollten. Unter viel bedeutungsschwangerem Kopfnicken bestätigten sie sich gegenseitig, wie gut man doch zu Chaneles Zeiten in der Modernen Warenhalle bedient worden sei, viel besser als heute, wo die reichen Schneggs dort das Regiment führten, aber die hatten es ja auch nicht nötig, ihre Angestellten zur Höflichkeit anzuhalten.

Von Frau Olchev und den andern Vertretern des Altersheims hielt man allgemein Abstand. Ihre Anwesenheit erinnerte zu sehr daran, dass in Lengnau immer wieder Zimmer frei wurden.

Ganz überraschend tauchte im allerletzten Moment auch noch Siegfried Kahn auf, Minas Bruder, den Tante Mimi vor vielen, vielen Jahren einmal mit Hinda hatte verkuppeln wollen. Er hielt sich abseits und grüßte niemanden, um damit zu demonstrieren, dass er hier einzig und allein Chanele die Ehre erweise, aber bestimmt nicht dem Rest der Familie. Während der kurzen Zeremonie drehte er seinen grau gewordenen Eulenkopf immer wieder ganz böse dorthin, wo François bei seinen Geschwistern stand. »Ein Goi hat an einer jüdischen Beerdigung nichts zu suchen«, sagte sein Blick, »Sohn hin oder her.« Immerhin hatte François das Feingefühl gehabt, sich nicht wie Arthur als Zeichen der Trauer einen Riss in sein Jackett machen zu lassen. Das hätte sich denn doch überhaupt nicht gepasst. François trug einen schwarzen Mantel mit Biberkragen und sah darin nach Meinung der alten Badener besonders unjüdisch aus.

Von der Familie fehlten nur die aus Halberstadt. Ruben

wusste vom Tod seiner Großmutter möglicherweise noch gar nichts: das sofort angemeldete Ferngespräch war aus irgendeinem Grund bisher nicht durchgekommen. Man hatte ihm jetzt ein Telegramm geschickt, aber er hatte sich noch nicht zurückgemeldet.

Sie trauerten, was bei Beerdigungen ja nicht selbstverständlich ist, alle wirklich um Chanele, wenn auch nicht um das Chanele der letzten Jahre. Mit ihrem Tod war sie in allen Köpfen wieder so geworden, wie sie einmal gewesen war.

Wer das Weinen nicht gewohnt ist, dem zerreißt es leicht das Gesicht. Hinda war zum Lachen geboren und wusste mit Tränen nicht umzugehen. Sie trug ihren Schmerz wie eine Verkleidung, als habe sie ihn sich, wie den Hut mit dem kleinen schwarzen Schleier, gerade noch schnell besorgt, ohne lang auszuwählen.

Zalman hörte sich den Hesped des Rabbiners mit kritischer Miene an. Manchmal, wenn sich der Redner allzu sehr in Gemeinplätzen verlor – »Eijsches chajil, liebende Gattin, vorbildliche Mutter« –, schüttelte er, ohne es selber zu merken, missbilligend den Kopf und schien die Argumente für eine Gegenrede vorzubereiten. Er hatte seiner Schwiegermutter immer besonders nahe gestanden; Chanele war von Anfang an seine Verbündete gewesen, schon an jenem ersten Abend, als sie ihn – »Wenn es doch nicht verhandelbar ist!« – zu einem förmlichen Heiratsantrag an Hinda gezwungen hatte.

Lea, die neben ihrem Vater stand, zupfte immer wieder nervös an ihrem Mantel herum oder rückte den Hut zurecht. Irgendetwas schien nicht in Ordnung zu sein, denn die Leute, vor allem die aus Baden, starrten sie an und tuschelten. Selbst im Rücken spürte sie die Blicke, wie lauter feine Berührungen. Sie hätte sich wegen ihrer Kleidung keine Sorgen machen müssen: die alten Badener, von denen die meisten die Kamionker-Zwillinge bisher nur dem Namen nach gekannt hatten, bestätigten sich nur gegenseitig, wie sehr Lea mit ihren durchgezogenen Augenbrauen doch der Großmutter glich, ihr Andenken sei zum Segen. Man musste sich die Brille wegdenken – Chanele hatte nie eine getragen, auch im hohen Alter nicht –, aber dann war es, unbeschrien, wie abgeschnitten das gleiche Ponem.

Leas Mann hätte den Tuschlern am liebsten wie in seiner Schule einen Verweis erteilt. Aber hier hatte Adolf Rosenthal nichts zu sagen. Wer nur zur angeheirateten Mischpoche gehört, ist bei Lewajes notwendig eine Randfigur, eine Rolle, die ihm ganz und gar nicht behagte. Steif und wie beleidigt stand er zwischen den anderen und musste sich seine Autorität dadurch bestätigen, dass er seinen Sohn mehrmals mit Rippenstößen zu einer würdigeren Haltung ermahnte.

Hillel hatte seinen alten Schabbesanzug an und fühlte sich darin nicht wohl. In der Zeit am Strickhof hatte er neue Muskeln bekommen, so dass der Stoff jetzt an allen Ecken und Enden spannte. Es kam ihm vor, als wolle man ihn mit dieser Verkleidung in eine Rolle zurückzwingen, aus der er nun wirklich endgültig herausgewachsen war. Wie der Böhni kam er sich darin vor. Immerhin, gegen die Schirmmütze, die ihm sein Vater hatte aufsetzen wollen, hatte er sich erfolgreich gewehrt und stattdessen auf dem kleinen gehäkelten Käppchen bestanden, das ihn als Zionisten kenntlich machte.

Rachel trug ein dunkelgraues Kostüm aus der Winterkollektion der Konfektion Kamionker. Ihr Hut war zu elegant für eine Beerdigung, aber soll man vielleicht einen hässlichen kaufen, nur damit sich die Leute das Maul nicht zerreißen? Ihre Kleidung wurde allerdings weniger kommentiert als die roten Haare: man war sich einig, dass diese Farbe für einen traurigen Anlass völlig unpassend sei. Dabei war ihre Frisur doch kein Scheitel, den man je nach Anlass hätte auf- oder absetzen können.

Sie hatte ihren Verlobten mitgebracht, einen Artisten oder Zirkusmann, wie man hörte. (»Ein Verlobter? In ihrem Alter?« –

»Nun ja, eine fette Mitgift macht jede Braut jünger. Zalman Kamionkers Kleiderfabrik soll ja laufen wie geschmiert.«) Während der ganzen Zeremonie stand Herr Grün so unbeweglich da, wie er an seinem allerersten Tag vor Rachels Schreibtisch gestanden hatte: einer, der das Warten gelernt hat wie andere Leute ihren Beruf.

Jedes Mal, wenn Arthur seine Mutter im Altersheim besuchte, hatte sie ihn gefragt: »Warum hast du deine Kinder nicht mitgebracht?« Heute, am Tag ihrer Beerdigung, konnte er ihr diesen Wunsch endlich erfüllen.

Seine neue Familie gab viel zu reden. Der Karteischrank, in den die öffentliche Meinung ihre Objekte einordnet, hat seine Schubladen, und auf seiner hatte schon immer groß und deutlich ›Junggeselle‹ gestanden. Man hatte, obwohl er doch ein Arzt war und aus guter Familie, schon lange den Versuch aufgegeben, einen Schidduch für ihn zu machen, und jetzt kam er da plötzlich mit dieser Frau aus Deutschland an. Als ob hierzulande die Mütter nicht auch schöne Töchter hätten. Außerdem war sie zu jung für ihn, viel zu jung. So etwas ging selten gut, dafür hatte man jede Menge Beispiele. Zugegeben, sie sah ganz nett aus, überhaupt nicht aufgetakelt, trotzdem wollte man doch erst mal sehen, wie sie sich hier einfügte. Die Kinder schienen gut erzogen, nur das Mädchen schielte, und der kleine Junge war ängstlich. Moses hielt nämlich die ganze Zeit Arthurs Hand fest; nach dem lokalen Brauch gingen hier nur die Männer direkt ans Grab, und er wollte doch so gern ein Mann sein.

Nur an Désirée hatte niemand etwas auszusetzen. Beerdigungen passten zu ihr, und sie passte zu Beerdigungen.

Irgendwann war gesagt, was gesagt sein musste, die Gebete und die Lobreden. Nichts lässt einen Menschen so schnell zum Zadik werden wie die Tatsache, dass er tot ist.

Man machte sich auf den Weg zur letzten Mizwe, die man für Chanele tun konnte. Die Blätter fielen schon seit Tagen von den

Bäumen, und unter ihrem Teppich war schwer zu unterscheiden, wo die Pfade endeten und die Gräber begannen. Arthur versuchte, an die zuverlässige, beschützende, immer beschäftigte Mutter zu denken, die er gekannt hatte, nicht an den weiß verhüllten Körper, der da mit Tonscherben über den Augen in seiner Holzkiste lag, ein Säckchen Erde aus dem Heiligen Land als Kopfkissen.

Man bohrte Löcher in den Sarg, das hatte ihm François damals bei Onkel Salomons Beerdigung zugeflüstert, damit die Würmer schneller an die Leiche kamen.

Irgendjemand – später stellte sich heraus, dass es die übereifrige Frau Olchev gewesen war – hatte veranlasst, dass der doppelte Grabstein gereinigt und von Moos befreit worden war. Die freie Hälfte sah jetzt unanständig leer aus, als habe man ungeduldig darauf gewartet, sie wie ein unerledigtes Formular endlich ordnungsgemäß auszufüllen.

Janki und Chanele.

Jean Meijer und Hanna Meijer.

Kein Mädchenname, wie es sonst bei Ehefrauen üblich war. Chanele hatte ihre Eltern ja nie kennen gelernt.

Obwohl ihm das Weinen wie eine zu fest geschnürte Krawatte den Hals zudrückte, sprach Arthur den Kaddisch für seine Mutter mit fester Stimme. Wie damals an seiner Bar Mizwe machte er vom ersten bis zum letzten Wort keinen Fehler.

Chanele konnte stolz auf ihn sein.

Einer nach dem andern warfen sie eine Hand voll Erde auf den Sarg, aber sie schafften es noch nicht einmal, seinen Deckel zu verbergen. Die angestellten Totengräber mit ihren Schaufeln warteten im Hintergrund und versuchten aus Höflichkeit so auszusehen, als habe gerade dieser Todesfall sie betroffen gemacht.

Die Hinterbliebenen gingen durch das Spalier der Trauergäste und ließen das Gemurmel der vorgeschriebenen Worte über sich ergehen. »Möge Gott dich trösten unter den Trauernden von Zion und Jerusalem.« Es tat einen Moment lang gut, war aber kein wirklicher Trost, so wie ein kurzer Sprühregen an einem heißen Tag auch nicht wirklich kühlt.

Dann war es überstanden, und sie konnten alle wieder in ihre Autos steigen und nach Zürich zurückfahren. Warum sollten sie die Schiwe in Lengnau abhalten, wo ihre Mutter im Altersheim doch all die Jahre lang immer nur zu Besuch gewesen war? Man würde sich bei Zalman und Hinda zusammensetzen, unter der Schabbeslampe, die Chanele als junges Mädchen in Endingen wohl oft poliert hatte.

Wie lange war das jetzt schon her? Onkel Salomon war nur noch eine Erinnerung und Tante Golde nicht einmal das.

›François und ich sind die letzten Meijers‹, dachte Arthur. ›Nach uns kommt keiner mehr.‹

Für Arthurs neue Familie war sein kleiner Topolino genau richtig. Irma und Moses waren fest davon überzeugt, dass der für Erwachsene viel zu enge Hintersitz schon immer für sie bestimmt gewesen sei.

Er musste sich auf die Straße konzentrieren und konnte nicht zu Rosa hinsehen. Aber gerade das gab ihm den Mut, ihr die Frage zu stellen, die ihn beschäftigte, seit er die Nachricht vom Tod seiner Mutter bekommen hatte. Viele Dinge ließen sich leichter sagen, wenn man dem andern dabei nicht in die Augen schauen musste. Das war schon immer seine Erfahrung gewesen.

»Könntest du dir vorstellen …«, setzte er an.

»Ja?«

»Könntest du dir vorstellen, dass Irma und Moses … Ich meine, wo wir jetzt … Es muss auch nicht gleich sein. Könntest du dir das vorstellen?«

Später, als es schon lange selbstverständlich war, dass sie zusammengehörten, sagte er oft zu ihr: »Dass du mich damals verstanden hast, so wie ich herumgestottert habe – in diesem Moment habe ich gewusst, dass unsere Ehe nicht einfach nur ein Zweckbündnis ist.«

»Ja«, sagte Rosa, »ich bin damit einverstanden, dass die Kinder deinen Namen annehmen. Es muss doch auch weiterhin Meijers geben.«

Ohne dass man das ausdrücklich besprochen oder beschlossen hätte, war Zalmans Wohnung an der Rotwandstraße zu dem Ort geworden, an dem sich die Familie traf, wenn es etwas zu feiern oder zu trauern gab. Der letzte Anlass war die Verlobung zwischen Rachel und Herrn Grün gewesen, aber im selben Zimmer hatte auch damals der Seder stattgefunden, an dem der betrunkene Alfred wieder in die Familie hineingestolpert war, und am selben Tisch hatte man den verhängnisvollen Beschluss gefasst, das Liebespaar zu trennen und Alfred nach Paris und damit letztlich in den Tod zu schicken.

Als sie ankamen, wartete Onkel Melnitz schon ungeduldig auf sie. Er war schwarz gekleidet wie immer, und wirkte trotzdem auf unerklärliche Weise weniger altväterisch als sonst. Manchmal wird ein Schnitt aus längst vergangenen Tagen so unmerklich wieder Mode, dass man nicht zu sagen weiß: sind die alten Zeiten zurückgekommen, oder waren die neuen immer schon da?

Er schob jedem, kaum war der eingetreten, den niedrigen Trauerstuhl hin, ein übereifriger Oberkellner, der seinen Gästen schon die Spezialitäten des Hauses anpreist, wenn sie noch nicht einmal ihre Mäntel abgelegt haben. »Setzt euch hin, setzt euch hin«, sagte er. »Wir wollen mit dem Trauern anfangen.«

Sie versuchten, ihn nicht zu bemerken, wollten sich schon gar nicht von ihm bestimmen lassen und blieben stehen.

Einen besonders tiefen Kellnerbückling machte Onkel Melnitz vor François und summte sogar nur für ihn die Melodie des hundertdreiunddreißigsten Psalms vor sich hin: »Hine ma tov u ma najim …« – »Siehe, wie schön und erfreulich ist es doch, wenn Brüder einträchtig zusammensitzen.«

»Nun setzt euch doch, setzt euch doch!«

Sie waren sich alle einig gewesen, dass François bei der Schiwe dabei sein musste. Er hatte beschlossen, kein Jude mehr zu sein, aber zur Familie gehörte er immer noch. Um ihm jede Peinlichkeit zu ersparen, hatten sie sogar das tägliche Minjan abgesagt, das bei Schiwes üblicherweise zu den vorgeschriebenen Gebetszeiten stattfindet.

»Die Gebete kann ja Ruben sprechen«, hatte Hinda gesagt, aber den hatten sie immer noch nicht erreichen können. Gleich nach der Beerdigung probierten sie es noch einmal, und das hilfsbereite Fräulein vom Fernamt fragte sogar extra bei den Kolleginnen in Halberstadt nach. Doch, die Nummer sei korrekt, hieß es dort, und stünde auch so im Verzeichnis, aber sie sei als vorübergehend abgeschaltet gemeldet.

Vorübergehend abgeschaltet.

Herr Grün machte sein ausdruckslosestes Gesicht und meinte, das klinge nicht gut.

Rachel stieß ihrem Verlobten den Ellbogen in die Seite. »Wenn du nur unken kannst, Felix!« Sie war die Einzige, die seinen Vornamen benutzte. Alle anderen nannten ihn »Herr Grün«, auch wenn sie ihn duzten.

Ruben war vorübergehend abgeschaltet.

Das sei ein Ausdruck, hatte das Fräulein vom Amt gesagt, den sie so noch nie gehört habe. International üblich sei er nicht.

Herr Grün nickte düster. In Deutschland sei im Moment vieles üblich, das man in anderen Ländern nicht kenne.

»Falsch«, sagte Onkel Melnitz. »Man kennt es überall. Es ist auch überall üblich. Weil man es überall schon geübt hat. Es kommt nur manchmal aus der Mode, für ein Jahrhundert oder zwei. Aber dann fällt es ihnen wieder ein, und dann macht es ihnen auch wieder Spaß, ja.«

Sie mussten ihm nicht zuhören, denn er war ja tot. Tot und schon viele Male begraben. Niemand musste ihm zuhören.

»Nun setzt euch schon! Setzt euch schon!«

Niemand musste mit der Schiwe beginnen, nur weil er dazu aufforderte.

Ruben war abgeschaltet.

Was konnte das zu bedeuten haben?

Adolf Rosenthal versuchte zu erzählen, dass das Telefonnetz in Deutschland besonders gut ausgebaut sei, er habe gerade erst einen Artikel in der *Neuen Zürcher Zeitung* darüber gelesen.

»Ach, halt den Mund!«, unterbrach ihn Lea. So hatte sie noch nie mit ihrem Mann gesprochen.

Viel lieber wollten alle Rosas Meinung hören. Sie war doch gerade erst aus Deutschland gekommen und musste wissen, was dort vor sich ging. Was konnte das bedeuten: »Vorübergehend abgeschaltet«?

Rosa wollte niemandem Angst machen, ganz bestimmt nicht, aber seit die Nazis dort die Macht hatten, war es nie ein gutes Zeichen, wenn irgendetwas plötzlich anders war als sonst.

»Es ist nicht anders als sonst«, sagte Onkel Melnitz. »Es ist so wie immer, ja.« Er rieb sich die Hände, nicht wie einer, der friert, sondern wie einer, der Recht behalten hat. »Es ist so wie immer«, wiederholte er. »Weil es immer so war. Wir vergessen es nur manchmal. So setzt euch doch, setzt euch doch!«

Auch seine Ausdünstung hatte sich verändert, wie sich der Geruch eines Kellers verändert, wenn man ihn aufräumt, um für neue Sachen Platz zu schaffen.

Aber er war doch tot und begraben, es gab ihn doch nicht mehr, ein für alle Mal gab es ihn doch nicht mehr.

Es durfte ihn doch nicht mehr geben.

Bei Schiwes schließt man die Tür nicht ab. Wer den Trauernden Trost spenden will, klingelt nicht, sondern tritt einfach ein und setzt sich dazu.

Aber jetzt klingelte doch jemand. Zweimal.

»Die Antwort von Ruben!«, rief Hinda und rannte hinaus.

Es war kein Telegramm, oder doch kein richtiges. Es war nur die Rückmeldung der Post, dass ihre Nachricht, adressiert an Ruben Kamionker, Lichtwerstraße 16, Halberstadt, nicht ordnungsgemäß hatte zugestellt werden können.

Keine solche Person an dieser Adresse.

Was natürlich Unsinn war. Völliger Unsinn. Ruben wohnte dort, hatte dort gewohnt, seit er die Stelle an der Klaus angetreten hatte, wohnte dort mit seiner Frau Lieschen und den vier Kindern.

Drei Jungen und ein Mädchen.

Er wohnte doch dort.

Irgendetwas musste passiert sein.

»So setzt euch doch, setzt euch doch!«, drängte Onkel Melnitz. »Wir wollen mit dem Trauern endlich anfangen.«

1945

74

Immer, wenn er gestorben war, kam er wieder zurück.

Seine Schuhe waren mit Staub bedeckt, wie von einem langen, mühsamen Weg, aber er ging leichtfüßig, gewichtslos, ein Tänzer, der die Musik schon hört, wenn die Instrumente noch gar nicht gestimmt sind. Auf Zehenspitzen trat er ein, wie einer, der nicht stören will, und zog die Tür so sorgfältig hinter sich zu wie einer, der beschlossen hat, lang zu bleiben. Die Augen hielt er noch geschlossen, nicht wie ein Schlafender, sondern wie einer, der genügend Bilder in sich selber hat. Er musste den Weg nicht sehen, um seinen Platz zu finden. Sein Stuhl stand bereit. Man erwartete ihn. Man hatte ihn schon erwartet, als man noch glaubte, er würde nie zurückkommen.

Als man es noch hoffte.

Er setzte sich hin und war wieder da.

War die ganze Zeit da gewesen.

Immer, wenn er gestorben war, kam er wieder zurück.

Er atmete die neue Luft in sich hinein, prüfend zuerst, wie etwas Fremdes, Vergessenes, an das man sich erst wieder erinnern muss, und dann gierig, in schnellen, ungeduldigen Zügen. Seine Lunge rasselte, eine lange nicht benutzte Maschine. Er machte »Ah!«, wie nach dem ersten kühlenden Schluck Wasser an einem heißen Tag, öffnete die Augen, sah sich um und kannte sie alle wieder. Hatte sie nie vergessen. Sie wichen seinen Blicken aus, und er bemerkte es und lächelte. »Das hier ist meine Schiwe«, sagte dieses Lächeln. »Um mich wird hier getrauert. Meine eigene Schiwe, von der mich niemand vertreiben wird.

Ich bin Onkel Melnitz, der seinen Namen von Chmjelnizki hat.«

Onkel Melnitz.

Er räusperte sich und hustete, schnäuzte schwarze Flecken in ein Taschentuch, groß wie eine Landkarte, groß genug für eine Liste aller Länder, in denen er das Sterben auch schon einmal erlebt hatte. Eine weiße Fahne, wie sie einer schwenkt, der sich ergibt.

Er roch nach Feuchtigkeit, nach Moder, nach Erinnerungen. Den Duft ferner Länder ließ er wach werden, so wie Jankis erster Laden den Duft von Kardamom und Muskat in sich geborgen hatte. Aber es waren keine Gewürze, die er ihnen mitbrachte; er kam aus kalten Ländern und schleppte nur Gerüche mit, die einen im Hals würgten.

Wenn einer von ihm wegrückte, rückte er ihm nicht hinterher, blieb sitzen und winkte dem Weggehenden nur nach. Am nächsten Ort wartete er dann schon auf ihn, hatte es sich an seinem Tisch bequem gemacht oder in seinem Lieblingssessel unter der Lampe. Lag wohl auch in seinem Bett, in einem langen weißen Hemd, das kein Nachthemd war.

Er saß ihnen gegenüber, wenn sie am Frühstückstisch ihre Zeitung lasen, und wenn sie beim Lesen erschraken und sagten: »Das haben wir nicht gewusst« – sie sagten es jeden Tag und erschraken jeden Tag neu –, wenn sie nicht zu Ende lasen und die Zeitung weglegten und von allem nichts mehr wissen wollten, weil sie das Wissen nicht ertrugen, dann tätschelte er tröstend ihre Hände und sagte: »Ihr hättet mich fragen müssen. Ihr hättet mich nur fragen müssen.«

Sie hatten ihn nicht gefragt, weil sie seine Antworten fürchteten.

Er war nie weg gewesen und war jetzt überall.

Am Seeufer saß er auf allen Bänken, starrte mit weit aufgerissenen Augen in die Sonne, tagelang, und doch blieb seine Haut blass, als sei er aus dem Schatten eines Verstecks nie herausgekommen. Er lief hinter allen Kinderwagen her, krümmte immer wieder tief den Rücken, um hineinzuschauen, und war jedes Mal enttäuscht. Er bettelte um Brot an allen Türen, nur um es dann hart werden zu lassen und zu sagen: »Die Zähne hat man mir ausgeschlagen.« Wo einer laut lachte, stand er im Zimmer und legte den Finger an die Lippen, einen knochigen Finger, mit dem er auch auf den Tisch trommeln konnte, dass es klang wie das präzise Knattern eines Erschießungskommandos. Aus allen Stammbäumen pflückte er wahllos Namen heraus, bewahrte sie in großen Körben auf, unreife Früchte, aus denen er einen Schnaps zu brauen wusste, den niemand trank, ohne dass ihm das Wasser in die Augen stieg. In allen Bibliotheken saß er und malte Anmerkungen an den Rand der Bücher. Er schrieb mit roter Tinte, tauchte den altmodischen Federkiel in die eigenen Adern und wurde blasser und blasser. Wenn zwei sich küssten, stand er hinter ihnen, wenn sie sich liebten, legte er sich dazu, flüsterte ihnen Zärtlichkeiten ins Ohr, die ihnen nicht gehörten, wusste immer noch eine Geschichte für das junge Paar und noch eine und noch eine, und in keiner lebten sie glücklich bis an ihr Ende. Er gab den Kindern Namen und wusste jedes Mal tausend andere Kinder zu nennen, die genauso geheißen hatten, und denen es auch schlecht ergangen war. Er kratzte den Kitt aus den Fenstern, dass die Scheiben sich lösten und der Wind ins Zimmer pfiff. Den Fensterkitt aß er, stopfte ihn sich gierig in den Mund, kaute ihn ohne Zähne. Eine plump geschnitzte Flöte hatte er in der Tasche, die holte er heraus, spielte endlos traurige Melodien und verlangte, dass alle mitsummen sollten. Von fernen Ländern erzählte er, in denen es kalt gewesen war, ach so kalt. Trat nahe hinter die Menschen und legte seine knochigen Arme um sie, um ihnen zu zeigen, wie man dort vergeblich versucht hatte, sich zu wärmen. An allen Tischen saß er; sein Teller blieb leer, so viel man ihm auch schöpfte. Die Gabel stach er sich durch die eigene

Hand, und in den Löffel kratzte er Kerben, jeden Tag eine neue. Aus allen Spiegeln lächelte er, blass und geduldig, ließ sein Gesicht in das des Betrachters hineinsickern wie unauslöschbare Farbe, steckte ihn an mit seiner unheilbaren Krankheit, wurde ein nie wieder zu trennender Teil von ihm. Bald wusste keiner mehr, wer er selber war und wer dieser andere.

Immer, wenn er gestorben war, kam er wieder zurück.

Er gehörte zur Familie.

Er gehörte zu allen Familien.

Wenn sie von Ruben sprachen – und wann sprachen sie nicht von ihm? –, wiederholte er den Namen wie eine Beschwörung, »Ruben, Ruben, Ruben.« Hinda und Zalman waren alt geworden, älter als ihre Jahre, und lebten nur noch aus dem, was einmal gewesen war. Sie saßen unter der Schabbeslampe, die niemand mehr anzündete, weil sie die Sorgen doch nicht zum Verschwinden bringen konnte, saßen da und betrachteten die immer gleichen Fotos, wieder und wieder, bis er sie ihnen aus der Hand nahm und wie Spielkarten auf den Tisch fächerte. Er zählte ihnen die Stiche vor, wie sie gefallen waren, zwölf Jahre lang. Ein Spiel nach dem andern, und keines hatten sie gewonnen. Er wusste zu sagen, wo man Ruben abgeholt hatte und wohin gebracht, an welchem Tag und zu welcher Stunde, wo er zuerst gewesen war und wo nachher hingekommen, auf welchem Weg und mit welchem Transport. Er erzählte, wo man ihn noch gesehen hatte und wo schon nicht mehr, berichtete, was mit ihm geschehen war, bevor sich seine Spur verlor, sich untrennbar vermischte mit den Millionen anderer Spuren, die Onkel Melnitz auch alle kannte, und von denen er auch alles zu erzählen wusste, an langen dunkeln Tagen und in langen wachen Nächten. Er sprach ruhig und ohne Eile, wie einer, der weiß: die Geschichten werden mir nicht ausgehen.

So viele Geschichten.

Von Rubens Frau wusste er zu erzählen, die eine geborene

Sternberg aus Berlin gewesen war, und die alle nur Lieschen genannt hatten. Diese beiden Namen waren als Einziges von ihr übrig geblieben, Lieschen und Sternberg, alles andere hatte ein kalter Wind weggetragen, grauer Staub und Flocken von Asche. »Wo er hinweht, wachsen die Blumen besser«, sagte er. Sie konnten sich an ihre Schwiegertochter nicht wirklich erinnern, sie hatten sie immer nur besucht oder waren von ihr besucht worden, und da lernt man sich nicht kennen. Nicht so, wie man sich kennen möchte. Nicht einmal ihre Haarfarbe hätten sie zu benennen gewusst, die Fotos waren schwarz und weiß, schwarz und elfenbein, schwarz und braun. Jedes Mal, wenn sie das Album herausholten, wurde ihnen das Gesicht fremder. Nur eine Einzelheit vergaßen sie nie, die eine ungewöhnliche Kleinigkeit, die von jedem Menschen übrig bleibt, wenn er Glück hat, das eine Detail, das wie ein Nagel ist, an dem man etwas aufhängen kann, ein Bild oder eine Erinnerung. Lieschen hatte man sie genannt, auch als längst erwachsene Frau, einfach nur Lieschen. Selbst die eigenen Kinder hatten sich das angewöhnt; daran erinnerte man sich noch, als man sonst nichts mehr von ihr wusste. Vier Kinder waren es gewesen, drei Jungen und ein Mädchen; es gab eine Fotografie, auf der sie nicht mehr älter wurden. Onkel Melnitz war der Einzige, der sie voneinander zu unterscheiden wusste, ihre Namen noch kannte. Der Einzige, der noch mit ihnen gespielt hatte, und jetzt wollte er auch allen anderen das Spiel beibringen, man zählt ab und klatscht in die Hände und singt: »Ei! ei! ei!«

Immer, wenn er gestorben war, kam er wieder zurück.

Er war ein Fremder hier in Zürich und doch zu Hause, so wie er überall zu Hause war, wo man ihn einmal vertrieben hatte. Am Sechseläuten marschierte er im Umzug mit, in einer Tracht, die älter war als die aller anderen, stampfte mit staubigen Schuhen den Takt der Blasmusik. Die Blumensträuße, die man den anderen zuwarf, vertrockneten in seinen Händen, und er grüßte und lachte und winkte und war der Ehrengast. Am Knabenschießen stellte er sich vor die Zielscheiben und knöpfte seinen schwarzen Rock auf, winkte den Schützen zu, sie sollten ihn nicht warten lassen. Nahm auch gerne die schwarzen Kellen zur Hand und zeigte mit ihnen die Treffer an, auf der Brust, auf dem Bauch, auf der Stirn. Am Schulsilvester ging er in der Morgendämmerung von Haus zu Haus und lärmte die Menschen aus den Betten. »Um diese Zeit sind sie oft gekommen«, sagte er.

Wenn Adolf Rosenthal an der Kantonsschule vorbeiging – er war jetzt pensioniert und hatte seine Autorität mit dem Schlüssel zum Lehrerzimmer abgeben müssen –, wenn er ganz zufällig daran vorbeiging, wie er es jeden Tag ganz zufällig tat, wenn er dann zu seinem alten Klassenzimmer hinaufschaute, wo ihn keiner hatte unterbrechen dürfen, dann stand dort Onkel Melnitz am Fenster, winkte ihm ungeduldig zu und rief: »Du kommst zu spät! Mein Unterricht hat schon begonnen.«

Sie hatten viel von ihm zu lernen, und diesmal mussten sie ihm zuhören.

Er hatte recht gehabt.

Wie er jedes Mal recht hatte.

Kam zurück und berichtete.

Das Erzählen machte ihn lebendig. Neue Geschichten hatte er mitgebracht, viele neue Geschichten, jede einzelne so tödlich lebendig, dass die alten dagegen verblassten. In der modernen Zeit wird alles größer und besser und effizienter. Sechs Millionen neue Geschichten, ein dickes Buch, aus dem man eine Generation lang würde vorlesen können, ohne sich ein einziges Mal zu wiederholen. Geschichten, die nicht zu glauben waren, schon gar nicht hier in der Schweiz, wo man all die Jahre auf einer Insel gelebt hatte, auf trockenem Boden mitten in der Überschwemmung. Geschichten, die nicht in die Köpfe wollten, nicht hier, wo die Vorräte nie ausgegangen waren. Man hatte zum Kochen sein Feuer angezündet und nicht gemerkt, dass man es auf dem

Rücken eines Riesenfisches tat, der sich nur einmal im Wasser wälzen musste oder mit den Flossen schlagen, und schon war man erdrückt und erstickt und ertrunken. Man hatte es nicht gewusst, hier in der Schweiz. Man erfuhr es erst jetzt und hätte es lieber nie erfahren.

Er erzählte und erzählte und erzählte und war schon so oft begraben worden, dass es ihn fast langweilte, daran zu denken.

Es waren keine Heldengeschichten, die er mitgebracht hatte. Nicht solche, wie man sie in diesem Land kannte.

Hillel zum Beispiel hatte an der Grenze gestanden, fünf Jahre lang. Hatte sein Vaterland verteidigt mit dem Gewehr in der Hand und würde schon bald einmal ein anderes Vaterland verteidigen. Es hatte nur noch keiner das Messer gefunden, um es aus der Landkarte zu schneiden. Ein Held im Aktivdienst war Hillel gewesen oder hatte doch die staatliche Erlaubnis bekommen, sich an ein Heldentum zu erinnern, es sich gerahmt an die Wand zu hängen: ein dunkelgrüner Wehrmann, der in die Ferne spähte, so ungebeugt wachsam wie früher einmal der Schomér auf einem anderen Bild. Onkel Melnitz stand gern davor, verdrehte den Kopf, um die Unterschrift von General Guisan zu studieren, und sagte zu Hillel: »Vergiss nicht, dein Gewehr sauber zu halten.«

Melnitz liebte die Schweiz. Auch wer den Krieg fürchtet, spielt gern mit Zinnsoldaten. Er liebte dieses Land, in dem man schon über Hunger klagte, wenn die Schokolade knapp wurde. Es war interessant, die Arche Noah zu besuchen, nach ihrer tausendjährigen Reise.

In den Uhrengeschäften an der Bahnhofstraße ließ er die Zeiger stillstehen. »Hier ändert sich nichts«, sagte er, »was braucht die Zeit sich zu verändern?« Auf dem Bürkliplatz ging er von Marktstand zu Marktstand und fragte die Bauern nach verfaultem Obst und Kartoffelschalen. »Ich habe mich daran gewöhnt«, sagte er, »warum soll ich mich umgewöhnen?« In François' Warenhaus stellte er sich in alle Schaufenster, immer hinter das Firmenemblem, das jede Vitrine schmückte, stellte sich so hin, dass die Sonne den Schatten des Firmenzeichens auf seine Brust warf, wo dann der Kreis, in dem sich die Buchstaben MEIER mit sich selber kreuzten, über seinem Herzen saß wie das Zentrum einer Zielscheibe. »Steht mir das nicht gut?«, fragte er.

Meijer mit oder ohne Jud.

Er leistete François in seinem Büro Gesellschaft, schob die Fotos von Mina und Alfred zur Seite und setzte sich auf den Schreibtisch, mit einer kleinen, bescheidenen Geste, die bedeuten sollte: »Lass dich nicht ablenken!« Sah François zu, wie der Abrechnungen überprüfte und Zahlenkolonnen addierte, nickte nur manchmal anerkennend mit dem Kopf und sagte: »Ein schönes Ergebnis. Du hast wirklich was erreicht.«

Er liebte das Klingeln der Kassen und die kalte Feierlichkeit der Tresore. In die Goldbarren ritzte er geheime Zeichen, kannte ihre Herkunft und machte sie kenntlich. Wenn nachts die Gitter vor den Reichtümern herunterrasselten, ließ er sich einsperren, studierte die ordentlichen Zahlenkolonnen in den Büchern und konnte nicht aufhören zu lachen.

In der Dunkelheit ging er oft Arm in Arm mit Herrn Grün spazieren. Die beiden verstanden sich gut. Sie sagten schweigend alte Texte auf – »Guten Tag, Herr Grün!«, »Guten Tag, Herr Blau!« – oder marschierten in Uniformstiefeln durch die engen Gassen der Altstadt und erschreckten die Leute mit den Liedern in ihren Köpfen.

Er wohnte auf den Friedhöfen, in der Steinkluppe, in der Binz, im Friesenberg, und kratzte dort mit den Fingernägeln die Jahreszahlen aus den Steinen. »Gestern ist es gewesen«, sagte er. »Gestern, gestern, gestern.«

Immer, wenn er gestorben war, kam er wieder zurück.

Bei jeder Beerdigung sprach er den Kaddisch, und bei jeder Hochzeit zertrat er das Glas, hielt bei jedem Bris das Kind auf dem Schoß und füllte bei jeder Bar Mizwe als Erster den Becher. »Lechajim«, rief er, »auf das Leben!« Wo drei das Tischgebet sprachen, war er der vierte, wo sich zehn zum Minjan trafen, stand er als Elfter dabei. Wenn man mit der Torarolle tanzte, einmal im Jahr, war er der erste Tänzer und der letzte, und wenn man fastete, strich er sich den Bauch und sagte: »Das nennt ihr Hungern? Das ist gar nichts.«

Immer, wenn er gestorben war, kam er wieder zurück.

Er besuchte auch Désirée, in ihrem Laden, wo man sich traf, um koschere Butter zu besorgen, koschere Kekse und koscheren Klatsch. Er brachte ihr Bonbons mit, altmodische Bonbons, die nach Mandeln und Rosenwasser dufteten, mit denen spielten sie Geduldsspiele auf der Verkaufstheke, und wer gewann, musste sich eine Nacht lang nicht mehr erinnern.

Er kannte alle Geheimnisse und verriet sie auch denen, die sie nicht wissen wollten.

Bei Arthur und Rosa schaute er vorbei, die ein glückliches Ehepaar geworden waren, ohne je ein wirkliches gewesen zu sein. Sie lebten jetzt an der Morgartenstraße, in der großen Wohnung, die einmal Mimi und Pinchas und danach Désirée gehört hatte, und wenn sie abends auf dem Sofa saßen, wie es Ehepaare tun, dann setzte sich Onkel Melnitz zwischen sie, legte einen Arm um Arthur und einen um Rosa und gehörte dazu.

Die Kinder waren keine Kinder mehr, schon gar nicht Irma, die mit ihrem aparten Schielen allen jungen Männern der Gemeinde den Kopf verdrehte, aber Onkel Melnitz kniete sich trotzdem vor ihre Betten und flüsterte ihnen ganze Nächte lang Märchen zu, Geschichten, in denen schlimme Dinge passierten, bis alle nach Goliath riefen. Aber Goliath kam nicht. Wenn sie dann schreiend aufwachten, zog er weiter, stärkte sich nur noch mit einem tiefen Zug aus der verschlossenen Kristallflasche im Tantalus. Er konnte daraus trinken, ohne sie zu öffnen; er hatte so vieles gelernt in seinen Leben.

Immer, wenn er gestorben war, kam er wieder zurück.

Er kam nicht allein. Diesmal hatte er sich Verstärkung mitgebracht. Einer allein kann gar nicht so viele Geschichten erzählen.

Die ganze Stadt war voll mit ihnen.

Das ganze Land.

Die ganze Welt.

Sie hausten auf den Dachböden, in Überseekoffern, die es verpasst hatten, rechtzeitig abzureisen. Sie versteckten sich in den Kellern, unter Haufen von Lumpen, die einmal Festgewänder gewesen waren. Man traf sie an jeder Ecke. In der leeren Gotthardkutsche vor dem Landesmuseum saßen sie, fuhren ohne Pferde bis ans Ende der Welt. Im Bahnhof schrieben sie mit Kreide Zahlen an die Güterwagen. Im Brockenhaus an der Neugasse suchten sie nach Gegenständen, die ihnen einmal gehört hatten, und wollten sie nicht haben, wenn sie sie fanden. Beim Sprüngli kratzten sie Sahnetorten aus blechernen Tellern. Auf der Terrasse der Fleischhalle standen sie aufgereiht wie zum Appell, nur manchmal sprang einer in die Limmat und durfte ertrinken.

Sie waren überall.

In allen Bäumen saßen sie, ein Schwarm schwarzer Vögel, und spielten miteinander Schach. Die Figuren hatte Melnitz aus Knochen geschnitzt; von jedem geschlagenen Bauern wusste er die Herkunft zu nennen, das Land und die Familie. Er wusste alles und erlaubte niemandem, es zu vergessen.

»Genießt euer Leben«, sagte er. »Ihr habt Glück gehabt, hier in der Schweiz.«

Immer, wenn er gestorben war, kam er wieder zurück.

DIE GEBURT VON ONKEL MELNITZ

Nachwort des Autors

Eine meiner Urgroßmütter war eine geborene Chmelnitzki.

Ein völlig uninteressantes genealogisches Detail, ich weiß. Aber ohne die Chmelnitzkis wäre *Melnitz* nie entstanden. Oder in einer ganz anderen Form.

Der Weg, der von dieser Urgroßmutter zu meiner Romanfigur führt, von Leipzig via Hollywood nach Endingen, enthält so viel unglaubwürdige und zufällige Kurven und Abzweigungen, dass ich mir nie erlaubt haben würde, ihn als Plot für ein Buch so zu erfinden. Es mangelt der Wirklichkeit offensichtlich an einer strengen Lektorin.

Das Unglaubwürdige beginnt schon bei der Tatsache, dass eine jüdische Familie eigentlich gar nicht Chmelnitzki heißen dürfte. Der Kosakenführer Bogdan Chmelnitzki war schließlich über Jahrhunderte das Schreckbild eines mörderischen Judenfeindes. So sprichwörtlich war sein Name geworden, dass man über einen rabiaten Antisemiten sagte: »Das ist ja ein richtiger Chmelnitzki.« Eine jüdische Familie Chmelnitzki ist also etwas Ähnliches wie eine jüdische Familie Hitler.

Aber meine Urgroßeltern hießen tatsächlich so. An der Reichsstraße 22 in Leipzig führten sie ein koscheres Speiselokal.

Es gibt eine Erklärung dafür, wie jüdische Familien zum Namen eines sadistischen Massenmörders gekommen sind. Für deren Richtigkeit kann ich mich allerdings nicht verbürgen. Nach den Chmelnitzki-Pogromen des Jahres 1648, wird erzählt, waren nicht nur zehntausende Juden ermordet worden, es gab in der Ukraine auch sehr viele von Kosaken vergewaltigte Frauen. Für die frommen Menschen jener Zeit stellte sich eine knifflige religiöse Frage: Welchen Status sollten die aus diesen Vergewaltigungen hervorgehenden Kinder haben? Man einigte sich auf den Grundsatz, dass jedes Kind einer jüdischen Mutter auch seinerseits zur jüdischen Gemeinschaft gehöre, egal, unter welchen Umständen es gezeugt worden war. Und eine ganze Generation dieser Kinder, so die unzuverlässige Tradition, bekam den Übernamen »Chmelnitzkis«.

Es kann so gewesen sein oder auch anders. Fest steht, dass ein Zweig meiner Familie irgendwann mit dem komplizierten östlich klingenden Namen nicht mehr zufrieden war und ihn deshalb abkürzte. Aus Chmelnitzki wurde Melnitz.

In einem Buch würde ich versuchen, diese Vorgeschichte möglichst unauffällig in die Erzählung zu schmuggeln. Aber bei dem, was ich hier erzählen will, muss ich vor allem eine Frage beantworten: Wie kam der Name Melnitz zu mir?

Als er mir zum ersten Mal begegnete, muss ich etwa zehn Jahre alt gewesen sein. Da der Roman, der seinen Namen trägt, erst erschien, als ich schon sechzig war, kann ich mit Fug und Recht behaupten: Bevor diese Figur in meinem Buch ihren Platz fand, habe ich mich fast fünfzig Jahre lang mit ihr befasst.

Es begann damit, dass mir meine Großmutter eine Geschichte erzählte.

Kurz vor Beginn der Nazizeit, so ihre Erzählung, war sie mit ihrem Mann aus der Schweiz nach Leipzig gezogen. Mein Großvater sollte dort für die Firma Landis & Gyr irgendwelche Maschinen verkaufen, und wegen ihrer Schweizerpässe fühlten sie sich auch nach der Machtübernahme der Nazis nicht gefährdet.

Bis eines Tages …

(In einem Roman würde ich hier ein neues Kapitel beginnen.)

»Eines Tages«, erzählte meine Großmutter, »fuhr vor dem Mietshaus, in dem wir wohnten, ein Mann in zwei Autos vor.«

Ein Mann in zwei Autos! Das Magische dieser Aussage wird

mich als kleinen Jungen sofort gefesselt haben. Die Faszination wurde auch nicht geringer, als meine Großmutter eine prosaischere, aber immer noch märchenhafte Erklärung hinterherschob: »Im ersten Wagen saß er selber«, sagte sie, »im zweiten seine Sekretärin. Ein so wichtiger Mann war er.«

Dieser wichtige Mann, ging ihre Erzählung weiter, klopfte an die Tür ihrer Wohnung und stellte sich als ein entfernter Verwandter namens Kurt Melnitz vor. Er habe es in der Filmindustrie in Hollywood zu einer bedeutenden Stellung gebracht, sagte er, und sei nur vorbeigekommen, um sie zu warnen: »Verschwindet aus Deutschland! Hier wird es ganz schlimm.«

Und dann, so erinnere ich mich an die Erzählung meiner Großmutter, stieg er wieder in seine beiden Autos und fuhr davon.

Als Zehnjähriger glaubt man alles, was einem die Oma erzählt. Ich hätte an der Wahrheit der Geschichte auch nicht gezweifelt, wenn sie behauptet hätte, dieser Melnitz sei in einer Kutsche vorgefahren, gezogen von vier geflügelten Schimmeln. Ein paar Jahre später, der kindlichen Leichtgläubigkeit entwachsen, versuchte ich herauszufinden, ob es im Hollywood jener Jahre tatsächlich einen Filmmogul namens Melnitz gegeben habe. Ich wurde nicht fündig und schrieb die Geschichte als eine jener Familienlegenden ab, mit denen man die Durchschnittlichkeit des eigenen Erlebens interessanter zu machen versucht.

(Das war noch in der Zeit vor dem Internet. Heute ergoogelt man sich so eine Antwort mit wenigen Klicks.)

Und dann, ich hatte das Ganze schon fast vergessen, las ich das Buch *Dicke Lilli, gutes Kind*, die Memoiren der Schauspielerin Lilli Palmer. Darin beschreibt sie, wie sie im Exil in Paris den Europachef von *United Artists* kennenlernte, und er ihr den Weg nach Hollywood ebnete.

Der Europachef Curtis Melnitz.

Es gab ihn also wirklich.

Von da an ließ mich Melnitz nicht mehr los. Dabei war es nicht seine Tätigkeit im Filmbusiness, die mich an ihm interessierte. Ich war von der Figur eines Mannes fasziniert, der in schwierigen Situationen aus dem Nichts auftaucht, sich einmischt und wieder verschwindet. Ich malte mir einen pikaresken Episodenroman aus, in dem dieser fiktive Melnitz quer durch die Jahrhunderte immer wieder neu in das Leben anderer Leute eingreifen sollte.

Ich habe diesen Roman nie geschrieben. Die Idee hat mich damals schlicht und einfach überfordert. Nur ein paar Versuche haben sich in meinem Archiv der nie zu Ende gebrachten Projekte erhalten.

Hier ein kurzer Ausschnitt daraus. Er stammt aus einem Kapitel, in dem Melnitz einem Arzt eine seiner Identitäten vorstellt:

Melnitz, ja. Chmelnitzki, eigentlich, aber die anderen Buchstaben sind in Amerika liegen geblieben. Mit einer Menge anderer Dinge. Vorname Curtis. Oder nein, schreiben Sie: Kurt.

Geboren 1878. In Sarajevo. Sie zucken, sehr gut. Manche Worte funktionieren wie der Gummihammer, mit dem ihr Ärzte den Leuten aufs Knie klopft. Die Reaktion kommt automatisch. Ihre Reflexe sind in Ordnung, Herr Doktor.

Damals war Sarajevo noch nicht die Stadt, in der ein Thronfolger erschossen wurde. Diese besondere Verrücktheit lag noch vor uns. Aber eine meschuggene Stadt war es schon immer. Der Balkan ist das Irrenhaus Europas, pflegt man zu sagen. Dann ist Bosnien die Abteilung für Unheilbare. Der einzige Unterschied zwischen Geschichte und Krankengeschichte ist die Anzahl der Patienten.

Die Verrücktheiten fangen schon mit meinem Namen an. Kurt. Ein Name wie ein gradegezogener Scheitel. Nennt man so einen jüdischen Jungen in einer türkischen Stadt, deren Bewohner serbisch sprechen?

Warum Sarajevo? Ich habe keine Ahnung. Mir fehlt jede Erinnerung daran, wo ich damals mit diesem Kapitel hinwollte.

Wie gesagt: Dieses Buch habe ich – wie so manches andere – nie zu Ende geschrieben. Ich begrub Melnitz auf dem Friedhof der nicht realisierten Projekte. Aber er erwies sich in mehr als einer Hinsicht als unsterblich. Als ich mit einem Roman über eine jüdische Familie in der Schweiz beginnen wollte, saß er plötzlich im Wohnzimmer der Familie Meijer und wollte zu der Geschichte dazugehören. Ich hatte seinen Auftritt nicht geplant. Romanfiguren machen sich manchmal selbständig, und als Autor muss man sie machen lassen.

Erst nach einiger Zeit habe ich verstanden, welche zentrale Funktion er in dieser Familiensaga erfüllt: Indem er alle Erinnerungen auf Pogrome und Verfolgungen auf sich konzentriert, ermöglicht er es den anderen Figuren, ein gewöhnliches Leben zu führen. Und hat sich damit seinen Platz auf der Titelseite redlich verdient, finde ich.

Damit wäre der Weg von der Urgroßmutter Chmelnitzki zur Romanfigur Melnitz eigentlich beschrieben. Aber die Geschichte hat noch eine Fortsetzung.

Ein paar Jahre nach *Melnitz* schrieb ich den Roman *Kastelau,* in der Form einer Sammlung erfundener Dokumente. In einer Fußnote behauptete ich, das ganze Konvolut im Archiv des filmwissenschaftlichen Instituts der Universität von Los Angeles entdeckt zu haben. Und weil wahre Details eine Fälschung überzeugender machen, gab ich auch die genaue Adresse dieses Instituts an: 302 East Melnitz, Los Angeles, CA 90095.

Fast alle Kritiker, die über das Buch berichteten, waren davon überzeugt, in dieser Adresse einen Insiderscherz entdeckt zu haben. Eine Journalistin glaubte trotz meiner Beteuerungen erst dann an die Echtheit der Anschrift, als sie sie auf Google Maps überprüft hatte.

Ja, die filmwissenschaftliche Fakultät der UCLA hat ihren

Standort tatsächlich an einer Straße namens East Melnitz. In einem Gebäude namens Melnitz Hall. Wie es zu dieser Namensgleichheit kam, das ist einer jener verrückten Zufälle, die jede Lektorin sofort nach dem Rotstift greifen lassen.

Melnitz Hall ist nach dem Gründer jener Filmabteilung benannt, Professor William Wolf Melnitz. Und dieser Professor Melnitz war der Neffe von Kurt Chmelnitzki, der als Curtis Melnitz in Hollywood Karriere machte. In Deutschland war William Wolf Melnitz Dramaturg an wichtigen Bühnen gewesen, unter anderem bei Max Reinhardt. Als für Juden an den Theatern des Dritten Reichs kein Platz mehr war, verschaffte ihm sein einflussreicher Onkel ein Visum für die Vereinigten Staaten. Wo sein Neffe zum Doyen der damals noch ganz neuen Filmwissenschaften wurde.

Ich schwöre es: Ich habe diese Verbindung zwischen zweien meiner Bücher nicht erfunden. Wenn Sie die Geschichte nicht glauben: Beschweren Sie sich bei der Wirklichkeit.

ANHANG

Dank

Für ihre Hilfe bei den Recherchen danke ich der Historikerin Ursulina Wyss und den hilfsbereiten Damen in der Bibliothek der ICZ. Meine wunderbare Tochter Tamar Lewinsky hat die hebräischen und jiddischen Ausdrücke korrigiert und das Glossar verfasst.

Glossar

Die meisten der jiddischen Ausdrücke stammen aus dem Hebräischen.
Die Aussprache variiert je nach Herkunft des Sprechers.

adir hu »mächtig ist Er«, Anfang eines Liedes aus der Pessach-Hagga-
dah
Alijáh f. »Aufstieg«, Emigration nach Palästina / Israel
Almemor n. Podest für die Vorlesung aus der Torah
amod noach! Ruhen! (Militärsprache)
angeschickert angetrunken
Arba kanfes n. »vier Ecken«, Unterhemd mit Schaufäden
aschkenasisch (adj.) Bezeichnet Riten, Gebräuche, Texte, Aussprache
des Hebräischen bei den west-, mittel- und osteuropäischen Juden
Ausheben n. Herausnehmen der Torahrollen aus der Lade
Aweijre f. Sünde
Badchen m. Unterhalter bei Hochzeiten
Balebós m. Hausherr, Besitzer
Bar Mizwa, Bar Mizwe f. »Sohn des Bundes«, Reifezeremonie für Kna-
ben beim Erreichen des 13. Altersjahres
Beheijme f. Vieh, Kuh
Beheijmeshändler m. Viehhändler
bejuschew (adj.) gemütlich, bequem
bekowedik (adj.) ehrbar
bentschen, pp. *gebentscht* segnen; das Tischgebet sprechen
Berches m. geflochtenes Sabbat-Brot, gewöhnlich mit Mohn bestreut
Bischge f. Dienstmädchen, Magd
B'nai B'rith »Söhne des Bundes«, Name einer internationalen jüdischen
Wohltätigkeitsorganisation

Bocher m., pl. *Bochrim* Talmudstudent, Schüler

boruch Haschem Gelobt sei Gott

Bowo Bassro »das letzte Tor«, Name eines Talmudtraktates

Bris m., *Bris Mile* f. Beschneidung

Broijges, brauges (sein) böse, sauer

Bronfen m. Schnaps

Bundel m. gefüllter Ochsenmagen

Chaj Leben; (nach dem Zahlenwert) achtzehn

Chalaumes (mit Backfisch) Träume, Unsinn

Chaluz m., pl. *Chaluzim* Pionier

Chanukah achttägiges Fest zur Erinnerung an die Wiedereinweihung
   des Tempels nach dem Makkabäer-Aufstand

Charoosset n. Gemisch aus Äpfeln, Nüssen, Wein und Zimt. Eine der
   symbolischen Speisen, die an Pessach gegessen wurden

chasertreife (adj.) »schweinetreife«, nach den Speisegesetzen unrein

Chassene f. Hochzeit

Chassid m., pl. *Chassidim* »Frommer«, Angehöriger des Chassidismus

Chaw, Schiin, Reijsch hebräische Buchstaben

Chawér m., pl. *Chawerim* Kollege, Freund, Kamerad

Cheder m. »Zimmer«, jüdische Schule, in der nur religiöse Fächer ge-
   lehrt werden

Chewre f. Gesellschaft, Vereinigung

Chewre Kadische f. Beerdigungsvereinigung

Chochem m. weiser, kluger Kopf (auch ironisch)

Chochme f., pl. *Chochmes* Weisheit, Cleverness (auch ironisch)

Chol Hamoéd Halbfeiertage zwischen den ersten und letzten beiden
   Tagen von Pessach und dem Laubhüttenfest, an denen das Arbeits-
   verbot weitgehend aufgehoben ist

Chossen m. Bräutigam

Chumasch n. Pentateuch

Chuppe f. Traubaldachin; Hochzeit

Droosche f. Predigt

Echod mi jaudea »Wer weiß eins«, Anfang eines Abzählliedes aus der
   Pessach- → Haggadah

Eijsches chajil »wackere Frau«, Bezeichnung für eine tüchtige und fromme Frau; Anfang eines Gebetes, das am Freitagabend vom Ehemann gesprochen wird

Erew m. Vorabend eines Feiertages oder des Sabbat

Erez Land; Palästina / Israel

Essrog m., pl. *Essrogim* Zitrusfrucht, die zum Ritual des Laubhüttenfestes gehört

Frauenschul f. der Frauen vorbehaltene Teil der Synagoge

Gabbe m. Gemeindevorsteher; Sekretär eines chassidischen Rabbiners

Galech m. katholischer Geistlicher

Gan Eden m. Garten Eden, Paradies

Ganew m. Dieb

Gaumel bentschen nach überstandener Gefahr das Dankgebet sprechen

Gematriah f. Zahlenmystik

Gemóre f. hier: Bezeichnung für den Talmud

Get m. Scheidungsbrief, Scheidung

Gezines-Lecker m. jemand, der sich bei reichen Leuten anbiedert

Goi m., *Goije* f., pl. *Goijim, Goijes* Nichtjude

Goijim Naches »Nichtjuden-Vergnügen«, unjüdische Dinge

goijisch (adj.) nichtjüdisch

Hachnossas Kallo gemeinnütziger Verein zur Ausstattung von Bräuten ohne Mitgift

Haftarah, Haftore f. Bibelabschnitt, der nach dem Vorlesen des Wochenabschnittes an Sabbat und an Feiertagen zum Vortrag kommt.

Haggadah f. Sammlung der Gebete und Gesänge für den → Seder-Abend

Halewei Wäre es doch nur so! Schön wär's!

Hallel Bezeichnung für die Psalmen 113–118 im liturgischen Gebrauch

Hanóe f. Freude, Vergnügen

Haschomér Haza'ir »der junge Wächter«, zionistisch-sozialistische Jugendorganisation

Hatikwah »Die Hoffnung«, zionistische, später israelische Nationalhymne

Hawdole f. »Unterscheidung«, Zeremonie am Ende des Sabbats

Hersch Ostropoler legendärer Spaßmacher, vergleichbar etwa mit Till Eulenspiegel

Hesped m. Trauerrede

Holekraasch heute nicht mehr übliche Zeremonie zur Namensgebung eines Mädchens

Iwrit (Neu-)Hebräisch

Jahrzeitlicht n. Kerze, die am Todestag eines verstorbenen Verwandten angezündet wird

Jeschiwe f. Talmudhochschule

Jis'chadesch »Er soll erneuern«, Glückwunsch zu einem neuen Kleidungsstück

Jischuw m. »Ansiedlung«, Bezeichnung für die jüdische Bevölkerung in Palästina

Jisgadal wejiskadasch schemeij rabó »erhoben und geheiligt werde Sein großer Name«, Anfang des → Kaddisch

Jom Kippur m. Versöhnungstag

Jontew m. Feiertag

jontewdik (adj.) feiertäglich

Jossel Pendrik spöttischer Name für Jesus am Kreuz

Kaddisch m./n. Totengebet

Kalle f. Braut

Kauhen m., pl. *Kauhanim* Priester, Abkömmling von Aaron

Kiddusch m. Heiligung; Segensspruch über den Wein am Sabbat und an Feiertagen

Klafte f. »Hündin«, abwertende Bezeichnung für eine Frau

Klesmer m. Musikant

Kol Nidre, Kol Nidreij »alle Schwüre«, Gebet am Vorabend des Versöhnungstages

Kowed f. Ehre

krechzen ächzen, stöhnen, klagen

Kugel m. Traditioneller Auflauf aus Nudeln oder Kartoffeln für den Sabbat

Kwittel Zettel; Bittbrief an einen Rabbi

Lechajim »Zum Leben«, Prosit!

lekowed zu Ehren (von)

Levi Levite, Angehöriger des Stammes Levi

Lewaje f. Beerdigung

931

Lulaw m. Palmwedel, der zum Ritual des Laubhüttenfestes gehört

Maasse f., pl. *Maasses* Geschichte

Männerschul f. der Männern vorbehaltene Teil der Synagoge

Masel tow Viel Glück!

Mauzi kurz für »hamauzi«, der vor den Mahlzeiten gesprochene Brotsegen

Mazze f. ungesäuertes Brot, das an Pessach gegessen wird

mechulle pleite

Medine f. Staat, Land (*goldene Medine* Amerika)

me Neschume Meiner Seel!

Menuuche f. Ruhe

Mesuse f. Kapsel mit Bibelversen, die am Türpfosten befestigt wird

Meschugas m. Wahnsinn

meschugge verrückt

Mezije f. Schnäppchen

Mifkad m. Appell

Mikwe f. rituelles Tauchbad

Minchah Mittagsgebet

Minhag m. (religiöser) Brauch

Minjan n. die für das Gebet notwendige Zahl von zehn Männern

Minjenmann m. bezahlter Gebetsteilnehmer, um das → Minjan voll zu machen

Mischnah f. mündliche Torah, Teil des Talmuds

Mischpoche f. Familie

Misrach Osten; Gebetsrichtung

Mizwe f., pl. *Mizwes* Gebot; gute Tat; Ehrenamt in der Synagoge

Mizwetänzel n. Traditioneller Tanz mit der Braut / dem Bräutigam nach der Trauung

moijchel sein verzeihen

Mohel m. Beschneider

Moijre Angst

Moschiach Messias, Erlöser

Mussar Moral

Nafke f. Prostituierte, Gassenweib

Narrischkeit f. Dummheit

nebbich, nebbech (adj.) leider, bedauerlicherweise; der Arme/die Arme!;
   ach, o weh!

Nebbich m., *Nebbischle* n. bedauernswertes Geschöpf; Unglückspilz

Nedinje f., *Nadn* m. Mitgift

Nes n. Wunder

Nes min Haschomajim Himmlisches Wunder

Nigun m., pl. *Nigunim* Melodie

Oberbalmeragges m. wichtige Person, Macher

Omeijn Amen

Parnoosse f. Verdienst, Einkommen

Peijes Schläfenlocken

Pessach Passahfest

Pilpul m. talmudische Debatte, Kasuistik

Pitum m. Stängel des → Essrog

Ponem n. Gesicht

poschet einfach

Purim Purimfest

Rachmones n. Mitleid

Raschi berühmter Talmudkommentator des 11. Jh.

Raw m., pl. *Rabbonim* Rabbiner

Reb Höflichkeitsanrede für angesehenen Juden; Herr

Rebbe m. Rabbi

Reijwech m. Profit

Riboijne schel Oijlem »Herr der Welt«, Gott

Risches Antisemitismus, judenfeindliche Handlung

Roosche m., pl. *Rescho'im* Bösewicht, Frevler; Antisemit

Rosch Haschanah jüdisches Neujahrsfest

ruddeln Klatsch erzählen

Sargenes n. Leichenhemd

Schabbes m. Sabbat

schabbesdik (adj.) sabbatsgemäß

Schachris Morgengebet

Schadchen m., pl. *Schadchonim* Heiratsvermittler

schadchenen eine Ehe vermitteln

Schammes m. Synagogendiener

schassgenen sich betrinken

Schassgener m. Säufer

Schawu'ot Wochenfest, zweitätiger Feiertag zur Erinnerung an die Gesetzgebung am Sinai

Schechinah f. die göttliche Gegenwart

Schechitah f. rituelles Schlachten

Scheitel m. Perücke verheirateter Frauen

Schemá bení! »Höre, mein Sohn«, Ausruf der Überraschung

Schemá Jisroel Adaunoij Elauheijnu »Höre Israel, der Ewige, unser Gott …«, Anfang des wichtigsten Gebetes

schicker (adj.), *sich anschickern* betrunken, sich betrinken

Schickse nichtjüdische Frau

Schidduch m., pl. *Schidduchim* vermittelte Ehe

Schippe Siebele Pik sieben; eine armselige Person

Schippe Malke (aufgeputzt wie …) Pik Dame

Schir Hamalaus »Stufengesang«, Lied vor dem Tischgebet

Schirajim Reste vom Tisch des Rabbis, von den Chassidim als Heilmittel verehrt

Schiur m. Lehrvortrag

Schiwe f., pl. *Schiwes* traditionelle siebentägige Trauerperiode

Schlachmones Geschenke, die traditionellerweise zu ▸ Purim verschickt werden

Schlattenschammes m. Aushilfskraft, Mädchen für alles

schmatten getauft werden (eines Juden)

Schmattes Textilien, Lumpen

Schmonesre Achtzehngebet, Hauptteil der Gebete an Sabbat, Werk- und Feiertagen

Schmonzes unwichtige, wertlose Dinge

schnodern spenden

Schnorrer m. Bettler

Schochet m. ritueller Schächter, ritueller Schlachter

schockeln rhythmisch schaukeln beim Gebet

Schofar n. Widderhorn, das an → Rosch Haschana und → Jom Kippur geblasen wird

Schomér m. Wächter

Schtibel n. kleines (chassidisches) Bethaus

Schtraijml m. Pelzmütze der → Chassidim

Schul f. Synagoge

Schulchan Orech m. »gedeckter Tisch«, Sammlung religiöser Vorschriften für den Alltag

Seder m. »Ordnung«, Hausgottesdienst am Abend des Passahfestes, an dem die → Haggadah gelesen wird

Sederplatte f. Platte, auf der die traditionellen symbolischen Speisen des → Seders angerichtet werden

Seijchel m. Verstand

Seijfer n. religiöses Buch

Sephardim die ursprünglich aus Spanien stammenden Juden

Sidre f. Wochenabschnitt aus der Torah

Sidur n. Gebetbuch

Sijum m. Fest beim Abschluss des Studiums eines Talmudtraktates

Simchas Torah Torahfreudenfest

Simche f., pl. *Simches* Freude, festlicher Anlass

Sukkah f. Laubhütte

Sukkes, Sukkot Laubhüttenfest

Suude f. festliche Mahlzeit

Tallis m. Gebetsmantel

Talmid Chochem m. Talmudgelehrter

Talmud-Torah-Verein Verein zur religiösen Weiterbildung von Laien

Tatte m. Vater

Tauroh Torah

Techías Hameijsim Auferstehung der Toten

Tefillin Gebetsriemen

Tefillin legen Anlegen der Gebetsriemen

Tehillim Psalmen

Tekijoh Blasen des → Schofars, einer der Schofartöne

Tenach m. das Alte Testament

Tepp m. Dummkopf

Toches m. Hintern

treijfe (adj.) nach den Speisegesetzen verboten

Waad Ratssitzung, Synode; Komitee

Widuj Sündenbekenntnis
Woch Alltag im Gegensatz zum Sabbat
woijle Jiden angesehene Juden
Zadik m. frommer Mann, heiliger Mann
Zdoke f. wohltätige Spende
Zeijlem n. Kreuz, Kruzifix
Zibeles Spezialität aus gehackter Zwiebel
Zore f., pl. *Zores* Sorge, Ärger

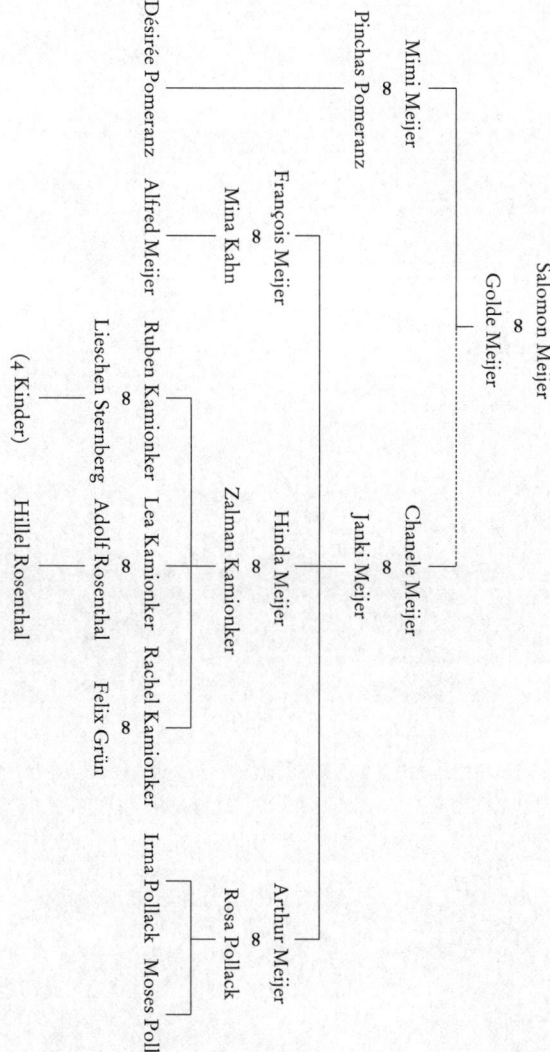

DIE MEIJERS

Salomon Meijer ∞ Golde Meijer

Mimi Meijer ∞ Pinchas Pomeranz
— Désirée Pomeranz

Chanele Meijer ∞ Janki Meijer

François Meijer ∞ Mina Kahn
— Alfred Meijer

Hinda Meijer ∞ Zalman Kamionker
— Ruben Kamionker
— Lea Kamionker ∞ Adolf Rosenthal
  — Lieschen Sternberg
  — (4 Kinder)
  — Hillel Rosenthal
— Rachel Kamionker ∞ Felix Grün

Arthur Meijer ∞ Rosa Pollack
— Irma Pollack
— Moses Pollack

»Der Diogenes Verlag will durch lesbare
Literatur unterhalten, durch Neues
vor den Kopf stoßen, aber auch Altes neu
entdecken; das ›Neue um des Neuen
willen‹ übersehen und so das Modische
vom Modernen unterscheiden. So viel
wirklich Neues kann es gar nicht geben.
Echte Avantgarde, sagt Karl Kraus, ist
nichts anderes als der mutige Rückschritt
zur Vernunft – und an das Neue, das
nur aussieht wie das Alte, muss man sich
erst gewöhnen.«

DANIEL KEEL

Charles
Lewinsky
Täuschend echt

Roman · Diogenes

Roman
352 Seiten
Auch erhältlich als eBook und Hörbuch-Download

Ein Werbetexter verliert alles auf einen Schlag:
Liebe, Geld und Karriere. Dank künstlicher Intelligenz schafft er es, sich wieder aufzurappeln.
Die neue Technologie hilft ihm, ein Buch zu schreiben, das große Beachtung findet, weil es angeb-
lich die »Geschichte eines wahren Schicksals« erzählt. Nur eine Frau weiß, dass das nicht stimmt:
die ehemalige Geliebte, die den nun so gefeierten
Autor schon einmal um alles gebracht hat.

Auf **diogenes.ch/newsletter** erfahren Sie zuerst
von Neuerscheinungen und Neuigkeiten unserer
Autorinnen und Autoren.

Oder schauen Sie hier vorbei:

Auf diogenes.ch finden Sie Informationen zu sämtlichen von uns verlegten Büchern und hören allenfalls hinein in die Hörbücher und Autoren

Mehr schauen Sie hier, indem Sie scrollen